世界名著名译文库　柳鸣九 主编

殷企平　编选

World Classics in Chinese Translation Series

董贝父子

〔英国〕狄更斯 著　王侗中 译

上

江西教育出版社
JIANGXI EDUCATION PUBLISHING HOUSE

目　录

译本序

王侗中

查尔斯·狄更斯是十九世纪英国最伟大的作家，他那充满着对社会下层人们的满腔热情，特别是充满着对儿童的无限爱心的数十部小说赢得了广大人民的赞誉，不但是英国家喻户晓的瑰宝，而且风靡欧美，饮誉全球。《董贝父子》即为其中举足轻重的一部。

《董贝父子》于一八四六年至一八四八年分期连载，全书于一八四八年出版。《董贝父子》的问世使狄更斯兴奋至极，而同时代的另一位伟大作家萨克雷也抑制不住敬佩的心情，称之为举世无双之作。狄更斯的名声由此更上一层楼，不但英伦为之轰动，即使隔海相望的巴赞也惊讶不已。

一

《董贝父子》的中心人物是富豪巨商董贝，他兴办的公司称作董贝父子公司。董贝是英国资本主义蓬勃发展中出现的一个代表人物。他依靠剥削的手段谋取高利，一步步攫取了巨大的不义之财。这些靠掠夺手段取得的财富使他的地位高居于众人之上，因此他狂妄自大，目空一切，认为人人都必须对他俯首称臣，他的一切命令必须遵从，不可违抗。他冷若冰霜，面无笑容，态度古板，顽固，傲慢是他的性格特点，金钱是他的人生目的，一切建筑于金钱之上，乃是他的人生哲学。他对他的儿子小保罗的教育也是注重于获得金钱的目的。在他的第一位妻子逝世之后，他娶第二位妻子的方式方法都是从金钱出发的。他的第二位妻子伊迪丝是破落的名门之后，是一位年轻的寡妇，她容貌漂亮，心比天高，但他用金钱把她弄到手了。金钱是万能的，他觉得这是一点也不错的，至于其他，他根本不去想，也无意去想。因为金钱的缘故，他对他的女儿弗洛伦斯则恨之入骨，在他的心目中，女儿是不可能为他获取金钱的，何况这位女儿是这样纯洁无瑕，满腔的菩萨心肠，怎么也不会去和不义之财打交道的。在他的家庭中，正因为金钱至上在作怪，他是没有亲情观念的。他的第一位妻子去世时，他无动于衷，并不感到有什么悲哀。他娶第二位妻子时，也是无动于衷，他并不感到有什么特别的喜悦。他对他的女儿当然是更不必说了，即使他的女儿跟他的第二位妻子亲近一些，他也怒火填膺，一肚子的不高兴。虽然他为儿子小保罗的夭折而痛苦不堪，但与其说这是一份亲情的流露，还不如说在他继续获取金钱的道路上他痛感永远后继无人了。

正因为他眼里只有金钱，凡是在金钱上从属于他的，或在金钱上远远不如他的，他都是对之傲气十足，不放在眼里。对于家人是如此，对于仆人更用不着说了，对他们招之即来，挥之即去。保姆波莉对小保罗照顾入微、恪尽其责，只因为弗洛伦斯的侍女苏珊·尼珀带着弗洛伦斯同波莉一起到她家里去看看，回家的路上出了一点事故，波莉便被解雇了。由于他自高自大，一意孤行，能获得他的信任、受到他赏识的人必然是投其所好、善于逢迎他的人。贝格斯托克少校即是其中之一。他貌似糊里糊涂，实际上很有心计。他看准了董贝骄傲自大、喜欢阿谀奉承的个性，又趁其丧偶之时，便似乎出于偶然地给他的老相好斯库顿夫人的闺女伊迪丝牵线搭桥，与董贝结成连理。此举不仅讨好了他的老相好，同时也是出于一箭双雕的目的，为这位豪绅做了一件使他终生难忘的事情，并在其经常出入的俱乐部里大肆宣扬，自我标榜，以此抬高自己的身价。

另一位受到董贝赏识的是皮普钦夫人。她是死于秘鲁矿井的一位有地位的职员的遗孀。皮普钦夫人办了一所慈善学校，以其特别的严厉风格训练幼儿，与其说是教育，不如说是虐待。入其门者无不受到身心俱损的伤害，然而皮普钦夫人却沾沾自喜，以为办学有方。皮普钦夫人的性格与董贝的性格不谋而合。董贝为了把他的儿子小保罗教育成材，自然想到这所学校，便把他送去了。其结果是可想而知的。小保罗生性敏感、心地善良、体质脆弱，在这样的教育下他虚弱的身体每况愈下，终于夭折。但是董贝仍旧顽性不改，对皮普钦夫人信任有加，在其与伊迪丝结婚之后，特别聘请她当女管家。她对待仆人同对待幼儿一样严厉，甚至变本加厉，众仆人对她都侧目而视，即使董贝夫人也不免受她的监视。阴沉的气氛笼罩着这座巨屋，自由的呼吸被窒息了。

最受董贝青睐的则是詹姆斯·卡克尔。卡克尔是董贝唯一心腹与左右手，公司的业务都交给他处理，甚至董贝与其夫人打交道的事也全权委托他执行。卡克尔深知自己的地位，他一方面唯唯诺诺听从董贝的吩咐，把表面的文章做到天衣无缝，不露声色地察言观色，逢迎讨好，骗取董贝的信任，而另一方面则用尽心计，使用卑劣阴暗的手段，极尽欺骗之能事，把公司的财富攫为己有，中饱私囊，并且还想进一步迫害弗洛伦斯，勾引董贝夫人，终于致使伊迪丝出逃，弗洛伦斯出走，从而使董贝走上由盛而衰、由富而贫、由强而弱之路，落到一败涂地、人财两空、倾家荡产、无处容身的绝境。骄者必败，这句颠扑不破的真理，在董贝身上得到了有力的印证。

就在此时此际，被他万般冷落的女儿向他伸出了无私的援助之手，把他从深渊的边缘拉了回来。也就在此时此际，他才如梦初醒，恍然大悟，开始认识了自己一生的错误，认识了唯钱是趋、骄傲自负、没有亲情、冷酷自私带给他的只有毁灭。仁慈的心苏醒了，他不再雄心勃勃，迷于财富，他的心完全献给他死去的儿子小保罗、他的女儿弗洛伦斯，以及他的外孙与外孙女。钱使他失去了一切；失去了钱，他却重获一切。这是多大的教训啊！

二

董贝父女之间泾渭分明的差异是全书的脉络。这种极端的差异通过巧妙的、错综复杂的对比一步步趋向明朗化、炽热化，而当矛盾达到不可收拾的地步转而趋向和谐的统一时，这种对比所取得的功效可谓登峰造极。

对比的手法不仅用于董贝父女之间，整部小说自始至终都通过对比发展起来，前后衔接，相互辉映。董贝之家的高楼大厦与波莉一家的蓬户陋屋天差地别，迥异的外表之下所包含着的内容也是天差地别的。高楼大厦之内冷漠凄凉、阴森可怖；在这座如同荒漠的巨屋中，弗洛伦斯享受不到一点点家庭的温暖，对着董贝冷淡的态度和目光，她噤若寒蝉，而董贝自己除了钱以外又何尝有一日的欢乐！然而波莉的家里却不一样了，室内儿女绕膝，欢声笑语不绝于耳，一派天伦之乐的情趣。

另外一个十分鲜明的对比是詹姆斯·卡克尔和他的哥哥约翰·卡克尔。詹姆斯为人虚伪、狡猾，善于拍马逢迎，投机取巧，巧言令色，工于心计，因此得到了董贝的信任，爬到了仅次于董贝的最高职位，掌握了公司的生杀大权，最后使他的恩主身败名裂。约翰则大不相同，他为人忠厚老实，由于犯了一点错误，便被打到十八层地狱，抬不起头来。他不但不会对他的上司逢迎拍马，而且和他的姐姐骨肉情深，清贫度日，毫无怨言。

但是好人有好报，恶人有恶报，他们的结局同他们的为人一样也是判若天壤的。詹姆斯因企图诱拐董贝夫人被董贝跟踪追迹，死于火车轮子下面，而约翰与其姐姐是苦尽甘来，获得了他们应有的报答。

就全书而言，《董贝父子》中的人物可分为两大阵营。这两大阵营的对比是十分鲜明的。一边是董贝、詹姆斯·卡克尔、皮普钦夫人、贝格斯托克少校等人。另一边是弗洛伦斯、沃尔特、所罗门·吉尔士、卡特尔船长、波莉、波莉的丈夫土德尔、图茨等。第一阵营里的人物是资产阶级及依附于资产阶级的人。他们相互利用又相互斗争，他们钩心斗角，尔虞我诈，口是心非，唯利是图。这些人以董贝为中心，董贝是他们的恩主。董贝对内依靠皮普钦夫人管制众仆人；她养尊处优，凌驾于众仆之上，稍不顺心，即行解雇，但对董贝却唯唯诺诺，唯恐有失。上拍下压，作为资产阶级的附庸，她是深谙此道的。在公司中以及在家务中，董贝则任用詹姆斯·卡克尔，视为心腹，委之以重任，授之以大权。卡克尔在不惜一切手段骗取了董贝的绝对信任的同时，也不惜采取一切卑鄙无耻的手段排除异己、打击别人。他在董贝与其夫人之间挑拨离间，以期达到勾引她的目的。他那一口雪白的牙齿和一脸的假笑完全是一个阴险狠毒的伪君子的画像。他虽包藏祸心，但最终的企图未逞，反而落得个死于非命的下场，这是他应得的报应。董贝对外则利用贝格斯托克少校为其鸣锣开道，牵线搭桥，以金钱购买斯库顿夫人的女儿伊迪丝，娶她为妻。贝格斯托克与斯库顿夫人早有勾结之嫌，为了有利可图，与富家结亲，他们不惜牺牲伊迪丝，成全董贝的金钱交易。这就是以董贝为首的这一阵营里的人物的众生相。

第二阵营则完全不一样了。他们是普通百姓、平民阶层的人民，他们无钱、无权、无势，他们有的是深厚的相互同情、无私的彼此相助、单纯天真、光明磊落、豪爽大方、心胸开阔。为了受苦受难的人，他们给予全力援助，即使粉身碎骨也在所不顾。他们之中有海员，有人不敷出的小商人，有公司的下级职员，有农村的农民，有铁路工人，有仆人与保姆，有受资产阶级家庭虐待的儿童以及对其表示同情的人。如沃尔特，他助人为乐、感情深厚、心地坦率、与人为善。他对弗洛伦斯的至纯至切的感情与无微不至的关怀从未夹杂着一点私心杂念。最后他们终于结下了终身之好。他们虽然贫穷，屋子虽然简陋，但他们的心情是欢快、舒畅的，他们是幸福的。而董贝与伊迪丝的婚礼虽然隆重、排场豪华、屋子金碧辉煌，但他们貌合神离，他们的心情是不愉快、不舒畅的，他们是不幸福的。

在婚姻上面，这两者之间又是多么的天差地别！一无所有的人在精神上是最富有、最丰富多彩的，而有万贯财宝的人在精神上却是最空虚、最贫乏的。这不正是《董贝父子》所要表明的吗？而取得这个效果的法宝主要是狄更斯巧妙地运用对比的缘故。

　　随着故事情节的发展，这两大阵营之间的对立与悬殊越来越明显，越来越纷繁复杂，而表现这种愈益明显、愈益纷繁复杂的对立与悬殊的对比手法也愈益多样化。这些手法千姿百态，层出不穷，但又泾渭分明，一目了然，将两大阵营的区别多角度、多方面、多层次地在人们眼前一一展现。贫与富、高贵与低微、傲慢与温厚、冷酷与仁慈、虚伪与真诚、贪婪与知足、阴险与坦率、背叛与忠诚、美丽与丑恶、愚蠢与智慧、光明与黑暗、巧取豪夺与助人为乐、斤斤计较与慷慨大度、一本正经与诙谐打趣，甚至于眼泪与欢笑、高呼与叹息，举手投足之间无不流露出两大阵营的鲜明对比。在这些琳琅满目的对比中，我们清楚地看到资产阶级阵营中的人物与平民阶层阵营中的人物是判若天壤的。资产阶级阵营中的人物傲慢、冷酷、虚伪、贪婪、自私、愚蠢、丑恶、自命不凡、心理阴暗、斤斤计较、背信弃义，对贫穷的人们极尽压迫、剥削之能事，他们奉行的哲学是"我的当然是我的，你的也当然是我的"。而平民阶层阵营中的人物则温厚、仁慈、真诚、坦率、美丽、聪明、慷慨大度、助人为乐、光明磊落、耿耿忠心、同舟共济、同甘共苦。

三

　　通过一系列贯穿全书的层层对比，狄更斯在《董贝父子》中所表明的是什么，所描绘的社会现象是什么，他所维护、赞美的是什么，他所反对、憎恶的是什么，这是不言而喻的。在维多利亚时代，英国的资本主义急剧发展，对外大事扩张掠夺，对内加剧你争我夺，表面繁荣的后面经济危机严重，田地荒芜，农民流离失所，工厂倒闭，工人罢工四起，贫苦大众民不聊生，而富有的工商巨头及其追随者则大权在握、鱼肉人民，由此而不断引起了人民的反抗，革命的呼声响彻英伦，终于爆发了宪章运动（一八三九——一八四八）。狄更斯身居维多利亚时代的中期、英国资本主义蓬勃发展的年代，耳闻目睹，又加以贫寒身世与亲身经历，在宪章运动的洗礼与鼓舞下，他立场鲜明，勇敢地站在下层人们、劳苦大众的一边，特别是站在备受迫害、备受虐待的儿童的一边。在当时的英国，所谓慈善学校、济贫院往往是虚有其名，实际上是迫害、虐待儿童的场所，这是狄更斯幼年时期所亲身体会的。狄更斯的切肤之痛化为有血有肉的小说中的人物。他大声疾呼，毅然决然地反对骑在英国人民头上，虐待英国儿童的资产阶级及其代理人。董贝及詹姆斯·卡克尔与皮普钦夫人便是出现在《董贝父子》中的资产阶级代表及其代理人。《董贝父子》生动而刻画入微地展示了英国维多利亚时代资本家及其代理人的丑恶面目与种种罪恶勾当，同时也热情地赞美了英国下层人民、劳苦大众忘我为人，同舟共济，心胸坦荡，与人为善的种种美德。《董贝父子》无疑是当时英国社会的真实写照，它把当时英国的社会疾患、阶级矛盾鲜明、生动、详尽地展现在世人的面前，而成为英国文学乃至世界文学中一部不朽的著作。A．T．鲁宾斯所著《英国文学的伟大传统》中评论《董贝父子》时认为：《董贝父子》标志着狄更斯创作上的巨大进步，比起其前的《匹克威克外传》《奥利弗·特威斯特》《尼克拉斯·尼克尔贝》《老古玩店》《巴纳比·拉奇》更胜一筹。《董贝父子》在结构上极其严密，情节的发展顺理成章，引人入胜，有水到渠成之势，在内容上则对当时英国社会现象进行了前所未有的深刻解剖与分析，作了细致入微的描绘，从而开创了狄更斯小说中以社会现象为题材的作品。《董贝父子》堪称狄更斯著作中一部承先启后、继往开来的传世名篇。

作者序

我不揣冒昧地深信，对人的性格作细致入微的观察是需要不同寻常的才能或习惯的。在我的经历中，我还未曾发现即使对人的容貌的观察是一件普遍都具有的才能或习惯。由于缺乏这种才能或习惯，判断中就会出现两种最普通的错误。一种是把羞怯与傲慢混为一谈，另一种是不懂得顽固的性格是在不断地自我斗争中存在的。

董贝先生在本书中或在他的生活里都没有过强烈的内心的变化。他始终把不公正之心藏于胸中。他越是加以掩盖，他的不公正之心就越是与日俱增。内心的羞愧与外表的掩饰相互争斗，往往在一周之间或一日之内即可一目了然。可是两者之间的争斗已有多年，谁胜谁负，只有经过多年的斗争才见分晓。

岁月匆匆，告别了董贝先生之后已过去好多年了。这些年来，我并不急于发表对董贝先生的这个评语，而现在我把它公之于众是有几分把握的。

我开始动笔写这本书时是在日内瓦湖畔，后迁居法国继续写了几个月，然后在英国完稿。写这本书和写这本书的地点在我的脑中密不可分，虽然我对少年海军候补生屋子里的每一级楼梯、弗洛伦斯新婚时教堂里的第一个座位、布林伯博士学校里每位少爷的床铺，都了如指掌，然而今天我依旧会误以为卡特尔船长为了避免和麦克斯廷格夫人相处才逃到瑞士山中的。同样，当我似乎又听到海浪澎湃起伏的声音的时候，我的思绪又复回到在法国的岁月，又复整夜徘徊于巴黎的街上——当年和我的小友永远分手的那天，我就是这样地怀着沉重的心情，依依不舍地徘徊在巴黎街头的。

第一章

董贝父子

黝暗的房间，角落里，董贝坐在床边的大扶手椅上，他的儿子安睡在一个小摇篮里，小摇篮小心翼翼地放在紧靠炉前的一张低矮的长靠椅上面，仿佛小孩的躯体犹如一块小松饼，一出生就是需要烤得黄黄的。

董贝年约四十八岁，其子刚出生四十八分钟光景。董贝已经有些秃顶，面色红润，虽然体格健美，但外表过于严肃，不苟言笑，因此不能讨人欢喜。儿子的头是光溜溜的，脸蛋是红红的，毫无疑问长得是很棒的，但有些斑点累累，布满了皱纹。董贝的额角上已经刻下了岁月与操心的痕迹，就像刻在一棵到时候将被砍倒的树上。这两个孪生兄弟大踏步地走过人类丛林，毫不留情地刻画着一道道刀痕。儿子的脸上布满了千百条细纹，不过喜欢捉弄人的时间老人却乐意于用镰刀的刀面把这些细纹一一磨去，为的是准备在这块光滑的表面上刻上更深的痕迹。

这件盼望已久的喜事终于来临，董贝欢欣不已，手里不停地搬弄着整洁的蓝色上衣底下垂挂着的沉重的金表链，使之叮当作响，而上衣上面的纽扣在远处幽微的炉火映照下发出闪闪烁烁的磷光。儿子的小拳头紧紧握着，似乎以其微弱的力量向突然降临的人生较量呢。

"这家公司要又一次，董贝夫人，"董贝先生说，"成为名副其实的董贝父子公司了；董——贝父子公司！"

这几个字包含着一种温柔的感情分量，于是董贝在董贝夫人的

1

名字后面加上了一个亲切的称呼（虽然有些犹疑不决，因为他不习惯于使用这种称呼）说，"董贝夫人，我的——我亲爱的。"

她抬起眼睛看着他的时候，一抹惊喜的淡淡的红晕匆匆掠过她的病容。

"他就取名为保罗，我的——董贝夫人——当然。"

董贝夫人声音细微地应着，"当然"，或者可以说她只是动了动嘴唇，然后又闭起了眼睛。

"这是他父亲的名字，董贝夫人，这也是他祖父的名字！倘若他祖父今天还健在，那多么好！"然后他又一次用同样的声调说了一遍，"董贝父子。"

董贝先生对人生的哲理在这几个字里表露无遗。大地是董贝父子经营谋利的场所；太阳和月亮给他们带来光明；江河与海洋让他们的舟楫在其上行驶；彩虹向他们预告晴朗的天气，顺风助其前行，逆风阻其行进；星辰夜以继日、周而复始地在它们的轨道上运行，是为了维护一个天经地义的体系，而这个体系的中心就是董贝父子。寻常的缩写词 A．D．在他的眼里被赋予了新的意义，是专门指董贝父子的。A．D．与公元已经无缘，它指的是"董贝父子世纪"①。

和乃父一样，在生死相继的历程中，他从董贝其子上升为董贝其父，在近二十年的岁月里，他一直是公司的唯一代表。他结婚已经十年，据有些人说，他的夫人并没有把心交给他，她的欢乐已成为陈迹，留在过去的岁月里，如今她恪尽柔顺的妇道以维系她那颗破碎的心，除此之外，她别无所求了。这些牵涉到董贝先生的闲言碎语不大可能让他听见；即使听见了，世上恐怕没有谁比他更不会相信的了。董贝父子公司经常做些皮革生意，至于心灵的买卖是不沾边的，小巧玲珑、多姿多彩的物品是那些少男少女、寄宿学校和书本的事情，公司是不问津的。董贝先生的思维方式也许是这样的：对于一个通情达理的女人来说，和他缔结秦晋之好定是一件很荣幸的

---

① A．D．是指 Anno Domini 的缩写，意为"公元"。文中董贝把它当作 Anno Dombei—And Son 的缩写，意为"董贝父子世纪"。

乐事，这是天经地义的；即使胸无大志的女人，一旦新的合伙人将出生于这样的家里，在她心中必然会升起光荣之感与激荡不已的雄心壮志；董贝夫人既已和他缔结良缘，她自然会尽享上流社会的荣华富贵，这家公司必然会流传久远，长盛不衰，这些好处她都一定看得清清楚楚；董贝夫人每天都一定睁大眼睛实实在在地领略到他在社会上的地位；董贝夫人在家里的餐桌上总是坐在首席，总是以雍容的贵妇人风度料理家政；董贝夫人一定会情不自禁地感到幸福的。

然而也有一件遗憾的事，对，就是这么一件，他是会承认的，不过这件事非同小可。他们婚后十年，董贝先生今天才能安坐在床边的大扶手椅子上悠闲自得地摆弄着沉重的金表链，让它发出叮叮当当的音响，在此之前，他还没有后嗣，没有讲得出口、值得一提的后嗣。六年前左右他们生了一个女儿，她不被觉察地偷偷地来到屋里，现在小女孩怯生生地蹲在一个角落里，从那里可以望见她妈妈的脸孔。但是对于董贝父子公司来说，女孩子算得了什么！公司显赫的声望如同一笔巨资，她不过是一枚微不足道的钱币，是无法用来投资的，她是算不上什么后嗣的，没有什么好说的。

可是此刻，董贝先生非常心满意足了，他觉得可以从斟满的酒杯里取出一两滴酒洒在小女儿偏僻小径上的尘土中。

于是他对小女儿说，"弗洛伦斯，你如果想看看你的漂亮的弟弟，你就去看看吧。可不要碰他！"

小女孩敏锐地朝那件蓝色上衣和笔挺的白色领带看了一眼，这两件东西加上一双吱吱作响的皮靴和嘀嗒嘀嗒的表在她心目中构成了一个父亲的形象，可是她的目光立即转向她妈妈的面孔，她既不移动也不回答。

过了一会儿，夫人睁开眼睛，便看见了小女孩。女孩向她跑了过来，踮着脚站在那里，这样可以更好地把她的小脸埋在妈妈的怀里，她以与其年龄极不相称的热烈的情感紧紧地抱住她的妈妈。

"天啊！"董贝先生很不高兴地一边说一边站了起来，"这样的举动简直是太没有教养，太荒唐了！我看还得请佩皮斯大夫再上楼一趟。现在我就下去，我就下去。"他走到炉火前面的长靠椅旁边时停了一会儿，便又加了一句话，"我想用不着特别叮咛你要好好侍候这位小少爷，——太太。"

"是布洛基特吧，老爷？"奶妈用询问的口气恭恭敬敬地回答着，满脸堆着憨笑，她不敢直截了当地说出她的名字，只是以询问的方法作了婉转的暗示。

"要好好照顾这位小少爷，布洛基特太太。"

"那是用不着吩咐的，老爷。我记得弗洛伦斯小姐出生的时候——"

"对、对、对，"董贝先生边说边弯下腰对着小摇篮，同时略微皱了皱眉头，"弗洛伦斯小姐当时很好，可这位小少爷是不一样的。他是要有一番作为的。一番作为的，这个小家伙！"最后这句话他是特别对小摇篮里的婴儿说的，他随即拿起小孩的一只手放到唇际，吻了一下。也许感到这个举动有失尊严，董贝先生有些难为情地离开了房间。

帕克·佩皮斯大夫是一位宫廷医生，他在富贵之家添丁生育之际是一位素负盛名的接生专家。此刻，他两手放在背后在客厅里面来回地走着，这一情景在那位家庭外科医生的心中唤起难以言传的钦佩。在最近六个星期里，这位家庭医生经常在他的病人、朋友和熟人中间吹嘘，说他日日夜夜、时时刻刻都在等着和帕克·佩皮斯大夫一道应召前来治病。

"先生，您发现了没有，尊夫人是否因为你的到来而有一点点振奋？"帕克·佩皮斯大夫以圆润、深沉的声音发问，因为病人的缘故，他压低了洪亮的嗓音，就像门上的铁环给轻轻地扣了一下。

"大概是激动吧？"家庭医生低声道，同时向佩皮斯大夫欠身致意，仿佛是说，"请原谅我插话，可是这是挺有价值的一点。"

听了这句问话，董贝先生很不自在，因为他对病人的情况想得很少，这样的问题实在叫他为难了。他只好避而不答，便说如果帕克·佩皮斯大夫再一次屈尊到楼上走一趟，他就放心了。

"好！我们决不向您隐瞒真情，先生，"帕克·佩皮斯大夫说，"公爵夫人——喔，对不起，我把称呼搞混了，应该是贤良的尊夫人；尊夫人病体乏力，精神萎靡，全身动作迟缓，这是我们所不愿意——"

"看到的。"家庭医生又插了一句话，同时又一次点了点头。

"完全是这样，"帕克·佩皮斯大夫说，"这是我们所不愿意看到的。看来，坎卡贝夫人的肌体——请原谅，我是说董贝夫人的肌体，我把两个病人的名字搅混了——"

"这样多的病人，"家庭医生喃喃地补充说，"要都记清楚肯定是不可能的——否则就反而叫人费解了——帕克·佩皮斯大夫在西区①行医——"

"谢谢您，"佩皮斯大夫说，"的确是这样。我刚才说，病人的肌体受了损伤，要使它康复只有经过一种很大、很强——"

"而且是很有力的。"家庭医生轻声地说。

"完全对，"佩皮斯大夫表示同意，"而且是很有力的努力。皮尔金斯先生是这个家庭的医疗顾问——我深信，没有一个人能比皮尔金斯先生更有资格负此重任的。"

"哦！"家庭医生轻轻地说，"这是休伯特·斯坦利爵士的夸奖②呵！"

"你是溢美我了，"帕克·佩皮斯大夫也回敬了一句，接着说，"皮尔金斯先生身为家庭医生，对病人平时的体质状况是最了解的（这种了解对于我们诊断病情、提出治疗意见是很有价值的），他同我的看法一致，认为在这种情况下必须从性格着手作出强有力的努力；如果我们所关心的朋友董贝公爵夫人——请原谅！——如果董贝夫人万一不——"

"能。"家庭医生接着说。

"成功地作出这种努力，"帕克·佩皮斯大夫说，"那么病势将趋

---

① 西区：指伦敦西部地区，是官殿、贵族住宅、议会、政府机构等的所在地。

② 休伯特·斯坦利爵士的夸奖：指诚实的夸奖。休伯特·斯坦利爵士是18世纪英国剧作家托马斯·莫顿（1764—1838）的喜剧《伤心的治疗》中的一个人物。

于危险，这会使我们两人深感悲痛的。”

讲完以后，两位医生目光垂地，站了数秒钟之久。然后，在帕克·佩皮斯大夫的暗示下，他们举步上楼，家庭医生先给这位名医推开房门，随后毕恭毕敬地跟在他后面走了出去。

要说董贝先生听到医生的话而无动于衷，那是不公正的。他虽然不是通常可以称之为会轻易受惊的那种人，但可以肯定他有通情达理之心，如果他的夫人病倒了，他将会悲痛万分，他将会发现在他的餐桌上、在他的家具中、在他所有的家产里，有一件十分值得拥有的东西已经不见了，失去了这件东西他将会很伤感，但是无疑地，他仍旧会保持一种处惊不乱、不动声色的绅士风度。

董贝先生正在对这件事沉思默想之时，忽然听见楼梯上响起衣裙的窸窣声，接着一位女士奔入房间，她已经过了中年，但她穿的衣服却洋溢着浓厚的青春气息，特别是那件紧身胸衣。她跑到他面前时，她的面容和仪态显露着一种故作镇静的神色，这说明她正抑制着内心的激动。她张开手臂，抱着董贝先生的颈项，上气不接下气地说：

“我亲爱的保罗！他真是名副其实的董贝呵！”

“嘿，嘿！”她的哥哥回答说——因为董贝先生正是她的哥哥——“我觉得他是像我们家里人。你别太激动了，路易莎。”

“我实在太不冷静了，”路易莎一边说一边坐了下来，同时从口袋里拿出一块手绢，“可是他——他真真是一个完美无缺的董贝呵！我一生中还没有见过像他这样可爱的孩子！”

“不过范妮呢？”董贝先生说，“范妮怎么样了？”

“我亲爱的保罗，”路易莎答道，“没有什么关系。相信我的话，没有什么问题。确实，她全身乏力，不过和我生乔治或弗雷德里克时的情况完全不一样。当然采取措施、作一番努力是必要的。就是这么回事。但愿小范妮也是董贝呵！——不过我想她会作一番努力的，我不怀疑她会作出努力的。只要知道这是要她做的事情，她当然会去执行的。我亲爱的保罗，我实在太激动了，我说话的时候一直全身发抖，我知道我太软弱，太傻气了，不过我实在很不舒服，你是不是快给我拿一杯酒来，再给我吃点那块糕饼。刚才我来的时候，看见亲爱的小范妮还有那个小乖乖，我差点要从楼梯的窗口跌出去了。""小乖乖"这几个字是她突然想起那个小宝贝灵机一动地讲出来的。

这时响起了一下轻轻的敲门声。

"奇克夫人，"门外站着一位妇人，她用十分温柔的声音问，"您好吗，我亲爱的朋友？"

"我亲爱的保罗，"路易莎从座位上站了起来，轻声地说，"这是托克史小姐，是最最善良的人！我来了，她也来了！托克史小姐，这是我哥哥董贝先生。我亲爱的保罗，托克史小姐是我非常要好的朋友。"

这位经过一番特别引荐的妇人身材瘦长，姿容消损，面色苍白，仿佛生来就不是如布商所说的"永不褪色"的料儿，而是经过一洗再洗便会逐步褪尽了颜色似的。可是她那彬彬有礼、温文尔雅的风度却是完美无缺的。不管什么事情，凡是在她面前讲的，她都带着钦慕之情仔细倾听，并且目不转睛地注视着讲话的人，她的头向一边倾斜，仿佛是想把讲话人的形象深深地印在她的心中，至死也不会把它忘却，这已是她长久的习惯了。她的手会时而自动地抬起以表示情不自禁的羡慕。她的眼睛也会流露钦慕之情。她的声音极其柔和，还没有谁的声音可以与之比美；她有一个惊人的鹰钩鼻，鼻梁的正中央有一小疙瘩，鼻子自此而下，一直延伸到脸部，似乎下定了决心不管碰到什么东西也决不向上翘起来。

托克史小姐的衣服虽然质料很好、式样时髦，但她穿着有一种瘦骨嶙峋的味道。她习惯于在帽子上面插上小巧的闲花，也常常在头发上簪上些野草。怀有好奇心的人觉察到她的衣领、饰边、袖口和其他纤细轻薄的衣饰——实际上就是她身上所穿的凡是两端可以连在一起的一切——两端很不协调，如果不用点力气，这两端是无法合拢的。她冬天穿的衣服也有皮货、皮披肩、皮围巾、皮手筒等，它们既不平整又不光滑，只是毛茸茸地竖立着。她很喜欢随身携带有揿钮的小袋子，每当她把袋子关上，揿钮就会像手枪一样劈劈啪啪响起来。盛装之时，她就在颈子上挂一个简朴无华的小金盒，其形状犹如一只暗淡无光、毫无表情的呆滞的眼睛。这一切与其他类似的形貌特点说明，托克史小姐家境不丰，但她已尽力而为，充分利用，使其发挥最佳效果。她走路的步子很小，平常人的一步对她来说就要化成两步或三步，这一点也许更增强了人们对她的看法，因为她对每一样东西都要充分地利用，这种日积月累的习惯无形中形成了她走路的姿态。

"我觉得，"托克史小姐行了一个绝妙的屈膝礼说道，"能够被引荐给董贝先生确实是一件荣幸的事，这是我向往已久的，但没有想到现在就如愿以偿了。我亲爱的奇克夫人——我可以称您路易莎吗？"

奇克夫人拿起托克史小姐的手放在她的手里，然后把酒杯放在它上面，含着眼泪低声地说："愿上帝保佑您！"

"我亲爱的路易莎，"托克史小姐接着问道，"我亲爱的朋友，您现在好吗？"

"好些了，"奇克夫人回答说，"喝点酒吧。我想您差不多和我一样焦急的，您一定是很需要喝点酒的。"

董贝先生当然尽主人之谊，给她倒了点酒。

"保罗，托克史小姐，"奇克夫人一边仍旧握着托克史小姐的手一边接着说，"知道我多么关心地盼望着今天的大事，她一直在为范妮做一件小礼物，这是我答应要给她的。保罗，这件小礼物只不过是放在梳妆台上的针插，可是我要说托克史小姐非常美妙地把心中的感情传达到这件小礼物上去了，这一点我现在要说，我以后也要说，我一定要说。小礼物上面绣着的词句，'欢迎小董贝'，真像一首诗，我就是这样认为的！"

"是这个题词吗？"她哥哥问。

"就是这个题词。"路易莎回答说。

"可是请您体谅我，我亲爱的路易莎，"托克史小姐低声地恳求说，"请您别忘记，我本来想——我怎么说呢——我本来想绣上'欢迎，董贝公子'的，因为只有这样才能更好地表达我的感情，我知道您是了解我的心意的，但是因为还没有出生的小宝贝是男是女还不清楚，因此不敢冒昧。我深信，由于初降人世的仙童的未测性，我不敢自作主张，用上不够准确的称呼是会得到原谅的。"托克史小姐说着便向董贝先生鞠躬致意，董贝先生亲切作答。前面谈话中一提到董贝父子甚至也会使他十分惬意，以致他的妹妹奇克夫人也许比其他人更能左右他的情绪，虽然他喜欢把她看作一个心地善良、性格软弱的人。

"那好！"奇克夫人嫣然一笑说，"从今以后，我对范妮什么事情都要原谅了！"

这是一句以基督教精神发表的声明，奇克夫人觉得心里好受多了，这并不是因为她有什么特别的事情需要原谅她的嫂嫂的，其实根本没有一丁点儿需要原谅的，只不过因为她胆大妄为嫁给了她的哥哥，而且多年来只生了一个女孩，许久不见公子出生。奇克夫人常常说，这与她所期望的相去甚远，她嫂嫂受到这许多恩宠居然拿出这样令人不愉快的回报。

这时候董贝先生因事被匆忙地请出了房间，现在只有这两位妇人单独在一起了。托克史小姐立刻情绪激动，不能自制。

"我早就知道您会喜欢我哥哥的。本来我就告诉过您的吧，亲爱的。"路易莎说。

托克史小姐手眼并用，表示她的无限钦慕。

"还有他的财产，我亲爱的！"

"呵！"托克史小姐深情地应了一声。

"很——多！"

"可是他的风度，我亲爱的路易莎！"托克史小姐说，"他的仪表！他的庄重！我还没有见过任何一个人的肖像能表现出他一半的气质呢。他是那么高贵，你知道，那么坚定，胸膛那么宽阔，那么正直！他又那么富有，简直是约克郡①的公爵，我亲爱的，一点也不差，完完全全是一位公爵！"托克史小姐说，"这就是我给他的称呼。"

"哎呀，我亲爱的保罗！"他的妹妹看见哥哥回来高声喊了起来，"你脸色好苍白！没有什么事吧？"

"我心里很难过，路易莎，他们告诉我范妮——"

"我亲爱的保罗，"他妹妹一边站起身来一边说，"不要相信。如果你信赖我的经验，保罗，你放心好了，只要范妮自己作出努力，就平安无事了。而且这种努力，"她说着便把无边有带的女帽取了下来，并且摆正便帽，戴好手套，接着继续说下去，"必须鼓励她做，而且如果有必要的话，还得迫使她做。好吧，我亲爱的保罗，同我一道上楼去吧。"

董贝先生的行事往往要受他妹妹的影响，这在前文已经提到过，同时他觉得她精力充沛，是一位具有丰富经验的主妇，因而充分信赖她。所以他妹妹刚说要上楼，他二话不说，立刻跟着他妹妹走进病房。

和他离开她时的情况一样，他的夫人仍旧躺在床上，把她的小女儿紧紧地抱在胸口。女孩像以往一样紧紧地抱着妈妈，她从不抬起她的头，也不把她的温柔的脸颊从她妈妈的脸上移开，也不朝站在周围的人望一眼，也不讲话，也不移动，也不洒一滴眼泪。

"小女孩不在身边她是不安心的，"大夫低声地对董贝先生说，"我们觉得最好还是再让她进来。"

病床的四周是一片肃穆的静寂。两位医生望着病人无声无息、茫然无觉的形体，似乎心里充满着无限的同情，但又怀着极微的希望。奇克夫人一时忘记了原先的打算，但是她又立刻鼓起了勇气，也就是她自己所说的镇静下来，便在病床边坐了下来，像是想从睡梦中把董贝夫人唤醒似的用很轻的声音说：

"范妮！范妮！"

---

① 约克郡：英格兰北部的一个郡。

没有回答的声音，只听见董贝先生的表和帕克·佩皮斯大夫的表的响亮的嘀嗒声，它们仿佛在四周的静寂中赛跑似的。

"范妮，我亲爱的，"奇克夫人以若无其事的轻松语调说，"董贝先生，他来看您了。您不想同他讲什么吗？他们要把您的小男孩——范妮，您知道的，就是您的小宝贝，我想您还没有好好地看到过他呢——放在您的床上；不过他们要等您稍稍醒来才好放。现在您是不是该稍稍醒醒了？嗯？"

说着她把耳朵靠近床边倾听，同时环顾着四周站着的人们，并竖起一个手指。

"嗯？"她又问了一遍，"您刚才说什么，范妮？我没有听清。"

没有回答，也没有回音。董贝先生的表和帕克·佩皮斯大夫的表仿佛在加速它们的赛跑。

"喂，范妮我亲爱的，"这位小姑改变了一下姿势，继续说，她的信心虽然减弱，她的声音却不由自主地显得更热诚，"说真的，如果您再不醒醒，我可要很不高兴了。对您来说作一番努力是有必要的，也许您不想作这种巨大而痛苦的努力，不过范妮您要知道，这个世界是需要作一番努力的；既然这么多事要依靠我们的努力，那我们决不能弃之不顾。快！努力吧！如果您再不努力，那我就得骂您了！"

在话声暂时停止的间隙，两只表的竞赛益趋激烈，它们似乎在相互推挤，你追我赶。

"范妮！"路易莎又说了，她的眼睛环顾四周，她的声音越来越流露着惊恐不安，"您只需看我一眼，只要张开您的眼睛向我表明您听见我在讲话而且懂得我在讲什么就行了，好吗？天哪，诸位先生，可怎么办呢！"

床的两边，两位医生交换了眼色，随后宫廷医生弯下身子，在孩子的耳边低声地说。小姑娘不知道他话里的意思，只是把她那全无血色的面孔，和一双又深又黑的眼睛转向他，但她依旧紧紧地抱住她的妈妈，丝毫也没有松开。

耳语又重复了一遍。

"妈妈！"小孩说道。

这熟悉而亲切的纤细的声音唤醒了病人的一点知觉，即使在病人奄奄一息的时候。短暂的一瞬间，闭着的眼睑在颤动，鼻孔在翕动，脸上浮现出一抹淡淡的微笑的阴影。

"妈妈！"小孩大声地啜泣着，"妈妈呵！亲爱的妈妈呵！"

帕克·佩皮斯大夫把小孩散开的鬈发从她妈妈的脸上和嘴边轻轻移开。好可怜呵！这些鬈发是多么平静地躺在那儿，没有一丝的气息搅动它们了！

就这样，紧紧地把那个瘦小纤弱的稚女搂在怀中，就像抱住一根细小的圆木。这位妈妈渐渐地漂流到黑暗而邈不可知的大海上，随着滚动的波浪周游全世界。

第二章

在极其井然有序的家庭有时紧急事件出现了，为此采取了及时措施

"我要永远感到庆幸，"奇克夫人说，"因为我说过——真好像是鬼使神差似的，其实我根本没有想到会发生什么事情——不管什么事情我都要原谅好可怜的亲爱的范妮。无论怎样，这句话总是会给我安慰的！"

奇克夫人察看了裁缝制丧服的情况后，从楼上下来，走到客厅，便说了这番动人肺腑的话，其用意是给奇克先生听的，为了给他一点开导。奇克先生身材魁梧，面孔庞大，已经秃顶，两只手不停地往口袋里放。他天生有一种习惯，喜欢吹口哨，哼小调；他意识到，这时候全家正逢丧事，心情悲痛，他这种声音是不合时宜的，于是竭力克制自己，不使自己发出这种声音。

"你不要操劳过度，路，"奇克先生说，"那样你会病倒的，我看。来特托尔鲁鲁尔！①哎呀，我怎么忘了！今天我们在这里，明天我们就走了！"

奇克夫人向他投去责备的目光之后，便又心安理得地接着刚才的话继续讲下去。

"我真的希望，"她说，"这件撕心裂肺的事情对我们大家都将是一个告诫，要我们养成一种在需要的时候能够振作精神、奋发努力的习惯。每一件事情里都包含着一种教训，只看我们是不是善于吸取。如果我们看不见这种教训，那就是咎由自取了。"

---

① 奇克先生所哼的小调，没有意思。

13

这句话讲过之后随着来的是一片沉寂，这时候奇克先生却哼起了非常不伦不类的小调——《从前有一个补鞋匠》①，但他自己也感到莫名其妙，便戛然而止，随即说："像今天这样伤心的事情如果我们不能好好吸取教训，这过错无疑是在我们身上了。"

"可是我认为，"停了片刻，他的夫人反唇相讥了，"总比哼哼唱唱'学院号笛'的陈腔老调，或者'拉姆普特伊迪替，波乌乌'这些没有情感的废话要好吧！"奇克先生刚才自得其乐地轻声哼着的就是这种调子，此刻奇克夫人以调侃的声调把它们哼了一遍。

"习惯成自然啦，我亲爱的。"奇克先生辩解道。

"乱说！什么习惯！"他的夫人回嘴说，"如果你懂得道理的话，不要摆出这种可笑的理由来，习惯！如果我像你所说的那样有一种如同苍蝇一样在天花板上走路的习惯，我看不知道你要怎样唠叨让我听个够呢。"

也许是因为这样的习惯很可能招致狼藉的声名，奇克先生便不去理会了。

"宝贝怎么样了，路？"奇克先生换了个话题问道。

"你说的哪个宝贝？"奇克夫人问，"早晨我在楼下餐厅里看见一大堆宝贝，可是我肯定有头脑的人就不会相信。"

"一大堆宝贝！"奇克先生把这几个字又念了一遍，同时面带惊诧之色环顾着四周。

"大多数人会想到，"奇克夫人说，"现在好可怜的亲爱的范妮已经去世，就得找一个奶妈了。"

"哦！呵！"奇克先生接着说，"托尔鲁尔——这就是生活，我看。我想你是适合的，亲爱的。"

"我怎么适合，"奇克夫人说，"我不可能适合的，这我心里有数。而且，当然，这个孩子——"

"要见魔鬼去的，"奇克先生想了一会儿说，"这是肯定的。"

---

① 《从前有一个补鞋匠》：英国诗人约翰·盖伊（1685—1732）的歌剧《乞丐的歌剧》(The beggar's Opera) 中的一个小调。

奇克夫人听到这句话很不高兴，小董贝怎么会到魔鬼那里去？奇克先生看见夫人脸上的愠色，自知失言，为了弥补之计，便提出了一个巧妙的建议：

"不可以暂时让茶壶发挥一下作用吗？"

倘若他提出这样的建议是为了早点结束这种谈话，那么他已经大功告成了。奇克夫人听了他的这番话，不言不语，不加反驳，只是盯了他几眼，便很威严地走到窗边。这时她听见屋外响起车轮的声音，便从窗帘后面向外窥视。奇克先生发现此时他的运气不佳，也就不再说什么，便径自走开了。可是通常他并不是这样。他常常处于优势地位，在这种时候，他对路易莎的惩罚是毫不留情的。在他们婚后的岁月里，他们唇枪舌战，你来我往，互不示弱，堪称天造地设的一对。他们之间谁胜谁负，一般来说，是很难确定的。往往会出现这样的情况：正当奇克先生似若被击败之际，他会突然重整旗鼓，扭转局势，转败为胜，势如破竹，弄得她没有招架之力。同样，奇克先生也常常会受到其夫人出其不意的刁难。因此，他们之间的小吵小闹往往有一种胜负难卜、振奋斗志的局面。

托克史小姐乘着马车来到了，刚才窗外响起的就是她的马车声。她一下车就上气不接下气地跑到屋子里，急忙地问："我亲爱的路易莎，保姆的位置还空着吗？"

"你这个好心人，位置还空着。"奇克夫人说。

"那么我亲爱的路易莎，"托克史小姐接着说，"我亲爱的，我马上就给你带一帮人过来。"

托克史小姐像刚才匆匆跑上楼来那样又匆匆跑下楼去，把出租马车里的人叫了下来，然后匆匆地带着他们回到楼上。

看来，她刚才用的那个字不是法律或事务上表示一方的词语，因为"一帮"是集合名词，指的是许多。的确她带来了许多人：一个身体健康、丰满、面色红润有如苹果的年轻妇女，她怀里抱着一个婴孩；一个更为年轻的妇女，也有一个红润如苹果的脸，但不及第一位那么丰满，她两只手里各牵一个苹果脸蛋的胖小孩子，还有一个也是苹果脸蛋的胖小孩自个儿走着；最后是一位苹果脸蛋的胖男人，他怀里抱着又一个苹果脸蛋的胖男孩，他把男孩放在地上，用沙哑的声音轻声轻气地说，教他"抓紧约翰尼哥哥"。

"我亲爱的路易莎，"托克史小姐说，"我一知道你那么焦急就想帮你解决，我连忙乘车赶到夏洛特皇后的皇家已婚妇女职业介绍所——你已经忘记了——向他们询问他们知不知道有没有适合的人。他们回答说是没有。当我听到这个回答，我亲爱的，请您务必相信，为了您的缘故我差点要绝望了，可是凑巧得很，皇家已婚妇女职业介绍所的一位成员听到我的询问，便告诉女总管，说有一个妇女已经回家了，她恐怕是很适合的。我一听到这个消息，并且得到女总管的确证——她服务出色，性格好得很——我马上要了她的地址，我亲爱的，赶快乘车到她家去。"

"亲爱的托克史，你真是太好了！"路易莎说道。

"别介意，"托克史小姐说，"请别这样说。我到达她家里的时候（那地方干净极了，我亲爱的！你真可以坐在地上吃饭呢），我看见一家人正在吃饭。我觉得与其把他们说得头头是道还不如让您和董贝先生亲自见他们一面好得多呢，所以我就把他们全都带来了。这位先生，"托克史小姐指着苹果脸蛋的男人说，"是父亲。先生，请您走近一些，好吗？"

苹果脸蛋的男人怯生生地答应了这个要求，走到前排，咧着嘴唪唪地笑着。

"这是他的妻子，当然，"托克史小姐指着抱着婴儿的年轻妇女说，"您好吗，波莉？"

"蛮好，谢谢您，小姐。"波莉答道。

为了巧妙地使她所介绍的人显得不同凡响，托克史小姐好像故意降低身份似的询问着一位她已有两个星期左右没有见到的旧交。

"我听到您这样说非常高兴，"托克史小姐说，"那一位年轻妇人是她的还没有出嫁的妹妹，她和他们住在一起，照管她姐姐的孩子。她叫吉米玛。您好吗，吉米玛？"

"我蛮好，谢谢您，小姐。"吉米玛答道。

"我听到您这样说真高兴，"托克史小姐说，"希望您身体一直很好。五个孩子。最小的六周。那个鼻子上有个水疱的很可爱的小男孩是最大的孩子。那个水疱，我想，"托克史小姐对这一家人环顾了一遍之后说，"不是天生就有的吧？恐怕是意外事故引起的吧？"

只听见苹果脸蛋的男人吼了一声："熨斗。"

"对不起，先生，"托克史小姐问，"您是说——"

"熨斗。"他又说了一遍。

"哦对，"托克史小姐接着说，"对！完全对，我忘了。这个小乖乖趁他妈妈不在的时候去闻了一下发烫的熨斗。先生，您说得完全对。我们刚才到达屋门口的时候，您正想告诉我你的职业是——"

"司炉。"男人答道。

"死驴！"托克史小姐吓坏了。

"司炉，"男人重复了一遍，"蒸汽机。"

"哦哦！对！"托克史小姐接着说，她若有所思地看着他，似乎对他话里的意思仍旧不甚明了。

"那么您喜欢吗，先生？"

"喜欢什么，小姐？"男人问。

"那个，"托克史小姐说，"您的职业。"

"哦！蛮喜欢的，小姐。烧成的灰有时候跑到这里，"说着碰碰胸口，"教人讲起话来就粗声粗气，现在我讲话的声音就是很粗。不过那是煤灰，小姐，不是脾气不对。"

托克史小姐听了这个回答似乎没有得到多少启发，觉得很难再谈下去了。幸亏奇克夫人解救了她，她暗自对波莉、她的孩子、她的结婚证书、介绍信，等等逐个作了细致入微的审查。经过这一考验，波莉被证明是无懈可击的。奇克夫人拿了这份报告走进她哥哥的房间。为了加强她的报告的分量并证实她的论断的正确性，她还带了两个面色最红润的小土德尔一起去，土德尔就是这个苹果脸蛋之家的姓。

董贝先生在他的夫人去世之后一直待在自己的房间里，沉思默想着他的小宝贝儿子的青春、教育和今后的前途。有什么东西压在他寒冷的心底，使他的心比平时更加寒冷、更加沉重了；但当他意识到孩子的损失比他自己所遭受的损失更大时，在他心里升起了一种几乎是愤怒的悲哀。他寄予莫大希望的那个孩子的生命与前程竟会在刚刚起步的时候因为这样卑微的需要而陷于危境；董贝父子公司竟至于因为奶妈的缘故而落到艰难举步的处境，这真是极大的羞辱。当他想着他为了实现内心的愿望还刚迈出第一步的时候就需要依靠一个雇来的女用人，他骄傲与嫉妒的心中自然充满着痛苦；一想到雇来的女用人对于小孩的关系犹如自己的夫人，每来一个他都拒不接纳，他为此而窃喜。然而现在不能再游离于这两种感情之间而迟疑不决了。当他妹妹介绍之后，他觉得波莉·土德尔身上似乎没有缺点，而且他妹妹对托克史小姐的不辞劳苦、始终不渝的友谊讲了许多赞美的话，于是他更加放心了。

　　"这两个小孩倒是很健康的，"董贝先生说，"不过一想到有一天他们要和保罗攀亲道故，那还得了！把他们带走，路易莎！让我见见那个女人和她的丈夫。"

　　奇克夫人把两个小土德尔带走之后，立即把她哥哥要召见的强壮的夫妻带过来了。

　　"好女人，"董贝先生坐在安乐椅上转过身来说，他转身的样子与其说像一个有四肢有关节的人，倒不如说像一根木棍，"我知道你很穷，想靠侍候我的小男孩挣些钱，我的儿子过早地失去永远也没法代替的安慰。我不反对你靠这个办法给你的家增加一点补贴，使你们的生活过得舒服一些。我可以说，你看起来是能够胜任这个职位的，不过在你走进我家担任起这个职位以前，我首先给你一两个条件要你必须遵守。你在这里做事的时候，我必须规定你的名字永远叫作——譬如说理查兹——这个名字很普通又好叫。你就叫作理查兹，你不反对吧？你最好同你男人商量商量。"

　　她的丈夫一言不发，只是咧着嘴咻咻地笑，还不停地举起右手抹他的嘴巴，把手心弄湿了。土德尔太太用手肘轻轻推了他两三次，都无济于事，只好行了个屈膝礼，回答说，如果给她换名改姓的话，那么给她定工资的时候，恐怕就要考虑这一点了。

"哦，当然，"董贝先生说，"我希望把这件事情和工资问题一起考虑进去。那么理查兹，如果你来带养我的失去了慈母的孩子，我希望你永远记住这一点：你履行了一定的职务，你将获得丰厚的薪水，在你履行职务期间，我希望你尽量不要和你的家人见面。当不需要你履行这些职务时，你的薪水也就停发，我们之间的一切关系也就终止了。你听懂了我的话吗？"

土德尔太太看起来心存疑虑，而土德尔本人显然没有这份疑虑，他只是感到莫名其妙。

"你有你自己的孩子，"董贝先生继续说下去，"在这个交易中，你根本不必对我的孩子有一份喜欢的感情，我的孩子也完全用不着对你亲近。我不愿意也不想看到这种情况。刚刚相反，你离开这里的时候，你就结束了这种纯属买卖或雇佣的交易，你就此走开。孩子不再记起你，也请你不必想念孩子。"

土德尔太太的脸颊上的红晕比原先更深了一些，她说她想是清楚自己的身份的。

"我希望你是清楚的，理查兹，"董贝先生说，"我不怀疑你是很清楚的。其实这件事非常简单明了，怎么会不清楚。路易莎，我亲爱的，你跟理查兹谈一谈工资问题，她要什么时候领取，用什么方式领取，随她的便。这位先生，你的名字叫什么？跟你讲一句话，好吗？"

土德尔刚要跟着他的妻子走出房间，走到门槛上给喊住了，便回过头来走回去，独自和董贝先生打了个照面。土德尔长得身强体壮，肩圆背厚，走路拖沓，衣冠不整，一头乱发和一丛大胡子大概因为烟灰和煤屑的缘故变成深黑色，两只坚硬的手布满了结疤，四四方方的额头如同橡树皮那么粗糙。他的形象和董贝先生相比在各方面都是天差地别。董贝先生俨然一副有钱的绅士派头，脸刮得

19

干干净净，头发剪得平平整整，就像新的纸币光滑清脆，他仿佛经过琼浆玉液的沐浴之后而变得精力充沛、焕然一新。

"你有一个儿子，我想？"董贝先生问道。

"四个，先生。四个儿子和一个女儿，全都活着！"

"那你要养活他们可不容易呢！"董贝先生说。

"只有一件事情会叫我受不了，先生。"

"是什么事情？"

"那是失去了他们，先生。"

"你识字吗？"董贝先生问。

"哦，不怎么认识，先生。"

"写字呢？"

"用粉笔写吗，先生？"

"随便用什么写呢？"

"如果要我写，我想用粉笔还能马马虎虎写写。"土德尔想了一会儿说。

"我看你现在已经三十二三岁了吧？"董贝先生说。

"大约这个年纪，先生。"土德尔又想了一会儿说。

"那么你怎么还不读书？"董贝先生问。

"我是要读书的，先生。等我的一个儿子长大了到学校去读书，他就会教我的。"

"哦！"董贝先生仔细地审视着他之后所得的印象并不太好便这么哼了一声。土德尔始终站在那里往房间的四周看来看去，主要是绕着天花板打转转，还老是用手在嘴上抹来抹去。董贝先生问道："我同你太太讲的话你听到了吗？"

"波莉听到了，"土德尔一边说一边把帽子猛地往肩膀上一拉，对准门口，表示对他太太完全信得过，"没问题。"

"既然你想事事让你太太做主，"董贝先生原先以为丈夫乃一家之主，打算把他的想法让他了解得更透彻一些，谁知事与愿违，只好作罢，便说，"我想没有必要同你再讲什么了。"

"不要讲，"土德尔说，"波莉听见的，她晓得的，先生。"

"那我不再留你了，"董贝先生大失所望地说，"你一向在哪里干活？"

"多半在地下，先生。娶了老婆我才上来，那时候铁路已经造好，我就一直在这里的铁路上工作。"

就像骆驼已经不堪重负的背脊经不起再受一根稻草的压力一样，土德尔关于在地下干活的话使董贝先生大失所望，早已沉坠的精神全然崩溃了。他指着门口，叫他孩子奶妈的丈夫走出去，土德尔二话不说，走出了房间。董贝先生于是把房门锁好，孤苦伶仃地在屋子里走来走去。尽管他的尊严和镇静不可动摇，他还是从他模糊的眼睛里面抹去了泪水，并且不时地说着，"可怜的小家伙！"这种动情的话他是不愿意让人听到的。

董贝先生通过对孩子的怜悯借以自怜，这也许出自于其骄傲的性格。他不说"可怜的我"，也不说"可怜的鳏夫"，只是迫于不得已把孩子交托给一个终身在"地下"干活、无知无识的雇工的老婆，可是他们的家从没有死亡之神来敲门，而在他们贫乏的饭桌旁天天坐着四个儿子——可是我的小家伙多可怜！

当这些话还挂在他唇边的时候，他就想到一件巨大的诱惑已经摆在这个女人的面前。她的幼儿也是男孩，她会不会把她的男孩和他的儿子调换一下？他的希望、恐惧和一切的念头都被这件事强有力地牵制着。

过不了多久他就打消了这个想法，觉得它很不实际，是不大可能的，心情也因此舒畅起来，不过他也无法否认，甚至于情不自禁地设想，在他垂老之际，如果发现了这个骗局，他的处境会是怎么样呢？如果陷于这种处境，他能不能把多年相濡以沫的信任所结出的果实从骗子手上拿走，把它转移给一个素不相识的人呢？

当这种异乎寻常的情感变得淡化了，他心中的狐疑也逐渐消融，不过依旧留下重重阴影，因此他不断地下定决心要刻意提防理查兹，虽然他表面上是装着若无其事的。这个女人的低下的社会地位使她和他的孩子之间形成一个较大距离，要使他们保持疏远的关系也就不难做到，而且是合情合理的。这样一想，他的心情轻松多了，他反而觉得这个女人的地位倒是利多于弊的。

与此同时，在托克史小姐的帮助下，奇克夫人和理查兹之间订立了具体协议。理查兹被赋予养育董贝之子的职权，仿佛是在隆重仪式下的授职，她流了许多眼泪，吻了一遍又一遍，然后把自己的孩子交给吉米玛。为了使这一家人在离别之际不要过于难过，便倒了一杯又一杯的酒，让他们痛饮。

土德尔一到，托克史小姐马上就说，"先生，你也来一杯吧？"

"谢谢您，小姐，"土德尔说，"既然您要我喝，我就喝吧。"

"你把你亲爱的好妻子留在这样舒服的人家，你一定高兴得很吧，先生？"托克史小姐向他点点头，并且偷偷地眨着眼。

"不，小姐，"土德尔说，"这杯酒我喝了，盼她早点回家。"

听了这句话，波莉哭得更伤心了。奇克夫人身为一家的主妇，生怕这样的过分悲伤可能会给小董贝带来损害。"太凄楚了。"她低声对托克史小姐说，于是赶忙去解围。

"你的小乖乖交给你妹妹吉米玛会长得极好的，理查兹，"奇克夫人说，"你只需要振作精神高高兴兴就是了。理查兹，你要知道，这个世界就是需要振作精神的。你的丧服已经量好了尺寸，理查兹，是不是？"

"是——的，夫人。"波莉啜泣着。

"我晓得这件衣服你穿起来一定是挺合身的，"奇克夫人说，"我好多衣服也是这个年轻人做的，而且料子也是最棒的！"

"呵呀，你可要漂亮得很呢，"托克史小姐接着说，"你丈夫都会认不得你了呢。先生，你说是吗？"

"我一定认得出她的，"土德尔粗声粗气地说，"不管穿什么衣服，也不管在哪里。"

土德尔显然下定决心，决不被收买。

"至于生活上的问题，理查兹，你放心，"奇克夫人继续讲下去，

"最好的东西随你用。每天的饭食，你喜欢吃什么由你自己挑选。你看上了什么东西，我想一定会马上给你办到，你受到的待遇就同贵妇人一样。"

"那当然！"托克史小姐接过话头深表同情地说，"至于黑啤酒，尽管你喝，路易莎，是吗？"

"那当然！"奇克夫人用同样的语气回答说，"至于蔬菜，我亲爱的，你是知道的，要稍为节制一些。"

"也许腌菜也要少一些。"托克史小姐提示道。

"就是这些例外，"路易莎说，"其他的东西完全由她选择，毫无限制，我亲爱的。"

"那么当然，你知道，"托克史小姐说，"虽然她非常宠爱她自己的小宝贝——我相信，路易莎，你不会责怪她爱自己的孩子吧？"

"当然不会！"奇克夫人仁慈地大声说。

"但仍旧，"托克史小姐接着说，"她对她养育的小宝贝自然是要很关心的，而且亲眼看着一位与上层阶级密切相关的小天使饮着普通的泉水一天天长大成人，她一定会把这看作莫大的荣幸的。是不是这样，路易莎？"

"毫无疑问！"奇克夫人说，"你看，我亲爱的，她现在已经非常满意，非常舒服了，而且准备用轻松的心情和愉快的笑容和她的妹妹吉米玛，她的小宝贝，她的好丈夫告别了。不是吗，我亲爱的？"

"呵，是的！"托克史小姐大声说，"她肯定是这样的！"

尽管这样说，可怜的波莉还是怀着极大的悲痛把她的家人一个个拥抱过，然后赶快跑开，生怕和孩子们分别时的情景会使她更加难受。但是这个策略虽然可取，却没有奏效，因为倒数第二个孩子看出了她的意图，立刻连跑带爬上了楼梯，在她后面跟着——如果这个词源不确定的字①可以用的话；同时最大的孩子（在家里都叫他拜勒②，以纪念蒸汽机）用他的靴子重重地踏着地面，把地上踩得发

---

① Swarm 作"爬"解时，词源不详。

② 拜勒：Biler 的音译，是 Boiler（锅炉）的误读。

出咚咚的声响，以示悲伤，全家人也跟着踏起来。

　　一大堆橘子和半便士铜币统统扔给一个个小土德尔，以遏制他们过分的悲痛。等候在那里的马车匆忙地把全家人送回他们自己的家。孩子们全由吉米玛监护，他们挤在窗口，一路上他们把橘子和铜币一个个扔出窗外。土德尔先生本人倒喜欢坐在车子后面一大堆长钉中间，因为这种行旅方式是他最习以为常的。

第三章

作为一家之主的董贝先生为人与为父的风度

已故夫人的葬礼办得很好，不但丧葬承办人感到十分满意，就是邻里居民也皆大欢喜，他们通常对这件事总喜欢挑挑剔剔，一有忽略，就会见怪。丧事既毕，董贝先生家族成员都各就各位。这个小小的天地如同外面的大世界一样，有一种很容易把死者遗忘的本能。厨娘说女主人性情急躁，女管家说死是人人都逃不了的命运，男管家说这件事谁也想不到的，女仆说她简直没法相信，男仆说这真像是做了一场梦，当这些话说过了之后，这个话题也就差不多说完了，他们开始想到他们身上穿的丧服也渐渐黯然褪色了。

理查兹给安排在楼上的一个房间里，过着体面的幽禁生活。新生活开始了，就像是寒冷而灰暗的黎明展现在她的眼前。董贝先生的屋子很大，矗立在波特兰街和勃良斯通广场之间一条幽暗街道上背阴的一边，街旁高楼耸立，威严可怖。这座屋子位于拐角处，面积很大，地下室的窗户装着森严的铁条，对着它们斜眼相视的门口可见一座座垃圾箱。这是一座阴暗的屋子，其后部呈圆形，有一整套相连的起居室，这些房间的前面是一座砾石铺成的庭院，院子中间有两棵干枯的树，树干和树枝都已变得焦黑，它们被风吹动的声音不再是悦耳的瑟瑟之音，而是吵闹不休的咯咯声响，它们的树叶给烟熏得干枯了。夏日的阳光只有在早晨人们吃早饭的时候才光临这条街道，这时候伴随它一起来的有送水车，卖旧衣服的人，卖天竺葵的小贩，修伞的人，还有一边走一边使荷兰钟的小铃儿发出叮当响声的人。晨光不久就消失了，这一天也不回来了。一队队乐队和潘趣①木偶戏也随着阳光的消失离开了这里，剩下的就是无比凄凉的风琴声和白老鼠的献技，间或也会出现一两只豪猪逢场作戏，换换口味。待暮色苍茫，各家的男管家开始走到门口，站在冥色之中，因为他们的主人家都到外面吃晚饭去了。点灯的人也开始他每晚的工作，把煤气灯点亮，企图照亮这条依旧暗淡的街道。

屋子的内部和屋子的外表一样，单调空虚。葬礼既毕，董贝先生叫人把室内的家具都盖起来，也许是计划中留给他的宝贝儿子以后用的；除了一层楼他自己住的房间以外，其他的房间他都不去装饰。因此，所有的桌子和椅子全部堆在房子中间，蒙上大块的裹尸布，其形状神秘莫测。门铃的把手、窗帘和镜子都用报章杂志的纸包了起来，仿佛在叙述死亡与谋杀的故事。每一盏枝形吊灯或玻璃烛台蒙在洁白的亚麻细布里面，看起来就像从天花板的眼睛里挂下来的一颗巨大的泪珠。烟囱里跑出来的味道恰似地下墓穴和湿地里的霉味。已经埋葬了的已故的夫人在惨白的绷带围着的镜框里显得森然可怖。每刮一阵风，在女主人病重期间散布在屋前的稻草，便随风摇曳，转着圈儿，绕地拐角飘过来，那些潮湿腐烂了的稻草飘到附近的地方黏住了，而那些在风中飘扬的稻草却时常被一种看不见的吸引力吹到正对面那座正待出租的肮脏屋子的门槛上，对着董贝先生的窗户唱着凄凉的悲歌。

董贝先生留给自己用的房间与大厅相连，它们包括一间起居室，一间图书室兼更衣室和一间小玻璃暖房或早餐室。在图书室兼更衣室里，热压纸、羊皮纸、鞣羊皮、俄罗斯皮革的气味和各种靴子的味道彼此交错、互比高低。小玻璃暖房在最远的一端，从那里可以俯瞰庭院中的树木和几只潜行觅食的猫。这三个房间彼此相连。早晨，当董贝先生在起居室或图书室兼更衣室里吃早饭时，傍晚当他回到家里吃晚饭时，他总是揿铃叫理查兹走进那间小玻璃房，带着她照管的小宝贝走来走去。在这些时候她悄悄向他瞥了几眼，可以

---

① 潘趣：英国木偶戏中的主角，他驼着背，并有一个钩形的长鼻子，他的妻子朱迪经常和他吵架。

看见董贝先生远远地坐在阴暗而沉重的家具中间遥望着他的小宝贝，而这座屋子他父亲曾经住过许多年了，在许多方面都显得陈旧、古老而阴森。于是她开始对他有了一定的看法，觉得他孤单地独处一室之内，就像是牢狱里的无依无靠的囚徒，就像是一个无法接近、无法与之交谈、无法理解的古怪的幽灵。

小保罗·董贝的奶妈也过着这样的生活，她带着小保罗度过这样的生活好几个星期了。她每次走出屋外都有奇克夫人在场；奇克夫人在天朗气清的早晨常由托克史小姐陪同到这里来，带她和小宝贝出去呼吸一下新鲜空气，换句话说，就是在庭院里的小径上庄严地步行，如同一队送葬的行列。一天，她带着小保罗在这些阴惨、森严的房间里怀着凄凉的心情走过一趟之后回到楼上，正当坐下的时候，房门悄悄地慢慢地开了，只见一个黑眼睛的小姑娘向门里张望。

"这准是弗洛伦斯小姐从她姑妈家里回来了。"理查兹这样想，因为她从来没有见过这个孩子。"你好，小姐。"

"这是我的弟弟吗？"女孩指着婴儿问道。

"是的，好姑娘，"理查兹答道，"过来，亲亲他。"

可是小姑娘没有走上前去，倒是对着她注目而视，然后说："你对我妈妈做了什么？"

"老天保佑这个小家伙吧！"理查兹大声叫了起来，"怎么问这样叫人伤心的问题！我做了什么？什么也没有做，小姐。"

"他们对我妈妈做了什么？"女孩子问。

"我一生中还从来没有看见过这样叫人伤心的事呢！"理查兹情不自禁地设想自己的孩子也像她一样在问自己的情况呢，于是便说，"走过来一些，我亲爱的小姐！用不着怕我。"

"我不是怕你，"女孩说着就走近了些，"我只是想知道他们对我妈妈做了什么。"

"我亲爱的小乖乖，"理查兹说，"你穿着这件黑衣服是为了把你妈妈记在心头。"

"我随便穿什么衣服都不会忘记我妈妈。"女孩回答着，只见泪水涌上了她的眼帘。

"但是有谁走了，人家就会穿上黑衣服来纪念他们。"

"走到哪里去了？"女孩子问道。

"走过来，坐在我旁边，"理查兹说，"我给你讲个故事。"

小弗洛伦斯立刻看出理查兹想要讲的故事和她提出的问题是有关系的，便把一直拿在手里的帽子放下，在奶妈脚边的凳子上坐了下来，抬起头仰望着她的脸孔。

"从前有一位夫人，"理查兹说，"她是一位很好的夫人，她有一个小女儿非常喜爱她。"

"她是一位很好的夫人，她的小女儿非常喜爱她。"小姑娘把这句话再讲了一遍。

"当上帝觉得应该这样，这位夫人就生了病，死了。"

小姑娘打着哆嗦。

"死了，世上的人再也看不见她，而且埋在长着树木的地底下。"

"冰冷的地下吗？"女孩又打了一阵哆嗦。

"不冷！地下很暖和的，"波莉抓住时机就说开了，"在那里难看的小种子变成美丽的花朵，变成青草，变成五谷，变成许许多多我不知道的东西。在那里好人变成光明的天使，飞到天上去！"

小姑娘把垂下的头抬了起来，坐在那里凝神注视着她。

"就这样，让我想想。"波莉在小姑娘的凝视之下，多么想安慰她，居然很快成功了，她对自己的力量也有了几分信心，因此内心非常激动，不知道怎样说好。"就这样，这位夫人死了，不管他们把她带到哪里，不管他们把她放到哪里，她是到上帝那里去了！向上帝祷告，"波莉说得非常认真，非常自鸣得意，"祈求上帝教导她的小女儿在心里要相信她是到上帝那里去了，在那里她很幸福而且一直爱着她的小女儿的，教导她要终身怀着希望并且设法有一天和她的妈妈在那里相见，从那以后永远不再分离。"

"她就是我妈妈！"小姑娘高声喊着，一边跳了起来，抱住波莉的颈项。

28

"这个孩子的心，"波莉说着就把小姑娘拉到她的胸口，"这个小女孩的心里深深相信这个奶妈所讲的话，虽然这个奶妈她不认识，讲得也不好，但是她自己就是一位可怜的妈妈，在她的话里小姑娘找到了一些安慰，也不感到那么孤单了，她伏在这位奶妈的胸口抽泣着，对躺在她膝上的婴孩心里升起一股亲近之感，然后——好了，好了，别哭了！"波莉一边说，一边抚平着小姑娘的鬈发，几滴清泪掉在上面。"好了，别哭，好可怜的小乖乖！"

　　"哦，弗洛依[①]小姐！你爸爸要不高兴啦！"门口一个急躁的声音在喊着，那是一个十四岁女孩在叫，她长得像个小女人，身材矮小，皮肤棕黄，鼻子扁平而小，眼如黑珠，"他早就说过叫你不要到奶妈那里去麻烦她。"

　　"她没有麻烦我，"惊恐的波莉答道，"我挺喜欢孩子的。"

　　"哦！可是很对不起，你要知道喜欢不喜欢孩子根本没有关系，"黑眼睛的姑娘回嘴说，她的话尖酸刻薄，好像要叫人的眼睛流泪似的，"理查兹太太，我也可能很喜欢吃海螺，但是这并不是说我用茶点的时候一定要有海螺嘛。"

　　"对，这是没有关系的。"波莉说。

　　"要谢谢你呵，理查兹太太，这是没有关系的！"这个尖刻的姑娘说，"不过你要记住，如果你肯费心记住的话，弗洛依小姐归我照管，保罗少爷由你照管。"

　　"那么我们还是用不着吵嘴的。"波莉说。

　　"当然，理查兹太太，"性子暴躁的姑娘接过话说，"一点也用不着吵，我不想吵，我们之间是用不着吵的，弗洛依小姐永远归我照管，保罗少爷只是暂时由你照管的。"火爆姑娘一口气讲了下去，只是中间稍稍停顿了一下。

　　"弗洛伦斯小姐是刚回家的吧？"波莉问道。

　　"对，理查兹太太，刚回家。弗洛依小姐，你看，你回家还不到

————————

　　① 弗洛依：弗洛伦斯的昵称。

一刻钟，你就哭丧着脸，把理查兹太太为你妈妈穿的贵重的丧服弄湿了！"教训了小姑娘一顿之后，年轻的火爆姑娘（她的真名叫苏珊·尼珀）一把抓住小姑娘，把她从她的新朋友身边拉了过来，就像拔掉一颗牙齿。不过她这一过急的举动似乎更多地出于执行职务之需，倒不是故意刻薄刁难。

"现在小姐又回家了，她一定是很高兴的，"波莉说着就向小姑娘点点头，她健康的脸上浮现着鼓励的笑容，"而且今天晚上就要看见她亲爱的爸爸，她不知道会多么欢喜呢。"

"天哪，理查兹太太！"尼珀小姐叫了起来，急忙打断她的话，"不要说。真会看见她亲爱的爸爸！我倒很想她真的能够见到他呢！"

"这么说她不会看见他了？"波莉问道。

"我的天，理查兹太太，不会看见的，她爸爸只想着另外一个小宝贝，而且这另外一个小宝贝还没有出生以前，这个小姑娘也不得宠，这个家里是不要姑娘的，理查兹太太，我告诉你这是一点也不假的。"

小姑娘看看这个保姆又很快地瞧瞧那个保姆，似乎刚才讲的一番话她都明白而且也感觉得出。

"你讲的话真叫我吃惊！"波莉大声叫了起来，"难道董贝先生就一直没有见过她吗？"

"没有，"苏珊·尼珀赶忙回答，"一次也没有，而且在这个小宝贝出生以前，一连几个月他对她差不多看也不看，我想假使他在街上碰到她，他也不会知道她就是自己的孩子，即使明天在街上遇见她，他也认不出来的，理查兹太太，至于我，"火爆姑娘哧哧地笑了一笑说，"他恐怕还不知道有我这个人呢。"

"好可爱的小乖乖！"理查兹说道，这句话不是指尼珀小姐，而是指小弗洛伦斯的。

"哦！离我们现在谈话一百英里之内的地方有一个鞑靼人^①，我

---

① 鞑靼人：这里指暴戾、傲慢的人。

可以告诉你，理查兹太太，他和这里的人从不打交道，"苏珊·尼珀说，"祝你早安，理查兹太太，好了，弗洛依小姐，跟我走吧，别像顽皮的坏孩子那样待着不动、玩个不停，那是要挨打的，快走。"

虽然苏珊·尼珀讲了又讲，而且连拖带拉，恨不得把她的右肩扯断，小弗洛伦斯还是挣脱了，奔向她的新朋友，深情地吻着她。

"再见！"小姑娘说，"愿上帝保佑您！我很快就会再来看您的，您会来看我吗？苏珊会答应的。是吗，苏珊？"

火爆姑娘总的来讲似乎是一位厚道的小妇人，虽然她对孩子的教育却属于这样一种派别，认为儿童就像钱币一样，需要经常摇动，碰撞，才能使之发亮生辉。在小姑娘以亲切的手势和动作表示恳求之后，她抱着两只手臂，摇摇头，在她睁得很大的黑眼睛里面流露着一丝温和的表情。

"你这样要求是不对的，弗洛依小姐，因为你知道我是不能不答应你的，不过理查兹太太和我会想办法的，如果理查兹太太高兴，你知道，我希望乘船到中国去，理查兹太太，但是我不知道怎样离开伦敦码头。"

理查兹对这个想法表示赞成。

"这座屋子不是那么欢声盈耳的，"尼珀小姐说，"住在这里真教人够孤单难耐的。你们这些托克史们，你们这些奇克们说不定会把我的两颗门牙都拔掉的，理查兹太太，可是没有理由要我把全部牙齿都给她们的。"

对这个想法理查兹也表示赞同，因为这是明摆着的事实。

"所以我愿意，那是一定的，"苏珊·尼珀说，"只要保罗少爷一直由你照管，只要不明显地违反命令，我们总要想办法相互来往，哎呀，弗洛依小姐，你怎么还没有把东西拿好，你这个淘气鬼，怎么还没有，快！"

讲了这些话之后，苏珊·尼珀一鼓作气冲向她监护的孩子，猛地一记，把她拉出室外。

这个满腹悲伤，得不到关怀的小姑娘却是这么文气、安静、毫无怨言，她胸中的情感是这么深厚，似乎任何人都会感到望尘莫及而不敢有此奢望，她是这么忧伤又这么通情达理，似乎谁也不想过问，怕触动她的伤痛。当波莉又复独自一人的时候，她的心是很痛苦的。在她和这个没有了母亲的小姑娘纯朴的接触之中，她自己的母爱被触动了，其深沉的程度犹如小姑娘对她的感情。从那时起，她感到她和小姑娘之间存在着一种彼此信任、相互关心的感情，这也是小姑娘的感情。

尽管土德尔先生对波莉百依百顺，在处世之道方面，波莉也许不见得比土德尔先生高明，但是她为人朴实、善良，比起男人来讲，她更好、更真诚、更高尚、感觉更敏锐，而且始终不渝地保持温柔敦厚、同情之心，薄于自奉、忠贞不二。也许，虽然她目不识丁，她本来能够在董贝先生盛年时带给他一线使他感悟的曙光，避免以后像闪电一样使他震惊不已，措手不及。

可这是后话了。此刻波莉只想着如何使尼珀小姐更加宽容一些，如何顺理成章而且不受到反对，让小弗洛伦斯待在她身边。就在那天晚上机会来了。

像往常一样，随着一声铃响，波莉走进玻璃房，抱着婴孩在那里走来走去，过了好久忽然看见董贝先生从房间里走了出来，这使她惶恐万分。董贝先生停在她的面前。

"晚上好，理查兹。"

董贝先生同她第一天看见他的时候一样，严肃、古板。在这样一个不苟言笑、面孔严峻的绅士大人面前，她不由自主地垂下了眼睛，同时向他行了个屈膝礼。

"保罗少爷好吗，理查兹？"

"很好，先生，很健康。"

"他看起来是很健康。"董贝先生一边说着一边很关心地看了一眼奶妈揭开让他过目的小脸蛋，同时装着若无其事的样子。"你需要的东西他们都给你了吧，我想？"

"哦，是的，谢谢您，先生。"

可是回答完了，她忽然欲言又止，董贝先生见状，本来已经要走了，马上停止脚步，回转身来，不知她有什么话要说。

"我觉得，要想叫孩子活泼高兴，先生，最好是让他们看见别的孩子在他们身边玩。"波莉鼓足了勇气说道。

"我想，你来这里的时候我就跟你讲过，理查兹，"董贝皱了一皱眉头说，"我希望你尽量不要同你家里的人见面。你蛮可以照样走来走去嘛。"

言毕，他就走进了他的内室。波莉觉得他误解了她的话了，她的目的还没有提起就已经碰了壁。

次日夜晚，走下楼梯，她看见他在暖房里走着。出其不意的情景使她走到门口戛然而止，不知道是向前走还是往后退。犹豫之际，他叫她走进去。

"如果你真的觉得有别的孩子在一起对少爷有好处，"他突如其来地迸发这么一句话，似乎她提出建议以后没有经过一段时间的间隔，"那么弗洛伦斯小姐呢，她在哪里？"

"弗洛伦斯小姐是最好不过的了，先生，"波莉热切地说，"不过我听她的小保姆讲她们不能——"

董贝先生听了这句话即刻去按铃，然后在房间里走着直到有人过来。

"告诉他们，只要理查兹喜欢，就让弗洛伦斯小姐和她常在一起，一起出去，等等。告诉他们，什么时候理查兹愿意，就让这两个孩子待在一起。"

铁已经打热了，理查兹鼓起了很大的勇气，她觉得这是一个很好的理由，所以她表现很勇敢，虽然她心里还是很怕董贝先生的，她马上请求是不是可以立刻把弗洛伦斯小姐送过来，好让她和她的小弟弟朝夕相伴。

当仆人离开房间去唤弗洛伦斯小姐时，理查兹故意抱着小宝贝在怀里摆弄，可是她觉得董贝先生的脸色突然大变，他脸上的表情完全不一样了，他迅疾地转过身来，好像是要把他刚才讲的，或者她刚才讲的，或者他们两个所讲的话全部推翻，只是因为怕丢面子才没有冲口而出。

她没有想错。他最后一次看见这个被冷遇的小女孩子时，她和临终的妈妈忧伤地拥抱在一起，这一幕情景给了他一种启示，同时也是一种无言的责备。尽管他对儿子的厚望使他全心全意地关心他，他对这临终的一幕是无法忘记的。他不能忘记他没有为她们分忧，而是站在她们之外。在温柔真情的清澈的海底，母女两人紧紧拥抱在一起，相依为命，而他只是高高站在岸上的旁观者，无动于衷，完全被隔在这一幕情景之外了。

他无法从他的记忆中抹去这些事情，也无法使他的脑子不去想这些事情的意义所具有的支离破碎的形状，而这些形状恰恰穿过他的傲慢心理的云雾呈现在他眼前。于是他以前对小弗洛伦斯漠不关心的心态转变为一种不同寻常的不安。他仿佛感觉到她用不信任的目光注视着他，好像她掌握着他胸中的连他自己也不清楚的什么秘密，好像她天生就知道他心中有一根不和谐的琴弦，而她的呼吸就会使这根琴弦发出声音。

他对这个小女孩子的感情从她出生之日起就很淡薄。不过他并没有对她有什么厌恶之感，因为他觉得这是用不着的，而且他也无意于此，他从来也没有认为小女孩是很讨厌的。可是现在他对她却感到很不舒服，她搅乱了他的平静。如果他现在有什么办法的话，他就不会去庸人自扰，老是想着她的事情了。也许他担心有朝一日他竟会恨她。这种捉摸不定的事情谁说得准呢？

小弗洛伦斯胆怯的身影出现时，董贝先生停止了他的踱步，向她望去。如果他的眼光里含有更多的关心，而且带着一个父亲的眼光去看的话，他也许会从她热切的目光中觉察到她心中的激情与恐惧使她踟蹰不前；也许会觉察到她多么热烈地盼望奔到他跟前，紧紧依偎着他，把她的脸藏在他的怀抱里，大声哭着："爸爸，爱我吧！没有别的人爱我了！"但又怕被拒之千里之外，怕过于大胆而把他激怒；也许会觉察到她多么可怜兮兮地需要信任和鼓励；也许会觉察到她的一颗过于悲哀的幼小的心灵正在彷徨着，为它的忧思和深情寻找一个休息之地。

可是他对这些一无所见。他只看见她犹豫不决地停在门口，向他望着。此外的事情他是看不见的。

"进来，"他说，"进来，孩子，害怕什么？"

小女孩走了进来，用一种摇曳不定的疑虑环顾四周片刻，便紧紧依偎着门内站在那里把两只小手拼命地握在一起。

"走过来，弗洛伦斯，"她的爸爸冷冷地说，"你晓不晓得我是谁？"

"晓得，爸爸。"

"你有没有什么话要跟我说？"

她迅速地抬起眼睛望着他的面孔，当她看见他面孔上的表情，她满眶的泪水突然冻结了，她于是又垂下眼睛，伸出一只战栗的手。

董贝先生松松地抓住她的手，站在那里俯视她一会儿，好像他和小女孩一样不知所措，也不知道要说什么话。

"好了，不要哭！做一个好孩子，"他说，一边轻轻地拍拍她的头，一边偷偷地用一种不安和怀疑的目光打量着她，"到理查兹那里去！去！"

他的小女儿等了一会儿，仿佛她仍旧想紧紧依偎着他，仍旧希望他会把她抱在怀中，吻吻她。她又一次抬起眼睛，望着他的面孔。他突然想起她此时的眼神和那天晚上她望着医生时的神情是多么相似，于是他立刻放下她的手，转身走开。

不难看出，弗洛伦斯在她爸爸的面前是很不舒服的，不但孩子的精神受压抑，她的行动也不能舒展自如。波莉眼里看见这一切，心里依旧坚持不懈，而且她自有衡量董贝先生的尺度，她深信可怜的小弗洛伦斯穿的一身孝服有一种无声的感染力。她想，"他如果只宠爱一个失去母亲的小孩，而另外一个小女孩就在他眼前，他却不管，这肯定是不大容易做到的。"

因此，只要可能，波莉总是让小女孩待在他的眼前，并且把小保罗照管得很好，让他高高兴兴，以此表明，正因为他姐姐做伴，他变得更加活泼可爱了。回到楼上的时候一到，她就会叫弗洛伦斯走到里面的房间去向她爸爸说声晚安，但是孩子胆怯，中途退却了；她再一次催促她时，小姑娘伸开双手遮住眼睛，仿佛要遮去自己的卑微，并且叫了起来，"哦不，不去！他不要我，他不要我！"

波莉和小姑娘之间的争执引起了董贝先生的注意，他正坐在桌旁斟酒，便问是什么事情。

"弗洛伦斯小姐想进来向您说声晚安，可是又怕打搅您。"理查兹说。

"没关系，"董贝先生说，"你告诉她来去自由，用不着管我。"

小姑娘听了这句话就往回走，还没有等她的微贱的朋友回过头来看一下，她已经走了。

然而，波莉在实现其好心的谋划方面取得了成功，她说的话收到有利的效果，这是她极大的胜利，她感到快慰。当她安全地回到楼上的房间里，她把这一切向火爆姑娘全盘托出。尼珀小姐听了这一番推心置腹的话，对她们以后可以自由来往的前景并不热情，却是相当冷淡的。

"我以为你是会高兴的呢。"波莉说。

"对呵，理查兹太太，谢谢你，我是很高兴的。"苏珊回答说，她突然之间变得挺直，仿佛她的紧身胸衣又加了一根鲸骨①。

"你没有表示出来。"波莉说。

"哦！我不过是终身雇佣的保姆，不能像临时管管的人可以随便高兴起来，"苏珊·尼珀说，"临时工在这里要怎么高兴尽可以表示出来，我看得出来，不过即使在这座屋子和那座屋子之间有一道通墙连起来，我是不太情愿跑到那座屋子去的，理查兹太太！"

---

① 紧身胸衣又加了一根鲸骨：当时妇女使用鲸骨使衣服笔挺。

第四章

在这些奇闻趣事的舞台上又有几个新的人物登场

虽然董贝父子公司的办事处位于伦敦商业中心区的辖区之内，而且听得见伦敦市区圣玛丽·勒·博教堂的钟声透过街上的喧嚣声隐隐传来，然而附近某些景物的奇闻趣事也隐约可知。巨人歌革和玛各①的塑像离此仅步行十分钟之远；伦敦交易所近在咫尺；英格兰银行的雄姿立于附近，它的地下室里金银财宝堆放在"空酒瓶堆里"②。拐角处巍然挺立着华丽的东印度公司③巨厦，它的巨宝使人浮想联翩，有贵重的织品和宝石，有老虎、大象和象轿④、水烟筒、雨伞、棕榈树、轿子，还有衣着华丽的棕色皮肤的王子悠闲地坐在地毯上，穿着脚尖部分向上翘起的便鞋。附近，随处可以望见船只扬帆驶向世界各地的景象，货栈在半小时之内就可以为整装待发的人准备齐全，去往各方；木制的小小的海军候补生穿着过时的海军制服，永远不动地站在航海仪器制造商的店门口，观察着来来往往的出租马车。

这些木制雕像之中有一个可以不客气地说是最木讷的了，它右脚向前，架空跨在人行道上，那副温文尔雅的绅士派头令人侧目，它的鞋扣和摆动不止的马甲与常人的衣着大相径庭，而在它的右眼

---

① 歌革和玛各：歌革、玛各是神话中的巨人。歌革、玛各在布鲁特斯入侵英格兰时被投入海中。1708 年在伦敦市政厅议会厅门口安置了叫作歌革和玛各的巨型木制雕像。

② 出自英国旧时的祝酒词。

③ 东印度公司：英国 17 至 19 世纪中叶对东印度群岛等地进行贸易的垄断集团。

④ 象轿：象背上驮着的可供人乘坐的凉亭状座位。

还挂着一件很大的仪器，使人望而却步。这个雕像的唯一的主人和拥有者，也就是这个海军候补生的主人和拥有者，是一位头上戴着一顶绒线帽的年长绅士，他为拥有这个海军候补生而自豪，给他缴房租、纳税款，并付出各项款项，时间之长超过许多血肉之躯的海军候补生长大成人的岁月，而在英国海军中已达到盛年的候补生是不缺少的。

这位老先生店铺里的货物不少，有航海表、晴雨计、望远镜、指南针、航海图、地图、六分仪、象限仪，以及用于确定航线、计算航程和发现情况的各类仪器。铜器和玻璃器皿放在抽屉里和架子上，只有知其内情的人才能发现这些物品，猜出它们的用途，或者在看过一遍之后，第二次可以无须帮助放回它们的红木巢穴。每一件东西都紧紧地塞在盒子或箱子里，放在最狭窄的角落里，挡在最不招眼的垫子后面，压进最细小的暗角里，为的是使它们沉思冥想的宁静不会受到海波的侵扰。为了节省地方，把东西摆得紧凑，才想得这样周密，布置得这样仔细，处处都利用了，一切实用的航海仪器都安装好、搁好，放在各自的箱子里，这些箱子有的不过是厚板块，有的类似三角帽或海星，也有的体积不大、貌不惊人。这样的气氛迷漫整个店铺，使它似乎变成一只非常舒适、准备远洋航行的船舶，只待时机一到就可以扬帆起航，安全地驶往天涯海角的任何一座荒岛，它所缺的唯有宽阔的海面。

这位船舶仪器制造商以拥有一个小小海军候补生而扬扬得意，他家庭生活中的许多逸事可以为此作注。他的相识多为船具商之类，所以他的饭桌上总是摆着许多货真价实的船上吃的饼干；散发着浓重气味的肉脯和舌头是司空见惯的；还有整罐整罐的腌菜也放在桌子上，腌菜罐子上贴着"经营各种船上食品"的字样；桌上还摆着无颈方瓶装着的烧酒。墙上贴着嵌在画框里的陈旧的船舶图片，每张图片上都按照字母顺序标明各自的神秘性。餐具上画着航行中的鞑靼人的快速帆船。壁炉架上点缀着奇形怪状的贝壳、海藻和苔藓。里面的镶嵌着护壁板的小起居室的屋顶上有一口天窗，宛如船舱。

他像船长一样，也是一个人住在这里，只有他的外甥沃尔特与他做伴，外甥是一个十四岁的男孩，他的相貌很像一个海军候补生，正好与整个气氛相得益彰，不过也就此为止，因为所罗门·吉尔士本人（更普通的称呼是老所尔）决无海员的风姿。他戴着的那顶绒线帽极其朴实无华，十分别扭，使他看起来全然不像浪迹天涯的海员。他是一个行动迟缓、说话慢吞吞、思前想后的老头子，一双血红的眼睛像两个小太阳穿过浓雾向你注视；他还有一种如梦初醒的姿态，也许是因为他把店里的每一件光学仪器轮流放在眼睛上，连续三四天对着这些仪器观察，待回过头来突然发现世界是一片葱绿的缘故吧。他的外表始终如一，众所周知，他总是穿着一套缀着耀眼的纽扣、式样宽松的咖啡色服装，其唯一的变化就是裤子的颜色变淡了。他衬衫的褶边非常考究、一丝不苟，他的额角上架着一副一流的眼镜，表袋里放着一只特大的精密计时器，他毫不怀疑这只计时器是多么贵重，他一门心思总是觉得伦敦商业中心区的全部钟表都想加害于它，即使高空的太阳也不例外。他就是这样的人，成年累月，他待在小海军候补生后面的店铺和起居室里，每天夜里他就走到风声呼啸、远离居民的阁楼上就寝，而那些在家里享福的英国的绅士先生们对于这种恶劣的天气是一无所知的。

　　当我们的读者和所罗门·吉尔士相识之际，正是一个秋天的下午，五点半钟，所罗门拿着那只无懈可击的计时器看着时间。通常每天约有一个多小时人们走出商业中心区，而现在人流还在向西滚滚向前。“街上人已经稀少了，”吉尔士先生说，“少得多了。”今天夜里要下雨。店里的晴雨计全都垂头丧气，雨点已经洒在木制海军候补生的三角帽上。

　　“沃尔特到哪里去了，真奇怪！”所罗门·吉尔士小心翼翼地把计时器放回原处之后说，“饭已经摆在桌子上半个小时了，可是沃尔特还没有回来！”

　　吉尔士先生坐在柜台后面的凳子上转过身来，从窗子里的仪器中间向外观望，想看看他的外甥是不是正好穿过马路。没有。在这些忽高忽低跳动着的雨伞中间没有他的外甥。头戴油布帽子的卖报的男孩在外面的铜牌上面缓慢地划着，用自己的食指把他的名字写在吉尔士先生的名字上面。当然卖报的男孩不是他的外甥。

"要是我不知道他那么喜欢我，不会违背我的愿望自个儿跑到船上去的话，那我可要坐立不安了，"吉尔士先生说着便用手指的关节敲敲两三只晴雨计，"我真要坐立不安了。这些晴雨计都垂头丧气①了，唉！好潮湿！唷！是要下雨的。"

"我认为，"吉尔士先生一边吹散指南针盒子玻璃罩子上的灰尘一边继续说着，"你真不如我的外甥，他的心直接向着后面的起居室，不偏不离，准对北面，左右都不会二十分之一度。"

"喂！所尔舅舅！"

"呵呀，我的孩子！"仪器制造商急转身，喊了起来，"怎么？你回来了，你回来了！"

这个男孩一脸的高兴，冒着雨跑回家来十分兴奋。他有一个好看的脸孔，一双明亮的眼睛和一头鬈发。

"舅舅，一整天我不在家你过得好吗？饭烧好了吗？我饿得很。"

"要说过得好不好，"所罗门和气地说，"没有你这样的小崽子在旁边我要是过得去那才怪呢，你在旁边我要舒服多了。至于晚饭嘛，已经烧好半个小时等你了。你说饿得慌，我也一样饿！"

"那么赶快吧，舅舅！"男孩大声说，"海军上将万岁！"

"见海军上将的鬼！"所罗门·吉尔士说，"你说的是市长大人吧。"

"不，不是！"男孩喊起来，"海军上将万岁、万岁、万万岁！起步——走！"

听到这个命令，那顶绒线帽和它的主人不由自主地走进里面的起居室，就像带领五百人的军队冲进敌船一样。所尔舅舅和外甥迫不及待地拿着一条油煎箸鳗鱼就吃，接下去就准备吃牛排了。

---

① 原文是"船都泊在当斯"。当斯为英国一个船只停泊处。此语是英国诗人约翰·盖伊名诗《可爱的威廉告别黑眼睛的苏珊》中的一句。译文取其意。

"市长大人，沃利①，永远是市长大人！"所罗门说，"不要再讲海军上将，市长大人就是你的海军上将。"

"哦，可他是吗？"男孩摇摇头说，"我看佩剑将军②要比他好。有时候他会把他的宝剑抽出来。"

"他好不容易用那把剑给自己逞威风，"舅舅告诉他，"听我讲，沃利，听我讲。看看壁炉架吧。"

"哎呀，谁把我的大银杯挂在钉子上了？"男孩喊了起来。

"我挂的，"舅舅说，"现在不再用大银杯了。从今天起我们得用玻璃杯喝酒了，沃尔特。我们是商人，是属于这个商业中心区的，从今天早晨开始，我们就过这种生活了。"

"那么，舅舅，"男孩说，"你高兴用什么杯子喝酒我也用什么杯子喝，只要我能够为你干杯。这杯酒祝你健康，所尔舅舅，祝——万岁！"

"祝市长大人万岁。"老人插话说。

"祝市长大人，行政长官，市议员，还有同业公会会员，"男孩说，"祝他们万寿无疆！"

舅舅点点头表示十分满意，然后说，"现在让我听听公司的一些事情吧。"

"哦！公司里面没有什么事情好说的，舅舅，"男孩子一边不停地拿着刀和叉子进食，一边回答着，"公司不过是一个一个黑暗的办公室，在我坐的房间里有一个高高的火炉围栏、一架铁做的保险箱、一些关于正待起航的船舶的卡片、一本年历、几张桌子板凳、一只墨水瓶、几本书、几个箱子和好多的蜘蛛网，在我头顶上的一堆蜘蛛网里面有一只绿头大苍蝇、干瘪瘪的，好像挂在那里很长很长时间了。"

"没有别样东西了吗？"舅舅问道。

"没有了，只有一个旧的鸟笼（不知道这个鸟笼怎么会跑到那里

---

① 沃利：沃尔特的昵称。
② 佩剑将军：持帝王等的宝剑者。

去的）和一个煤桶。"

"没有银行的账簿或者支票簿或者账单或者记载着每天滚滚财源的簿子一类的东西吗？"老所尔追问着，把这些字讲得特别响特别好听，同时透过仿佛老是停留在他四周的雾气渴望地望着外甥。

"哦有的，我看有好多呢，"外甥漫不经心地回答着，"不过这些本本都放在卡克尔先生的房间里，或者莫芬先生的房间里，或者董贝先生的房间里。"

"董贝先生今天有没有到那里去？"舅舅探问着。

"哦去的！整天走进走出的。"

"他没有看见你，我想。"

"他看见我的。他走到我的座位前面——舅舅，如果他不是那么庄严古板就好了——对我说，'哦！你就是船舶仪器制造商吉尔士先生的儿子呵。''是外甥，先生。'我说。'我刚才是讲外甥，孩子。'他说。不过我可以发誓，他是讲儿子，舅舅。"

"我看是你听错了，不过这没关系。"

"是没有关系的，可是我觉得他用不着那么严厉的，他说了一声儿子并没有什么不好。随后他告诉我，你把我的情况同他讲过，所以他就在公司里给我找了个差事，他要我好好干，准时上下班，讲好他就走开了。我觉得他好像不怎么喜欢我。"

"我想你是说，"仪器制造商指出，"你好像不太喜欢他吧。"

"这个，舅舅，"男孩笑着答道，"恐怕是的，不过当时我没有想到这上面去。"

晚饭用毕，所罗门的神情有些严肃，他不时地看着男孩明丽的面孔。晚饭是从附近的馆子店里拿来的，饭吃完了，桌布就拿开了，所罗门点亮了一支蜡烛，走到一间小地下室里，他的外甥站在潮湿发霉的楼梯上，恭恭敬敬地拿着蜡烛。四处寻找了一会儿之后，所罗门很快回到楼梯上，手里拿着一只古色古香、布满着灰尘的瓶子。

"怎么，所尔舅舅！"男孩说，"你干什么呀？这是好宝贵的马德拉岛^①白葡萄酒！——那里只剩一瓶了！"

所尔舅舅点了点头，意思是说他当然知道他想干什么。在庄严的沉默中他揭开了瓶塞，倒满了两只玻璃杯，然后把酒瓶和一只空玻璃杯放在桌上。

"另外一个瓶子的酒，沃利，"他说，"当你以后有了钱，成为一个事业有成、受人尊敬、幸福的人，当你今天开始的生活把你带到你未来的成功的道路——这是我向上天祈祷的愿望！——那时候，我的孩子，就让你喝那瓶酒了。祝你成功！"

老所尔四周的雾气似乎渗入了他的喉咙，因为他讲话的声音是沙哑的。当他拿着他的酒杯和外甥的酒杯相碰的时候，他的手在发抖，可是当酒一沾上唇，他就干净利落地一饮而尽，过后还咂咂嘴。

"亲爱的舅舅，"男孩说，他装着若无其事，其实已经泪水盈眶了，"为你给我的爱护，还有一切一切，现在我恳请为所罗门·吉尔士先生的健康十次祝酒、干杯。万岁！舅舅，以后待我们喝那最后一瓶酒的时候，你再来回敬我这次祝酒，好吗？"

他们又一次碰杯。沃尔特没有把酒喝光，他啜了一口，然后拿起酒杯放在眼睛前面，一丝不苟地加以品鉴。

他舅舅坐在那里默默地看着他。过了一会儿，四目相遇时舅舅急忙开始大声地谈着早就想说的话题，仿佛他一直都在讲着似的。

"你看，沃特尔，"他说，"老实说，这个行业对我来说只是做惯了的事情，是一种生活习惯。要是把生活习惯丢掉的话，我就很难活下去了，可是没有办法呵，没有办法呵。穿上那件制服的时候，"他指着小小的海军候补生，"真是那么想，财源就会滚滚而来了，财源确是滚滚而来了。可是处处都是竞争、竞争，新的发明一个接一个，一个接一个，天天都在改变、改变，这个世界从我身边走过去了，我简直不知道我在哪里，更不知道我的买主在哪里！"

"别去管他们吧，舅舅！"

---

① 马德拉岛：非洲西北部大西洋中的一个岛，所产的葡萄酒很有名。

"举个例子吧，你从佩克姆寄宿学校回来以后，已经有十天了，"所罗门说，"我只记得到我店里来买东西的人只有一个。"

"有两个，舅舅，你不记得了吗？有一个男的，他拿了一个英镑想换零钱。"

"就是这一个。"所罗门说。

"舅舅！有一个女人走进来问，到迈尔·恩德路怎么走。你难道不把她算作一个？"

"哦！一点也不错，"所罗门说，"我把她忘了。一共两个。"

"肯定他们没有买东西的。"男孩大声说。

"没有，他们一样东西也没有买。"所罗门平静地说。

"也不想要买什么东西。"男孩大声说。

"不想买。要是他们想买什么东西的话，他们早就到别的店里去了。"所罗门依旧平静地说。

"可是有两个呵，舅舅，"男孩高声说，仿佛这是很大的胜利，"你刚才说只有一个的。"

"你看，沃利，"老人停了一会儿又说，"我们不是鲁滨孙[①]荒岛上的野人，我们不能靠一个拿着金镑来换零钱的男人和一个问到迈尔·恩德收税栅怎么走的女人过活嘛。我刚才讲的，这个世界从我身边走过去了。对于这个世界我不埋怨，不过我再也搞不清楚它是怎么回事了。做生意的人同以前做生意的人不一样，学徒同以前的学徒不一样，生意同以前的生意不一样，货物同以前的货物不一样。我店里的货物有八之七是过时的，我的店铺是过时的，我也是过时的，我住的这条街道已经不是我脑子里还记得的那个样子了。我已经掉在时代的后面了，我年纪太大，再也跟不上了。连前面好远的地方那个嘈杂的声音也叫我莫名其妙。"

沃尔特正待讲话，他的舅舅把手举了起来。

"所以，沃利——所以我心里很焦虑，希望你小小年纪就来到这

---

① 鲁滨孙:英国作家丹尼尔·笛福（约 1660—1731）所著小说《鲁滨孙漂流记》中的主人翁，他在荒岛上呆了 28 年。

个熙熙攘攘的世界，走上世界的征途。我只是这个事业的鬼魂，事业的实体早就没有了，我一死，我这个鬼魂也就没有了。很清楚，既然没有什么家当留给你，我一直在想，为了你的利益起见，最好的办法就是不妨利用我长年积累起来的还剩下的一点点老交道。有些人以为我很有钱。为了你的缘故，我真希望他们讲得对。不管我留给你什么，不管我能给你什么，你在董贝公司的差使是一个很好的机遇，你可以充分享受，充分利用它。亲爱的孩子，你要喜欢这个工作，好好地干，不要靠别人，要靠自己，快快活活地干吧！"

"舅舅，我要好好地干，不辜负你对我的深情，我一定好好地干。"男孩热切地说。

"我知道的，我知道你一定会的，"所罗门说过后就又拿起一杯马德拉岛白葡萄陈酒更开心地喝起来，然后继续说下去，"海这个东西，在想象里是蛮好的，沃利，不过在生活里就不对了，根本不对了。你把大海和其他这些很熟悉的东西凑在一起，你就想入非非了，这当然是很自然的，可事实不是这样，绝对不是的。"

所罗门一边谈论着大海一边搓着双手，暗自高兴，并且用一种难以言传的自得其乐环顾四周的航海器具。

"譬如这酒，想想看，"老所尔说，"它到过东印度群岛又返回来，我讲不清有多少次了，而且还环球旅行过。想想这一片漆黑的夜，呼啸的风，汹涌的大海吧。"

"还有雷鸣，闪电，大雨，冰雹，各色各样的狂风暴雨。"男孩接着说。

"所有这些，"所罗门说，"这酒肯定都经历过，碰到过。想想船身、桅杆在怎么样歪歪斜斜地摇晃、吱吱嘎嘎地作响！大风怎样穿过缆索奔腾呼啸呵！"

"船在海里疯狂地摇晃颠簸，船上的人都争着爬到帆桁上卷起冰冷的帆呵！"外甥大声讲着。

"一点也不错，"所罗门说，"装这酒的酒桶这些都经历过。哎呀，当那艘漂亮的萨莉号沉没在——"

"波罗的海，在午夜十二点二十五分，正当船长口袋里的表刚刚停止。船长身子伏在主桅杆上死了——那是 1749 年 2 月 14 日！"沃尔特兴奋地叫起来。

"对！"老所尔大声说，"完全对！当时船上有五百桶这样的酒；除了大副、上尉、两个水手还有一位女士以外在一只漏水的小船上，所有的海员都去把酒桶钻个洞，拼命地喝酒，喝得烂醉，当船沉下去的时候，他们一齐唱起'统治吧，不列颠'[①]，在庄严响亮的歌声中他们大喊一声在沉醉中死去。"

"可是舅舅，在 1771 年 3 月 4 日天亮前两小时，在凄厉的风中乔治第二号沿着康沃尔[②]海岸疾驶，船上约有两百匹马，风刚起时，这些马挣脱了绳索，奔来奔去，互相踩死，马的叫声，人的喊声，响成一片，那些水手都以为船里装满了魔鬼，好多很棒的水手给吓坏了，跳到海里去了，最后只剩下两个人还活着，才把这件事讲了出来。"

"而当，"老所尔说，"而当波吕斐摩斯[③]号——"

"私人的西印度商船，载重三百五十吨，船长是英国德特福地方的人，名字叫约翰·布朗，船主是威克士公司。"沃尔特喊着。

"就是这艘，"所尔说，"这艘船从牙买加港口起航，航行四天一路顺风，可在第四天的夜里它失火了——"

"当时船上有一对兄弟，"外甥插话说，他说得既快又响，"只有一只小船没有进水，但这只小船只能坐一个人，兄弟俩谁都不肯到小船上去，最后哥哥把弟弟拦腰抱住，把他扔到小船上去，弟弟在小船上站了起来，高声喊道：'亲爱的爱德华，想想你家里的未婚妻吧。我只是个男孩子，没有人在家里等我。跳下来，坐在我的位置上吧！'弟弟说着就跃入海中！"

---

① 英国诗人汤姆逊（1700—1748）的假面剧《阿尔弗雷德》（*Alfred*）中的短诗《统治吧，不列颠》，后成为英国国歌。

② 康沃尔：在英国西南部。

③ 波吕斐摩斯：希腊神话中的独眼巨人，此处作为船名。

男孩子说得起劲，满腔热情，便从座位上站了起来，眼睛闪着光芒，脸孔泛着红光，这副样子使老所尔似乎想起了他忘却了的一件事情，这件事情也许因为眼前的迷雾一直被遮挡住，没有觉察。刚刚他分明还想再谈一些逸事趣闻的，此时他戛然而止，干咳了一声说："这么样吧，我们换个题目吧。"

事实是，这位朴实无华的舅舅在他的内心深处对于冒险和奇趣情有独钟，因为他所操的职业使他对于这些并没有什么隔膜，而他对于冒险和奇趣的钟爱却在他外甥的心中唤起了同感。他为了防止外甥去过冒险的生活曾经在他面前摆了一些事情，但每样事情恰恰产生了加剧其冒险欲望的效果。这是无法讲清楚的，这是人之常情。似乎凡是出于力求孩子留守陆地的目的而写的书和讲的故事无不把他们诱向大海，这可以说是不言而喻的事实。

这时，出现了一个绅士模样的人，他身着一套宽大的蓝衣服，和他右手腕相连的部分不是手而是一只铁钩，他的眉毛又黑又浓，左手拿着一根布满疙瘩的手杖，就像他的鼻子一样。他的颈项松松地围着一块黑色丝手帕和一个很大的粗制衣领，仿佛小型的船帆。那只空酒杯显然是为此人准备着的，而他也心中有数，因为他脱下了外面的粗制的大衣，把一顶硬邦邦的光亮的帽子——这顶帽子在他的额角上留下了一圈红色，仿佛一直戴着一只紧口盆子似的，使富有同情心的人一见之下就会头痛——挂在门后面的一个木钉上之后，立刻拿了一把椅子放在空酒杯的旁边，然后在它后面坐了下来。这位来客通常的称呼是船长，他做过领航员，或者小商船船长，或者私掠船船长，也可能三样都当过。他的确有一副久经风浪的海员的仪表。

他的脸孔黝黑结实，他和舅甥二人握手的时候，显得容光焕发，不过他看起来寡言少语，只是简单地问了一声：

"怎么样？"

"很好。"吉尔士先生回答说，一边把酒瓶推到他面前。

他拿起酒瓶，端详了一下又闻了一闻，然后煞有介事地问：

“这？”

“这就是。”仪器制造商回答着。

听到这个回答，他一边把酒杯倒满，一边吹着口哨，仿佛在想他们是真的在过节日呢。

“沃尔！”他一边说一边用他的铁钩梳理他稀疏的头发，然后把铁钩指着仪器制造商说，“瞧他！爱他！敬他！服从他！翻一下你的《教义问答》，把这一段找到①，然后把这一页折起来。祝你成功，孩子！”

他对刚才所说的这段话以及它的出处颇为自得，于是情不自禁地又低声地重复了一遍，并且说这四十年来他已经把这段话忘却了。

“我一生中从来不会不知道两三个我要找的字，吉尔士，”他说，“因为我不想像别人那样问来问去，白费口舌。”

或许这个想法提醒他最好像小诺瓦尔的爸爸那样“增添他的羊群”②，不必多讲。因此他始终一言不发，一直到老所尔走到店铺里去点灯，他才回过头来，一句开场白的话也没有，就直截了当地对沃尔特说，“我看他要是想搞的话，他钟也会制造的吧？”

“我看没有问题，卡特尔船长。”男孩答道。

“而且钟会走的！”卡特尔船长说着就用铁钩在空中勾画了一条蛇的模样，“好呀！这个钟会走得多妙呵！”

片刻之间，他似乎完全沉浸于设想这个理想的时钟怎么个走法，他坐在那里望着男孩，仿佛他的脸孔就是钟面。

“可是他脑子里装满了科技，”他说着便对着那许多货物摇晃着他的铁钩，“你看这里！这么一大堆。泥土、空气、水分，集中在一起，全都是一样。只需讲一下是在哪里就行了。是不是在高空的气球里？那就对了。是不是在海上的船钟里？也说对了。你想不想把北极星放到天平上称？这件事情他会给你做的。”

---

① 这段话实际上不是《教义问答》上的，而是婚礼上用的。

② 此语见十八世纪苏格兰作家的约翰·霍姆（1722—1808）的悲剧《道格拉斯》（Douglas）。

48

从卡特尔船长的话里可以设想他对这些仪器的敬爱之意是多么深厚，而他对出售这些仪器与制造这些仪器之间的区别几乎一无所知，甚至于根本莫名其妙。

"呵！"他叹了一口气说道，"对于这些东西融会贯通有多好。对于这些东西一窍不通，也是好的。究竟哪个更好我不大清楚。坐在这里是一件很舒服的事情，你可能会被称、被量、被放大、被充电、被极化、被捉弄而又不知其所以然。"

如果没有神奇的马德拉岛白葡萄酒和这种场合，他就不可能滔滔不绝地发表这样的高论，而这种场合是很有利于发展与开阔沃尔特的智力的。十年来，每逢星期日他都要来这间起居室里用餐，用餐时他那秘而不宣的愉快心情就会发挥得淋漓尽致，这使他惊诧不已。待酒醒渐渐平静以后，他有些伤感，便沉思默想起来。

"来！"他钦慕的偶像回到起居室后就大声说着，"内德，我们先把这瓶喝光，你再喝你那杯掺水烈酒。"

"准备好！"内德一边斟满他的酒杯一边说，"给孩子再倒些酒。"

"不要再倒了，舅舅，谢谢！"

"要的，要的，"所尔说，"稍微再倒一点。为了这家公司，内德——沃尔特公司的繁荣，让我们把这瓶酒喝光。总有一天这家公司有一部分是归他所有的。谁知道？理查德·惠廷顿爵士就是娶了他主人的女儿的嘛。[①]"

"再回去，惠廷顿，您这位伦敦市长。等您老了，您永远也离不开了，[②]"船长插进了传说里钟声的启示，然后对沃尔特说，"沃尔，把那本书翻到那一段！"

"即使董贝先生没有女儿。"所尔说。

---

① 根据传说，贫穷的乡村少年迪克（即理查德·惠廷顿）来到伦敦谋求出路。起初他时运不佳，于是决定打道回府，归途中他听到圣玛丽教堂的钟声鸣响，似乎在告诉他："回去，你会做三届伦敦市长！"他就重新回到主人家。后来，这预言真的实现了。他娶了主人之女而后连任了三届伦敦市长。

② 卡特尔船长把《圣经》里的一段话误用到惠廷顿身上去了。

"有，有，他有女儿，舅舅。"男孩红着脸蛋笑着说。

"他有吗？"老人喊了起来，"我也真的以为他是有女儿的。"

"哦！我晓得他有的，"男孩说，"今天办事处有些人就在谈这个事情。舅舅和卡特尔船长，"他压低了声音讲，"他们说他不喜欢女儿，说他把她放在用人堆里，不闻不问，说他老是在想把他的儿子放在公司里，说他的儿子虽然现在还不过是个婴儿，他已经准备把算盘打得更勤一些，把账簿管得更严一些。人家还看到他在码头上走来走去（他自己还以为人家没有看见），看看他的船只，看看他的财产，看看这看看那，好像他想到将来他和他儿子会一起享有这许多东西高兴得不得了。他们是这样讲的。当然我是不知道的。"

"你看，关于那位小姐的事情，他都知道了。"仪器制造商说。

"舅舅，你乱说，"男孩喊了起来，仍旧孩子气地满脸泛红、笑声不止，"他们同我说的，我怎么会听不见呢？"

"我怕这个小子现在有点碍事了，内德。"老人开着玩笑说。

"碍事得很呢。"船长应声说。

"不过，我们还是要敬他一杯酒，祝他一帆风顺，"所尔接着说，"这杯酒祝董贝父子公司繁荣昌盛。"

"哦，太好了，舅舅，"男孩兴奋地说，"既然你讲起了那位小姐，又把她和我挂上了钩，而且还说她的事情我全都晓得，那么我就把刚才的祝酒词改一下：祝董贝父子女公司繁荣昌盛！"

第五章

保罗的成长与洗礼仪式

小保罗没有受到土德尔这家人的血液的浸染，他一天天长得结实强壮。托克史对他的喜爱也一天天增强，于是引起了董贝先生对她的赏识，认为她是一位很有头脑的女人，她的感情真实可信，因而是值得鼓励的。他对她谦恭有礼，倍加赞赏，他不仅好多次特别向她鞠躬致意，而且把他对她的赞赏之意告诉他的妹妹，说"路易莎，请同你的朋友说她非常好"，或者说"路易莎，请向托克史小姐转达我对她的感谢"，等等，这些话给这位备受青睐的小姐留下了深刻的印象。

托克史小姐经常对奇克夫人说她最关心的事莫过于这个小宝贝的成长要她深信不疑；只要对她的行为举止作一番观察，即使没有这番表白，也会得出这样的结论的。在小公子用膳的时候，她以难以言喻的欣喜在旁观看，那样子几乎是在和理查兹分享这份情趣。在小宝贝洗澡和穿衣打扮的过程中，她是一个很热情的帮手。小宝贝服药时会唤起她性格中饱满的同情。有一次，董贝先生由他妹妹带到婴儿室内，托克史小姐出于害羞便逃进小橱里躲起来。这时小宝贝正待上床就寝，身着一件轻飘飘的亚麻布短上衣，沿着理查兹的衣裳向上爬了一会儿。见此景象，托克史竟忘乎所以，情不自禁地喊了起来，"他好漂亮呵，董贝先生！先生，他活像个小爱神呵！"说完，她满脸羞红，惶惑之下差不多跌倒在小橱的门后面了。

"路易莎，"一天，董贝先生对他的妹妹说，"我真的想在保罗的洗礼仪式上给你的朋友送点什么小的纪念品。她一开始就这么热情地关心孩子，不遗余力，而且对她自己的身份似乎是了如指掌的，我很抱歉地说，这一点在这个世界上就是一种极其可贵的品德，所以我很乐于向她表示感谢。"

这无非意味着这样一点：在董贝先生的眼里以及在其他一些偶然也看出这点的人的眼中，凡是对他表示应有尊敬的人才称得上有自知之明，才称得上了解自己的身份。这样说并不是降低托克史小姐的价值。其实了解自己的身份算不了什么品德，重要的是要有知他之明并向他鞠躬致敬，这才是一种品德。

"我亲爱的保罗，"他妹妹接着说，"你对托克史小姐的看法很对，我知道像你这样一个明察秋毫的人肯定是这样看的。我相信，如果英国语言里面有四个字使她佩服得五体投地的话，那就是——董贝父子。"

"哦，"董贝先生说，"我相信的。这更证实了托克史小姐的难能可贵。"

"至于送什么礼物，我亲爱的保罗，"他妹妹接着说，"我的看法是，你要送给托克史小姐的东西她是一定会作为一件纪念品珍藏起来的。不过如果你愿意的话，我亲爱的保罗，还有一种更讨人喜欢、更容易被接受的方式可以表示你对托克史小姐的友谊的感谢。"

"什么方式？"董贝先生。

"教父，"奇克夫人说，"在保持亲密关系和影响方面自然是很重要的。"

"我不懂教父对我儿子有什么重要关系。"董贝先生冷淡地说。

"的确是这样，我亲爱的保罗，"奇克夫人为了掩饰她突然改变的主意，便振振有词地辩解说，"你讲话一向是这样的，我早就料到你会这样讲的，我早就猜到你的意见就是这样的。也许，"奇克夫人讲到这里又想进行讨好，因为要走好前面的路她还不是十分得心应手的，"也许就是因为这个缘故，你可能不会怎么反对让托克史小姐做亲爱的小宝贝的教母的，如果这样做只是为了代替教父的话，托克史小姐是会把这个职位看作很大的荣誉与优待而乐于接受的，保罗，这是用不着我说的了。"

"路易莎，"董贝先生等了一会儿说，"不能认为——"

"当然不，"奇克夫人为了防止他一口拒绝，赶快大声说，"我根本没有这么想。"

董贝先生不耐烦地看着她。

"别叫我心烦，我亲爱的保罗，"他妹妹说，"我要病倒的，我身体很虚弱，可怜的好范妮走了以后，我就一直不舒服。"

董贝先生看了看他妹妹从口袋里拿了一块手帕擦眼睛，然后把刚才的话又讲了一遍：

"我说了，不能认为——"

"我也说了，"奇克夫人喃喃自语，"我根本没有这么想。"

"我的天，路易莎！"董贝先生说。

"不能这样，我亲爱的保罗，"她含着泪水庄严地抗辩着，"总应该让我讲话嘛。我没有你那么聪明，那么口齿伶俐，那么能说会道，还有别的什么的。这一点我自己是很清楚的，所以反而不好。可是如果这些是我最后要讲的话，那我就要再讲一遍，我根本没有这样想。保罗，可怜的好范妮去世之后，对于你和我最后的话一定是非常郑重庄严的。而且，"奇克夫人更加郑重其事地再加上一句，仿佛非到此刻她的压倒一切的宏论决不拿出来似的，"我的的确确不是这样想的。"

董贝先生走到窗口又走回来。

"不能认为这样，路易莎。"他说。奇克夫人也决不让步，又说了一遍"我知道我不是这样想的"，但董贝先生不理会她讲的话，却继续说下去，"但是许多人以为，在这样的情况下，我一定是有求必应的，而他们比托克史小姐更有资格有求于我，可我都没有答应。这种事情我是不理会的。到时候，保罗和我自然能够坚守阵地——换句话说，我们的公司自己能够坚守阵地，把它的事业一直传下去，用不着这种普通人的帮助。人们为了他们孩子的缘故往往寻求外来的帮助，而我完全可以不屑一顾，我想我是不屑于这样做的。只要保罗的幼年与童年很顺利地度过了，我看到他没有虚度光阴，能够担当他命里注定要担当的责任，我就很满意。将来，当他独立地担当起维护公司的尊严与荣誉的重任，而且如果可能，使之发扬光大的时候，他就可以结交他认为合适的有权有势的朋友。在那时之前，也许只需我一个人就够了，我是一切，一切的一切。我不希望别人插进来。对于像你的朋友那样功不可没的人，对于他们乐于助人的品德，我宁可表示万分感激。那么就这样吧。至于是不是还要请其他的教父，我看就不必了，你的夫君和我足以担当此任。"

董贝先生以极其庄严与宏伟的气势发表了这些高见，却也把他心中藏而不露的感情真正地露了底，那就是：任何人想介入他和儿子之间他都表示极度的不信任；他害怕别人分享或独占他儿子对他的敬意，这种害怕的心情表现为傲慢自大；他最近感到担心他并不是能够每时每刻左右别人的意志；他同样极度猜疑，生怕再碰上新的灾难与不幸，这些就是他当时的心灵的感受。有生以来他从没有交过一个朋友。他那与人疏远，冷若冰霜的天性使他无意结交朋友，也找不到朋友。现在他在为了自己为父的利益和宏愿而构造的偏心的蓝图中全部倾注了他的这种天性，仿佛这股冰凉的寒流并没有就此消融，成为清流急湍，而是为了接纳它的载体暂时解冻，然而又冻结起来，和新的载体凝结成坚硬的冰块。

托克史小姐出身寒微，被提升为小保罗的教母，从那时起就正式就职。董贝先生示意：洗礼仪式已经耽搁很久了，应该赶快举行，不要再推迟。他的妹妹没有想到事情会这样一帆风顺，听了这个消息，马上退出，去告诉她最好的朋友。董贝先生独自留在图书室中。

幼儿室内不是静悄悄的，因为奇克夫人和托克史小姐正在那里欢度良宵，谈兴正浓，这使苏珊·尼珀小姐非常恼火，一有机会她就在门后面做鬼脸。她愤怒的情绪被大大地激起来了，她觉得必须好好发泄一下，即使没有观众的同情和安慰也在所不顾。犹如古时的游侠骑士为了抒发他们的侠胆豪肠，在沙漠和旷野，在不可能有人看得见他们字迹的蛮荒之地，刻下了他们的情人的名字，苏珊·尼珀小姐把弯曲着的扁平鼻子塞进抽屉和衣柜里，把她轻蔑的眼神一眨一眨地送进碗柜里去，斜着嘲笑的眼睛瞧着石制的水罐，而且在走廊里高声大叫、指桑骂槐。

幸好，这两位不速之客没有注意到这个年轻姑娘在发脾气，她们眼看着小保罗平安无事地脱下了衣服，蹦蹦跳跳，吃晚饭，然后上床，待诸事完毕以后，她们在炉火前面坐下来吃茶点。两个孩子在波莉的照料下现在睡在一间房子里。待两位妇人在茶几旁坐好之后，不经意地向两张小床望了一下，她们才想起弗洛伦斯。

"她睡得好熟呵！"托克史小姐说。

"呃，你可知道，亲爱的，她整天都动个不停的，"奇克夫人答道，"在小保罗的旁边玩得好起劲呵。"

"她是一个很怪僻的孩子。"托克史小姐说。

"亲爱的，"奇克夫人很不以为然地低声说，"同她妈妈是一模一样的！"

"真——的！"托克史小姐说，"我的天呵！"

托克史小姐讲这句话的时候是带着非常同情的语调的，虽然她不太清楚她为什么会这样讲，她只是觉得她是应该这样讲的。

"弗洛伦斯永远不会像董贝家的人的，"奇克夫人说，"即使她活上一千岁也不会是。"

托克史小姐扬起了她的眉毛，她心中又充满着同情。

"我很为她着急，"奇克夫人有礼有节地叹了口气说，"我真不知道她长大起来会是怎么样的，会有什么样的地位。她一点也不讨她爸爸的喜欢。她这么不像董贝家的人，怎么可能让她爸爸喜欢她呢？"

托克史小姐听到这种不容表示异议的议论茫然不知所答。

"而且这个孩子，你可知道，"奇克夫人很自信地接着说，"她的性格同可怜的范妮一样。我可以肯定，她将来也不会奋发振作的，绝不会！她绝不会把自己缠绕在她爸爸的心上的，就像——"

"就像常春藤吗？"托克史小姐提示道。

"就像常春藤，"奇克夫人表示同意，"她绝不会像常春藤那样！

她绝不会溜进她爸爸慈爱的怀里，受到他的喜爱，就像——"

"受惊的小鹿吗？"托克史小姐提示道。

"就像受惊的小鹿，"奇克夫人说，"她绝不会！可怜的范妮！可是我多么喜欢她呵！"

"您绝不要伤心，亲爱的，"托克史小姐安慰着，"好了！您的感情太丰富了。"

"我们大家都有自己的缺点，"奇克夫人说着一边哭泣一边摇头，"我想我们都有缺点的，她的缺点我不是没有看到，我从来没有说过我没有看到，根本不是。可是我多么喜欢她呵！"

对于奇克夫人来说，谦卑而温情地怀念着她的嫂嫂，不折不扣地回忆着她嫂嫂生前对她的一言一行，对自己有自信之明自欺之术，对别人则宽怀大度，以此取得莫大的快慰，这是最使她满意的事情了！我们对了而能原谅别人，我们错了依旧举止得体，我们怎么会这样处事有方、应付自如的，我们却无法一一细说，这是最大的愉快！奇克夫人的嫂嫂就是这样一位既有女性的智慧又有女性的温柔的天仙。和她的嫂嫂相比，奇克夫人不过是一个极其普通的蠢材。

奇克夫人还在擦去眼里的泪水、摇着头的时候，理查兹壮着胆子告诉她说弗洛伦斯小姐已经醒了，坐在床上呢。正如奶妈所说，弗洛伦斯已经坐起来了，她的眼睫上沾湿着眼泪。可是除了波莉，谁也没有注意到眼泪的闪光，谁也没有俯身向着她，对她轻轻地讲几句安慰的话，或者靠近她，听着她心的跳动。

"呵！亲爱的奶妈！"孩子说着，热切地望着她的脸孔，"让我躺在我弟弟的旁边吧！"

"怎么，我的乖乖？"理查兹问。

"哦！我想他爱我的，"孩子大声说，"让我躺在他旁边。求你！"

奇克夫人出面干预了，她讲了几句慈爱的话，叫她乖乖地去睡觉，可是弗洛伦斯不肯，她再一次请求，她的眼神慌张，她哭哭啼啼，泣不成声。

"我不会把他弄醒的。"她说着，随即用手捂着脸并垂下她的头。

"我只要用手摸摸他，然后就睡。呵，求求你，今天夜里让我躺在我弟弟的旁边，因为我知道他喜欢我！"

理查兹一句话也没有讲就把她抱到婴儿正在酣睡的小床上，放在他的旁边。她轻悄悄地爬着，靠他更近一些，没有惊醒他，然后伸出一只手臂，战战兢兢地围着他的颈项，再把她的脸伏在另一只手臂上，纹丝不动地躺在那里，她潮湿的头发松散地铺在这只手臂上。

"可怜的小乖乖，"托克史小姐说，"我想她是在做梦呢。"

这个小小的插曲打断了她们的谈话，要把这段谈话继续下去是困难的，而且奇克夫人正为自己宽容的天性而沾沾自喜，也无心谈下去了。这两个朋友于是马上结束了她们的茶点，叫了一位仆人去给托克史小姐找一辆出租马车。托克史小姐坐出租马车的经验很丰富，每次出去都要花不少时间，因为她的准备工作需要安排得有条不紊。

"托林森，请你帮个忙，"托克史小姐说，"先带一支钢笔和墨水，把他车子的牌号清清楚楚地记下来。"

"是，小姐。"托林森应道。

"然后，托林森，"托克史小姐说，"请你把坐垫翻转过来，"托克史小姐随即对奇克夫人说，"坐垫一般都很潮湿的，亲爱的。"

"是，小姐。"托林森应道。

"我还要麻烦你，"托克史小姐说，"请你把这张名片和这枚先令带着。叫车夫把马车开到名片上写着的地方，告诉他车费最多一先令。"

"是，小姐。"托林森应道。

"还有——我很抱歉，给你添这么多麻烦，托林森。"托克史小姐说着，若有所思地看着他。

"一点也不麻烦，小姐。"托林森应道。

"那么就请你同车夫讲，托林森，"托克史小姐说，"这位小姐的舅舅是法官，要是他对她有什么无礼的举动，他是要受到严厉的惩罚的。托林森，你知道有一个车夫就是这样给处死的，不过你讲的时候，可以装得和气友善一点。麻烦你啦。"

"一定做到，小姐。"托林森应道。

"那么现在就祝我亲爱的、亲爱的、亲爱的教子晚安了，"托克史小姐每讲一个"亲爱的"就一阵温柔地亲亲她的教子，然后说，"路易莎，我亲爱的朋友，答应我您临睡前吃点东西暖和暖和，不要烦神！"

这一幕临别时依依不舍的情景，黑眼睛的尼珀一直在一旁观看，她好不容易抑制住内心的火气，待奇克夫人终于离开，两位来客告别，幼儿室又复安静之后，她才开始发作。

"你可以叫我穿六个星期的紧身衣，"尼珀说，"但是我一把它脱下，那就更加势不可挡了。像她们这两个格里芬①这样讲话有谁听见过吗，理查兹太太？"

"而且还讲她在做梦，好可怜的小亲亲！"波莉说。

"呵，你们这两位美女！"苏珊·尼珀故意向这两位女士走出去的门高呼致敬，"决不会像董贝家里的人的，她不会是的，我们也不希望她是，一个就够了，我们不需要再多的董贝。"

"别把孩子吵醒了，亲爱的苏珊。"波莉说。

"我非常感谢你，理查兹太太，"苏珊说，她脾气来了，对什么人都会发的，"而且真的觉得听候你的吩咐实在是一件光荣的事，因为我是一个黑奴，一个混血儿。理查兹太太，如果你还有什么其他的吩咐，请告诉我好了。"

"什么吩咐，乱扯。"波莉说。

"哎呀，你好福气，理查兹太太，"苏珊高声叫着，"在这里，临时工总是对长期工发号施令，你难道不知道？我问你，你是在哪里出生的，理查兹太太？不过不管你是在哪里出生，理查兹太太，"火爆姑娘狠命地摇晃着脑袋，穷追不舍，"在什么时候，以及怎么样出生的（这一点你自己最清楚），请你记住：吩咐别人是一回事，听不

---

① 格里芬：希腊神话中的怪兽。这里是怪物的意思。

听别人的吩咐完全是另外一回事。理查兹太太，一个人可以叫另外一个人头朝下从桥上跳进四十五英尺深的水里，但是另外一个人完全可以不跳。"

"好了，"波莉说，"你发脾气是因为你这个小姑娘心肠好，你喜欢弗洛伦斯小姐。这里没有别人，你就把火发到我身上了。"

"理查兹太太，"苏珊的怒气稍稍缓和之后接着说，"有些人把他们的孩子宠得像王子一样，甚至于要别的小朋友过来陪他，要他们不发脾气，讲话轻声轻气，那还不容易。可是一个好好的小姑娘，又漂亮又可爱，根本不应该对她说三道四的，居然受到这样的冷遇，这情况就大不一样了。我的天哪，弗洛依小姐，你这个调皮捣蛋的坏孩子，要是你不马上把眼睛闭起来，我就要把住在阁楼上的妖怪叫下来，把你活活地吞掉！"

尼珀小姐随即发出一声可怖的牛鸣，仿佛一头倔强的牛怪迫不及待地准备履行其严厉的使命。之后她用被褥把小孩子的头蒙起，再在她的枕头上狠狠地敲了三四下。把小姑娘弄得安稳之后，尼珀小姐双臂交叉，闭紧嘴唇，坐观炉火，就这样度过了一个晚上。

小保罗，用幼儿用语来说，虽然"已开始开窍了"，他对周围所发生的一切，对大家为他后天洗礼仪式所作的准备，茫然无知，可是大家正忙得不亦乐乎，为他，为他的姐姐，为两个保姆在那天穿的衣服加紧缝制。举行洗礼仪式的那天早晨到来时，他也没有意识到这天对他有多么重要，相反，他反而比平时更加想睡，当仆人给他穿衣服准备外出，他出奇地不高兴。

那天凑巧是一个灰暗的秋日，寒风劲吹，与洗礼仪式的整个过程真是不谋而合。董贝先生的身上就代表了洗礼仪式的寒风、阴影和肃杀的秋气。他站在图书室里接待来宾，严峻冷淡的态度犹如秋天肃杀阴寒的气候，而当他的眼光透过玻璃房子落在小花园的树上时，褐色的和黄色的树叶纷纷落下，仿佛是受了他的摧残而掉下的。

呵！这些房间多么黑暗、阴冷，如同这屋子里的人一样，仿佛穿着丧服。这些书按照大小整整齐齐地排列着，就像穿着冰冷、坚硬、光滑的军服的士兵，目不转睛地望着，似乎它们只有一个念头，那就是做一个冷冻器。装了玻璃而且加了锁的书橱令人望而却步。英国政治家皮特先生①的铜像屹立在书橱的顶上，像一位着了迷的摩尔人护卫着这些不让人染指的宝物，而关于皮特先生的高贵出身的遗迹却渺然不见。书橱顶上的两个角落都摆着一个从古墓里掘出来的积满灰尘的古瓮，它们似乎从两个讲坛上昭示荒凉和衰微。壁炉上的镜子同时反映着董贝先生和他的画像，似乎布满着重重的忧思。

僵硬笔直的火钳似乎觉得它和董贝先生的形貌比屋子里任何别样东西更加相似，当时奇克夫妇还没有来，董贝先生穿戴得整整齐齐；纽扣扣紧的上装、白色领带、沉甸甸的金表链、吱吱作响的皮靴。没有多久他的嫡亲奇克夫人和她的夫君就来到了。

"我亲爱的保罗，"奇克夫人轻声地说，一边拥抱着他，"衷心祝愿这喜庆的日子带来永远的欢乐！"

"谢谢你，路易莎，"董贝严肃地说，"您好，约翰先生。"

"您好，先生。"奇克回应道。

他小心翼翼地向董贝先生伸出一只手，好像怕触电似的。董贝先生把这只手握了一下，又立刻彬彬有礼地而又自命不凡地把这只手送回去，仿佛这只手是一条鱼、一根海草或者什么别的滑腻腻的东西。

"路易莎，也许，"董贝先生说着他的头就在领带里面稍微转动了一下，仿佛领带是一个插座，"你是不是喜欢生一下炉火？"

"哦，我亲爱的保罗，不，"奇克夫人说着，好不容易才叫牙齿不要打架，"不要为我烦神。"

"约翰先生，"董贝先生向他的妹夫说，"你没有感觉到有点凉吗？"

约翰先生早已把两只手放入袋中，连手腕也塞进去了。正准备哼起上一次他哼过的、使奇克夫人很不高兴的、像狗吠一样的小调，他却说他舒服极了。

———————————

① 皮特先生：指威廉·皮特（1759—1806），英国政治家，在奠定英国殖民制度方面很有影响。

然后他低声地哼着"'蹄得尔——托尔——土尔——鲁尔'——"这时幸好给托林森打断了。托林森报告：

"史托克小姐！"

那位想征服男人的巾帼英雄走进来了，她的鼻子冻得发紫，脸孔冻得冰冷，为了参加隆重的洗礼仪式，她穿着一件色彩缤纷、各部分飘然若飞的很薄的衣服。

"您好，托克史小姐。"董贝先生殷勤致意。

托克史小姐在铺开的轻纱中翩翩地走过来，俨若观剧用的小望远镜渐渐地缩拢着。董贝先生走上一两步去迎接她，她向董贝先生行了一个低低的屈膝礼以表示敬意。

"我永远也不能忘记这个盛大的日子，先生，"托克史小姐轻声细语地说，"这是不可能忘记的。我亲爱的路易莎，我简直不敢相信我感官的所见、所闻、所感了。"

如果托克史小姐有一个感官她是信得过的话，那就是她感到今天很冷。这是显而易见的。她很快地抓住机会，从口袋里拿出一块手帕偷偷地揩着鼻尖，使那里的血液能够畅通，她生怕当她去亲亲小宝贝的时候，因为气温太低，冰冷的鼻尖会把小宝贝吓坏的。

穿戴得光彩夺目的小宝贝即刻由理查兹带进来了。弗洛伦斯在那位年轻、朝气蓬勃的女警官苏珊·尼珀的监护下走在最后。此时，幼儿室的全部人员所穿的丧服的颜色比当初已经淡了，但是失去了母亲的孩子的凄苦表情足以使这一天依旧黯然无光。也许是由于托克史小姐寒冷的鼻子吧，小宝贝哭起来了。因为这一哭，奇克先生本想去夸奖弗洛伦斯的打算也就戛然而止，这种打算虽然显得笨拙，其实是很光明正大的。原来这位先生，也许因为他自己有幸与董贝家的人结亲、对其超群不凡的美德已司空见惯，所以反而不注意一个完美无缺的董贝应具备很高的要求。奇克的确很喜欢这个小姑娘，而且把他的喜欢表现出来，当他正准备以他自己的方式表现这种喜悦时，小保罗哭了，他的夫人立刻阻止了他。

"弗洛伦斯！"她的姑妈大声地说，"你现在在做什么，乖乖？你走过去，让他看看你，乖乖！"

　　小姑娘踮起脚站在董贝之子及继承人的王座前面，拍着手掌吸引他的注意，想使他从王位上居高临下，看着她。此时董贝先生站在一旁凛然不动地注视着他的小女儿，屋子里的气氛越来越冷，也许会还要冷下去。幸亏理查兹赶快把小姑娘拉到她后面，以善良可嘉的行动挽救了这个尴尬的局面。不过小王子还是往下看了，止住了哭泣。他用眼睛搜索着藏在他保姆后面的小姑娘。当小姑娘偷偷地从保姆的后面望他，快乐地向他喊着时，他立刻跳起来，尖声地大喊大叫；小姑娘向他奔过去，他起劲地笑着；当小姑娘拼命地亲他时，他好像在用他的小手抚弄着她的鬈发。

　　董贝先生见此情景是否高兴呢？他并没有表现出来，没有一根神经是松动的，不过董贝先生通常是不轻易流露任何感情。如果有一线阳光潜入屋里，照亮着嬉戏着的孩子，这一线阳光也不会光顾他的脸孔。他就这样一动不动、冷冰冰地看着。当小弗洛伦斯的眸子偶然碰上他的眼睛时，那温暖的光辉也即刻从她欢笑的眸子消逝了。

　　这真是一个阴沉、灰暗的秋天。在片刻的沉寂中，树叶忧伤地飘落着。

　　"约翰先生，"董贝先生指指他的表，戴上帽子和手套说，"请您关照我的妹妹，今天我要搀托克史小姐。理查兹，你最好抱着保罗少爷先走。好好当心。"

　　坐在董贝先生车子上的是董贝父子，托克史小姐，奇克夫人，理查兹和弗洛伦斯。后面跟着奇克先生的一辆小马车，上面除了奇克先生以外还有苏珊·尼珀。苏珊始终目不转睛地望着窗外，这样可以免得尴尬地面对这位先生的庞大脸盘。一听到沙沙沙的声音她就以为他把一大把钱包在纸包里赠送给她，向她献殷勤。

　　到教堂去的路上，有一回董贝先生拍起手来，逗他的儿子。托克史小姐见此流露着父爱的情景不胜神迷心醉。除了这一件插曲之外，参加洗礼的队伍与送葬行列之间无大区别，只是马车和马的颜色有所不同而已。

来到教堂前的台阶前时，一位神情严肃的牧师助理已在那里恭候他们。董贝先生先走下马车，把女士们扶下车，然后走到教堂门前，站在牧师助理旁边，而他自己也活像另一位牧师助理，只是服装不及那一位牧师助理华丽，而形貌却比他更可怖，这是主宰着个人生活的牧师助理，是控制着我们的事业和我们的心灵的牧师助理。

托克史小姐的手伸进董贝先生的手臂时不住地打哆嗦，她感到自己给扶上台阶，一顶三角帽和一个通天塔似的衣领在前面引路。顿时她觉得仿佛被董贝先生带到圣坛前面，倾听着结婚仪式上的证词："您愿意同这个人结婚吗，卢克丽霞？""是的，我愿意。"

"请赶快把孩子从外面抱进来。"牧师助理低声说着，便把教堂里面的门打开来。

小保罗也许会像哈姆雷特那样在御前大臣普娄尼阿斯请他从屋外走进时问一声："走进我的坟墓里去吗？"[1]教堂里是泥地，非常寒冷如同墓穴。高高的布道坛和读经台挂着帷幕；走廊下面一排排阴郁的座位空无一人，楼上一张张空无一人的椅子逐级而上，几乎碰到屋顶，而消失在那座森严的大风琴的阴影之中；地上积满灰尘，石板冰冷；走廊里可随便就坐的座位阴气沉沉；钟索旁边的潮湿的角落里堆放着丧葬用的黑色支架以及铲子、篮子和一两根阴森可怖的绳子；还有说不出的难闻的怪味而凄惨暗淡的光线——这一切构成了一个群体，呈现着一幕寒气逼人的阴惨的景象。

"有一个婚礼正在进行，先生，"助理牧师说着，"不过马上就要结束了。请往这边走，到法衣室去吧。"

在准备转身重新带路之前，他向董贝先生鞠了一躬，脸上浮现出一种似曾相识的微笑，意思是说：他这个助理牧师还记得上次董贝先生给他夫人送殡的时候他有幸侍奉过他，并且希望他一直身心愉快。

他们走过圣坛前面的时候，婚礼看上去是凄凉的。新郎的年纪

---

① 哈姆雷特是莎士比亚的悲剧《哈姆雷特》的主人公。此句见此剧的第二幕第二场。

很轻，而新娘大得多了；一位老态龙钟的傧相只有一只眼睛看得见，另外一只盲眼上蒙着一个镜片，在他把新娘交给新郎的时候，来宾们浑身打着哆嗦。法衣室里，炉火在冒烟，一个年纪很大，工作过累、薪水很低的执事用他的食指一页一页地翻着一本很大的羊皮纸的殡葬登记簿（像这样的簿子很多很多），"在找着什么"。壁炉上面贴着教堂地下室的墓穴平面图。奇克先生浮光掠影地大声念着其中的文字部分，为了提高众人的情绪，他念得非常起劲，好容易等念完了董贝夫人墓碑上的全文才停止下来。

又过了一段寒冷的等待，一个生着哮喘病的教堂领座呼哧呼哧走过来叫他们到洗礼盘那边去，这是一个小个子女人。如果说在教堂里工作不适合的话，那么教堂墓地对她是很合适的。在洗礼盘前，他们又稍等了一会儿，因为那对新婚夫妇正在登记。这时这位小个子教堂领座又呼哧呼哧地在四处走来走去，像逆戟鲸一样不停地咳嗽着，一则是因为她生了这种病的缘故，同时也是想叫新婚夫妇不要把她忘记。

不久那位执事（他是那里唯一的一位神情愉快的人，他也是一个殡仪员）拿着一壶热水走过来，并把热水倒在洗礼盘内，同时口中念念有词，说此热水可以驱寒，其实几百万加仑的滚烫的沸水也是无法驱此寒气的。之后来了一位性情温和、相貌文雅的年轻的副牧师，看起来他使这个小孩子害怕，仿佛鬼怪故事里的"全身白衣、高长个子"的主角。小保罗一看见他就放声大哭起来，响声震天，哭得脸色发青，待从洗礼盘里抱出来之后哭声才停止。

这段插曲过去以后，在场的人都松了口气。可是在整个仪式的进行过程中，从外面的门廊里，也可以听到小保罗时轻时响、时缓时急诉说着身受委屈的不平之鸣。两位女士因此不能专心致志，奇克夫人老是跑到中间走廊去叫教堂领座给她递送口信，而托克史小姐则把祈祷书翻到关于火药阴谋①败露的感恩祈祷的那一节，还时不时地朗读着仪式中的应答祈祷文。

在整个过程中，董贝先生像往常一样依旧一派绅士风度，不动声色，这也许更加重了寒冷的气氛，因此年轻的副牧师在诵读时嘴里吐出一股冷气。牧师在诵读经文结束时用很自然、朴实的言辞发表了一通关于将来教父如何教诲孩子的告诫，把眼光偶然地落在奇克先生身上，董贝先生才轻微地舒展尊容，从他庄严的神情也许可以看出，他是很想领教领教的。

如果董贝先生把自己的尊严想得少一些，把他亲身参加的洗礼仪式的伟大起源与目的想得多一些，那才是适合的。在洗礼仪式上他是那么古板僵硬，他的傲慢自大和洗礼仪式的历史是太不协调了。

仪式结束，董贝先生再把他的手臂伸给托克史小姐，领着她走进法衣室。进去以后，他告诉牧师因为家里刚刚遭逢丧事，不能如愿地设宴款待他。他们在登记簿上签了名，付清了费用，酬谢了教堂领座（这时她又咳嗽得很厉害了）、牧师助理和教堂司事（他碰巧站在门前台阶上，很有兴致地望着天空），然后步入马车，依旧在凄凉沉闷的结伴中驱车回府。

走进屋里，他们看见皮特先生对着冰冷的小菜翘着鼻子，这些小菜盛在冰冷而华丽的玻璃和银制的盘子里，它们看起来那么庄严肃穆，仿佛是为死者摆上的祭品，而不是招待宾客的筵席。托克史小姐拿出一只大酒杯，送给她的教子，而奇克先生的礼物是一个装着刀、叉和调羹的盒子。董贝先生送给托克史小姐一只手镯。收到这种礼品时，托克史小姐柔情脉脉，无限感动。

"约翰先生，"董贝先生说，"对不起，请您坐在桌子的那一头吧。你那边是什么菜，约翰先生？"

---

① 火药阴谋：1605年英国天主教徒企图杀死国王詹姆士一世，毁掉国会。他们事先把火药放在国会大厅的地窖里，准备在国王召开会议时进行爆炸，但最终由于走漏了消息，而没有成功。英国国教为此规定在11月5日为这一阴谋遭到失败而向上帝感谢，进行祈祷。

"一片冷冻的小牛肉，先生，"奇克先生一边说着，一边起劲地擦着冻僵了的双手，"您那里是什么菜，先生？"

"我想，"董贝先生答道，"那是冷盘小牛头肉吧。我还看到有冷鸡肉、火腿、小馅饼、色拉、龙虾。托克史小姐是不是肯赏光喝点酒？就请托克史小姐喝点香槟吧。"

每样东西吃了都叫人牙痛。酒冷得透骨，托克史小姐刚喝了一口就小声地尖叫起来了，她好不容易控制住，哼了一声。小牛肉是从通风的食品室里取出来的，奇克先生才尝了一块就像吃了一块冰铅，冻得四肢冰冷。唯有董贝先生依然故我，纹丝不动。他完全可以作为冷冻绅士的样品拿到俄罗斯市场上悬挂着等待出售。

普遍的气氛甚至也影响了他的妹妹。她不想讲些好听的话或者说些鸡毛蒜皮的小事，她只是尽量地装着暖和的样子。

"来，先生，"沉默了好久之后，斟满了一杯雪利酒，奇克先生鼓足勇气说起来，"如果您允许的话，我就喝这杯酒，为小保罗干杯。"

"祝他幸福！"托克史小姐轻声地说，随即呷了一口酒。

"亲爱的小董贝！"奇克夫人低声说。

"约翰先生，"董贝先生以极其庄严的口吻说，"我的儿子如果能够懂得你对他的恩惠，我相信他一定会感谢你，向你表示感谢的。以后，亲戚朋友私下有求于他的事，或者由于我们家的重要地位，公开要他做的事，都有可能使他不得不履行他的职责。我相信他是会胜任的。"

他的口气斩钉截铁，没有二话可说。奇克先生听了之后，情绪低落，一言不发。托克史小姐却大感异趣，这次她对董贝先生的话比平时更加专心地倾听，她的头也比平时更富于表情地侧向一边。此刻，她把身子向前伸过去，对饭桌那边的奇克夫人轻轻地说：

"路易莎！"

"我亲爱的。"奇克夫人应道。

"由于我们家的重要地位，有可能公开——下面具体怎么讲我忘记了。"

“使他面临着。”奇克夫人说。

“请原谅我，亲爱的，”托克史小姐接着说，“我想不是这样说的。他的措辞还要婉转流畅。亲戚朋友私下有求于他的事，或者由于我们家的重要地位，公开要他做的事，都有可能使他不得不，是这样讲的吗？”

“对，使他不得不。”奇克夫人说。

托克史小姐轻轻地拍着纤小的双手，以表示胜利的喜悦。她抬起眼睛又加了一句话：“真是善于辞令！”

这时，董贝先生已经叫人把理查兹唤来。理查兹走进屋子，行了一个屈膝礼，但没有把婴儿抱来，因为小保罗早上这段时间已经很疲倦了，现在正在睡觉。董贝先生给这个家仆倒了一杯酒之后就开始对她说话了。托克史小姐原先就把头侧向一边的，现在为了把这些话铭刻在她的心里，对她的姿势又作了一些小的调整。

“理查兹，在这六个月左右的时间里，你已经成为我们家里的人了，你尽了自己的责任。小保罗已经受洗了，我想借这个喜庆的日子给你一些小小的报酬，我考虑过怎么个做法，我也同我的妹妹商量过。”

“同奇克夫人。”奇克插嘴说。

“哎呀，您别讲话嘛！”托克史小姐说。

“理查兹，我同你说，”董贝先生一边继续说下去，一边对约翰先生射去一道寒光，“我做的这个决定还有一层原因，我记得我们雇你来做保姆的那一天，我和你男人谈过话，也是在这个房间里，他是一家之主，他告诉我你们全家不识字，这是很不幸的。”

在这种冠冕堂皇的责备之下，理查兹不胜惶恐。

“我并不赞成，”董贝先生接着说下去，“有些人所说的，人人应平等，教育要普遍。但是必须让下层阶级的人继续受到教育，使他们懂得自己的身份，一言一行要有分寸，所以我赞成办学校。在一个叫作慈善磨工①（根据一个受人敬仰的慈善机构取名的）历史悠久

---

① 慈善磨工：这是建立于18世纪中叶的学校，由磨工同业公会所建，主要是对上流社会所选择的孩子们提供一些物质帮助。

的学校里，我可以指派一名儿童去读书，享有学校的助学金。在那所学校里，学生可以受到良好的教育，而且还有校服和校徽。那里有一个缺额，我先通过奇克夫人把这件事告诉你家里人，然后就指定你的大儿子顶缺了。我听说，今天他已穿上校服了。我相信，他儿子的学号是，"讲到这个孩子的时候董贝先生就转过身对他的妹妹说，仿佛是在讲一辆出租马车，"一百四十七。路易莎，你可以告诉她。"

"一百四十七，"奇克夫人说，"理查兹，校服是一件漂亮、暖和、蓝色粗纺做的燕尾服，一顶有橘黄色滚条的船形帽，一双红色的绒线袜子，和一条很牢的紧身皮短裤。穿上这套衣服，"奇克夫人激动地说，"可要感激不尽呢。"

"你看，理查兹！"托克史小姐说，"现在你可以真的感到了不起了。'慈善磨工'呵！"

"我真是很感激您的，先生，"理查兹小声地答道，"您是太好了，一直没有忘记我的孩子们。"讲着的时候，她那已是"慈善磨工"学生的儿子拜勒穿着奇克夫人刚才描绘的那套很实用的衣服，迈着两条非常细小的腿浮现在她的眼前，使她泪水盈眶。

"看到你这么重感情我很高兴，理查兹。"托克史小姐说。

"这使人几乎真的可以相信，"奇克夫人以为她能相信人性而自鸣得意地说，"在这个世界上还是会有一些感激涕零，真情微露的火花的。"

听到这些褒奖的话，理查兹行了个屈膝礼，低声地说了几声谢谢。想起她儿子穿着与他年龄不相称的裤子使她情绪纷乱，便觉得根本无法振作精神，便慢慢地走向门口，出去之后她才感到心情舒畅了。

这种轻松的情绪只是部分的、暂时的，闪忽之间复又随她而去。严霜复又降临，像以往一样的寒冷而无情。在饭桌的末座有两次听到奇克先生哼着小调，可是两次都是哼的《索尔》①中的《哀乐》。在

---

① 《索尔》：英籍德国作曲家亨德尔（1685—1759）所写的歌剧。

座的人似乎越来越冷，似乎渐渐地凝结成为一团固体，就像桌上摆着的菜蔬一样。奇克夫人终于给托克史小姐丢了个眼色，托克史小姐也回了一个眼色，然后她们俩都起身告辞，说时候不早，该走了。听了她们告辞的话，董贝先生若无其事，处之泰然。她们告别了这位绅士，即刻在奇克先生护卫下匆匆离开。一当他们走开了，只剩下那座屋子的主人像往常一样孤零零地待在那里。奇克先生把双手插在袋里，在马车里身子往后一靠，一路上吹着口哨，哼着"嗨嗬，快赶！"的小调，同时他的脸上还出现了一种阴沉、可怖的挑战之色。奇克夫人看了这副神情不敢申斥，不敢惹他。

理查兹虽然膝上抱着小保罗，心里还是想着她自己的大儿子。她觉得这样是对不起主人的，但是这天的不愉快的气氛甚至于笼罩着"慈善磨工"，使她无法忘记她儿子的白镴校徽和一百四十七这个数字，那是严明的规章制度的一部分。她在幼儿室里也谈起她儿子的"受罪的腿"，她想到他穿着校服的不伦不类的模样又会心烦意乱。

"我那个可怜的、弱小的、亲爱的儿子，到他把那种衣服穿得服服帖帖要等多久，只要能早些看见他，我什么东西都肯给的。"波莉说。

"这有什么，我告诉你怎么办吧，理查兹，"尼珀直截了当地说，因为她已经深得理查兹的信任，"你去看看他，不就放心了嘛。"

"董贝先生不喜欢的。"波莉说。

"呵，他不喜欢，理查兹太太！"尼珀顶了她一句，"我想，只要问他，他一定是很喜欢的。"

"我想，你绝对不会去问他的吧？"波莉说。

"不，理查兹太太，刚好相反，"苏珊回答说，"我听说托克史和奇克这两个管家明天不打算来上班，明天早上我和弗洛依小姐同你一道去，如果你高兴，很欢迎你，我们可以走去，就像逛街一样，那才更够味呢。"

起初波莉很不赞同这个主意，但是慢慢地她开始喜欢这个想法了，因为她越来越挂念着她自己的孩子和她自己的家，虽然主人不让她亲近他们，可是在她眼前那亲切的情景却是越来越清晰了。最后，经过深思熟虑，觉得到家门口去一会儿是不会有什么大关系的，她终于接受了尼珀的建议。

事情这样决定之后，小保罗开始很伤心地哭起来，似乎他有种预感，此去不会有好的结果。

"孩子怎么啦？"苏珊问道。

"他冷了，我想。"波莉说着就抱着他走来走去，让他安静下来。

这个秋天的下午的确是很凄凉的。她一边走一边把小家伙紧紧地抱在胸口使他不要出声。当她透过暗淡的窗户举目望去时，只见凋零的树叶纷纷飘落。

第六章

保罗又失去了一位亲人

早晨，波莉的心中充满着重重的疑虑，如果不是她那个黑眼睛的同伴不断催促，她就会放弃此行的念头，而是按规行事，央求董贝先生允许她在其阴森的屋顶下面和一百四十七号见面。但是苏珊自己却很想出去，她就像托尼·拉姆金①一样，如果对别人的失望可以不闻不问，自己却不愿在失望面前望而却步。因此她讲了许多花言巧语使中途退却的念头站不住脚，使踏上征途的决心占了上风，所以董贝先生的威严后背刚刚转过去，迈上他每天去伦敦商业中心区的大路时，他那睡意蒙眬的儿子也踏上了去斯塔格斯花园的征途。

斯塔格斯花园坐落在一个景色怡人的郊野，花园的居民称之为坎伯林镇，有一种供外地人用的伦敦地图为了美观与方便起见印在手帕上，在这种地图上该镇的名称缩略为坎登镇，这是不无理由的。两位保姆带着她们养育的孩子向这里走来。理查兹当然是抱着保罗的，而苏珊则牵着小弗洛伦斯的手，时不时地拉她一把或者推她一下。她觉得这样可以使她走得更好。

这一时期，一个大地震最初的震动把这一地带震得支离破碎，环顾四周都可以看见它的印迹。房屋倒塌，街道断裂堵塞；地面陷落，满是深沟巨坑；高大的土堆凌空而立；建筑物的底层被埋在土中，不停地摇晃着，用巨大的木梁支撑着。在一座陡峭的土山脚下，东倒西歪地堆积着凌乱不堪的车辆；在因地震而形成的水塘里面一

---

① 托尼·拉姆金：18世纪英国作家奥立佛·哥尔德斯密斯（1730—1774）的讽刺喜剧《委曲求全》(*She Stoops to Conquer*) 中一个愚蠢自私的人物。

大堆铁器浸在水里生锈。处处都是不知通向何处的桥梁；街衢已全然不能通行；像巴别塔①一样的烟囱矮了一半；临时搭起来的房子和圈地显得不伦不类；破败的住房只剩了空空的架子；还没有砌好的墙垣和拱门零零落落，还有一排排的脚手架，遍地的砖瓦，巨形起重机，以及凌空跨立的三脚架。这里是一幅支离破碎、百废待兴的情景，千千万万、形形色色的东西不伦不类地混合在一起，或上下倒置，或深埋土中，或高耸空中，或在水里腐烂，像梦幻一样依稀难辨。沸腾的泉水和火山的喷发，这些伴着地震而来的灾难更加重了这个混乱的局面。沸腾着的水发出嘶嘶的声音在颓垣败壁中奔流，从那里猛烈的火焰呼啸而出，而一堆堆的灰烬则把这个地方弄得不再畅通无阻，从而使它的风情面貌全然改观。

　　总之，还没有造好、还没有通车的铁路正在兴建，它从一片混乱的中心通畅无阻地向外伸展，进行着其伟大的文明和进步的征程。

　　但是这个地方的人对这条铁路至今还迟迟不愿承认。一两个大胆的投机商准备兴建街道，有一个投机商已经造了一些，可是面对满目的泥土和灰烬他又中途停工了，他想再考虑考虑。在空旷的废墟中出现了一家崭新的酒店，它的招牌上画着"铁路纹章"，是准备卖酒给工人的，这家酒店仓促造成，还散发着灰泥和涂料的气味；一家啤酒店改成了"掘路工人之家"，而原先的"火腿牛肉店"变成了"铁路饭馆"，每天出售一条烤猪腿，无非也是出于急功近利的目的。出租房子的屋主也以类似的手段招揽顾客，但也因为类似的原因不受人们的青睐。人们的信任是来得很慢的。就在铁路的附近有臭气熏天的田地、牛棚、粪堆、垃圾堆、沟渠，也有菜园、凉亭和拍打地毯除尘的场地。在牡蛎上市的季节一小堆一小堆的牡蛎壳，在龙

---

　　① 巴别塔：《圣经·旧约·创世记》中记载，洪水大劫过后，诺亚的子孙向东迁徙来到示拿。他们准备在此定居，建造一座城市和一座高耸入云的塔。后来耶和华变乱了他们的语言，由于语言不通，他们只能停工，并逐渐走向世界各地，修城筑塔的工程也就半途而废了。"变乱"一词在希伯来语中读作"巴别"，因此他们就叫那座塔为"巴别塔"。

虾的季节一堆堆的龙虾壳，在一年四季里成堆的破碎的陶器和腐烂的卷心菜叶，占领着一处处高地。柱子、栏杆、陈旧的禁止入内的告示牌，破败的屋舍的墙垣以及布满着枯木衰草的土地都睁大着眼睛盯着铁路，使它无地自容。没有一样东西因为有了它而好起来或者被认为是好起来了。如果它近旁的凄凉荒地会笑的话，那是会像其他许多惨不忍睹的近邻一样，把它当笑话来嘲弄的。

斯塔格斯花园的人们异乎寻常地不易轻信。花园是一小排房子，房子前面是一小块一小块很肮脏的空地，用旧门板、桶板、油布破片和枯枝围起来，围篱的空隙处塞进无底的锡水壶与废弃的铁制火炉围栏。在这里，斯塔格斯花园的居民种红花菜豆，饲养家禽和兔子，搭建粗制滥造的凉亭（有一座凉亭就是一条旧木船改装的），晒衣服，抽烟斗。有些人认为斯塔格斯花园的名字取自一位叫作斯塔格斯先生的已故世的资本家，他为了怡情悦性在这里造了一座花园。也有的人则另有看法，他们对这一带的乡村景色、田园风光情有独钟，认为远古时代这里还是一片野草丛生、绿荫遍地的旷野的时候，成群结队的鹿经常出没其间，因此就有了斯塔格斯花园这个名称①。不管名称的出处属于何种，斯塔格斯花园的居民们把它看作一座未受到铁路之害的神圣的丛林，任何这类荒唐可笑的发明都不能使它湮灭，居民们普遍相信它是能够长久地立于不败之地的。住在拐角上的扫烟囱师傅是公认的花园政治活动的带头人，他公开宣称在铁路通车之时（如果真的会通车的话），他就叫两个儿子爬上他家的烟道，用嘲笑的欢呼祝贺它已经面临的失败。

此刻，小保罗在命运之神和理查兹的带领下来到了这块还不曾被上帝眷顾的地方，在董贝先生的面前，它的名字一直被他的妹妹小心翼翼地隐瞒着。

"那就是我家，苏珊。"波莉指向那座房子说着。

"是真的吗，理查兹太太？"苏珊谦和地说。

---

① 鹿的英文是 stag，复数是 stags，译音为"斯塔格斯"。

"你看，我妹妹吉米玛就站在门口，"波莉叫了起来，"怀里抱着我那好亲爱的小宝宝呢！"

看到这一情景，波莉似乎突然长了一双宽广的翅膀，急不可待地沿着花园的路跑进去，奔向吉米玛，顷刻之间两个小宝贝换了个位。年轻的姑娘接着董贝家的接班人心潮澎湃，惊异不已，像是天仙从云端里降落下来似的。

"哎呀，波莉！"吉米玛喊起来，"你真把我吓了一跳！想也没有想到呢！快点进来吧，波莉！你气色真好！波莉，孩子们看见你可要高兴得发疯了，波莉，准会的。"

孩子们的确是高兴得发疯了。他们吵吵闹闹奔向波莉，把她拉到壁炉边的一把椅子上坐下，她那诚实的苹果脸立刻成为一圈小苹果脸的中心，这些红脸蛋一个个都凑近它，显然是同一棵树上长出来的。波莉也像孩子们一样吵吵闹闹，兴奋极了，一直到她被弄得透不过气来，头发散开在她那红脸孔的周围，洗礼时穿的衣服乱蓬蓬的，这才有了一点宁静。即使此刻，她那第四个孩子还待在她的膝盖上，用两只手臂抱着她的颈子，而第三个孩子跨在椅子背上，一只腿悬在空中，想方设法绕过椅角去亲她。

"瞧！有一个漂亮的小姑娘来看你们了，"波莉说，"瞧她多文静！是不是很漂亮的小姑娘？"

这个小姑娘就是弗洛伦斯，她一直站在门边看着这一切。波莉的话使小家伙们都去看她，同时也正好顺水推舟地正式引荐尼珀小姐，尼珀小姐此时还没有摆脱被怠慢的感觉。

"进来吧，苏珊，请坐一会儿，"波莉说，"这是我妹妹吉米玛，这是——吉米玛，要不是苏珊·尼珀，我自己真不知道怎么办，要不是苏珊，现在我还不会回来呢。"

"请坐下吧，尼珀小姐。"吉米玛说。

苏珊庄重地、很有礼节地在一把椅子的最边上坐了下来。

"我一生中看到什么人都没有像今天教我这么高兴，的确是从来没有过的，尼珀小姐。"吉米玛说。

苏珊严肃的姿态开始松动了，她在椅子上移过去一些，和气地笑了一下。

"请把你帽子的带子解开来吧，不要客气，尼珀小姐，"吉米玛恳求着说，"我生怕这个穷地方您不习惯，不过我相信您是不会计较的。"

黑眼睛的姑娘受到这样的礼遇大为感动，年幼的土德尔小姐正好跑过，她就一把抓住，一只脚跨在另一个膝盖上，把她放在上面摇来晃去，就像把她立刻带到班伯里①十字架去似的。

"可是我那个漂亮的男孩呢？"波莉问，"我那个可怜的小家伙呢？我老远来就是想看看他穿的那身新衣服的。"

"好可怜呵！"吉米玛大声说，"要是他听说妈妈来了他可要好伤心呢。现在他在学校里，波莉。"

"已经上学了！"

"是的。昨天第一天他就上学去了，他怕耽误学习。不过今天放半天假呢，波莉！不管怎么样，你总要等他回家吧——你和尼珀小姐。"吉米玛说到这里马上注意到黑眼睛姑娘庄严的表情。

"他穿了这身衣服看起来怎么样呢，吉米玛？愿上帝保佑他！"波莉踌躇地说。

"这，他看起来不像你所想的那么糟。"吉米玛回答说。

"呵！"波莉激动地说，"我知道他的腿太短了。"

"他的腿是够短的，"吉米玛说，"特别是从后面看过去，不过它们总会长长的，波莉，一天会比一天长的。"

这样的安慰是很缓慢的，不是马上就可以见效的，那是属于未来的日子，不过那兴高采烈和宽厚的语气却给它平添了它本身并不具有的价值。沉默了一会儿之后，波莉比较快活地问：

"爸爸在哪儿，亲爱的吉米玛？"家人都是这样叫土德尔先生的。

"你又问呢！"吉米玛说，"好可怜呵！爸爸带了中饭一早就出去了，要到晚上才回家。不过他老是讲起你，波莉，而且还跟孩子

---

① 班伯里：英国牛津郡一城镇，其十字架远近闻名。班伯里十字架是一首英国儿歌的主题。

们讲着你。爸爸是世上最心平气和、性子最耐得住、脾气最好的人，过去是，现在是，将来也是！"

"谢谢你，吉米玛。"单纯的波莉大声说，她为吉米玛的话感到高兴，却又为爸爸不在家而觉失望。

"你别谢我呵，波莉，"她妹妹说，随即在她的脸颊上狠狠地亲了一下，然后很兴奋地摆弄着小保罗，"我有时候也这样讲你的，而且也是这样想的。"

虽然碰到双重的失望，但是所受到的欢迎却是令人欣喜的，所以不能以失败的目光看待这次访问。两姊妹满怀希望地谈论着家里的事情，谈论着拜勒，谈论着他的弟妹们。黑眼睛姑娘到班伯里十字架作了几次旅游之后，细细地察看着屋里的家具、荷兰钟、碗橱、壁炉架上有着红绿窗户的城堡，那是由里面的蜡烛头照明的，以及一对黑丝绒小猫，每一只小猫的嘴里都含着一只女用网格拎包，斯塔格斯花园的居民把这视为仿制艺术的珍品。生怕黑眼睛姑娘不顾一切地挖苦起来，两姊妹的谈话马上转向一般的话题，于是那位小姐就给吉米玛概括地讲述着她所知道关于董贝先生的一切事情，他的前程、他的家庭、他的性格、他的嗜好。她把自己的衣装也一五一十地和盘托出，她还讲了她有哪些重要的亲朋好友。把这些话全部搬出来以后她顿觉轻松愉快，就着手吃虾子，喝黑啤酒，并且很想发誓与其终身相好。

小弗洛伦斯也不甘落后利用良机。当小土德尔们领她去看毒菌和花园里的其他珍物异品时，她立刻和这些孩子们一起全心全意地在拐角处一个绿色的小池上筑起一个临时堤坝。她正忙着这件工作时，苏珊找来了。她虽然吃了一顿虾子心地慈善起来，可是出于责任感，她还是照打不误，训斥她不学好，一边却给她洗脸洗手，并且说她这样不乖要叫家里的大人忧心成疾，白发苍苍地赶到坟墓里去的。在楼上，波莉和吉米玛就金钱问题推心置腹地谈了好长时间，然后两个小宝贝又换了个手，因为波莉一直抱着她自己的孩子，吉米玛一直抱着小保罗。最后来客告辞了。

但是首先得哄骗小土德尔们，叫他们一起到附近的杂货店里去，用一便士买些东西。待这些被好心好意骗走的孩子们看不见了，波莉匆忙溜走。吉米玛在她后面喊着说，如果她们能够绕道向通往城里的大路走过去，她们肯定会碰见拜勒放学回来的。

　　"我们是不是可以赶紧绕个弯朝那个方向走一段路，苏珊，你看怎么样？"她们停下来换口气的时候波莉这样问。

　　"怎么不可以，理查兹太太？"苏珊回问。

　　"你知道现在快要到我们吃中饭的时候了。"波莉说。

　　但是她的这位同伴觉得中饭没有什么大不了，便不去考虑了。于是她们决定"稍许绕道"而行。

　　从昨天早晨开始，就因为穿了这身"慈善磨工"的校服，拜勒的生活给搞得疲惫不堪。街上的小子们看到这套衣服就不舒服，忍受不了。小流浪汉一看到它就向穿着这套衣服的从不惹人的孩子冲过去，搞恶作剧。他的社会处境不大像十九世纪的无辜小孩，倒是更像早期的基督教徒。走到街上他被石块打，给扔进沟里，满身溅上污泥，对着柱子给猛烈地敲击。素不相识的人也会把他的黄帽子从头上拿下，扔到空中，随风飘荡。他的腿不但备受抨击诟骂，还给捏来捏去。就在那天早晨，走到在"磨工"学校去的路上，没来由地他给人家打得眼睛发青，还因此受到校长的处罚。此人是年老无能的老磨工，性情野蛮，聘他做教师只是因为他什么也不懂，什么也不会做，可他那残酷的棍子使一个个圆脸蛋的小孩害怕得要命。

　　因此，拜勒放学回家都找僻静的小路走，为了躲避捉弄他的人，他悄悄地溜上深巷狭道。不得已走上大路的时候，运气真不好，他终于碰上了一小群男孩，为首的是一个凶狠的年轻屠夫。他们等待着发生什么事情，可以寻欢作乐一番。一当发现一名"慈善磨工"的学生不知怎么会落到他们手里，竟置身于他们中间，他们就马上一齐大喊大叫，向他冲过去。

　　正在此时，波莉已经沿着这条大路走了整整一个小时，往前看看，没有希望，觉得再往前走是没有必要了，这话刚说突然看见了这幅情景，情急之中大喊一声，立刻把董贝少爷交给黑眼睛姑娘，自己赶忙去抢救她那个可怜的小男孩。

祸不单行，惊奇的事情也是层出不穷的。苏珊·尼珀和她带领着的两个小孩被疾驰而过的马车撞倒，给压在车轮下面，她们还没有来得及弄清究竟出了什么事就已经给路边的行人救出来了，她们却已吓得魂不附体。就在这时（那天正是集市日），突然响起一声如雷鸣的惊叫："疯牛。"

人们跑来跑去，大喊大叫，车轮在他们身上碾过，男孩们打起架来，疯牛冲了过来，保姆在险象环生中吓得魂不附体。弗洛伦斯看到她前面一片混乱的情景，一边尖声大叫一边拔腿就跑，而且叫苏珊也一起跑，直到筋疲力尽才停下来，搓搓手，这时她才想起还有一位保姆给丢在后面了。当她发现只有她一个人的时候，她的恐惧的心情是难以描绘的。

"苏珊！苏珊！"弗洛伦斯喊叫起来，在极度的惊恐之中不停地拍着手。"哦，她们在哪里？她们在哪里？"

"她们在哪里？"一位老妪一瘸一拐地从马路对面很快地走了过来，"你为什么会跑散了？"

"我很怕，"弗洛伦斯回答说，"我不晓得我怎么搞的，我以为她们和我在一起的。她们在哪里？"

老妪牵起她的手腕说："我会带你去找。"

老妪年纪很大，又很丑陋，眼睛周围有一红圈，不说话的时候一张嘴巴也总是不停地喃喃自语。她的衣着十分破旧，手臂上挂着几张兽皮。她似乎好不容易地跟在弗洛伦斯后面跑了一段路，因为她喘得透不过气来。她站在那里尽量想喘口气，她那布满皱纹的黄脸和喉咙给扭曲得歪歪斜斜，使她丑陋的相貌变得更加难看。

弗洛伦斯很怕她，便迟疑不决地沿着街道望过去，几乎望到了尽头。这是一个冷僻的地方，一条小巷，是不能算作街道的，除了她和这个老妪，路上不见人影。

"现在你用不着害怕，"老妪说，她的手仍旧紧紧地握着她，"跟我走吧。"

"我——我不认识你。你叫什么名字？"弗洛伦斯问道。

"布朗太太，"老妪说，"好心眼的布朗太太。"

"她们离这里近吗？"弗洛伦斯问道，开始跟着老妪往前走。

"苏珊离开这里不远，"好心眼的布朗太太说，"其他人跟她很靠近。"

"有谁受伤了吗？"弗洛伦斯大声问。

"一点也没有。"好心眼的布朗太太答道。

小女孩听到这句话洒下了喜悦的眼泪，于是很乐意地跟着老妪走，可是她一边走一边却情不自禁地望望她的脸孔，特别是她那张喃喃自语的嘴巴，她想，如果真的是还有一个坏心眼的布朗太太的话，是不是同她一模一样的。

她们走了不远，不过所经之处都是一些制砖烧瓦工场之类的乱七八糟的地方。这时老妪拐进一条肮脏的小巷，路中间又深又黑的车辙中满是烂泥。在一间破败的小屋前面她停了下来，小屋的门关得紧紧的，就像四壁都是裂缝的屋子常年不开似的。老妪从帽子里取出一把钥匙，然后把门启开了，让小女孩在前面走，然后把她推进一间后面的房间，房间里面的地板上放着一大堆各种颜色的破布，一堆骨头，一堆筛过的尘埃或灰烬，就是没有家具，而且墙壁和天花板都是漆黑的。

小女孩给吓坏了，一句话也讲不出来，看起来像要昏倒似的。

"别像个不听话的小骡子，"好心眼的布朗太太说着便摇晃她一下，让她清醒过来，"我不会伤害你的。坐在破布堆上吧。"

弗洛伦斯听从了她的话，同时伸出一双握紧的小手，表示默默的恳求。

"我不会把你留在这里很久的，不会超过一个小时，"布朗太太说，"你听懂我的话了吗？"

小女孩好容易回答了一声，"听懂了。"

"那么，"好心眼的布朗太太说着就在骨头堆上坐了下来，"不要让我不高兴。只要你听我的话，我保证不伤害你。但是如果你不听，我就杀了你。我什么时候都能把你杀掉，即使在你自己家里床上我也能把你杀死的。现在告诉我你是谁，叫什么名字，以及你的全部情况。"

在老妪的威逼利诱面前，弗洛伦斯生怕触怒了她，低声下气，把她的感觉、恐慌和希望都压在心底，这对于孩子来说是不同寻常的事，可是现在几乎成为小姑娘很自然的习惯了。因此她只好听从老妪的吩咐，把她自己简短的人生经历以及有关的一切都讲了出来。布朗太太仔细地听着，一直到她讲好。

"那么你姓董贝吧？"布朗太太说。

"是的，太太。"

"我要那件漂亮的连衣裙，董贝小姐，"好心眼的布朗太太说，"还有那顶小帽子，还有一两件衬裙，凡是你能给的我都要。快！把它们脱下来。"

弗洛伦斯照她的吩咐去做，用一双发抖的手把她所要的衣着尽快地脱了下来，她那惶恐的眼睛同时不停地看着布朗太太。待这些东西全部脱下来之后，布朗太太一一细察过，对它们的质量和价值似乎尚感满意。

"哼！"她说着，一对眼睛把小女孩瘦小的身体上上下下溜了一遍，"除了鞋子，我看没有其他东西了。这双鞋子一定要给我，董贝小姐。"

可怜的小弗洛伦斯照样很敏捷把鞋脱了下来，只要她身上还有什么能讨老妪欢心的东西，她是会喜不自胜的。于是老妪从破布堆底下拿出几件很不像样的东西给她，另外还有一件女孩子的破旧披风以及一顶也许从哪条沟里或粪堆上捡来的破帽子。然后她叫弗洛伦斯穿上这套纤巧的衣服。这像是释放她之前所做的准备，小姑娘因此尽可能更爽利地答应着，穿上了新衣。

她戴上帽子。因为过于匆忙，而她的头发又非常浓密，帽子戴上去，给头发束住，无法立刻拉开，其实这顶帽子更像放在头上顶东西的衬垫，不能算是名副其实的帽子。好心眼的布朗太太马上抽出一把剪刀，露出一种莫名的兴奋。

"我本来已经感到满意了，"布朗太太说，"你怎么这样讨没趣，你这个傻丫头！"

"请您原谅。我不知道是怎么弄的，"弗洛伦斯急得透不过气来说，"我实在没有办法。"

"没有办法！"布朗太太叫起来，"你以为我有办法吗？啊唷，我的天！"老妪一边说一边很开心地乱扯小姑娘的鬈发，"要不是我的话，随便什么人首先就是要把这些头发剪掉的。"

弗洛伦斯看出布朗太太只是要她的头发，不是要她的头，也就放下心来，因此她既不恳求，也不拒绝，只是举起她温柔的眼睛望着这个好心人的脸孔。

"如果我不曾有过自己的女儿，而且她把自己的头发看作很值得骄傲的宝贝，"布朗太太说，"我就要把你的每一绺头发全都剪光。我女儿现在在海那边，很远，很远啦！哦嗬！哦嗬！"

布朗太太的喊叫很不悦耳，因为她喊叫时还猛烈地挥动着瘦骨嶙峋的手臂，她的喊声便显得悲痛欲绝。弗洛伦斯听了心里打战，格外恐慌。也许，她的头发因此得救了。布朗太太拿着剪刀在她头顶上摆弄了一会儿，像一种新潮蝴蝶装模作样了一下，便叫她把头发塞在帽子里面，不要让一丝露出来吊她的胃口。悬崖勒马，控制了自己的情绪之后，布朗太太又重新坐在骨堆上面，抽起一杆很短的黑烟斗，她的嘴巴不停地在嚼动着，似乎在啃着这杆烟斗。

烟抽光了之后，她拿了一张兔子皮叫小女孩带着，这样看起来更像她普通的同伴，同时告诉她现在就带她到大街上去，在那里可以询问到她朋友那里去的路径。但是她又威胁她，如果不听她的指示，一定会受到致命的报复。她叫她不要同陌生人谈话，也不要到她自己家里去（可能她的家就在附近，那就会给布朗太太带来不便），她去的地方只可以是她父亲在商业中心区的办事处。她还告诉她要把她带到街头的拐角处，叫她自个儿等在那里，一直到钟敲三点。

布朗太太要小姑娘不折不扣遵照这些指示去做,而且声言她的耳目众多,非常厉害,对她的所作所为他们是一清二楚的。弗洛伦斯答应一定一丝不苟地按照这些指示去做。

布朗太太终于出发了,带着她那改头换面、衣着褴褛的小朋友穿过纵横交错的狭窄的街道、弄堂、巷陌,走了很久来到一处马厩的院子,院子的尽头有一出口,从那里传来一条通衢上的喧嚣声。布朗太太指着那个出口,告诉弗洛伦斯,钟敲三点的时候,她就得朝左边走,至于怎么做她是知道的,她一定得向前走并且照她的吩咐去做,而且要她记住她的行动是受到监视的。在离开之前,布朗太太把小姑娘的头发抓了一下,这个举动似乎是出于无意的。

弗洛伦斯感到已经被释放了,心情比较轻松了,但依旧非常害怕,于是她快步跑向拐角处。一到目的地,她就往后面张望,看见好心眼的布朗太太从低矮的木制过道(刚才她就是在这里发布分别时的指示的)内向她这边瞧着,并且向她挥舞着拳头。此后她虽然常常向后看——她一想起这位老妪就心有余悸,她当时至少每隔一分钟向后看一次——却再也看不见她了。

弗洛伦斯待在那里望着街上热闹的场面,熙熙攘攘的人群,越来越感到眼花缭乱,不知所措,而时钟仿佛下定了决心不再敲响三下。教堂的尖塔上的大钟终于敲响了三点。她近旁就有一个尖塔在敲钟,她是不会听错的。她时时从肩膀上面往后面看,每走一段很短的路又往回走,生怕冒犯了布朗太太无所不能的特务,然后紧握着手里的兔子皮,穿着她那双邋遢的塌跟鞋尽快地逃走。

关于她父亲的办事处,她只知道它们是属于董贝父子公司的,而这家公司是商业中心区的巨头。所以她只需要询问到商业中心区董贝父子公司的路径。由于她害怕问大人,她总是向小孩问路,当然是问不出什么名堂的。不过她问了一下去商业中心区的路之后,其他的事情暂时不再去问,就这样她慢慢地走向被那位可怕的市长大人所管辖的都市的中心。

熙熙攘攘的人群把她推推挤挤,她走得非常吃力;嘈杂的声音、混乱的一片令她茫然不知所措；她所遭遇的苦难，她这一身面目全非的打扮与处境必将碰到父亲的怒目，她为此感到恐慌，她还想念着她的弟弟和保姆，为他们担心；过去的经历，目前的情景，以及未来将会出现的一切无不使她烦恼、恐惧。她泪眼迷蒙地拖着疲惫的双脚走在路上，为了使满腔的悲哀抒发一下，她停了一两次，大哭一场。但是，路上的行人很少注意到穿着这一身衣服的小姑娘，而且他们即使注意到，也以为她是受人教唆以博得同情的，便不闻不问地走过去了。小姑娘忧患的经历在她心中过早地形成并磨炼出一种坚强不屈、自力更生的性格；凭着这种坚强不屈、自力更生的性格，她坚定不移地望着她的目标，坚定不移地朝着这个目标前进。

自从小姑娘开始踏上这个陌生的征途，整整两个小时过去了。时已下午，她从挤满着各色车辆、到处是叮当铿锵之声的狭窄街道逃了出来，朝河边的码头或停泊处窥视着，只见那边遍地是包裹、木桶和箱子，一架木制的磅秤，还有一座安在轮子上的小木屋，小木屋的外面站着一个强壮的男人，他嘴里吹着口哨，眼睛望着邻近的船只和桅杆，耳朵上夹着一支钢笔，两只手揣在衣袋里，仿佛一天的工作快做完了。

"喂！"此人刚好转过身来，便说，"小姑娘，我们没有东西给你，走开！"

"请问这里是不是商业中心区？"打着哆嗦的董贝之女问道。

"对！这就是商业中心区。我看你明明是知道的。走开！我们没有什么东西给你。"

"我什么也不要，谢谢你，"小姑娘胆怯地说，"我只是想知道到董贝父子公司怎么走。"

此人正在漫不经心地向小姑娘走过来，听到她这句话似乎感到诧异，便直视着她的脸孔，盘问她：

"怎么，你找董贝父子公司有什么事？"

"对不起，我只是想知道到那边去怎么走。"

此人越发好奇地盯着她，一边拼命地擦着他的后脑袋，帽子也给擦掉了。

"乔！"他一边拾起帽子再戴在头上，一边喊着另外一个人，那是个工人。

"乔在这里！"乔说道。

"董贝公司的那个小伙子，刚才还在看装货的，他在哪里？"

"刚走，是从另外一扇门走出去的。"乔答道。

"叫他回来一会儿。"

乔沿着拱廊跑过去，一边跑一边高声喊叫，顷刻之间一个活泼的男孩同他一起回来了。

"你是董贝的伙计，对吗？"第一个人问。

"我在董贝公司做事，克拉克先生。"男孩答道。

"那么你往这边瞧瞧。"克拉克先生说。

男孩沿着克拉克先生指示的方向朝弗洛伦斯走过去，心里感到奇怪，不知道他和这个小姑娘有什么关系。但是小姑娘已经听到他们的谈话，突然想起已经安全到达旅程终点便升起了一种如释重负之感。一见到男孩洋溢着青春活力的仪容和举止，她感到无比的放心，便急忙奔到他的面前，把他的手紧紧地握在她的一双手中。匆忙之中一只塌跟的鞋子掉在地上了。

"对不起，我迷路了！"弗洛伦斯讲。

"迷路了！"男孩大声喊着。

"是的，我今天早上迷了路，离这里很远的地方——我的衣服也给拿走了，——我现在穿的衣服不是我自己的——我的名字叫弗洛伦斯·董贝，是我小弟弟的唯一的一个姐姐——啊，天啊，天啊，对不起，请帮助我吧！"弗洛伦斯抽泣着说，长久埋藏于胸中的孩子的感情此时全部喷发而出，泪流不止。她那破烂的帽子也掉下来了，她的头发散落在她的脸上。见此情景，船舶仪器制造商所罗门·吉尔士的外甥小沃尔特不胜羡慕与怜悯，感动得一句话也说不出。

克拉克先生站在那里，惊异不已，低声地说："我以前在这个码头上还从来没有看见过这种惊人的事情。"沃尔特拾起地上的鞋子，套在那只小脚上，宛若童话里的王子把舞鞋套在美丽的灰姑娘脚上一样。他把那张兔皮挂在手臂上，右臂伸给弗洛伦斯，此时他的心情不像理查德·惠廷顿，这样的比喻未免过于平淡，他觉得自己倒像是英格兰的守护神圣乔治①，在他面前躺着他杀死的巨龙。

"别哭，董贝小姐，"沃尔特满腔热情说，"我刚好在这里，真是太巧了。现在你非常安全，就像从军舰上派来的整整一船最精良的战士在保护着你，别哭呵！"

"我不再哭了，"弗洛伦斯说，"我因为高兴才哭的。"

"因为高兴才哭！"沃尔特想着，"那是因为我的缘故。喂，董贝小姐，你另一只鞋子又掉了！穿我的吧，董贝小姐。"

"不，不，不，"弗洛伦斯说，制止他匆忙地脱他的鞋子，"我穿这双鞋子更好，它对我很合适。"

"哎呀，是真的，"沃尔特说着朝她的脚看了一眼，"我的鞋子太大了，要大好多呢。我怎么想的！你穿我的鞋子还怎么走路！快，董贝小姐，我们现在去看看哪个坏家伙胆敢折磨你。"

就这样，沃尔特装出一副凶相，领着显得十分高兴的弗洛伦斯出发了。他们手臂挽着手臂在街上走着，全然不理会他们的形貌可能会引起或者已经引起路上行人的好奇。

天色渐暗，云雾迷蒙，开始下雨了，可是对此他们无所谓，因为他们俩全都沉浸于弗洛伦斯最近的奇遇中了。小姑娘怀着孩子坦率的真情推心置腹地叙述着她的冒险经历，而沃尔特则全神贯注地倾听着，仿佛此时他们已远离泰晤士河畔泥泞污秽的街道，而是在热带某座荒岛上的长着阔叶的参天高树之间独自闲步，此刻他也许正是作此遐想的。

"我们还要走很远吗？"弗洛伦斯抬起眼睛望着她的伴侣的面孔，终于问道。

"啊！等等，"沃尔特说着，停了下来，"让我想想，我们现在是

---

① 圣乔治：英格兰的守护神，传说他曾与一条恶龙搏斗，杀死了恶龙，并从中救了一个女郎。

在哪里？哦！我知道了。不过现在办事处已经关门了，董贝小姐。那里没有人。董贝先生早就回家了。我们是不是也得回去，或者等一等？我看是不是带你到我舅舅家里去，我就住在舅舅家里，那里靠这里很近，然后我再乘一辆马车到你家里去告诉他们你平安无事，再给你带几件衣服来。这样不是挺好吗？"

"我想这样挺好，"弗洛伦斯回答着，"你呢？你觉得怎样？"

他们站在街上考虑着的时候，有一个人走过他们的旁边，他匆匆地朝沃尔特看了一眼，像是认识他似的，不过他没有停下来，却很快走过去了，大概刚才是看错了人。

"呵，我想他是卡克尔先生，"沃尔特说，"是我们公司的卡克尔，不是我们的经理卡克尔，董贝小姐，是另外一个卡克尔，低级职员卡克尔。喂！卡克尔先生！"

"是沃尔特·盖伊吗？"那个人问道，一边止住了脚步，往回走过来，"刚才看见您身边有这样一位陌生的同伴，我不敢相信是您。"

此人站在路灯旁边带着惊奇的心情听着沃尔特匆匆的解释，他的形象和站在他面前的手挽着手的两个年轻的身影相比简直判若天壤。他并不老，但他的头发已经白了，他的身体弯曲，好像是被什么极大的烦恼压得直不起来，他的忧伤憔悴的脸上布满着深深的皱纹。他眼睛里的光芒，他面部的表情，以及他说话的声音，都毫无生气，似乎他体内的精髓都已成灰。他的衣服是黑色的，虽然简朴，却很得体，其剪裁虽与其人的整体格调是配合的，穿在他身上似乎无颜见人、缩成一堆，和他从头到脚全身所表露的忧郁之态一道祈求不要引人注目，让他的微贱之躯自甘寂寞吧。

然而他对青春和希望的眷恋并没有因为他的心灵之火已快烧尽而熄灭，因为他讲话时是怀着满腔的同情凝神注目男孩热情的面容的，同时交织着一种难以言喻的忧虑与怜悯，这种忧虑与怜悯之思他虽然竭力掩饰，仍旧免不了流露于他的表情之中。当沃尔特最后向他提出他向弗洛伦斯提出过的问题时，他仍旧以同样的表情看着他，仿佛在他的脸上他看出了与他目前灿若骄阳的欢欣大相径庭的悲惨的命运。

"您的看法呢，卡克尔先生？"沃尔特笑着说，"您知道，您每次同我讲话您总是给我提出好的意见的，虽然这样的次数不多。"

"我想是您自己的看法最好。"他一边回答一边望望弗洛伦斯，再望望沃尔特，然后又望望弗洛伦斯。

"卡克尔先生，"沃尔特说，他想到了一个好的主意，非常高兴，"您看！现在您碰上了好运气了。您到董贝先生家里去，把这个好消息带给他，这件事会对您有好处的，先生。我在家里等。您去吧。"

"我！"卡克尔说。

"对。为什么不去，卡克尔先生？"男孩问。

他只是握了一下他的手，作为回答，他似乎连握手都感到羞愧、害怕。向他道了一声晚安并劝他赶快去，就走开了。

"快，董贝小姐，"沃尔特说时朝他的背影看看，然后他们也转身离开了，"我们赶紧到我舅舅家里去。你有没有听到董贝先生说起卡克尔先生，那个低级职员卡克尔先生，弗洛伦斯小姐？"

"没有，"小姑娘温柔地回答说，"我不常听见爸爸说话的。"

"呵，是真的！那他太不对了。"沃尔特想。他一言不发地低头看着走在他身边的小女孩温和安静的脸蛋。过了一会儿，出于他孩子气的好动不安的性格换了一个题目继续讲下去。这时小姑娘可怜的鞋子有一只又掉下来了，沃尔特抓住这个大好时机提出把小姑娘抱在怀中带到他舅舅家里去。弗洛伦斯虽然已很疲乏，还是笑着婉拒了，担心会跌下来。此时他们离木制海军候补生已经不远了。一边走，沃尔特一边讲着船泊遇难和许许多多的惊险事件，在这些事件中有比他还小的男孩救起了比弗洛伦斯更大一些的女孩子并且把她们抱着走。正谈得有声有色的时候，不知不觉他们已经来到仪器制造商的店门口。

"喂，所尔舅舅！"沃尔特一边喊着一边冲进店里，上气不接下气地说起来，整个晚上都没有停，"这真是一件天大的奇遇！董贝先生的女儿在街上迷了路，衣服给一个老巫婆抢去了——我看见了——

把她带回家，让她在我们的起居室休息一下——瞧这里！"

"天哪！"所尔舅舅说，惊诧之下，身子朝后一倒就靠在他心爱的罗盘盒上了，"这不可能！嗯，我——"

"对，其他任何人都不会相信的，"沃尔特迫不及待地抢着说，"没有人会，没有人能够相信的，你知道。来！帮我把小沙发抬到火炉旁边好吗，所尔舅舅——炒几盘菜——给她做一顿晚餐，舅舅好吗？——把这双鞋子丢到炉子底下，弗洛伦斯小姐——把你的脚放在火炉围栏上烘烘干——它们湿透了——这是不是奇遇，舅舅？——我的天，好热呵！"

所罗门·吉尔士满怀同情之心，兼以过度的困惑，也觉热气腾腾。他拍拍弗洛伦斯的头，叫她吃，叫她喝，把他的手帕在炉火旁边烘热，擦她的脚底，他的眼睛看着，他的耳朵听着忙忙碌碌的外甥跑来跑去，可是总搞不清楚他在做什么，只是觉得不断地给这个心血来潮的小伙子碰碰撞撞。这位年轻人一直在房间里冲来冲去，一下子想做好二十件事情，可是一件事也没有做成。

"舅舅，你在这里等一会儿，"他顺手拿起一支蜡烛继续说，"我就跑上楼去，再加一件上衣穿上，然后就去。舅舅，你看这是不是一次奇遇？"

"我亲爱的孩子，"所罗门说，他的额头上搁着一副眼镜，口袋里放着一只大的时计，不停地在沙发上的弗洛伦斯和奔跑于起居室各处的外甥之间来回走动着，"真是太离奇了——"

"不，不过舅舅，请——弗洛伦斯小姐，请——晚饭，你知道，舅舅。"

"是，是，是，"所罗门大声地说，并且立刻切着一条羊腿，像在为一位巨人准备盛宴似的，"我会照管她的，沃利！我明白的。漂亮的小姑娘！当然饿得很了。你去准备吧。老天保佑！理查德·惠廷顿爵士连任三届伦敦市长！"

沃尔特登上阁楼，过了不久就下来了，此时，弗洛伦斯因为过分疲倦，在炉边睡着了。这短短的静寂虽然只有几分钟之久，却使所罗门·吉尔士能够定下心来考虑一下作一些小小的安排让小姑娘睡得舒服一些。他把房间遮暗了，再用东西把火光挡住，不让火光照射着她。当男孩回到起居室的时候，她睡得正甜。

"太好了！"他轻声地说，随即把所罗门紧紧地一抱，在他脸上露出了一副新的表情，"现在我就去了。我带一片面包去，实在饿得慌——那么——别唤醒她，所尔舅舅。"

"好的，好的，"所罗门说，"好漂亮的孩子。"

"真是漂亮！"沃尔特大声说，"我从来没有见过这样漂亮的脸蛋呢，所尔舅舅！我现在就去了。"

"好。"所罗门大大地松了一口气说。

"喂，所尔舅舅。"沃尔特喊着，一边把脸孔塞到门里面。

"怎么还在这里。"所罗门说。

"她现在看起来怎么样？"

"很高兴。"所罗门说。

"太棒了！我现在就去了。"

"但愿你就去吧。"所罗门自言自语。

"喂，所尔舅舅。"沃尔特喊着，他又在门口出现了。

"怎么还在这里！"所罗门说。

"我们在街上遇到低级职员卡克尔先生，比以前更加怪里怪气。他同我说了声再见，可是又在后面跟着我们，一直跟到这里——有这样的怪事！——我们刚走到店门口，我回头望望，看见他悄悄地走开了，就像一路送我回家的仆人，或者说像一条忠实的狗。舅舅，她现在看起来怎么样？"

"同刚才一样，沃利。"所尔舅舅说。

"这就好了。我现在就去了！"

这一次他真的出发了。所罗门·吉尔士无心吃晚饭，只是坐在火炉的另外一边，望着酣睡中的弗洛伦斯，脑海中造起了许许多多奇形怪状的空中楼阁。各种各样的仪器靠近他的身边，他坐在黑影中，宛如一个头戴绒线帽、身穿一套咖啡色衣服的魔术师运用魔力使小孩沉沉入睡。

　　这时，沃尔特正以出租马车平时所少有的速度朝董贝先生的家进发，而且每隔两三分钟还把头伸出窗外，不耐烦地催促车夫。一到旅程的终点，他急忙跳下马车，气喘吁吁地向仆人宣告他前来所负的使命，便径直跟着他走进书室，书室中人声嘈杂，董贝先生，他妹妹，托克史小姐，理查兹，还有尼珀都聚集在那里。

　　"嗬！对不起，先生，"沃尔特冲到董贝先生面前说，"不过我很高兴，一切很顺利，先生。董贝小姐找到了！"

　　男孩子开朗的面容，飞动的头发，闪光的明眸，因欢欣与兴奋而引起的喘息，和坐在书室椅子上面对着他的董贝先生真有天渊之别。

　　"路易莎，我同你讲过她是一定会找到的，"董贝先生稍稍回过头，望了一下那位女士，她正和托克史小姐在哭泣呢，"告诉仆人不要再找了。这个男孩把找到她的消息带给我们了，他叫小盖伊，是我们办事处的。先生，我的女儿是怎么找到的？她怎么走失的我晓得。"说到这里他威严地望着理查兹。"不过她是怎么找到的？谁找到她的？"

　　"这个，我想是我找到董贝小姐的，先生，"沃尔特谦虚地说，"至少我还不能说我是不是能够享有完全是由我找到她的这份殊荣，先生，不过我是很幸运的工具——"

　　"我真不明白，先生，"董贝先生打断了他的话，男孩对有幸能够参与这件事情所明显流露出的自豪与欣喜使他感到由衷的不悦，"您说不是完全由您找到我的女儿，又说您是很幸运的工具，这是什么意思？请您讲得明白易懂，前后一致。"

　　要讲得前后一致是沃尔特所无能为力的，但是他尽量上气不接下气地表白清楚，说明他为什么一个人来的缘故。

　　"你听到了吗，姑娘？"董贝先生对黑眼睛姑娘严厉地说，"拿些必要的东西，即刻跟这位年轻人去把弗洛伦斯接回来。盖伊，明天给你奖赏。"

"哦！谢谢您，先生，"沃尔特说，"您真好。我其实没有想到奖赏，先生。"

"你不过是个孩子，"董贝先生突然之间几乎是气势汹汹地说，"你想的是什么，或者喜欢想些什么，是毫无关系的。你做得好，先生。不要推却。路易莎，请你倒点酒给这个小伙子喝。"

当他在奇克夫人的带领下走出房间时，董贝先生以很不高兴的目光把他送了出去；也许当他和苏珊·尼珀一起坐着马车回到他舅舅家里去的路上，董贝先生的眼睛依旧通过想象的空间跟随着他，目光之中依旧没有多大的快慰。

在舅舅的家里，他们看见弗洛伦斯睡了一觉之后焕然一新，她已经吃过晚饭，现在和所罗门·吉尔士已经熟悉得多了，对他非常信任、无拘无束。黑眼睛姑娘因为早先哭得很厉害，现在可以叫作红眼睛姑娘了，她因心中不快一直是沉默不语，现在二话不说，也不责备，一把抱住小姑娘，满腔的情感一下子奔涌了出来。顷刻之间，起居室变成了化妆室，她十分周到地给小姑娘穿上很合身的衣服，然后即带着她走出去。经过打扮之后，生性不似出生于董贝之家的弗洛伦斯也有点董贝小姐的风姿了。

"再见！"弗洛伦斯奔到所罗门面前说，"您待我真好。"

老所尔听了十分高兴，像爷爷一样亲了她一下。

"再见，沃尔特！再见！"弗洛伦斯说。

"再见！"沃尔特说，就把一双手伸给她。

"我永远不会忘记您，"弗洛伦斯接着说，"不会忘记！真的不会忘记您。再见，沃尔特！"

一颗童稚的心满怀着感激之情，小姑娘朝着他的面孔抬起她的脸蛋，沃尔特低下他的面孔，又抬了起来，满脸通红滚烫，害羞地望望所尔舅舅。

"沃尔特在哪里？""晚安，沃尔特！""再见，沃尔特！""再握一次手，沃尔特！"弗洛伦斯和她的小保姆坐上马车，关上车门之后，不停地这样喊着。马车终于开动时，沃尔特站在家门口欢快地对小姑娘飘动的手帕表示答意，而他后面的木制海军候补生似乎同他一样只是专心一意地望着那辆马车，对其他来来往往的车辆一概视而不见。

马车很快地来到董贝先生的屋前，一阵七嘴八舌的声音又在书房里响起，叫马车停在门口等着——"是给理查兹太太坐的"，当苏珊和弗洛伦斯走过的时候，同她一起帮工的一个保姆低声地说出这句不祥的话。

这位丢失的小孩走进来的时候引起了一阵轻微的骚动，但是并不明显。董贝先生长久没有见过她，在她额角上亲了一下，叫她不要再跑开了，也不要跟那些别有用心的仆人到处乱走。奇克夫人看到人性即使在"慈善磨工"的召唤下也不肯走上美德之路而自甘堕落，正在伤感不已，此时她停止了悲泣，以一种并非对待完美无缺的董贝家人的方式来欢迎这位小姑娘。托克史小姐也依据前面的示范控制住心中的感情，做到有理有节。唯有犯了罪的理查兹断断续续地倾诉着满腔的热情，欢迎她归来，并俯身在小女孩摇摇摆摆的头上，像是真的喜爱着她。

"呵，理查兹！"奇克夫人叹了口气说，"要是你当时对这个小孩子表现出恰如其分的感情，那么那些满心希望对人类同胞怀有好感的人就会满意得多了，也更适合你的身份，可是现在这位小宝贝就要过早地失去天然的养分。"

"一个普通的源泉要给割断了。"托克史小姐悲伤地低语着。

"要是我处于你的地位，像你这样没有良心，"奇克夫人严肃地说，"有你这样的坏主意，理查兹，我就会认为'慈善磨工'的校服要把我孩子毁了，在那里读书要把他弄得透不过气来。"

关于这样的事情，奇克夫人还不知道呢。其实她的孩子早已因为穿的那身校服给折磨得很厉害了，至于他所受的教育也是苦不堪言，随时都会发生激烈的殴打和不断的哭泣。

"路易莎！"董贝先生说，"用不着再讲这些话了。这个女人已经被辞退，她的薪水也已经付清。理查兹，因为你把我的儿子——我的儿子，"董贝先生为了加强语气把这几个字重复了一遍，"带到这么一个令人想起都会毛骨悚然的鬼地方去，你得离开这里。至于弗洛伦斯小姐今天早上遇到的事故我觉得从某种重要意义上来说还是一件值得庆幸的好事，因为如果没有发生这样的事情就根本不会知道你犯了什么过错，这是你自己也讲了的。路易莎，我想另外一个保姆，就是那个小保姆，"尼珀小姐听到点她的名便放声哭起来，"年轻得多，肯定是听了保罗的保姆的话跟着她走的，所以她还可以留下来。烦你告诉他们这个女人的马车费付到——"董贝先生踟蹰了一下，"斯塔格斯花园。"

波莉向门口走去，弗洛伦斯牵着她的衣服，伤心至极地哭着，叫她不要走。看着被自己冷遇的骨肉竟依依不舍地留恋这个微不足道的外人，而他自己却在一旁坐视，对于这位傲慢的父亲犹如刺入心中的匕首，射进脑子里的利箭。他的女儿心向着谁，背弃谁，他并不在意。可是当他想到他的宝贝儿子也可能会仿效时，这突如其来的剧痛便深深刺穿他的胸膛。

那天夜里，他的儿子哭得很伤心，不管怎么哄他，依旧号啕大哭。说真的，比起同龄的男孩，可怜的保罗有更好的理由需要悲哭，因为他又失去了第二个母亲，而在他的意识中这第二个母亲就是他的第一个母亲。这次打击同他死去亲生母亲的灾难一样来势迅疾。他的亲生母亲是患病而死，使他有生之初的日子变得黯然无光。在这个打击之下，他的姐姐也失去了一位善良而真诚的朋友，她悲伤地哭着，就渐渐地睡着了。不过这是无关紧要的话，我们就不必为此浪费笔墨了。

第七章

托克史小姐的寓所及其情爱一瞥

托克史小姐寓居于一座阴暗的小屋里，在英国历史上一个遥远的年代，这个小屋就给夹在伦敦西部一个上流社会的地区内，它像一个穷亲戚躲在大街拐角后面的阴影中，被四周的高楼大厦冷眼相看。它所处的地方谈不上有什么庭院或院子，只是在十分阴暗的偏僻的地方，远处响起两下敲门声也会使它惶惑不安，石板路上的缝隙里长着野草。这个偏僻的地方取名为公主路，公主路上有公主教堂，教堂时时闻钟鸣，星期天来做礼拜的人有时多达二十五人。名叫公主纹章的酒店也在那里，是那些潇洒英俊的士兵经常光顾之所。酒店前面的栏杆之内停着一顶轿子，但是在人们的记忆之中，这顶轿子从未被抬出栏杆之外；晴朗的早晨，每一根栏杆顶上都摆上一个白色壶，共有四十八根栏杆，这是托克史小姐时常计数的数目。

在公主路上，托克史小姐的寓所附近还有一座私人住宅。住宅的外面有两扇很大的大门，大门上有一对很大的狮首铁环，这扇大门从来没有开启过，据说原先是准备从这里进入某某人家的马房的，后来就关闭不用了。公主路上的空气中的确有一股马房的气味，而托克史小姐屋后的卧室面对着一排马房，从那里可看见马夫们不管干着什么活儿都要无休止地发出吵闹的声响，马车夫和他们的老婆孩子的便衣便服、内衣内裤就像麦克佩斯的旗帜一样经常挂在墙的外面①。

———————

① 引自莎士比亚的著名悲剧《麦克佩斯》第五幕第五场："把我们的旗帜挂在城墙的外面，……我们坚强的城堡嘲笑他们的围攻。"

公主路上的这座住宅是由一位退休的男管家承租的。他娶了一个女管家,把房子陈设起来,租给一位单身的先生。他是一位少校,长得木呆呆的,脸色发青,眼睛从头上突出来,托克史小姐说她在他身上看到"一种真正的军人气质";在他们之间通过少校的一个黝黑的仆人时而交换着报纸、小册子以及诸如此类的柏拉图式的传情信息。至于这个仆人托克史小姐只需要知道他是"本地人"就够了,究竟和什么具体的地理概念挂钩就不去管了。

也许比托克史小姐寓所的入口和楼梯更小、更狭窄的是从未有过的。也许在英国,从屋顶到屋底,这座屋子是最小、最不方便,也是最弯弯曲曲的了,可是托克史小姐却说,多好的地方!在这里,冬天只有几天阳光,最好的日子也不见太阳,谈不上有什么空气,交通也是隔绝的,可是托克史小姐还是说,想想这是多好的地方!眼睛从头上突出来的、青面孔的少校也是这么说,他对公主路颇为得意,每逢在俱乐部里聊天的时候,只要有机会,他总喜欢扯上拐角那边大街上一些大人物的事情,这样他就可以自鸣得意地说他们是他的邻居。

托克史小姐居住的这座灰暗的寓所是她自己的屋子,这座屋子是金属盒子里面的那位目光呆滞的已故主人建造并遗赠给她的。这位主人有一张头上洒着粉、后脑壳梳一根辫子的小像放在客厅里,与水壶布套分置于壁炉架的两边。客厅里的陈设大多是已故主人在世时的东西,包括一个热碟器,保暖器总是伸开细小的弓形腿,奄奄一息地躺在那里,挡住去路;还有一架陈旧的古式钢琴,上面刻着制琴师的名字,名字四周画着一圈光彩夺目的香豌豆。

贝格斯托克少校虽然已经到达人生的顶峰,所谓纯文学中的辉煌时期,而且已开始在走下坡路了,颈脖差不多没有了,颚骨僵硬,招风耳朵像象耳那么庞大,眼睛和面色都已失去自然的光彩,始终处于装腔作势的兴奋状态,这在前文已经述及,可是他仍旧以为他在托克史小姐心中唤起了对他的兴趣而自命不凡,他觉得她垂青于他实在是一位杰出的女人,他用这种虚无缥缈的想象来满足他的虚荣心。关于这件事他在俱乐部多次似真似假地暗示着，在他的谈话中经常出现老乔·贝格斯托克、老乔伊·贝格斯托克、老杰·贝格斯托克、老乔希·贝格斯托克等这样一些令人发噱的称号，少校似乎是想用这种轻松打趣的话来提示这些称号和他自己的名字有一种非常亲密的关系，这也同时是他的自卫之术。

"乔伊·贝，先生，"少校会一边挥舞着拐杖一边说，"一个人抵得上十多个你们这样的人。倘若你们中间多几个像贝格斯托克这样的人，那可好多了。先生，老乔要是想讨老婆的话，即使现在他也用不着到别的地方去找；不过先生，他心很硬，乔心很硬，先生，又像魔鬼一样狡猾！"讲过这些话以后就会听到呼哧呼哧的喘息声，少校的青面孔顿时变成紫色，他的眼睛也张大了，剧烈地跳动起来。

少校对自己的夸耀虽很慷慨大方，实际上是非常自私的。是不是在内心深处有比他更加彻底自私的人，这可能还不能肯定，如果说在肠胃上表现出这样的彻底自私性，那恐怕就比较好讲了，因为他的肠胃较之心脏无疑要更加自私。他想不到会被任何人轻视或冷落的，他更想不到会受到托克史小姐的轻蔑与冷遇。

可是看起来，托克史小姐把他淡忘了——渐渐地把他忘却了。在发现土德尔一家人之后，她就开始忘记他了，她继续忘记他一直到洗礼仪式的时候，此后她随着兴趣的多样化也就不断地忘记他。待兴趣的源泉换新之后，某事或某人就把他取而代之了。

"早安，小姐。"在前章所述发生的事情数周之后，在公主路上，少校遇到托克史小姐时说。

"早安，先生。"托克史十分冷淡地作答。

"小姐，"少校以其平时的潇洒风度说着，"好久以来乔·贝格斯托克未能有幸在您窗前向您鞠躬致意了。小姐，乔所受的待遇太严厉了。他的太阳一直藏在云后面。"

托克史小姐点了点头，不过其态度的确是很冷漠的。

"乔的骄阳也许一直不在城里吧？"少校探问道。

"我？不在城里？哦不，我没有出城过，"托克史小姐说，"最近我很忙。我的时间差不多都用在几个很亲密的朋友身上了。我恐怕没有空，即使现在也抽不出时间。再见，先生！"

托克史小姐的迷人心魄的芳步和她轻柔的身姿从公主路上消逝了。少校望着她渐渐远去的倩影，原来青色的面孔更加发青，嘴里咕噜咕噜地怒吼着，骂些不干不净的话。

"嗨，真见鬼，先生，"少校说，一边转动着突出的眼珠反复地环顾公主路上，一边对着迷漫着芳香的空气大声呼喊，"六个月之前这个女人好喜欢乔·贝格斯托克走过的地方。这里面有什么意思？"

想了一会儿，少校恍然大悟，原来这是捕捉男人的圈套，是搞阴谋、设罗网，是托克史小姐在挖陷阱。"可是您是捉不到乔的，小姐，"少校说，"他心肠很硬，小姐，乔·贝心肠很硬。很硬，而且像魔鬼一样狡猾！"想起这句话他整天都在暗自窃喜。

那天之后又过去了许多日子，但是托克史小姐似乎根本没有注意到少校，而且连想也没有想到他。过去有一段时间，她常常会在无意中在一扇黑暗的小窗旁边伫立，向外望去，看到少校的致意，脸色绯红，也投桃报李。可是现在她从来不让他有这样的机会，至于少校是不是在路上往这边看，她是根本不放在心上的。除此之外还出现了其他的变化。站在自己屋子里的暗处，少校可以望见托克史的寓所最近有了很大的改观，漂亮多了。那只年迈的小金丝雀住上了一个新的金丝笼，壁炉架和桌子像是点缀着用色彩缤纷的硬纸板和薄纸拼成的装饰品，窗前突然出现一两株花木。托克史小姐也偶尔在古式钢琴上弹琴奏曲，钢琴的四周依旧围绕着一圈华丽的香豌豆，钢琴的上面摆着托克史小姐亲手抄写的乐谱中的《哥本哈根圆舞曲》和《鸟儿圆舞曲》。

比这些更加重要的是，这一阵子托克史小姐的丧服变得轻描淡写，而且出奇地讲究。可是这一件事却反而使少校解开了谜底，他想这位小姐肯定是继承了一笔小小的遗产，所以变得这样趾高气扬，目中无人。

就是在作出这个判断，放了心以后的第二天，少校正坐在桌旁用早餐，忽然望见托克史小姐的小客厅里出现了一个非常引人注目的奇妙的精灵。好一阵子他坐在椅子上一动也不动，然后他冲进隔壁房间拿来一个双管小望远镜，聚精会神地观察了几分钟。

"是一个婴儿，先生，"少校合拢着望远镜说，"我敢用五万英镑打赌！"

少校对这个婴儿不能忘怀。他成天什么事也不能做，只是吹着口哨，张大着眼睛望着那边，因为拼命地睁大，他往日的暴暴眼显得相形见绌，倒像是两个大洞。一天天过去，这个婴儿每星期都要出现两三次，甚至四次。少校照样吹着口哨，睁大着眼睛观望。除此之外，他在公主路上唯有形影相伴，他做些什么托克史小姐已经不再留意了。他的脸色或青或黑，对于她是无足轻重的。

托克史小姐日复一日地走出公主路上去接这个婴儿和他的保姆，然后又把他们送回去，然后再把他们接过来，然后再送回去，继续不断地护卫着他们；托克史小姐日复一日地亲自抚育婴儿，亲自喂食，亲自逗他玩耍，还用古式钢琴弹奏乐曲，使他年轻的热血凝结成冰，这种始终不渝的精神实在不同凡响。与此同时，她时常忘情地凝视着一只手镯，也时常长久地从她闺房的窗户内满怀激情地遥望一弯月亮。不管她看什么东西，是太阳、月亮、星星或手镯，她就是不再看少校了。少校只是吹着口哨，瞪着眼睛，在房间里走来走去，想弄个水落石出，可总想不出这究竟是怎么回事。

"您会使我哥哥保罗完全倾心于您的，这一点也不假，我亲爱的。"有一天奇克夫人对托克史小姐说。

听了这句话，托克史小姐的脸色变得苍白起来。

"小宝贝一天一天长得更像保罗了。"奇克夫人说。

托克史小姐没有响，却把小保罗抱在怀里，尽情地爱抚她，把他帽子上的花结压得服服帖帖，直不起来。

"他的妈妈，我亲爱的，"托克史小姐问道，"是因为您的关系我才知道她的，他是不是也有点像他妈妈？"

"一点也不像。"路易莎回答说。

"她蛮——我想，她蛮漂亮的吧？"托克史小姐结结巴巴地问道。

"哦，可怜的亲爱的范妮很有趣味的，"奇克夫人深思熟虑了一会儿说，"实在很有趣味。她没有那种居高临下的派头，而这种居高临下的派头人们差不多理所当然地会以为在我哥哥的妻子身上会有的。她也没有像我哥哥这样的人所需要的坚强的毅力和活力。"

托克史小姐深深叹了一口气。

"可是她很叫人喜欢的，"奇克夫人说，"非常叫人喜欢，而且她也想叫人喜欢！——呵，亲爱的，可怜的范妮心地多好！"

"你这个小天使！"托克史小姐大声地对小保罗说，"你同你爸爸一模一样！"

如果少校能够知道在这个婴儿的身上寄托着多少的希望，付出了多少的心血与代价，设想了多少的计谋与策略，如果他能够看到所有这些令人眼花缭乱、杂彩纷呈的一切在这个无知无觉的小保罗的起皱的帽子四周来回地徘徊着，他一定会瞠目结舌了。那么他就会不难看出托克史小姐的几许雄心壮志；那么他就会明白这位小姐对董贝公司含羞带怯、孜孜以求的心迹了。

如果小孩夜里醒来，看见在摇篮帐子的周围有一群影影绰绰的别人对他所抱的幻想，毫无疑问他是要吓坏的。但是他没有醒来，他是睡着的，托克史小姐的好心，少校的惊讶，他姐姐童年的悲伤，以及他父亲严峻的身影，他全都无知无觉，他也不知道有哪一方土地上住着董贝或董贝之子。

第八章

保罗的成长、发展与性格

时间老人像另一位少校那样目不转睛地注视着，保罗的睡眠逐渐起了变化。更多更多的亮光骚扰着他的睡眠，日益清晰的梦幻扰乱着他的睡眠，日益增加的物象纷纷而至，使他不得安宁。就这样他从婴儿步入了童年，而成为一位能走会说，满腹好奇心的小董贝了。

理查兹被辞退之后，抚养小保罗的重任暂由专人代管，就像政府部门里有时候找不到一个能顶起重担的阿特拉斯①，就暂由委员会主持工作一样。负此重任的专人当然就是奇克夫人和托克史小姐了。她们对自己的职责兢兢业业的程度令人吃惊，这使贝格斯托克少校每天都会发现某种新的情况，想到自己是给抛弃了。而奇克先生由于少了家庭的管束便尽情地寻欢作乐，常去夜总会或咖啡馆用餐，每日抽烟三次，浑身烟味，还独自到剧院看戏，总之如奇克夫人责备过他的那样，社会的约束和道义的责任他全都抛在脑后了。

小保罗虽然得天独厚，受到这许多无微不至的关怀，但发育得并不好。也许是天生脆弱，在他的保姆被辞退之后，他一天天地因为忧伤而衰弱下去，好长一段时间他似乎在等待机会从他们的手中溜走，去寻找他失去的母亲。通往成人的险象环生、障碍重重的道路走过之后，他发现前面的路程依旧崎岖不平、多灾多难。每一颗牙齿犹如岌岌可危的栅栏，每一颗丘疹就像是一道石墙，百日咳每发作一次他就病倒了，一连串的小毛病接踵而至，压着他，使他再

---

① 阿特拉斯：希腊神话中双肩能掮天的巨神。

也起不来。他的喉咙里生了鹅口疮，好像是猛禽而不是画眉鸟钻进了他的喉咙①。就连小鸡也变得凶狠起来——婴儿的疾病水痘的名称源于小鸡②——就像豹猫一样折磨着他。

保罗洗礼仪式上寒冷的气氛也许伤害了他天性中某一敏感的部分，在他父亲冰冷的阴影中这是难以恢复原状的；从这一天开始，他就成为一个不幸的孩子了。威肯姆太太时常说她从没见过一个可爱的小宝宝吃这样的苦头的。

威肯姆太太是一个侍应生的老婆，看起来这和其做其他任何人的寡妇没有两样。她想到董贝先生家里谋职的申请，经过考虑，觉得很好，这是因为她显然不可能有家累，也不可能会去跟人家，在保罗突然断奶一两天之后就做了他的保姆。威肯姆太太是一位温和的女人，皮肤白皙，眉毛老是向上扬起，头老是向下低垂，动辄自怜自惜，也想叫别人怜悯她，或怜悯别人。她具有一种用悲天悯人的眼光看待万物的天赋，并且旁征博引，用曾经发生过的可怕的事情来证实她的观点，她以此来获取最大的安慰。

几乎无须说关于她的这种天赋董贝先生高贵的脑袋是一点也不知道的，如果有一点漏出那倒是不可思议的了，因为在这座屋子里谁也不敢悄悄地告诉他任何会引起对小保罗感到忧虑不安的事情，即使奇克夫人和托克史小姐也是不敢的。他内心却认为孩子必须经历一段生些小毛病的阶段，而且这一阶段结束得越早越好。假使能够出钱使小孩免于病痛或者找一个替身，就像不幸抽中去服兵役的士兵一样，那他花多少钱都是乐意的。但是因为这是无法实现的，他不禁时常傲慢地责问上天，这样做居心何在？他也时常自我安慰：这是人生的又一个里程碑，这个里程碑走过之后，人生旅程的伟大目标也就为期不远了。他心中念念不忘这件事，保罗一天天长大，他的这种情绪也随着一天天增强，变得迫不及待，他迫切地盼望着

---

① 英文 Thrush 这个词有画眉鸟、鹅口疮两个意思。文中指保罗患了鹅口疮，喉咙里像有猛禽在啄，很难受。

② 水痘的英文为 Chicken—pox，所以文中说它的名称源于小鸡。

有朝一日终于会胜利地实现他们父子共同创建伟业的梦想。

有些哲学家告诉我们说自私乃是我们的至爱与至情之源。董贝先生的小男孩对于他来说从初生之际就已经是举足轻重的,是伟大的董贝的一部分,或者说是伟大的董贝父子公司的一部分,这两种说法其实是一样的。如同许多声名卓著的上层建筑,董贝先生的爱子之情不难追根溯源,它的踪迹可见于最下层,这是没有疑问的。不过他确是把全部的爱都用来爱他的儿子的。如果他冰冷的心里有一处温暖的部分,那部分是属于他儿子的;如果他坚硬的表面能够印上某种形象,那形象就是他儿子;虽然他心目中的儿子不仅仅是一个婴儿或一个小孩而是一位大人——那就是公司之"子"。因此他急于跨过一生中的中间阶段步入未来。因此他虽然爱子心切,对于这些中间阶段的麻烦也就很少放在心上或者根本置之脑后了;他觉得他儿子似乎有神灵保佑,而且一定会成为他内心深处时刻与之交谈,每日为之出谋划策的大人,仿佛这是一个实际存在的现实。

就这样保罗快要五岁了,他长得很漂亮,只是面容苍白,略有忧思之色,这使威肯姆太太时常意味深长地摇摇头,长叹不已。从他的脾气可以预见他将来一定是盛气凌人的,而且对自己会具有举足轻重的地位是满怀自信的,他可以随心所欲、理所当然地叫所有的事物、所有的人听命于他。有时候他很好动、好玩,蹦蹦跳跳,高高兴兴,可是有时候他又是那么古怪、老气横秋,喜欢坐在小扶手椅子上沉思默想,这时候他的表情和言谈就像童话故事里可怕的小精灵,这些小精灵活到一百五十岁或两百岁的时候,装着怪相扮演着他们所替换的儿童。在楼上幼儿室里他常常会表现出这种过早成熟的心理状态,有时候他会突然发作,喊着感到疲倦,即使和弗洛伦斯一起玩着的时候,或把托克史小姐当作马驱赶时他也会这样。特别是晚饭后他的小椅子搬到楼下他父亲的房间,在炉火旁他和他父亲坐在一起时,他肯定更是这样一副神态。火光照着父子俩,这时候可以一目了然看出他们真是十分奇怪的一对。董贝先生庄严肃穆、正襟危坐,凝视着火焰,他的小形象,面容苍老,像哲人一样聚精会神地对着红色的景色望眼欲穿。董贝先生思考着有关纷繁复杂的世事的谋划和打算，他的小形象则驰骋于谁也摸不着头脑的若有若无的漫无边际的想象中。董贝先生古板倨傲，他的小形象出于遗传的因素，不知不觉地仿效着。父子俩多么相似，又何其截然不同。

在这样的时候，有一次父子俩许久都没有作声，董贝先生偶然看了一下小孩子被熊熊火光照得灿若明珠的眼睛，知道他还是醒着的。忽然小保罗打破了沉寂问道：

"爸爸！钱是什么东西？"

这个突如其来的问题正好击中董贝先生的心中所思，使他感到十分困惑。

"钱是什么，保罗？"他接着问，"钱吗？"

"对，"孩子把手放在小椅子的扶手上，朝着董贝先生仰起苍老的脸孔问，"钱是什么？"

董贝先生感到有些为难。他本想给他解释一下有关的用语，譬如什么叫通用货币、货币、货币贬值、纸币、金块、兑换率、贵重金属市场价格等，但是低头朝小椅子看了一眼，只见它离他十分遥远，便简明地回答了一下，"钱就是金、银、铜。就是基尼①、先令、半便士。这些东西你知道吗？"

"哦，是的，我知道它们是什么，"保罗说，"我不是说这个，爸爸。我是问钱究竟是什么东西？"

天老爷地老爷，当孩子又朝着他的爸爸抬起他的脸孔时，它看起来是多么苍老！

"钱究竟是什么东西！"董贝先生说着把椅子往后移了一点，这样他可以让惊奇的目光更好地端详着竟会提出这样一个问题的抱负不凡的小家伙。

"爸爸，我是说钱能够做什么事。"保罗抱住手臂问，但因手臂太短，不太抱得住，然后他看看炉火，再抬头望望爸爸，然后又看

---

① 基尼：当时的英国货币单位。1 基尼等于 21 先令。

看炉火，再望望爸爸。

董贝先生把椅子拉到原先的地方，拍拍他的头说："你慢慢会懂得的，我的孩子。钱是随便什么事情都能做的，保罗。"说着，他拿起小手，放在他自己的手上轻轻拍打着。

但是保罗很快地把手抽开了，把它搁在椅子的扶手上轻轻地擦来擦去，仿佛他的智慧就在手掌中，而他这样做是在磨砺他的智慧，然后他又望着炉火，好像炉火是他的顾问，可以向他提示。过了一会儿他又问：

"爸爸，随便什么事情吗？"

"对，差不多随便什么事情。"董贝说。

"随便什么事情是不是就是每一样事情，爸爸？"他的儿子说这句话的时候并没有意识到，或者也许根本不懂这两者有什么不同。

"是的，随便什么事情就是每一样事情。"董贝先生说。

"那么钱为什么不救救我妈妈？"孩子追问道，"这不是太残忍了吗？"

"残忍！"董贝先生把领饰摆摆正，他似乎对这种看法感到不乐，"不，好东西是不会残忍的。"

"如果钱是好东西，而且随便什么事情都能做，"小家伙若有所思地回过头望着炉火说，"我不懂它为什么不救救我妈妈。"

这次他没有向父亲提出这个问题，因为他以孩子的敏感也许已经看出这已使他父亲感到不快，但是他把这个想法又自言自语说了一遍，好像是老相识而且给他带来许多苦恼。他坐着，把下巴搁在手上，望着炉火沉思默想，想从那里找到答案。

董贝先生听到儿子提到他妈妈的事情自然感到惊异但还不是惶恐，因为这是第一次他说起他妈妈的死，而他每天晚上都是这样坐在他旁边的。董贝先生从惊异中恢复过来后便向儿子解释，他说钱是很了不起的神，是不能说它不好的，不过如果人的死期已到钱是救不活他们的，而且我们虽然住在伦敦商业中心区，虽然现在很有钱，也都要死的，这是很遗憾的，但是因为有了钱人家就尊敬我们，害怕我们，敬仰我们，恳求我们，羡慕我们，钱使我们在所有人的眼睛里面变得很有力量、很光荣，钱还常常叫死神好长好长时间离得远远的，有了钱就可以请皮尔金斯先生给孩子的妈妈看病，保罗也因此常常沾光，而且还请了很高明的帕克·佩皮斯大夫（这位医生保罗以前还不认识），凡是能够做的事情钱是无所不能的。董贝先生还讲了许多诸如此类的话，把钱的作用深深地输入儿子的脑海里，儿子听了似乎也大多能心领神会。

"钱也没法让我健康强壮，是不是，爸爸？"保罗等了一会儿搓搓手问道。

"怎么，你是蛮健康强壮的，"董贝先生说，"难道不是吗？"

呵！那苍老的面孔又抬了起来，上面流露着一种半是忧伤半是狡猾的表情！

"你同这些小朋友是一样健康强壮的吧？不是吗？"董贝先生说。

"弗洛伦斯比我大，但是我知道我没有她健康强壮，"孩子回答说，"我可以肯定弗洛伦斯像我这么大的时候，她玩的时间要比我长得多也不会累，而我有时候很累，"小保罗说着就把一双手放到火边烘烘暖，同时从壁炉格栅望进去，仿佛里面在上演一场幽灵木偶戏，"而且我的骨头很痛，威肯姆说我的骨头有毛病，我不知道怎么办。"

"唉！不过这是在夜里，"董贝先生一边说一边把椅子拉到儿子的旁边，然后把手轻轻地放在他的背上，"小朋友夜里是会累的，因为累了他们睡得甜。"

"嗅，爸爸，不是在夜里，"孩子说，"是在白天，我躺在弗洛伦斯的膝盖上，听她唱歌给我听，到夜里我就梦见这些稀奇古怪的事情！"

他一边继续说下去，一边再把小手放在炉边取暖，同时想着那些稀奇古怪的事情，那模样真像一位老人或一个小精灵。

董贝先生非常惊异，非常不安，简直不知道怎样把谈话进行下去，他只好坐在那里望着火光中的儿子。他的一只手放在背后，仿佛被什么磁力吸引在那里。有一回他伸出另外一只手，把那张沉思默想的面孔转过来朝向他自己，但他手一松开，那张脸又转向炉火，凝神地望着跳动的火光，直到保姆来叫他去上床睡觉。

"我要弗洛伦斯过来带我去。"保罗说。

"你和可怜的威肯姆阿姨过来好吗，保罗少爷？"保姆同情地问道。

"不，我不过来。"保罗回答说，便在扶手椅子上重新坐正，活像这家主人的样子。

威肯姆太太为他的天真无邪的心灵祝福过之后即走出去了，不久弗洛伦斯就出现了。保罗马上活跃起来，抬起小脸向爸爸说了声晚安，这时他的面容亮丽得多了，年轻得多了，更加像一个小孩子了。董贝先生看到这个变化感到非常惊奇，同时也大大地宽心了。

姐弟两一起离开房间以后，他似乎听见一个轻柔的声音在歌唱，这时他想起保罗说过他姐姐曾经唱歌给他听的，于是他怀着好奇心打开门倾听着，同时望着他们走远的背影。她抱着弟弟艰难地爬着又大又宽的空荡荡的楼梯，弟弟的头伏在她的肩膀上，他的手臂漫不经心地抱着她的颈子。他们就这样艰难地爬上楼梯，一路上姐姐唱着歌，弟弟时而陪着低吟几声。董贝先生望着他们停停走走、走走停停，直到他们走上楼梯顶上，直到他们看不见了，他依旧仰首凝望，等到暗淡的月光从幽暗的天窗黯然伤怀地照射进来，他才走回自己的房间。

次日晚饭时，奇克夫人和托克史小姐应召前来议事。桌布一拿走，董贝先生就开始讲话，要求她们毫不掩饰、不折不扣地告诉他保罗有没有什么病，尔皮金斯医生是怎么说的。

"因为孩子，"董贝先生说，"不如我希望的那么健壮。"

"亲爱的保罗，你以平时那种明察秋毫的辨识力马上击中要害了，"奇克夫人应声说，"我们的小宝贝完全不像我们所希望的那么健壮。事实是他的脑子太聪明了，他的心智比他的躯体要大了许多。我可以肯定这个宝贝孩子讲的话谁也不会相信是小孩子讲的！"

说着，她摇了摇头，"卢克丽霞，听听昨天他讲起殡葬时的那些话呵！——"

"我看恐怕，"董贝先生急忙打断了她的话，"楼上的那些人里面有谁把不伦不类的事情同孩子讲了。昨天夜里他跟我讲起他的——他的骨头，"董贝先生讲到骨头显得很恼火，他把这个字说得很重，"谁管得了我儿子的那个——那个——骨头？我看他不是拿到市场上给展览的活骷髅①吧。"

"完全不是。"奇克夫人露出一脸难以捉摸的表情说。

"但愿如此，"她的哥哥说，"又是殡葬的话！谁跟孩子讲了殡葬的事情？我看我们不是殡仪员，不是掘墓人，也不是雇用的送葬人吧。"

"完全不是。"奇克夫人插嘴说，她的表情同刚才一样深不可测。

"那么是谁把这些东西灌到他脑子里去的？"董贝先生说，"昨天夜里我实在非常难过，非常惊愕。是谁把这些东西灌到他脑子里去的，路易莎？"

"我亲爱的保罗，"停了一会儿之后，奇克夫人说，"这是用不着去问的。我给你讲句真话，我看威肯姆这个人不是很活泼开朗的，她也称不上人们所说的一位——"

"莫墨斯的女儿。②"托克史小姐低声地提示着。

"一点也不错，"奇克夫人说，"可是她却很认真，很有用处，而且一点也不傲慢无礼。说真的，我还没有见过比她更温顺的女人呢。如果说亲爱的小宝贝，"奇克夫人继续说下去，那口气像是把已经达成的一致意见作一个总结，而不是表达新的见解，"因为最近生了那场病，变得有些虚弱，不像我们所希望的那么健康活泼，如果他的体质里暂时出现了某种弱点，因此他好像偶然有一会儿不能使用他的——"

---

① 活骷髅：狄更斯写《董贝父子》时，伦敦杂耍场中其中一个演出者的绰号。

② 莫墨斯的女儿：莫墨斯是希腊神话中夜神的儿子，嘲弄之神。莫墨斯的女儿指爱嘲弄的人。

奇克夫人怕提起四肢，因为刚才董贝先生对骨头就表示过反感，于是她等着托克史小姐的提示。托克史小姐很忠于职守，大胆地说了声"身体的一些部分"。

"身体的一些部分！"董贝先生重复着说了一遍。

"我想今天上午医生说起了腿，我亲爱的路易莎，是不是？"托克史小姐说。

"哦，他当然是说过的，我亲爱的，"奇克夫人婉转地责备着，"您怎么还问我，您自己听他说的嘛。我看，如果我们亲爱的小保罗暂时不能使用双腿，这也不过是他这个年龄的孩子们常有的疾病，不管怎么当心也是没法防止的。保罗，这个事实你越早懂得，越早承认，就越好。"

"你当然很明白，路易莎，"董贝先生说，"我并不怀疑你对我的公司未来的首领是出自内心的关怀和爱护的。今天上午皮尔金斯先生来看过小保罗了吧？"

"是的，他来看过，"他的妹妹回答说，"托克史小姐和我都在场。这种时候我们总是在场的，我们绝不疏忽大意。这几天皮尔金斯先生都来看他的，我看皮尔金斯先生非常聪明，他说保罗的情况没有什么关系，我可以肯定，这句话的确是一种安慰。不过今天他建议去呼吸一下海边的空气。保罗，我深信这个建议是很明智有益的。"

"海边的空气。"董贝先生一边重复着这句话，一边看看他的妹妹。

"对这个建议是没有什么可以感到不安的，"奇克夫人说，"我的孩子乔治和弗雷德里克像他这么大，医生都叫他们到海边去呼吸那里的空气的，医生好多次也叫我去。保罗，我觉得你讲得对，楼上那些人也许在他面前随随便便讲一些不伦不类的话，像他这么小的脑袋最好少听这些话。不过对于这样灵气的孩子我真想不出有什么好的办法可以防止。如果他只是一个平常的孩子，那倒是没有什么关系的。我可有一句话要说，我和托克史小姐有一个想法，就是让小保罗暂时离开这里一段时间，到海滨城市布赖顿①去呼吸一下那里的空气，请一位聪明能干的人指导体力和脑力的训练，譬如说请皮普钦夫人——"

"皮普钦夫人是谁，路易莎？"董贝先生颇感惊讶地问，因为他从来没有听到过这个名字而他妹妹提起她如同熟人。

"我亲爱的保罗，"他妹妹回答说，"皮普钦夫人是一位上了年纪的女士，她一生的经历托克史小姐是知道的，多年来她花了全部的心血精力来研究和教养婴儿，取得了极大的成功，而且她的亲戚朋友是很有地位的。她的丈夫心碎了——我亲爱的，您说说她的丈夫是怎么会心碎的？确切的情况我忘记了。"

"是在秘鲁的矿井用泵抽水的时候心碎的。"托克史小姐接着说。

"当然他自己不是水泵工人，"奇克夫人看了一下她的哥哥说，这样解释一下看来的确是有必要的，因为听托克史小姐刚才那么讲，好像他是握着水泵死的，"他的死是因为他投资失败了。我相信皮普钦夫人管教孩子的本领是出奇地了不起。我曾听到人家私下赞扬她，那还是当我是——我的天！——多么高！"奇克夫人的目光此时转移到书橱上皮特先生半身像的附近，那里离地面相距约有十英尺。

"我亲爱的先生，"托克史小姐羞红着脸说，"既然特别提到皮普钦夫人，也许我该说几句话，刚才令妹夸奖她的话说得完全对。许多绅士淑女都是在她的教育之下成长起来的，现在已成为社会上令人羡慕的栋梁之材。此时和您讲话的微贱之身也曾受过她的教养。我相信名门闺秀、大家少年对她所办的学校是不会陌生的。"

"托克史小姐，您是说这位可尊敬的夫人办了一所学校吗？"董贝先生谦和地问。

"哦，我还不能肯定，"这位小姐回答说，"说它是一所学校对不对。不过它绝对不是一所预备学校。如果说它是，"托克史小姐讲到这里声音特别动听，"一座优等的幼儿寄宿所，恐怕就是我想表达的

_____

① 布赖顿：英格兰萨西克斯一区与自治市，是英吉利海峡的海滨胜地。

意思吧？”

"它的规模很有限，它的对象是一些特殊的儿童。"奇克夫人提示着，看了一下她哥哥。

"对！是一座特殊的幼儿寄宿所！"托克史小姐说。

这里面大有道理。皮普钦夫人的丈夫为了秘鲁的矿井而心碎，这是件好事情，听起来意味深长。这时距医师建议让小保罗离家一段时间已经过去一个小时了，而他仍旧原地未动，这不免使董贝先生心绪烦乱，诚惶诚恐。这样下去，孩子必须跋涉的旅程就要受阻和耽搁，至少他走向目的地的步伐就会缓慢。董贝先生觉得她们推荐皮普钦夫人是很重要的举措，因为他知道她们是不愿别人干涉她们的职责的，而且他也从未想到过她们急于要把责任分给人家，对这种责任董贝先生是成竹在胸的，这一点刚才已经述及。为了秘鲁的矿井而心碎，董贝先生沉思着。哦，这样做是很值得尊敬的。

"明天了解一下情况，如果我们决定把保罗送到布赖顿的这位夫人那里去，谁和他一起去？"董贝先生想了一会儿问道。

"我想，如果没有弗洛伦斯陪同，不管到哪里，你现在是不会把孩子送去的，我亲爱的保罗，"他妹妹吞吞吐吐地回答着，"小孩很喜欢弗洛伦斯，离不开她。你知道，他年纪很小，而且有自己的想法爱好。"

董贝先生把头转过去，缓步走向书橱，启开橱门，拿出一本书来看。

"还有哪个，路易莎？"他没有抬头，只是一边翻着书页，一边问着。

"当然是威肯姆了。我认为再加一个威肯姆足够了，"他妹妹回答说，"保罗既然由皮普钦夫人这样的人管教了，你就用不着再送其他人去管她了。当然，你自己每星期至少要去一次。"

"那当然。"董贝先生说着就坐在那里望着书上的一页看了一小时，但是一个字也没有看进去。

这位很有名气的皮普钦夫人是一位面貌丑陋、心眼很坏的老太

110

婆，她的背是驼的，脸上布满了斑斑点点，犹如一块不像样的大理石，鼻子呈钩状，灰色的眼睛冷酷无情，仿佛在铁砧上经过千锤百炼之后依旧丝毫未损，无动于衷。自从皮普钦先生因为秘鲁矿井的事情去世之后，至少四十年过去了，但是他的遗孀依旧穿着黑色细斜纹衣服，这件衣服暗淡无光、死气沉沉，天黑之后即使点上煤气灯也不能把它照亮，只要她在场，不管多少支蜡烛也会黯然失色，顷刻无光。人们众口同声地称她是孩子们的"出类拔萃的管教员"，她管教的秘方是，她给孩子们的东西都是他们不喜欢的，而他们喜欢的东西她是一件也不给的，她发现用这种方法非常有利于培养孩子们可爱的性格。这位老太婆心地这样凶狠，人们不禁会认为，秘鲁的水泵使用失误，矿井的水没有抽干，抽干了的是她心中快乐的泉水和人类仁慈的乳汁①。

　　这位摧残孩子的恶鬼的城堡坐落在布赖顿的一条崎岖的小巷里，那里的土质特别坚硬、贫瘠，多为白垩之地，那里的房屋特别脆弱易坏；屋子前面的小园里无论种上什么东西，令人不解的是，长出来的总是金盏草；随时都可以看见蜗牛像吸杯一样毫不放松地爬在临街的门上和其他不应该让它们光顾的公共场所。老太婆的城堡在冬天空气不能流出，在夏天不能流进，风声像巨大的贝壳发出的声音在屋子里川流不息，不绝于耳，屋子里的住户不管喜欢不喜欢，都得日日夜夜地洗耳恭听。这里的空气自然是不新鲜的，在前面客厅里从未打开过的窗户上，皮普钦夫人放了几盆花草，使屋子里有了一点泥土的芬芳。这些花草本身虽然都是上好的品种，却已经与皮普钦夫人的屋子不谋而合，成为特殊的一类。这些花草中有五六种仙人掌，像毛茸茸的蛇缠绕在板条上面；另外一种仙人掌则似绿色龙虾伸开宽阔的螯子；有几株有黏性叶子的蔓生植物；还有一个局促不安的花盆，是吊在天花板上的，盆中的花似乎激动不已，用绿色的末梢，撩逗着下面的人们，这使他们想起了蜘蛛——皮普钦的屋子里

①　引自莎士比亚的著名悲剧《麦克佩斯》第一幕第五场：麦克佩斯夫人："可是我却为你的天性忧虑，因为它充满了太多的人类仁慈的乳汁。"

的蜘蛛不可胜数，不过在这个季节里更值得骄傲的挑战，也许还得让给螳螂呢。

然而，皮普钦夫人的收费标准是很高的，只要能够付得起的均不例外，她那尖刻的禀性很少对任何人有所宽容，在众人的眼中她是一个不屈不挠的老太太，她有一套很科学的方法来掌握孩子的性格。自从她丈夫去世之后，她借助于这个声誉，又因为她丈夫心碎而死的缘故，年复一年地想方设法维持一种还算不错的生活。奇克夫人说起她之后的三天里，这位不同凡响的老太太满怀喜悦地盼望着收进弗洛伦斯和她的小弟弟保罗作为她这座城堡的居民，等待从董贝先生的钱袋中得到的一笔可观的数目来充实她已有的收入。

奇克夫人和托克史小姐是昨天晚上把他们带来的，她们在一家旅馆度过了一夜，今天她们在门口坐上马车，启程回府。皮普钦夫人背朝火炉，像老兵一样站在那里审视着新来的人。皮普钦夫人的中年侄女正在把比瑟斯通少爷向来宾炫耀时穿着的干净衣领脱了下来。这位侄女性情温顺，是皮普钦夫人忠心耿耿的奴仆。她长得瘦骨嶙峋、面无喜色，鼻子上长着疖子，痛苦不堪。潘凯小姐是目前唯一的另一名寄宿生，她因为在来客面前三次擤鼻子，此刻已被带到地牢里去。地牢是屋后的一个空房间，专作惩罚之用的。

"喂，少爷，"皮普钦夫人对保罗说，"您觉得您会喜欢我吗？"

"我想我一点也不会喜欢你的，"保罗回答说，"我要走，这不是我的家。"

"对，这是我的家。"皮普钦夫人回了一句。

"这个地方真不舒服。"保罗说。

"可是比这更差的地方还有呢，"皮普钦夫人说，"那是我们关怀孩子的地方。"

"他有没有给关到那里去过？"保罗指着比瑟斯通问道。

皮普钦夫人点点头，表示关进去过。这天保罗忙个不停，他整天从头到脚地观察着比瑟斯通少爷，注视着他面部呈现着的千变万幻的表情，就像对一个具有神秘和可怕经历的孩子那么感到好奇。

下午一时吃午饭，主要是淀粉和蔬菜之类。这时潘凯小姐由那位女妖怪亲自从囚牢里带了进来，这个女妖怪还告诫她凡是在来客面前擤鼻子的都不能进入天堂。潘凯小姐是一位很文静的小姑娘，她有一双蓝眼睛，每天早晨都要洗头，因为拼命擦洗，似乎整个人有给擦掉的危险。潘凯小姐彻底懂得了擤鼻子不能进入天堂的伟大真理之后，皮普钦夫人才让她吃饭，饭后她照例朗诵着这里规定的感恩祷告，祷告词里有一句特别的话，就是为此盛宴向皮普钦夫人表示感恩。皮普钦夫人的侄女贝林西娅吃的是冷猪肉。皮普钦夫人因为其体质需要暖和的营养，专门给她烧了羊肉排骨，羊肉排骨是在两道菜之间端上来的，热气腾腾，味道鲜美。

因为饭后下雨，不能去海滩散步，而且皮普钦夫人在吃了羊排后，由于体质的关系需要休息，所以他们就跟贝丽，也就是贝林西娅，到地下室去。那是一个空房间，外面是一堵石灰石墙壁和一个盛水的大桶，室内的壁炉破烂不堪，里面没有生火，显得阴森可怖。可是人来了给这里增添了生气，这间空房间就是最好的地方了，因为贝丽和他们一起在那里玩耍，同他们一起蹦蹦跳跳，似乎同他们一样地高兴，一直到皮普钦夫人拼命地敲打墙壁，仿佛当年公鸡巷里鬼敲门的声音又重新响起[①]，他们才停止游戏，于是贝丽低声地讲故事给他们听，一直讲到夜色冥茫。

茶点上有大量的掺水牛奶，面包加黄油，一个黑色的小茶壶是给皮普钦夫人和贝丽喝茶的，还有不限量的涂上黄油的烤面包，那是专门给皮普钦吃的，像羊排一样，端上来的时候也是热气腾腾的。皮普钦夫人尽管吃了以后满嘴油腻，满面润滑，可她的内心却一点也不受用，她依旧像平时一样的凶狠，她那灰色的眼睛依旧冷酷无情。

茶点过后，贝丽拿出一个盖子上绘有皇宫的小针线盒，忙着做起活计来，而皮普钦夫人则戴上眼镜，打开一本绿色缩绒封面的很

---

① 1873年伦敦公鸡巷里听到神秘的敲门声，人们以为是鬼作怪，引起一阵恐慌。后来才知道这是一个人为的骗局。

大的书，开始打盹，每当她发觉差点跌进火炉里即刻醒来之后，她总要用手指敲敲也在打着盹的比瑟斯通少爷的鼻子。

　　孩子们就寝的时间一到，先祈祷然后上床睡觉。因为潘凯小姐害怕独自在黑暗的房间里睡觉，皮普钦夫人总是亲自把她当作一头绵羊似的赶到楼上去；过了好久从楼上一个最不适宜居住的房间里传来潘凯小姐呻吟的声音，还不时听到皮普钦夫人走进房间摇撼她的声音，这两种声音交织在一起听起来倒是蛮悦耳的。九点半左右闻到一股暖洋洋的小胰脏的香味，这是给皮普钦夫人吃的夜宵，因为根据她的体质不吃小胰脏她就无法入睡。由于小胰脏的香味，屋子里原来迷漫着的气味（威肯姆太太说这是"房子的味道"）就变得多样了，不久整座城堡便沉沉入睡。

　　次日的早餐和昨天的午茶大体相似，不同的是，皮普钦夫人把烤面包换成面包卷，早饭后她似乎有些不高兴。根据皮普钦夫人精心的选择，比瑟斯通高声朗诵着《创世记》①里的一段历史，像囚犯一步一步踩着踏车一样不徐不急、清清楚楚地念着一个个名字。朗诵完了，潘凯小姐被带走去洗头，比瑟斯通少爷给用盐水洗了一通，结果每次洗好出来都是情绪低落，精神不振。此时，保罗和弗洛伦斯跟着威肯姆到海滩散步去了，而威肯姆却经常是泪水盈眶。大约在中午的时候皮普钦夫人上幼儿读物课。这些故事往往非常惊心动魄，故事里的英雄是一个调皮的男孩，即使碰到最轻微的险情，也不免给狮子或熊吃掉。故事的寓意是不要让儿童的智力像鲜花一样自行开放，而是要像牡蛎一样用力把它掀开。这是皮普钦夫人教育计划的一个构成部分。

　　这就是皮普钦夫人幼儿寄宿所的日常生活。星期六董贝先生过来了，弗洛伦斯和保罗就到他下榻的旅舍去吃茶点，整个星期天他们和他一起度过，通常在晚饭前驱车外出，在这种时候，董贝先生犹如福斯塔夫的袭击者一样从一个穿硬麻布的人变成十二个穿硬麻

---

　　① 《创世记》：《圣经·旧约》中的第一卷。

布的人①。星期天晚上是一周之中最阴沉的夜晚，因为这时候皮普钦夫人的脾气总是特别不好。这时候潘凯小姐通常都是从罗廷丁的姨妈家里被送回来了，回来的时候总很伤心。比瑟斯通少爷的亲人都在印度，所以没有回家，皮普钦夫人就要他在礼拜仪式间歇的时候把头靠在客厅的墙上笔直地坐着，手和脚都不能移动；幼小的心灵痛苦万分，一个星期天的晚间他问弗洛伦斯，是否能够告诉他回到孟加拉去的路怎么走。

人们异口同声地说皮普钦夫人是一位对儿童教育很有一套办法的女人，这句话她是当之无愧的。那些调皮捣蛋的孩子在她好客的屋檐下待了几个月之后回到家里时肯定变得相当听话了。人们也异口同声地说，皮普钦夫人一心一意地过着这种生活，完全不顾及自己的感情，而且当皮普钦先生为了秘鲁的矿井而心碎去世之后，在困苦烦恼之际她依旧巍然屹立，这实在是太可钦可佩了。

保罗常常坐在壁炉旁的小扶手椅子上久久地凝神望着这位堪称楷模的老太太。当他这样盯着她的时候，他似乎根本不知道疲倦这个字眼。他不喜欢她，也不怕她，但是在他苍老而又苍老的心情中，她似乎有一种荒诞古怪的吸引力。他常常坐在那里端详着她，然后烘烘手，然后再望望她，虽然她是个女妖怪，有时候也会给看得不知所措。一次，只有他们两个人的时候，她问他在想些什么。

"你。"保罗毫不含糊地说。

"那么你想些我的什么事情？"皮普钦夫人问道。

"我在想你一定是很老了。"保罗说。

"你不可以讲这种话，小少爷，"老太太说，"这是不行的。"

"为什么不行？"保罗问道。

"因为这不礼貌。"皮普钦夫人声色俱厉地说。

"不礼貌？"保罗说。

---

① 引自莎士比亚的著名戏剧《亨利四世》第二幕第四场。福斯塔夫在亨利亲王面前吹牛，说他的敌人是两个穿麻衣的恶汉，不一会儿又说是四个，最后又说是七个。"硬麻布"在这里意指态度古板。

“对。”

“威肯姆说，”保罗天真地接着说，“把羊排和烤面包全都吃光，是不礼貌的。”

“威肯姆，”皮普钦夫人脸孔红了起来，气愤地说，“是一个恶毒、无耻的臭娘们。”

“什么臭娘们？”保罗追问着。

“你不要去管，少爷，”皮普钦夫人很不高兴地说，“你要好好记住那个小男孩的故事，他就是因为问这问那才给发疯的公牛的角刺死的。”

“如果那匹公牛是疯的，”保罗说，“它怎么会晓得那个男孩问了什么问题呢？谁也不能把秘密悄悄地跟疯牛讲的。我不相信那则故事。”

“你不相信吗，少爷？”皮普钦夫人颇觉吃惊，又问了一遍。

“不相信。”保罗说。

“要是那只公牛偏偏没有发疯，你也不相信吗，你这个不信神的小鬼？”皮普钦夫人说。

保罗因为没有从这个角度来考虑问题，他的结论是以设想的疯牛为前提的，此刻他只好缄默不言，不过他仍旧坐着思考这个问题，显然，他是想马上找出答案，把她击败。这位老太太虽然强硬，觉得偃旗息鼓乃是上策，让他慢慢地忘却这件事情。

自此以后，就像保罗觉得皮普钦夫人有一种奇怪的吸引力一样，皮普钦夫人似乎也发现保罗有一种相同的奇怪的吸引力。她时常让他把他的椅子从火炉的那一边移到她这边来，坐在皮普钦夫人和火炉围栏之间的一个角落里，他的小脸孔上的光亮全部给吸进那件细斜纹黑衣。他审视着她面部的条条皱纹，凝视着那冷酷无情的灰色眼睛，有时候看得她真想闭起眼睛假装打瞌睡。皮普钦夫人有一只老黑猫，它经常蜷伏在火炉围栏中间的一只脚上，自管自地呜呜叫着，对着炉火眨着眼睛，直到它眼里的瞳孔收缩得像两个赞叹符号。他们一起围炉而坐的时候，这位善良的老太太就像一个巫婆——这样说并不是对她不恭敬——而保罗和猫乃是她的两个门徒。倘若哪一天夜间大风起时他们全都跳上烟囱一去不复返，从此再也没有听说他们的下落，那么今天夜里的情景正是这样。

然而这件事并未发生。天黑之后总是可以看见那只猫、保罗和皮普钦夫人各就各位，而保罗因为不想和比瑟斯通少爷在一道，每到夜里就继续不停地端详着皮普钦夫人、那只猫以及炉火，仿佛在念着三册巫术课本。

威肯姆太太对保罗的古怪脾气有自己的看法。她时常坐在她的房间里望着乱糟糟的烟囱，听着外面的风声，想着她目前沉闷的生活（用她自己强烈的话来说那是不堪忍受的生活），她的情绪更加低落了，她于是产生了无比阴郁的浮想联翩。皮普钦夫人家政的一个组成部分是防止她自己的"小贱娘们"——这是皮普钦夫人对女用人的统一称号——和威肯姆太太打交道；为此目的她长时间地躲在门后面，一旦有哪个忠心耿耿的姑娘朝威肯姆太太的房间走过去，她便从门后一跃而出冲向那个姑娘。不过贝丽可以自由自在地在那里和她交谈，只要不妨碍干活就行，因为她从早到晚都要不停地忙着各种各样的事情。威肯姆太太就把她心里的话一股脑儿向贝丽讲出来了。

"这个小家伙睡着的时候多漂亮！"一天晚上贝丽端着威肯姆太太的晚餐，站在保罗床边看着他说。

"呵！"威肯姆叹口气说，"他确实是漂亮的。"

"哦，他醒着的时候也不难看。"贝丽接着说。

"不难看，小姐。一点也不难看。我舅舅的女儿贝特西·简也是这样的。"威肯姆太太说。

贝丽仿佛是想在保罗·董贝和威肯姆太太舅舅的女儿贝特西·简之间探寻相似之处。

"我的舅妈，"威肯姆太太接着说，"像他妈妈一样死了，我舅舅的孩子也像保罗少爷一样。有时候，人家看到我舅舅的孩子会非常寒心，她就是这样的！"

"怎么的呢？"贝丽问。

"我真不想整个晚上一个人陪着贝特西·简！"威肯姆太太说，"即使第二天早晨叫威肯姆自己管管事情我也不想干，这件事我是不能够做的，贝丽小姐。"

贝丽小姐理所当然地要问她为什么不能。可是威肯姆太太对她的话不闻不问，照样自顾自地讲下去，她这种地位的妇女有一些就是这样的习惯。

"贝特西·简，"威肯姆太太说，"是很可爱的孩子，我心目中不会有比她更可爱的孩子了。凡是孩子会有的疾病，贝特西·简全都生过。抽筋对于她是很普通的事，就像你自己时常发躁一样，贝丽小姐。"贝丽小姐情不自禁地皱皱鼻子。

"不过贝特西·简，"威肯姆太太环顾四周，看看睡眠中的保罗，压低着声音说，"在摇篮里是由她过世的妈妈照管过的。我说不上是怎么管的，什么时候管过的，我也说不上这个亲爱的孩子自己知不知道，不过贝特西·简是由她妈妈照管的！您也许会说我胡讲！小姐，我是不会生气。您心里尽管认为这是胡讲，不过在这个坟场一样的地方，恕我冒昧，您会发现这些话会使您好过一些的，在这个地方我给弄得烦透了。保罗少爷有点在动。请您拍拍他的背。"

"当然您认为，"贝丽说着，轻轻拍着小孩的背，"他也由他妈妈照管过的吗？"

"贝特西·简，"威肯姆以极其庄严的声调回答说，"像这个孩子一样吃了很多苦头，也像这个孩子一样变了。我眼睁睁地看着她也像这个孩子一样时常时常地坐着在想，不停地在想；我眼睁睁地看着她像他一样时常时常地显得很老、很老的。我常常听见她就像他那样讲话。我想这个孩子和贝特西·简是一模一样的。"

"您舅舅的孩子还活着吗？"贝丽问。

"是的，小姐，她还活着，"威肯姆太太回答的口气非常得意，因为她看得出来贝丽小姐等待的回答却是相反的，"而且嫁给一个银匠。真的呢，小姐，她还活着。"威肯姆太太把重音放在"她"这个主语上。

显然，是有人已经死了，于是皮普钦夫人的侄女便问是谁死了。

"我不想让您不舒服，"威肯姆太太答道，一边继续吃她的晚饭，"请别问我。"

这实际上是最可靠的激将之法。贝丽小姐因此一再追问。犹豫再三，威肯姆太太终于放下刀子，环顾四周再看看睡眠中的保罗之后便回答说：

"她对好多人都很喜欢，有的只是心血来潮、凭一时的高兴，有的是内心的感情，这是大家都可能会碰上的，只是比一般的情感深厚一些。可他们都死了。"

这是出乎皮普钦夫人侄女意料的，使她感到触目惊心，她笔直地坐在坚硬的床边上，呼吸急促，毫不掩饰地面露惊异的表情凝视着这位向她透露个中秘密的人。

威肯姆太太对着弗洛伦斯躺着的床上偷偷地摇晃着左手的食指，然后把它倒转过来对着地板狠狠地指了几次，皮普钦夫人经常在楼下的客厅里吃烤面包。

"记住我的话，贝丽小姐，"威肯姆太太说，"您要感谢保罗少爷，因为他不太喜欢您。我同您讲，我也要感谢他，因为他也不太喜欢我，但是在这个监牢似的屋子里住着是没有什么味道的！请您原谅我讲话这样随便。"

贝丽小姐因为心血来潮可能狠狠地拍打保罗的背，也可能停止了这种单调乏味的催眠术，此时保罗翻了个身，立刻醒来坐在床上，刚才他做了个孩子的梦，惊醒之时他的头发热汗淋漓，于是他唤着弗洛伦斯。

一听到他的声音，弗洛伦斯即刻从她的床上起身，跑了起来，弯着身子，朝着他的枕头，唱着歌哄他重新入睡。威肯姆太太摇摇头，落下了几滴眼泪，向贝丽指着那两个小孩，然后抬起眼睛望着天花板。

"晚安，小姐！"威肯姆低声地说，"晚安！您的姑妈是一位老太太了，贝丽小姐，您一定是您常常盼望着的吧。"

伴着这声安慰的送别话，威肯姆太太脸上流露着一丝肺腑之痛。现在又只剩下她和两个孩子孤零零在一起了，她开始感觉到外面的风声多么凄楚，她于是尽情地与悲哀做伴、以悲哀为乐——这是最便宜、最易获得的享受了——直到她沉沉入睡。

走下楼梯时，皮普钦夫人的侄女并没有想到会看见那条奇特的苍龙俯卧在炉前地毯上，可是下得楼来，却发现她出奇的严厉、暴躁，处处都表现出一种想长命百岁的打算，以告慰所有认识她的人；见此情状，她的侄女放下了心。在随后的一周中，为皮普钦夫人的体质的需要所提供的食物虽然不断消耗，她丝毫没有露出任何衰老的迹象，而保罗依旧一如既往，毫不动摇地坐在黑裙子与火炉围栏之间他原来的座位上，聚精会神地观察着她。

住了一段时间之后，保罗的脸色虽然看起来健康得多，其实并不比初来的时候强壮，所以给他备了一辆车子，让他舒舒服服地躺在里面给送到海滨去，他还带着一本字母表和其他一些识字课本。孩子古怪的脾气依旧未改，原先准备叫一个红脸蛋的少年当车夫的，他却不要，偏偏选了这位少年的爷爷拉车，这位老大爷面如酸苹果，脸上皱纹纵横形容枯槁，穿着一套破旧的油布衣服，他因为在盐水里泡久了，长得一身结实多筋的肌肉，他身上散发出一股如同潮水退去之后遍布海藻的海滩的气味。

有这样一位引人注目的老大爷给他拉车，保罗每天都到海滨去。一路上弗洛伦斯总是走在他的旁边，心情忧郁的威肯姆总是殿后。一连几个小时他悠闲地坐在车子上或者躺着，要是有其他孩子在一起他就不会这样安闲自得了，唯有弗洛伦斯是例外，那总是这样的。

"请走开，"不管哪个孩子来陪他，他就会这样说，"谢谢你，不过我不需要你。"

也许会有什么细小的声音在他耳边轻轻地问他可好。

他就会回答说："我很好，谢谢你，不过请你最好去玩吧。"

随后他就会回过头去望着那个孩子走开，然后对弗洛伦斯说，

"我们不需要其他人，对吗？亲亲我，弗洛依。"

在这样的时候，他甚至连威肯姆在旁边也不喜欢，而当她走开去拾贝壳、和别人搭讪，他就非常高兴，威肯姆也往往是这样做的。保罗最爱去的地方是一个远离游人的僻静之处，在那里弗洛伦斯坐在他身旁做针线活，或给他念书，或同他谈话，轻风吹拂着他的脸庞，海水在他卧床的轮下滚动，其他的一切他再无所需求了。

一天他问道："弗洛依，印度在哪儿，就是那个男孩的亲友们住的地方？"

"哦，那个地方离这儿很远很远呐。"弗洛伦斯说着从针线活上抬起眼睛。

"要走好几个星期吗？"保罗问。

"对，亲爱的。要走好几个星期的路，白天黑夜都要走。"

"要是你到印度去，弗洛伦斯，"保罗停了一会儿说，"我就——妈妈是怎么的？我忘记了。"

"爱我！"弗洛伦斯回答说。

"不是，不是的。难道现在我不爱你？是什么呢？——死了。要是你到印度去了，我就要死了，弗洛依。"

她马上放下针线活，把头伏在他的枕头上，抚慰着他，并且告诉他，如果他到印度去的话，她也会死去的。又说他会很快好起来的。

"哦！现在我好多了！"他回答道，"我不是那个意思，我是说要是太伤心、太孤单，我是会死去的，弗洛依！"

有一次，也在这个地方，他睡着了，静静地睡着，睡了很久。睡梦中他突然惊醒，坐了起来，侧耳倾听。

弗洛伦斯问他听见了什么。

"我想知道它讲些什么，"他目不转睛地凝视着她的脸孔答道，"弗洛依，大海一直在说些什么？"

她告诉他这只是海浪滚动的声音。

"对，对，"他接着说，"可是我知道海浪总是在说些什么，总是同样的话。那边是什么地方？"他站了起来，渴望地望着远处的地平线。

她告诉他对面还有另外一个国度，但是他说他不是指的那个国度，他是说更远、更远的地方！

自此以后，在他们谈话当中他常常戛然不语，他想弄清楚这些海浪一直在讲着的是些什么，他常常会从卧床上站起来，向着看不见的远处引颈遥望。

第九章

木制海军候补生遭遇不测

那种玄妙的冒险情趣与浪漫爱情的美味深深地融入小沃尔特·盖伊的性格之中,即使他舅舅老所罗门·吉尔士用严峻的实际经验来教导监护他,也没有使它在涓涓细流中冲淡多少。因此他对弗洛伦斯跟好心眼的布朗太太的离奇遭遇便怀有一种不同寻常的喜出望外的兴趣。在他的脑海中他对它百般地珍爱,特别是与他有关的那一段故事,更是宠爱有加,终于使它成为他的想象王国里惯坏了的宠儿,自由驰骋,为所欲为了。

每逢星期天老所尔和卡特尔船长都要相聚一起做着美梦。美梦中回忆着那些奇遇和他自己在其中的经历也许更具魅力。每逢星期天,这两位令人尊敬的密友总有一位会神秘地提起理查德·惠廷顿,这第二位先生甚至于还买了一首主要表示大海之情的颇为古老的民歌,这篇民歌和其他许多别的东西长久地挂在商业街上一堵灰暗的墙壁上,在风中飘动。民歌叙述着一位很有前途的年轻卸煤工和一位"可爱的佩格姑娘"之间的谈情说爱与婚事,佩格乃是纽卡斯尔[①]一艘煤船船长兼船主之一的才艺出众的女儿。在这个动人情怀的故事里,卡特尔船长看到沃尔特和弗洛伦斯之间的关系妙不可言地深寓其中,他不禁激动万分。每当欢庆的日子,譬如说生日或几个非礼拜天的假日,他都要在后面的起居室里从头到尾放声唱起这首民歌,并且把每节歌词结尾的"佩——格"唱得震耳欲聋,以表示对

---

① 纽卡斯尔:英国的港口城市。

歌曲中女主人公的赞美。

　　但是一个坦率豪爽、胸襟开阔的小伙子对于自己的情感是不太喜欢分析的，虽然这种情感是多么强烈，沃尔特也很难说清楚这是一种什么情感。他与弗洛伦斯邂逅之地的码头以及他们一起回家走过的那些虽然本身并不迷人的街道，对这些他是非常钟情的。一路上那两只时常从小姑娘脚上掉落下来的鞋子他还藏在他自己的房间里；常常在晚上他坐在后面的小起居室里画了一系列好心眼的布朗太太荒诞古怪的肖像。自从那次难忘的经历以后，他的衣着也许漂亮了一些，而且他喜欢在闲暇的时候走向城里董贝先生的家所在的地区，朦朦胧胧地希望有幸在街上遇见小弗洛伦斯，不过这只是一个孩子天真无邪的纯情。弗洛伦斯很漂亮，爱慕一张漂亮的脸孔是一种乐趣。弗洛伦斯年幼体弱，无力自卫，他能够保护她，帮助她，每想及此他感到自豪。弗洛伦斯是世界上最懂得感恩戴德的小朋友了，看到她脸上流光溢彩的感激之情，他无比欣喜。弗洛伦斯无人关心，受人冷落，对这位住在沉闷的高楼大厦里备遭冷遇的小姑娘，他年轻的胸中充满着无比的关怀。

　　事情就这样进展着，一年之中也许有六七次沃尔特在街上向弗洛伦斯脱帽致意，弗洛伦斯就会停下脚步和他握手。威肯姆太太（她总是给他换个特别的名字，叫他小格雷夫斯①）对此已经习以为常了，因为他们相识的过程她是了如指掌的，所以她根本不去注意。可是尼珀小姐就不一样了，她很盼望着这样的机会，因为她这颗敏感的年轻的心已经默默地被沃尔特好看的相貌打动了，她相信她的感情也引起了对方的共鸣。

　　通过这种方式，沃尔特不仅不会忘记或者想不起他和弗洛伦斯的相识，而是记得越来越清楚了。他们相识之初的奇遇以及以后使之具有不同寻常的特色与乐趣的种种小事，他并不只看成是与他有关的具体事件，而是一个在其想象中不可缺少的喜闻乐见的故事。

_____

　　① 　小格雷夫斯：英文为 Young Graves，Graves 意为坟墓。

在他的想象中，这些奇闻逸事使弗洛伦斯显得更加光辉夺目，而他自己却是无足轻重的。有时候他行步如飞、思潮起伏，他想如果在他与弗洛伦斯相逢后的次日就奔向大海，远走他乡，在那里待了好久，干了一番令人称奇的事业，然后荣归故里，那时候他已是一位像海豚那样挂满五彩缤纷的荣誉勋章的舰队司令了，假使海军上将做不到，起码也是一名带着光彩耀目的肩章的小军舰舰长，那时候他就不顾董贝先生的反对，也不管他的领带和表链，就把弗洛伦斯娶过来（那时她已是一位美丽的女郎了），然后胜券在握地把她带到一处碧水如蓝的海岸，他想如果是那样，那是多么美妙呵。可是这些幻想并不能使董贝父子公司门上的铜牌增辉，把它变成金色希望的丰碑，也无法在他们肮脏灰暗的天窗上洒上一线亮光。当卡特尔船长和所尔舅舅谈起理查德·惠廷顿爵士和主人们的女儿时，沃尔特觉得他对自己在董贝父子公司的真实地位要比他们清楚得多。

就这样，他心情愉快，不辞烦劳地日复一日做着他分内的事情，同时细细品味着所尔舅舅和卡特尔船长红光满面的脸色，然而他脑海里却涌现着成千上万模糊不清、虚无缥缈的幻想，与之相比他们的言谈与想法则是日常生活中可能出现的普通事情了。当弗洛伦斯住在皮普钦夫人家时他就是这样子的，他看上去比过去要老相了一些，但并不明显，他依旧是一个活泼、愉快、不假思索的小伙子，就像以前他领着所尔舅舅和想象中的攻占敌船的兵士冲进客厅，给他照路去把马德拉岛白葡萄酒拿出来时一样。

"所尔舅舅，"沃尔特说，"我看你身体不太舒服。你早饭都没有吃。如果你这样下去，我就要请医生来给你看看了。"

"我需要的他没法给我，孩子，"所尔舅舅说，"如果他能够给的话，他医术就很好了——不过他不会给的。"

"那是什么呢，舅舅？是顾客吗？"

"对，"所罗门说着叹了口气，"我要的就是顾客。"

"真见鬼，舅舅！"沃尔特一边说一边把早餐杯子啪的一下放在桌上，用手猛击着桌面，"当我看见成群结队的人整天在街上来来往往，几十个几十个地不停地在我们店门口走来走去，我恨不得马上冲出去，把随便哪个一把抓住，把他带进来，一定让他用现款购买价值五十英镑的仪器。你在门口看来看去，想买什么？——"沃尔特对着门外一位头发上敷了白粉的老先生大声喊叫，他当然是没有听见，只是一个劲地在瞧着一架船用望远镜，"那是没有用的。我弄给您看。进来买吧！"

可是这位老先生满足了好奇心之后便悠然自得地走开了。

"你看他走了！"沃尔特说道，"这些人都是这样的。不过，舅舅——喂，所尔舅舅"——老人正在沉思默想，第一次喊他没有回应——"不要懊恼，不要难过，舅舅。要是有订货的话，那是会很多很多的，你可没法应付呢。"

"它们不管什么时候来，我早就不会再管事了，孩子，"所罗门·吉尔士说，"它们再也不会到这个店里来的，要是什么时候真的来了，我早就不在店里了。"

"喂，舅舅，你知道你可不能这样想啊！"沃尔特恳求着，"不要这样想。"

老所尔鼓足了精神强作愉悦之色，向着坐在小桌子对面的外甥尽量愉快地笑着。

"没有什么特别的事吧，舅舅？"沃尔特问道，他把手肘托在茶盘上，把身子靠过去，更加体贴、更加关怀地说，"舅舅，不要向我隐瞒，如果有什么事情，全都告诉我吧。"

"没有，没有，没有，"老所尔说，"特别的事？没有，没有。有什么特别的事呢？"

沃尔特摇摇头，表示不相信，随即说，"我问你的就是这个，可是你反而问我！我跟你说，舅舅，当我看到你这样子，我和你住在一起心里是很难过的。"

老所尔不知不觉地张开了眼睛。

"是这样的。我总是和你在一起，没有人比我更幸福了，可是当我看到你有什么事情压在心上，我和你住在一起心里是很难过的。"

"我知道在这种时候我是有点儿心情不好。"所罗门温和地搓着双手说道。

　　"舅舅，我想讲的是，"沃尔特把身子再靠过去一些，拍拍他的肩膀继续说下去，"我觉得你该有一个矮矮胖胖的好舅母坐在这里，给你倒茶，你知道这同我就不一样了。你该有这样一位体贴入微、亲密无间、让你高兴的老太太做你的好伴侣，她懂得怎样照料你，叫你心情愉快。我现在同过去一样衷心地爱你，我觉得这是义不容辞的！可是我只是你的外甥，在你心里不舒服、身体欠佳的时候就不能像多年前有舅母照顾你那样好，当然如果能使你高兴起来，不管多少钱我肯定会给你的。所以我说，当我看到你有什么事情压在心上，而你身边除了我这么一个鲁莽笨拙不懂事的男孩以外什么人都没有，我的心里是很难受的。舅舅，我虽然多么想安慰你，可是总是心有余而力不足的——心有余而力不足的。"沃尔特把这句话又说了一遍后便把身子再往前靠了一些，去和他舅舅握握手。

　　"沃利，我的好孩子，"所罗门说，"要是四十五年以前那个亲切可爱的矮个子老太太就已经在这间起居室里做舅母了，我也还是更喜欢你的。"

　　"这我知道，所尔舅舅，"沃尔特接着说，"愿上帝保佑你，这我知道。不过如果有她和你在一起，你就不会有这么许多烦恼压在心上了，因为她会懂得怎么宽慰你，可我就不会。"

　　"会，会，你会的。"仪器制造商说。

　　"那么，所尔舅舅，是什么事情呢？"沃尔特哄着他说，"快讲吧！是什么事情？"

　　所罗门·吉尔士斩钉截铁地说根本没有什么事情，他的外甥想不出什么办法，只好权作相信的样子。

　　"所尔舅舅，我只是说，如果有——"

　　"可是并没有嘛。"所罗门说。

　　"很好，"沃尔特说，"那么我就没有什么好说了，现在正好时间已到，我要去上班了。等会儿我出来时会回来看看你怎么样了，舅舅。舅舅，你可要记住，要是我发现你一直在瞒着我的话，我就不再相信你了，也不再把低级职员卡克尔先生的事情跟你说！"

所罗门·吉尔士大笑起来，叫他去找找看有没有这类的事情。而沃尔特却在脑海里盘算着各种各样不切实际的生财之道以及怎样使木制海军候补生取得独立的地位，他挂着比平时沉重的脸色向董贝父子公司的办事处走去。

在那些日子里，在外比肖普士盖特街的拐角处住着一位叫作布罗格利的专门买卖旧货、估价旧货的旧货商与持有许可证的经纪人，他开了一个店铺，里面的旧家具琳琅满目，但是摆得杂乱无章，不伦不类，不堪入目，与它们的用途完全格格不入。几十把椅子用钩子挂在脸盆架上，脸盆架勉强悬挂在碗橱的两边，而碗橱则竖立在倒置的餐桌上，餐桌的腿却顶着其他餐桌的桌面，像体操运动员一样向上抬起，这样的安排方式可称最合情合理的了。为了招待像六七把火钳与一盏大厅里的灯这样的亲朋好友，处处可以看见宴会用的盘盖、酒杯和圆酒瓶散放在有四个柱子的床架上。还可以看见一排窗帘优美地遮着一排塞满药店里的瓶瓶罐罐的五斗柜，而不是挂在窗边。一块无家可归的地毯脱离了它朝夕相处的壁炉，在苦难中任凭严寒的东风吹击，悲伤地瑟缩着，与一架竖式钢琴凄厉的哀诉同病相怜；这架钢琴日益衰落，一天损坏一根弦，它那错乱的琴键发出不和谐的声音，有气无力地和街上的吵闹声遥相呼应。在布罗格利先生的店铺里，总是摆着应有尽有的时钟，它们从不移动一分一秒，似乎也无法上紧发条，正像它们旧主人的寒酸处境一样。还有各色各样的任意摆放着的镜子，通过折射与反射，很有趣味地呈现着一种倾家荡产、一蹶不振的景象。

布罗格利先生的眼睛是水汪汪的，脸色鲜红，头发卷曲，身材魁梧，脾气随和——像罗马执政官凯乌斯·马略这种阶层的人逃到迦太基城，在别人的残垣败壁中坐待时机①——他的心情自然是会很愉快的。有时候布罗格利先生走到所罗门的店里来望望，问一些所罗门经营的货物情况。沃尔特认识他，在街上与他相遇时都要向他问好。但是旧货商和所罗门·吉尔士的交情充其量也不过如此，所以当沃尔特上午信守许诺回到家里，发现布罗格利先生两手插在口袋里，帽子挂在门后面，坐在起居室里时，不禁大吃一惊。

"喂，所尔舅舅！"沃尔特说。老人忧伤地坐在桌子对面，奇怪的是，这次眼镜没有搁在额角上，而是架在眼睛上了。"你现在怎么样？"

所罗门摇摇头，朝着旧货商摆摆手，这就算是介绍了。

"出了什么事吗？"沃尔特屏息敛气地问。

"没有，没有，没有出什么事，"布罗格利先生说，"不要担心。"

沃尔特满腹狐疑，默默地看着旧货商又望望舅舅。

"事情是这样的，"布罗格利先生说，"有一笔小数目的债务，一共是三百七十多英镑，已经过期还没有偿还，借据在我手里。"

"在你手里！"沃尔特喊道，把店里的东西看了个遍。

"是呵！"布罗格利以不足为外人道的口吻表示肯定，并且频频点头，仿佛是敦促他们应该和衷共济不必慌张。"这是执行。就是这么一回事。不要担心。我这次亲自过来，是想使这件事情不要声张，顺利地解决好。你是知道我的。这完全是你我之间私下的事情。"

"所尔舅舅！"沃尔特声音有些颤抖地说。

"沃利，我的孩子，"舅舅接着说，"这是第一回。这样倒霉的事情我以前从来没有碰到过。再从头开始，我年纪太老了。"这时，因为眼镜再也不能遮住心头的悲伤，他重新把它推到额角上去，同时用手盖住脸孔，大声地啜泣起来，一颗颗泪滴纷纷落在咖啡色的背心上。

---

① 凯乌斯·马略（公元前 157—前 86），曾七次当选为古罗马的执政官。公元前 88 年，他被迫逃出罗马，历经艰险，逃到非洲，曾在迦太基的废墟中避难。迦太基是古代著名大城市之一，相传为腓尼基人于公元前 814 年所建，今在突尼斯市郊区。

"所尔舅舅！求求你！不要哭！"沃尔特喊着，他看见老人哭起来确实感到一阵恐慌，"看在上帝的分上不要哭吧。布罗格利先生，我该怎么办呢？"

"我建议您去找一位朋友，和他商量商量。"布罗格利说。

"一定去找！"沃尔特大声应道，只要有一点希望他就抓住不放了，"一定！谢谢您。舅舅，卡特尔船长就是最合适的人了。我赶紧跑去找他，你等着。布罗格利先生，我现在就去，请您照管一下我舅舅，尽量开导他，让他宽心些，好吗？所尔舅舅，不要悲观失望，要看得开，那就好了！"

一口气说完以后，也不管老人断断续续地讲着要他不要去的话，沃尔特又很快地冲出店铺，匆匆地赶到办事处说他舅舅生了急病要请个假，然后他就风驰电掣般地奔向卡特尔船长的居所。

他沿着街道奔跑着的时候，样样东西仿佛都改头换面了。拥挤不堪的手推车、货车、马车、公共汽车、行人闹成一气，这在往常乃是司空见惯的情景，而现在因为木制海军候补生遭遇了不幸的事情变得新奇而陌生了。房屋与店铺和平时的样子不同了，它们的门前贴着大号字母写的布罗格利的许可证。连教堂似乎也成为旧货商的掌中物，因为它们的塔尖升上天空的姿态完全不同寻常了，即使天空也已经改观，显而易见天空也成为被执行的对象。

卡特尔船长住在东印度公司船坞附近的一条小运河旁边，那里有一座旋桥，每隔一段时间旋桥敞开让庞然大物的船只像登岸的海怪一般沿街游弋。走向卡特尔船长住所的路上，陆地逐渐被水乡代替，这景致令人称奇。起初是一排旗杆矗立在一间间酒店的前面，然后是一批廉价服装店，店铺的外面挂着黑色厚毛线衫、海员防水帽和帆布裤子，这些裤子有最紧身的，也有最宽松的。再过去就是锻铸铁锚和锚链的铁匠铺，店铺里整天响着大锤敲打铁片的叮当声。再往前走是成排的房屋，顶上装着风向标的细杆子从绯红的豆类中凌空而立。然后是沟渠，然后是削去了树梢的杨柳，然后又是沟渠，然后是无法形容的污水洼，这些污水洼因为挤满了船只所以难以看

130

清楚。然后是木屑的味道弥漫空中，做桅杆，削橹桨，制船台，造船舶，各行各业都不遗余力。在这之后，是一片荒无人烟的沼泽地。再过去，除了朗姆酒①和蔗糖的味道其他什么也闻不到了。最后呈现在你面前的就是卡特尔船长的住宅，住宅位于布里格街，他住在二层楼上，这也是最高的一层了。

　　船长是那种貌若木材一样的人，他们的衣服和他们的心都像是橡木做的，有些部分虽然微不足道，但是要想把他们和他们衣服的任何一个部分截然分开，不管怎么样想入非非也是不太可能做到的。沃尔特开始敲门了，船长立刻把头从一扇前面的小窗户伸出来，喊着他。那顶硬邦邦、油光光的帽子已经戴在头上，像船帆似的衬衫领子，蓝色的宽大的衣服，都像平时一样穿戴得整整齐齐。沃尔特深信他总是这副打扮的，仿佛船长是一只鸟，他身上的衣帽宛如鸟的羽毛。

　　"沃尔，小伙子！"卡特尔船长说，"做好准备再敲。敲得重！今天是洗衣服的日子。"

　　沃尔特很不耐烦地拿起门环重重地敲了一记。

　　"这一记真重！"卡特尔刚讲完就立刻把头缩回窗内，仿佛一场暴风雨即将来临。

　　他没有错，因为一位寡妇气势汹汹地急忙跑过来开门。她的袖子一直卷到肩膀上，她的手臂上全是肥皂泡沫，冒着热水的雾气。这位寡妇先看看门环，然后从头到脚打量着来人，说他怎么还没有把门环打落。

　　"我知道卡特尔船长在家。"沃尔特笑容可掬地说。

　　"是吗？"寡妇搭腔道，"真——的！"

　　"他刚才还和我讲话的。"沃尔特急切地说。

　　"是吗？"寡妇接着说，"那么恐怕要请您替麦克斯廷格太太向他问候了，并且告诉他如果下次他再伸出窗口谈话，降低了他自己的

────────

① 朗姆酒：甘蔗汁制的糖酒。

131

身份、损害了他住房的名誉的话，她就要多谢他，请他自己下来开门。"麦克斯廷格太太讲得很响，一边在听着楼上会不会讲些什么话。

"要是您好心好意地让我进去，太太，"沃尔特说，"我会跟他说的。"

因为门口设了一道木头围栏，他被挡在外面走不进去，为了防止麦克斯廷格太太的小孩们在游戏时从台阶上掉下去才搞了这道防线。

"我倒要看看一个男孩居然能够把我家的门敲掉还会跨不进来！"麦克斯廷格太太不屑一顾地说。但是沃尔特以为她讲这话是让他进来，便一步跨过去了，于是麦克斯廷格太太立刻责问，一个英国女人的房子算不算是她的城堡①，是不是可以让"流氓"冲进来？她一再要求他回答这个问题，但沃尔特已经在洗衣水的雾气中沿着沾满水汽的栏杆走上狭小的楼梯。他跨进卡特尔船长的房间时发现这位先生躲在门后面。

"一分钱也没有欠她，沃尔，"卡特尔船长低声地说，他的脸上露出慌张的神色，"帮了她许多忙，还给她孩子做了许多好事，她有时候倒反而凶得很，像个泼妇。嗬唷！"

"要是我就搬走，卡特尔船长。"沃尔特说。

"不，不敢搬走，沃尔，"船长说，"不管我走到哪里，她都会把我找到。坐下来。吉尔士好吗？"

船长戴着帽子进餐了，他吃的是冷羊腰子、黑啤酒，还有自己亲手烧的热气腾腾的马铃薯，这些马铃薯放在火炉前面的一个有柄的小平底锅上，要吃的时候就从那里拿。用餐时他脱下钩子，再把一柄刀旋进木孔里，他就是用这柄刀开始为沃尔特把一只马铃薯的皮削去的。他的房间很小，而且迷漫着烟草的浓烟，但是安排得井

---

① 英国法学家爱德华·科克爵士（1552—1634）在其著作《英国法总论》(*Institutes of the Laws of England*) 中说，"一位英国男子的家是他的城堡"（An Englishman's house is his castle.），意思是说一位英国男子在他家中就处于法律威力所及的范围之外。麦克斯廷格太太的问话就是从这句话引申出来的。

井有条，样样东西都收藏起来，仿佛每半个小时就会发生一场地震似的。

"吉尔士好吗？"船长问。

这时候沃尔特已经喘过气来，刚才急促的旅途所带来的暂时的兴奋也已经消失，他才看了一下问话的人说，"哦，卡特尔船长！"说着便放声大哭。

船长看到这一情景流露出来的惊慌是无法用言语形容的，连麦克斯廷格太太也黯然失色了。他把马铃薯和叉子放下，如果能够的话连刀子也会丢下的，他坐在那里聚精会神地看着这个男孩，好像等着他接下去告诉他商业中心区已经裂开了一个大窟窿，把他的老朋友，咖啡色的衣服、纽扣、时计、眼镜、一切的一切全都吞没了。

但是当沃尔特告诉了他真情实况时，卡特尔船长考虑片刻之后便全力以赴地忙起来了。他从碗橱最顶上的一层取下一只小洋铁罐，把他全部现款（共十三英镑半个克朗①）倒了出来，把它们放进他那件宽阔的蓝外套的一只口袋里，然后从餐具柜里拿出两只破旧的小茶匙和一对陈年百代使用不便的方糖钳子，他把这些也放进那只贮藏袋里，使它更加丰富多彩。一切就绪之后他把一只很大的双层外壳银表从其藏身之地的深处取出，看看这件珍藏是不是还安然无恙，然后把钩子再套在右手腕上，拿起满是节疤的手杖，叫沃尔特赶快一起出发。

然而在为朋友而尽心尽力的兴奋之中，卡特尔船长忽然记起麦克斯廷格太太可能就在楼下埋伏着等候呢，于是踟蹰不前，向窗户看了一眼，似乎他打算从这个不寻常的通道溜出去，以免和那位可怕的敌人相遇。可是他决定还是想一个巧妙的办法。

"沃尔，"船长胆怯地眨眨眼说，"小伙子，你先走。走到过道里你就大声说'再见，卡特尔船长'，然后把门关上。你在街道的拐角上等着我，一直等到看见我来。"

---

① 克朗：当时英国的硬币，1 克朗等于 5 先令。

这些指示是针对早已料到的敌人的诡计的，因为正当沃尔特走下楼梯时，麦克斯廷格太太就像一个复仇女怪从后面的小厨房里飞奔而出，但是事与愿违，她扑了个空，没有碰上船长，她只是又说了一下便又飞奔而入。

　　约莫过了五分钟卡特尔船长才鼓足勇气准备溜出去，因为沃尔特在街角上等了很久了，他老是回过头望望那座房子，好容易才看到那顶硬邦邦、亮光光的帽子影影绰绰地出现了。船长终于像炸药突然爆炸一样破门而出，迅疾地向他跑过去，一次也没有回头朝后望望。他们一离开街道，船长就假装吹起口哨。

　　"沃尔，你舅舅很伤心吗？"他们向前走着的时候船长问道。

　　"我看是很伤心。如果您今天早上看见他那样子，您是永远也不会忘记的。"

　　"快走，沃尔，小伙子，"船长一边说一边加快速度，"你一生不管哪一天都要像这样走。关于这句忠言查一下《教义问答》，要牢牢记住它！"

　　因为记挂着所罗门·吉尔士，也许还因为想着刚才从麦克斯廷格太太的虎口里逃出来的情况，一路上船长没有再旁征博引来开导沃尔特，他们也没有再讲什么话。最后他们来到老所尔的店门口时，只见那个不幸的木制海军候补生正拿着望远镜放在眼前，似乎在瞭望远处的地平线，想找一位朋友帮助他走出困境。

　　"吉尔士！"船长匆匆地走进后面的起居室，满怀挚情地握着他的手说，"昂起头迎着风暴，我们会乘风破浪的。你必须做的事就是，"船长很庄严地讲着，就像在诵读人类智慧所铸成的最宝贵的金玉良言，"昂起头迎着风暴，我们会乘风破浪的！"

　　老所尔也紧握住他的手，并致谢意。

　　卡特尔船长以符合于这种场合的沉重心情把两把茶匙和方糖钳子、一只银表以及现款放在桌上，然后问旧货商布罗格利先生要付多少钱。

　　"快！你说多少？"卡特尔船长说。

"呵，老天保佑！"旧货商回答说，"您以为这些财产还有什么用吗？"

"为什么没有用？"船长问道。

"为什么？总共的数额是三百七十多英镑。"旧货商答道。

"没关系，"船长嘴里是这么讲，心里显然为这么大的数额犯愁，"我想跑到你网里来的总是鱼吧？"

"当然，"布罗格利先生说，"不过您要知道西鲱鱼可不是鲸鱼。"

这句话的哲理似乎使船长恍然大悟，他沉思片刻，同时目不转睛地盯着旧货商，好像他是一个深不可测的恶魔，然后把仪器制造商唤到一边。

"吉尔士"，卡特尔船长问道，"这件事情的来龙去脉是怎样的？谁是债主？"

"轻点！"老人说，"我们走过去一些。不要在沃利面前讲。这是沃利父亲的债务，是旧债。内德，我已经还了很多，可是现在我日子困难得很，我再也付不出了。我早就预料到的，但是想不出什么办法。千万不要在沃利面前讲，一句话也不要讲。"

"你是有一些钱的，是吗？"船长悄悄地问。

"是的，是的——哦是的——我有点，"老所尔应道，随即把两只手塞在空空的口袋里，然后紧紧地捏着他的绒线帽，好像是想挤出一点金子出来，"不过我只有这么一点点，是换不出金子来的，内德，是拿不到手的。我一直在想用这么一点点给沃利做点事情，不过我已经陈旧不堪了，落在时代的后面了。这么一点点这里也是、那里也是——总之等于什么地方都没有。"老人说着，茫然地环顾四周。

他这副样子真像一个呆子，他把钱到处都放，但记不起放在哪里了；船长跟着他的眼光四处飘移，怀着一线渺茫的希望，也许他会记起在烟囱里或在地窖中藏着几百英镑。但是所罗门·吉尔士自己心中有数。

"我是完全落在时代后面了，我亲爱的内德，"所尔说，口气里流露着无可奈何的失望，"老远老远啦。落在后面老远还慢吞吞地往前走实在没有什么用啦。还是把店里的存货卖掉算了，它们的价值要比债务高——我最好到什么地方死掉了事，我已经是风烛残年，没有什么精力了。对于世间的事情我是一窍不通，让它就这样结束了吧。让他们把店里的存货卖掉，把'他'拿下来，"老人说时有气无力地指着那个木制海军候补生，"让我们同归于尽吧。"

"可是沃尔怎么办呢？"船长问，"好了，不要伤心！你坐下，吉尔士，你坐下，让我把这件事好好想想。要是我的年薪不是这么少的话（这个数目在过去还是算多的，可是今天就太少了），那就用不着费脑筋了。不过你只要昂起头迎着风暴，"船长又说了一遍那句无济于事的话来安慰他，"那你就会平安无事了！"

老所尔衷心感谢他，然后走到起居室的壁炉旁，不是昂起头迎着风暴，而是把头靠在壁炉上面。

卡特尔船长在店铺里沉思默想地来回走了一会儿，他浓黑的眉毛重重地压在鼻子上，宛如乌云压在山头。沃尔特见此情景不敢作声，怕打断了他的思绪。布罗格利先生不喜欢给他们任何压力，他的脑子十分机灵，他轻轻地吹着口哨，在这些货物中随意地漫步着，动动晴雨计使它们咯咯作响，摇摇指南针如同摇着药瓶，拿起磁石把钥匙吸上来，拿起望远镜看看，试试怎么使用地球仪，把平行尺架在鼻子上，还做一些其他富于哲学趣味的乐事。

"沃尔！"船长终于开口了，"我有办法了。"

"有了吗，卡特尔船长？"沃尔特兴致勃勃地大声问。

"到这边来，小伙子，"船长说，"这些货物是一项抵押品，我也是一项，可以向你的上司先借一下把这笔债款付掉。"

"董贝先生！"沃尔特吞吞吐吐地说。

船长严肃地点点头。"你看看他，"他说，"你看看吉尔士。如果现在他们把这些东西都卖光，那他就活不了啦。你知道他就会活不了的。我们必须千方百计、想尽一切办法——这就是一个办法。"

"一个办法——董贝先生！"沃尔特吞吞吐吐地说。

"你先赶快跑到办事处去，看看他在不在那里，"卡特尔船长说着，顺手拍拍他的背，"快去！"

沃尔特觉得这道命令是不容推辞的，因为即使他不赞成，但是只要看了一眼他的舅舅，他就不能不下定决心去，于是他很快跑得无影无踪，去执行命令。片刻之间他就上气不接下气地跑了回来说董贝先生不在办事处，因为是星期六，他到布赖顿去了。

"我告诉你怎么办吧，沃尔！"船长说，看来沃尔特不在家的时候他为了以防万一已经盘算好了，"我们到布赖顿去。我会帮你的，孩子。我会帮你的，沃尔。我们下午乘公共马车到布赖顿去。"

沃尔特一想到向董贝先生请求的事就心慌意乱，他觉得如果一定要去的话，他宁愿独自去，而不愿借助于卡特尔船长个人的影响，因为他想董贝先生不会太看重卡特尔船长的个人影响。但是因为船长的想法和他不一样，而且固执己见，又因为他很重友谊，对于一个比他年轻得多的人他是不会听从的，所以沃尔特就免开尊口，不表示丝毫的反对。于是卡特尔匆匆辞别了所罗门·吉尔士，把现款、茶匙、方糖钳子和银表重新放进口袋里；沃尔特感到惶惑不安，他想船长这样做无非是想给董贝先生一个良好的印象。船长分秒不停地把他带到马车站，一路上反反复复地告诉他，他要全力帮助他，一直帮到底。

第十章

海军候补生不幸遭遇的结局

贝格斯托克少校通过双筒小望远镜时常长久地观察公主路对面的保罗,并且雇用了一个本地人,让他和托克史小姐的女仆经常保持接触,每日、每周、每月向他提供许多详情细节。他由此得出结论:董贝先生是一位应该结交的人,而乔·贝这个小伙子正该和他结识。

可是每当少校造访(这是经常性的),想探听有关这件事情的一些鸡毛蒜皮的信息时,托克史小姐总是不予理睬,冷若冰霜地说她不知道他的用意何在。少校虽然性格顽强、为人狡猾,却宁愿听天由命,要使他的心愿实现还是需要凭几分机遇的。而"这种机遇",如他在俱乐部暗自窃喜时所说的那样,"自从乔伊·贝的哥哥在西印度群岛死于黄热病后,以五十对一之比对他有利"。

在目前的情况下这种机遇来之不易,但终于来到,助他一臂之力了。当那个黑皮肤仆人详细地向他报告托克史小姐因事去布赖顿的情况时,少校灵机一动,激情满怀,他马上想起孟加拉的朋友比尔·比瑟斯通,比尔曾写过一封信给他,请他路过时屈尊看一下他的独生子。但是当这个黑皮肤仆人说保罗在皮普钦夫人的幼儿寄宿所时,少校便查阅了一下比瑟斯通少爷到达英国时写给他的信——这封信他一直没有当作一回事——喜不自胜,原来机遇自己送上门来了。他因为患痛风病卧床不起,心里烦躁,大发脾气,为了报偿这个黑皮肤仆人告诉他这个消息,他拿起脚凳就朝他摔过去,并且发誓说,要除去这个恶棍,结束他的狗命。对于这一点黑皮肤仆人是深信不疑的。

病痛终于解除之后，少校于星期六气势汹汹地动身到布赖顿去，后面跟着那个本地人。一路上他呼喊着远在异地的托克史小姐，并且自得其乐地想象着如何出其不意地捉住她那高贵的、神秘莫测的朋友，就是因为这位朋友，他才受到她的冷遇而被抛弃的。

"您是不是，小姐，您是不是！"少校说，因为报复心重，他头上本来就突出的血管越发膨胀了，"您是不是要和乔伊·贝分手了，小姐？还早呢，小姐，还早呢！该死，还早呢，先生。乔没有打瞌睡，小姐。贝格斯托克还活着呢，先生。乔·贝知道怎么走法，小姐。乔希的眼睛是雪亮的，先生。您会发现他是很顽强的，小姐。很顽强的，先生，乔瑟夫是很顽强的。很顽强，而且很狡猾！"

当他带着比瑟斯通少爷外出散步时，少爷发现少校确实是很顽强的。少校的脸色如同斯蒂尔顿干酪①，他的眼睛仿佛对虾的眼睛。少校拉着比瑟斯通少爷一直往前走，全然不顾他的喜好，只顾自己游来荡去，到处寻找董贝先生和他的孩子。

因为早先已经得到皮普钦夫人的指点，少校过不多久就找到保罗和弗洛伦斯了，便飞步向他们走过去，在他们中间有一位很气派的先生，无疑他就是董贝先生了。少校领着比瑟斯通少爷冲进这一小队人堆里时，比瑟斯通少爷就立刻和与他同病相怜的友伴攀谈起来。少校便驻足伫立，以非常羡慕的心情在一旁观看，他惊异地想起在公主路他朋友托克史小姐的寓所里他曾经见过他们并和他们讲过话，于是他说保罗是一位极好的孩子，是他的小朋友，并且问他还记不记得乔伊·贝少校了；最后他突然想起生活中的礼节问题，便转过身向董贝先生表示歉意。

"可是我的这位小朋友，先生，"少校说，"又使我返老还童啦。先生，老兵贝格斯托克少校并不羞于承认这个事实，他随时听您吩咐。"于是少校举起帽子表示敬意。突然之间他满腔热情地喊起来，

---

① 斯蒂尔顿干酪：英国产干酪，以剑桥（Cambridge）郡一村庄命名，乳黄色，带有青霉菌芽胞蓝绿色花纹。这里用来形容少校的脸色。

"先生，我对您真是羡慕得要命啦。"喊过之后他发现自己情绪过于激动，便紧跟着加了一句，"请原谅我讲话太不知轻重了。"

董贝先生请他不要介意。

"一个在战场上滚了好多年的老兵，先生，"少校说，"一个被烽火熏干、被太阳晒黑、精力用尽了的毫无用处的老废物，这么一个语无伦次的老少校就是给董贝先生这样的伟人骂一顿也是没有什么关系的。我想，我是有幸和董贝先生在讲话吧？"

"鄙人就是您现在提到的这个名字的微不足道的代表，少校。"董贝先生回答说。

"苍天在上，先生，"少校说，"这是一个好伟大的名字。这个名字，先生，"少校讲这句话的语气坚定有力，仿佛是说不容董贝先生表示异议，如果他一定要和他过不去，他就要奋力拼搏，把他压倒，他觉得这是自己的责任，"在不列颠的海外疆土是远近闻名、备受尊敬的。和这个名字沾边是很值得骄傲的，先生。乔瑟夫·贝格斯托克不会拍马屁，先生。约克公爵殿下不止一次说过，'乔伊是不会拍马屁的。乔是老老实实的老兵。乔瑟夫是说一是一、说二是二的。'先生，不管怎么说，这是一个好伟大的名字。天老爷晓得，这是一个好伟大的名字！"少校郑重其事地说。

"先生过誉了，这个名字恐怕不像您讲的这么高的，少校。"董贝先生回答说。

"没有过誉，先生，"少校说，"我的这位小朋友会给乔瑟夫·贝格斯托克做证，他知道乔是一个假话不说、心直口快、彻彻底底的好老头，先生，他就是这样。那个孩子，先生，"少校压低了声音说，"将名垂史册。那个孩子，先生，可不是平凡之辈。您得好好栽培他，董贝先生。"

董贝先生仿佛是说他将尽力而为。

"这个男孩，先生，"少校像透露一件秘密似的说，并且用手杖把他戳了一记，"他是孟加拉的比瑟斯通的儿子。以前比尔·比瑟斯通和我们是常在一道的。先生，这个孩子的父亲和我是很亲密的朋友。您不管走到哪里，先生，您听来听去都是比尔·比瑟斯通和乔·贝格斯托克。这个孩子的缺陷我是不是看不到呢？绝不是。他是个傻子，先生。"

董贝先生看了一眼被毁谤的比瑟斯通少爷，他对这个孩子的了解决不会比少校高明，自得其乐地说，"真的？"

"他就是这样的，先生，"少校说，"他是一个傻子。乔·贝格斯托克向来是心直口快的。我的孟加拉老朋友比尔·比瑟斯通的儿子天生是傻子，先生。"说到这里少校放声大笑，笑得脸色差不多发青。"我想我的小朋友是准备到公学①读书的吧，董贝先生？"平心静气之后少校问道。

"我还没有完全决定，"董贝先生回答说，"我想不会。他太纤弱。"

"如果说他太纤弱，先生，"少校说，"您是说对了。先生，在桑赫斯特军校②只有坚强不屈的人才挺得过去。先生，我们之间相互折磨。我们把新兵放在火上慢慢地烤，然后让他们头朝下挂在三层楼的窗口外面。先生，乔瑟夫·贝格斯托克就是这样脚朝天地给挂在窗外过的，按照军校的钟挂了十三分钟。"

少校还可以用他的面容来证实他的所言不虚，从他的脸色来看他倒挂的时间恐怕还要长一些。

"不过这样倒造就出我们这样的人来了，先生，"少校说着整了整衬衫的褶边，"我们就像钢铁一样，先生，就是那样的生活把我们铸成的。您是不是一直待在这里，董贝先生？"

"通常我每周下来一次，少校，"这位尊贵的先生回答说，"我住在贝德福德旅舍。"

"倘若承蒙允许，我将有幸到贝德福德旅舍拜望先生，"少校说，"乔伊·贝一般不善于走亲访友，但是董贝先生却是例外，这个名字太不同寻常了，先生。我很感谢我的小朋友，先生，因为他的缘故我才有幸与您相识。"

---

① 公学：英国专为富有子弟而设的私立中等学校。
② 桑赫斯特军校：指英国陆军军官学校。桑赫斯特是英格兰南部的一个小镇。

董贝很谦和地表示谢意。贝格斯托克少校拍拍保罗的头，并且说弗洛伦斯的眼睛过不多久要叫小伙子神魂颠倒的——"而且，先生，老家伙也免不了呢。"少校又加了这么一句，窃笑不已，然后用拐杖戳了一下比瑟斯通少爷，踏着不快不慢的步子带着这位小少爷离开了；他不停地摇头晃脑，还很威风地咳嗽着，迈开两条相隔很远的腿，摇摇晃晃地走了。

　　此后，因为有言在先，少校登门拜访了董贝先生；董贝先生查询了一下陆军军官名册之后，对少校作了回访。以后少校又到董贝先生伦敦的家里拜访了他，然后和董贝先生同乘马车再回到这里。一言以蔽之，董贝先生和少校相处得非常好，他们的友谊发展得非常快。董贝先生对他的妹妹说，少校不单单是一位名不虚传的军人，他还要更胜一筹，对于军人以外的举足轻重的事情他的看法是很有见识的。

　　董贝先生终于把托克史小姐和奇克夫人带到布赖顿去看望孩子们；当他发现少校也在那里便邀请他到贝德福德旅舍进餐，并预先向托克史小姐高度赞扬她的这位邻居和熟人。虽然董贝先生的这些话使托克史小姐怦然心跳，她并不觉得这些话有什么不悦耳，因为她可以因此引人注目、受人青睐，她也可以借此机会偶然地表现一下语无伦次、神摇魄荡的迷人风采，这种乐趣她并不是不屑一顾的。而少校也乐于奉陪，让她有许许多多显示这种情感的机会，吃饭时他不惜苦口婆心地埋怨她把他和公主路全都抛在脑后了。他以此为乐，他们过得很愉快。

　　饭桌上的谈话全由少校包办，他的谈兴之浓与其对桌上珍肴的胃口之大可以相提并论，几乎可以说他完全忘情于这些杯盘之中了，因此他的谈锋也更健了。董贝先生一向少言寡语，"因此心甘情愿地让少校喧宾夺主。少校自感出人头地，光彩夺目，口若悬河，他的名字千变万化、层出不穷，回荡在酒席之间，连他自己也不胜惊异。总之，他们都非常喜气洋洋，都认为少校是一个取之不尽，用之不竭的话匣子。玩了一局很长时间的纸牌戏之后，已经很晚了，少校起身告辞，于是董贝先生再次向脸孔羞得通红的托克史小姐夸奖她的这位邻居及熟人。

少校在走回自己下榻的旅店，一路上不停地自言自语："狡猾，先生——狡猾，先生——太狡猾！"到达旅店后，他就坐在一把椅子上，暗自咔咔地笑着，这种情况他时或有之，而每次都是笑得很厉害。此次他笑的时间特别长，那个黑皮肤仆人站在老远的地方看着他，不敢走近一步，试了两三回无可奈何，觉得他已经不管用了。他整个身体，特别是脸和头，膨胀开来，这是过去未曾有过的，在黑皮肤仆人的眼中，如同一堆鼓起的靛蓝色物体。笑声过后，忽然爆发出一阵猛烈的咳嗽，咳嗽稍好之后，少校大喊大叫起来：

"您会吗，小姐，您会吗？嗯，小姐，您想当董贝夫人？我看不行吧，小姐。只要乔·贝从中作梗，您就休想当，小姐。现在我乔·贝要和您算老账了，小姐。他还根本没有给挤掉，先生，贝格斯托克还根本没有给挤掉。她很会藏而不露，先生，藏而不露，但是乔希更会藏而不露。老乔清醒得很呢——清醒得很呢，他眼睛睁得大大地在注视着，先生！"这最后一点无疑是千真万确的，而且到了令人生畏的程度，因为夜里的大部分时间他都是在这种喊叫中度过的，而且还夹杂着一阵阵气透不过来的咳嗽声，闹得整座屋子鸡犬不宁。

次日正好是星期天。早餐时正当董贝先生、奇克夫人和托克史小姐又在褒扬少校之际，弗洛伦斯跑了进来，满面生辉，眼睛里闪动着欢乐的光彩，大声喊着：

"爸爸！爸爸！沃尔特来了！可是他不肯进来。"

"谁？"董贝先生大声问，"她讲的什么？是谁？"

"沃尔特，爸爸，"弗洛伦斯胆怯地说，她意识到在她父亲的面前她是过于随便了，"就是我迷路的时候遇到的那个男孩。"

"她是说小盖伊吗，路易莎？"董贝先生皱皱眉头问，"这个孩子实在不知体统了。我想她说的不会是小盖伊。你是不是去看看来人是谁？"

奇克夫人急忙走进过道里，回来说那小孩子是小盖伊，还跟着一个奇形怪状的人；小盖伊说他听到董贝先生在吃早饭，所以不敢冒昧地走进来，不过要等董贝先生答应他再进来。

"叫这个孩子现在就进来吧，"董贝先生说，"喂，盖伊，什么事？谁差你来的？没有别的人一起来吗？"

"请您原谅，先生，"沃尔特答道，"不是谁差我来的。因为有事是我自己壮着胆子来的。等我把来因讲清楚以后，我希望您原谅我的冒昧。"

但是董贝先生听而不闻，只是不耐烦地朝小盖伊的两边看来看去，仿佛他是一根柱子，挡住他的视线，不让他看见藏在后面的物体。

"那是什么？"董贝先生问，"是谁？我想您走错门了吧，先生？"

"哦，我很抱歉随便带了个人闯了进来，先生，"沃尔特赶快大声应着，"不过这是——这是卡特尔船长，先生。"

"沃尔，我的孩子，"船长低沉地说，"做好准备！"

此时，船长往门里凑进去一点，让他那宽大的蓝色外套、十分显目的衬衫领子和长着疖子的鼻梁显得一清二楚、毕露无遗，然后向董贝先生鞠了一躬，并文质彬彬地向女士们摇晃着那只钩子，一只手上拿着那顶硬邦邦、油光光的帽子，绕头一周是帽子刚刚印上去的一道红圈。

见此情景，董贝先生惊怒交加，从他的脸色似乎可以看出，他想叫奇克夫人和托克史小姐也对此深恶痛绝。刚才小保罗已经跟在弗洛伦斯后面走进来了，此刻看到船长挥舞着钩子便朝托克史小姐倒退过去，站在那里准备自卫。

"喂，盖伊，"董贝先生说，"你有什么事情要和我讲？"

为了使各方平心静气地参加会谈，作为一个普通的开场白，船长又一次说，"沃尔，做好准备！"

"先生，我怕，"沃尔特全身发抖，两眼看着地上，开始说着，"这次来是太冒失了——真的是太冒失了。先生，即使我到这边来了，我怕我是不大会有这个胆量来求见您的，要不是我碰到董贝小姐，而且——"

"哦！"董贝先生紧盯着他，看着他的目光向凝神静听着的弗洛伦斯投去，当她以微笑向他表示鼓励的时候，董贝先生不由自主地皱了皱眉头说，"那么请讲下去吧。"

"对，对，"船长觉得理应支持董贝先生的意见，这才是有素养的表现，"讲得好！说下去，沃尔。"

董贝先生向船长射去一道寒光，表示他意识到船长的支持。照理船长应该偃旗息鼓、就此止步，但是他全然视而不见，闭起一只眼睛作为回答，并且用他的钩子描画着一些含义深刻的动作，借以示意董贝先生：沃尔特刚开始的时候有些害臊，不过很快就会畅所欲言的。

"先生，完全是因为个人的私事我才来的，"沃尔特结结巴巴地说，"而且卡特尔船长——"

"在这里！"船长马上插嘴应道，让他放心他近在咫尺，随时可以助一臂之力。

"他是我可怜的舅舅一位很要好的老朋友，一个了不起的人，先生，"沃尔特继续说着，一边抬起眼睛为船长恳求，"他真好，要同我一起来，我不好不答应。"

"不，不，不，"船长自鸣得意地说，"当然不，不好不答应。讲下去，沃尔。"

"所以，先生，"沃尔特壮着胆子望着董贝先生的眼睛，既然事情已到了这个地步，骑虎难下了，想躲也躲不了，就索性鼓起勇气讲下去，"所以，先生，我就同他一起来告诉您我可怜的老舅舅碰到天大的灾难，他很痛苦！他的生意一天天亏本，没有能力还债，成年累月他心事重重，先生，我知道他店里的财物要被没收抵债，强制执行，那时候他就会一无所有，他的心就要碎了。您早就知道他是一个很诚实可靠的人，要是您能够开恩帮助他走出困境，先生，我们是感激不尽的。"

沃尔特一边说一边热泪盈眶，弗洛伦斯的眸子里也泪水晶莹，她的父亲看见她的泪花在闪烁，虽然他好像只是在瞧着沃尔特一人。

"这是一笔很大的数目，先生，"沃尔特说，"一共三百多英镑。这个不幸的事情把我舅舅搞垮了，压得他喘不过气来。他根本没有办法使自己摆脱这个灾难。他甚至也不知道我来跟您讲这件事。您也许希望我说，先生，"讲到这里，沃尔特迟疑了一会儿之后接着讲，"您也许希望我讲清楚我究竟需要什么。这个我实在讲不出，先生。我舅舅的货物，我可以很有把握地说，只好给没收抵债。还有卡特尔船长，他也愿意抵押，而我——"沃尔特说，"我真不好意思提起我的工资，不过如果您答应——存起来——支付——先借给——舅舅——这位节俭、正直的老人。"沃尔特断断续续、支支吾吾说完了，低垂着头，默默地站在上司的面前。

卡特尔船长觉得这是展示其财宝的良机，便走到桌子旁边，在董贝先生手肘边的早餐杯子中间腾出了一块地方，把银表、现款、茶匙和方糖钳子放在上面，然后把它们堆成一堆，尽量使它们看起来非常珍贵。一切就绪之后，他就开始讲话：

"半只面包总比没有面包强，有面包屑也比没有面包好。这里是一些。还有一百英镑的年金也准备拿出来抵押。如果世界上有一位脑子里装满了科学技术的人，这个人就是老所尔·吉尔士。如果世上有一位前途无量的小伙子，他身上，"说到这里船长用了一个引人入胜的典故，"流着牛奶和蜂蜜①——这个小伙子就是他的外甥！"

说毕，船长退回到原先的地方，站在那里整理散乱的头发，他的神情仿佛一位刚刚演完一场艰难演出的演员。

起先，沃尔特讲好后，董贝先生的目光转向小保罗。小保罗看见他姐姐听到这件痛苦的遭遇低垂着头、默默无语地洒着同情之泪时，走到她身边设法安慰她，同时抬起富于表情的脸蛋望着沃尔特和爸爸。对卡特尔船长的讲话，董贝先生摆出一副不屑一听的高傲姿态，待他讲毕时，董贝先生重又把眼光转向他的儿子，默默地坐

---

① "流着牛奶和蜂蜜"：引自《圣经》上描写巴勒斯坦土地肥沃的一句话。

在那里目不转睛地看了一阵子这个孩子。

"这是什么债？"董贝先生终于发问，"谁是债主？"

"他不知道，"船长答道，顺便把他的手搁在沃尔特的肩上，"我知道。那是因为我的朋友吉尔士帮助一位现在已经死去的人弄出来的，我朋友已经花去了几百英镑。如果您愿意，详细的情况私下再跟您讲讲。"

"要管好自己的事情就够忙的了，"董贝先生说，他根本没去注意船长在沃尔特后面做神秘今分的手势，只是一直不停地望着他的儿子，"只需管好自己的事情、解决好自己的困难就行了，不要替别人承担什么责任，给自己增加麻烦。这是一种欺骗的行为，也是一种傲慢的行为，因为有钱人也只能做到这样。保罗，走过来！"

孩子走了过去，董贝先生把他抱到膝上。

"要是你现在有钱——"董贝先生说，"看着我！"

保罗的眼睛先望望他姐姐，再瞧瞧沃尔特，最后盯住他的父亲。

"如果你现在有钱的话，"董贝先生说，"就像小盖伊说的这么许多钱，你准备怎么做？"

"给他的老舅舅。"保罗应道。

"借给他的老舅舅，嗯？"董贝先生纠正了一下，"嘿！等你大了，你知道，我的钱你也有份，那时候我们一起用。"

"董贝父子。"保罗插嘴说了这句早已叫熟了的话。

"董贝父子，"他的父亲重复说了一遍，"你想不想现在就开始做董贝父子的一员，把这笔钱借给小盖伊的舅舅？"

"哦！那就请借给他吧，爸爸！"保罗说，"弗洛伦斯也会这样的。"

"女孩子，"董贝先生说，"和董贝父子没有关系。你喜欢不喜欢借给他呢？"

"喜欢，爸爸，喜欢！"

"那么你就这样做，"他父亲说，"你看，保罗，"讲到这里他压低了声音说，"钱的力量多大，人们多么想得到钱。小盖伊老远跑过来借钱，而你有钱，准备把钱借给他，这是很大的帮助，很了不起的恩惠，你多么高大，多么辉煌。"

保罗仰起他那张苍老的脸孔看了一会儿，脸上显露着他对这些话的深刻了解。过后他从他父亲的膝上溜了下来，跑到弗洛伦斯面前，叫她别再哭了，因为他就要把这笔钱借给小盖伊。这时他的脸孔又立刻变得孩子气了。

于是董贝先生转身走向一张旁边的桌子，写了一张便条，盖了章。在这个时候，保罗和弗洛伦斯低声地跟沃尔特说着话，卡特尔船长则满面笑容地看着他们三个人，他那些好高骛远、难以形容的胆大妄为的念头董贝先生怎么也不会相信。董贝先生写好便条，又回过身来走到原来的地方，把便条交给沃尔特。

"明天一早，"他说，"你就把这个便条交给卡克尔先生。他会立刻叫我公司的一位职员付清这笔债务，解救你舅舅目前的困境，并且会按照你舅舅的情况做好偿还这笔借款的安排。你就认为这是保罗少爷帮你的忙。"

沃尔特手里拿着可以使他的好舅舅脱离困境的救命符，万分感动，正想表达一下心中的感激与欢乐，却被董贝先生制止了。

"你就认为这是保罗少爷帮你的忙，"他把刚才的话又讲了一遍，"这件事情我已经给他解释过了，他明白的。我希望不用多讲了。"

他手指着门，沃尔特只好鞠了个躬走出去。托克史小姐看到船长也准备退出便自告奋勇插话了。

"亲爱的先生，"她一边和奇克夫人一起为董贝先生的慷慨大度而热泪盈眶，一边对他说，"我想有一件事情您没有注意。请原谅我，董贝先生，我想，您品格崇高、见识超群，但是您忽略了一件小事。"

"真的，托克史小姐！"董贝先生说。

"那位带着——器具的先生，"托克史小姐看了一眼卡特尔船长继续说，"在您手肘旁边的桌子上放了——"

"哎呀！"董贝先生说着就把船长的财物从他面前扫开，仿佛它们就是一堆面包屑，"把这些东西拿走。托克史小姐，我很感谢您，您总这么考虑周到。先生，请您把这些东西拿走吧！"

卡特尔船长觉得别无他法，只好听从。董贝先生拒不接受堆在他手上的珍宝，他这种慷慨大方使卡特尔船长深为感动。当他把茶匙和方糖钳子放入一只口袋里，把现款放进另一只口袋里，再把大银表慢慢塞进袋子底下它的固定位置后，他情不自禁地用他唯有的左手握住董贝先生的右手，而当他用有力的手指掀开他的手时，他又怀着无限敬仰的心情把他的钩子压在董贝先生的手掌上。在温暖的感情和冰冷的铁钩同时的碰触下，董贝先生全身发抖。

卡特尔船长然后以非常优雅的姿态几次吻着他的铁钩向女士们殷勤致意；他在专门向保罗和弗洛伦斯告别后，便跟着沃尔特走出房间。弗洛伦斯怀着一颗热诚的心追了上去，想请他们带个信给老所尔，向他问好，却被董贝先生喊住了，叫她站在原地不要动。

"你永远也不想成为名正言顺的董贝吗，我亲爱的孩子？"奇克夫人的责备里带着怜悯。

"亲爱的姑妈，"弗洛伦斯说，"别生我的气。我太感谢爸爸了！"

要是她胆子大的话，她就会跑过去伸开手臂抱住她爸爸的颈子的，但是她没有这个胆量，她只是在她爸爸坐着沉思的时候向他投去感谢的目光；她爸爸偶尔也怀着不安的心情略微望了她一下，不过大部分时间他都是看着保罗的。保罗因为让小盖伊获得了这笔钱而初次神气活现地在房间里走来走去。

那么小盖伊——沃尔特——他怎么样了呢？

他因为终于把法警和债务经纪人请出了老人的家里而满怀欣喜，于是赶忙跑回家去，把这个喜讯告诉他的舅舅。第二天中午以前他把这件事情解决好了。晚上和老所尔与卡特尔船长一起坐在后面的小起居室里，他看到仪器制造商已经绝处逢生，又怀着对未来的希望，而且感到木制海军候补生又完璧归赵了，心里洋溢着无比的喜悦。但是应该承认沃尔特因为自尊心受了伤害而心情沮丧，这绝不是责备他对董贝先生不知感恩戴德。当初生的希望被狂风扼杀了而一去不复返的时候，我们却偏偏最喜欢设想当花儿欣欣向荣的时候那会是怎样的一幅美妙画面。而现在，由于新来的灾难而坠入深渊，他深感与高不可攀的董贝已经隔若天壤了，他长久的一厢情愿的幻想给吹得烟消云散，于是他开始想到这些虚无缥缈的幻想本来也许会把他带到遥远岁月里追随弗洛伦斯的幻境，这样的幻境是不会伤害他的。

船长对这个问题的看法全然不同，他似乎认为这次由他促成的会见是非常令人满意、令人鼓舞的，距沃尔特与弗洛伦斯订立婚约不过一两步之遥。他还认为刚刚办好的这件大事如果说还没有完全建立起惠廷顿爵士的希望，但这种希望的实现确是大大地推进了。想到这些他非常兴奋，他的老朋友的情绪也好得多了，他不禁为之兴高采烈、欢欣鼓舞。一天晚上，为了使大家高兴，当他第三遍唱着《可爱的佩格》这首民歌时，他灵机一动，想用"弗洛伦斯"来代替"佩格"，但他又想"佩格"是和"莱格"①（腿）押韵（民歌中描写女主人公的腿长得很美丽，她的生理上的这个优点使她压倒了所有的竞争者），何不换成"弗——莱——格"，不是很妙吗？主意既定，他就照这样改了，然后故作姿态地高声唱起来，神秘兮兮地忘情地唱着，虽然快到他该回到可怕的麦克斯廷格太太的寓所的时候了。

---

① "莱格"：英文 Leg 的译音，意思是腿。

第十一章

保罗走进一个新的环境

皮普钦夫人的身体像是坚硬的金属制成的，虽然它也有血肉之躯软弱的一面，在饱食了不少排骨之后需要休息，也需要小牛羊的胰脏美味催眠入睡，但是威肯姆太太的预言完全没有生效，她健强如故，没有衰老的迹象。然而，既然保罗对老太太的好奇心理一如既往，威肯姆太太也就不能从她固定的立场退后一步。她以她舅舅的女儿贝特西·简作为坚强的堡垒，来保护自己，她以一位朋友的身份告诫贝丽小姐要提防出现最坏的情况，因为她的姑妈随时有可能像火药库爆炸一样突然去世。

可怜的贝丽听了这些话处之泰然，照旧操劳不息，她深信皮普钦夫人是世界上最值得称赞的一位，每天在这位高贵的老太太的圣坛上她奉献了自己的一切。贝丽所作的无穷无尽的奉献却被皮普钦夫人的朋友和慕名的人借以奉承皮普钦夫人，给她增光添彩，说这种奉献的精神与皮普钦在秘鲁矿井心碎致死的悲剧是同一机杼、前后辉映的。

举个例子，有一个老老实实的杂货商，零售各种物品，在他和皮普钦夫人之间有一本油腻腻的红面子小备忘录，登记在册的各方经常在过道的地垫上或在紧闭着门的客厅里举行各种秘密会议商讨备忘录上争论不休的问题。比瑟斯通少爷因为受到印度炎热阳光的照射，他变得热血沸腾，报复心重，从他嘴里不乏流出含沙射影的微词，说账目不清，说他记得有一次茶点上居然没放上潮湿的糖。杂货商是个单身汉，他并不以外貌取人，他曾经一本正经地向贝丽

151

求过婚，但遭到皮普钦夫人轻蔑的拒绝。皮普钦夫人的这一决定受到众口同声的赞扬，而她的丈夫是在秘鲁矿井中死去的。这位老太太具有一种多么坚定不移、自强不息、气度高昂的精神。但是对于可怜的贝丽，大家不置一词。她接连哭了六个星期，一直听她好姑妈狠狠地骂她，简直成了一个嫁不出去的老姑娘了。

"贝丽很喜欢你，是吗？"有一回同那只猫一起坐在火炉旁的时候保罗这样问皮普钦夫人。

"是的。"皮普钦夫人说。

"为什么？"保罗问道。

"为什么！"仓皇失措的老太太回答道，"你怎么能问这样的问题，少爷！你为什么喜欢你姐姐弗洛伦斯呢？"

"因为她很好，"保罗说，"没有人像弗洛伦斯这样好的。"

"哦！"皮普钦夫人很傲慢地说，"我想也没有人像我这样好的。"

"是真的没有吗？"保罗坐在椅子上向前靠过去，紧紧盯住她问。

"没有。"老太太说。

"这真叫我高兴，"保罗若有所思地搓着手说，"这太好了。"

皮普钦夫人不敢动问为什么道理，生怕听到一个令她十分懊恼的回答。但是为了补偿她受了伤害的自尊心，她把比瑟斯通少爷折腾得很厉害，一直弄到睡觉的时候。当天夜里他就开始为横越大陆返回印度做好准备，他从晚餐中偷偷地拿了四分之一块面包和一些潮湿的荷兰乳酪，开始储备旅途中的食物。

皮普钦夫人监护着小保罗和他的姐姐已近十二个月了。姐弟俩一共回去两次，每次不过数日，但是每星期他们总要到董贝先生下榻的旅舍去看他。慢慢地小保罗长得强壮起来，行步自如，可以不用坐车了，只是依旧瘦小纤弱，当初送到皮普钦夫人的手里时那个面容苍老、文静少言、喜欢沉思默想的小孩依然如故。一个星期六的下午，时值黄昏，响起了一声出其不意的通报声，说董贝先生来访皮普钦夫人。城堡里顿时出现了一片惊慌，客厅里的人像狂风扫落叶一样即刻被驱至楼上，卧室的门一阵阵砰砰关上，楼上的脚步零乱杂沓。皮普钦夫人心烦意乱，把比瑟斯通打了几下才好过一些，然后这位尊贵的老太太的黑色细斜纹布衣服才黑黝黝地出现在接见厅里。董贝先生正在打量着他的子嗣的空扶手椅。

"皮普钦夫人，"董贝先生问道，"您好吗？"

"谢谢您，先生，"皮普钦夫人答道，"我挺好，有鉴于此。"

皮普钦夫人总是使用这种措辞，它的意思是说，有鉴于她的品德、牺牲、奉献，等等。

"我并不想我的身体非常好，先生，"皮普钦夫人拉了一把椅子坐下，喘了口气说，"不过我能有这样的身体，我是非常谢天谢地的。"

董贝先生以恩人的姿态点了一下头表示满意，他觉得这正是他付出了这许多代价所期望的事情。沉默了一会儿之后他接着说：

"皮普钦夫人，我不揣冒昧登门拜访，是想同您商量一下关于我儿子的事情。过去我一直打算来的，只是因为想先等他的健康完全恢复，所以才一拖再拖。关于这件事您不会介意吧，皮普钦夫人？"

"布赖顿对他的健康是很有益的，先生，"皮普钦夫人答道，"的确是很有益的。"

"我打算，"董贝先生说，"让他继续待在布赖顿。"

皮普钦夫人搓搓手，灰色的眼睛盯着炉火。

"不过，"董贝先生伸出食指继续说，"不过也许他现在该做些改变，在这里换一种生活。皮普钦夫人，我来看您就是为了这件事情。小儿一天天长大起来了，皮普钦夫人。他的确是一天天长大起来了。"

董贝先生讲这句话时扬扬得意的口气中隐含着几许悲哀，那是因为他觉得保罗的童年生活太长了，他的希望是寄予儿子以后的岁月里的。"可怜"这个词语和这样高傲冰冷的人似乎挂不上钩，太不相称，然而此时此际他确是当之无愧的。

"六岁啦！"董贝先生说着整了整领饰，这一动作也许是为了掩盖一丝无法抑制的笑容，这丝笑容碰巧落在他的脸部，但觉得那里不是栖身之地便瞬息即逝了，它不想在那里作片刻的邀游，"哎呀，我们还没有来得及向四周看一看，六岁就会变成十六岁了。"

"十年可很长呢。"皮普钦沙哑的声音里毫无同情之意，灰色的眼睛闪动着冰冷无情的寒光，低着的头阴惨地摇晃着。

"那就要看具体的情况了，"董贝先生接着说，"不管怎么样，皮普钦夫人，我的儿子已经六岁了，毫无疑问，我很担心，他在学习上已经落后于许多同龄的孩子——或者说他那样的少年儿童，"董贝先生疑心，似乎看到她冰冷的眼睛里露出狡黠的寒光，便立刻作出了反应，"他那样的少年儿童，这种说法更加确切一些。那么，皮普钦夫人，我的儿子不应该比他的同辈落后，而是应该超过他们，远远地超过他们。卓越的地位等着他去攀登。在我儿子的前程上没有什么碰运气或捉摸不定的东西。在他出生之前，他的生活道路早就安排妥当，明确无误的。对这样一位年纪轻轻的少爷的教育是绝不能耽搁的，是决不可以有所偏废、残缺不全的，是必须按部就班、始终不懈、认认真真进行的，皮普钦夫人。"

"是的，先生，"皮普钦夫人说，"我提不出什么异议。"

"我完全相信，皮普钦夫人，"董贝先生深表赞赏地说，"像您这样通情达理的人是不可能也不会提出异议的。"

"现在有许多荒唐无稽之谈，或者更不像样的话，说什么对年轻人开始不要逼得太厉害，等以后慢慢诱导，诸如此类，不一而足，先生，"皮普钦夫人不耐烦地搓搓她的鹰钩鼻子，"我年轻的时候是没有这种怪念头的，现在也不应该有。我的意见就是'对他们要严加管教'。"

"好心的夫人，"董贝先生接着说，"您的名声的确是受之无愧的，皮普钦夫人，请您务必相信我对您出色的管教制度非常满意，如有机会能效微薄之劳，我定会广为宣传，视之为最大的乐趣——"董贝先生虽然故作自谦之辞，他那高傲的气势却是无以复加的，"我一直在考虑布林伯博士的学校，皮普钦夫人。"

"我的邻居吗，先生？"皮普钦夫人问，"我相信博士的学校是一所很优良的学校。我听说那里办学很严，从早到晚就是读书。"

"而且费用很贵。"董贝先生加了一句。

"费用很贵，先生。"皮普钦夫人马上抓住这一点，仿佛遗漏了这一点，就遗漏了这所学校的主要优点之一。

"我同博士说过，皮普钦夫人，"董贝先生说着急切地把椅子向火炉更拉近一些，"他认为保罗并不太小，是可以上学的。他举了几个与他年龄相近的孩子学习希腊文的例子。皮普钦夫人，关于我儿子转学的问题，如果说有什么担心的话，倒不是在这个方面。我的儿子自幼丧母，所以他渐渐把很多很多、太多的童年的感情倾注于他的姐姐身上了。要是让他们分开会不会——"董贝先生说到这里戛然而止，默默地坐着。

"哎呀！"皮普钦夫人喊道，一边抖动着黑色的细斜纹裙子，像是要把女妖怪的十八般武器全都抖出来似的，"要是她不喜欢，董贝先生，就教她不管三七二十一也得喜欢。"这个好心肠的夫人用了这样一个强词夺理的说法之后立刻表示歉意，但又说这就是她以理服人的方式，而她这句话的确是出自内心的。

董贝先生等着皮普钦夫人怒容满面吓得一群比瑟斯通与潘凯不敢妄动，然后摇摇头偃旗息鼓之后才平心静气地纠正说："我说的是他，好心的夫人，他。"

皮普钦夫人的管教制度照理是可以应用同样的方式来医治保罗的病症的，但是她那尖锐无情的灰眼睛已经看出，尽管董贝先生可能会认为这种处方对他的女儿是很见效的，却不是治疗他儿子的灵丹妙药，于是她赞同了董贝先生的意见，她认为保罗的转学、到了新的环境、在布林伯博士的学校换一个新的生活方式，以及在那里将要学习的功课，过不了多久就足以证明那是一个全新的天地，就会转移他的兴趣了。因为她的见解和董贝先生的希望与看法正相吻合，董贝先生对皮普钦夫人的见地更加看重了；同时，由于皮普钦夫人为将失去一个亲爱的小朋友而伤心流泪（其实这件事情对她并不是很大的震动，因为她早已预料到，从一开始她就知道保罗待在她这儿不会超过三个月），董贝先生认为她的无私之心也是同样可敬可佩的。显然，他对这个问题早就经过深思熟虑、胸有成竹，因为他已经准备了一个计划，他打算每星期把保罗送到博士的学校去当住宿生，先住半年，在这期间弗洛伦斯仍旧待在城堡里，每周六接她弟弟来。现在，董贝先生把这个计划向女妖怪讲出来了，他说这样可以让保罗逐渐离开他姐姐，也许是因为想起以前并没有让他逐渐离开奶妈的缘故吧。

董贝先生结束谈话时说希望皮普钦夫人在他儿子还在布赖顿读书的时候仍旧做他的总监护人，随后亲了一下保罗，握了一下弗洛伦斯的手，望了一下衣领堂皇的比瑟斯通少爷，拍了一下潘凯小姐的头部叫她哇哇哭了起来（她的头部由于经常给皮普钦夫人的手指关节像桶一样敲打听听是否健全而变得特别脆弱）。然后，他回到旅舍用餐。他决定，保罗已经慢慢长大了，身体也好多了，应该立即开始积极紧张的学习阶段，使他以后有能力担负光宗耀祖、扬名四海的职务，现在就应该立刻让布林伯博士负责他的教育。

一个年纪轻轻的少爷一旦投入布林伯博士的门庭，他无疑会受到严格的管束的。博士满腹经纶，最低估计，教一百位学子是绰绰有余的，不过他只带十个年轻少爷。他用一肚皮的学问带领十个倒霉的学生，把他们的脑子塞得满满的，这对于他来说既是他一生的事业，又是他生活的乐趣。

事实上，布林伯博士的学校是一座巨大的温室，在这里有一个催生的仪器不停地转动着。所有的男孩过早地繁花盛开，精神青豆在圣诞节就已出土，智力芦笋终年不断，数学酸醋栗在布林伯博士的精心栽培下还未到成熟的季节就已经长满了绿叶青枝，在严寒的天气里从男孩的无以复加的枯枝上摘下了形形色色希腊语和拉丁语蔬菜。大自然是无足轻重的。布林伯博士总是按照某种模式来塑造每一个年轻公子，使其开花结果，不管他们原先是怎么打算的。

这的确是非常奇妙，十分令人欣喜的，但是这种催生法通常也伴随着诸多缺点。早熟的产品味道不正宗，而且难以保存得完好无损。有一位少爷的鼻子是肿的，头很大，他是十个学生中年纪最大的一位，什么事情都"经历"过，一天他突然停止了开花，在这所学校里只剩下一根残茎。人们都说博士对小图茨的做法是操之过急，脑子还未发展健全倒开始长胡子了。

小图茨依旧待在学校里，他的声音很粗，脑子离奇古怪；学子们外出散步时，他把漂亮的别针插在衬衫上面，背心口袋里放着戒指，在小学生出去散步的时候，就偷偷地戴在小手指上；他遇到托儿所的保姆们就会一见倾心，其实她们根本不知道有他这样一个人；就寝时间以后，他像一个过分庞大的小天使长久地坐在前面三楼左角上，越过窗子的小铁栅居高临下地望着外面灯火辉煌的世界。

博士是一位身体肥胖的绅士，他穿着一套黑色衣服，膝盖上有一根带子把下面的长袜系住。他的头已经秃顶，亮光光的，他的声音是深沉的，他的下巴是双层的，他刮胡子的时候不知道怎么能够把两层之间的隙缝刮得干干净净的，这简直是奇迹。他的眼睛很小，而且总是半开半闭，而他的嘴巴也老是张了一半，呈笑状，仿佛刚才难倒了一个男孩，正等待亲口给他定罪。当博士把右手塞进上衣的胸袋里，把左手放在背后，几乎觉察不出地摇晃着脑袋时，他说出的最最平常的话也会使一个陌生的人惊惶不安，就像斯芬克斯①捉摸不定的脾气一样，事情就这样给解决了。

博士的学校是一座临海的宽广漂亮的房子，但是屋内的布置并不华丽，恰恰是相反的。颜色暗淡、狭窄的帘幕局促、凄凉地藏在窗子后面；桌子、椅子一排排地放好，如同算术题中的一个个数字；会客室里不常生火，宛如一口口水井，而来宾则恰似投入井中的水桶；饭厅最不像是食客吃喝的地方；整座屋子悄然无声，只听见大厅里的巨钟嘀嗒嘀嗒，其声在阁楼上也清晰可闻；时而响起少年公子做功课时沉闷的哭喊声，就像一群忧伤的鸽子的低鸣。

布林伯小姐虽是一位苗条优雅的姑娘，但她的举止风度与这座学校的严肃气氛是不谋而合的，她的身上没有水性杨花的轻浮之物，她的头发短而拳曲，戴着一副眼镜。她因为在久已湮没的语言的墓

---

① 斯芬克斯：希腊神话中有翼的狮身女面怪物。

穴中潜心挖掘而变得枯槁焦黄，毫无生趣。你们那些活的语言非其所好，布林伯小姐只需要死的语言，死僵了的语言，对于这些语言她就会像一个盗尸鬼把它们通通挖出来。

她的妈妈布林伯夫人本人是不学无术的，但她很会装模作样，而且装得非常入神。在一些晚会上她说过，要是她有幸能和西塞罗①相识，她想她就会心满意足地瞑目了。她终生不渝的欣喜就是看见博士的少年学子外出闲步时的穿戴与众不同，他们衬衫的领子极其宽大，他们的领带极其硬挺。她说，这是非常古雅的。

布林伯博士的助手费德先生是一位文学士，他就像一架手摇风琴，只会奏出不多的几支曲子，他把这些曲子经常不断、反反复复地重弹。在早年的时候，如果运气好，他也许可以多配备几个不同的风琴管，但是他未能做到，他只有一个风琴管，他只好用单词的乐曲把布林伯博士的学子年轻的脑袋弄得迷离恍惚，这就是他的职务。这些年轻的学子过早地装满了各种艰难困苦，他们无休无止地学习硬心肠的动词、野蛮的名词、呆板僵硬的句法，还要做大量的练习，它们像鬼魂似的在他们的梦中也穷追不舍。在这种强迫教育的制度下，年轻的学子三个星期之后就精神不振、面无笑容，三个月之后世界上的千辛万苦就会压在他的脑袋上，四个月之后他对他的父母或监护人就心怀怨恨，五个月之后他变成了一个苍老的愤世嫉俗者，六个月之后他便羡慕库尔提乌斯地下快乐的藏身之地②，在第一个十二月份之末他得出了终身不会改变的结论：这些诗人一切的遐思幻想，这些圣哲所有的教诲训诫，都不过是词和语法的堆积，除此之外在这个世界上它们再没有其他意义了。

但是在博士的温室中他依旧不停地开放着花朵，当他把冬天的

---

① 西塞罗（公元前 106—前 43）：古罗马雄辩家、哲学家和政治家。

② 库尔提乌斯地下快乐的藏身之地：按照一则古罗马传说，古罗马广场中央有一天突然裂开，出现了一个大窟窿。神谕说，必须把象征人民的力量和光荣之物扔进去才能保证罗马的威力不衰。于是年轻战士库尔提乌斯全身铠甲，骑上战马，跃入大窟窿中，窟窿遂永远关合。

果实带给他的亲友时，那便是博士的荣名和声誉大显之际。

一天保罗怀着一颗怦然跳动着的心站在博士门前的台阶上，他小小的右手放在他爸爸的手里，他的左手握在弗洛伦斯的手中，这只细嫩的手握得好紧，而另外一只手却是松松的、冷冰冰的！

皮普钦夫人跟在这个好罪过的小孩后面，黑色的衣服和鹰钩鼻子俨若一只不祥的鸟的鸟羽与尖嘴。由于董贝先生胸中装满着雄心壮志，走得很快，她跑得透不过气来，气喘吁吁地等着开门。

"保罗，你看，"董贝先生兴高采烈地说，"这才是通向董贝父子和富有的路。你差不多已经长大成人了。"

"差不多。"孩子应答。

回答时，他虽然有一种孩子气的兴奋，却不自觉地流露出一丝调皮、古怪而又令人感动的眼神。

董贝先生的脸上掠过一抹若隐若现的不满意的表情，但是这时门开了，那不满意的表情也随即消失。

"我想布林伯博士是在家的吧？"董贝先生问。

开门的人说是的。他们走进去的时候，这个人不住地盯着保罗，仿佛他是一只小老鼠走进捕鼠的笼子。此人视力很差，脸上浮现着几丝幽微的笑意，其实这不过是一种痴呆的表情，可是皮普钦夫人却把它看作无礼的举动，便立刻破口大骂。

"你竟敢在高贵的先生后面嘲笑？"皮普钦夫人说，"你把我当作什么人？"

"我没有笑哪个人，我根本没有想您是谁，夫人。"年轻人惶恐地答道。

"懒鬼！"皮普钦夫人说，"你只配做烤肉用的转叉狗①。去告诉你主人董贝先生在这里，否则还有更厉害的颜色给你看！"

这个视力很差的年轻人顺从地去执行这项任务，很快他回来了，邀请他们到博士的书房里去。

---

① 转叉狗：英国旧时经过训练用踏车转动烤肉叉的狗。

"你又在笑了，先生。"皮普钦夫人走在后面，当她在大厅里经过他身边时这样说。

"我没有在笑，"年轻人深感受到莫大的欺凌，便说，"我从来没有看见过这样的事情！"

"什么事，皮普钦夫人？"董贝先生回过头望了一望问，"请轻点！"

皮普钦夫人出于礼貌之故，只是在走过去时对年轻人低声地唠叨了一句"哦！这么一个宝货"，然后就离开了。年轻人独自忍气吞声、无可奈何地流着眼泪。但是皮普钦夫人对那些温和驯良的人们是从来不放过的；她的朋友说，经过了秘鲁矿井发生的事件以后，对这样的事谁会觉得奇怪！

博士正坐在他那别出心裁、庄严宽敞的书房里，每一个膝盖上摆着一个地球仪，四周环绕着书籍，门的上面贴着荷马的画像，壁炉架上是密涅瓦①的肖像。"您好，先生，"他对董贝先生说，"我的小朋友好吗？"他的声音像风琴一样的深、沉。他的话刚停，大厅里的巨钟似乎（至少保罗觉得是这样）接着他一遍又一遍地说下去，"我——的——小——朋——友——好——吗？我——的——小——朋——友——好——吗？"

这位小朋友太小，又因为桌上摆满了书，从博士坐着的地方是绝对看不见的，博士好几次想从桌子腿旁边望过去，仍旧无济于事。董贝先生见此光景，便把保罗抱起来放在房间中部和博士面对面的一张小桌上，这样就解决了博士的不便。

"哈！"博士向后靠在椅子上，把手放在胸口说，"现在看见我的小朋友了。你好吗，我的小朋友？"

大厅里的巨钟不同意词句这样颠倒过来，它照旧重复着："我——的——小——朋——友——好——吗？我——的——小——朋——友——好——吗？"

"很好，谢谢您，先生。"保罗对博士也是对巨钟回答着。

---

① 密涅瓦：古罗马神话中的智慧女神。

160

"哈！"布林伯博士说，"我们是不是要把他培养成为一个男子汉？"

"你听到了吗，保罗？"董贝先生问，但是保罗没有做声。

"我们是不是要把他培养成为一个男子汉？"博士又讲了一遍。

"我宁愿做一个小孩子。"保罗答道。

"真的！"博士说，"为什么？"

孩子坐在桌子上瞧着他，脸上流露着压抑着的感情，那是一种奇怪的表情，他的一只手自豪地敲击着膝盖，仿佛把膝盖底下涌起的泪水压下去似的，而他的另一只手却往前伸出去，伸啊，伸啊，一直伸到弗洛伦斯的颈项上面。"这就是为什么。"这只手似乎在说，于是他那一直压抑着的感情突然爆发，那奇怪的表情烟消云散，颤抖的嘴唇松开了，泪水滚滚地流出。

"皮普钦夫人，"孩子的父亲抱怨着，"我见此情景实在难受。"

"你从他身边走开，董贝小姐，走开。"女监护人说。

"没关系，"博士和蔼地点点头说，叫皮普钦夫人不必劳神，"董贝先生，没关系，我们很快就会让他有新的事情去关心，给他新的设想。您还希望我的小朋友学会——"

"请您让他样样都学会，博士。"董贝先生坚定地说。

"是的，"博士半闭着眼睛说，他的脸上浮现着同平时一样的微笑，他似乎像对一个正待饲喂的心爱的小动物满怀兴趣地打量着保罗，"是的，完全是的！哈！我想，我想，我们要把各门各类的知识传授给我们的小朋友，让他成长壮大。真是一块处女地，董贝先生，我相信您是说过这句话的吧？"

"只是在家里做了一些普普通通的准备，还有向这位夫人学了一些，"董贝先生一边回答一边介绍了一下皮普钦夫人，她立即不屑一顾地哼了一下，然后把她全身的肌肉绷得紧紧的，生怕博士看轻她，"除此以外，保罗到现在根本没有学习过什么东西。"

布林伯博士点了点头，对皮普钦夫人这种不登大雅之堂的举动表示宽容，并且说他听了保罗的情况感到很高兴。他搓搓手讲，从基础开始效果会好得多。然后他又对保罗煞有介事地瞅了一下，好像想当场拿希腊字母让这个孩子领教一下似的。

"这个情况，布林伯博士，"董贝先生望了一眼他的小儿子继续说，"以及我有幸和您进行的谈话，真的，使进一步的解释以及因此占用您宝贵的时间变得没有必要了，所以——"

"喂，董贝小姐！"刻薄的皮普钦喊道。

"请稍待一会儿，"博士说，"请允许我介绍一下布林伯夫人和我的女儿，在我们的小香客攀登帕那萨斯①山的行程中，她们与他的日常生活是息息相关的。这是布林伯夫人，"这位夫人刚才大概是在门口等着，现在恰好走进来了，她后面跟着她那位在死语言墓穴里挖掘不止的戴着眼镜的漂亮女儿，"董贝先生。这是我女儿科尼丽娅，董贝先生。我亲爱的，"博士转过身对他的夫人说，"董贝先生这样信任我们，所以——你看见我们的小朋友了吗？"

布林伯夫人对董贝先生极其彬彬有礼，她显然没有看见这位小朋友，因为她朝他那边往后退，几乎要把他从桌子上撞了下来。听了博士这么一说，她这才转过身来，对这位小朋友古典式的聪明的脸孔大加赞美，然后又转过身，叹了一口气，对董贝先生说他的亲爱的儿子令她羡慕不已。

"就像一只蜜蜂，先生，"布林伯夫人抬起眼睛说，"即将飞进繁花似锦的花园里，第一次啜饮醉人的芳香。维吉尔②，贺拉斯③，奥维德④，泰伦斯⑤，普劳图斯⑥，西塞罗。我们这儿拥有多么甜美的蜂蜜园地。看起来，董贝先生，作为这样一位丈夫的妻子是很了不起的呢——"

"不要讲，不要讲，"布林伯博士说，"好不害臊。"

———————————

① 帕那萨斯：古希腊文艺女神的圣山。
② 维吉尔（公元前 70—前 19）：古罗马诗人。
③ 贺拉斯（公元前 65—前 8）：古罗马诗人。
④ 奥维德（公元前 43—约后 17）：古罗马诗人。
⑤ 泰伦斯（约公元前 190—前 159）：古罗马喜剧作家。
⑥ 普劳图斯（约公元前 254—前 184）：古罗马喜剧作家。

"董贝先生是会原谅一位妻子的偏袒的。"布林伯夫人笑容可掬地说。

董贝先生回答说"一点也不"，这几个字无疑是和偏袒连在一起，而不是和原谅挂钩的。

"——而且作为一位母亲似乎也是很了不起的呢。"布林伯夫人继续说。

"而且是这样一位母亲。"董贝先生一边说一边鞠了一躬，含糊其辞地向科尼丽娅表示恭维。

"不过说实在的，"布林伯夫人继续说，"我想如果我能有幸和西塞罗相识，与之为友，并且在他闲居的别墅图斯库卢姆①（好漂亮的图斯库卢姆）和他聊天，我死了也是心满意足的。"

对学问具有一种高山仰止的热情是有很强的感染力的，以致董贝先生也抱此同感，即使皮普钦夫人如我们所知是不轻易恭维人的，听了布林伯夫人的一席话也发出了一声细微的仿佛是呻吟又像是叹息的声音，好像是说在经过秘鲁矿井的失败之后，唯有西塞罗才能够给她永恒的安慰，而他才是真正的矿井里的戴维安全矿灯②。

科尼丽娅透过眼镜凝视着董贝先生，好像她很想和他聊聊这位权威所说的一些话。不过如果她的确有此打算的话，她并没有能够如愿以偿，因为一声敲门声使其顿成泡影。

"谁？"博士问，"哦！图茨，进来，进来。这是董贝先生。"图茨鞠了一躬。"真是碰巧得很！"布林伯博士说，"在这里我们首尾都有了，阿尔法和奥梅加③。董贝先生，这是我们领头的孩子。"

博士可能还会称他为他们的领头和领肩的孩子，因为他比其他任何一个男孩起码高出一头和一肩。男孩发现自己在陌生人中间感

---

① 图斯库卢姆：古罗马城市，公元前1世纪，西塞罗在此有一座别墅，他的哲学著作《图斯库卢姆谈话录》就是在这里完成的。

② 戴维安全矿灯：英国化学家汉弗莱·戴维（1778—1829）于1815年发明的防煤气爆炸危险的矿灯。

③ 阿尔法和奥梅加：分别为希腊字母中的第一个字母和最后一个字母。

到很害羞，涨红着脸，咻咻地笑着。

"图茨，我们的小门廊里又添了一位，"博士说，"这是董贝先生的公子。"

小图茨又涨红了脸，在庄严的静寂中他发现大家在等着他发言，于是他对保罗讲，"您好吗？"那声音是这么沉重，那态度是这么羞怯，即使一只羔羊突然吼声如雷，也不会比这一声更叫人吃惊。

"图茨，请你告诉费德先生，"博士说，"给董贝先生的公子准备几本入门的课本，给他安排一个方便的座位让他学习。我亲爱的，我想董贝先生还没有看过学生宿舍吧？"

"要是董贝先生愿意到楼上去，"布林伯夫人说，"我将带他去看看睡神的领地。这是值得自豪的。"

布林伯夫人是一位身材细长，温文尔雅的女士，头上戴着一顶天蓝色的帽子。说完了话，她即与董贝先生和科尼丽娅一起走上楼去，后面跟着皮普钦夫人，她尖锐的眼光在搜索着她的宿敌，那个开门的男仆。

他们走了之后，保罗坐在桌上，握着弗洛伦斯的手，眼光从博士的身边战战兢兢地移开，向房间的四处环顾着。这时博士靠在椅子上，一只手像平时一样放在胸口，另一只手伸得很长，拿着一本书在读着。他读书的姿态有一种可敬可畏的东西在内，那是一种坚定不移，不动声色，不屈不挠，严厉无情的读书方法。他脸上的表情历历在目。他时而对作者莞尔一笑，时而皱皱眉头，时而摇摇头，做个鬼脸，仿佛是说，"别告诉我，先生。我比您懂。"那真是妙趣横生。

图茨待在门外也无事可做，便故意检查他的表的齿轮，或者数数半克朗钱币有多少。但是这没有继续多久，因为布林伯博士的紧绷绷、圆滚滚的腿刚巧抬起来准备换一下位置，好像就要站起来似的，于是图茨匆匆溜走，再也没有出现。

不久就听到董贝先生和他的带路人一边谈着话一边走下楼来，随即回到博士的书房。

"我希望，董贝先生，"博士把书放下说，"这样的安排能使您满意。"

"这样的安排太好了，先生。"董贝先生说。

"的确很不错。"皮普钦夫人低声地说，她是从来不愿意作过分的溢美之词的。

"皮普钦夫人，"董贝先生做了个急转身说，"如蒙布林伯博士暨夫人的首肯，将时常来看保罗。"

"皮普钦夫人只要高兴，随时欢迎前来。"博士说。

"看到她，总是很高兴的。"布林伯夫人说。

"我想，"董贝先生说，"我需要办的事情已经办好，给你们添了许多麻烦，现在就此告辞。保罗，我的孩子，"他走到坐在桌子上他儿子的旁边说，"再见。"

"爸爸，再见。"

董贝先生握着的小手是那么有气无力，漫不经心，它和那张焦急渴望的面容是如此格格不入，不过这个忧郁的表情与董贝先生并不相干，它不是为他而起的。不，不。是因为弗洛伦斯之故——完全是因为弗洛伦斯的缘故。

如果董贝先生因为有钱傲慢无礼，树敌于人，而这个敌人怀恨在心，伺机报复，决不通融，那么当他看到董贝先生此刻的苦痛如何折磨着其骄傲的胸膛时也会觉得他所受的伤害已获报偿了。

他弯下腰来亲亲他的小儿子。在他这样做的时候，刹那之间不知什么东西模糊了他的视觉，使他看不清那张小脸。如果说这时他的眼睛的视线暗淡无光了，他的脑子的视觉也许更加清晰。

"很快我会来看你，保罗。你知道，星期六和星期天你没有功课。"

"知道，爸爸，"保罗看了一下他姐姐应道，"星期六和星期天。"

"在这里你要努力学很多东西，成为一个聪明的人，"董贝先生说，"你会吗？"

"我会努力。"孩子懒懒地回答说。

"现在你会很快长大起来！"董贝先生说。

"哦！很快！"孩子回答着。那无比苍老的神情又一次迅疾地掠过他的面容，宛如一线奇怪的光。它落在皮普钦夫人的身上，随即在她的黑衣服中湮灭了。这位不同凡响的女妖怪走上前告别，并且把弗洛伦斯带走了，这是她久已渴望着的事情。这时董贝先生正目不转睛地看着保罗，听到皮普钦夫人的辞别才如梦初醒，于是他拍拍保罗的头，紧紧握着他的小手，然后像往常一样不动声色、彬彬有礼地向布林伯博士及其夫人与小姐告辞，步出了书房。

虽然董贝先生恳请他们留步，可是布林伯博士，布林伯夫人，布林伯小姐还是蜂拥向前，一直送他到大厅，因此皮普钦夫人便挤在布林伯小姐与博士中间，给推推挤挤送出书房之后她才抓住弗洛伦斯。弗洛伦斯赶紧跑回来，伸开手臂抱着保罗的颈子，在她最后离开门口时，她的脸孔转向他，向他送去鼓励的微笑，这笑容由于盈眶的泪水而变得更加明亮。以后每当保罗回忆起这个亲切的情景时，他对那个拥挤的场面所带来的幸运是感激不尽的。

那张脸孔消失之后，保罗的幼小的胸膛起伏不停，地球仪、书本、盲诗人荷马和密涅瓦全都在房间里旋转起来。突然之间它们戛然而止，然后他听到大厅里的巨钟仍旧像先前一样庄严地高声问着："我——的——小——朋——友——好——吗？我——的——小——朋——友——好——吗？"

他两手交叉地坐在座位上，静静地倾听着，但是他也许在回答说："累，累！很孤独，很悲伤！"在那里，在他幼小的心里是一片伤心寂寞的空虚，而室外的一切是那么寒冷、萧索、陌生，保罗枯坐室中，仿佛与生俱来他的生活是一无所有的空白，而为其装饰打扮的人是永远不会光临似的。

第十二章

保罗的教育

过了几分钟布林伯博士回来了，这几分钟对坐在桌子上的小保罗·董贝来说像是很长的一段时间。博士的步态非常庄严，仿佛是有意让年少的心灵体味到那份隆重的感情。那是一种进军的步伐，当博士刚跨出右脚时，他即向左旋转半圈，而当他跨出左脚时，则以同样的方式向右旋转。所以他每跨一步似乎左顾右盼着好像在问："劳驾哪位给我指出在任何方向我还不知道的任何问题？我想是没有的吧！"

布林伯夫人和布林伯小姐跟着博士一道回来。博士把他的新学生从桌子上抱起，递给布林伯小姐。

"科尼丽娅，"博士说，"董贝先由你来管教，让他成长壮大，科尼丽娅，让他成长壮大。"

布林伯小姐从博士手中接过由她管教的小孩。保罗感到那副眼镜在审视着他，便垂下了眼睛。

"你多大了，董贝？"布林伯小姐问。

"六岁。"保罗回答时偷偷地看了一眼这位年轻的小姐，他觉得奇怪，为什么她的头发不像弗洛伦斯那么长，她又为什么像一个男孩。

"你拉丁文语法懂得多少，董贝？"布林伯小姐问。

"一点也不懂。"保罗答道。感觉到这个回答使敏感的布林伯小姐非常吃惊，他便抬起头来望望俯视着他的三张面孔说道："我身体一直不好，我一直很虚弱。我每天都同老格拉布一起到外面去，那我就没法学拉丁文语法了。我希望您们麻烦一下叫老格拉布来看我。"

167

"好下贱的名字！"布林伯夫人说，"太不雅致了！这个魔怪是谁，孩子？"

"什么魔怪？"保罗问道。

"格拉布。"布林伯夫人非常厌恶地说。

"他要是魔怪，你们不也是了。"保罗接着说。

"什么！"博士厉声地喊起来，"喂，喂，喂？啊哈！说什么？"

保罗吓坏了，他虽然全身发抖，却依旧为不在场的格拉布分辩着。

"他是一个很好的老人，夫人，"保罗说，"他常常给我拉车，很深很深的大海里面的东西他全都知道，他知道海里面的鱼，还有巨大的魔怪，这些魔怪跑到岩石上面躺着晒太阳，如果它们受了惊骇便马上跳回水里面去，拍打着水面，吹起一个个水泡，飞起一片片浪花，那声音好几英里路远也听得见。还有一些动物，"保罗越说越兴奋，"我不知道它们有几码长，它们的名字我忘了，不过弗洛伦斯是知道的，它们装着很痛苦的样子，可是如果有谁怜悯它们，向它们走近的话，它们就张开大嘴想吞他。不过他用不着慌，他只需，"保罗说着就自告奋勇地向这位博士本人面授机宜，"兜着圈子赶快逃跑，那么这些动物因为身体长，弯起来很困难，兜圈子很慢，它们就抓不住他了。尽管老格拉布不懂得为什么大海会教我想起我死去的妈妈，尽管他不懂得大海老是在讲些什么话，可是他对大海知道的东西是很多的。我希望，"孩子快讲完的时候他望望那三张陌生的面孔，他的脸色突然失去了容光，生气勃勃的兴奋心情突然烟消云散，他看起来就像是一个孤苦无依的弃儿，"你们能让老格拉布过来看看我，因为我很了解他，他也了解我。"

"哈！"博士摇摇头说，"这样不好，不过通过学习就会很有办法。"

布林伯夫人有点哆嗦地说这是一个很怪僻的孩子，她发现他的脸孔与众不同，于是像皮普钦夫人往常的习惯那样狠狠地盯着他。

"带他到屋子四处走走，科尼丽娅，"博士说，"让他熟悉一下新的环境。董贝，跟这位年轻的小姐去吧。"

董贝立刻听从了，把手伸给这位莫测高深的科尼丽娅，就一道走开了。一路上他怀着小心翼翼的好奇心从侧面悄悄地看她。因为她眼镜的镜片光芒四射使她看起来很神秘，他弄不清楚她在往哪儿瞧，他实在不太明白镜片后面她是否还有眼睛。

科尼丽娅先把他带到教室里去，教室位于大厅的后面，有两扇挂着台面呢的门可以进出，同时也起到压低与隔开少年学子声音的作用。这里共有八位学童，患有不同程度的神经衰弱；他们都在殚精竭虑地艰苦学习，的确是非常严肃认真的。图茨是一个老学童了，他在一个角落里有一张自己专用的课桌，在保罗年轻的眼中，坐在课桌后面的他俨如一位年纪很大、相貌堂堂的伟人。

文学士费德先生坐在另外一张小课桌后面，拉着手摇风琴，对着四位小学童慢悠悠地摇奏着维吉尔风情的田园乐曲。另外四位中有两位学童用颤抖的手抓着他们的额头，苦思冥想地算一道数学题。另一位哭得很厉害，一张脸如同一扇沾满了污泥的窗户，他正在艰苦地写着一行行永无止境的字，要在中饭前赶完。还有一位坐在课桌旁带着满腔的失望木呆呆地看着他的功课，似乎早饭以后他一直处于这种状态。

新来了一个男孩并未引起预料之中的轰动。文学士费德先生（他为了头脑清凉起见，勤于剃头，头发剃得短短的）见了保罗便向他伸出一只皮包骨的手，说他很高兴看见他。如果他这句话有一点诚意的话，保罗也是乐于回敬的。之后，保罗在科尼丽娅的指引下和费德先生课桌旁的四位学童一一握手，再和被数学题弄得昏头昏脑的两位学子握手，再和那位与时间争分夺秒赶作业的满脸墨水的学童握手，最后和那个木头木脑、有气无力、冷冷冰冰的学子握手。

保罗刚才已经被介绍给图茨了，所以这位学子只是习惯性地喘着气，咻咻地笑着，然后继续做他的事情，这个任务并不重。由于从多方面来说他"经历"丰富，而且如前文所指在他最好的时候就停止开花结果，现在图茨可以攻读自己专门的课程：主要以名人的名义撰写几封给他自己的长篇书信，致"苏塞杰斯，布赖顿，普·图茨先生"，并把它们小心谨慎地收藏在他的课桌里。

这些礼仪过去之后，科尼丽娅带保罗上楼到顶层。因为保罗上楼时必须两只脚全部落地之后再踏上一级，所以他们走得很慢，但终于到达旅程的终点。那里，在可以俯瞰波涛汹涌的大海的一间前面的房间里，紧靠窗子的地方，科尼丽娅向他指出一张小巧玲珑的挂着白帷幕的床，床边的一张卡片上已经写好一个很漂亮的圆体字——字的下部很粗，字的上部很细——董贝。同房间的另外两张床也以同样的方式表明分别属于布里格斯和托扎。

他们走下楼梯回到大厅时，保罗看见那个使皮普钦夫人大为不快的视力很差的小伙子突然抓起一根很大的鼓槌猛击高挂着的铜锣，好像他发了疯，又像是想复仇泄恨似的，可是并没有人警告他或予以拘禁。吵闹了一阵之后，谁也没有管他，他径自走开了。于是科尼丽娅·布林伯对董贝说再过一刻钟就要吃中饭了，也许他最好回到教室里去和他的"朋友"一起等等吧。

因此董贝怀着一股敬意走过那只巨钟，它依旧一如既往地急于知道他的健康状况，然后他稍稍开启教室的门，像一个迷途的孩子偷偷地溜了进去，随即好不容易地关上了门。他的朋友稀稀拉拉地分散在教室各处，唯有那位木呆呆的学友仍旧端坐不动。费德先生身着一件灰色的长袍正在伸着懒腰，越伸越长，仿佛不顾一切代价决心把袖子扯掉。

"嘿嗬哼！"费德先生大喊大叫着，像一匹拉车的马抖动着，"哦，哎呀，哎呀！唷！"

费德先生打起哈欠来声嘶力竭，穷凶极恶，把保罗吓坏了。除了图茨之外，所有的孩子似乎如梦初醒，都活动起来准备吃饭；有的重新系好确是很僵硬的领饰，有的在隔壁休息室洗手梳头，好像他们对吃饭毫无兴趣似的。

小图茨因为早已准备妥当，现在无事可做，正好把这空余的时间用来和保罗聊天。他很和蔼地说：

"坐下，董贝。"

"谢谢您，先生。"保罗说。

他竭力爬上一个很高的窗口座位，但又滑了下来，这一行动似乎为图茨的发现做好了思想准备。

"您年纪很小。"图茨说。

"是的，先生，我很小，"保罗应道，"谢谢您，先生。"

因为图茨把他举起，放到座位上去，而且是很和蔼可亲的。

"给您做衣服的裁缝是谁？"图茨打量了他一会儿之后问。

"给我做衣服的是一个女人家，"保罗说，"她是给我姐姐做衣服的裁缝。"

"给我做衣服的是伯吉斯公司，"图茨说，"很时髦的，不过很贵。"

保罗很聪明，他摇摇头，仿佛是说这是一目了然的嘛，他的确也是这么想的。

"您爸爸很有钱的，是吗？"图茨问道。

"是的，先生，"保罗说，"他是董贝父子公司。"

"董贝什么？"图茨追问道。

"董贝父子，先生。"保罗答道。

图茨先生低声地把这几个字念了一两次，想深深地印入脑中，但都不十分成功，于是他说因为这个名字很重要明天早上请保罗把它再说一遍，他的目的无非是想立刻由他自己写一封董贝父子公司寄给他的私人机密信。

此时，其他的学童（那位木呆呆的学生总是不在内的）都围绕着他了。他们文质彬彬，但面色苍白，声音很低，他们的精神萎靡不振；与这一群儿童普遍的状态相比，比瑟斯通少爷可称得上是一位真正的米勒①或者是一本《笑话大全》了。不过比瑟斯通也有一种受苦受难的情绪。

"您睡在我房间里，是吗？"一位衬衫领子一直卷到耳垂、仪态庄严的少年学子问。

---

① 米勒：18世纪英国的滑稽演员。在他死后，约翰·莫特利编了一本《乔·米勒趣话集》。

"是布里格斯少爷？"保罗问。

"托扎。"这位学子说。

保罗回答说是的，然后托扎指着那个木呆呆的学生说他就是布里格斯。保罗早已明白他不是布里格斯就是托扎，虽然他说不出什么道理。

"您的体格强健吗？"托扎问。

保罗说他觉得不强健。托扎接着说看他的脸色他也觉得保罗身体不强健，这无疑是很令人遗憾的事，因为身体是必须强健的。然后他问保罗是不是先跟科尼丽娅学习；听到保罗回答说是的时，除了布里格斯以外其他的学童都发出一声低低的叹息。

低低的叹息声即刻湮没在重又响起的猛烈的铜锣声中，学子们全都向餐厅走去，只有布里格斯依旧木呆呆地坐在原地不动。保罗不久就看到有人给他端去一只盘子和一块餐巾，盘子上面讲究地摆着一块面包，还横放着一把银叉。

餐厅里布林伯博士已经就座，他坐在餐桌的上席，他的两边分别是布林伯小姐与布林伯夫人。费德先生穿着黑色上衣，坐在下席。保罗的椅子挨着布林伯小姐，但是当他坐上去之后便发现他的眉毛比台布高不了多少，于是从博士的书房里搬来几本书垫在椅子上把他架高，从此以后每当吃饭他都是这样坐上去，在吃饭前他自己把书拿出来，吃饭完毕也是他自己把书送回去，宛如小象驮城堡。

博士作过感恩祷告，午饭就开始了。有美味的汤，还有烤肉，烧肉，蔬菜，馅饼和乳酪。每一个少年学子有一把大银叉和一块餐巾。一切安排得庄重华丽。特别是一位司酒男仆，他身穿闪耀着亮晶晶纽扣的蓝色上衣，很优雅地把葡萄酒倒入餐桌上的啤酒里，使其芬芳有味。

餐桌上大家食而不语，除非有人同谁讲话他才开口，只是布林伯博士、布林伯夫人和布林伯小姐偶然说几句话。如果哪个学童没有使用刀、叉或汤匙时，他的眼睛就情不自禁地遥望着布林伯博士的眼睛或布林伯夫人的或布林伯小姐的眼睛，然后乖乖地停在那里不动了。唯有图茨不管这个礼节。他坐在费德先生之旁、保罗的一边，他时常越过中间的几个男孩前瞻后顾，望一眼保罗。

用餐时只有一次谈话这些莘莘学子也参与了。那是在吃乳酪的时候，博士喝了一杯葡萄酒，哼了两三声，然后说："费德先生，太不得了啦，那些罗马人——"

一提起这个可怕的民族，他们的不共戴天之仇，每一个学子表现出极大的兴趣，凝目注视着博士。其中有一位正好拿着杯子饮酒，忽然透过酒杯的边缘部分看见博士的眼睛盯住他，便急忙停止，全身发抖了好一会儿，博士想讲的话只好暂停。

"太不得了啦，费德先生，"博士重新慢慢地说，"据书中所读，我们知道，在古罗马帝王时代那些罗马人的筵席上都是些数不胜数的山珍海味，穷奢极侈的程度可谓前无古人后无来者，一次帝王的盛宴动用了各省的财力物力为其提供佳肴美味——"

此时，那个犯了过错的学子全身又紧张起来，等不及博士的话说完，又突然故态复萌。

"约翰逊，"费德先生低声地责备着，"喝点水！"

博士顿时神情严肃，停了下来，等水拿来后再继续说：

"费德先生，还有——"

但是费德先生看到约翰逊的旧病又要发作了，而且他知道在这些少年学子面前，博士想讲的话没有讲完是不会停下来的，于是目不转睛地盯住约翰逊。博士发觉他不在看自己便不再讲下去了。

"请您原谅，先生，"费德先生红着脸说，"请您原谅，布林伯博士。"

"还有，"博士提高了嗓子说，"先生，据史书所载我们是没有理由怀疑的——虽然对我们这个时代的普通人来说，这是难以置信的——维特利乌斯①的兄弟为他设宴，准备了两千道鱼肴——"

"喝点水，约翰逊——鱼肴，先生。"费德先生说。

----

① 维特利乌斯（15—69）：公元69年，他被拥立为罗马皇帝，但不久就被杀。

"各种各样的家禽，共五千道。"

"或者吃片面包。"费德先生说。

"还有一盘菜，"布林伯博士环顾饭桌四周，便加大声音继续说下去，"由于既大又厚，所以叫作密涅瓦盾牌，这道菜里有许多贵重成分，其中就有野鸡的脑子——"

"呵唷！呵唷！呵唷！"（约翰逊呻吟着。）

"山鹑的脑子——"

"呵唷！呵唷！呵唷！"

"鹦嘴鱼①的鳔。"

"您头里的哪根血管会破裂的，"费德先生说，"您最好让它发出来，不要憋住。"

"还有从喀尔巴阡海②捕来的七鳃鳗鱼卵，"博士以极其严厉的声调说下去，"当我们读到这些高消费的享受，而且我们还记得有一位提图斯③——"

"你如果中风死了的话，您妈妈会多伤心！"费德先生说。

"一位多密善④——"

"而且您脸色发青，您知道。"费德先生说。

"一位尼禄⑤一位提比利乌斯⑥，一位卡利古拉⑦，一位赫利奥加巴卢斯⑧，还有许多许多，"博士继续说着，"那真是，费德先生——如果您尽心倾听——不得了，太——不得了，先生——"

可是约翰逊无法再控制了，就在这时一阵很厉害的咳嗽终于发作了。他两边的邻座拍着他的背，费德先生亲自拿着一杯水送到他

---

① 鹦嘴鱼：约八十种热带珊瑚鱼类的总称。

② 喀尔巴阡海：实为欧洲中部喀尔巴阡山脉地区的河流，属黑海水系。

③ 提图斯（39—81）：罗马皇帝。

④ 多密善（51—96）：罗马皇帝。

⑤ 尼禄（37—68）：罗马皇帝。

⑥ 提比利乌斯（公元前42—前37）：罗马皇帝。

⑦ 卡利古拉（12—41）：罗马皇帝。

⑧ 赫利奥加巴卢斯（202—222）：罗马皇帝。

的唇边，那个司酒的男仆就像卫兵一样扶着他在他的座椅和餐具橱之间来回走了几次，过了整整五分钟他才好些了，随之是一片沉寂。

"先生们，"布林伯博士说，"请起立作感恩祈祷！科尼丽娅，把董贝抱下来。"只有他的头顶露在桌布的上面。"明晨早饭前约翰逊给我背诵希腊文《圣约书》，第一章从《圣保罗使徒书》到《以弗所书》的部分，不可带书。费德先生，半个小时以后我们继续学习功课。"

这些少年学子鞠了一躬就退出去了。费德先生也跟着走了。在这半小时内，这些学童一对一对的，手臂挽着手臂在屋子后面的小院子里来回闲荡着，他们企图在布里格斯的胸中燃起兴高采烈的火花，但是并没有发生嬉笑取乐这种低级趣味的事情。铜锣准时敲响，在布林伯博士和费德先生的共同主持下，学习继续进行。

因为约翰逊的缘故，那天他们所做的奥林匹克式的来回闲荡运动提前结束，所以午茶前他们都出去散一会儿步。即使布里格斯虽然还没有起步也跃跃欲试了，他两三次悄悄地从悬崖峭壁上向下俯瞰。布林伯博士同他们一道散步，亲自牵着保罗，瘦小虚弱的保罗受到这样的优遇，真是莫大的荣幸。

午茶的规格不比午饭逊色。午茶后少年学子们像先前一样站起来，鞠了一躬，然后退出去把当天的功课做完，或者准备明天将要光临的功课。此时费德先生回到自己的房间里去了，而保罗却坐在一个角落里发呆，弗洛伦斯是不是在想他，皮普钦夫人的幼儿寄宿所里的人都在做些什么。

图茨先生因为撰写了一封威灵顿公爵给他的重要信件，耽搁了一些时候，过了一阵子才找到保罗。像以往一样注视了他许久，然后问他喜不喜欢穿背心。

保罗回答道，"喜欢的，先生。"

"我也喜欢的。"图茨说。

那天晚上图茨没有再说别的话，只是站在那里望着保罗，好像很喜欢他。因为这就是友谊，而且保罗不爱说话，沉默比交谈更行之有效。

八时左右，又响起了铜锣的声音，是去饭厅做祷告的时候了。祷告后，男管家在一张餐具桌上摆好面包、乳酪与啤酒。哪位少年学子想吃，就可一饱口福。仪式结束时博士说："先生们，明晨七时我们继续学习。"此时保罗第一次看见了科尼丽娅·布林伯的眼睛，正对着他看。博士讲完"先生们，明晨七时我们继续学习"这句话时，学子们又鞠了一躬，便去就寝。

在楼上自己的寝室里他们推心置腹地谈开了。布里格斯说他头痛欲裂，要不是为了他妈妈的缘故以及家里的那只画眉，他真想一死为快。托扎话虽不多，但叹气不少，他叫保罗要当心，因为明天就要轮到他了。讲了这些有先见之明的话之后，他就垂头丧气地脱了衣服上床。在那个视力很差的小伙子进来拿走蜡烛时，布里格斯已经上了床，保罗也已经上床。小伙子祝他们晚安并希望他们做一个快乐的美梦，但是他的良好的愿望对于布里格斯和托扎却是无济于事的，因为保罗久久不能入睡，而且睡后时常醒来，他发现功课像噩梦一样折磨着布里格斯，而托扎也因为相似的原因在睡梦中也不得安宁，只是程度轻一些，他梦里说些莫名其妙的语言，或者断断续续的希腊文和拉丁文——对保罗来说，它们如出一辙，在万籁俱寂的夜里，它们乃是一种难以言喻的邪恶与犯罪。

保罗终于甜甜入睡了，他梦见他和弗洛伦斯手挽着手走在美丽的花园里，他们来到一朵很大的向日葵面前时，向日葵突然放大，变成一个铜锣，开始鸣响起来。睁开双眼时，他发现那是一个阴暗多风、细雨绵绵的早晨，而那个真正的铜锣正在楼下的大厅里可怕地铿然长鸣，叫大家准备起床。

他立刻起床，他发现布里格斯因为噩梦和忧愁的折磨使脸孔浮肿起来，眼睛几乎没有了，他正在穿靴子，而托扎情绪很坏，站在那里直打哆嗦，搓着双肩。可怜的保罗还没有自己穿衣服的习惯，不能驾轻就熟，所以问他们可不可以烦神给他系一下带子，可是布里格斯却说"讨厌！"而托扎只哼了一声"那好！"于是他等其他都准备就绪之后就走到下面一层楼去，他看见一位戴着皮手套的漂亮的年轻女人正在打扫炉子。年轻女人看见他似乎吃了一惊，连忙问他的妈妈在哪里。当保罗告诉她他妈妈已经死了时，她即刻脱下手套，给他系上了带子，搓搓他的双手，让它们暖和起来，然后给他一记亲吻，告诉他只要他需要这一类的事情——意指穿戴之事——随时找"梅丽娅"好了。保罗对她深致谢意，说他一定会找她的。于是他轻轻地向楼下教室走过去，教室里少年学子们又已经开始学习了。当他走过一扇微启着的门边时，里面传来一声喊叫："是董贝吗？"他知道这是布林伯小姐的声音，便回答说："是的，小姐。"布林伯小姐说："进来，董贝。"于是董贝走了进去。

布林伯小姐同昨天的打扮完全一样，只是多加了一条围巾。小巧玲珑的发卷同以往一样拳曲，她已经戴上眼镜，这使保罗感到奇怪，她是不是戴着眼镜睡觉的。她在楼上有一间清凉的小起居室，室内有几本书，但没有炉火，但是布林伯小姐从来不感到冷，也从来不感到想睡。

"董贝，"布林伯小姐说，"我现在就要出去走走，活动活动。"

保罗心中纳闷，不知道有什么事，天气这样不好，她为什么不派一个男仆去做，可是他没有说，他的注意力被一小堆新书吸引住了，看来刚才布林伯小姐翻过这些书。

"这些书是给你的，董贝。"布林伯小姐说。

"都是的吗，小姐？"保罗问。

"都是的，"布林伯小姐说，"只要你听我的话用功读书，费德先生马上还会给你再找些书，董贝。"

"谢谢，小姐。"保罗说。

"我现在就要出去走走，活动活动，"布林伯小姐继续说，"我出去的时候，就是说从现在起到吃早饭这段时间，董贝，我希望你把这些书上画出的地方看完，并且告诉我你需要阅读的部分是不是很明白。抓紧时间，董贝，因为你没有时间好浪费。把这些书带到楼下去，马上开始去读。"

"是的，小姐。"保罗答道。

书实在太多，虽然保罗用一只手托着最底下的一本书，用另一只手和下巴压着最顶层的一本书，然后紧紧地抱住它们，但是他还没有走到门口，中间的一本书就滑出来了，接着是全部散落，掉在地上。布林伯小姐说："哦，董贝，董贝，这真是太粗心大意了！"说着她把这些书重新叠起。这一次，因为摆得四平八稳，保罗安然地走出房间，下楼时跨了几步梯级有两本书又掉下来了，不过因为另外的书他抱得很紧，所以到二楼时不过再掉下一本，在走廊里再掉下一本；他把这些书先拿到楼下教室里去，然后再跑上楼把掉下的书拾起来。等到他把全部书籍收集起来，爬上座位之后，他就开始学习了。此时托扎讲了一句话，大意是"现在该他尝尝味道了"。保罗很受鼓舞，一口气读到吃早饭时，除了托扎的这句话之外，阅读之中他一直没有受到干扰而停顿。那顿早餐同其他餐事一样庄严而优雅，但他没有胃口。早饭吃好，他跟着布林伯小姐走上楼去。

"喂，董贝，"布林伯小姐说，"那些书你读得怎么样了？"

这些书中有一些英语和大量的拉丁文——事物的名称，冠词和名词的变格，练习以及基本规则——缀字法略谈，古代史一瞥，现代史微观，几种表格，两三种度量衡，和一些常识。当可怜的保罗刚弄懂数字二，却发现对数字一已没有印象了，数字三和数字四又支离破碎地混入数字三，而数字三又潜入数字四，数字四和数字二又纠缠不清。所以二十个罗默鲁斯是不是构成一个利默斯①，hic haec hoc②是不是就是金衡制，动词是不是总是与古代不列颠人变位一致，或者三乘四是不是等于金牛座，诸如此类的问题对于他来说还是稀里糊涂的。

"哎呀，董贝，董贝！"布林伯小姐说，"这太糟糕了。"

"对不起，"保罗说，"我想如果有时候我能和老格拉布谈会儿，我就能够学得好一些的。"

---

① 罗默鲁斯与利默斯为战神玛尔斯之子，传说他们共建罗马城。

② hic haec hoc：拉丁文中的指示代词。

"废话，董贝，"布林伯小姐说，"我不要听这种话。这里不是格拉布这类人可以来的地方。我认为，董贝，你必须把这些书一本一本地读完，你先把今天要学习的课目一弄通，然后再读课目二。现在请你把第一本书拿去，董贝，等你把它的内容全部掌握了再回到这里来。"

对保罗茫然无知的状态布林伯小姐表示了一种既黯然伤怀又欣然于衷之感，似乎她早就预料会有这样的结果，当她发现他们之间因此必须经常交往，她是非常高兴的。保罗根据她的指示拿了第一本书就退出去了，走到楼下开始用心地读起来。有时候书里的每一个字他都记得清清楚楚，有时候他又忘得干干净净，连同其他的一切也都记不清了。最后他不管三七二十一壮了壮胆走上楼去背书去了；还未开始，布林伯小姐就关上书说："背吧，董贝！"这无非表明她是满腹经纶的，可这一声却把他记在脑子里的东西几乎全部赶跑了。保罗心慌意乱地望着这位年轻的女士，把她看作一个塞满了知识稻草的盖伊·福克斯[①]或人造妖怪。

然而，保罗背得很好。布林伯小姐表扬他，说他会取得很快的进步，马上给他课目二去学，接着就是课目三，午饭之前连课目四也学了。午饭后不久即刻继续学习，这是非常艰苦的事情。他感到头晕目眩，昏昏欲睡，神志不清，头脑发术。不过其他的少年学子也有同样的感觉，而且也不得不继续他们的学习，这使他感到些安慰。奇怪的是，大厅里的巨钟依旧是像往常那样先向他们问好，却没有说，"先生们，现在我们继续学习。"这是因为这句话在它的周围不知重复了多少遍了。学习像一只巨轮滚滚转动，而这些少年学子则夜以继日地被缚于这只巨轮之上。

午茶过后还是作业，并在烛光之下准备第二天的功课。时候一到就去睡觉，这时候本该休息和甜蜜地忘怀一切了，可是睡梦中还是继续学习。

――――――――――

① 盖伊·福克斯：英国1605年火药阴谋案的主犯，每年11月5日焚烧其模拟像以示庆祝。

呵，星期六！呵，快乐的星期六！每逢星期六弗洛伦斯总是在中午过来，尽管皮普钦夫人咆哮如雷，百般折磨她，她也在所不顾，风雨无阻。在犹太人之中，至少对于两个年幼的基督教徒来说，星期六乃是他们的安息日①，这一天起着神圣的安息日的作用，编织着姐弟俩日益增进的手足之情。

星期天夜晚的重重阴影虽然遮暗了星期天早晨刚刚升起的曙光，但它们并不能使那些宝贵的星期六黯然失色。在大海边他们并肩而坐或一起散步，或只是坐在皮普钦夫人的后面的一间阴暗的房间里。他的姐姐轻轻地唱歌给他听，他的昏昏欲睡的头靠在她的手臂上。不管在哪里，对保罗来说，地方是无关紧要的，重要的是弗洛伦斯，这就是他全心所系。所以，星期天夜晚，当博士的黑洞洞的大门张开着，准备再把他吞进去一个星期之久之际，也就是他和弗洛伦斯告别之时。没有别人。

威肯姆太太已经打道回府，到她伦敦的家中去了，而尼珀小姐被派下来了，现在她已是一位很机灵的年轻女人了。和皮普钦夫人的好多次交战尼珀小姐都是勇往直前，全力以赴；如果说皮普钦夫人在她的一生中真有对手的话，现在她遇到了。尼珀小姐第一天早晨出现在皮普钦屋子时就已锋芒毕露，她不求情，也不容情，她说必须战斗，战斗就发生。从那时起皮普钦夫人就生活在惊恐、烦忧、挑衅之中，小吵小闹的袭击会从过道里不期而至，甚至吃排骨的时候也乘其不备而攻之，连同她的烤面包也食不甘味。

一个星期天夜晚，尼珀小姐和弗洛伦斯送保罗去博士家。回来时，弗洛伦斯从胸袋里取出一张小条子，上面有她用铅笔写的几个字。

"看，苏珊，"她说，"这些是保罗带回家的那些小书的名字，他已经很累了，还要做这些书里面很长很长的练习。昨天晚上他做的时候我抄下来的。"

"请不用给我看，弗洛侬小姐，"尼珀说，"我还宁可看皮普钦

---

① 一般基督徒的安息日是星期日，犹太人及少数基督徒的安息日是星期六。

夫人。"

"如果你肯的话，请你明天早上替我把这些书买来，我的钱够买。"弗洛伦斯说。

"哎呀，弗洛依小姐，"尼珀小姐说，"您怎么好这样说，您已经有了好多书了嘛，有好多先生、小姐成天教您这样那样的，虽然我想，董贝小姐，您爸爸从来没有教过您什么，也从来没有想到过，除非您问他，那他是不好不答应的；不过，小姐，问了再答应和不问就给，这是两回事；年轻的男人要想和我交朋友我可能不会不同意，当他提出这件事情时，我也许会说'好的'，但是我不会说'您可要喜欢我呀'。"

"不过你能够给我买这些书的，苏珊；当你知道我需要它们时您是会买的。"

"哦，小姐，您为什么需要它们？"尼珀接着说，并且压低了声音加了一句话，"要是您把这些书向皮普钦夫人的头上扔的话，一大车的书我也给您买来。"

"要是我有这些书的话，我想也许我能够给保罗一些帮助，苏珊，"弗洛伦斯说，"这样就可以让他在下星期里学得轻松一些。至少我要试一试。所以亲爱的，帮我把这些书买来吧，我永远不会忘记你对我的恩情！"

说时弗洛伦斯拿出一只小钱袋，并且用温和的眼光恳求着。苏珊·尼珀的心即使再硬也无法拒绝这样的请求。她二话没说就把钱塞进口袋里，赶忙跑去购书。

要买到这些书实非易事。跑了几家书店，他们不是说这些书刚刚卖完了，就是说他们根本没有这种书，或者说上个月倒是很多的，有的则说下个月可能有一大批。但是苏珊在执行这样的任务时是不会轻易给难倒的。从一个她所熟习的图书馆里她找到一个身穿黑布围裙的白发青年，让他跟着她跑来跑去到处寻找。这位青年为了能够摆脱她只好竭尽全力，终于使她如愿以偿，胜利回家。

弗洛伦斯有了这些宝物，在自己每天的功课学好之后，到了夜晚就坐下来追踪保罗在荆棘丛生的学习征途上留下的足迹。由于生性聪慧灵敏，兼有爱心这样最好的良师的诱导，过不了多久她就紧步保罗之后，然后赶上，甚至于超过他了。

关于这事一个字也没有对皮普钦夫人说过。多少个夜晚，当大家都已入睡；当尼珀小姐用纸条系住头发，很不舒服地在她身旁睡着了，进入无知无觉的睡乡；当壁炉里的火劈劈啪啪地烧成寒冷而灰白的灰烬；当蜡烛渐渐燃尽，烛光渐渐熄灭时，弗洛伦斯却为小董贝的学习操心，耗尽了心血。她那不屈不挠、坚忍不拔的品格几乎可以为她自己赢得享有这个称号的自由权利。

她获得的报偿非常丰厚。一个星期六晚间，当小保罗像平时一样坐下来"做功课"时，她坐在他的旁边为他指点，一切难懂的变得容易了，一切迷糊的变得清晰了。保罗苍白的脸上先是一阵惊奇，然后是一抹红晕，然后是一丝微笑，最后他紧紧拥抱住她，但是天晓得她的千辛万苦获得丰厚的报偿时她的心跳得是多么激烈！

"呵，弗洛依！"弟弟大声说，"我好爱你！我好爱你，弗洛依！"

"我也很爱你，亲爱的！"

"哦！我晓得这是千真万确的，弗洛依。"

关于这件事他没有再说什么，整个晚上他非常安静地紧紧地挨着她坐着；夜里，在她房间里面的小房间里他高声喊了三四次，说他爱她。

此后，每逢星期六夜晚，弗洛伦斯总是准备好坐在保罗的旁边，共同探讨下周可能要学的功课，耐心地帮助他预习。当他想到在他艰苦奋斗着的地方弗洛伦斯已经刚刚为他披荆斩棘过了，他就无比兴奋，这在他无尽止的学习中无疑是一种促进鼓励。他的学习负担因弗洛伦斯的帮助而大为减轻时，也许他不至于被漂亮的科尼丽娅堆在他背上的重压压得直不起身来。

布林伯小姐并不是故意为难他，布林伯博士也并非有意给这些少年学子加上过重的负担。科尼丽娅只不过恪守她所受的教育赋予她的信念，而博士则由于一些糊涂观念把这些少年学子都看作是博士，认为他们一生下来就已长大成人。这些少年学子的家人的赞扬以及他们盲目的虚荣与不切实际的求速使布林伯博士既感到宽慰又觉得是一种鞭策。在这种情况下，要博士发现错误，改弦更张，那简直是奇闻了。

保罗的情况就是这样。当听到布林伯博士夸奖他进步很快，生性聪敏，董贝先生就更赞成采用强迫的方式把知识塞满保罗的脑袋。至于布里格斯，布林伯博士说他进步还不大，因为他天性不聪敏，但布里格斯的父亲闻此说法时毫不改变初衷，仍旧义无反顾地强迫他学习。总之，尽管博士的温室里的高温不过是虚有其表，这些花木的主人总是随时准备推波助澜。

保罗初来之际所具有的那些欣然奋发、不屈不挠的精神很快就荡然无存，而他那种古怪、苍老、多思的性格却原原本本地依然如故，在有利于激励这种性格倾向的环境中，他变得比以往更加古怪、更加苍老、更加多思了。

唯一的不同是他把这种性格藏在自己的心中。一天一天过去，他变得越来越不爱说话，越来越喜欢沉思默想；对博士家中任何人他不再像过去对皮普钦夫人那样感到好奇。他喜欢独自一人，在那些他用不着守着书本的短暂时刻里，他最喜欢在屋子四处踽踽独行，或坐在楼梯上倾听大厅里巨钟走动的声音。他对屋里所有的糊墙纸了如指掌，其中的图案中别人看不见的东西他看得一清二楚，他看见微型老虎和狮子在卧室的墙上奔跑；他看见铺在地上的漆布上的方格与菱形的图纹里有怪面孔在斜着眼睛瞧人。

这个孤独的孩子在他沉思默想所产生的纷繁幻象中生活着，没有人了解他。布林伯夫人认为他"很怪僻"，有时候仆人之间也会说小董贝"闷闷不乐"的，不过也就是这么些话。

也许小图茨对这个问题会有某种看法，但是要把这种看法讲清楚，他是完全无能为力的。看法如同鬼魂（通常所说的鬼魂），在它表白以前必须有人先同它讲几句话，而图茨早就不对他的脑子提什么问题了。也许一缕烟雾曾经从那沉重的盒子——他的脑壳——冉冉升起，如果它能成形，它就会变成一个妖怪，但是它没有能够这样做，时至今日它只是像阿拉伯故事①里的烟雾一样在一团浓云中从盒中升起，然后就停在上空，盘桓不去。但是这团烟雾在孤寂的岸上却留下了一个肉眼可见的瘦小人形，而图茨则时时刻刻注视着他。

"您好吗？"一天之中他这样问保罗要达五十次之多。

"很好，先生，谢谢您。"保罗就会说。

"握握手吧。"图茨就会接着说。

保罗当然立刻应允。图茨先生喘着气、盯着他注视许久后通常又会问："您好吗？"保罗也照样回答说："很好，先生，谢谢您。"

一天晚上，图茨先生坐在课桌旁，为撰写书信之事一筹莫展之际忽然灵机一动，似乎想起了一个极好的主意。于是他放下笔去寻找保罗，找了好久终于找到了，保罗正在他的小卧室里向窗外观望。

"喂！"图茨一走进房间就喊起来，生怕忘记喊他，"您在想什么？"

"哦！我在想很多很多的事情。"保罗回答说。

"是吗？"图茨问道，似乎认为这件事本身就令人惊讶。

"要是您不得不死。"保罗抬头望着他的脸说。

图茨先生听了很是吃惊，他似乎十分惶惑不安。

"您是不是以为在月光皎洁、天空明朗、轻风吹动的夜里死去更好呢，就像在昨天夜里？"

图茨先生将信将疑地看着保罗，摇摇头说他不知道。

"不一定有风，"保罗说，"不过至少空中有声音，就像海浪在贝壳里发出的声音。那是一个美丽的夜晚。好久好久我听着海水的声音，于是我起身向窗外眺望，在那边洒满了月光的海面上有一条船，一条张着帆的船。"

孩子目不转睛地望着他，他讲得这么认真，图茨先生觉得关于这条船的事情他是该讲点什么了，于是他说："这是走私船。"但是他忽然想起应该不偏不倚地看待每一个问题，因为任何问题都有两面，

---

① 阿拉伯故事：指《一千零一夜》中关于阿拉丁及其神灯的故事。

便又补充了一句,"也可能是捕捉走私犯的船。"

"一条张着帆的船,"保罗重复着说,"在洒满月光的海面上。帆像手臂,全部是银白色的。它驶向远处,您觉得它随波前进时像是在做什么?"

"上下颠簸。"图茨先生说。

"它像是在招手,"孩子说,"在向我招手,叫我去!——她就在那里!她就在那里!"

刚才讲了这番话,现在又突然呼喊起来,使图茨惊恐万状,他大声问道,"是谁?"

"我姐姐弗洛伦斯!"保罗喊道,"她抬着头在向这边望呢,还在摆手。她看见我了——她看见我了!晚安,亲爱的,晚安,晚安。"

他站在窗边,又是飞吻,又是拍手,他的心境突然之间变得其乐无穷;而当她从他的视域消失时他那小脸蛋上的亮光又突然之间退去了,留下的却是一丝无可奈何的忧伤;这些变化是太明显了,甚至连图茨也不会茫然不觉的。此时他们的谈话因为皮普钦夫人的来访而被打断了。皮普钦夫人每周来一两次,通常在天黑以前来,身上穿着黑色裙子,向保罗走来。虽然图茨无法就此发表高见,但是它留在他脑海中的印象实在是太深刻了,所以一般的寒暄之后他又回来了两次,问问皮普钦夫人身体可好。可是这位易动肝火的老太太却把这样的好心好意看作是蓄谋已久的居心叵测的侮辱,这一定是楼下那个视力很差的小伙子想出来的恶毒阴谋。当天晚上她就向布林伯博士抱怨他的恶行,布林伯博士即对小伙子指出,如果他故伎重演,就不得不把他辞退了。

夜晚的时间越来越长,每天晚上保罗偷偷地跑到窗口,向窗外观望,想找寻弗洛伦斯。晚上一定的时候她总要在窗外走来走去直到看见了他。他们的相见是保罗日常生活中的一线阳光。时常在天黑以后,还有一个人独自徘徊在博士的屋前。现在,他很少在星期六同他们相聚,他受不了。他宁可在他们不知不觉中走过来,向着窗口翘首仰望,在那里他的公子为使自己成为一个男子汉正在发奋学习着。这个人在那里等候，观察，筹划，并且希望着。

呵！但愿他也能够像其他人那样看见楼上这个瘦小的男孩在暮色苍茫的时候怀着热切的渴望观看着海波和浮云，而当鸟儿飞过的时候用他的胸口撞击着他那孤零零的樊笼的窗户，仿佛他也要同它们一起翱翔，展翅飞去！

第十三章

远航消息与办事处的差使

　　董贝先生的办事处设在一座院子里。院子里的角落上摆着一个陈年百代的美味水果摊。从上午十时到下午五点，男男女女的小贩来来往往，兜售拖鞋、皮夹、海绵、狗的颈圈以及名牌温莎皂①，有时候还卖指示器或油画。

　　指示器总是拿到这里来卖，是因为证券交易所里可以用上它，交易所里风行一种赌博的习气，原先只是押赌新帽子，逐渐变成嗜赌成风。其他货物是卖给普通老百姓的，这些小贩从来不向董贝先生拿出这些东西献丑，董贝先生一出现他们就敬而远之避开了。那个专门从事拖鞋和狗颈圈生意的小贩看见董贝先生走过便举起食指放在帽边表示敬意，这位小贩的画像钉在切普赛德街②一位画家的门上，他自以为是远近闻名的人物。那个搬运工如果没有去干活的话，总是毕恭毕敬地抢先走在董贝先生的前面，去把他的办事处的大门打开，脱下帽子，扶着敞开着的门，等他进去。

　　办事处里的职员对董贝先生也是毕恭毕敬，丝毫不甘落后。他走过最外面的办公室时，室内是一片鸦雀无声。顷刻之间，会计室里那位诙谐机智、好说俏皮话的人就像挂在他后面的一排皮制消防桶一样无声无息。通过毛玻璃窗户与天窗渗透进来的暗淡阳光在窗玻璃上留下黑的斑点，照着那些账簿、票证，和俯伏在它们上面的人们。在这幽暗的室内这些勤勤恳恳工作的人两耳不闻窗外事，仿

---

　　① 温莎皂：一种棕色香皂。
　　② 切普赛德街：伦敦中部一街名，曾为闹市区。

佛他们聚集在深邃的海底。在光线黯淡的远处有一间发霉的小金库，在那里一盏被遮暗的灯夜以继日地亮着；这小金库活像一个海怪的洞穴，洞中的海怪长着红眼睛望着这些海底的神秘事物。

信差佩契像一只时钟一样，在一个小托架上有个固定的位置。当他看到董贝先生走进来，或者说当他感觉到董贝先生就要走进来，因为通常他有这样的直感，他就赶忙跑进董贝先生的房间，把炉火挑旺，从煤箱里面掏出一些煤块放进去，把报纸放在炉边围栏上烘烘干，然后把椅子和屏风摆好，等董贝先生一到，急忙转过身来，捧起他的外套和帽子，把它们挂起来。然后佩契用双手拿起报纸，在炉火前翻了一两次，毕恭毕敬地放在董贝先生的肘边。佩契会不遗余力地向董贝先生表示俯首听命的尊敬，要是他能有幸匍匐在他的脚下，或者能够像阿拉伯人曾经以哈里发①这种至高无上的名称尊崇他们的国王哈隆·阿尔拉施奇德②那样称呼他，他一定是在所不辞，倍觉欣喜的。

由于这种表示崇敬之举是前所未有的创新或只是一种试验，佩契只能以自己的方式尽其所能地表达，诸如"您是我眼里的光辉"，"您是我心灵的呼吸"，"您是忠诚的佩契的司令"！向他这样欢呼致敬之后，佩契怀着意犹未尽的心情轻轻地关上房门，踮着脚尖走开了，把他这位伟大的上司留在房间里，让丑陋的烟囱管帽和屋子的四壁，特别是二楼理发厅的凸形窗户，透过一扇铅框拱形窗，紧紧地盯视着他。理发厅里有一尊蜡像，上午它的头像穆斯林人一样光秃秃的，十一点钟后就加上浓密的头发与胡须，打扮成最时髦的基督教徒，它的后脑壳却总是朝着他的。

在董贝先生与寻常世界之间有一通道，那就是最外面的办公室，如果董贝先生待在自己的房间里，可以说那间最外面的办公室就会感到一股阴寒之气。董贝先生与寻常世界之间有两层梯级。卡克尔先生是第一层，他有一间办公室；莫芬先生是第二层，他也有一间自

---

① 哈里发：在阿拉伯语中，这是王位继承人的意思。后来成为阿拉伯国王的通称。
② 哈隆·阿尔拉施奇德（786—809）：古代阿拉伯国王。

己的办公室。这两位先生各有一间类似洗澡间的小房间，这两间房间前面是一道走廊，对面是董贝先生的房门。卡克尔先生是公司的首相，他的房间是最靠近公司之王苏丹的，而莫芬先生是低一级的官员，他住的房间自然最挨近着普通职员。

最后提到的那位先生是一个和颜悦色、有着一对淡褐色眼睛、年岁已大的单身汉。他的上装是黑色的，式样庄重，他的裤子呈灰色，黑白小点相互交错。他的黑发已经染上了零星的灰斑，仿佛是由岁月的脚步撒上去似的，而他的两鬓则已霜白。他对董贝先生极其尊敬，彬彬有礼，但由于他性格随和、与人无争，而且因为他在那位威严的上司面前总有些局促不安，所以虽然卡克尔先生能多次参与商谈公司事务，他却毫无妒意，他反而暗自庆幸他有事可做，而他所做的事情却不大会使他出人头地，获此殊荣。工作之余他酷爱音乐，对大提琴情有独钟，犹如父之爱子。每星期一次他都要把那把大提琴从他在伊斯灵顿①的家里搬到英格兰银行附近的一座俱乐部，这里每逢星期三晚间有一个私人乐队演奏令人伤心欲绝的四重奏。

卡克尔先生年纪在三十八或四十岁之间，红光满面，两排完整无损的牙齿闪闪发光，其整齐洁白的程度令人触目惊心，这是无法逃过人们的眼睛的，因为他一开口说话，这两排牙齿就毕露无遗，而且脸上会绽开爽然一笑（不过说真的，这笑容很少越过嘴角），那笑声很有点像猫的咆哮。他喜欢学他上司的样子，系一条笔挺的白领带，衣服包得紧紧的，衣服上的纽扣也是紧紧地扣住。他对董贝先生的态度可谓用尽心机，无懈可击。他与董贝先生无话不谈，但是他十分清楚他们之间的距离。"董贝先生，对于我这样职位的人来说，由于我们之间职务上的悬殊，不管怎样恭敬不如从命也不足以向您这样高位的人表示我的一片忠心。先生，我很坦率地告诉您，我完全放弃这种努力了，我觉得我无法满足我心里的愿望。董贝先生，我相信，您是不会见怪的。"如果他把这些话到处宣传，或者印

_____

① 伊斯灵顿：英格兰大伦敦内一自治市。

在招贴上，或者挂在他上衣的胸口好让董贝先生细细品味的话，也不见得会比他现在讲的这些话更加露骨了。

这就是卡克尔经理。沃尔特的朋友低级职员卡克尔先生是他的哥哥，比他大两三岁，可是两人的地位却大相径庭，在官职上弟弟身居高位，而哥哥则在底层，他从来没有跨出一步或举起一只脚向上攀登一级，年轻人一个个越过他的头顶，步步高升，可是他总是原地不动，他对这样低微的地位安之若素，从不抱怨，当然也不想越雷池半步。

"早上好。"一天，董贝先生一到，经理卡克尔先生就拿着一堆文件走进他的房间说。

"你好，卡克尔，"董贝先生一边说一边从椅子上站起来，他的背向着炉火，"有什么事情找我吗？"

"我不知道我是不是要麻烦您，"卡克尔翻着手上的文件答道，"您知道，今天下午三点钟，委员会有个会议要您参加。"

"三点三刻还有个会议。"董贝先生说。

"您记性真好呵！"卡克尔一边大声说一边仍在翻着文件，"要是保罗先生把您的好记性继承下来，那他可要把公司闹翻天了。你们俩只要有一位就已经不得了啦。"

"你自己的记性也很好嘛。"董贝先生说。

"呵！我！"经理说，"像我这样的人就只有这么一点长处。"

董贝先生靠在壁炉架上站着，从头到脚审视着他的下属（当然不是故意的），他那威严的仪表并未减色，也无丝毫的愠色。卡克尔先生的衣装笔挺而雅观，不知出于天生的气质抑或对不远处的榜样刻意模仿他有一种自命不凡的仪表，这使他的谦卑自抑相形益彰。他似乎很想竭尽全力与压倒他的权力抗衡，但是董贝先生的威力与高高在上的地位却把他彻底征服了。

"莫芬来了吗？"董贝先生停了片刻问道。在这片刻的沉默中卡克尔先生一边翻弄着文件，一边自言自语地低声念着文件中的简要内容。

"莫芬来了，"他立刻张大着嘴爽然一笑，抬起眼睛答道，"他在哼着曲子——我想是昨天晚上四重奏音乐会上演奏的——他的声音穿墙越壁而来，差点把我吵疯了。我巴不得他把他那把大提琴一把火烧掉，把他那些乐谱也都烧光。"

"卡克尔，我觉得你对谁都不尊敬。"董贝先生说。

"不尊敬吗？"卡克尔问着，一边像猫一样爽然一笑，露出两排牙齿，"哦！我想并不是对许多人都尊敬的，也许，"他喃喃地说着，仿佛只是在考虑似的，"除了一个人以外，其他的人我就不在乎了。"

这种性格如果是真实的，那是很危险的；如果是装出来的，也是很危险的。但是董贝先生似乎毫不在意，他的背依旧朝着炉火，站得笔直，庄严而平静地注视着他的这位职位最高的下属，在这庄严而平静的眼光中仿佛若隐若现地流露着他比平时更强烈地意识到自己的权力。

"讲到莫芬，"卡克尔先生一边继续说，一边取出一份文件，"他报告中说有一个低级职员在巴巴多斯岛①的办事处死亡，并建议在于一个月左右之后即将出航的'子嗣号'这条船上给接替的人预订一张票。我想谁去您都是无所谓的吧？这里我们还没有这样的人选。"

董贝先生摇摇头，表示无所谓。

"这不是什么美差，"卡克尔先生一边说，一边拿起一支笔在这份文件的背后签署了意见，"我希望他能把这个职位给一个孤儿，他的一位音乐同行的侄子。如果他这方面有才能的话，也许就不会再玩他的提琴了。是谁？进来！"

"请您原谅，卡克尔先生。我不知道您在这里，先生，"沃尔特手里拿着信件说，这些信件是刚到的，尚未拆开过，"先生，低级职员卡克尔先生——"

一听到这个名字，经理卡克尔先生立刻感到羞愧难当，无地自容，也许这是故作姿态。他向董贝先生投去满含着歉意的目光，然

---

① 巴巴多斯岛：位于拉丁美洲，在西印度群岛最东部。

后卑躬屈膝地盯住地面，一言不发。

"我想，先生，"突然之间他愤怒地对沃尔特说，"早就告诫过你不要提起低级职员卡克尔先生的。"

"请您原谅，"沃尔特说，"我刚才只是想说一下低级职员卡克尔先生告诉我说他以为您出去了，如果我知道您在这里同董贝先生在一起，我是不会来敲门的。这些信件是给董贝先生的，先生。"

"很好，先生，"经理卡克尔先生从他手里一把抓起这些信件说，"做你自己的事情去吧。"

因为卡克尔先生抓起这些信件时过于鲁莽，结果有一封信掉落在地上，他却没有看到，而董贝先生也没有注意到脚边有一封信。沃尔特踟蹰片刻，以为他们两人总有一个会看到的，但是他发现他们都未注意到这封信，便停下脚步，走了回来，把信拾起，放在董贝先生的办公桌上。这些信件都是邮寄的，而刚才拾起的那封信恰巧是皮普钦夫人的定期报告，因为皮普钦夫人字写不好，信的封面像往常一样是由弗洛伦斯执笔的。沃尔特不声不响地放下信，董贝先生一见之下，吃了一惊，狠狠地盯着他，好像以为他是故意把这封信挑出来的。

"你可以出去了，先生！"董贝先生傲气凛然地说。

他把这封信揉皱了，捏在手里，待看到沃尔特已经走出门外，没有把信拆开便放入口袋。

"你刚才说想派一个人到西印度群岛去的。"董贝先生急忙说。

"是的。"卡克尔答道。

"把小盖伊派去。"

"好，好极了，很方便的。"卡克尔先生应着，他没有流露出丝毫的吃惊，像第一次一样拿起笔不动声色地在信上重新签署了意见："派小盖伊去。"

"叫他回来。"董贝先生说。

卡克尔先生立刻去叫，沃尔特立刻回来了。

"盖伊，"董贝先生稍稍转过身看着他说，"这里有一个——"

"一个空位。"卡克尔先生讲这句话时一张嘴尽量张得又大又阔。

"在西印度群岛，巴巴多斯岛上。我打算派你，"董贝先生不屑于把简单明了的事情讲得天花乱坠，"到巴巴多斯岛上的会计室做一名低级职员。你去告诉你舅舅说我已经决定选派你到西印度群岛去。"

沃尔特一听吓坏了，他的呼吸完全停止，要想说一遍"西印度群岛"这几个字的力气几乎没有了。

"总得有人去，"董贝先生说，"你年轻健康，你舅舅的境况不好。告诉你舅舅你已被任命担任这个职务。现在还不会去，要等一个月，或者两个月。"

"我是不是要留在那里，先生？"沃尔特问。

"要留在那里，先生！"董贝先生朝他再转过去一点儿，把这句话重复了一遍，"你的意思是什么？卡克尔，他的意思是什么？"

"住在那里，先生。"沃尔特结结巴巴地答着。

"当然。"董贝先生说。

沃尔特鞠了一躬。

"好了，"董贝先生说完又开始阅览这些信件，"到时候你要告诉他该带哪些日常所需的东西，卡克尔。卡克尔，他不必等在这里了。"

"您不必等在这里，盖伊。"卡克尔说，他嘴开得很大，连牙床也露出来了。

"除非，"董贝先生说，他停止了阅读但眼睛没有离开那封信，似乎在听，"除非他有什么话要说。"

"没有，先生，"沃尔特回答说，他惊惶失措，心烦意乱，差不多昏了过去，形形色色的画面层出不穷地浮现在他的脑海里，而最清晰不过的就是戴着油光光帽子的卡特尔船长看到麦克斯廷格太太那副吓得魂不附体的样子以及他舅舅在他后面的小起居室里为他的损失伤心流泪的情景，"我不太知道——我——我很感激，先生。"

"他不必等在这里，卡克尔。"董贝先生说。

卡克尔先生把这句话再传达了一遍，然后把文件收拾好，仿佛他也准备走了。沃尔特觉得再待在这里就会是不可饶恕的打搅，特别是他无话可说了，于是他怀着十分迷乱的心情走出了房间。

走在走廊上，他仿佛是在恍恍惚惚、无能为力的梦中。他听到董贝先生的房门又响了一声，门关上了，卡克尔先生走了出来。这位先生马上在后面喊他。

"先生，请你把你的朋友低级职员卡克尔先生带到我的房间里来。"

沃尔特走到外面的办公室，通知了低级职员卡克尔先生。这位低级职员随即从隔板后面他独自坐着的一个角落里走了出来，跟他来到卡克尔经理的房间。

这位经理先生正背对炉火站着，两手垂在上衣后摆底下，系着一条白领带，毫不容情的眼光如同董贝先生的眼光一样，直视前方。见他们进来，他一动也不动，那严厉而阴沉的表情丝毫没有缓和，他只是示意沃尔特把门关上。

"约翰·卡克尔，"门关上之后经理马上气势汹汹地对他的哥哥说，他的两排牙齿全都露出，就像要把他吃掉似的，"你和这个小子结的什么帮？他老是提起你的名字，叫我不得安宁。约翰·卡克尔，我是你的近亲，这难道还不够，弄得我无法摆脱这种——"

"说耻辱吧，詹姆士，"哥哥看到他吞吞吐吐想找这么一个字便低声地插嘴说，"你的意思就是这个，你有你的理由——说耻辱吧。"

"无法摆脱这种耻辱，"他的兄弟斩钉截铁地承认，"但是这样明摆着的事情还用得着在公司的大庭广众之中大张旗鼓地宣扬吗？而且是在我备受信任的时候？约翰·卡克尔，你认为在这个地方你的名字可以用来作为取信于人的筹码吗？"

"不，"这位哥哥回答说，"不是的，詹姆士，天晓得我没有这个念头。"

"那么你的念头是什么？"他的弟弟问，"你为什么挡我的路？你害了我还不够吗？"

"我没有存心害你，詹姆士。"

"你是我哥哥，"经理说，"这一点就够害我的了。"

"我希望我能消除这种伤害，詹姆士。"

"我希望你能够这样做，也会这样做。"

在他们谈话之时，沃尔特怀着痛苦与惊奇的心情望望哥哥又望望弟弟。哥哥在公司里的地位是很低下的，他垂着头，眼睛看着地上，站在那里洗耳恭听他弟弟的责备。沃尔特听了这些恶骂给吓呆了，而且这位弟弟声色俱厉的样子更是雪上加霜，可是这位哥哥却毫无反抗地表示，他只是哀求似的稍稍举起右手，好像是想说，"饶了我吧！"如果这些话是纷纷落在他身上的拳头，在受尽折磨、备受压制，体力极度衰弱时，只要他是勇敢的，他也会这样站在刽子手的面前的。

沃尔特一向宽宏大量，易于动情，觉得自己无意之中引发了这场争吵，于是以最大的热情开始介入了。

"卡克尔先生，"他对经理说，"的确，这的确都是我的错。是我疏忽大意，我要狠狠地责备自己。我因为疏忽大意，毫无疑问我过多地提起低级职员卡克尔先生，有时候他的名字从我嘴里无意中漏了出来，这是您所不希望的。不过这全是我一个人的错，先生。关于这件事我们从来没有交换过一个字——其实不管什么问题我们都很少谈的。也并不完全是，"沃尔特停了片刻又加了一点，"由于我粗心大意，先生。因为我到这里来了以后就一直对卡克尔先生很感兴趣，有时候我很记挂他，他的名字就冲口而出了！"

这是出自肺腑的真心诚意的话。沃尔特望着那低着的头、垂下的眼睛、举起的手，于是他想，"我体会到了他的痛苦，我怎么可以不给这个没有朋友、这样倒霉的人讲讲话？"

"说真的，您一直避开我，卡克尔先生，"沃尔特说着泪水涌上了眼眶，他的同情之心是多么真诚，"我是知道的，这使我很失望，也很难过。我刚来的时候，我就想和您做朋友，在我这样的年龄虽然过于冒昧，我一直就想跟您做朋友，可是一直不能如愿以偿。"

"你要注意，"经理马上接着他的话说，"盖伊，如果你固执己见，一定要拿约翰·卡克尔先生的名字招摇过市，惹人注目，就更休想如愿以偿了。要想和约翰·卡克尔先生交朋友，不能用这种办法。

你问问他是不是可以这样。"

"这样对我没有好处，"哥哥说，"这样一来只会引起现在这样的谈话，用不着说我当然是不情愿的。要和我做朋友最好的办法是，"这几个字他讲得特别清楚，好像是要沃尔特牢牢记住似的，"把我忘掉，对我不闻不问，让我走自己的路。"

"你的记性不好，盖伊，别人告诉你的话你就是记不住，"经理卡克尔先生越讲越兴奋，越讲越得意扬扬，"我本来就是想让最有说服力的人来给你说的，"讲到这里他向他的哥哥点点头，"我想现在你不会忘了吧。没有别的事了，盖伊。你可以走了。"

沃尔特走了出去，正想关门，忽然听见兄弟俩又开始谈话的声音，还提起自己的名字。这时门半开半掩，他的手放在门锁上，站在那里举棋不定，是回去还是走开。正在犹豫不决之际他听到如下的谈话：

"要是我告诉你我的心情，"约翰·卡克尔说，"你能不能待我宽厚一些，"他一边说一边捶着胸口，"我看着沃尔特·盖伊这个男孩时我整个的心都给唤醒了——我怎么能不这样呢，我的过去都记录在这里了啊。他刚来的时候我就在他身上看到差不多是我的另外一个自己。"

"你的另外一个自己！"经理很鄙夷地重复了一遍。

"不是我现在这个样子，是我当初刚到这里来的时候的样子，也是那么年轻无知，莽莽撞撞，异想天开，充满着希望，也是同我一样的性格，也是同我一样地不管好歹往前乱撞。"

"我看不见得。"他的弟弟含讽带刺地说。

"你打得我好厉害，你的手一点也不留情，你戳得好深，"哥哥接着说，他讲话的声调就像真的给一柄利器刺了一下，也许沃尔特是这样想的，"他还是小孩的时候，我就这样想了，我相信是这样，我认为这是一点也不假的。我看见他快快活活地在看不见的深渊边上行走，有那么多人也是这样快快活活地在那里行走的，可是从那里——"

"还是老话，"他弟弟一边挑挑火一边打断了他的话，"那么多人。说下去。你就说那么多人掉下去了。"

"从那里有一个人掉下去了，"哥哥接着说，"就像他一样这个人也是一个男孩，他一直往前走，慢慢地脚站不稳了，慢慢地往下面滑，跌跌撞撞，终于一头栽了下去，跌得粉身碎骨。想想看，我看着那个男孩，心里多么难过。"

"你只好怪你自己。"弟弟说。

"只怪我自己，"哥哥叹了口气说，"我不想别人同我一起受过或蒙受耻辱。"

"你已经让我蒙受耻辱了。"詹姆士·卡克尔透过牙齿缝哼出了这句话。他的牙齿既多又密，要哼是尽可以哼得很好听的。

"啊，詹姆士，"哥哥第一次用责备的口气说，从他的声音可以听出他好像用两手遮住他的面孔，"从那时候起我就一直当起了你的陪衬，给你派了很大的用场。你自由自在踏在我身上往上爬。不要把我一脚踢掉！"

接下来的是一阵沉寂。过了一会儿，经理卡克尔先生沙沙地翻动着文件，看来他已决定结束这次谈话。与此同时他的哥哥向门边退去。

"我想说的就是这些了，"他说道，"我胆战心惊地望着他，这是对我的一种惩罚，一直到他走过我第一次掉下去的地方我才松了一口气，于是我全心全意地感谢上帝，我觉得我的一片虔诚，即使身为其父也是不会超过的。我不敢告诫他，不敢劝说他。但是，如果我看到有什么直接的原因不得不说的话，我就会把自己的经验教训告诉他。我怕给别人看到同他谈话，生怕他们会以为我有害于他，把他引入邪道，腐蚀他，我生怕说不定我真的会干出这样的事。我身上也许是有这种传染病；我不知道。看看我过去的经历，看看小沃尔特·盖伊，再看看他使我引起的感触。詹姆士，望你能够待我宽厚一些。"

讲完这些话，他走出房间，来到沃尔特站着的地方。一看见他，他的脸色变得有些苍白；而当沃尔特握着他的手低声说时，他的脸色更加苍白了。

"卡克尔先生，请让我谢谢您！请让我说一声我多么同情您！我好难过，因为这件不愉快的事情都是我引起的！现在我真要把您看作我的保护者和监护人了！我多么，多么感激您，又多么怜悯您！"沃尔特一边讲一边握着他的双手，在不平静的心中，他说些什么、做些什么，他几乎都不知道了。

莫芬的房间就在近旁，房间里空无一人，门大开着，于是他们一起往里面走去，因为走廊上少不了有人走来走去。走到里面时，沃尔特看见卡克尔先生的脸上浮现着几丝内心的激动，他几乎认为这张脸是他以前所没有看见过的，它的变化太大了。

"沃尔特，"卡克尔先生把手搁在他的肩上说，"我和您相距太远了，但愿永远是这样。您知道我是谁吗？"

"您是谁？"沃尔特目不转睛地看着他，这几个字好像就挂在他的嘴角。

"开始的时候，"卡克尔说，"是在我二十一岁生日以前——早就有点要走上邪路了，不过快到那个时候才开始的。我成年时就偷了他们的财物，后来又偷。但是在我二十二岁生日之前，全部给发现了。从此，沃尔特，我不再和任何人交往，从他们之中消失了，死去了。"

他最后的这几字又一次战战栗栗地挂在沃尔特的嘴角，但是他说不出，连他自己的话也讲不出来。

"公司待我很好，愿上天酬报那位宽容大度的老人！也愿上天酬报他的儿子，就是现在的这一位，他那时刚刚进公司，我那时在公司里很受信任！他叫我到一间屋子里去，就是他现在的办公室，我出来以后就成为您所认识的这样一个人，从此再也没有走进那间屋子。许多年我一直坐在我现在的位置上，就像现在这样一个人独自坐着，不过那时候人人都知道我是作为一个公认的坏榜样以示儆戒的。他们对我都很和善，所以我活下来了。时间已经改变了我那一

198

段低头赎罪的不光彩的历史，在这里除了三位公司要人，我想再没有人了解我的真正历史。在那个小男孩还没有长大成人，这件事情还没有告诉他之前，我坐的这个角落恐怕就要空无一人了。但愿能够这样！自从在那个房间里我告别了全部的青春、希望和善良的人们以来，这是唯一的变化。沃尔特，愿上帝保佑您！让您以及所有您所喜欢的人们都诚实正直，否则就叫他们死去！"

后来沃尔特回忆着他们之间谈话时的情景时，他还记得他全身发抖，好像是冷透了骨，而且泪流满面。

下一次沃尔特又看到他时，他像往常一样卑躬屈膝、一声不响地俯身在桌子上。看到他在一心一意地工作着，沃尔特觉得他显然已决定不再与他交往，于是他反反复复地思考着早晨这么短时间之内他的所见所闻，以及这两个卡克尔的不同经历，他简直不能相信他即将被派往西印度群岛，就要看不见所尔舅舅和卡特尔船长了，即使看一两眼弗洛伦斯·董贝——不，保罗——的机会也没有了，他就要看不见日常生活中他所喜爱的，所企望的一切了。

但是这是千真万确的，消息已经传到最外面的办公室，因为当他把头搁在手臂上坐在那里心事重重地思考着这些事情的时候，信差佩契从红木托架上跳了下来，碰碰他的手肘，请他原谅，靠着他耳边说，问他可不可以设法从那边弄一罐便宜的腌生姜到英国来，好让佩契太太下次分娩之后疗养期间吃，补补身体。

第十四章

保罗日益不合时宜并回家度假

仲夏的假期即将来临之际，聚集在布林伯博士之家的那些眼光呆滞的少年学子并没有表现出过分的欢欣鼓舞。像"一哄而散"这种很不文明的词语与这所彬彬有礼的学校里是格格不入的。每隔半年，这些少年学子一个一个、有条不紊地回到自己的家里，他们从不一哄而散。这样的行为他们是不屑一顾的。

托扎给那条浆硬的白麻纱围巾弄得时刻不得舒服，备受折磨，他母亲托扎太太准备让他将来进入教会，特意叫他戴的。她觉得超前准备是越早越好的。他说，在两种灾难之间要作选择的话，平心而论，他宁可待在学校而不愿回家。这与他在一篇作文里面论及回家的观点是大相径庭的。作文里面是这样说的："想到回家以及其所引起的全部回忆在我心中唤起妙不可言的翘首以待的喜悦。"他还自诩为一位罗马将军，新近征服了艾西尼①而喜气洋洋，或者掠夺了迦太基人的战利品满载而归，现在正向前进发，离开朱庇特神殿②不过数小时的征程。作为比喻，他把此神殿设想为托扎太太的家。虽然作文里是这样写的，他那不愿回家的誓言却是出自肺腑的。看起来他有一个很可怕的娘舅。假期里，这位娘舅自告奋勇地拿些难题来考他，为了同样残忍的目的，还把一些简单的问题颠来倒去，弄得很复杂，叫他回答。所以，如果娘舅带他去看戏，或者以类似的关心为借口带他去看巨人、矮人、魔术师以及诸如此类的表演，托扎

---

① 艾西尼：古不列颠一部落，被罗马人所征服。
② 朱庇特神殿：古罗马主神朱庇特的神殿。

知道他一定预先看过这方面的典故了。由于他无法预知他的娘舅会用什么难题或引用什么经典来考问他，他总是给弄得胆战心惊。

至于布里格斯，他的父亲不搞这一套把戏，但决不会对他放任自流，假期里给这位不幸的少年既多又重的脑力负担。他家那时住在伦敦的贝斯沃特附近，家里的朋友走近肯辛顿公园多姿多彩的水畔时，总不免依稀地设想布里格斯少爷的帽子浮在水面、未做完的作业摆在岸上的情景。所以布里格斯对放假一事不抱任何奢望。小保罗的这两位室友正好代表这些莘莘学子的总貌，他们之中即使最活跃的学生对假期的来临也是处之泰然的。

小保罗可全然不同了。第一个假期一结束他就要和弗洛伦斯分别了，然而假期还未开始，谁会去想到假期的结束呢！保罗当然不会。快乐的时候临近了，卧室里墙上爬行的狮子与老虎变得听话而快活，地板上厚漆布上的方形和菱形图案中那些狰狞狡猾的鬼脸和善起来，不再那么邪恶地盯着他了。那只庄严的巨钟在它每日定时的问好声中对他表示更多的关心，而在忧伤的调子声中，不平静的海水终夜滚滚向前，然而这忧伤的调子随着海波起伏，又显得悦耳怡人，仿佛把他摇入睡乡。

文学士费德先生好像觉得他也要欢度假日了。图茨先生计划着如何把今后的生活过得像假期一样，因为他每天都在跟保罗说，这是他在布林伯博士家的"最后半年"，他马上就要开始继承他的财产。

保罗和图茨先生虽然年龄与地位相差悬殊，然而他们十分清楚他们是很亲密的朋友。假期日益临近，和保罗一起的时候，图茨先生比过去呼吸得更加急促，凝目注视着他的时候也更加多了。保罗知道他们之间就要看不见了，图茨心里非常难过。他对保罗的爱护和好感使保罗深为感激。

图茨不知怎地居然成了董贝的保护者和监护人。这件事连布林伯博士、布林伯夫人与布林伯小姐，以及这些莘莘学子都已知道，已经变得无人不知、无人不晓了，甚至皮普钦夫人也已风闻，于是这位好心肠的老太太对图茨又妒又恨，在她自己的小天地里经常骂他是"一个呆头呆脑的傻瓜"。可是天真无邪的图茨一点也不知道他会使皮普钦夫人怀怒于心，也没有想到会出现其他什么情况。相反，他倒觉得她是一位很了不起的人物，她身上有很多令人感兴趣的地方，因此每当她来看小保罗的时候，他时常很有礼貌向她笑笑，并向她致以问候，这可把她惹怒了。一天晚上她终于单刀直入地告诉他，不管他是怎么想的，她对于这一套是不习惯的，是他也好，是其他任何小笨蛋也好，她都不能容忍，也绝不会容忍。对他的彬彬有礼的举动，她作出这种出其不意声明，使他非常惊恐，于是他躲到一个僻静的地方，待她走了以后才出来。从此，在布林伯博士的屋檐下他再也不敢和那位勇猛的皮普钦夫人碰面了。

离假期还有两三个星期的时候，一天，科尼丽娅·布林伯把保罗唤到她房间里去，对他说："董贝，我准备把你的情况分析送到你家里去。"

"谢谢您，小姐。"保罗应道。

"你知道我的意思吗，董贝？"布林伯小姐透过眼镜紧紧地看着他问。

"不知道，小姐。"保罗说。

"董贝，董贝，"布林伯小姐说，"我开始感到，你真没有办法。一句话的意思你如果不懂，为什么不问呢？"

"皮普钦夫人不让我问。"保罗答道。

"我要求你无论如何不要向我提起皮普钦夫人，"布林伯小姐说，"这我是不允许的。这里的学习课程和她那一套根本不一样。假如你再讲这样的话，明天早上早餐以前我就不得不让你一字不错地从 Verbum Personale 背诵到 Simillima Cyyno。①"

"我不是这个意思，小姐——"小保罗说。

"我可得请你劳神不要跟我说你不是这个意思，董贝，"布林伯小姐说，她在教训学生时依旧是很讲究礼貌的，"这是争辩，争辩是

---

① （拉丁文）意即"从'人称动词'背诵到'更加像天鹅'"。Simillma Cygno 见于古罗马诗人尤文纳里斯，通称朱文纳尔一首诗中的最后一句。

我决不能允许的。"

保罗觉得最保险的办法就是一言不发，所以他只是望着布林伯小姐的眼镜。布林伯小姐对着他严肃地摇摇头，然后指着摆着她面前的一张纸说起来。

"'保·董贝性格的分析'。如果我记性没错，"布林伯小姐停了一下说，"根据沃克下的定义，'分析'这个词和'综合'全然相反。他说，'一件事物，无论属于感官抑或属于智力，分解为最基本的成分，'是谓'分析'，你注意到，这是与综合相反的。现在你懂得什么是分析了吧，董贝！"

布林伯小姐给董贝的智力引进了一道亮光，似乎并没有使他完全目眩神迷，他只是向布林伯小姐稍稍鞠了一躬。

"'保·董贝性格的分析'，"布林伯小姐把眼睛扫着那张纸继续说下去，"'我发现董贝的天资很高，而且总的来说也很好学。因此，根据我们的标准，八为最高分数，那么我觉得董贝在这两方面均为六又四分之三！'"

布林伯小姐停下来，看看保罗听到这个消息怎么反应。但是保罗搞不清楚六又四分之三是指六镑十五先令，还是六便士三法新[①]，还是六英尺三英寸，还是六点三刻，还是他没有学过的六个什么东西加上他不知道的三个什么东西。保罗搓搓手，眼光笔直地望着她。这和其他可能做的动作一样，等于是回答了。于是科尼丽娅继续说下去。

"'蛮横霸道评分为二。自私为二。喜交卑贱的朋友，原来的评分为七，因为他和一个叫格拉布的人很要好，现已降低。绅士风度为四，但随着年龄的增加在逐步提高。'现在我特别希望你注意的是，董贝，这份分析报告结尾处的总评。"

保罗正襟危坐，仔细地倾听着。

"'对董贝的总评可以表述如下'，"布林伯小姐说，大声地念着，

---

① 法新：旧时英国铜币，一法新等于四分之一便士。

每隔一个字就把眼镜对准她面前的小家伙，"'他的才能和好学的精神都是好的，在目前的环境中他取得了预期的巨大进步。但是很惋惜的是，这位少年学子的性格与行为显得古怪，也就是通常所说的不合时宜，虽然他在这两方面并未明显表现出可以指摘之处，但是他和其他年龄相仿、社会地位相似的少年学子相比却往往很不一样'，董贝，"布林伯小姐放下纸说，"现在你明白了吗？"

"我想我明白了，小姐。"保罗答道。

"董贝，你知道，"布林伯小姐继续说，"这份分析报告就要送到你家里，给你尊敬的爸爸看。当他知道你的性格和行为都很古怪，他自然会是非常痛心的。这对我们来讲自然也是很痛苦的事，因为按照我们的愿望，我们是很想喜欢你的，可是董贝，你要知道，这样一来我们就不可能那么喜欢你了。"

她这句话正好触到孩子的痛处。动身回家的时间日益临近，他也日益暗暗地渴望着全校都喜爱他。由于某种隐隐约约的原因——这种原因他即使有所知觉，也是不甚了了的——他对于这个地方的差不多每一样东西、每一个人怀有一种日益加深的感情。他无法想象他走了以后他们对他不闻不问，他要他们亲切地记挂着他。那只系于屋后面的声音粗厉、毛茸茸的大狗以前曾是他生活中的恐怖之物，如今他甚至于要尽量讨它欢心了，他走了以后他希望连这只狗也会想念他。

可怜的小保罗把这种想法一五一十地告诉了布林伯小姐，并恳求她不要管那份分析报告，发发慈悲喜欢他吧。他怎么也没有想到他这样做只不过又一次显出他和他同伴之间的不同。布林伯夫人也已来到他们中间，于是他又向布林伯夫人提出同样的恳求。布林伯夫人就在他的面前忍不住重复着她经常讲的那个看法，说保罗是一个古怪的孩子。听了这个意见，保罗告诉她说他相信她讲得完全对，他想这一定是他骨头里面的毛病，但他不清楚，不过他希望她不要在意，因为他对这里的每一个人都很喜欢。

"当然还不是像，"保罗既胆怯又非常坦率地说，坦率是这个孩子最让人喜爱的特点之一，"当然还不是像对弗洛伦斯那么喜欢他们。那是绝对不会的。夫人，您不指望会那样地喜欢您吗？"

"呵！这个不合时宜的小家伙！"布林伯夫人低声喊着。

"不过我喜欢这里的每一个人，"保罗继续说，"我离开这里是很难过的，如果我走了以后有谁觉得很高兴或者无所谓，我是很伤心的。"

布林伯夫人现在完全肯定，保罗是天下最古怪的孩子；当她把事情的经过告诉博士时，博士对他夫人的意见未予辩驳，他只是像保罗初来时所讲的那样，学习可以使他长进，他讲的还是当初的那么一句话："让他成长壮大，科尼丽娅！让他成长壮大！"

科尼丽娅总是不遗余力地使他成长壮大，保罗也很刻苦勤奋，但是在学好功课的同时，他心目中始终还有另外一个目标，对此他一直是矢志不渝的，这就是做一位温文尔雅、对人有益的小朋友，永远争取别人对他的喜爱与友谊；虽然时常可以看见他坐在楼梯上固定的地方或透过孤单单的窗户遥望着碧波与浮云，但更经常看见他在小朋友中间温文尔雅地走来走去，为他们做些事情。那些在布林伯博士屋檐下两耳不闻窗外事一心只知苦读书的少年学子对他也都很关心，觉得他是一个孱弱、很逗人喜爱的小家伙，谁都不想亏待他。但是他的性格无法改变，对他性格的分析报告也不能改写，大家一致认为董贝是不合时宜的。

然而正因为这个性格，也使保罗避免了一些拘束，这是其他人所无法享有的福分。而一个比较新潮的孩子就不能这样随便了，仅这一点就已足够。晚上就寝之前，其他孩子只是向布林伯博士和他一家人鞠一个躬就退出去了，而保罗则会伸出他的小手，大胆地握着博士的手、布林伯夫人的手，还有科尼丽娅的手。如果有谁就要受罚，想请求饶恕，总是由保罗代去说情。有一次那个视力很差的小伙子把玻璃杯和瓷器打破了就来找他商量。据说一个小道消息说，那个对寻常的孩子一向很严厉的男管家对他特别开恩，有时竟会在淡啤酒里面加上黑啤酒，使他身体健壮些。

除了这么许多的特权之外，保罗还可以自由进入费德先生的房间。图茨先生有两次因不善于抽一支粗短的雪茄烟而昏厥，这两次保罗都带着他穿过费德先生的房间走到室外。这种雪茄烟是图茨先生在沙滩上从一个铤而走险的走私犯那里偷偷买来的，这个走私犯悄悄地告诉他海关押下两百英镑要取他的首级，死活都可以。费德先生的房间非常舒适，在里面的一个小房里放着他的床，在壁炉上面挂着一支长笛，费德先生现在还不会吹，不过他说准备把它学会。房间里还有几本书和一根钓鱼竿，费德先生说如果他有时间一定要学会钓鱼。为了类似的目的，费德先生还收集了一管从旧货店里买来的漂亮、弯曲的有键小喇叭，一张棋盘和棋子，一本西班牙语语法书，一套素描用具，以及一副拳击手套。费德先生说他肯定要学一下自卫术，因为他觉得这是每个人应负的责任，碰到妇女遭受厄运时他就可以挺身而出保护她。

　　但是费德先生最大的宝物则是一个很大的绿色鼻烟壶，这是图茨先生上次假期结束时带回来送给他的礼物，因为这是威尔士摄政王乔治的真品，他是出高价购买的。图茨先生也好，费德先生也好，他们每吸一次这种鼻烟或任何别的鼻烟，即使用量甚微，总要不停地打喷嚏。可是，用冷茶把一盒鼻烟弄湿，把它放在一张羊皮纸上用裁纸刀调匀，然后当场享用，他们会觉得那是很大的享受。在把鼻烟吸进鼻子里去的过程中，他们感受到一种状如殉难者以坚强不屈的意志经受的一阵阵痛苦，而在吸鼻烟的间隙中喝一点淡啤酒，他们就会体验到放浪形骸之外的无穷乐趣。

　　小保罗静静地坐在他们中间、坐在他的主要保护者图茨先生的旁边，望着这些随心所欲的情景觉得其中有一种悚然可畏的魔力。费德先生讲述着伦敦城内不为人所知的神秘事物，并告诉图茨先生在即将到来的假日中他要到城里的大街小巷仔细观察一下，为了这个目的他已和伦敦郊区佩克汉姆的两位单身老太太谈好准备住在她们那里。保罗把他看成是某篇游记或冒险故事里的英雄，对这位敢冲敢闯的勇士颇有几分惧怕。

一天晚上，假期已经很近了，保罗走进费德先生的房间里，发现他在一些印好的信上填写，还有一些信已经填好，铺在他面前，正由图茨先生折起、封好。费德先生见了保罗说："呵哈，董贝，你来了吗？"他们一向对他很亲切，很喜欢看见他。接着他把一封信扔给他说，"你也有的，董贝，这是给你的。"

"给我的吗，先生？"保罗问道。

"给你的请帖。"费德先生回答说。

保罗看到这封信是用铜版印刷的，上面写着：布林伯博士暨夫人恭请保·董贝先生光临本月十七日星期三夜晚七时半的四对舞晚会。信上他自己的名字和日期是费德先生写的。图茨先生也拿起一张相同的请帖，上面写着：布林伯博士暨夫人恭请图茨先生光临本月十七日星期三夜晚七时半的四对舞晚会。保罗朝费德先生身边的桌子上扫了一眼，发现布里格斯先生，托扎先生，以及每一位学子都在布林伯博士暨夫人的邀请之列。

然后费德先生告诉他这是半年一次的盛会，他姐姐也受到邀请，那天就开始放假，如果他高兴的话，会后他就可以同他姐姐一道离开。他听了大喜过望，连忙说他非常愿意。接着费德先生告诉他，他应用精雕细琢的字体给布林伯博士暨夫人写封回信，就说保·董贝先生喜获他们的盛情邀请，将前来侍候于左右。最后，费德先生告诫他最好不要向布林伯博士暨夫人提起这次盛会，因为这些准备工作以及全部的安排都是按照古典高雅的标准进行的；布林伯博士暨夫人为一方，这些莘莘学子为另一方，他们都是醉心于学术研究的人，关于这次盛会的准备情况，哪怕一点点，也是不想让他们知道的。

保罗感谢费德给他的指点之后便把邀请信放入口袋中，然后像往常一样坐在图茨先生旁边的凳子上。但是保罗的头早已不太舒服，而且时而沉重疼痛，那天夜晚感到非常难受，只好用手托着，可是它慢慢地往下沉，一直沉下去，直到落在图茨先生的膝盖上，就搁在那里，仿佛不想再抬起来似的。

他不会因为这个缘故就失去了听觉，不过他想他确实是失去过听觉的，因为过了不久他听到费德先生凑着他的耳朵喊他而且轻轻地推他，想把他喊醒。当他十分惊诧地抬起头来环顾四周时，他发现布林伯博士已在房间里了，窗户开着，他的额头上洒了一些水。但是这一切的经过他不知道，这的确是很奇怪的。

"呵！喂，喂！好了！我的小朋友现在感觉好吗？"布林伯博士鼓励地说。

"哦，很好，谢谢您，先生。"保罗答道。

但是地板好像出了问题，他立在上面站不稳，周围的墙壁也不对，它们像在旋转，只有凝神地看着，它们的旋转才会停止。图茨先生的头突然之间变得与平时的不一样，既大了许多，又相隔很远。当图茨先生抱着他走上楼梯时，他惊奇地发觉房间的门不在他意想中的位置，换了地方。起初，他几乎以为图茨先生是径直往烟囱上面走呢。

好心的图茨先生小心翼翼地把他抱到屋子的顶层，保罗说他人真好。不过图茨先生说如果能够的话他还要做更多的事，接下去他的确做了更多的事：他无比和蔼可亲地帮助保罗脱衣服，扶他上床就寝，然后坐在床边拼命地咔咔地笑。文学士费德先生俯身于床脚的上方，用他的骨瘦如柴的手理着他的头发，使一根根粗硬的短发笔直地竖起，然后煞有介事地假装向保罗作拳击状，因为他已经完全恢复了。费德先生的举动非常滑稽可笑但又和蔼可亲，保罗无法决定对他笑还是向他哭，因此又哭又笑起来。

图茨先生怎么样慢慢地消失，以及费德先生怎么样又变成了皮普钦夫人，保罗没有想到要去问个究竟，也不想去问，不过当他看见站在床脚的不是费德先生而是皮普钦夫人时，他不禁喊了起来，"皮普钦夫人，别告诉弗洛伦斯！"

"别告诉弗洛伦斯什么，我的小保罗？"皮普钦夫人一边问一边绕过来走到床边，在椅子上坐了下来。

"我的情况。"保罗说。

"不告诉，不告诉。"皮普钦夫人讲。

"您可知道我长大了想做什么吗，皮普钦夫人？"保罗问着，同时把靠在枕头上的脸蛋转过去朝着她，然后若有所思地把他的下巴搁在交叉着的双手上。

皮普钦夫人猜不着。

"我想，"保罗说，"把我的钱全部存在一所银行里，不再去挣钱，然后同亲爱的弗洛伦斯一起到乡下去，有一座美丽的花园、田野、树林，在那里她终生住在一起！"

"真的！"皮普钦夫人喊道。

"是真的，"保罗说，"这就是我想做的事情，当我——"他停了下来，思考了一会儿。

皮普钦夫人的灰色眼睛打量着他那沉思着的脸孔。

"如果我长大了。"保罗说。然后他立刻对皮普钦夫人讲就要举行晚会，弗洛伦斯已被邀请参加，所有的男孩都会爱慕她而使他感到骄傲，他们对他多么亲切与喜爱，他也多么喜欢他们，他为此而万分欣喜。然后他对皮普钦夫人谈起那个分析报告，说他的确是不合时宜的，他想听听皮普钦夫人的看法，问她知不知道这是什么缘故，是什么意思。皮普钦夫人为了摆脱困境，最直接的办法就是对此断然否定。但是保罗对于这样的答复是决不会满意的，他的眼睛搜索着她，想获得真实一些的回答。她不得不站起来望着窗外以避开他的眼光。

哪位少年学子病了，总有那么一个平心静气的药剂师到学校里来看病。这次他也走进这间房间里，同布林伯夫人一起出现在病床边。他们怎么进来的，他们在这里待了多久了，保罗全然不知，但是他一看见他们，便在床上坐了起来，详细地回答着药剂师提出的每一个问题，并且轻声地告诉他，请他务必不要让弗洛伦斯知道这些情况，他决心要弗洛伦斯来参加晚会。他和药剂师谈得有声有色，他们分别时已成为挚友了。他重新躺下来紧闭着双眼，这时他听见房间外面很远的地方——也许他是梦里所闻——药剂师在说他缺少活力（这指的是什么，保罗想！）而且体质极其虚弱；他说因为这位

209

小朋友一心想在十七日和他的同学们告别，如果他的病情没有变坏的话，最好听之任之；他说他很高兴地听到皮普钦夫人说这位小朋友打算十八日到他在伦敦的朋友家中去；他说先对他的病情摸得更透彻一些，在那天之前写封信告诉董贝先生；他说没有直接的原因引起——（引起什么，保罗没有听清）；他还说这位小朋友头脑很聪明，但不合时宜。

这个不合时宜指的是什么，保罗的心跳得很激烈，他想，这在他身上表现得多么明显，许多人看得又多么清楚！

他既弄不清楚，也不想长久地为这件事烦恼。如果说皮普钦夫人离开过，现在她又回到他的旁边，他觉得她是同博士一起出去的，不过也许只是梦境。像魔术一样的，她的手上忽然拿着一个瓶子和玻璃杯，她把瓶子里的东西倒了出来让他喝，后来布林伯夫人亲自端给他一种味道鲜美的真果冻。吃了之后他好多了，在他一再催促之下，皮普钦夫人起程回家，布里格斯和托扎也准备就寝。可怜的布里格斯对他的分析报告耿耿于怀，唉声叹气，即使剧烈的化学反应也不至于使他这样焦躁不安，但是他对保罗却很好，托扎对保罗也很好，其他的学子对保罗都很好，他们每一个人在就寝之前都来看他并且说些安慰问候的话，诸如"您现在好吗，董贝？""高兴起来吧，小董贝！"等等。布里格斯上床之后长久没有睡着，为他的分析报告呻吟不已，嘴里老是说他知道这根本是不对的，对一个杀人犯的分析结论也不会坏到这个地步，如果布林伯博士的零用钱要靠它的话，他会喜欢这样写吗？布里格斯说，整整半年之内要叫一个男孩天天苦干苦学最后给他一个懒汉的结论，每星期从他的餐食中克扣两顿午餐最后给他一个贪馋的评语，这样做倒是容易得很，不过他觉得，这无论如何是不能答应的，是吗？哦！呵！

次日早晨，那个视力很差的小伙子在敲铜锣之前就来到楼上保罗的房间里，叫他好好睡着，保罗很高兴地照办。随后，保罗第一天早晨碰到的那位擦火炉、好心的年轻女人给他拿来了早饭（那时离现在似乎是多么遥远）。过了不久，皮普钦夫人又出现了。又过了一会儿，在远处，又是一阵商量的声音，也许又是保罗梦里所闻吧。接着药剂师同布林伯博士夫妇走了回来并且说：

"是的，布林伯博士，假期就要到了，我想现在可以让这位小朋友放下课本了。"

"一定，"布林伯博士说，"我亲爱的，请你同科尼丽娅讲一下。"

"一定。"布林伯夫人说。

药剂师弯下身来，仔细地、关怀备至地观察着保罗的眼睛，摸摸他的头、脉搏和心脏。保罗感动地说，"谢谢您，先生。"

"我们的小朋友，"布林伯博士说，"从来没有哼过一声的。"

"呵，没有！"药剂师接着说，"他是不会哼一声。"

"您看他好多了吗？"布林伯博士问。

"哦！他好多了，先生。"药剂师答道。

保罗开始以自己独特的奇怪方式猜测着药剂师这时在想些什么，因为他回答布林伯博士的两个问题时是经过一番推敲的。正当沉思默想之际，药剂师恰巧碰到这位小病人的眼睛，便即刻惊醒过来，向他愉快地笑了一笑。保罗也报以微笑就不再想它了。

他整天躺在床上，打盹、做梦、望望图茨先生，但是第二天就起床了，走到楼下去。哟，看，那只巨钟出了什么毛病，一个工人站在梯子上，把钟面取了下来，正凭着烛光用工具拨弄着钟的机件呢！这对于保罗乃是非同寻常的事件，他坐在最底下的楼梯上，专心一意地看着工人修理，时而望一眼斜靠在近旁墙上的那个钟面，觉得它在疑神疑鬼地瞅着他，心里有些慌乱。

梯子上的那个工人非常和蔼可亲，他看见了保罗便说，"您好，先生。"于是保罗同他攀谈起来，告诉他最近身体不怎么好。话匣子一旦启开，保罗就提出了一连串关于钟声和钟的问题，譬如：夜里人们是不是在寂寞冷静的教堂尖塔上守在钟旁边，到时候把它敲响？人死了的时候钟是怎么个敲法？它的声音与婚礼的钟声是不是不一样？或者只是活着的人听着感到凄凉可悲？保罗发现他的新相识对古时宵禁鸣钟①的习惯不很了解，便把那个制度给他讲了一下，并问他，作为一个匠人，他觉得阿尔弗雷德国王②燃烛计时的办法怎么样？这位匠人的回答是，如果这种办法又卷土重来的话，那钟表行业就要完蛋了。之后，保罗就静静地看着，一直等到这只钟又恢复了原来的面貌，重新开始那不急不躁的问候。于是这位匠人把工具放在一个长筐子里，向他说了声早安便走开了。走到门口的垫子上，他低声地对男仆说了一句什么话，这里面有这样几个字，就是"不合时宜"——因为这是保罗听见了的。

这个"不合时宜"究竟是指什么？这似乎叫人太伤心了！这究竟是指什么？

现在他用不着学习功课，他便时常想着这件事情，如果他没有很多其他的事情要想，这件事情他还会想得更多，但是他要想的事情太多太多，他一天到晚都是在不停地想着什么。

他首先想着的是弗洛伦斯要来参加晚会。弗洛伦斯将会看到这些男孩子都很喜欢他，她一定会感到非常高兴。这就是他心头的大事。只要让弗洛伦斯相信他们对他亲切和蔼，他是他们宠爱的小朋友，那么她以后想起他在这里度过的时光，就不会太难过。他回来时她也许会高兴一些呢。

他回来时！一天有五十回他以轻细的脚步悄悄上楼，走进自己的房间，把每一本书、一张纸片、凡是属于他的零零碎碎的物件以及最细小的东西整理起来，准备带回家去！小保罗毫无回来的打算。他所想的每一个念头，他所做的每一件事情，都没有为回来做准备与回来也毫无关系，唯有想到他的姐姐他才有点留恋。相反，在沉思默想中，在徘徊于屋子四处时，他所想着的就是每一样他所熟悉的东西都要和他告别了，所以一整天他要想的东西是很多的。

---

① 宵禁鸣钟：中世纪时，根据一项法律，在欧洲的许多城市，夜间到了规定的熄灯时间，就敲钟发出通知。

② 阿尔弗雷德国王（871—901）：英国盎格鲁撒克逊时代的国王。他曾建议用点蜡烛来计算时间。

他不禁抬头仰望楼上的那些房间，他想他走了以后它们将会多么冷清，一天天、一周周、一月月、一年年，它们将像坟墓一样的沉寂、无声无息、无人打搅。他想，会不会有其他哪位像他一样不合时宜的孩子在什么时候走进去，也会看到这些奇形怪状的图案与家具？会不会有谁告诉这个孩子有个小董贝曾经在这里住过？

他不禁想起楼梯上的一幅画像，每当他走过回头望望时，它总要热切地瞧着他，如果他同别人一道经过的时候，这幅画像仍旧朝着他瞧，却不看他的同伴。另外一个地方挂着一张印画。这幅画上有一群目瞪口呆的人，他们中间有一位是他所熟悉的，他的仪容温和慈祥，头上有一圈亮光，他站在那里指着上天。这幅画又使他浮想联翩。

在他自己房间的窗子旁边，纷纷的思绪像滚滚波涛一样一浪逐一浪地涌上心头，和他脑子里的这些想法汇合在一起。那些在风雨交加的天气里总是翱翔于海上的飞鸟住在哪里？浮云从什么地方开始升起？狂风起于何处，又在哪里停步？他与弗洛伦斯时常并肩而坐、展眼远望、谈论着这些事情的地方，在没有他们光临的时候，是不是还会一切如旧，丝毫不变？假使他远去他方，而她独自一个坐在那里，在她的感觉中，这地方会不会依然如故？

他还不禁想着图茨先生，文学士费德先生，和所有那些男孩；想着布林伯博士，布林伯夫人和布林伯小姐；想着他的家，他的姑妈和托克史小姐；想着他的爸爸，董贝父子公司，沃尔特和他那个终于搞到所需钱款的可怜的老舅舅，以及带着铁钩子的粗声粗气的船长。除此之外，在白天他要做许多小小的拜访：到教室，布林伯博士的书房，布林伯夫人的房间，布林伯小姐的房间，还要去看看那只狗。因为现在整个房子他可以自由地走来走去，他就随心所欲地东游西逛了；由于一心希望满腔热情地和大家辞别，他对每一个人都是以自己的方式关心着他们。有时候他给布里格斯找寻书里面他经常忘却的地方；有时候他为其他一筹莫展的少年学子翻查字典，弄清词义；有时候他帮布林伯夫人绕丝线；有时候他给科尼丽娅的书桌整理得井井有条；有时候他甚至会悄悄地走进博士的书房里，坐在地毯上他学识渊博的脚边，轻轻地旋转着地球仪，周游世界或飞翔于遥远的星际。

总之，在那些快要放假的日子里，当其他少年学子都在为复习整整半年的功课而发愤学习时，保罗却优哉游哉，是这座屋子里前所未见的一位享有特权的学生，这连他自己也不敢相信，但是他的自由却一小时一小时地、一天天地延续下去，小董贝备受人们的宠爱。布林伯博士对他特别关怀，当约翰逊有一天漫不经心地对他说了声"可怜的小董贝"时，即刻被命令离席；保罗听了满面羞红，觉得这样的处分未免太严厉了些，但他为什么要可怜他呢？保罗想，博士的公正性在另外一件事情上是值得打问号的，因为他前一天夜晚听见布林伯夫人说可怜的亲爱的小董贝比以前更加不合时宜时，这位伟大的权威却不置异议。而现在保罗非常消瘦，无力，易感疲倦，随便走到哪里都想快些躺下来休息，他无可奈何地感到这些已成为与日俱增的习惯，于是他这才开始认识到他的确是不合时宜的了。

举行晚会的日子终于来临；早餐时布林伯博士讲话，他说："同学们，我们定于下月二十五日开学。"图茨先生马上忘记了对师长的恭敬，戴上戒指，过了不久在随意的闲聊中说起博士时他竟干脆地直呼其名"布林伯"！这种无拘无束的行为引起了年纪大一些的学生的羡慕，而年纪小一些的学童则感到恐慌，那屋上的梁木是不是会掉下来把他压死？

无论是在早餐或者在午饭时都未提起晚会的事情，但是屋子里整天都是忙忙碌碌的。保罗在从容独步之际碰到许多奇形怪状的椅子和蜡烛台，他还看见一架蒙着绿色外套的竖琴站在客厅门外的楼梯口。中饭时候，布林伯夫人的头上也有些奇怪，她的头发好像给拧得太紧似的；布林伯小姐两鬓的头发束成辫子，虽然优雅，但下面的鬈发仿佛是用纸扎起来的，而且还用了演出的海报，因为在她闪亮的眼镜上方，保罗瞧见一边写着"皇家剧院"，另外一边写着"布赖顿"的字样。

垂暮时，少年学子的寝室里摆满了雪白的背心和领带，还有一股头发烤焦的味道，于是布林伯博士派了一个男仆上来问他们可好，是不是房子着火了。其实没有着火，只是理发师给这些少年学子卷头发时由于过分兴奋把钳子烧得太热了。

　　保罗感到不适，昏昏欲睡，不能站得很久，因此匆匆穿好了衣服下楼；走进客厅时，他看见布林伯博士衣冠整齐，正在房间里走来走去，他的仪容却很庄严而从容，仿佛在想不久就会有一两人走进来的。过了不久，布林伯夫人出现了，保罗想，她看起来很可爱，她身上的裙子琳琅满目，如果围绕她转一圈，如同作一次短途旅行。随后布林伯小姐也走下楼来，她的衣着虽然不太舒展，却很迷人。

　　接着进来的是图茨先生和费德先生，两位先生的帽子都拿在手里，似乎他们住在别的地方特别赶来的。男管家通报了他们的到来，布林伯博士即刻说，"好啊，好啊！喔唷！"看见他们，他似乎特别高兴。图茨先生衣服上纽扣林立、珠宝闪烁，晚会的气氛使他如痴如醉。他和博士握了握手、向布林伯夫人和布林伯小姐鞠了一躬，便把保罗拉到一边问道："您看我这一身打扮怎么样，董贝？"

　　但是，尽管有这么一点淡淡的自信，图茨先生还不敢断定：总的来讲，他背心上最底下的纽扣是扣上还是不扣上更合乎体统；在对周围的环境重新冷静地审察之后，他衣服的袖口是往上卷起还是放平，哪种更好，他也无法决定。当他看到费德先生的袖口是往上卷起来的，图茨先生也卷起他的袖口；可是后面进来的一位是把袖口放平的，于是图茨先生把他的袖口放平了。来的人越来越多，背心上的纽扣，不仅是底下的，而且还有最上面的，扣与不扣的方法也千差万别，各有不同，因此图茨先生的手指不断地摆弄着衣服上的这件东西，仿佛在弹奏一种乐器，他似乎觉得这样不停地操作是非常左右为难的。

　　这些少年学子一个接着一个全都来了，他们的领带系得紧紧的，头发卷得弯弯的，脚上穿着舞蹈鞋，手里拿着最漂亮的礼帽。——通报之后，对他们依次做了介绍。舞蹈教师巴普士先生和他的夫人来了。布林伯夫人对巴普士夫人特别亲切和气谦恭有礼。巴普士先生非常庄重，讲起话来慢条斯理，轻重有致。他站在灯下不到五分钟就开始和图茨（他一直在默默地和他比较舞鞋）攀谈起来，问他：你们用黄金换来的原料运到港口后该怎么办？图茨先生感到这个问题有些莫名其妙，便提议"把它们烹煮"。但是巴普士先生好像并不以为然。

保罗一直坐在一张沙发上放着坐垫的角落里观看，此时溜了下来，走进楼下的茶室里等待弗洛伦斯。生怕着凉，上星期六和星期天他没有离开布林伯博士的家，所以有近两周的时间没有见到弗洛伦斯了。弗洛伦斯很快就来了，身上穿着朴素的舞衣，手里捧着鲜花，看起来漂亮极了。这时在茶室里除了保罗的一位朋友和一个等着端茶的年轻女人之外别无他人。于是弗洛伦斯即刻跪在地上，抱着保罗的颈项亲他。保罗给弄得不知所措，心里决定不下来，是让她再走开呢，还是让她的明亮热爱的眼睛从他的脸上移开。

"怎么啦，弗洛依？"保罗问，他几乎可以肯定，在她的眼睛里他瞧见了一滴眼泪。

"没什么，亲爱的，没什么。"弗洛伦斯回答说。

保罗用手指轻轻地抚摸着她的面颊——确实是有一滴眼泪！"哎呀，弗洛依！"他说。

"我们一道回家去，我来照顾你，亲爱的。"弗洛伦斯说。

"照顾我！"保罗回应着。

保罗弄不清楚这和眼泪有什么关联，他也不懂这两位年轻的女人怎么这样心事重重地望着他，他也不明白为什么弗洛伦斯把脸转过去一会儿，转过来时脸上又绽开了笑容。

"弗洛依，"保罗握着她的一束乌黑的鬓发说，"告诉我，亲爱的，你是不是觉得我变得不合时宜了？"

他的姐姐大笑一声，爱抚着他说："不是。"——

"我晓得他们是这样讲的，"保罗接着说，"我想知道他们是指的什么，弗洛依。"

但是这时响起了两声很响亮的敲门声，于是弗洛伦斯赶快跑到桌子旁边，他们再也没有说什么了。当保罗的朋友低声地对弗洛伦斯说些仿佛是安慰的话时，保罗又起了疑心，但是这时走进来几个人，才把他的疑虑匆匆赶出了脑海。

进来的是巴尼特·斯克特尔士爵士暨夫人与公子。假期过后斯克特尔士少爷就是这里的一名新学子了，他的父亲是下议院议员，在费德先生的房间里是经常提起的名人，费德先生说过如果这位议员受到议长的青睐，让他发言的话（人们对他的期望已有三四年之久了），可以预料，他是会向激进分子开火的。

"随便问一下，这间房间现在做什么用的？"斯克特尔士夫人问保罗的朋友梅丽娅。

"这是布林伯博士的书房，夫人。"梅丽娅答道。

斯克特尔士夫人通过双筒镜对房间作了全景透视后对巴尼特·斯克特尔士爵士点点头表示赞赏并且说："很好。"巴尼特爵士也有同感，但斯克特尔士少爷觉得这个看法有些站不住脚。

"还有这位小朋友，"斯克特尔士夫人转向保罗说道，"他是一位——"

"少年学子，夫人；是的，夫人。"保罗的朋友应答着。

"您叫什么名字，苍白的孩子？"斯克特尔士夫人问道。

"董贝。"保罗答道。

巴尼特·斯克特尔士爵士立刻插话说，他在一次宴会上有幸见到他的父亲，并且希望他身体健康。接着保罗听到他对斯克特尔士夫人说："商业中心区——非常富有——很受人尊敬——博士讲起过。"然后他对保罗说，"请告诉您的好爸爸，就说巴尼特·斯克特尔士爵士听到他身体很好非常高兴，并向他致以最美好的问候。"

"好的，先生。"保罗说。

"这个孩子很有勇气，"巴尼特·斯克特尔士爵士说，然后对他的公子说，"巴尼特，"斯克特尔士少爷因为不久就要入学读书，现在正在拼命地吃葡萄干糕饼，"这位年轻人你是应该认识的，你是可以认识的，巴尼特。"巴尼特·斯克特尔士爵士把"可以"说得特别重。

"多漂亮的眼睛！多美丽的头发！多可爱的脸蛋！"斯克特尔士夫人从双筒镜里望着弗洛伦斯时轻柔地喊起来。

"我姐姐。"保罗介绍着说。

斯克特尔士一家人现在是非常满意了。斯克特尔士夫人初次看见保罗就已经喜欢他了，所以此刻他们一道走上楼去，爵士照顾弗洛伦斯，小巴尼特跟在后面。

他们走进客厅不久，小巴尼特就从幕后走到前台，因为布林伯博士请他出来和弗洛伦斯跳舞。在保罗看来，他并不显得特别快乐，或者特别怎么样的，倒是反而有些郁郁寡欢，心不在焉；但是他听到斯克特尔士夫人一边用扇子打拍子一边对布林伯夫人说她亲爱的孩子显然被那位仙女般的董贝小姐迷惑得失魂落魄，这才感到斯克特尔士少爷像是沉入幸福之乡，只是没有流露出来罢了。

小保罗觉得太巧了。沙发上他放靠枕的地方没有人去坐，而当他重新回到房间里时大家都让开一条路让他走回原处，因为他们记得那是他的位置。他们见他喜欢看弗洛伦斯跳舞，便都不站在他面前，留出一片空处，好让他望得见他。而且他们对他都很亲切，即使素昧平生的人也不例外，很快这些素昧平生的人越来越多了，大家时常走过来同他讲几句话，问他身体可好、头痛不痛、累不累。对他们的亲切关怀他是非常感激的；他靠在沙发的角落里，布林伯夫人和斯克特尔士夫人也坐在这张沙发上，而弗洛伦斯在每次跳舞结束后立刻过来坐在他身边。他这样坐着观看，的确是愉快之极。

弗洛伦斯真想终夜坐在他旁边不再去跳舞，但是保罗叫她去跳舞，他告诉她看她跳舞他是多么欣喜；他讲的确是真话，因为当他看见大家全都那么羡慕她，她成为这个房间里一朵美丽的小玫瑰花蕾时，他真是心花怒放，满面生辉了。

休憩于沙发的靠枕之中，房间里发生的一切事情保罗差不多是一目了然，清晰可闻，仿佛这些事情全都是为了让他赏心悦目。有

218

一件小事是，他看到舞蹈教师巴普士先生和巴尼特·斯克特尔士爵士闲聊起来，而且就像起先问图茨先生那样也向他提出同样的问题：你们用黄金换来的原料运到港口后该怎么办？巴尼特·斯克特尔士爵士对这个问题颇有一己之见，便随口说出来了，但似乎并不能解决问题，因为巴普士先生反驳说："对，不过假如俄国运来牛脂呢？"这一问几乎使巴尼特爵士瞠目结舌，他只好摇摇头说："我想，你就得用棉花来孤注一掷了。"

这时巴普士先生走开了，去安慰一下巴普士夫人，因为她已经被搁在一边，假装在看那位弹奏竖琴的先生的乐谱呢。巴尼特·斯克特尔士爵士目不转睛地望着巴普士先生的背影，仿佛他是一位了不起的人物。随后他就把这个想法告诉了布林伯博士并且说是不是可以冒昧地问一下这位先生是谁，他是不是曾在商务部任职过。布林伯博士回答说不是的，他想不是的，其实他是一位教授。

"我敢说，是有关统计方面的吧？"巴尼特·斯克特尔士爵士说。

"哦不，巴尼特爵士，"布林伯博士擦擦下巴回答说，"不是，不完全是。"

"计算方面的，我敢打赌。"巴尼特·斯克特尔士爵士说。

"对，"布林伯博士说，"对的，不过不是您说的那种。巴普士先生是一位很了不起的人，巴尼特爵士——他其实是我们的舞蹈教授。"

听到这个消息，巴尼特·斯克特尔士爵士完全改变了对巴普士先生的看法，大发脾气，对着房间那一边的巴普士先生怒目而视，他告诉斯克特尔士夫人这一情况时甚至于破口大骂巴普士先生，说他这个人无礼透顶、无耻之极。保罗见此情景吓得目瞪口呆。

保罗还注意到一件事情。费德先生喝了几杯用乳黄色玻璃杯盛的尼格斯酒[①]后就开始寻欢作乐了。大家的跳舞是很讲究礼仪的，舞曲颇为庄严，实际上有点像教堂里的音乐，但是几杯过后，费德先生告诉图茨先生说他准备给这个舞会加一点兴奋剂。说完，费德先

---

① 尼格斯酒：由酒、热水、糖、柠檬汁和肉豆蔻等混合而成的酒。

生就开始跳舞，好像他一心一意地只知道跳舞，其他事情一概不管，不但如此，他还悄悄地让舞曲的调子变得奔放起来。而且，他还格外对女士们大献殷勤，他和布林伯小姐翩翩起舞，对她轻言细语，对她轻言细语！但是还不是轻得低不可闻，因为保罗听见他哼着这个著名的诗句：

如果我的心喜欢弄虚作假，我也决不会把您伤害！[①]

保罗听见他一连对四位年轻女士哼唱着这句诗。怪不得费德先生会对图茨先生说他恐怕明天要遭殃。

他这种比较说来的放荡行为，特别是舞曲调子的改变，使布林伯夫人有点吃惊；舞曲开始加进了流行于市井的低级调子，她自然认为这会引起斯克特尔士夫人的不快，不过斯克特尔士夫人心地很好，她请布林伯夫人不必介意，而且极其有礼貌地倾听着她的解释，布林伯夫人说费德先生在兴高采烈的场合有时候会兴奋过头的。斯克特尔士夫人还说费德先生是很称职的，她特别喜欢他那任其自然的发型，如前所示，他的头发约有四分之一英寸长。

一次，跳舞中止时，斯克特尔士夫人对保罗说，他好像是很喜欢音乐的。保罗回答说是的，如果她也喜欢音乐的话，她应该听听他姐姐弗洛伦斯唱歌。斯克特尔士夫人马上觉得自己多么急于获得这种满足。起初，要她在大庭广众之中唱歌，弗洛伦斯非常害怕，一再要求免了吧，但是保罗劝她说："弗洛依，唱吧！亲爱的，为了我，请唱吧！"弗洛伦斯便径直走到钢琴前面，开始演唱。大家向两旁移开了一点，好让保罗看得见她。她看见她独自一人坐在那里，那么年轻、那么善良、那么美丽，又对他那么亲切。他听到她那么自然而动听，那么激动人心的歌声，把他和他全部生活中的爱与幸福联系起来的金色纽带在静寂中升起。于是他把脸孔掉转过去，偷

---

① 这是理查德·布林斯里·谢里丹（1751—1816）所写的喜剧《伴娘》中唐·卡洛斯所唱的小曲。

偷地流泪。当他们问他时他说，并不是因为调子太凄切或太悲伤，而是他太喜欢这歌声了。

他们都很喜爱弗洛伦斯！他们怎么能够不喜欢呢！保罗早就预料到他们必然会喜爱她，是要喜爱她的。保罗坐在放着坐垫的沙发角落里，两手悠闲地交叉着，一条腿轻松地弯曲着放在下面，望着他的姐姐，这时候很少有人会想到他那童稚的胸膛充满着多少胜利的喜悦，他的心里洋溢着多么甜蜜、平静的欢愉。他的耳畔传来一个个男孩子对"董贝姐姐"的衷心赞美；每一位唇边都响起对这位温文尔雅的小美人的羡慕；对她的聪明才智的夸奖时时从他身边飘过；在飘动着的夏夜空气中，四周弥漫着一种若隐若现的对弗洛伦斯和他自己的同情之音，这使他感到安慰，很受感动。

他不知道为什么。那天夜晚这个孩子所见、所感、所想的一切，在场的还是不在场的，当时的还是过去的，全都交融在一起了，就像五色缤纷的彩虹，美丽的鸟儿在阳光下的羽毛，夕阳西下时天空中柔和的云霭。近来他所想着的许多许多事物随着乐声在他面前飘然而过，它们并不是想再一次引起他的注意，或永远地抓住他不放，而是平平静静地一去不复返了。多少年之前，那扇他经常从那里向外远望的孤零零的窗户遥望着几英里之外的大海；一望无际的海上昨天还飞翔着他的遐想，现在这些遐想就像逝去的波浪一样，无声无息、安安静静地休息了。过去他在海滩上躺在车上满怀好奇之心倾听着的神秘的低语，他想，现在在他姐姐的歌声中、在人们讲话的声音里、在脚步声中、在匆匆掠过的脸上、甚至在图茨先生时常走过来和他握手时的那份深情厚谊中，他依旧听见，依旧听见它的声音。在人人对他的关心里，他想他依旧听到它的声音，听到它对他说话，甚至于他那不合时宜的声名似乎也与它不可分离，他不知道这是怎么回事。就这样，小保罗坐在那里沉思着、倾听着、观看着，同时也做着梦，他感到非常幸福。

离别的时候终于来临，人群中出现了一阵波动。巴尼特·斯克特尔士爵士把小斯克特尔士带过来和保罗握手，问他可不可以替他向他的好爸爸致以最亲切的问候，并请转告他希望这两位少年成为知己。斯克特尔士夫人亲了亲他，把他额角上的头发分开来，然后把他抱在怀里。甚至巴普士夫人——可怜的巴普士夫人！保罗喜欢这样叫她——也从那位弹奏竖琴的先生的乐谱旁边走过来，同房间里的其他人一样向他热情地告别。保罗感到很高兴。

"再见，布林伯博士。"保罗一边说一边伸出他的手。

"再见，我的小朋友。"博士答着。

"我非常感谢您，先生，"保罗天真地抬起头仰望着他那张肃然可敬的面孔说，"请您让他们照管好狄俄吉尼士。"

狄俄吉尼士是一只狗；在保罗以前，这只狗有生以来还没过可以信任的朋友。博士答应，在保罗离校期间一定无微不至地照管好狄俄吉尼士。保罗再次向他表示感谢和他握手，非常热情地向布林伯夫人和科尼丽娅辞别。布林伯夫人整个晚上一直准备向斯克特尔士夫人谈谈西塞罗，但因为保罗的热情辞行，她原先的打算竟忘得干干净净。科尼丽娅握着保罗的双手说："董贝，董贝，您始终是我最喜欢的学生。愿上帝保佑您！"从她这句话里，保罗想，要冤枉一个人是多么容易，布林伯小姐虽然做法生硬，这句话是真心诚意的，是出自肺腑的，她是喜欢他的。

少年学子中间响起一阵嘈杂的声音：董贝要走了！小董贝要走了！大家跟着保罗和弗洛伦斯走下楼梯，步入大厅。布林伯博士全家都在那里。费德先生大声说，在他的经验中，以前还不曾有过一位少年学子遇到这样的盛况；但是很难说得准，这是实事求是的体会还是几杯酒后言过其实的渲染。仆人们在男管家的带领下全都为小董贝送行，即使那个视力很差的小伙子也自告奋勇地把他的书籍和行李带到那辆准备把董贝和弗洛伦斯送到皮普钦夫人住宅去过夜的马车上。他显然也很依依不舍。

这些少年学子都很喜欢弗洛伦斯，虽然温情脉脉，可是他们和保罗告别的时候却免不了吵吵闹闹一番，他们在他后面挥动着帽子，争先恐后地挤着下楼和他握手，一个个喊着"董贝，别忘了我！"让满腔的别情奔涌迸发出来，这在那些少年切斯特菲尔德①中间是不常有的事。门开之前弗洛伦斯给保罗穿上大衣，保罗凑着她耳旁轻声问，她听见了没有？她会不会忘记？对这一切她可喜欢吗？说着这些话的时候，他的眼睛里闪烁着快乐的光辉。

为了最后看一眼，他转过头去望望那些瞧着他的脸孔，他惊奇地发现它们多么明亮、灿烂，多么不可计数，一个叠在一个上面，仿佛是拥挤在剧院里的无数面孔。他望着的时候，这些面孔在他眼前晃动着，就像映在摇动着的镜中之影。一会儿他就已经坐在屋外的黑暗的马车里了，紧紧地依偎着弗洛伦斯。从此以后，每当他想起布林伯博士的学校，他的脑海里面就出现了这最后一幕的情景，它似乎不再是一个真实的地方，而总是一个充满着眼睛的梦幻。

但是这还不完全是布林伯博士学校里的最后一幕，还有别的事情呢。那就是图茨先生，他出其不意地拉下一扇马车的窗户，往里面张望着，别有意味地咻咻地笑着问："董贝在里面吗？"还没有等着回答便又即刻把窗子拉上了。但这还不是图茨先生最后的告别动作，因为马车出发之前，他又突然拉下另外一扇窗户，同样地往里面张望着，同样别有意味地咻咻地笑着问："董贝在里面吗？"然后也像以前一样消失得无影无踪了。

弗洛伦斯笑得好开心！保罗常常记起这件有趣的事，每次记起，他也是笑得很开心的。

但是接着来的事情还很多很多，一天又一天过去了，这些数不胜数的事情他只能杂乱无章地记起。譬如说，为什么他们日日夜夜待在皮普钦夫人的住所里，却不回家；为什么他躺在床上，而弗洛伦斯坐在他的身边；房间里的那个人是不是他的父亲，或者只是墙上面一个高大的影子；他是不是听到医生讲着一个什么人，说如果在他心所向往的盛会尚未举行之前就让他离校的话，他就会日益衰弱，因为向往的念头越强，他虚弱的体质就越加无法承受。

---

① 切斯特菲尔德：切斯特菲尔德勋爵在写给其子的许多信中谈及上层社会为人处事的准则与礼仪。这些信件装订成册，发表于 18 世纪。

他甚至也记不清楚他是不是时常对弗洛伦斯说："呵，弗洛依，带我回家，永远不要离开我！"不过他想他确实是时常这样讲的，有时候他以为自己一遍又一遍地自言自语着，"带我回家，弗洛依，带我回家！"

但是当他回到家中，被抱上记忆犹新的楼梯时，他却能够记得一连数小时马车的隆隆声，他记得他躺在马车的座位上面，弗洛伦斯始终在他旁边，而皮普钦夫人则坐在对面。当他们把他放在床上时，他也记得这是他原来睡的那张床；他还记得他的姑妈、托克史小姐和苏珊。不过还有别的事情，而且也是最近的事情，仍旧使他迷惘。

"对不起，我想跟弗洛伦斯谈谈，"他说，"单独跟弗洛伦斯谈谈，就一会儿！"

弗洛伦斯挨着他弯下身子，其他的人都走开了。

"弗洛依，亲爱的，他们把我从马车上抱下来的时候，客厅里的那个人是不是爸爸？"

"是的，亲爱的。"

"他看见我进来时他没有哭着走进他的房间里去吧，是不是，弗洛依？"

弗洛伦斯摇摇头，亲了亲他的面颊。

"他没有哭，这使我很高兴，"小保罗说，"我以为他哭了。别告诉他们我问过这句话。"

第十五章

卡特尔船长的惊人奇谋和沃尔特·盖伊的新职务

好几天了，沃尔特还无法确定去巴巴多斯岛上的事该怎么办，他甚至于淡淡地希望着董贝先生不过是说说罢了，他其实并不是这样想的，他可能还会改变主意，叫他不要去了。但是并没有出现什么情况足以证明这种想法有可能实现，何况这种念头本身就是不切实际的，而且光阴似箭，他已没有时间可以虚掷了，于是他觉得不能再等待下去，他必须赶快行动。

对于沃尔特来说，主要的困难是如何把他的工作调动告诉所尔舅舅，因为他明白这对他舅舅是一个可怕的打击。更棘手的是把这个惊人的消息告诉他舅舅无疑会使他心情颓唐、一蹶不振，他们最近刚从困境中恢复过来，老人变得愉快起来，屋后那间小起居室又重新活跃了。所尔舅舅已经偿还了欠董贝先生的第一部分债务，通过艰苦奋斗有望付清其余的债款。在他从困难中已经勇敢地站起来的时候，重又把他摔倒在地，这虽然出于无奈，但实在太令人伤心了。

然而溜之大吉是无济于事的。应该先让他知道，问题是怎么讲法。至于去还是不去，沃尔特觉得他无权决定。董贝先生已经老老实实跟他说了，他年轻而且他舅舅的境况不好，董贝先生的眼神里面也明确地表示：如果他不去，只要他愿意，他可以待在家里，但不能再留在会计室里。他和舅舅都受到董贝先生的恩惠，这是沃尔特自己找上门去求来的。他也许已经开始暗暗地感到失望，要想获得这位先生的好感是不可能的了，他也许会觉得这位先生还不时地轻视他，这当然是不公正的。但是，轻视也好，不轻视也好，职责总是职责——也许沃尔特是这样想的——而职责是一定得履行的。

当董贝先生看着他，告诉他说他很年轻，并且说他舅舅境况不好的时候，他脸上流露着不屑一顾的表情，言下之意就是说他居然心安理得地靠一个穷困潦倒的老头来养尊处优，这实在刺伤了这个孩子宽广的胸怀。在关于去西印度群岛的谈话之后，沃尔特决心让董贝先生明白他完全看错了他的性格，但是他不想诉之于言词，他只是急切盼望着比以前表现得更愉快与活跃，充分地显示出他那敏捷与热忱的性格。因为年纪太轻，也太缺乏经验，他想不到就是他的这种性格才得罪了董贝先生，凭这种性格是无法取得他的好感的，不管这种性格是好是坏，要想在他愤然不快的重重阴影下欢欣鼓舞、博得他的垂青，那是空想。但也可能是，也可能是，这位大人物看到沃尔特重新流露出来的诚实坦率的性格，以为那是对自己的蔑视与反抗，因此一心一意地要把它压下去。

"嗯！不管怎么样总得告诉所尔舅舅的。"沃尔特，叹了一口气想道。沃尔特生怕讲的时候他的声音可能会有些颤抖，他的脸色可能会不像他所愿望的那样充满着希望，当舅舅听到这个消息时，他那皱纹满面的脸上会出现什么样的神情呢？于是沃尔特决定请很有能力的卡特尔船长代劳。星期天一到，早饭后他即刻出发，再一次到卡特尔船长的家去。

路上，他想起麦克斯廷格太太每逢星期天上午都要走一大段路去听梅尔奇塞德克·豪莱尔牧师的讲道，不无喜悦之感。梅尔奇塞德克·豪莱尔牧师在西印度船坞任职时被人诬告（显然是他的大敌搞的鬼），说他把手钻旋进酒桶穿了一个洞，然后把嘴唇放在洞口上，想偷酒喝，他便给辞退了。他预言过两年以后上午十点钟世界将毁灭。他开放前厅接待狂放教派①的先生和女士。他们第一次集会时，梅尔奇塞德克牧师的告诫产生了很强的反应，在礼拜结束时他们忘情地跳起了快步圣舞，一直冲到楼下的厨房里，把一位信徒的轧液

---

① 狂放教派：原始卫理公会派。

机撞坏了。

在付清了旧货商布罗格利的债务的那天夜晚，船长分外高兴，一边哼着《可爱的佩格》，一边就把这件事情告诉了沃尔特和他的舅舅。每逢星期日早晨，船长所在地区的教堂升起了大不列颠国旗，船长每次必到，而且是准时的。因为教堂的牧师助理体弱多病，船长助他一臂之力，看管着这些孩子们，凭着他那神秘的铁钩，他对他们的威力无穷。沃尔特知道船长的生活规律，便加速前进，准备在他动身之前到达他的住地，在拐了个弯走进布里格街时他欣喜地望见那件宽大的蓝外套和背心正晾在船长敞开的窗户外面。

能够望见那件外套和背心而不见船长其人，对常人的眼睛来说，似乎是不可思议的，但船长确实没有穿着这些衣服，不然他的腿就会挡住临街的门口的，因为布里格区的房子并不高，这自然是看得清清楚楚的。见此情景，沃尔特颇觉奇怪，便敲了一下门。

"斯廷格。"他清楚地听见船长在他楼上的房间里说，仿佛敲门声与他无关。因此沃尔特又敲了两下。

"卡特尔。"他听见船长应着。旋即，船长穿着干净的衬衫，系着一副背带，颈子上松散地挂着一条围巾，活像一根绳子，头上戴着油光光的帽子，在窗口出现了，在那件宽大的蓝外套和背心上方探出身来。

"沃尔！"船长朝下望着他，惊奇地喊着。

"是的，是的，卡特尔船长，"沃尔特回答着，"就是我一个人。"

"什么事，我的孩子？"船长非常焦急地问，"吉尔士又出了什么事吗？"

"没有，没有，"沃尔特说，"我舅舅很好，卡特尔船长。"

船长放了心，说即刻下来开门，说着他就下来了。

"你来得可早啊，沃尔。"船长说，他们走上楼时，船长依旧疑惑地看着他。

"嗨，是这么一件事，卡特尔船长，"沃尔特说着坐了下来，"我生怕您要出去，我想听取您的忠言。"

"可以，"船长说，"什么忠言？"

"我想听取您的意见，卡特尔船长，"沃尔特笑着说，"我来就是为了这个。"

"那么讲吧，"船长说，"好好讲吧，我的孩子！"

沃尔特于是给他讲着发生的事情，要把这件事情亲口告诉他舅舅，他所感到困难，如果卡特尔船长能慈悲为怀，代为转告，帮助他克服这个困难，那他就会放心了。卡特尔船长眼前的情景使他惶恐不安，表情呆滞，茫然若失，那身蓝衣服和油光光的帽子，以及那只铁钩都好像无所依从，没有了主人似的。

"您看，卡特尔船长，"沃尔特继续说，"就我自己来说，正如董贝先生所讲的，我很年轻，用不着为我考虑。我知道，我要自己闯出一条路，不过一路上我一直在想着我舅舅的事情，有两点是我特别考虑到的。我并不是说我够得上是他生活中的骄傲和快乐，我知道您是相信我的，不过我确实是他生活中的骄傲和快乐。您觉得我是不是呢？"

船长似乎想尽力从惶恐的深渊之中爬起来，使他面孔的表情恢复原状，但是他所作的努力仍旧无济于事，只是那油光光的帽子默默无语地点了点头。

"如果我活着而且身体健康，"沃尔特说，"这一点我是不担心的，只是我离开英国之后，我不大有希望能再看到我舅舅了。他年纪老了，卡特尔船长，而且他的生活是有一定的习惯的——"

"慢慢地讲，沃尔！是不是需要一定的习惯？"船长突然之间又来了精神问道。

"对倒是很对的，"沃尔特摇摇头说，"不过我说的有一定习惯的生活，卡特尔船长，是指那种习惯。我想您说过的话很对，如果他因为失去了那些货物、失去了所有那些他许多年来朝夕相处的东西而可能早些死去的话，那么您不会觉得他要死得更早吗，如果他失去——？"

"他的外甥，"船长抢着说，"完全对！"

"所以，"沃尔特想把话讲得高兴一些，"我们要设法使他相信我们的分开只不过是暂时的，但是我知道不是这么回事，或者说我担心不是这么回事，卡特尔船长，而且也因为我有许多理由要敬爱他，为他尽职，我生怕由我来劝说他，恐怕效果很差，所以我希望您把这个消息告诉他。这是第一点。"

　　"让她靠远一点，或一点左右！^①"船长若有所思地说。

　　"您讲什么，卡特尔船长？"沃尔特问道。

　　"做好准备！"船长想了想说。

　　沃尔特停了一会儿，想等他再讲一句什么话，但他没有再讲什么，沃尔特便继续说下去：

　　"现在我讲第二点，卡特尔船长。我很难过，因为董贝先生不喜欢我。我一直尽力而为，可他就是不喜欢我。也许他的喜恶是不由自主的，这一点我不去讲了，不过他不喜欢我，这我是肯定的。他派我去的那个地方不是什么好职位，他也不屑于说那是个好职位；我非常担心到了那里去我在公司里是不是就会提升，可能相反，从此把我赶走，永远除掉。卡特尔船长，这点千万不要跟我舅舅提起，我们必须尽可能地把这个职位说得非常好，前途无量。我把这件事情一五一十地告诉了您，无非是想万一有机会对身在异乡的我能助一臂之力的话，我在故乡还会有一位知道我的真情实况的朋友可以仰仗。"

　　"沃尔，我的孩子，"船长答道，"你可以在所罗门的格言里找到这句话：'愿我们在患难时不缺少朋友相助，也不缺少老酒款待他！'^②你找到这句话就记下来。"

　　说到这里，船长向沃尔特无比真心诚意地伸出了他的手，同时又讲了一遍"你找到这句话就记下来"，因为他觉得他刚才所述所罗门的格言引证确切、针对问题而感到很自豪。

　　"卡特尔船长，"沃尔特一边说一边举起两只手把船长向他伸出的巨掌完全握在手里，"除了所尔舅舅，我最爱的就是您了。世界上

------

　　① 这是航海术语，并无意义。

　　② 所罗门的格言是：患难之交才是真朋友。

我最信得过的莫过于您。至于我要离开的事情，卡特尔船长，我是不在乎的，我为什么要在乎这个呢？如果我能到外面去谋生，如果我能当个海员出海远航，如果我能靠自己的本事到天涯海角去闯荡，那我是多么想去呢！几年前我就想出去了，去碰碰运气，但是这和我舅舅对我的希望以及他为我制订的计划是背道而驰的，因此打消了这个念头。可是我觉得，卡特尔船长，我们这样做一直有些不太对头，因为从我的前途来看，我现在的情况并不比我刚来董贝公司的时候好，也许更差，我初来的时候公司对我还是蛮好的，可现在根本不是那样了。"

"再转过来，惠廷顿。"郁郁不乐的船长对沃尔特看了一会儿之后喃喃地说。

"哎呀！"沃尔特笑着说，"卡特尔船长，我想，他这样的命运再转过来，恐怕要转好多好多弯吧。我不是埋怨，"他以活泼、振奋的口气加了一句，"我没有什么好埋怨的，我有吃有穿，我生活没有问题。我离开我舅舅的时候，就把他托付给您了，没有人比您更可以信赖的了，卡特尔船长。我告诉您这些并不是因为我失望，不是的，我只是想使您相信，在董贝公司我不能挑肥拣瘦，派我到哪里去，我就得到哪里去，给我什么，我就得接受。把我调走，对我舅舅反而好，因为董贝先生是我舅舅可贵的朋友，这一点他过去已经证明了的，卡特尔船长，您知道是在什么时候吧！我相信，如果每天他都看不到我，就不会引起他的不快，那么他对我舅舅照样是可贵的。来吧，让我们为西印度群岛欢呼，卡特尔船长！海员唱的那个调子是怎样的？"

　　　　驶向巴巴多斯港口，小伙子！

　　　　　　　　　　　快快活活的！

　　　　离开古老的英格兰，小伙子！

　　　　　　　　　　　快快活活的！

　　　于是船长大声地参加了合唱——

快快活活，快快活活的！

哦快快——活活——的！

　　住在对面的是一位豪情满怀的船长。歌曲的最后一行传入他的耳朵里时，他睡意蒙眬，但他耳朵很灵，听到歌声即刻跳下床，拉上窗户，放开嗓子，也加入了街对面的歌声中去，产生了一种洪亮的音响。歌声将终，无法再唱下去的时候，那位船长大声吼了一声："呵嗬！"一方面表示友好的问候，另一方面也是说明他的气已经用光了。然后他拉下窗子，重新去睡觉了。

　　"那么这样吧，卡特尔船长，"沃尔特说着就匆匆忙忙地把蓝外套和背心递给他，"如果您来把这个消息告诉所尔舅舅（好多天之前他就应该知道的），我同您走到门口我就不进去了，您知道，我到外面去走走，等到下午再回来。"

　　然而，船长对这个使命似乎不很喜欢，或者说他对自己是否具备完成这项使命的能力似乎缺乏信心。他为沃尔特未来的生活与事业所作的安排是完全不同的，他对自己的安排十分满意，这种安排中所表现的明智与远见使他常常喜不自胜，他觉得这个安排的各个方面都是完美无缺的，如果突然之间任其烟消云散，甚至自己也助了一臂之力，那是需要他下很大的决心的。船长还觉得，因为情况紧急，需要很快地对这个问题排除陈见，换上全新的思想，而又不至于把两者混为一谈，那是很困难的。因此，他并没有在沃尔特的急躁情绪影响之下匆匆地穿上外套和背心，而是把它们放在一边，对沃尔特说，对于这样重要的问题，要让他"咬一会儿指甲"。

　　"这是老习惯了，沃尔，"船长说，"五十年来都是这样的。你看见内德·卡特尔咬指甲的时候，沃尔，你就可以知道内德·卡特尔是搁浅了。"

　　于是船长把铁钩放在牙齿中间，仿佛这就是一只手，然后摆出一副深谋远虑的样子，似乎一切哲理的思维与严肃的探讨都集中于此而得到升华，他开始考虑这个问题的各个方面了。

"我有一位朋友，"船长心不在焉地喃喃而语，"不过他现在正沿海岸向惠特比①航行，他将会对这个问题或其他可能会提出的问题发表意见，让议会享有六比一的优势②，结果仍旧会击败对方。在海上这个人给打下水去，"船长说，"有两次，可他还是很好。做学徒时三个星期时常给打，是用环端螺栓打在头上的。可是像他这样头脑清楚的人世上还没有呢。"

尽管对卡特尔船长非常尊敬，沃尔特内心里不禁为这位智者不在而暗自欣喜，他衷心地希望，在他的困难妥善解决前，他那过分清醒的头脑不至于影响他，还是少管为妙。

"如果你把这个人带到泰晤士的诺尔③，把那里的浮标指给他看，"卡特尔船长用同样的声调说，"再问他关于这个浮标的看法，沃尔，那么他讲的看法就像你舅舅的纽扣一样，和浮标一点也搭不上边。在地上走路的人，凡是用两条腿走路的人，的确谁也赶不上他。赶不上他！"

"他叫什么名字，卡特尔船长？"沃尔特决心对船长的朋友的情况弄个水落石出，便问道。

"他叫邦斯拜，"船长说，"天知道，有他这样聪明的头脑，什么名字都是可以的！"

最后这句恭维的话究竟是什么意思，船长没有进一步阐明，沃尔特也不想追根究底，因为在他开始以天生的敏锐头脑与身处其境的敏捷反应回顾自己处境的各个重要方面时，他很快发现船长又故态复萌，进入深沉的思考，他虽然目不转睛地从浓眉下面望着他，但他显然没有看见他也没有听见他说些什么，他已忘情于沉思默想之中。

事实上，卡特尔船长并没有搁浅，他正在积极地思考着伟大的计划，他很快地沉入深水之中，深不见底。渐渐地船长把问题弄清

---

① 惠特比：英格兰北约克郡的一个城镇，濒临北海，地处埃斯克河口港湾东侧。
② 这句话的意思是说，如果议会赢了，他赔六份；如果他胜了，议会赔一份。
③ 诺尔：英格兰肯特郡泰晤士河口湾一段沙滩。

楚了，他恍然大悟，这里面有一个错误，这个错误倒不能算是他的，而是沃尔特的，因为沃尔特年轻、鲁莽，西印度群岛计划是不是真有其事，即使有这样的计划，与沃尔特所设想的是大不相同的，这只可能是为他成功立业的一条新的捷径。"也许他们之间有一点小小的矛盾，"船长想，他指的是在沃尔特与董贝先生之间，"那么只需要在适当的时候由双方的朋友讲一两句话就可以把事情弄得服服帖帖，化解矛盾了。"根据这些想法，卡特尔船长得出了这样的结论：由于那天上午借款的事在布赖顿和董贝先生度过了半个小时的愉快时光因而得与他相识，他们两位阅历丰富的人彼此都很了解而相互之间又有一种解决事情的愿望，要克服这类微不足道的困难，实事求是地处理问题，对他们来说自然是轻而易举的事；因此现在他用不着告诉沃尔特就可径直走到董贝先生的家门口，同仆人说一声，"小伙子，请你通报一下说卡特尔船长特来拜访，好吗？"然后就走进去以一种相交甚厚的姿态与董贝先生相见，然后用铁钩钩住他衣服的纽扣孔，然后同他商谈，最后解决了问题，胜利而归。这就是卡特尔船长打算为沃尔特帮的忙。

当这些想法出现在船长的脑海中，逐步变成具体而微的主意时，他的脸色也明朗起来，像阴云密布的早晨的天幕变成了中午时分的万里晴空。他那两道紧紧皱起的浓眉变得舒展平静了；他的眼睛因为过度的思考差不多眯成一条缝，现在也豁然开朗了；他的笑容起初只有三点——一点在右嘴角，另外两点在两眼的眼角——渐渐地布满整个脸上，然后上升到额角上，最后把油光光的帽子也掀起了，好像帽子原来同卡特尔船长一道搁浅了的，现在也同他一样重新欢快地浮动起来。

船长终于不再咬指甲，说："好吧，沃尔，我的孩子，你现在可以帮我穿上这些宝贝了。"船长指的是他的外套和背心。

船长系领带的方式特别讲究，他把悬垂着的末端缠绕起来结成辫子的模样，然后把它穿过一枚很大的金戒指，金戒指上面画着一座坟墓、一围整洁的铁栏杆和一棵树，是纪念一个已故的朋友的。

沃尔特想象不出船长这样做的缘由。他也不懂为什么船长把他的爱尔兰亚麻布衬衫的衣领向上翻起，翻到最大的高度，俨若一对装饰用的护目镜。他也不明白为什么船长换了一双唯有在特殊场合下才穿的绝世无双的短筒靴。船长称心如意地穿戴好之后从墙钉上取下一枚修面镜从头到脚照了个遍，拿起那根多节的拐杖说，准备出发。

他们走到街上，船长的步履比以往更加从容不迫、自得其乐，沃尔特以为这一定是穿了那双短筒靴的缘故，并不在意。走不多远，他们碰到一个卖花女人；仿佛想到一个很好的主意，船长立刻停下，从篮子里买了最大的一束花，这束花呈扇形，合围约二英尺半，各种盛开的花朵绚烂夺目。

卡特尔船长手里拿着准备送给董贝先生的小礼物，和沃尔特向前走着，走到仪器制造商的家门口他们停下来了。

"您进去吗？"沃尔特问道。

"是的。"船长回答说，他觉得先要把沃尔特抛开才好再向前走，最好在这天晚些时候去拜访董贝先生。

"您不会忘记什么吧？"沃尔特问道。

"不会。"船长答道。

"我现在就去自个儿走走，"沃尔特说，"那么我就不会碍事了，卡特尔船长。"

"好好走走吧，待久一些，我的孩子。"船长在他背后喊着。沃尔特挥挥手表示同意，就上路了。

他的行程并没有一定的目标，但是他想还是到田野去，因为在那里他可以坐在树下面，静静地思考着前面的陌生生活。就他所知，可供选择的田野莫过于汉普斯特德①附近的田野了，而到那里去的捷径莫过于经过董贝先生的家门。

沃尔特经过董贝先生的屋子时抬头仰望着阴沉的高墙，那座屋子仍和以前一样的黑暗而威严。窗帘已全部拉下，但是楼上的窗户

---

① 汉普斯特德：伦敦郊区地方。

依旧敞开着，窗帘在轻风中摇摆，从外面望去，这是唯一生动活泼的东西。沃尔特轻悄悄地走过屋子的门口，待他走过一两扇门时，他欢快地舒了口气。

多年之前与那个迷路的孩子邂逅相逢以来，他对那座巨厦一直很感兴趣，此时，他怀着这样的兴趣回首而望，他特别注目于那些楼上的窗户。正当他凝神遥望之时，一辆轻便四轮马车开到门口，一位身材肥胖、穿着黑衣服，挂着一条粗重表链的先生从车上下来，走进屋里去了。沃尔特后来想起这位先生的模样和行装，肯定他是一位医生，他想不知是谁生病了。走了一段路他还是猜不着，便无精打采地想着别的事情。

但是他依旧不能忘情于这座屋子在他心目中唤起的联想。他自得其乐地设想着，那个美丽的女孩是他的老朋友了，她对他始终是感恩戴德、始终以见到他为乐事，也许有一天她会向她的弟弟为他说情，从而扭转他的厄运。在这个时候，他喜欢这样想，这不是要想获得什么尘世的利益，他只是觉得想到她始终不渝地记着他，他就感到欣慰。可是一个更清醒的思绪却在他耳边低声地说：如果那时候他还活着的话，他已经是漂洋过海、远在天涯、被忘得干干净净的了，而她则已嫁了人，富有、快乐、傲视一切了。在这样的人世沧桑中，她为什么还要以当年的兴趣来怀念他呢？就像童年时的玩具一样，他没有更多的理由让她依依不舍地记着他。不，他还不如一个玩具呢。

然而沃尔特一直是把那个流浪在崎岖不平的街道上的漂亮女孩理想化了的，想起了她就想起了那天夜间她用简朴的语言向他表示着天真无邪、真情实意的感谢，因此当他想象着她有朝一日会变得傲视一切时，他满面通红，因为他觉得这是无中生有的诽谤。另一方面，他所想的东西离奇古怪、虚无缥缈，居然把她想象为一个女人，而不再是和好心眼的布朗太太在一起时的那个单纯、温和而迷人的小女孩，这也同样是诽谤。总之，沃尔特发现，对弗洛伦斯评头品足、奇想连篇，这是十分荒唐可笑的，他只能把她的身影留存在他的脑海中，作为一个永远不变、永远不可获得而又捉摸不定的宝物珍藏起来，想起了她，他就有了快乐，就像一位天仙的手指引着他，使他不至于走上歧途。这一点是明确无误的。

那天，沃尔特久久地漫步于田野之上，倾听着鸟儿的歌唱，礼拜天教堂的钟声，和城里传来的越来越低的喧闹声，他呼吸芬芳的气味，偶尔望一两眼远处朦胧的天际，在那后面就将是他漂洋过海的归宿之地了；然后他又展眼环顾着英格兰的如茵芳草与家乡的景色。他虽然一直在想入非非，但是关于离乡背井的事却一次也没有好好想过，仿佛是有意无意地把它向后推迟，一个小时、一分一秒地拖延下去。

沃尔特迈着沉重的脚步走上归途，把田野抛在后面了，他依旧是那样的心不在焉地走着，忽然他听见一个男人在喊，还有一个女人大声地叫着他的名字。他很是吃惊，急转身，看见一辆向相反方向行驶的出租马车在不远处停了下来。马车夫从座位上回头看着，挥动着马鞭，向他打招呼，马车里面的一位年轻女人把头探出窗外，起劲地向他招手。他跑到马车跟前时发现这位年轻女人原来就是尼珀小姐，她的情绪非常焦急不安，差不多要发疯了。

"斯塔格斯花园，沃尔特先生！"尼珀小姐说，"请您费个神，求求你！"

"嗯？"沃尔特喊着，"什么事？"

"呵，沃尔特先生，请您费个神，斯塔格斯花园！"苏珊说。

"您看！"马车夫失望之下大喊起来，向沃尔特兴致勃勃地说道，"这位年轻妇人已经转了一个多小时了，她想要去的地方路走不通，车子只好往回走，就这样转来转去。我一生驾马车带乘客不知道有多少次了，可就是没有碰到像她这样的乘客。"

"您是不是要到斯塔格斯花园去，苏珊？"沃尔特问道。

"对呵！她是要到那里去的！那地方在哪里？"马车夫粗声粗气地吼道。

"我不知道在哪里！"苏珊疯狂地喊着，"沃尔特先生，那里我

236

去过一次，是和弗洛依小姐和我们可怜的小宝贝保罗少爷一起去的，就是您在城里碰到弗洛依小姐的那天去的，因为路上遇到一头疯牛，她走散了，当时理查兹太太和我一起去的，路上还碰到理查兹太太的大孩子，后来我又到那里去过，可我记不起是在哪里了，我想是沉到地下去了。呵，沃尔特先生，帮帮我，斯塔格斯花园，请您费个神！弗洛依小姐亲爱的弟弟，我们大家的小宝贝——好脾气的保罗小少爷！呵，沃尔特先生！"

"哎呀！"沃尔特喊道，"他病得很重吗？"

"多漂亮的花朵！"苏珊起劲搓着手大声地说，"他想见见他以前的奶妈，所以我就来找她了，准备把她带到他的床边，就是波莉·土德尔花园的斯塔格斯太太。求求您！"

沃尔特听了她所说的话，深为感动，他的心情同她一样立刻焦急起来；现在他已经搞清楚了她此行的目的，便满腔热情地匆匆上路，到处打听到斯塔格斯花园走哪条路，因为他行步如飞，马车夫花了好大的力气，才紧紧地跟上。

根本没有斯塔格斯花园这样的地方，它已经从地面上消失了。古旧的破烂不堪的凉亭不见了，代之而起的是一座座高楼大厦，它们的花岗岩巨柱遥望着远处的铁路。过去堆满了垃圾的乱糟糟的地方也已消踪灭迹，只见一排排的仓库堆满了琳琅满目的货物和高价商品。原先的小弄堂现在已是挤满了行人和车辆的大街了。原先泥泞遍地、车辙纵横、无法通行、令人垂头丧气的初建的街道已焕然一新，新城市建立起来了，生活起居变得方便而舒适，这是以前所未曾想过也未曾尝试过的，可是如今忽然凌空而起了。原先的桥梁只是通向一望无际的荒野，如今那里却是别墅、花园、教堂和赏心悦目的漫步小径了。房屋的骨架，街衢的建筑材料，装在像怪物似的火车上，沿着铁路，借助于蒸汽的推动，风驰电掣地运往乡村。

铁路附近的人们当初在它杂乱无章的初创时期迟迟不愿承认它，而现在正如任何一位基督教徒在这种情况所做的那样，变得聪明了，对当初的作为表示悔恨，而且还夸奖这位很有威力的、欣欣向荣的近邻。铁路图案各处布店都有，报纸杂志店的橱窗里摆满了铁路方面的杂志。还有铁路旅馆、铁路咖啡馆、铁路出租屋、铁路寄宿处，还有铁路详图、铁路地图、铁路景观图、铁路包装物、铁路酒瓶、铁路三明治食物盒和铁路时刻表，还有铁路出租马车和马车停车场，铁路公共马车，铁路街道和建筑物，还有铁路食客和寄生虫以及形形色色的媚态百出的人。甚至于时钟也有了铁路时间，仿佛太阳已经拱手让位。斯塔格斯花园里当年那位不相信铁路有什么用处的扫烟囱的师傅如今也被征服了，他现在住在三层楼高的灰泥墙房子里，一块上了光漆的招牌上写着金光闪闪的花体字：以机器打扫铁路烟囱的承包商。

每天有无数的行人车马涌入这个巨大变化的腹地，他们匆匆而来，又匆匆而去，日日夜夜，川流不息，就像它生命的血液日夜不停地流着。每隔二十四小时，成群的人们、成堆的货物，几十次几十次地进进出出，把这个地方弄得沸沸扬扬，永不止息。甚至那些房屋似乎也想蠢蠢欲动，整装待发了。还不过二十年之前吧，那些了不起的议员在盘问工程师时对他们欲造铁路的大胆设想嗤之以鼻，拼命驳斥，百般刁难，以此取乐。可是现在他们揣着手表去北方，事先打了个电报通知他们即将驾到。这些征服世界的机车隆隆地驶向远方，或顺畅地迈向旅程的终点，或如温驯的巨龙一步步地滑入为它们精确准备的归宿之地，然后戛然而止，站在那里喷云吐雾、全身战栗，使周围的墙垣也震动起来，好像它们在内心里已经意识到它们具有别人尚未发现的巨大力量，同时也看到尚未付之实现的宏伟目标而扬扬得意。

但是斯塔格斯花园已是枝叶全无、连树根也拔除了。好伤心呵！斯塔格斯花园里连一块净土也保不住！

沃尔特跑在前面问路，后面跟着马车和苏珊，问了半天毫无结果，后来他们碰到一个人，他曾经就住在那个现已荡然无存的花园里。他就是前面提起的扫烟囱的师傅，这位师傅已经发胖了，此刻他正敲了两下自家的门。他认识土德尔，他说："哦，他是铁路上的吧，是不是？"

"是，先生，是的！"苏珊·尼珀从车窗里面喊起来。

"他现在住在哪里？"沃尔特急忙问。

"他住在公司自己的屋子里，向右拐第二个弯，穿过一座院子，再向右拐第二个弯，十一号，不会弄错的。假使找不到，只要问一下机车司炉工土德尔住在哪儿，随便哪一个都会告诉他们的。"听到这个喜出望外的消息，苏珊·尼珀飞快地跨下马车，挽起沃尔特的手臂，上气不接下气地一直往前跑，把那驾马车丢在那里，等着他们回来。

"小男孩病了很久了吗，苏珊？"他们一边赶路，沃尔特一边问着。

"病了很久很久了，但是究竟有多长时间谁也不知道，"苏珊说，随即又狠狠地加了一句，"布林伯这一家人呵！"

"布林伯一家人？"沃尔特把这句话重复了一遍。

"在这样的时候，有这许多伤脑筋的事情要想，沃尔特先生，"苏珊说，"如果我骂人家，而且骂的是亲爱的小保罗恭维的人，那我是自己也不能原谅自己的，但是我希望这一家人给送到石头最多的地方去造路，让布林伯小姐手拿鹤嘴锄带头走在前面！"

尼珀小姐歇了口气，继续向前走，走得更快了，好像刚才发了一通牢骚，心情舒畅了。沃尔特这时候已经气喘吁吁，只是赶路，顾不上再提什么问题了。他们匆匆忙忙地赶路，不久就来到一扇小门边，马上冲了进去，走进一间很干净的挤满了儿童的客厅。

"理查兹太太在哪里？"苏珊·尼珀向四处看看，大声喊着，"理查兹太太，理查兹太太，快跟我一道去吧，我亲爱的人儿！"

"哎呀，这不是苏珊吗？"波莉大喜过望地喊了起来，这时她那诚实的脸孔和慈母的身姿从这群儿童中站了起来。

"是的，理查兹太太，是我，"苏珊说，"我倒宁可没有来呢，我这样说好像不太礼貌，可是保罗小少爷病得很厉害，今天他跟他爸爸说他想和他以前的奶妈见一见面，他和弗洛依小姐都要您同我一道回去——沃尔特先生，理查兹太太——过去的事别管它了，对亲爱的小宝贝行行好吧，他一天天消瘦下去了。呵，理查兹太太，他一天天消瘦下去了！"苏珊·尼珀边讲边哭，波莉看着她的样子，听着她讲的话，也禁不住流下了眼泪。这些孩子全都围拢来包括那些后来出生的孩子。刚从伯明翰回家的土德尔先生正端着一只盆子在吃饭，听了苏珊的话，立刻放下刀叉，把挂在门背后的帽子和围巾取下，给他妻子戴上，然后拍拍她的背说："波莉！赶快去！"他说起话来虽不娓娓动听，却充满着慈父般的关怀。

他们即刻回到马车跟前，马车夫没想到他们这么快就回来了。沃尔特先把苏珊和理查兹太太扶上马车，然后他自己坐在马车夫旁边，这样就会万无一失了。他把她们安全地送到董贝先生公馆的前厅里。在那里，不知不觉中他看见有一大束鲜花，于是他想起这就是那天上午他陪卡特尔船长买的那一束。他本来还准备待一会儿，想进一步了解小病人的病情，或者不管等多久，看看是不是可以帮点忙，但是令他痛心的是，他这样的举止可能会引起董贝先生的不快，认为太胆大妄为、鲁莽无礼，于是他怀着忧伤而焦虑的心情慢慢转身走开了。

走出门来还没有五分钟，有一个人追上来，请他回去。于是沃尔特尽快地往回走，忧心忡忡地带着不祥的预感，走进这座阴暗的屋子。

第十六章

海波无时或息的话语

保罗一直没有从小床上起来过。他静静地躺在那里倾听着街上的声音，他不太注意时间怎样过去，他只是以细心的目光观察着它，和他周围的一切。

阳光穿过沙沙作响的窗帘射进房间里，像金色的水波在对面的墙上摇荡，他知道黄昏翩翩来临，天空被晚霞染红了，绚烂多彩。当墙上的光波渐渐消逝，代之而起的是一片幽暗，他望着它越变越深，越变越深，直到夜色深沉。于是他想起长长的街道上已是灯火辉煌，宁静的群星在夜空闪烁着。奇怪得很，他的想象偏偏喜欢飘荡河上，他知道那条河是流过这座大城市的。他想现在这条河一定是既黑又深，那里面映照着无数的星星，而他想得更多的是，这条河多么坚定不移地向前奔流，与大海会合。

夜越来越深了，街上行人的脚步声变得稀疏了，他可以听到这些脚步声走近了，它们停下时，他一个个地数着它们，然后又听着它们消失在空旷的远处；于是他躺在那里望着蜡烛四周五彩缤纷的光圈，静静地等着天亮。唯一使他烦恼的是那条奔流不息的河流。有时候他真想让它止步，用他那双孩子的手挡住它，或者用沙把它堵住；他望着它不可阻挡地流过来了，便大声喊了起来！这时，一直待在他身边的弗洛伦斯讲了一句话，他又恢复了平静，醒来了；他把他那可怜的脑袋靠在她的胸口上，对她讲述着刚才的梦境，微微地笑着。

天又开始亮了，他盼着太阳升起；当欢乐的阳光又开始照进房间时，他为自己描绘着，描绘着一番景象！他看见：教堂的高塔耸立在晨空中，城市又苏醒了，生活又开始沸腾，河流又闪耀着金光，像以往一样向前奔流，原野里露水晶莹。下面的街道上慢慢地响起熟悉的声音和喊叫声；屋里的仆人也起来了，忙忙碌碌干着活；好多脸孔在门口探望着，低低的声音在问着护理的人他怎么样了。保罗总是自告奋勇地回答："我好起来了。我好多了，谢谢你们！告诉爸爸我好多了！"

他逐渐地对白天里的吵吵闹闹、车辆的隆隆声以及来往行人的脚步声感到厌烦，真想昏昏欲睡，或者心神不宁地想着那条奔腾的河流——这是睡梦中的幻觉抑或醒时的感觉，孩子却说不清楚。"怎么，它老是不会停下来吗，弗洛依？"有时候他这样问她，"我想它是要把我带走了！"

但是弗洛依总是安慰着他，让他放心；每天让她把头搁在他的枕头上稍为休息一会儿，他感到莫大的喜悦。

"总是你照看我，弗洛依。现在让我来照看你吧！"听了他这样讲，人们便把他扶起，让他靠在床角落的靠垫上，她就躺在他的旁边；他常常向前弯着身子，亲亲她，轻声地对近旁的人讲，她很累了，多少个夜晚她迟迟未睡，一直坐在他的身边。

就这样，白天的炎热与阳光渐渐退去，墙上复又出现舞姿婆娑的金黄色水波。

为他看病的医生有三个，都神情很严肃，他们总是先在楼下碰面，然后一起上楼。房间里阒然无声，医生们的一言一行、一举一动他都非常留意（虽然他从不问别人他们说些什么），连他们各自的手表的不同的嘀嗒声他都能分辨清楚。不过他最注意的一位医生则是帕克·佩皮斯先生，他每次来都是坐在保罗的床边。保罗早就听说他妈妈抱着弗洛伦斯死去时就是这位先生在他妈妈旁边的。关于这件事他至今不忘，为了这件事他很喜欢他，他一点也不害怕。

就像在布林伯博士学校里第一夜的情况一样，他周围的人们莫名其妙地换来换去，唯有弗洛伦斯仍旧是弗洛伦斯，弗洛伦斯是决不会变换的。帕克·佩皮斯先生现在换成了他的父亲，他坐在那里，把脑袋托在手上。皮普钦老太太坐在安乐椅子里打瞌睡，也时常地换成托克史小姐或者他的姑妈。保罗安然自得地重又闭起蒙眬的睡眼，无动于衷地看着随后发生的一切。可是那个把头托在手上的人影出去之后又经常走回来，静静地、严肃地坐在那里，坐了很久很久，一言不发，也没有人跟他讲话，脸孔也不常抬起来。在昏昏欲睡中，保罗想，这是真的人吗？夜里看见他一直坐在那里，他感到害怕。

"弗洛依！"他说，"那是什么？"

"在哪里，亲爱的？"

"就在那里，在床脚那边。"

"那边什么也没有，只有爸爸在那里！"

那个人影抬起头，站了起来，走到他的床边说："我的孩子！你怎么不认识我了？"

保罗凝视着那个面孔，心里想，这是他的父亲吗？他觉得这个面孔改变得好厉害，他望着它时，它在抖动，好像很痛苦；他伸出双手正想握住它，拉到他面前时，这个人影立刻转身离开小床，从门口走出去了。

保罗望着弗洛伦斯，他的心怦怦跳动着，他知道她准备讲什么，便把脸靠在他的嘴上，不让她讲。接着他又看见那个人影坐在他的床脚那边，便大声对他说：

"别为我难过，亲爱的爸爸！我真的很快乐！"

他的父亲很快走过来，没有在床边先停一停就弯下身，于是保罗伸手抱住他的颈子，一次又一次地重复着他刚才讲的那些话，而且讲得很认真。此后，无论是白天还是夜晚，只要保罗在自己的房间看见他，总要大声喊着："别为我难过！我真的很快乐！"从此以后，他每天早晨都说他好得多了，要他们告诉他爸爸。

墙壁上金色的水波摇荡过多少回，那条黑黝黝的河流多少个夜晚在他无可奈何的心情中奔向大海，保罗不曾数过，也不想知道。如果说它们的和蔼可亲和他的感激之情是会与日俱增的话，那么它们确是一天天对他更加亲切，他是一天天更加感激于心了；但是现在对这位性情温和的孩子来说，过去的日子多或少是并不重要的。

　　一天夜里，他想念着他的妈妈，他想着楼下客厅里她的画像，他想他妈妈一定比他爸爸更喜欢亲爱的弗洛伦斯，因为她感到自己即将死去时是把她抱在怀里的，这是最亲切的关怀了，即使手足情深的弟弟所能希望的也莫过于此。连绵起伏的思绪不禁使他发问，他是否曾见过他妈妈呢？因为他记不起他们是否告诉过他见过抑或没有见过。河水那么快地奔流，他的头脑给搅得昏昏沉沉。

　　"弗洛依，我有没有看见过妈妈？"

　　"没有，亲爱的，为什么问这个？"

　　"我很小的时候，我有没有看见过像妈妈那样慈爱的面孔望着我呢，弗洛依？"

　　他带着将信将疑的口吻问着，仿佛他面前出现了一张若隐若现的面孔。

　　"哦见过的，亲爱的！"

　　"是谁的，弗洛依？"

　　"你以前的奶妈的，常常看到。"

　　"我以前的奶妈在哪里？"保罗问，"她是不是也死了。弗洛依，除了你以外，我们是不是全都死了？"

　　房间里慌乱了一阵，只是一会儿，也许稍稍延长了一些，但似乎就此而止，一切复又归于沉寂。弗洛伦斯面色苍白，但依旧笑容可掬，把他的头搁在她的手臂上，她的手臂颤动得很厉害。

　　"麻烦你把那个以前的奶妈带来，弗洛依！"

　　"她现在不在这里，亲爱的。她明天来！"

　　"谢谢你，弗洛依！"

　　说完这些话，保罗闭上眼睛，沉入了睡乡。醒来时，旭日高照，阳光明朗而温暖。他静静地躺了一会儿，望着敞开的窗户，窗帘在风中瑟瑟作响，摇曳不停。然后他问道："弗洛依，是明天了吗？她来了吗？"

好像有谁去找她了，也许是苏珊。保罗闭起眼睛时，仿佛听到她对他说，她很快就会回来的，不过他没有睁开眼睛看一看。她讲话算数，也可能她根本没有去，但是接着楼梯上响起了一阵脚步声，保罗醒来了，完完全全地醒来了，便立刻坐了起来。现在他看见他们都来了，就在他身边，在他们面前一片清明，不像在夜间有时候会有一层灰暗的云雾挡在他们前面。他们每一个人他都认得，他一个个地喊着他们的名字。

"这是谁？是我以前的奶妈吗？"孩子看见一个人走了进来便问道，他的脸上露出了灿烂的笑容。

是的，是的。没有一个外来客会像她那样一看见他就淌下滚滚热泪，喊着她亲爱的孩子，她漂亮的孩子，她可怜的孩子病成这个样子呵。其他的女人没有一个会在他的床边伏下来，拿起他消瘦的手，放在唇边和胸口，没有一个会有这样抚爱他的权利，没有一个女人会这样忘却周围其他人，只是把她满腔的慈爱与怜悯倾注于他和弗洛依身上。

"弗洛依！这是一张多么慈爱善良的脸孔！"保罗说，"我真高兴又看到它。别走开，老奶妈！待在这里！"

他的感官全都活跃起来，他听见一个熟悉的名字。

"谁在说'沃尔特'？"他环顾着四周问道，"有人在说沃尔特。他在这里吗？我很想看到他。"

没有人立刻回答，但是不久，他爸爸对苏珊说："那么就叫他回来，叫他上来！"这时，保罗微微一笑，很有兴味又很惊讶地望着他的奶妈，看见她没有忘记弗洛依。等了一会儿，沃尔特给带进房里。他那开朗的脸孔、落落大方的态度和愉快活泼的眼睛总是博得保罗的欢心。保罗看见他便伸出手，说："再见！"

"再见，我的孩子！"皮普钦夫人赶忙走到他的床边大声说，"不是再见吧？"

保罗带着若有所思的神色看了她一会儿，过去他坐在房间的角落里火炉旁边就是时常这样望着她的。"呵，是的，"他平静地说，"再见！亲爱的沃尔特，再见！"然后他扭转头，朝着他站着的地方又一次伸出手去，"爸爸在哪里？"

话还没有出口，他就感到他爸爸呼出的气息拂着他的面颊。

"不要忘了沃尔特，亲爱的爸爸，"他望着爸爸的脸轻轻地说，"不要忘了沃尔特，我喜欢沃尔特！"那只无力的手在空中挥动，仿佛是在对沃尔特又一次喊着："再见！"

"现在把我放下来，让我躺着，"他说，"弗洛依，走过来，让我看看你！"

姊弟俩伸开臂膀，互相拥抱着，金色的阳光流泻进来，照在紧紧相依的姊弟身上。

"那条河流得多快，它在绿色的河岸和灯心草中间飞奔着，弗洛依！但是它很靠近大海了，我听到海波的声音了！它们总是这样讲着的！"

接着他告诉她，河上的小船摇荡着，就要让他去休息了。现在河岸是多么翠绿，岸上的花朵多么灿烂，灯心草长得多高！现在小船已经出海了，它在海上一帆风顺地向前漂流。现在在他前面是一片海岸。谁站在岸上！

他合拢双手，平时他祈祷时就是这样的。他没有移开手臂，他们看见他合拢的双手放在弗洛伦斯的颈项后面。

"妈妈很像你，弗洛依。我看到那张面孔就知道是她了！不过跟他们说一下学校里楼梯上的那幅画像还不够神圣。他头上的亮光在照着我向前走呢！"

金色的波浪复又回到墙上，除此之外房间里悄无动静。古老的，古老的习气，陈年百代的传统！从我们人类第一次穿上衣服那天起，它就来到人间而且将始终不变地存在下去，直到人类走完了他的历程，直到广阔的天宇像一幅画那样卷起。这古老的习气，这陈年百代的传统就是——死亡！

可是比死亡更古老的传统依然存在，那就是永恒不朽！凡是有目共睹的人都得感谢上帝啊！当迅疾的河流把我们冲向大海时，请不要用漠不关心的眼光看着我们这些天使般的孩子吧！

第十七章

卡特尔为这些年轻人效劳

卡特尔船长深信自己天生就有深谋远虑的惊人才智，这在朴实无华的人中并非绝无仅有。在那个不平常的星期天，他怀着一展才智的抱负，动身前往董贝先生的家里，一路上眨着眼睛，为他横溢的才智而沾沾自喜，他脚上穿着一双光辉夺目的短筒靴来到托林森的眼前。托林森告诉他不幸的事情即将来临，卡特尔听到这个消息很是忧虑，于是小心翼翼地献出这束鲜花，以表示他的拳拳之意，并请向他们全家人致意问候，同时希望他们会同舟共济，渡过难关，最后友好地说了一句"准备明天再来造访"。说毕，他带着惶惑不安的心情，扭转身，轻悄悄地走开了。

船长问候的话没有谁再提起；船长赠送的花束，在前厅里搁了一夜之后，于次日早晨便被扫进了垃圾箱。船长的巧妙安排连同更伟大的希望，与更高超的谋划，都烟消云散，前功尽弃。就像巨大的雪崩从天而降，把整个山林都压倒了，树木、树枝、树丛全都土崩瓦解，同归于尽。

星期天沃尔特走了很久，最后碰到那幕难忘的情景，晚上回到家里，念念不忘，一心想着要告诉他们，同时刚才经历的那一幕使他心潮起伏，不能平静，所以他竟没有看出船长答应去讲的那件事，他舅舅显然一无所知，他也没有注意到船长用铁钩不停地向他示意，叫他不要提那个事情。船长的手势，尽管用心观察，也不能使人一目了然。如同那些中国的哲人在向弟子授业时在空中书写着一些根本读不出来的艰深字体一样，船长飞舞的比画，如果预先不知道他

248

有这一手神秘的花招，也是叫人莫名其妙的。

　　然而，船长了解到事情的来龙去脉之后，意识到在沃尔特离别以前要想同董贝先生随便谈谈的机会是微乎其微的，便放弃了原先的打算。他面色忧伤而失望，他不得不承认，就目前他看到的情况而言，虽然作为一个朋友他还没有未雨绸缪采取得心应手的办法使事情变得豁然开朗、有所进展，但是这件大事是一定得告诉所尔·吉尔士的，沃尔特也是一定要走的。即使如此，船长的自信丝毫未减，他觉得唯有他内德·卡特尔才足以与董贝先生打交道，要使沃尔特的前途一帆风顺，必须他和董贝先生打交道，共同解决。船长始终不能忘怀：在布赖顿他和董贝先生相处多么融洽；在他们交谈中，需要时他们多么恰到好处地说一两句话；他们彼此的了解多么准确无误。他也不能忘记，当艰危的处境最初出现时，内德·卡特尔是怎样指出应付的办法，又是怎样使谈话顺利结束，达到预期的目的。由于这种种缘故，船长不无自我安慰地想：虽然内德·卡特尔迫于目前的事态不得已而"袖手旁观"，几乎无用武之地，然而内德自会待机而起，扬帆起航，乘风破浪的。

　　心里想着这样的好心肠的如意算盘，当他眼睛望着沃尔特，耳朵听着他讲着事情的经过时，一滴眼泪掉在他的衬衫衣领上面，船长卡特尔于是暗暗地决定，在他们会面时以口头方式邀请董贝先生在方便时到布里格区他家小酌，以羊肉相佐，以便商谈他年轻朋友的前途事宜，这样做是否既合乎礼貌又讲究策略？但是麦克斯廷格太太的性格捉摸不定，在他们用餐时她可能会故意在过道里养精蓄锐，讲些不三不四、有伤大雅的话；想起了这点，船长准备款待董贝先生的打算只好搁一下，他不敢轻举妄动。

　　沃尔特坐在饭桌旁，一口菜也没有吃，只是细细思量着所发生的一切。船长觉得有一点是很清楚的，那就是：尽管沃尔特因为过于自谦而感觉不到，其实可以说他是董贝先生家庭的一员。他本人与他所叙述的凄楚事件是关系密切的，人们提到这件事时自然想起他的名字而加以赞扬，而他的前程在他主人的眼中必然是关系重大的。

如果说船长对自己下的这个结论还觉得有点不太靠得住的话，那么这个结论可以使仪器制造商心安理得，他是丝毫也不怀疑的。因此他抓住这个大好时机把沃尔特得到破格提升被派往西印度群岛的喜讯告诉了他的老友，而且声言，如果他有钱的话他将会毫不吝惜地为沃尔特的长远利益拿出十万英镑，他决不怀疑这样的投资必会获得丰厚的报偿。

所罗门·吉尔士刚刚听到这个消息时很感吃惊，好像屋后的小起居室里突然响起了一阵晴天霹雳，把整个屋子击得粉碎。但是船长在所罗门昏暗的眼前亮起了万道金光，神秘地暗示着惠廷顿爵士般的前程已经在望，他特别着重渲染沃尔特刚才所讲的事情，满怀信心地以此作为他预言的佐证，而且说可爱的佩格的风流韵事已经上了一个新台阶，不久就会如愿以偿。老人听到这些花言巧语给弄得莫名其妙。而沃尔特为了给船长的话添油加醋，又是摇头又是搓手，故意装着兴高采烈，满怀希望一定会很快回来的。所罗门先看看沃尔特再望望卡特尔船长，他开始想这是应该欢欣鼓舞的。

"但是您知道，我是落在时代后面的，"他深为遗憾地说，一面神经质地用手上上下下地摸着大衣上一排亮晶晶的纽扣，仿佛在数着念珠，一共数了两遍，他接着说下去，"我还是想让我亲爱的孩子留在这里，我想这是老观念了。他一直喜欢大海，一直是——"他焦虑地看着沃尔特，"他很想去。"

"所尔舅舅！"沃尔特连忙叫起来，"你这样说，我就不去了。不去了，卡特尔船长，我不去了。如果我舅舅以为我离开他会很高兴，即使让我做西印度群岛全部岛屿的总督，我也不会去的。我就是待在这里不走。"

"沃尔，我的孩子，"船长说，"冷静一点！所尔·吉尔士，看看您的外甥。"

老人的眼睛朝着船长雄伟的铁钩指示的方向望去，看着沃尔特。

"这里有一条船，"船长怀着美丽的遐想，准备要讲一则神奇的寓言故事了，"就要出海远航了。船上清清楚楚地写着一个名字，是什么？是盖伊号吗？还是，"船长提高嗓子，仿佛是示意注意下面的一句话，"吉尔士号？"

"内德，"老人一边说一边把沃尔特拉到身边，慈爱地挽着他的手臂，"我知道，我知道。我当然知道沃利总是很关心我，对自己倒无所谓，这一点我心里晓得。我说他喜欢去，我的意思是希望他喜欢去。嗯？内德，您想想，沃利，你也想想，我亲爱的孩子，这件事情太突然了，我想也没有想到过的，我怕我落在时代后面了，好可怜的，掉在最底下了。你们说说，这件事对沃利是不是真是好运气？"老人说着焦急地看看这个又望望那个。"是不是千真万确的好？是不是？随便什么事，只要对沃利的前途有好处，我差不多都会答应的，可是如果沃利为了我的缘故而做出损害自己的事情或者把什么事情瞒着我的话，那我是不肯的。内德·卡特尔，您！"老人的目光紧紧地盯住船长，弄得这位外交家目瞪口呆，不知所措，"对您的老朋友是不是老老实实？讲清楚，有没有隐瞒什么？他是不是一定要去？您怎么会先知道的，为什么？"

在这场感情用事与自我克制的较量中，沃尔特起了不可估量的作用，他为船长解了围，使他舒了一口气。他们两人联合起来，继续谈下去，终于使老所尔·吉尔士对这件事情的态度有所缓解，或者说把他弄得稀里糊涂，即使分别的痛苦是怎么回事也弄不清楚了。

沃尔特没有多少时间来考虑这件事情的利弊，因为就在第二天，他收到经理卡克尔先生给他开出的航行与行装的必具证明，并通知他"子嗣"号轮船将于两周后起航，最迟也不会超过一两天。沃尔特赶忙准备，而且有意加快准备的速度，此时，老人所剩下的极其脆弱的克制能力已荡然无存。出发的时间日益迫近。

一天天地过去，船长逐日向沃尔特询问弄清了事情的经过；离别的时间日益临近，但依然没有出现什么机会，似乎也不会出现什么机会，使沃尔特的境遇可以了解得更清楚一些。船长对这件不幸的事情及其错综复杂的情势深思熟虑之后想出了一个很妙的主意。去拜访卡克尔先生，设法从他那里把事情的真相弄个水落石出！

卡特尔船长对这个主意很是得意。那天早饭后，在布里格街他的寓所里抽着烟斗，他突然灵机一动就想起了这个妙招，这斗烟真是很顶用的。他耿耿忠心，听了沃尔特的肺腑之言以及所尔·吉尔士说的话给弄得不能安宁，现在有了这个主意，使他的心平静下来，这真是出于深情厚谊的明智之举。他要仔细地试探一下卡克尔先生，根据他所观察到的这位先生的性格，讲话或多或少，从言谈之中发现他们之间的关系是好还是不好。

卡特尔船长用不着担心沃尔特在他眼前碍事了，因为他知道他正在家里整理行装，于是重新穿上短筒靴，别上表示哀悼的胸针，踏上第二次征程。这一次，他是到办事处去的，所以没有购买用以慰人情怀的花束，但是他在纽扣孔里别了一朵小巧玲珑的向阳花，给他平添了一派怡人的乡村风味。一切就绪之后，他拿起多节的手杖和油光光的帽子，向董贝父子公司的办事处进发。

船长在附近的酒店喝了一杯热的加水朗姆酒，平心静气地想了想，便匆忙走进院子，乘酒后的热气挥发之前，突然出现在佩契先生的面前。

"伙计，"船长和声和气地说，"你们有一个经理叫卡克尔的吧。"

佩契先生说是有的，不过告诉他，因为公务缠身，每位经理都没有空，抽不出时间。

"伙计，您听着，"船长凑着他的耳朵说，"我叫卡特尔船长。"

船长轻轻地伸出钩子，正想把佩契钩住，佩契先生却避开了，这倒不是故意的，他只是突然想起这样一件武器出其不意地抛在佩契太太的面前，就她临产的情况而言，可能会使她的希望全部落空。

"如果您有机会能够麻烦通报一下，就说卡特尔船长来访，"船长说，"那我就等着。"

船长说着便在佩契先生的座架上坐了下来，从夹在两膝之间的油光光帽子的顶部（帽子的形状没有走样，因为人的力量是无法使它弯曲变形的）取出手帕，把他的头擦了个遍，使它复又容光焕发。接着他用铁钩梳梳头发，坐在那里环顾办公室的四周，以尊敬的目光静静地打量着每一位职员。

船长不动声色的表情深不可测，而他又是一位如此神秘的人物，传递员佩契给吓呆了。

"您刚才讲的是什么名字？"佩契先生弯下身子对着座架上的人问道。

"卡特尔。"他以粗哑低沉的声音回答着。

"对。"佩契先生点点头说。

"船长。"

"哦！"佩契先生应着，他的声音也同样的粗哑低沉，因为他不自觉地已经受到船长的感染，船长的外交手腕的确是很神的。"我去看看他现在有没有空，我还没有把握，也许一两分钟是抽得出来的。"

"对，对，小伙子，就耽搁他一两分钟。"船长连连点着头，摆出一副自以为很了不起的样子。佩契很快回来说，"请卡特尔船长往这边走。"

经理卡克尔先生站在没有生火的壁炉前面的地毯上，壁炉用一张城堡图案的褐色纸头糊起来作为装饰。他望着船长走了进来，并无特别欢迎的表示。

"卡克尔先生？"卡特尔船长问道。

"我想是的。"卡克尔先生应着，满口的牙齿毕露无遗。

船长笑了笑，表示很喜欢他的回答，这笑容是很叫人高兴的。"您知道，"船长一边开始说起来一边慢悠悠地转着眼珠，把小房间里凡是他衬衫的领子挡不住的东西统统收入眼底，"我本人是过着航海生涯的人，卡克尔先生，你们花名册上的沃尔等于是我的儿子。"

"是沃尔特·盖伊？"卡克尔先生说着把他的牙齿又一次全部露了出来。

"是沃尔·盖伊，"船长答道，"很对！"船长的口气表明他对卡克尔先生灵敏的感觉表示热烈的赞许。"我是他的好朋友，也是他舅舅的好朋友。也许，"船长继续说，"您可能听到过您的老板提到过我的名字？——卡特尔船长的吧？"

"没有！"卡克尔先生说，这次他的嘴巴张得更阔，牙齿更加毕露无遗。

"哦，"船长继续说着，"我有幸和他相识。我曾经和我的年轻朋友沃尔在苏塞克斯①海岸拜访过他，当时——总之，当时需要借一笔小数目的贷款。"船长说着便很轻松自在而又富于表情地点点头，"我想您记得的吧？"

"我想，"卡克尔先生说，"我有幸处理这件事情。"

"对！"船长接着说，"您又讲对了！是您处理的。现在我不揣冒昧到这里来——"

"请坐下吧。"卡克尔先生笑着说。

"谢谢您，"船长一面应着一边就坐了下来，"也许坐下来讲话，更从容不迫。您自己是不是也请坐？"

"不了，谢谢您，"经理说道，他仍然站着，也许是冬天的习惯，他的背靠着壁炉架。他的眼睛俯视着船长，他的牙齿和牙龈全部露出，好像也都长着眼睛似的，"您说不揣冒昧，您刚才准备说——其实这没有什么冒昧——"

"太感谢您了，小伙子，"船长接着说，"我到这里来，是为我朋友沃尔的事情。他的舅舅所尔·吉尔士是搞科技的，在科技上他是能手，但是我觉得他根本称不上一个能干的海员，他缺乏实际经验。沃尔这个孩子很不错，就是有一点不足，他太腼腆。现在我要向您提出一个问题，"船长压低了声音，粗声粗气地用推心置腹的口吻说，"出于我们之间的友谊，您与我之间私下谈谈，好让我自己心里有个数，等您的老板心情好一些我再和他谈。我想知道一下：这里的事情是不是一切都很顺利，沃尔此去是不是会一帆风顺？"

"现在您怎么看的，卡特尔船长？"卡克尔说着提了提衣服的下摆，站得服帖一些，"您是一位经验丰富的人，您是怎么看的？"

船长眼睛一瞅作为回答，他那犀利深邃的目光唯有前面提起的

---

① 苏塞克斯：英格兰南部的郡。

254

中国字才能形容，但那是只能意会而难以言传的。

"喂！"船长受宠若惊地问道，"您说呢？我讲得对还是不对？"

卡克尔彬彬有礼的笑容给船长壮了胆，这从他的眼神里面可以看出，他觉得提出这个问题的时机实在太好了，他的满腔热情发挥得这样淋漓尽致。

"对，"卡克尔先生说，"我不怀疑。"

"那么此去是一帆风顺的啦。"卡特尔船长大声说道。

卡克尔先生笑了一笑，表示同意。

"风很大，而且是顺风。"船长继续说着。

卡克尔先生又笑了一笑，表示同意。

"是呀，是呀！"卡特尔船长大大放心了，很高兴地说，"我早就知道这条船的航行是一帆风顺的，我同沃尔说过的。谢谢您，谢谢您。"

"盖伊的前程美好，"卡克尔先生说着一张嘴张得更阔了，"整个世界都在他的前面。"

"正如俗语所说的，整个世界还有他妻子都在他前面。"兴致勃勃的船长接着说。

讲到"妻子"这个字（其实他并不是故意讲的），船长突然停住了，把油光光的帽子放在多节手杖的顶端，旋了一旋，然后又瞅了一眼他那位总是挂着笑容的朋友。

"我敢用一及耳①牙买加老酒打赌，"船长盯着他说，"我晓得您老是在笑什么。"

卡克尔先生正中下怀，笑得更厉害了。

"不会再走远了吧？"船长说着便用那条多节的手杖捅了捅门，看看它是否关着。

"一英寸也不会。"卡克尔先生说。

"您恐怕是在想'弗'这个开头的字吧？"船长说。

---

① 及耳：一及耳等于四分之一品脱，液量单位。

卡克尔先生并不否认。

"是不是还有个'洛'字？"船长说，"或者'伦'字？"

卡克尔先生还是笑着。

"我又说对了吧？"船长轻轻地问，他额头上的红圈也趾高气扬起来，表示胜利的喜悦。

卡克尔先生仍旧笑意不减，并点了点头，表示同意。卡特尔船长站了起来，热烈地捏着他的手，要他相信，他们的航程是朝着同一个方向的，他卡特尔是始终不渝地朝着这个方向前进的。"他起初认识她的时候，"船长谈到这个话题，便以严肃的语气悄悄说，"可不同寻常呢——您还记得他在街上遇到她的时候，她不过是一个很小很小的小姑娘吧——他一直就很喜欢她，她也很喜欢他，真是如胶似漆呢。所尔·吉尔士和我经常说他们是天造地设的一对。"

谈到这里，卡克尔先生又向船长咧嘴而笑，嘴巴张得更大，露出的牙齿更多，就是一只猫、一只猴子、一条鬣狗，甚至一个骷髅头，一起把嘴张开，露出来的牙齿也不会比他的多。

"水都是朝那个方向流，"快活的船长说，"您看，风和水波都是朝那个方向流动。瞧着吧，有朝一日他也会往那边去的！"

"他是很有希望的。"卡克尔先生说。

"瞧着吧，从那一天起他就要随波逐流而去了！"船长继续说着，"呵，现在还有什么事情能阻挡他漂流海上呢？"

"没有。"卡克尔先生答道。

"您又讲对了，"船长说着，又捏了一记他的手，"是没有。好了！沉着坚定！一个儿子走了，很漂亮的小子。是吗？"

"是的，一个儿子走了。"卡克尔随声附和着。

"只消说一声，另外有一个就给你们，"船长说，"一位科技人士的外甥！所尔·吉尔士的外甥！沃尔！沃尔早已在您们公司任职的！而且——"船长慢慢站了起来，准备着最后冲出一句话，"他每天从所尔·吉尔士家里走到你们的公司，奔到你们的门下。"

船长每讲完一句话就要自鸣得意地用手肘碰碰卡克尔先生。炫耀了一番辉煌的口才和睿智之后,他踌躇满志地往椅背上一靠,目不转睛地注视着卡克尔;在发表高论时,他那宽大的蓝色背心随着讲话的力度而上下飘扬,他的鼻孔也猛烈地翕动着。

"我讲得对吗?"船长问道。

"卡特尔船长,"卡克尔先生说着,古怪地弯了弯双膝,仿佛顷刻之间就要趴在地上把整个人抱住似的,"您对于沃尔特·盖伊的看法是彻彻底底,的的确确正确的。我知道我们谈的话不可为外人道也。"

"以名誉保证!"船长抢着说,"一句话也不说出去。"

"不跟他说还是不跟随便什么人说?"经理追问着。

船长皱了皱眉头,摇摇头。

"只是为了让您自己可以心安理得,有个指导,当然,指导,"卡克尔先生又重复了一遍,"是指您今后该怎么做,有个指导。"

"非常感谢您。"船长一边说一边洗耳恭听。

"我毫不迟疑地跟您讲,这是事实。您确实击中要害了。"

"关于您的老板,"船长说,"我们之间最好随便面谈一下。时间有的是。"

卡克尔先生把嘴巴张得很阔,重复了一下,"时间有的是。"不过他并没有发出声音,只是和蔼地垂下头,舌头和嘴唇做了个动作。

"我知道——我一直是这样说的——沃尔前程似锦。"船长说。

"他的前程似锦。"卡克尔先生同样不出一声地依样画葫芦地重复了一下。

"沃尔这次小小的航行,我可以说,就是他日常的工作,是他在这里事业发展的一个部分。"船长说。

"是他在这里事业发展的一个部分。"卡克尔先生像刚才一样默默地表示同意。

"是呵,既然我已经弄清楚了,"船长接着说,"就没有什么好急的,我是处之泰然的。"

卡克尔先生仍旧很温和地一声不响地表示赞同。卡特尔船长深信，在他相识的人中，卡克尔先生无疑是最讨人喜欢的一位，即使董贝先生也可把他奉为修身养性的楷模。于是船长又一次满怀热情地伸出他那只颇似彩色旧木块的巨手，紧紧地抓住卡克尔先生的手，船长手掌上纵横交错的纹路深深地印在他润滑的肌肤上。

"再见！"船长说，"我不太多讲话，不过我还得说一下，您是这么光明磊落、友好亲切。如果我打搅了您，请您原谅，好吗？"船长说。

"没什么。"卡克尔先生答道。

"谢谢您，寒舍不太宽敞，"船长说着又转回来，"不过倒还舒服；如果您什么时候路过布里格街九号——您要不要记下来？——您不要管门口的那个人说什么，您就径直上楼，我见到您一定会倍感荣幸的。"

发出了彬彬有礼的邀请之后，船长说了声"再见"就走了出去，关上门，而卡克尔先生仍旧靠在壁炉架上。他那狡猾的目光和提防的神情，他那张得很阔但没有笑意的假心假意的大嘴，他那一尘不染的领带和连鬓胡须，乃至他那柔软的手悄悄地抚摸着白衬衫和光滑的面孔时的神态，无不说明他身上有一种活像猫一样的东西。

对这一切船长并没有意识到，他得意扬扬地走出屋外，连他那宽大的蓝衣服也增添了新意。"做好准备，内德！"船长自言自语着，"你今天给年轻人做了一点小事啦，小伙子！"

船长现在对这家公司是很了如指掌了，将来也会常来光顾。他兴高采烈地来到外面的办公室，情不自禁地和佩契先生调侃了一下，问他是不是以为公司里的人还都很忙。但是为了不亏待这位恪尽职守的人，船长凑着他的耳朵轻声地说，如果他想喝一杯加水朗姆酒，就跟他去，他很乐意请他喝一杯。

离开之前，使职员们颇觉惊奇的是，船长走到中间，向整个办公室扫视了一遍，因为这间办公室是和他年轻朋友的事业关系密切的部分。他对小金库情有独钟，但是为了不至于过于显目，他只是轻描淡写地投去赞赏的一瞥。在向全体职员礼节周全、和蔼可亲地打了个招呼之后，他即走出屋外，步入院子。佩契先生随即赶来，他便带他走进酒店，立刻兑现了他的诺言，因为佩契先生的时间是很宝贵的。

"来，为你干杯，"船长说，"沃尔！"

"谁？"佩契先生问道。

"沃尔！"船长声如雷鸣似的又讲了一遍。

佩契先生记得好像在孩提时听人说过有这样一位诗人[①]，因此不表示反对，但是船长到城里来特地为一位诗人祝酒，则使他大惑不解。如果他建议在城里的大街上为一位诗人，譬如说为莎士比亚树立一座塑像，还不至于使佩契先生惊奇到这个地步呢。总之，佩契先生觉得这个人物神秘莫测，决定不向夫人提起，他担心会引起不愉快的后果。

船长因为给年轻人做了一点小事而十分得意，整天露出一种神秘莫测的样子，即使对最亲切的朋友也是这样。沃尔特以为，他眨眼睛，露齿而笑以及做出诸如此类的哑语动作，是因为他沾沾自喜于很巧妙地以一颗赤子之心蒙骗了老所尔·吉尔士，要不是这样，还没到夜晚他的花招就要暴露无遗了。然而他还是保住了秘密，那天晚上离开仪器制造商的屋子回家时已经很迟了，他歪戴着油光光的帽子，眼睛里露出喜悦的光芒。麦克斯廷格太太一看见他便立刻跑到敞开着的大门后面躲藏起来，等他肯定已经钻进自己的房间，她才像她可爱的小宝宝盼望着的那样走了出来。麦克斯廷格太太很可能在布林伯博士的学校受的教育，因为她太像古罗马女舍监了。

---

① 指英国诗人沃勒（1606—1687）。

第十八章

父与女

董贝先生的屋子里一片静寂。仆人们楼上楼下来回奔忙，除了衣服瑟瑟的飘动外，听不见脚步的声音。他们时常在一起聊天，久久地坐在餐桌旁，吃肉喝酒，好不痛快，也顾不上温柔敦厚、礼节周全的举止了。威肯姆太太满眼含泪地讲述着悲伤的往事，告诉他们她在皮普钦夫人幼儿寄宿所里老是提醒着可能会出现这样的情况。此时她啤酒比平时喝得更多，她面色虽然忧伤，但很健谈。厨娘的心情也差不多，她虽然很难过，洋葱的气味又不好受，但还是勉为其难，答应晚餐给他们做些油煎食品。托林森开始觉得这是天命安排的，他想知道住在拐角的房子里会有什么好处，不知谁能告诉他。他们似乎都感到这是发生在很久以前的事情了，虽然此刻漂亮的孩子正安静地躺在他的小床上。

天黑以后来了几个人，他们过去也来过，因为他们穿的是毡鞋，所以走进来一声不响，他们抬进来一张给人安眠的床，这张床对于熟睡的幼儿来说是太不寻常了。此时，失去了孩子的父亲还没有露面，即使他的贴身仆人也没有看见他。有人来了之后，他就走进他自己阴暗的房间里，在里面的一个角落里坐了下来，好像一直纹丝不动，只是有时在房间里来回走动着。但是早晨，屋里的人低声说着，在更深人静的深夜听到他走上楼去，在那间房间里久久地待着，直到太阳升起。

在伦敦商业中心区的办事处，由于关上了百叶窗，毛玻璃窗户变得更加幽暗；桌子上的灯光由于阳光渗透进来而显得半明半暗，而渗透进来的阳光在灯光的掩映下也是半明半暗的，异乎寻常的阴暗笼罩着一切。没有做多少事情。职员们懒于工作，他们约好下午去吃排骨，到河上漫游。传递员佩契去办事情，待了好久，在朋友的邀请之下跑到酒吧间去了，在那里大谈特谈人事无常之感。晚间他比平常早一些回到巴尔斯池塘他的家里，他请夫人美餐了一顿小牛肉片，喝了苏格兰啤酒。经理卡克尔先生没有款待任何人，也没有人请他，他只是一个人待在房间里，整天露齿而笑；看起来，他路上的障碍物已经清除，他前面的道路很平坦了。

　　住在董贝先生屋子对面的面色红润的孩子们现在正从他们保育室的窗户后面望着下面的街道。屋子门口有四匹黑马，马头上的羽毛在它们拉的马车上飘动着；旁边站着一排人，披着围巾，拿着棍子，吸引了一大堆人过来观看。玩杂耍的人，准备给路人表演转动盆子的把戏，又拿起宽松的外套披在五颜六色的长裳外面；而他的妻子抱着她那胖乎乎的婴儿，歪歪斜斜、举步艰难地走过来，等着看送葬的队伍走出来。当那轻而易举的灵柩抬出来时，她把婴儿更紧地压在她那肮脏的胸口上。对面楼上窗口那些面色红润的孩子中最年幼的一个高兴得手舞足蹈起来，谁也制止不了，她目不转睛地望着她奶妈的面孔，用她那有窝纹的胖乎乎的手指指着问："那是什么？"

　　这时，在一群穿着丧服的仆人和泣涕涟涟的女人中间，董贝先生穿过前厅走向等着他的另一辆马车。在一旁观看的人觉得，忧伤和苦恼并没有使他倒下，他走起路来照样挺直，他的姿态照样刻板、一丝不苟，他的面孔没有用手帕蒙住，而是笔直地望着前面，那张面孔已经有些消瘦、苍白，但像以往一样冷若冰霜。他坐上马车以后，另外三位先生也跟着进去了。于是庄严的送葬队伍缓缓地沿着街道前进。当马头上的羽毛还在远处上下飘动时，那位玩杂耍的人却已经拿着一根棒把一只盆放在上面转动起来，刚才的那一堆人现在又转而欣赏他的表演了。可是他的妻子并不像往常那样拿着钱匣等着收钱，因为那个孩子的葬礼牵动了她的心思，她担心她那破旧的围巾包裹着的婴儿也许不会长大成人，不能在头上围着一条天蓝色饰带，腿上穿着橙红色绒线裤子，在泥浆里翻筋斗。

羽毛阴惨地走过弯弯曲曲的街道，终于可以听到教堂的钟声了。在这座教堂里，这位漂亮的孩子在归于寂灭时接受了他不久以后留在人世的唯一遗物——一个名字。他其他的一切都已死亡，在靠近他妈妈不堪风雨摧残的遗体旁边，他们埋葬了他的一切。这样很好。他们的躯体躺着的地方，弗洛伦斯每天散步时都可能经过，然而她路过那里时会是多么孤独，多么孤独呵！

葬礼既毕，牧师退去，董贝先生环顾四周，低声地问，负责安排墓碑的人来了吗？

有一个人走上来说："来了。"

董贝先生告诉他墓碑该放在哪里，用手在墙上描出墓碑的形状和大小，而且跟他妈妈的墓碑要一模一样，然后用铅笔写好了碑铭，交给他说："我要马上做好。"

"即刻照办，先生。"

"你要知道，墓碑上只刻名字和年龄。"

这个人鞠了一躬，看了一眼这张纸头，显得有些迟疑不决，可是董贝先生没有觉察到，便掉转身，走向门廊。

"对不起，先生，"他轻轻地碰了一下他的丧服，"因为您希望墓碑马上做好，我一回去恐怕就要动手做了——"

"嗯？"

"是不是请您再过目一下？我想有一个错误。"

"哪儿？"

石匠把那张纸头交还给他，并用一把小尺指着那几个字，"亲爱的和唯一的孩子"。

"我想，应该是'儿子'吧，先生？"

"您说得对。当然是'儿子'。更正一下。"

这位父亲加快脚步，走向马车。其他的三位紧随着，待他们坐好了，董贝先生才初次用外套蒙住脸，一整天他们再没有看见这张脸孔。到了家门口，他第一个跨下马车，立刻走进他自己的房间。另外的殡客（只不过是奇克先生和两位医生）上楼步入客厅，奇克夫人与托克史小姐在那里接待他们。楼下门窗掩蔽的房间里，那张面孔是怎么样的，他的思绪，他的心情，他的挣扎与痛苦是怎么样的，没有人知道。

楼下厨房里的人总觉得"这好像是星期天"。门外那些人还是做着平日的事情，穿着平时的衣服，他们不能不认为，这种行为如果不是出于恶意，起码是不妥当的。窗帘已经卷起，百叶窗已经敞开，他们打开一只只的酒瓶，像在节日一样开怀畅饮聊以解忧，这是从来没有过的新鲜事情。他们高谈阔论，纵论是非善恶。托林森先生叹了口气，提议说："我们都得改邪归正啊！"厨娘也叹了口气说，"总有时间的吧，天晓得。"晚上，奇克夫人和托克史小姐重新拿起针线活。托林森先生和一位女仆走出屋外，呼吸一下新鲜空气，这位女仆到现在还没有戴上服丧的帽子。苍茫暮色中，他们站在街道角落上情意绵绵地依偎着。托林森设想着一种改弦更张的生活，在牛津市场开一家正正经经的果蔬店，过着清白的日子。

今天夜里，董贝先生屋里的人比前几天睡得安稳些了，休息也好些了。初升的太阳唤醒了这座古老的屋子，一切又恢复了以往的习惯。对面那些面色红润的孩子玩着铁环，从门口跑过。教堂里在举行一个豪华的婚礼。那位玩杂耍的人又在城里的另外一处地方表演杂技，他的妻子拿着钱盒忙着收钱。石匠面前放着一块大理石碑，在歌声与口哨的伴奏下，他在刻着保——罗。

在这个挤满了人群、忙忙碌碌的世界里，难道一个脆弱儿童的死亡竟会在谁的心中造成无法弥补的空缺，而这个空缺是那么广阔无边、深邃无底，唯有浩渺无际的永恒才能充塞吗？天真无邪的弗洛伦斯在她万分痛苦的心底也许会这样回答："我的弟弟啊，我多么喜爱、亲爱的弟弟啊！我孤苦伶仃的童年时代唯一的朋友和伴侣啊！除了这手足情深的思念还有什么能在你幼年的坟墓上洒下旭日初升的光辉，或者在如雨的泪滴中唤起柔肠寸断的悲伤！"

"我亲爱的孩子，"奇克夫人劝说着，觉得这是她义不容辞的责任，"等你长到我这样的年纪——"

"那正是人生的盛年。"托克史小姐说。

"那时候你就会，"奇克夫人接着说，一边轻轻地捏着托克史小姐的手，对她那句友好的话表示感谢，"那时候你就会懂得悲伤都是无济于事的，我们的责任就是忍受。"

"我会竭力去做的，亲爱的姑妈，我现在是在这样做了。"弗洛伦斯抽泣着说。

"我听到很高兴，"奇克夫人说，"因为，我亲爱的孩子，我们这位亲爱的托克史小姐通情达理的见解和出类拔萃的判断是一致公认的——"

"我亲爱的路易莎，这样一说，我真的要马上骄傲起来了。"托克史小姐说。

"托克史小姐会告诉你的，而且用她自己的经验来证实，"奇克夫人接着说，"她会告诉你，在任何时候我们都需要振作精神，奋发努力。我们必须这样做。如果有什么——我亲爱的，"她转过来对托克史小姐说，"这里要用一个什么字。错——错——"

"错误的行为？"托克史小姐提示道。

"不，不，不，"奇克夫人说，"您怎么会想到这个字！啊呀，我就要说出来了。错——"

"错用的感情。"托克史小姐有些不太肯定地说。

"哎呀，卢克丽霞！"奇克夫人说，"太不对头了！错对人生，这才是我要用的字。就是这个意思！错用的感情！太不对头了。我想，如果一个错对人生的人向我提出这个问题：'我们为什么要生出来？'我就说：'生出来就是要振作精神，奋发努力。'"

"真是太好了，"托克史小姐被她独出心裁的见解深深感动了，"太好了。"

"不幸的是，"奇克夫人接着说下去，"事情是明明白白地摆在我们眼睛底下的。我们完全有理由认为，我亲爱的孩子，如果在这个家庭里早就振作精神、奋发努力的话，这一连串令人痛苦的事情就不会发生了。我深信不疑，"这位善良的女士用坚定的口吻讲，"如果可怜的亲爱的范妮能够振作精神、奋发努力的话，那么这个好可怜、好可爱的小孩的体格至少总会强壮些的。"

奇克夫人说到伤心处也忍不住流下了眼泪，但是只持续了片刻工夫，为了用实践来证明她的信条，她很快止住啜泣，又继续讲下去了。

"所以，弗洛伦斯，但愿我们能看到你有坚强的意志，不会只顾自己伤心，增加你爸爸的痛苦。"

"亲爱的姑妈！"弗洛伦斯说着就即刻跪在她面前，以便可以更清楚、更热诚地望着她的脸孔，"再告诉我一些爸爸的情况吧。他现在怎么样了？他是不是非常伤心？"

托克史小姐性情温柔，听到这个小姑娘的请求，她的心被什么东西深深地触动了。也许是她看到这位备受冷落的小姑娘像她死去的弟弟那样流露着一片亲情，也许她看见的是一颗爱心企望攀附于深爱着她弟弟的那颗心，而在这个悲痛欲绝、情深似海的人群中情不自禁地与大家同悲，也许她只是觉察到这颗坚定不移的孝心长久受到不屑一顾的冷遇非常痛苦，但在亲人已逝、满目凄凉之中，她向父亲哭诉，想寻找一些安慰，希望他有所表示，给她一点——不管她是怎么理解的，托克史小姐深受感动。此时，她忘记了奇克夫人的尊严，匆匆地拍拍弗洛伦斯的脸庞，便转过身，还没有来得及等这位睿智的女士带头，便泪如泉涌，哭起来了。

奇克夫人虽然一贯以镇静自诩，一时间也给弄得不知所措了。她一言不发，默默地望着那张曾经长久地、始终不渝地、耐心地面对着那张小床的年轻漂亮的面孔。但很快她的声音又恢复了常态，这就是说她复又镇静自如了，其实这是一码事。于是她庄严地回答：

"弗洛伦斯，我亲爱的孩子，你可怜的爸爸有时候蛮奇怪的，你要我讲一讲他的情况，就等于要我讲一讲我实在不想装懂的事情。我觉得我和其他人一样，讲的话是不大能起多大作用的。而且，他很少同我讲话，我只碰到过他一两次面，每次不过一两分钟，而且，因为他的房间很黑，也没能看得很清楚。我同你爸爸说过，'保罗！'——我一直是这样叫他的——'保罗！你为什么不找点消遣的事情做做，振奋振奋精神？'你爸爸总是这样回答，'路易莎，让我一个人待着吧。我什么也不需要。我一个人待着更好。'卢克丽霞，如果明天要我在法官面前发誓的话，"奇克夫人说，"毫无疑问，我敢做证他是说过这些话的。"

托克史小姐赞赏地说："亲爱的路易莎总是条理分明，想得很周到的！"

"总之，弗洛伦斯，"她姑妈继续说着，"其实，你可怜的爸爸和我直到今天才算是讲了几句话。我跟你爸爸说巴尼特·斯克特尔士爵士和夫人写了一封非常亲切的信函——我们可爱的孩子！斯克特尔士夫人很喜欢他，就像一位——我的手帕在哪里？"

托克史小姐拿出一方手帕。

"在这封非常亲切的信里，他们建议你到他们家里住一段时间，换换环境。我跟你爸爸说了我和托克史小姐现在是不是可以回去了，你爸爸完全答应，我就问如果你接受他们的邀请的话他反不反对。你爸爸说，'不会，路易莎，一点也不会反对！'"

弗洛伦斯抬起泪水盈眶的眼睛。

"不过，弗洛伦斯，如果你宁愿待在这里，现在还不想到爵士夫妇家里去，也不想到我家去的话——"

"我还是喜欢待在这里，姑妈。"她有气无力地回答着。

"那么，孩子，"奇克夫人说，"你就待在这里吧。我觉得，这个选择是蛮古怪的，不过你总是很古怪。在你这样的年纪，又经过这么不幸的事情，不管什么人都是想离开这里的，这是可以设想的。我亲爱的托克史小姐，我的手帕又找不着了。"

"我不想有这种感觉，"弗洛伦斯说，"好像是要躲开这座屋子似的。我不愿意设想楼上的那间、他的房间那么凄凉，空荡荡的，姑妈。目前我宁愿待在这里。呵，我的弟弟！我的弟弟呵！"

这是天生的感情，是抑制不了的。她用两手捂着脸，这种感情甚至也会从指缝间溢出。过分沉痛的胸膛总要发泄一下，不然那里面的一颗可怜、孤独、受伤的心就会像折断了翅膀的小鸟一样拍打着，落入尘土。

　　"好吧，孩子！"奇克夫人停了一会儿说，"我决不会对你讲什么让你难过的话，这一点我知道你是懂的。那么你就待在这里，要做什么，随你喜欢。我相信不会有人来干涉你的，也不会有人想来干涉你的，弗洛伦斯。"

　　弗洛伦斯伤心地点点头，表示同意。

　　"我刚开口劝你可怜的爸爸真该暂时出去换一换环境，找一点消遣的事情，好让身心恢复过来，"奇克夫人说，"他就告诉我他已经做好打算，准备到乡间去住住。我希望他尽早去，越快越好。但是我想，由于这件使我们大家都万分痛苦的事情，他有许多私人信件，现在还得把这些私人信件以及诸如此类的事情处理一下，因此他可能还得待在自己房间里忙一两个晚上。孩子，如果真有一位名副其实的董贝的话，你爸爸就是的。我的手帕不知道又放到哪里了，卢克丽霞，把您的手绢借给我，亲爱的，"奇克夫人说着就马上拿着托克史小姐的手绢，用两只角揩着她的两只眼睛，"他是会振作精神奋发努力的，用不着为他担心。"

　　"没有什么事情我可以做的吗，姑妈，"弗洛伦斯颤抖着说，"为了——"

　　"我的天，我亲爱的孩子，"奇克夫人急忙打断了她的话，"你在讲什么哟？你爸爸对我说过，'路易莎，我什么也不需要；我一个人待着更好。'他既然这样讲了，你想他对你会怎么说？你绝对不要到他跟前去，孩子。不要抱这种幻想。"

　　"姑妈，"弗洛伦斯说，"我想到床上去躺躺。"

　　奇克夫人对她的决定表示赞同，亲了她一下就让她去了。托克史小姐支吾其词地借口寻找丢失了的手帕，便跟着她上楼去了，尽管苏珊·尼珀极力阻挡，还是偷偷抽出几分钟来安慰她。热情似火的尼珀小姐对托克史小姐看不顺眼，认为她是假惺惺的伪君子，可是看起来她的同情却是真心诚意的，因为至少可以说这并非出于私心，这样做无利可图。

难道除了苏珊就没有更亲近、更亲爱的人可以使这颗在痛苦中挣扎的心得到安慰与支撑？难道就没有别的颈项可以拥抱，没有别的脸孔可以举首相望？难道就没有其他人会对这颗沉痛的心讲一两句聊以解忧的话？难道在这个荒凉的世界上弗洛伦斯就这样孤苦伶仃，一无所有？一无所有。既失去了母亲，又失去了弟弟。在失去小保罗的时候，她第一次失去母亲时的最深重的创痛又沉重地压在她的心上。她能得到的帮助仅此而已。她首先需要的就是帮助，可是谁能够知道呵！

起初，这座屋子又恢复了往常的习惯，除了仆人以外，众人都已打道回府，她爸爸关在自己的房间里，闭门不出。弗洛伦斯只知终日哭泣，踯躅徘徊，有时，突然回忆着凄凉的往事，悲痛欲绝，她一边搓着手，一边飞快地跑到自己的房间里，把脸伏在床上，没有安慰，一无所觉，唯有极度的无情的悲痛。通常，她走到一个地方或者瞧见一件东西，她会悲从中来，想起她的弟弟，于是就会出现这样的情况。在起初的日子里，这座凄惨的屋子因此变成了痛苦的深渊。

纯情之爱不会长久地这样炽烈、这样无情地燃烧。世俗的火焰带有世俗之气，它使其藏身之地的胸膛痛苦不堪，但是天庭里的圣火，当它驻于心中，如同十二门徒相聚①时头顶上的圣光一样，温和可亲，让每个人都看到自己的兄弟遍体光辉而不会受到灼伤。圣洁的形象在胸中升起时，平静的面容，柔和的声音，充满着无限爱意的表情，以信赖的目光静静地对待一切的心境，又复回来了；弗洛伦斯虽然仍在哭泣，但已经平静多了，她常常回忆往事。

没有多久，金黄色的水波在原先静谧的时刻，又回到墙上原来

---

① 十二门徒相聚：《圣经》上说，耶稣从耶路撒冷回到迦百农后，从门徒中选出十二位，称他们为使徒，让他们和自己同住，又派他们出去传道。

的地方摇荡着，弗洛伦斯安静的眼光看着它渐渐地消逝。没有多久，她重又经常到那间房间里去，多么耐心、多么温和地独自坐在那里，就像她过去守护着那张小床时一样。当一种人去房空的悲哀强烈地袭上心头时，她就会跪在小床旁边，祈求上帝，向他倾诉着心底的愿望，请他派一位天使关心她、爱护她、记住她。

没有多久，在这宽敞、凄凉、阴森的巨屋中，在苍茫冥色里，她那轻轻的声音复又徐缓地、时断时续地唱起旧时的歌声，那是她弟弟曾经多么经常地把头垂在她的手臂上时聆听着的歌。歌声既止，待天完全黑了，房间里响起一曲轻轻颤动着的乐音，既弹又唱，其声轻柔，不像是单纯的旧调重弹，却仿佛是她在伤心地回忆着那最后的一晚在她弟弟的恳求下她弹唱的歌。但这确实是旧调重弹，在这黑影重重、万籁俱寂的时候，往日的乐声反反复复重复着；当这柔和优美的歌声戛然止息时，当涕泪纷纷落下时，这旧时的曲调依旧在琴键上断断续续地呜咽着，颤动着。

就这样，她重又获得了勇气，瞧一眼过去在海岸上他身边时她的手指忙着干的针线活；就这样，过了不久，她重又拿起了往日的针线活，而且对它注入了人之情爱，仿佛这种东西具有人的灵性，是她的知交；就这样，在这间早已无人问津的房间里，她坐在她妈妈画像旁边的窗前在沉思默想中苦度朝夕。

那双乌黑的眼睛常常从针线活上抬起来，朝那些脸色红润的孩子们住的地方望去，这是为什么？她们并没有立刻使她想起死去的弟弟，因为她们都是女孩子，四个小姊妹；但是同她一样，她们没有了母亲——只有爸爸。

这位爸爸什么时候走出去，什么时候准备回来，这是一清二楚的，因为这时最大的孩子总是穿好了衣服，在客厅的窗口等候着他了；他一出现，她那企盼着的脸孔马上焕发着快乐的光辉，而另外的几个孩子总是守在楼上的窗口，也一样地观望着，等他来了就拍着手，敲着窗台，高声喊着他。这时，最大的孩子就会奔到楼下的前厅里，把手放在他的手里，牵着他上楼。过后，弗洛伦斯就会看到她或者坐在他的身边，或者坐在他的膝盖上，或者撒娇地搂着他的颈子同他讲着什么；他们在一起时虽然总是很愉快的，但是他常常凝神地望着她的脸孔，好像在想她多么像她死去的母亲。有时候，弗洛伦斯不能再看下去了，她会突然泪流满面，仿佛吓坏了似的躲到窗帘后面去，或者干脆从窗边急忙走开。可是她仍旧情不自禁地回来了，她的针线活又不知不觉地从她的手中旋即落到地上。

多年以前，那座屋子是空着的，好长时间一直没有人住。终于，在她离家的那几年里，这家人住了进去。经过一番修理油漆之后，这里已是鸟语花香之地，与它的旧貌迥然不同了。但是她想的并不是那座屋子，而是那些小孩和她们的爸爸。

他吃过饭后，透过敞开的窗户，她可以看见她们同家庭女教师或者保姆从楼上走下来，聚在桌子周围；在这静悄悄的夏天，这些儿童的声音和爽朗的笑声就拿像银铃般地穿过街道传入她静坐其中的沉闷的房间。然后她们同他走上楼去，蹦蹦跳跳，在沙发上嬉笑取乐，或者在他膝盖四周围成一圈，这些小巧玲珑的脸孔仿佛是一束鲜花，似乎在听他讲着什么故事。有时候，她们也会跑到阳台上去，这时弗洛伦斯就匆匆躲起来，生怕她穿着一身丧服孤零零地坐在那里会使她们看了扫兴。

这些小女孩走开以后，最大的孩子留在爸爸跟前，给他泡茶，这时候她多么像一个快快活活的小管家！这时候，她或者坐在房间里或者坐在窗口，同他聊天，一直到蜡烛拿了进来。她虽然比弗洛伦斯小好几岁，他却把她当作一位伴侣，而她则拿着一本小书或针线盒安静地坐着，像一位成年的女子那样文雅端庄，从容得体。当他们的蜡烛点亮了，从她黑暗的房间里向他们那边望过去，弗洛伦斯不再害怕；但是当这位女孩对她爸爸说声"晚安"去就寝时，弗洛伦斯抬起脸望着他，就会哆嗦着哭泣起来，再也无法看下去了。

可是，在她自己就寝之前，她唱着很久以前时常为她弟弟催眠的小调，还唱着另一个时断时续的轻柔的歌曲，她唱唱停停，一步一回头地望着那座屋子。她依依不舍地想着它，望着它，但她把这深藏于她年轻的胸中，别人是不知道的，这是她自己的秘密。

弗洛伦斯是这么天真无邪、一片真心，无愧于她弟弟临终时轻轻讲着的对她的手足深情，她那颗赤诚的心映照在她美丽的脸上，表露在她柔和的声音的每一个音调里。那么这个年轻的胸中还有另外的秘密吗？是的，还有一个。

当屋里没有人走动了，灯光都已熄灭时，她就会轻悄悄离开她自己的房间，脚步一声不响地走下楼梯，来到她爸爸的房门口。她几乎是屏住气息，把脸和头靠在门上，把嘴唇压在门上，心头满含着爱的渴望。每天夜里，她都来到她爸爸的房门外面，蹲在冷冰冰的石头地上倾听，哪怕只是听听他的呼吸。她一心一意地希望着他能让她向他表示儿女之情，给他一些安慰，接受他的这个孤独的孩子的一片孝心；如果她有点胆量的话，她就会跪在他的脚下，向他哀求了。

这个秘密没有人知道，也没有人想到。门总是关着的，他也总是关在里面，他只不过出去一两次。屋里的人说他很快要到乡下去了，不过在那些房间里，他一个人住着，他从未看到过她，也从未问起过她，连她是不是住在家里他恐怕也是不清楚的。

葬礼过后约一星期，有一天，弗洛伦斯正坐着做针线活，苏珊走进来了，她的脸上似笑非笑、似哭非哭，说有客来访。

"客人！找我，苏珊！"弗洛伦斯吃惊地抬起头说。

"是啊，现在有人来找，这可奇怪呢，是不是，弗洛依？"苏珊说，"可是我真希望您有好多客人，真的，因为客人多了您的心情也会好起来的，我觉得，小姐，您和我即使到老斯克特尔士家里去住住也是好的，去得越早对我们就越好，我并不一定想和好多人待在一起，弗洛依小姐，不过我不能闷声闷气，一声不吭嘛。"

说句公道话，她讲的这些话倒并不是为自己打算，她其实是替她年轻的女主人着想的，这从她的脸上可以看出。

"但是这位客人呢，苏珊？"弗洛伦斯说。

苏珊太兴奋了，一声既像是笑又像是哭的声音像爆炸一样突然冲口而出："图茨先生！"

刚才还浮现在弗洛伦斯脸上的笑容顷刻之间消失得无影无踪，她的眼睛满含着泪水。然而刚才她看见的确实是笑容，这就使尼珀小姐感到莫大的快慰了。

"在大厅里我一看见那个傻小子，弗洛依小姐，"苏珊一边拿起围裙揩眼睛一边摇着头说，"我一下子就大笑起来，随后又哭了，弗洛依小姐，当时我心里也就是这样七上八下的。"

说着，苏珊·尼珀不由自主地当场又照样演示了一下。这时，图茨先生跟在她后面也已经上了楼，但他没有觉察到自己的到来竟会引起这种轰动效应，他用手指关节敲了敲门便迅疾地走了进来。

"您好，董贝小姐，"图茨先生说，"我很好，谢谢您。您好吗？"

世界上比图茨先生机灵的人可能会有一两个，但比他更好的人是微乎其微的。图茨先生为了使弗洛伦斯和他自己的心情舒畅一些，在来以前穷思竭虑地想了这么一套话。但是他发现他还没有来得及坐下，也没有等弗洛伦斯开口讲一句话，甚至还没有等他完全走进门里面就匆匆忙忙先讲起来，傻乎乎地把准备的话一下子都讲光了，就像一个人挥霍无度，把他的财富一下子花得精光一样，因此他觉得他刚才讲的那几句开场白还得重新来过。

"您好，董贝小姐，"图茨先生说，"我很好，谢谢您。您好吗？"

弗洛伦斯把手向他伸过去，说她很好。

"我的确很好，"图茨先生说着便拉了一把椅子坐了下来，"我的确是很好。我想不起，"图茨先生想了一会儿说，"过去什么时候比现在更好。谢谢您。"

"您多好，特地过来，"弗洛伦斯一边说一边拿起针线活，"我看到您真高兴。"

图茨先生听了咯咯地笑起来，表示内心的欣喜，但忽然一想这样的表示未免失之轻浮，便又叹息了一声，以作纠正。可是他又觉得这声叹息未免太伤感了，便又咯咯一笑，以示纠正。然而这两种反应方式都不能使他完全满意，因此他的呼吸变得非常急促了。

"您对我亲爱的弟弟真好，"弗洛伦斯这样说是出于解困救急的天生慈怀，"他时常跟我谈起您。"

"哦，这不打紧，"图茨先生赶紧说，"暖和吗？"

"天气好极了。"弗洛伦斯答道。

"这样的天气对我很适宜！"图茨先生说，"我觉得我从来没有像现在这样好过，我要感谢您了。"

讲完这么一个出其不意、离奇古怪的事实之后，图茨先生沉默下来，好像掉在一口深井之中。

"我想，您已经离开布林伯博士的学校了吧？"弗洛伦斯这样问了一句，为他解围。

"我想是的。"图茨先生回答了以后又掉了下去。

看来是淹没了，他待在井底至少有十分钟之久。之后，他突然浮了上来说：

"哦！再见，董贝小姐。"

"您要走了吗？"弗洛伦斯一边问着一边站了起来。

"我也说不准。不，现在不走，"图茨先生说着又出人意料地坐了下来，"事实是——唉，董贝小姐！"

"别怕，跟我讲好了，"弗洛伦斯静静地一笑说，"如果您想谈谈我弟弟，我是很高兴听的。"

"是吗？"图茨先生连忙说，他原本木讷的脸上此时每一根纤维都流露着同情，"可怜的董贝！我真没有想到伯吉斯公司——过去我们常常谈起的那家价格很昂贵的时装裁缝店——会为了这件事情给我做了这套服装。"图茨先生穿的是丧服。"可怜的董贝！唉！董贝小姐！"图茨说着号啕大哭，泪流满面。

"嗯。"弗洛伦斯应着。

"他终于有了一个很喜欢的朋友。我想，您也许会留下这个朋友做一个纪念。您可记得他老是念念不忘那个狄俄吉尼士吗？"

"哦，是的！哦，是的！"弗洛伦斯叫了起来。

"可怜的董贝！我也记得的。"图茨先生说。

看到弗洛伦斯热泪盈眶，图茨先生讲不下去了，差一点又掉入井里，幸好正当悬在井边时突然咯咯一笑便获救了。

"嗨！"他又继续说了，"董贝小姐！要是他们还不想把他打发掉，我就可以花十个先令把他偷过来，我会这样做的，但是我想他们很高兴把他弄走。如果您要的话，他就在门口，我特地把他带来给您的。您知道，他不是一条给女士玩赏的狗，不过我想您是不会介意的，是吗？"

他们立刻俯瞰着下面的街道，只见狄俄吉尼士正在一辆出租的单马双轮轻便车上从窗口向外张望。原先，为了把他带到这里来，在这辆马车上铺上稻草，假装里面藏着老鼠，把他骗上了车。说真的，他一点也不像一条给女士玩赏的狗。他急于想跑出来，东撞西跳，从嘴巴的一边爆发出短促的狂吠声，这个模样实在很不雅观；由于用力过猛，他身体失去了平衡，跌进稻草里面，但很快又呼哧呼哧地跳了起来，伸出他的舌头，仿佛是说他是特地到诊疗所来检查身体的。

夏天里遇到狄俄吉尼士的确会使人觉得它是一条很滑稽可笑的狗，圆头圆脑，面貌丑陋，行动呆笨，粗心大意，老是以为附近有什么敌人，总是狂吠不止，认为这样做是值得褒扬的。它的脾气很不好，当然也不聪明，毛发遮满了眼睛，鼻子滑稽得很，尾巴长得不伦不类，而且它的声音是粗声厉气的。尽管这样，较之最贵重、最漂亮的狗，弗洛伦斯更喜欢狄俄吉尼士，因为她弟弟临终时还惦记着它，要求好好照顾它。她确实太喜欢这个其貌不扬的狄俄吉尼士，对它非常欢迎，为了表示衷心的感激，她拿起图茨先生戴着宝石戒指的手吻了一下。狄俄吉尼士被放出来了之后，连蹦带跳地奔到楼上的房间里（刚从马车上把它弄下来的时候好费劲呵），钻到每一件家具底下，结果挂在它颈子上的一根长铁链给绕在椅子和桌子的腿上了，它使劲地拉，弄得它的眼睛几乎要跳了出来，实在不堪一睹。当图茨先生对它故作亲热之态时，它就向他咆哮起来。它一看见托林森就气急败坏地向他冲过去，因为有生以来每当走到拐角处，它总以为那边有个敌人，便狂吠起来，而这个敌人它始终没有见过，今天的这个人它相信就是他心目中的那个宿敌了。弗洛伦斯很喜欢它，好像它是上天精心创造的奇迹。

图茨先生的礼物居然送得很成功，使它大喜过望，它瞧着弗洛伦斯弯下身子，用她的纤纤小手抚摸着它毛茸茸的背脊——一开始相识，狄俄吉尼士就乐意让她抚摸了——它高兴极了，不愿马上离别，无疑，它想多耽搁一些时候再决定告辞。可是这时狄俄吉尼士给它帮了个忙，它突然灵机一动，对着图茨先生狂吠起来，大张着口向他扑过去。图茨先生在狄俄吉尼士的恶作剧面前不知所措，而且担心伯吉斯公司给他做的那条裤子岌岌可危，便随着咯咯的笑声退到门外。漫无目的地向门内瞧了两三次，而每一次狄俄吉尼士都向他奔过来，图茨先生终于举步离开了。

"喂，狄！亲爱的狄！同你的新女主人做个朋友，让我们相亲相爱吧，狄！"弗洛伦斯一边说一边抚摸着它毛茸茸的头。狄虽然粗野不驯，可是当眼泪落在它那毛茸茸的皮上时，即刻被吸收进去，它那颗狗的心也感化了，它把鼻子举向她的面孔，对她誓忠。

哲学家狄俄吉尼士同亚历山大大帝讲话时却不如狄俄吉尼士这条狗对弗洛伦斯表达得那么明白晓畅。[①]狄俄吉尼士这条狗兴高采烈地接受它的小女主人的亲昵，而且忠心耿耿地为她效劳。在一个角落里即刻为它摆好了一顿盛筵。酒醉饭饱之后它走到弗洛伦斯坐着的窗口，后腿站立着抬起身来望望，把前爪笨拙地放在她的肩膀上，舔着她的脸和手，再把它的大头伏在她的胸口上，然后摇着尾巴直到筋疲力尽。最后，狄俄吉尼士就蜷伏在她的脚边入睡了。

尼珀小姐看到狗是很胆战心惊的，跨进房间时觉得必须小心翼翼地提起裙子，就像跨过小溪时走在踏脚石上那样；一看见狄俄吉尼士伸懒腰时，她便尖声喊叫，连忙站到椅子上去。尽管这样，图茨先生的好心好意依旧使她很受感动，她看到弗洛伦斯对小保罗这位

---

① 指古希腊哲学家狄俄吉尼士（公元前 412—前 323）要亚历山大大帝站开一些，不要挡住阳光。

粗里粗气的朋友如此宠爱，心里不免有所感触，眼睛里涌出了泪水。她想到这条狗的时候也自然地想起了董贝先生。不过，观察了狄俄吉尼士和他的女主人整整一个晚上之后，她满怀着亲善友好的心意想方设法在他女主人门外的一间小房间里给狄俄吉尼士铺好了一张床；在她晚上离开之前，她不管三七二十一就匆匆忙忙地跟弗洛伦斯讲：

"您爸爸明天早上就要走了，弗洛依小姐。"

"明天早上吗，苏珊？"

"是的，小姐，是这么说的，一大早。"

"您知不知道，"弗洛伦斯问道，眼睛没有看她，"爸爸到哪里去，苏珊？"

"不很清楚，小姐。他先要去跟那位宝货少校碰面，我得说一下，要是我认识什么少校的话（但愿不会），我可不要脸色发青的！"

"别想了，苏珊！"弗洛伦斯温和地劝说着。

"嗯，弗洛依小姐，"尼珀小姐应道，她的胸中怒火正旺，比平时更加顾不上打顿了，"他要是脸色发青的话，我可不理，我虽然是基督教徒，地位很低，我要的朋友总得是脸色自然的，不然就一个也不要。"

从她补充说的和在楼下听到的闲言碎语来看，奇克夫人曾向董贝先生建议过由少校陪他同行，董贝先生斟酌之后便邀他一起去了。

"要说他是一个朝三暮四的人，还会假嘛！"尼珀小姐以极其轻蔑的口吻自言自语着，"如果他是一个朝三暮四的人，那我不要，我要始终不变的人。"

"晚安，苏珊。"弗洛伦斯说。

"晚安，我好亲爱的弗洛依小姐。"

她的怜悯的声调深深触动了那根心弦，她或其他人在场的时候，那根心弦也时常被漫不经心地拨动过，但弗洛伦斯从来没有去听。现在弗洛伦斯独自留在房间里了，她把头搁在一只手上，另一只手压住起伏不止的胸膛，忧伤难抑，不能自已。

这是一个阴雨绵绵的夜晚，阴沉的雨点滴滴答答，倦意的雨声潺潺不息。风徐缓地吹动着，在屋子里悲鸣，仿佛充满了痛苦与悲哀。一声尖厉的声音震颤着穿林而过。她坐在那里呜咽地哭泣着。时已很晚，教堂的尖塔上传来午夜凄凉的钟声。

论年纪，弗洛伦斯不过是个孩子，她还不到十四岁。在这阴寒孤寂的深夜，在这座巨宅中，死神刚刚光顾过，满目凄凉，对于一个年纪稍大一些的人来说，也会想入非非，产生一种莫名其妙的恐慌之感的。可是弗洛伦斯是那么纯洁无邪，她不会想着这些可怕的事情，她心目中只有一件事。在她思绪中游荡着的唯有爱，的确，那是一种游荡着的爱，是一种漂泊无依的爱，但它始终如一地朝向着她的爸爸。

雨的滴答声、风的悲鸣、树木的萧萧摇曳声乃至庄严的钟声，都不能影响这个唯一的思绪，也不能减弱对它的兴趣。她从未停止过对她死去的亲爱的弟弟的回忆，这种回忆就是游荡在她心中的思绪，这两者是同一回事。呵，从那个时刻起就一直被关在外面，无依无靠，一直看不到她父亲的面或者触摸他一下，这是多么难受呵！

从那时候起，这个可怜的小女孩每天晚上都要走到他门口去，然后再去就寝，否则她是不会去睡觉的。在浓重的阴暗里她轻悄悄地走下楼梯，来到门口停了下来，她的心怦怦地跳动着，她的眼睛被泪水蒙住了，她听任头发披散下来，用沾湿着眼泪的面颊紧贴着门。这是多么奇怪而又伤心惨淡的情景。但是这一切都被夜色遮住了，谁也不知道。

今晚，一碰着门，弗洛伦斯立刻发现门是开着的。这是第一次让门开着，不过只是一条小缝，仅一根发丝大小，门内亮着灯。这位胆怯的孩子最初的想法就是赶快往后退，并且真的后退了，而第二个想法则是再走回去，步入房间；这第二个想法使她在楼梯上止步不前，迟疑不决。

门既然开着，即使只有这么一条小缝，也似乎有了希望。看见一线亮光从门里悄无声息地穿过黑暗森严的门口，像一根细线似的落在大理石地面上，她感到一丝鼓舞，便转过身，又走回去，她并不太清楚自己在做什么，只是心中的爱和他们共同经历过却并未共同承担着的磨难驱使她这样做罢了。她稍微举起哆嗦着的双手轻轻地走了进去。

她的爸爸正坐在屋子中间他的旧桌子旁边，一边整理着一些文件，一边撕碎着另一些文件，把这些残缺不全的纸片堆在他的面前。雨点猛烈地打在外面房间的窗玻璃上。可怜的保罗还是个婴儿的时候，他常常从那间房间里凝望着他。窗外，风声凄切，如泣如诉。

但他没有听到。他坐在那里，两眼盯住桌面出神，对他孩子轻盈的脚步声一无所觉，即使有谁的脚步要重得多可能也不会把他从沉思默想中唤醒。他的脸是朝着她的。渐渐昏暗的灯光下，在这百无聊赖的时刻，这张脸显得憔悴悲苦，而他四周则是孤零零的一片冷寂，弗洛伦斯的心深深地被感动了。

"'爸爸！爸爸！'跟我讲讲话吧，亲爱的爸爸！"

听到她的声音，他吓了一跳，马上从座位上一跃而起。她就在他面前，伸开了手臂，但是他却往后退了。

"什么事？"他严厉地问道，"你怎么跑到这里来？什么事情叫你害怕？"

叫她害怕的不是别的，而是他那张对着她的脸孔。在它面前，他幼小的女儿胸中炽热的爱也凝结成冰了，她像一尊石像站在那里看着他。

这张脸上没有一丝和蔼可亲或怜悯的痕迹，没有一线父亲对女儿的关心、慈爱与宽大。变化却是有的，但不是这种变化。往昔的漠不关心、冷若冰霜的脸色已经被某种东西所替代了。这某种东西她从来没有想到过也不敢去想，但是她却感到它的威力，她对此非常熟悉但无以名之，当他的脸对着她时，此物仿佛向她的头上射下一道阴影。

他是否看见了他面前的这位女儿体魄如此健康、生命力如此旺盛，较之他的儿子真不知胜过多少？也许他望着她时心里在想她把

278

儿子对他的感情夺去了吗？只是因为过分的嫉妒之心和受了伤害的傲慢之气才毒化了那些美妙的回忆，而使他对本该爱若掌上明珠的女儿置之不顾吗？他一心思念着他幼小的儿子，他那出落得十分标致的女儿在他面前，使他看了如同吃了黄连，这难道是可能的吗？

弗洛伦斯并未想到这些。但爱是很敏感的，一当受到排斥、没有了希望时，它即刻就会感觉到的。她站在那里望着她父亲的脸孔时，她心里的希望顿时化为灰烬。

"我问你，弗洛伦斯，你害怕吗？出了什么事，你才跑到这里来的？"

"爸爸，我来——"

"我没有叫你来。为什么来？"

她看出他知道她为什么来的，因为那是明明白白地写在他脸上的。她垂下头，用两手托着，低声地哭泣不止。

在以后的岁月里，让他仍旧记住那间房子里的哭声吧。还没有等他开口，哭声从空气中散去了。他想这哭声将会很快从他的脑中消失，但是它是不会消失的，它就待在那里。在以后的岁月里，让他仍旧记住那间房子里的哭声吧。

他抓住她的手臂。他的手冰冷，抓得松松的，没有握紧。

"我看你太累了，"他说着就拿起灯，把她带到门口，"需要休息。我们都需要休息。去吧，弗洛伦斯。你是在做梦吧！"

她的确做了个梦，不过此时梦已经过去了，愿上帝帮助她吧！她觉得这个梦是再也不会回来了。

"我站在这里照你上楼。楼上的房子全部是你的，"她爸爸慢慢地说，"现在你就是那里的主人了。晚安！"

她仍旧捂着脸，一边哭泣一边回答着，"晚安，亲爱的爸爸。"然后她默默地走上楼去。她回头看了一下，仿佛想再回到他身边，但因害怕便作罢了。这个念头瞬息即逝，因为毫无希望，也就即刻打消了。她的爸爸拿着灯站在那里，严厉冷峻，无动于衷，一动也不动，直到他漂亮的孩子飘动的衣服消失在黑暗中。

在以后的岁月里，让他仍旧记住那间房子里的哭声吧！雨滴落在屋顶上，门外风在悲鸣，在它们凄楚的声音里也许已经有了预感。在以后的岁月里，让他仍旧记住那间房子里的哭声吧！

上次他也是从这里望着她一步步走上楼去的，那时她抱着她的弟弟。现在看着她上去时他并没有为之心动，却反而心如铁石。他走回房里，把门锁上，在椅子上坐了下来，为死去的儿子号啕大哭。

狄俄吉尼士在它的岗位上清醒地守候着，等待它的小女主人。

"哦，狄！哦，亲爱的狄！为了他的缘故爱我吧！"

狄俄吉尼士早已为了她本人的缘故而爱她了，而且不顾一切地表现出来。所以它在前面的小房间里尽情玩耍，蹦蹦跳跳，做着形形色色的滑稽可笑、粗鲁笨拙的表演。等可怜的弗洛伦斯终于入睡、梦见对面屋子里脸色红润的孩子时，它便扒开她卧室的房门，把它的铺盖卷成一个枕头，把系它的绳子拉到最长度，跑进她的房间，躺在地板上，头朝着她，脸孔向天仰着，眼睛懒洋洋地望着她，直到眼睛一眨一眨地慢慢进入梦乡，它梦见它的敌人，便汪汪叫了起来。

第十九章

沃尔特离别

仪器制造商店门口的，木制海军候补生真像一位冷淡无情的小海军候补生。这是沃尔特住在那间屋后起居室里的最后一天了，夕阳已经西沉，他即将离别，可是木制海军候补生依旧我行我素，无动于衷。圆溜溜的黑眼睛上还架着一只象限仪，他的仪态依旧是怡然自得，不可摇撼，他尽情地展示着小天使衣装的风姿，一心一意地埋头搞科技，对世事则不闻不问。他极其容易受天气的影响。气候干燥，他就灰尘满面；多雾的日子，他身上撒满了烟灰；太热的天气会使他遍体生起水疱；唯有下雨天他那暗淡无光的衣服才暂时亮丽起来。除此之外，这位海军候补生则是高傲自大、顽固不化、麻木不仁的，他只是一味地搞科技发明，对周围发生的世事则漠不关心，与当年阿基米得①在叙拉古城被攻占时的情况相比，是毫不逊色的。

他看起来就是这样一位海军候补生，至少目前家中处境不妙的时候他是这副神态。沃尔特走进走出时都要很亲切地瞟他好多次。沃尔特不在时，可怜的老所尔就会走过来，靠在门柱子上，让他有气无力的绒线帽尽量挨近他的行业与店铺的守护神的鞋扣处。可是对这些亲密的表示，海军候补生毫无反应，即使那个口如血盆、用鹦鹉羽毛制成的凶残面孔的猛兽，对于那些兽类的顶礼膜拜也不至于漠不关心到这个程度。

---

① 阿基米得（公元前287—前212）：古希腊数学家和物理学家。生于叙拉古城（古希腊城市）。当叙拉古城被罗马围困时，他正在专心研究数学，不知道外面发生的战争。

沃尔特环顾着这间夹在护墙与烟囱之间他居住多年的寝室，心情十分沉重，时天色已晚，他想再过一夜他就要告别这一切了，也许永远无缘重逢。他为数不多的书籍与画幅都已拿走，这间寝室冷冷地看着他，责备他把它抛弃了，现在已经可以看出，过不了多久，它就会全然变样了。"再过几个小时，"沃尔特想，"这间我一直朝夕相守的房间就不再是我的了，我还是小学生的时候在这里做过的梦也不再属于我了。睡着了，我也许还会做这样的梦；醒来了，我也许还会回到这里；至少我还会做这样的梦，可这个房间将会易主，它的主人会有二十个，而且每一个新的主人都可能把它改头换面，不好好爱护它，或者干脆把它弄得杂乱无章、面目全非。"

　　在屋后的小起居室里，他舅舅独自坐着。卡特尔船长粗中有细，为了舅甥二人能够无拘无束地谈谈，他故意避开了，没有过来。因此沃尔特在最后一天忙完了之后，一回家就匆匆下楼，与他做伴。

　　"舅舅，"他快活地说着，一边把手搁在老人的肩上，"我从巴巴多斯岛上带点什么给你？"

　　"希望，我亲爱的沃利。希望我们今生还会再见。把这个希望带给我吧，越多越好。"

　　"我一定会的，舅舅。我足够了而且还有得多，我会带给你很多很多的。还有活的甲鱼，还有卡特尔船长做多味果汁饮料用的酸橙，还有你星期天吃的果酱，还有各色各样的东西，舅舅，等我挣了不少钱，我会给你运来整船整船的东西的。"

　　老所尔擦擦眼镜，微微地笑着。

　　"好呵，舅舅！"沃尔特很开心地叫起来，一边拍拍他的肩膀，拍了五六回，"你叫我好高兴！我也要叫你高兴！舅舅，明天早上我就要像百灵鸟那么快活了，飞得高高的！说起我的希望，现在它正在那看不见的地方唱着歌呢。"

　　"沃利，我亲爱的孩子，"老人应着说，"我要尽我最大的努力，我要尽我最大的努力。"

　　"你会努力的，舅舅，"沃尔特愉快地笑着说，"我知道是最好最好的。你不会忘记要带给我什么东西吧，舅舅？"

"不会，沃利，决不会，"老人答着，"关于董贝小姐的消息，我凡是听到的都会写信告诉你，这个可怜的羔羊，她现在是孤孤单单一个人了。我怕她的消息不会很多，沃利。"

"嗨，我告诉你吧，舅舅，"沃尔特想了一会儿说，"我刚才到那边去过。"

"怎么？是吗？"老人抬起眉毛，连同眼镜也抬了起来，喃喃地说。

"不是去看她，"沃尔特说，"不过我想，要是我要求见的话，我准可以看见她的。董贝先生不在城里，我只是向苏珊告别。我想，在这样的时候，一想起我上次看见董贝小姐的那一天，你知道，我会壮着胆子去的。"

"对的，我的孩子，对的。"出神片刻之后，他舅舅又如梦初醒地应道。

"所以我看见她了，"沃尔特继续说，"我是说看见苏珊了。我告诉她明天我就要走了。舅舅，我还说从那天晚上董贝小姐到这里来过以后你对她就一直很关心，希望她身体健康、心情愉快，而且能够为她做一点事情就会高兴，感到这是很值得骄傲的。我想在这种情况我是可以这样讲的。你觉得这样讲对吗？"

"对的，我的孩子，对的。"他舅舅像上次一样地应着。

"我还说，"沃尔特接着讲，"如果她，我是说如果苏珊或者理查兹太太或者其他可能会来这里的随便什么人能让你知道董贝小姐身体健康、心情愉快的话，你就会很感激的，就会写信告诉我，我一定也是很感激的。好了！说真的，舅舅，"沃尔特说，"昨天整夜我差不多一点也没有睡过，就是想着这件事情，我出了门，也还是决定不下是不是要这样做，不过这的确是我心里的真情实意，要是我不讲出来，我以后一定是很苦恼的。"

他那诚恳的语气和态度证明他讲的话一丝不假，是一片真心。

"所以要是你什么时候看见她，舅舅，"沃尔特说，"这次我是指董贝小姐——也许你会看见她的，谁知道呢！——告诉她我多么钟情于她，我在这里的时候我多么常常想着她，舅舅，告诉她，在我离开之前的最后一个夜晚我是怎么含着眼泪谈着她的。告诉她，我说过我永远不会忘记她那优雅的仪态、漂亮的面孔和那胜过一切的和蔼可亲的脾气。还有，我这里的一双鞋子不是从一个女人家或一位年轻小姐的脚上拿下来的，它只是一个天真无邪的小女孩穿过的，"沃尔特说，"舅舅，你要是愿意的话，就告诉她我把那双鞋子藏着——她总还记得那双鞋子老是从她脚上掉下来的——我随身把它们带走了，好做个纪念！"

这时，这双鞋子已经放在沃尔特的一件行李里面，拿到门外了。搬运工把他的行李搬到一辆货车上，准备送到码头装上"子嗣号"船。鞋子的主人还没有讲完话，这双鞋子就已经在这位麻木不仁的海军候补生的眼皮底下给搬运工拉走了。

这个宝物在辘辘车声中给拉走了，但这位老海员却不闻不问，这其实是可以原谅的，因为此时此刻就在他眼底、在他观察的范围内出现了弗洛伦斯和苏珊·尼珀，她们迤逦而来，现在完全走进他那万分惊奇、极度警觉的视觉之内。弗洛伦斯战战兢兢地仰望着他的面孔，看到他那惊恐万状的木然不动的目光正盯着她呢！

她们再走进店里，除了海军候补生以外没有别人注意到她们，便跨进起居室的门。沃尔特背对着门，如果不是他舅舅从座椅上一跃而起，差点把另一把椅子摔倒的话，他照理也不会知道她们来了的。

"怎么了，舅舅！"沃尔特喊了起来，"什么事？"

老所罗门回答说："董贝小姐！"

"这可能吗！"沃尔特叫了起来，回头看看，这次轮到他吓了一跳，"在这里！"

呵，这是太可能、太真实了。他的话刚出口，弗洛伦斯就已经匆匆走过他的面前，双手抓住所尔舅舅的黄褐色上衣翻领，吻着他的面颊，然后转过身来，以纯真的热情向沃尔特伸出她的手，这种纯真的热情是她的特色，是世上其他人所望尘莫及的！

"要走了，沃尔特！"弗洛伦斯说。

"是的，董贝小姐，"他答道，虽然勉力而为，却仍旧无法掩饰心中的烦恼，"我就要出门远航了。"

"那么您的舅舅呢，"弗洛伦斯说着便回过头看看所罗门，"我想您要走了他是很难过的。呵！我看出他是很难过的！亲爱的沃尔特，我也很难过。"

"天晓得，"尼珀大声说着，"有好多人我们可以派出去的，为什么偏偏派他呢。要讲精打细算的话，皮普钦可以做监督，她是不需要多少钱的，要是需要了解黑奴的情况，布林伯一家人是最好的人选了。"

话音刚停，尼珀小姐便解开帽带，茫然地往摆在桌上的黑色小茶壶里面看了一眼——桌上还放着平时用的普通茶具——摇摇头再摇摇茶叶罐头，不等人请就动手泡茶。

这时弗洛伦斯又转回身朝着仪器制造商，老所尔又惊又喜地说，"长得这么大了！这么漂亮！可一点也没有变！同以前完全一样！"

"真的！"弗洛伦斯说。

"真——真的，"老所尔慢条斯理地搓搓手答道。那双望着他的明眸流露着一丝忧郁的神情，引起了他的注意。他心里在想，嘴上不由自主地说了出来，"真的，您小时候脸上的神情也是这样的！"

"您还记得我，"弗洛伦斯微笑着说，"你还记得那时候我是怎样的一个小姑娘吗？"

"我亲爱的小姐，"仪器制造商答着，"我怎么会忘了您，我一直想着您，也常常听人谈起您！而且就在您走进来的时候，沃利正跟我谈起您，他还留了话要告诉您，还有——"

"是吗？"弗洛伦斯说，"谢谢您，沃尔特！呵，谢谢您，沃尔特！我起先还怕您走了就把我忘了呢。"说到这里她又一次落落大方、忠心耿耿地把她的小手伸给他。沃尔特握着她的手好一会儿，不忍放下。

沃尔特以前也可能握过这只手，但这次却不一样，手与手的接触也没有唤起他童年时候不切实际的梦幻，而这些梦幻即使在最近

285

也时常从他身边飘忽而过，它们的模糊不清、支离破碎的影像使他迷茫困惑。她那亲密的举止多么纯洁无邪，肺腑之情和盘托出，洋溢着充分的信任之感，她对他的情意毫不掩饰，它深深地留在她坚定不移的眼光里，荡漾于她微含笑意的脸上，可是她的笑容却是太悲凄了，无法使她的脸容光焕发，而是给它抹上了一丝阴影，唉，好可怜呵！——这一切毫无浪漫色彩，却使他回想起往昔的情景：他看见她侍候在她弟弟临死时的床边以及那个孩子对她的深爱。在往事的怀想中，她仿佛展翅而飞，远远地飞出他那虚无缥缈的幻想之上，飞入更明朗更宁静的天空。

"我——我怕我得叫您沃尔特的舅舅了，先生，"弗洛伦斯对老人说，"如果您让我这样叫您的话。"

"我亲爱的小姐，"老所尔叫起来，"让您！我的天哪！"

"我们一向是这样称呼您的，我们时常谈起您，"弗洛伦斯向四面看了一下，便轻轻叹了口气说，"多好的客厅！一点也没改变！我记得清清楚楚！"

老所尔先看看她，再瞧瞧他的外甥，然后搓搓手，擦擦眼镜，低声地说："呵，时间，时间，时间！"

沉默片刻，此时苏珊·尼珀从碗橱内熟练地再拿出两只茶杯和茶托，想了一下，准备泡茶。

"我有件事情想急于告诉沃尔特的舅舅，"弗洛伦斯说着便小心翼翼地把手放在老人搁在桌子上面的手上，以引起他的注意，"您马上就会孤零零的一个人了，如果您允许我，不是说让我代替沃尔特的位置，因为我是没法代替他的，我是说允许我做您的真正的朋友，在沃尔特离家的时候尽我所能帮助您，那我就会对您感激不尽了。您会允许吗？我可以吗，沃尔特的舅舅？"

仪器制造商一声不响地拿起她的手放在他的唇边。苏珊·尼珀自行其是地坐在第一把交椅上，双臂交叉地仰靠着，咬着帽带的一端，抬起头望望天窗，轻轻地叹了一口气。

"我能来的时候，"弗洛伦斯说，"您要让我来看您，您要跟我讲讲您自己和沃尔特的每一件事情，要是苏珊来了而我没有来，您也不要对她隐瞒什么，您要信任我们，信赖我们，依靠我们。您要让我们给您带来安慰。您会吗，沃尔特的舅舅？"

那张望着他的可爱的脸孔，那双温柔地恳求着的眼睛，那柔和的声音，以及他手臂上的轻轻的触摸，再加上孩子对他的年纪所表示的尊敬，使他深受感动，那迟疑未决、欲言又止的神情十分引人入胜——所有这些和她天生的诚恳热情使这位可怜的老仪器商不知所措，不知怎么讲好，只是说了一句：

"沃利！替我说一句话，我亲爱的。我非常感谢。"

"不要讲，沃尔特，"弗洛伦斯静静地微笑着说，"请您别替他讲。我很了解他，我们必须学会您不在的时候我们怎样谈话，亲爱的沃尔特。"

她讲到后面时，伤感的声调特别使沃尔特动情。

"弗洛伦斯小姐，"他竭力摆出刚才同舅舅谈话时欢欣鼓舞的口吻回答说，"我可以肯定，我同舅舅一样，不知道怎样感谢您的好意。但是假如我能够讲上一个小时的话，我究竟讲什么好呢，还不是说您一向就是这样善良的吗？"

苏珊·尼珀开始咬帽带的另一部分，并且向天窗点点头，表示对这种感情的赞赏。

"哦！可是，沃尔特，"弗洛伦斯说，"您走以前我有一件事情想同您讲，请您一定不要叫我别的称呼，就叫我弗洛伦斯好了，您讲话不能像陌生人那样呵。"

"像陌生人！"沃尔特应道，"不会，我不会那样讲话的，至少我在感情上不是那样的。"

"嗯，不过这样说是不够的，我不是这个意思。因为，沃尔特，"弗洛伦斯说着就泪如泉涌，"我弟弟非常喜欢您，他死以前就说过他喜欢您，他说'不要忘记沃尔特！'沃尔特，现在他已经不在人世，在世上我再也没有兄弟了，要是您愿意做我的兄长，我就终身做您的妹妹了，不管我们在哪里，我都要把您当作哥哥想着您！这就是我想讲的，亲爱的沃尔特，但是千言万语还不能表示我的心意，因为我心里想说的话太多了。”

怀着一颗单纯可爱、装满着千言万语的心，她向他伸出了双手。沃尔特拿起这双手，弯下腰来，亲了亲给泪水沾湿的脸孔，这张脸既不向后退缩，也不扭开，也不羞然泛红，而是以无限的信任和真诚仰望着他。就在这刹那间，疑虑与不安的阴影完完全全从沃尔特的心中消失了。他觉得他似乎站在死去的孩子的床边答应着她那纯情的祈求；他似乎站在那孩子的庄严的形影面前发誓在他远去他乡时以兄弟之谊爱护和保护她的形象；他将珍藏着她的天真纯朴的忠诚之心，使之不受侵凌；如果对这颗忠诚的心掺入自己的杂念，他则会觉得是很卑劣的。

苏珊·尼珀在他们交谈时同时咬着两根帽带，给天窗暗暗送去情意绵绵的秋波。现在她换了一个话题，问他们谁要喝牛奶、谁要加糖，弄清楚之后她开始斟茶。他们四个人围着一张小桌子依次坐了下来，在这位年轻小姐的热心主持下开始饮茶；弗洛伦斯的光临，使屋后起居室墙上的鞑靼快速帆船焕然生辉。

半小时以前，沃尔特无论如何也不会直呼她的名字的，但是现在在她请求下，他能够这样叫她了。现在他可以坦然地想着她的光临，用不着有丝毫的顾虑，怕她来了不好。他可以平心静气地想着她是多么美丽，前程多么美好，谁要是有朝一日在她的心中找到栖身之地那会是多么幸福的一个家呵。由此他满怀豪情地想着他自己在这颗心中的地位；虽然他觉得这颗心远远高出于他之上，他仍旧鼓足勇气，下定决心，即使不值得它的眷顾，也决不愧对它。

苏珊·尼珀沏茶时，一定有什么仙灵在她的手边徘徊着，因为他们谈话之际屋后起居室里迷漫着一种宁静的气氛。所尔舅舅时计的指针周围也一定有一个全然相反的精灵在徘徊，使指针的移动比顺风疾驶的鞑靼快速帆船还要快。这且不管，客人的一辆马车等在不远处的一个僻静角落里；看了一下时计，可以肯定，这辆马车已经等了很久了，这是不容怀疑的。因为这个时计是无懈可击的权威。

如果所尔舅舅于某时要受绞刑，以这个时计为标准，他决不会认为它走得太快，连一秒钟也不会快的。

临别时，弗洛伦斯把她刚才讲过的话又对老人复述了一遍，要他恪守协议。所尔舅舅万般慈爱地陪她走到木制海军候补生的腿边，然后把她交给沃尔特。沃尔特随即护送她和苏珊·尼珀到马车跟前。

"沃尔特，"在路上，弗洛伦斯问道，"在您舅舅面前我不敢问。您觉得您会离开很久吗？"

"说真的，"沃尔特说，"我不知道。我想恐怕会很久的。董贝先生派我去的时候，我觉得他有这个意思。"

"这是件好事吗，沃尔特？"弗洛伦斯想了一会儿，焦虑地望着他说。

"您是说这个差使吗？"沃尔特问道。

"是的。"

沃尔特正想想尽一切办法作出肯定的回答，可是还没等他开口，他的脸色已经先行一步，答案就摆在那里了。弗洛伦斯专心一意地望着他的脸孔，不会看不出。

"恐怕我爸爸不怎么喜欢您吧。"她胆怯地说。

"您爸爸没有理由喜欢我。"沃尔特笑了一笑说。

"怎么没有理由，沃尔特？"

"那时是没有理由，"沃尔特对她的意思已经心领神会了说道，"公司里的工作人员很多。在董贝先生和像我这样的年轻人之间有一道很大的距离。如果我奉公尽责，那是我应该做的，我做的事情并不比其他人多。"

那天夜里走到楼下她父亲的房间里以后，她曾经是否有一种她不太意识到的、模糊不清的猜疑：沃尔特当初与她相识以及偶然之间对她的关心可能引起董贝先生的恼怒与厌恶？沃尔特是否想到这一点，是否突然感到此时此刻她也这么想呢？他们两个都没有什么表示。他们俩一时都没有讲话。苏珊从沃尔特的另一边走过去，锐利地对他们两人看了一眼，毋庸置疑，尼珀小姐倒是想到这一点了，而且深信不疑。

"沃尔特，您也许，"弗洛伦斯说，"会很快回来的。"

"我回来时，"沃尔特说，"也许已经是一个老人了，您也是一位老太太了。但是我希望不会这样。"

"爸爸，"过了一会儿弗洛伦斯说，"会——会好起来的，等他不再悲伤了，也许有一天他跟我讲话会随便一些的，那我就会告诉他我多么想看见您回来，要他为了我的缘故把您调回来。"

说到她父亲时，她的声调分外动人，这一点沃尔特是太清楚了。

马车近在咫尺，他本想默默无言地和她离别，因为此刻他深深地体味到离别的滋味，但是弗洛伦斯坐上马车后，握住他的手时，他发现她的手里拿着一个小包裹。

"沃尔特，"她那脉脉含情的眼睛凝望着他说，"像您一样，我也希望不会这样。我要为好日子祈祷，我相信它们是会来的。这个小礼物是我过去给保罗做的。请您连同我的爱收下吧，等您离开后再打开来看看。好，愿上帝保佑您，沃尔特！别忘了我。您是我的哥哥，亲爱的！"

苏珊·尼珀来到他们中间，使他非常高兴，不然他离别以后留给她的将是一份伤心的记忆。还使他高兴的是，她没有再从马车里向外望，她只是向他挥动小手，直到他看不见为止。

虽然她再三叮咛，那天夜里就寝时他还是忍不住打开那个小包，原来是一个小钱袋，里面装着钱。

次日早晨，灿烂的旭日从异国他乡回归故里，又冉冉升起。沃尔特也即刻起来，去迎接已经等在门口的船长，船长为了在麦克斯廷格太太还在睡梦中可以启程，出来早一些。他假装兴高采烈，在宽大的蓝外套的一只口袋里带了一条熏黑的牛舌头，以作早餐。

"沃尔，"他们就坐以后，船长说道，"要是我对你舅舅没有看错，在今天这样的时候，他是会把最后那一瓶马德拉岛白葡萄酒拿出来的。"

"不，不，内德，"老人说，"不拿出来！要等沃尔特回家了再开瓶。"

"讲得好！"船长叫了起来，"讲得太好了！"

"那瓶酒，"所尔·吉尔士说道，"就躺在下面的小地窖里，上面盖满了灰尘和蜘蛛网。等它重新亮相的时候，内德，你我身上恐怕也盖满了灰尘和蜘蛛网了。"

"听他说的！"船长大声说道，"寓意深刻极了！沃尔，我的孩子，在那边种一棵无花果树，让它长得旺盛起来，等你老了就坐在树阴下面乘凉。①去找吧——哦，"船长想了一会儿说，"我不大肯定哪里找得到这句话，但是，找到以后就记下来。所尔·吉尔士，重新开船吧！"

"但是它总是躺在那里或者别的什么地方的，等沃利回家把它拿出来吧，内德，"老人说，"我想讲的就是这个。"

"讲得也很好，"船长接着说，"要是我们三个人不在一起把那瓶酒打开的话，那么我的一份就让你们两个喝了！"

船长尽管情绪高昂，那条熏黑的牛舌头却吃得很少，不过如果谁看着他，他就装着吃得很有味的样子。而且他非常害怕和舅舅或外甥单独在一起，他似乎觉得，要表现一种若无其事的姿态，唯一的安全之计是三人在一道。由于这种恐惧心理，船长一见所罗门去穿外衣时就采取巧妙的逃避策略，装着看见一辆奇怪的出租马车驶过，赶忙跑到门口；当沃尔特上楼和房客辞行时，他佯装闻着邻居烟囱里冒出来一股烟火味，奔到路上。卡特尔船长认为他的这些妙计是凡夫俗子所无法看穿的。

沃尔特辞行既毕，走下楼来，正要跨进店堂，走回小起居室，忽然看见一张他熟悉的憔悴的面孔在门口张望，他急忙跑了过去。

"卡克尔先生！"沃尔特一边喊着一边紧握着低级职员约翰·卡克尔的手，"请进来！您真好，这么早来和我告别。您知道，走以前，我能和您握一次手有多么高兴。能有这个机会我真不知道怎样表达我内心的欣喜呢。请进来。"

---

① 引自《圣经》，由两句混合组成。

"恐怕我们不会再见面了，沃尔特，"卡克尔先生说着婉拒进门，"我也很高兴有这个机会。快分别了，我可以胆敢冒昧地同您谈话，和您握握手。沃尔特，我再用不着拒绝您慷慨、坦率的友谊了。"

他讲着的时候，微笑里有一丝哀愁，这说明即使在这一点他也已经找到了相知与友谊。

"唉，卡克尔先生！"沃尔特接着说，"您为什么要拒绝呢？我可以肯定，您只会给我带来好处的。"

他摇摇头。"要是在这个世界上，"他说，"真有什么事情能够让我给您带来好处的话，沃尔特，我一定会为您做的。每天看见您，我既高兴又很内疚，不过快乐还是胜过痛苦的。现在我知道我失去了什么，我才懂得这一点了。"

"进来吧，卡克尔先生，和我好心的老舅舅认识一下，"沃尔特催促着，"我时常同他讲起您，他一定会乐意把从我嘴里听到的事情一五一十地告诉您。我没有，"沃尔特注意到他的犹豫不决，自己说起话来也有些别扭，"我没把我们上次的谈话告诉他，卡克尔先生，连对他也没讲，相信我。"

这位灰发的初级职员紧握着他的手，泪水盈眶。

"要是我真和他结识的话，沃尔特，"他说道，"那就是为了能够听到您的消息。放心好了，您这样为我着想，没有讲出来，我是不会辜负您的好意的。要是我想让他讲一句知心话而不把全部真相告诉他的话，那就是辜负了您的好意了。除了您以外我再没有朋友和熟人了；而且为了您的缘故，我也是不太会和别人打交道的。"

"我希望，"沃尔特说，"您真的会让我做您的朋友的。卡克尔先生，您知道，我一直是怀着这个希望的，但是现在我们即将分别，这种希望就更加迫切了。"

"在我心里，您一直是我的朋友，"卡克尔先生说，"这就够了。我越是避开您，我的心越是想接近您，越是想着您。沃尔特，再见！"

"再见，卡克尔先生。上帝与您同在，先生！"沃尔特深情地说。

"要是，"卡克尔先生依旧握着他的手说，"要是您回来了，在我原来的角落里看不见我了，要是您从谁那儿听说我躺在哪儿，您就来看一看我的坟墓吧，想一想我本来也会像您一样的诚恳、一样的快乐的！当我觉得我的末日已经逼近，让我想一想：有一个人，像以前的我，会站在那里，停留片刻，可怜我，原谅我，想念我！沃尔特，再见！"

他的身形像幽影一样沿着灿烂的、洒遍阳光的街道缓缓而去，在夏日的清晨中他显得那么心情舒畅而又那么庄严肃穆，走着走着，就看不见了。

无情的计时终于宣告沃尔特离别木制海军候补生的时候已到。于是他和他舅舅以及船长乘坐一辆出租马车出发了。到了码头之后，他们坐上汽船驶向河流下游一处地方，这地方的名字虽然船长讲了，但久居陆地的人初听之下如堕五里雾中，神乎其神。乘着昨夜涨潮，轮船已经到了那里；他们到达时，过来许多兴致勃勃的水手接他们上船，其中有一个身材高大、肮脏不堪的赛克洛普斯[①]，他是船长的相识，虽然只有一只眼睛，大约在一英里半远处，就望见了船长，两人一直以莫名其妙的呼号打着招呼。此人声音极其粗哑，满脸胡须，好像从来没有刮过似的。这三人成为他理所当然的乘客之后便被送上"子嗣号"轮船。船上一片混乱，船帆躺在湿漉漉的甲板上，又湿又脏，松散的绳索把人们绊倒，身着红衬衫的人光着脚跑来跑去，每英尺的空处都给酒桶塞满了，而就在乱七八糟到无以复加的地方，在一间乌黑的厨房里，一位黑人厨师站在蔬菜堆里，只露出一双眼睛，而这双眼睛则被浓烟熏得睁不开来。

船长即刻把沃尔特拉到一个角落里，用尽力气，从口袋里拉出那只银表，弄得满面通红。这只表很大，又紧紧地塞在袋中，取出时，像一个橡皮塞子给拔了出来。

"沃尔，"船长把表交给他，热情地握着他的手说，"这是个临别的礼物，我的孩子。每天早晨把它往后拨半个小时，中午再往后拨

---

① 赛克洛普斯（Cyclops）：希腊神话中的独眼巨人。

一刻钟左右，这只表会为你增光添彩的。"

"卡特尔船长！这我不能收！"沃尔特一边喊着一边抓住他，因为他正想溜走，"请您还是收回吧，我已经有个表了。"

"那么，沃尔，"船长说着马上把手伸进一个口袋内，取出两把茶匙和一个方糖钳子，这些东西他放在身上就是怕他不要表，"把这些小玩意儿餐具拿去吧。"

"不，不，我真的不能拿！"沃尔特喊着，"千谢万谢！别把它们扔掉，卡特尔船长！"因为船长正要把它们丢到海里去，"它们对您要比对我的用处大得多。把您的拐杖给我吧，我时常想要它。好吧！再见，卡特尔船长！请照顾好我的舅舅！所尔舅舅，上帝保佑你！"

沃尔特还没有来得及再看一眼，他们已经慌慌忙忙地跨过船沿，踏上一条小船。沃尔特跑到船尾去看他们，只见他的舅舅垂着头站在小船上，卡特尔船长则拿着那个巨大的银表敲他的背脊（一定是很痛的），并且满怀希望地用茶匙和方糖钳子做着手势。一瞧见沃尔特，卡特尔船长便毫不在乎地把这些东西丢到船底，好像把它们忘得干干净净似的，然后拿下那顶油光光的帽子，向他起劲地挥舞致意。油光光的帽子在骄阳中璀璨夺目，船长不停地挥舞，一直到他再也看不见沃尔特了。船上乱哄哄的一片突飞猛涨，至此已达到顶点。又有两三条小船在欢呼声中离去。抬头仰望，沃尔特看见阳光中闪耀着的船帆迎风舒展。闪闪发光的水波从船头疾驰而过。"子嗣号"轮船，像它之前的许多"子嗣号"一样，趾高气扬、轻快地扬帆起航了。而那些"子嗣号"却早已沉入海中了。

一天一天地过去，在屋后的小起居室里，老所尔与卡特尔船长把一张航海图铺开在他们面前的圆桌上，计算着"子嗣号"的航程。夜里，老所尔无限孤独地爬上楼梯，走进那间时有狂风呼啸的阁楼，他仰望群星，倾听着风声，久久地守望着，即使在船上值班也不会这么长。那最后一瓶马德拉岛白葡萄陈酒，曾经有过许多航海的日子，经历过许多海洋的险境，这时仍旧静静地躺在灰尘和蜘蛛网的下面，无人问津。

第二十章

董贝先生外出旅行

"董贝先生，先生，"贝格斯托克少校说，"乔伊·贝通常不是容易动感情的人，因为乔希是硬汉子，不过乔也有乔的感情，而且这种感情一旦发作——见鬼，董贝先生，"少校忽然气势汹汹地喊起来，"这是软弱，我是不会屈服的！"

贝格斯托克少校在公主路过他家的楼梯口迎接董贝先生来家做客时讲了这些话。董贝先生是来与少校共进早餐，然后共同出发。时运不佳的本地人因为松饼的缘故吃了很多苦头，再加上煮鸡蛋的事情，使他感到生活的压力很大。

"贝格斯托克这样的老军人，"少校又心平气和地说，"是不会受感情支配的；不过——见鬼，先生，"少校又气势汹汹地喊起来，"我向您表示慰问！"

少校和董贝先生握手时，他紫红的脸色愈来愈深，一对龙虾眼愈来愈突出，使这平和的举动添加了一分剑拔弩张之势，仿佛即将与董贝先生进行拳击比赛，争夺可获一千英镑的英国拳击冠军。把头作了一个旋转运动，并且颇似马的咳嗽声那样喘了一口气之后，少校带领客人走进起居室，以一位旅伴的身份，无拘无束、胸怀坦荡地欢迎他。此时他又恢复心平气和了。

"董贝，"少校说，"看到您，我非常高兴，非常荣幸。在欧洲没有多少人会让查·贝格斯托克讲上这句话的——因为乔希心直口快，先生，他生性直爽——但乔伊·贝看到您很感荣幸，董贝。"

"少校，"董贝先生回答说，"您太夸奖了。"

"不，先生，"少校说，"根本不是！这不是我的性格。要是乔的性格是这样的话，此时此刻乔可能已经是巴斯高级勋位爵士[①]、陆军中将乔瑟夫·贝格斯托克爵士了，他就可能在完全不同的寓所里欢迎您了。我看，您还不了解老乔。不过今天是特殊的日子，使我感到荣幸。老天在上，先生，"少校斩钉截铁地说，"感到光荣！"

　　董贝先生对自己的地位及其拥有的财富作了一番估量觉得他的话是完全正确的，也就不表示异议了。少校凭着直感一下子就认识了这个无可置疑的事实而且毫不掩饰地讲了出来，这是足以令人欣喜的。如果董贝先生需要证实一下他对少校确实没有看错，这就是证明。他因此确信他的权力已经超出他自己直接管辖的范围，他觉得少校兼具军人与绅士的风度，同伦敦交易所的小职员一样，也恰如其分地认识到这种权力。

　　如果说这种认识或类似的意识曾经让他感到宽慰的话，那么现在，当他为自己意志的无能为力、自己希望的难以实现、自己财富的虚弱无能而痛心疾首时，他还是可以从这种认识中找到宽慰的。他儿子曾经问过他，"钱有什么用？"有时，想着儿子提出的问题，他自己也情不自禁地问着，"钱真的有什么用？它能做些什么？它做了些什么呢？"

　　但是这些只是他在夜深人静、独处一室之际伤心失望的凄凉寂寞之思，而许多对他吹捧的话像少校的褒奖一样是那么贵如金石、无懈可击，于是他那傲慢之气就很容易卷土重来。董贝先生没有朋友，也就愿意与少校接近了，还不能说他对少校已很喜欢，但他的态度是有所缓和了。在海滨的日子里少校曾起过一些作用，但不很大。他是见过世面的人，认识一些重要人物。他能说会道，爱讲故事，董贝先生视之为上流社会熠熠生辉的宠儿，然而他没有宠儿常有的那种太多的令人不快的寒酸相。他的地位是无可指责的。少校完全称得上一位体面的同伴。他过惯了悠闲的生活，他们将去旅行

————————

　　①　巴斯高级勋位爵士：英国爵位名称。

296

的那些地方他是经常光顾的。他有一种悠闲自得的绅士风度，这种绅士风度与他自己伦敦商业区人的气质并行不悖，但决不与之分庭抗礼。如果董贝先生的脑中有一种徘徊不去的想法，认为少校可能会出于其职业的习惯，对那只最近粉碎了他终身希望的残酷的手熟视无睹，无意之中向他传示某种有用的哲理，从而驱散他软弱无力的痛苦的话，那么他还是使之藏而不露，让它待在傲慢之心的深处，不去细想。

"我那个畜生在哪里？"少校怒气冲冲地向房间看了一圈说。

那位本地人没有专门的名字，只要听到任何咒骂的称呼，他就即刻应声来到门口，不敢再走近一步。

"你这个狗崽子！"怒气冲冲的少校问，"早饭在哪里？"

黑皮肤用人走出去拿，很快听到他又跑上楼梯，全身哆嗦，连托盘上的盘碟一路上也同情地咯咯作响，抖个不停。

"董贝，"少校说着，一边看了一眼本地人摆放餐具菜肴，一边恶狠狠地向他摇着拳头，因为他把一把调羹碰翻了，"这是辣味烤肉，这是咸馅饼，这是炒腰子，还有。请就坐。您看，老乔没有别的好招待您，只有军营的膳食。"

"菜好极了，少校，"客人连忙说，这话并非完全出于礼貌，因为少校一向自奉甚丰，他所食的肉类脂肪丰富，而且数量过多，所以大家都说他的红润面色主要是食肉的功效。

"路对面您看了吧，先生，"少校说，"您有没有看见我们的朋友？"

"您是指托克史小姐吧，"董贝先生回答说，"没有看到。"

"很迷人的女人，先生。"少校说着，一阵爽朗的笑声从他粗短的喉咙里冲出来，差点让他透不过气。

"我相信，托克史小姐人挺好的。"董贝先生应着说。

这声高傲冰冷的回答好像给贝格斯托克少校提供了无穷的乐趣。他高兴得不得了，暂时放下刀叉，搓起手来。

"老乔，先生，"少校说，"在这方面曾经或多或少是一位宠儿。但是乔的好日子已经过去了。乔·贝格斯托克给搞垮了，击败了，打倒了，先生。我告诉您吧，董贝，"少校暂停进食，面带莫测高深的怒容说，"那是一个野心勃勃的女人，先生！"

董贝先生说，"真的吗？"他那不动声色的冷冰冰的口气也许带有一些轻蔑，他不相信托克史小姐居然敢于奢望这种杰出非凡的品质。

"那个女人，先生，"少校说，"是一个魔鬼。她很有一套。乔伊·贝的好日子已经过去了，先生，但是他的眼睛睁着。他看得清，乔看得清。已故约克公爵殿下在一次接见会上就说过乔伊看得很清楚。"

少校讲着这句话的时候这样看了一眼，他一边喝热茶，吃辣味烤肉与松饼，一边高谈阔论，脑袋涨得很厉害，甚至董贝先生也有些为他担心。

"那个可笑的老处女，先生，"少校继续说，"想高攀。她想高攀，像天空那么高，先生。攀龙附凤，嫁作贵人妇，董贝。"

"我很同情她。"董贝先生说。

"不要这么讲，董贝。"少校告诫他说。

"为什么不呢，少校？"董贝先生说。

少校未予回答，只是像马一样地咳嗽着，又继续拼命地吃起来。

"她对您家发生兴趣了，"少校说着停了一会儿，"她经常光顾您家里，有好一阵子了。"

"是的，"董贝先生非常庄严地答道，"董贝夫人去世时，托克史小姐就已作为我妹妹的朋友首次来我家做客。因为她行为端庄并且对我那可怜的婴孩颇有喜爱之意，所以她被允许，也可以说被鼓励，经常和舍妹同来，日复一日，她就成为我家的常客了。我很，"董贝先生说话的语气透露出一种难能可贵的谦让姿态，"我很尊敬托克史小姐。她非常乐于助人，给我家里做了许多事情，也许都是小事，少校，但是决不能因此贬低了它们的作用。我希望能有幸以力之所及表示关注与感谢。我能和您相识，少校，"董贝先生轻微地挥了挥手接着说，"这是全靠托克史小姐的。"

"董贝，"少校激昂地说，"不是！不是，先生！乔瑟夫·贝格斯托克对这种见解决不能赞同。您认识老乔，先生，老乔认识您，先生，都是由于一位高贵的人，先生，一位伟大的人物，董贝先生！"不难看出，少校讲这些话时正在作一番斗争，他整个一生就是向各种中风症状作斗争的历程，"我们是通过您的男孩才认识的。"

董贝先生似乎深受感动，少校讲这句话的意图也许就在于此。董贝先生的眼光垂下，叹了口气。少校猛然振奋起来，他感到可能又要动感情了，便讲了一句老话，说这是软弱，他是不会屈服的。

"我们的朋友与这件事情没有多大关系，"少校说，"凡是属于她的荣誉乔·贝是愿意给她的，先生。不过，小姐，"他一边接着说，一边从菜盘上抬起眼睛，向公主路的那一边望去，看见托克史小姐此时正在窗口浇花，"您是一个专搞阴谋诡计的臭娘们，小姐，您野心勃勃，简直无耻透顶。这样做只会使您自己变得可笑不堪，小姐，"少校说着向不知不觉的托克史小姐摇动着脑袋，突出的眼睛像是要向她蹦过去似的，"您尽管一心一意地做好了，小姐，我可以告诉您，贝格斯托克决不介意。"讲到这里，少校狂笑不止，连他的耳尖也在抖动，头上的血管也突了出来。"但是，小姐，"少校又说下去，"您害了别人，害了那些慷慨大方、心地坦率的人们，您以怨报德，您可把老乔体内的血搅得沸沸扬扬了。"

"少校，"董贝先生涨红了脸说，"我希望您不要影射托克史小姐会做这么荒唐的事情——"

"董贝，"少校说，"我什么也没有影射。但是乔伊·贝是久经世故的，先生，他久经世故，眼睛睁得大大的，先生，耳朵竖得高高的。乔告诉您，董贝，路对面有一个诡计多端、野心勃勃的女人。"

董贝先生不由自主地向马路对面望了一眼，向那边送去愤怒的目光。

"关于这么一件事情，乔瑟夫的嘴巴要讲的就是这些，"少校坚决有力地说，"乔并非搬弄是非的人，不过该讲的时候，他就是要讲的！——您这些诡计见鬼去吧，小姐，"少校怒气冲冲地继续向马路对面的女邻居大喊大叫，"欺人太甚的时候，他决不会老是一声不响的。"

激昂愤慨的情绪爆发之下，少校像马一样地咳嗽起来。过了好久才恢复了平静，然后他继续说下去：

"那么，董贝，您既已邀请乔去利明顿[1]，做您的旅伴和向导——老乔虽然没有别的长处，先生，他可是很坚强而热心的——那就请您随意吩咐他吧，他完全是您的人了。我不清楚，先生，"少校滑稽地摇晃着他那双层下巴说，"你们这些人看中了乔的什么，居然这么需要他，你们大家；不过我知道，先生，要是他不是顽抗到底，坚决拒绝的话，你们的请帖以及此类的事情就会加倍速度地纷至沓来，把他扼杀了。"

贝格斯托克拒绝其他社会名流的邀请而对他特别惠顾，董贝先生简略地表示了谢意。但是少校即刻打断了他的话，提醒他，他的决定是得之于自己的集思广益，它们群起向他表示，"乔·贝，董贝乃是你应该选为朋友的人。"

此时少校已经吃得脑满肠肥了，咸馅饼的香汁从嘴角里渗出，辣味烤肉和腰子塞得满满的，使领带也绷得紧紧的。到伯明翰去的火车就快出发，他们准备乘这趟火车离城。本地人费了九牛二虎之力替他穿上厚大衣，扣紧了纽扣，弄得严严实实，最后只剩下一张脸孔露在大衣顶部，注目而视，气喘吁吁，俨如置身于桶中。然后本地人分别递给他软皮手套、粗重的手杖和帽子，这三件东西递上去相隔的时间安排得很有分寸。少校漫不经心地把帽子歪戴在头上，使他奇特的相貌不过于显目。本地人在董贝先生等候着的马车上放满了一大堆毛毡手提包和小型旅行皮箱，这些东西看起来同少校本人一样像要中风似的。口袋里装满了塞尔查矿泉水[2]、东印度群岛的雪利酒、三明治面包、围巾、望远镜、地图，以及报纸等少校在旅途中随时需要的轻便物件之后，本地人宣布一切都已准备就绪。这位倒霉的来自异国的本地人据说在他自己的国家乃是一位王子。当

---

① 利明顿：英国沃里克郡的旅游胜地。

② 塞尔查矿泉水：一种德国矿泉水。

他和托林森先生并排在马车背后的座位上坐定之后，房东从人行道上把一堆少校的披风和厚大衣向他扔了过去，就像泰坦①向他射出一枚枚飞弹，把他全部盖住，就这样，他像埋葬在一个活的坟墓里似的向火车站进发。

但是在马车出发之前，当本地人正葬身于货物堆中时，托克史小姐在她的窗口出现了，向董贝先生挥动着雪白的手绢。他对这个临别的问候非常冷淡，甚至他自己也觉得是很冷淡的，他只是轻微地点了一下头，然后极其恼怒地向后一仰，靠在马车的座位上。他明白无误的不高兴态度看来向少校提供了可乘之机，使他感到欣喜不已，他彬彬有礼地向托克史小姐致意，随后他久久地坐在那里，向那边的窗口频送秋波，喘得透不过气来，就像吃得过饱的靡菲斯特②一样。

在火车站开车前的一片忙乱中，董贝先生和少校在站台上肩并肩地走来走去。董贝先生心情忧郁、少言寡语，而少校则谈天说地，讲着各种趣事和往日的回忆，以愉悦董贝先生也愉悦他自己，大多数他都是唱独角戏。在他们走来走去时，他们都没有觉察到，他们引起了一位站在机车旁边的工人的注意，他们每次走过时，这位工人都要碰一下帽边向他们致意；但是董贝先生对粗俗之人是一概视而不见的，他只是望着他们头顶的上方，而少校当时正在一心一意地讲一篇故事。当他们转过身来，此人终于跨上一步，走到他们面前，取下帽子，低下头，向董贝先生鞠躬致敬。

"对不起，先生，"此人说，"我希望您万事如意，先生。"

他穿着一件沾满了煤灰和油渍的粗帆布衣服，胡须里也是煤渣，全身散发出尚未完全熄灭的煤灰气味。他长相并不难看，即使如上所述，看起来也不邋遢。总之，他穿的是他那个职业的工作服，他就是土德尔先生。

"我有幸给您这趟火车当司炉，先生，"土德尔先生说，"对不起，

———————

① 泰坦：希腊神话中与神斗争的巨人。

② 靡菲斯特：欧洲中世纪著作《浮士德》传说中的魔鬼。

先生。我希望您心情愉快，身体健康！"

听到他关心的口吻，董贝先生向他扫了一眼，作为回答，仿佛他的眼光也会被这样的人弄脏似的。

"请恕我冒犯，先生，"土德尔发现董贝先生似乎记不起来，便说，"我的娘子就是波莉，她在您家里的名字叫理查兹——"

董贝的脸色突然起了变化，似乎是表明他记起他来了，事实也确是这样，不过它更强烈地表示一种有辱斯文的愤怒之感。土德尔先生马上住口了。

"您的老婆需要钱吧，我看。"董贝先生把手塞进口袋里，傲慢地说，不过他是一向傲慢的。

"不，谢谢您，先生，"土德尔答道，"我不能说她想不想要钱。我不想要。"

这一次轮到董贝先生住口不说了，他的手还很尴尬地插在口袋里。

"不要，先生，"土德尔一边说一边把油布帽子在手上转来转去，"我们过得不错，先生，我们没有理由埋怨世事，先生。从那时候起我们又添了四个孩子了，不过我们还勉强过得去。"

董贝先生本想擦身过去，走上他的车厢，虽然这样做可能会把司炉挤到车轮底下去，但是忽然之间，看到此人手上缓缓转动着的帽子，有什么东西引起了他的注意。

"我们的一个婴儿没了，"土德尔说，"这是没法否认的。"

"最近？"董贝先生看着他的帽子又加了一句。

"不是，先生，是三年多以前，不过其他的孩子都长得很好。说到读书，先生，"土德尔说着又低下头，鞠了一躬，好像是提醒董贝先生很久以前他们谈过这个话题，"我的这些男孩子现在教我识字，他们教我认得不少字了，先生，我的这些孩子教我的。"

"好了，少校！"董贝先生说。

"对不起，先生，"土德尔走上一步，站在他的面前，手里还拿着帽子，恭恭敬敬地挡住他们说，"我本来不想为这点小事来麻烦您的，我有个儿子叫拜勒的，他洗礼时取名罗宾，您上次发了慈悲让

302

他在慈善磨工学校上学的。"

"哦，伙计，"董贝先生极其严厉地说，"他怎么了？"

"哎哟，先生，"土德尔带着一脸的焦虑与不安，摇摇头回答说，"我不得不说，先生，他走到邪路上去了。"

"他走上了邪路，是吗？"董贝先生严肃的表情里掠过一丝快感。

"他和坏人搞在一道了，先生们，你们看，"这位父亲继续说下去，他的眼睛渴望地看着他们二位，显然想把少校拉入谈话之中，希望获得他的同情，"他走到邪门歪道上去了，但愿上帝把他救回来，先生们，不过他现在还在邪道上走呢！您不会听不到的，先生，"这时土德尔又单独对董贝先生说，"我孩子走上了邪路，这话最好还是让我自己说吧。波莉为这事难过得很啦，先生们。"土德尔说时，他的眼神仍旧带着那份灰心失望，同时又向少校望了一眼，希望得到他的同情。

"此人有一个儿子，是我让他去上学的，少校，"董贝先生说着就把手臂伸给他，"还是这样的回报！"

"听听老乔直人直语的忠告吧，决不要帮助这种人去读书，先生，"少校接着说，"见他的鬼，先生，让他们去读书绝对不行！总是要失败的！"

老实巴交的父亲开始陈述己见，说他儿子，以前的慈善磨工学校的学生，受尽了一名像野兽一样的冒充教师的恫吓、打耳光、鞭挞、折磨之苦，就像鹦鹉跟猎狗学舌一样，也许还有些方面没有发现，他希望他儿子没有受到这些方面的苛刻教育。他讲得正起劲的时候，董贝先生怒不可遏，又说了一声"还是这样的回报！"便拉着少校走开了。少校因为身躯过于笨重，无法走上董贝先生的车厢，结果才上了一半就吊在半空中，进退不得，他还没把一只脚放在踏板上，却又倒在那个黑皮肤的本地人身上，他只好停下来，便破口大骂，发誓要活活剥他的皮，把他皮底下的每一根骨头统统打断，还要用各种体罚惩处他。他粗哑地重复着他刚才所讲的话：让他们去读书绝对不行，总是要失败的；而且还说，要是他自己来教训"这个流浪汉"的话，他准会被绞死。话刚说完，他们就启程了。

董贝先生痛心疾首地表示同意，随即快快不乐地仰身靠在车厢里，皱起眉头，望着车外匆匆而过的景物。他的痛心疾首不仅仅是因为磨工行会所实行的贵族教育体制的失败。在这个司炉的粗糙的帽子上他看见一块新的黑纱，从他的言行和回答来看，可以肯定这黑纱是为他的儿子戴的。

呵！从高到低，从家里到外面，从他自己这座华屋中的弗洛伦斯到他们面前这个司炉的粗鄙的伧父，无人不想在他死去的孩子身上得到一份好处，利用他大刮一笔！他怎么能够忘记那个女人在他儿子的枕边俯身哭泣，称他是她自己的孩子呢？他怎么会忘记他的儿子在睡梦中醒来就问起她，而当她一走进来他就立刻喜气洋洋地坐起来呢？

一想到这个和煤炭与煤灰打交道的司炉居然戴着黑纱在前面趾高气扬地走着！一想到他竟敢通过这样一种普通的方式，与一位十分自傲的绅士分庭抗礼，表示同样的痛苦，同样的失望！一想到他那去世的孩子本来是要和他共享他的财富、他的规划和他的权力的，而为了他的缘故他造了一扇双重金门，准备和他一起把整个世界都关在外面，可是也就是因为他的缘故，这么一群鄙夷之徒居然借他的希望破灭之机来侮辱他，他们和他相距何止十万八千里，居然狂妄自大，竟敢表示与自己同悲共怜，就差一点没有声称他们已爬进理应他独自称王的领域！一想到这些，他就义愤填膺！

旅途中他没有得到快乐也没有得到宽慰。他被这些思想折磨着，千篇一律，没有变化。在广阔的原野上，他是匆匆的过客，他没有注目于千变万幻、多姿多彩的富庶之乡，他只是想着无数的被粉碎的计划，咬牙切齿的嫉妒心理把他弄得苦不堪言。那个年轻的生命登上毫不停留、不可逆转的旅程，被带到命运注定的终点了。无疑是在嘲笑。施加于铁路，也就是其自身之路的那股力量，无视一切大小道路，穿越一切障碍物，拖着各色人等，无论何种阶层、年龄与贵贱，一律滚滚向前。这是一种所向无敌的魔鬼，死神！

一声尖叫，一声呼啸，它就喀哒喀哒地穿行于居民的屋舍之间，在街道嗡嗡作响的伴奏下，它离开了城市，像电光一样闪入一片片的草原，一会儿又钻入潮湿的地下，在一片漆黑的沉闷空气中隆隆而行，随后又突然出现在阳光明媚的旷野。一声尖叫，一声呼啸，它就喀哒喀哒地穿行于田野、森林、谷物、草场、白垩地带、肥沃之区、嶙峋的岩石之间，与近在咫尺的景物擦肩而过，这些景物不断地从旅人的身边疾驰而去，同时又总是和他保持若即若离的距离，在他心中缓缓地与他并肩同行，就像走在残酷无情的魔鬼的路上，死神之路！

在深谷里，在高山上，在石楠丛生的荒地，在果园边，在花园旁，在运河上，在河流的两岸，在羊群放牧之处，在磨坊转动之所，在驳船行驶的河上，在死者长眠的坟地，在工厂的烟雾中，在河水潺潺的声音里，在村落成群的乡野，在大教堂升起的近旁，在任凭或轻风或狂飙吹拂着的荒郊旷野，一声尖叫、一声呼啸，它喀哒喀哒地行进着，除了尘土与烟雾没有留下任何痕迹，就像走在残酷无情的魔鬼的路上，死神之路！

迎着风雨雷电和灿烂的阳光，它呼啸着滚滚向前，不停地滚滚向前，勇猛，迅疾，平稳而坚定；巨大的建筑和宏伟的桥梁从上面一闪而过，像一英寸阔的阴影落在眼帘上，然后消失得无影无踪。滚滚向前，不停地滚滚向前。农家小屋、寻常的房舍、高楼大厦、华贵的农庄、田野里的耕耘和工场上的制作、来来往往的人们、古老的道路和小径，全都一闪而过，被丢在后面，无人过问，显得多么渺小，多么微不足道。事实确是这样，在这一往无前的魔鬼的道路，死神之路上除了这些一闪而过的浮光掠影之外还会有什么呢！

一声尖叫，一声呼啸，它又喀哒喀哒地冲入地下，以充沛的精力与巨大的毅力在隆隆的响声中穿越着黑暗与旋风仿佛是在往回走，在向后飞奔，直到一线亮光照在潮湿的墙壁上，这才看见墙壁像一道急流一样飞逝而去。它又走进阳光里。阳光中，一声兴高采烈的尖叫，一声呼啸，它又喀哒喀哒地向前奔腾，所过之处，在它黑色的烟雾前无不退避三舍。有时，在一堆脸孔等待着的地方，它会停下一分钟，再过一分钟它又走开，这些脸孔复又不见了。有时，它在水管前如饥似渴地大饮其水，但是还没有等水流完全滴尽，它又一声尖叫，一声呼啸，喀哒喀哒地冲入远处的苍茫暮色里！

当它势不可挡地冲到目的地时，它那尖叫声、呼喊声越来越响。这时，它的路上铺满了厚厚的烟灰，仍旧像死神之路。四周的一切都变黑了。远处洼地上有乌黑的河塘，泥泞的小巷，和破旧的民居。近旁有断垣残壁、岌岌可危的房屋，从破损的屋顶和窗户望去，乱七八糟的房间清晰可见，无衣无食，加以热病缠身，使许多人只剩下瘦骨嶙峋的躯体。灰暗的远处笼罩着烟雾，拥挤不堪的山墙、奇形怪状的烟囱和断垣残壁，挤在前面，挡住了它的视线，其中居住着身心俱残的人们。董贝先生从车厢的窗户望去，他根本没有想过，把他送到这个地方的魔鬼只是让这些东西见见阳光，暴露无遗，它没有制造它们，也不是它们发生的起因。这是旅行的恰当不过的终点，一切事物的终点也无非如此。这是一片荒凉残败的景象。

他脑中想着这件事情，他眼前始终出现着这个无情的魔鬼。万物都是那么漆黑、冰冷、死气沉沉，它们这样望着他，他也这样望着它们。到处他都发现一切的一切与他的不幸何其相似。环顾四周，有一种残酷无情的扬扬得意之色，不管采取何种方式，都深深刺痛着他那骄傲和嫉妒的心，特别是在和他一起怀念他死去的孩子，与他分享对他的爱时。

有一张脸孔，他前一天夜里看着的，这张脸孔上的一双眼睛也看着他，望穿了他的内心，虽然泪眼迷蒙，而且即刻用两只颤抖的手蒙住。在这次旅行中，他的脑中时刻浮现着这张脸孔。带着昨夜的那副表情，它胆怯地向他祈求。目光里并没有责备，只是一种疑虑，一种几乎是将信将疑的希望，但是他看到这张脸孔复又消失了，她深知他不喜欢她，她感到凄凉！这凄凉的目光就像是责备。想起弗洛伦斯的这张脸孔，他坐立不安。

是因为他生起了一种内疚之感吗？不是。在过去他早就有一种预感，而现在这种情感在他心中觉醒了，具体而微地出现在他面前，向他大声疾呼，搅动着他的思绪，而且变得日益强烈，正是因为这个，他才忐忑不安，难以安宁。正是因为这张脸孔向他显示他所遭受的失败与苦难，犹如包围着他的空气一样，使他无法解脱。正是因为这张脸孔使他感到那残忍无情的敌人的箭镞更加尖锐，而且掌握了一把双柄利剑，使他心绪不宁。当他站在那里，望着这番景象在他面前飘忽而过，在他的心底给它染上一层自己思想深处的病态色彩，使它成为一幅衰朽凋残的画面，而不是充满希望、欣欣向荣的情景，正是因此之故，他才非常清楚，对于他的苦恼，生与死同样是责无旁贷的。一个孩子已经一去不复返了，另一个却留在这里。从他身边夺走的为什么不是她，而是他希望之所寄？

　　在他虚无缥缈的幻想中出现的这个可爱、娴静、温柔的形象除此以外没有引起他另外的想法。从一开始她就是不受欢迎的，现在更激起他的憎恶。倘若他的儿子是他唯一的孩子，他儿子的死亡对于他来说当然是难以承受的，但是比起现在的情况来说不知轻了多少，因为本来是可以让她死的而她却没有死去，他宁可她死，他觉得如果她死了他是不会痛苦的，或者说他自以为是不会痛苦的。她那可爱、天真无邪的脸蛋出现在他面前，并没有感动他，使他回心转意。他把这个天仙拒之于千里之外，却让折磨他的魔鬼藏在他胸中，与之友好相处。她的忍耐、善良、青春、忠诚、挚爱，他视如尘埃，踩于脚下。在一片残败漆黑之中他望见了她的形象，这形象并没有使他周围的一切变得光明，却反而加深了其阴暗度。在这次旅行中，他不止一次地想，用什么办法才可以使他和这形象一刀两断？而现在当他到了旅程的终点，站在这里用手杖在灰尘中画着图形的时候，在他沉思默想之际，这一想法又一次闯入他的脑际。

　　一路上，少校不停地喘气，犹如一辆机车，他的眼睛时常离开他阅读着的报纸，向窗外的景色瞟上一眼，仿佛在望着无数不堪困苦的托克史小姐冲出火车的烟雾，在田野上空飞翔，想找寻藏身之地。这时，少校告诉他的朋友驿站的马已经套好，马车也准备好了，这才把他从沉思中唤醒。

"董贝，"少校用他的拐杖轻轻敲了敲他的手臂说，"不要沉思默想。这个习惯很不好。先生，倘若老乔也是这样东想西想的话，那他就不会是您现在看见的这个硬汉子了。您是很了不起的伟人，董贝，是犯不着用这种心思的。对您地位这么高的人，先生，这样的事情是太不值得去操心了。"

少校谆谆劝导时仍旧考虑到董贝先生的尊严和荣誉，对他表示极大的尊敬。对于这样通情达理、思考周到的绅士，董贝先生此时更加愿意听取他的意见，因此驱驰在公路上，董贝先生竭力洗耳恭听少校讲的故事。少校发现这时的车速与道路要比刚才所走的那一段旅程好多了，更适合于他发挥侃侃而谈的口才，于是他开始全力以赴，想尽办法让董贝先生高兴。

少校兴高采烈、口若悬河地谈着，只是在习以为常的多血症现象、午饭以及时不时地对本地人发动的猛攻时，才暂时住口。本地人深棕色的耳朵上戴着一对耳环，他身上穿的欧式衣服奇形怪状、不伦不类，无法使之就范，完全是随心所欲，长短易位，松紧失度，这倒不是裁缝制作拙劣的缘故。更有甚者，每当少校袭击他时，他便像一个皱缩的坚果或冻得发抖的猴子缩进衣服里面去，这倒反而使这身衣服别具新意。一整天，少校都是在这种兴高采烈、口若悬河的谈话中度过的，因此，当夜色来临，他们沿着绿树成荫的大路匆匆前行，快到利明顿时，少校不停地讲着、吃着、格格地笑着、咳得喘不过气来，他的声音仿佛是从马车背后座位下面的箱子里，或附近的稻草堆里传过来似的。他们下榻皇家旅馆时，少校的声音仍旧没有起色。旅馆里的房间和餐事都已安排好了，这时少校让语言器官暂时休息，放口大吃大喝起来，等他退去就寝时，他什么声音也发不出来，只剩下咳嗽的份儿，唯有靠大声喘气，才勉强使黑皮肤的仆人听懂他的意思。

然而次晨他起来时又像一位焕然一新的巨人，而且用早餐时也像是一位令别人同样焕然一新的巨人。此时他们对每日要做的事情作出安排。少校负责承办每天的饮食；每天早晚两顿他们一起吃，而且都比较迟。在利明顿逗留的第一天，董贝先生喜欢待在自己的房间里或独自漫步郊野，但是次日早晨他却乐于同少校一起去矿泉茶室或在城里闲逛。之后他们分道扬镳，直到晚餐时候重又相聚。董贝先生回去之后，独自去作有益于身心的思考。而少校则由本地人带着轻便折凳、厚大衣和雨伞陪同，趾高气扬地出入于各种公共场所，查阅签名簿，看看上面有谁，去拜访那些对他素怀仰慕的老太太，对她们声称乔·贝比以往更加坚强不屈。每到一处，他都要把他富有的朋友董贝吹嘘一顿。没有一个人会像少校这样对朋友无比地忠心耿耿，他为朋友吹嘘，也就是自我吹捧。

吃晚饭时，令人惊叹的是，少校会有这么许多新鲜事借题发挥，使董贝先生不由得不钦佩他的社交才能。第二天吃早餐时，最近的报纸内容他已是一清二楚，他提起报上刊登着与这些内容有关的一些问题，对于这些问题一些权威人士曾征求过他的意见，因为这些人有权有势，他只是点到为止，没有明言。董贝先生长久关闭在自己的小天地里，他很少跨出令他倾心着迷的董贝父子公司的圈子之外。现在他开始觉得旅行对他孤寂的生活会有所帮助，于是他不再推迟——当他独处一室之际，他总是想一天天往后推迟的——他和少校手挽着手，走了出去。

第二十一章

新面孔

少校比以往脸色更青，暴出来的眼睛睁得更大，而且好像也更加应付裕如。他不时发出像马在咳嗽的声音，与其说这是势所必然的习惯，还不如把它看成一种自命不凡的流露。少校和董贝先生手挽着手沿着大路向阳的一边朝前走着。他那肥胖的脸颊露在系得紧紧的宽领带上面，他的两条腿相隔很远，气势威武，他那巨大的头颅左右摇晃，仿佛自己成为这样一位令人注目的人物，很不以为然。走了没有多少码，少校遇到一位熟人，再走了没有多少码，少校又遇到一个熟人，经过时，他只是用手指向他们晃了晃，就带着董贝先生走过去了。路上，少校向董贝先生不断指出哪些地方最近出现了哪些丑闻，绘声绘色地讲着这些事情，从而增加了他们的游兴。

就这样，少校和董贝先生手挽着手向前走着，心里无比地高兴，忽然看见迎面过来一辆轮椅，椅子上坐着一位妇人，她有气无力地握着前面如同舵一样的东西驾驭着轮椅，椅子后面有一种看不见的力量推动着椅子前行。妇人虽然已不年轻，但她面若蔷薇，她的穿着与仪态洋溢着青春之气。椅子旁边悠闲地走着一位比她年轻得多的女士，她懒洋洋地而又骄气十足地举着一把薄纱阳伞，仿佛是想即刻把伞拿下来，用不着再费这么大的力气了。这位小姐十分漂亮，十分骄傲，十分任性，她高昂着头，低垂眼睑，仿佛是说世界上如果有什么值得一看的话，那绝不是地面或天空，只有镜子另当别论。

"嗨，我们碰到谁了，先生！"少校看见这一小队人马走近便停了下来，一边大声叫着。

310

"我最亲爱的伊迪丝！"椅子上的妇人拖长着声音说，"贝格斯托克少校！"

一听到这个声音，少校立即放下董贝先生的手臂，向前奔过去，拿起椅子上那位妇人的手，压在他的唇上。少校以同样的翩翩风度交叉着戴着手套的双手，搁在胸前，向另外一女士低低地鞠了一躬。此刻椅子已经停下来了，推动轮椅的东西看得一清二楚，原来是一个童仆在后面推车的。他满脸通红，在推动轮椅的过程中像是已把力气耗尽，又似乎力气用过了头，因为他站直了之后，一望而知，他既长又瘦，而且脸色苍白。当他拿头顶着轮椅推动它往前移动时，他的帽子给弄得变了形，就像东方国家有时候叫大象表演的动作那样。他的处境显得更加悲惨了。

"乔·贝格斯托克，"少校对两位女士说，"他这辈子都会是一个非常自豪而幸福的人。"

"您这个虚情假意的人！"轮椅上那个年长的女士冷淡地说，"您从哪里来的？您这个人我受不了。"

"让老乔介绍一位朋友，夫人，"少校马上说，"就算是对我宽待一下吧。这是董贝先生，这是斯库顿夫人。"轮椅上的夫人谦和有礼地欠身致意。"这是董贝先生，这是格兰格夫人。"董贝先生取下帽子，深深地鞠了一躬；拿着阳伞的女士略表谢意。"我很高兴，先生，"少校说，"有此机会。"

少校所说似乎不假，因为他对三个人都注目而视，并且以极其丑怪的样子瞟了一眼。

"董贝，斯库顿夫人，"少校说，"把老乔希弄得心烦意乱。"

董贝先生表示他对此并不感到奇怪。

"您这个背信弃义的鬼东西，"椅子上的妇人说，"少讲废话！您到这里来有多久了，坏蛋？"

"一天。"少校答道。

"您是不是真会花一天，即使一分钟时间，"妇人说，一边用扇子稍稍整了整假发和假眉毛，一边露出一副与她虚假的面容刚好配

311

套的假牙，"到那座公园里逛一逛，公园叫什么名字——"

"我想是伊甸吧，妈妈。"年轻的女士插嘴道，语气颇为轻蔑。

"我亲爱的伊迪丝，"老太太说，"我可没有办法。要是你整个身心不被大自然的美景，不被它的香气所陶醉，这些吓人的名字我是怎么也记不住的，"斯库顿夫人抖动了一下香水扑鼻的手帕，可是这个香水并不好闻，令人昏昏欲睡，"大自然的香气是一点也不掺假的，您这个家伙！"

斯库顿夫人热情洋溢的讲话和她那萎靡不振、老态龙钟的样子恰成对比，正如她年已古稀而她的穿着犹如二十七岁的女子的青春时装，两者的悬殊是显而易见的。她坐在轮椅上的姿势从不改变，大约五十年前她坐在四轮马车上的姿势就是这样。当时一位很有名气的画家给她画了一幅素描，发表时在画像上写上了克娄巴特拉①的名字，因为当时的评论家发现这副画像酷似当年倚靠在战舰上的埃及女王。斯库顿夫人年轻时候是一位绝代佳人，花花公子们在他们头顶上空高举酒杯向她祝酒。佳人与四轮马车俱往矣，但她仍旧不改旧时的姿势，显然为了这个缘故，她保留着轮椅和推车的童仆，如果不是为了保持故态，没有什么可以阻止她安步当车的。

"我想，董贝先生对大自然是情有独钟的吧？"斯库顿夫人扶了扶钻石饰针说。顺便说一下，她就是靠这些钻石的声名和家庭关系才吃得开的。

"夫人，我的朋友董贝，"少校接着说，"内心里对大自然也许是很宠爱的，不过他是天地间最大城市里最显赫的人物。"

"对于董贝先生的赫赫声名，"斯库顿夫人说，"是无人不知的。"

董贝先生低垂着头表示感谢时，年轻的女士望了他一下，与他的眼睛不期而遇。

"您就住在这儿吗，夫人？"董贝先生对她说。

---

① 克娄巴特拉（公元前68—前30）：古埃及最后一位女王，姿色艳丽。

"不，我们去过好多好多地方了。到过哈罗盖特①，斯卡伯勒②和德文郡③。我们现在到各个地方旅游，随处休息。妈妈喜欢换换环境。"

"伊迪丝当然不喜欢。"斯库顿夫人狡黠地说。

"我没有发现这些地方有什么区别。"她无所谓地答了一句。

"他们冤枉我了。董贝先生，其实只有一点变换，"斯库顿夫人装腔作势地叹了一口气说，"是我真正喜欢的，我永远也没福享受了，人家不让嘛。但是离群索居，沉思默想，就是我的——这怎么讲？"

"要是你是指乐园的话，妈妈，你最好就说乐园好了，这样别人就懂了。"年轻的女士说。

"我亲爱的伊迪丝，"斯库顿夫人接着说，"你知道这些讨厌的名字完全靠你告诉我。我告诉您，董贝先生，大自然造就我的时候就是想让我做一个阿卡狄亚④人。在人类社会里我被搁在一边。牛是我情之所钟。我一直向往着的就是隐居到一座瑞士农场，完全在牛群中生活——还有瓷器。"

这两种全然不同的东西不伦不类地放在一起，不禁使人想起那句"一头公牛闯进陶器店里"⑤的名言。董贝先生非常认真地听取她的话，然后说出了自己的看法：毫无疑问，大自然是一个很有闲情逸趣的所在。

"我所需要的，"斯库顿夫人捏了捏打皱的喉咙，拉长着声音说，"是心。"也许她别有所指，不过在某种意义上说，这句话也是千真万确的。"我所需要的是坦率、信任，少一些因循守旧、多一些心灵的自由。我们现在是太矫揉造作了。"

我们的确是这样。

"总之，"斯库顿夫人说，"我到处都需要大自然。大自然实在太

---

①　哈罗盖特：英格兰北部约克郡的自治市，是旅游胜地。

②　斯卡伯勒：英格兰北部约克郡的自治市，是海滨旅游胜地。

③　德文郡：英格兰西南部的一个郡，是英格兰第三大郡。

④　阿卡狄亚：古希腊山地牧区，景色优美，人情淳朴，是一个世外桃源。

⑤　"一头公牛闯进陶器店里"：形容一个人鲁莽行事。

迷人了。"

"妈妈，要是你准备好了，大自然现在正在向我们招手呢。"年轻的女士翘起了漂亮的嘴唇说。那个面色苍白的童仆一直从轮椅上方望着这一群人，听了这句话，即刻消失在轮椅后面，似乎给地面吞下去似的。

"等一会儿，威瑟斯！"椅子一开始移动，斯库顿夫人便向童仆喊叫着，她那慵懒而又不失庄严的声音犹如她年轻时候对一位头戴假发、手拿花椰菜花束、脚穿丝袜的马车夫喊叫时的声调。"您住在哪里，讨厌的家伙？"

少校和他的朋友董贝住在皇家旅馆。

"随便哪天晚上您如果很好的话可以来看我们，"斯库顿夫人口齿不清地说着，"要是董贝先生愿来敝处，我们将十分高兴。威瑟斯，出发！"

老太太仿照当年克娄巴特拉的姿势，把手指若无其事又像是刻意而为似的搁在轮椅边上。少校再一次拿起她的手指尖放在他铁青的唇际。而董贝先生则鞠躬致意。老太太嫣然一笑，像少女似的挥挥手，向他们两位答礼，年轻的女士则根据通常的礼节轻描淡写地点了点头。

母亲的面孔布满着皱纹，脸上斑斑点点的颜色，在太阳的照射下，那张脸孔比不施粉脂的时候更显得憔悴苍老，而女儿则身材苗条，亭亭玉兰，姿容秀美，旁若无人。对她们最后看了一眼之后，少校和董贝先生情不自禁地想再看她们一眼，于是两人同时回过头来。童仆的身体同他的影子一样歪歪斜斜，像一根攻城槌①一样，吃力地推着轮椅缓缓地上坡。克娄巴特拉的帽顶像来时一样依旧不偏不倚地在原来的角落随风飘荡，而那位美人则独自在轮椅前面不远处缓步而行，她那优雅的仪态从头到脚都像刚才一样展示着对任何人、任何事物旁若无人的气概。

---

　　① 攻城槌：古代攻城时，向城门猛烈敲打的槌子。

"我告诉您一件事，先生，"他们继续上路时少校说，"要是乔·贝格斯托克年轻一些的话，在这个世界上能够做贝格斯托克夫人的非那个女人莫属。当真的，先生！"少校说，"她简直是绝代佳人！"

"您是指那女儿吗？"董贝先生问道。

"难道乔伊·贝是个大萝卜，董贝，"少校说，"会要那个母亲吗？"

"可您对她母亲很献殷勤的。"董贝先生说。

"老情人嘛，先生，"贝格斯托克少校咯咯地笑起来，"陈年百代的事啦。我逗逗她的。"

"她给我的印象是非常雍容优雅。"董贝先生说。

"雍容优雅，先生，"少校即刻停步，目不转睛地直视其面说，"先生，尊敬的斯库顿夫人是已故菲尼克士勋爵之妹，现在这位勋爵的姑妈。这家人并不富裕，他们实在是很穷的，她只是靠一小笔丈夫的遗产维持生活；不过，先生，要讲她的家世的话！"少校挥舞了一下手杖，又继续向前走。要讲她的家世，他实在说不出。

"我注意到，您对她女儿讲话时，"董贝先生停了一会儿说，"称她是格兰格夫人的。"

"伊迪丝·斯库顿，先生，"少校说着又停了下来，用手杖在地上戳了个印子，权作她的标志，"十八岁时嫁给我们军队的格兰格，"说着，少校又用手杖在地上画了一下，"格兰格，先生，"少校轻轻敲了敲后面那张理想的画像，拼命摇头晃脑地说，"是我们军队的上校，出奇地英俊，先生，四十一岁。他于婚后第二年去世了，先生。"少校用手杖把已故格兰格的画像全身戳了个遍，然后把拐杖搁在肩上，继续上路。

"这是多少年以前的事情了？"董贝先生又顿了一会儿说。

"伊迪丝·格兰格，先生，"少校闭起一只眼睛，把头歪向一边说，这时他把手杖移到左手，用右手抚平衬衫的饰边，"此刻还不到三十岁。而且，真见鬼，先生，"少校说着又把拐杖搁在肩上，重新上路，"她真是一位举世无双的女人！"

"他们有孩子吗？"董贝先生即刻问道。

"有的，先生，"少校答道，"本来有一个男孩。"

董贝先生的眼睛直直地看着地面，一抹阴影掠过他的脸孔。

"四五岁的时候，先生，"少校继续说着，"他淹死了。"

"真的？"董贝先生抬起头说。

"他的保姆不该让他坐船的，结果船翻了，"少校说，"这就是他的一生。伊迪丝·格兰格还是伊迪丝·格兰格。但是，先生，倘若硬汉子老乔伊·贝年轻一些，富有一些，这个宝贝美人儿就该姓贝格斯托克了。"

少校讲着这些话时，肩膀耸得老高，连脸颊也鼓了起来，而且还放声大笑，比平时更像脑满肠肥的靡菲斯特。

"我想，这要看这位女士自己肯不肯吧？"董贝先生冷淡地说。

"老实说，先生，"少校说，"贝格斯托克这家人不大会给这种事情难倒的。不过有一点是千真万确的，先生，倘若伊迪丝不是很高傲的话，她早就结婚二十次了。"

从脸色看，好像董贝先生并不觉得她这样有什么不好。

"归根结底，这是很伟大的品质，"少校说，"天晓得，这是至高无上的品德！您本人也是很高傲的；您的朋友老乔就是佩服您的傲气，先生。"

出于当时的环境以及他们谈话内容的大势所趋，少校似乎迫不得已地对其旅伴作了这些溢美之辞。他很快结束了这个话题，转而大谈特谈他曾经怎样备受名门闺秀、美女佳人的青睐和眷爱。

过了一天，董贝先生与少校在矿泉茶室遇到尊敬的斯库顿夫人和她的女儿；次日，他们在邻近第一次邂逅的地方又会面了。这样碰面三四回之后，一天晚上，纯粹出于老相识之间的礼尚往来，少校觉得理应登门拜访。董贝先生本无意去造访的，但听到少校提起这个打算，便自告奋勇愿意陪同前往。因此少校叫本地人在晚饭前去一趟，说他本人及董贝先生向她们问好，并告诉她们，如无别人，他们将于当晚拜访她们。本地人带回一张洒满了香水的很小的纸条，这是尊敬的斯库顿夫人给贝格斯托克少校的，上面简略地写了这样的话："您是一只吓人的熊，我真不想饶了您，不过要是您的确是很好的话，"后面这句话画了一条线，"您可前来。向董贝先生问候（这是和伊迪丝联名的）。"

尊敬的斯库顿夫人和女儿格兰格夫人在利明顿的住所相当入时，租金也相当昂贵，但地方不大，陈设有限，因此尊敬的斯库顿夫人躺在床上时只好把脚放在窗口、头搁在壁炉架上。她的女仆则睡在客厅里的一间壁橱里，因为壁橱太小，为了避免使壁橱里的东西暴露无遗，她只好像一条美人蛇一样在壁橱的门缝里扭进扭出。面容苍白的童仆威瑟斯睡在室外，就在隔壁牛奶店的屋檐下。那张轮椅犹如年轻的古希腊国王西西弗斯①的石头，放在这家牛奶店的工棚里过夜。工棚里这家店的家禽刚刚生蛋，平时它们栖息在一辆破损的驴车上，显然认为这是长在那里的一棵树。

董贝先生与少校走进屋里，看见斯库顿夫人宛如当年的克娄巴特拉，穿着轻飘飘的衣服靠在沙发上的坐垫中间，但与莎士比亚的克娄巴特拉②又是不可同日而语的，因为那个克娄巴特拉不会被岁月摧残。上楼时，他们听到竖琴的声音，但一当通报他们驾到，竖琴的声音便戛然而止，伊迪丝站在竖琴旁边，显得越发漂亮，也越发高傲。她无须梳妆打扮，而且她是不喜欢梳妆打扮的，可是她的美貌照样显得自命不凡，堪称是这位女士的美貌绝伦的特点。她知道自己非常美丽，这是毋庸置疑的，但她似乎在用自己的骄傲向自己的美貌挑战。

她的美貌如果只能引起对她来说是毫无价值的赞美，她是不是觉得有失体面，也许她这样做是为了在她的赞美者的心中使她的美貌显得更加珍贵，究竟是出于何种想法，崇拜她的人是不大会去考虑的。

"格兰格夫人，您突然不弹了，"董贝先生向她走上一步，"是不

---

① 西西弗斯：古希腊神话中的城邦科林斯王，因作恶多端，得罪了神，死后入地狱，被罚推石上山，石头推到山顶后又滚下来，如此反复，使他劳苦不已。

② 莎士比亚的克娄巴特拉：指莎士比亚所著戏剧《安东尼和克娄巴特拉》中的女主人公克娄巴特拉。

是因为我们的缘故？"

"你们？呵，不是！"

"那么你为什么不弹下去呢，我最亲爱的伊迪丝？"克娄巴特拉说。

"我想弹就弹，我想停就停——随我自己高兴。"

这种漫不经心的回答既不呆板也不是麻木不仁的，却是十分巧妙的，因为傲慢的心理非常锋芒毕露地显示出来了。随后她用手轻描淡写地掠了一下琴弦，便从房间那边走了过来。

"您知道吗，董贝先生，"她那懒洋洋的母亲玩弄着手提的挡光屏障说，"有时候我最亲爱的伊迪丝和我之间实际上有些各持己见——"

"不是太太吧，有时候，妈妈？"伊迪丝说。

"不是太大呵，我亲爱的！咄，咄，要不然会叫我心碎的，"她母亲说着便轻轻地举起屏障想敲敲她，可伊迪丝没有凑上去，"在鸡毛蒜皮的事情上还要讲究那些冷冰冰的清规戒律吗？我们为什么不更自然一些呢？天哪！我们的心灵里有那么多的盼望，情感的奔放和抑制不住的激动，这一切是多么的迷人，我们为什么不能更自然一些呢？"

董贝先生说这是千真万确的。

"我想只要我们试着去做，我们是能够更自然一些的吧？"

董贝先生觉得这是可以做到的。

"根本不可能，夫人，"少校说，"我们是做不到的。除非这个世界上全都是乔·贝、硬汉子、直性子的老乔，夫人，那些产硬卵的直性子熏青鱼，先生——我们是做不到的。做不到的。"

"您这个淘气鬼，"斯库顿夫人骂道，"住嘴。"

"既然克娄巴特拉盼咐，"少校送去一个飞吻说，"安东尼·贝格斯托克当然听命了。"[1]

---

[1] 少校在这里把自己比作马克·安东尼。马克·安东尼（约公元前82—前30）是古罗马的军事和政治领袖，埃及女王克娄巴特拉的情人。公元前40年，他与渥大维签订一项协定，并与渥大维的妹妹结婚。但不出三年，他就和渥大维势不两立，并与其妹离婚。后来与克娄巴特拉结婚，并因此成为全体罗马人讨伐的对象。

"这个人感觉迟钝，"斯库顿夫人说着就毫不留情地举起手提挡光屏障，把少校挡开，"没有同情心。如果没有同情心，我们活着干什么？其他的东西会有这样迷人吗？在我们冰冷的地球上倘若没有这线阳光，"斯库顿夫人一边说一边理了理她的花边衣领，颇为自得地让她的目光沿着手腕向上，自我欣赏着她那细瘦的光膀子，"我们怎么吃得消。总之，是个顽固不化的家伙！"她从屏障后面扫了少校一眼，"我要我的世界是一片真情实意；忠诚是太迷人了，我不让您侵犯它，您听到没有？"

少校回答说，克娄巴特拉要求这个世界是一片真情实意，还要全世界万众的心全由她拥有，这未免过于苛刻。克娄巴特拉不得不提醒他说，奉承拍马是行不通的，如果他胆敢再这样恭维她，她肯定会叫他滚回去的。

此时，面容苍白的威瑟斯把茶端上来了，于是董贝先生又开始跟伊迪丝攀谈起来。

"看来，这里的熟人不多吧？"董贝先生用他特有的傲视一切的绅士口吻说。

"我想不多。我们没有碰到。"

"真是的啦，"靠在沙发上的斯库顿夫人接了话头说，"此时此地实在没有什么人是我们愿意来往的。"

"他们不够真心。"伊迪丝笑了一下说。一抹淡淡的笑容中，明与暗若隐若现，妙不可言地交融在一起。

"您看，我最亲爱的伊迪丝倒嘲弄我起来了！"她母亲说着摇了摇头，有时她的头会自行摇晃，摇出的闪光仿佛与金刚钻相互辉映。"坏丫头！"

"如果我没有猜错的话，以前您来过这里的吧？"董贝先生还是对伊迪丝说。

"哦，来过几次。我想我们什么地方都去过。"

"这地方太美了！"

"我想是的。大家都这么说。"

"你的表哥菲尼克士对这里可喜欢得很啦，伊迪丝。"她母亲从沙发上插嘴说。

女儿稍稍扭转她那美丽的头，微微抬起两道蛾眉，仿佛在整个尘世她的表哥菲尼克士是最最不屑一顾的。她旋即又把眼睛转向董贝先生。

"因为我情趣高雅，这一带叫我乏味了。"她说。

"您差不多是有理由这样想的，夫人，"他接着说，同时望了一眼各色各样的风景画，这些风景画散遍房间各处，有几幅他早已看出是描绘附近的景色的，"如果这些美丽的画幅都是出自您的玉手。"

她没有回答，只是坐在那里，摆出一副鄙夷一切的冷美人姿态，令人惊叹。

"这些画都有这样的情趣吗？"董贝先生说，"它们都是您画的吗？"

"是的。"

"您还会弹琴，这我早已知道。"

"是的。"

"还会唱歌吗？"

"是的。"

她回答这些问题时显得很不情愿，这种不情愿有一种说不出来的味道，而且明显的是针对她自己的，也就是如前所述，这是她的美貌绝伦的特点。但是她并不局促不安，却十分平静自如。她也不像是希望逃避谈话，因为她的脸是对着他的，而且尽可能地使她的言谈举止也都是对着他的，在他沉默不语的时候，她依旧如此。

"您至少有许多解愁消闷的办法的。"董贝先生说。

"它们的效果怎么样，"她接着说，"您现在是全明白了。我就只有这么一点。"

"我希望证实一下它们的效果，可以吗？"董贝先生殷勤地但又不失庄重地表明了自己的意思，随即放下一幅画卷，用手指着那把竖琴。

"哦，假使您希望的话，当然可以！"

她一边讲一边站起来，经过她母亲的沙发时向她投去一道自命不凡的眼光，这道眼光虽然瞬息即逝，有心人自会看出它包含着多少千姿百态的表情，而那若隐若现的微笑都没有笑意，它掩盖了其他一切。就这样她走出了房间。

此时，少校已经完全被原谅了，他把一张小桌子推到克娄巴特拉的跟前，然后坐下来和她玩皮克牌①。董贝先生不懂这种纸牌游戏，便坐在旁边看看是怎么个玩法，一边等着伊迪丝回来。

"我想我们要听音乐了吧，董贝先生？"克娄巴特拉问道。

"格兰格夫人真好，她答应的。"董贝先生答道。

"呵！这太好了。是您叫牌吧，少校？"

"不，夫人，"少校说，"我不能叫。"

"您是个恶鬼，"夫人说，"我的一手好牌都给您弄糟了。董贝先生，您很喜欢音乐的吧？"

"喜欢极了。"董贝先生答道。

"对，这是太好了，"克娄巴特拉说着便看了一下她的牌，"这里面有着多少的心意，它是对人类远古生存状态未经改头换面过的回忆，以及诸如此类的妙处，这的确是太迷人了。您可知道，"克娄巴特拉傻笑起来，一边把刚拿到手的那张梅花牌杰克②倒过来，因为它是脚跟朝上的，"如果有什么东西能叫我冒生命的危险去做的话，那就是探奇猎险，弄清楚它所做的一切和它的真谛了。真的，有多少多少事情是我们所不知道的，它们是那么神秘，令人神往。少校，该您出牌了！"

少校出牌。董贝先生在一旁观望，其中的妙诀只会使他感到莫明其妙，如坠入云里雾中的，但是他根本没有去注意，他只是坐在那里想着伊迪丝何时才会回来。

她终于回来了，走到竖琴旁边，坐了下来。董贝先生站了起来，

---

① 皮克牌：两人对玩的一种纸牌游戏。
② 梅花牌杰克：纸牌中的牌名。

在她旁边洗耳恭听。他对音乐没有什么鉴赏力，也不懂得她弹的是什么曲调，但是当他望着她俯身弹琴时，也许在锵然而鸣的琴弦中他听到某种他自己心内的遥远的乐音，这乐音使铁路上的怪物不那么残酷无情，而变得温驯了。

克娄巴特拉玩皮克牌时的确是眼光锐利，就像鸟的眼睛闪闪发光，并不盯住纸牌游戏一动也不动，而是穿房度屋，从一端射向另一端，竖琴、弹琴人、听琴人、房间里的一切无不在其扫荡之内。

骄傲的美人弹毕，即刻站起，像刚才一样无动于衷地听着董贝先生的感谢和赞美几乎等也不等，就走到钢琴跟前，开始弹奏。

伊迪丝·格兰格，您弹什么歌曲都行，就是不要弹那一首！伊迪丝·格兰格，您非常美丽，您的手指在琴键上的流动是多么有声有色，您的歌声是多么深沉而嘹亮，但您务必不要唱起他那个被冷遇的女儿对她死去的弟弟唱的那首歌曲！

哎，他根本不知道这首歌；即使他懂的话，她唱的歌有哪一曲能打动他的心，这个硬心肠的人！睡吧，孤苦伶仃的弗洛伦斯，睡吧！夜晚虽已漆黑，乌云虽已聚拢，冰雹即将倾盆而下，但愿您的梦里会是一片安宁！

第二十二章

经理卡克尔先生手中的一件小事

经理卡克尔先生像往常一样四平八稳地坐在办公桌前，批阅着那些等着他拆封的信件，时而根据业务上的需要在信上作个记号以便参阅或备忘，然后把它们分成几个小堆，准备分发到公司的各个部门。这天早上的信件很多，经理卡克尔先生的工作相当繁重。

他一会儿停下来查看一下他手里的一捆信件，把它们分成几组，一会儿又拿起另外一捆，皱着眉头、噘起嘴巴，审阅它们的内容；他一会儿分组，一会儿归类，一会儿思考，这样一个人的工作，他的一举一动很容易令人异想天开地把他比作一个打牌的人。经理卡克尔先生的面孔和这种想象是不谋而合的。他就是有着这样一种人的面孔：他对牌局考虑得极其周到；有利的和不利的方面，他都了如指掌；凡是落在他手掌中的牌他都记在心里；他知道这些牌的得失利弊，它们可取得哪些好处；他非常精明狡猾，他能够知道他的对手有些什么牌，但他自己手里的牌绝不会露底。

这些信件是用各种语言写的，但是经理卡克尔先生都看得懂。如果董贝父子公司的办事处里有什么东西他看不懂的话，那就意味着整副牌里缺少了一张。他看这些信件的时候差不多是一晃而过，一封信接着另一封信，一笔生意接着另一笔生意，一边看一边在一堆堆的信上放上另外的信件，这就像一个打牌的人一看到牌就已心中有数，等牌翻过来时它们的组合便大功告成了。作为伙伴，此人城府很深，作为对手，更是深不可测。经理卡克尔先生坐在从天窗射下来的阳光中，独自打他的牌。

虽然打牌并不是猫类的天性，无论是野猫还是家猫都是一样，但是当经理卡克尔先生沐浴于洒在桌子和地面上的一线温暖的夏日阳光时，他从头到脚俨若猫类，桌子与地面仿佛是弯弯曲曲的日晷，而他则是日晷上的唯一形象。他的毛发和胡须一向缺少色素，骄阳似火的时候更加淡薄了，更加像一只玳瑁猫身上黄中带红的毛色；他的指甲长而尖，修剪得非常整齐；他天生厌恶灰尘，他时而停下来望着落下的尘埃，把它们从他光滑雪白的手上和光亮平滑的衬衣上拂去。经理卡克尔先生举止狡猾，口齿刻薄，脚步轻巧，目光尖锐，油腔滑调，心肠狠毒，做事一丝不苟，决不马虎。此时，他悠然自得、平心静气地坐在他的办公桌旁工作，就像一只猫等在老鼠洞口。

所有信件最后都已阅毕，处理好了，唯有一封信准备专门细读。把比较机密的信函锁在一只抽屉里后，经理卡克尔先生开始揿铃。

"你为什么一听到铃声就走过来？"他哥哥一进来他就这样问。

"传递员出去了，下面就是我了。"他哥哥很温顺地回答着。

"下面就是你？"经理咕哝着，"哦！还给我好看呢！你看吧！"

他坐在扶手椅上指着一堆堆拆开的信件，不屑一顾地转过身去，拆开手中拿着的一封信。

"我很抱歉，打搅你，詹姆士，"哥哥一边拿起这些信件一边说，"但是——"

"哦！你有什么话要说。我早就猜到了。什么事？"

经理卡克尔先生没有抬起眼睛，也没有朝他哥哥看，而是盯着那封信，虽然还没有打开。

"什么事？"他尖声地说。

"我对哈丽特很不放心。"

"哈丽特是谁？什么哈丽特？我不认识叫这个名字的人。"

"她身体不好，近来改变很大。"

"她好多年以前就改变很大了，"经理不耐烦地说，"这就是我要讲的。"

"我想如果你听我讲——"

"我为什么要听你讲，约翰哥哥？"经理用挖苦的口吻把称呼讲得特别重，而且把头一扬，但是眼睛却没有抬起，"我告诉你，好多年以前，哈丽特·卡克尔在她的两个兄弟之间就已经作了选择了。她要懊悔的，但是这是她自作自受。"

"不要误解我的意思。我不是说她真的懊悔了。如果我有这个想法，那是太没有良心了，"哥哥说，"詹姆士，相信我，我同你一样为她作出的牺牲感到很难过。"

"同我一样？"经理叫起来，"同我一样？"

"我为她的选择而难过——选择，这是你讲的——就像你为她的选择而愤怒一样。"低级职员说。

"愤怒？"弟弟大大地露着牙齿，把这个字又说了一遍。

"不高兴。怎么讲好你就怎么讲。你懂得我的意思。我不想叫你不高兴。"

"你做的每一件事情都叫我不高兴，"他弟弟说着突然怒容满面地望了他一眼，随即转怒为笑，嘴巴比刚才张得更大，"请把这些信件带走吧。我很忙。"

他的客气比他的愤怒更加尖刻。低级职员准备走出去，但到了门口又停下来，回过头来说：

"当我第一次做了错事，丢了脸，你第一次义正词严地大发雷霆时，哈丽特就为我向你恳求宽恕，可是你不答应，詹姆士，她只好离开你，跟着我走上一败涂地的前程，把手足深情错误地全给了她毁灭了的兄弟，因为除了她，他再没有别人了，他什么希望也没有了。那时候她年轻又漂亮。如果你现在看见她——倘若你去看她的话——我想她会唤起你的钦佩和同情的。"

经理低下头，露出牙齿，好像是听到一些闲言琐谈，便脱口而出："哎呀！是这么回事吗？"但是他一句话也没有说。

"那时候我们想，你和我都是这么想的：她年轻时就会结婚，过着愉快幸福的生活，"哥哥继续说，"呵，要是你知道她是多么高高兴兴地把那些美好的希望抛开，高高兴兴地在她选择的道路上头也不回地向前走着的话，那你决不会再说你没有听到过这个名字了。决不会的！"

经理又一次低下头，露出牙齿，好像是说，"真了不起！你简直把我吓坏了！"但是他仍旧没有讲一句话。

"我可以走了吗？"约翰·卡克尔温和地问道。

"要上路了吗？"他弟弟笑着说，"那真是求之不得啦。"

约翰·卡克尔叹了一口气，慢慢地正要跨出门外，他弟弟的声音使他在门槛上停留了一会儿。

"要是她一直高高兴兴地，而且仍旧是高高兴兴地走着她自己的路，"他一边说一边把尚未打开的信扔在桌上，然后把手紧紧地塞在口袋里，"你可以告诉她，我也是高高兴兴地走着我自己的路。如果她一次也没有往回看，你可以告诉她，我有时候倒是往回看的，看她和你站在一起，你可以告诉她我的决定同大理石一样，"说到这里他非常开心地笑起来，"是不容易摧毁的。"

"我同她没有谈起你的事情，我们从来没有讲起你。一年一次，在你生日的那天，哈丽特总是会说，'让我们别忘记詹姆士的名字，愿他幸福。'除此以外，我们不再讲什么了。"

"那么就请你叮嘱你自己，"弟弟说，"你必须时常告诫自己，反复叮咛，同我讲话的时候务必不要谈这个问题。我不认识哈丽特·卡克尔其人，根本没有这样的人，你可以有一个妹妹相亲相爱。我可没有。"

经理卡克尔先生重新拿起那封信，假意谦恭有礼地笑了一下，向门口挥了挥。他阴森森地望着他哥哥走出房间，然后在扶手椅上重新转过身来，打开信，开始细细阅读。

这是他的上司公司巨头董贝先生寄自利明顿的亲笔信。卡克尔看信虽然一向很快，可这封信却是慢慢地阅读，对每一个字都要仔细琢磨，甚至于每一颗牙齿的力气都用上了。他通读一遍之后再从头看过，寻章摘句，诸如："此次出外旅行，获益匪浅，何时返回，尚未决定"；"卡克尔，希望你作好安排，下来一次，亲自来此见我，向我汇报一下诸事的进展情况"；"我没有跟你说起小盖伊之事。若他尚未乘'子嗣号'出发，或'子嗣号'尚待命船坞，则选派另一年轻人，小盖伊则暂留伦敦商区。此事我尚未决定"。"这真是太不巧了！"经理卡克尔说，他的嘴巴拉得很阔，仿佛是橡皮做的，"他远在天边啦！"

这一段话是附加于信后的，他又看了一遍，牙齿也又一次毕露无遗。

"我想，"他说，"我的好朋友卡克尔船长说过这么一句话，大约是过了那天以后，盖伊就会被拖着走。可是现在他远在天边啦，多可惜！"

他把信重新折好，坐在那里把信盘来盘去，一会儿纵放，一会儿横摆，一会儿四面旋转；这样翻来覆去地摆弄着信，也许是因为其内容的缘故吧。这时传递员佩契先生轻轻敲了一下门，便踮着脚走了进来，每走一步必鞠一躬，仿佛鞠躬是他生活中的乐事，然后把一些信件放在桌上。

"您是不是可以会客，先生？"佩契先生问道，一边搓着手，一边毕恭毕敬地把头歪向一边，像是觉得在这样一位大人物面前是不好把头昂起来的，最好让它离得越远越好。

"谁找我？"

"哦，先生，"佩契先生轻声地说，"不过是一个无足轻重的人，先生。那个船舶仪器制造商吉尔士先生来了，先生，说是关于一笔款项需要支付的小事，但是我告诉他了，先生，您忙得很，忙得很。"

佩契先生用手掩住嘴，咳嗽了一下，等着他吩咐。

"还有谁吗？"

"哦，先生，"佩契先生答道，"还有谁来了，先生，我不好自作主张讲出来，不过上星期来过的那个小伙子，先生，昨天又来了，他一直在这里逛来逛去。看起来，先生，"佩契先生，随即把门关上，接着说，"他无聊得很，没事干，只看见他在院子里对着麻雀吹口哨，让它们跟着他叫。"

"你说他想找一些事情做做，是不是，佩契？"卡克尔先生问着，便向后仰靠在椅子上，看着这个职员。

"哦，先生，"佩契先生说着就用手掩住嘴巴咳嗽起来，"看他那副样子可以肯定，他想找一份差使，他觉得可以在船坞干点活，他很会钓鱼，但是——"佩契先生将信将疑地摇摇头。

"他来的时候说些什么？"卡克尔先生问。

"哦，亏他说的，先生，"佩契说着又用手掩住嘴咳了一下，如果他想不出其他办法，他总是以此来表示其卑微的地位，"他的意思无非是想求见一位大人，找一份差使。但是您想，先生，"佩契还想讲什么，由于下面的话是不能让别人听到的机密，他把声音压得很低，再转过身用手和膝盖把门重重地推了一下，仿佛早已关上的门可以关得更紧似的，"像他这么一个普普通通的小子居然到这里来荡来荡去，张头张脑，还口口声声说什么他的母亲在我们这个大户人家给小少爷喂过奶的，他说他希望我们公司看在这个分上给他一份差使，先生，他实在太不像话，难以容忍。我可以肯定，先生，"佩契先生接着说，"虽然那个时候我们家里不揣冒昧地又添丁了，佩契太太又在给一个健康活泼的小姑娘喂奶，我还是不敢出口，说她能够给小少爷喂奶，即使能够，我也不会讲的！"

卡克尔先生像鲨鱼样地咧开嘴笑了一笑，但他心不在焉，在想着什么。

停了一会儿，又咳嗽了一声之后，佩契先生建议说，"我是不是最好告诉他，如果再看见他到这里来，就要把他关起来，一直关在那里！至于体罚嘛，就是要叫他害怕害怕，"佩契先生说，"我自己就生来胆小，先生，而且佩契太太的状况把我弄得神经衰弱，我这话一点也不假。"

"我想见见这个小子，佩契，"卡克尔先生说，"把他带进来！"

"是的，先生。对不起，先生，"佩契先生走到门口想了一想说，"先生，他的相貌是很粗野的。"

"没关系。如果他在那里，就把他带进来。我过一会儿就接见吉尔士先生。让他等一下。"

佩契先生鞠了一躬，随即小心翼翼地把门关好，好像一个星期之内是不会回来似的，然后跑到院子里麻雀中间去找那个人去了。他走后，卡克尔先生站在壁炉前，摆出颇为自得的架势，望着门口；他的下唇往里缩进作笑状，整个上面一排牙齿毕露无遗，像是待机而动，模样十分奇怪。

没过多久传递员回来了，后面跟着一对沉重的靴子，就像两只箱子碰碰撞撞地沿着过道走了过来。以一种不同寻常的介绍方式，随随便便讲了一句"你快走过来"，佩契先生就把这个小子带到卡克尔先生的面前。这个小子年方十五，长得腰圆背厚，一张红润的圆脸孔，一个光溜溜的圆脑袋，圆圆的黑眼睛，圆手圆脚，和圆滚滚的身体；为了使其圆形的总貌登峰造极，他手里拿着一顶毫无边沿的圆帽子。

卡克尔先生点了点头，佩契就领会了他的意思，把来客带到这位大人面前之后即应命退出。一等到他们两人面对面地单独在一起时，卡克尔先生二话不说，即刻抓住他的喉咙，拼命地摇他，直摇到他肩膀上的脑袋仿佛有些松动了。

惊慌之际，这个男孩睁大眼睛，瞪着这位想掐死他的满口白牙齿的大人，瞪着办公室的墙壁，仿佛他已下定决心，倘若他真的给掐死了，他最后的一眼就是看看这些神秘莫测的东西，为了看看这些东西，他闯了进来，居然受到这么严酷的惩罚。他终于好不容易地说出——

"喂，先生！放了我，您放不放？"

"放你！"卡克尔先生说，"怎么！我把你抓到了，是不是？"抓到了，这是毫无疑问的，而且抓得很紧。"你这个狗东西，"卡克尔先生透过咬紧的牙缝骂着，"我要把你掐死！"

拜勒呜咽起来，他会把他掐死吗？呵，不会，他不会的，可是他现在干什么？他为什么不掐死他自己这么大的人，而要掐死他？但是拜勒给折磨成这个样子，不由得不胆战心惊，当他的头已不再摇晃时，他开始盯着这位大人先生的脸孔，或者更确切地说，盯着他的牙齿。他看见他张牙舞爪，向他怒吼起来，吓得魂飞魄散，忘记了自己是男子汉，竟然放声大哭了。

"我没做过对您不好的事，先生。"拜勒说，他又叫罗布，也叫磨工，不过经常是叫土德尔的。

"你这个小坏蛋！"卡克尔先生说着慢慢放开他，然后退后一步，走到他十分得意的位置上，"你胆敢闯到这里来，有什么打算？"

"我没有什么坏打算，先生，"罗布呜咽着，把一只手放在喉咙上，另一只手的指关节揩着眼睛，"我一定不再来了，先生。我只是想干点活。"

"干点活，你这个小该隐①！"卡克尔先生说着狠狠地盯着他，"你还不是伦敦最最游手好闲的懒汉吗？"

这个罪状使小土德尔先生的自尊心很受伤害，但却是击中要害，他的性格确是这样的，他没法否认。因此，他只好万分惶恐，自谴自责、十分歉疚地看着这位大人先生。可以说，他被卡克尔先生的目光吸住了，他的圆眼睛一刻也没有离开过他。

"你还不是一个贼吗？"卡克尔先生说时，他的双手塞在背后的口袋里。

"不是，先生。"罗布申辩说。

"你就是！"卡克尔先生说。

"我真的不是，先生，"罗布呜咽着，"我从来没有偷过东西，先生，请您相信我。自从我开始捉鸟，没命地跟它们跑，我知道我已经走上邪道了。我想随便哪个人总会觉得，"小土德尔先生讲到这里一阵心酸，懊悔不迭，"歌唱的鸟是很单纯的朋友，但是谁都不知道这些小动物有些什么害处，会把你弄得怎样糟糕的地步。"

它们似乎已经给他弄得很糟糕的地步了，丝绒上衣和裤子已经破烂不堪，特小的红背心如同衣领，还有一截蓝格子衬衫，再就是

---

① 该隐：《圣经》中说，他是亚当的长子，曾杀害他弟弟。

330

前面提到过的那顶帽子。

"自从那些鸟儿把我迷住了，我回家还不到二十次，"罗布说，"这段时间已经有十个月了。谁看了我都是那副愁眉苦脸的样子，我怎么还能回家！真奇怪，"拜勒说着就号啕大哭起来，拿起上衣的袖口擦起眼睛来，"我怎么一直没有跳河淹死啊。"

这个男孩讲的一番话以及他对自己未能完成最后的杰作所表示的惊奇似乎都是被卡克尔先生的牙齿引出来的，而当两排牙齿充分发挥它们的魔力时，他受到这魔力的牵引，什么事情也隐藏不住了。

"你是个好小子！"卡克尔先生对他摇摇头说，"大麻种子已经给你播下去了①，我的好家伙！"

"我想，先生，"可怜的拜勒说着，又大声哭起来，一边又拿起上衣的袖口擦眼睛，"大麻种子会不会长起来，有时候我倒无所谓。我的不幸全是从逃学开始的，先生。但是除了逃学，我还有啥办法？"

"除了什么？"卡克尔先生问道。

"逃学，先生。从学校逃出来。"

"你是说假装去学校，其实没有去上学吗？"卡克尔先生说。

"是的，先生，就是逃学，先生，"这位前慈善磨工学校的学生很伤心地说，"我上学去，在街上给他们追赶，先生，我一到学校就给他们揍打。所以我就逃学，躲起来，我就是这样开始逃学的。"

"你是想告诉我，"卡克尔先生说着便又扼住他的喉咙，让他站在相距一臂之远处，然后一声不响地打量了一些时候，"你需要一个职位，是不是？"

"要是让我试试看，我太感谢您了，先生。"小土德尔小声小气地说。

经理卡克尔先生把他推到一个角落里，男孩一声不吭，乖乖地听他摆布，甚至也不敢呼吸，只是目不转睛地盯着他的脸孔。卡克尔先生揿了一下铃。

---

① 意即将用麻绳把你吊死。

"叫吉尔士先生进来。"

佩契先生恭敬有余，唯命是从，他看到角落里有一个人，也不敢表示惊奇或者认出他。所尔舅舅旋即出现了。

"吉尔士先生！"卡克尔笑了一笑说，"坐下。您好吗？我想您身体一直很好，是吗？"

"谢谢您，先生，"所尔舅舅一边回答着一边取出一个小皮夹，拿出几张纸币交给他，"身体没有毛病，只是年纪大了。这里是二十五，先生。"

"您真准时，一点也不差，吉尔士先生，"满脸笑容的经理接着说，一边从一只抽屉里拿出一张票据，然后在上面签了字，所尔舅舅从他后面望着，"就像您的一只时计。完全准确。"

"我查了一下出航船只的名单，没有'子嗣号'的消息，先生。"所尔舅舅说，他原先就已经战栗的声音里这时又多了几份瑟索。

"没有'子嗣号'的消息，"卡克尔应着说，"大概是起了暴风雨，吉尔士先生，她给吹走了，离开了航道。"

"她是平安无事的，我相信老天爷！"老所尔说。

"她是平安无事的，我相信老天爷！"卡克尔随声附和着说，听起来没有声音，这使在角落里观察着的小土德尔又吓得发抖了。"吉尔士先生，"他把身子朝后一仰，靠在椅子上，提高嗓子又说了一句，"您一定很挂念您的外甥了吧？"

站在他旁边的所尔舅舅摇摇头，深深地叹了一口气。

"吉尔士先生，"卡克尔说着，一边用他柔软的手摸摸嘴巴，摸了一圈，一边抬起眼镜盯着仪器制造商的面孔，"现在要是有个小伙子在您店里帮帮忙，您就有个伴了；目前如果您给他一个地方住住，就算是给我帮了忙。别急，"他赶忙加了一句话，因为他知道这个老头子想要说什么了，"我知道，您那里肯定没有多少事，但是您可以叫他把店铺打扫干净，把仪器擦得亮亮的，做些杂务，吉尔士先生。就是那个小伙子！"

所尔·吉尔士把眼镜从额角上拉到眼睛前，打量着直挺挺地站在角落里的小土德尔，只见他的头像是刚从冷水桶里冒出来似的（一向如此），他的特小的背心随着激动的情绪猛烈地上下起伏，他的眼睛紧紧地盯住卡克尔先生，根本不去看一下为他选择的主人。

"您给不给他一个地方住住，吉尔士先生？"经理问。

老所尔对这个事情虽然并不很热心，但他的回答是很热情的，他说能有机会，即使很小的机会，为卡克尔先生效劳，他是很高兴的，因为卡克尔先生的愿望就是命令，木制海军候补生一定会非常乐意在他的住地招待卡克尔先生选派的任何客人。

卡克尔先生上上下下的牙床都露出来了，使一旁观看的小土德尔发抖得更厉害了；卡克尔先生十分和蔼地对仪器制造商的好客表示谢意。

"那么吉尔士先生，我就暂时这样打发他了，"卡克尔先生说着站了起来，握握老人的手，"等我决定对他怎么办，他可以做什么事情之后，再安排他的工作，因为我认为我对他是要负责的，吉尔士先生，"讲到这里他咧开嘴对罗布笑了一笑，这一笑使罗布浑身发抖，"如果您严格管教他并向我报告他的行为，我是非常高兴的。今天下午骑马回家时，我要到他的双亲那里去询问一两个问题，他们都是体面的人士，去核查一下他自己所说的一些事情。此事办好之后，吉尔士先生，明天早晨我就把他送到贵处。再见！"

分别时他笑了一笑，只见他露出了满口牙齿，这使老所尔非常惶惑、心境不宁。回家的路上，他想着汹涌的大海、沉没下去的船只、即将淹死的人们、地窖中的陈年百代的马德拉岛白葡萄酒，以及其他令人郁郁寡欢的事情。

"喂，小子！"卡克尔先生说着把手放在小土德尔的肩膀上，把他拉到房间的中间，"你听到我讲的话了吗？"

罗布答道，"听到了，先生。"

"你该明白了吧，"他的恩主接着说，"如果你欺骗我或者跟我搞鬼，你没有来之前就应该淹死的，永远淹死。懂吧？"

在任何一种知识中，罗布领会得最深透的似乎莫过于此。

"如果你对我扯谎，"卡克尔先生说，"不管在哪一件事情上扯谎，你休想再碰到我。如果你没有扯谎，那么今天下午在你妈妈家的附近等我。我五点钟离开这里，骑马过去。快把你家的地址给我。"

罗布慢慢地说着，让卡克尔先生把地址写下来。他甚至又念了一遍，一个字母一个字母地念，好像觉得即使漏掉一点一画也会遭殃的。写好以后，卡克尔先生把他推出房外。罗布一直把他的圆眼睛盯住他的恩主，直到他暂时看不见了。

一天之中经理卡克尔先生做了好多事情，对好多人展示了他的牙齿。在办公室、在院子里、在街上，以及在交易所里，他的牙齿闪闪发光、狰狞可怖。五点钟到了，卡克尔先生的栗色马已经准备好，他骑上马，露出一口闪闪发光的牙齿，沿着切普赛德街驰去。

此时此刻，商业中心区正是最拥挤的时候，骑着马要想很快地穿过拥挤不堪的街道对任何人来说都不是容易的，即使想冲过去也是无济于事的。卡克尔不想骑快，他悠然自得地缓缓而行，在形形色色的车辆中穿来穿去，尽量避开有水和泥泞的地段，费了好大的劲才使他自己和坐骑免受污泥溅身之虞。他这样从容不迫地向前走着，瞧瞧路过的行人，非常悠闲，忽然看见长着一个光溜溜的圆头的罗布把他的圆眼睛紧紧盯住他的面孔，好像一直没有移开过。这个男孩的腰间系着一块手帕，手帕扭结着就像一条有斑点的黄鳝，这模样叫人一望而知：他已做好准备，伴随他的恩主，不管他要走得快还是慢。

这种跟随的方式虽有讨好之嫌却非同寻常，因此吸引了路上的行人驻足观看。走到比较畅通的大街、比较干净的路上时，卡克尔先生便快马加鞭。罗布也跟着快起来。卡克尔马上放慢了速度，罗布也跟着慢起来。然后是短时间的奔驰，这个男孩也照样奔驰起来。每当卡克尔先生的眼睛转向马路的那一边时，他总是看见小士德尔用手肘支撑着，看起来毫不费力地勇往直前，紧紧跟随着，就像那些最熟练的职业赛马者为了赌注而越陌度阡，无所畏惧。

这样的同步相随虽然滑稽可笑，却表明卡克尔先生对男孩的控制已经根深蒂固了，因此他故意视而不见，一直骑到士德尔先生家的附近。在这里，他减慢了速度，罗布跑到他前面，给他指出拐弯的地方。卡克尔先生喊叫一位站在近旁门口的人，在他前往原来是斯塔格斯花园而如今是一排大楼的地方的时候，过来给他牵马。罗布恭恭敬敬地扶着马镫，让经理下来。

"快，先生，"卡克尔先生抓住他的肩膀说，"走吧！"

回到父母的家里，浪子显得非常紧张。但是因为卡克尔先生把他推到前面，他只好走去打开家门，听凭卡克尔先生把他推到一大堆弟弟妹妹们中间；此时他们正围聚在家里的茶桌周围，一看到浪子在一个陌生人的手里，这些年稚的弟妹们齐声嚎哭起来，浪子的胸膛受到激剧的震动，这时他看见他的妈妈从他们中间站了起来，怀里抱着一个婴孩，面色苍白，全身哆嗦，他再也控制不住，跟着全家人一起号啕痛哭起来。

现在用不着怀疑了，这位陌生人如果不是凯奇先生①本人，起码也是他的同类。于是这一群孩子哭得更响了，而年纪更小的幼儿们，因为无法抑制内心的恐慌，就像被老鹰追逐得吓坏了胆的小鸟一样马上躺倒在地上，猛烈地踢着。可怜的波莉终于开口，嘴唇哆嗦地说道，"罗布呵，我可怜的孩子，你究竟干了什么呀？"

"没有干什么，妈妈，"罗布可怜巴巴地哭着，"你问这位先生吧！"

"不要怕，"卡克尔先生说，"我想给他帮助的。"

听了这话，原先没有哭的波莉现在也开始哭了。大一些的孩子似乎一直在想着援救的办法，现在松开了拳头。小一些的孩子围在妈妈的衣服周围，从他们圆滚滚的手臂底下张望着这个亡命之徒的哥哥和他的陌生朋友。大家都祝福这位有一只漂亮牙齿的先生，因为他想给他们帮助的。

"这个小子，"卡克尔先生把他轻轻地摇了一摇，对波莉说，"是您的儿子吗，太太？"

---

① 凯奇先生：17世纪英格兰臭名昭彰的刽子手，后来成为刽子手的通名。

"是的，先生，"波莉行了个屈膝礼，抽泣着说，"是的，先生。"

"恐怕，是一个坏儿子吧？"卡克尔先生说。

"绝不是我的坏儿子，先生。"波莉说。

"那么是谁的坏儿子呢？"卡克尔先生追问着。

"他这一向有些野了，先生，"波莉回答着，一边抓住婴孩的手脚，不让它们在空中飞舞试图袭击拜勒，"交上了坏朋友，但是我希望他看到了这是坏事，先生，他就会改邪归正了。"

卡克尔先生看了看波莉、干净的房间、干净的儿童，以及兼具父母特性的朴实的土德尔面孔，一个一个地环绕着他的四周，他觉得似乎已经取得了这次造访的目的。

"我想，您的丈夫不在家吧？"他问道。

"是不在家，先生，"波莉答道，"现在他在铁路上。"

听到这句话，浪子罗布似乎大大放心了，但是他仍旧全力以赴地望着他的恩主，他的眼睛几乎一刻也没有从卡克尔先生的脸上移开过，只是在片刻之间向他母亲偷偷地投去忧伤的一瞥。

"那么，"卡克尔先生说，"让我来告诉您我怎么遇到您这个男孩的，我是谁，以及我打算为他做些什么事情。"

他把自己的想法一一道来。他说，她的儿子居然胆敢跑到董贝父子公司这边来，他起初准备把一大堆可怕的罪名加在这个目空一切的小子的头上，但是考虑到他年纪轻轻，而且表示悔罪，以及他的朋友起见，他就作罢了。他为这个男孩帮忙，生怕不够慎重，怕受到人家的挑剔的指责，不过自己做事自己当，男孩的母亲与董贝先生之家过去的关系与此无关，董贝先生与此无关，这件事情均由他卡克尔先生一人承担。他对自己的一番好意居功不让，在他面前的这家人对他报以由衷的感激，他同样是当仁不让的。卡克尔先生虽不是直截了当但仍然相当明白地表示：罗布应该始终不渝地对他忠心耿耿，心不二用，听到这个很不平凡的真理，罗布万分感动，他站在那里目不转睛地望着他的恩主，泪流满面，不断地点着他那光溜溜的头，直到它好像要松动似的，与那天早晨它给这位恩主摇晃时的情况几乎相同。

多少个星期波莉没有看见过她这个走上迷途的长子，天晓得，为了他的缘故有多少个晚上她终夜不眠。此刻她恨不得跪在经理卡克尔先生的面前，就像跪在一位善良的神灵面前，虽然他的牙齿令人生畏，她也不去管它了。但是卡克尔先生已经站了起来，准备告辞，她只好以为人之母的祈愿和祝福感谢他，从她的心里掏出的千谢万谢，特别是为他所做的那点儿事情，实在是太多太多了，犹如从造币厂倒出千枚万枚钱币，即使找回一大堆的零钱，也是不够补偿的。

当这位先生穿过他周围的儿童走到门口时，罗布回到他母亲身旁，怀着悔恨的心情拥抱着母亲和婴孩。

"我从现在起要努力改过自新，亲爱的妈妈。我发誓要做到！"罗布说。

"一定要做到呵，我亲爱的孩子！为了我们大家，也为了你自己，我相信你会做到的！"波莉边哭边亲着他，"不过等你送走这位先生，你是不是还回来同我讲讲？"

"我不知道，妈妈，"罗布垂下眼睛，迟疑着，"爸爸——他什么时候回家？"

"要等到今天夜里两点钟。"

"我要回来的，亲爱的妈妈！"罗布大声说。听到他答应还要回来，他的弟弟妹妹一下子欢声震天，罗布在一派欢呼声中跟着卡克尔先生走出屋外。

"怎么！"刚才他们讲的话卡克尔先生听到了，他说，"你有个坏父亲，是吗？"

"不是，先生，"罗布惊讶地说，"像我爸爸这样好、这样慈爱的父亲是没有的啦。"

"那你为什么不想看见他？"他的恩主追问道。

"爸爸和妈妈是不一样的，先生，"罗布支支吾吾，过了一会儿说，"他不大会相信我是会改好的，当然我知道他是很想相信我的，可是妈妈，她总是相信好的事情，先生；至少我知道我妈妈是这样的。愿上帝保佑她！"

卡克尔先生的嘴巴张得大大的，但没有再说什么话。跨上马后，他把那个牵马的人打发掉了，然后从马鞍上目不转睛地俯瞰着男孩聚精会神地望着他的脸孔，说道：

"明天早上你到我那里去，我带你去那位先生的家里，就是今天早晨同我在一起的那位老先生；你要到他那里去，你听到我讲过的吧？"

"是的，先生。"罗布应道。

"我对这位老先生是很关心的。你给他做事情就是帮我做事情，孩子，你明白吗？好。"听了这句话，男孩的圆脸蛋突然开朗起来，像是想回答了。卡克尔先生见微知著，不等他开口马上就说，"我知道你明白了。我想了解这位老先生的全部情况，他的日常生活是怎么过的，因为我很想帮他点忙，特别要留意谁去看他。你明白了吗？"

罗布聚精会神地点了一下头，又说了一声，"是的，先生。"

"我很想了解一下他有哪些关心他的朋友，现在这个可怜的人孤单得很，他们是不是还去看他，还是很喜欢他，还是很喜欢他那个在外乡的外甥。有一位很年轻的小姐，她可能会去看他的。我特别要了解她的详细情况。"

"我一定留神注意，先生。"男孩说。

"要留神注意，"他的恩主说着就弯下身子把他露齿而笑的面孔凑近男孩的脸孔，用马鞭柄轻轻拍着他的肩膀，"要注意，我的事情除了跟我讲以外，对别人一概不要说。"

"一定不说，先生不要说。"节罗布一边说一边摇摇头。

"不但在那边不要说，"卡克尔先生指着他们刚刚离开的地方说，"而且在随便哪里都不能说。我要看看你是不是非常忠心耿耿、感恩图报的。我要考验你！"说完了，他露出满口牙齿，晃了晃脑袋，在这一保证与威胁并举的表示之后，他才不再看罗布的眼睛，策马而去。罗布的眼睛却仍旧盯着他，好像他全部的身心中了卡克尔先生

338

的邪，给逮住了似的。没有走多远，卡克尔先生发现他那忠心耿耿的仆从还像先前一样束着腰，仍旧紧跟着他，旁边的观众看到这个情景笑得前仰后合，于是卡克尔先生让马停下，叫他回去。为了要他唯命是从，卡克尔先生在马上转过头来，看着他走开。奇怪的是，即使在这个时候罗布还不肯让他的眼睛完全离开他恩主的面孔，他三步一回头地目送着他的恩主，因此在街上碰碰撞撞、纷扰的人群之中，他给围得水泄不通。因为他脑子里尽想着一个高于一切的念头，对于这些他也就毫不在意了。

经理卡克尔先生以徐缓的步行速度骑着马儿前行，一副悠闲的样子表明一天的事务他已圆满地完成，现在宽松得很，再用不着去想它了。他显得自满自足、和蔼可亲，在街上他慢慢向前走，哼着轻柔的小调。那像是猫叫，他高兴极了。

在他的想象中，卡克尔先生有一种在炉边烤火的感觉。舒舒服服地蜷伏在某个人的脚下，他正伺机而动，准备随心所欲地或纵或撕或抓或轻轻地抚摸。是不是有什么笼中鸟正待他的惠顾？

"一位很年轻的小姐！"经理卡克尔先生一边唱着歌一边想着，"嗯！上次我看见她时，她还不过是个小丫头呢。我记得她有一对黑眼睛、黑头发，还有很好看的脸蛋，非常非常好看的脸蛋！我想她是很漂亮的。"

卡克尔先生越往前走越是和蔼可亲、心情愉快；他不停地哼唱着，直到他众多的牙齿也随着歌声震颤起来。卡克尔先生慢慢地往前走，转了一个弯，最后来到董贝先生巨厦所在的阴暗的街道。一路上他一直忙着在漂亮的脸上织网，把脸遮得模糊不清，所以他没有想到会这么快就骑到这个地段了，只是望见一排冷冰冰的高楼巨屋时，他才恍然大悟，即刻在离大门几码远处勒住了马。卡克尔先生为什么立刻勒住马，他看见了什么东西使他这么吃惊，这是需要几句不着边际的话来加以解释的。

图茨先生从布林伯博士的学校解放出来之后获得了一笔财产，在最后的半年学习期间他每天晚上都要把一个新发现告诉费德先生，他说"遗产执行人不能剥夺他继承这笔财产"。他潜心研究生活科学，欲与他人比高低，热心致力于一项崇高、灿烂、杰出的事业。在一套寓所里面，图茨先生作了精致的布置，辟出一间体育室，陈列着获奖赛马的照片，虽然他对赛马毫无兴趣；还摆了一张使他相形见绌的长沙发。在他精美的居所，图茨先生专心一意地搞那些使生活变得纯洁、高尚、文明、仁爱的高雅艺术。他的首席导师是一位叫作斗鸡①的很有趣的人物，在最暖和的天气他也穿一件白色的粗毛厚大衣，每次驾到，要获得十先令六便士的小额报酬，每周在图茨先生的头上敲打三次。在黑獾酒吧总会听到人们谈起这位拳王。

　　"斗鸡"对于图茨先生来说犹如万神殿中的阿波罗②，他给图茨先生引荐了一位教台球的记分员、一位教击剑术的保镖、一位教骑术的出租赛马的人、一位对各种运动项目都很娴熟的康瓦尔郡人，以及两三位对艺术很有造诣的朋友。在他们的帮助下他进步很快，在他们的教导下他开始工作了。

　　但是，尽管这些先生们身上都有一种新奇夺目的光彩，不知为何缘故，图茨先生总觉得不踏实，无所适从。五谷必有糠秕，即使斗鸡也无法啄尽；闲空的时候，阴森的巨人矗立在他面前，斗鸡也无法把他打倒。看来，最使图茨先生高兴的事莫过于频繁地把名片送到董贝先生的门口了。他从不间断，持之以恒，即使不列颠国土之内的收税官也不见得像他这样一丝不苟，而不列颠国土则是广阔的日不落之国，那里的收税官是从不日落而息的。

　　图茨先生从不上楼；他履行这个既定的礼仪时，总是衣冠楚楚地来到前厅门口。

　　"哦！早上好！"图茨先生一开始就对仆人这样说。接着他一边递上名片一边说，"这是给董贝先生的。"当他再递上一张名片时，他就说，"这是给董贝小姐的。"

　　说好，图茨先生就会转过身子仿佛准备离开似的，但是这一次

────────────

①　斗鸡：当时著名的拳王。

②　阿波罗：希腊神话中太阳、音乐、诗等的守护神。

仆人没有理他，他知道他是不会走的。

"哦，对不起，"图茨先生往往会再说上一句，好像突然想起了个念头似的，"那个小娘们在家吗？"

仆人想她大概是在家的，但是不能肯定。于是他就按了一下铃到楼上，再朝楼上望望，然后他就会说，哦是的，她在家，已经下来了。待尼珀小姐出现了，仆人便退出。

"哦！您好吗？"图茨先生会咻咻地笑着，满脸通红地说。

苏珊会谢谢他，说她很好。

"狄俄吉尼士好吗？"接下去图茨先生就会这样问。

"的的确确是很好的。弗洛伦斯一天比一天更喜欢它了。"听了这话，图茨先生无疑会突然爆发出来咻咻笑声，就像一瓶饮料启开时泡沫四溅那样。

"弗洛伦斯很好，先生。"苏珊还会补充一句。

"哦，这没什么关系，谢谢您。"这是图茨先生千篇一律的回答，而且每次讲了这句话，他总是立即走开。

现在已无疑问，图茨先生的脑海中出现了一个朦胧的想法，在水到渠成时倘若他能如愿以偿，得到弗洛伦斯的眷顾，那他将会是多么幸运、多么幸福。毫无疑问，经过迂回曲折的道路，他终于领悟到这一点，而且坚定不移。他的心中箭了，他的心给触动了，他坠入了爱河了。一天夜里，整夜未睡，他穷思竭虑，搜索枯肠，准备写一首赞美弗洛伦斯的离合诗①，构思之际他感动得眼泪直流。但是他只写了"因为当我凝望时"就再也写不下去了，在此之前凭着一时的灵感他写下了下面七行的第一个字母，此刻，那一时的感受已忘得一干二净。

图茨先生除了想出这样一个每天给董贝先生递送名片的通情达理的妙计之外，对于他情之所系，他的脑子用得并不太多。但是经过深思熟虑，他终于认识到，为了取得成功，需要采取重要的措施，

---

① 离合诗：这种诗是将诗行的首字母或尾字母按照一定的次序排列，组成一个词或词组。

那就是首先得赢取苏珊·尼珀小姐的好感，然后再向她透露一些他的心思。

为了使她为他效劳，在最初阶段，对这位小娘们无伤大雅地调调情，看来是可行的一着。因为还不能完全决定，他便向"斗鸡"请教。他没有把他的心事向这位先生和盘托出，他只是说在约克郡有一位朋友写信给他，就这个问题征求他的意见。"斗鸡"回答说，他一向认为应该"进而取胜"，他还说，"当您的朋友来到您的面前时，您的任务也就一清二楚了，您要进而去做。"图茨先生觉得这句话的言外之意，就是支持自己对此问题的看法，于是他大胆决定于次日去吻尼珀小姐。

次日，穿上伯吉斯公司制作的最佳时装，图茨先生按计划向董贝先生家出发。但是在他走近目的地时，他感到心慌意乱，他到达那里时是三点钟，但是一直等到六点钟他才敲门。

一切如常，苏珊像平时一样说了声她年轻的女主人身体很好，图茨先生也照样应了一下说这没关系。使她奇怪的是，讲了这句话以后，图茨先生并没有一溜烟跑开，却是待着不走，咻咻地笑着。

"您也许想到楼上去吧，先生？"苏珊问。

"嗯，我想我要走进来！"图茨先生说。

可是当门一关好，色胆包天的图茨没有上楼，他莽撞地向苏珊扑过去，把这个漂亮的小娘们一把抱住，在她的脸颊上拼命地吻着。

"滚开！"苏珊喊起来，"你再不走我要把你的眼睛挖出来。"

"就再吻一下！"图茨先生说。

"滚开！"苏珊一边叫着一边把他推开，"像你这样老实巴交的也来！以后谁还不敢？走开，先生！"

苏珊并没有把它当作一回事，因为她笑得很厉害，几乎一句话也说不出来。但是狄俄吉尼士正在楼梯上，它听见撞击墙壁的声音和脚步的杂沓声，它还透过楼梯的栏杆看见争斗的情景，有个陌生人闯进屋里，它立刻有了一个不同的看法，于是冲下楼去援救，一眨眼之间就咬住了图茨先生的腿。

苏珊又叫又笑，启开临街的门，跑下楼梯；莽撞的图茨摇摇晃晃、跌跌撞撞地走到街上，旁边是狄俄吉尼士咬住他的裤腿不放，仿佛伯吉斯公司是它的专职厨司，特别为它准备了一份假日美味。狄俄吉尼士被摔开了，它就在灰尘里打滚，接着又站了起来，在昏昏沉沉的图茨周围转来转去，对他狂吠。董贝先生巍峨的巨厦门口出现的这幕闹剧卡克尔先生看见了，感到非常惊异，他远远地勒住马，端坐不动。

当狄俄吉尼士给喊了进去，门关上之后，卡克尔先生仍旧观望着惊慌失措的图茨。图茨此刻正躲在近旁的门口，在用一块贵重的丝手帕把那只被撕碎的裤腿绑起来，在这次惊险的经历中这块手帕乃是他价格昂贵的衣装的一个组成部分。

"对不起，先生，"卡克尔先生骑了过来，笑容可掬地问道，"我想您没有给咬伤吧？"

"哦，没有，谢谢您，"图茨先生抬起通红的面孔答道，"不要紧。"只要可以，图茨先生甚至还会说这件事情他喜欢得很呢。

"狗的牙齿有没有咬坏了腿，先生——"卡克尔开始露出他的牙齿。

"没有，谢谢你，"图茨先生答道，"没有咬着，挺安然无恙的，谢谢您。"

"我有幸认识董贝先生。"卡克尔说。

"是吗？"满脸通红的图茨说。

"也许您会允许我在他外出的时候，"卡克尔先生说着拿下了帽子，"为这件令人遗憾的事情向您表示歉意，我真奇怪怎么会发生这样的事情。"

他这样的彬彬有礼使图茨先生受宠若惊，能和董贝先生之友交上朋友真是天上掉下来的运气。他立刻取出时刻备用的名片盒，把写有他的名字和地址的名片递给卡克尔先生。以礼还礼，卡克尔先生也把自己的名片递给他，他们就此告别。

卡克尔先生徐徐地走过这座屋子时，他抬起头仰望着那些窗户，想看看窗帘后面那张忧思难忘的脸孔，它正望着对面人家的孩子们呢。这时狄俄吉尼士的毛茸茸的脑袋爬了上来，挨近这张脸孔。不管怎样地连哄带骗，这只狗就是不停地狂吠，从高处向楼下的那个人作扑向状，好像恨不得马上纵身向下，把他撕得粉身碎骨似的。

叫得好，狄，在你的女主人旁边！再叫一下，再叫一下，你的头高昂起来，你的眼睛光芒四射，你的嘴巴吠叫不止，就是想咬住他！正当他骑马前行时，再叫一下！你的嗅觉好灵敏！狄——那是猫，小伙子，那是猫呵！

第二十三章

孤独的弗洛伦斯与神秘的海军候补生

弗洛伦斯孤零零地一个人住在这座阴森的巨屋中，日复一日，她依然独自住在这里；空荡荡的四壁茫然地俯视着她，仿佛它们是戈冈①，想把她盯住不放，直到她的青春与美貌化为石块。

魔幻小说中的魔幻之屋虽然在丛林深处，与外界隔绝，也不及她父亲的临街而立、森严可怖的巨厦更使人感到寂寞荒凉：夜晚邻人的窗户闪耀着灯火，而这座巨厦却是一片灰暗，在白天它则是怒容满面，毫无笑意。

在神话里，通常都会在门前看见两条龙看守屋里无辜的囚犯。这座巨厦的前面却没有龙，但有一张怒目而视的面孔，两片薄嘴唇险恶地张开着，从拱形门的上方，俯瞰着所有走进来的人。除此之外，还有一个锈铁怪物，弯弯曲曲，像凌空于门槛上的一丛了无生气的藤蔓，上面布满了尖铁和螺旋形长钉，每一边都有一个不祥的灭光器，仿佛是说，"走进门里，不可带光②！"门上没有护符雕刻，但是因为人去楼空，这座屋子看起来是很萧条了。男孩们在栏杆上、人行道上，特别是在拐角处的墙边上乱涂乱写，在马厩的门上画上各色各样的鬼。托林森先生有时要把他们赶走，他们就给他画像，叫他的耳朵从帽子下面向两边水平方向铺开。在屋檐的阴影下悄无声息。每周一次早上到街上来奏乐的铜管乐队不再在这些窗户底下

---

① 戈冈：希腊神话中三个有蛇发的女怪之一，面目狰狞，人一见她之后就会被吓得变成石头。

② 意大利诗人但丁（1265—1321）的《神曲》中地狱的大门上刻着类似的字句。

锵鸣。诸如此类的艺人全都不去光顾，即使很低级的管风琴手，和那些像木偶一样在蹦蹦跳跳的人，尽管他们的技艺很不高明，毫无才华，却时常从人家的双扇门进进出出，但对这个巨屋则同声一致地避而远之，认为那是一个毫无希望的地方。

过去，有种魔力可以使屋子酣然入睡，待醒来时，焕然一新，丝毫未损；但这个魔力却使整座屋子变得破败荒芜，不堪入目。

屋子已长久废弃了，处处是一片沉寂、满目凄凉的景象。门里面，帘幕低垂，往日的褶缝与优美的形状已荡然无存，只是像沉重的幕布悬挂着。许许多多的陈设像经历过一番大劫，堆在一起，盖上了布，不敢露面，就像被遗忘的囚犯，于不知不觉中全然改观。镜子暗淡无光，像是蒙上了岁月的尘埃。地毯上的图案如同那些年代中的许多小事留下的记忆，变得模糊不清。地板吃惊于陌生的脚步，吱吱作响，摇摇晃晃。钥匙在门锁里生锈。潮气上了墙壁，布满了斑斑点点，原来的图画似乎无地自容，便躲进墙里，藏于其中。壁橱里开始生霉。地下室的角落里长起了菌子。到处积满了灰尘，从何处来、怎样积起，谁都不知道。蜘蛛、飞蛾、蛴螬的声音日日可闻。时时可以看到觅食的蟑螂伏在楼梯上或楼上的房间里，纹丝不动，仿佛在纳闷，怎么会跑到那里去的。到了夜里，耗子开始从嵌板后面它们挖掘的黑暗通道跑了出来，东窜西溜，尖声地叫着。

从关着的百叶窗的隙缝里透进来一线微光，可以看见这些华贵居室的凄凉景象，虽然不能包罗万象，但是已足以说明这座屋子所受的魔力之大了。镀金狮子的褪了色的脚爪悄悄地从罩布底下伸了出来；支座上的大理石半身女像透过面纱惶恐地展露芳容；这里的钟从未报时，如果偶然上紧发条，报的时间也是不准确的，那数字是钟面上所没有的，人间的钟是不用这种奇怪的数字的；枝形玻璃吊灯偶然会发出几下叮当声，但那声音比闹钟更令人心慌；还有一堆被罩着或盖着东西影影绰绰；在这些陈设中间，声音变得低沉，气流变得滞缓，形状如同鬼物。除此之外，还有一个宽阔的楼梯，这座屋子的主人是很少问津的，就是从这个楼梯他的小男孩步入了天堂。还有些楼梯和过道一连几周都没有人走过；还有两个终年关闭的房间，是这家的两位死者居住过的地方，时时可以听到人们轻声地怀念着他们；整座屋子里的人都感觉到，在这阴暗沉寂的荒凉之地却有一个温柔的人儿在走动着，她使每一件死气沉沉的东西有了一丝生命，使人的兴致与生趣依旧在那里流动。这个温柔的人儿就是弗洛伦斯。但她自己并不知道。

弗洛伦斯孤零零地一个人住在这座阴森的巨屋中，日复一日，她依然独自住在这里；阴寒的四壁茫然地俯视着她，仿佛它们是戈冈，想把她盯住不放，直到她的青春与美貌化为石块。

屋顶上和底层地面的石缝里长起了青草；窗台周围生起了一层层支离破碎的植物；久未使用的烟囱里面的灰泥成片剥落，纷纷坠下；两棵树的躯干烟尘蔽体，树顶已经枯死，干枯的树枝下面挂着几片树叶。整个屋子呈现着一种白者变黄、黄者近黑的色调。自从可怜的女主人去世后，这座巨厦逐渐成为这条枯燥无味的长街上的一个漆黑的窟窿。

但是弗洛伦斯却在这里成长，像故事里面国王的漂亮公主，出落得如花似玉。她的书籍、她的音乐，以及她日常的老师是她仅有的良朋挚友，当然苏珊·尼珀和狄俄吉尼士自当别论。前者陪伴她的年轻女主人每日读书，因而自己的学识也逐日增长。后者也许是由于同样的影响吧，变得很温顺，夏天整个上午它会把头搁在窗台上，安静地面街而卧，眼睛时开时闭；有时候，它会竖起头煞有介事地目送着走过的一辆车子，盯住那上面一路上吠叫不停的一只狗；有时，它又会无缘无故地勃然大怒，仿佛忽然记起它附近的一位想象中的仇敌，于是冲到门口，大吵大叫，声震街衢；事过境迁，它慢吞吞地跑了回来，重新恢复了它那滑稽可笑的自得其乐的本色，把下巴又搁在窗台上面，那气派犹如完成了一件公益服务而胜利归来。

在这座阴森的屋子里，就这样，弗洛伦斯生活在这些纯洁无邪的思想与爱好之中，没有什么会伤害她。现在她可以用不着害怕父亲的冷遇，她可以自由自在地走到楼下她父亲的房间里，她可以想着他，让她的爱心谦卑地靠近他。她可以好好地看看在他伤心时环绕着他的事物，她可以挨近他的椅子而用不着害怕那道始终难忘的目光。她可以给他做一些小小的事情以表示她的孝敬，譬如亲手为他把各样东西整理得井井有条，准备小小的花束放在他的书桌上，哪一枝花枯萎了便逐日更换；他尚未归来，她每天就为他准备了一些东西等他归来，在他的座位旁边她胆怯地留下一点她来过的印记。今天她给他的表装了一个油漆小支架，明天她又生怕这东西会过于显目便换了另外一个也是她制作的小玩意儿。夜间醒来，她会突然想到如果他回家了看到这个东西会不高兴把它扔掉，于是她吓得全身发抖，心怦怦地跳动着，便匆忙地穿上拖鞋，奔下楼去，把它拿开。还有的时候，她只是把脸伏在他的书桌上，在那上面留下一个吻、一滴眼泪。

这一切依旧没有人知道。像以往一样，她把它作为一种秘密，深藏于她的胸中，除非她不在那边时家仆们走进去的话，可能会发现，可是他们对董贝先生的房间都是望而却步的。在黄昏、在清晨，或楼下仆人们吃饭的时候，弗洛伦斯悄悄地走进那些房间。由于她的照料，这些房间里的每一处、每一个角落都变得明亮起来，好多了，但是她走进去或是走出来都是像阳光那样悄然无声，不留痕迹，唯一留下的就是她的光辉。

在这座回声不断的屋里，不论走到哪里，总有重重阴影与她同行，在那些空空如也的房间里它们跟她坐在一起。仿佛她的生活是一个魔幻的梦境，在她孤寂中升起为她排难解忧的思想，使她的生活蒙上一层虚无缥缈的幻觉。她时常设想，要是她父亲爱她，要是她是她父亲的掌上明珠，那她的生活会是怎样的幸福呵，有时候她真的会突然之间忘却现实，几乎相信她的生活的确是这样。乘着想象的翅膀，她仿佛记起她和她父亲怎样一同凝望着坟墓中的弟弟，他们怎样自由自在地共享他的爱心，他们怎样一起亲切地怀念着他，他们怎样时常谈起他，而她慈爱的父亲又怎样和蔼地望着她，给她讲着他们的共同希望和对上帝的共同信仰。另一些时候，她会为自己描绘一幅她母亲仍然活着的画面：她搂住她的脖子，以她整个心灵的爱与信赖紧紧地依偎在她的身边，呵，那是多么的幸福！可是当夜晚逼近，四顾无人的时候，呵，这座孤单的屋子又复是一片凄凉，空无一人！

但是有一个想法，虽然她还不能看得十分具体，可是在她心里却是十分热切而强烈，在她与忧愁挣扎的时候，它始终给她勇气与支持，使她那颗受尽折磨，年轻而真诚的心满怀着始终不渝的目标。庄严的幻想和期望悄悄地来到她的脑海，就像它们光顾尘世所有在苦难中挣扎的人们那样；在这阴暗的世界里，它们离开了现实生活，冉冉升起，像若隐若现的音乐，轻轻地诉说着在那遥远的地方她的弟弟与她的母亲是多么的母子情深、相依为命，诉说着他们有她的关心、眷爱和同情，诉说着他们有些知道她在这世界上的生活历程。当她的心里藏着这些思想时，对弗洛伦斯来说，这是一种抚慰，一种让她忘却忧思的安慰。但是有一天，在最后一次夜深人静时她在她父亲的房间里看见他后不久，她忽然灵机一动，何不为他那颗冰冷的心痛哭一场，唤起死者的灵魂，叫他们起而攻之，让他回心转意。这种想法虽然荒唐、软弱无力、孩子气，这种还没有完全想好的念头虽然会叫她发抖，可是这却是出于她爱心的冲动。从那时起，弗洛伦斯一直竭力抑制着她胸中残酷的创伤，尽量以一颗怀着希望的心想着他，尽管她的创伤是他一手造成的。

从那时起，她一直抱着这样的信念，她深深地爱着自己的父亲，可他却不知道。她很年轻，又早年丧母，由于某种错误或不幸，她从未得到指点怎样向她父亲表示她是爱他的。她会很有耐心去努力学会这个技巧，使他对自己唯一的孩子了解得更好一些。

于是这成了她生活的目的。当初阳照着这座衰败的屋子时，这位孤寂的女主人胸中的决心焕然生辉，朝气蓬勃。一天的事务完成之后，她感到心情振奋，因为她一心希望，如果她懂得越多，如果她越是多才多艺，待她父亲了解她了，回心转意时，他就会更加高兴了。有时候，她会心潮起伏、泪如泉涌，她想，一旦她们父女友好相处，她是不是会在哪方面十分得心应手，娴熟自如，会叫她父亲大吃一惊。有时候，她穷思竭虑，想弄清楚是不是有哪方面的知识会使他更感兴趣。无论是看书，弹琴，做针线活，早晨的散步或晚间的祈祷，她总是心不二用，一心一意地想着这个目的。对于一个孩子来说，如何学会去赢得一位冰冷无情的父亲的心，这是一门太奇怪的课程了。

当夏日的黄昏渐渐地变成了黑夜，在这条街上依旧有许多无忧无虑的行人来来往往，他们会抬头望一眼街对面的那座阴沉的屋子，于是他们看见与这座屋子的色调全然不同的一位年轻的姑娘站在窗口仰望着天空中开始闪烁着的群星；假使他们知道这位小姑娘坚定不移地想着那个计划，他们将会难以入眠的。别处的平民百姓因为工作关系每天都要走过这里，他们从外面看过去，深深地感到这座屋子的阴森黑暗，便呼之为凶宅；倘若从它黑暗的外表，他们能看出它所包含的凄惨的故事，那么他们会觉得呼之为凶宅，并不过分。可是弗洛伦斯始终不懈地追求着这个神圣的目的，无人知道，也无人援助；她一心所想的就是如何才能使她父亲了解她是爱他的，在她漫无边际的思绪里，她丝毫也没有埋怨他的念头。

就这样，弗洛伦斯孤零零地一个人住在这座人去楼空的巨屋中，日复一日，她依然独自住在这里；单调无味的四壁茫然地俯视着她，仿佛它们是戈冈，想把她盯住不放，直到她的青春与美貌化为石块。

一天早晨，苏珊·尼珀站在她年轻女主人的对面，看着她刚刚写好一封短笺，把它折起封好，于是流露出对信的内容表示赞许的神情。

"迟去比不去好，亲爱的弗洛伦斯小姐，"苏珊说，"我说，就是到斯克特尔士老头子他们家走一走也是求之不得的好运气呢。"

"巴尼特爵士和斯克特尔士夫人真好，"弗洛伦斯婉转地纠正了这个小娘们提到这家人时过于随便的态度，"他们真客气，还再次邀请我去。"

尼珀小姐也许是地球上最富于江湖义气的人，事无巨细，她的江湖义气是毫不妥协的,她始终不息地对社会挑战。她紧咬嘴唇、大摇其头,反对把斯克特尔士夫妇看成是大公无私的人,她要到法庭去大声疾呼,斯克特尔士夫妇盛情邀请弗洛伦斯,是别有用心的。

"人家做事,总晓得在做什么的,"尼珀小姐吸了一口气低声说道,"斯克特尔士他们也是这样的呵!"

"坦率地说,我不急着要到富勒姆①去,苏珊,"弗洛伦斯边想边说,"不过去是对的。我想还是去好。"

"好多啦。"苏珊急忙插嘴说,一边又大摇其头。

"所以,"弗洛伦斯说,"我就答应了,并对他们表示感谢,其实我宁可别的时候去,那时候他们家里不会有什么人,现在正是假期,那里恐怕有几个年轻人住着。"

"关于这一点,我要说一下,弗洛依小姐,呵,高高兴兴吧!"苏珊接着说,"呵!哈——哈!"

尼珀小姐在这样的特殊时刻时常用这最后的一声叫喊来结束一句话。楼下仆人群里认为,她就是用这声喊叫来泛指董贝先生的,这也说明她很想表白表白她对这位大人先生的看法,但是她未作解释,因此这声喊叫除尖酸刻薄之外,还有一种神秘的魔力。

"好久没有听到沃尔特的消息了,苏珊!"沉默了片刻后,弗洛伦斯说。

"真是好久了,弗洛伦斯小姐!"她的女仆应道,"佩契刚才来看看有没有信,他还讲——不过他讲的话能算数吗?"苏珊涨红了脸喊起来,打了个顿又说,"这件事他懂得很多呵!"

弗洛伦斯很快抬起眼睛,一片红晕罩满了她的脸孔。

"如果我还比不上,"苏珊·尼珀说着显然是在竭力压制着内心的焦急与惊惶,她一边睁大着眼睛望着她年轻的女主人,一边尽量让自己对佩契先生一味顺从的模样愤恨起来,"如果我还比不上那个不男不女的家伙,一点骨气也没有,那我这一头秀发再没有什么值

---

① 富勒姆:英格兰大伦敦的自治市。

得骄傲的了，我就要把它竖了起来，往耳根后面一抛，戴上一顶无边粗布帽子，就这样平平淡淡过去，直到死亡把我从这种无足轻重的地位救出去。我不见得就是一个蛮里蛮气的女强人，弗洛伦斯小姐，我决不会使自己这样声名扫地的，但是我想，我绝不是一个会轻易放弃不管的人。"

"放弃不管！不管什么？"弗洛伦斯满脸惊恐地叫起来。

"哦，没有什么，小姐，"苏珊说，"天哪，根本没有什么！不过是说那个像湿乎乎的卷发纸一样的佩契，谁只要碰了他一下就会叫他呜呼哀哉的，要是哪位肯可怜可怜他，行行好，那可真是一件大快人心的事呢！"

"是不是那条船他放弃不管了，苏珊？"弗洛伦斯问道，她脸色很苍白。

"不是，小姐，"苏珊答道，"我倒要看看他有没有这个胆量当着我的面做这件事！不是的，小姐，不过他老是在唠叨沃尔特先生准备给佩契太太带一些生姜来，真烦心。他讲着就懊恼地摇摇头，他还说，他想生姜也许已经上路了，不过，他又说，它不会准时现在就到，这次用不上，但是下一次还会用得着的。这个人，"尼珀小姐越说越瞧不起他，"真要叫我发火了，我虽然很有耐心，但我可不是双峰骆驼，我也不是，"苏珊想了片刻又加了一句，"一个单峰骆驼，如果我有自知之明的话。"

"他还讲了些什么，苏珊？"弗洛伦斯急切地问，"你不告诉我吗？"

"好像有什么事情我不肯告诉您呢，弗洛伦斯小姐！"苏珊说，"嗯，小姐，他说人们开始谈起这条船的事情，他们从来没有听说过有哪条船走了这么久还没有一丁点儿消息的；他还说，昨天船长的太太到办事处来，她好像有些担心，其实谁都在讲，这件事情我们早就差不多知道了。"

"我离家之前，"弗洛伦斯急忙说，"一定要去看一下沃尔特的舅舅。今天上午我就去看他。我们马上动身，走吧，苏珊。"

对这个建议，尼珀小姐没有什么好反对的，她满口答应了；她们很快准备就绪，走上街头，向小海军候补生那边进发。

弗洛伦斯去所尔舅舅家的心情，同当年经纪人布罗格利没收他家财产时，沃尔特奔向卡特尔船长家的心情是十分相似的，那时沃尔特仿佛觉得教堂尖塔上正在执行没收财产的令状；不同的是，弗洛伦斯更多了一份痛苦，因为她觉得沃尔特之所以陷于险境也许是她无意之中造成的，而现在那些喜爱他的人，包括她自己在内，都为他提心吊胆，痛苦难言。她还觉得每一样东西上面似乎都写着靠不住与危险的字样。塔尖上与屋顶上的风向标神秘地暗示着风暴将临，像许许多多鬼魂的手指指向险象环生的大海，也许在那里遭难船只的残骸正随波漂流，而那些无援无助的人们被海波摇荡着，沉入像大海一样深不见底的睡乡。当弗洛伦斯来到商业区，经过凑在一起聊天的先生们时，她生怕他们谈起那条船的事情，说它已经沉没了。与风浪搏斗的船只的画幅与图片，使她心慌意乱。因为恐慌的缘故，悠闲的行云与轻烟在她看起来如同乱云飞渡，她担心此刻的海上正起着一场风暴。

苏珊·尼珀的心情也许和弗洛伦斯的心情类似，也许并不一样，因为一路上凡是人群拥挤的时候她都要全心全意地对付路上的小伙子，她与这一类人之间有一种与生俱来的敌对情绪，只要碰在一道，这种敌对情绪就会一触即发，所以她恐怕不会有太多的闲情逸致去担惊受怕了。

过了不久她们看见木制海军候补生就在街对面了。在等着时机准备穿过马路时，她们非常吃惊地望见仪器制造商的店门口有一个圆头小伙子，他胖乎乎的脸孔仰望着天空。她们瞧着他的时候，他突然之间把每只手的两只指头塞进宽阔的嘴巴里，向高空中的几只鸽子吹起尖厉吓人的口哨。

"那个是理查兹太太的大儿子，小姐！"苏珊说，"真够她伤脑筋的！"

因为波莉同弗洛伦斯讲过她的儿子和继承人又有了美好的前程，弗洛伦斯对现在的会面自然是心中有数了，所以时机一到，她俩赶忙穿过马路，不再去为理查兹太太的祸根操心了。这个一味好玩的小伙子没有觉察到她们走近，又起劲地吹起口哨，接着大声欢叫着，"飞来飞去的鸟儿呀！嗬啊！飞来飞去的鸟儿呀！"这一声声的欢叫对内心有愧的鸽子效果奇好，它们不再按原先的打算直奔英国北方的某个城市，而是在空中旋转，不愿离去。见此情景，理查兹太太的大儿子又向它们尖声地吹起口哨，接着又一次欢叫着，"飞来飞去的鸟儿呀！嗬啊！飞来飞去的鸟儿呀！"那调门比街上的吵闹声还要高。

尼珀小姐戳了他一记，使他从忘情的游戏中突然醒来，重又回到尘世，溜进店铺。

"你就是这样改过自新的吗？理查兹太太天天在为你操心呢！"戳了一下后，她接着就这样说，"吉尔士先生在哪儿？"

起先罗布对尼珀小姐很反感地望了一眼，但瞧见后面跟着弗洛伦斯，便和气一些了，他用手指关节碰了一下头发，向弗洛伦斯致意，同时对苏珊说吉尔士先生不在家。

"把他找回来，"尼珀小姐命令说，"你就说我家小姐来了。"

"我不知道他上哪儿去了。"罗布说。

"你就是这样改过自新吗？"苏珊刺耳地叫起来。

"哎呀，我不知道往哪里去找，我怎么能够把他找回来？"被折磨得苦不堪言的罗布忍气吞声地说，"您怎么可以这样不讲道理呢？"

"吉尔士先生有没有说过他什么时候回来？"弗洛伦斯问。

"是的，小姐，"罗布一边回答一边又用手指关节碰了一下头发，"他讲他下午早点回来，大约再过两个钟头就会回来的，小姐。"

"他是不是很替他的外甥担心？"苏珊问。

"是的，小姐，"罗布答道，他对尼珀根本不理不睬，他喜欢同弗洛伦斯讲话，"我觉得他是很担心的。小姐，他在屋子里一刻钟也待不住。他在一个地方连五分钟也没法待。他总是走来走去，就像一只——就像一只飞来飞去的鸟儿。"罗布说着就弯下身子瞧一瞧窗户外面的鸽子，他的手指刚刚有一半塞进嘴巴里，准备再吹起一声口哨，突然停住了。

"您认不认识吉尔士先生有一个朋友叫作卡特尔船长的？"弗洛伦斯想了一会儿问道。

"是有一个手钩的人吗，小姐？"罗布一边回答一边弯曲着左手做个钩子的样子，"认识的，小姐。前天他来过。"

"以后他没有再来过吗？"苏珊问。

"没有，小姐。"罗布仍旧对弗洛伦斯回答着。

"沃尔特的舅舅恐怕到他那边去了，苏珊。"弗洛伦斯转过来，对她说。

"到卡特尔船长家里去了，小姐？"罗布插嘴说，"不是的，他没有到那边去，小姐。因为他特别告诉我，如果卡特尔船长来的话，就跟他讲昨天没有碰到他，真是没有想到，叫船长等他回来。"

"您知不知道卡特尔船长住在哪儿？"弗洛伦斯问。

罗布作了肯定的回答后转过身去拿起店铺写字台上的一本油腻腻的羊皮纸簿，大声地念着他的地址。

弗洛伦斯又转过身，和她的侍女低声地商量着，而圆眼睛的罗布则一心想着他恩主给他的秘密交代，一边冷眼旁观一边凝神细听。弗洛伦斯提议去卡特尔船长家里，听他亲口讲一下他对"子嗣号"轮船迄今尚无消息的看法，如果可能，她们就把他带来，安慰安慰所尔舅舅。起初，鉴于路远，苏珊不太赞成，但经她的女主人指出可乘出租马车，她立刻撤销反对意见，表示同意。经过几分钟的商讨之后，她们终于作出最后决定。在她们商讨的时候，罗布目不转睛地注视着这两位辩士，他轮流侧耳倾听着每一个人的讲话，仿佛他被指定为她们的仲裁似的。

最后，罗布被派去叫马车，这两位来客暂时管店。马车叫来后，她们即刻上去，并且给所尔舅舅留了话，说她们回来时一定再来拜访。罗布目送着马车一直等它像那些飞走了的鸽子一样看不见了，才一本正经地在桌子后面坐下来。为了不至于忘记发生的事情，他耗尽了墨水，把它们记在几张小纸上面，这些纸条即使丢失也不会泄露秘密，因为墨迹干之前，每一个字对于罗布来说早已成为一种深不可测的神秘，仿佛这些字根本不是他写的。

正当他忙着这些事情的时候，那辆出租马车一路上碰到闻所未闻的重重困难，旋桥、烂泥路、无法通行的运河、运输木桶的车队、种满花菜红豆的田地、小型洗衣房，以及诸如此类的许多障碍；经过无数的披荆斩棘，它终于停在布里格街的一个角落上。在这里下了马车，弗洛伦斯和苏珊沿街而行，去寻找卡特尔船长的住宅。

事不凑巧，这天正好是麦克斯廷格太太大扫除的日子。每逢这个日子，警察在后半夜三点差一刻就来敲门把麦克斯廷格太太叫醒，不到第二天夜里十二点钟她是不大会停止的。看来，大扫除的主要任务是：麦克斯廷格太太必须天一亮就把全部家具搬到屋后的花园里去，然后一整天穿着木套鞋在屋子里穿来穿去，天黑以后再把家具搬回房间。这一套礼仪弄得小麦克斯廷格们很不安宁，就像一些小鸽子不但找不到歇脚的地方，而且在整个过程中还时常挨母鸽啄一下。

弗洛伦斯和苏珊·尼珀来到麦克斯廷格太太的家门口时，这位可敬又可怖的女强人正把两岁零三个月的亚历山大·麦克斯廷格沿着过道推到街边人行道上，硬叫他坐下来。受到这样的处罚，亚历山大透不过气来，脸也发青，因为冰冷的石板通常都能起到有力的惩罚效果。

弗洛伦斯的脸上流露着对亚历山大的怜悯，这使既是女人又是母亲的麦克斯廷格太太大大为光火，她根本不去理睬弗洛伦斯的好奇心，却是把我们天性中最了不起的感情发挥得淋漓尽致，在把亚历山大推上石板之前以及我们在推的过程中，她对他拼命地摇、狠狠地打，全然不顾这两位不速之客。

"对不起，夫人，"小孩已透过气来，又开始呼吸时，弗洛伦斯问道，"请问，这是卡特尔船长的屋子吗？"

"不是。"麦克斯廷格太太说。

"这不是九号吗？"弗洛伦斯迟疑不决地问着。

"谁讲这不是九号？"麦克斯廷格太太反问了一下。

苏珊·尼珀立即挺身而出，追问麦克斯廷格太太这话是什么意思，她知不知道在同谁讲话。

麦克斯廷格太太也不甘示弱，把她从头到脚打量了一下说："我很想知道你们找卡特尔船长干什么？"

"你想要知道吗？对不起，你休想知道。"尼珀小姐反击着。

"别响，苏珊！请你不要讲！"弗洛伦斯说，"夫人，既然卡特尔船长不住在这里，也许您能够帮我们的忙，告诉我们他住在哪里。"

"谁讲他不住在这里？"毫不容情的麦克斯廷格太太反驳道，"我讲，过去这不是卡特尔船长的屋子，现在不是他的屋子，以后也不是他的屋子，他休想有这座屋子，因为卡特尔船长根本不懂怎样管好一座屋子，他根本不配有一座屋子，这是我的屋子——我把楼上租给卡特尔船长，天哪，我真是做了一件得不偿失的傻事，把天鹅肉给癞蛤蟆吃！"

麦克斯廷格太太是对着楼上的窗口大声地讲着这些话的，每一句话都是劈劈啪啪地尖声叫喊出来的，仿佛无数枪弹从一支步枪里连续不断地射出似的。最后一颗子弹发出之后，从船长的房间里传来他那有气无力的埋怨："下面安静一点！"

"你们不是要找卡特尔船长吗？他就在那里！"麦克斯廷格太太怒气冲冲地用手指了指说。没有再讲一句话，弗洛伦斯壮着胆子走了进去，随后苏珊也跟着进去了。麦克斯廷格太太又开始踏着木套鞋无休止地穿来穿去，而亚历山大·麦克斯廷格却仍旧坐在石板上，在听她们谈话的时候，他的哭声暂止，现在他又哇哇哭起来了，在这个一成不变的伤心的表演中，为了苦中作乐，他睁开眼睛展望远处，一直把他的目光落在那辆出租马车上。

船长双手插在口袋里，两条腿缩起放在坐椅下面，正坐在他房间里的一座很小的荒凉的孤岛上，孤岛四周是一片肥皂水的汪洋。船长的窗户、墙壁、炉子都已擦洗得干干净净；除了炉子以外，每样东西都是湿漉漉的，闪烁着肥皂水和沙子的光辉，它们的干货店里的气味迷漫空中。给抛弃在这座荒岛上的船长脸色忧郁，环顾着四周的水域，仿佛在等待友好的小舟划过来把他救出去。

但是，当船长把忧郁的面孔转向门口时，他看见的却是弗洛伦斯和她的侍女，这时，他的吃惊是难以言传的。原来，麦克斯廷格太太口若悬河，讲得很响，以致别的声音不易辨别，船长只以为是饭店的服务员或者送牛奶的人走过来了；因此，当弗洛伦斯出现在门口，走到孤岛边，把手放在他的手中时，船长立刻目瞪口呆地站了起来，好像一时间把她当作那个被判处终身漂流海上的荷兰水手①家庭中的某个年轻成员。

然而船长很快镇定下来。他首先的考虑就是把她放在干地上，他举起一只手臂就轻易地完成此举。卡特尔船长然后步入水中，拦腰一抱把尼珀小姐也带到岛上。然后卡特尔船长恭恭敬敬、钦佩不已地拿起弗洛伦斯的纤手，放在他的唇边；因为小岛容纳不下三人，他于是站得稍远一些，像一位新潮的特里顿②从肥皂水的汪洋中对她欢快地微笑着。

"我想，您看到我们一定很吃惊吧。"弗洛伦斯笑了一笑说。

船长听了这话真是说不出的高兴，他亲了一下手钩作为回答，然后粗声粗气地说，"做好准备！做好准备！"好像在这几个字里面蕴含着一种很乖巧的恭维，既是不露声色又是不言而喻的。

"可是我待不住啦，"弗洛伦斯说，"我不能不来问问您，我现在的哥哥亲爱的沃尔特的情况怎么样了，有没有什么事情要为他担心的，您是不是可以每天到他可怜的舅舅那里去安慰安慰他，等我们有了他的消息再说？"

听了这些话，卡特尔船长不经意地举起手拍了拍此刻没有戴着那顶硬邦邦、油光光的帽子的脑袋，他看起来心神不宁。

---

① 被判处终身漂流海上的荷兰水手：据北欧传说，有一位荷兰船长发誓要冒险绕过好望角，如此举不成功，甘愿永世航行。魔鬼听了就罚他永远漂流海上，直到遇到真心爱他的女子才能解脱。

② 特里顿：希腊神话中半人半鱼的海神。

"您对沃尔特的安全有没有什么担心？"弗洛伦斯问道。船长看着她的脸孔，着了迷，无法移开他的目光，而弗洛伦斯为了弄清他的回答是不是真心诚意，也目不转睛地看着他。

　　"没有，心肝宝贝，"卡特尔船长说，"我不担心。沃尔这个小伙子是不怕风吹雨打的。沃尔这个小伙子是能够叫他们那只船舶转危为安的。沃尔，"船长赞扬着他的年轻朋友时他的眼睛闪闪发光，他举起手钩引经据典地大声说着一句非常漂亮的名言，"就是那种你可以称之为既有内美又重之以修能的人。找到这句话就记下来。"

　　船长自以为这句话意义深长，颇为扬扬得意，弗洛伦斯却不太明白，但她还是洗耳恭听。

　　"我不担心，我的心肝宝贝，"船长继续说下去，"在那种纬度是会出现非常恶劣的天气的，这是不好否认的，有些船就是给吹走了，可能给吹到天涯海角了。但是那条船是只好样的船，这个小伙子是位好样的小伙子。谢天谢地。"船长稍稍鞠了一躬，"无论是方帆双桅船或者是人的心胸，要使橡树一样的心悲伤绝望，那是不容易的。这两个方面，坚忍不拔就能使船顺利到达终点。所以您看我至今一点也不担心。"

　　"至今？"弗洛伦斯重复了一下。

　　"一点也不，"船长亲了一下手钩说，"还没有等我开始担心，我的心肝宝贝，沃尔早就从那座岛上或者从什么港口写信回家了，那么一切事情就都有板有眼，清清楚楚的了。至于老所尔·吉尔士嘛，"讲到这里，船长变得严肃起来，"我要一直陪他到底，决不把他抛掉，除非死亡把我们分开。而当狂风大作，大作，大作时——查一查《教义问答》手册，您就会找到这句话的，"船长作了一下说明后又继续说下去，"——如果所尔·吉尔士听一听一位海员的看法，他会感到安慰的话，可以请他到他的起居室去。他的头脑很灵，只要用一下，什么事情都会干，他当学徒的时候差点给弄得粉身碎骨，他叫邦斯拜，要是他坐在所尔的起居室里，把他的想法告诉他，那他可要大吃一惊呢。啊！"卡特尔船长吹劲十足地说，"恐怕要拿他的头去撞门啦！"

"那我们把这位先生带了去看他吧，我们好听听他讲些什么，"弗洛伦斯叫了起来，"现在您和我们一起去，好吗？我们有一辆马车在底下。"

船长又举起手，拍拍他的头，头上没有戴着那顶硬邦邦、油光光的帽子，看起来心神不宁。但是就在这一刹那，一件非常奇怪的事情发生了。门突然打开，事先没有一点声响，显然是门自动开启的，接着刚才提起的那顶硬邦邦、油光光的帽子一闪而过，像一只鸟飞进房间里，然后重重地落在船长的脚边。随后，门像打开时一样又突然关上，一切又归于平静，再没有出现任何情况足以使这件奇事释然于怀。

卡特尔船长拾起帽子，以极大的兴趣与欢迎的目光瞧着它在手里转了个圈子后，便拿起袖管把它擦亮；船长一边擦着帽子一边目不转睛地凝视着来客，低声地说：

"你们看，昨天我就想奔到所尔·吉尔士那里去的，今天早晨我又准备去了，但是她——她把帽子拿走，藏起来了。就是这么一回事。"

"真作孽，这是谁搞的鬼？"苏珊·尼珀问道。

"我亲爱的，就是女房东，"船长以粗哑而低沉的声调回答着，同时做着手势叫她们不要声张，"为了擦洗地板的事情我们吵了几句，可是她———一句话，"船长看了一下门，然后长长叹了一口气说，"她不让我有自由。"

"呵！我倒希望她同我来较量较量！"苏珊一心想较劲，涨红了脸说，"我要叫她住手！"

"我亲爱的，您以为您会做得到吗？"船长怀疑地摇摇头说，但是对这位巾帼英雄无所畏惧的勇气显然是很钦佩的，"我可不知道。这是很困难的航行。她这条船很不好弄呢，我亲爱的。她往哪个方向行驶您没法知道。她一会儿兴高采烈扬帆疾驶，一会儿凶狠粗暴，又转回来。而当她大发雷霆时——"船长说着额头上冒出了一颗颗汗珠。要结束这句话，莫过于吹一声响亮的口哨，于是船长颤颤抖抖地吹起了口哨。过后，他又一边摇摇头一边赞慕着尼珀小姐无所畏惧的勇气，然后小心翼翼地又说了一遍，"我亲爱的，您以为您会做得到吗？"

苏珊只是微微一笑作为回答，但是这一丝微笑却充满着傲视一切的勇气，这使卡特尔船长恍惚迷离，他站在那里静静地凝望着那一丝笑容，要不是弗洛伦斯再次焦急地提出马上去找那位神机妙算的邦斯拜的话，还不知道他会看多久呢。经弗洛伦斯这一提，卡特尔船长想起了他的任务，便紧紧地戴上那顶油光光的帽子，拿起另外一根多节的拐杖，因为原来的一根已经给了沃尔特了，然后把手臂伸给弗洛伦斯，准备杀出一条血路，冲过敌人的防线。

然而事出所料，麦克斯廷格太太早已改变了主意，她现在正朝着一个全新的方向进发，船长说过她常常会做这种出其不意的事情的。因为他们走下楼时，发现这位不同凡响的女人正在敲打着门口台阶上的踏鞋垫，而亚历山大仍旧坐在石板上，在弥漫灰尘的烟雾中依稀可见。麦克斯廷格太太聚精会神地干着家务，卡特尔船长和他的客人走过时，她一点也没有觉察到，她没有说一句话也没有做一个手势，她照旧敲打着，而且敲得更厉害了。虽然踏鞋垫上飞扬起来的灰尘使他像吸进了过多的鼻烟似的，老打喷嚏，眼泪从脸上直淌下来，但他能够这样轻易地逃出来，还是大喜过望的，他简直难以相信他竟会有这么好的运气，不过从门口走到出租马车这一段距离，他不止一次地回过头来望望，显然很害怕麦克斯廷格还会追赶上来。

然而，他们并没有受到那只可怕的火药船的攻击，平安地到达布里格街的拐角处。船长虽然被邀请和女士们一起坐在马车里面，但由于对妇女彬彬有礼便没有走进去，而是登上马车夫的座位，指挥马车夫驶向邦斯拜船长的船只，这只船叫作"谨慎的克拉拉号"，停泊在拉特克利夫的附近。

到达码头时，他们看到这位了不起的司令官的船只给五百只左右的同伴团团围住，密密麻麻的帆缆仿佛是挂在半空中的奇形怪状的蜘蛛网。卡特尔船长走到马车的窗前，请弗洛伦斯和尼珀小姐跟他到船上去，告诉她们邦斯拜对女士是非常和蔼可亲的，他还说没有什么比她们光临"谨慎的克拉拉，"更能使他开阔的胸怀恬然自得了。

弗洛伦斯立刻答应。于是船长的巨掌握着她的纤纤小手，领着她走过去。他的脸上流露着一种混合着恩人的慷慨、父辈的慈爱、内一心的自豪和礼仪的庄重的表情，一见之下令人心旷神怡。经过几个很肮脏的甲板之后他们来到"克拉拉号"面前，只见那条谨慎的船只停在一排船的最外面，跳板已经拿走，而它与最靠近的船只之间有六英尺水域相隔。卡特尔船长说，看起来这位了不起的邦斯拜同他自己一样也像是受尽了女房东的虐待，最近她对他更是雪上加霜，他实在忍耐不下去，便在他们之间划出一道隔离地带，作为一种不得已而为之的举措。

"克拉拉呵嗬！"船长把双手围着嘴巴喊起来。

"呵嗬！"一个男孩从底下爬了上来，回应着船长的喊声。

"邦斯拜在船上吗？"船长向男孩大声地喊着，仿佛他们之间相隔不是两码，而是半英里。

"在，在！"男孩以同样响亮的声音回答道。

男孩拿了一条木板，推到卡特尔船长前面，船长小心翼翼地把木板摆稳，然后带着弗洛伦斯从木板上走过去，又赶忙回来把尼珀小姐再接过去。这样，他们就都站在"谨慎的克拉拉号"的甲板上了。船的帆缆上晒着形形色色的衣服，在风中飘动，还有几根牛舌头和鲭鱼。

舱壁之上很快地冉冉升起另一舱壁，那是一个人的脑袋，硕大无比，暗红色的脸上一只眼睛纹丝不动，而另一只眼睛则仿佛灯塔似的转来转去。头发蓬松，宛如麻絮。头没有固定的或北、或东、或西、或南的朝向，罗盘上的四种朝向它都兼而有之，而且每一刻度都不放过。头的下部是一个光溜溜的下巴，下巴底下是衬衫领子和领巾，再下面的是海员厚呢大衣，大衣下面是厚呢海员裤，裤带既阔又高，简直可以当背心了，在胸骨附近，上面缀有几个很大的木制纽扣，颇似十五子戏①的棋子。当海员裤的下部露出时，邦斯拜便一目了然地站在那儿了；他的两只手插在很大的口袋里，他的目光既不是朝着卡特尔船长也不是对着女士们，而是盯住桅顶。

这位海员身材魁梧，体格强壮，活像一位富于睿智的哲学家，他那暗红色的脸上流露着不苟言笑的神情，这与他大智若愚的性格是并行不悖的；卡特尔船长与他虽是知交，看到这副深沉的表情也几乎要望而却步了。船长低声地对弗洛伦斯说，邦斯拜有生以来还没有过吃惊的表情，也不知道吃惊为何物。邦斯拜的目光初则盯住桅顶继而掠过天边，船长的眼睛也跟着他转；当那只转动的眼睛似乎朝他的方向移动时，船长开口说道：

"邦斯拜，你这小子，好吗？"

一声低沉、粗哑的声音回答着，这声音与邦斯拜似无关系，而且丝毫也不影响他脸上的表情，"唉，呵呀，伙伴，好吗！"邦斯拜一边说一边把右手和手臂从口袋里抽了出来，握握船长的手，然后又塞进口袋里。

"邦斯拜，"船长开门见山地说，"有件事找您，您头脑很灵，会出主意。这位年轻的姑娘想听听您的意见，是关于我的朋友沃尔和我的另外一个朋友所尔·吉尔士的，所尔·吉尔士这个人您是要接近的，他是通晓科技的人，科技又是发明之母，不过他不懂法律。邦斯拜，您是不是帮帮我的忙，等会儿同我们一起去呢？"

这位了不起的司令官，从他脸上的表情来看，似乎无时无刻不在密切注视着遥远的天边，看有没有什么东西出现，而对十英尺之内的事物则是视而不见的，所以他没有回答。

"这个人，"船长一边对这两位女士说一边伸出他的手钩指着这位司令官，"摔下来的次数比谁都要多，他经历过的事故比海员医院

---

① 十五子戏：双方各有 15 个棋子，掷骰子决定行棋格数的游戏。

里所有海员遇到的事故还要多，他年轻时候头上撞过的木材、木棒、木条就像查塔姆木材场里的那么多，好造一条游艇了，我想他的主意就是这样得来的，无论在海上或在陆上都没有人有他这样的好主意。"

这位不露声色的司令官轻微地动了一下手肘，似乎对这样的赞美表示几分喜悦，不过，如果说他脸上的表情和他的目光一样远在天边，对近处的事物无动于衷的话，那么睁着眼睛望着他的人对他的脑子里的所思所想也不会看得清楚的。"伙伴，"邦斯拜突然弯下身子，从一根挡住视线的木材底下望过去说，"女士们想喝些什么？"

卡特尔船长听到他的问题是针对弗洛伦斯而发的，他那敏感体贴的神经给触动了，便把这位圣哲拉到一旁，似乎在他耳边讲了些什么，便同他走下去了。在下面，生怕他不高兴，船长喝了几口酒；弗洛伦斯和苏珊从船舱敞开的天窗望下去，看见这位圣哲在他的床铺和一个很小的铜壁炉之间好不容易找了个地方，给他朋友和他自己倒了点酒。他们旋即又出现在甲板上。卡特尔船长因为这件事取得了成功十分得意，他领着弗洛伦斯向马车走去，而邦斯拜则陪着尼珀小姐跟在后面，一路上他就像一只蓝色的熊一样用他穿着蓝色海员大衣的臂膀紧紧地抱住她，使这位年轻的小姐非常恼怒。

船长为能把这位睿智的圣哲请上了出租马车，而感到由衷欣喜，他不由自主地时常透过马车夫后面的小窗户望望弗洛伦斯，向她笑笑以表示欢欣，还轻轻敲着额头，向她暗示邦斯拜在开动脑筋呢。船长说过邦斯拜对女士亲切和蔼得很，这话并未言过其实。这时，他依旧搂着尼珀小姐，不过从他始终如一的庄重举止看，他似乎并没有意识到这位小姐是在他的怀里，或者别的什么的。

所尔舅舅已经回来了，他站在门口恭候他们，立刻把他们迎进屋后的小起居室，由于沃尔特已远去他乡，起居室的变化很大，几乎认不出来了。在桌上、在房间各处都摆满了地图和航海图，伤心的仪器制造商一次又一次地在这些地图和航海图上面穿洋渡海，寻找那只不见踪影的航船；刚才，他还拿着一架圆规在上面转来转去，转到这里又转到那里，想测量出这只船漂流到这里还是漂流到那里，究竟走了多远了，想力图证明，离绝无希望时还早得很呢。这架圆规此刻还握在手里。

"它是不是顺流而下，"所尔舅舅忧虑地看着航海图说，"不会，这多半是不可能的。它是不是遇到恶劣天气给冲走了，照理说，也是不大可能的。它是不是会改变路线了呢，这一点即使我也很难相信的！"可怜的所尔舅舅在他面前的巨大地图上寻踪觅迹，提出一个接着一个的设想，但都找不到哪一处有足够的希望和可能，因此他那架圆规的一个小尖头就无处可放了。

弗洛伦斯一眼就看出这位老人出现了一种奇怪、无法形容的变化：他的举止虽然比往常更加心神不定，烦躁不安，但是颇为奇怪的是，在这种心烦意躁的举止中却有一种与之相矛盾的决心。有一次她觉得他讲话信口开河、语无伦次，因为当她说起早上她来看他却未遇到而感到非常遗憾时，他起先的回答是他去看过她，可是马上改口了，似乎想否认刚才的回答。

"您去看过我了吗？"弗洛伦斯问道，"是今天吗？"

"是的，我亲爱的小姐，"所尔舅舅答道，他不知所措地一会儿瞧瞧她一会儿又望开去，"我是想再一次亲眼看看您，亲耳听听您的声音，在——以前。"说到这里他停住了。

"在什么时候以前？什么事情以前？"弗洛伦斯说着就把手放在他的手臂上。

"我讲过'以前'吗？"老所尔说，"要是我真的讲过，那么我的意思是在听到我亲爱的孩子的消息以前。"

"您身体不好，"弗洛伦斯温柔地说，"您担心得太厉害啦。我肯定您身体不好。"

"我很好嘛，"老人一边回答着一边捏起右拳，伸出去让她看，"在我这样的年纪，有我这样强健的体格，还不好呵。看！多么坚强有力。有这么棒的手的人难道不同许多年轻人一样既有魄力又有胆量吗？我看就有。我们等着瞧吧。"

他的神情比他的话语更能说明问题，虽然言犹在耳，他的神情却使她很不放心，她正想把她的不安告诉卡特尔船长，可是这时船长乘机把情况向睿智的邦斯拜作了说明，征求他的意见并恳求这位博大精深的权威发表他的高见。

邦斯拜的眼睛依旧望着伦敦与格雷夫森德①之间半路上的一座屋子附近，而他那粗壮的右手臂为了寻找灵感有两三次想搂抱尼珀小姐美丽的身姿，但是这位年轻姑娘早已很不高兴地退到桌子的另一边，这位"谨慎的克拉拉号"的司令官讨了个没趣，他那柔情似水的冲动扑了个空。作了几次努力都归于失败后，这位司令官便开口说话了，他并不是在对谁讲话，而是他心里的声音不由他做主自个儿讲起来了，仿佛一个附体的粗厉的鬼魂在讲话：

"我的名字就是杰克邦斯拜！"

"他洗礼时取名约翰，"卡特尔船长欣喜地叫起来，"听他讲！"

"我说的话，"这个声音推敲了一会儿，继续说，"我负责。"

船长挽着弗洛伦斯，向听众们点点头，似乎是说，"现在他要发表高见了。我把他请到这里来就是为了这个目的。"

因此，这个声音接着说，"为什么不？如果这样，有什么不好？谁能够不这样说呢？不会。那就等着吧！"

这个声音一连串的自问自答到此戛然而止，稍事休息后又继续缓缓地讲下去：

我是不是以为这个'子嗣号'已经沉下去了，我的伙伴们？恐怕是的。我说了这样的话吗？是什么话？倘若一位船长经过圣乔治海峡②，驶向唐斯③，那么在他前面会遇上什么？那就是古德温沙洲④。它不一定会撞在古德温沙洲上的，但也有可能。究竟怎么看法那就悉听尊便了，这不是我的事情了。那就等着吧，擦亮眼睛向前

---

① 格雷夫森德：泰晤士河畔的城镇，和伦敦毗连。
② 圣乔治海峡：位于爱尔兰与英格兰之间的海峡。
③ 唐斯：一个很大的停泊、抛锚的地点，被古德温沙洲包围着。
④ 古德温沙洲：英国东南部海岸的一片沙洲，距大陆6英里，船到那里很危险。

看吧，祝你们好运！"

说到这里，"谨慎的克拉拉号"的司令官跟着这个声音从屋后的起居室走上街头，接着尽快地回到船上，走进船舱，睡了一觉又复精神焕发了。

这位圣哲的学生根据邦斯拜的某种玄妙的哲理来琢磨他的神机妙算，也许根据另外一种哲理，也说不定，犹如古希腊的芸芸众生听取特尔斐①的女祭司坐在一张三脚祭坛上传示神谕一样，他们面面相觑，颇感捉摸不定。磨工罗布刚才随意地从屋顶的天窗向里面瞥了一眼，偷听了一下，此刻他从铅皮屋顶上悄悄走了下来，一脸的迷惑不解。可是，卡特尔船长对邦斯拜素怀钦佩，此次他在重要关头的出色表现证明他确实是名不虚传的，还发表了一通高论，船长对他的敬仰心情自然有增无减，于是他给他们作了开导，他解释说，邦斯拜只知道推心置腹，决不顾虑重重；这个人所发表的意见，这样的头脑所产生的看法乃是希望的锚，抛在安全的航道上。弗洛伦斯竭力使自己相信船长的话是对的，但是尼珀就不一样了，她紧紧合抱着双臂，坚决反对地摇摇头，她对邦斯拜和对佩契先生一样是毫不信任的。

这位哲人似乎并没有使所尔舅舅开窍，他依然故我，手执圆规，在水上世界寻踪觅迹，却总找不到它的安身之所。老人聚精会神地寻找时，弗洛伦斯在船长的耳边低声说了些什么，卡特尔船长便把他那粗重的手压在他的肩上。

"过得怎么样，所尔·吉尔士？"船长热情地大声问道。

"马马虎虎，内德，"仪器制造商答道，"今天下午，我一直在想着我的孩子到董贝公司去的那一天，他回家吃晚饭已经很迟了，当时他就坐在您现在站着的地方，我们谈着狂风暴雨和船只失事的事情，我实在没法叫他不谈这个问题。"

此时老人看到弗洛伦斯的眼睛在细细打量着他的面孔，便笑了

---

① 特尔斐：古希腊城市，因有阿波罗神殿而闻名。

一笑停下来了。

"做好准备，老朋友！"船长大声说着，"快点！我跟您讲，所尔·吉尔士，等我把心肝宝贝安全护送回家，"讲到这里，船长拿起手钩向弗洛伦斯送去一个飞吻，"我再回来，同您过一天快活的日子。所尔，您再同我一起找一个什么地方去吃晚饭。"

"今天不去，内德！"老人马上说，不知是什么缘故，他听到这个建议似乎很吃惊，"今天不去。我不能去！"

"为什么不能？"船长吃惊地望着他问道。

"我——我有许多事情要做。我——我要好好想想，安排一下。内德，我真的不能去。我今天还得出去一下，一个人把这些事情好好想想。"

船长望望仪器制造商，再看看弗洛伦斯，又回过来望望仪器制造商，最后他建议："那么明天。"

"好，好，明天，"老人说，"明天不要把我忘了。就明天吧。"

"我明天一早就过来，记住，所尔·吉尔士。"船长作出了决定。

"好，好。明天一大早，"老所尔说，"那么再见了，内德·卡特尔，上帝保佑您！"

老人说着的时候，热烈地捏了一下船长的手，然后转过身，双手握住弗洛伦斯的手，放在他的唇边，随即以极快的速度把她送到马车那边。老人的情况使卡特尔船长深感不安，因此他留在后面反复叮咛罗布，要他对他的主人无微不至地照顾，一直到第二天早晨；嘱咐过了，他即刻给了罗布一个先令并且答应次日中午之前再给他六个便士。这件好事安排妥当后，卡特尔船长自以为是弗洛伦斯理所当然的卫士，便怀着巨大的责任感登上马车夫的座位；护送她回家，他告诉她，要她放心，他会始终不渝地关心所尔·吉尔士的；同时，他无法忘记苏珊·尼珀挑衅麦克斯廷格太太的豪言壮言，便又问她："我亲爱的，您以为您真会做得到吗？"

当那座荒凉的屋子把她们两位关在里面后，船长的思想又回到仪器制造商身上，他觉得非常不安。因此，他没有回家，只是一遍又一遍地徘徊街头，以此消磨时间，直到黄昏，他才走进商业区的一家拐角上的小酒馆，一直吃到很晚。小酒馆有一间楔形餐厅，是油光光的帽子们经常光顾之地。船长主要的打算是天黑以后从所尔·吉尔士的家门口走过，从窗外向屋内望望，他如法炮制了。起居室的门敞开着，他看见他的老朋友坐在桌旁忙着，不停地在写，而那个小海军候补生怕给夜露弄湿，此时已移进屋内，正从柜台上望着他呢。柜台下面，磨工罗布给自己铺了一张床，准备关上店门。木制海员管辖的境内平安无事、一片宁静，船长这才放心了，即向布里格街走去，决定于次晨及时起锚。

第二十四章

一颗爱心的潜心研究

巴尼特·斯克特尔士爵士与夫人是很善良的人，他们住在泰晤士河旁富勒姆的一座漂亮的别墅里；当划船比赛举行时，这乃是世界上最理想的住宅之一了，不过其他时候却有些小小的不方便，譬如说河水偶尔会流入客厅，而草坪和树木则会被淹没。

巴尼特·斯克特尔士爵士不可一世的气派主要是通过古色古香的金制鼻烟盒与一块很大的丝手帕显示出来的。他像捧着一面旗子用双手从口袋里抽出这块手帕，那架势就令人瞩目。巴尼特爵士人生目的就是永无止境地扩大交友的范围。打个比方吧——这不是想贬低这位尊敬的先生——事物的本性就是这样的，就像一个很重的物体坠入水中，巴尼特爵士总是不断地扩大他周围的圈子，直到没有余地为止。又比如说，依据一位很聪明的现代哲学家的哲理思维，空气中的一个声音不断地振动着，可以不停地穿越无边无际的空间。巴尼特·斯克特尔士爵士也是这样，他社交上发现新大陆的航程不到山穷水尽是不会停止的。

巴尼特爵士以促进人与人之间的交往而引以为荣。他喜欢这件事情是因为这件事情本身的缘故，同时也促进了他所钟情的人生目的。举个例子吧，如果巴尼特爵士有事物色到一位新手或一位乡村绅士，他就拉他到他那座好客的别墅，于次日早晨就会问他："我亲爱的先生，您有没有什么人想认识认识吗？有没有谁您希望见见面的？您对作家，或者画家，或者雕刻家，或者演员，或者诸如此类的人有没有什么兴趣？"也许这位仁兄会说是的并且讲出了某某人，可是巴尼特爵士与此人如同与公元前三世纪的古埃及国王托勒密大帝一样毫无私交。然而巴尼特爵士却满口应承，说世界上没有比这件事情更好办的了，因为他与此人非常熟悉。他即刻拜访这位先生，留下了一张名片，附上一封短信："我亲爱的先生，久仰先生大名，先生若能光临与敝舍佳友一叙，此友人自然翘首以盼，斯克特尔士夫人与敝人将恭候左右，唯才是好，不拘礼节，望先生俯允惠顾"，等等，真可谓一箭双雕，斩钉截铁。

弗洛伦斯来到的第一天早晨，巴尼特·斯克特尔士爵士在充分炫耀他的鼻烟盒与旗子之际也向她提出了这个问题。弗洛伦斯表示谢意后说她没有哪位特别想见的，她心里自然是在想着一去无消息的可怜的沃尔特，不免悲痛。出于助人为乐的一片好意，巴尼特·斯克特尔士爵士接着说："我亲爱的董贝小姐，您是不是真的记不起有哪一位您的好爸爸可能希望您认识的呢？您写信时，请代我和斯克特尔士夫人向您爸爸致以最美好的问候。"弗洛伦斯轻声地回答说没有，这也许是很自然的。她的头稍微垂下，她的声音有些发抖，这也许是很自然的。

时值假期，小斯克特尔士正在家里待着，他的领带硬邦邦的，情绪也不活跃，而他贤惠的母亲又要他好好照顾弗洛伦斯，所以看起来非常懊恼。另外一件事情令小巴尼特更加烦恼，那就是布林伯博士夫妇的光临，他们是应这位世家的邀请前来度假的，这位小少爷经常说但愿他们到耶里哥①去度假吧。

"您现在准备会会什么人吗，布林伯博士？"巴尼特·斯克特尔士爵士转过身问这位先生。

"您太好了，巴尼特爵士，"布林伯博士回答说，"我的确想不起来有哪位要特别会会的。我喜欢广交朋友，巴尼特爵士。泰伦斯②怎么说的？凡为人之父母的人我都感兴趣。"

"布林伯夫人可想见见哪位名流？"巴尼特爵士彬彬有礼地问道。

---

① 耶里哥：死海以北的古城。

② 泰伦斯（约公元前190—前159）：古罗马喜剧作家。

布林伯夫人嫣然一笑，晃了一下她那天蓝色的帽子，开口说，倘若巴尼特爵士能够引荐她与西塞罗相识，那她就要麻烦他了；但是这是不可能做到的，而且她已称心如意地拥有了爵士本人与他贤惠的夫人的友谊，她和她的博士夫君还受到爵士夫妇的信任，负责教育他们亲爱的公子——小巴尼特听了这句话，翘了翘鼻子——她不再有什么奢望了。

就目前而言，有这几个朋友相聚在一起，巴尼特爵士暂时感到心满意足了。弗洛伦斯很高兴，因为在他们中间她要进行一项研究，这项研究极其重要，富有价值，她很喜欢这项研究，不想为别的事情分心。

这座屋子里住着几个小孩，孩子们和他们的父母亲在一起，无拘无束，非常快活，就像她家对面的那几个红脸蛋的孩子一样。孩子们的爱没有受到压制，而是自由地流露出来。弗洛伦斯试图了解其中的奥秘，她想寻找她所缺少的东西；他们所知道的简单的取悦之道是什么，而她竟一无所知；她如何能够从他们那里学会向她父亲表示对他的爱，从而赢回他的父爱。

许多天，弗洛伦斯用心地观察着这些孩子们。许多个灿烂的早晨，朝阳初升时她就起床了，屋子里的人还没有一个起来时，她就在河边走来走去，仰望着他们房间里的窗户，想着这些仍在睡梦中的孩子，受着多么亲切的关怀、多么温情的爱护。这时候，弗洛伦斯感到比一个人住在那座巨屋中时更加孤单。她有时候会想，她住在那边要比待在这里更好一些，因为在这里她得与她同龄的孩子们混在一起，这使她自惭形秽，而在那边可以比较安静地抱残守缺了。但是弗洛伦斯仍旧留在他们中间，潜心研究，并且怀着极大的耐心与希望努力去获得她孜孜以求的知识，虽然在这本艰深的书中每翻开小小的一页都要使她痛苦万分。

呵！怎么去获得这份知识呢？怎样去开始学会那种魅力？这里有的人家女儿，她们日出而起，日入而息，备尝父亲的慈爱。她们没有拒之千里之外的冷峻需要去战胜，没有冰冷的心需要害怕，没有满面的怒容需要去抚平。随着早晨的步伐，窗户一扇一扇地打开了，花朵和青草上的露水开始干了，青春的脚步开始在草坪上走动，弗洛伦斯环顾这些灿烂的面孔，于是她想，从这些孩子的身上她能学到些什么？但是这时向她们学习已经太晚了，因为她们每一个人都是毫不畏怯地亲近她们的父亲，抬起她们的嘴唇去迎接欣然的一吻，伸开她们的手臂去抱住亲她们时低垂下来的颈子。她无法刚开始就这样大胆。哦！难道学得越多她的希望反而越来越渺茫吗？

她清楚地记得她还是小姑娘的时候那个抢她衣服的老太婆；她的模样，她的屋子以及她的一言一语、一举一动仍旧刻在她的记忆中，童年时留下的可怕印象始终那么鲜明，不可磨灭。她清楚地记得即使这个老太婆讲起她的女儿时也是爱如珍宝的，在她不得不忍痛和她的孩子分别时她的哭声是多么凄惨。但是当她记起这件事时，她又想起，自己的母亲也是很爱她的。有时候，她的思绪很快地回到她与父亲之间的隔阂，她从摇篮里就未能博得她父亲的欢心，至今她仍旧无法使他回心转意，因为她缺少那种魅力，而这种魅力是什么，她始终不明，她设想，如果她母亲还活着，也会慢慢不喜欢她了，想到这点，弗洛伦斯就会战栗起来，泪水就会挂在脸上。她知道这种想法是亵渎了对她母亲的回忆，而且是凭空臆造的，可是她还是不遗余力地为她父亲辩解，把错误全归于自己，她只得让这种想法像一片乱云掠过她的脑际。

弗洛伦斯来后不久，又来了几位客人，有一个很漂亮的女孩子，比她小三四岁，是一位孤儿，这次由她的姑母陪同。她姑母是一位头发花白的妇人，常常跟弗洛伦斯谈话，而且很喜欢听她每晚唱歌，大家都喜欢听她唱歌的，每逢此时，她总是以带着母爱坐在她的近旁。她们来到这里两天后一个暖和的早晨，弗洛伦斯坐在花园里的一座凉亭中，一边透过几棵树枝沉思默想地观察着草地上一群儿童，一边给她们中间一位小宝贝编织花冠，小宝贝很讨人喜欢，大家爱逗着她玩。这时，在附近一个隐蔽的角落里这位姑母和她的侄女在散步，她听到她们谈着她自己。

"弗洛伦斯是不是同我一样也是孤儿，姑妈？"小孩问。

"不是，我亲爱的。她没有母亲，但是她的父亲还在。"

"现在她是不是在给她可怜的妈妈服丧？"小孩赶忙问。

"不是，她是给她唯一的弟弟服丧。"

"她没有别的兄弟了吗？"

"没有。"

"她没有姊妹吗？"

"没有。"

"我是多么、多么地难过呵！"小女孩说。

没过多久，她们停下来，不再讲话，去观看水上的几只小船。弗洛伦斯起初听到提起她的名字时就已经站起来，把花收拾好准备去看她们，好让她们知道她就近在咫尺，听得见她们的谈话。这时她重新坐下做她的活，正以为不会再听到什么了，忽然话声又起。

"这里人人都很喜欢弗洛伦斯，我觉得她的确值得人人喜爱的。"小女孩郑重其事地说，"她爸爸在哪里？"

等了片刻，姑母回答说不知道。她讲话的声调使刚刚从座位上重新站起来的弗洛伦斯待在那里，一动也不动，她立刻收起编织的花冠，放在胸前，双手抱住，免得散落地上。

"我看他是在英格兰吧，姑妈？"小孩子问。

"我想是在英格兰。一点也不错，我知道他的确是在英格兰。"

"他到这里来过吗？"

"我想没有来过。没有来过。"

"他会到这里来看她吗？"

"我想不会。"

"他是不是脚跛了，还是眼睛瞎了，还是生病了，姑妈？"孩子问着。

当她听到这些好奇的问话时，抱在她胸前的花朵开始落下来，于是弗洛伦斯把花朵抱得更紧了，她的脸孔伏在它们上面。

"凯特，"停了一会儿，妇人说，"我把弗洛伦斯的全部身世告诉你吧，是我听到的，我相信这是真的。我亲爱的，不要告诉别人，因为这里恐怕不大有人知道，你如果讲出来，会叫她痛苦的。"

"我一定不讲！"孩子大声说着。

"我知道你是决不会讲的，"妇人接着说，"我信得过你，就像信得过我自己一样。凯特，那么你听着，我想弗洛伦斯的父亲恐怕不大关心她，不大和她碰面，他从来就不喜欢她，现在根本不要看见她，老是躲着她。要是他允许的话，她一定是非常爱他的，可是他不让，但这不是她的过失，凡是心肠好的人都会很喜欢她、怜悯她的。"

弗洛伦斯抱着的花朵纷纷落在地上，而那些还在胸口的花朵也已经湿了，这并不是露水沾湿的，她的脸孔伏在捧着花朵的手上。

"可怜的弗洛伦斯！亲爱的好弗洛伦斯！"孩子哭着说。

"你知不知道我为什么要把这些告诉你，凯特？"妇人问。

"是叫我要好好待她，想尽一切办法让她高兴。是不是这个缘故，姑妈？"

"有一部分对，"妇人说，"但不完全。虽然我们看她的样子是那么愉快，对人人都是笑容可掬，对我们大家都想做点什么事情，而且这里的娱乐活动她都参加，其实她不大可能会很快活的。凯特，你觉得她会很快活吗？"

"恐怕不会。"小姑娘答道。

"那么你就会明白，"妇人接着说下去，"有些父母亲把他们的孩子看作掌上明珠——就像现在这里的许多孩子那样——看着他们，她为什么会暗暗伤心了。"

"是的，亲爱的姑妈，"孩子答道，"我很明白了。可怜的弗洛伦斯！"

更多的花朵飘落到地上，而那些她还抱在胸口的花朵仿佛在冬天的寒风吹击下瑟瑟发抖。

"我的凯特，"妇人说，她的声音虽然严肃却很平静悦耳，一听到她的声音，弗洛伦斯就喜不自胜，"在这里的孩子们中间，你是天生不会伤害她的朋友；那些比你幸福的孩子都有一种连自己也不知道的东西，这种东西你就没有。"

"没有人比我更幸福的了，姑妈！"孩子喊道，她似乎紧紧地依偎着她，不肯稍稍放松。

"别的孩子有一种东西，亲爱的凯特，会使她想起她的不幸。所以，你既然想做她的小朋友，你要千万注意，加倍努力，要记住你失去了父母亲的不幸使你能够和可怜的弗洛伦斯做朋友。谢天谢地，你那时还不知道失去双亲有多么不幸呢！"

"但是和您在一起，姑妈，"孩子即刻说，"我从来没有觉得失去了父母的爱。"

"不管怎么讲，我亲爱的，"妇人接着说，"你的不幸比起弗洛伦斯的不幸要轻一些，因为在这个广大的世界上，被生父抛弃的孩子是最孤苦伶仃的，没有一个孤儿会这样孤苦无依。"

花朵像灰尘一样纷纷散落在地上，空空的双手遮住她的脸庞，孤苦伶仃的弗洛伦斯瘫倒在地上，久久地悲泣着。

但是她的心是这么真诚，她的善良心愿是这样的坚定不移，弗洛伦斯始终恪守她的信念，就像她临死时的母亲在生下保罗之际紧紧地抱住她一样。她爸爸不知道她多么爱他，总有一天她一定设法让她爸爸了解她的心愿，不管这一天会来得多慢，会等多长时间。与此同时，她还必须小心翼翼地注意，不要碰到随便什么场合就不假思索地讲话，流露着一种漫不经心的目光，或凭一时的感情冲动，来埋怨他，使别人对他议长论短，损害他的声誉。

弗洛伦斯被那个孤儿深深吸引住了，对她念念不忘，同病相怜，但她并没有忘记自己的爸爸。弗洛伦斯想，如果她过于明显地同这位孤儿特别亲近，那么这就证实了一点：她父亲是残酷无情，不近情理的。有一个人肯定是这么想的，其他人也可能有此同感。即使她自己看起来多么愉快，也是无法为他开脱这个恶名的。她听到的这些话并不足以使她自我安慰，她反而觉得应该救救她父亲了。在她的潜心研究中，弗洛伦斯就是在为此努力。

她始终在作此努力。如果在朗读一篇故事而故事里有的地方讲的是一位冷漠无情的父亲时，她就会因为这和她父亲的情况不谋而合而十分痛苦，但她并没有想到自己。她们之中表演一个节目，或欣赏一幅图画，或玩一种什么游戏时，一件小小的事情也会使她触景生情。这种情况实在太多了，她的脑子因此常常不得安宁，她真觉得还是回到那座古老的屋子好，因为在那里，在四壁的重重阴影中她可以重新安静地生活。那些人只看见可爱的弗洛伦斯在闲情逸趣的娱乐中像一位风华正茂的年轻女王一样风度翩翩、虚怀若谷，却很少会想到那神圣的心事多么沉重地压在她的胸口！那些在她父亲冷若冰霜的面前冻僵了的人，有几个会想到好大的一堆火红的煤块放在他的头上，让他取暖！①

弗洛伦斯耐心地进行着她的研究，寻求着那个无以名之的魅力；在聚集于这座屋子里的小朋友中间找不着它时，她时常一清早独自步出屋外，走进穷人的孩子中间，但依旧发现她们离她太远，她也一样无所收获，这是因为她们在自己的家里早就有了安居之地，不会像她这样被一根横在门口的木棍挡在屋外。

她好几次看见有一个人一大早就在干活，而且常常有一个与他年龄相仿的女孩坐在他旁边。这个人非常贫穷，似乎没有固定的职业，在退潮的时候，他就到河边走走，在泥里找寻东西，有时候在他屋前一小块无利可图的菜园里做些农活，有时候给他那只又旧又破的小船修修补补，有机会的时候还会给邻居做一些诸如此类的事情。不管他做什么事，这个女孩是从不帮忙的，她只是无精打采、郁郁不乐、懒洋洋地坐在他旁边。

弗洛伦斯常常想和这个人谈谈，但是因为他并没有对她有所表示，她也就不敢造次。可是一天早晨，她从截去了枝头的柳树丛中的小路上走出来，突然与他不期而遇，小路的尽头就是他家与河水之间的一小块石头斜坡。这时他正在一堆火上弯着身子，这堆火是准备给他旁边那只底朝天躺着的破旧小船填补缝隙的。听到她的脚

---

① 此语引自《圣经》，意为以德报怨。

步声，他立刻抬起头，向她说了声，"早上好。"

"早上好，"弗洛伦斯走近说，"您这么早就干活啦。"

"如果我有活干，小姐，再早一些我也是情愿的，而且我会经常这样早地干活。"

"活这么难找吗？"弗洛伦斯问。

"我觉得很难找。"这个人答着。

弗洛伦斯向女孩坐着的地方看了一眼，发现她身子缩拢着，手肘放在膝盖上，下巴靠在手上，便问道：

"那是您的女儿吗？"

他立即抬起头来，容光焕发地望着这个姑娘，向她点点头说："是的。"弗洛伦斯也向她望去，很亲切地向她问好。姑娘很不礼貌地嘟哝了一声，她的声音粗鲁而阴沉。

"她也没有活干？"弗洛伦斯问。

这个人摇摇头说："没有，小姐。我一个人干活，维持两个人的生活。"

"那么只有你们两个人吗？"弗洛伦斯又问。

"就是我们两个，"这个人回答说，"她妈妈已经去世十年了。玛莎！"他抬起头向她吹着口哨，"你不跟这位漂亮的小姐讲一两句话吗？"

这个姑娘耸了耸肩膀，做出不耐烦的样子，把头掉转过去。这样丑陋、奇形怪状、性格乖戾、生活贫困、衣服褴褛、肮脏不整——但又受到这样的宠爱！呵，一点也不错！她父亲瞧着她的目光弗洛伦斯看得清清楚楚，她知道谁的目光和这道目光是完全不一样的。

"我怕她今天早晨人更不舒服了，我可怜的女儿！"这个人说着就暂时停下干的活，以怜悯的目光看着他这个难看的女儿，因为粗率，这种怜悯的目光更显得亲切体贴。

"她原来是病了！"弗洛伦斯说。

这个人深深叹了一口气。"我觉得我的玛莎在长长的五年里，"他一边回答一边还在看着她，"身体好的时间连短短的五天都没有。"

378

"就是呵！而且还不止五年呢，约翰。"一位邻居刚刚走过来帮助修补小船，插嘴说。

"你说还不止五年，你是这样说的吗？"约翰接着大声问道，把他那顶破旧的帽子往后推了一下，抬起手揩了揩额头，"没错，好像有很长很长时间了。"

"而且时间越长，"邻居接着话头说，"你越是宠她，娇生惯养，约翰，结果她不但对自己过不去，对其他人也成了一种负担。"

"对我可不是负担，"她父亲说着又重新干活了，"对我可不是负担。"

弗洛伦斯觉得他讲得真对，谁会比她更懂得呢？她往他身边挨近了一些，真想抚摸一下他那粗糙的手，谢谢他对这个可怜的姑娘的体贴仁慈，他看着她的目光和其他人都很不一样。

"就算是宠吧，要是我都不宠我可怜的女儿，谁还会宠她呢？"父亲说。

"是呀，是呀，"邻居大声说着，"话讲得对的，约翰。但是你！你自己弄得精光，全都给了她。为了她的缘故你把自己的手脚捆住了，搞得你的日子这么不好过。她有没有想想？你以为她不懂吗？"

父亲又一次抬起头来，向她吹起口哨。玛莎的回答仍旧是耸耸肩膀，很不耐烦的样子，可是他却其乐融融。

"就是为了这个，小姐，"邻居笑了一笑说，这笑意里隐含着许多言外之意的同情，"就是为了这个，他死也不肯让她离开他的眼前！"

"因为这天就要来的，而且越来越近了，"这位父亲一边说一边弯着腰去干活，"那时候即使看一眼我这可怜的孩子，看看她颤抖的手指，看看她一根飘动的头发，不要说全部，只要有一半，就等于叫死人复活。"

弗洛伦斯轻轻地在他手边的旧木船上放上一些钱，便离开了他。

现在弗洛伦斯沉思默想起来，她想倘若她病了，像她亲爱的弟弟一样奄奄一息，她父亲会不会知道她一直是爱他的呢？他会不会因此而开始爱她呢？当她非常衰弱、视力迷糊之际，他会不会来到她的床边，把她抱在怀里，忘记过去的一切？在她病成这副模样时，他会不会原谅她没有能够向他敞开一颗童心，使她便于向他诉说那天夜里走出他的房间时她的痛苦心情，如果她有勇气，她会告诉他什么，以及自此以后她一直努力去学习儿时她不曾懂得的窍门吗？

是的，她想假如她就要死了，他是会回心转意的。她想假如她平静地躺在床上，准备离去，床的四周笼罩着对他们亲爱的男孩的无限记忆，他一定会深受感动地说，"亲爱的弗洛伦斯，为了我而活着吧，我们会父女情深，彼此相爱，快快乐乐，其实这么多年我们本可以这样的！"她想假如她听到他讲这些话，她的手臂抱着他，她就会微笑地回答，"现在一切都已经太晚了，可是有一点并不晚：我从来没有像现在这样高兴，亲爱的爸爸！"说着她的嘴唇上带着祝福，离开了他。

这样想的时候，弗洛伦斯记起了墙上曾经浮荡着的金色水波，看起来那不过是一道迈向安息之地的水流，她的早已前往的亲人正手牵着手在那里等着她呢。常常，当她看着一条黑暗的河流在她脚边流动时，她就会怀着一种惊羡而不是恐惧的心情想着她弟弟老是谈起的那条把他漂走的河流。

那位父亲和他的生病的女儿还清晰地留在弗洛伦斯的脑海中。不到一星期，一天下午，巴尼特爵士与夫人到乡间小径去散散步，邀请弗洛伦斯和他们同往。弗洛伦斯欣然答应，理所当然地斯克特尔士夫人叫小巴尼特也一道去，最高兴的事情莫过于望着弗洛伦斯挽着她长子的臂膀了。

说真的，巴尼特对这事抱着全然相反的心情，而且在这种场合常常含糊其辞地提到"一群姑娘"，却又叫人听得分明。然而，弗洛伦斯脾气好，不容易生气，几分钟后，她总会让这位年轻人听从命运的安排，于是他们俩便和蔼可亲地向前走着，而斯克特尔士夫人和巴尼特爵士则自得其乐、扬扬得意地跟在后面。

这就是那天下午的事情。弗洛伦斯想竭力让小斯克特尔士安于命运的安排，几近大功告成时，忽然来了一个先生，骑在马上，经过时他热切地看着他们，便勒住缰绳，掉转马身，手执帽子，又骑回来。

这位先生特别注意地望着弗洛伦斯。等他骑了回来，这一小队人停了下来，他便向弗洛伦斯鞠了一躬，然后向巴尼特爵士与夫人行了个礼。弗洛伦斯记不起曾经见过他，但是，他走近她时，她不由自主地吓了一跳，直往后退。

"我的马是很驯服的，您放心。"这位先生说。

弗洛伦斯往后退的缘故并不是这个，而是这位先生本人身上的什么东西，她说不清楚是什么，她只是感到好像给刺了一下。

"我想我有幸在和董贝小姐讲话吧？"这位先生笑容可掬地说。在弗洛伦斯点了点头，他又说，"我叫卡克尔。除了我的名字，董贝小姐恐怕记不起我了。我的名字叫卡克尔。"

这天虽然很热，弗洛伦斯奇怪地感到像要发抖似的，于是她把这个人介绍给她的东道主夫妇，他受到他们谦和有礼的欢迎。

"很抱歉，"卡克尔先生说，"千千万万的抱歉！但是我明天早晨就要到利明顿去见董贝先生；如果董贝小姐有什么事情要托付我的话，还用讲这不是三生有幸吗？"

巴尼特立即猜到也许弗洛伦斯想写封信给她的父亲，于是建议打道回府，并热情邀请卡克尔先生不用脱下骑装，到他家吃饭。卡克尔颇感为难，但是如果董贝小姐想写封信的话，那么陪同他们回去做她忠心耿耿的侍从是他求之不得的事，她喜欢多久他就侍奉多久。他说这些话时一脸笑容，嘴张得大大的；当他弯下身子拍打马的颈子时他靠她很近，弗洛伦斯与他的目光相遇，她似乎看见而不是听见他在讲，"没有那只船的消息！"

弗洛伦斯惶惑而恐惧，从他身边往后退了几步，她其实也不十分肯定他是不是讲了这句话，因为他是用一种特殊的方式向她表示的，似乎不是出自于口而是以笑容代替嘴巴的。弗洛伦斯轻轻地说了声谢谢，但她不准备写信，因为她没有什么话要讲。

"没有什么东西要带去吗，董贝小姐？"这位露齿而笑的人说。

"没有，"弗洛伦斯答道，"请只把我——我亲切的爱带给我的父亲。"

　　弗洛伦斯心烦意乱，抬起满含着辛酸的眼睛恳切地望着他的面孔，显然是问他知不知道给她与她父亲带口信是不常有的事，而这一次尤其不同寻常；显而易见，这个情况他是一目了然的。那么就请不要与她为难了。卡克尔先生笑了一笑，低低地鞠了一躬。在巴尼特爵士请他替他本人及夫人向董贝先生致意问候之后，他即刻告别，策马而去，给这两位可敬的夫妇留下了美好的印象。他离开时，弗洛伦斯全身发抖，巴尼特爵士于是想起一种家喻户晓的迷信说法，认为此刻有什么人正在她的墓上走过。卡克尔先生转弯时立刻向后望了望，鞠了一躬后就消失在视线之外了，仿佛他是直接奔向墓园，去完成这件事情。

第二十五章

所尔舅舅的奇闻

那天夜里卡特尔船长在店铺橱窗外面望见所尔·吉尔士在起居室内写东西，海军候补生站在柜台上，磨工罗布在柜台下面铺床的情景之后，回家即刻就寝。卡特尔船长虽然并非生性懒散的人，但次晨他起来并不很早，钟已敲了六点了，他才撑着手肘欠着身子，对他的小居室打量了一眼。如果平常在醒来时船长的眼睛也像这天早晨睁得这样大的话，那他的眼睛一定是用力过度了；如果平常他擦眼睛的力度只及得上这天早晨的一半的话，那它们的警惕性未免是徒费精力了。但是这一次却不同寻常，因为以前磨工罗布绝对没有出现在卡特尔船长的房门口过，而现在他明明站在那里，对着船长喘气不止，因为匆匆起床，急急忙忙，所以更显得红光满面，头发蓬散，情绪急躁。

"喂！"船长吼叫着，"什么事？"

罗布还没有来得及结结巴巴地回答一个字，卡特尔船长就已冲出来了，并且用手捂住这个男孩的嘴。

"不要太紧张，孩子，"船长说，"现在一个字也不要跟我讲！"

船长怀着极大的惊惶望着来人，下达了这个禁令之后轻轻地用肩膀把他推到隔壁房间里就不见了，过了几分钟他穿着一套蓝衣服出来了。卡特尔船长举起手表示这道禁令还没有解除，径直走到碗柜前面，给自己倒了一点酒，再倒了一点递给送口信的人。然后船长站在墙边角落里，以防听到什么消息可能往后跌倒时有个扶持。酒喝下去之后，船长两眼盯住带口信的人，面色苍白，叫他"前进"。

"船长，您是不是要我告诉您？"罗布问道，船长的这些预防于万一的措施使他大为感动。

"对！"船长说。

"嗨，先生，"罗布说，"我没有多少好说的，但是您看这个！"

罗布拿出一串钥匙。船长先打量了一下钥匙，仍旧站在角落里一动也不动，然后端详了一下带口信的人。

"再看这个！"罗布又说。

男孩拿出一个密封的小包裹，卡特尔船长像刚才盯住那串钥匙一样，现在目不转睛地盯住这个小包裹。

"今天早上我醒来时，船长，"罗布说，"大概是五点一刻，我看见这些东西放在我枕头上。店门的门闩已经拉起，锁也打开了，吉尔士先生走了。"

"走了！"船长吼叫着。

"漂走了，先生。"罗布接着说。

船长的吼声响极了，他立刻从角落里猛冲而出，罗布连忙往后退，一直退到另外一个角落，把钥匙和小包裹向他递过去，以防给他撞倒。

"先生，这串钥匙上面写的是，"罗布大声说着，"'交给卡特尔船长，'小包裹上面也是这样写的。我以名誉向您保证，卡特尔船长，我只晓得这些，别的事情就不知道了。要是我知道的话就天诛地灭！刚找到工作就碰到这样的事，"可怜的磨工一边哭着一边用袖口揩脸，"主人跑了，工作没了，还要做替罪羊！"

小伙子哭喊，是因为看到卡特尔船长对他注目而视或者更确切地说对他怒目而视，那严厉的目光中充满着怀疑、威胁和责备。船长从他伸出的手上把小包裹拿了过来，打开以后就念起来：

"我亲爱的内德·卡特尔，内有我的遗愿，"船长带着怀疑的目光把包裹翻过来，"和遗嘱——遗嘱在哪里？"船长马上责问倒霉的磨工，"你把它弄到哪里去了，小子？"

"我没有见过，"罗布呜咽着，"别老是怀疑清白无辜的孩子。我根本没有碰过这个遗嘱。"

卡特尔船长摇摇头，表示一定有什么人做了手脚，然后神情严肃地继续念下去：

"这个包裹一年之内不要拆封，除非您知道了我亲爱的沃尔特的下落了，内德，我可以肯定您也是很喜欢沃尔特的。"船长停了一会儿，带有几分伤感地摇摇头，然后重新树立起在此危难之际应有的庄严，极其严厉地望着磨工，"要是您再也听不到我的消息，或者再也看不见我了，内德，请您永远记住一个老朋友，就像他将永远记住您一样，一直到最后时刻——亲亲热热地记住吧。至少在我同您讲的那个期限之内，千万在原来的地方给沃尔特保留一个家。我没有债务了，董贝公司的借款已全部还清。我所有的钥匙也一起送来。不要讲出去，不要打听我的消息，打听也没有用。亲爱的内德，就此搁笔，您忠实的朋友所罗门·吉尔士。"船长深深地吸了一口气，然后念着信下面的附言："董贝公司推荐的那个男孩罗布，我告诉过您的，的确不错。如果所有的东西都要拿去拍卖的话，内德，请保护好小海军候补生。"

船长拿着这封信翻来覆去看了几十遍之后才在椅子上坐下来，在他的脑子里就这问题进行了一次军事法庭的审判。要把他此时此际的心情神态让后代的人了解，那是需要具备所有伟人的全部天才，而这些伟人告别了他们自己不堪回首的岁月，决心与后代为伍，但尚未到达彼岸。这封信使船长十分困惑苦恼，无心他顾。即使当他想到许多与此有关的事情，为了能了解其来龙去脉，思前想后，也许他又回到最初的问题。在这种心情下，可以送上军事法庭去审判的，除了磨工以外别无他人，卡特尔船长于是大大松了口气，因为现在他大致可以决定把罗布作为怀疑对象。这一决定明明白白地摆在船长的脸上，罗布表示抗议。

"呵，别这样，船长！"磨工叫起来，"我真不知道您怎么可以这样！我做了什么事，您会这样看我？"

"小子，"卡特尔船长说，"你还没有受到伤害就大喊大叫干什么？不管做什么事，你可不能狡辩。"

"我没有狡辩，船长！"罗布说。

"那么就随它去，"船长加重语气地说，"不要急嘛。"

船长深知自己负有不可推卸的责任，必须把这件神秘的事情弄个水落石出，像他这样一个与双方都有密切关系的人本该这样做，于是他决定深入现场进行检查，并叫磨工随往。目前，卡特尔船长等于是软禁他，只是，把他加上手铐还是套上脚镣或者用一个重物把他的腿拴牢，他还举棋不定。因为不清楚这样做是不是有法可依，船长决定只是一路上抓住他的肩膀，如果他反抗，就把他打倒在地。

然而，他并没有任何反抗的行为，因此无须采取更加严厉的管束就顺利到达仪器制造商的家门口。由于百叶窗尚未取下，船长的第一步措施就是把店门打开；阳光纷纷射进屋内时，他即作进一步的检查。

走进店里后，首先，船长自封为庄严的军事法庭的庭长，在一把椅子上坐定，然后叫罗布躺在柜台下面的地铺上，要他不折不扣地讲清他醒来时是在哪里发现这串钥匙和小包裹的，开门时他发现门是怎样的情况，他又怎样向布里格街进发的，以及其他种种细节，一直审问到最后。在审问的过程中他小心翼翼地防范这小子，不让他顺手牵羊，跨出门槛。整个审问过程重复好几次后，船长摇摇头，似乎觉得这件事很棘手呢。

船长脑子里有一种含含糊糊的想法，就是想找到一具尸体，于是他对整座屋子进行严格的搜查。他点亮了一支蜡烛，在地下室东察西看，用他的手钩在门后面戳来戳去，结果他的头和横梁猛地撞了一记，弄得全身都给蜘蛛网裹住了。他们走到上面老人的寝室内，发现前一天夜里他没有上床睡觉，从被单上还留着的印痕来看，他只是在床罩上躺了躺。

"我想，船长，"罗布一边环顾房间一边说，"这几天吉尔士先生老是走进走出，为了不引起人家的注意，他一件一件地把些小东西带走了。"

"是吗？"船长神秘兮兮地说，"为什么呢，小子？"

"哦，"罗布一边回答一边向各处望望，"我没有看见他刮脸的工具。他的刷子也没有看到，船长。衬衫、鞋子都没有了。"

罗布每讲着一件东西时，卡特尔船长都要留心观察磨工身上与此物相关的部分，看看他是否用过这件东西或者已经据为己有了。但是罗布并没有刮脸的需要，刷子肯定也没有用过，而且他身上的衣服毫无疑问已经穿了很久了。

"那么你觉得，"船长问他，"他是什么时候离开的？嗨！不要狡辩。"

"哦，船长，我想，"罗布答着，"他一定是等我一打呼噜就走了。"

"是几点钟走的？"船长问，他想弄清楚准确的时间。

"这我怎么讲得出来，船长！"罗布回答说，"我只晓得开始我睡得很熟，快天亮时就容易醒。要是吉尔士先生快天亮的时候从店里走出去，即使踮着脚走，我可以肯定他关门的声音我总是听得见的。"

对罗布提供的证词进行了深思熟虑之后，卡特尔船长开始认为仪器制造商一定是自动出走的，这个结论是合乎逻辑的，他给船长的信可资佐证，这封信无疑是老人的亲笔信，这样看起来，老人的出走并不是由于受到外界的巨大压力，而是出于自愿的。船长接着要考虑的是，他走到哪里去了，他为什么要出走。由于第一个问题困难重重，无法解答，他便集中力量考虑第二个问题。

船长想起老人离奇古怪的举止以及与他告别时那种不可思议的热烈态度——这种热烈的态度现在回顾起来是完全可以理解的——他于是感到一阵极大的惶恐，他担心，老人为沃尔特日日夜夜地焦急和忧虑驱使他走向自杀的道路。他常常讲生活的重压与磨难叫他透不过气来，而且捉摸不定的希望迟迟不来，肯定使他精神崩溃了，因此这种担心并不是杞人忧天，而是太可能了。

债已还清，用不着为个人的自由担心，也不怕自己的财产会被没收，那么除了这种疯疯癫癫的情绪之外还会有什么事情会促使他孤身一人秘密出走呢？至于他随身带走一些衣服的事情，如果果真是这样的话，船长认为，他这样做的目的无非是为了避人口舌，或者是为了转移视听，使人家不至于去想到他可能会自寻死路，也许只是想让那些为可能出现的各种情况苦思冥想的人放心，但是他是不是真的把衣服带走了他还不能肯定。不过，归根结蒂，这就是卡特尔船长苦思冥想的最终结果和内容，这是费了很长时间才取得的，很有点像七嘴八舌的辩论，夸夸其谈，杂乱无章，漫无目的。

卡特尔船长给弄得垂头丧气，终于觉得应该把罗布从他拘禁的状态中释放出来，让他自由，不过决定仍然需要对他进行体面的审察。船长向旧货商布罗格利雇了一人在他们外出时坐镇店铺，然后带着罗布踏上寻找所罗门·吉尔士遗体的凄凉旅程。

这个都市里没有一所警察局、陈尸室或孤老院那顶硬邦邦、油光光的帽子不曾光顾过。在码头、在靠在岸边的船只中间、沿河上下，四处各地，凡是人堆密集的地方，都可以看见这顶亮晶晶的帽子出没其间，宛如英雄的钢盔在一场惊险的战争中穿来穿去、熠熠生辉。船长花了整整一个星期翻阅了所有的报纸和传单，找遍了有关失踪的以及失而复得的人们的栏目，他整天出外奔跑，在那些可怜的落水的小船员、在那些饮毒而死的高大的黑胡子外国人中间，去寻找有没有所罗门·吉尔士，用卡特尔船长自己的话来说，就是"要弄清没有一个是他"。没有一个是他，这是肯定无疑的事实，善良的船长为此稍感安慰。

卡特尔船长终于放弃这些毫无希望的打算，他开始考虑下面的一步。把他可怜的朋友的信重新反复阅读之后，他觉得"在原来的地方给沃尔特保留一个家"是他应负的首要任务。因此，船长决定亲自出马，进驻所罗门·吉尔士的店铺，经营仪器生意，把事情弄个水落石出。

但是要做到这一步，他必须放弃麦克斯廷格太太那里的房子，而他深知这个顽固不化的女人决不会让他走开，于是船长作出了万不得已的决定，就是逃跑。

"听着，小子，"船长的重要计划考虑成熟之后，他就对罗布说，

"明天我整天不会停在这里的锚地上，要到晚上或者下半夜才会回来。你要看管好，一听到我敲门，你就赶快跑过来把门打开。"

"是，是，船长。"罗布说。

"你还是在这里的名册上，"船长继续和气地说，"我不是说，只要你和我同心协力，你就会升迁。不过你要记住，明天夜里不管什么时候，一听到我敲门，你就要赶快跑过来，马上把门打开。"

"我一定照办，船长。"罗布回答着。

"因为你知道，"船长继续说下去，把他要罗布做的事情重新强调了一下，要他好好记住，"我告诉你，我可能会被追捕。要是你不赶快跑过来，马上把门打开的话，我等在门口就有可能给抓去。"

罗布再一次向船长保证他一定会时刻留神，马上去开门。一切部署妥当之后，船长最后一次向麦克斯廷格太太的住宅走回去。

最后一次回家的感觉以及藏在他蓝背心里面的庄严使命，这双重的重压使船长对麦克斯廷格太太畏惧万分。一天之内不管什么时候，只要听到这位太太的脚步声在楼下响起，他就会一阵发抖。这天碰巧麦克斯廷格太太的脾气特别好，像羔羊一样温文尔雅，心平气和。她走到楼上，问他烧点什么菜给他佐餐，卡特尔船长自觉问心有愧，非常难受。

"你看是不是烧一小盘可口的腰花布丁，卡特尔船长，"他的女房东说，"要不就炒一碟羊心。不要怕我麻烦。"

"不了，谢谢，太太。"船长说道。

"那就来一只烤鸡吧，"麦克斯廷格太太又说，"里面放一些小牛肉片，再加点蛋糊。就这样吧，卡特尔船长！您自己也该享点口福！"

"不了，谢谢，太太。"船长很谦恭地回答着。

"我看您精神不好，需要提提神，"麦克斯廷格太太说，"喝一杯雪利酒①吧，怎么样？就这么一次嘛。"

"这样吧，太太，"船长接着话头说，"要是您也肯喝一两杯，我

---

① 雪利酒：西班牙南部地方产的白葡萄酒。

想是会奉陪的。太太,您可愿意为我做一桩好事,"船长十分内疚地说道,"预先收下一个季度的房租?"

"干吗这样,卡特尔船长?"麦克斯廷格太太反问道,船长感到她的语气非常严厉。

船长一听之下给吓坏了,便恭恭敬敬地说:"太太,要是您肯收下的话,我真感激不尽了。我不会管钱。它很快就会花掉的。要是您答应的话,太谢谢您了。"

"好吧,卡特尔船长,"不知底细的麦克斯廷格太太搓搓手说,"您喜欢怎么做就怎么做吧。我不能开口要,也不能不收,我有一堆孩子。"

"那么太太,是不是请您,"船长说着便从碗柜的顶层架子上拿下一个放现金的洋铁罐子,"给您的小孩每人十八个便士?太太,要是您方便的话,是不是立刻告诉这些孩子,叫他们一齐过来,我很乐意看看他们。"

这些天真烂漫的麦克斯廷格们蜂拥而至,像许多匕首冲向船长的胸膛,以满腔的信任向他抓过去,其实这样的信任他是受之有愧的。船长特别喜欢亚历山大,他的眼睛光芒四射,叫船长招架不住。而朱莉安娜·麦克斯廷格则完全是她母亲的翻版,她的声音叫他吓得失魂落魄。

然而,卡特尔船长依旧保持一种泰然自若的风度。而这些小麦克斯廷格们则大玩其孩子的恶作剧,百般地捉弄卡特尔船长,约有一两小时之久。他们两个一起轮流坐在那顶油光光的帽子里面,就像小鸟坐在巢里,他们还用鞋子敲打帽顶的衬里,结果把那顶帽子弄得歪歪斜斜,不成模样。船长终于无可奈何地打发他们走了,怀着一腔懊恼、满腹愁肠告别了这些小天使,仿佛一个走向刑场的犯人。

在夜深人静的时候,船长把重一些的物件装在箱子里锁好,准备放在这里,很可能永远放在这里,等待着渺茫的机会,也许有朝一日会有一位有胆量的人,铤而走险,跑到这里来把它取走。轻便些的必需品船长捆成一个小包,而餐具则随身带着,侍机逃跑。午夜时分，布里格街已沉入睡乡，麦克斯廷格太太和她周围的小宝贝们也已酣然进入甜蜜的梦境，问心有愧的船长踮着脚在黑暗中偷偷地走下楼去，打开了门，然后轻轻地把门关上，溜之大吉。

卡特尔船长担心麦克斯廷格太太可能会从床上一跃而起，衣服也不套上就连忙追上把他带回去，同时他自觉罪恶滔天，于是拼命地往前跑，一口气从布里格街一直跑到仪器制造商店门口。因为罗布时刻地守望着，所以他刚敲门，门就打开了；进来后门即刻拴牢锁好，卡特尔船长才松了口气，感到安全多了。

"哟！"船长向四周望了望大声说，"跑得好急，气也透不过来呢！"

"没有什么事吧，船长？"张口结舌的罗布大声问道。

"没有，没有！"卡特尔船长脸色变得苍白，待稍定之后他才说话，侧耳倾听着街上走过的脚步声，"不过你得记住，小子：除了你上次看见的两个小姐以外，要是有随便的哪位女士来找卡特尔船长，你一定得告诉她不知道这里有这个人，也没有听到过这个名字。记住这些吩咐，照着去做，你会吗？"

"我会的，船长。"罗布回答说。

"那么，你可以讲，"船长有些犹豫不决地说，"你在报纸上看到有一位叫这个名字的船长，他和一船移民一起到澳大利亚去了，他们发誓决不再回来了。"

罗布点点头，表示他对这些指示已经明白了。卡特尔船长说只要他按照他的吩咐去做，他一定会使他功成名就的。船长随即把打着哈欠的罗布打发到柜台底下他的地铺上去睡觉，自己便走上楼到所罗门·吉尔士的房间里去。

次日，每当一顶女帽经过，船长就坐不安席，他常常以为麦克斯廷格太太来了，就匆匆地奔出店铺，或逃到阁楼上去避难；一天之中有多少次他经受了怎样的磨难，这是讲不清楚的。但是这种自我保护的方法使他过于疲劳；为了避免这种缺点，船长干脆在店铺与起居室之间的玻璃门朝里面的一面上挂上一块帘幕，从罗布带给他的一串钥匙里面选一把插在锁孔里，然后在墙上开一个便于向外窥视的小洞。这一防范措施显然很有用处。只要一顶女帽出现，船长即刻溜进他的堡垒，把门锁上，偷偷地观察这位敌人。如果这是一场虚惊，船长又即刻溜回店铺。因为街上的女帽数不胜数，船长惊魂不定的次数自然也是数不胜数的，因此他一整天地溜进溜出，几乎没有停止过。

　　然而，疲于奔命中，卡特尔船长还是尽量利用机会挤出时间去察看店里的货物。他总的看法是，这些货物需要擦了再擦才能使它们大放光彩，这道工序罗布觉得太费力了。他还在一些看上去颇为吸引人的物品上面贴上标签，把价格规定在十先令与五十英镑之间，并且把它们拿到橱窗里去陈列，使来往的行人见之大为吃惊。

　　作了这些改观的措施之后，置身于这些仪器之中时，卡特尔船长开始感到自己也有了科学的气味。夜里就寝之前，坐在屋后的小起居室里抽着一管烟，透过天窗仰望着群星，他仿佛发现了它们也成为他的财物。同时他也是商业中心区的一名商人了，他开始关心起伦敦市长、司法官以及那些通过证券交易所可以购买股份的大众公司；他觉得不可不看每日的证券行情，虽然他根据航海的原则无法弄明白这些数字的意义，他认为小数是完全可以略去的。在把海军候补生接管之后，船长即去看弗洛伦斯，准备把所尔舅舅的奇闻告诉她，可是她现在不住在家里。就这样，在改变了的生活状况中，船长静坐一室之内，除了磨工罗布之外再无其他人做伴，像经过巨大变化的人那样失去了时间的概念。他默默地想念着沃尔特、所罗门·吉尔士，甚至还有麦克斯廷格太太本人，仿佛他们就在这些物品之中，未曾须臾离去。

第二十六章

过去与未来的阴影

"我是您最恭顺的仆从，先生，"少校说，"真的，先生，我的友人董贝的朋友也就是我的朋友，我很高兴见到您！"

"卡克尔，我对贝格斯托克少校真是感激不尽呢，"董贝先生解释说，"他和我做伴，跟我交谈，给了我很大的帮助，卡克尔。"

经理卡克尔先生把帽子拿在手里，他刚刚到达利明顿，此刻正被介绍给少校，他向少校露出整整两排牙齿，他相信由于少校的帮助，董贝先生的面容和精神大有起色，他可以不揣冒昧地向他致以衷心的谢意。

"哎哟，先生，"少校答道，"用不着谢我的，我们是彼此关照嘛。像我友人董贝这样的大人物，先生，"少校压低了声音说，不过这位先生还是听得清楚的，"自然会影响他的朋友，使他们长进、提高。先生，董贝的品德叫人自强不息，精神焕发。"

听到这句话，卡克尔先生立刻插嘴说，品德，真是入木三分，他正准备讲出这个字呢。

"不过，先生，当我的友人董贝，"少校补充说，"同您讲起贝格斯托克少校的时候，我得请您允许我对他和您的说法加以纠正。先生，他实际上是指单纯朴实的乔——乔伊·贝——乔希·贝格斯托克——乔瑟夫——粗放倔强的老乔，先生。愿为您效劳。"

卡克尔先生嘴里的每一颗牙齿闪闪发光，流露出他对少校的无限友谊，以及他对少校的粗放倔强、单纯朴实的敬佩之情。

"先生，现在，"少校说，"您跟董贝有许多许多事情要谈吧。"

"没有多少事，少校。"董贝先生说。

"董贝，"少校颇不以为然地说，"我晓得的，像您这样杰出的人物，一位商业巨子，是不能随便打搅的。您的时间很宝贵。我们晚饭再见。在这一段时间，老乔瑟夫就不来打搅了。晚餐是七点正，卡克尔先生。"

讲了这句话后，少校自鸣得意地走了出去，但随即又把头伸进门里说：

"对不起。董贝，您有什么话要带给她们吗？"

董贝先生有点局促不安，瞥了一眼他这位彬彬有礼的业务上的亲信之后，便请少校向她们代为致意。

"哎哟，先生，"少校说，"您可得说些更加热情的话，不然老乔可不受她们欢迎呢。"

"少校，如果您愿意的话，就说向她们问好。"董贝先生接着说。

"哎哟，先生，"少校逗趣地摇晃着他的肩膀和宽阔的脸颊说，"讲得再热情一些。"

"那么随您怎么讲吧，少校。"董贝先生说。

"我们的朋友很狡猾，先生，很狡猾，先生，狡猾透顶，"少校在门口转过头，盯住卡克尔说，"贝格斯托克也很狡猾。"他咻咻地笑了一下，忽然止住，站得笔直，拍着胸膛，庄严地宣称，"董贝！我很羡慕您有这样的感情。愿上帝保佑您！"说着就走开了。

"您一定觉得这位先生很神通广大吧。"卡克尔咧嘴露齿地目送着他说。

"的确很神通广大。"董贝先生应答着。

"他在这里肯定有些朋友，"卡克尔继续说着，"从他的言谈中我看得出您在这里忙于应酬。您知道，"他说着狰狞地笑起来，"我很高兴您忙于应酬！"

董贝先生转动着表链，稍稍地摇晃着脑袋，对他的副手的关心表示感谢。

"您生来就是社交的材料，"卡克尔说，"我认识这么些人，无论从性格或地位来说，您是最适合参加社交活动的人了。您知道吗？我常常感到奇怪您怎么会这么长久地对社交活动避而远之！"

"我有我的理由，卡克尔。很久以来我一直是一人独处，对此已经无所谓了。但是你自己就有很高的社交才能，自然是容易感到惊奇的。"

"我吗！"卡克尔即刻谦卑地回答说，"对于我这样的人来说，那是另外一回事了。我不好同您相比。"

董贝先生扶了扶领巾，让下巴松松劲，咳嗽了一声，静静地站在那里朝他忠实的朋友和仆从望了一会儿。

"卡克尔，我准备，"董贝先生终于像吞咽一个比喉咙略大的东西那样说起来，"把你介绍给我的——给少校的朋友们。很讨人喜欢的人。"

"我猜想还有女士吧？"这位花言巧语的经理探听虚实地问道。

"都是，两位都是——女士。"董贝先生回答说。

"就只有两位吗？"卡克尔先生笑着说。

"就她们两位。我只是到她们住的地方去走走，在这里我不同其他人打交道。"

"也许是两姊妹吧？"卡克尔问道。

"是母女。"董贝先生答着。

董贝先生垂下眼睛，又扶了扶颈巾，经理卡克尔先生满布笑容的面孔刹那之间突然改色，代之而起的是挂着丑恶冷笑的满面怒容，目不转睛地打量着董贝先生的脸孔。当董贝又抬起眼睛时，这副脸孔以同样快的速度恢复了故态，向他露出每一颗牙齿。

"您太好了，"卡克尔说，"我很乐于结识她们。谈起女儿，我想告诉您，我见过董贝小姐了。"

一股热血突然冲到董贝先生的脸上。

"我不揣冒昧去拜访了她，"卡克尔说，"想问一下她是不是有什么小事情要托付我的。遗憾得很，她没有叫我带什么东西来，只是让我向您转达她亲切的爱。"

当他的眼睛和董贝先生的目光相遇时，他的面孔活像一只狼的面孔，拉长的嘴巴里伸出一条热气腾腾的舌头！

"生意上有什么消息吗？"片刻的沉默之后董贝先生问道，卡克尔先生拿出几封便函和其他信件。

"很少，"卡克尔答道，"总的来讲，最近我们的运气不如往日，不过这对于您是无足轻重的。劳埃德商船协会①认为'子嗣'号已经没有指望了。不过，它从龙骨到桅顶是全部保过险的。"

"卡克尔，"董贝先生在旁边的一把椅子上坐了下来说，"那个年轻人盖伊给我的印象说不上很好"

"他给我的印象也不是很好。"经理插嘴说。

"但是我希望，"董贝先生不理会他，照样说下去，"他没有坐上那条船。我希望没有派他出去。"

"可惜您当初没有讲，是吗？"卡克尔平静地反驳说，"但是我觉得这其实是好事。我真的认为这实在是一件好事。我有没有说过董贝小姐和我之间讲过一些推心置腹的话？"

"没有说过。"董贝先生严厉地说。

"我不怀疑，"过了好一会儿，卡克尔先生才继续说下去，"不管盖伊在哪里，总比在这儿家里好得多。要是我处在您的地位，或者说要是我有可能处在您的地位的话，我一定会为此而感到很满意的。就我而言，这件事情叫我非常满意。董贝小姐年轻，对人推心置腹，如果说有什么缺点的话，那就是作为您的千金，她稍嫌谦卑了一些，不过我想这没有什么大关系。是不是请您同我一起把账目核查一下？"

董贝先生没有伏案审看摆在他面前的账簿，他只是仰靠在椅背上目不转睛地直视着经理的面孔。经理的眼睑稍微抬起，他假装扫视了一下这些数字，好像是在等待他的上司方便时核查似的。从他的表情来看，他这样做的目的仿佛是出于对董贝先生的体谅，使他不要烦心。而董贝先生从他脸上也看出了他这种处心积虑的体谅，

---

① 劳埃德商船协会：伦敦当时经营海上保险业和船舶检查注册的一个团体。

他感到如果不是因为这个缘故，这位心腹一定会有很多话要跟他讲的，因为过于骄傲，董贝先生是不轻易自动去问的。他做事一向是这样的。董贝先生的眼睛慢慢放松了，他的视线移向他面前的账目；他虽然专心地审察着，却时而停下来，望望卡克尔先生。每当看他时，卡克尔先生又像刚才那样流露出十分体谅的神情，步步深入，在他那不起的主子的心目中刻下越来越深刻的印象。

他们这样忙着时，在经理巧妙的操纵下，董贝先生的胸中升起对可怜的弗洛伦斯一腔无名的怒火，取代了一直久居其中的冷冰冰的厌恶情绪。早晨，贝格斯托克少校沿着街道树荫遮蔽的一边，后面跟着本地人，带了一些常用的轻便行装，又开腿去拜访斯库顿夫人，一路上引起利明顿众多老太太的无限赞慕。少校来到克娄巴特拉的闺阁时正好中午。凑巧得很，他看见他的女王靠在她往常坐的沙发上，懒洋洋地呷饮着一杯咖啡。整个房间帘幕低垂，非常幽暗，使她可以享受惬意的休憩，在这间阴暗的房间里服侍她的童仆威瑟斯也如同一个若隐若现的幽灵。

"哪个家伙想跑进来？"斯库顿夫人问道，"真叫人受不了，我是不能容忍的。不管你是谁，快走开！"

"您是不会有心把乔·贝赶走的，夫人！"少校刚跨进就止步了，把手杖放在肩上，不满地说。

"呵，是您吗？我想了一下，还是让你进来吧。"克娄巴特拉说道。

少校于是走了进来，走到沙发前，拿起她那迷人的手压在唇上。

"坐下，"克娄巴特拉一边说一边无精打采地摇着扇子，"靠远一些。不要挨近我，今天早晨我非常乏力，特别敏感，您有一股太阳的热气，您简直是热带动物。"

"千真万确，夫人，"少校说道，"乔瑟夫·贝格斯托克以前给太阳烤得起泡；在西印度群岛的时候，夫人，暖房的高热把他催发了，那边的人就叫他'花朵'；那时候，夫人，大家不知道贝格斯托克其人，他们只听说有一个叫作'花朵'的人，他们称他是'我们的花朵'。'花朵'可能会多少有些凋谢的，夫人，"少校说着就一屁股坐在一把椅子上，比他这位残酷的偶像指定他坐的位置要靠近得多了，"不过它还很坚强，就像常绿树一样终年常青。"

讲到这里，在黑暗的房间里，少校闭起一只眼睛，像舞台上的小丑一样转动着头颅，在他得意忘形的时候，恐怕比以往更可能会中风。

"格兰格夫人在哪里？"克娄巴特拉问她的童仆。

威瑟斯想她在自己的房间里。

"很好，"斯库顿夫人说，"走吧，把门关好。我有客人。"

威瑟斯走出去后，斯库顿夫人依旧不动，只是懒洋洋地把头转向少校，询问他朋友身体可好。

"夫人，"少校说着，喉咙里响起滑稽可笑的咯咯声，"像董贝这样的境况，他的身体也只能这样了。他的境况岌岌可危，夫人。他失魂落魄了，董贝！失魂落魄了！"少校高声说道，"他的身体给刺穿了。"

克娄巴特拉目光锐利地朝少校望了一眼，和她故意慢声慢气的讲话很不协调。

"贝格斯托克少校，我见的世面不广，阅历不多，但我并不怎么悔恨，因为我看这个世界是个虚假的地方，处处都是叫人受不了的陈规陋习，弄得什么都毫无生气，大自然不受青睐，心灵的音乐，心灵的泉流，以及一切像诗一样美妙的东西是很少听得到的。不过，您话里的意思我一听就明白。那是针对伊迪丝而言的——是指我最亲爱的孩子的，"说着，斯库顿夫人用食指描了描眉毛的边缘，"柔情似水的心弦在为之激烈地振动着！"

"心直口快，夫人，"少校接着说，"一向是贝格斯托克家族的性格。您说得对。乔承认了。"

"而且这是，"克娄巴特拉继续说，"最令人感动、最叫人激动、最神圣的感情之一，这个'最'即使不是唯一的，我想我们如此可悲地堕落了的天性是会为之动心的。"

少校把手放在嘴唇上，向克娄巴特拉送去一个飞吻，仿佛是表示刚才提到的那种情感。

"我感觉无力，我觉得对待这样一个问题作为母亲所需要的精力我是缺乏的，恐怕无论母亲或父亲都不会有什么例外的吧，"斯库顿夫人用手绢的花边抹抹嘴唇，"我一谈起这个对我亲爱的女儿至关重要的问题，那我多半会觉得要昏过去的。可是，坏蛋，您既然胆敢提出了这个问题，使我伤透脑筋，"斯库顿夫人用扇子碰了碰她的左侧，"我就不能推卸这个责任了。"

在阴暗之中，少校越来越显得趾高气扬，不可一世，转动着他那紫红色的脸孔，不停地眨着他那双暴暴眼，终于气喘吁吁，只好站起来，在房间里转了一两圈，接着他的异性朋友又继续讲下去。

"董贝先生，"斯库顿夫人说，"好几个星期之前，董贝先生特别到这里来看我们，使我们感到莫大的荣幸，我亲爱的少校，他是同您一起来的呢。坦率地说，我承认我容易冲动，我的心好像袒露无遗，一丝不挂似的，这是我的缺点。我非常了解我的缺点，我的敌人也不会比我知之更多。可是我不后悔，我但求在这个冷酷无情的世界上不给冻僵，至于把这个缺点说得一无是处，我不去计较，我是坦然处之的。"

斯库顿夫人整了整衣领，捏了捏打皱的喉咙，使它的表面变得平滑起来，接着又自得其乐地说下去。

"有幸接待董贝先生，我觉得其乐无穷，我相信我亲爱的伊迪丝也是这样的。我亲爱的少校，作为您的朋友，我们自然是很喜欢他的，我觉得董贝先生有一颗令人兴奋不已的善良的心。"

"可现在董贝的心却小得可怜得很啦，夫人。"少校说道。

"可恶的人！"斯库顿夫人懒洋洋地看着他，大声说，"请别吵。"

"乔·贝不作声了，夫人。"少校说。

"董贝先生，"克娄巴特拉一边继续说下去一边抹平她脸颊上的玫瑰色彩，"以后常来造访；也许发现我们简单朴素近于原始状态的嗜好有一种引人入胜的风味——因为不事雕琢的自然之美总是有一种魅力的，它是那么美好，因此每到晚上他就成为我们这个小圈子的一位诤友了。我很少想到应负的重大责任，当我鼓励董贝先生——"

"寻花问柳，夫人。"贝格斯托克少校提示道。

"粗野的家伙！"斯库顿夫人说，"您倒猜着我的意思了，不过您用的辞藻太不文雅了。"

说到这里，斯库顿夫人把手肘搁在她身边的一张小桌上，让手腕优美、恰如其分地垂下，摇着一把扇子。她一边讲着一边悠然自得地欣赏自己的手。

"我这些日子一直承受着的苦楚，"她装模作样地说，"实在太深，不是三言两语所能讲清楚的，这一点我渐渐地明白了。我的一生都和我最可爱的伊迪丝紧紧联系在一起了。自从那个最可爱的人儿格兰格去世后，她就完全关上了心灵的窗户，心如死灰了。看着她，我的美丽的宝贝，一天天变了，这是世上最叫人揪心的事了。"

平心而论，从斯库顿夫人与之朝夕相处的生活环境来看，她的世界并不是非常受不了的，不过这只是略带一笔的话。

"伊迪丝，"斯库顿夫人勉强地笑着说，"是我生活中的明珠。大家说她像我。我认为我们是很相像的。"

"在这个世界上有一个人永远不会承认有哪个会像您的，夫人，"少校说，"这个人的名字就是老乔·贝格斯托克。"

克娄巴特拉真想用她手中的扇子把这个马屁精的脑袋敲得粉碎，但还是饶了他，对他笑了一笑继续讲下去：

"要是我可爱的女儿继承了我的什么优点的话，坏种！"——少校就是这个坏种——"那么我呆头呆脑的性格她也一样继承了。她个性很坚强——大家一直说我的个性也坚强得很，可我并不相信——但是一旦动了情，那就一蹶不振，不可收拾。眼看着她一天天消瘦下去，我的心好痛呵！简直要我的命。"

少校把他的双层下巴向前伸过去，噘起发青的嘴唇做安慰状，故意装出同情之至的样子。

"在我们之间，"斯库顿夫人说，"一直是推心置腹的——那就是心灵的自由奔放，情感的袒露无遗——一想到此情此景真令人感动。我们母女其实是更像两姊妹的。"

"乔·贝也是这样想的，"少校接着说，"乔·贝已经讲上五万次了！"

"不要插嘴，粗鲁的家伙！"克娄巴特拉说，"当我发现有一个问题我们是避而不谈的时候，你想，我的心怎么受得了！在我们之间出现了一道——这怎么讲——哦，鸿沟。我自己的女儿、天真无邪的伊迪丝居然对我变了！这当然是太叫人伤心了。"

少校起身离座，在更挨近小桌子的椅子上坐了下来。

"亲爱的少校，日复一日我看到这个变化，"斯库顿夫人接着说下去，"日复一日我感到这个变化。我时时责备自己，只是因为过分的信任和忠诚才造成了这样令人苦恼的后果。几乎是每分钟我都在希望董贝先生把自己的心意说个明白，好让我松口气，因为这太折磨人了。可是，亲爱的少校，他什么也没有讲。我真是懊悔不已——当心咖啡杯，您真粗手粗脚——我亲爱的伊迪丝简直是换了个人。我实在不知道怎么办才好，也不知道有哪位好人可以跟他商量商量。"

斯库顿夫人讲话时的声调好几次变得和声和气，充满着信任感，而现在这个调子似乎是永远定格了。也许是因为这个缘故，贝格斯托克少校心领神会，把他的手伸向小桌子的那一边，笑眯眯地说，"跟乔商量商量吧，夫人。"

"您这个爱捉弄人的讨厌鬼，"克娄巴特拉把一只手伸给少校，用另一只手上拿着的扇子敲敲他的手指关节，"那么您为什么不跟我讲？您是了解我的意思的。您为什么不给我指点指点呢？"

少校大笑起来，顺便吻了一下她伸给他的那只手，然后又大笑不止。

"董贝先生是不是像我认为的那样心地善良？"克娄巴特拉慢悠悠、软绵绵地问着，"您是不是认为他是很诚挚的？您主张和他谈一谈还是不闻不问？现在请告诉我，亲爱的朋友，您的意见。"

"我们是不是准备让他和伊迪丝·格兰格喜结秦晋之好？"少校

沙哑着声音咻咻地笑着。

"鬼东西！"克娄巴特拉一边说着一边用扇子敲敲少校的鼻子，"我们怎么能叫他娶亲？"

"那么，我们是不是准备让他和伊迪丝·格兰格结亲，夫人？"少校又咻咻地笑着。

斯库顿夫人没有回答，只是对着少校狡黠地、喜气洋洋地笑笑；这位殷勤好色的军人看出克娄巴特拉在挑逗他，正准备在她鲜红的嘴唇上印上一吻，可是她用扇子轻巧地一挥就把他挡住了。她这个动作也许是出于羞怯之故，也许是生怕那红唇给弄得不成样子。

"夫人，董贝，"少校说道，"是一条大鱼呢。"

"哦，见钱眼开的坏蛋！"克娄巴特拉小声地尖叫着说，"您这句话太耸人听闻了。"

"夫人，而且董贝，"少校眼睛暴出，头向前伸出去说，"是很诚挚的。乔瑟夫说的；贝格斯托克知道的；乔·贝把他抓牢了。夫人，别去管董贝。董贝是万无一失的。您一向怎么做的您还是照那样做下去；别越过雷池一步，为了这个目的，尽管听乔·贝吧。"

"您果真是这样看的吗，我亲爱的少校？"克娄巴特拉一边问着一边以犀利的目光十分仔细地审视着他，虽然她的样子是无精打采的。

"肯定无疑，夫人，"少校答道，"等绝代佳人克娄巴特拉和她的安东尼·贝格斯托克能够沾光伊迪丝·董贝的雅致豪华之家时，他们就会常常喜气洋洋地大谈特谈这件事情了。董贝的心腹，夫人，"少校突然止住，咻咻地笑着，然后一本正经地说，"已经来了。"

"今天早晨来的吗？"克娄巴特拉问道。

"今天早晨，夫人，"少校说，"有一点要说明一下，夫人，董贝为什么急于要他过来，这里面有一个缘故——请相信乔·贝的话，因为乔狡猾得很的——"少校敲敲自己的鼻子，把一只眼睛眯成一条缝，可是仍无助于使他天生的长相有所改观，"董贝希望关于他的私事不用他亲自告诉他，和他商量，而是让他自己去闻风而知。这是因为董贝，夫人，"少校停了停说道，"像魔鬼一样骄傲。"

"这个性格是很迷人的，"斯库顿夫人喃喃地说，"亲爱的伊迪丝就是这种性格。"

"嗯，夫人，"少校说，"我已经把一些口风抛出去了，这位心腹是懂得的；今天我还要抛出更多的口风。董贝今晨打算明天乘车去沃里克①城堡，然后到凯尼尔沃思②，明天早晨出发之前和我们共进早餐。他要我把请帖送给您。您是不是肯驾临，夫人？"少校一边狡猾地说着一边气急地拿出请帖，上面写道："请贝格斯托克少校面交尊敬的斯库顿夫人。您永远忠诚的保罗·董贝恭请夫人暨您的温文娴雅、多才多艺的千金驾临敝舍，同去一游。并请代向格兰格夫人致意。"

"别吵！"克娄巴特拉马上喊道，"伊迪丝！"

这位慈爱的母亲突然大声喊叫时，恐怕不能说她那毫无意趣的装腔作势的姿态复又故伎重演，因为她从来就没有卸却这个姿态过，在任何别处她也不会这样做，除非她无声无息地躺在坟墓里。这时她的脸上、声音里、仪态中透露出一丝真诚与心中或好或坏的打算。伊迪丝走进房间时，这一切立即挥去了，她又恢复了原状，有气无力、懒洋洋地靠在沙发上。

伊迪丝既美丽庄重但又冷漠而令人却步。在稍稍表示意识到贝格斯托克少校在座并向她的妈妈投去一道锐利的目光之后，她拉开一扇窗户的窗帘，坐了下来，临窗而望。

"我最亲爱的伊迪丝，"斯库顿夫人说，"你这阵子跑到哪儿去了？亲爱的，我好想你呢，我想得好伤心呵。"

"你讲你有客人，我就走开了。"她头也不回地答道。

"这对老乔太残酷了，夫人。"少校风流倜傥地说。

"我知道这是很残酷的，"她说时仍旧望着窗外，而且不动声色、含讽带刺，这使少校大为尴尬，不知道如何回答才好。

---

① 沃里克：英格兰沃里克郡的一个城镇，以古城堡著名。该城堡规模宏大，结构完整，藏有精美的绘画和兵器。

② 凯尼尔沃思：英格兰沃里克郡的一个城镇。

"贝格斯托克少校，我的宝贝伊迪丝，"她母亲慢声慢气地说，"你知道，在这个世界上可算是最没用、最叫人讨厌的人了。"

"这种讲话的方式，妈妈，"伊迪丝向四面看了一下说，"实在是用不着的。这里没有外人，我们之间还不了解？"

她漂亮的脸上不动声色的鄙薄的神情显然不仅针对他们，也是针对自己的；这种鄙薄的神情是那么强烈、深沉，以至于她母亲假意逢迎的憨笑虽然老是挥之不去，也不得不在它面前立刻收敛起来。

"我的宝贝姑娘。"她又讲起来了。

"我还不是女人吗？"伊迪丝笑了一笑说。

"你今天怎么这样古怪，我亲爱的！听我告诉你一件事情，贝格斯托克少校带来了董贝先生最亲切的请帖，邀请我们明天早晨和他共进早餐，然后乘车到沃里克和凯尼尔沃思去游览。你去不去，伊迪丝？"

"我去不去！"她一边重复说了一遍这句话，一边掉过头来望望她的母亲，她的脸色变得很红，呼吸急促。

"我知道你会去的，我亲爱的，"母亲轻描淡写地说，"就像你刚才讲的，这不过是一种问的方式。这是董贝先生的信，伊迪丝。"

"谢谢你，我不想看。"她回答说。

"那么恐怕就由我自己来写回信了，"斯库顿夫人说，"我本来是想让你做我的秘书，由你执笔的，亲爱的。"由于伊迪丝一动也不动，也不搭腔，斯库顿夫人便请少校把她的小桌子移近一些，把斜面平板打开，给她取出笔和纸——这正是少校献殷勤的大好机会，他喜上眉梢，服服帖帖、忠心耿耿地把这些任务全部完成。

"你问候的话怎么讲，伊迪丝，我亲爱的？"斯库顿夫人写到附言的地方拿着笔停了一下问。

"随你喜欢，妈妈。"她头也不回地回答道，一副漠不关心的样子。

斯库顿夫人没有再问她女儿有什么要指点的，便按照自己的意思写好，然后把信递给少校。少校如获至宝，装着把信放在心口的样子，其实他还是想放在裤袋里，因为放在背心里面是很不保险的。

于是少校风度翩翩地向两位夫人告别，年长的夫人像往常一样作了回礼，而年轻的夫人则坐在那里，脸朝向窗口，漫不经心地点了点头。少校觉得，什么表示也没有倒反而会让他感到体面得多，因为那样他也许会认为她没有听到他，也没有想到他的。

"至于她的变化，先生，"少校在回去的路上沉思着——这天下午天气晴朗而炎热，他叫本地人带着轻便的行李走在前面，他自己则在异国王子的影子中行走——"至于她的变化，先生，还有她的憔悴，以及诸如此类的情况，都骗不了乔瑟夫·贝格斯托克。根本没有这样的事，先生。这是不会的。可是说她们之间有什么隔阂，或者像这位母亲称之为的一道鸿沟，先生，他妈的，这看起来一点也不假呢。真太怪了！哦，先生！"少校喘着气说，"伊迪丝·格兰格和董贝真是天造地设的一对；让他们斗吧，斗出个名堂来！贝格斯托克就是站在赢家的一边！"

少校思潮奔涌，把这最后几个字讲得很响。倒霉的本地人听到这声音立刻停下，转过身来，以为少校是在叫他。此时，少校正在为自己的高招颇为得意扬扬，见此情景，认为这家伙太不听话，怒不可抑，马上拿起拐杖戳本地人的肋骨，而且一路上每隔一会儿不停地戳他，就这样一直戳到旅馆。

用餐之前少校穿上礼服的时候，他的怒气丝毫未减。黑皮肤的仆人备尝皮肉之苦，各种各样的东西向他掷过来，大小不一，有靴子，也有发刷，凡是他主人的手拿得到的东西都在被扔之列。少校自以为使本地人得到完美无缺的训练，而沾沾自喜，只要稍有不轨，便通过这种疲劳战术加以处罚。而且他还让本地人待在他的身边，作为医治痛风以及一切体脑病痛的对抗刺激剂，本地人似乎由此获得了一份有限的报酬。

少校一边掷东西一边想出层出不穷的脏话来骂本地人，本地人一定会觉得英国语言如此丰富多彩而惊讶不已。待这些伸手可及的武器已全部掷光，他才把领带系上；穿戴既毕，他发现在这场练功之后自己变得容光焕发，便走下楼，去陪陪"董贝"和他的心腹，让他们开开心。

董贝此刻不在房间里，但是他的心腹却在那里，他一口雪白的牙齿，一如既往，早已在恭候少校了。

"喂，先生！"少校问道，"有幸遇见先生之后，这一段时间先生是怎样度过的？出去蹓跶过了吗？"

"散了一会儿步，只不过半小时光景，"卡克尔答道，"我们一直很忙。"

"业务吧，嗯？"少校问。

"各种各样必须处理的小事情，"卡克尔答道，"不过您可知道，这种事情我是不太习惯的，因为我所受的教育叫我对什么事情都不能盲目相信，而且我通常是不善于言谈的，"他稍稍停了一会儿，又以令人着迷的坦率口吻说，"不过我觉得，我对您可以畅所欲言，无话不谈，贝格斯托克少校。"

"不胜荣幸之至，先生，"少校答着，"就请说吧。"

"那么您可知道，"卡克尔接着说，"我发现我的朋友——我看还是称我们的朋友吧——"

"您是指董贝吗，先生？"少校喊起来，"卡克尔先生，您看见我站在这里！看见乔·贝了吗？"

他喘着气，脸色发青，不会看不清楚。于是卡克尔说他有幸目睹尊容。

"那么，先生，您看见的就是这么一个人，他为董贝效劳，赴汤蹈火也在所不辞。"贝格斯托克少校接着说。

卡克尔先生笑着说他对此是深信不疑的。"您知道吗，少校，"他接着说，"我刚刚讲，我发现我们的朋友今天不像平时对我们谈的业务那么专心一意了？"

"是吗？"喜气洋洋的少校问道。

"我发现他有些心不在焉，注意力常常不集中。"卡克尔说道。

"哎哟，先生，"少校叫了起来，"那他是在想一位女士啦。"

"的确是这样，我现在才开始觉得这是实有其事的，"卡克尔接

406

着说，"上次您说话之中暗示了这件事情，我还以为您是在开玩笑呢，因为我知道你们军人——"

少校发出一阵马一般的咳嗽声，摇晃着脑袋和双肩，好像在说，"哦！我们都是些快快乐乐的伙伴，这一点也不假。"然后他抓着卡克尔先生上衣的纽孔，鼓着眼睛在他耳边低声说，她是一位很漂亮的女人，先生；她是一位年轻的寡妇，先生；她出身名门，先生；董贝爱她爱得神魂颠倒了，先生；这两位真是很好的一对，因为她长得漂亮、出身名门，而又多才多艺，而董贝则很有钱；他们应有尽有了，有哪对夫妻能拥有更多的东西呢？听到门外响起董贝先生的脚步声，少校立刻止住，说卡克尔先生明天早上见了她时自己判断吧。因为过度兴奋，上气不接下气地讲了这么许多悄悄话，少校一直坐在那里，喉咙里喀喀作响，眼睛里泪流不止，直到餐事准备就绪。

像有些其他的高贵动物一样，少校在就餐时气度不凡。此次，他光彩照人地坐在饭桌的一端，另一端，董贝先生温文尔雅的光辉，与之遥相呼应，而卡克尔则左顾右盼，让他的光亮左右移动，或照向这一头或射向那一端，有时如有必要便齐头并进，让他的光亮融于二者之中。

上第一、二道菜时，少校一般是很庄重、不苟言笑的，因为此时本地人总是遵照他的吩咐，偷偷走出来，忙着把各种各样的调味品摆满少校四周，再把瓶塞取出，把调料倒入盘中，掺和着。此外，本地人还在餐具桌上暗自放些可口的调味佐料，供少校每日助餐之需，再从奇形怪状的器具中把一些新奇的液汁神秘兮兮地倒进少校的杯中。这时，贝格斯托克少校虽然目不暇接，忙得不亦乐乎，他仍旧挤出时间侃侃而谈。他做得非常狡猾，使董贝先生的心情在无意之中露了马脚，从而助卡克尔一臂之力，使其听出了其中的奥妙。

"董贝，"少校问道，"您不吃，是怎么回事？"

"谢谢您，"这位尊贵的先生说，"我蛮好，就是今天胃口不佳。"

"哎呀，董贝，您的胃口怎么啦？"少校问道，"您的胃口到哪儿去了？我敢打赌，您的胃口是不会留在我们的朋友那里了，因为我可以担保今天吃午饭时她们也没有胃口，至少她们之中的一位我可以肯定是没有胃口的。至于是哪一位我可不讲了。"

说着，少校就对卡克尔眨眨眼睛，那狡猾的神情实在可怕得很，黑皮肤的仆人不得不自告奋勇地拍拍他的背脊，生怕他跌到桌子底下去。

餐事过半，本地人站到少校的手肘旁边准备给他倒第一杯香槟酒，此时，少校更加狡猾了。

"把这个杯子倒满，你这个杂种，"少校拿起他的酒杯说，"把卡克尔先生的酒杯也倒满。把董贝先生的酒杯也倒满。苍天在上，诸位先生，"少校乘董贝先生有所知觉，故意望着自己的盘子时向他新交上的朋友眨眨眼睛说，"让我们把这杯酒敬献给一位乔有幸相识并且不胜谦恭遥致钦慕之情的仙女。她的名字就是，"少校说，"伊迪丝，仙女伊迪丝！"

"敬献给仙女伊迪丝！"满面笑容的卡克尔喊着。

"伊迪丝，毫无疑问。"董贝先生说。

当侍者端着菜走进来时，少校显得越发狡猾了，不过狡猾之中多了一点严肃性。"在我们之间讲讲，乔·贝格斯托克在这件事情上虽说是玩笑与认真并举，先生，"少校说着把手指放在嘴唇上，像是悄悄对卡克尔说，"可是他认为这个名字是很神圣的，不足为外人道也，无论对这些家伙或其他任何人都不能说。先生，他们在这里的时候，一个字也不要讲！"

少校这样讲是出于尊重，十分得体，董贝先生显然是感觉到的。董贝先生虽然给少校含沙射影的调侃弄得局促不安，无所适从，但是可以看出，他对此并不反对，而是求之不得的。那天早晨，少校觉察到这位高傲之极的大人物虽然不肯就这件事情正正经经地和他的内阁总理促膝交谈，听取他的意见，但又很希望他对此事了如指掌，少校的猜测大概击中要害了。不管怎样，少校向他掷去轻磅炮弹时，他常常望一眼卡克尔先生，似乎是在观察他的反应。

少校获得了一位很认真的听众，而且在整个世界上还找不到这样一位笑口常开的人——此后他常常说，"总之，他是一个非常乖巧、讨人喜欢的家伙"。既然有了这样一位听众，他是不会把他放掉的，只是对董贝先生玩玩小花样是不能叫他过瘾的。因此，在台布拿去之后，少校更加大展宏才，大讲特讲军队里的趣事，大侃特侃军队里的笑话，他讲得那么眉飞色舞、妙趣横生，弄得卡克尔既喜又赞，笑得前仰后合（也许是装模作样吧），而董贝先生系着上了浆、硬邦邦的领带在一旁观望，仿佛是少校的老板，或者是马戏团的威严的主持人；他看到自己驯养的熊跳得这样好而扬扬得意。

少校吃了很多肉，喝了很多酒，加之社交才能得以淋漓尽致地发挥，声音已经很沙哑了，讲起话含糊不清，于是他们开始喝咖啡。咖啡喝完，少校问经理卡克尔先生会不会玩皮克牌，显然想他会说不会的。

"会的，会玩一点。"卡克尔先生说。

"也许十五子游戏您也会吧？"少校迟疑地问道。

"是的，十五子游戏也会一点。"这位满口皓齿的人答着。

"我想，卡克尔什么游戏都会玩，"董贝先生说着便躺在沙发上，活像一个屈伸不能自如的木头人一样，"而且很会玩。"

上述两种游戏他的确玩得无懈可击，这使少校大感惊异，于是他又随便问了声，会下棋吗？

"是的，会下一点，"卡克尔答道，"我间或下下，还赢过一盘呢，不过是小玩意儿，根本不需要看棋盘。"

"我的天，先生！"少校瞪着眼睛说，"您同董贝完全不一样，他什么游戏都不会玩。"

"哦，他哟！"经理回答说，"他用不着学这种雕虫小技。像我这样的人，这种玩意儿有时候很有用处。比如说现在吧，贝格斯托克少校，我就可以和您来一手了。"

他讲得这么好听，也许是虚有其表地夸下海口罢了，可是在这短短的言谈中，在谦卑恭顺、唯命是从的后面似乎潜伏着一种仿佛犬吠的什么东西正跃跃欲试；一瞬之间你可能会想到那一口雪白的牙齿会突然去咬那一只它们亲热着的手。但是少校对此毫无所觉。在整个游戏过程中，董贝先生始终躺在那里，半闭着眼睛沉思默想，一直到就寝时。

此时此际，卡克尔先生赢了，在少校的心目中印象很好。就寝前在少校的房门口辞别时，少校特地关照本地人——他总是在他主人的门边地上铺一块褥子睡在上面——叫他拿一盏灯在走廊上恭恭敬敬地给卡克尔先生照路，把他送到他的房间去。

卡克尔先生卧室里有一面镜子，镜子上面有一点模糊不清，镜中影也许是虚无缥缈的。这天夜里，镜子里出现了一个人影，此人迷迷蒙蒙地看见一堆人睡在他脚边的地上，就像可怜的本地人躺在他主人的门口那样；他从这堆人中走过去，幸灾乐祸地望着地上的人们，但还没有在哪张朝天的脸上踩上一脚——暂时还没有。

第二十七章

阴影更重

经理卡克尔先生同云雀一样起来很早，然后走出室外，在夏日的阳光中漫步着，一边紧皱着眉头，思考着什么。他的思绪不像云雀那样向高空飞翔，而是相反，紧紧地靠近地面上的巢穴，在尘埃与小虫之间左顾右盼。云雀在天空歌唱，虽然是人的目力所不能及，还不及卡克尔先生的思绪那么深不可测。他的表情控制得非常严密，密不透风，很少人能够说出这副表情究竟是什么样子，他们只知道这张脸是在笑或者在沉思着。此刻他想得很专心。云雀越飞越高，他的思绪则越加深沉。云雀的歌声越来越嘹亮高亢，他却是越来越严肃，沉默无语。云雀终于俯冲而下，带着一串歌声飞入他附近的翠绿的浩渺麦浪里，在早晨的空气中，麦浪漾起一圈圈如同河水的涟漪。他从沉思中恍然惊醒，突然笑容满面地环顾着四周，这笑容是那么和蔼可亲、温柔敦厚，仿佛是想博得无数观众的好感似的。如梦初醒之后，他没有重新沉入深思，而是振作精神，使他的面孔显得波平如镜，他似乎觉得如果不这样他脸上的皱纹就会把他的心事和盘托出，因此他依旧不停地笑着，好像是在练习笑的本领。

也许是为了初见之时给人一个良好的印象，卡克尔先生这天早晨穿着十分讲究、整洁。虽然他的衣着总是仿效他的那位主子大人，显得一丝不苟，但还没有把董贝先生十分古板的姿态原封不动地照搬过来，这也许是因为一方面他觉得完全照搬会成为笑柄，另一方面，他认为可以用这种方式表示他和董贝先生之间存在着差别与距离。有些人也真的认为他的这种装束可以说是对他冷冰冰的恩主的极其鲜明的诠释，而不是一种曲意奉承。但是世人容易误解，而对于这种不良倾向，卡克尔先生是没有责任的。

经理卡克尔先生穿戴得一尘不染、华丽夺目，白皙的脸在阳光下好像更加苍白了，优雅的步伐增添了草地的柔和。他踏着轻盈的步履走在绿草如茵的牧地、绿树葱茏的乡村小路和郁郁苍苍的林荫道上，一直到吃早饭时才往回走。回去时他抄了一条近路，一路上咧嘴露齿地大声说着："现在去看看第二位董贝夫人吧！"

他悠闲地荡出城外，回城时走的是一条令人心旷神怡的小径，那里浓荫遍地，随处摆着几张供旅人休息的长凳。通常这里来往的人不多，而在这万籁俱寂的早晨更显得僻静，无人问津。卡克尔先生把这里完全据为己有了，他想这是他一个人的天地。此时，还有二十分钟，其实到目的地十分钟就足够了。因此卡克尔先生从容不迫、悠然自得地在巨大的树干中间穿来穿去，进进出出，从这棵树前面走进去，又从那棵树后面走出来，在朝露未干的地面上编织着一串脚印。

但是他发现起先他以为树林中没有人，是想错了。林中有一棵大树，树干上坚硬的树皮节节疤疤、层层覆盖，就像犀牛或者洪水之前远古时代某种类似的怪兽身上的皮一样。他从这棵大树干后面轻手轻脚地走出来，正待从附近的一张长凳旁边绕道时，却出其不意地看到一个人坐在凳子上面。

那是一位妇人，长得很漂亮，穿着优雅，旁若无人的乌黑的眼睛盯着地面，愤怒的激情或激烈的斗争在胸中奔腾，当她坐在那里看着地上时，她的嘴咬住下嘴唇的一角，胸膛起伏，鼻孔颤动，头在发抖，脸颊上流着怒不可抑的泪水，她一只脚踏在苔藓上，恨不得把它踩得粉碎，踩得无影无踪。可是就在这时，他看见这位妇人面带倦容，不屑一顾地站了起来，转身就走，她脸上、身上没有流露出什么表情，唯有漫不经心的美丽姿容和高贵的傲慢仪态是明明白白的。

这时一个又丑又老、满面皱纹的老太婆也在观察这位妇人。从老太婆的衣着看，并不很像吉卜赛人，倒是属于杂处一堆的流浪人，这种流浪人到处流浪，或乞讨，或偷窃，或补锅，或编织蒲制品，或同时并举，以此谋生。妇人站起时，这位老太婆连忙从地上爬了起来，好像是从地里面钻出来的，奇怪地站在前面，挡住她的去路。

"美丽的妇人，我给您算个命吧。"老太婆说着，她的嘴巴大声地嚼着什么东西，仿佛那骷髅头迫不及待地就要从她黄皮肤下面跳出来似的。

"我的命我自己会算。"妇人答着。

"哎哟，哎哟，美丽的妇人，您算得不准的。您刚才坐在那里，您算得不准的。我看见您的！给我一枚银币，美丽的妇人，我就给您算命，算得很准。美丽的妇人，您脸上财星高照呢。"

"我晓得的，"妇人一边回答一边迈着骄傲的脚步从她面前走过去，她脸上掠过一丝深不可测的微笑，"我早就晓得了。"

"怎么！您什么也不给我吗？"老太婆叫起来，"您不给我钱，不让我给您算命吗？要是您要我不把您的命讲出来，您给我多少钱？给我一点吧，不然我就要跟在您后面大喊大叫，把您的命讲出来！"老太婆用沙哑的嗓子声嘶力竭地叫着。

卡克尔先生一声不响地靠在树上，妇人准备走过他身边踏上小路时，他即刻走上前去，脱下帽子向她致意，并叫老太婆不要吭声。她点了一下头表示感谢，便径自走开了。

"您给我一点钱吧，不然我就要跟在她后面大喊大叫，把她的命讲出来！"老太婆一边大喊大叫，一边举起手臂，朝着他伸出的手冲过去。"快点，"她突然压低了声音又说，并且热切地望着他，仿佛一下子就把她愤怒的目标忘记得干干净净似的，"给我一点钱吧，不然我就要紧跟在您的后面大喊大叫，把您的命讲出来！"

"跟在我的后面喊吧，老太太！"经理说着便把手伸到口袋里去。

"对啦，"老太婆一边仔细地打量着他说，一边伸出干枯的手，"我晓得了！"

"你晓得什么？"卡克尔扔给她一个先令，问道，"你知不知道这位漂亮的妇人是谁？"

老太婆像从前那位衣兜里装着栗子的海员的老婆那样在大声嘟着什么，又像那个想要几颗栗子但一无所获的巫婆那样满脸怒容①，她拾起先令就往回走，如同一只螃蟹或一堆螃蟹——她两只一屈一伸的手像两只螃蟹，而她那蠕动着的脸犹如五六只螃蟹。她在一棵纹理密布的老树根上蹲了下来，从帽子顶部拿出一只短小的黑烟斗，用一根火柴把它点燃，然后默默地抽着烟，凝视着问话的人。

卡克尔先生放声大笑起来，然后急忙掉转身上路。

"好呵！"老太婆说，"一个孩子死了，另外一个孩子活着；一个老婆死了，另外一个老婆来了。快去看她吧！"

经理不由自主地回过头看看，停下了脚步。老太婆的烟斗还放在嘴上，她一边抽着烟一边大声嘟着什么，喃喃自语，仿佛在和一个隐身的妖精交谈，她用手指向他走去的方向，大笑不止。

"你刚才讲什么，老太婆？"他问着。

老太婆一边喋喋不休地咕哝着，一边照样抽着烟斗，指着他前面的路，却一言不发。卡克尔先生咕哝了一声再见，就匆匆上路了。走出这个地方时，他又回过头来望望那棵老树的根，他依旧看见那只手指着他前面的路，他似乎听见那个老太婆尖声地喊着："快去看她吧！"

到达旅馆时，他发现精美的盛筵已经准备就绪，早餐已经摆好，董贝先生和少校正在等候两位夫人。无疑，事情的进展与个人的性格是密不可分的，但是此时，食欲的分量胜过脉脉温情。董贝先生正襟危坐，沉着冷静，而少校则坐立不安，急不可待。最后本地人把门推开了；过了一会儿，一位懒洋洋、如花似玉，但已不很年轻的夫人从走廊上走过来，出现在门口。

"我亲爱的董贝先生，"夫人说，"我怕迟到了，因为伊迪丝到外面去找一个好的景致画一幅素描，让我等了好久。假惺惺的少校，"

---

① 参见莎士比亚戏剧《麦克佩斯》第一幕第三场中巫婆的话。

414

说着便把她的小手指递给他，"您好！"

"斯库顿夫人，"董贝先生说，"让我向您介绍一下我的朋友卡克尔。"讲到"朋友"这个词时董贝先生不经意地加重了语气，像是在说"其实并不是朋友，我不过让他获此殊荣罢了"，"让他开开眼界。您听到我说起过卡克尔先生的吧。"

"我真是太荣幸了。"斯库顿夫人很和蔼地说。

卡克尔先生当然是不胜荣幸的。如果昨天晚上他们不是为伊迪丝祝酒，而是为斯库顿夫人祝酒的话，那么为董贝先生着想，他会不会更感荣幸呢？因为他起初是把斯库顿夫人当作伊迪丝的。

"哎哟，我的天，伊迪丝怎么还没来？"斯库顿夫人喊着，便回过头看看，"她老是待在门口，吩咐威瑟斯怎样把她那些画镶嵌起来！我亲爱的董贝先生，是不是请您烦神——"

董贝先生已经去找她了。顷刻他就回来了，手臂上挽着刚才卡克尔先生在树下遇见的那位衣着优雅、十分漂亮的夫人。

"这是卡克尔——"董贝先生介绍说，但是看到他们彼此相识，便停了下来，深感诧异。

"我真感谢这位先生，"伊迪丝庄重地欠了欠身说，"刚才有一个乞丐缠着我不放，幸亏他给我解了围。"

"我要感谢我走了好运，"卡克尔先生低低地鞠了一躬，"因为这个良机使我有幸能为尊贵的夫人效犬马之劳，这是我引以为豪的事。"

她的目光停留在他身上一会儿，便即刻垂下，望着地面。在这光芒四射的目光中他看出她的怀疑，她怀疑他不是在出面干预的时候才走过来的，在这之前他就已经在偷偷观察她了。正当他看出这一点时，她从他的眼色里看到她对他的不信任不是无中生有的。

"真的，"斯库顿夫人叫起来，她正乘此机会拿着小望远镜打量着卡克尔先生，心满意足地对少校低声说他这个人心地真好，满腔热情，"真的，我从来没有听说过这样凑巧的事，太叫人心花怒放了。想一想吧！我最亲爱的伊迪丝，这么好的运气明摆着的，真叫人要交叉双臂，放在胸前，在长袍上画十字，像那些邪恶的土耳其人口中念念有词地哼着：没有——叫什么名字，只有那个，而他的先知就是——你怎么叫的！①"

《古兰经》里的这句话，斯库顿夫人没有记清，讲得支离破碎、含含糊糊。伊迪丝不屑于去纠正。但是董贝先生觉得有必要讲几句客气的话。

"像卡克尔这样一位和我十分亲近的先生，"董贝先生献殷勤的话有些做作，他不善于此道，"能够有幸给格兰格夫人效犬马之劳，我为之莫大欣喜，"董贝先生向她鞠了一躬，"但是我同时又有几分痛苦，真的叫我对卡克尔萌生妒意，"这几个字他说得特别重，因为他意识到接下去要讲的话意味深长，令人吃惊，"我对他萌生妒意，只恨我自己没有这份荣幸和福气。"董贝先生又鞠了一躬。伊迪丝翘了翘嘴唇，纹丝不动。

"哎哟，先生，"少校看见侍者走过来报告早餐已准备好，便突然大声发表高见，"谁要是有这份荣幸和福气把全部乞丐射穿了脑袋而不受惩罚，那我才认为是件了不起的事呢。不过，要是格兰格夫人肯赏光，乔·贝的手臂是准备待命效劳的；夫人，此刻乔能为您做的最大的事就是领您上饭桌！"

说毕，少校把手臂伸给伊迪丝；董贝先生和斯库顿夫人走在前面；卡克尔先生居后，他一脸笑容地看看这一队人。

"我真高兴，卡克尔先生，"早餐时，这位妈妈拿起小望远镜对着卡克尔先生又满意地打量了一番后说，"您来得正好，今天可以同我们一道出去。这次旅游真叫人欣喜欲狂啦！"

"和这样的同伴在一起，不管什么旅游都是叫人欣喜欲狂的，"卡克尔应和着说，"不过我觉得旅游本身就是充满乐趣的。"

"哦！"斯库顿夫人喊了一声，她那欣喜欲狂的尖细的嗓子有些沙哑了，"城堡可迷人啦！——中世纪的情趣——诸如此类的一切——的的确确太妙了。您很喜欢中世纪吧，卡克尔先生？"

---

① 斯库顿夫人记忆不清，讲话含混。这句话即为：没有上帝，只有真主，穆罕默德是他的先知。

"非常喜欢，真的非常喜欢。"卡克尔先生回答道。

"多么迷人的时代！"克娄巴特拉喊着，"一片真诚！生气勃勃、充满活力！多么绚烂多彩！多么不平凡！天呵！在我们这个可怕的时代，要是给我们的生活多留下一点诗意的话，那会有多好呵！"

斯库顿讲的时候，她敏锐的目光一直对着董贝先生，他一直在望着伊迪丝，而伊迪丝一直在听着，但一直没有抬起眼睛。

"我们太现实了，卡克尔先生，"斯库顿夫人说，"难道不是吗？"

埋怨现实，很少人比克娄巴特拉更缺少理由，因为她身上虚假的东西多如牛毛，完全可以在现实生活中这样的伪君子身上体现出来。但是卡克尔先生对我们的现实仍很同情，他也认为在现实中我们给亏待了。

"城堡的绘画太神奇了！"克娄巴特拉说，"我想您很喜欢绘画吧？"

"我告诉您，斯库顿夫人，"为了鼓励他的经理，董贝先生郑重其事地说，"卡克尔很会欣赏绘画，他天生有一种鉴赏绘画的才能。他自己就是很了不起的画家。我可以肯定，格兰格夫人的品位和画艺一定会使他倾倒。"

"哟，先生！"贝格斯托克少校叫起来，"我看您这个卡克尔真是神通广大，什么事情都会来一手。"

"哦！"卡克尔谦逊地一笑说，"您过誉了，贝格斯托克少校。我会做的事是微乎其微的。董贝先生宽大为怀，我有一点点微不足道的才干他总是夸奖我，其实这种才干对于像我这样的人来说几乎是不可没有的，而董贝先生身居高位，对于这种事情是根本不屑去做的，董贝先生宽宏大量，所以——"卡克尔先生耸耸肩膀，表示不要再夸奖他，便不再讲下去了。

他们交谈的时候，伊迪丝没有抬起过眼睛，只是当她妈妈激情喷发时，才朝她看一眼。但是卡克尔的话一停，她即刻望望董贝先生，不过为时很短，在她脸上掠过一丝瞬息即逝的蔑视，这却被餐桌那头的一个人注意到了，他微微一笑。

董贝先生一见那乌黑的眼睫毛即将垂下，便抓住时机，立刻发问。

"真不凑巧，您时常到沃里克去的吧？"董贝先生问道。

"去过几次。"

"我怕这次去会叫您厌烦的。"

"哦不，一点也不会。"

"呵！你同你的表哥菲尼克士是一模一样的，我亲爱的伊迪丝，"斯库顿夫人说，"要是他到沃里克城堡去过一次，他就会去五十次的；要是他明天到利明顿来——我多希望这位亲爱的天使明天会来！——那他后天就会第五十二次去观光了。"

"我们的热情太激昂了吧，妈妈？"伊迪丝冷淡地一笑说。

"恐怕是太激昂了，使我们难以平静，我亲爱的，"她妈妈应道，"可是我们不会埋怨。我们自己的激情就是我们的报偿。就像你的表哥菲尼克士说的那样，如果剑磨穿了——这叫什么东西——"

"恐怕是剑鞘吧。"伊迪丝说。

"一点也不错——就是太快了些，因为那是刀光剑影，你知道，我最亲爱的乖乖。"

斯库顿夫人轻轻叹了一口气，是想在那把小丑的利剑表面上投下一道阴影，因为她的胸膛如同剑鞘一样，是很容易被刀光剑影刺穿的。像克娄巴特拉一样，她把头歪向一边，满怀忧思而深情地望着她亲爱的孩子。

刚才董贝先生跟她讲话时，伊迪丝把脸转过来朝向他，现在她和她母亲谈话的时候她依旧保持着这个姿势，仿佛是在等着董贝先生是不是还有话要说。这种淡淡的礼貌很有一点傲慢的气味，说明她采取的这个姿态是迫不得已的，作为这场交易的一方她是很不情愿的。这次又被餐桌那头的那位仁兄注意到了，他微微一笑。于是他想起他当初看见她时的模样，那时他以为树林里只有她一个人。

餐事已毕，少校狼吞虎咽了一阵子，像一条蟒蛇吃得鼓鼓的。董贝先生没有别的话要说了，便提议即刻出发。根据他的吩咐，一辆四轮四座马车已在等着了。两位夫人、少校和他自己上车就座；本地人和面色苍白的童仆登上马车夫旁边的座位；托林森先生留着看家；卡克尔先生则骑马殿后。

在马车后面约一百码的距离，卡克尔先生缓缓驰行；在整个旅程中他的眼睛一直盯住这辆马车，从不放松，仿佛他是一只猫，而车中的四位旅客是不折不扣的老鼠。有时他也会看看路的这一边，又瞧瞧路的那一边，遥望着远处的景色，起伏如波的丘陵、风车、禾谷、绿草、豆田、野花、农家院落、干草堆，以及森林中的教堂塔尖；他一会儿抬头仰望晴朗的天空，蝴蝶在他头上盘旋，鸟儿放声歌唱；他一会儿又俯瞰着下面的景色，树木的阴影相互交织，在路上铺展一层摇曳颤动的黑毯；有时他向前面望去，悬垂的树木枝叶扶疏，顶上像一排排拱门，底下是一道道小径，柔和的光线透过树叶照射进来，显得很幽暗。不管朝哪里看，他眼睛的一角始终不离开董贝先生古板的脑袋和那顶女帽上的羽毛，董贝先生的脸是朝着他的，而这根羽毛则漫不经心、旁若无人地悬垂于他们之间，这种骄傲的架势同她低垂眼睑时的神情是一模一样的，而此刻当两个面孔相向而视的时候，她的眼睑也是这样不屑一顾地低垂着。有一次，也只是一次，他那警觉的目光放开了它的目标，那是当他越过一道低矮的篱笆、驰过一块田野的时候。这样，旅程快到终点，他可以策马疾驰，抄一条近路，赶在马车前面捷足先登，等候着把夫人们搀扶下车。这时，也就是在这时，他瞥见了她那吃惊的目光，但是当他柔软白皙的手扶着她下车时，像以前一样，她根本不去理会他。

斯库顿夫人专心陪着卡克尔先生，带他参观城堡的美景胜境。她一只手臂套在他的手臂里，另一只由少校搀着，她主意已定，决不放松。在这样的朋侣中间，对这位不可救药的家伙来说，是有好处的，因为此人如同蛮夷之邦的人，毫无诗意。这种碰巧的安排使董贝先生可以舒舒坦坦地陪同伊迪丝，于是他以一位绅士的庄严气概带着伊迪丝走在前面，高视阔步地穿过一间间房屋。

"那些可爱的往昔的年代，卡克尔先生，"克娄巴特拉说，"那些舒心悦目的堡垒，那些亲切可爱的古老的地牢，那些给人快感的惩罚之地，那些浪漫的报复行为，那些漂亮的攻城之战，以及一切使生活充满着迷人的风采的东西！可是我们现在堕落到什么地步！"

"是这样，我们堕落到可悲的程度。"卡克尔先生说。

他们的谈话有一个特点：不论斯库顿夫人怎么心花怒放，不论卡克尔先生怎样应对自如，彬彬有礼，他们两人的目光始终盯住董贝先生和伊迪丝。尽管他们侃侃而谈，他们讲起话来总有些心不在焉，不着边际。

"我们实在什么信念也没有了，"斯库顿夫人说时把她干瘪的耳朵往前面伸过去，因为董贝先生在对伊迪丝讲些什么，"我们对旧时的亲爱的男爵没有信念，可他们是最讨人喜欢的人了；我们对往昔的亲爱的牧师没有信念，可他们是最勇武的人了；我们甚至对无价之宝的伊丽莎白女王的时代也没有信念，她的画像就贴在那边的墙上，她那时代多么辉煌灿烂。亲爱的女王！她心地是多么善良呵！还有她那可爱的父亲！我想您很喜欢亨利八世吧！"

"我非常崇敬他。"卡克尔说。

"多么豪放！"斯库顿夫人叫起来，"是吧？多么魁梧！多么纯粹的英国气派！那对小巧玲珑、昏昏欲睡的眼睛多么可爱！那层下巴多么宽厚，多好的画像呵！"

"呵，夫人！"卡克尔马上停步说道，"您说起画像，那边就有一幅！世界上有哪个画廊能展出那么好的画像呵！"

这位笑容满面的先生说时指着门对面的一间房间，房间中央单独站着的董贝先生和伊迪丝两人。

他们没有讲话，也没有相对而视。虽然站在一起，手臂挽着手臂，看起来他们互不搭界，即使他们之间有大海相隔，也不至于这样形同陌路。他们两个都很高傲，但是他们的高傲却各不相同，正是因为这种不同使他们之间的距离更大，如果一个极其骄横跋扈，而另一个却非常谦和可亲，那他们之间的距离倒反而会缩小一些。可是情况并不是这样。他非常自命不凡，顽固不化，古板拘泥，非常严峻。而她则美貌绝伦、仪态优雅，但是她对这些毫不在意，她对自己、对他、对周围的一切全不放在眼里，即使她自身的魅力她也是视如敝屣，高傲地扬扬眉毛、噘噘嘴唇，仿佛这是她深恶痛绝的标志或号服似的。这两个人太不相配了，是截然相反的，是铤而走险之举和不巧的命运把他们勉强地系在一根锁链上的；这种牵强附会的撮合太离谱了，不难想象他们四周墙上的图画也会因为惊诧之心而流露着不同的惊异表情。威严的骑士和武夫怒容满面地盯着他们。教堂里的一位牧师高举着手，谴责这一对活宝亵渎上帝的圣坛。山水画中静静的河水深处照进一轮骄阳，于是河水问道："如果已没有更好的潜逃之计，难道不可以沉入水底？"古老的遗址喊着："瞧，和这种格格不入的时代碰在一起，我们成了什么样子！"性格迥异的动物相互折磨，仿佛在向他们昭示一个教训。爱神和丘比特恐慌地逃之夭夭。古今殉难者的画册中也不曾表现过这种痛苦的折磨。

可是，卡克尔先生指着的那个情景使斯库顿夫人陶然欲醉了，她情不自禁地提高嗓子说，这多美妙，多么的一往情深！伊迪丝听见了，回过头望望，愠怒的脸孔涨得通红，一直红到发根。

"我最亲爱的伊迪丝晓得我在赞美她呢！"克娄巴特拉说着就用遮阳伞轻轻地几乎是胆怯地敲敲她的背脊，"可爱的宝贝！"

卡克尔先生在树林里无意中目睹的内心斗争现在又见着了，他又看见一抹无精打采、漫不经心的傲慢神情冉冉升起，像一朵乌云一样把这张脸遮住。

她没有抬起眼睛望他，只是傲然地稍稍转动了一下眼珠，像是叫她母亲走过去。从她女儿的暗示中，斯库顿夫人知道这正是大好时机，便带着她的两位骑士快步走过去，从此不再离开她女儿寸步。

现在再没有什么好使卡克尔先生分心了，他便开始滔滔不绝地谈论这些图画，从中择其优者指给董贝先生看。同以往一样，他处处表现着对董贝先生高贵地位的亲切尊崇，给他调整小望远镜，或者在他观赏的目录中物色适当的地点，或者帮他拿手杖，以及做诸如此类的事情。其实，卡克尔先生并不一定是自告奋勇，往往是董贝先生示意他做的，董贝先生出于其公司首脑的身份，对自己的权威性颇为看重，不过他语气克制，总是很随和地对他说："喂，卡克尔，请麻烦一下帮帮我，好吗？"而这位笑容满面的先生也总是欣然领命。

他们一路游览，欣赏着一幅幅图画、墙垣、守望楼等；由于他们这一小队人始终在一起，而且少校在整个消化过程中已渐渐昏昏欲睡，不大开口了，因此卡克尔先生谈话的劲头来了，口若悬河，叫人惬意。起初，他大部分时间只是和斯库顿夫人谈话，但是这位天性易感的夫人过分忘情于艺术作品中，一刻钟之后，她竟什么也不说只是频频打哈欠，她认为这些艺术品实在魅力无穷，使她情不自禁地要打哈欠了。于是卡克尔先生只好把他的谈锋转向董贝先生。董贝先生虽然言语不多，不过偶然讲讲"很对，卡克尔"或者"真的，卡克尔"，但是言外之意他是鼓励卡克尔讲下去的，他内心里很赞同他这样做，他觉得总得有人侃侃而谈的，而且他认为卡克尔的话可以说就是他自己心里想讲的话，就像是主体机构的分支，可以使格兰格夫人高兴高兴。卡克尔先生却是十分谨慎，从不主动地直接和这位夫人攀谈。她虽一眼也不看他，却似乎在听他讲话；有一两次，当他的谦卑恭顺之态特别显目时，在她脸上悄悄浮过一丝淡淡的笑容，但这不是亮丽的笑容，而是一抹浓重的阴影。

沃里克城堡终于参观完毕，少校已筋疲力尽，当然更不用说斯库顿夫人了，因为她那别具一格的欣喜欲狂的表态确是太过于频繁了。马车又已待命，他们乘着马车在附近游览了几处胜景。谈到一个景点时，董贝先生很有礼貌地说，如果格兰格夫人能高抬秀手把这个景点画下来，即使是一张很小的画幅，也会使他时常想起这个美好的日子，虽然他不想要人工仿制的纪念品，可是他相信（说到这里他又鞠了一躬），这幅画他一定会始终爱如珍宝的。瘦小的威瑟斯手臂底下揣着伊迪丝的素描簿，斯库顿夫人立刻叫他把素描簿拿过来，待马车停下，好让伊迪丝作画，画好后，董贝先生将把这幅画放在他的珍藏之中。

"但是我怕让您太烦神了。"董贝先生说。

"一点也不。您希望画哪里？"她转过身问他，像刚才一样，那

422

口气是十分勉强的。

董贝先生又鞠了一躬，请画家自己决定。这一躬鞠得太深，把上了浆的领带弄得遍布凹痕。

"我还是请您自己选择。"伊迪丝说。

"那么，"董贝先生说，"我看就这里吧。看起来这个地方挺好的，或者——卡克尔，您觉得怎么样？"

前面不远处有一片树林，与卡克尔先生那天早晨留下一串脚印的那片树林很相像，而一棵树下也有一张凳子，从它的地势来看，和他上次脚印中断的地方几无不同。

"我可不可以冒昧向格兰格夫人建议，"卡克尔说，"那是一个很有趣味，几乎可以说是蛮奇妙的景致呢？"

她的眼睛朝着他的马鞭指着的方向望过去，即刻抬起来看着他的脸。自从相识以来，这是他们第二次目光相遇，这第二次的目光与第一次的目光可以说是完全一样的，只是这一次更加明白无误。

"您喜欢那个地方吗？"伊迪丝问董贝先生。

"好极了，真使我着迷。"董贝先生对伊迪丝说。

于是马车开到使董贝先生着迷的地点。伊迪丝没有离开座位，带着习以为常的漫不经心的傲慢神态打开素描簿，开始作画。

"我的铅笔头全都不尖了。"她一边说一边把铅笔转过来转过去。

"请让我来削，"董贝先生说，"或者请卡克尔削吧，他精于此道，他会削得更好一些。卡克尔，请麻烦一下，给格兰格夫人的铅笔削一削。"

卡克尔先生骑着马走近格兰格夫人一边的马车门口，让缰绳落在马的颈子上，向格兰格夫人笑着鞠了一躬，然后坐在马鞍上悠闲地削起铅笔来。铅笔削好后，他请求把铅笔拿在自己的手里，需要时即递给她。卡克尔先生就这样紧挨着她身边，一边看着她作画一边不断赞美格兰格夫人高超的技巧，特别是画树的技巧。此时，董贝先生像一个森严可怖的鬼魂笔直地站在马车里，也在观看，而克娄巴特拉和少校则像两只老鸽子一样在打趣调情。

"这样您满意吗？是不是再润饰一下？"伊迪丝把素描画拿给董贝先生看，问道。

　　董贝先生恳请不要再润饰，这幅画实在是完美无缺了。

　　"真是妙不可言，"卡克尔称赞着，每一处红色的牙床都毕露无遗，"真没有想到会目睹这样美丽、这样不同凡响的珍品。"

　　这不仅仅是赞美画，也是赞美作画的人的。卡克尔先生的态度是毫无掩饰的，不仅他的嘴巴在赞美，他整个身心都在赞美。在把素描画给董贝先生放好，把作画的工具材料收拾起来时，他一直这样地赞不绝口。然后，他把铅笔递给伊迪丝，伊迪丝对他的帮助表示一种淡漠的感谢，却没有朝他看一眼。之后，卡克尔先生拉紧缰绳，往后一退，又跟着马车行进了。

　　骑着马时，他也许在想，即使这幅为董贝先生画的小小素描也是买卖交易。他也许在想，尽管她二话不说，答应为他作画，然而当她伏案作画或向远处入画的景物望上一眼时，她那目中无人的脸色却流露着一位傲气十足的女人从事于一项肮脏无耻的交易时的鄙薄心情。他也许在想这些事情，但无疑他是在笑着的；而当他自由自在地环顾四处，欢快地呼吸旷野的空气，策马驰行时，他那锐利的眼角却始终盯住马车。

　　他们在残垣败壁、鬼魂出没的凯尼尔沃思遗迹中闲荡了一会儿，又驱车游览了几处风景胜地。斯库顿夫人告诉董贝先生大多数景点伊迪丝都已画过了，这些，在她的画中他都已欣赏过了。一天的观光旅行就此结束。斯库顿夫人与伊迪丝乘车回府。克娄巴特拉很客气地邀请卡克尔先生于晚间同董贝先生和少校一道去聆听伊迪丝演奏。三位先生遂回旅馆吃晚饭。

　　晚饭的菜蔬跟昨天的一模一样，只是经过二十四小时之后，少校更多了一份胜利的喜悦，少了一些神秘色彩。大家又为伊迪丝干杯。董贝先生又一次欣欣然忸怩作态。而卡克尔先生则兴之所至，赞誉之词不绝于口。

　　斯库顿夫人家里没有其他客人。伊迪丝的画幅铺满了整个房间，也许比平时更多一些。脸色苍白的童仆威瑟斯把茶端给大家，茶比平时浓了一些。竖琴已经摆好，钢琴也放在那里，伊迪丝既唱又弹。伊迪丝似乎按照董贝先生的意旨在演奏着，那样地固执不化，毫不通融。这在下面的谈话中就一目了然了。

"伊迪丝，我最亲爱的宝贝，"浓茶品好之后半小时，斯库顿夫人说，"我晓得董贝先生巴不得听你演奏呢，想得要命呢。"

"我看他的命很长的，他自己好讲的嘛，妈妈。"

"我将感激不尽。"董贝先生说。

"您想听什么？"

"钢琴怎么样？"董贝先生迟疑不决地说。

"随您喜欢，您尽管挑选好了。"

于是，她便先弹钢琴，这与她弹竖琴，唱歌，她所选来弹唱的曲调，同一机杼，冷冰冰缺乏热情，拘谨古板，然而却明显地表现出她毫不迟疑、干脆利落地听凭他的意旨行事（他的意旨只是对她而言，而不加之于别人）。这是显而易见的，皮克牌的神通也挡不住它的穿透力，当然逃不过卡克尔先生尖锐的目光了。他也看到董贝先生显然以他的权力自豪，而且乐于炫耀这种权力。

然而，卡克尔先生是很会玩牌的；他和少校打牌，也和克娄巴特拉打牌。克娄巴特拉一直注视着董贝先生和伊迪丝，她那锐利的目光即使山猫也无法超过。卡克尔先生能玩一手好牌，甚至在这位妈妈的心目中他的地位也提高了。辞行时，他说他次晨不得不回伦敦而深感遗憾，克娄巴特拉接着就说感情息息相通不是每日可遇的，她相信他们后会有期。

"但愿如此，"走向门口时，卡克尔先生富于表情地望了望那边的两人说，"我想会的。"

董贝先生向伊迪丝郑重地告别后，朝着克娄巴特拉的睡椅弯下身来或者近于弯下身子，低声地说：

"我已经恳请格兰格夫人答应我明天早晨因有一事将来拜访她，她安排在十二点钟。夫人，十二点以后我能不能有幸在贵府遇到您？"

听到这句令人捉摸不定的话，克娄巴特拉自然是受宠若惊、感动万分，她只好闭起眼睛，摇摇头，把手伸给董贝先生。董贝先生不知道究竟应该怎么办，就听任这只手垂下去了。

"董贝，快过来！"少校一边喊着一边在门口向室内看了看，"哈，先生，老乔很想提个建议把皇家旅馆的名字换一下，为了我们和卡克尔的缘故，它应该称为'三个快活的单身汉'。"言毕，少校拍拍董贝先生的背脊，回过头向夫人们眨眨眼睛，这时一阵可怕的热血快涌上头顶，他便拉着董贝先生走了。

斯库顿夫人躺在睡椅上，伊迪丝远远地坐在竖琴旁边，不声不响。妈妈一边玩着扇子一边不止一次地偷偷地望望女儿，但是女儿只是低垂着眼睛心情不悦地沉思默想着，没有去理睬。

她们这样一言不发地足足待了一个小时光景，直到斯库顿夫人的侍女按照常规走进房间，为她慢慢就寝做准备工作。夜里，这个侍女，与其说是一个女人，倒不如说是一个拿着尖刀与沙漏的骷髅，因为她的碰触和死神的碰触一样。涂脂抹粉的形象在她的手下一下子变得干瘪萎缩，萎靡不振，头发掉落了，黑色的蛾眉变成一丛稀疏的灰毛，嘴唇惨白而皱缩，皮肤灰白而松弛，克娄巴特拉原先所在地方现在只剩下一个年老体弱、憔悴、枯萎、脸色发黄、两眼血红、昏昏欲睡的女人，像一堆乱七八糟的东西蜷缩在油腻腻的法兰绒长袍里面。

她和伊迪丝又单独在一起时，她跟她讲话的声音也变了样。

"你为什么不告诉我，"这声音尖厉地问，"他约好明天过来的吗？"

"因为你晓得的，"伊迪丝答道，"妈妈。"

最后一个字她说得特别重，颇具嘲讽的意味！

"你晓得他已经把我买去了，"她继续说下去，"或者，他明天就会买去的。这宗买卖他已经考虑好了，而且还向他的朋友炫耀。他甚至以此为荣，觉得很骄傲，他以为这很合他的胃口，也许还感到相当便宜，他明天就要来买。天哪，我活着就是为了这个，让我受这个罪！"

这张漂亮的脸上凝聚着自惭形秽的感觉，燃烧着一百个女人的强烈的傲气与愤怒，这张脸埋藏在两弯震颤着的白皙的手臂里。

　　"你这话是什么意思？"妈妈愤愤地问，"从孩子的时候起你不就——"

　　"孩子？"伊迪丝看着她说，"我什么时候做过孩子了！你给我的是什么童年？我早就是女人了，在我还没有了解我自己，还没有了解你，甚至在还没有懂得我学会的每一个新的花招都有卑鄙、无耻的目的之前，我就已经是一个巧计多端、唯钱是趋、唯利是图、引诱男人的女人了。你生下来的是一个女人。你看看她，今夜她好神气。"

　　她说着便拍着她那迷人的胸脯，仿佛要把她自己击倒似的。

　　"你看看我，"她说，"我从来就不知道什么是良心，什么是爱情。你看看我，当其他孩子只知道玩的时候，你就教我怎样搞阴谋诡计。在我还是很年轻的时候你就把我当作待价而沽的老处女嫁给了一个我对之毫无感情的人。你看看我，他还没有来得及继承财产就死了，让我变成一文不名的寡妇。这是给你的报应！是你应得的报应！你说说，这十年来我的日子过得怎样！"

　　"我们一直想方设法，给你找一门好亲事，"她母亲答着，"你的日子就是这样过的，现在你已经如愿以偿了。"

　　"十年来，我给人看，给人展览，给人审视，让人家来买，市场上的奴隶、集市上的马匹也不像我蒙受这么大的耻辱，妈妈，"伊迪丝喊着，照样挖苦地把那个字讲得很重，她的额角上怒火在燃烧，"难道不是这样？各种各样的人不是都把我当作嘲弄的对象？那些蠢瓜、花花公子、年轻人、老头子都追求过我，可是不就是因为你明目张胆的巧言令色、你的地地道道的虚伪和诈骗，他们一个个都把我抛弃，离开我了吗？到头来我们不是差点给弄得身败名裂了吗？在英国地图上有一半的游览胜地，"她眼睛里冒着愤怒的火光说，"我难道没有任凭人家随便对我瞟看，动手动脚？我不是给到处贩卖，直到我心里的自尊心完全变得麻木不仁，甚至对自己都讨厌了吗？

难道这是我曾经有过的童年吗？我一生中不曾有过童年，今天晚上更不要跟我讲我是有过童年的。"

"要是你会卖弄风情的话，伊迪丝，"她母亲说，"你至少二十次可以嫁给好人家了。"

"不会！我虽然是废物，也只是废物的料儿，不过谁要娶我，"她仰起头回答道，因为羞耻和骄傲，她全身猛烈地发抖，"就得像这个人一样娶我，我是决不卖弄风情去引诱他的。他在拍卖时看见我，他想把我买下挺好嘛。由他吧！当他来看我的时候——也许是想出价吧——他要求看看我会什么技艺。我给他看了。他要我表演一种技艺以便向他的朋友证明他买得好，我问他要看哪一样，我就按照他的要求表演了；就止于此，其他的事情我不会去做。他做的这笔交易是出于自愿的，他懂得它的价值，也懂得自己金钱的力量，我希望这永远不会使他失望。我没有自我炫耀也没有一定要他买下，你也没有主动要叫他买，因为我没有让你这样做。"

"今天晚上你同你自己的妈妈这样讲话，太离奇了吧，伊迪丝。"

"我也是觉得很离奇的，而且比你觉得更离奇，"伊迪丝说，"但是我受的教育早已结束了。现在我已经太大了，而且变得越来越卑贱，要改弦更张、终止你给我的教育，自助自立，是不可能的了。那种使一个女人的心胸纯洁无邪、真诚善良的萌芽从来没有在我的胸中骚动过；我自卑自弃时，我没有其他的力量给我支持。"她的声音里面满含着楚楚动人的伤心，但瞬息即逝，她翘起嘴唇继续说下去，"所以，因为我们既要讲究体面但又一贫如洗，我只好满足于用这种方法使我们富有起来。我所要讲的就是，我竭尽全力保持了这个唯一目的，妈妈，你在我身边，我可以说这就是我的魅力，我没有引诱过这个人。"

"这个人！你这样讲，"她的母亲说道，"倒像你对他怀恨在心呢。"

"你以为我爱他，是不是？"穿过房间时，她停下来，回过头说道，"我要不要告诉你，"她眼睛盯住她母亲继续说，"谁对我们早已了如指掌，看得一清二楚？在他面前，比面对我自己的内心，我更

428

没有自尊自信，因为他洞察我的肺腑，使我变得无地自容！"

"我看，这简直是攻击，"她妈妈冷冰冰地说，"是对那个可怜的、不幸的——叫什么名字——卡克尔先生的攻击！我亲爱的，你说在那个人的面前，（我觉得他是很讨人喜欢的嘛）你就失去自尊自信，这对你的已经定格的婚事是不会有多大影响的。你怎么这样狠狠地盯着我？你病了吗？"

伊迪丝的脸即刻挂了下来，仿佛给刺了一记似的。她双手捂着脸孔，一阵可怕的震颤摇晃着她的全身，但旋即过去了。她踏着平时的步子走出房间。

此时，应是一具骷髅的那位侍女又出现了，把一只臂膀伸给她的女主人。女主人即刻原形毕露，魅力尽失，瘫倒在法兰绒长袍里面，奄奄一息。侍女收拾起克娄巴特拉的遗骸，用另一只手臂带走，准备明天让她复活。

第二十八章

改头换面

"这一天终于来到了，苏珊，"弗洛伦斯对好样的尼珀说，"我们就要回到我们安静的家里了！"

苏珊以难以描绘的表情吸了一口气，又大声咳嗽了一下，表示由衷的欣喜之情。她答道："的确很安静，弗洛依小姐，毫无疑问。安静极了。"

"我还是孩子的时候，"弗洛伦斯想了片刻，若有所思地说，"你有没有看见过那位先生，他特地骑着马走过来跟我讲话，已经有三次了——我想是三次吧，苏珊？"

"是三次，小姐，"尼珀答道，"有一次是您跟斯克特尔士他们外出散步的时候。"

弗洛伦斯温和地瞧了她一眼，于是尼珀小姐就止住了。

"小姐，我是讲您跟巴尼特爵士夫妇和他家少爷一起散步。从那以后他又在晚间来了两次。"

"我还是孩子的时候，人们时常来看爸爸，你有没有看见那位先生到家里来过，苏珊？"弗洛伦斯又问道。

"哦，小姐，"她的侍女想了一下回答说，"我实在讲不出我是不是看见过他。您可怜的好妈妈去世的时候，弗洛依小姐，我才到你们家里，您看，而且我住的地方，"讲到这里尼珀停住了，好像是说她的功劳总是给董贝先生有意一笔抹杀掉似的，"就是顶楼下面那一块。"

"是真的，"弗洛伦斯仍旧若有所思地说，"你不可能知道谁到家里来的。我简直忘了。”

“是不可能知道的，不过我们经常谈起你们家和来的客人，”苏珊说，“我经常听到他们说的。我在场的时候，理查兹太太前面的一个奶妈就讲了一些不好听的话，她说，当心小孩子耳朵长，不要让他们听到。可怜的人，她只不过是，”苏珊以平静、宽容的口气说，“常常心血来潮乱讲罢了，可是就因为这个事情便把她辞退了，她也就走了。”

弗洛伦斯脸托在手上，坐在她房间的窗边，看着窗外，深有所思，苏珊讲些什么她似乎没有听见。

“不管怎么样，小姐，”苏珊说，“我记得很清楚，这个卡克尔先生过去是您爸爸的亲信，如果说那时候还不像现在这样亲密，至少和现在差不多。那时候屋里的人常常讲，您爸爸在商业区的事务由他全权负责管理，他们还说您爸爸最看重他，其他人都不及他。弗洛依小姐，您可不要见怪，他蛮可以这样做的，因为其他人他都不放在眼里。那时候我虽然还是小孩，可是我耳朵长，这些都知道的。”

苏珊·尼珀想到理查兹太太之前的那个奶妈心里还很难过，便在“小孩子耳朵长”上面加重了语气。

“我还知道卡克尔先生一度失势过，小姐，”她继续说，“但是他站稳了，他还是让您爸爸信任他，我是从佩契那里听到的，他每次来都要同我们讲。这个人虽然挺没有料儿，弗洛依小姐，谁要是跟他待在一起连一分钟也受不了的，可他对商业区的事情清楚得很，他说您爸爸要是没有卡克尔先生的话，什么事情也没法做，您爸爸把全部事务都交给卡克尔先生，照卡克尔先生的意见去做，而且把卡克尔先生时常带在身边，寸步不离。我想，那个最没料儿的佩契一定以为，在卡克尔先生的眼里，印度皇帝同您爸爸一样，就像还没有出生的婴儿那样无知。”

苏珊的话弗洛伦斯字字都听到了，她开始对苏珊的讲话感兴趣，她不再心不在焉地望着窗外的景色，而是目不转睛地看着她，聚精会神地听她说。

"是的，苏珊，"小娘们讲毕，弗洛伦斯说，"我相信，他很受到爸爸的信任，而且还是他的朋友。"

弗洛伦斯的心里老是想着这件事情，想了好多天。卡克尔先生造访之后又来过两次，自以为在他与她之间已经建立了一种信任感，似乎被赋予了一种权力，可以借他悄悄而神秘地告诉她至今尚未听到那只船的消息，这是含而不露地向她显示权力与权威，她深感疑虑和不安。她无法拒之不理，也无法使自己从他步步为营、逐渐缠绕在她身上的罗网中脱身，因为要对付他这样的花招是需要具有人世的丰富阅历与谋略的，而这两点弗洛伦斯都没有。的确，他只不过告诉她没有那只船的消息，他怕可能会发生最坏的事情，除此以外他什么话也没讲；但是他怎么会知道她对那只船很关心，他有什么权力把他知道的情况告诉她，而且是怀有不可告人的阴险用心的，这使弗洛伦斯非常烦恼。

卡克尔先生的这种行为举止时常引起她的好奇与不安，他开始以一种令人忐忑不安的魅力缠绕着她的脑海。有时，她竭力想把他的容貌、声音、仪态更加清晰地回忆起来，从而使他成为一个实实在在的人，这样他就不会比其他人更具魅力，然而这样做并不能消除他在她脑海中影影绰绰的形象。可是他依旧未露怒容，也没有对她以悻悻之意或怀恨之心怒目而视，他总是一脸笑容，平静如常。

弗洛伦斯始终不渝地努力去获得父亲的爱，以实现她心中的热烈愿望，她始终不渝地认为父女之间的冷淡疏远全是她的过错，虽然她自己是不知道的。当她想到这位先生乃是她父亲的心腹之交时，她不禁焦急万分地问道，她对这位先生不由自主的厌恶与恐惧是不是造成她不幸的一个因素，转移了父亲对她的爱，以至于使她如此孤苦伶仃？她担心情况可能就是这样，有时候她确是深信不疑的，于是她决心尽力去克服这个错误的想法，要自己相信，她父亲朋友的关照乃是对她的尊敬和鼓励，她希望只要对他耐心地观察、予以信任，她那血流不止的双脚就会通过满布石块的道路走进她父亲的心里。

没有人给她出主意，因为她要是跟谁商量的话，那就好像在埋怨他了。就这样，温柔的弗洛伦斯在充满着疑惧与希望的起伏不止的大海上飘荡着，而卡克尔先生则似一头有鳞的怪兽在海底潜游，他那闪动着的眼睛一直盯住她。

处此境遇，弗洛伦斯归心似箭的理由又多了一个，因为孤独的生活更适合于她那疑惧与胆怯的希望交织着的心理，而且有时候她生怕她不在家的时候会失去哪次向她父亲表露孝心的良机。天呀，她最好不要担这份心思吧，可怜的孩子！但是她那被冷淡的孝心却在她心中跳动着，即使在沉沉入睡时，它仍旧飞入梦中，像一只倦游归来的小鸟，依偎在她父亲的颈上。

她时常思念着沃尔特。呵！当夜色深沉、风声在屋子四周呼啸之时，她多么经常地想念着他！但她胸中的希望依旧强烈。正当青春年华、热情澎湃、满怀希望之际，即使有着像她这样的遭遇，也很难想象青春和热情会像微弱的火焰渐渐熄灭，生活的骄阳会融入黑暗之中。她时时为沃尔特的苦难而流泪，但很少为他假设的死去而痛哭，即使偶或有之，也为时不长。

她给老仪器制造商写过信，但没有收到复信，其实这并不需要。那天早晨弗洛伦斯满怀喜悦地准备回到她往日的与世隔绝的生活时，她的情况就是这样。

布林伯博士暨夫人带着他们的宝贝学子巴尼特少爷已经回到布赖顿。这位少爷是很不情愿跟着去的，因为一到那里他和其他向学术殿堂奋勇前进的同伴们无疑又在继续伏案苦读了。假期已经过去，爵士别墅里的年轻客人多已辞别，弗洛伦斯这次长时间的做客也到此结束。

然而有一位客人对他们仍旧依依不舍，他虽然不来此小住，却是时常来看望这家人的。这位客人就是图茨先生。在他摆脱了布林伯之家的牢笼、戴着戒指飞入自由天地的那天晚上，他就有幸与小斯克特尔士重逢。那是几个星期之前的事情，此后他每隔一天都要来一趟，在客厅的门口放下一大堆名片，其数量实在是够多的。图茨先生源源不绝地把名片送来，仆人们则拿来当作惠斯特牌①大玩特玩。

为了使这家人不会把他忘了，图茨先生准备了一条六桨快艇。这个大胆的颇富风趣的设想原是"斗鸡"机灵的脑子想出来的。这只快艇由"斗鸡"喜爱水上运动的朋友操桨，由这个智多星本人掌舵。为此目的他特地穿了一件鲜红的消防员上衣，用一块绿罩遮住他那为之苦不堪言、老是不得好的青眼睛。在快艇准备前，图茨先生就一个假设的情况探听"斗鸡"的口气，他说假若"斗鸡"爱上了一位名叫玛丽的年轻小姐而且打算自己购置一只船，他准备给这只船取一个什么名字？"斗鸡"庄严而有力地回答说，他准备叫它"波尔②"或者"斗鸡之乐"。根据这个设想，图茨先生经过深思熟虑，想出一个别出心裁的名字，就是"图茨之欢"，这是对弗洛伦斯的巧妙的赞美，凡是认识双方的人自不难领会其意。

一天又一天，一周又一周，图茨先生乘坐他那只殷勤献意的华丽小舟执行着他的计划。他两脚朝天地躺在绯红色的垫子上，乘着小舟在巴尼特爵士的花园附近来回游弋，并且叫船员急旋转，把小船冲到河的对面，再冲回来，以便巴尼特爵士别墅里的人们凭窗眺望时可以更清楚看见他；他让"图茨之欢"所作的新奇表演使河边人家为之瞠目。但是每当望见巴尼特爵士的花园里有谁站在河畔时，图茨先生总是装着顺路而过似的，其实这是有违常理、牵强附会的托词。

"您好，图茨！"当灵巧的"斗鸡"驶向河岸时，站在草坪上的巴尼特爵士就会向他挥手致意。

"您好，巴尼特爵士！"图茨先生就会答道，"真没有想到会在这里遇见您！"

图茨先生倒善于应对，总是这样讲，仿佛这里并不是巴尼特爵士之家，倒像是尼罗河畔或恒河之滨的一座久已荒废的巨厦。

---

① 惠斯特牌：一种纸牌游戏，共有 52 张牌，两人一组，两组对玩。桥牌就是由此发展出来的。

② 波尔：玛丽的小称。

"真没有想到！"图茨先生会喊着——"董贝小姐在里面吗？"

弗洛伦斯闻声也许就会出现。

"哦，狄俄吉尼士挺好，董贝小姐，"图茨先生就会大声说，"我今天早晨去看过，特地去问的。"

"太感谢您了！"弗洛伦斯可爱的声音就会作答。

"您是不是上岸来，图茨？"巴尼特爵士就会说，"上来吧！您不急。来看看我们。"

"哦，这不要紧的，谢谢您！"图茨先生就会脸孔羞红地答着，"我想董贝小姐恐怕想知道狄俄吉尼士怎么样了，就是这件事情。再见！"可怜的图茨先生很想接受邀请，可是又缺乏勇气，他只得怀着一颗伤痛的心向"斗鸡"做了一个手势，便乘上"图茨之欢"像离弦之箭一样劈水击浪而去。

弗洛伦斯离开的那天早晨，"图茨之欢"以极其华丽的姿容等待在花园台阶的旁边。她和苏珊讲了几句话走下楼来辞行时，看见图茨先生正在客厅里等着她。

"哦，您好，董贝小姐，"不知所措的图茨说，每当他心中的愿望如愿以偿之时，他总是感到很不自在，"谢谢您，我确实很棒，我希望您也很棒，昨天狄俄吉尼士也是很棒的。"

"您真好。"弗洛伦斯说。

"谢谢您，这不要紧的，"图茨先生不以为然地说，"我想，这么好的天气您也许不会反对坐船回家的，董贝小姐。船上有的是地方好给您的侍女坐的。"

"我非常感谢您，"弗洛伦斯吞吞吐吐地说，"我的确是非常感谢——不过我还是不想坐船。"

"哦，这不要紧的，"图茨先生回敬了一句，"再见！"

"您不等一会儿，见一见斯克特尔士夫人吗？"弗洛伦斯和蔼地问。

"哦，不了，谢谢您，"图茨先生答道，"这一点也不要紧的。"

在这种场合图茨先生实在太腼腆了，弄得紧张不安、不知所措！可是就在这时斯克特尔士夫人走进来了，于是图茨先生迫不及待地走上前向她问候并希望她身体健康，同时不停地和她握手，待巴尼特爵士一出现他便立刻跑到他跟前拼命地拉住他不放。

"图茨，我告诉您，今天我们就要失去，"巴尼特爵士一边说一边转向弗洛伦斯，"我家之光了。"

"哦，这不要紧的——我是讲，确是如此，"局促不安的图茨结结巴巴地说，"再见！"

尽管这声"再见"说得很重，图茨并没有走开，而是站在那里两眼直闪，茫然地环顾左右。为了给他解围，弗洛伦斯千谢万谢地向斯克特尔士夫人告别，然后把手臂伸给巴尼特爵士。

"亲爱的董贝小姐，我可否请您，"他的东道主搀着她走向马车时说，"向您亲爱的爸爸代致衷心的问候？"

接受这个任务对于弗洛伦斯来说是很苦恼的事，因为她觉得，如果让他相信对她的恩惠也就是对她爸爸的恩惠的话，这就无异于欺骗巴尼特爵士。然而她又无法解释，她遂低下头，向他鞠了一躬，深致谢意。于是她又想到她那个家，虽然了无生趣，却因为没有这种令人局促为难的场面，也没有使她缅怀忧伤的情景，倒反而成为其天然的最佳栖身之处。

那些还留在别墅里的新近结交的朋友和同伴从屋内、从花园里跑出来跟弗洛伦斯依依告别。全家人都为她的离别而难过，仆人们围在马车门前频频点头、屈膝行礼。弗洛伦斯环顾四周亲切的脸孔，在他们之中她看见巴尼特爵士暨夫人、还看见图茨先生远远地盯着她咻咻而笑，于是她想起了保罗和她离别布林伯博士之家的那天晚上。马车启程时，她已是泪痕满面了。

这是伤心之泪，也是安慰之泪，因为她即将归去的那座阴沉的古宅使她心中升起温柔的回忆而变得亲切可爱了。她曾经在那些静悄悄的房间里走来走去，她最后一次胆战心惊地轻手轻脚走进她父亲的房间，她生活中在的每一个举止中都曾经感觉着亲爱的死者庄严而又叫她宽慰的力量，而这些似乎是很久远的往事了！目前的辞行还使她忆起与可怜的沃尔特分别时的情景，忆起那天晚上他的音容笑貌，忆起他如何优雅得体地在与亲朋脉脉分别之际表现出一种大无畏的愉快心情。他短短的过去与这座古宅也是息息相关的，这使她的内心对这座屋子更增添了一种依恋之情。

在她们回家的路上，即使苏珊·尼珀对那座她们居住多年的屋子也有些动情了。这个屋子虽然那么阴沉，虽然她理所当然地很不喜欢它的阴沉，她还是大大地原谅了它。她说："我很高兴再看见它，我不否认，小姐。虽然它没有什么东西值得骄傲的，我可不愿意把它烧掉或者拆掉！"

"你会高兴到那些房间里去走走的，是吗，苏珊？"弗洛伦斯笑着说。

"嗯，小姐，"尼珀回答说，她们越走近那座屋子，尼珀对它就越加宽容了，"我不否认我是要去那些房间走走的，虽然我明天很可能又会憎恨它们的。"

弗洛伦斯觉得，住在这座古宅之内要比待在其他地方有更多的平静安宁。在光天化日之下，在欢乐的眼睛面前，她无法安然自得地把她的秘密藏在心中，而在这些阴暗的高墙之内那就好得多了，容易得多了。能够怀着一颗爱心独自进行研究，而周围没有其他爱心干扰她，增添她的苦恼，那是再好不过的事了。她周围的一切虽然霉烂了、生锈了、衰败了，然而这座宁静的栖身之地却藏着如许的往事的回忆，即使没人关怀她，她却可以心平气和、始终不渝地希望、祈祷、一直爱着，而在一个新的环境之中，这就不容易做到了，尽管那里喜气洋洋，一片欢欣。她欢迎让她陶醉的生活之梦重回故地，她渴望着那扇古老而黑暗的大门再一次把她关在里面。

这样想着时，她们拐进那条阴暗的长街。弗洛伦斯坐的地方不是靠近她家的一边。她们越来越接近她家时，她在从窗口望去，想看看街对面的儿童。

她正在这样看时，突然听到苏珊一声叫喊，便急忙回过头来。

"哎呀！"苏珊上气不接下气地喊着，"我们的屋子到哪儿去了？"

"我们的屋子！"弗洛伦斯应了一声说。

苏珊的头从窗口缩进又伸出，待马车停下才又缩进，她瞠目结舌地望着女主人。

从底层到屋顶，屋子四周搭着纵横交错的脚手架。宽阔的街道旁边堆满了砖头、石块、灰泥、木板，挡住了一半的去路。梯子靠在墙上，工人们爬上爬下；他们在脚手架的梯级上干活；油漆工和装饰工在里面忙着；大卷大卷的糊墙纸从门口的车上卸下，搬了进来；装潢商的货车也堵住了路；从破碎的窗户望进去，看不见哪间房子里有家具；从厨房到阁楼挤满了各行各业的工人和他们的工具。里里外外全都一样：砖瓦工、油漆工、木工、石工；榔头、灰浆桶、刷子、鹤嘴锄、锯子和泥刀——齐头并进，全力以赴地工作着。

弗洛伦斯从马车上下来，正在半信半疑，这座房子是不是她的家，会不会是她的家，待看见托林森才放下了心。托林森脸孔晒得很黑，正站在门口迎接她。

"没有出什么事吧？"弗洛伦斯问道。

"哦，没有，小姐。"

"正在大力进行改装。"

"是的，小姐，正在大力进行改装。"

弗洛伦斯如在梦中从他旁边匆匆走过，跑上楼去。长久处于黑暗之中的客厅此刻灯光耀眼，一级级的楼梯、一个个的平台，步步升高，高处有头戴纸帽子的工人在干活。她妈妈的画像随同其他的家具都已拿走，在原来的地方用粉笔写着："此房间装绿色和金色的镶板。"弯弯曲曲的楼梯上像屋子外面一样堆满了柱子和木板，天窗上的铅工和玻璃工或蹲、或伏、或倚，形态各异，如同古希腊奥林匹斯山①的神祇。她自己房间的内部尚未更动，不过外面的墙边靠着梁木和木板，把阳光挡住了。她迅疾地走到楼上放着那张小床的房间里，只见窗外有一个黑黝黝的巨人口含烟斗、头上扎着手帕，正在向屋内目不转睛地注视着。

---

① 奥林匹斯山：传说中希腊诸神的住所。

苏珊·尼珀一直在找寻弗洛伦斯，结果在这里找到了她，她告诉她她爸爸想跟她讲话，请她就到楼下去。

　　"在家！想同我讲话！"弗洛伦斯哆嗦着叫了起来。

　　苏珊比弗洛伦斯自己更加焦急万倍，又把这句话重复了一遍。弗洛伦斯脸色苍白、惶恐不安，一分钟也不停留，匆忙下楼。下楼时她自问着她敢不敢亲亲他？她心中的渴望使她下了决心，她想她要亲他。

　　她走到她爸爸的面前时，他也许听到这颗心在跳动。瞬息之间，这颗心就会靠着他的胸脯跳动了。

　　但是他并不是独自一人，另外还有两位夫人，于是弗洛伦斯立刻止步，她竭力抑制着胸中沸腾的感情。倘若不是因为她的朋友狄冲了进来，尽情地亲她欢迎她归来的话，她就会昏倒在地上的。这只狗的情状使一位夫人小声尖叫了起来，也使她自己忘记了难以抑制的情绪。

　　"弗洛伦斯，"她父亲一边说，一边古板僵硬地向她伸出一只手，"你好。"但那古板僵硬的姿态使她却步。

　　弗洛伦斯把这只手握在自己的手里，胆怯地放在她的唇边，他即刻把手抽了回去，她也不去计较。关门时，这只手碰着那扇门的样子也是很古板僵硬的。

　　"这是什么狗？"董贝先生很不高兴地问。

　　"这只狗，爸爸——是布赖顿的。"

　　"哦！"董贝先生说时脸上掠过一道阴云，他很清楚她的心事。

　　"它很听话的，"弗洛伦斯从容自如、彬彬有礼地对这两位陌生的夫人说，"它见了我高兴极了。请别怪它。"

　　相视片刻之后，她即看出刚才发出尖叫声的夫人此刻正坐在椅子上，已很苍老，另一位夫人站在她爸爸身边仪态优美，非常漂亮。

　　"斯库顿夫人，"她父亲伸出一只手，向那位老夫人介绍说，"这是小女弗洛伦斯。"

　　"真是很迷人的，"这位夫人拿起小望远镜说，"这么落落大方！

我亲爱的弗洛伦斯，您一定要来亲亲我呢。"

弗洛伦斯亲了这位夫人，又转向另外一位夫人。此刻她父亲正恭候在她的身边。

"伊迪丝，"董贝先生说，"这是我女儿弗洛伦斯。弗洛伦斯，这位夫人就要做你的妈妈了。"

弗洛伦斯吃了一惊，她举目望着这张美丽的脸孔，心里的感情纷繁复杂，听到这个称呼，一时间泪如泉涌，吃惊、好奇、羡慕，以及一种无以名状的恐惧，交织在一起。然后她大声喊着："哦，爸爸，愿你幸福！愿你终生幸福！"说着就伏在这位夫人的怀里啜泣起来。

随后是片刻的沉默。起初，这位美丽的夫人似乎有些犹豫，是不是向弗洛伦斯走过去，此刻她把她搂在她的怀里，紧紧握着那只抱着她腰身的手，仿佛是安慰她，叫她放心。这位夫人没有启口，只是垂下头对着弗洛伦斯，在她面颊上亲了一亲，却没有讲话。

"我们是不是到各个房间去走走，"董贝先生说，"看看我们的工人们做得怎么样？请答应我，亲爱的夫人。"

他一边说一边把手臂伸给斯库顿夫人。斯库顿夫人此时正拿着小望远镜瞧着弗洛伦斯，似乎在设想如果给她注入一些更多的情怀与大自然之美，那她会成为什么样的美人呢，当然这种情怀与大自然之美她有取之不尽的源泉，她会源源不绝地输送给她的。弗洛伦斯仍旧紧紧抱着那位漂亮夫人的腰身，伏在她的怀里啜泣不止，忽然听见花房里传来董贝先生讲话的声音：

"我们去问问伊迪丝。哎呀，她在哪里？"

"伊迪丝，我亲爱的！"斯库顿夫人喊道，"你在哪儿？我知道你是到什么地方去找董贝先生啦。我们在这里，亲爱的。"

美丽的夫人放开了弗洛伦斯，在她的面颊上再一次亲了一下后便匆忙走开，到他们那里去了。弗洛伦斯站在原地不动，幸福、伤心、欢快、悲泣纷至沓来，她不知道怎么涌上心头的，也不知道这样过了多久。但是，突然之间，她的新妈妈又走回来，重新把她搂在怀里。

"弗洛伦斯，"夫人十分热忱地望着她的脸孔，很快地问她，"你不会一开始就恨我吧？"

"恨您，妈妈？"弗洛伦斯一边大声说一边张开胳膊搂着她的颈项，同样十分热忱地望着她。

"别想！一开始就把我往好处想，"美丽的夫人说，"一开始就相信我会设法让你幸福的，我会爱你的，弗洛伦斯。再见。我们很快又会相见的。再见！别待在这里，好了。"

她又一次把她搂在她的怀里，她讲得很快，但语气坚定。弗洛伦斯看见她走到另外一个房间，他们中间去了。

现在弗洛伦斯开始抱着希望，想跟着这位漂亮的新妈妈学会怎么赢得父亲的爱。那天夜里，在她那面目全非的故居，在她的睡梦中，她自己的亲生妈妈向她粲然微笑，为她抱着的希望衷心祝福。沉湎于梦想之中的弗洛伦斯呵！

第二十九章

奇克夫人的眼睛睁开了

托克史小姐全然不知董贝先生家里这些不同寻常的变化：纵横交错的脚手架和梯子，以及用手帕裹着头的工人，他们像飞行的神怪和奇异的鸟儿在窗口向屋里窥视。在这多事之秋的时候，她早餐吃的东西依旧和平常一样：一片法式山莓卷饼，一只刚生下的鸡蛋或肯定是刚生下的鸡蛋，一小壶茶，壶里面放着一小银勺茶叶，这是专门为托克史小姐沏的，壶中另有一小银勺茶叶，是为这个茶壶配套的——这真是一位好主妇的奇思妙想。早餐既毕，托克史小姐走上楼去，拨弄着古式钢琴，弹奏起鸟儿圆舞曲，浇灌、整理花木，揩去小摆设上的灰尘，像平时一样把她的小客厅装饰成公主路上的一道繁花似锦的景色。

托克史小姐的手上戴着一双如同枯叶一样的古旧手套，这是她做这些事情时常戴着的，平时为不让别人看见，则放在一只桌子抽屉里。托克史小姐戴着这双手套有条不紊地去工作了。她先弹一支鸟儿圆舞曲，随后出于自然的联想，走到她养的鸟儿面前，这只鸟是一只肩膀高耸的金丝雀，年纪很大了，羽毛零乱，但歌声尖锐刺耳，在公主路上久已闻名。下面的项目依次是小巧的瓷器装饰品、纸制的捕蝇笼，等等。然后匆匆来到花木中间走来走去，拿着剪刀，进行修剪。出于植物学上的某种原因，托克史小姐深信，一般来说，花木是需要修剪的。

这天早晨，托克史小姐迟迟未来到树木中间。这天天气暖和，南风轻拂，公主路上浮动着夏日的气息，旷野的景色撩动着托克史

442

小姐的情怀。"公主纹章"酒店里的侍应生拿着一只水桶走出店门，水滴滴答答，流遍了公主路上，长满野草的土地上散发着一阵清新的芳香——托克史小姐说，这是使万物蓬勃生长的芳香。从大街的拐角处射进一抹阳光，烟尘满身的麻雀在阳光中跳来又跳去，它们沐浴在溪流般的阳光里，光彩夺目，与烟囱不再为伍。"公主纹章"酒店的窗户里张贴着吹捧姜汁啤酒的图画，画中的顾客或兴致勃勃地饮酒止渴，或被酒瓶飞来的软木塞吓得不知所措，画得显目诱人栩栩如生。城外什么地方人们在晒晚禾的干草。虽然干草的清香是从远处飘来的，而且经过贫穷人家的居所时还要受到各种气味的干扰，（愿上帝奖掖那些身居高位的先生们吧！他们把这种灾难视为我们祖先的智慧中不可或缺的组成部分，而尽其微薄之力使这些房屋保持破败的原状！）它那淡淡的香味依旧飘至公主路上，给人们带来大自然之美及其有益于身心的气息，即使对犯人、对那些孤苦伶仃、受尽压迫的人也不例外，而不顾那些高官厚爵者的反对了。这些高官厚爵的人只要点一下道貌岸然的头，就会使川流不息的世界戛然而止，而他们点头的姿态又何其神气！

托克史小姐坐在窗边的座位上，缅怀已故的父亲，托克史先生曾在海关部门供职。她想着自己在一座海港城市度过的童年，生活在一片焦油与些许乡村景色之中。她温情脉脉地回忆着往日的草地，草地上的毛茛灿若金色的群星，而这些草地则宛如倒过来的一片片苍穹。她回忆着她怎样为那些大多身穿本色布衣服、发誓终生相爱的年轻点头情侣编织蒲公英花环，她回忆着这些花环又怎样枯萎断裂了。

坐在窗边的座位上，望着窗外的麻雀和灿烂的阳光，托克史小姐不禁又想起已故的好妈妈，和她那头发上撒着香粉、扎着辫子的妹妹；她想起她妈妈的人品和风湿病。这时，一个双腿肿胀的人沿着公主路上走过来，粗声粗气地在叫卖鲜花，他的头上顶着一只很重的筐子，把他的帽子压得像一块黑色的松饼。他每叫一声，他那些雏菊的细小根茎就战战兢兢地在他吐出的气流中颤动，看起来他就像一个贩卖小孩的妖魔。夏日的景象使托克史小姐深深地怀念往事，她摇摇头，喃喃地自语说，不知不觉之中她就会老起来——此话恐怕不虚。

遐思默想中，托克史小姐的思绪去追寻董贝先生的行踪了，这也许是因为少校已经回到她对面的那座屋子，刚从他的窗口向她鞠躬致意的缘故吧。还有什么事情会使托克史小姐把董贝先生和她的夏日之思与蒲公英花环联系在一起呢？托克史小姐想，他的心情是不是好起来了？他是不是跟捉弄他的命运相安无事了？他会不会再结婚？倘若续娶的话，跟谁呢？那么现在会是什么样的人呢？

正当作此设想之际，托克史小姐转过头看了一下壁炉架上的镜子里她那思虑重重的仪容而不禁为之吃惊，天气暖和，一阵红晕袭上了她的脸孔。此时，她望见一辆小马车驶入公主路上，一直奔向她的门口，她脸上又涌上一阵红晕。托克史小姐急忙站了起来，拿起剪刀，匆匆走到那些花木中间。奇克夫人走进屋内时，托克史小姐正忙着修剪呢。

"我最可爱的朋友好吗？"托克史小姐伸开臂膀高声喊起来。

托克史小姐最可爱的朋友稍有一丝庄严之态，不过她还是亲了亲托克史小姐，然后说："卢克丽霞，谢谢您，我挺好，我希望您也挺好。哼哼！"

奇克夫人气急地断断续续地小声咳嗽着，这是她特有的方式，是进入咳嗽艺术之前的开始阶段，或是一种轻便的入门技巧。

"您真好，来得这么早，我亲爱的！"托克史小姐接着说，"那么，您吃过早饭了吗？"

"谢谢您，卢克丽霞，"奇克夫人回答说，"我吃过了，今天早饭吃得很早。"这位好夫人似乎对公主路很是好奇，她向四周望了望说，"是同我哥哥一起吃的，他已经回家了。"

"我亲爱的，我相信他一定好些了吧。"托克史小姐吞吞吐吐地说。

"他好得多了，谢谢您。哼哼！"

"我亲爱的路易莎，您的咳嗽要当心。"托克史小姐说。

"没关系，"奇克夫人回答说，"不过是由于天气的变化。我们必须想到会有变化。"

"天气吗？"托克史小姐性格单纯，就这么问道。

"什么事情都会变化，"奇克夫人回答说，"当然我们也在变的。这是一个变化的世界。如果谁要想反对或者回避显而易见的事实——变化——的话，卢克丽霞，那我就会大吃一惊，我就会对他的智力另眼相看的！"奇克夫人带着富于严肃哲理的口气高声说，"天老爷知道，世上哪一样东西不在变化呢！就说蚕吧，我相信它对这种问题恐怕不会去想的，然而它却不断地在变成各种各样料想不到的东西。"

"我的路易莎，"托克史小姐温和地说，"您总是旁征博引，能说会道。"

"您真好，卢克丽霞，"奇克夫人语气缓和了些说，"您说得好，我想您也是这样想的。我希望我们之间不会有什么事情使我们彼此另眼相看，卢克丽霞。"

"我完全相信。"托克史小姐说。

奇克夫人又像刚才一样咳了起来，用阳伞的象牙尖端在地毯上画线。托克史小姐对她的这位女友知之颇深，她晓得，只要有一点疲劳或烦恼，她就会突然之间脾气发作，因此托克史小姐乘谈话的间隙赶快换了个话题。

"请原谅我问一声，我亲爱的路易莎，"托克史小姐问道，"我好像看见奇克先生英俊的身姿出现在马车上，是吗？"

"他是在那里，"奇克大人答道，"请别去管他。他有一份报纸，他可以舒舒服服地过两个小时呢。卢克丽霞，您去弄花吧，让我坐在这里休息一会儿。"

"我的路易莎知道，"托克史小姐说，"在我们这样的朋友之间，任何客套都是不必要的。因此——"因此托克史小姐就结束了这句话，她不是用言语而是用行动来结束的。她戴上刚才脱下的手套，再次拿起剪刀，开始认真细致地吱吱嘎嘎地修剪枝叶。

"弗洛伦斯也已经回家了，"静静坐了一会儿工夫，奇克夫人用阳伞在地上画着，把头歪向一边说道，"弗洛伦斯年纪不小了，不能老是过那种她习以为常的孤独生活了。她确是不小了，这是毫无疑问的。如果谁跟我的看法不同，我是绝对不会看重他的。不管我所希望的是什么，我是不会看重他的。我们心里的情感是不能控制到这个程度的。"

托克史小姐也不管对奇克夫人的意见是否明白，还是表示同意了。

"如果她是一个很古怪的女孩子，"奇克夫人说，"在这些悲伤的事情发生了之后，在经历了这许许多多可怕的失望之后，如果我的哥哥保罗和她在一起的时候不能感到非常舒服的话，那么这个答案是什么呢？那就是说，他必须振作精神，奋发努力。他是必须作出努力的。我们的家族一向以振作精神、奋发努力著称。保罗是一家之主，几乎是我们家还剩下的唯有的一位代表了——因为我算什么——我什么也算不上——"

"我最亲爱的。"托克史小姐表示异议。

奇克夫人揩干了一时之间盈眶的泪水，然后又说下去：

"因此他比以往更要振作精神，奋发努力。他是这样做了，倒反而使我有些震惊，因为我的性格过于软弱、愚笨，我知道这种性格不会是什么福气。我常常希望我的心最好像大理石石板或铺路石子那样坚硬——"

"我可爱的路易莎。"托克史小姐又一次表示异议。

"可是，当我知道了他对自己、对自己姓名董贝是这样忠诚不二，我还是感到欢欣鼓舞的，虽然我早就料到他一定会这样的。但愿，"奇克夫人停了一会儿说，"她对这个姓名也是当之无愧的。"

托克史小姐从水罐里向绿色的小洒水壶倒满了水，抬起眼时正好看见奇克夫人表情严肃地看着她，吃了一惊，便立刻把小洒水壶放在桌上，自己在桌边坐了下来。

"我亲爱的路易莎，"托克史小姐说，"听到您刚才讲的那句话，作为一个很卑微的人，我想冒昧地说一说，不知道您会不会不高兴，我觉得您的可爱的侄女在各方面都是出类拔萃的。"

"您这句话是什么意思，卢克丽霞？"奇克夫人说时态度越加严肃，"我亲爱的，您是指我刚才讲的哪句话？"

"她对她的姓名是当之无愧的，我亲爱的。"托克史小姐答道。

"如果，"奇克夫人严肃而又耐心地说，"我没有把话讲清楚，卢克丽霞，这当然是我的错。也许我用不着讲的，只是因为我们之间的亲密交情我才告诉您的，我希望，我衷心地希望，不会发生什么事情会损害这种亲密交情。我怎么可以不这么希望呢？那是太没有道理、太荒唐了。但是我想把我的意思讲清楚，卢克丽霞，所以再回到那句话吧，我要讲清楚，那句话绝不是说弗洛伦斯的。"

"真的不是？"托克史小姐应道。

"不是。"奇克夫人斩钉截铁地说。

"请原谅我，我亲爱的，"她那温和的朋友接着说，"我还是不明白。我怕我太笨了。"

奇克夫人环顾着房间四周，望望屋外的花木、鸟儿、洒水壶，凡是视线之内的．每样东西差不多都看遍了，就是没有看托克史小姐，最后她才望了她一眼，然后让眼光落在地上。她扬起眉毛望着地毯说：

"卢克丽霞，我刚才说她对这个姓名是当之无愧的，我讲的是我哥哥保罗的第二任妻子。我想，我早就讲过那个意思：他想再娶，不过不是像现在这样讲得明明白白。"

托克史小姐急忙起身离开座位，回到花木中间，修剪起枝叶来，就像理发师傅给许多贫儿剃头一样，刀下毫不留情。

"至于她是不是会充分认识到她将享有的荣誉，"奇克夫人非常骄傲地说，"那完全是另外一回事。我希望她是会的。在这个世界上，人与人之间应该彼此往好处想，所以，我希望她是会的。这件事还没有征求过我的意见。如果征求我的意见的话，可以肯定我的意见是不会被看重的，还是现在这样好得多，我宁可现在这样。"

托克史小姐低垂着头，仍旧在修剪花木。奇克夫人拼命地摇头晃脑，说个不停，仿佛和谁作对似的。

"如果我哥哥保罗跟我征求意见的话，他有时候是这样做的，更正确地说他过去是这样做的，因为他现在自然不会再这样做的，这样一来倒反而使我少了一份责任，"奇克夫人激动地说，"我得谢谢天公，我没有妒忌之心——"说到这里奇克夫人又流泪了，"如果我哥哥保罗来找我商量说，'路易莎，你给我提提意见，找一个妻子，需要什么样的条件？'我肯定会说：'保罗，你要找的妻子必须是门第高贵、相貌漂亮、仪态庄重、亲戚富有的淑女。'我就是要讲这些话。讲了以后，即使您会马上把我送上断头台，"奇克夫人讲这句话时好像真会发生这样的事情似的，"我还是要这样讲。我就会说：'保罗！你第二次结婚不要找高贵的门第！不要漂亮的相貌！不要庄重的仪态！不要富有的亲戚！只要不是疯子，世上的人谁也不敢于设想这种荒唐的念头的！'"

托克史小姐一边仍旧修剪花木，一边低垂着头，侧耳倾听。托克史小姐也许在想奇克夫人的这番开场白，热情洋溢，温暖宜人，有些希望呢。

"我是要这样讲的，"这位很有头脑的夫人说，"因为我自知不是傻瓜。我也不求别人把我看作是一个聪明绝顶的人，虽然我知道有些人确是对我过誉的；其实我不是好哄骗的，这样的谎话我很快就看穿，像我这样的人怎么会绝顶聪明呢？但是我自己知道我也不是彻头彻尾的傻瓜。如果有人告诉我，"奇克夫人此时的鄙夷之色真难以形容，"我哥哥保罗·董贝居然想和谁攀亲——至于是哪一位我不去管——"这句话她说得格外重、格外尖利，"而此人并不具备这些条件，这对我所持的看法无异于当头一棒，对我是一种极大的侮辱，就好像骂我是一头地地道道的笨象。我看不久就会给这样骂的，"奇克夫人无可奈何地说，"我一点也不会感到奇怪。我等着呢。"

片刻的沉默之际，托克史小姐的剪刀有气无力地动了一两下，但她的面孔依旧没有露出，她的晨衣却在抖动。奇克夫人的目光穿过树木从侧面望着她，以温和而不容置疑的口吻继续说下去，好像她说的是一个明显的事实，是无须赘言的。

　　"因此，如果我哥哥保罗续弦的话，那正符合我们的期望，也是大家所预料到的。虽然这很令人喜悦，但是我得承认我却感到吃惊，因为保罗到外地旅行时，我根本没有想到他会结识新欢的，他离开的时候肯定是没有的。可是，从各方面看起来，好像一切都非常令人满意。我毫不怀疑这位妈妈是一位彬彬有礼、举止优雅的夫人。她准备和他们住在一起，这是无可厚非的，我无权反对，与我无关，这是保罗的事情。至于保罗选择的新人，我只看过她的玉照，确实很漂亮。她的名字也很美，"奇克夫人说着起劲地摇头晃脑，在椅子上坐坐好，"她叫伊迪丝，在我看来，这个名字不同一般，很有特色。所以，卢克丽霞，我毫不怀疑，您听到婚礼即将举行的消息一定是很高兴的，一定是的——"说到这里她加重了语气，"您一定会为我哥哥的境遇发生了可喜的变化而倍感欣喜，他常常对您表示莫大的关心。"

　　托克史小姐没有作声，她只是用哆嗦的手拿起小洒水壶，茫然地望望四周，好像是在考虑哪件东西需要浇水洗净的。正当托克史小姐的感情濒临崩溃之时，房间的门突然打开了，她初则吓了一跳，继则放声大笑，终于倒入来人的怀里。幸好她没有注意到奇克夫人的一脸怒容，也未曾意识到对面屋子的窗口少校拿着双筒望远镜向这里极目眺望，他的脸孔和全身洋溢着靡菲斯特式的狂喜。

　　这位从异国流亡来的本地人托着托克史小姐昏倒的身体，并无狂喜，只是感到吃惊。他遵照少校心怀鬼胎的指示，径直地跑上楼来正想问候托克史小姐的贵体怎样，没想到就在这个时候，却措手不及地抱住一个纤弱之躯，而那个小洒水壶里的水又泼在他的鞋子上。此时，他觉察到愤怒的少校正在密切地注视着他。他来之前少校就已告诫过他：如果有任何失误定将如往常一样处以重罚，要叫他受皮肉之苦。双重的惊险加以担心受罚使他精神和肉体备受痛苦，看他这副样子，不能不令人动侧隐之心。

　　约有几分钟之久，这位受尽折磨的异国人把托克史小姐紧紧地抱在怀里，他抱得这么紧，这和他脸上张皇失措的表情非常格格不入；而那位可怜的小姐还在让小洒水壶里剩下的水慢慢地滴在他的身上，仿佛他是异乡的娇花（他的确是异乡之客），等待着在这纷纷细雨中绽放似的。奇克夫人终于镇静下来，进行干预了，她命令本地人把托克史小姐放在沙发上，赶快离开。外乡的逐客即刻应命走开，于是奇克夫人自己动手使托克史小姐逐渐苏醒过来。

但是夏娃之女之间那种体贴入微的亲切关怀，昏倒时共济会①会员之间那种秘而不宣的姊妹之情，在奇克夫人此时的举止里是丝毫也看不到的。相反，她用嗅盐瓶给托克史小姐闻，拍击着她的双手，把冷水洒在她的脸上，并采用行之有效的其他医疗手段，她倒活像一个刽子手使罪犯恢复知觉以便对其施刑（或者说，过去好时光的做法就是这样，所以真诚的人都为之终身悲痛）。当托克史小姐终于睁开眼睛，逐渐恢复了知觉、活动起来时，奇克夫人立刻走开，就像从罪犯面前逃走一样，她看着她时的脸色愤怒甚于悲伤，和《哈姆雷特》里被谋杀的丹麦国王的角色换了个位。

"卢克丽霞！"奇克夫人说，"我不想隐瞒我的感情。突然之间我的眼睛睁开了。如果哪位圣徒告诉我，我也不会相信竟会有这种事情呢。"

"我太笨了，居然会昏倒，"托克史小姐结结巴巴地说，"我马上就会好起来的。"

"您马上就会好起来吗？卢克丽霞！"奇克夫人十分鄙夷地说，"您以为我是瞎了眼吗？您以为我又返老还童了吗？不是的，卢克丽霞！我太感谢您啦！"

托克史小姐一筹莫展地向她的朋友投去哀求的目光，用手绢遮住她的面孔。

"如果谁昨天告诉我这件事情，"奇克夫人庄严地说，"即使半小时之前告诉我，我恐怕就会恨不得把他们打倒在地。卢克丽霞·托

---

① 共济会：国际性的秘密团体，以互济友爱为宗旨。

克史，一下子我眼睛睁开了，把您看清了。天平，"讲到这里，奇克夫人做了一个把杂货铺里通常使用的天平摔下去的动作，"已经从我的心目中落下去了。我的盲目轻信已经过去，卢克丽霞。您辜负我的信任，您愚弄我的信任，现在您要想赖账是赖不了的，我告诉您。"

"哦！您残酷无情地说了这些话，是指的什么事情，我亲爱的？"托克史小姐含着眼泪说。

"卢克丽霞，"奇克夫人说，"您扪心自问吧。我请您不要再用您平时常用的这种亲切称呼叫我了。我还是有一些自尊心的，虽然您也许并不这样想。"

"哦，路易莎！"托克史小姐喊起来，"您怎么同我说这样的话？"

"我怎么同您说这样的话？"奇克夫人反唇相讥道，她自知理屈词穷，只好借重复之势以取得咄咄逼人的效果，"像这样的话！您倒很可以讲这样的话！"

托克史小姐伤心地啜泣着。

"真没有想到！"奇克夫人说，"您竟会像一条蛇挨在我哥哥的火炉旁取暖，您通过我差点骗得他的信任，卢克丽霞，这样您就可以暗中打他的算盘，您居然妄想和他联姻！哎呀，这个念头，"奇克夫人尊严中带着讽刺说，"太荒唐，差点以假乱真，叫人看不清它是那么阴险卑鄙。"

"路易莎，"托克史小姐哀求着说，"不要讲这些可怕的话吧。"

"可怕的话！"奇克夫人把这句话重复了一下，"可怕的话！卢克丽霞，您刚才就在我面前都不能自持，这难道不是事实？您一直在蒙我，把我的眼睛完全蒙住了。"

"我没有抱怨，"托克史小姐饮泣吞声地说，"我一句话也没有说。路易莎，如果我听到您带来的消息有点感到突如其来、不知所措，如果我一直以为董贝先生有心于我，您一定是不会怪我的吧。"

"她是想说，"奇克夫人以无可奈何的恳求眼光向全部家具扫了一眼，对它们说，"我知道，她是想说，是我怂恿她的！"

"我不想互相责备，亲爱的路易莎，"托克史小姐呜咽着说，"我也不想埋怨。但是，我只是为自己辩解——"

"对了，"奇克夫人带着一丝预言家的微笑环顾着四周喊着，"这就是她想讲的话了。我晓得的。您最好讲出来。坦白地讲！要坦白，卢克丽霞·托克史，"奇克夫人非常严厉地说，"不管您是什么人，您都不能隐瞒。"

"我只是为自己辩解，"托克史小姐结结巴巴地说，"也只是为了对您那些不友好的话为自己辩解，我亲爱的路易莎，我只是问您一下，您是不是时常爱这样瞎想，甚至还说这种事情很可能发生的，谁知道呢？"

"容忍有一个限度，"奇克夫人站了起来，不像是站在地板上，倒像是准备飞向她天上的故乡似的，"超出这个限度，如果说还不算错，至少是很荒唐可笑的。我很能容忍，但是不会过分。今天我到这座屋子来的时候着了什么魔，我可不晓得，但是我有一种预感，一个不祥的预感，"奇克夫人哆嗦了一下说，"我预感到什么事情要发生了。我的预感一点也不假，卢克丽霞，我多年来对您的信任顷刻之间烟消云散了，我给蒙住的眼睛一下子就睁开了，您的真面目我看得一清二楚。卢克丽霞，我一直看错了您。为了对我们两个人都有好处，这件事情就此结束。我祝您一帆风顺，我将永远祝您一帆风顺。但是，我处境虽然寒微，不管是什么情况，我总是力求对得住我自己，而且我是我哥哥的妹妹，我嫂嫂的小姑，我哥哥岳母的亲戚；因为这个关系，我是不是可以被允许作为董贝家族的一员再讲一句话？——我不想再讲什么别的，我只是对您说一声再见了。"

奇克夫人的这些话说得温文尔雅，但又锋芒毕露，又有些冠冕堂皇的说教气味。她一边讲一边走到门口，像一座塑像或鬼魂低垂着头，走进马车，到她的夫君奇克先生的怀抱里寻求安慰去了。

这实际上是一个比喻性的说法，因为奇克先生的怀抱里全是报纸。这位夫君并没有怎么看他的夫人，只是偷偷瞧了她几眼，也没有向她提供什么安慰。总之，他依旧坐在那里一边看报一边哼着支离破碎的调子，只是偶或偷偷地望她一眼，但是一句话也不说，好话、歹话、不着边际的话，一概不讲。

与此同时，奇克夫人坐在那里气愤填膺，高昂着头，好像她还在庄严地对卢克丽霞·托克史说着再见呢。她终于大声说起来："哦，今天她的眼睛可睁开了呵！"

"你的眼睛睁开了看见什么啦，我亲爱的！"奇克先生把这句话又讲了一遍。

"哦，不要同我讲！"奇克夫人说，"你看到我这副样子，也不问问是怎么回事，那你干脆不要再开口了。"

"那么是怎么回事呢，我亲爱的？"奇克先生问。

"你想想看，"奇克夫人自言自语地说，"她竟会打这样卑鄙无耻的算盘，想和保罗结婚，和我们家攀亲！你想想看，她过去和如今已经躺在坟墓里的那个可爱的男孩逗着玩的时候——这件事我当时就不喜欢——她心里就已暗怀鬼胎，搞这种两面派的阴谋了！我真不明白她居然不怕会遭殃的。如果没有碰到什么事情，那真够她运气的。"

"我一直想，我亲爱的，"奇克先生拿了一张报纸擦了一会儿鼻梁，慢条斯理地说，"你自己就一直是这样打算的，你以为如果事情真是如愿以偿的话，那实在是一件大喜过望的事呢。只是到今天早晨你才改弦易辙的。"

奇克夫人突然之间涕泪纵横，并对奇克先生说，如果他想用靴子把她踩在脚下的话，那就最好踩吧。

"不过我和卢克丽霞已经分手了，"奇克夫人大哭了数分钟，这使奇克先生非常吃惊，然后她说，"保罗现在有了一个可以信任的人了，不再信任我，这一点我是忍受得住的；我希望，我也相信，这个人是值得他信任的，只要他喜欢，他就完全有权利让她取代可怜的范妮。保罗把他改变了的计划冷冰冰地告诉我，而且是直到一切已经决定以后才跟我讲的，事先根本没有和我商量，这一点我是忍受得了的，但是欺骗，我是受不了的，我已经跟卢克丽霞·托克史分手了。这样更好，"奇克夫人假惺惺地说，"好得多。经过这样的事情之后，要和她安然相处，需要经过很长的时间。保罗是要了不起的，而她们又都是很有地位的人，她是不是够体面，见得了人，这一点我实在心里没底，我也不知道是不是连我也会给弄得名誉扫地。每一样事情都是由天公安排的，都向最好的方向发展。今天我够受罪的，但是总的来说，我不后悔。"

奇克夫人以一位基督教徒的精神面对一切，她揩干了眼泪，抚平了裙兜，很受委屈似的平静地坐着。奇克先生自知微不足道，派不上用场，在一个街角处趁早下了车，吹着口哨走开了，他的肩膀高高耸起，他的双手插在口袋里。

被抛弃了的可怜的托克史小姐虽说喜欢奉承讨好，至少是很厚道和忠诚的，她对严厉责备她的奇克夫人始终是一片忠心，恪守友谊，而对董贝先生的慷慨大度则是佩服得五体投地，对他忠心耿耿。被抛弃的可怜的托克史小姐以泪水浇灌花木，她感到公主路上现在正是寒冬。

第三十章

婚礼前的时期

　　这座巨宅正在大事装修、改头换面，成天响着工人们的锤子、榔头的敲打声，楼上楼下奔上奔下的脚步声，还有狄俄吉尼士从日出到日落从不停止的狂吠声，显然它认为它的敌人终于击败了它，现在正兴高采烈地不顾一切地大肆掠夺。这座古宅对于弗洛伦斯虽已不再有什么魅力了，起初她的生活习惯却并没有多大改变。晚间，工人们回去了以后，这座屋子又变得空荡荡、一片凄凉。他们走的时候，弗洛伦斯倾听着他们的声音在大厅里和楼梯上回荡着，想象着他们就要回到愉快的家里，他们的孩子正等待着他们的归来；想到他们离开时的喜悦之情，她不禁也为之欣喜。

　　像对一位故友一样，她欢迎夜晚的寂静又回来了，但是现在它的面容已经改观，它望着她的时候更加和蔼可亲了。希望的曙光已经可见。正当她的心十分痛苦之际，这位美丽的夫人来到她的房间里安慰她、抚爱她，如同一位希望的精灵。她会渐渐获得她父亲的爱，她会重新获得那个阴惨的日子她所失去的一切或许许多多，在那一天，她妈妈贴在她面颊上的最后气息停止了而她的爱也跟着烟消云散。暮色中，灿烂生活轻柔的影子已经初现，像一位很受欢迎的友伴在她周围移动着。她悄悄地望着邻家的脸色红润的孩子，心里不禁升起一种可喜的感觉，因为她想，不久她们就可彼此相识、相互交谈了，用不着像过去那样怕在她们面前出现，让她们望见她穿着黑衣服独自坐着，会很伤心！

　　当弗洛伦斯想着她的新妈妈时，当她以一颗充满着爱与信任之感的纯洁的心对待她的新妈妈时，弗洛伦斯对她已故的亲生妈妈爱得更深了。她不怕在她心中树起一个竞争对手。她知道，这朵鲜花是从长期培植的深根中脱颖而出的。从这位美丽的夫人唇间吐露出来的每一个温柔的字，在弗洛伦斯听来，宛若那个长久沉寂之声的回音。她怎么能够因为有了新妈妈的温柔情怀就把往日的怀念抹去了一些？要知道，这怀念之中留存着她已故妈妈全部的温柔和爱！

一天，弗洛伦斯坐在房间里读书，想起这位夫人说过就要来看她的，因为那书页的内容与她的思绪正好吻合。她刚抬头，一眼就看见她正站在门口。

"妈妈！"弗洛伦斯喊着，高兴地去迎接她，"来啦！"

"还不是妈妈。"夫人庄重地笑了一下说道，一边伸开一只手臂搂住弗洛伦斯的颈项。

"但是很快就是了。"弗洛伦斯大声说道。

"很快，弗洛伦斯，很快就是。"

伊迪丝稍稍低垂着头，让弗洛伦斯如花似玉的脸孔挨着她的面孔，这样静静地待了一会儿。她的仪态中有一种十分温柔亲切之气，比最初相见时给弗洛伦斯的感觉更为明显。

她把弗洛伦斯带到她身边的椅子跟前，坐了下来。弗洛伦斯望着她的面孔，这张面孔这么漂亮，使她惊羡不已，她很乐意地让她的手搁在伊迪丝的手中。

"弗洛伦斯，我上次来过之后你是不是就一个人待着？"

"哦，是的！"弗洛伦斯很快地笑了一下回答着。

她垂下眼睛，迟疑了一会儿，因为她的新妈妈热诚的目光若有所思地注视着她的面孔。

"我——我——已经习惯一个人待着，"弗洛伦斯说，"我根本无所谓。有时候整天整天地我和狄待在一起。"弗洛伦斯本来也许会讲整个星期、整个月都是这样度过的。

"狄是你的侍女吗，亲爱的？"

"是我的狗，妈妈，"弗洛伦斯笑着说，"苏珊是我的侍女。"

"这些房间是你住的，"伊迪丝左顾右盼，说道，"上次没有带我来看看这些房间。弗洛伦斯，我们一定要把它们装修一新，让它们成为这座屋子最漂亮的地方。"

"要是可以换的话，妈妈，"弗洛伦斯说，"楼上的一个房间我喜欢得多。"

"这里还不够高吗，亲爱的姑娘？"伊迪丝笑着问。

"那间房间是我弟弟的，"弗洛伦斯说，"我很喜欢那间房间。我回来的时候本来想跟爸爸说的，我看见工人们在这里，全部都在改头换面，但是——"

弗洛伦斯垂下眼睛，生怕遇到那个目光，又要吞吞吐吐讲不出来。

"但是我担心会使他烦恼。因为您讲过不久会再来的，妈妈，而且就要是这里的女主人，所以我决定壮了胆子问您了。"

伊迪丝坐着看她，一双明亮的眼睛望着她的脸孔，待弗洛伦斯抬起眼睛，她才收回目光，对着地面。这时弗洛伦斯开始忖度，这位夫人的美貌与她当初的设想是多么不同；起初她以为她的美是一种盛气凌人、高不可攀的美，而现在她才知道她的举止是多么谦和温柔，她甚至以为如果她和自己年纪相仿、性情相近，其推心置腹的程度也不过如此。

但是，有时当她少言寡语、很不自在时，情况就大为不同了，这时候她看起来好像在弗洛伦斯面前有低人一等之感，很不舒服。弗洛伦斯自然觉察到了，想想这是怎么回事，但不太搞得明白其中的缘故。当她说她还不是她的妈妈，当弗洛伦斯把她当作这里的女主人称呼她时，她表情的变化是多么迅速而令人吃惊。此时，当弗洛伦斯的目光停留在她的脸上时，她坐在那里蜷缩着就像是要从她面前躲开似的，与一位准备关心她、爱护她的亲人之情迥然不同。

她即刻答应弗洛伦斯换房间的事情，并准备亲自去问。接着她询问了一些关于可怜的保罗的情况。她们坐着闲谈了一会儿之后，她告诉弗洛伦斯她是来把她带回自己家里去的。

"现在我妈妈和我已经到伦敦来了，"伊迪丝说，"在我结婚之前你就同我们住在一起。弗洛伦斯，我希望我们能够相互了解，彼此信任。"

"您对我真好，"弗洛伦斯说，"亲爱的妈妈。我太感谢您了！"

"现在也许时机最好，我就讲明白吧，"伊迪丝向四边看看是否只是她们两人，放低了声音继续说，"我结婚之后就要到外面去几个星期，如果你回到这里来，我就会放心多了。不管谁邀请你到随便什么地方去，你还是回家来住。一个人住总好于——我想要讲的就是，"她停了一下接着讲，"我非常清楚你住在家里最好，亲爱的弗洛伦斯。"

"您结婚那天我就回家，妈妈。"

"就这样。我相信你的话。那么就准备同我一起去吧，亲爱的姑娘。准备好了就下来，我在楼下等你。"

伊迪丝沉思默想着，徐徐地独自遨游于这座她即将成为女主人的华厦，但她并未十分注意它已开始展现的优雅与辉煌。依旧是那难以驯服的高傲的心灵、依旧是那眼里和唇间流露着的傲慢与轻蔑、依旧是那严峻的美貌——这种严峻之气只是在意识到自身的微不足道和周围一切的微不足道时才有所收敛——她遨游于一间间恢宏的客厅与厅堂，而这些客厅与厅堂正在自我摧残，怒号着摆脱四周树木的束缚。墙上和地板上的模拟玫瑰花四周是尖利的刺，把她的胸膛都刺伤了。在一处处耀眼的金光中，她看到购买她的每一分金钱闪烁着令人厌恶的光芒。宽阔的立地镜使她对自己的全貌看得一清二楚，她的性格中仍旧有一种高贵品质，但是她过于辜负了自己好的一面，自暴自弃，以至于无可救药。她自信，所有人都或多或少地可以看出，除了骄矜之外她再没有其他维护自己的权力的法宝与力量了；她以骄矜之气向命运作斗争，表示一种不屈不挠的反抗精神与蔑视气概，但也以此日日夜夜折磨自己。

难道就是这位女人竟会为弗洛伦斯的天真无邪的一片真情所感动、所折服吗？难道就是她竟会在弗洛伦斯身边表现得那么和蔼可亲，暴躁的脾气、骄矜的气派全然敛迹，宛若换了一个人？难道就是她，此刻坐在马车里弗洛伦斯的身边，当弗洛伦斯双臂合抱着，恳切地希望她爱她、信任她时，把她美丽的头搁在自己的胸口，为了护卫她不使受到委屈或伤害，即使牺牲自己的生命也在所不惜？

哦，伊迪丝！此时要是就此死去那多好！伊迪丝，也许就这样死去要比活到老好得多，幸福得多！

尊敬的斯库顿夫人并没有去想这种事情，像许多经历过不同时代的上流社会人士一样，她对死亡根本不屑一顾，谁提起这个卑劣的、摧毁万物的灾星她是竭力反对的。在格罗夫纳广场的布鲁克街，她向一位高贵的亲戚借了一座屋子，这位亲戚是菲尼克士勋爵家族的一员，现在不住在伦敦，他乐意于把屋子借出去作为新婚之用，因为这样一来他就用不着再向斯库顿夫人及其女儿提供借款或赠送礼物了，这正是求之不得的最巧妙的办法了。在这样的时候，斯库顿夫人觉得为了光耀门庭，应该把她们的家弄得金碧辉煌。此事她得到住在玛丽勒伯恩教区的一位商人的慷慨帮助，这位商人向高官贵族、富豪绅士们出租各种物品，从金银餐具到仆人都在出租之列。她向这位商人即刻租进一位银发男管家（由于他有一种世家老臣的外表需额外收费），两个身材高大的年轻侍从，以及精心挑选的厨房仆人。在楼下仆人们中间于是出现了这样一个传闻：童仆威瑟斯立刻解除了许多家务，也不再推那辆轮椅了，因为它与大都市是很不协调的。他们好几次看见他在揉眼睛、捏手足，好像怀疑他是不是睡过了头，还在利明顿卖牛奶的人家里做着甜蜜的梦。从这位以助人为乐的商人那里还运来各种各样的金银器皿与瓷器，以及形形色色的东西，其中包括一辆很雅致的四轮轻便马车和两匹栗色马。斯库顿夫人俨若克娄巴特拉，靠在那张首位沙发的坐垫上，准备堂而皇之地接见廷臣。

"您好吗，"斯库顿夫人一看见她女儿和小姑娘走进来就说，"迷人的弗洛伦斯？您过来亲亲我吧，亲爱的。"

弗洛伦斯胆怯地弯下身子准备在斯库顿夫人脸上一块白色的地方亲一下，这位夫人即刻把耳朵凑过去，使她从困境中解脱出来。

"伊迪丝，我亲爱的，"斯库顿夫人说，"真的，我——最可爱的弗洛伦斯，站到更亮一些的地方，就一会儿。"

弗洛伦斯羞红着脸走到更亮一些的地方。

"你不记得了吧，最亲爱的伊迪丝，"她母亲说，"当你和我们最最可爱的弗洛伦斯年纪一样或者更小一些的时候，你是怎么样的？"

"我早就忘了，妈妈。"

"真的，我亲爱的，"斯库顿夫人说，"我觉得你那时候的样子和我们这位迷人的小朋友真是像极了。可以看出，"斯库顿夫人压低了声音说，这表明，她认为弗洛伦斯教养还很不够，"教养是多么重要。"

"的确是这样。"伊迪丝严肃地回答说。

她的母亲望了她一眼，觉得自己说得不对路，便顾左右而言他了：

"迷人的弗洛伦斯，您还得再来亲我一回呢，亲爱的。"

弗洛伦斯当然听从了，她的嘴唇又在斯库顿夫人的耳朵上亲了一下。

"我亲爱的小宝贝，您一定听说了，"斯库顿夫人拉着她的手说，"您爸爸我们都很喜欢，都很佩服。再过一个星期，他就要和我最亲爱的女儿伊迪丝成亲啦。"

"我知道是在最近，"弗洛伦斯答道，"但是具体日期还不清楚。"

"我亲爱的伊迪丝，"她妈妈很开心地问她，"怎么可能，你会不告诉弗洛伦斯的？"

"我为什么要告诉弗洛伦斯？"她急不可耐地尖声尖气地顶了一句，弗洛伦斯几乎不敢相信这会是伊迪丝的声音。

斯库顿夫人又顾左右而言他了，她觉得这确是一个安全之计，她对弗洛伦斯说她父亲要来吃晚饭，看到她在这里，他一定会惊喜得很的，因为他昨天晚上谈论商业区的衣装时，并不知道伊迪丝的计划，斯库顿夫人料想，按照这个计划的安排，真要叫他喜不自胜呢。弗洛伦斯听了斯库顿夫人讲的话十分不安。晚餐的时刻迫近，她懊恼之极，要是不用连累她父亲能想出一个借口让她赶快回家的话，她就会连帽子也不戴就独自一人喘着气赶回去，以避免可能会引起她父亲的不快。

时间越来越近，她几乎要透不过气来了。她不敢走近窗户，生怕他从街上会望见她。她不敢走上楼去让自己的烦恼藏在心里，她担心经过门口时会出其不意地碰到他。而且她还有一种提心吊胆的感觉：如果把她叫到他面前，她可能永远回不来了。在这种忐忑不安的心情中，她端坐在克娄巴特拉的沙发旁边，倾听着这位夫人空洞的谈话，努力想弄懂她讲话的内容并回答她的问题。正在此时她忽然听见楼梯上响起了他的脚步声。

"我听到他的脚步声了！"弗洛伦斯惊跳起来喊道，"他来啦！"

克娄巴特拉一副漫不经心的青春姿态，总爱开玩笑，在自我陶醉之时，为什么会这样惶恐不安，她是不去过问的。她急忙把弗洛伦斯推到沙发后面，把一块围巾盖在她身上，准备给董贝先生一种意外的惊喜。顷刻之间，弗洛伦斯听到他威严可畏的脚步跨进房间。

他向未来的岳母和未来的新娘行礼致意。他那奇怪的声音使他的孩子恐惧万分、全身发抖。

"我亲爱的董贝，"克娄巴特拉说，"走过来，告诉我您的漂亮女儿弗洛伦斯过得怎么样。"

"弗洛伦斯过得很好。"董贝先生一边说一边向沙发走过去。

"她待在家里吗？"

"待在家里。"董贝先生说。

"我亲爱的董贝，"克娄巴特拉眉飞色舞地说，"现在您还以为没有欺骗我吗？我告诉您，以我的名誉发誓，我看您恐怕是最假心假意的人了，我亲爱的董贝。我真不知道我最亲爱的伊迪丝听到我这番话会同我说些什么呢。"

他那极其虚伪的言行给当场揭露出来固然使他非常难堪，然而当斯库顿夫人把围巾掀起，面色苍白、浑身发抖的弗洛伦斯像鬼魂一样在他面前出现时，他张皇失措的神情真是无以复加了。还没有等他从惊愕中回过神来，弗洛伦斯就已奔到他的面前，伸开双手搂住他的颈项，亲亲他的面颊，然后一溜烟跑出房间。他左顾右盼，仿佛想找个什么人去把她叫回来似的，但是伊迪丝已跑出去，寻找弗洛伦斯了。

"现在您该承认，我亲爱的董贝，"斯库顿夫人说着把手伸给他，"您一生中从来没有像现在这样惊奇、这样高兴的吧。"

"我从来没有像现在这样惊奇。"董贝先生应道。

"也没有这样高兴过吧，我最亲爱的董贝？"斯库顿夫人举起扇子接着问道。

"我——是的，在这里遇到弗洛伦斯我很高兴，"董贝先生说，他似乎对这句话认真地思考了一会儿，然后更坚定地说了一下，"是的，在这里遇到弗洛伦斯我的确是非常高兴的。"

"您是不是很奇怪她怎么到这里来的？"斯库顿夫人紧逼一句，"是不是？"

"大概是伊迪丝——"董贝先生猜了一下说。

"呵！精灵鬼，您真会猜！"克娄巴特拉摇晃着头说，"呵！狡猾，狡猾的男人！这些话本来是不该讲的——我亲爱的董贝，你们男人太虚荣了，总是喜欢利用我们的弱点——但是您知道我是很坦率的——您很了解。马上就来。"

最后这句话是对一位特高个子的年轻人说的，他通知晚餐已准备好了。

"但是，我亲爱的董贝，"她接着悄声地说，"我跟伊迪丝讲过，要您经常待在她身边是不可能的，既然她没法让您经常待在她身边，至少伊迪丝可以有一个属于您的东西或什么人留在她身边的嘛。嗯，这一切是非常合情合理的！有鉴于此，今天伊迪丝就乘了一辆马车把我们亲爱的弗洛伦斯接来了。她没有理由不把她接来的。呵，太美妙了！"

因为她等着董贝先生的回答，董贝先生便说："美妙极了！"

"上帝保佑您，我亲爱的董贝，因为您有一颗善良的心！"克娄巴特拉一边大声说着一边紧捏着他的手，"可是我也太认真了！请您高抬贵手把我扶下楼去，让我们去看看他们给我们准备的晚餐是什么来着。上帝保佑您，亲爱的董贝！"

最后的祝福讲过后，克娄巴特拉颇为敏捷地跳下沙发。董贝先生周到有礼地搀着她的手臂一步一步地走下楼梯。当他们步入饭厅时，有一个雇来的特高个子年轻人伸出舌头往面颊上一抹，让另一个雇来的特高个子年轻人看着发笑，这位年轻人还没有发展完善的表示敬意的器官。

弗洛伦斯和伊迪丝已经肩并肩地坐在那里了。弗洛伦斯一见父亲走进来就想起身让位，但是伊迪丝不加掩饰地按住她的手臂不让她走开，董贝先生便在圆桌的另外一端就座了。

席间的谈话差不多全部由斯库顿夫人包办。弗洛伦斯不大敢抬起眼睛，生怕眼里的泪水给别人看见，而且更不敢讲话，而伊迪丝除非回答问题，从不主动发言。为了获得这份家当，克娄巴特拉的确是用尽心计了，这份家当差不多已成囊中之物，这对于她来说确是很丰厚的报偿！

"一切都终于准备就绪了吗，我亲爱的董贝？"当甜食端上餐桌、银发男管家退出后，克娄巴特拉问道，"律师的各项工作也已经准备好了吗？"

"是的，夫人，"董贝先生答道，"律师通知我，财产授予契约现在已准备好了。我刚才同您讲了，只等伊迪丝给我们提出具体时间，契约即刻生效。"

伊迪丝像一座漂亮的塑像纹丝不动地坐着，冷若冰霜、默默无言。

"我最最亲爱的乖乖，"克娄巴特拉说，"董贝先生讲的你听到了吗？呵，我亲爱的董贝！"她回过头来对董贝先生说，"喜庆的日子一天天地接近，看到她这样心不在焉，若有所思，我就想起世界上最可爱的人她爸爸在世的日子，那时候他同您现在的情况是一样的呵！"

"我没有什么好说的，你们高兴什么时候就什么时候吧。"伊迪丝说时几乎没有朝桌子对面的董贝先生望一眼。

"明天怎么样？"董贝先生建议说。

"随您的便。"

"或者后天更好一些，"董贝先生说，"您有事情要办，是吗？"

"我没有什么事情要办。我悉听遵命。您喜欢什么时候就在什么时候吧。"

"没有什么事情，我亲爱的伊迪丝！"她母亲颇不以为然地说，"你整天忙来忙去，同各种各样的商人打交道，怎么还说没有事情！"

"这些都是你一手包揽的，"伊迪丝皱了皱眉头，愤愤地回嘴说，"你同董贝先生商量着办吧。"

"说得真对，我的乖乖，你也真会体谅啊！"克娄巴特拉说，"我亲爱的弗洛伦斯，您真该走过来再亲我一次呢，来吧，亲爱的！"

真是凑巧得很，克娄巴特拉偏偏对弗洛伦斯有这么大的兴趣，以至于凡是伊迪丝参加的每一次谈话，尽管她讲话不多，克娄巴特拉几乎总是匆匆地说几句，便搁下了！说实在的，弗洛伦斯从未受到过这么多的拥抱，也许她并没有意识到她一生中还不曾像这样派过用场呢。

对于美丽的未婚妻冷漠的态度，董贝先生的心里并不介意，他有充分的理由对这种傲慢冰冷的态度表示同情，因为这与自己的感情正是不谋而合的。使他颇为自得的是，伊迪丝的这种态度正好符合他的愿望，与他的意志似乎并不相左。他想象着这位倨傲威严的妇人将主持他的家务，并像他一样使他的客人感到不寒而栗，他感到扬扬得意。的确，由这样的人当家，董贝父子公司的尊严将会持续发展，长盛不衰。

餐桌旁只剩下他一个人的时候，董贝先生就是这样想着，他想着往昔的遭遇与未来的命运，他觉得房间里的一切都是十分和谐的。整个房间里迷漫着一种阴沉的气氛，陈设简陋，颜色深褐，黑糊糊的画片像丧服一样贴满了四壁，二十四把黑色椅子上面布满了许多钉子，就像棺材的数目一样多①，它们放在门口的土耳其地毯上像哑巴一样迎候来宾，餐具柜上，两个精疲力竭的黑人举着两个抱残守

---

① 源于英国一成语:促人早死的事物。这里把钉子数和棺材数相比，是由这句成语引起的联想。

缺的枝状烛台，还有一股无处不在的霉味，仿佛底下的石棺里埋藏着一万次宴会的残羹余菜。这座屋子的主人大多时间住在国外，因为英国的空气对于一位菲尼克士家族的成员是不大适宜的，不能常住，因此日复一日这间房间穿上越来越深的丧服，为他致哀，直到最后，丧礼的气氛变得很浓厚，只需一具尸体，就一应俱全，可以举办丧事了。

此刻，如果把董贝权作那具尸体的话，且不去管姿态如何，他那笔直的身体确是当之无愧的。董贝先生望着红木餐桌和上面摆着的水果盘与玻璃酒瓶，如同俯瞰着冰冷的死海深处搁浅的船只，仿佛他思想中的人物一个个地升上水面，继而又沉入海底。伊迪丝在那里，美丽的额角、端庄的身材，高贵而威严。紧跟着她来的是弗洛伦斯，刹那间她的头胆怯地朝着他，就像她刚才离开房间时那样。伊迪丝一边把眼睛望着她一边伸出手作保护状。随后，一个坐在低矮的扶手椅子上的小人跃入灯光之中，好奇地看着他，那双明亮的眼睛和苍老而又年轻的脸孔像在摇曳不定的夜晚的火光中闪烁着。弗洛伦斯又紧跟着来了，他全部的注意力也跟着给吸引过去。这种困境和失望对他来讲是不是早已注定？她曾经挡住他的路，想和他平分秋色，今后是不是还会故技重演？在他即将新婚宴尔之时，她作为他的孩子，他是不是可以宽容地想一想她有权利要求不再受到冷落？或者这是给他一种提示，在他新的家庭关系中，他对他的亲生骨肉是不是应该维持一种关心的姿态——这一切他自己是最清楚的。也许最好的办法就是安之若素，因为参加婚礼的宾客、举行婚礼的圣坛以及豪华的排场一个个接踵而来，使他眼花缭乱，而且到处都有弗洛伦斯的影子，时时都有弗洛伦斯介入；想到这些，他心神不安，便站起来，走上楼去，以求逃避。

已经很晚了，蜡烛还没有拿来，因为斯库顿夫人埋怨烛光使她头痛。此时，弗洛伦斯和斯库顿夫人闲聊着，克娄巴特拉喜欢让她待在她身边；弗洛伦斯为了让斯库顿夫人高兴偶或轻轻地弹一下钢琴；整个夜晚，这位热情的夫人还有几次迫不及待地要弗洛伦斯亲亲她，这往往是在伊迪丝说了什么话之后心血来潮的举动。不过次数不多，因为伊迪丝一直远远地离开她们，坐在敞开的窗边，尽管她母亲怕她在那儿着凉了，她始终待在那边直到董贝先生告辞。董贝先生走时对弗洛伦斯十分慈祥和蔼。随后弗洛伦斯走进伊迪丝隔壁的房间里去就寝，幸福的希望充满她的心头，她想起往日的自己就像另外一个被遗弃的女孩，因为伤心的身世而备受垂怜，在悲悯之中她哭着睡去了。

这个星期匆匆而过。每天驱车外出，到女帽店、成衣店、珠宝店、律师事务所、花店、糕饼店去办事购物。弗洛伦斯也每次必去。弗洛伦斯还要参加婚礼，在那一天她将脱去丧服，换上亮丽的新衣。这位女帽商是一位法国女人，酷似斯库顿夫人，她对女帽有一套独出心裁的看法，要庄重典雅，这正符合斯库顿夫人的心意，于是她为自己挑了一顶帽子，女帽商说这顶帽子她戴上去是太适合了，真要令人羡慕不已，普天之下都会把她当作这位年轻妇人的姐姐呢。

这个星期过得更快了。伊迪丝什么也不去看，什么也不关心。她订做的豪华的衣服送到家里来了，她试穿时斯库顿夫人和女帽商们赞不绝口，她一句也不讲随即放在一边。斯库顿夫人安排每天的计划并付之实施。有时候她们去购物时伊迪丝只是坐在马车里，只有在极其必要的时候才跨下马车走进店里。不过，不管买什么东西，均由斯库顿夫人负责、伊迪丝只是站在一旁观看，对购买之事不感兴趣，漠不关心，好像与她无关似的。弗洛伦斯也许会以为这是因为她心地骄傲、倦怠无力的缘故，不过她对弗洛伦斯却从来没有这样过。出于对她的感激，弗洛伦斯一有这种想法便立刻止住了，不让它冒出来。

这个星期过得越来越快了，几乎是展翅而飞似的。这星期的最后一夜，也就是婚礼的前夕终于来到。房间里还没有点蜡烛，因为斯库顿夫人的头痛病仍旧未见好转，不过她希望从明天起能永远消除病痛。黑暗的房间里坐着斯库顿夫人、伊迪丝和董贝先生。伊迪丝坐在她那敞开的窗口望着街上，而董贝先生则和克娄巴特拉坐在沙发上轻声聊天。天晚下来了，弗洛伦斯感到疲倦，已去就寝。

"我亲爱的董贝，"克娄巴特拉说，"您明天要把我最亲爱的伊迪丝带走了，那就把弗洛伦斯留在我这里吧。"

董贝先生欣然领命。

"你们俩到巴黎去的期间，让她待在这里，放在我身边，在她这样的年纪，我可以助一臂之力，培养她的才智，想到这一点，我亲爱的董贝，"克娄巴特拉说，"在我到了一蹶不振的时候我就会感到莫大的安慰。"

伊迪丝马上转过头来。她刚才无精打采的样子刹那之间烟消云散，代之而起的是强烈的兴趣。隐身在黑暗中，她密切地倾听着他们的谈话。

董贝先生非常乐意让弗洛伦斯留在这么可敬可佩的保护人身边。

"我亲爱的董贝，"克娄巴特拉接着说道，"千谢万谢您这么称赞。我本来生怕您会像那些可怕的律师无聊的鬼话说的那样——蓄谋已久，打算把我搁在一边不闻不问了。"

"怎么这样冤枉我，我亲爱的岳母？"董贝先生说。

"因为我可爱的弗洛伦斯斩钉截铁地告诉我说她明天一定要回去，"克娄巴特拉接着说，"所以我开始担心，我最亲爱的董贝，您简直像帕夏①。"

"请您相信，夫人！"董贝先生说，"我没有给弗洛伦斯下什么命令，即使下的话，也不会违背您的愿望的。"

"我亲爱的董贝，"克娄巴特拉接着说，"您真是一个巧言令色的人！其实我是不情愿这样讲您的，因为巧言令色的人是没有良心的，可是您那迷人的生活和性格里全都是良心。您真的这么早就走吗，我亲爱的董贝？"

哦，真的！已经很晚了，董贝先生觉得他恐怕该走了。

"这是真的或者只是一场梦！"克娄巴特拉含糊其辞地说，"我怎

---

① 帕夏：原指土耳其等伊斯兰教国家的高级官衔，后泛指傲慢的人。

467

么能够相信，我最亲爱的董贝，您明天早晨就会过来把我的可爱的伴侣、我的闺女伊迪丝带走呢？"

董贝先生一向是实事求是，一丝不苟的，他告诉斯库顿夫人他们明天先到教堂相见。

"把孩子交出去，"斯库顿夫人说，"即使交给您，我亲爱的董贝，也是一件最令人痛心的事了，更何况我生来就体弱多病，再加以那个做早餐的糕饼师傅又笨得离奇，对于我这个纤弱的身体来说真是雪上加霜。但是我明天早上会好的，我亲爱的董贝；不要为我担心，也不要因为我的缘故而心情不安。愿上帝保佑您！我最最亲爱的伊迪丝！"她狡黠地喊着，"我的宝贝就要走了。"

刚才，伊迪丝再一次把头转向窗口，她对她们的谈话已无兴趣。这时，她站起身来，但没有向他那边走过去，也没有讲一句话。董贝先生此时的神态是庄严之中带有几分傲慢的殷勤，他踏着吱吱作响的皮靴向伊迪丝走过去，拿起她的手放在他的唇边说："明天早晨我将有幸握着这只董贝夫人的手了。"说着他庄严地鞠了一躬就走出去了。

他走出后，大门随即关上，斯库顿便揿铃叫人把蜡烛拿来。女仆拿着蜡烛走进房间，她带来了那件准备明天用以欺蒙世人的青春服饰。可是这件衣装却有其残酷的惩罚作用，和她那油腻的法兰绒长袍相比，这件青春服装会使她更加苍老不堪、更加像个丑八怪。但是斯库顿夫人却搔首弄姿地把它穿上去，看看是不是合身，她在镜子里端详着自己骨瘦如柴的形体不禁露出自鸣得意的笑容，她想她这副容貌一定会使少校爱得发狂呢。随后她叫女仆把衣装脱下，为她准备休息，这时她就像涂上颜色的卡片做成的屋子顷刻之间倒塌下来，变成一堆瓦砾。

这一段时间，伊迪丝一直待在暗淡的窗口观看着外面的街道。当屋子里终于只剩下母女俩的时候，这天晚上，她才第一次离开窗El，走过来，和她的母亲面面相对。这位母亲身子摇摇晃晃，一边打着哈欠，一边悻悻然地抬起眼睛直望着她女儿傲慢挺直的形体和俯视着她的如火的目光，心里有数了，无论轻浮的举止还是愠怒的面容都无法掩饰她的感觉。

"我累得要命了，"她说，"我对你一分钟也信不过。你比一个小孩子还不如。孩子呵！没有一个孩子会像你这样固执、不听话的，你比他们差远啦。"

"听我讲，母亲，"伊迪丝接着说，她把她母亲的这些话当作耳边风，不屑一顾，"你必须一个人待在这里，等我回来。"

"我必须一个人待在这里，等你回来呵，伊迪丝！"她母亲把这句话重复讲了一遍。

"明天我将请求上帝给我的虚假和可耻的行为做证。要是你不肯一个人待在这里的话，我就以上帝的名义发誓，我将在教堂里拒绝接受这个人的求婚。如果我不这样做，我宁愿倒在地上死去。"

母亲的眼睛里顿时出现了一丝诧异的目光，在碰到她女儿的眼神时也丝毫没有减弱。

"够了，"伊迪丝坚决地说，"我们就是这么一号人嘛。我决不能让一颗年轻、纯真的心给糟蹋到我这样的地步。我决不能让天真无邪的心灵被摧毁、腐蚀，走上邪路，只为了使一帮闲得无聊的母亲们打发她们的日子。你晓得我的意思的。弗洛伦斯一定要回去。"

"你真是个呆子，伊迪丝，"她母亲大为恼火地叫起来，"在那座屋子里，她还没有嫁人走开的时候，你还想过什么安静的日子吗？"

"你问我在那座屋子里是不是会过上安静的日子，你还是问你自己吧，"女儿顶嘴说，"这个答案你是知道的。"

"你全靠了我就要去过好日子了，我为你花了这么多心血，难道今天晚上我就听你讲这样的话，"她母亲怒火填胸，简直要叫起来，她颤抖着的头就像秋风中的落叶，"说我身上都是腐烂、传染的细菌，不配和一个小姑娘做伴！你是什么，请问？你是什么？"

"当我坐在那里，"面色如灰的伊迪丝指着窗口说，"看见一个淡淡的女性形影掠过窗外时，我不止一次地想着这个问题，我知道我已经找到答案了。哦，妈妈，妈妈，在我还是一个小姑娘时，甚至比弗洛伦斯还小的时候，如果你让我那颗天真的心自由发展的话，我现在很可能完全不一样！"

她的母亲意识到这时发脾气是无济于事的，便压住了胸中怒火，哭哭啼啼地悲叹着自己活得太长，连她唯一的孩子也把她抛弃了，在这样坏的世道里，儿女把孝敬父母的事忘得一干二净，而且她还听到这种伤天害理的奚落，真不想再活下去了。

"要是还这样活着，一天到晚吵来吵去，"她长吁短叹地说，"我看想个办法死掉算了，总要比这样活着好得多。哦！伊迪丝，你是我的女儿，居然这样同我讲话，真叫人受不了！"

"妈妈，在我们之间，"伊迪丝伤心地说，"相互指责的时候已经过去了。"

"那你为什么还要讲这些话呢？"她母亲悲泣着说，"你要知道你这些话把我的心刺得好痛，太残酷了。你知道我对于没良心的事情是多么敏感。在这样的时候我有多少事情要考虑，我当然很想尽量让自己看起来体面些！我真不懂你，伊迪丝，在你结婚的日子竟会把你的母亲弄得这样见不得人！"

她一边哭泣一边擦着眼泪的时候，伊迪丝依旧目不转睛地望着她，依旧用不高不低的坚决的声音轻轻地说："我已经说了，弗洛伦斯一定得回去。"

"去就去吧！"这位又痛苦又震惊的母亲马上大声叫喊起来，"我一定会让她走的。这个姑娘对于我算得了什么？"。

"她对于我可很重要，我宁可和你断绝母女关系也不让我胸中的一丝邪恶传给她，如果你逼我太甚，明天在教堂我就当场和他断绝关系，"伊迪丝说，"你让她去。只要我能管，就不能让我所学的这一套东西去损害她、腐蚀她。在今天这个不愉快的晚上，提出这样的条件并不算苛刻。"

"要是你讲的时候对你妈妈孝敬一些，伊迪丝，"她母亲嘀咕着说，"恐怕不算苛刻，一点也不苛刻。但是你的话太刺人了。"

"今天开始，我们之间的争吵就此结束，让它过去吧，"伊迪丝说，"妈妈，你爱怎么样就怎么样吧；你已经获得的东西你自己高兴怎么办就怎么办吧；花掉也好，享乐也好，尽量利用，尽量过得快快活活。我们生活的目的已经达到了。从今以后我们就这样生活，对此缄口不言。从现在起我对过去的事情就此封口了。明天那个邪恶的勾当你是有一份责任的，但我原谅你了。但愿上帝宽恕我的过错！"

声音既不颤抖，身体也不哆嗦，脚踏每一寸柔情，向母亲道了声晚安，她便走向自己的房间。

但她不是去休息，因为独自一人时，她激动不安，是无法休息的。在为她明天婚礼准备的华丽服饰中间她走来走去，走来走去，徘徊不停，走了有五百遍之多。乌黑的头发垂挂下来，乌黑的明眸闪动着愤怒的火光，宽阔雪白的胸脯给她那只无情的手抓得满布红印，仿佛是想拒之于千里之外似的。徘徊时，她的头掉转过去，像是不愿意看见自己的美丽身姿，不愿与它做伴。在这一片沉寂的婚礼前夕，伊迪丝·格兰格就这样和她不平静的心情搏斗着，没有眼泪，没有朋友，默默无语，一脸傲气，却口无怨言。

不经意之间，最后她碰了一下另一扇敞开着的房门，门内弗洛伦斯静静睡着。

她吓了一跳，停了下来，向房内看看。

房里点着一支蜡烛，烛光中，天真无邪、美若鲜花的弗洛伦斯正在酣睡着。伊迪丝屏声敛息，不由自主地向她那边走过去。

她越走越近，越走越近，终于来到弗洛伦斯的床边，她亲了亲那只放在床外的纤纤玉手，然后拿起那只手，轻轻搁在自己的颈项上。这轻轻的一碰，如同古代先知的手杖碰了一下岩石一样。她泪如泉涌，跪了下来，把她疼痛的头和飘散的头发搁在那只手边的枕头上。

伊迪丝·格兰格就这样度过了新婚的前夕。就这样她迎来了新婚之日的初阳。

世界名著名译文库　柳鸣九 主编

殷企平　编选

World Classics in Chinese Translation Series

董贝父子

〔英国〕狄更斯 著　王倜中 译

下

江西教育出版社
JIANGXI EDUCATION PUBLISHING HOUSE

目　录

第三十一章

婚礼

黎明的苍白面孔毫无表情，它哆嗦着悄悄地来到教堂门口，在窗边向里面张望，教堂下面躺着小保罗和他妈妈的遗骸。天寒冷而黑暗。夜色依旧匍匐在路径上，阴沉、忧郁地躲在教堂中大大小小的角落里沉思默想着。岁月如流，无数涟漪不断奔流，拍击着永恒的海岸。又一个涟漪中升起一座座屋舍，屋舍上空耸立着教堂尖塔上的大钟，在灰色的曙色中仿佛一座石制灯塔，隐约可见，记录着大海的流程。但是在屋内，起初，黎明只能向黑暗张望，它看见黑暗就在那里。

黎明在教堂四周有气无力地徘徊着，向室内窥视，为它短促的时辰痛哭悲鸣，泪水洒在窗玻璃上面。靠着教堂墙垣的树木低垂着头，扭动着它们的许多只手，与它同悲。在黎明面前，夜色变得苍白了，它渐渐退出教堂，但却久久地停留在下面的墓穴里，坐在棺材上面。一会儿，明亮的白天翩然来临，尖塔上的大钟给照得闪闪发光，塔尖披着红彩，黎明的泪水干了，它的悲泣已经止息，它把夜晚逐出其最后的栖息之地后，慌慌张张地溜入墓穴里，一脸恐怖地藏在死者堆中，待夜晚焕然一新地重回原地时，再把它赶出去。

耗子们一直不停地在祈祷书上爬来爬去，其殷勤的程度胜过这些书的主人，它们尖细的牙齿把那些跪垫咬得支离破碎，人的膝盖的摩擦也不至于造成这样的破坏。现在，一听到教堂的门砰砰地响，这些耗子们就闪着雪亮的眼睛躲进洞里，慌慌张张地挤在一起。这时，那位很有权势的牧师助理一大早同教堂司事一起来了。那个矮

473

小的教堂领座员米弗太太也气喘不止地等在那里，她是一位非常干瘪的老太太，衣服单薄，不管在身体的哪一部位都不到一英寸厚，她在教堂门口等着牧师助理已有半个小时之久，这是她的职务所需要做的。

米弗太太的面孔酸气十足，她戴着一顶十分寒酸的帽子，饥渴的灵魂一心想获得六便士和几枚先令的收入。她带着一种神秘的气氛，招呼三三两两的人们，叫他们走进教堂入座。米弗太太的眼里有一丝藏而不露的目光，好像是说她总是知道还有更加舒适的座位，不过她说不准能不能收点费？至于米弗先生，似无其人，二十年来他从来没有出现过，而米弗太太也不愿提起他。看来他对教堂免费入座的做法颇有微词。虽然米弗太太但愿他早日归天，她还不能就这么说。

这天早晨，米弗太太在教堂门口忙着打扫，拍打着圣坛上的布、地毯和坐垫，抹去灰尘；她还大谈特谈即将举行的婚礼。米弗太太听说新买的家具和屋内的装潢换新至少需要整整五千英镑的耗资，好像是只花了一便士似的，不算什么；她还听说，根据最权威的消息，这位小姐自己身无分文，连一枚六便士的银币都没有。米弗太太还记得那第一位妻子的葬礼，以及那小孩的洗礼仪式与其不久之后的葬礼，犹如昨日发生的事情。这时她想起新婚夫妇和参加婚礼的宾客就要来了，她说她马上要去把墓碑用肥皂水擦洗干净。牧师助理桑兹先生一直坐在教堂门前的台阶上晒太阳，在冷天，他一般不做什么事情，只是坐在炉旁取暖。他对米弗太太的话很有同感，他问米弗太太可曾听说这位新娘是一位绝代佳人。米弗太太听到人家是这么说的。牧师助理桑兹先生虽然性格守旧、体态臃肿，但是对女人美貌的赞慕之情却始终不渝，他津津有味地说，她是一位倾国倾城的一流美女呵；这句话如果不是出自牧师助理桑兹先生之口，在米弗太太听起来是很有点言过其实的。

这时，董贝先生的屋子里正是热气腾腾，忙得不亦乐乎，特别是妇女，四点钟以后她们就没有再合眼睡上一会儿，六时之前全部穿戴整齐。托林森先生比平时更受到女仆的垂青。早餐时厨娘说一个人结婚了，许多人也要跟着办了，这句话女仆可不相信，她觉得这绝不可能。对于这个问题托林森先生没有发表意见，因为他正为了新招来一个满脸连鬓胡子的外国人而感到几分悻悻然，他自己的两鬓却是光溜溜的。这个外国人是特别雇来准备跟随幸福的新婚夫妇前赴巴黎，此刻他正在忙着把行装放上新购置的马车。关于这位人物，托林森先生不假思索地说，他还没有听说过外国人会带来什么好事情，娘儿们讲他这是偏见，他即刻说，你们看看那些外国人中带头的拿破仑·波拿巴①吧，他老是在干什么勾当！听了这句话，女仆说这倒是千真万确的。

布鲁克街上一间阴沉的房间里糕饼师傅忙着做糕饼，而那几个很高大的年轻人却忙着在一旁观看。有一位很高大的年轻人已经闻到雪利酒的气味，他的眼睛几乎要纹丝不动地固定在他脸上，茫然地凝视着物体，仿佛根本没有看见它们似的。他意识到自己的这个缺点，便对他的伙伴说这是由于"酒桶"的缘故。其实这位很高大的年轻人是想说因为"激动"的缘故，但是他口齿含糊，发音不清楚。

敲钟的人已经知道即将举行婚礼，肉铺里和铜管乐队里的人也知道了。敲钟人在巴特尔桥附近的一处偏僻的地区练习敲钟；肉铺里卖肉的人由他们的老板同托林森先生联系，开了个价，做一笔生意；铜管乐队里诡计多端的长号手躲躲闪闪地守候在拐角处，看到有哪一位出卖灵魂的商人走过来，便向他行贿以便了解他们早餐的地点和时间。企盼与激动的心情在人们中间扩展开来，范围越来越广。从巴尔斯池塘，佩契先生带着太太来和董贝先生的仆人们消磨一天，准备偷偷摸摸地跟着他们去见识一下婚礼的场面。在图茨先生的住地，图茨先生打扮得十分显眼，仿佛他自己做一位新郎是足足有余的，他决定置身于楼座里一个隐秘的角落观看辉煌的盛典，而且把"斗鸡"也带过去，因为图茨先生的一门心思就是想把弗洛伦斯指给

---

① 拿破仑·波拿巴（1769—1821）：法国皇帝。

"斗鸡"看，然后就在那里直言不讳地同他说："现在你看，'斗鸡'，我不会再骗您了吧，我好几次跟您提起的那位朋友就是我本人。董贝小姐就是我的心上人。'斗鸡'，对于这件事情您现在有什么看法，您现在有什么好主意？"这位将会惊诧不已的"斗鸡"此时正在图茨先生的厨房里，把喙伸进一只烈性啤酒杯中，啄着两磅重的大块牛肉。在公主路上，托克史小姐正在忙着，她虽然凄苦万分，却也想把一枚先令放在米弗太太的手上，以便在一个冷僻的角落里找一个座位，去看看对她来说既令其着迷又十分残酷的婚礼。木制海军候补生的屋子喜气洋洋，卡特尔船长脚上套着短筒靴，身上穿着宽领子衬衫，正坐着在吃早饭，一边听着磨工罗布根据他的指示给他预先诵读婚礼仪式，以便可以充分了解他即将目睹的庄严场面。为此目的，船长时不时地严肃命令他的牧师要"转过去"，或者要他"把这一条再念一下"，或者叫他只要管好自己分内的事就是，至于祈祷结束时的"阿门"①则让他这个船长来念。磨工罗布每次停顿，船长都要兴高采烈地大声念着"阿门"。

此外，仅仅董贝先生的这条街上，就有二十位保姆答应让二十家的小妇人去参观婚礼，这些小妇人还在摇篮的时候对婚礼就已兴味盎然了。牧师助理桑兹先生肥胖的身躯坐在教堂前的台阶上晒太阳，他在等着婚礼举行的时刻到来，他完全有理由认为他是在恪尽其职。诚然，米弗太太有理由把一个怀中抱着一个胖娃娃的可怜的小女孩愤怒地从教堂的门廊里赶走，因为她站在那里向里面张望！

表兄菲尼克士为了参加婚礼，特地从国外回来。四十年前表兄菲尼克士是一位交际场上的花花公子，而现在他的身材与风度依旧充满着青春气息，衣着打扮十分讲究，所以当不相识的人看见他脸上隐隐约约的皱纹和眼角边的鱼尾纹时，看见他穿过房间之际步态歪歪斜斜，竟不太清楚如何笔直走过去时，他们很感惊异。但是表兄菲尼克士七时半左右起身时的样子和他打扮入时的仪表却迥然不同，当

---

① 阿门：祈祷圣歌的结束语，意为"诚心所愿"。

他在伦敦西区邦德街的朗家宾馆修脸时，他的脸色确是很阴沉的。

董贝先生离开了他的梳妆室。楼梯上的一群妇女见了他走过来便在一阵沙沙的裙裾声中急忙向四处散开，只有佩契太太因为身里有喜（不过她老是有喜的）动作不灵敏，没有来得及躲开，便和他照了个面，行屈膝礼时她因为心里慌张差点昏倒。但愿上天保佑佩契一家，不要让他们遭遇厄运！董贝先生走进客厅等待良辰的降临。他的衣着十分华丽，新做的上衣颜色澄蓝，裤子呈浅黄色，马甲则是淡紫色的。屋里的仆人们悄悄地说董贝先生的头发也拳曲了。

响起了两下敲门声，少校来了。他的穿着也很讲究，上衣的纽扣眼里放了一枚天竺葵，他的头发，经过本地人的经心梳理，给弄得弯弯曲曲，服服帖帖。

"董贝！"少校一边伸出双手一边说，"您好！"

"少校，"董贝先生接着说，"您好！"

"呵，先生，"少校说，"今天早上乔伊·贝心情真好，先生，"说到这里他狠狠地戳了一下胸膛，"他心情真好，先生，真见鬼，董贝，他真有点想趁此机会也结婚，先生，他想娶那位妈妈。"

董贝先生笑了一笑，但是即使对于他来说，脸上的笑意还是很轻微的，因为董贝先生觉得那位妈妈就要做他的岳母了，对岳母大人是不能开玩笑的。

"董贝，"少校见此情状便说道，"我祝您愉快。董贝，我恭贺您。老天爷做证，先生，"少校说，"今天在英国您是最受人羡慕的啦！"

对于这一点董贝先生表示赞同，但也是很有节制的，因为此项莫大的荣誉他是准备给一位夫人的，无疑只有她才应该受到最大的羡慕。

"至于伊迪丝·格兰格，先生，"少校继续说，"在整个欧洲没有一个女人不会——不想，先生，请您让贝格斯托克再加上这么一句——为了能取得伊迪丝·格兰格的地位，没有一个女人不想把她的耳朵以至于她的耳环奉献出来的①。"

---

① 英文中 give one's ears，意为不惜任何代价，直译为不惜牺牲自己的耳朵。狄更斯在此作了引申。

"您这样说真够交情，少校。"董贝先生说。

"董贝，"少校说，"您是知道的。我们不要转弯抹角了。您是知道的。您知道还是不知道，董贝？"少校差不多要发火了。

"哦，真的，少校——"

"哎呀，先生，"少校顶嘴说，"您知不知道这个事实，还是根本不知道？董贝！老乔是不是您的朋友？我们相处是不是到了无话不谈的程度，董贝，好让老乔瑟夫·贝这样一个心直口快的人可以名正言顺地畅所欲言，先生？还是要我，董贝，保持一定的距离，彬彬有礼地相处，不要过于亲密？"

"我亲爱的贝格斯托克少校，"董贝先生满怀高兴地说，"您非常热心。"

"天老爷做证，先生，"少校说，"我是很热心的，乔瑟夫·贝不否认，董贝。他是很热心的。在这个时候，先生，在老朽的乔·贝这个百病缠身、千疮百孔、令人生厌、筋疲力尽的半死不活的枯骨里还剩下的实实在在的热情一股脑儿全都要迸发出来了。我告诉您，董贝，在这样的时候，一个人心里怎么想，他是一定要冲口讲出来的，除非把一个口络套在嘴上。乔瑟夫·贝格斯托克当着您的面要告诉您，董贝，他在您背后也是这样告诉俱乐部的，凡是牵涉到保罗·董贝的事情他是绝不会缄口不言的。好吧，真见鬼，先生，"少校讲到最后声音非常坚定有力，"您对此是怎么看的？"

"少校，"董贝先生说，"请您务必相信我十分感激您。我不想遏制您对我过分厚爱的友谊。"

"并不是过分厚爱，先生！"少校不以为然地说，"董贝，我不同意您这样说。"

"那么，不管怎么样，"董贝先生接着说，"就说是您的友谊吧，少校。此时此刻我决不会忘记我对您万分的感激之情。"

"董贝，"少校说着做了一个恰当的姿势，"这是乔瑟夫·贝格斯托克的手，先生，这是心直口快的老乔伊·贝的手，也许您更喜欢第二种讲法吧！已故的约克公爵殿下对这只手恩礼有加，先生，他

478

曾对已故的肯特公爵殿下说起这只手，他说乔希的手可不简单哪，那是一位硬汉子的手，也许是一位精明能干的老流浪汉的手呢。董贝，但愿此时此刻是我们一生中最幸福的时候。愿上帝保佑您！"

此时，卡克尔先生走进来了，他的衣服也很华丽，满脸笑容，俨然一副特邀嘉宾的姿态。他向董贝先生一再表示道贺，紧紧握着他的手不肯放下；同时他拼命摇晃着少校的手，他的声音从牙缝里流泻出来，也随着摇动的手臂而震颤。

"今天真是良辰吉日，"卡克尔先生说，"多么天朗气清、气候宜人呵！我想我来得一点也不晚吧？"

"准时得很，先生。"少校说。

"那我实在太高兴了，"卡克尔先生说，"本来我担心恐怕会迟到几秒钟，因为路上碰到一连串的马车给耽搁了。我还不揣冒昧地绕了个弯儿到布鲁克街去了一趟，"这是对董贝先生说的，"买几朵微不足道的珍贵鲜花送给董贝夫人。像我这样地位卑微的人竟会得到邀请来参加盛典，我能以这小小的礼物表示敬意和忠诚，至感荣幸。我知道价值连城、辉煌灿烂的珍品董贝夫人是应有尽有的，"说到这里他奇怪地望了一下他的恩主，"但我希望我的寒碜的小礼能使她喜欢。"

"我相信，未来的董贝夫人，"董贝先生和气地说，"对您的关心是会非常赏识的，卡克尔。"

"要是她今天上午就要成为董贝夫人的话，先生，"少校放下咖啡杯，看了一下表说，"那我们就该走了。"

董贝先生、贝格斯托克少校和卡克尔先生乘着一辆四轮马车向教堂进发。牧师助理桑兹先生从台阶上站起，手上拿着三角帽恭候着。米弗太太行了个屈膝礼，请他们到法衣室坐坐。可是董贝先生宁愿待在教堂里。当他举目望着风琴的时候，楼座上的托克史小姐立刻躲到一座纪念碑上小天使肥胖的腿后面，这位小天使的面颊如同小风神的脸孔，圆滚滚的。正好相反卡特尔船长站了起来，挥动着手钩表示欢迎和鼓励。图茨先生手捂住嘴，悄悄地告诉"斗鸡"，中间那位穿淡黄色裤子的先生就是他心爱的姑娘的父亲。"斗鸡"用嘶哑的声音轻轻地对图茨先生说，他还没有见过像这位先生这样古板僵硬的，不过只要略施巧计，在他马甲上狠击一拳，就可以叫他马上弯腰曲背。

桑兹先生和米弗太太在稍远处凝神望着董贝先生，等听到渐渐走近的车轮声音，桑兹先生便跑出去了。董贝先生看见楼上那位好强自负、失魂落魄的人正向他殷勤致意，便掉转头，他的目光正好与米弗太太的相遇。米弗太太很优雅地行了个屈膝礼，告诉他，他的"新娘子"恐怕已经来了。不久门口挤了许多人，在窃窃私语，这位新娘子迈着傲慢的步子走了进来。

在她的脸上看不见昨夜痛苦的痕迹。她曾经双膝跪下，把她的头无拘无束地靠在那位熟睡着的女孩的枕上，那种优美的忘情姿态今天已全然不见了。那个女孩此刻正在她的身边，温柔可爱，与她自己傲慢、鄙夷的身姿形成鲜明的对照。她平静、挺立地站在那里，所思所想，难以捉摸，举止庄严，仪态万方，风姿迷人，光彩夺目，然而对她所引起的羡慕她却不屑一顾，踩于脚下。

牧师助理桑兹先生悄悄地走到法衣室去找牧师和执事，他们便停了下来。趁此机会，斯库顿夫人同董贝先生谈起来，这次她的声音比平时更响更重，她一边讲着一边靠近伊迪丝。

"我亲爱的董贝，"这位好妈妈说，"我看只好放弃亲爱的弗洛伦斯，让她回家去住了，是她自己提出要回去的。今天我的损失可大啦，我亲爱的董贝，我感到我的情绪会很不好，即使和她在一起也不顶事。"

"让她跟您住在一道，不是很好吗？"新郎接着说。

"我看不行，我亲爱的董贝。不行，我看不行。我还是一个人住好。而且，你们回来后，我最最亲爱的伊迪丝自然是她时刻不离的保护人。伊迪丝管的，我最好不要插手，恐怕这样好一些，不然她要妒忌的。是不是，亲爱的伊迪丝？"

慈爱的妈妈说这句话时捏了捏她女儿的臂膀，也许是很想引起

480

她的注意吧。

"讲真的，我亲爱的董贝，"她继续说，"我要放弃我们亲爱的孩子，不把我自己的苦恼传染给她。我们刚才已经讲好了。她完全懂得，亲爱的董贝。伊迪丝，我亲爱的，她完全懂得。"

这位好妈妈又捏了一下她女儿的臂膀。董贝先生没有再表示异议，因为牧师与执事已到，于是米弗太太和牧师助理桑兹先生带着这一行人到圣坛栏杆前面，各就各位。

"谁把这位新娘交给这位新郎？"

此人就是表兄菲尼克士，他是特地从德国风景胜地巴登—巴登①赶来的。"他妈的，"好性子的表兄菲尼克士说，"家里真的弄来了一个伦敦富商，我们得好好关照关照他，我们得为他效点劳。"

"我把这位新娘交给这位新郎。"表兄菲尼克士说。表兄菲尼克士本想一直走过去，可是因为两条腿不听话结果走偏了路，差点把另外一个女人交给新郎，就是说差点把那个伴娘交给新郎了，这个伴娘有些地位，是这家的远亲，比斯库顿夫人小十岁。幸好米弗太太用她那顶苦行僧的帽子挡住了他的去路，巧妙地让他掉转身来，像踏着小脚轮一样冲到那位"新娘子"的前面。就这样表兄菲尼克士把这位新娘交给了这位新郎。

苍天在上，他们是不是愿意——

是的，他们是愿意的。董贝先生说他愿意。伊迪丝怎么说呢？她也愿意。

于是，从这一天起，不管是富如五车或者一贫如洗，不管是疾病缠身或体魄康健，他们将同甘共苦，互敬互爱，生死相依，他们相互山盟海誓，遂正式结为夫妻。

他们来到法衣室，新娘在结婚登记簿上以坚定而潇洒的字迹写下了自己的名字。"到这里来的女士们，"米弗太太行了个屈膝礼说——在这种时候，谁要是看她一下，她那苦行僧的帽子就会往下

---

① 巴登—巴登：德国巴登—符腾堡州的一个城市，19世纪时成为欧洲贵族和上流社会人士的疗养胜地。

一沉——"像这位新娘子写一手这么漂亮的名字是不多的！"牧师助理桑兹先生觉得这个名字的确写得潇洒得很，字如其人呵——不过他这句话只是自己心里想想的。

弗洛伦斯也签了名，但无人赞赏，因为她的手在发抖。一行人都签了名——表兄菲尼克士最后一个签名，他把他那高贵的名字放错了地方，把自己写成当天早晨刚出生的婴儿。

现在，少校很潇洒地吻着新娘，向她祝贺，并把作战的计谋也用来对待在场的各位妇女，虽然斯库顿夫人在这圣殿中尖声地叫着，很不容易吻得上，他仍旧不把她放过。随后表兄菲尼克士跟着干了，甚至于董贝先生也仿效起来。最后，卡克尔先生终于露出闪闪发光的雪白牙齿，朝伊迪丝走过去，那样子看起来与其说想尝一尝她嘴唇上的蜜汁，倒不如说他是很想咬她一口。

她骄傲的脸颊上泛起了红晕，她的眼睛里露出一道光芒，见此情景他照理是应该就此止步的，但是他并没有，像其他人一样他照样向她表示祝贺并希望她一生幸福。

"对于这样的联姻，"他轻声地说，"但愿美好的愿望不是无足轻重的。"

"谢谢您，先生。"她翘着嘴唇，胸脯起伏地作答。

但是，伊迪丝是不是还像那天晚上当她知道董贝先生会回来向她提亲时那样，觉得卡克尔对她洞察一切，了如指掌？是不是由于这个缘故，她更加感到无地自容？是不是因为这个缘故她的傲气在他的笑容之下变得烟消云散，就像霜雪在紧握的手中顷刻融化？是不是因为这个缘故，她那傲气凌人的目光在遇到他的眼睛时便匆忙垂下，落在地上？

"我很荣幸地看到，"卡克尔先生说着恭顺地低垂他的颈项，可是他的眼色和露齿而笑的神情使这句假话完全露了底，"我很荣幸地看到我的微贱的礼物得到董贝夫人玉手的宠爱，使它在这个欢欣鼓舞的时候占据了这样宠幸的地位。"

她虽然点了一下头作为回答，可她的手在一瞬间的动作似乎是想把那些花扯得粉碎，轻蔑地扔在地上。但是她并没有这样做，而是去挽住新婚丈夫的手臂，他正站在近旁，和少校谈着话。她又恢复了骄傲的气派，纹丝不动，沉默不语。

马车又等在教堂门口了。董贝先生的新娘挽着他的手臂，跟着他穿过等候在台阶上的二十家小妇人，每一位小妇人从此时起都不会忘记她的每一件服饰的式样与颜色，而且把她的洋娃娃也照样打扮起来，仿佛是天天在结婚似的。克娄巴特拉和表兄菲尼克士走进同一辆马车。少校把弗洛伦斯扶上第二辆马车，随后是那位差点给当作新娘的伴娘也上去了，接着是少校自己，少校之后就是卡克尔先生。马儿蹦蹦跳跳，腾空跃起。身穿新制服的马车夫和仆人身佩飘带，手拿鲜花，熠熠生辉。在辚辚车声中他们迅疾地穿街越巷。走过时，成千上万人的脑袋掉转过来朝他们观看，成千上万人，因为那天早晨没有举行婚礼，为图报复，便摆出一副庄严的道德家的架势，说这些人一点也没有想到他们的这种幸福只不过是昙花一现。

一切归于静寂之后，托克史小姐从小天使的腿后面出来，从楼座徐徐下去。她的眼睛哭红了，手绢给泪水沾湿了。她受了伤害，但还没有激怒于胸，她希望他们幸福。她承认新娘的确是漂亮的，而她自己的确是相形见绌的，她的容貌已经黯然失色了，但她的脑海里依旧浮现着董贝先生尊贵的仪表，淡紫色的马甲和浅黄色的裤子。托克史小姐在回往公主路时，又在面纱后面哭了起来。卡特尔船长以虔诚而粗犷的声调跟着大家一起吟诵全部祈祷文和阿门，感觉到大有裨益，手上拿着油光光的帽子，怀着平和的心境漫步于教堂之内，朗读着纪念小保罗的墓志铭。充满浪漫情怀的图茨先生在忠诚的"斗鸡"的陪同下带着爱情的痛苦离开了这座教堂。"斗鸡"还没有想好赢取弗洛伦斯的计划，不过起初的想法他是牢记在心的，他觉得给董贝先生的马甲上狠击一拳叫他弯腰曲背站不起来，这才是朝着正确方向的一步。董贝先生的仆人们从躲藏的地方走出来了，正准备冲向布鲁克街，却碰上佩契太太顿感不适，给吓了一跳，便停了下来，暂时不去了。佩契太太要喝一杯水，喝了水之后她很快就好些了，便给背走了。米弗太太和牧师助理桑兹先生坐在台阶上数着他们从今天的婚礼中获得的收入，津津有味地谈着这件事情。这时教堂司事正敲着丧钟。

现在，马车到达了新娘的住地，于是敲钟的人开始敲起响亮的钟声，乐队开始奏乐，而那位象征美满婚姻的彭奇先生遂向他的太太接吻致意。现在，人们跑过来，推推挤挤，目瞪口呆地争着围观，看着董贝先生挽着董贝夫人的手庄严地步入菲尼克士府第。现在，参加婚礼的人都下了马车，跟着他走了进去。卡克尔先生穿过人群走到大厅门口时却想起了那天早晨树林里喊他的那个老妪，这是为什么？弗洛伦斯走过时又为什么会满身颤抖地想起她迷路时的童年岁月和好心眼的布朗太太的脸孔？

现在，更多的人对这个最幸福的日子表示祝贺，来了更多的来宾，虽然不能算很多。现在他们离开了客厅，走进暗褐色的饭厅，在餐桌旁依次坐下。这间餐厅颜色之暗淡是随便哪位糖果商也无法使之明亮起来的，即使在那两个精疲力竭的黑人仆从身上洒满了许多鲜花和同心结，把他们打扮得花枝招展，也是无助于事的。

糕饼师傅却依旧出色地履行了他的职责，一顿丰盛的早餐摆上了桌面。来宾中有奇克先生与夫人。奇克夫人赞美伊迪丝，说她是天造地设的一位完美无缺的董贝家的人。奇克夫人对斯库顿夫人和蔼可亲，推心置腹，斯库顿夫人的心上因此落下了一块大石头，惬意地啜饮着她面前的香槟酒。那个特高个子年轻人早上因为过分兴奋给弄得好苦，现在好些了，但还有一种模模糊糊的悔恨心情。他恨死了另外一个特高个子年轻人，便把盘子从他手上抢了过来，不给宾客送去，他却以此为乐。宾客们倒很冷静，并没有纵情欢乐，以免触怒那些俯视着他们的如同黑色丧徽的画幅。筵席上，表兄菲尼克士和少校最是兴高采烈，但是卡克尔先生则对满桌的人露出一脸笑容，特别是对新娘更是笑容可掬，可是新娘却很少、很少往那张笑脸上看一眼的。

早餐既毕，仆人们离开了饭厅。表兄菲尼克士站了起来，洁白的袖口差不多盖住他那瘦骨嶙峋的双手，面颊上浮现着香槟酒的红晕，他看起来出奇地年轻。

"我以名誉担保，"表兄菲尼克士说，"在一位绅士的私宅里这虽然是一件很不平常的事，我还是恭请诸位像平常所说的那样喝一口，也就是说——来一次干杯。"

少校粗哑的声音表示赞同。卡克尔先生欠过身去，朝着桌子那一端的表兄菲尼克士展露笑容，频频点头。

"一次——事实上不是一次——"表兄菲尼克士又说了一下，便戛然而止。

"听，听！"少校深信不疑地说。

卡克尔先生轻握双手，又一次朝桌子对面欠过身去，满面笑容地频频点头，次数比上一次更多，仿佛他听了最后的一句话特别感动，希望亲自表达他意识到这句话给他带来的好处。

"事实上，"表兄菲尼克士继续说着，"在这种场合，平时的生活习惯稍为疏忽一些，也不会有失体统。我从来就不善言辞，可我在下议院的时候有幸能够挺身而出支持那篇演说，——事实上，我感到失败了，竟至于两个星期卧床不起——"

少校和卡克尔先生听到他的这一段故事快乐得不得了，表兄菲尼克士开怀大笑起来，接下去便专门跟他们讲下去：

"事实上，我病得很厉害的时候——您们知道，我还是感到一项职责落在我身上了。当一项职责落在一位英国人身上时，照我的看法，他总得尽量把这项职责完成好。哦！我们家今天有幸通过我的多才多艺的可爱的表妹攀上了，我看见她——事实上，就在这里——"

讲到这里响起一阵鼓掌声。

"就在这里，"表兄菲尼克士觉得这是很引人入胜的一点，便重复了一遍，"攀上了一位——就是说，一位谁也不能轻蔑对待的先生——事实上，就是攀上了我尊敬的朋友董贝，不知道他是不是俯允我这样称呼他？"

表兄菲尼克士向董贝先生鞠了一躬，董贝先生也庄严地鞠了一躬回礼。这一不同寻常、也许是前所未有的感情的喷发，使大家都或多或少地感到欢欣和感动。

　　"在此之前，"表兄菲尼克士说着，"我始终盼望着但一直没有机会和我的朋友董贝朝夕相处，没有机会来思考他的睿智的脑袋以及事实上他的善良的心所具有的那些禀性，因为我一直在下院，那时候在下院是不提上院的，那时候议会的规章制度也许比现在遵守得要好些，在下院的时候我们常常讲，我的不幸就是——事实上，"表兄菲尼克士很狡猾地顿了一顿，他觉得开这么一个玩笑挺有味道，然后喷薄而出，"身处异地呵！"

　　少校听到这句话笑得前仰后合，好容易才止住。

　　"不过我对我的朋友董贝是很了解的，"表兄菲尼克士此时说话的语气严肃了一些，好像突然之间他变得冷静沉着、睿智起来，"我知道，事实上，他的确可以称为一位企业家，一位英国企业家，一位——一位真正的人。虽然我多年寄居国外（我很乐意在巴登—巴登款待我的朋友董贝和在座各位，并引荐给大公爵），我颇为自得的是，我对我的多才多艺的、可爱的表妹还是知之甚详的，我知道她具有使一个男人幸福快乐的一切禀赋，我知道她和我的朋友董贝的秦晋之好是出于双方自愿，心心相印。"

　　卡克尔先生一再地微笑，频频点头。

　　"为此，"表兄菲尼克士接着说，"我为我们的家庭增添了新的成员我的朋友董贝表示祝贺。我为我的朋友董贝和我的多才多艺的可爱的表妹喜结良缘表示祝贺，因为我的表妹具有使一个男人幸福快乐的一切禀赋。我不揣冒昧地邀请在座诸位，事实上，对我的朋友董贝和我的多才多艺的可爱的表妹表示祝贺，祝贺他们新婚之喜。"

　　表兄菲尼克士的讲话激起了一阵响亮的掌声。董贝先生代表他自己与夫人表示感谢。乔·贝旋即提议为斯库顿夫人的健康干杯。敬酒既毕，杯盘狼藉，备受亵渎的黑色丧徽算是吐了口怨气。伊迪丝起身去换行装。

此时，仆人们全都在楼下吃早饭。对于他们来说，香槟酒已经是太普通了，而烤禽、发酵的馅饼和龙虾色拉也不在话下。那位特高个子年轻人又兴奋起来，再一次提起了"酒桶"。他的伙伴开始学他的样，盯着东西看，却也是视而不见。娘儿们红光满面，特别是佩契太太，她满怀欣喜，一脸笑容，生活中的烦恼已丢在九霄云外，如果这时一位行人问她到巴尔斯池塘怎么走法，她也会记不太清楚的，而巴尔斯池塘乃是她操劳不息之所呢。托林森先生提议为新婚夫妇的幸福干杯。银发男管家立即热烈响应，因为他有些开始认为自己是这家的老家臣了，他对这些变化自然是很高兴的。大家都快活极了，特别是娘儿们更加欢欣鼓舞。董贝先生的厨娘在这样欢乐的时候通常都是带头羊，她说碰到这样的喜事大家的心是安静不下来的，何不一道看戏去？大家都赞同，佩契太太也不例外，即使那个正在狼吞虎咽地大喝其老酒的本地人也圆睁着大眼表示附和，可娘儿们，特别是佩契太太，瞧着他那转动的眼珠却给吓了一跳。有一个特高个子年轻人还提出看戏之后去参加舞会，包括佩契太太在内，没有人表示异议。一位女仆和托林森先生斗起嘴来了。她以一句古谚为依据，认为婚姻是天堂里排定的，而他却以为是在另外的地方安排的。他觉得她之所以要这样讲是因为她自己想嫁人，她则反唇相讥，说不管怎么样她是决不会嫁给他的。为了平息他们之间的争吵，银发男管家站了起来，提议为托林森先生的健康干杯，他说既然与托林森先生相识了那就要尊敬他，既然尊敬他那就该希望他和他的心上人（讲到这里银发男管家看了一下女仆）共筑生活的爱巢，不管她在哪里。托林森先生发表了一通激情的讲话表示感谢，后来他转而讲起外国人来了，他说这些外国人有时候很会讨好那些智力低下、朝三暮四、牵着一根头发也会给拉走的低能儿，不过但愿他永远不会听到有哪个外国杂种会行劫路上的马车。讲到这里托林森先生的眼神变得非常严厉吓人，女仆见此情景惶恐万状，不知所措。这时，听到新娘就要走了，于是她与其他人一起奔上楼去看她出发。

马车等在门口。新娘步入楼下的大厅，董贝先生正在那里等着她。弗洛伦斯站在楼梯上，也准备离开。尼珀小姐站在客厅与厨房之间，等着陪她上路。伊迪丝一出现，弗洛伦斯急忙跑过去，跟她告别。

伊迪丝感到冷吗，她为什么发抖？难道弗洛伦斯的碰触之中有什么不是出于自然之心、悖乎常理的味道，以致这位佳人往后退缩，仿佛这是不可忍耐似的？难道这次离别就这么匆忙，伊迪丝居然只是挥一挥手，就匆匆而去了？

女儿去了，妈妈怎么受得了，马车轮子的声音在远处消失时，斯库顿夫人像克娄巴特拉那样沉沉地落在沙发上，眼里流了几滴泪水。少校和其余的人从餐桌边走过来，尽力安慰她，但是她无论如何也不听劝慰，少校只好告别。表兄菲尼克士告别了，卡克尔先生告别了，宾客全都告别了。只剩下一个人时，克娄巴特拉因为心情过于激动感到有些头晕，便昏昏入睡了。

楼下的人也都昏昏欲睡。那个特高个子年轻人一下子兴奋起来，把头靠在餐具室的桌上，像胶着似的再也移不动。佩契太太情绪突变，心情低沉，这是因为佩契先生的缘故，她对厨娘说，她担心她的先生不像过去家里只有九人的时候那样恋家了。托林森先生的耳朵里响着歌声，脑袋里面像是有一只很大的车轮在不停地转动。女仆但愿什么人归天，她希望这个愿望并不是坏心眼。

在楼下，人们对时间的概念也是模模糊糊的，大家都以为现在起码是晚上十点钟了，其实还不过下午三点钟。在这一群人里，每一个人都隐隐约约感到有谁做了坏事，彼此之间都以为对方是罪犯，避之唯恐不及。无论是男的女的，没有一个人敢于说一声去看戏的打算。如果有谁再提起去参加舞会的话，他就会给当作心怀叵测的白痴被人讥笑。

两小时后，斯库顿夫人还在楼上睡觉，厨房里的仆人们也在午睡。餐厅里丧徽般的画幅俯瞰着面包屑、肮脏的盘碟、溅在桌上的酒滴、融化了一半的冰块、杯中走了味褪了色的残酒、龙虾的断肢残骨、烤禽的断腿，以及沉思默想的果冻，这些果冻渐渐变成一堆不冷不热的浓浆。这时，婚礼的魅力和排场差不多已经荡然无存，就像这顿早餐一样变得杯盘狼藉，虚有其表了。董贝先生的仆人们对这件事论长道短，在家里喝早茶的时候他们很觉懊恼，因此到八点钟光景他们的兴致再也提不起来了。这时，佩契先生精神焕发、高高兴兴地从商区赶来了，他身穿白色的马甲，口里哼着滑稽有趣的小调，准备痛痛快快地欢度良宵，可他万万没有想到大家对他是这么冷漠，他看到佩契太太身体很不好，于是准备搭乘下一辆公共马车陪同他太太回家，他觉得这倒是一件乐事。

夜色笼罩。弗洛伦斯在这座焕然一新的漂亮屋子里漫游着，从一个房间走到另一个房间，去寻找她自己的闺房，在这里伊迪丝花费了不少的心思为她布置了豪华而舒适的环境。走进房间后，弗洛伦斯卸下漂亮的衣服，换上她原来为亲爱的保罗服丧的简朴的衣服，然后坐下来读书。狄俄吉尼士待在她旁边的地上眨着眼睛。可是今晚弗洛伦斯却无心阅读。这座装饰一新的屋子看起来十分陌生，而且很响亮的声音在里面回荡。她心上罩着一层阴影，她不知道为什么会有这层阴影，也不知道是什么阴影，但是这层阴影却是很沉重的。弗洛伦斯把书合上，坏性子的狄俄吉尼士以为这是给它的信号，便把它的脚爪搁在她的膝盖上，用它的耳朵擦着她抚爱着它的双手。但是弗洛伦斯一下子不能把它看得清楚，因为在她的眼帘与它之间隔着一层雾，在雾中她死去的弟弟与妈妈像天使般在闪耀着。还有沃尔特，那遭遇沉船事故、漂泊异乡的可怜的男孩，呵，他现在何处？

无疑，少校是一无所知的，他也无心于此。少校吃得饱饱的，睡了一个下午，在俱乐部里吃了一顿很迟的晚餐。现在他一边喝着一品脱①老酒，一边和邻座的一位脸色红润、谦和有礼的年轻人大侃特侃，时而插上"先生"这样的称呼，差点把他弄得精神失常，招架不住了，他恨不得交出一大笔金钱赶快离座脱身，只是无能为力。少校谈着贝格斯托克的轶事，参加董贝的婚礼的趣闻，还有老乔的

---

① 品脱：容量单位，0.57 升弱。

一位很有绅士风度的朋友菲尼克士勋爵。表兄菲尼克士本该在朗家宾馆睡觉的，结果跑到赌桌旁边去了，也许是他的腿不听使唤，身不由己地给拖过去了。

夜晚像一个巨人似的占据了教堂，在静寂的时间里从地面到屋顶全给它占据了。苍白的黎明又复翩翩来临，从窗口向室内窥望，让位于光明的白天，望着黑夜退入地下的墓穴里，步步紧随，一直到赶它出去为止，然后隐藏在死者堆里。大门砰砰震响的时候，胆小的耗子们又慌慌张张地挤在一起，桑兹先生和米弗太太过着每日周而复始的生活，如同结婚戒指一样连绵不断，现在他们走进来了。婚礼举行的时候那顶三角帽与苦行僧的女帽又复出现在新婚夫妇的后面，然后又是这位男人娶了这位女人，这位女人嫁给这位男人，他们庄严地发誓：

"从这一天起，不管是富如五车或者一贫如洗，不管是疾病缠身或体魄康健，彼此将同甘共苦，互敬互爱，生死相依。"

卡克尔先生悠然自得地骑马进城时，大大地咧开嘴反复说着这句山盟海誓。

第三十二章

木制海军候补生悲痛欲绝

光阴似箭，一周又一周过去了。老实的卡特尔船长并没有因为敌人未曾露面而松懈警惕，他依旧深居简出，防守严密，丝毫也不减弱任何防止突然袭击的有效措施。船长认为他目前的安全之计太深奥神秘，看来是难以持久的；他知道顺风时风向标总是顺着风向转动的；而他对麦克斯廷格太太那种坚定不移、决不后退的性格实在是太了解了，他不会怀疑这位巾帼英雄一直在想方设法把他找到，捕获他。在重重的思想压力下，卡特尔船长胆战心惊，他过着十分隐秘的生活，除非天黑以后，他是很少出门的，即使天黑时壮着胆子出去了，他也只是到那些最偏僻的巷陌，而且在星期天他是从不外出的；在他住宅的墙里墙外，他唯恐望见女帽，仿佛戴着女帽的都是发狂的猛狮。

船长从未想到过如果走在路上他给麦克斯廷格太太碰到了他怎么逃得过去，他觉得想抗拒是无法做到的。他设想自己给乖乖地抓上出租马车，带往原先的住地，他预见到一旦给关进那里，他就完了：帽子没有了，麦克斯廷格太太日日夜夜看守着他；在一群幼儿的面前，一声声责骂不断地向他的头上飞来；他成了被怀疑的罪魁祸首——在孩子们的眼中他是一个可怕的魔怪，而在他们母亲的眼里则是原形毕露的叛徒。

每当他的脑海里出现这么一幅阴森的画面，船长总是大汗淋漓、情绪低落。每次夜里他偷偷溜出去换换空气、散散步之前往往会出现这种情况。船长意识到自己所处的险境，每次出去之前，与罗布告别时总是神情严肃，就像是壮士一去不复返似的。他语重心长地嘱咐罗布，如果暂时没有看见他这个船长的话，他应恪守正道，把那些铜制仪器保管好，擦得亮晶晶的。

　　但是如果碰到最坏的情况，为了不至于失去与外界通气的机会并为自己取得与外界联系的手段，卡特尔船长很快想出了一个好主意，就是教给磨工罗布某种秘密信号，这位部下在他的司令官危急的时候即可前来援救，以表忠心。经过周密的思考之后，船长决定让他吹口哨，吹那曲海员的调子："哦，好高兴，好高兴哦！"磨工罗布吹了一下，吹得好极了，对于一个从未下过海的人来说，他的技巧已达到近乎完美的程度了。于是船长把下面秘密的指示苦口婆心地告诉他，要他牢记不忘：

　　"听着，我的小子，做好准备！万一我给抓住——"

　　"给抓住，船长！"罗布睁大着圆圆的眼睛插嘴说。

　　"呵！"卡特尔船长神秘地说，"要是我出去，本来是打算回来吃晚饭的，可是二十四小时以后还没有看见我的影子，你就到布里格街去，在我原来的停泊处吹起刚才教你的那个调调儿——你要注意，不要让人家看出你是特地跑到那里去的，你要装作好像是无意之中走到那里的。要是我也跟着吹起那个调调儿，你就赶快走开，过二十四小时再回来；要是我吹起另外的调子，你就一会儿走近，一会儿走远，等我发出另外的信号。现在你明白这些指示了吗？"

　　"要我一会儿走近，一会儿走远，这是指什么，船长？"罗布问，"是说的马路吗？"

　　"你这个小子真聪明！"船长严厉地看着他大声叫着，"怎么你自己本国的语言也不懂了！走开一会儿，然后再走回来，反反复复地这样走——这意思你可懂了吗？"

　　"懂了，船长。"罗布答道。

　　"我的小子，那就很好了，"船长宽恕地说，"就照这样做！"

　　为了使他能够做得好一些，有时候晚上店门关了以后，卡特尔船长退到里面的起居室里，仿佛是关在设想中的麦克斯廷格太太的寓所，在那里把那一幕情景特地为他演习一下，然后从墙里挖的一个小洞里仔细地观察着他的同伙的表演。磨工罗布以高度的准确性与精密的判断完成了他的任务，这初步证明他是能够胜任的。船长欣喜之余时常给他七枚六便士硬币。渐渐地他感到他已为最坏的情况做好了准备，为了防止严酷的命运，他考虑了每一条可行的措施，他可以高枕无忧了。

然而船长仍旧一如既往，并没有丝毫的疏忽大意，以免招来不测之祸。他既然是董贝先生一家人的朋友，既然从佩契先生那里听到董贝先生即将举行婚礼，出于良好的教养他理应前往参加，坐在楼座上，让这位先生看到他欣然赞赏的面孔。他乘坐一辆出租的单马双轮轻便车到教堂去，两边的窗子关得严严密密。本来由于害怕麦克斯廷格太太的出现，他可能并不想作此冒险的，但是这位太太那天去听梅尔奇塞德克牧师的布道去了，看来她是不可能出现在教堂里参加董贝先生的婚礼的。

船长复又安全回了家，立刻投入新的日常生活，除了每天街上出现的女帽外，再也没有遇见敌人直接让他担心的事情。但是其他的问题却开始接踵而至，重重压在他的心上。沃尔特乘的船仍旧下落不明。老所尔·吉尔士的行踪也一无所知。关于他失踪的事弗洛伦斯根本就不知道，而卡特尔船长也不忍心告诉她。那位慷慨大方、容貌漂亮、性格豪爽的小伙子，和船长自己的粗犷性格不谋而合，当他还是孩子的时候，船长就十分喜欢他了。船长对于获得这位小伙子的消息所怀抱的希望开始动摇，而且日见渺茫，出于内心的痛苦，他更加不想和弗洛伦斯交谈了。假若有什么好消息要带给她的话，虽然那装修一新的大厦和金灿灿的陈设以及他在教堂里目睹的那位夫人会使他望而却步，他依旧会不辞此行的。然而，他们共同的盼望的周围却积聚着一圈乌云，这圈乌云一小时比一小时变得越来越浓重，船长几乎觉得自己成了弗洛伦斯的新的不幸与苦难，因此他担心弗洛伦斯来访，这和他担心麦克斯廷格太太找上门的心情几无二致。

这是一个阴暗寒冷的秋夜。卡特尔船长吩咐罗布在屋后的小起居室里生了火，这间起居室现在比以前更像一间船舱了。雨骤风急，船长走过他老朋友风雨飘摇的卧室，步上屋顶去观测天气，当他望见狂风暴雨中的荒凉景象，他的心伤痛欲绝。这并不是因为他由此时的天气想起可怜的沃尔特的命运，也不是他还怀疑沃尔特在上天的安排下早已因沉船事故而下落不明，都不是这些，不是他脑子里所想的东西，而是在外界影响之下，情绪低落、灰心失意。比他聪明的人，在他之前常常碰到这种情况，在他之后也会常常陷于这种苦恼的。

卡特尔船长面向狂风斜雨，举首仰望着白茫茫的屋顶上空疾驶的滚滚乌云，想寻找让他高兴的东西，可总也找不到。近处的景象也同样凄惨。在他脚边的形形色色的茶叶箱和其他的粗制滥造的箱子里，磨工罗布的鸽子仿佛一阵阵凄风在不住地啼鸣。那个眼睛前面架着望远镜的海军候补生本来从街上就可以一目了然的，现在早已给砖墙围起来了，当呼啸的急风吹得他团团转，残酷地作弄他时，他就像一只发了疯的风向标，站在生了锈的框轴上吱吱嘎嘎，唉声叹气。冰冷的雨点像钢珠一样地打在船长的粗蓝布背心上。在西北风的严厉攻势下，他倾斜着的身子也岌岌可危，随时会从护墙上给击倒，吹到下面的人行道上。船长牢牢按住帽子，心里在想，如果这天晚上还有一线希望存在的话，它一定是守在屋子里的，绝没有出门，于是船长沮丧地摇摇头，走进屋里去寻找希望。

卡特尔船长缓缓地走下去，走进屋后的小起居室，坐在他惯常坐的椅子上，便向炉火中寻找希望，炉光虽然很旺，在那里却找不到。他于是取出烟盒和烟斗，定下心来抽烟，然后从烟锅中逸出的红光里去寻找，从他嘴里喷出的缭绕的烟雾中去寻找，但是连希望之锚的一点点锈迹也无处可见。他拿了一杯掺水烈酒来喝，由于瓶底剩下的是凄苦难受的事实，他无法饮尽。他在店铺里走了一两圈，想在这些仪器之中寻找希望，可是这些仪器经过精确的计算，不管他怎么反对，就是认为那条失踪的船只已经沉在茫茫大海之底了。

风仍旧在飞奔，雨点仍旧滴滴答答，拍打着关上的百叶窗，船长走到放在柜台上的木制海军候补生的面前，用袖子揩干这位小军官的制服，他想这位海军候补生经历过多少个岁月了，而在这些岁月里他船上的海员们很少发生过什么变化，几乎是一点变化也不曾发生过，可是一天之内这些变化却似顷刻而至，而且有扫荡一切之势。屋后起居室里的小天地给打碎了，伙伴们各奔前程，漂泊天涯。在这里再也没有人去听《可爱的佩格》这支小曲了，即使有歌者也没有听众，何况歌者也是没有的，因为船长心里十分明白除了他本人之外是没有人会唱这首歌的，而在现在这样的情况他自己根本提不起精神来唱歌。在这座屋子里再也看不见沃尔喜气洋洋的面孔——想到这里船长把他的袖子从海军候补生的制服上移到他自己的脸颊上——所尔·吉尔士的那熟悉的绒线帽和纽扣已为陈迹；理查德·惠廷顿头上给敲了一下；有关海军候补生的每一项计划与设想都像一只没有桅杆、没有舵的航船在浩渺的大海上随波漂荡。

　　正当船长愁眉苦脸地站在那里，一边想着这些事情一边以老相识的友情心不在焉地擦着这位海军候补生时，突然响起一阵敲门声，把磨工罗布吓坏了，他的身体跳了起来。当时他正坐在柜台上，两只大眼睛一直盯着船长的面孔，他心里数百次地在不停地嘀咕：船长是不是谋害了谁，这样做贼心虚，总是想逃跑。

　　"那是什么声音？"卡特尔船长轻声地说。

　　"有人在敲门，船长。"磨工罗布答道。

　　船长带着犯罪的恐慌心情即刻踮着脚悄悄地溜入小起居室，把门关上。罗布打开店门，如果来人穿的是女装的话，他就要说服她不要走进来，可是这位来客却是男的，而且罗布接受的指示是专门针对女性的。所以他拉开门，让来人跨进门槛。此人匆忙进屋子，欣喜地躲开了滂沱大雨。

　　"伯吉斯公司有得忙了，"来客回过头不无可惜地看看他那两条给雨水沾湿了的裤腿说，"哦，吉尔士先生，您好。"

　　这句问候是对船长说的，这时他装着不经意地从屋后的起居室走了出来，他那装出来的样子一目了然，是掩饰不住的。

"谢谢您，"进来的这位先生一口气地说下去，"我的的确确是很好，我很感谢您。我的名字是图茨——图茨先生。"

船长记起了他在婚礼上见到过这位年轻的先生，便向他鞠了一躬。图茨先生痴痴笑了一笑，算是答礼，像他平时那样，他觉得很难为情，于是一边喘气一边长久地和船长握手致意，在想不出别的高招时他便转向磨工罗布，友好而热情地与他握手。

"我跟您说！吉尔士先生，要是您乐意的话，我有一句话想同您讲讲，"图茨终于意想不到地镇静下来，说道，"我跟您说！董贝小姐您是认识的吧！"

船长立即庄严而神秘地向那间小起居室挥舞着手钩，图茨先生便跟在他后面走过去。

"呵！我得请您原谅，"船长给图茨先生在炉火旁放了一把椅子。图茨先生坐下后，抬头望着他的面孔说，"您不会认识小鸡的吧，吉尔士先生？"

"小鸡？"船长问道。

"就是'斗鸡'。"图茨先生说。

船长摇摇头，于是图茨先生解释说，刚才提到的这个人乃是公众的著名人物，他在一次拳击赛中击败了一位希罗普郡的拳王，使他自己和他的故乡荣名盖世。但是这船长听了这件事情仍旧不很明白。

"因为他是在外面，就是这么回事，"图茨先生说，"但是这不要紧，也许他不大会给淋湿的。"

"我马上就叫人请他进来。"船长说。

"那好，要是您好心让他到店里来和您的伙计坐在一道的话，"图茨先生咻咻地笑着说，"那我可高兴了，因为您知道，他很容易发脾气，而且雨水对他的身体不大好的。我就去叫他进来，吉尔士先生。"

说着，图茨先生便走到店门口，向夜色中送去一声特别的口哨声，一个苦行僧模样的人立刻出现了。他身穿一件粗毛厚大衣，头戴一顶平边帽，头发很短，破鼻梁，每一个耳朵后面是一片不毛之地。

"坐下，小鸡。"图茨先生说。

"斗鸡"也不推辞，坐下后吐出几小片咀嚼着的干草，然后从手里又拿了几片。

"这儿没有一口酒好喝喝的吧，是吗？""斗鸡"泛泛而论地说，"对于一个自食其力的人，今天夜里这样的倾盆大雨真是够呛的啦。"

卡特尔船长递上一杯朗姆酒，"斗鸡"首先简短地提议"为我们干杯"，然后把脑袋朝后一甩就一饮而尽，仿佛是倒入一只酒桶里面似的。图茨先生与船长回到起居室，在炉边就座后，图茨先生开口说，"吉尔士先生——"

"等等！"船长说，"我的名字是卡特尔。"

图茨先生颇为困惑，船长却继续一本正经地讲着：

"卡特尔船长是我的名字，英格兰是我的国家，这里是我的住宅，上帝赐福于宇宙万物——约伯①。"船长加了一个注解，说明最后这句话的根据。

"哦！我见不着吉尔士先生了，是吗？"图茨先生说，"因为——"

"如果您坐在那里，能够见到所尔·吉尔士，年轻人，"船长把一只手重重地压在图茨先生的膝上，用力地说，"能够见到老所尔，记住——亲眼见到的话——那您要比平静的海面上向船尾吹来的风儿更会受到我的欢迎。您为什么不能够见到所尔·吉尔士呢？"从图茨先生脸上的表情，船长看出了他的话给他的印象很深，"因为看不见他了嘛。"

图茨先生在万般无奈之中正想说这一点也不要紧的，可自知这样讲不行，便改了口气说："哎呀，老天保佑吧！"

"那个人，"船长说，"留了一张便条，叫我管着这个地方，虽说他差不多就像我的结拜兄弟那样亲密，可是他到哪里去，他为什么走，是不是找他的外甥去了，还是因为他放不下心，我同您一样，一点也不清楚。一天清早他跳下水，没有听见水的泼溅声，也没有

---

① 约伯：指《圣经·旧约·约伯记》。

看见水的波动。从那时候起，我到处去找他，可一直没有看到他的影子，也没有听到他的声音，什么都没有找到。"

"但是，天哪，董贝小姐还不知道呐——"图茨先生接着说道。

"我问您，她这么重感情的，为什么，"船长压低了声音说，"她为什么该知道？还没有到山穷水尽的时候，为什么一定要让她知道呢？她对老所尔·吉尔士，这位小姑娘对老所尔·吉尔士真好呢，真亲切呢，真——何必说呢？您知道她的。"

"我希望是这样。"图茨先生咻咻地笑起来，一片难为情的红晕盖满了他的脸孔。

"那么您是从她那儿来的吗？"船长问。

"我想是这样。"图茨先生咻咻地笑道。

"那么我要讲的就是，"船长说，"您认识了一位天使，您受了一位天使的派遣。"

图茨先生即刻握住船长的手，恳请交个朋友。

"我以名誉担保，"图茨先生真心诚意地说，"要是您肯和我交个朋友，我是非常感激的。船长，我是很想同您结交的。我的确需要一个朋友，的确需要。在老布林伯的学校里，小董贝是我的朋友，要是他现在还活着，他一定还是我的朋友。'斗鸡'，"图茨先生苦巴巴地低声说，"可行啦，他有一套叫人羡慕的本领，他恐怕是世界上最精明能干的人了，大家都说他什么事都会干，但我不知道，他并不是全人。那么，船长，她就是天使了，要是哪里有天使的话，那就是董贝小姐。我一直是在这么说的。说真的，您知道，"图茨先生说，"要是您同我交个朋友，我一定是非常感激的。"

卡特尔船长很有礼貌地听着他的建议，但是没有明白表态，只是说："对，对，小伙子。我们再瞧吧，再瞧吧。"说毕，他即提醒图茨先生，问他光临敝舍，有什么贵干。

"哦，事情是这样，"图茨先生答道，"我是从那个小娘儿们那里来的，不是董贝小姐，是苏珊，您知道的。"

船长表情严肃地点了一下头，表示他十分尊重这位姑娘。

"我来讲讲这件事情的来龙去脉吧，"图茨先生说，"您知道，我有时候要去拜访董贝小姐的。我不是故意到那里去的，您知道，但是我常常要到那一带去，等我发现我到了那里了，那——那我就去拜访了。"

"那当然。"船长说。

"是这样，"图茨先生说，"今天下午我又去了。我以名誉担保，今天下午董贝小姐那副天使的模样，我看谁也想象不出来的。"

船长把头一抬，意思是说，对有些人讲这是不容易的，可是对他却是轻而易举的。

"我正走出来，"图茨先生说，"那个小娘儿们出其不意地把我拉到餐具间。"

这时，船长似乎不喜欢这种做法，便往后一靠，不予置信地盯着图茨先生，虽然并无威胁之意。

"在那里，她拿出，"图茨先生说，"一张报纸。她告诉我这张报纸她藏了一整天，没有让董贝小姐看见，因为那上面写的一些事情是关于她和董贝过去的一个相识。她随即把那段话念给我听。就这样。然后她讲——等一下——她讲些什么啦！"

图茨先生竭力集中思绪想着这个问题，无意中遇到船长严肃的目光，使他极其局促不安，因此要顺着这个话题的思路条清理晰地继续讲下去，就更加困难了，简直达到令人痛苦的程度。

"哦！"经过长时间的考虑之后，图茨先生终于开口了，"哦，呵！是的！她讲但愿这不会是真的，她讲如果她自己出来就会惊动董贝小姐，所以她不能出来，她要我到这条街上仪器制造商所罗门·吉尔士先生的店里来一趟，问问他是不是觉得这件事情是真的，有没有听到商业区里有什么别的消息，因为他是那个小伙子的舅舅嘛。她还说，要是他不同我讲，卡特尔船长肯定是会讲的。顺便提一下！"图茨先生忽然发现了什么似的说，"您，您知道的！"

船长往图茨先生手里的报纸看了一眼，呼吸极其急促。

"是这样的，"图茨先生继续说下去，"我为什么来得迟了些，那是因为我首先去了一趟芬奇利，为董贝小姐的鸟儿采些上好的繁缕。不过一采好我立刻赶了过来。我想，您看过了这张报纸了吧？"

船长对报上的消息提心吊胆，不敢去看，生怕麦克斯廷格太太在上面登了找他这个人的启事。听他动问，船长摇摇头。

"是不是让我来把这一段念给您听？"图茨先生问。

船长作了一个肯定的表示后，图茨先生就念起"航运消息"栏里一段报导：

"南安普敦①。'挑战号'三桅帆船载着一船糖、咖啡和朗姆酒于今日抵达本港。船长亨利·詹姆士报导说，从牙买加归国途中，于第六天，船因无风而停驶在——在某某纬度，您知道。"图茨先生对着这些数字轻轻闯了一下，然后就从它们上面翻了过去。

"对！"船长捏紧拳头敲着桌子说，"继续前进，小伙子！"

"——纬度，"图茨先生吃惊地看了一眼船长又重新说了一遍一遍，"在某某经度——'日落前半小时，瞭望员看见海上约一英里处漂流着一条失事船只的残骸。天气晴朗，三桅帆船就此停泊，放下一条小船去执行检查那条失事船只的命令。他们发现船中有各种巨大的圆材，英式方帆双桅船上的一部分主帆缆，约重五百吨左右，以及一部分船尾，上面写着的"子嗣号"的字迹依旧清晰可辨。在这些漂浮的残骸上没有发现任何尸体。"挑战号"三桅帆船的航海日志记载，夜里风起，失事船只的残骸不知去向。所以关于那条失踪船只的命运是不用怀疑的了，种种猜测可以休矣：从伦敦港去往巴巴多斯的"子嗣号"航船在最近的一次飓风中被击碎了，船上的人都已沉没。'"

同泛泛众生一样，卡特尔船长不太清楚在这种灰心失意的时候，他心中还留存多少希望，除非等到死亡的震惊才会使他如梦初醒。图茨先生朗读这段报道时，卡特尔船长目不转睛地望着谦和有礼的图茨先生，仿佛沉入梦幻之中，这种状态在读完之后持续了一两分

---

① 南安普敦：英国港口城市。

钟之久。随即船长突然立起，拿起因为刚才客人来访为礼貌起见放在桌子上面的那顶油光光的帽子戴在头上，然后掉转身，垂下头，靠在小壁炉架上。

"哦，我以名誉担保，"图茨先生大声说道，他那热情的心被船长突然的苦恼触动了，"这真是一个太苦难的世界！每天总有什么人死掉，或者走了，或者做一些令人感到不舒服的事情。要是我早知道，我是绝对不想继承这笔财产的。过去我没有见过这样的世界。它比布林伯的学校坏得多啦。"

卡特尔船长没有改变姿势，只是示意图茨先生不用管他，可突然之间他打了个转身，把那顶油光光的帽子往脑后一推，挂在耳朵上面，用手摩擦着他那棕黄色的脸孔，使它平静下来。

"沃尔，我亲爱的孩子，"船长说，"再见！沃尔，我的孩子，我的小伙子，男子汉，我爱你！他不是我的亲骨肉，"船长望了望炉火，又说下去，"我没有亲生儿女——可是我失去沃尔的那份痛心，就像是一位父亲失去儿子那样。为什么呢？"船长自问自答着，"那是因为不只是单单失去一个，而是失去了一整打。这间起居室里的那个年纪轻轻的学生，那个脸色红润、满头鬈发、老是开开心心的小伙子，过去他每个星期过来一次，就像一曲好听的歌声，他现在在哪里了，这些都到哪里去了？同沃尔一起去了，沉入海底了。那个朝气蓬勃的小伙子，什么事情也不会叫他疲倦，叫他心烦，当我们用'心肝宝贝'和他打趣的时候，他眼睛闪闪发光，满脸羞红，好漂亮的相貌，他现在在哪里了，这些都到哪里去了？同沃尔一起去了，沉入海底了。那个小伙子一分钟也不愿意看见他老人家垮了，可就一点也不关心自己，那颗火热的男子汉大丈夫的心到哪里去了？同沃尔一起去了，沉入海底了。不只是一个沃尔。当他沉下去的时候，一整打沃尔全都搂着他的颈子，现在他们也全都搂着我的颈子，这一整打的沃尔是我所熟悉和喜爱的心肝宝贝！"

图茨先生默默地坐着，把那张报纸放在膝上反复折叠，折得很小很小。

"还有所尔·吉尔士，"船长望着炉火说，"可怜的老所尔，外甥没有了，您到哪里去了？您外甥走的时候把您交给我的，他临走时同我说，'照顾好我舅舅。'所尔，您告别内德·卡特尔，离家出走，您是怎么回事？要是他在天上问起您，我可怎么讲呵！所尔·吉尔士，所尔·吉尔士！"船长慢慢地摇着头说，"您远离家乡看到这份报纸，在您身边没有认识沃尔的人可以讲句话。风浪很大，船横了过来，舷侧受到风吹浪打，您一头栽进海里！"

　　深深叹了一口气后，船长转向图茨先生，这才想起这位先生一直坐在这里。

　　"小子，"船长说，"你一定要老老实实地同那位姑娘讲，这份报纸上的不幸消息是千真万确的。你知道，报纸上的这些消息是不会造假的。这是记载在航海日志里面的，这是最真实不过的书了。明天早上，"船长说，"我要出去打听一下，不过是不会有什么用处的，不会有什么办法的。要是你明天上午来一下，我打听的消息你就会知道的，但是你得替卡特尔船长给那位姑娘捎个话，就说一切全完了，全完了！"说完，船长用手钩拿下那顶油光光的帽子，取出手帕，满心失望地擦了一下苍白的头，然后再把手帕慢慢放进去，心不在焉，情绪低沉。

　　"哦！说真的，"图茨先生说，"我实在太难过了。虽然我不认识他，我的确很难过。您觉得董贝小姐会很难过吗，吉尔士船长——哦，卡特尔船长？"

　　"当然，上帝保佑您，"船长的回答中对图茨先生的天真露出几分同情，"她还没有这么高的时候，他们两个就像两只小鸽子一样相亲相爱了。"

　　"真的吗！"图茨先生的面孔拉得相当的长。

　　"他们是天造地设的一对，"船长很伤心地说，"可是现在这有什么用！"

　　"我以名誉担保，"图茨先生一边不知所措地嗤嗤而笑一边又抑制不住内心的激情，在这种不同寻常的相映成趣之下，他大声地迸

502

发出如下的话，"听了您讲的这些我更加难过了。您知道，吉尔士船长，我——我实在太爱董贝小姐了——我——我爱她爱得好痛苦呵，"万分伤心的图茨先生情不自禁地坦陈心迹，说明他心中的感情是多么强烈，"不管她的痛苦是什么原因造成的，要是我不为她的痛苦而真心诚意地感到难过，那我还算得上是爱她吗？我对她的爱是不自私的，您知道，"因为他刚才亲眼看见船长悲痛难抑的情景，图茨先生讲起来更加一吐为快了，"我就是这样的人，吉尔士船长，要是我能够给车轮碾过去，或者——或者给踩上一脚，或者——或者从很高的地方给扔下去——或者诸如此类的事情——只要是为了董贝小姐，对于我来讲那真是乐莫大焉的事了。"

这些话图茨先生都是压低着声音讲的，他怕会传入"斗鸡"时刻警惕的耳朵里去，因为"斗鸡"平生不喜欢柔情蜜意。这种竭力控制自己又无法隐藏激烈的情感的两难处境使图茨先生局促不安，一直红到耳根，把一种无私之爱的动人情态呈现在卡特尔船长的眼前，于是好心的船长安慰地拍拍他的背脊，叫他不要难过。

"谢谢您，吉尔士船长，"图茨先生说，"您自己有这么多烦恼，还要安慰我，您太好了，我非常感谢您。我刚才已经说过，我的确需要一个朋友，我很高兴与您交友。虽然我很富裕，"图茨先生劲头十足地说，"您不会想到我是多么可怜的人呢。那些空虚无聊的群氓，你知道，当他们看见我和'斗鸡'或者像'斗鸡'这样了不起的人物在一道，总以为我很幸福，其实我很不幸。我为了董贝小姐而痛苦极了，吉尔士船长。我吃不下饭，我对衣着没有兴趣，一个人时我常常号啕大哭。我向您保证，我非常高兴明天能再来，再来五十次。"

图茨先生讲好后便握了握船长的手。为了不让"斗鸡"尖锐的目光觉察到，他赶忙尽可能地把痛苦的表情掩藏起来，然后走到店里和那位了不起的先生重聚。"斗鸡"对卡特尔船长的优势颇怀妒意，当卡特尔船长和图茨先生告别时，他望着船长的眼光是没有好感的，但是他并无其他恶意的表示，便跟着他的恩主走出去了。船长留在屋里独自伤感，而磨工罗布却眉开眼笑，因为他有幸目睹那位征服希罗普郡拳王者的英姿，长达近半个小时之久。

罗布在柜台下面的床铺上睡了许久，船长还坐在那里对火凝望。待火早已熄灭时，船长的目光仍旧对着锈迹斑斑的炉栅，心中涌起对沃尔特与老所尔徒然无望的思念。回到屋顶风雨飘摇的卧室，他依旧不能成眠。早晨起来时他依旧忧心忡忡、精神不振。

商业区里办事处的门一开，船长即刻前往董贝父子公司的办公室去。但是那天早晨，海军候补生那里的窗户没有打开。磨工罗布奉船长之命让百叶窗仍旧关着，整座屋子犹如死亡之屋。

凑巧，卡特尔船长来到门口时，卡克尔先生也走进办事处。庄严而默默地接受了经理的祝福之后，卡特尔船长壮着胆子跟着走进他自己的办公室。

"嗯，卡特尔船长，"卡克尔先生像平时一样站在壁炉前，帽子仍旧戴在头上，说道，"这是件很糟糕的事。"

"您已经看到昨天报纸上登载的消息了吧，先生？"船长问道。

"是的，我们已经看到了！讲得完全准确。保险商的损失不小。我们非常遗憾。没有办法！生活就是这样的！"

卡克尔先生用一把小折刀灵便地修剪指甲，对站在门旁望着他的船长微微笑着。

"我为可怜的盖伊，"卡克尔说，"还有那些船员感到痛惜。我知道他们里面有一些是我们之中最优秀的人。这样的事情总会发生。他们许多人还有家小。想到可怜的盖伊还没有成家，这倒是可以值得安慰的，卡特尔船长！"

船长站在那里一边擦着下巴一边望着经理。经理向办公桌上尚未启开的信件瞥了一眼，然后拿起报纸。

"有什么事情我可以为您效劳吗，卡特尔船长？"他说着把目光从报纸上移开，微笑着，朝门口望望，那意思是很清楚的。

"有一件事叫我放不下心，先生，我希望您能帮助我。"船长回答说。

"呵！"经理喊了起来，"什么事？快，卡特尔船长，请您快点讲。我事情很多。"

"请听我讲，先生，"船长说着走上前一步，"在我的朋友沃尔还没有登上这次悲惨的航行之前——"

"得啦，得啦，卡特尔船长，"满面笑容的经理插嘴说，"不要讲悲惨的航行，不要这样讲，我们和这些悲惨的航行是没有关系的，我的好朋友。您准是一清早就把一天的酒都喝光了，船长，不然您怎么会忘记无论是海上的航行或者是陆上的旅行都是有危险的呢？那个小伙子（他叫什么名字？）遇到恶劣的天气失事了，您以为是办事处里和他过不去，搞的鬼，您就放不下心了，对吗？去它的，船长！对于这种担心最好的良方就是好好睡觉，喝喝汽水。"

"我的孩子，"船长慢条斯理地说，"您差不多等于是我的孩子，所以我说漏了嘴，也就不请您原谅了——如果您把这个当作玩耍寻开心，那您就不是我本来心目中的那位先生了，如果您不是我本来心目中的那位先生的话，也许我蛮有理由放不下心的。事情是这样的，卡克尔先生——那个可怜的孩子奉命离开之前，他告诉我他不是为了能得到什么好处或者获得升迁才去的，他知道的。我觉得他想错了，我就跟他讲了，然后我到这里来，你们的老板不在，为了使自己能够安心，我向您提出了一两个问题，我客客气气地问，您爽爽快快地回答了。现在明摆着的是，一切都已过去，不可挽救的事情就得忍着——您是个有学问的人，请您查一查书，把那句话记下来——总之，现在一切都已过去，要是我能再弄弄清楚，我当初没有搞错；沃尔跟我讲的话我没有告诉老人并不是我的失职，当他驶向巴巴多斯港口的时候，的的确确是顺风的，要是我能把这些再弄弄清楚的话，我就放心了。卡克尔先生，"船长好性子地说着，"上次我来这里的时候，我们两个相处得很愉快。要是因为那个可怜的孩子的缘故今天早晨我不是那么让您高兴的话，要是我叫您生气的话，那我就请您原谅，我的名字是爱德华·卡特尔。"

"卡特尔船长，"经理彬彬有礼地说，"我得请您做一件好事。"

"什么事，先生？"船长问道。

"请您识趣一点，走开吧，"经理伸开手臂说，"把您的这一套莫名其妙的话拿到别的地方去讲。"

吃惊和愤怒使船长脸孔上的每一道块块都变成了惨白的颜色，甚至他额头上的红圈也悄然退失，就像一条彩虹被纷至沓来的乌云遮住了。

"我告诉您，卡特尔船长，"经理对他挥舞着食指，露出他全部的牙齿，却仍旧和和气气、一脸笑容地说，"以前您到这里来的时候，我对您太宽容了。您是狡猾成性、厚颜无耻的那种人。只是因为我想救救那个小子，他叫什么名字，我想救救他，免得给一脚踢出去，我的好船长，我才不同您计较，不过只能一次，就是一次。好啦，去吧，我的朋友！"

船长站在地上，一动也不动，一句话也不讲。

"走，"不动肝火的经理拿起衣服的下摆，两脚叉开，站在炉前地毯上说，"放清楚点，不要弄得我不得不把您赶走或者采取其他类似的强迫手段。如果董贝先生在这里的话，船长，恐怕他不会让您这样体体面面地走开的。我只是叫您走！"

船长把他沉重的大手搁在胸口，深深地吸了一口气，从头到脚地望着卡克尔先生，把这间小房间看了个遍，似乎他不太清楚他现在何处，他和谁在一起。

"您城府很深，卡特尔船长，"卡克尔以一位饱经世事之人从容不迫、轻松自如的口气毫不掩饰地说，由于对世道了如指掌，他决不会因为谁做了与他并无直接关系的错事而影响心境，"但是您搞的这种名堂是瞒不过我的，您和您那个走了的朋友都是一样，休想瞒天过海，船长。您跟您那个走了的朋友搞的什么名堂，嘿？"

船长又一次把手搁在胸口。又深深地吸了一口气后，他神乎其神地自言自语"做好准备"，但讲得很轻。

"您在精心策划阴谋，您在开见不得人的秘密会议，您参加各种隐秘的约会，您接见行踪诡秘的小人，船长，嘿？"卡克尔说着一边对他皱着眉头，一边露出满口的牙齿，"但是您居然还跑到这里来，

506

您太大胆了。一点都不像您那个谨小慎微的样子！你们这批阴谋分子，藏踪匿迹的坏蛋，逃犯，你们应该清楚一些。您是不是行行好，给我走？"

"我的孩子，"船长上气不接下气地说，他的喉咙给塞住了，他的声音在发抖，沉重的大拳头有一种奇怪的动作在跃跃欲试，"我有好多话想跟您讲，但是一时不知道它们藏到哪里去了。根据我的计算，我年轻的朋友只是昨天夜里才淹死的，我很难过，您看。但是，要是我们还活着的话，"船长举起手钩说，"您我还会碰面，我的孩子。"

"要是那样，我的好朋友，那您就不太高明了，"经理以同样不加掩饰的口气说，"因为，我老实告诉您，我会看穿您，把您的诡计揭露出来的。我的好船长，我不想装着比我的邻居更懂得是非之理，不过只要我能眼观四方、耳听八面，我就不允许我们公司和个人的信任给任意利用，给损坏。再见！"卡克尔先生说着点了一下头。

卡特尔船长和卡克尔先生你盯着我我盯着你，然后卡特尔船长走出卡克尔先生的办公室，让他一个人两脚叉开，站在壁炉前面，他依旧平静自如、满面生辉，仿佛他的灵魂如同他那雪白的衬衫和光滑的皮肤一样，一尘不染。

走过外间的办公室时，船长向一张桌子看了一眼，他知道可怜的沃尔特过去总是坐在那里的，可是此刻他发现在这张桌子旁边坐着另外一个小伙子，他满面红光、朝气蓬勃，充满希望，过去那一天大家在屋后小起居室里打开最后第二瓶陈年百代的马德拉岛白葡萄酒时沃尔特的脸色也就是这样。往事的回忆使船长心里宽松得多了，一肚子的火气缓和了一些，眼睛里流着泪水。

回到木制海军候补生的店铺后，船长在一个黑暗的角落里坐下，强烈的愤怒并不能止住他心中的悲伤。看来，愤怒不仅仅伤害了对死者的记忆，而且也受到死亡的影响，萎靡不振地待在它的旁边。和一个已故的朋友的真诚正直相比，世界上全部活着的恶棍和撒谎的人加起来也是微不足道的。

在这种心境之中，除了失去沃尔特之外，忠诚老实的船长唯一搞清楚的是，卡特尔船长的整个世界都跟着沃尔特沉入海底了。如果有时他为了任凭沃尔特出于天真无邪的好心讲了谎话而自咎自责的话，他至少也常常想起卡克尔先生，这位先生不可能再从海底露出水面了；他还想起董贝先生，现在他开始认识到董贝先生离开人间也同样遥远；他也想起"心肝宝贝"，他也不会与其重逢了；他也想起《可爱的佩格》，这首美妙的歌曲如同一条柚木方舟碰在岩石上触了礁变成碎片一样，支离破碎，只剩下残缺不全的音响。船长坐在黑暗的店里，想着这些事情，完全忘却了他自己所受到的伤害，他忧伤的目光看着地面，沉思默想，仿佛面前真的漂过这些残骸碎片似的。

尽管这样，船长并没有忘记如何在他力所能及的范围之内很体面地向可怜的沃尔特敬献一份哀思。船长猛然如梦初醒，并唤醒磨工罗布（他在这种不同寻常的冥色中睡得很熟），即刻把门上的钥匙放在口袋里，后面紧跟着他的随从，向伦敦东区一家廉价成衣店铺进发，那里货物琳琅满目，任人挑选，非常方便。他当场买了两套丧服，一套给磨工罗布，他穿起来太小，另一套是给自己穿的，却嫌太大。他还给罗布买了一顶帽子，这种帽子既有对称之美又富有实用价值，对海员与运煤工人都很适宜，深受众人的喜爱，它通常的名称是防水帽，这是与仪器制造业相辅相成的一种创新。卖衣服的人说这些衣服和帽子真是合身得很，搭配得这么好，实在是巧得出奇。年纪最大的居民还想不起有什么衣服的式样比这些更时髦的呢。船长和磨工马上各自穿戴好，他们的模样令在场的人惊讶不已。

船长穿着这种改头换面的服装接见图茨先生。"我现在给吓坏了，我的孩子，"船长说，"我只能说这个坏消息一点也不假。告诉那位姑娘，让她把这个消息平心静气地跟那位小姐讲，请她们都不用再想着我——这一点特别要记住——不过当夜晚降临、狂风大作、海浪滔天的时候我是会想起她们的。兄弟，您去查一查瓦茨博士①写的

---

① 瓦茨博士：指艾萨克·瓦茨（1674—1748），英国神学博士，写了许多赞美诗。

赞美诗，找到了就记下来。"

就这样，船长把他送走了，至于图茨先生交个朋友的提议，准备到比较适当的时候再考虑。卡特尔船长的情绪实在太低沉，这天他差不多不准备对麦克斯廷格太太的突然袭击再采取什么防卫措施了，而是听其自然，随遇而安。可是到了晚上他的心情好起来了，他对磨工罗布谈了许多沃尔特的事情，也顺便夸奖一下罗布做事殷勤，为人忠诚。罗布听到船长对他的真心赞扬并没有面红耳赤，而是正襟危坐，目不转睛地望着他，故意掬一把同情之泪，装得一本正经，对他讲的每一个字都洗耳恭听，如获至宝，欺骗的伎俩如同一个小特务那样娴熟自如，其实他何尝不是呢。

罗布上床后就沉入睡乡，于是船长剪掉烛花，戴上眼镜——虽然他的眼睛像老鹰的眼睛那么尖锐，但他觉得，搞仪器这个行当，戴上眼镜才符合仪器制造商的身份——把祈祷书打开，翻到葬礼一节，在屋后的小起居室内他轻声念着，不时地停下来揩揩眼睛，就这样，船长怀着纯朴而真诚的心情把沃尔特的遗体葬入大海。

第三十三章

悬殊

现在把我们的视线转向两座宅邸，它们并不紧紧相邻，而是相距很远，但来往却很便利，离大都市伦敦也甚方便。

第一座宅邸位于诺伍德附近树木葱茏的郊野，它不是豪华巨宅，但布置优雅、趣味不俗。有绿草如茵的草坪、平缓的山坡、花园、成群的树木、婀娜多姿的榆树和杨柳、暖房，还有乡村风味的游廊，廊柱上缠绕着芳香四溢的藤蔓，以及安排得井然有序的各色房间。它的外观虽然朴实无华，它的规模不过是一个普通的村舍，然而已可以看出，它里面却似一座宫殿，足以过着养尊处优的生活。这种猜测并非无中生有，因为它的内部布置，陈设、设施、装潢豪华典雅，俨如宫廷。每到一处，交相辉映的缤纷色彩使你目不暇接；各个小房间里的陈设多姿多彩，它们的大小形状随着房间的大小形状而呈千变万幻之态；墙壁和地板也是五颜六色的；从千姿百态的玻璃门窗透射进来的阳光也染上了柔和的斑斓色彩。还有一些珍贵的图片和画幅；在布置得很新奇的角落里和僻静处摆满了书籍；桌上放着各种或靠技巧或凭机遇的游戏设施——奇形怪状的棋子、骰子、十五子游戏、纸牌和台球。

然而就在这种闲情逸趣的环境中却有一种不太妙的气氛。是不是这些地毯和坐垫过于轻柔无声，以至于行步其上或休憩于其中的人们的一举一动如同行窃，鬼鬼祟祟的？是不是这些图片和画幅都没有表达伟大的思想与业绩，也没有呈现如诗如画的山水景色、厅堂、茅舍的自然之美，却只不过是一种性感的流露，形体的描绘，色彩的炫耀，除此别无其他？是不是这些书籍只是金玉其外，大多数的标题不过是这些图片和画幅志同道合的点缀？是不是这里完美无缺的华丽与优雅的格调由于处处故作卑微之状，显示出偷工减料、无足轻重的样子而变得虚有其表、假象毕露，就像挂在那边墙上惟妙惟肖的画像上的面孔一样，就像画像下面坐在安乐椅子上吃早餐的本人一样？或者是不是从这位本人也就是这里的主人每天的呼吸之中流溢出他自身某种若隐若现的东西，这种东西是他自己无形的表现，流露于周围的一切事物？

坐在安乐椅子上的那个人就是经理卡克尔先生。桌子上面摆着一个擦得很亮的鸟笼，鸟笼里面有一只羽毛华丽的鹦鹉正在啄着金属丝，在圆顶上面倒立行走，摇动着它的金屋，尖声地啾鸣着。但是卡克尔先生并不去注意它，他的目光带着若有所思的笑容落在对面墙上的一幅画像上。

"巧得很，真是像极了。"他说着。

这幅画像也许是朱诺①，也许是波提乏的妻子②，也许是一位心比天高的仙女——这就要看卖画的人如何根据市场需要取名了。画的是一位绝世佳人，她的身子侧过去，但她的脸孔却对着这位观众，她骄傲的眼睛向他怒目而视。

他漫不经心地向这幅画像挥了挥手——怎么！是威胁吗？不是，但有点像。是显示胜利的喜悦吗？不是，但更像是这样。是他嘴唇送去的傲慢无礼的飞吻吗？不是，可也很像是的。于是他重新吃早饭，并且呼喊着笼中跳来跳去的鸟儿。鸟儿纵身跃下，跳到一只悬挂着的金色圆环里，这只圆环像一只大金戒指，它在里面摇来荡去，让他看着高兴。

第二座宅邸位于伦敦的另外一边，靠近北面的大路。过去，这条路是繁忙的通衢而现在却是人迹罕至，冷静得很，只有徒步的旅

---

① 朱诺：古罗马神话中主神朱庇特之妻。

② 波提乏的妻子：《圣经》中，约瑟卖给埃及官吏波提乏为奴，波提乏之妻企图引诱他。勾引不成，约瑟被诬，给关进监狱。

人跋涉其上。这是一座贫寒的小屋，陈设简陋，但很干净，甚至也装饰打扮了一下，门廊上和狭窄的园子里有一些普通的花朵。这座屋子的四周地区既无乡村的野趣又无城市的热闹，它既不属于城市也不属于乡村。城市像一个穿着旅行靴的巨人大踏步地从它旁边走过去了，早已在其后面撒下了满路的砖瓦与灰泥，而在巨人两脚之间的中间地带还只是满目疮痍的荒野，不是城市。在这里，几座高耸的烟囱日日夜夜地吐着黑烟，一片砖瓦工场，小巷里的青草给割掉了，篱笆倒下了，处处长着满是灰尘的荨麻，一两片残破的树篱依稀可见，捉鸟的人有时依旧过来捕鸟，可每次他总是无获而归，发誓说下次不再光顾。这两座宅邸正是置身其中。

为了照顾被遗弃的哥哥，她离开了第一座宅邸，住到这里来。她离开了那里也随着带走了它的保护神，从它主人的胸中带走了他的孤零零的仙子。在这被他视为忘恩负义的怠慢行为发生之后，他对她的喜爱自然是烟消云散了，而且作为报复完全把她弃之不顾，但是，他并没有完全忘却她过去在他脑子里的印象。那么就让她的花园来做证吧！他虽然耗费巨资把他的宅邸大事装修，可是她的花园他从未走进去过，而且一直保留完好，仿佛她是昨天才离开那里似的。

从那时候以来哈丽特·卡克尔大大变了样，她的美貌蒙上了一层连威力无穷的时间老人也无法洒上去的浓重的阴影——这是忧伤与烦恼的阴影，这是日复一日为贫困的生活而操劳不息的阴影。但这阴影依旧是美丽的，这是一种温和、沉静、谦谦之美，这种美必须是求之而后出，它决不自我炫耀，如果说有什么可以炫耀的话，那只是其本身之美，仅此而已。

是的。这位身材纤小、吃苦耐劳的女子衣着朴素而整洁，她身上所表现的只是那些平凡、朴实的美德，这些美德与世人所崇拜的英雄主义和伟大是毫无共同之处的，除非尘世变成了群星荟萃之地而它的光彩可以直射天空时，这些平凡而朴实的品质的一线光辉才会透过尘世上伟大人物的生活的重雾喷薄而出。这位身材纤小、吃苦耐劳的女子就是那个被遗弃的兄弟的妹妹。在他蒙受耻辱、无地自容的时候，只有她放弃了一切走到他的身边，牵着他的手，以愉悦平静的心境与坚韧不拔的决心满怀希望地带着他走在荒凉的路上。此时她正靠在她那虽还年轻却已形容枯槁、头发灰白的哥哥身上。

"还早呢，约翰，"她说，"你为什么这么早就去？"

"比平常早不了几分钟，哈丽特。要是有时间的话，我想到那座我和他分别的房子那边去走一下，其实我只是这样想罢了。"

"我真希望早就见过他或者认识他，约翰。"

"想起他碰到这样的命运，亲爱的，还不如不认识他，这样反而好。"

"我虽然不认识他，我是一样难过的。你的悲痛难道不就是我的悲痛？而且要是我认识他，谈起他的时候你就会觉得你有一个更知心的友伴了，也许比现在我不认识他更好一些呢。"

"我最亲爱的妹妹！难道还有什么事情，我不能指望你和我共悲伤同快乐的吗？"

"我希望你不会这么想，约翰，因为根本没有这样的事嘛！"

"那么，在这件事情上以及在其他任何事情上你怎么会比现在对我还要好、还要亲近呢？"她哥哥说，"我觉得你是认识他的，哈丽特，而且我对他的感情，你同样也有。"

她把她搁在他肩膀上的手举起来搂着他的颈子，然后有几分迟疑地回答道："不，不完全这样。"

"真的，真的！"他说，"你以为要是我能够和他更熟悉一些，也许我就不会让他吃苦头了吗？"

"以为！我知道的。"

"天晓得，我不会故意让他吃苦头的，"他一边回答一边伤心地摇摇头，"他的名声太宝贵了，我不能因为和他亲近使它受损。你是不是也是这样看的，亲爱的——"

"我不是这样看的。"她平静地说。

"可这是真的，哈丽特，当时我为那件事情好苦恼，现在想起来反倒轻松些了，"他伤感地止住了，对她笑着说，"再见！"

"再见，亲爱的约翰！傍晚的时候，在原来的时间，在原来的地方，我会同平时一样接你回家。再见！"

她抬起热情洋溢的脸孔朝着他的脸上亲了一下，这张热情洋溢的脸孔就是他的家、他的生命、他的天地，然而又是他的一份惩罚与忧愁；因为在她脸上的云霭之中——虽然这片云霭犹如夕阳中的云彩那么娴静平和——在她始终不渝地奉献了她的生命之中，在她牺牲了她的安逸、乐趣与希望之中，他看到他原先的罪恶所结的苦果永远是那么成熟、新鲜，久而不衰。

她双手松松地相互握着，站在门口，望着他的背影在他们屋前的一块高低不平、污秽不堪的地上渐渐走远了。这块地方不久之前曾是一片令人心旷神怡的草地，而现在却是完全荒废了。废墟中开始出现一些简陋的小屋，东一处，西一处，杂乱无章，仿佛是给笨手笨脚地撒在那里似的。他一两次回过头来望望她，她那热情洋溢的脸孔宛如一道阳光照在他的心上，可是当他在路上艰难跋涉再也看不见她时，她依旧站在门口望着他，泪水盈眶。

她那忧郁的身影并没有长久地待在门口。她每天有许多事要做，有许多活要干，这些缺乏英雄气概的普通人往往用双手勤劳工作。哈丽特即刻忙着干家务了，把这座寒舍打扫得干干净净，整理得井井有条，做好之后她就满面愁容地数数还剩下的一点点钱，然后心事重重地走出去买一些必需的菜食，一路上盘算着怎样尽量节省些。这些地位卑贱的人，不用说他们既无男仆又无侍女可以显示他们的英雄气概，即使有他们也不至于是那么豪情壮举的。他们的生活何其悲惨！

她出去了，屋子里没有人。这时，走来一位先生，他不是从她哥哥刚才出去的那条路上过来的。他也许稍过壮年，但依旧红光满面、身材挺直，明亮爽朗的面容流露出宽厚与欢乐的性格。他的眉毛依旧漆黑，他的头发也依旧很黑，只是少许的星星点点依稀可见，这使他的浓眉更显得英气勃发，而他宽阔、明朗的额头和真诚的眼

514

睛也由此袒露无遗。

这位先生在门上敲了一下，没有听到有人应声，便在小门廊里一张凳子上坐下等候。他一边哼着什么调调儿一边用娴熟的手指敲着他旁边的凳子打拍子，像是一位歌手。他很是自得其乐地哼着悠扬的曲调，可不知道哼的是什么，看来他是很有造诣的音乐家呢。

这位先生周而复始、循环反复地哼着这支曲子，就像一枚螺丝锥，旋来旋去，越旋越紧，往里往里，老是在桌子上面打圈圈，可总是停在原地，没有挪近一点。这时，哈丽特回来了，于是他站起身来，脱下了帽子。

"您又来了，先生！"她结结巴巴地说。

"我冒昧前来，"他说，"我可以打搅您五分钟吗？"

踟蹰片刻，她打开了门，请他走进小客厅里。来客拉了一把椅子放在她对面的桌子旁边，坐下后他以一种与其仪表十分相称的简朴而动听的语气开始说道：

"哈丽特小姐，您一点也不骄傲。那天早晨我来拜访时，您还说您挺骄傲的呢。您讲的时候我是盯住您的脸看的，我看您一点也不骄傲，我这样说，要请您多多包涵。我现在又盯住您的脸看了，"他轻轻把手放在她的胳膊上一会儿，又加了一句，"我越看越知道您一点也不骄傲。"

她有些不知所措，一时找不到话来回答。

"脸孔是一面镜子，"来客说着，"它反映了一个人的真心，也反映了脉脉柔情。原谅我相信这个道理，也原谅我又冒昧前来。"

从他讲话的态度来看，这绝不是平白的赞美之词。这些话是那么朴实无华、严肃认真、一片诚心、决无假意，于是她低下了头，仿佛是感谢对他的肺腑之言，也是承认他的一片真心。

"我们之间年龄的差距，"这位先生继续说着，"以及我的明确的目的，让我壮了胆子把我的想法全盘托出，想到这一点我感到欣喜。这就是我的想法，所以您又看见我来拜访了。"

"有这么一种骄傲，先生，"沉默了一会儿她回答说，"或者说可以认为是一种骄傲，这其实就是责任。我就是抱住这个责任不放，我为此而骄傲，不为其他。"

"是为了您自己？"他说。

"是为了我自己。"

"但是——请原谅我问一下，"这位先生说，"是为了您的哥哥约翰吗？"

"我为他的爱而骄傲，"哈丽特直盯着来客说，她的声调一下子改变了，并不是少了一点平和娴静之气，而是多了一种深深的激情与真诚，她那颤抖的声音便是她坚定意志的流露，"我为他而骄傲。先生，您竟会这样了解他的经历，您上次在这里的时候还向我提起——"

"只是为了能有幸获得您的信任，"这位先生没等她讲完就插嘴说，"看老天爷的面子，请别以为——"

"我是清楚的，"她说，"您为了一个善良的目的又对我提起了他的经历。这我是很清楚的。"

"我感谢您，"来客即刻按了一下她的手说，"我非常感谢您。您讲得完全对，没有冤枉我。您是想说我既然了解约翰·卡克尔生活的经历，那我就——"

"可能在听到我说我为他而骄傲时，"她接着话头说，"会以为我很骄傲！是这样的。您知道过去我不是这样的，我不可能这样，不过那段时间已经过去了。多少年来，他承受了多大的屈辱，无怨地赎罪，真心诚意地忏悔，无穷的悔恨，我知道他甚至为我对他的手足情深也是痛苦万分的，因为他觉得我付出的太多了，其实天晓得如果他不悲伤，我还是蛮快活的！——呵，先生，在我目睹了这一切情状之后，我想请您处于有权力的地位时决不要因为别人对您做了错事而对他施以无法挽回的惩罚，因为我们之上有一位上帝在为他所造的心进行改头换面的工作。"

"您的哥哥是一位改头换面的人了，"这位先生同情地说，"请您相信，我对这一点是毫不怀疑的。"

516

"他犯了过错的时候，他是一个改头换面的人，"哈丽特说，"现在他又是一个改头换面的人，成为他真正的自己了。请相信我的话，先生。"

"但是我们始终不断地，"来客先是心不在焉地擦擦额头，然后若有所思地敲着桌子说，"我们日复一日始终不断地按部就班、循规蹈矩，对于这些变化我们看不清楚，也不知其所以然。这些，这些是玄奥的东西，我们，我们没有时间来研究它们。我们，我们没有勇气。在中小学和大学里都没有教这些，我们不知道怎样去对付。总之，我们太注重实——实际。"这位先生说着便走向窗口，然后再走回来，然后又坐下来，表现出极度的不快与烦恼。

"我相信，"这位先生说着又像刚才那样擦擦额头，敲敲桌子，"我完全有理由相信，一种日复一日按部就班、一成不变的生活会使人对什么事情都安之若素。什么事情他都是视而不见、充耳不闻，他对什么事情都是一无所知，事实就是这样。什么事情我们始终不断地认为理所当然，我们就这样过下去；终于不管我们做什么事情，好的，坏的，无关紧要的事情，我们都是出于由来已久的习惯去做。当我临终之际要向我的良心扪心自问时，我想要讲的就是习惯这个字眼。我就会说，'习惯，我对于千万种事情一向是既聋又哑，全然看不见，麻木不仁的，这都是出于习惯。'于是良心说，'您真是很注重实际的，先生，您叫什么名字？但是在这里这是行不通的！'"

这位先生站起身来，然后再走到窗口又走回来，心神极其不安，虽然这种表现方式是不同寻常的。

"哈丽特小姐，"他重新就座后说道，"我希望您能允许我为您效劳。看着我：此刻我看起来一定是很诚恳的，因为我有自知之明，是吗？"

"是的。"她笑了一下回答说。

"您说的每一句话我全相信，"他接着说，"在过去的十二年里，我早该晓得这点的，看到这点的，早该和您相识、与您相见的，可是我没有能够，我因此自责自怪。我真不知道我怎么会到这里来的，这不仅是出于我自己的习惯，同时也出于别人的习惯，我就是这么一个人！不过既然来了，就让我做点事情吧。这是我诚诚恳恳、恭恭敬敬的要求。这股热情完全是由您激发起来的，到了极点了。让我做一些事情吧。"

"我们已很满足了，先生。"

"不，不，还不十分满足，"这位先生接着说，"我想还不能说是十分满足的。一些小小的事情可以使您的生活过得舒适愉快，也使他的生活过得舒适愉快。也使他的生活！""他的生活"重复了两遍，他想她对这一点已经清楚了，"以前，我一直习惯地认为一切都已经解决、已经过去了，并不需要为他做什么事了，总之，我一直习惯地没有去想着这些。可我现在不一样了。让我为他做些事情吧。还有您，"来客十分体贴地说，"为了他的缘故，您的健康也需要好好关心，我担心您的健康状况今不如昔呢。"

"不论您是谁，先生，"哈丽特抬起眼睛望着他的面孔说，"我是非常感激你的。我深知您所说的每一句话没有任何目的，只是对我们的关心。我们这样生活着已经好多年了。您刚才说的如果那个时候来到我和他的身边，那么对于他和我来说都会少了一份安慰，因为在这些孤苦无助、默默无闻、被人忘却的岁月里，我的兄弟表现了很大的改邪归正的决心，从而更增加了我对他的手足之情，如果把这可贵的部分、即使一小部分从我兄弟的生活里拿去，对他和我来说就会少了许多安慰了。我眼里的泪水比任何言辞更能表达我对您的感谢。请您相信我。"

听了她说的话，这位先生非常感动，随即把她向他伸出的手拿起放在自己的唇上，就像一位慈爱的父亲牵着他乖孩子的手，不过多了些敬意。

"如果有一天，"哈丽特说，"他恢复一点他失去的职位——"

"恢复！"这位先生立即大声说，"这怎么会有希望呢？恢复职位的权力是握在谁手上？我想，他获得了他生活中的无价之宝，这就成为他兄弟对他敌视的一个原因了，我的猜想肯定没有错。"

"您讲的这一点即使在我们之间还从来没有提起过。"哈丽特说。

"我请您原谅，"来客说，"我早该知道的。我讲话有失检点，请您务必不要介意。现在，我不敢再冒昧提出什么建议，因为我不知道我有没有这样的权利，不过天老爷晓得，就是这么一点猜疑也是出于习惯的，"这位先生又像刚才一样垂头丧气地擦着额头说，"让我这个似亲非亲、似故非故的人提出两点请求。"

"哪两点？"她问道。

"第一点是，如果您觉得有理由要改变决定的话，请让我做您的左右手。那时候我就可以用我的名字为您效劳，可是现在这个名字没有用处，它一向是无足轻重的。"

"我们选择朋友，"她淡淡地笑着说，"不是多大的事情，所以用不着花时间考虑。这一点我答应您了。"

"第二点是，请您允许我，有时候，譬如说每星期一上午九点钟——又是一种习惯——我一定是很讲实际的，"在这个问题上，这位先生莫名其妙地故意跟自己为难，"在我路过的时候，请您站在门边或窗口，让我一见您的芳容。因为那个时候您的兄弟已经出去了，所以我不要求进来，也不要求和您攀谈，我只是要求见一见您，看到您过得好，身体好，我心里就舒服。我不会打扰你，只是让您看见我，想起您有一个朋友——一个年长的朋友，他的头发已经灰白，而且很快地越来越灰白了——不过他随时听您的吩咐，始终为您效劳。"

那张热诚的脸孔抬起来，满怀信任地望着他的面孔，表示答应了。

"同上次一样，我知道，"这位先生一边站起身来一边说，"您不希望把我这次的造访告诉约翰·卡克尔，因为您担心他会因为我知道他的情况而十分苦恼。我为此很高兴，因为这超出了事物的常规，而且——又是习惯！"这位先生刚刚说出这个字便马上不耐烦地止住了，"好像除了常规以外再没有更好的办法了！"

言毕，他转身就走，他光着脑袋走到小门廊的外面，怀着由衷的敬意和真诚的关心，向她告别。这种敬意和关心不是教养之功，它完全是一种纯洁忠诚之心的流露，凡是具有真诚之心的人都会深信不疑。

来客的访问在这位妹妹的心里唤醒了几已忘却了的感情。多少年来没有别的客人跨进他们的门槛，多少年来没有任何同情的声音在她的耳畔哀鸣，所以在这位陌生的客人走后许久，当她坐在窗口做着针线活的时候，他的形影依旧在她眼前徘徊，他的话语犹如刚刚讲过，一次又一次地反复讲着。他触动了启开她全部生活的心弦；如果她暂时看不见他了，那只是因为他已进入构成她生活的不可磨灭的记忆而成为其中许多人物之一了。

哈丽特一会儿沉思默想一会儿手操针线，有时候长时间地迫使自己专心一意地做活，有时候兴之所至又把针线活搁在膝上，置之不顾，任凭纷繁的思绪带着她随意遨游。就这样，时光在她身旁匆匆而过，晴朗的早晨悄然而去，渐渐变得阴云密布，狂风骤起，急雨倾盆而下，阴暗的迷雾笼罩着远处的城市，极目而望已是看不见了。

在这样的时候，她常常以同情的目光望着附近的公路上许多旅人迈着沉重的步子走向伦敦，他们的脚又痛又肿，筋疲力尽，恐惧地望着前面的巨城，仿佛预感到他们在那边将会遭受到的灾难不过是大海中的一滴水或海滩上的一粒沙子，他们迎着恶劣的天气，蜷缩着身子，艰难前行，好像大自然助纣为虐，不让他们前进。日复一日，这些旅人缓慢地行进，但是她觉得他们总是朝着一个方向，就是走向那座巨城。他们似乎是受着执迷不悟的诱惑的驱使向那里走去，进去之后，在这漫无边际的巨城之中，在某个地方他们消失了，再也没有回来。他们走向在远处咆哮的魔怪，成为饲喂医院、墓地、监狱、河流、热病、疯狂、罪恶和死亡的食品，他们消失得无影无踪。

寒风呼啸，雨不停地下着，天色越来越阴沉黑暗。哈丽特好长时间地一直在做着针线活，这时她抬起眼睛，看见一个旅人向这边走过来。

这是一个女人，踽踽独行，约莫三十岁年纪，高挑个子，身材匀称，仪容漂亮，但穿着褴褛，灰色的披风上在风吹日晒中积满了一条条乡村公路上的各种尘垢——灰尘、白垩、泥土、砂砾——这些尘垢被川流不息的雨水打湿，黏在一起。她头上没有戴帽子，雨水没遮拦地打在她浓密的黑发上，她头上只是系了一块破烂的手帕，手帕的两端连同她的乌发被风吹动着，挡住了她的视线，因此她时常停下来把它们挪开，看看前面的路。

哈丽特望着她时，她正在做这样的动作。她的双手从晒黑的额角上分开，很利索地把障眼物从脸孔上移去，她的举动中透露出一种漫不经心、随心所欲之美，对恶劣的天气，甚而比天气更恶劣的危害全然不放在心上，满不在乎，无论是天上或地上落在她没遮拦的头上的灾难她全都听之任之，无所谓，这些连同她凄苦孤单的形象打动着那位同是女人的心。哈丽特想着这位妇女潦倒落泊的外表和同样潦倒落泊的内心，想着这位妇女温柔美丽的心灵就像绰约多姿的仪表一样变得如钢如铁，不屈不挠，她想着创世主给她的许多禀赋都像这飘动的浓发一样随风而逝，想着夜幕降临时遭受着风吹雨打的美丽的废墟。

想着这些，她并没有像许多具有她同样的同情和温柔之心的女性那样悻悻然不屑一顾掉转头去，她却是很可怜她。

她那坠入了苦海的姊妹继续走着，遥望远处，渴望的眼睛想尽力穿透笼罩着那座城市的重雾，以一个异乡旅人举棋不定的迷惘神情不时地左顾右盼。她的脚步虽然是无所畏惧的，她的身体已是很疲乏了。迟疑了片刻之后，她在一堆石头上面坐了下来，她没有找个地方避雨，而是让雨水尽情地落在她身上。

现在她的对面就是哈丽特的屋子。她双手托着头休息了一会儿，便抬起头来，她的眼睛和哈丽特的眼睛正好四目相遇。

不一会儿哈丽特来到了门口。那位妇女见她打招呼，便从石头上立起，缓缓地向她走过来，但脸上并没有露出取悦讨好的样子。

"您为什么待在雨里面？"哈丽特和气地问她。

"因为我没有别的地方好待。"她回答说。

"但是附近可以避雨的地方很多嘛。这里,"她指着小门廊说,"比您刚才待的地方好多了。非常欢迎您到这里来休息。"

旅人带着疑惑和惊奇的神情望着她,但并没有感激的表情。坐下后,她脱下了一只磨破的鞋子,敲了敲,把里面的碎石和尘土倒出来。她的脚给戳破了,正在流血。

哈丽特觉得她好可怜,不禁叫了一声。旅人带着一丝鄙夷、不予置信的微笑,抬起眼睛,看了她一下。

"哎呀,像我这样的人戳破了脚算得了什么?"她说,"像我这样的人破了一只脚对于像您这样的人有什么关系?"

"进来,把脚洗一洗,"哈丽特温和地说,"我去找一块布把您的脚包起来。"

这个女人一把抓住她的臂膀,拉到自己的眼睛面前,紧紧贴着它,便哭了起来。这不像是一个女人,倒仿佛是一位严峻的男子汉突然之间失去了阳刚之气,哭泣不止,她的胸脯激烈地起伏,力图缓过气来,恢复镇静。这表明对于她来说这样的激动是多么不同寻常。

她顺从地跟着哈丽特走进屋子,洗清伤处并包扎起来,显然,感激之情更甚于对自己的关心。等洗扎好了,哈丽特把自己的简菜便饭摆一些在她的前面。蜻蜓点水般地吃完了饭,准备急于上路之前,哈丽特请她把她的衣服拿到火旁去烘烘干。同样出于感激之情更甚对自己的关心,她在火炉前面坐下来,解开头上的手帕,让一头湿漉漉的浓发垂至腰下,双手捧着在火旁烘干,眼睛望着火光。

"我觉得您是在想,"她突然抬起头来说,"我曾经是很漂亮的。我相信我曾经是很漂亮的,这我很清楚。您看!"

她用双手随意地把头发往上一抛,紧紧地握住它,仿佛是要把它扯掉似的,然后又把它朝下一扔,向后一摔,就像在戏弄一堆长蛇似的。

"您是外地来的吧?"哈丽特问道。

"外地来的！"她回答着，她每说一句简短的回答就要停下来望望炉火，"是的。在外地已经待了十一二年了。在外边我不知道究竟过了多少年。十一二年吧。现在这个地方我不认识了，和我走的时候大不一样了。"

　　"您走得很远吗？"

　　"很远。整月整月地漂洋过海，而且还要远呢。犯人到的地方我也去过，"她直盯着这位女主人又补充说，"我自己就做犯人。"

　　"愿上帝帮助您，原谅您！"女主人温和地说。

　　"呵！愿上帝帮助我，原谅我！"她对着炉火点点头说，"如果人们肯给我们中的一些人多一些帮助，也许上帝会更快地原谅我们大家呢。"

　　但是哈丽特诚恳的态度，和颜悦色的脸孔，无意于对她评头品足的宽宏大度，使她的心软了下来，于是她以比较宽容的语气说：

　　"我们两个恐怕差不多大。如果我大一些的话，至多不过大一两岁。哦，想想吧！"

　　她张开双臂，仿佛是以她外表的姿容来展示她可悲可悯的心灵，然后她又让双臂垂下，她的头低了下来。

　　"不管是什么过错，我们都会有希望悔过自新，悔过自新是永远不会太迟的，"哈丽特说，"您已经悔过了——"

　　"不，"她接着说，"我没有悔过！我不会悔过。我不是这种人。我为什么要悔过，而人人都可以为所欲为。他们告诉我，叫我悔过。我受到这么许多坑害，是谁之过，谁该悔过！"

　　她站起身，把手帕裹着头，转过身来准备离开。

　　"您要到哪里去？"哈丽特说。

　　"那边，"她用手指着说，"到伦敦去。"

　　"那边您有家吗？"

　　"我想是有个母亲在那边。她是我的母亲，就像她的屋子是我的家一样。"她苦笑地回答着。

　　"这个拿着吧，"哈丽特把钱放在她手上，大声说，"多多珍重。

这一点钱很少，但是可以让您少吃一天苦。"

"您结过婚了吗？"她拿着钱时轻声地问着。

"没有。我同我哥哥住在一起。我们没有多少钱剩的，不然我还可以多给您一些的。"

"让我亲亲您好吗？"

看到她脸上没有流露出轻蔑或厌恶的表情，这位受到她恩惠的女人一边问着一边就低下头，用两片嘴唇亲着她的面颊。她又一次抓住她的手臂，把眼睛紧紧贴着它，然后就转身离开了。

她走进愈来愈浓的夜色中、呼啸的风中、倾盆大雨中，艰难地走向烟雨迷蒙、明明灭灭的灯光若隐若现闪烁着的城市。她乌黑的头发，零乱的手帕，在她任凭风吹雨打的脸孔周围飘动着。

第三十四章

另外一对母女

　　在一间难看而黑暗的房间里，一个同样难看而黑暗的老妪蜷缩着身子俯伏在微弱的火光上，坐听风雨之声。她俯伏在火光上的姿势一直没有改变，只是当一两点零星的雨水落在奄奄一息的余烬中发出嘶嘶的声响时，她才如梦方醒抬起头来倾听着屋外呼啸的风声和淅淅沥沥的雨声，然后让她的头复又渐渐垂下，越垂越低，直到她沉入一种幽思冥想之中。此时，夜晚的各种声音在她的感觉里已经变得模糊不清，就像静坐海滨思绪缥缈的人对于千篇一律的滔滔不息的海波一样地无动于衷。

　　房间里除了火光之外再无其他亮光，这个火光像一只半睡半醒的猛兽的眼睛不时地怒目而视，它的亮度已足以使房间里的物件毕露无遗，而这些物件是无须更好的展示的。一堆破布、一堆骨头、一张破旧的床、两三把断臂残肢的椅子和凳子、漆黑的墙壁和更黑的天花板，这些就是这个闪闪烁烁的火光照射着的全部东西了。在火光照耀下，这个老妪巨大而畸形的身影一半投射在她后面的墙上，一半飞到屋顶上去。房间里没有炉子，只是烟囱旁边潮湿的地面上围着几块零碎的砖头，里面生了火。她俯身火上仿佛是坐在巫婆的圣坛前面，眼睁睁地等待着吉兆出现。她的两颗在咔哒咔哒地震响着，下巴在抖动，其速度之快、次数之频繁，是缓慢跳动的火光所无法显露出来的，否则会以为这是明明灭灭的火光在那如同其形体一样纹丝不动的脸上制造出的幻象呢。

　　正当这位老妪俯身于火上，她的黑影投射于墙壁和屋顶上面的时候，如果弗洛伦斯站在这间屋内，望她一眼的话，她是不难想起那位好心眼的布朗太太的，虽然在她童年的回忆中那位可怕的老妪的形象也许同墙上面的黑影一样比真人更加古怪离奇。可是弗洛伦斯并不在那里，因此好心眼的布朗太太没有被认出来，她坐在那里看火，没有人注意。

雨水像川流不息的小溪一样沿着烟囱淅沥而下，泼溅之声比平时更加响亮，吸引了老妪的注意，她不耐烦地抬起头来，又竖耳倾听，这次她没有再把头低下去，因为有一只手推开了门，房间里响起一声脚步声。

"是谁？"她往后看了一下问道。

"是给您带个消息来的。"回答的是一位女人的声音。

"消息？从哪里来的？"

"从海外。"

"从大海那边吗？"老妪吃惊地叫着。

"对，从大海那边。"

来客已经走进房间，关上了门，现在站在屋子中间。老妪匆忙把火星聚拢，向她走过去，把手放在那件湿漉漉的披风上，然后把那个听凭摆布的身体掉转过来，使其完全露在火光之中。她没有看到她所期望的东西，是什么东西且不去管它，反正她是没有看到，于是她又放开披风，满腹牢骚地发出一声凄凉失望的喊叫。

"什么事？"来客问道。

"哦嗬！哦嗬！"老妪抬起脸，可怕地号叫着。

"什么事？"来客又问了一声。

"这不是我的闺女！"老妪一边喊着一边紧握双手，举起手臂，悬在她的头顶上面，"我的艾丽斯在哪儿？我的漂亮的闺女在哪儿？她死在他们手里了！"

"如果您的名字叫玛伍德，那您的女儿还没有死在他们手上。"来客说。

"您看到过我的闺女了吗？"老妪叫着，"她是不是写了信给我？"

"她说您不认识字。"来客说。

"现在我还是不识字呵!"老妪搓着手叫喊着。

"您这里没有蜡烛吗?"来客环顾着四周问道。

老妪摇晃着头,喃喃自语,一边滔滔不绝地讲着她漂亮的闺女,一边从角落上的碗橱里拿出一支蜡烛,用颤抖的手把它放到火里,好不容易点着了,搁在桌子上面。起初,污秽的灯芯,由于塞满了蜡油,光线十分暗淡。等老妪迷糊的眼睛和微弱的视力借助烛光可以看清事物时,来客已经两臂交叉坐着,双眼垂下,原来扎在头上的手帕放在身边的桌子上。

"那么说,我的闺女艾丽斯带了个口信来喽?"老妪等了一会儿咕哝着问道,"她说些什么?"

"看吧。"来客答道。

老妪胆战心惊、捉摸不定地把这个字重复了一遍,然后用手遮住眼前的光线,看了看来客,向四周扫视了一下,最后又看了看这位来客。

艾丽斯说:"再看看吧,妈妈。"来客说时把眼睛紧盯住她。

老妪又一次向四周扫视了一下,再看看来客,然后又对屋子四周扫视了一遍。她立即从座位上站起,拿起蜡烛,举在来客的面前,猛然大喊一声,把蜡烛放下,扑在她的颈项上!

"是我的闺女!是我的艾丽斯!是我漂亮的女儿活着回来啦!"老妪一边尖声叫着,一边抱着那冷冰冰的胸脯摇来摆去,"是我的闺女!是我的艾丽斯!是我漂亮的女儿,活着回来啦!"她又尖声叫了起来,趴在她面前的地上,紧抱住她的双膝,把头放在她的膝盖上面,然后尽其全身的力量拼命地摇来晃去,不断地摇来晃去。

"是的,妈妈,"艾丽斯一边答着一边弯下身子亲了亲她,但只是片刻工夫,她依旧想从她的怀抱中挣脱出来,"我终于回来了。放开,妈妈,放开我。起来,还是坐到你的椅子上去吧。这样有什么好处?"

"她回来了,可比她去的时候心肠更硬了!"母亲仰望着她的脸孔大声说，却依然抓着她的膝盖，"这么多年过去了，我过的日子这么苦！可她一点也不关心我！"

"哎呀，妈妈！"艾丽斯说时抖动着她那褴褛的裙子，想从老妪的手里拉开，"这是两方面的事情。对你来讲过去了很多年，对我来讲也过去很多年，你过的日子很苦，我过的日子也很苦。站起来，站起来吧！"

她母亲站了起来，一边大声哭着一边搓着双手，站得稍远一些端详着她，随后又拿起蜡烛，在她周围转着圈子，从头到脚地把她看了一通，并且不停地低声哭泣着。然后她把蜡烛放下，重新坐在椅子上，双手相击，像是打着什么令人厌倦的拍子，一边左右摇晃着身体，一边不住地悲泣。

艾丽斯站了起来，脱下潮湿的披风。把它放在一边之后，她又像刚才那样坐下来，她的两臂交叉，她的眼睛望着火光，她的脸孔露出鄙夷之色，静静地听着老母亲含糊不清的诉苦。

"妈妈，你本来以为我回来的时候还会同走的时候一样年轻吗？"她的眼睛望着老母亲，她终于说了，"你以为我过的那种国外的生活会让我还像以前那么漂亮吗？听你那么讲，倒真叫人相信呢！"

"我讲的不是这个！"母亲叫着，"她知道的！"

"那么是什么？"女儿问道，"最好不要把什么事情拖住不放，妈妈，要是那样的话，我出去了就不容易回来了。"

"听啊！"母亲喊了起来，"过了这么多年她回来了，倒威胁要丢掉我！"

"我再跟你说一遍，妈妈，对于你来讲过了这么多年，对于我来说也过了这么多年，"艾丽斯说，"我回来心肠更硬了吗？我是心肠更硬了。你还盼着什么？"

"对我心肠更硬了！对她自己的亲娘！"老妪又叫起来。

"如果不是我的亲娘，还有哪个叫我开始心肠变硬的，"她回答着，她的双臂交叉，眉头紧锁，嘴唇紧紧闭起，仿佛想竭力把一点点柔情从胸中驱走，"妈妈，听我讲一两句话。如果现在我们相互谅

528

解的话，恐怕我们就不会再争吵了。我离家的时候是一个小姑娘，我回来的时候已经是一个女人了。你可以咒骂，说我离家的时候不孝敬，回来的时候照样不孝敬。但是你对我是不是很尽责了？"

"我！"老妪叫喊着，"对我自己的闺女！一个母亲要对自己的孩子尽责！"

"这听起来不合情理，是吗？"女儿回嘴说，她那严厉、无情、旁若无人而又十分漂亮的面孔冷冰冰地望着她的母亲，"我一个人待在外边的那许多年，我有时候会想起这个问题，最后我也就习惯了。我听到别人谈起责任的事，但总是说我对别人应该尽责。为了消磨时间，我时常在想：难道就没有人应该对我尽责吗？"

她的母亲坐在那里喃喃自语，摇晃着头，一脸的怪相，是怒、是悔恨、是否认还是由于年老体弱的缘故，从她的表情上看不出来。

"有一个叫作艾丽斯·玛伍德的孩子，"女儿以极端轻蔑的目光看了自己一眼，笑了一声说，"在穷苦、无人关心的环境里出生、长大。没有人教导她，没有人帮助她，没有人关心她。"

"没有人！"她母亲把这个字重复了一下，指着她自己，捶着她的胸膛。

"她受到的关心只是，"女儿接着说，"挨打、吃不饱、有时候还受虐待，如果不是这样，她就会好多了。她住在这样的家里，在这样的街上，一群儿童也都像她一样的可怜，可是她长大了出落得很漂亮，对她来讲这可更糟了，宁可长得难看给折磨死倒反会好些。"

"讲下去！讲下去！"她母亲喊道。

"我是要讲下去，"女儿回答着，"有一个叫作艾丽斯·玛伍德的女孩子，她长得很漂亮，她受的教育太迟了，而且教导无方，她受到太多的关心，太好的教养，太大的帮助，照顾得太周到。那时候你很喜欢她，那时候你日子过得比现在好。可她怎么样了？不就是给毁了？她一生下来就注定要给毁了的。每年有千千万万的女孩子就像她这样给毁了。"

"过了这许多年！"老妪嘀咕着，"我的闺女一回来就讲这些话。"

"她就要讲完了，"女儿说，"有一个叫作艾丽斯的犯人，那时候她还是个女孩子，但是给抛弃了，无处可去。她被审判，被判了刑。我的天，法庭里的那些大人先生们怎么说的！那位法官讲着她的责任时的样子有多么庄严，他说她违背了天赋走到邪路上去了，看来他跟在场的其他人一样根本不知道这样的天赋反而成了她的灾难！他怎样滔滔不绝地谈着法律的强大威力，这种威力能够挽救她这个天真无邪、无援无助的小罪犯呢；他还讲着法律全都是多么庄严而神圣。从那时候起，当然我是常常想着这些话的。"

她的双臂紧紧地交叉着搁在胸口，爽然大笑起来，这笑声使老妪的喊叫也变得悦耳可听了。

"艾丽斯·玛伍德就这样给流放了，妈妈，"她继续说下去，"让她去学会履行自己的责任，可是那边要她履行的责任比这里要少二十倍，而邪恶、虐待、丑事比这里要多二十倍。现在艾丽斯回来了，她已经是一个女人了。经过了这么许多灾难，她已经完全不一样了，这是必然的。过些时候，很可能有更多的庄严、更多的说教、更多的强大威力，那时候就是她的末日了。不过这些大人先生们用不着担心怕没有事情干。在这些街道上长大起来的小罪犯，男孩和女孩，多得很，要叫那些大人先生们忙不过来呢，要等发了大财他们才肯罢休。"

老妪的手肘靠在桌子上，她的面孔搁在两只手上面，她的神情看起来非常痛苦——也许她确是很痛苦的。

"好了！我的话讲完了，妈妈，"女儿说着把头晃了一晃，仿佛是说这个问题就不要再谈了，"我已经讲够了。不管做什么事，我们不要再说尽责不尽责的话。我想你的童年也同我一样，那样对我们就更没有好处。我不想责备你，也不想为我自己辩护。我为什么要这样做？这一切早已过去了。可是现在我已经不是小姑娘，我是一个女人了。我们用不着像法庭里的那些大人先生们夸夸其谈，我们用不着把我们过去的事情拿来炫耀，我们自己清楚得很。"

她虽已迷途失足，今不如昔，然而她的姿容依旧美丽，她的身材依旧苗条，即使最不如意的时候，随便什么人只要随便看一眼就可以认出她是一位容貌漂亮、仪态优雅的女人。她渐渐地沉默起来，她那异常激动的面容也平静下来，她乌黑的眼睛盯着火光，急躁不定的目光被一种忧伤的神色所代替而变得柔和起来。这时，她因为旅途而甚感疲惫与凄苦的全身，透过一线像下凡的仙女所剩无几的余晖。

她的母亲一言不发地看着她，过了一会儿，她壮着胆子把她枯槁的手从桌子这边向她女儿那边稍稍移过去，待看到她并不反对，便用手摸摸她的脸、抚平她的头发。艾丽斯觉得她的老母亲这样的举动似乎是出于真情，也就不去阻止她。于是她得寸进尺，把她女儿松散的头发重新扎好，脱下她那双给雨水打湿的名不副实的鞋子，在她肩上铺上一块干布。在她越来越清楚地认出她女儿原先的风貌与神情时，她嘴里不停叨念着什么，卑躬屈膝地在她周围打转。

"你穷得很，妈妈，我看得出来。"艾丽斯说着向四壁看了一眼，这时她已坐了一会儿了。

"穷得不得了，我亲爱的。"老妪答着。

她羡慕她的女儿，但也怕她。也许这种羡慕的心情好久之前就已经有了，在她屈辱求生、奋力挣扎的日子里，她开始看见一种美丽的东西随之出现。她之所以怕她，也许和刚才听到她所讲述的往事有些关系。也许正是这个缘故，她服服帖帖、毕恭毕敬地站在她孩子的面前，低垂着头，仿佛可怜兮兮地恳求不要再责备她。

"这些日子你怎么过的？"

"靠讨饭过日子，我亲爱的。"

"还靠偷东西吧，妈妈？"

"有时候，艾丽，只是小偷小摸。我老了又很胆小，我只是偶然从孩子们那里弄些小东西，我亲爱的，但次数不多。我在这一带转悠，宝贝女儿，我晓得的就是我晓得的，我一直在观察。"

"观察？"女儿看着她问道。

"我在一户人家旁边候着，我亲爱的。"母亲说时比刚才更加卑躬屈膝、服服帖帖。

"哪一户人家？"

"别响，亲爱的。别对我不高兴，我是为了爱你才那样做的。那是因为想念我的在海那边的闺女呀。"说着她伸出一只手，叫她别响，然后又抽回来，搁在嘴唇上面。

"好多年以前，我亲爱的，"她说着便向她面前那张凝神倾听的严峻面孔胆怯地看了一眼，"我是偶然碰到他那个小孩子的。"

"谁的孩子？"

"不是他的，亲爱的艾丽斯，别这样望着我，不是他的。怎么会是他的呢？你知道他没有孩子。"

"那么是谁的，"女儿追问着，"你刚才说是他的。"

"别响，艾丽。你把我吓坏了，亲爱的。董贝先生的，就是董贝先生的。亲爱的，从那以后我时常看见他们，我看见他了。"

讲到"他"这个字的时候，老妪突然朝后退了一步，好像生怕女儿会打她似的。虽然她女儿的目光紧紧盯住她，虽然她的表情异常激怒，她仍旧没有作声，只是搁在胸口的双臂扣得更紧更紧，仿佛是尽量抑制住跃跃欲试的拳头，不至于因为过于愤怒而失去理智挥拳自击或者伤害别人。

"他没有想到我是哪个！"老妪挥着捏紧的手说道。

"他也根本不想知道！"她女儿从牙缝咕噜着。

"可是我们就在那里，"老妪说，"面对面的。我同他讲话，他也跟我说话。我坐在那里看着他走进长长的树林里，他走一步我就拼命地咒骂他。"

"你尽管咒骂，他还是越过越好。"女儿轻蔑地说。

"是呵，他是越过越好了。"母亲接着说。

她没有再讲下去，因为她女儿的面孔和身体由于愤怒而变了样子。她的胸膛仿佛要被内心的激动冲破似的。为了把她的满腔愤怒压在胸头，她花的力气之大如同她胸中的怒火一样，令人望而却步，同时也把这个女人暴烈而令人生畏的脾气揭示无遗。风平浪静之后，她沉默了一会儿问道：

"他结婚了吗？"

"没有，亲爱的。"母亲答道。

"快要结婚了吧？"

"我没有听说，亲爱的。但是他的主人，也是他的朋友，已经结婚了。哦，我们来祝福他快乐！我们来祝福他们都快乐吧！"老妪紧紧抱住骨瘦如柴的双臂，兴高采烈地喊道，"他们的婚姻没有什么好下场，只会叫我们高兴。你看好了！"

女儿望着她，想弄个明白。

"可是你湿淋淋的，又累又饿又渴，"老妪一瘸一拐地走到碗橱边说，"里面没有什么，没有什么——"说着她把手伸进口袋里，拿出几枚半便士叮叮当当地往桌子一放，"这里也没有什么了。你有钱吗，艾丽斯，我的乖乖？"

当她的女儿从胸口拿出她最近获得的一份很微薄的礼金时，她一边问着一边看着，脸上露出贪婪、迫不及待的神色，目光炯炯。从这里几乎可以看出这对母女的全部身世与经历，就像女儿刚才所说的那样。

"就这么些了吗？"母亲问道。

"就这么些了。要不是人家好心，连这一点我也不会有的。"

"要不是人家好心，嗯，乖乖？"老妪一边说一边把身体伸向桌面贪婪地望着，好像不相信这笔钱还握在她女儿手里似的，"哼！六加六是十二，十二加六是十八，那么，我们得好好用它一下。我就去买一些吃的喝的东西。"

她动作敏捷地用颤抖的手把一顶旧帽子戴在头上，披上一块破围巾。像她这样上了年纪、贫困不堪、又老又丑的老朽这时竟会这么动作麻利，是料想不到的。她一边准备出发，一边还是目光炯炯、迫不及待地盯住她女儿手中的钱。

"他们的婚姻叫我们怎么高兴，妈妈？"女儿问道，"你还没有跟我讲呢。"

"高兴，"她一边答着一边笨手笨脚地挪动着手指穿上衣服，"就是说他们之间没有爱情，他们只晓得骄傲、仇恨，我的乖乖。他们这样骄傲，老是吵闹，弄得乌七八糟，而且很危险呢，危险得很，艾丽斯，我们可高兴啦！"

"什么危险？"

"我看见的就是我看见的。我晓得的就是我晓得的！"母亲嗤嗤地笑着，"有些人会注意的，有些人会提防的，让他们去吧。我的闺女还不会落到坏人中间去的！"

此时，她的女儿带着惊讶、热切的目光注视着她，情不自禁地握紧手里那笔钱。老妪更加迫不及待地想拿到钱，赶忙说，"我要去买点东西，我要去买点东西。"

她站在那里向女儿伸出手时，她女儿向那笔钱看了一眼，在它上面亲了一下再给她。

"怎么，艾丽！你也亲钱？"老妪嗤嗤地笑着，"你和我一样——我也常常亲钱的。哦，钱对我们太有用处了！"说着，她紧紧地捏着她自己那枚暗无光彩的半便士，举到她那鸡皮疙瘩的喉咙口，"不管什么事情，钱对我们太有用处了，就是没有成堆地过来！"

"我把钱亲了一下，妈妈，"女儿说，"就是说我刚才亲了一下——我记不清以前还亲过没有——只是为了送我钱的那个人我才亲它的。"

"送你钱的人，嗯，乖乖？"老妪随即冲了她一句，她拿着这笔钱的时候昏花的眼睛闪闪发光，"对呀！为了送钱的人我也要把它亲一亲，这笔钱可好派用场啦。我去买点东西，乖乖。我马上就回来。"

"你讲起话来好像晓得很多呢，妈妈，"女儿说着，目送她走到门口，"你比我离家的时候聪明得多了。"

"晓得！"老妪走回一两步，用沙哑的声音说，"我晓得的东西比你猜想的要多，比他猜想的要多，乖乖，我慢慢会告诉你的。他的底细我都懂得。"

女儿不相信地笑了一笑。

534

"我晓得他哥哥的事情，艾丽斯，"老妪说着伸长她的颈子，怀恨在心地侧目而视，那样子很令人害怕，"他偷了钱，差点给送到你待过的那个地方。他现在跟他妹妹住在一起，就在那边，伦敦城外北面的马路附近。"

"在哪里？"

"伦敦城外北面的马路附近，乖乖。你高兴的话好去看看。不像他自己的屋子那么气派，他们的房子没什么好说的。不，不，不，"老妪摇摇头笑着说，因为她女儿已经跳了起来，"现在不要去，那地方太远了，在路标的旁边，那里堆着好些石块——明天去吧，乖乖，要是明天天晴，你高兴的话，就明天去吧。我现在要买东西去——"

"等一下！"女儿向她冲过去，她满腔的怒火又像刚才那样发作了，"那个妹妹是不是脸孔长得很漂亮的妖精，棕色的头发？"

老妪惊恐交加地点了点头。

"从她的脸上我看见他的影子了！那是一座独门独户的红房子，门前有一个绿色的门廊。"

老妪又点了点头。

"我今天在那里坐过的！把钱还给我。"

"艾丽斯！乖乖！"

"把钱还给我，否则我要给你颜色看。"

她一边说一边就从老妈妈的手中把钱夺了过来，全然不理会老妈妈的诉苦和恳求，把刚才脱下的衣服匆匆穿上，急忙地奔出去了。

母亲好不容易一瘸一拐地跟在后面追上去，声嘶力竭地劝说着，可是她的喊声毫无用处，就像对着风雨和四周的一片漆黑一样无效。女儿执著于自己的目的，对其他的一切全不在乎，恶劣的天气、遥远的路程都不能使她止步，仿佛她根本不知道跋涉和疲劳之苦，她一味往前飞奔，奔向给她救济的那户人家。走了一刻钟左右，老妪已经筋疲力尽、上气不接下气，不顾一切抓住她女儿的裙子，但不敢再作其他大胆的举动，就这样她们在风雨和夜色中默默地向前走着。如果说有时候母亲发了一两句牢骚的话，她也总是一出口就止住，生怕女儿自个儿走开，把她丢在后面。女儿却不作声。

她们终于把大街小巷抛在后面，走进夜色更浓的城乡之交的地带，那座屋子就在这里。这时离午夜还有一小时光景，远处的城市幽暗而阴沉，寒风在旷野呼啸，四周是一片漆黑、荒凉。

"这个地方很适合我的！"女儿说着停下来往后看看，"今天我在这里的时候就是这么想的。"

"艾丽斯，我的乖乖，"母亲轻轻拉着女儿的裙子喊着，"艾丽斯！"

"什么事，妈妈？"

"不要把钱还给她，亲爱的宝贝，请你不要还呵。我们没有钱。我们要吃饭，乖乖。不管是哪个给的，钱就是钱。你随便怎么说，钱就是不要还。"

"看那边！"女儿只是这么回答了一下，"我讲的就是那座屋子。是不是？"

老妪点点头表示肯定。走了几步路，她们就到了门口。艾丽斯坐在那里烘过衣服的房间里透出火光和烛光。她敲了一下门，约翰·卡克尔便从房间里走了出来。

这么晚了，他看到门前的不速之客，颇觉诧异，便问艾丽斯有什么事。

"我找你妹妹，"她答道，"她今天给了我一点钱。"

她讲这句话时提高了嗓子，哈丽特听到声音急忙走出来。

"哦！"艾丽斯说，"您在这里！您还记得我吗？"

"记得。"她回答着，心里却在嘀咕。

刚才在她面前曾是那么恭恭敬敬的脸孔，现在却以不可抗拒的仇恨与蔑视望着她。那只手刚才还那么温柔地触摸着她的臂膀，现在却捏得很紧，好像怀有极大的恶意，想把她扼死，并以为快。惊恐之下，她挨紧她的哥哥，以避免受她伤害。

"我同你讲话居然不知道你是谁！我和你这么靠近居然不觉得你血管流的是什么血，可我自己身上的血都在刺痛！"艾丽斯说着做了一个威胁的姿势。

"您这话是什么意思？我做了什么事？"

"做了什么事！"来势汹汹的女人说，"你让我坐在你的火炉旁边；你给我饭吃，给我钱；你居然向我赐恩，表示同情！你！我诅咒你这个姓名！"

老妪满脸恶意，原本丑怪的相貌现在变得更加可怕。她对着兄妹俩挥动着枯槁的老拳，表示对她女儿的支持，同时牵住她女儿的裙子，恳求她不要把钱还给她。

"如果我让一滴眼泪掉在你手上的话，就让这滴眼泪把你的手给烂掉！如果我对你说了一句和气的话，就让这句话把你的耳朵震聋！如果我用嘴唇亲了你一下，就让它变成毒汁，把你毒死！我诅咒这座给我躲雨的屋子！叫痛苦和耻辱落在你头上！叫你所有的一切全都毁了！"

她说着就把钱扔在地上，并且踩上一脚。

"我要把它踩到泥土里去，即使这笔钱好让我走进天堂我也不会要的！我宁可这只流血的脚今天还没有走到你家就给烂掉！"

哈丽特脸色苍白、全身发抖，叫她哥哥，不要制止她，让她讲下去。

"那很好嘛，我一回来就受到你的可怜和原谅，受到有你这个姓名的人的可怜和原谅！那很好嘛，在我面前你居然扮作一位善良和蔼的女士了！我死的时候还要感谢你呢，我还要给你和你全家祷告呢，你放心好了！"

她的手猛烈地一挥，像是把仇恨洒满地面，叫站在她面前的人全都毁灭似的，然后她举首仰望着乌黑的天空，大踏步走进风狂雨骤的夜色中。

她的母亲一再扯着她的裙子，却无济于事，贪吝的眼光全神贯注地盯着躺在门口的那一堆钱，好像她全身的解数都使在这上面了，她本来想在这里转悠，等屋子里暗了再在泥土里寻找，希望把这笔钱重新据为己有，但是她女儿把她拉走了，于是她们踏上归程。老妪一路上为失去这笔钱而悲叹哭泣，公然埋怨她那漂亮的女儿做出这种不孝敬的事，居然在她们重新团聚的第一天夜里就把她的晚餐剥夺了。

可以说晚饭没有吃她就上床就寝了，因为她只吃了一点残剩的粗食淡饭，而那点残羹剩菜，也是在她那不孝敬的女儿呼呼入睡很久后才吃的，她坐在一堆余火旁，一边喃喃自语，一边咀嚼着。

这对母女落到这样悲惨的地步，难道仅仅是上层社会的一些罪恶在底层的表现吗？其实这些罪恶现象在上层社会中有时候也是非常猖獗的呢。在这个圆形的世界里有着许许多多层出不穷的圆圈。难道我们不辞疲劳地从高层到低层跋涉，结果只是发现原来这两个极端却是紧密相连的，我们旅程的终点也就是我们的起点吗？在上层社会中，其质料和质地与下层社会相比虽然非常悬殊，但这种圆圈式的回环往复、周而复始的历程难道不是一样的吗？

说吧，伊迪丝·董贝！说吧，克娄巴特拉，人世间最好的妈妈！让我们看看你们提供的证明吧！

第三十五章

一对幸福的佳偶

街上的黑点已经消失了。董贝先生的巨厦如果说在群屋之中还是一道不可逾越的鸿沟的话，那只是因为它的光辉灿烂如鹤立鸡群，对周围的房子根本不屑一顾的关系。有道是，家毕竟是家，不管它是多么简陋。如果推而广之地说家毕竟是家，尽管它不曾有过如此华贵的气派，那么现在在这里为家神造起的祭坛是何等辉煌！

今晚，窗户里灯光灿烂，炉火的红光温暖而明亮地照在高挂的窗帘和柔软的地毯上。晚宴正待摆上，桌上放好了琳琅满目的餐具，虽然只有四人用餐，餐具桌上挤满了杯盘。这座屋子自从最近装修一新之后这是第一次准备住人，它随时恭候这对幸福的佳偶翩然来临。

仅次于婚礼之晨，使全家人感到极大兴趣与期望的就是这对佳偶归来的这个晚上。佩契太太在这座大厦转了一圈，把各种绫罗绸缎用尺码估计了一下价钱，把字典里的各种感叹词都用来表示对其豪华的惊叹与赞美，此刻她在厨房里喝茶。装潢商把满是油漆味的帽子连同手帕放在大厅里的一把椅子底下，便到屋子四处转悠，一会儿仰望屋顶的楣柱，一会儿俯视脚下的地毯，一会儿又从口袋中拿出一把尺子，以难以描摹的心情悄悄地量着那些贵重的陈设，暗自欣喜若狂。厨娘兴高采烈，她说要是给她一个地方能够三朋四友聚聚多好，她准备用六便士同你打赌，说现在这里就会是这样的地方了，因为她自小性格活泼，喜欢热闹，她不在乎谁会知道。佩契太太对她的这种心情喃喃地表示由衷的赞许和支持。女仆一心一意希望他们婚姻美满幸福。但是婚姻是捉摸不定的，就像彩票一样要

539

担风险的，她越想越觉得单身最保险，独立自主，不需要依赖别人。托林森先生有此同感，他面无喜色，要与法国人打一仗，把他们打倒，因为这位年轻人总认为凡是外国人都是法国人，从自然法则来看，这是肯定无疑的。

每当听到车轮的声音，不管在讲什么话，他们都戛然而止，凝神静听；他们还不止一次地齐声喊起来"他们来啦"，但是他们并没有来。厨娘开始为她准备好的晚餐焦心，她已经上菜上了两次了。而装潢商却仍旧偷偷摸摸地在各个房间穿来穿去，欣喜若狂，好不自在！

弗洛伦斯准备着迎接她父亲和她的新妈妈，胸膛里思潮起伏、感情澎湃，是出于喜悦还是痛苦，她是不很清楚的。但是她那激烈跳动的心却给她的双颊带来了更鲜红的色彩，给她的眼睛带来更明亮的光辉。楼下的家人们交头接耳地说着，他们讲她的时候都是轻声轻气的，这已是他们的习惯了，他们说弗洛伦斯今晚多么漂亮，她已经长成一位可爱的妙龄女郎了，好可怜的人儿！停了一会儿之后，厨娘觉得作为群龙之首，大伙儿是想听听她的高见的，便说此事有些蹊跷，是不是——接着就止住了。女仆也感到有些蹊跷，佩契太太也感到有些蹊跷，究竟蹊跷为何事她根本不清楚，只是别人认为蹊跷她也跟着觉得蹊跷了，这是她得心应手的处世之道。托林森先生此刻见有机会可以把这些女士的豪兴降降温，降到自己的低度，便说等着瞧吧，他希望总有些人能安然无恙的。厨娘叹息了一声，轻轻地说："天呵，这个世界真奇怪，真奇怪！"在座的人一一附和之后，她又说了一句很有力度的话，"不过，不管怎么变，弗洛伦斯小姐的境遇是不会变得更糟的，汤姆。"托林森应了一句含义十分可怖的回答："哦，她是不会的呵！"他自知一个男人家是不可能有更大的先见之明的，也提不出更了不起的高见，他只能这样附和一下，便不再说什么了。

斯库顿夫人穿着焕发着青春气息的短袖子衣服，等候着她亲爱的女儿和女婿，准备满怀热情地迎接他们。可是此刻她那迷人的风姿还只是在她几小时之前才据有的幽暗的居室中大放光彩。她一直没有走出去过，因为晚餐一再推迟，她已经等得不耐烦了。女仆却不一样，照理她应该是个骷髅，可是她偏偏是一位体态丰盈的少女，落落大方，和蔼亲切，此刻她想的是，要拿到每个季度的薪金的把握性会比过去大得多，今后食宿方面的待遇也会大大改善呢。

这一对幸福的佳偶此刻在哪里？这座华丽的屋子正在等候他们呢。是不是水汽、潮水、风甚至于马匹都想多领略一下这样的幸福而迟迟不前呢？是不是众多的美丽、欢乐、恩爱之神在他们周围徘徊不去而耽误了他们的归程？是不是他们幸福的旅途上铺满了鲜花，无刺的玫瑰与芬芳的野蔷薇把他们的脚缠住了，使他们难以举步？

他们终于归来了！车轮的声音清晰可闻，由远而近，由小而大，一辆马车最后驶至门口！随着那个令人讨厌的外国人一记震耳欲聋的敲门声，托林森先生一行人急匆匆地赶来开门。董贝先生与新娘跨下马车，联臂而行。

"我最亲爱的伊迪丝！"楼梯上传来一声激动的喊声，"我最亲爱的董贝！"她扬起一双短袖，轮流地绕着这对幸福的佳偶，一一拥抱了他们。

弗洛伦斯也下了楼，走入大厅，但就此止步，准备等他们的激动与狂喜渐渐消去之后再去含羞带怯地欢迎他们，毕竟他们之间比她更亲更近。但是伊迪丝才踏上门槛，一眼就看到她了。她在生性敏感的母亲的脸颊上轻轻一吻之后便把她丢下了，然后急忙走向弗洛伦斯，把她搂入怀中。

"你好，弗洛伦斯。"董贝先生一边说一边伸出他的手。

弗洛伦斯颤抖着把他的手举起放在她的唇边，正好与他的目光相遇。这道目光是冰冷而淡漠的，但使她的心有所搅动，她觉得这道目光里流露着比以往更多的关心，甚至有一丝看到她时的惊诧，而这种惊诧并不是令人不快的。她虽然不敢再举眼望他，可是她感到他又看了她一眼，而这一眼也是有些好感的。这一眼在她心中唤起了一种不可捉摸、难以名状、毫无根据而又确切无疑的希望，她可以通过她漂亮的新妈妈争取获得他的父爱。哦，此刻，怎样的一股喜悦激情流遍她的全身！

"我想您去穿衣服不用太久吧，董贝夫人？"董贝先生问道。

"我马上就好。"

"再过一刻钟叫他们开饭。"

董贝先生说了这句话后便大踏步地走向他自己的梳妆室去，董贝夫人也走到楼上她的梳妆室里。斯库顿夫人和弗洛伦斯走进客厅。这位贤良的母亲想着女儿的幸福喜泪难抑，流几滴泪水她觉得是责无旁贷的事，她的女婿走进客厅时，她还在用手绢镶着花边的一角悄悄地抹着眼泪呢。

"我最亲爱的董贝，您觉得全世界最叫人赏心悦目的城市巴黎怎么样？"她控制着内心的激动问道。

"那里很冷。"董贝先生答着。

"还是照样乐趣无穷吧，"斯库顿夫人说，"一定是的。"

"不怎么样。我觉得巴黎很乏味。"董贝先生说。

"哎呀，我最亲爱的董贝！"她很狡黠地说，"乏味！"

"它给我的印象是这样，夫人，"董贝先生郑重其事、彬彬有礼地说，"我想董贝夫人也觉得这座城市很乏味，她跟我讲了一两回她是这样想的。"

"呵，你这个坏丫头！"斯库顿夫人看到她的宝贝女儿走进来便大声嘲弄着她说，"你对巴黎讲了哪些古怪离奇的坏话呵？"

伊迪丝懒洋洋地扬了扬眉毛，便穿过折门，折门开处可见装饰得新颖漂亮的一整套房间。伊迪丝只是瞟了一眼即匆匆走过，到弗洛伦斯的旁边坐了下来。

"我亲爱的董贝，"斯库顿夫人说道，"这些人把我们的每一个想法领会得这么好，太妙了，简直把这座屋子变成金碧辉煌的宫殿了。"

"很漂亮。"董贝先生向四周环顾了一下说，"我告诉他们要不惜一切工本；我想，凡是钱能够办到的事情都已经做了。"

"钱还有什么不能做的事情吗，亲爱的董贝？"克娄巴特拉问道。

"钱是很有威力的，夫人。"董贝先生说。

他庄严地朝他夫人望过去，但是她一言不发。

"董贝夫人，我希望，"沉默片刻之后，董贝先生以特别清晰的声音说，"这样的装饰会使您满意的吧？"

"很漂亮，"她高傲的声音若无其事地回答着，"当然，应该是很漂亮的。我觉得，是很漂亮的。"

轻蔑之色是这张骄傲的脸蛋习以为常的表情，似乎是须臾不可分离的；但是当他企望她对他的财富表示羡慕、敬重或关心时，她脸上流露出的轻蔑之色，不论是多么轻描淡写、多么随随便便，却是一种不同寻常的表情，其强烈的程度是其他任何表情所无法比拟的。董贝先生正为自己的伟大而沾沾自喜，对于这种轻蔑之色他究竟有没有觉察到？要使他完全清醒过来，不是没有时机的。就在这个时候，那只乌黑的眼睛不屑一顾地匆匆掠过他那自鸣得意的杰作之后便扫了他一眼，这匆匆的一瞥是完全可以使他恍然大悟的。在这一瞥中他完全可以看出，尽管他富如五车，他的财富成万倍增加，也不能为他从那个傲慢的女人那里赢得一丝柔和的目光。她虽然和他结成连理，但形同陌路，她整个的灵魂是和他格格不入的。在这一瞥中他完全可以看出，虽然她嫁给他是一项肮脏的钱财交易，但她对这项交易是十分鄙视的，她觉得充其量地拥有这宗财富的威力乃是她的权利，她的交易，是她成为他妻子的微不足道的报偿。在这一瞥中他完全可以看出，虽然她始终露着头顶准备承受她自己的轻蔑与高傲之闪电的打击，但是即使非常漫不经心地提到他的财富所具有的威力，也会使她更加自卑，更加丧失了自尊心，使她内心的苦闷、失望与凄凉更上一层楼。

可是这时仆人报告晚餐已准备好，于是董贝先生领着克娄巴特拉下楼，后面跟着伊迪丝和他的女儿。伊迪丝匆匆走过餐具柜，对它上面陈列着的金银器皿视如粪土，也不看一眼她四周的玲珑雅致的摆设，便径直走向餐桌，像一尊塑像坐了下来，这是她首次在他的筵席上就座。

董贝先生本人也是一尊很好的塑像，他看到他漂亮的妻子岿然不动、高傲、冰冷的姿态自然是很高兴的。她的仪态一向是端庄优雅的，现在的这个姿态总的来讲很合他的口味。因此，作为主人，在此时的晚宴上他依旧像往常一样庄严，没有温情和欢笑的言行使他的妻子相形见绌；在这回家后的第一顿新婚晚餐上，他以冷静的喜悦之情履行着主人之谊，既是彬彬有礼，而又冷若冰霜，做得恰如其分，但在楼下的仆从眼中，这顿晚宴并不很令人满意，也不是很好的开端。

　　茶喝过后不久，斯库顿夫人故意装着由于看到她亲爱的孩子终于和她的心上人结成秦晋之好，大功告成，过于兴奋而感到筋疲力尽，便告辞就寝。也许还有一个缘故，她可能认为这次家宴有些乏味，因为整整一个小时她躲在扇子后面直打哈欠。伊迪丝也悄悄走出去，没有再回来。刚才弗洛伦斯在楼上和狄俄吉尼士攀谈了一会儿，现在拿着针线篮回来时发现人都走光了，只剩下她父亲独自徘徊在那华丽而又凄凉的客厅里。

　　"请原谅，我是不是就走开，爸爸？"弗洛伦斯站在门口迟疑着，低声问道。

　　"不要，"董贝先生回过头望了一下说，"弗洛伦斯，这里你来去自由，这不是我个人的房间。"

　　弗洛伦斯走进客厅，拿着针线活走到远处的一张小桌旁坐了下来，在她记忆之中这是她自孩提起有生以来第一次单独和她父亲相对而坐，与他为伴。她是他天然的伴侣，他唯一的孩子。在孤苦伶仃的生活和忧伤中，她尝到了一颗破碎的心所承受的痛苦。在她的爱受到她父亲的冷遇时，每晚在对上帝祈祷中，她总是流着泪水深深地为他祝福，这声祝福比诅咒更沉重地落在他身上。她祈祷着早些死去，这样她就可以死在她父亲的怀里；对她所受到的冷淡、厌恶、不闻不问，以及由此而感受的痛苦，她是一无所求，一无所怨，只是耐心地爱下去，就像他的守护神，原谅他，为他辩解！

　　她哆嗦着，眼睛迷蒙了，他在客厅徘徊时，他的身影在她面前似乎越发高大而魁梧。这身影忽而模糊不清，忽而清晰可辨，她似乎想起许多年之前这幕情景也曾出现过。她企望着走过去，但又望而却步。对一个孩子来说，这种心理是不外乎天性的，因为孩子是天真无邪的呵！而那只握着尖犁的手为了播下种子居然在她温柔的心中挖出一道深沟，这实在是违反天性的呵！

　　为了不使自己的苦恼影响她父亲的情绪或叫他不高兴，弗洛伦斯竭力控制住自己，静静地做着针线活。在房间里走了几圈之后，他停止了徘徊，走到远一些的阴暗角落里，在一把安乐椅子上坐了下来，用手帕盖着头，安心睡觉。

　　弗洛伦斯很满意地坐在那里，时不时地把眼睛转向他的椅子望着他，如果她的脸孔对着她的针线活，她便用脑子去看他。长久以来，她父亲一直不允许她和他见面，而现在她不同寻常地出现在他面前，却并没有使他心中烦躁，而正因为她的在场他才能够睡着。想到这里，她悲喜交集。

　　其实，他是一直在端详着她的，遮住他面孔的手帕，不知是出于无意还是精心安排的，摆得恰如其分，使他的视觉可以游刃有余，一直看着她的脸孔。当她朝向那个阴暗的角落里望着他时，她那会说话的眼睛，无声的语言，比世界上一切侃侃而谈的演说家更加情真意切、悲哀动人，更加把他的罪过揭露无遗，可是当她遇到他的眼睛时，她却不知道他一直在注视着她。当她又低头做针线活时，他比较舒畅地呼吸着，但仍旧目不转睛地看着她，看着她白皙的额角、垂下的头发和忙碌的双手——他的眼睛只要给吸引过去就似乎无法抽回！这一切假使她知道的话，她会怎么想呢？

　　那么他又是怎么想的呢？他隐蔽起来的视线久久地注视着他的形同陌路的女儿时，他心中作何感想？他是不是觉得这娴静的身影与温柔的目光里有一种对他的责备？他是不是已经开始觉悟到她的权利被剥夺了？他是不是终于痛悔前非，认识到他实在是太残酷无情、不讲公道了？

　　在极其严厉、狠心的男人的生活中也会出现宽容的时刻，虽然他们对此常常是秘而不宣的。一下子看到她这么漂亮，差不多在他不知不觉中长成一个女人了，即使他一生傲慢，这种宽容的时刻是很可能一触即发的。瞬息之间他会想到，他一直就有一个幸福的家庭近在咫尺，他一直就有一个家神随时准备对他顶礼膜拜，可是只因为他那顽固不化的傲慢与偏见对其始终置之不理，避而远之，以至于他不知所从，迷途难返。想到这些，也许会出现这种宽容的时刻。虽然她没有讲话，她不知道她父亲是不是清楚，可是他从她眼睛里分明听到一些简单明了的话："哦，爸爸，想一想我怎样留恋不舍地守在临死的弟弟的床前，想一想我童年时候的苦难，想一想在这凄凉的屋子里我们半夜相遇的情景，想一想从我痛苦的心里发出的喊声，哦，爸爸，想一想这些，到我这里来，在我的爱里寻找栖身之地吧，现在还来得及！"也许那种宽容的时刻会由此而生。一些低级、卑劣的想法也会使这种宽容的时刻不期而至，譬如说他死去的男孩现在已被新的亲情所取代了，而这种感情的取代他现在是可以原谅的。即使只是把她当作他四周众多华丽的装饰品之一，也足以在他心中产生宽容之情。他看着看着，他的心对她越来越宽容了。他看着看着，她渐渐地和他深爱着的那个男孩融为一体了，他简直无法加以区别。他看着看着，顷刻之间，灯光更加明亮，形象更加清楚，她不再是那个俯伏于那个男孩枕席之上、在那个男孩心中抢占了他的位置的仇敌——这个想法太古怪了——而是家里的守护神，要是他再一次把垂着的头托在手上、坐在那张小床脚头的话，她也会一样全心全意地照顾他的。他想同她讲话，叫她走过去。不过"弗洛伦斯，走过来"这几个字讲起来吞吞吐吐、困难重重，而且听起来非常离奇。正当启口时，楼梯上响起了一阵脚步声，他便戛然而止。

是他的夫人过来了。晚餐的礼服她已卸下，现在穿的是一件宽松的长袍，她的头发已经散开，随意地披在颈项四周。但是使他感到诧异的并不是这种变换。

"弗洛伦斯，亲爱的，"她说道，"我到处在找你。"

坐在弗洛伦斯的身旁后，她便弯下腰来亲了亲她的手。他简直认不出这是他的夫人，她完全不一样了，不仅仅是她的笑容使他感到新奇，因为他从未看见她笑过，她的仪态、声调、眼神、关怀、信任以及一心一意想讨人喜欢的愿望，一目了然全都不一样了——这不是伊迪丝。

"轻声点，亲爱的妈妈。爸爸睡着了。"

现在又是伊迪丝的样子了。她向他坐着的角落里望过去，这就是他久已熟悉的脸容和神态。

"我没有怎么想到你会在这里的，弗洛伦斯。"

顷刻之间，她又变得多么温柔！

"我一早就走开了，"伊迪丝说着，"我想到楼上坐坐和你谈谈心的。可是我到了你的房间才发现我的小鸟已经飞出去了，我一直在那里等着小鸟回来呢。"

她温柔亲切地把弗洛伦斯搂在怀里，如果真是一只小鸟的话，其温柔亲切的程度也不过如此。

"快走吧，亲爱的！"

"我想爸爸醒来会找不到我的。"弗洛伦斯犹豫不决地说道。

"你以为他会找你吗，弗洛伦斯？"伊迪丝全神贯注地看着她。

弗洛伦斯低下头，站了起来，把针线盒收拾好。伊迪丝把她的手套在自己的臂膀里，她们像姊妹俩走出房间。董贝先生目送着她走到门口，他心里在想，连她的脚步也全然不同，他还没有见过她这样的步态呢。

那天夜里他长久地坐在那个阴暗的角落里，直到教堂的钟敲了三下，他才动了一动。他的面孔一直朝着弗洛伦斯起先坐过的地方。烛光渐趋暗淡，终于熄灭，房间也越来越黑暗了，但是黑夜所投下的阴影仍旧比不上凝聚在他脸孔上面的那道阴影，这道阴影始终长留不去。

在远处小保罗去世时的那间屋子里，弗洛伦斯和伊迪丝坐在炉火前面，久久地闲聊着。狄俄吉尼士也在那里，起初它不让伊迪丝走进屋子，但是出于对女主人的尊敬，遵照她的意愿，还是让她进来了，不过咆哮得很厉害，表示抗议。狄俄吉尼士愤愤然地退到前室，随后一步步地从那里走了出来，似乎顿时明白了它刚才的良苦用心原来是犯了一个错误，这在极有教养的狗中也时或发生的。为了表示抱歉，它选了炉火前一处很暖和的地方，笔直地坐着，舌头伸出来大喘其气，憨态可掬地听着她们的谈话。

她们的话题先是弗洛伦斯所读的书，她的兴趣与爱好，然后是关于她是怎么样度过他们婚礼后的这段时间的。这最后的话题触及了她的痛处，她满含着泪水说：

"哦，妈妈！从那天起，有一件事情一直使我很伤心。"

"你有一件很伤心的事，弗洛伦斯？"

"是的。可怜的沃尔特淹死了。"

弗洛伦斯双手掩住脸孔，伤心地哭起来。她为沃尔特悲惨的命运暗地里流下的泪水不知有多少，可是当她想起他、谈起他的时候，抑制不住的泪水又直淌下来。

"告诉我，亲爱的，"伊迪丝安慰着她说，"沃尔特是哪个？他同你是什么关系？"

"他是我的哥哥，妈妈。亲爱的保罗死后，我们说我们就做兄妹吧。我认识他很久了，我还是小孩子的时候就认识他了。他也认识保罗，保罗很喜欢他。差不多临终的时候保罗还说，'亲爱的爸爸，好好关心沃尔特！我很喜欢他的！'沃尔特给带进来看他，就站在那边——在这间屋子里。"

"那么他有没有关心过沃尔特？"伊迪丝很严峻地问道。

"爸爸吗？他派他到海外去了。他乘的那条船失事了，他给淹死了。"弗洛伦斯呜咽地说着。

"他知不知道他死了？"伊迪丝问。

"我没法讲，妈妈。我没法知道。亲爱的妈妈！"弗洛伦斯说着声泪俱下，紧紧搂住她，像求她帮助似的，并且把脸孔伏在她的胸口上，"我知道您已经看出——"

"等一下！停一停，弗洛伦斯，"伊迪丝的脸色变得这么苍白，语气这么热切，弗洛伦斯用不着她来捂着自己的嘴巴，很明白了，"你先把沃尔特的情况全部告诉我，让我了解这件事情的全部经过。"

弗洛伦斯便一一作了叙述，以及与其有关的一切事情，甚至与图茨先生的友谊也没有漏掉。她对图茨先生虽很感激，但说到他时，辛酸的眼泪不免含着微笑。在她的整个叙述中，伊迪丝始终握住她的手凝神静听。她讲完后沉寂了一会儿，伊迪丝便问：

"你刚才讲你知道我已经看出，是指的什么，弗洛伦斯？"

"是说我不是，"弗洛伦斯说着像刚才一样迅疾地把脸伏在她的胸口上，像刚才一样默默地恳求着，"我不是一个受到父亲喜爱的孩子，妈妈。我一直不是，我一直不晓得怎么才能做一个受父亲喜爱的孩子，我迷了路，但是没有人给我指点。哦，我要跟您学会怎么让爸爸喜欢我。教教我吧！您一定能把我教会的！"弗洛伦斯把伊迪丝搂得更紧了，她断断续续地讲了一些表示感激与亲切的热情的话语把埋藏于胸中的伤心事讲出来后，弗洛伦斯痛哭流涕，哭了很久，不过在她新妈妈的怀抱之中不像起先那么痛苦了。

伊迪丝脸色苍白，连嘴唇也发白了。她的脸孔想尽力镇静下来，直到她傲慢的美貌像死亡一样凝固。她低头看着痛哭流泪的女孩，亲了她一下。渐渐地她抽开身子，把弗洛伦斯推开，这时她仿佛一座大理石塑像显得庄严沉静，声音逐渐低沉地说着，除此之外，没有别的感情色彩。

"弗洛伦斯，你不了解我！上天不会让你跟我学的！"

"不会让我跟您学？"弗洛伦斯深感奇怪，把这句话再讲了一遍。

"上天不让我教你怎么去爱，怎么才能被爱！"伊迪丝说，"倘若你能教我，那就好些了，不过现在已经太晚了。弗洛伦斯，我很喜欢你。在这么短的时间内，我想没有什么能比你更让我喜欢的了。"

她看出弗洛伦斯想插话，便做了个手势制止了她，自己继续说下去。

"我始终是你真正的朋友。在这个世界上，我一定会尽心尽力地爱护你，虽然我不一定比这个世界上其他人做得更好。你会相信我的，你甚至不会吝惜你的纯洁无邪的心完完全全相信我的——这是我知道的，所以我这样说了，亲爱的。他可以娶的女人很多很多，她们在各方面都要比我好，也比我真心诚意，弗洛伦斯，但是随便哪一个到这里来做他的夫人，都不会像我这样真心待你。"

"我知道的，亲爱的妈妈！"弗洛伦斯大声说着，"从那第一天最幸福的日子起我就已经知道了。"

"最幸福的日子！"这句话伊迪丝似乎不知不觉地重复了一下，接着又讲下去，"这份功劳虽然不是我的，因为在我没有看见你以前我是很少想到你的，但是就让你对我的信任和爱权作给我的奖励吧。关于这一点，弗洛伦斯，我来这里住下的第一天晚上，就想跟你谈谈，现在我终于有个机会讲了，这是第一次，也是最后一次，我觉得这样最好。"

不知为什么，弗洛伦斯有些害怕听她讲下去，不过她的眼睛一直盯住那张美丽的脸孔，而那张脸孔也始终对着她脸孔。

"不要在我身上寻求，"伊迪丝把手放在胸口上说，"这里没有的东西。弗洛伦斯，不要因为这里没有你想要的东西你就离开我。你慢慢会越来越了解我的，最后你会同我了解自己一样了解我的。那时候，对我尽量宽容一些，不要把我唯有的美好记忆变成苦事。"

她那凝望着弗洛伦斯的眼睛含着泪水，这说明这张平静的脸孔不过是一张漂亮的面罩，但是她仍旧克制着自己，继续说下去：

"你讲的事情我明白了，我知道这是千真万确的，但是相信我，弗洛伦斯，在这个世界上没有一个人比我更无能为力，替你打抱不平或帮助你了。不要问我为什么，也不要再对我讲起这件事情，也不要再提起我的丈夫。因此，在这方面我们之间要有一道屏障，像坟墓一样保持沉默。"

她静坐了一会儿，弗洛伦斯几乎不敢呼吸，这件事情模糊暗淡、残缺不全的阴影及其日复一日的重复出现，在她异常吃惊而又难以置信的脑海中川流不息地相互追逐。伊迪丝一讲完，她的脸孔差不多从刻板不变的冷静状态变得轻松起来，就像平时她和弗洛伦斯单独在一起的时候那样平静和蔼。此时她用双手遮住脸孔，站起来和弗洛伦斯热烈拥抱说了声晚安便匆忙走开，也不再回过头来望望。

但是当弗洛伦斯上了床，房间里除了壁炉的火光之外一片漆黑时，伊迪丝走回来了。她说她房间太冷清，睡不着觉，便把一把椅子移到炉边，望着炉中的余烬渐渐熄灭。弗洛伦斯也躺在床上望着，望着望着，炉火的余烬和炉前的那个飘着一头长发、两只眼睛若有所思地闪烁着火光的高贵身影变得模糊起来，辨别不清，终于消失，她遂沉沉入睡。

然而，睡梦中，刚才发生的事仍旧依稀难忘，它已成为她梦中之景，在她脑海里徘徊不去，一会儿是这个样子，一会儿是那个形状，但总是气势逼人，令人畏惧。她梦见在荒野里寻觅她的父亲，沿着他的足迹，跋涉于悬崖峭壁之上，深入于矿井洞穴之中；她梦见她担负着使她父亲从极度痛苦中解救出来的重任，但她不清楚是什么，也不知道是为什么，她始终没有能够完成她的使命，使他获救。随后她看见他死了，就在这张床上，这个房间里，她知道他到最后也没有爱她，于是她伏在他冰冷的胸口沉痛地哭着。然后出现一幕景象：一条河水汩汩而流，一个她所熟悉的凄楚的声音在喊着：“弗洛伦斯，河水在向前流动！它从未停止过！你正同它一道向前去！”于是她看见他从远处把手臂向她伸过来，而另外一个形影，像是沃尔特，非常平静地、纹丝不动地站在他旁边。每一个梦境中，伊迪丝来来去去，有时候使她高兴，有时又令她伤心，最后只剩下她们俩站在一座黑漆漆的坟墓的边上。伊迪丝向下指着，她望了望，什么！——另外一个伊迪丝躺在坟里。

梦中的情景太可怕了，她想，她大喊了一声便醒了。她似乎听见一个轻柔的声音在她耳边低语：“弗洛伦斯，亲爱的弗洛伦斯，这没有什么，只是一场梦！”于是她伸出双臂，回答她新妈妈的爱抚。伊迪丝随即在灰暗的晓色中从门口走出去了。弗洛伦斯即刻坐了起来，蒙蒙眬眬之中，她捉摸不定刚才发生的这些是真是假，但是有一点是肯定无疑的：此时晓色初开，壁炉里余烬已呈黑色，房间里只有她一个人。

这对幸福的佳偶回家的第一夜就这样过去了。

第三十六章

新居盛宴

许多日子差不多一模一样地过去，有许多的来访和回访。斯库顿夫人在她自己的房间里举行小型接见会，接见时，贝格斯托克少校时常奉陪。弗洛伦斯虽然每天都看到她的父亲，却再没有受到过他的青睐，她也没有再和她的新妈妈谈过多少话。她的新妈妈对全家人摆出一副高贵傲慢的姿态，只有对她是例外，这一点弗洛伦斯自然是觉察到了。她的新妈妈每次出访归来都要派人叫她过去或亲自到她这里来；夜间，不管有多晚，在她就寝之前，她总是要走到她卧室里去，不失时机地和她待在一起，与她相伴，常常沉默不语、若有所思地待得很久。

弗洛伦斯曾对父亲的新婚寄予莫大的期望，可时常情不自禁地把目前这座辉煌夺目的华厦和其陈旧凄凉的前身相比，不知何时它才能成为名副其实的家，因为她心中不免暗暗地有一种疑虑：这座屋子里面的一切虽然那么华丽、讲究、按部就班，可是对随便哪个人来说，这不是家。她想着她的新妈妈斩钉截铁地告诉她的话：在这个世界上没有一个人比她更无能为力，教她赢取她父亲的心，她日日夜夜、整个整个小时地想着这句话，为她那幻灭的希望流下许多辛酸的眼泪。不久，弗洛伦斯开始认为——或者更确切地说，决心认为——正因为比谁都清楚，要扭转或缓和父亲对女儿的冷淡情绪是毫无希望的，她的新妈妈只好满怀同情地告诫在先，不要再提起这个话题。弗洛伦斯的每一个行为、每一个念头都无自私之心，在这一点上她也是一样。她宁可自己承受这个新创伤给予她的痛苦，也不愿意动问一下她父亲究竟是怎么想的，即使在遐思冥想中也不想去猜测，生怕伤害了他。她希望他的家在新婚的阶段过去之后会好起来，而对她自己，她却想得很少，也更少自悲自怜。

如果说这个新的家中没有一个人私下里特别感到温暖与舒适的话，那么有一点已作出决定：至少董贝夫人应当毫不迟延地在大庭广众之中表现出新家的温暖与舒适。为了庆祝新婚之喜，为了广交朋友，已经安排好一系列宴会，这主要由董贝先生和斯库顿夫人负责。决定先由董贝夫人在某一天晚上尽主妇之谊招待宾客，然后由董贝夫妇联袂邀请众多各方宾朋参加当天的宴会。

于是，董贝先生以他的名义开列了应邀赴宴的东部各豪绅的名单。斯库顿夫人见她的女儿对此不屑一顾，便代为附列了一张西部来宾的名单①，其中首推表兄菲尼克士，他现在还没有回到巴登—巴登，这对于其个人的财产构成很大的危害。此外还邀请了各种身份、各种年龄的人，他们曾经像飞蛾扑火一样在她漂亮的女儿周围或在她身边打转，但他们的翅膀并没有受到终生伤害。在伊迪丝的授意之下，弗洛伦斯也列入参加宴会的一员，这是因为斯库顿夫人起初犹豫了一下。弗洛伦斯生性敏感，什么事情会引起她父亲丝毫的不快，她一下子就会感觉到。她提心吊胆地、默默地参加了这天的盛会。

盛会开始的时候，董贝先生系着一条极其高耸而僵硬的领带，在客厅里焦躁不安地踱着步，等待晚宴举行。富如五车的东印度公司董事准时驾到，董贝先生单独迎接。董事穿着一件马甲，外表像是一位技巧很普通的木匠用冷杉木拼凑而成的，其实是能工巧匠精心缝制的本色布马甲。随后，董贝先生以当时行之有素的规范措辞向董贝夫人送去衷心的祝愿。接着是东印度公司董事讲话，他侃侃而谈，讲得筋疲力尽，差点扑倒在地。董贝先生又无法越俎代庖，只好对着炉火着急，幸好斯库顿夫人赶来了，才给他解了围。董事满怀热情地向斯库顿夫人问候，他以为斯库顿夫人乃是董贝夫人呢。

---

① 东部指东印度公司，而西部来宾则是董贝夫人之友，与前者没有共同之处。

554

这件有趣的事情使晚会旗开得胜。

第二位来宾是英格兰银行经理，传闻他什么东西都能够买下来，如果他认为人性可以用来左右金融市场的话，那么人性就是他一般收购的对象，不过他说话非常谦逊，几乎以谦逊为荣。他以"敝舍"说起他在泰晤士河畔金斯顿的住宅，他讲倘若董贝先生有意光临，那里聊可提供下榻之所和一碟排骨。他说，像他这样一个娴静淡泊的人没有邀请女士们做客的奢望，但是倘若斯库顿夫人和她的千金董贝夫人有意垂顾，则不胜荣幸之至，在那里她们将会看到一小片灌木丛、小得可怜的花坛、小而又小的松林，以及另外两三个也是很不起眼的小玩意。为了更加完美地体现他的性格，他的穿着极其朴素，一缕麻纱权作领饰，一双很大的皮鞋，一件过分宽松的外套，以及一条太紧的裤子，这些就是他的全副装束了。当斯库顿夫人谈起歌剧时，他马上说他很少光顾的，因为他花不起钱，他说起来还颇为得意呢。说毕，他把手插在口袋里，眼睛里闪烁着无限乐趣，笑意洋洋地望着他的听众。

这时，董贝夫人翩然出现了，漂亮而高傲，她对众人所流露着的轻蔑与傲慢的神情仿佛是说，要想拿新娘的桂冠当作布满尖刺的钢环加在她头上使她就范是绝对办不到的，她是宁死不屈的。弗洛伦斯与她结伴而来。她们并肩走进来时，那个新婚之夜的阴影又浮上董贝先生的面孔，但未被觉察，因为弗洛伦斯不敢举眼看他，而伊迪丝又毫不在意，根本不去注意他。

来宾越来越多了，公司的董事和董事长一个接着一个来了，上了岁数的太太们也一个接着一个来了，她们上上下下穿戴得一丝不漏，连头顶上也不堪重负。表兄菲尼克士、贝格斯托克少校也来了。来的人还有斯库顿夫人的朋友，她们的面容都很光彩照人，如同鸡皮的颈子上挂着非常贵重的颈圈。她们之中有一位六十五岁的年轻女士，她的背脊和肩膀袒露无遗，讲起话来含糊其辞，足以引人入胜，她的眼皮沉重，要抬起来颇费一番周折，她的仪态有一种难以言喻的魅力，这种魅力往往是轻薄少女的专利。董贝先生邀请的来宾多不喜言谈，而董贝夫人的宾客大都口若悬河，他们之间是格格不入的。董贝夫人的宾客，仿佛受到磁力的牵引，大家走到一起，结成反对董贝先生的宾客的同盟，于是董贝先生的宾客只好十分凄凉地在这些房间里游荡或者走到角落里去躲避，结果给挤在走进来的宾客之中，便在沙发后面藏了起来，如果外面有人进来把门猛地一推，他们的脑袋正好给撞个正着，酸甜苦辣的滋味他们全都尝够了。

仆人报告晚宴即将开始。董贝先生陪着一位老太太下楼，她像是插满了纸币的粉红色丝绒针插，很可能就是穿针街上的那位老太太①，她太富有了，看起来不容易讨好。表兄菲尼克士陪着董贝夫人下来了，贝格斯托克陪着斯库顿夫人下来了，而那位袒露着双肩、使别人黯然失色的年轻女士则让东印度公司董事陪同下楼。其余的女士们待在客厅里向留下来的先生们展示，等待着。这些先生们终于耐不住心头跃跃欲试的希望便自告奋勇地带着这些女士走下楼来，这些勇敢的男士和他们的俘虏把餐厅的门口挤得水泄不通，结果还有七位温文尔雅的男士给挡在外面冷酷无情的大厅里。等宾客们全都走进餐厅，各就各位之后，却还有一个温文尔雅的男士依旧没有女伴可以陪同入座，只见他孤零零地站在那里满脸堆笑，不知所措。在男管家的陪同下，他绕着餐桌转了整整两圈，才找了个座位，原来是在董贝夫人的左手，此后这位温文尔雅的男士一直没有把头抬起来过。

现在，宾客们在辉煌的餐桌四周都已就座，手里不停地摆弄着金光闪闪的调羹、刀叉、杯盘，宽敞的餐厅如同儿童拾金拣银的宝地②，不过这是成年人的场景。董贝先生就像占地为王的儿童，把他的角色表演得非常出色，令人惊叹。一长条涂了一层霜花的贵重金属雕花托盘隔在他和董贝夫人之间，托盘上几个布满霜花的爱神把没有香味的花朵分别献给他俩，其中的寓意是一目了然的。

----

① 穿针街上的那位老太太：指英格兰银行。

② 原文是 Tom Tiddler's ground：一种儿童游戏，一儿童画地为界，其他儿童在上面走跳，佯拾金银。比喻宝地。

表兄菲克尼士生气勃勃，看起来年轻得很，叫人不可思议。但是兴高采烈之际，偶然之间，他也会忘乎所以，他的脑子就像他的腿一样会不听使唤了，旁边的人见到他这种情况不禁浑身发抖。有事为证。那位裸露着背脊的年轻女士对他颇有几分柔情，便用了一点心计让东印度公司董事把她带到表兄菲尼克士旁边的座位上，然后以怨报德，就把董事扔掉了。董事的另外一边正好给一顶阴森森的黑色丝绒帽子挡住了，这顶帽子戴在一位瘦骨嶙峋、沉默不语、手上拿着一把扇子的女人的头上。董事一肚子闷气，只好和自己打交道了。表兄菲尼克士和这位年轻的女士有说有笑，谈吐诙谐，表兄菲尼克士讲了一个什么故事，使这位年轻的女士笑得不亦乐乎，贝格斯托克立刻请求允许代表斯库顿夫人问一下（他们坐在对面稍远处）是否能把这个有趣的故事讲给大家听听。

"哎哟，我敢打赌，"表兄菲尼克士说，"那里面没有什么花头，根本不值一提，其实，那只不过是杰克·亚当斯的一桩轶事。我想我的朋友董贝，"因为此时众人的注意力集中在表兄菲尼克士身上，"可能记得杰克·亚当斯这个人的，杰克·亚当斯，不是乔，乔是他的哥哥。杰克——小杰克——他的眼睛有点斜视，讲话有点结巴——他曾代表某人操纵的选区在议会里当过议员。我在议会里的时候大家都叫他代理人亚当斯，因为他曾经为一位未成年人做过就职前的代理人的。我的朋友董贝也许认识这个人的吧？"

董贝先生也许知道盖伊·福克斯，但对于代理人亚当斯这个人他说不认识。可是那七位温文尔雅的先生中有一位却出其不意地跳出来说他认识这位先生，并且还加了一句——"他老是穿一双黑森士兵的长筒靴[①]！"

"一点也不错，"表兄菲尼克士说着便靠过去看看这位温文尔雅的先生，并从餐桌对面向他笑着以示鼓励，"这就是杰克。乔穿的是——"

---

① 黑森士兵的长筒靴：指膝前有饰穗的长靴。黑森是德国西南部的一个州。

"长筒马靴！"温文尔雅的先生叫起来，在众人的心目中他的声望步步升高。

"当然，"表兄菲尼克士说，"您和他们很熟吗？"

"他们俩我都认识。"温文尔雅的先生说。董贝先生立刻向他敬酒。

"真是好样的，这个杰克！"表兄说着，又一次向前靠过去，满脸堆着笑容。

"了不起，"温文尔雅的先生接着说，由于成功，他壮大了胆子，越说越有劲，"我所认识的人里面，他是人中豪杰。"

"您肯定听说过这个故事的吧？"表兄菲尼克士问道。

"等听了阁下讲好，"温文尔雅的先生壮着胆子说，"我就会晓得的。"话一讲完，他就仰首靠在椅子上，对着天花板微笑，好像他心领神会，已被逗乐了。

"其实，这算不了什么故事，"表兄菲尼克士说着便朝着全桌的客人莞尔一笑，很开心地摇摇头，"用不着什么开场白的，不过这件事很能说明杰克的诙谐机智。事情是这样，杰克被邀请去参加婚礼，我想是在巴克郡举行的，是吗？"

"在希罗普郡。"温文尔雅的先生壮了壮胆子说，因为他觉得这个问题是问他的。

"是吗？嗯！其实在任何一个郡都可能的，"表兄菲尼克士说，"就这样，我的朋友被邀请去任何郡参加婚礼，"他觉得这个玩笑一下子随口就讲出，很是自鸣得意，"他二话不说就去了，这同我们一些人是一样的，既然荣幸地被请参加我的品貌双全、才德兼备的表妹和我的朋友董贝的婚礼，自然无须再次邀请，便兴高采烈地来参加这一盛典。他去了，杰克去了。其实，那次婚礼的双方是貌合神离的，新娘容貌极其漂亮，她对新郎并无半点情意，只是由于他拥有巨大的财富，她才下嫁于他。杰克参加婚礼归来，在下院的客厅遇见一位熟人，这位熟人问他，'喂，杰克，那一对牛头不对马嘴的新婚夫妇怎么样了？'杰克接着说，'牛头不对马嘴？根本不是那样。他们的买卖等价交换，非常公平。她是正正经经地给买进来的，你可以发誓，他是正正经经地给卖出去的嘛！'"

　　他扬扬得意地自我欣赏着他那故事登峰造极的高潮时，餐桌旁的众人却像触电一样一个接着一个全身发起抖来，表兄菲尼克士见此情状，自知失言，便住口了。那天，每一个人的脸上都没有在谈论这唯一话题时露出一丝笑容。接着是一片沉寂。这位可怜的温文尔雅的先生同尚未出生的婴儿一样，起先对这个故事是一无所知的，可他从每个人的目光中看出他被视为这个恶作剧的罪魁祸首，这使他痛苦不堪。

　　董贝先生的脸色是不轻易改变的，这天他脸色一直很庄严高雅，听到这个故事，他并没有表露惊异之色，在一片沉默之中，他只是以庄严的语气说，"很好。"此时，伊迪丝迅疾地向弗洛伦斯看了一眼，除此之外，从外表上看不出她有什么变化，她依旧是那么不动声色，一无所觉。

　　筵席上一道道美味佳肴接踵而至，各种肉食、各类佳醇，金盘银盘层出不穷，金木水火土各色美味全都出奇制胜，还有成堆的水果，以及冰块——这在董贝先生的菜单上其实是并不需要的。餐事缓缓地进行，后来频频响起声如洪钟的连续两下的敲门声，又有宾客驾到，但他们只有闻闻菜香的福分了。董贝夫人起身离座，她的夫君颈项板直，脑袋高扬，毕恭毕敬地手扶着门，欢送女士们离开。董贝夫人也随即挽着他的女儿从他身旁匆匆离去。这一幕情景是很足以令人大开眼界的。

　　在琳琅满目的刻花玻璃酒瓶后面，董贝先生庄重高雅。东印度公司董事坐在餐桌的另一端，旁边空无一人，显得形单影只，颇为凄凉。而少校则是一副军人气概，正在向七位温文尔雅的先生之中的六位讲述约克公爵的故事，因为雄心壮志的那位已经一败涂地了。英格兰银行董事谦恭有余，为了一群钦慕他的人士，心中有一个打算，他想拿点心刀在一大堆菠萝里舀几片上来。表兄菲尼克士一边抚平着袖口，一边偷偷地整一整假发，像是在想着什么。但是这一切情景持续不久，因为就要喝咖啡，人们纷纷离开餐厅。

楼上客厅里济济一堂，而且人越来越多，但是看起来董贝先生的宾客从骨子里面就无法与董贝夫人的客人打成一片，他们之间的泾渭分明是一目了然的。唯一的例外恐怕就是卡克尔先生了。此时他满面笑容地站在围绕着董贝夫人的一群人中间，观察着董贝夫人，观察着她周围的人们，观察着他的上司，观察着克娄巴特拉和少校，观察着弗洛伦斯，观察着周围的一切。看起来他对两派宾客都能应付自如，看不出他是属于哪一派的。

弗洛伦斯对他却有几分畏惧，他的在场使她如同置身噩梦之中。她无法不去想起他的在场，她无法摆脱对他的厌恶情绪与不信任之感，她的目光因此时时地向他望过去，但是她脑子里所想的则是另外的事情。虽然人们对她投去羡慕的目光，也想与她攀谈，可她却娴静地独处一隅。她觉得在今天的宴会中她父亲的地位显得多么微不足道，她痛苦地看到他是多么不自在、多么不舒服；她看到他在门边等候来宾时，让他一个人站在那里，不闻不问；她看到他父亲希望对来宾优礼相待，把他们引荐给他夫人时，她却是一脸傲气、冷若冰霜，既不想取悦宾客，也没有这个兴致；冷冰冰的迎客仪式后，她既不征求他的意见，也不对他的朋友表示欢迎，却是金口不开，一言不发。使弗洛伦斯同样不解、同样痛苦的是，伊迪丝对她是那么亲切和蔼，那么关怀备至，刚才在她眼前出现的情景她是不应该知道的，而现在她确是看到了，对她来说，这似乎近于一种以怨报德的行为。

如果弗洛伦斯能够放大胆子，即使看她父亲一眼，算作侍候他，她就会非常幸福了；她并没有猜测到她父亲心境不安的主要原因，这对她来说不能不是一种幸福。但是，她担心她父亲看出她知道他的不利处境而迁怒于她。一方面是父女情深，另一方面对伊迪丝怀着一种感恩戴德的感情，因此她不论对她父亲或对伊迪丝都不敢看一眼。她为他们两人都感到忧虑与难受，在满屋的宾朋之中，一种想法偷偷地袭上她的心头，她想倘若这些喋喋不休的人语声、川流不息的脚步声没有光临此地，倘若那萧条、衰败的老屋没有给这金碧辉煌的新居所取代，倘若她这个被人冷落的孩子没有遇到伊迪丝、成为她的朋友，而仍旧过着被人忘却、无人同情、孤苦伶仃的生活，倘若一切都是这样，他们的处境也许会好些的。

奇克夫人也有一些这种想法，不过没有放在脑子里暗自思量。这位善良的夫人起初因为没有受到赴宴的邀请，很是恼火。稍稍平息后，她不惜破费大笔金钱把自己打扮得花枝招展，想使那位在宴会上尽主妇之谊的夫人眼花缭乱，惊奇不已，同时也想把沉重的羞辱像高山一样压在斯库顿夫人的头上，叫她无地自容。

"但是我还比不上弗洛伦斯，"奇克夫人对奇克先生说，"有哪个稍稍注意我了吗？一个也没有！"

"一个也没有，我亲爱的。"奇克先生表示同意，他靠着墙坐在奇克夫人的身边，此时此地，他仍旧能够自我安慰地轻轻吹着口哨。

"这里有没有一点点需要我的样子？"奇克夫人大声动问，眼睛里闪着火光。

"没有，我亲爱的，我看是没有。"奇克先生说。

"保罗简直是疯了！"奇克夫人说。

奇克先生吹起了口哨。

"有时候我以为你倒活像一个怪物。要是你不是怪物的话，我告诉你，"奇克夫人直截了当地说，"你就别坐在那里哼哼唱唱。看到保罗的丈母娘这么一身打扮，和贝格斯托克少校这么厮混，随便哪个人，即使最最麻木不仁，也不能这样无动于衷嘛，为了这么一个少校，我们还得感谢你的卢克丽霞·托克史，当然别的好事还多着呢——"

"怎么我的卢克丽霞，我亲爱的！"奇克先生惶惑不解。

"对，"奇克夫人严厉地反驳道，"是你的卢克丽霞·托克史——我是说，看到保罗的丈母娘这股风骚的样子，保罗的妻子这么目空一切，还有那些不三不四的袒肩露背的妖婆怪物，总之，董贝家里就这么个样子谁能够忍耐，可是你居然还在这里哼哼唱唱，"讲到最后这几个字，奇克夫人特别用轻蔑的口吻加重了语气，使奇克先生吓了一跳："谢天谢地，这把我弄得稀里糊涂了！"

奇克先生噘了一下嘴，那样子不是在哼小调和吹口哨，倒像是在沉思默想呢。

"但是我想我是晓得我该有什么权利的，"奇克夫人愤怒填胸地说，"可是保罗把这个忘得精光。我是这家的人，我可不答应凭空受人冷落。我还不是董贝夫人脚下的尘土，还不完全是呢，"奇克夫人说时仿佛后天就要成为她脚下的尘土似的，"我要走。我不会去吵，说他们故意拿这件事情来贬低我、侮辱我。想是尽管想，说是不会去说的。我干脆走掉。他们绝不会理睬的！"

讲完，奇克夫人笔挺地站了起来，挽着奇克先生的手臂。在幽暗的墙边待了半个钟点后，奇克先生挽着夫人离开了房间，的确谁也没有理睬，她真是有先见之明呢。

但是气愤的来客并不只是她一个。因为董贝先生的宾客还时时陷于困境，对董贝夫人的宾客十分恼火，老是拿着双筒镜瞧他们，说真不知那边是些什么人。董贝夫人的客人们也埋怨起来，说是太累了。那位袒露着肩膀的年轻女士因为这时没有了那位快活的年轻人表兄菲尼克士献殷勤（他已离席而去），便对着三四十位相好推心置腹地说她简直要闷死了。那些头上不胜重负的老妇人也多多少少找了一些事情抱怨着董贝夫人。董事们和董事长们也都不约而同地认为，既然董贝一定要结婚，他最好找一个年纪与他相仿、容貌不要太漂亮，但经济情况要好一些的女士。这类先生们有一个共同的看法，认为这是董贝的一大失误，他将终身悔恨。除了那几位温文尔雅的先生们，无论是留下的还是离去的，几乎没有一个人不感到受尽董贝先生或董贝夫人的冷遇而怏怏不快的。那位少言寡语、头戴黑丝绒帽子的女士，因为那位戴绯红色丝绒帽子的女士在她前面给护送下楼，给弄得闷闷不乐，一声不吭。甚至那几个温文尔雅的先生或者是因为喝了太多的柠檬汁，或者是由于普遍的气氛，他们的性格也受到了污染，他们相互挖苦打趣，在楼梯上、在偏僻的地方他们悄悄地讲些风凉话。一种不满、不舒服的情绪传播开来，连楼下大厅里聚集着的男仆们也都知道了。即使屋外手执火炬的引路人也知道了，他们把这个宴会比作没有穿丧服的葬礼，把参加宴会的宾客比作死者的遗嘱中被遗漏的人们。

宾客终于全部离去，手执火炬的引路人也走了。街上原先长长地排列着一辆辆马车，现在是空荡荡的了。屋子里的灯光渐渐暗淡了，客人走尽，只剩下董贝先生和卡克尔先生，董贝夫人和她的母亲。董贝先生和卡克尔先生在一边交谈着，董贝夫人坐在一张绒垫睡榻上，她的母亲则像克娄巴特拉那样斜靠着，等着女仆过来。董贝先生和卡克尔的谈话结束之后，卡克尔毕恭毕敬地走过来辞行。

"我相信，"他说，"今晚愉快的盛会，董贝夫人劳累了，不会影响明天愉快的身心吧。"

"董贝夫人够当心的，"董贝先生走上一步说，"没有让自己劳累，这一点请你放心。不过，董贝夫人，我很抱歉要讲一讲：我倒希望在今天这样的场合你最好稍为劳累一些。"

她向他投去傲慢的一瞥，仿佛觉得不值得再看下去，便一言不发地转过脸去。

"我很遗憾，夫人，"董贝先生说，"你怎么会以为你没有责任——"

她又看了他一眼。

"夫人，你有责任，"董贝先生说下去，"对我的朋友稍微尊重一些。他们一些人特地来拜访你，我告诉你，这是给你的一种荣誉，可是董贝夫人，你今天竟这样露骨地怠慢他们。"

"你知不知道这里还有人吗？"她顶嘴说，这次她却是狠狠地盯着他了。

"不要！卡克尔！请你不要走。我一定不让你走，"董贝先生大声喊着，不让这位先生不声不响地走开，随后对董贝夫人说，"夫人，你知道，卡克尔先生深受我的信任。我谈的这个问题，他同我一样是很清楚的。董贝夫人，为了让你心中有数，我要告诉你，我认为这些富有的大人物前来赴宴是给我的光荣。"说着，董贝先生伸直了身子，因为现在他已经把他们至高无上的地位说得清清楚楚的了。

"我问你，"她轻蔑地紧紧盯住他，把刚才讲的话又说了一遍，"先生，你知不知道这里还有人吗？"

"我得恳求，"卡克尔先生走上一步说，"我得央求，我得要求，放我走吧。尽管这个争执是十分微不足道、无足轻重的——"

斯库顿夫人一直凝神望着她女儿的脸孔，此时接过他的话说：

"我最最可爱的伊迪丝，还有我最最亲爱的董贝；我们非凡的卡克尔先生，我想我应该这样称呼他——"

卡克尔先生喃喃地说："过誉了。"

"卡克尔先生讲出了我心中所想讲的话，我一直想找个机会把这句话说出来。微不足道、无足轻重！我最最可爱的伊迪丝，我最最亲爱的董贝，难道我们不晓得你们两人之间的随便什么争执——不，弗劳尔斯，现在不。"

弗劳尔斯是女仆的名字，她看到有先生们在室内，便急忙退出。

"你们两人心心相印，"斯库顿夫人继续说下去，"你们之间的感情如胶似漆；难道我们不晓得你们之间的随便什么争执肯定是微不足道、无足轻重的吗？还有什么字眼能够更确切地说明这个事实呢？没有。因此，我很乐意借这个微不足道的场合——这个无足轻重的场合，在这里满眼都是天性的流露，你们两个可爱的性格，以及诸如此类的事情——简直要让做母亲的泪水晶莹了——我想借这个机会说一下，你们的争执实在是微不足道的，它们不过是把心灵里一些鸡毛蒜皮的东西兜出来罢了。我还要说一下，我跟大多数丈母娘（这个讨厌的字眼，亲爱的董贝！）不一样，我想这个世界太假心假意了，这样的丈母娘是不少的，我跟她们不一样，在这样的时候，我决不想干涉你们的事情，对于他手上火炬的小小闪光我是决不会说三道四的，他叫什么名字？不是丘比特，是另外一个很讨人喜欢的人儿①。"

这位善良的母亲讲这些话的时候，她锐利的目光投向他们两人，

---

① 丘比特：罗马神话中的爱神。另外一个很讨人喜欢的人儿：指海门，希腊神话中的司婚姻之神。

从这道目光可以看出，在这些漫无边际的话语中也许隐藏着一种经过深思熟虑过的直截了当的目的，深谋远虑地意于从一开始就从他们今后的锁链的铿锵声中摆脱出来，为自己营造一个虚无缥缈的天地，天真地认为他们彼此心心相印，是天造地设的一对。

"我已经向董贝夫人指出，"董贝先生极其庄严地说，"在我们新婚之际，对于她这种待人接物之道我很不赞成，并要求她今后改正。卡克尔，"说着他点了点头，表示他可以走了，"祝你晚安！"

卡克尔先生对新娘傲慢的身影鞠了一躬，她那闪闪发光的眼睛却盯住她的丈夫。卡克尔先生向室外走去经过克娄巴特拉的睡榻时停住了脚步，把她亲切地向他伸过来的手举起放到他的唇上，表示卑躬屈膝的敬仰之意。

现在只剩下董贝先生及其夫人了，因为克娄巴特拉已全速离去。倘若他的漂亮妻子责备他一下，或者突然变色，或者讲一两句话打破她的沉默状态，董贝先生也很可能反唇相讥。可是此时，在看了他一下之后，她却以一种无法形容、令人畏悚的极度的轻蔑的神情垂下了她的眼睛，仿佛他这个人太微不足道了，是不需要多费口舌的。她坐在他面前的那副难以言传的高傲鄙夷之态，她脸孔上的每一处所表露的冷若冰霜、岿然不动的决心，似乎是想压倒他不去理他。而他对于这些无法对付；在她气势凌人的美丽姿容面前，他饱尝轻蔑，终于悻悻然离开了她。

一小时后，在那个他曾经看见弗洛伦斯抱着小保罗在月光下步履艰难地走着的那座古旧的楼梯上，他极目注视她，难道他这样胆战心惊，放不下心？也许是凑巧吧？夜色中，他刚抬头，就望见她拿着一支蜡烛从弗洛伦斯的卧室走出来，又一次看到他无法使之就范的脸蛋完全换了一副面孔。

但是同他的脸孔一样，它是决不会改变的。它在极度骄傲和极度愤怒中，根本不会知道就在他们回府的那天夜里，在那个阴暗的角落里，这道阴影已降落在他的脸上，而且经常出现，此刻他抬头仰望的时候，他脸上的这道阴影更加深了。

第三十七章

不止一次的警戒

次日，弗洛伦斯、伊迪丝和斯库顿夫人会聚在一起，门口有一辆马车等着把她们带出去，因为克娄巴特拉又有了一条单层甲板大帆船[①]。威瑟斯不再那么面色苍白，现在他穿着一件鼓起的紧胸上衣和一条军裤，用餐时笔挺地站在她那没有轮子的椅子后面，不再用头去顶了。在这些无所事事的日子，威瑟斯的头发搽了润发油，光彩夺目，手上戴着小山羊皮手套，一派温文尔雅的样子，科隆香水的气味扑鼻而来。

她们聚集在克娄巴特拉的房间里。古老的尼罗河的蛇[②]（这不是戏谑的称呼）坐在沙发上休息，此时是下午三点钟，可她却在啜饮着早晨的巧克力茶。女仆弗劳尔斯正在替她把青春之美的袖口与饰边缝上，戴上粉红色的丝绒帽子，仿佛是在私下进行着加冕典礼。帽子上面人造的玫瑰随着身体的颤抖而摆动，像被微风轻巧地吹拂着，极其好看。

"今天早上我感到有些激动，弗劳尔斯，"斯库顿夫人说，"我的手抖得很厉害。"

"夫人，昨天晚上的宴会上，您应接不暇，你知道，"弗劳尔斯说，"今天您吃苦头了，您看。"

伊迪丝刚才把弗洛伦斯唤到窗边去，凭窗外望，背对着她尊敬

[①] 单层甲板大帆船：指豪华马车。

[②] 古老的尼罗河的蛇：指克娄巴特拉。在莎士比亚的戏剧《安东尼和克娄巴特拉》中，安东尼以此称呼古埃及女王克娄巴特拉。

的母亲的一身打扮，此时突然从窗边后退，仿佛外面闪起了一道电光似的。

"我亲爱的孩子，"克娄巴特拉懒洋洋地说，"你不激动吗？我亲爱的伊迪丝，你用不着说，你虽然一向镇静自若，令人羡慕，可现在也开始像你天生有这种毛病的母亲一样要吃苦头了！威瑟斯，门口有人来了。"

"名片，夫人。"威瑟斯一边说一边把名片向董贝夫人递过去。

"我就要出去。"她看也不看名片就说。

"我亲爱的乖乖，"斯库顿夫人拖长着声音说，"没有看名字就这样答话，多奇怪呵！威瑟斯，把名片拿过来。哎呀，我的乖乖，又是卡克尔先生！又是那个很通情达理的人！"

"我就要出去，"伊迪丝又讲了一遍，说话的气势非常凌厉，威瑟斯即刻走到门口，也以凌厉的口气告诉门外等着的仆人，"董贝夫人就要出去了，走开"。说着砰的一声把他关在门外。

可是过了不久仆人又回来了，悄悄地对威瑟斯又讲了些什么，威瑟斯虽然不太愿意，还是走到董贝夫人面前去了。

"对不起，夫人，卡克尔先生送上恭敬的问候，如果可能，恳请您给他一两分钟——有些事情，夫人，对不起。"

"真是的，我亲爱的，"斯库顿夫人看到女儿的脸色阴云密布，便十分和声悦气地说，"要是你让我讲一句话，我就建议——"

"带他到这边来。"伊迪丝说。当威瑟斯走出去执行她的命令时，她恼怒地看着她母亲又加了一句话，"既然是你建议让他进来的，就叫他到你的房间里去吧"。

"我可以——我是不是要走开？"弗洛伦斯急忙问道。

伊迪丝点了一下头表示好的。正走向门口，弗洛伦斯却碰到来客走了进来。和第一次同她讲话时一样，他依旧是采取一种令人讨厌的若即若离的姿态，他十分温和地跟她讲话，希望她身体健康、一切如意，用不着问，从他的脸上的表情可以看出他等待着什么答案了；他还说，昨天晚上她焕然一新，这么漂亮，他简直没有这份荣幸认出她来了，说着他扶着敞开的门，让她走出去。从她避开他、匆匆走出去的样子，他暗暗地意识到他具有的力量，他那彬彬有礼、毕恭毕敬的态度也不能把这种心情完全掩盖起来。

他然后向斯库顿夫人彬彬有礼地伸出来的手鞠躬致意，最后他向伊迪丝深鞠一躬。伊迪丝冷冷地回了一下礼，瞧也不瞧他一眼，自己既不坐下，也不请他坐下，只是等他讲话。

她以骄傲和权力的深沟高垒保卫着自己，以顽强不屈的意志面对一切。但她仍旧认为，她和她母亲不堪一目的底细，从一开始，就给这个人识透了；她所受的一切屈辱，他和她一样看得一清二楚；对她过去的生活他了如指掌，就像一本肮脏的书，他以别人所无法觉察到的轻蔑的眼神和声调在她面前翻动着书页；想到这些，她的壁垒变得软弱无力、彻底崩溃了。她傲慢地与他对抗，她威严的脸色要他俯首听命，她轻蔑的嘴唇欲使他望而却步，她的胸脯激烈地起伏着，愤怒地反抗着他的侵犯，她那乌黑的眼睫毛阴沉地垂下，使她眼睛里的光芒不会照在他的身上。而他却以一种受了伤害的姿态，委曲求全、俯首听命地站在她的面前。尽管如此，她内心深处很清楚，情况是完全相反的，占上风的是他，胜利是属于他的，这一点他很明白。

"我不揣冒昧地，"卡克尔先生说，"请求会见，而且斗胆地说是有一件事情，因为——"

"恐怕您是受了董贝先生的吩咐来责难我的吧，"伊迪丝说，"您既然是董贝先生的亲信，如果这就是您此来的目的，我是不会感到奇怪的。"

"我没有董贝先生的吩咐要带给使他的名字增辉的夫人，"卡克尔先生说，"但我只是为自己请求夫人对在下宽大为怀，我不过是董贝先生的一个职位低微的下属，请求夫人谅解昨天晚上我手足无措的情况，因为在那个令人痛心的场面，我无法避免自己不得不勉为其难的处境。"

"我最亲爱的伊迪丝，"克娄巴特拉把双筒镜拿在一旁，低声地示意说，"这位先生真是太迷人了，他叫什么名字？满腔的热情！"

"我不揣冒昧，"卡克尔先生目光中带着无限的感激与尊敬对斯库顿夫人说，"我不揣冒昧地说那是一个令人痛心的场面，虽然只是我觉得痛心，因为我不幸当时在场。两位主人，两位倾心相爱，没有一点点私心杂念，为了他们的爱情可以牺牲自己的一切，即使有了一点小小的争执，是算不了什么的。正如斯库顿夫人，昨天晚上那么充满着真情实感所说的那样，这点儿争执是算不了什么的。"

伊迪丝无法看他，过了一会儿她说：

"那么您的事情呢，先生——"

"伊迪丝，我的乖乖，"斯库顿夫人说，"卡克尔先生一直站着呢！我亲爱的卡克尔先生，请坐下吧。"

他对这位母亲的提议没有表示，只是把眼睛盯住骄傲的女儿，仿佛只有她请他坐，他才会坐下而且决心等她请似的。伊迪丝只好自己先坐了下来，然后挥了一下手，要他也坐下来。没有什么动作比她那挥手之间的鄙薄凌人的气势更加冰冷、傲慢、无礼的了，但是这一点点让步的举动她也是很不情愿做出的，只是挣扎未成，迫不得已，好不容易才有了这一挥手之举。这就足够了！卡克尔先生坐了下来。

"我深信，夫人，"卡克尔先生一边说着一边把他雪白的牙齿像一道寒光一样射向斯库顿夫人——"您是一位非常通情达理、感觉敏锐的夫人，完全有理由会相信我的——您可不可以允许我把我所需要讲的话向董贝夫人讲一下，并请她把我讲的话转达给您？除了董贝先生，您就是她的最好的、最亲切的朋友了。"

斯库顿夫人准备走开，但伊迪丝制止了她。伊迪丝也想叫他不要再唠苏，正准备气势汹汹地叫他把话光明正大地讲出来，要么干脆不讲，可是还没等她开口，他就低声地说道："弗洛伦斯小姐——就是刚刚走出去的那位小姐——"

伊迪丝让他讲下去，现在她看着他了。他竭力摆出一副尊敬与体贴入微的姿态，俯身向前，想更靠近她一些，露出满口引人入胜的白牙，自惭形秽地微笑着。她看到他这副模样真想把他一棍子打死。

"弗洛伦斯的处境，"他开始说，"一直是很不幸的。把这件事情跟您讲我是有困难的，因为您和她父亲的亲密关系自然会使您对牵涉到他的每一句话十分留心，也会引起一些猜疑。"他的言谈总是清楚而柔和的，他讲这些话或者诸如此之类的话时，他吐字的清晰柔和是无法形容的，"但是我对董贝先生的耿耿忠心与众不同，我一向敬仰董贝先生的性格，如果不会让您这位心地温柔的夫人生气的话，我可不可以直言不讳地说，弗洛伦斯小姐很不幸地被冷落了——被她父亲冷落了？我可以说被她父亲冷落了吗？"

伊迪丝说："这我知道。"

"您知道了！"卡克尔先生说时流露出一种大为放心的神情，"我心里的一块石头落下来了。我可以问一问您知不知道她受冷落的原因是什么？是董贝先生的骄傲——我是说他的性格——中的哪一个宽容的方面引起的？"

"这件事您可以不管了，先生，"她回答说，"您还是快点言归正传吧。"

"的确，我是明白的，夫人，"卡克尔接着说，"相信我，我非常明白，董贝先生不管做什么事情都用不着向您证明自己是对的，但是请您宽大为怀，以您自己的胸怀来看待我的心情，倘若我对他过于关心而误入歧途，您是会原谅我的。"

坐在那里，面对着他，听着他把她在圣坛前面所讲的假的誓言一次又一次地端了出来要她默认，并且把它像一杯浊酒的残渣逼着她吞下去，而对于这种残渣她既不能表示她的厌恶情绪，又无法弃之不顾，这对于她那颗骄傲的心犹如给匕首刺了一记！虽然她的美貌在他面前还是那么庄严挺立，可她十分清楚她的精神却已匍匐在他的脚下，想到这点，羞耻、悔恨、愤怒多么激烈地在她胸中奔腾！

"弗洛伦斯小姐，"卡克尔说，"交给仆人和一些见利忘义的人去照顾，如果这可以称作照顾的话，而这些人在各方面都是在她之下的，她年纪轻轻自然缺少了某种引导和规范，由于缺少了这些，她自然就随心所欲，不够慎重，甚至有些忘记她的身份。她对一个叫作沃尔特的很普通的小伙子有几分痴情，幸亏现在他已死了。我非常遗憾地说，她还和一些不三不四的水手打交道，这些人的名声是很不好的，还有一个破了产的、现已逃亡的老家伙，她也是和他有来往的。"

"这些情况我听说过了，先生，"伊迪丝说着，向他射去一道轻蔑的眼光，"我知道您所说的和实际情况不符。我想，您对真情也许并不清楚。"

"请原谅我，"卡克尔先生说，"我相信没有人会比我更清楚的了。您的宽宏大量和如火的热情使我敬佩，我只有毕恭毕敬地唯命是从，夫人。您以这种宽宏大量和热情似火的性格如此高贵、无可置疑地证实您的亲爱的和尊贵的丈夫是很了不起的，因为他的美德，您给他带来的福气，他是当之无愧的。但是，关于刚才说的这些情况——我此来的目的就是不揣冒昧地请您关注这件事情——我是深信不疑的，因为作为董贝先生所信任的人，或者不揣冒昧地说作为他的朋友，在履行我的职责时，我已把情况完全搞清楚了。我对与他有关的一切事情深为关心，这是您完全可以理解，还有，如果您愿意听下去的话，因为我担心这会使您不高兴，我希望证明我的勤勤恳恳，从而取得他更大的信任，这个动机是比较低下的。正是出于这些原因，在履行此项职责时，我长期亲自调查这些情况或者叫我信任的人去调查了解，现在已取得了无数详尽的证据。"

她把眼睛抬起，只抬到他嘴巴这样的高度，但是从他口里的每一颗牙齿中她看到了他自鸣得意的恶作剧。

"夫人，"他继续说下去，"如果我因为惶惑不安、不揣冒昧地想同您商量，听取您的意见的话，那就请原谅我吧。我想我已经看出您对弗洛伦斯小姐是很关心的，是吗？"

她的一切有什么他是没有看到、不知道的吗？每当想到这一点，不管是多么轻微，她就会感到羞辱，气愤，她使劲地用牙齿咬住哆嗦的嘴唇，让它平静下来，冷冷地点了一下头表示回答。

"这种关心，夫人，证明了，与董贝先生有关的事情您都视如珍宝，这是多么令人感动，所以我还没有把这件事情让董贝先生知道，我想等一等，现在他还不知道呢。如果我可以袒露心迹的话，您对弗洛伦斯小姐的关心使我对董贝先生的忠诚有点动摇了，只要您稍许流露一下您的愿望，我就会向他隐瞒这些真情的。"

伊迪丝迅疾地抬起头，向后退了一步，乌黑的眼睛注视着他。他以非常和蔼可亲而又十分尊敬的笑容迎接着她的目光，然后继续讲下去。

"您说我讲的这些与事实不符。我怕不是这样，我怕不是这样的，但是就算是这样吧。对这件事情我心里感到不安，已经有好些时候，原因是：弗洛伦斯小姐和这些人打交道，虽然是出于无心、一片坦诚，但来往过于频繁就会使董贝先生确信不疑，痛下决心，因为他对她早有成见，这样一来，他就会采取步骤，把她从家里赶出去，关于这一点，我晓得他有时是在考虑着的。夫人，请您静听我说，请您记住我和董贝先生的交情、我对他的了解与尊敬，从孩提时就已经开始了。我觉得，如果说他有一种什么缺点的话，那是一种高尚的顽强意志，是植根于他的高贵傲气与对于自己权力的高尚意识，这种性格我们都应敬仰，它不是像其他顽固不化的性格可以攻击的，它是逐日、逐月、逐年在自身的基础上不断发展壮大的。"

她的目光仍旧盯住他。虽然她的眼睛没有移动，她那骄傲的鼻孔却在不停地翕动着，她的呼吸深沉起来；当他讲起大家都必须敬仰他的恩主的高傲性格时，她的嘴角稍稍地翘了起来。他看到了，尽管他不露声色，她知道他是看到的。

"像昨天晚上那样微不足道的事情，"他说，"如果我可以再提一下的话，要比更重大的事情更能表达我的意思。董贝父子公司没有时间、地点、季节的概念，它们都在它的重压之下。但是昨天的事情使我很高兴，因为它为我打开了接近董贝夫人的方便之门，今天我就能够把这件事情向您陈述了，即使我会暂时引起您的不快。夫人，就在我对这个问题感到惶恐不安时，董贝先生把我召至利明顿去了。在那里我见到了您，我马上意识到不久您就会与他结成什么样的关系——这会给他带来永远不败的幸福，也会给您带来永远不败的幸福。于是我决定等待您在这里安居之后，再来做我现在做的事情。倘若我把我所知道的情况向您吐露，我决不会担心我对董贝先生是失职的，因为像你们的婚姻，既然两个人共有一颗心、一个想法，那么其中一位几乎可以代表另外一位了。关于这个问题，对于您和他，我差不多是一样坦诚的，因此我就可以问心无愧了。由于我刚才所说的理由，我便选择了您。我是不是能够有此殊荣，可以相信我的坦诚已经被您接受了，我的责任已尽了呢？"

他长久地不能忘怀她向他投去的目光，这道目光谁见了会忘记呢？他久久地不能忘怀她胸中激烈的斗争。她终于开口说：

"先生，您的坦诚我接受了。请您把这件事情看作到此为止，以后就不再谈它了。"

他深鞠一躬，站了起来。她也随即站了起来，于是他低三下四地告别。但是威瑟斯在楼梯上遇到他时，见他露出一口的漂亮牙齿和灿烂的笑容不觉大为惊异。当他骑着他那匹白腿的马离开时，他的雪白的牙齿闪闪发光，路上的行人还以为他是一名牙科医生呢。她也立即坐上马车出去了，她穿着华丽、仪态优雅富有而幸福，人们以为她是一位贵夫人呢，可是刚才她独自在房间里时的情景他们是没有看到的，他们也没有听到她喃喃地说着这几个字："哦，弗洛伦斯，弗洛伦斯！"

斯库顿夫人靠在沙发上，喝着巧克力茶，除却"事情"这个低声说着的词以外，她什么也没有听见，她对这个词深恶痛绝，她早就把它从她的词汇中赶出去了，为此，她那么迷人地、以一颗博大善良的心，更不必说用上博大善良的灵魂了，恨不得叫形形色色的女帽商以及诸如此类的商家倾家荡产。所以斯库顿夫人既没有提出什么问题，也没有流露一点好奇心。的确，外出时她戴了那顶绯红色丝绒帽，可够她忙乎的呢；帽子轻巧地戴在她的后脑壳上，而那天风又大，它疯疯癫癫地直想从斯库顿头上逃跑，怎么也不能叫它就范。当马车的窗子关上，呼啸的风给挡在外面时，她头上的假玫瑰又不停地颤抖起来，仿佛救济院里满屋的西风残叶。斯库顿夫人不暇自顾，自然无心于其他的事情了。

向晚的时候，她的情况并未有所好转。在梳妆室里董贝夫人已经整装等候半个小时了，董贝先生在客厅里来回踱步，庄严之中显出焦急不耐烦的情绪，他们三人准备出去吃饭的，而等来等去还不见斯库顿夫人的身影。这时女仆弗劳尔斯脸色苍白地跑到董贝夫人的面前说：

"夫人，请您原谅，我对老夫人实在没有办法！"

"什么事？"伊迪丝问。

"哦，夫人，"惊惶失措的女仆说，"我简直不知道。她尽做鬼脸！"

伊迪丝赶忙和女仆一道走进她母亲的房间。克娄巴特拉穿戴得整整齐齐，一身的青春打扮，闪闪发光的钻石、短衣袖、胭脂、拳曲的假发、假牙齿，一应俱全。但是一直把她当作靶子的麻痹症却是欺骗不了的，在她临镜自照时却突然给她一记重击，使她像一个面目可怖的洋娃娃瘫倒在地上。

大家把她身上的穿戴一一脱下，把她那真正的羞于见人的瘦小的身躯放在一张床上，并去请了医生，医生旋即来到，作了很有效的治疗，并提出了意见，认为这一次发病会慢慢好起来的，但是如果再发一次那她就过不了关了。一连数日她躺在床上，一言不语，只是看着天花板发呆；有时候问她知不知道谁在这里或者类似的问话时，她会发出一些含糊不清的音响以作回答；有时候，她什么也不回答，既没有手势和表情，也不眨一下眼睛。

过了一段时间，她终于开始恢复了知觉，也能够稍许活动一下了，但是还不能讲话。一天，她能够使用右手了，并让服侍她的女仆看，看起来她的脑子很不安静，好做着手势，要一支铅笔和纸。女仆马上给她送上，以为她准备写遗嘱或者临终的要求。此刻，董贝夫人不在家里，女仆怀着庄严肃穆的心情等待着结果。

潦潦草草，涂涂改改，似乎从铅笔底下冒出来似的，老夫人好费劲地才写下这几个不伦不类的大字：

玫瑰色帐子

女仆看到这几个字瞠目结舌，不知所措。克娄巴特拉不无道理地又加上几个字，作为补充，这句话便成为：

"医生看病时用的玫瑰色帐子。"

现在女仆有些懂了，她是想用玫瑰色帐子使她的面色在医生的眼睛里显得好看些。屋里对她知之有素的那些人觉得这个看法无疑是正确的，这个看法不久就由她自己证实了。玫瑰色帐子挂起来之后，她很快就有了起色。不久她已经能够坐起来，头上戴着拳曲的假发和花边帽子，身上穿着睡衣，瘦削的脸颊上搽了一点胭脂。

这位老妇人穿戴得花枝招展，和死神挤眉弄眼、装腔作势，仿佛在和少校玩弄着青春少女的打情骂俏，这副情景叫人看了真是触目惊心。但是这次受到瘫痪的重击之后，她的所思所想起了很大的变化，有许多东西足以深思，这同样是触目惊心的。

她智力的衰退是不是使她比过去更加狡猾与虚假？是不是使她看不清楚真实的自己和乔装打扮的自己之间的区别？是不是一丝摇曳不定的悔恨被唤醒了，而这丝悔恨既不能走进亮光之中，也不能退回到全然的黑暗之内？也许在她神志不清的时候，是不是以上种种迹象混合在一起了？这种设想也许更有可能。不管作何推想，其结果是：她对伊迪丝非常苛求，她苛求她的孝心、感激和照顾；她把自己捧到天上去，说成是普天之下最了不起的母亲；如果伊迪丝对谁关心，她是嫉妒得要命的。而且，她完全忘记了她和女儿之间的约定，却滔滔不绝地谈起她女儿的婚姻，以证明她是一位多么了不起的母亲。这种种情况，和她虚弱的身体、欠缺的智力、乖戾的脾气加在一起，对于她故作轻浮、装扮青春的姿态却是一个很具讽刺性的写照。

"董贝夫人到哪里去了？"她时常问她的女仆。

"出去了，夫人。"

"出去了，她出去了，是想躲开她的妈妈吗，弗劳尔斯？"

"啊呀，我的天，不是的，夫人。董贝夫人只是和弗洛伦斯小姐乘车出去逛逛。"

"弗洛伦斯小姐。弗洛伦斯小姐是谁？不要同我讲什么弗洛伦斯小姐。弗洛伦斯小姐和她有什么关系，能和我比吗？"

当眼泪快要流出的时候，她就套上钻石，或者戴上绯红色的丝绒帽子（好几个星期，在她还没有能够走出屋子的时候，她是戴着帽子坐着接见客人的），恰到好处地炫耀一番，或者用一些华丽夺目的装饰把自己打扮起来，这样往往会使眼泪止住，她就会自鸣得意地等着伊迪丝来看她，可是一当她看到那张骄傲的面孔，她又垂头丧气了。

"呵，伊迪丝，我晓得的！"她就会摇着脑袋，哭起来。

"什么事，妈妈？"

"什么事，我真不知道是什么事啦。这个世界到了这样虚假、忘恩负义的地步，我现在开始认识到这世上根本不再有良心，或者像良心这样的东西。威瑟斯倒比你更像我的孩子。他照顾我比我自己的女儿好多了。我真想我看起来不要这样年轻，或者诸如此类的样子，恐怕那样我就会多受到一些关心的。"

"你要什么，妈妈？"

"哦，好多好多，伊迪丝。"她不耐烦地说。

"你想要的东西难道还有什么你没有的吗？要是这样，那是错在你自己。"

"错在我自己啦！"她呜咽起来，"我是你的妈妈呀，伊迪丝，你一生下来我就陪着你了！你不管我了，你对我没有孝心，比对一个陌生人还不如，你对我的感情还不及你对弗洛伦斯的二十分之一。我还是你的妈妈呀，可你居然会认为我一天之内就会把她教坏！你倒说错在我自己！"

"妈妈，妈妈，我不是说你不好。你为什么老是唠叨这个？"

"我生性敏感，一往情深，可每次你看我的那副样子，叫我好伤心。我怎么能不唠叨，这有什么不合情理？"

"我不想叫你伤心，妈妈。我们之间讲好的事你忘了吗？过去的事不要去管了。"

"对呀，不要去管了！对我的感激不要去管了；对我的孝心不要去管了；让我待在孤零零的房间里，没人陪伴，没人照管，也不去管了，可你倒找到一些新的亲戚来往了，你这么关心她们，她们有什么权利让你操这份心！哎呀，伊迪丝，你知不知道你主持的这个家是多么的高贵优雅？"

"知道。别讲！"

"还有那个绅士派头的人物董贝呢？你知不知道你嫁给他了，伊迪丝，你就有了家，有了地位，有了马车，还有我也不知道的好多东西吗？

"一点也不假，我是知道的，妈妈。好了。"

"还有那个快快活活的好人儿，他叫什么来着？哦，格兰格，要是他没有死的话，你也会有这些东西的。所有这一切，你该感谢哪个呵，伊迪丝？"

"该感谢你，妈妈，是你。"

"那么伸开你的手臂搂搂我的颈子，亲亲我，伊迪丝，让我看看，你是知道你妈妈是最好的妈妈了，像我对你这样好的妈妈是从来没有的。你可不要不识好歹，不知感恩图报，弄得我老是跟自己过不去，愁眉苦脸，筋疲力尽，变成十足的怪物，当我重新回到外面的社交圈子里去的时候，谁都认不得我了，就连那个可恨透顶的丑八怪少校也认不出我来了。"

可是，有时候当伊迪丝走到她身边，低下她那庄严的头，把冰冷的面颊贴着她的面颊时，这位妈妈像是害怕她似的往后退缩，全身颤抖，大声喊叫，说她脑子迷迷糊糊、神志不清。有时候，她又和声和气地恳求女儿在她床边的椅子上坐下来，当女儿坐在那里沉思默想的时候，她会一个劲地看着她。那张枯槁而苍凉的脸即使玫瑰色帐子也不能改变。

随着时间的推移，克娄巴特拉的身体逐渐恢复了，玫瑰色帐子的粉红色光辉洒在为弥补病痛的创伤而比往日更加焕发着青春光彩的衣服上，洒在胭脂上、牙齿上、鬈发上、钻石上、短短的袖子上，洒在那个曾在镜子面前颓然倾倒的洋娃娃的全副盛装上。这粉红色的光辉还时不时地洒在她那含糊不清、随即伴着少女般的傻笑戛然而止的讲话上，还洒在她那偶或出现的失去记忆的现象上，这种现象的出现并无一定的规律，来去捉摸不定，仿佛在嘲弄她自己这个离奇古怪的人似的。

但是这粉红色的光辉却没有照出她对女儿的看法与言谈之中有了什么全新的改变。虽然她女儿经常来到这粉红色的光辉之内，在她俨然不可侵犯的美貌之中出现一丝亮丽的笑容或孝心的柔和的亮光，使她显得可爱可悦，可这并没有得到这粉红色光辉的沐浴。

第三十八章

托克史小姐重修旧交

可怜的托克史小姐被她的朋友路易莎·奇克抛弃了，也失去了董贝先生的青睐，她变得意志消沉，心情忧郁。公主路上，看不见用一根银丝系起来的一对精巧的结婚请帖点缀着壁炉架上的镜子，或者那架古式钢琴或者卢克丽霞假日料理的那些小巧的花木架子。有一段时间，公主路上听不见《鸟儿圆舞曲》，花木无人料理，托克史小姐那头上撒着白粉、后面扎一根小辫子的祖先的小画像上积满了灰尘。

然而，托克史小姐年纪还轻，不会长久无济于事地悲伤下去，她也不是这种性格的人。古式钢琴只有两个琴键由于久未使用，发不出声音来了，弯弯曲曲的客厅里又响起轻快婉转的《鸟儿圆舞曲》。只不过一枝细小的天竺葵因为没有得到精心的料理而枯萎了。她又开始每天早晨在翠绿的花篮前修剪着花枝。她那位白粉满头的祖先只不过尘封了六周，托克史小姐就已在那慈祥的脸上吹去尘埃，用一块软皮把它擦得又滑又亮。

托克史小姐依旧孤独，无所适从。她那份感情虽然显得愚痴可笑，却是真实而强烈的，正像她自己所说的那样，她因为"路易莎对她无中生有的诟骂而非常伤心"。但是在托克史小姐的性格中却没有愤怒这样的东西。如果说她一生处事是不慢不急，讲话和气，从不发表自己的看法，那么至少她至今还不曾发过脾气。有一天在街上远远地她看见了路易莎·奇克，把她这个好性子的人吓得魂不附体，她真想在一家糕饼店里赶快躲藏起来，于是她走进屋后一间通常专门供应汤食，弥漫着一股牛尾汤气味的发霉的小房间，在那里她大哭一场，把心里的苦恼一股脑儿掏了出来。

对于董贝先生，托克史小姐几乎找不出有什么理由好埋怨的。她觉得这位先生是那么高贵，一旦离开了他，就有一种可望而不可即的感觉，仿佛他以前对她的宽厚是出于他的慷慨大度。他想找的夫人，是要越漂亮越好，越高贵越好的，这是托克史小姐的衷心之见。自然，要找妻子，他是要往高处看的。一天之内有二十次之多，她含着泪水一次一次地作出这个论断，一次一次地认为这个论断是正确的，完完全全地认为这个论断是正确的。她从来没有回想过董贝先生曾经怎样高傲地要她听从他的心血来潮的想法，而且还大发慈悲，让她做他小儿子的一位保姆。用她自已的话来说，她只是想，"在那座屋子里她度过许多愉快的时光，她将永远怀着喜悦的心情缅怀不忘，她将永远认为董贝先生是一位十分尊严、令人难忘的人"。

托克史小姐和没有宽容之心的路易莎虽已不再来往，而且现在对少校心存疑虑颇有戒心，但是她依旧很想了解董贝先生家里的情况，可她现在对此一无所知，心里免不了十分烦恼。她一向认为董贝父子公司乃是世界转动的支点，对它的情况她有着十分浓厚的兴趣，但又不了解，因此她决定与理查兹太太重修旧交。她知道自从理查兹太太上次被召至董贝先生面前那个难忘的时刻之后，她时常和他的仆人保持联系；托克史为什么偏偏看中土德尔这一家呢？也许是因为她心里隐藏着一个情感动机，她想找一个人谈谈董贝先生，至于这个人的地位是如何低微，就不用去管它了。

一天傍晚，托克史小姐终于迈着脚步，向土德尔之家走去。这时，满身煤灰、面目黝黑的土德尔先生正坐在家人中间饮茶，恢复精神。土德尔先生的日常生活只有三个阶段。他或者在家人中间坐坐，喝喝茶，休息休息，刚才讲的情况就是这样；或者以一小时二十五到五十英里的速度在旷野上疾驶；或者在筋疲力尽之后好好地睡上一觉。他的生活要么是疾风骤雨，要么就是平静无波。不论处于哪种状态，土德尔先生都是一位性格安静、心满意足、随和可亲的人，他把祖上传下来的急躁易怒的脾气全都交给与他相依为命的机车身上去了，这些机车呼哧呼哧、喀嚓喀嚓，不遗余力地转动着，气喘吁吁，疲惫不堪，可土德尔先生自己却过着悠闲自在、平平稳稳的生活。

"波莉，亲爱的，"土德尔先生说道，他每个膝盖上坐着一个小土德尔，两个小土德尔在给他煮茶，在他周围各处还有一大堆小土德尔——土德尔先生的孩子很多，他身边总是有一大群——"这几天你有没有看见拜勒？"

"没有，"波莉回答着，"不过他今天晚上差不多一定会回家的，按规定，今天晚饭他是该回家的，他是很有规律的。"

"我想，"土德尔先生一边说一边津津有味地吃着饭，"我们的拜勒现在干得很好吧，一个男孩差不多只能干得这样子了，是不是，波莉，嗯？"

"哦！他干得好极了！"波莉答道。

"他现在没有干什么鬼鬼祟祟的事吧，波莉？"土德尔问道。

"没有。"土德尔太太直截了当地说。

"他没有干什么鬼鬼祟祟的事，我很高兴，波莉，"土德尔先生一边慢条斯理、不急不躁地说着，一边拿起一把折刀把涂着黄油的面包一下子塞进嘴里，仿佛把煤块送进炉膛里似的，"因为那样看起来可不好的；你说呢，波莉？"

"那当然不好喽，爸爸。这还要问吗？"

"你们听着，孩子们，"土德尔先生环顾了一下他的孩子们说，"你们不管做什么事都要老老实实，光明正大，只有这样才是最好的，我就是这样看的。要是你们走到山洼里或者沟沟里，你们不可以搞那些鬼鬼祟祟的玩意儿。你们要把口哨吹起来，让我们晓得你们在哪里。"

小土德尔们纷纷站了起来，尖细的声音轻轻地响起，那是在说他们决心跟着爸爸的教导去做，那是会获益匪浅的。

"可是你怎么一谈起罗布就扯上这些话呢，爸爸？"他的娘子带着焦急的口气问道。

"波莉，老太婆，"土德尔先生说，"说真的，我可不知道这些话是特地为罗布讲的。我只是一谈起罗布就讲开了。我走到叉道上去了，我碰到什么就捡起来，就像一列火车一样，一连串的念头就和他挂上了钩，可我自己还不知道是怎么回事，我也不知道这些念头是从哪里来的。人的思想真像铁路的接合点，"土德尔颇为感慨地说，"一点也不错呵！"

说完，土德尔先生即刻喝了一品脱浓茶，把这深奥的思维冲下肚里，然后吃下大量的黄油面包，把它凝固起来。同时，他又叫小女儿们把茶壶盛满开水，因为他口干得很，必须喝下一杯一杯大量的浓茶，才能止渴。

土德尔尽管自己狼吞虎咽，对周围的孩子们并不是置之不顾的，这些孩子虽然已经吃过晚饭了，却还是在等着随意地吃上一口，他们觉得这些食物味道特别鲜美。他不时地把一大块一大块夹黄油的面包伸过去，让那圈嗷嗷待哺的孩子们有序地轮流吃一口，再以同样的方式让他们喝着一汤匙一汤匙的浓茶。小土德尔们吃着黄油面包，喝着浓茶，嘴巴里的味道真是好极了，他们各自跳起欢快的舞蹈，一只脚站起，跳跳蹦蹦，还做些其他健康活泼、欢欣鼓舞的动作。兴奋了一阵之后，他们又重新向土德尔先生靠拢，两眼盯着他把黄油面包、浓茶一口一口地吞下去，灌入肚中；不过这时他们却装着不再盼着这些美食了，而是谈些与此无关的话题，心照不宣地窃窃私语着。

土德尔先生在这群孩子们中间享受着天伦之乐，在吃喝方面给他们树立了一个破天荒的榜样之后，就把两个小土德尔放在膝盖上用特制火车头远送到伯明翰去，同时用一块黄油面包挡住，从上面望过去，打量着其余的孩子们。这时，磨工罗布头上戴着一顶海员的防水帽，身上穿着肮脏的水手服装在门口出现了。顿时，这些弟弟妹妹们一股劲地冲过去，迎接他。

"哦，妈妈！"罗布说着便很孝敬地亲亲她，"你好吗，妈妈？"

"真是我的好孩子！"波莉大声说着，一边抱住他一边轻轻拍着他的背脊，"鬼鬼祟祟！天晓得，爸爸，他可不是这样的呵！"

这句话本来是想开导一下土德尔先生的，可是磨工罗布却无意之中听到了。

"怎么！爸爸老在讲我不好，是不是？"这个无辜受了冤枉的磨工叫了起来，"呵，一个人稍为走偏了一点就给他爸爸老是在背后不停地责骂，多么冷酷无情呵！我已经受够了，"罗布伤心地哭起来，用袖口擦着眼泪说，"我不得不去做点什么事，出出这口气！"

"我可怜的孩子！"波莉喊起来，"爸爸不是说你不好。"

"要是爸爸没有说我不好，"受了冤枉的磨工哭着说，"他怎么老是讲这些话呢，妈妈？别人还不觉得我怎么不好，我自己的爸爸反而把我想得这么坏，这真是太不合情理了！我真恨不得哪个把我的头砍掉，我想爸爸也无所谓的，我宁可他自己来这一手呢。"

一听了这些伤心失望的话，小土德尔们就一齐尖声叫了起来，真是哀婉动人。磨工却火上加油，故意叫他们不要为他号啕大哭，而是应该恨他，要是他们都是好孩子的话，就应该恨他。这样一讲，倒数第二个小土德尔伤心极了，因为他很容易动感情，不但情绪波动，气也接不上来，脸色发青，这下可把土德尔先生吓坏了，赶忙把他抱到大水桶旁，正准备把他放到水龙头底下冲水，可他一看见这个东西就好了。

事情到了这个地步，土德尔先生便耐心地解释清楚，这样才使他那小子的正义感平静下来。父子俩于是握手言好，和睦的气氛复又归来。

"你是不是也同我一样来喝杯茶，拜勒，我的孩子？"爸爸一边问一边精力充沛地喝起茶来。

"不了，谢谢爸爸。主人已经同我一起喝过茶了。"

"主人过得好吗，罗布？"波莉问道。

"唔，我讲不清楚，妈妈；没有什么好夸口的。没有做什么生意，你看。他对生意这一行一点都不懂，船长根本不懂。就在今天有一个人走到店里说，'我要买某某东西。'他讲了一个很难懂的名字。
'是什么东西？'船长就问他。'某某东西。'那个人照说了一遍。'兄
弟，'船长就说了，'你是不是看一看店里的这些东西？''哦，'那人
说，'我都看过了。''你有没有看到你想要买的东西？'船长就问了。
'没有，我没有看见。'那个人答着。'要是你真的看见了这个东西
你认不认识？'船长又问他。'不认识，我不认识。'那个人回答说。
'嗯，那我告诉你吧，小伙子，'船长就说了，'你最好回去问问这东
西是什么样的，因为我也不认识这东西呵！'"

"可这样做是挣不了钱的，是不是？"波莉说道。

"钱，妈妈！他永远也挣不到钱的！他这样做生意我从来没有见
过。可是我得讲句公道话，他这个主人倒不坏。不过这对我没有多
大关系，因为我不想老是待在他那里。"

"不想待在你现在干活的地方，罗布！"妈妈叫了起来，土德尔
先生睁大了眼睛。

"不待在现在这个地方，恐怕是的，"磨工答道，一边眨眨眼睛，
"我看没有什么好大惊小怪的——你认识法院里的那些朋友——不
过现在你不要担心，妈妈。我很好，就是这么回事。"

这些话所暗示的信息以及磨工神秘兮兮的情态表示，他想无可
辩驳地证明，他并没有土德尔先生含蓄地指责他的那种缺点。倘若
不是一位客人及时来访，磨工又会受到一顿教训，家里的气氛又会
紧张起来了。波莉看到这位客人大吃一惊，客人站在门口，笑意盈
盈地对着全家的人表示她的眷顾与友谊。

"您好，理查兹太太。"托克史小姐说，"我是来看您的。我可以
进来吗？"

理查兹太太快活的脸上闪烁着好客的喜悦，她即刻拿了一把椅
子请托克史小姐就座。托克史小姐走向椅子去的时候风度优雅地向
土德尔先生致意。她一边解开帽带一边说，首先请亲爱的孩子们全
都来亲她一下。

倒数第二个小土德尔，因为家里时常碰到麻烦的事，看来是在

一颗灾星下面出生的，倒霉得很，大家都去了，他却不能参加这个见面礼，因为起先他把他哥哥的海员防水帽拿来玩耍，后来就前后倒过来套在自己的头上，套得很深，现在怎么样也拿不下来。惊恐之下，想象着自己要在一团漆黑中度过以后的日子，再没有希望和他的朋友与家人待在一起了，于是他一边声嘶力竭地大喊大叫，一边拼命地想把帽子取下。帽子终于取下后，他的脸孔涨得通红，热气腾腾，都是汗水，弄得筋疲力尽。托克史小姐抱起他，把他放在膝盖上。

"先生，我想您恐怕记不起我了吧？"托克史小姐对土德尔先生说。

"没有忘记，夫人，没有忘记，"土德尔说道，"不过从那以后，我们都老了一些了。"

"您一向可好吗，先生？"托克史小姐和声和气地问。

"挺好的，夫人，谢谢您，"土德尔答道，"您可好吗，夫人？风湿病没有吧，夫人？年纪大起来，我们都会生这种病的。"

"谢谢您，"托克史小姐说道，"我还没有吃过这种毛病的苦头呢。"

"您真运气，夫人，"土德尔先生接着说，"好多人到您这样的年纪，夫人，都生这个病的。我妈妈——"看到他妻子丢过来的眼色，土德尔先生很识趣地戛然而止，即刻拿起一杯茶来喝。

"理查兹太太，您用不着讲，"托克史小姐看着罗布大声说道，"这就是您的——"

"最大的孩子，夫人，"波莉说，"是的，一点也不错，夫人，就是那个不懂事的淘气的小家伙。"

"就是他，夫人，"土德尔接口说道，"两条腿很短的——那时候腿很短的，"土德尔先生的声调里不无带有一点诗韵，"董贝先生让他进磨工学校读书时，他穿上磨工的皮短裤，他两条腿出奇地短。"

想起过去的事情几乎使托克史小姐情不自禁，这件事情立刻引起她的特别兴趣。她邀他跟她握手，并且祝贺这位母亲，说她的儿子有这么一张爽直、敦厚的面孔。罗布听到这句话便做了一个眼神，想表示自己当之无愧，可是这眼神，做得并不到家。

"现在，理查兹太太，"托克史小姐说，"还有您，先生，"她又对土德尔说，"我坦率地告诉你们我来看你们的目的。您也许知道，理查兹太太——您也可能晓得，先生——在我和我的一些朋友之间出现了一点隔阂，我过去经常去的人家，我现在没有去过。"

出于女人的机灵，波莉立刻明白了她的意思，一道眼神表明她已领会了。而土德尔先生对托克史小姐所讲的话则不甚了了，但也表示出来了，那是一道凝然不动的目光。

"当然，"托克史小姐说，"我们之间怎么会出现这种小小的疏远的，这是无关紧要的，所以用不着谈了。我只是想讲讲，我对董贝先生怀着极大的敬意和关心，"托克史小姐的声音颤抖了，"与他有关系的任何事情我也是很关心的。"

土德尔先生这才恍然大悟，于是摇摇头说，他听人说过，董贝先生很难应付，就他自己来说，他也是这么看的。

"请您不要这样讲，先生，"托克史小姐接着说，"我恳求您，先生，不论是现在，还是以后，都不要这样讲。这样的话，我听了是很痛苦的。我很了解您的想法，有您这样想法的先生，听了这样的话有时候也会不高兴的。"

土德尔先生起先总以为这么一句话是不会受到非议的，现在他却感到莫名其妙了。

"我希望讲的，理查兹太太，"托克史小姐继续说着，"我也是对您讲的，先生——就是，这一家人的事情，他们的幸福，他们的健康，凡是你们听到的，我都非常乐意倾听的。我永远是非常高兴和理查兹太太聊聊这家人的情况，谈谈以前的时光。我和理查兹太太一向相处很好，从没有争执过，我们多时没有来往，这都是我的不是，其实我多么希望我们是常来常往的呵。从现在起我们就做好朋友吧，我希望她不会反对，让我高兴的时候到这里来走走，不要把我当作外人呵。现在我诚心诚意地希望，理查兹太太，"托克史小姐热诚地说，"您会像过去一样愉快地接受我的心意。"

波莉心里很高兴，也形之于色。而土德尔先生则保持着一种无动于衷的平静状态，因为他不清楚自己是高兴还是不高兴。

"您知道，理查兹太太，"托克史小姐说，"我希望您也知道，先生——要是你们不见外的话，有许多小小的事情，我可以给你们帮一点忙，我是很乐意效劳的。譬如说，我可以教你们的孩子一些功课。如果你们答应的话，我会带几本小书和一些针线活来，他们在晚上可以时常学习，呵，我相信，他们可以学到好多好多东西呢，可要给他们的老师添光增彩呢。"

土德尔先生对学问是非常尊崇的，他颇为赞赏地对妻子晃了晃头，舐了舐双手，露出欣喜的样子。

"那么，既然不是外人，我就不会碍手碍脚，"托克史小姐说，"一切如常，就和我不在这里一样。理查兹太太照样做针线活，或者烫衣服，或者给孩子喂奶，或者做其他什么事，都不要管我。那么先生，要是您喜欢的话，您也照样抽您的烟斗，行吗？"

"谢谢您，夫人，"土德尔先生说，"好的，我会抽点烟的。"

"您这样讲太好了，先生，"托克史小姐接着说，"我现在的的确确真心诚意地告诉你们，这件事情对我来讲真是莫大的快慰。要是你们不再有什么别的话要说了，就这样安安逸逸、和和气气地达成这个小小的协议，我就有幸给这些孩子们做些好事，只要我能给他们做点好事，这就是给我的莫大的报偿了。"

这项协议当场拍板，托克史小姐就已经不拘礼节了，她开始对周围的孩子们作一番初步的考察，土德尔先生对此十分赞赏。她再把他们的年纪、名字、特长登记在一张纸上。这个仪式之后又东拉西扯地闲谈了一会儿，这时已经超过了这家人平时就寝的时间了，而托克史小姐依旧坐在土德尔之家的炉火边，一直坐到很晚，不能独自走回家去了。幸好倜傥的磨工还待着，他于是彬彬有礼地提出送她到家门口。磨工由董贝先生最初介绍到磨工学校，便穿上这套不轻易提起其名称的气概非凡的制服。托克史小姐觉得让这样一位青年送回家去，是不同寻常的好事，便欣然同意。

和土德尔先生与波莉握了握手，亲了亲这些孩子以后，托克史小姐带着这家人无限的好感，怀着一颗十分轻松的心，辞别了这家人；要是奇克夫人能把这颗心称一下的话，这位好心的夫人一定会大为不快的。

磨工罗布本来想谦逊地跟在后面的，但是托克史小姐由于想同他谈谈话，希望他走在她旁边，后来她跟他妈妈讲，一路上"把他的话都掏出来了"。

一句句的话从他嘴里掏了出来，那么的明亮、清晰、光辉夺目，简直把托克史小姐迷住了。托克史小姐从他嘴里掏出的话越多，就像一根越拉越细的金属丝一样，他越讲越巧妙。那天夜晚他源源不绝地把话掏了出来，这样好、这样有前途的青年，这样感情丰富、性格坚定、做事慎重、头脑清醒、为人诚恳、脾气温和、性情爽直的年轻人是从来没有过的。

"我非常高兴，"到达家门口时，托克史小姐说，"能认识您。我希望您把我看作您的朋友，希望您时常来看我。您有没有存钱的盒子？"

"有的，夫人，"罗布答道，"等钱存够了，我准备把钱存到银行里去，夫人。"

"这真是很值得称赞的，"托克史小姐说，"我听到很高兴。请您务必把这半克朗①放进您的钱盒子里去。"

"呵，谢谢您，夫人，"罗布答着，"但是我实在不想您费钱。"

"我很赞赏您的独立精神，"托克史小姐说，"不过请您相信，这根本不是什么费钱，这只是友好的表示，要是您不收的话，那我就要不高兴了。晚安，罗宾②。"

"晚安，夫人，"罗布答着，"谢谢您！"

罗布窃笑不已，赶快跑去换零钱，和卖馅饼的人掷钱币猜正反面，结果把钱输得精光。但是，在磨工学校里是从不教人应老实忠诚，那里的制度特别强调如何培植虚伪。因此，磨工学校过去的学

---

① 半克朗：英国的硬币，等于 2 先令 6 便士。
② 罗宾：即罗布，均为罗伯特的昵称。

生的许多老师和朋友都说，如果普通人的教育造成这样的结果，我们宁可不办教育。有些比较通情达理的人则说，我们应该把教育办得好一些。但是磨工学校的董事们对这些责备总是立即来了个回马枪，他们挑选一些即使在这种制度之下仍旧表现得出类拔萃的学生，并且直言不讳地声称唯有这种制度才能造就人才。这样就轻而易举地回答了那些持反对意见者的异议，磨工学校的荣名也就此确立了。

第三十九章

爱德华·卡特尔船长再逢奇遇

步履坚定、意志坚强的时间老人不停地向前奋进，老仪器制造商规定的一年时间快要到期了，他在留下的一封信件中嘱咐他的朋友，在这一年里，那个密封的包裹不能打开。一天晚间，卡特尔船长怀着神秘和不安的心情开始打量着这个包裹。

在期限未到，即使还有一个小时，忠诚的船长也不想打开那个包裹，正如他不想剖开自己的肚皮来看一看他的五脏六腑一样。晚上首次抽烟时，抽到一定时候，他才把包裹拿了出来，放在桌子上面，在庄严肃穆中他静静地坐着，透过烟雾凝神看着包裹的外表，长达两三个小时之久。有时候，船长这样打量着包裹好长一段时间了，便把座椅一点一点地移开，仿佛是想移出它的诱力之外；但是他的目的并未达到，因为即使当椅子移到客厅的墙边，那个包裹仍旧吸引着他；如果他的视线在沉思中游荡到天花板或炉火上，包裹的形影也紧跟着，或者待在煤块间显著的地方，或者在粉刷的墙上引人注目之处高瞻远瞩。

对于"心肝宝贝"，船长慈父般的关心与羡慕没有改变。但是自从上一次和卡克尔先生谈话之后，卡特尔船长已开始怀疑他以前为他亲爱的小朋友沃尔和那位年轻小姐的事所作的努力是否像他希望的那样有什么效用，而当时他确是深信不疑的。船长深感忧虑，担心他所做的事情是弊多于利的。在悔恨与自卑之中，他想了一个最好的弥补方法，赶快躲开，不要再叫任何人遭殃，仿佛把自己看成是一个危险分子，从船上纵身跃入海中似的。

因此，船长自我封藏在这堆仪器之中，不再走近董贝先生的屋子，也不再以任何方式到弗洛伦斯或尼珀小姐那里去。在第二次造访时，他连佩契先生也疏远了，他淡淡地告诉这位先生说，他非常感谢他的友谊，但是他已经和这些熟人不来往了，因为他担心在他不知不觉之中什么样的炸药库都可能会由于他的关系而爆炸起来的。在自己约法三章的退隐生活中，船长整天整个星期除了磨工罗布之外不和任何人讲一句话，他对磨工罗布的印象很好，认为他不自私，重友谊，忠心耿耿。在这种退隐生活中，船长时常在晚上静坐室内，凝望着那个包裹，抽起烟斗，想着弗洛伦斯和可怜的沃尔特，直到他们两个在他朴素的想象中化为陈迹，飘向永恒的青春，而成为他最初记忆中的两个美丽纯洁的孩子。

然而在遐思冥想中船长并没有忽略自己的提高或磨工罗布的精神修养。这位年轻人每天晚间需要给船长念一个小时的书。不言而喻，船长相信书中所言均是真理，他通过这种方法日积月累，聚集了许多很宝贵的真情实事。每逢星期天夜里就寝之前，他自己总要阅读《圣经》中基督在一座山上的布道；他虽然习惯于不用翻书根据自己的领会引经据典，可他念着这篇布道时他依然对其天国的崇高精神怀着无限的敬仰之情，仿佛他对它的希腊经文已全部记住，能够就它的每一句经文写出数不尽的犀利的神学论文。

在磨工学校高明的制度下，磨工罗布对这些神明的作品佩服得五体投地。为了记住犹大各族每一个人的名字，他的脑子老是给弄得伤痕累累；那些深奥难懂的诗篇要一遍一遍地单调无味地朗诵，特别是作为惩罚；在他还只是六岁的时候，每星期天三次要他穿着皮裤在酷热的教堂里从楼上向众教徒展示，一架大风琴像一只忙忙碌碌的蜜蜂那样在他昏昏欲睡的脑袋周围轰鸣不止。在这种培养之下，磨工罗布对这些经文早已敬畏有加了。船长念完时，磨工罗布做了一个深受启发的表情，可是在船长念经文的时候他不是打哈欠就是频频点头欲睡，好心的船长倒并未注意到。

卡特尔船长既然管店做生意，也就养成了记账的习惯。进账的项目包括他对天气的观察和四轮马车及其他车辆的流动情况；在他那个地区，他观察到在早晨和白天大部分时间车辆向西行驶而傍晚时候则往东驶去。一周之内有两三个路过的顾客前来"和他交谈"，这件事船长也记入账簿中，他们问问眼镜，因为并不怎么想买，便说了一声下次再来。船长认定这是生意好起来的兆头，便在日记簿上写着这样的话：风起了（这是他首次记录此事），相当大，西北风，夜间改变了方向。

船长最难弄的问题之一就是图茨先生了，他时常来访，讲话不多，但似乎心里在想屋后的这间起居室正是他可以哧哧而笑的好地方，他一坐就是整整半个小时，在这间房间里尽情地哧哧而笑，可并不和船长进一步亲热起来。因为最近的事情，船长变得小心翼翼了，他不能贸然肯定图茨先生是不是像他看起来那样是一位温和的人，也许他是一个城府很深、非常狡猾、非常虚伪的伪君子呢，他经常提及董贝小姐，这就是可疑的，不过图茨先生看起来对他那么信任，船长也就暗暗地对他有些好感，因此不急于马上给他下一个坏的定论。每当图茨先生提起他心目中最亲切的事，他只是以一种难以形容的洞察幽微的目光紧盯着他。

"吉尔士船长，"一天，图茨先生像平时一样突然发问，"您是不是觉得可以接受我的建议，使我有幸和您结交？"

"唔，我告诉您，小伙子，"船长终于确定了行动方针，说道，"这件事情我一直在反复考虑。"

"吉尔士船长，您太好了，"图茨先生接过话头急忙说，"我非常感谢您。我以自己的名誉保证，您使我有幸与您结交真是大大开恩了，的确是的。"

"您知道，老弟，"船长慢吞吞地说，"我可不了解您呵。"

"要是您不让我有幸与您结交，吉尔士船长，"图茨先生固执己见地说，"那您就永远不会了解我了。"

船长似乎为这句话的力量与新颖的见解而深受感动，他那样望着图茨先生，仿佛是觉得这个小子身上还有许多许多他所没有料想到的东西。

"讲得好，小伙子，"船长深有所思地点点头说，"讲得对。您听着：您跟我讲了一些话，从您给我讲的这些话里，我知道您爱慕着一位很漂亮的姑娘，嗨？"

"吉尔士船长，"图茨先生一边说着一边用拿着帽子的那只手激烈地打着手势，"爱慕这个字还不确切，我以名誉保证，您还不知道我心里的感情是怎么样的。要是我能给染成黑色，做董贝小姐的奴仆，我就会觉得这是一种荣誉。要是花去我的全部财产能让我重新投胎成为董贝小姐的狗，我——我想我一定会不停地摇着我的尾巴的。我一定会幸福极了，吉尔士船长！"

图茨说着这些话时泪如泉涌，深情地把帽子压在胸口。

"小伙子，"船长感动了，同情地说，"要是您真心诚意——"

"吉尔士船长，"图茨还不等他讲完就大声说道，"我的心情是太那个了，我的的确确是太真心诚意了，要是让我把手放在一块火烫的铁上、一块燃烧的煤上、一块熔化的铅上、一堆烧旺的火漆上，或者诸如此类的任何东西上面发誓的话，我一定会心甘情愿地把我自己烧伤，好让我的情感迸发出来。"说着，图茨先生急忙地环顾四周，仿佛是在寻找此类足以使他伤痛的东西，以便达到这个触目惊心的目的。

船长把油光光的帽子往脑袋后面推了一推，用肥大的手从上而下把脸孔抹了一遍，使他的鼻子更加斑斑点点，然后站到图茨先生的面前，一边用手钩钩住他的大衣翻领，一边对他讲着下面的话，图茨先生以极大的关注与几分好奇心仰望着他的脸孔。

"要是您是真心诚意的话，您知道，小伙子，"船长说道，"那您就要受到仁慈的宽待，仁慈是英国人冠冕上的一颗最亮的明珠，关于这一点您去查一查'统治吧，不列颠'这首歌曲所讲的宗旨，查到了，您就知道，这就是守护天使反复歌颂的宪章。做好准备！您提出的这个建议把我吓了一跳。为啥？您知道，在这里的水域里我是一个人坚守阵地，没有人做伴，也不希望有谁来做伴。不要急！

您为了一位年轻姑娘，您受她的派遣，先来和我打招呼。现在告诉您，要是您想和我交朋友的话，决不能提起那位年轻姑娘，也不能把她的名字挂在嘴上。我真不知道这以前因为随便提起她的名字带来了多少祸害，因此我就不再谈她了。您完全明白我的意思了吗，老弟？"

"嗯，要是有时候我没有完全听懂您的话，吉尔士船长，"图茨先生回答说，"请您原谅我。但是实实在在的，吉尔士船长，要是不能提起董贝小姐，这怎么吃得消。我这里真的给压得很重！"图茨先生说着用两只手很伤心地揿揿他的胸前，"我日日夜夜感觉到这个重压，就像有谁坐在我身上似的。"

"这些，"船长说，"就是我提出的条件。要是您觉得它们过于苛刻，老弟，也许是这样的，那么您就避而远之，改变航向，让我们高高兴兴地分道扬镳吧！"

"吉尔士船长，"图茨先生应道，"我真不太清楚这是怎么回事，但是我第一次到这里来您告诉我之后，我——我就觉得我宁愿同您在一起的时候思念着董贝小姐，而不想在别人面前谈起她。所以，要是您让我有幸和您结交，我非常乐意接受您提出的条件。我希望做一个正直的人，吉尔士船长，"图茨先生说时他伸出的手踌躇了一会儿，"因此我不得不坦言我情不自禁地要想念董贝小姐。要我答应不去想念她，这是做不到的。"

"小伙子，"船长听到他这番披肝沥胆的话，对图茨先生的看法好多了，"一个人的念头就像风一样，在任何一段时间之内谁也不能肯定它会是一成不变的。讲的话是不是就是约法三章了？"

"至于讲的话嘛，吉尔士船长，"图茨先生答道，"我想我是能够遵守的。"

说着，图茨先生立即向卡特尔伸过手去，于是船长摆出一副和蔼可亲的恩赐架势与他正式结交。如愿以偿的图茨先生似乎感到如释重负，十分高兴，在留下的时间里欣喜欲狂地痴痴而笑。在船长这一方面来说，他为取得了恩主的地位而不无欢欣之情，为自己的处事审慎与远见卓识颇为沾沾自喜。

尽管卡特尔船长的目光深远，那天晚上，出乎所料，那么单纯天真的磨工罗布竟会让他吃了一惊。这个胸无城府的小伙子和船长坐在同一张桌子旁边，他的脑袋温顺地垂在茶杯和茶托的上方，一边喝着茶一边从侧面观察着他的主人，他主人正戴着眼镜非常庄严、非常费力地看报。过了一会儿他打破了沉默说道——

"哦！请原谅，船长，您大概不需要鸽子吧，是吗，先生？"

"不需要，小伙子。"船长答着。

"因为我想把我的鸽子处理掉，船长。"罗布说道。

"是吗，是吗？"船长稍稍扬起两道浓眉喊道。

"是的，我要走了，船长，抱歉得很。"罗布说道。

"走？您要到哪里去？"船长掉过头来，从眼镜上面望着他问道。

"怎么？您不知道我要离开您了吗，船长？"罗布暗自发笑地问道。

船长放下报纸，取下眼镜，他的一双眼睛紧逼着这个逃兵。

"哦，是的，船长，我是想预先告诉您的，不过我以为您也许早已知道了，"罗布搓着手，站了起来说着，"要是您能开开恩早点安排好，另外找一个人，那我就便于脱身了，船长。恐怕明天上午您是来不及的吧，船长，您觉得来得及吗？"

"您准备叛逃了，是不是，小伙子？"船长久久地打量着他的脸孔之后说道。

"哦，对一个汉子这样真是太狠心了。船长，"温和的罗布受了冤枉，一下子变得既伤心又愤怒，他喊着说，"他预先告诉您他准备走，这是很合法的，怎么不可以，竟要看这样的脸色，还给骂成逃兵。您没有任何权利骂一个可怜的汉子，船长。不能因为我是仆人您是主人，您就可以诽谤我。我做了什么错事？喂，船长，您说说我犯了什么罪好吗？"

伤心的磨工哭了起来，用大衣的袖口抹着眼睛。

"喂，船长，"受了冤枉的小伙子喊道，"您给我定个罪名。我是怎么样的人，我做了什么事？我有没有偷您的财物？我有没有放火烧您的屋子？如果我做了这些事的话，您为什么不把我交给警察，审问我？一个小伙子一直是您的忠实仆人，只是因为他不肯为了您的利益而埋没自己的前途，您就毁坏他的人格，真是太冤枉人了，这简直是以怨报德呵！年轻的汉子就是这样给伤害，逼上歧途的。我对您感到奇怪，船长，我真感到奇怪。"

磨工的这些话都是在号啕大哭声中讲出来的，他一边讲着一边小心翼翼地向门口退去。

"那么说您找到另外一个停泊的地方了，是不是，小伙子？"船长凝视着他说。

"是的，船长，就照您这样说吧，我已经找到另外一个停泊的地方了，"罗布一边大声叫着一边一步步往后退，那个泊位比这里的要好呢，船长，在那里，我用不着听您的好话了，就是因为我穷，我不能为了您的利益埋没自己的前途，倒受到您一顿臭骂，这下子我可运气了。是的，我已经找到另外一个停泊的地方了，要不是怕您一下子找不到人，船长，我现在就走啦，省得给您咒骂，只不过是因为我穷，不能为了您的利益埋没了自己的前途嘛。您为什么因为我穷，不能为了您的利益而埋没了自己的前途就这样责备我，船长？您怎么可以这样不讲道理？"

"您听着，我的孩子，"船长心平气和地说，"您不要再讲这些话了。"

"好，那您也不要再说那些话，船长，"胸无城府的磨工哭喊的声音越来越响，他一边反唇相讥一边退到店铺里去，"我宁可让您抽掉我的血，也不能让您把我的人格抹黑。"

"也许是因为，"船长平静地说，"您听到过绞索这种字眼的吧。"

"哦，我听说过了吗，船长？"磨工含讥带讽地说，"没有，我没有听说过。我从来没有听说过这种东西！"

"好吧，"船长接着说，"要是您不留神的话，您很快就会尝到它的滋味的，这就是我的看法。您的信号我懂得了，小伙子。您可以

596

走了。"

"哦！我可以马上走了，是吗，船长？"罗布为自己的成功而满怀兴奋地喊了起来，"但是您要晓得！我根本没有要求马上就走，船长。因为是您自己打发我走的，您休想再诽谤我的人格。您也不可以扣发我的工资，船长！"

为了清算最后一笔账，他的雇主拿出一个洋铁罐子，把磨工的工资一五一十地数出来，全部放在桌上。罗布伤心至极，他抽泣着、呜呜咽咽地把这些钱一枚枚地拿起来，每拿起一枚他就抽泣一次、呜咽一次，然后分别把它们系好，用手帕捆起来。接着他爬上屋顶，把鸽子塞满了帽子和口袋，再从屋顶下来，走到柜台底下的床铺，把东西整理好，放在包袱里，这时他的抽泣呜咽之声更大了，仿佛此刻回想往事之际，他的心伤痛欲碎。然后，他哀哭着说："晚安，船长，我离开您没有一点怨恨！"说毕，他走到门口的台阶上，临别时很不礼貌地拉了一下小海军候补生的鼻子，然后笑嘻嘻地带着胜利的喜悦走上街头。

只剩下一个人的时候，船长又拿起报纸阅读新闻，他读起来是那么聚精会神，仿佛并没有发生什么不寻常或意想不到的事。卡特尔船长看了很多，可是一个字也看不懂，因为他只看见磨工罗布在报纸上各栏之间跳上跳下。

在这以前，尊敬的船长是否有被完全抛弃的感觉，还不能肯定，但是现在对于他来说老所尔·吉尔士、沃尔特以及"心肝宝贝"无疑都已不复存在，而卡克尔先生对他的欺骗与嘲弄又极其残酷。这一切在假心假意的罗布身上全都体现出来了。他过去常常向罗布谈着心中记忆犹新的往事，他一直相信这个假心假意的罗布，他乐于相信他，他把他当作这艘旧船上的最后一个伙伴；他听从小海军候补生的吩咐，让他做自己的得力助手；他总是想为他尽自己的责任，他亲切地待他，仿佛他们两人同遭灭顶之灾，一起给抛弃在一座荒岛上似的。可是现在这个假心假意的罗布却把怀疑、背叛、卑劣带进这神圣之地的客厅，卡特尔船长觉得这间客厅可能顷刻之间就会下沉，但他并不为此深感吃惊，也不感到有多大的焦急不安。

因此，卡特尔船长就这样聚精会神但不求甚解地阅读着报纸，因此卡特尔船长从不自言自语地说着罗布的事情，也不认为他是一直在想着他的，也不肯即使十分轻描淡写地承认罗布与他目前的心情有任何关系，其实他现在正像给抛在荒岛上的鲁滨孙一样孤独极了。

苍茫暮色中，船长照样心平气和，不急不忙地走到利顿霍尔市场，和一位值勤的看守人谈好，让他每天早晚各来一次，负责把木制海军候补生店铺的窗板放上拿下。然后他走到饮食店里去把今后给海军候补生的每日食品供应削减一半，再跑到酒店去停止供应那个叛徒的啤酒。"我的那个小伙子，"船长对掌柜的年轻姑娘解释说，"我的那个小伙子找到好差使了，小姐。"最后，船长决定把柜台底下的床铺据为己有，晚上不再上楼，作为财产的唯一保护人就在这里就寝看管这份家当。

卡特尔船长每天清晨六时从这里起床，匆匆戴上油光光的帽子，这是他最后一道装束了，那孤单凄寂的模样宛若鲁滨孙·克鲁索梳洗既毕戴上那顶羊皮帽子一样。那位孤独的航海者在许久没有再看到食人肉的野人的踪迹之后，恐惧的心理渐渐缓和了，现在卡特尔船长的心理也是这样，因为那位野蛮的麦克斯廷格太太久已不见，他心里的恐慌也有所减轻，但是他仍旧照常采取必要的防卫措施，他总是从他隐蔽的堡垒里观察外面是否有女帽出现，决不会贸然与它不期而遇。这些时候，图茨先生没有来过，他只是写了封信说他到外面去了。船长只听见自己的声音在他的耳畔发出奇怪的声响，他经常揩抹店铺里的物品，把它们放好，长时间地坐在柜台后面或阅读书刊或向窗外眺望，渐渐地养成了一种沉思默想的习惯，而他额头上被那顶硬邦邦、油光光的帽子压成的红圈，由于心事重重有时候又隐隐作痛。

现在一年已经到期了，卡特尔船长觉得理应把包裹打开，但是他始终认为打开它时应有磨工罗布在场，因为这个包裹是他带来的；他还觉得需要一个人作见证，才能正正规规，有条不紊地把这个包裹打开，苦于没有一个证人，他非常苦恼，不知所措。正在愁眉不展之际，一天，在"航运消息"栏目中他惊喜地看到一则消息，说"谨慎的克拉拉号"及其船长约翰·邦斯拜已从一次沿岸航行归来，便立即给那位哲学家发去一封信，请他早些于晚间惠顾寒舍，要求对他的住地严格保密，不能泄露。

邦斯拜是这一类哲人，凡事要做到深信不疑。他花了好几天的时间才深深相信，他确已收到这方面的信了。信中所述之事彻底掌握、完全弄清楚之后，他立即派遣一名见习水手通知船长说："他今晚即来"。见习水手像一位黝黑的精灵执行一项神秘的使命，按照船长的嘱咐，讲好就走了。

船长接到这个通知非常高兴，便准备好烟斗和朗姆酒与水，坐在屋后的起居室里恭候来客。八点钟，店门外响起一声海牛似的哞叫，接着是拐杖敲门的声音，这是向凝神细听着的卡特尔船长通报：邦斯拜已经来了。船长立刻把他请进屋里。他像平时一样头发蓬松，脸色棕红，面无表情，看起来他没有意识到眼前有什么东西，而是在聚精会神地观察着世界上一个遥远的地方正在发生着的事情。

"邦斯拜，"船长抓住他的手说，"好吗，老朋友，好吗？"

"船伙儿，"这声音来自邦斯拜的心底，却没有看到这位司令官流露着任何表情，"很棒，很棒。"

"邦斯拜！"船长以无法抑制的敬仰之情对他的偶像说，"您来了！您的金玉良言比钻石还更亮丽，您派来的那个穿着乌黑的水手裤子的小伙子在我面前就像宝石那样闪闪发光，您查一查《斯坦费尔文集》，找到了就记下来。您来了，就在这里您曾经出了一个主意，这个主意真神，每一个字都神得很。"船长这样说着心里也是真的这样想的。

"是吗，是吗？"邦斯拜吼了起来。

"每一个字都是的。"船长说。

"为啥？"邦斯拜首次望着他的朋友，吼叫着，"哪门子？要是这样，为啥不？所以。"这些神乎其神的话几乎把船长弄得晕头转向，他仿佛给扔在大海上茫然地苦思冥想，猜测话里的奥妙。这位圣哲一边说着这些玄妙的话一边让船长帮他脱下海员外套，便跟着他的朋友走进屋后的起居室。一走进去后，他的手立刻抓住朗姆酒瓶，加了点水，冲了一杯烈性烧酒，随即拿起一根烟斗，塞进烟叶，点燃之后即开始抽烟。

卡特尔船长也照着来客的一举一动学起样来，但这位伟大的司令官不动声色、心不旁顾的神情是远远超出他的模仿能力的。船长坐在炉旁的另外一端，怀着敬意观察着他，仿佛是在等待着邦斯拜露出一点好奇的表情或某种鼓励的举动以便提起自己的事情。但是一点也看不出这位面色棕红的哲学家有所领悟，他所感觉到的只是酒的暖意和烟叶的气味，唯有一次当他把烟斗从嘴里拿下换上酒杯时，他才粗声粗气说了一声他的名字是杰克·邦斯拜。这个简短的开场白只是给谈话稍许开了个头。为了引起他的注意，船长首先说了几句恭维的话，接着叙述所尔舅舅出走的前前后后，以及他自己的生活和命运由此而发生的变化，说完后他就把那个包裹放在桌子上面。

沉寂许久之后，邦斯拜先生点了点头。

"打开吗？"船长问。

邦斯拜又点了点头。

船长于是启开封蜡，两叠折好的纸张赫然在目，接着他分别念着上面的字样："所罗门·吉尔士的遗嘱"与"给内德·卡特尔的信"。

邦斯拜的眼睛遥望着格陵兰海岸，耳朵似乎在等着倾听信中的内容。因此船长清了清嗓子，高声朗读着这封信。

"'我亲爱的内德·卡特尔。当我离家出走前去西印度群岛——'"

读到这里船长停了一停，注视着邦斯拜，而邦斯拜则注目于遥远的格陵兰海岸。

"'在孤单凄凉中去打听我亲爱的孩子的下落时，我很清楚要是你知道我的打算，你准会阻止我或者跟着我去的，所以我就瞒着你了。要是你什么时候念着这封信的话，内德，我恐怕已经不在人世了。那时候你就会很容易地原谅你老朋友愚蠢的行为了，你就会为他在风狂浪急的海上无休无止、漂泊不定地航行而忐忑不安了。这就不必再说下去了。至于我可怜的孩子是不是能看到这些话，他那开朗的脸孔是不是还会出现在你的眼前，使你油然而喜，我是不抱多少希望的。'不会，不会，不会了，"卡特尔船长伤心地沉思着，"不会了。长年累月他躺在那里——"

邦斯拜先生的耳朵很有音乐天赋，一听之下他突然雷声大作，叫道："在比斯开湾①，哦！"好心的船长听了大受感动，觉得这是对逝去的瑰宝的一种恰如其分的悼念，便握着他的手表示感谢，并且抹着眼泪。

"咳，唷！"当邦斯拜的哀歌在天窗停止了它的震响时，船长叹了一口气说，"他长期地遭受着痛苦的折磨，让我们查一下书，把这句话找到。"

"医生们，"邦斯拜说，"也没用。"

"对，完全对，"船长说，"两三百英里②的海水里他们能有什么用！"说好，船长重新念起信来，"'但是打开这个包裹时如果他在旁边，'"念到这句话时船长不禁向四周望了望，摇摇头，"'或者在其他什么时候他知道了的话，'"船长又摇了摇头，"'我就为他祝福！如果遗嘱的措词不符合法律的要求的话那也没有多大关系，因为当事人就是你和他，没有别人了。我的心愿是一清二楚的，就是，如果他活着的话这笔小小的财产就归他所有，可是如果他死了（这是我很担心的），那就归你了，内德。我知道你是会尊重我的心愿的。为了这件事情，还为了你对所罗门·吉尔士自始至终的友谊，愿上帝祝福你。'邦斯拜！"船长神色庄严地问他，"您对这件事怎么看？您坐在这里，您从孩提时起脑袋就开缝了，每开一条缝您就获得一

---

① 比斯开湾：位于西班牙和法国之间的海湾。此专有名词中两字的音韵与"There he lays，all his days"（长年累月他躺在那里）中两字的音韵大同小异，遂引起邦斯拜的错觉。

② 英里：1 英里等于 6 英尺。

个新的见解。现在您说说看，您对这件事是怎么看的？"

"要是，"邦斯拜以出奇的敏捷答道，"他已死了，我的看法是他永远也不会回来了。要是他还活着，我的看法是他是会回来的。我是不是说他会回来？不是。为什么不是？因为这句话是什么意思就得看您是怎么理解了。"

"邦斯拜！"卡特尔船长对这位了不起的朋友的见解越是感到莫测高深，越是觉得这些见解的可贵。"邦斯拜，"船长钦佩之至地说，"您的脑袋轻而易举地装载着这么许多货物，像我这样容量的人很快就要给沉入海底了。但是关于这个遗嘱的事情，我不想要那笔财产，我决不要！我只是为一位更合法的主人把这笔财产保管好，我希望这笔财产的合法的主人所尔·吉尔士还活在世上，还会回来的，尽管他一封信也没有捎来过，这很叫人奇怪。那么，邦斯拜，是不是把这几张信件重新封好，在外面写上：在约翰·邦斯拜与爱德华·卡特尔在场时于某日启开过，您觉得怎么样？"

邦斯拜没有看见格陵兰海岸或其他地方有什么反对这个建议的迹象，便让这个建议即刻执行。这位伟大的人物把他的视线拉回到目前一会儿，在包裹上写上自己的名字，出于虚怀若谷的天性，他完全是用的小写字母。卡特尔船长用左手把自己的名字也签上后，便把包裹锁进铁制的保险箱内，然后请他的客人再冲一杯酒，再吸一斗烟。他自己也冲了一杯酒，吸起烟来，靠着炉火开始思考着可怜的老仪器制造商会碰到什么样的命运。

突然之间，一件非常可怕的事情发生了，如果没有邦斯拜在他旁边给他壮胆的话，他肯定会瘫倒在地，从此一蹶不振了。

船长欣喜地迎进这样一位来客时只是把门关上却没有拴牢，这无疑是他的疏忽。这件事情必然成为他终身思考的问题之一或是对命运含糊其辞的责怪。可是在这静寂的时刻，凶狠的麦克斯廷格太太就从这扇没有拴牢的门冲进起居室，她怀里抱着亚历山大·麦克斯廷格，后面跟着一大堆，包括可爱的小姑娘朱莉安娜·麦克斯廷格和怀里的小宝贝的哥哥查尔斯·麦克斯廷格，查尔斯·麦克斯廷格在这群儿童的游戏场中的称呼是查理。在一批小麦克斯廷格的簇拥下，麦克斯廷格太太急急忙忙、乱作一团、气势汹汹地来报仇雪恨了。她来得迅疾、悄然无声，仿佛是东印度群岛船坞吹来的一股急流，卡特尔船长一直在一脸平静地沉思默想，还没来得及反应过来，只是坐在那里看着她，突然之间这张平静的面孔变得恐怖而惊愕。

等到卡特尔船长完全明白了他的不幸处境时，为了保卫自己，他想到的就是逃走。从起居室的小门，他一头冲到陡峭而狭窄的地下室台阶上，仿佛根本不在乎是不是会给撞得鼻青眼肿，他唯一的念头就是在地下找个地方隐藏起来。这个勇敢的举动本来可以使他逃之夭夭的，可是偏偏给朱莉安娜和查理这两个小淘气挡住了去路，他们满怀热情地把他当作亲爱的朋友，一个人抓住他的一条腿不放，并且伤心地号啕大哭。麦克斯廷格太太每逢有重大的举动，总要先把亚历山大·麦克斯廷格掀翻在地，一阵猛打之后让他坐着慢慢冷静下来，这个情景读者诸君早已目睹过了。此时，她如法炮制这个庄严的礼仪，这一次仿佛是对复仇女神的献礼。祭品摆在地上后，她便向船长扑过去，来势之凶猛就像是要把胆敢插手的邦斯拜抓得伤痕累累。

两个大的小麦克斯廷格大声哭着，年幼的亚历山大痛哭流涕（可以说亚历山大的童年是在揍打之中度过的，因为在那个如仙如幻的时期有一半时间他的脸上是布满了青痕的），两种声音混杂在一起，把这次光临变得更加可怕。但是当一切复又沉寂，船长满身大汗，站在那里温顺地看着麦克斯廷格太太时，这可怕的情景才到达了高峰。

"哦，卡特尔船长，卡特尔船长！"麦克斯廷格太太说时她的下巴显得非常凌厉，和她的拳头一起摇动起来，只是因为是女性的关系那拳头还称不上拳头，"哦，卡特尔船长，卡特尔船长，你还没有吓得失魂落魄吗，居然胆敢瞧我！"

船长的表情是毫无勇气可言的，他喃喃而语："做好准备！"

"哦，我真是太软弱、太轻信了，我这个傻瓜，让你住在我的屋檐下，卡特尔船长，我简直是傻瓜啊！"麦克斯廷格太太大声喊着，"我给这个人多少好处，我教育孩子们要像对父亲那样爱戴他、尊敬他，在我们这条街上没有一家主妇、没有一个住户不知道我为这个人用了多少钱，为了供应他的大喝大吃、餐饮住行我蚀了多少本——"麦克斯廷格太太用上"行"字完全是为了和"饮"字押韵兼有加强语气的作用，但并没有什么意义，"他们全都骂他哄骗一个勤劳的妇女，还不害臊呀。这个勤劳的妇女起早带晚管好孩子，把这个可怜的屋子收拾得干干净净，好让一个人有个地方吃饭，对，还要喝茶，只要他愿意，在地板上、在楼梯上，随便哪里都可以，我为他的大喝大吃、餐饮住行花费了这么大的力气，吃了这么多的苦，想想看吧！"

麦克斯廷格太太歇了一歇，喘喘气，想到她又一次很开心地提到卡特尔船长的餐饮住行不无喜悦之感，她的脸上立刻升起了胜利的红光。

"可是他倒溜——跑——了！"麦克斯廷格太太喊着，这最后一个字拖得很长，可怜的船长竟以为自己是世上最卑劣的人了，"而且是从一个女人那里逃走的，一走就是十二个月！太狠心了！他没有胆量跟我碰面，躲——躲——闪——闪，"这几个字又拖得很长，"他像个重罪犯人偷偷溜走了。哎，要是我的孩子，"麦克斯廷格太太突然加快了速度说，"想偷偷溜走的话，我这个做妈妈的就要好好管教他了，一直要把他揍得满身都是伤痕！"

年幼的亚历山大一听之下便以为这话是说到做到的，马上就要动真格的了，一阵恐慌和伤心，一下子滚了下来，躺在地上，鞋底朝天，拼命地大喊大叫，震耳欲聋。麦克斯廷格太太不得不把他抱起，每当他发作起来她就狠狠地摇他，这股劲头仿佛是要把他的牙齿摇得纷纷散落似的，她用这种办法叫孩子乖乖就范。

"多了不起，这个卡特尔船长，"麦克斯廷格把船长的名字第一个字"卡"讲得特别响，"害得人好苦——觉睡不着——整天昏昏沉沉——还当他死了——就像一个女疯子在这个该死的城里跑来跑去，打听他的消息！哦，多了不起的人呵！哈哈哈哈！他真值得让人家为他拼命、受苦、烦神，还有好多好多的事情呢。那算不了什么，你真有福气！哈哈哈哈！卡特尔船长，"麦克斯廷格太太声色俱厉地说，"我想知道你究竟回不回去？"

惊慌失措的船长端详着他的帽子，仿佛是看不出什么花头便重新把帽子戴上，只好听其自然了。

"卡特尔船长，"麦克斯廷格太太依旧用坚决的口吻再讲了一遍，"我想知道你究竟回不回去，先生？"

船长似乎马上准备走，不过他轻轻说了一下，意思是说"不要声张"。

"对，对，对，"邦斯拜安慰着说，"慢点，娘儿们，慢点！"

"请问您是谁？"麦克斯廷格太太摆出一副庄重高贵的姿态责问他，"先生，您可曾住过布里格街九号？我的记性可能差，可是我想，您没有同我一起住在那里过。在我以前有一个乔尔桑太太住过九号的，恐怕您把我当作是她了，您这样鲁莽无礼，我看恐怕就是这么回事了，先生。"

"喂，喂，娘儿们，慢点，慢点！"邦斯拜说。

邦斯拜大胆地往前走过去，举起碧青的毛茸茸的手臂把麦克斯廷格太太一把搂住，把刚才那几句话讲了一阵之后，像魔术般地使她乖乖地软化下来；她望了他一会儿，觉得一个毛孩子现在竟能把她压倒，刚才的一股劲头消失殆尽，不禁泪水盈眶。卡特尔船长虽然是睁眼目睹这一幕情景的，而且是这样一位伟大人物的大作，但他实在难以相信。

船长给吓呆了，一句话也讲不出来，他看见他把这个顽固不化的女人软硬兼施地慢慢带进店铺里去，然后回来取朗姆酒和水以及蜡烛，把它们带给她，看起来没有讲一句话却把她弄得服服帖帖，不声不响。随后他身穿海员外套，往里面看看说："卡特尔，我护送她一家人回去。"卡特尔船长眼望着在麦克斯廷格太太率领之下这一家人这么安安静静地列队而出，真是惶惑不解，如果此时他给套上手镣脚铐给万无一失地带回布里格街的话，他也不至于感到这样莫名其妙的。他匆匆取下洋铁罐子，偷偷地把一些钱币塞到朱莉安娜·麦克斯廷格和查理的手里，因为过去他最喜欢朱莉安娜，而查理有一副天生的海员体魄，自然获得他的青睐。瞬息之间，海军候补生就给他们大伙丢在身后了。邦斯拜悄悄地说他要赶路，登船启程之前他还要来向内德·卡特尔打一下招呼的。说着便关上门，走在这队人马的最后上路了。

船长回到小起居室，只剩下他一个人时，四顾无亲，心中升起很不舒服的感觉，仿佛他是在梦中行走，眼前所见都是令他迷惘的阴魂，而不是血肉之躯的一家人。对"谨慎的克拉拉号"司令官无限的信任与无比的崇敬接踵而来，使船长陷入迷茫之境。

时间推移，邦斯拜没有再出现，这使船长开始感到另外一种不安。是不是邦斯拜给狡猾地骗到布里格街，作为朋友的人质被严密地囚禁在哪里？如果是这样的话，作为一个忠诚的人，船长就应该义不容辞地牺牲自己的自由去解救他。是不是他受到麦克斯廷格太太的攻击而一败涂地，无颜见人？是不是麦克斯廷格太太出于反复无常的性格，细想之下，觉得还是再回到海军候补生那里去好，而邦斯拜假装带她抄一条近路，却故意把这一家人领到这座城市的荒郊野径里去，让她们找不到出路呢？重要的是，卡特尔船长应该怎么办，如果他听不到麦克斯廷格一家人或邦斯拜的下落的话？在这些错综复杂、变化莫测的情况下，这种事情是很可能发生的。

他反复斟酌，直到精疲力竭，却仍然不见邦斯拜出现。他把柜台底下的床铺整理好，准备就寝，依旧没有邦斯拜的影子。最后，他觉得至少这天晚上邦斯拜是不会来了，正开始脱衣时，忽然听到一阵车轮的声音由远而近；最后停在门口，接着就是邦斯拜的叫喊声。

船长吓得全身发抖，他想，一定是麦克斯廷格太太还没有摆脱掉，又乘着马车给带回来了。

但情况并不是这样。随同邦斯拜到来的只是一口箱子，他用双手把它拉进店铺里，随即坐在上面。卡特尔船长一看就知这是他留在麦克斯廷格太太家里的箱子。他手执蜡烛，仔细地看着邦斯拜，觉得他像是数片船帆在风中摇晃似的，说得明白一点，他喝醉了。可是要作出肯定的结论还是困难的，因为这位司令官清醒时，他的脸上也是没有表情的。

"卡特尔，"司令官从箱子上站起来，打开盖子说，"这些是您的财物吗？"

卡特尔船长看了看，认出是他的东西。

"摆得整整齐齐的，嗨，船伙儿？"邦斯拜说道。

船长感激万分，不知所措，一把抓住他的手，正想表达一下他那惊诧的心情，邦斯拜忽然眨了一下转动的眼珠，把手腕一扭从他的手心里挣脱开来，因为用力过猛，他的身子差点失去了平衡。他即刻打开店门，一溜烟跑到"谨慎的克拉拉号"上面去了。一当他认为目的已经达到，恐怕他总是这样的。

由于邦斯拜不想有人经常上门来找他，卡特尔船长决定在他没有表明惠允之前不准备于次日去找他或派人去看他，如果现在他没有这份心情，那就过些时候再说了。因此，第二天早上船长又过起孤单的生活，此后的许多个早晨、中午和夜里他深深地想着老所尔·吉尔士，想着邦斯拜对这位老人的看法，以及他是否还有回来的希望。卡特尔船长这样想得越多，他的希望就愈益加强，他也就越发不可收拾。他时常到门口去等候着仪器制造商的归来，他现在敢于这样做了，因为他有了一种从未享有过的自由。为了准备仪器制造商突然归来，他把这间小起居室按照原状整理就绪，把他的椅子放在原来的地方。他想得很周到，把一直挂在钉子上的沃尔特还是小学生时候的一幅小画像取下，生怕这位老人回家时看了伤感。有时候，船长确是有一种预感，觉得在这样的一天，他会翩然归来；在某一个星期天，他甚至准备了两份餐食，他是那么满怀着希望。但是老所罗门并没有归来，而邻居们却仍旧看到这位戴着油光光帽子的海员每天傍晚都站在店铺门口朝街上两头看得望眼欲穿。

第四十章

家庭关系

　　像董贝先生这种性格的人，在与其所树立的对立面的抗衡中，要想使他凌驾一切之上的严厉气势有所软化是不符合常理的；要想使他那么冰冷坚硬的骄傲的盔甲在与傲慢、蔑视与反抗的经常摩擦中变得松动一些，那是不可能的。尊敬和谦让使这种性格的邪恶方面得以膨胀起来而成为其赖以生长的粮食，同时对其苛求所持的怀疑态度与反抗情绪也滋长了它的气焰。这正是这种性格的祸根，是这种性格本身自我摧残的一个主要部分。这种性格所包含着的邪恶从截然相反的事物中找到其发展壮大的等同的养分。从蜜糖和苦汁之中它获得营养与生命；不论是对它俯首听命或不屑一顾，它总会使被它据为己有的胸膛听它摆布；不管是受到崇拜或者是拒之不理，它依旧像可怖的寓言故事里的魔鬼那样俨然可畏。

　　对他的第一位夫人，董贝先生是那么冰冷、高傲、尊贵，他的一举一动仿佛是高高在上的上帝一样，而他自己也差不多是这样自命不凡的。对于她来说，他就是"董贝先生"，她与他初次见面时他是"董贝先生"，她垂死时他依然是"董贝先生"。在他们整个夫妻生活中，他始终以伟大自居，而她也始终对他的伟大表示服服帖帖。他高居其宝座的岧巍之巅，而她则在其最下面的踏级上聊占一席卑微之地；他抱着这个想法，孤零零地生活着，倒是获益匪浅嘛！在他设想之中，他第二位夫人高傲的性格和他自己同样高傲的性格加在一道后将会相互融合，可以使他的伟大相得益彰。当伊迪丝的傲慢依附于他的傲慢之后，他想象自己会比以前更加傲慢。他从没有设想过她会以她的傲慢与他分庭抗礼。现在，日常生活中他每走一步、每拐一个弯，他发现她的高傲的性格就会在他行走的路上迎面而来，她那冰冷、傲慢、轻蔑的脸孔就会盯住他不放，这时，他自己的高傲性格不会因此而萎靡不振，那骄傲的头颅不会在其震惊之下而低垂，相反，这种高傲的气势将会生出新的青枝绿叶，比往昔更为坚不可移，更为强烈，更为阴沉，更为令人讨厌，更为顽固不化。

谁穿着这样的盔甲，谁也就永远同他一起承受着另外一种沉重的惩罚。谦和、仁爱、信任对它是无济于事的，外部的一切同情之心、一切的信任之感、一切的温柔的情感对它是无济于事的；但是对于自私自利的深刻创伤，如同敞开的胸膛碰上了钢刀，它是不堪一击的。这种自私自利之心所造成的创伤在那里流脓恶化，使人终身痛苦。而其他的创伤却不是这样，虽然披坚执锐的傲慢之手打击的也是傲慢之身，但不是其对手，已被解除铁甲，给打倒了。

董贝先生的创伤就是那种流脓恶化，使人终身痛苦的创伤。在他悄然无声的往日的房间里，他深深感到这种创伤的刺痛，现在他又开始经常到这些房间里去，在那里长时间地待着。看来命运注定要他终身高傲、有权有势的，而在他显得最强大的时候他却又是那么微不足道、无能为力。是谁暗中给他安排了这样的命运呢？

谁？是谁把他的夫人赢去了，就像以前把他的男孩赢去了那样！当他坐在黑暗的角落里时，是谁向他炫耀着新的胜利！是谁以最少的言语完成了他费尽心机也无法做到的事情！是谁在没有得到他的慈爱、关心、体贴的情况下茁壮成长，美丽动人，而那些备受他的关怀的人却偏偏死去了！除了这个女孩子，还会是谁！在其失去母亲的孩提时期，他常常不安地看她一眼，生怕以后他会恨她。他的预感已成为事实，因为他从心底里真的很恨她。

是的，他就是要恨她，他就是恨她，虽然他与新娘归来时那个难以忘怀的晚上她在他面前出现时几束熠熠生辉的光彩依旧在她身边徘徊，他还是要恨她。现在他知道她是美丽的，他不否认她是仪态优美、楚楚动人的；她在他面前出现时正是她初露女人的风姿，这不能不使他感到惊奇。但是他竟把这个也拿来作为憎恨她的理由。在阴沉、不健康的思绪中，这个不幸的人郁郁寡欢地意识到他与一切的人之常情相隔太远了，他模糊地盼望着能够获得他一生所排斥过的东西，可是他对自己的是非功过估计错误，他还以为憎恨她是很有道理的。她越是表现出值得他关怀，他越是恨不得要她对他尽一份孝心，听他的话。她什么时候对他孝敬过，听过他的话？她是不是给他的生活带来了欢乐，还是给伊迪丝的生活锦上添花？她美丽的姿容是首先呈现在他的面前，还是给伊迪丝看的？哦，从她出生以来，他和她之间从来就不像父女！他们总是格格不入的。无论走到哪里她总是想方设法跟他过不去，而现在她却和伊迪丝结盟反对他。她的美丽使那副对他的硬心肠变得柔和了，她所取得的这种胜利是违反天性的，是对他的侮辱。

也许，在这些纷纷思绪中，由于他当前的不利处境，在他自私自利的胸中唤起的感情在低声咕哝着，因为她可能会使他的生活成为另一种样子。但是这远处的雷声却在他汹涌的高傲的海浪声中静息了。除了骄傲之外他什么都不能容忍。正因为他自高自大，他才恨她，他是自相矛盾的，可悲可怜，完全是自作自受。

对于盘踞在他心中的顽固不化、怒气填胸、郁郁寡欢的魔鬼，他的夫人以另一种骄傲姿态全力对抗。他们相处在一起是不可能幸福的，只是因为对抗这些时因素毫不妥协地时刻交战着，他们的不幸福的生活才达到了无以复加的程度。他的高傲表现在他要维护其至高无上的地位，并且迫使她承认这一点。她宁可折磨至死，也决不妥协，她要以那种泰然自若、坚定不移的轻蔑而骄傲的目光向他射去，直到生命的终点。这就是伊迪丝对他的承认！她是怎样挣扎在狂风暴雨中，终于被驱赶到他的荣华盖世的婚姻殿堂的，他是不太清楚的。当她让他称她为他的夫人时，她想她作出了多大的牺牲，这是他所不太清楚的。

董贝先生决心向她显示他的至高无上的尊严。他的意志是唯一的，其他人的意志都不能存在。他希望她骄傲，但只能为他而骄傲，决不能和他背道而驰。当他独坐一室之内严厉地面对一切时，他常常听到她自由自在地走进走出，去见识见识伦敦的世面，却全然不理会他的喜怒好恶，即使他是她的马夫，也不至于受此冷遇嘛。她那冷若冰霜、熟视无睹、傲视一切的架势压倒了他自己的毋庸置疑的特性，这深深刺痛了他的心，这是任何其他办法所做不到的，因此他下定决心要使她屈从于他的威严高贵的意志。

他有这种想法已经很久了。一天夜里已经很晚，他听见她回来了，便径直走到她房间里去找她。此时她刚从她妈妈的房间过来，穿着华丽的衣服，一个人待着。他走到她跟前时，她的面容是忧伤而沉思的，但他站在门口的时候她就注意到他了，因为他向这张面孔前面的镜子望了一眼，就像在画框里一样，他立刻看见镜子里面的是一张他非常熟悉的双眉紧皱、忧郁而漂亮的脸孔。

"董贝夫人，"他一边走进来一边说道，"我必须请你答应我跟你讲几句话。"

"明天讲。"她回答说。

"只有现在最好，夫人，"他接着说，"你对你的地位估计错误了。我的时间一向由我自己决定，决不让别人给我安排的。我想，我是谁，我是什么人，你还不太清楚，董贝夫人。"

"我想，"她回答说，"我对你非常了解。"

她说这句话时眼睛盯着他，随后把眼睛移开了，她那双闪烁着珠光宝气的雪白手臂交叉在起伏的胸前。

倘若她不是这么漂亮，倘若她冷冰冰的泰然自若中没有一种高贵的气势，她也许没有力量影响他的情绪，在他至高无上的骄傲心里渗透着一种处境不利的意识。但是她有这种力量，而他也痛切地感觉到了。他向房间四周瞥了一眼，他看见奢华的衣服、华丽的首饰随意地散遍各处，这并不是漫不经心、一时任性的举动（也许他是这么想的），而是对这些贵重的物品故作弃之如敝屣的傲慢姿态。他越看，这种感觉就越加强烈。花环、羽饰、珠宝、花边、绸缎服装，随便往哪里一望，他就看见一件件珍贵的物品不屑一顾地被丢在地上。即使那结婚的礼物——钻石——也是在她的胸膛上不停地上下起伏，似乎急于想冲破把它们紧紧系在她颈子周围的锁链，纷纷落在地板上，好让她踩上一脚。

他感到他的不利处境，而且流露了出来。在这些色彩缤纷、璀璨夺目、荡心摇魄的财物中，他是那么庄严肃穆，形同陌路；在他那冷面美女、令人望而却步的傲慢的夫人面前，他是那么力不从心，形同陌路；这一切仿佛是一面镜子的许多碎片，频频呈现在他周围，使他感到局促不安，窘态毕露。凡是有助于表现她的不动声色、泰然自若的傲慢的一切无不使他恼火，也使他对自己恼火。他坐了下来，仍旧很生气地继续说道：

"董贝夫人，在我们之间有必要达成某种共识。你的行为使我不快，夫人。"

她只是再一次望了他一眼，随即又把眼睛移开了，她即使讲一个小时也不能把意思表达得这样清楚。

"我再说一遍，董贝夫人，你的行为使我不快。我早已在一个适当的场合提出要你改正。现在我坚持要你改正。"

"你选择了一个适当的机会提出你的第一次不满，先生，你又使用了一种适当的方式和适当的措辞来表达你的第二次不满。你要坚持！对我坚持！"

"夫人，"董贝先生说话时那种高不可攀的口气令她极其气愤，"我让你做了我的夫人。你用了我的姓字。你和我的地位和我的声名就联系在一起了。我不想说，全世界会认为你有了这层关系而受人尊敬，但是我要说，对我的亲属和下属我一向是讲究'坚持'的。"

"请问你觉得我属于哪一类？"她问道。

"恐怕我会觉得我的夫人应该兼有，或者说，事实上兼有这双重性格，董贝夫人，这不是她自己可以决定的。"

她眼睛紧紧盯住他，紧闭着颤动的双唇。他看见她的胸脯在起伏，她的面孔一会儿红一会儿白。这些他都能知道，而且是知道了，但是有一个名字在她内心深处轻轻地告诉她，叫她不要作声，他却无法知道，这个名字就是弗洛伦斯。

盲目的蠢瓜，你在向悬崖边冲过去了！他觉得她站在那里是很怕他的！

"你太挥霍了，夫人，"董贝先生说道，"你太奢侈了。你耗费了许多钱，对于大多数绅士们来说，这都是很可观的数目，你把这些钱花在对我毫无用处的社交场上，老实说，这种社交总的来说我是很不喜欢的。我必须坚持在所有这些方面要全盘改头换面。你们妇人一旦碰上运气，拥有一笔财富的十分之一的话，我知道你们就很容易穷奢极欲。这种穷奢极欲做得太过头了。我要求格兰格夫人那种完全不同的生活方式现在可以给董贝夫人作一个前车之鉴，彻底改变过来。"

仍旧是凝然不动的目光，颤动的双唇，激烈起伏的胸脯，一会儿红一会儿白的面孔；而在她跳动的心底里那低沉的声音仍旧在对她说着"弗洛伦斯，弗洛伦斯"。

看到她的这种变化，他那自命不凡的傲慢膨胀起来。她过去对他的轻蔑，以及他最近自觉处于不利处境的心情固然是他傲慢膨胀的因素，而现在她那不声不响的屈从神态（这是他的看法）更是火上加油，使他的心胸无法承受，冲破了全部堤坝。呵，谁能够长久地抗拒他高高在上的意志和愿望！他决定要压倒她，看吧！

"还要请你明白无误，夫人，"董贝先生以高高在上的命令口气说，"必须听从我，服从我。在大庭广众之中，必须明确表示和承认对我的依从，夫人。我习惯于此。这是我的权利，我要求要做到。总之，我就是要有这个权利。你现在有名、有利，一下子登天了，我看这个要求不算是奢望，我相信不论是要求你这样做还是你自己情愿这样做，谁也不会感到意外的，因为这是对我——对我呵！"后面这句话是他讲完了再加上去的，而且讲得非常重。

她一言不发，不动声色，只是眼睛盯住他。

"我听你母亲说，董贝夫人，"董贝先生以不容置疑的口吻说，"为了她的健康起见，已经建议让她到布赖顿去。这件事情你肯定是知道的。卡克尔先生真好——"

她听了突然变色。她的脸孔和胸膛变得通红，就像夕阳鲜红的烈焰洒在它们上面。对她的这些变化，董贝先生并不是没有注意到，不过有他自己的解释，于是他接着说：

"卡克尔先生真好，他亲自到那边去过，找了一座房子，可以先住一下。等回到伦敦之后，我准备采取一些必要的措施，加强管理，如果没有问题的话，首先在布赖顿请一位家境没落但很可靠的人管理家务，她就是皮普钦夫人，她曾经在我家里担任过很受信任的职务。像这样的一个家庭，你是主妇，只需挂个名就是了，负责一切事务的女管家得用一个能力很强的人。"

他刚说完这几句话她就改变了姿态，现在她虽然仍然凝目注视着他，却坐在那里转动着臂膀上的手镯，她转动的方式并不是一个女人轻柔的动作，而是在她光滑的皮肤上用力地来回拉动，直到她雪白的手臂上出现了一条红色的线条。

"我注意到，"董贝先生说，"董贝夫人，我觉得在结束谈话之前现在有必要向你提出。刚才我注意到，夫人，当我讲起卡克尔先生时你的表情很特别。上次我当着这位亲信的面向你指出你对待我的客人的态度是我所不赞成的，你却反对他在场。你必须改变这种反对态度，夫人，很可能你还会碰到许多这样的场合，你得习惯起来，不能违背，不要让我再埋怨你，你应该改弦易辙，这是你可以做到的。卡克尔先生，"董贝先生刚才看见他夫人的那种情绪觉得采取这个办法很可以压倒他的高傲的夫人，他也许很愿意对这位先生从另一个取胜之道来显示他的力量，"卡克尔先生深受我的信任，董贝夫人，他同样会受到你的信任的。我希望，董贝夫人，"他停了一会儿，此时，他的傲气有增无减，他的想法又进了一步，接着他继续说，"我并不一定觉得有必要让卡克尔先生把任何反对或规劝的意见带给你，但是如果因为鸡毛蒜皮的事情使我经常和一位妇人争吵，而对这位妇人我在自己的权力范围内给予了最高的荣誉，那么这就会损害我的地位和名声，在这种情况下，如有必要，我就会毫不踯躅地叫他效劳了。"

"现在，"他一边想着一边道貌岸然地站起来，这时，比原来更加僵硬，更加坚不可摧，"她可了解我的为人，她可了解我的决心了吧。"

那只压着手镯的手沉重地搁在她的胸口，但她仍旧凝视着他，她面不改色地低声说道："等着！看在上帝面上，我一定要同你讲清楚！"

有好几分钟之久，她没有开口，这是为什么？她内心进行着什么样的斗争使她无法开口？她脸上的表情为什么那么不动声色，就像泥塑木雕一样目不转睛地盯着他，不软不硬，不喜不怒，不亢不卑，只是用搜索的目光盯着他？

"我何曾引诱你向我求婚？我何曾采用任何手段来把你弄到手？在你追求我的时候我何曾比我们结婚之后更想讨你的欢心？过去我对你的态度和现在有什么不同？"

"完全没有必要，夫人，"董贝先生说，"讨论这样的事情。"

"你曾以为我爱你吗？我曾知道我不爱你吗？男子汉，你有没有为我的心着想？你是不是只是想要一个不值钱的东西？在我们的交易中，无论是你或是我，有没有表现出一丝一毫极其可怜的相爱之意？"

"这些问题，"董贝先生说，"根本是无关紧要的，夫人。"

她挡住他与门口之间，不让他走开，她那威严的身姿挺立着，依旧目不转睛地盯着他。

"这些问题你都一一回答了。我看得出来，我还没有讲出来之前你就已经回答我了。你怎么能不回答呢？你同我一样是明白其中的苦味的。现在，你告诉我。倘若我真心诚意地爱你，除了把我的整个身心全部交给你——你刚才就是这样要求的——我还能做些什么吗？倘若我的心纯洁无邪，不懂世事，把你看作偶像，难道你还能够提出更多的要求吗？你还能够获得更多的东西吗？"

"恐怕不会，夫人。"他冷淡地答道。

"你知道我根本不是这样的。现在你看见我在望着你，你可以从我脸上看出我对你的感情有多少，"讲这些话的时候，那骄傲的嘴唇没有翘起，那乌黑的眼睛没有一线闪光，只有那搜索的目光仍旧盯着他看，"你对我的过去了如指掌。你还讲我母亲。你以为你可以羞辱我，贬低我，压垮我，使我俯首听命吗？"

董贝先生微微一笑。如果有谁问他是不是能够有一万英镑的收入时，他可能就会这样微微一笑的。

"倘若这里有什么不寻常的东西，"她说着把手在她的额角前微微一扬，她的额角依旧岿然不动，她那没有表情的目光依旧凝视着他，"因为我知道这里有种不寻常的心情，"她举起压在她胸口的那只手，然后又重重地把它放回去，"那么你就得考虑一下，我准备向你提出的恳求其意义非同寻常。是的，因为我准备，"看到他脸上的表情她立即说，"向你恳求一件事。"

董贝先生屈尊地稍稍垂下下巴，把他那僵硬的领带弄得沙沙作响，然后坐在近旁的沙发上，听取她的恳求。

"像我这样一种性格的人，"他自以为看见晶莹的泪水在她眼里闪烁，于是颇为自鸣得意地认为这些泪水都是给他压出来的，可是泪水并未流在她的面颊上，她仍然目不转睛地注视着他说，"现在居然会对成为我丈夫的人，特别是对你，讲这些话，连我自己都不太敢相信，倘若你能够相信的话，那么你也许会格外重视它了。我们在走向黑暗的终点，也许我们总会到达那个黑暗的终点的，如果只有我们两个人，那倒不算什么，不过还会有其他人同我们扯在一起。"

其他人！他知道这是指谁，便紧皱起眉头。

"是为了其他人我才跟你讲的。也是为了你的缘故，也是为了我自己。我们结婚以来你对我非常傲慢，我也不甘示弱。你无时无刻不在我面前以及我们周围的每一个人面前吹嘘，因为和你结了婚，我才能够有此殊荣。我不是这么看的，我也把我的看法表示出来了。看来你是不明白的，也许在你的权力范围之内你不让想我们各管各的事，互不干涉，你倒要我对你毕恭毕敬。这是你永远不会得到的。"

虽然她的脸色依旧没有变化，她口气里的那个"永远不会"却斩钉截铁，很有力量。

"我对你没有爱情，这一点你是知道的。倘若我对你有爱情，倘若我能够做到这一点，你也是不在乎的。我也知道你对我一样没有这种感情的。但是我们已经给系在一起了，我刚才讲过，在把我们系在一起的纽带中还牵涉到其他的人。我们是都要死的，我们两人早已和死者连在一起了，各人都和一个死去的小孩连在一起了。让我们相互忍让吧。"

董贝先生深深地吸了一口气，仿佛是说，哦！就是这么回事！

"财富，"她一边继续说下去，一边望着他，她的脸色变得越来越苍白，而她那诚挚热切的眼睛却是越加明亮了，"不能从我嘴里把这些话和它们包含的意义买过去。一旦弃之如无足轻重的空话，不理不睬，财富或权力是不能把它们再弄回来的。我说到做到，我已经深思熟虑过了，我讲过的话我决不食言。倘若你答应做到忍让，我也保证做到忍让。我们是非常不幸的一对夫妇，由于各种原因，使婚姻幸福美满的一切感情因素从我们身上洗劫一空，但是随着时间的推移，在我们之间可能会产生友谊或和谐相处的局面。倘若你愿意作出努力的话，我希望我也能够做到，我希望到了老年我们的日子要比年轻和盛年的时候美好、幸福。"

整个一席谈话她都是用低声平缓、没有起伏的语调说的。讲完时，她垂下了手，那是为了使她不要激动、清楚地表达自己的意思而搁在胸口的，但是那双目不转睛地观察着他的眼睛却没有垂下。

"夫人，"董贝先生极其庄严地说，"这个不同寻常的建议我可不能接受。"

她的目光没有丝毫的变化，依旧凝视着他。

"董贝夫人，"董贝先生站起来说，"关于这个问题，你已经知道我的意见和希望了，我不能和你妥协，也不能同你谈判。夫人，我已经发出了最后通牒，我要求你不折不扣地执行。"

看到那张脸孔又露出原来的激动的表情！看到那双眼睛像是为避开什么卑鄙讨厌的东西而垂下！看到那高傲的额角闪闪发光！看到轻蔑、愤怒、厌恶之色突然显露，而那苍白、茫然的诚挚热烈的目光像烟雾一样悄然隐去！他唯有定睛地望着，虽然心里是凄苦的。

"出去，先生！"她扬起傲慢的手指着门口说，"我们第一次，也是最后一次的开诚布公的谈话就此结束。从今以后我们就形同陌路。"

"我所讲的绝对正确，我照做不误，夫人，"董贝先生说，"我告诉你，不管怎样慷慨陈词，是阻挡不了我的。"

她转过身子，背朝着他，一言不发，在镜子前面坐了下来。

"我等着你回心转意，负起你的责任，纠正你的心态，夫人。"董贝先生说道。

她一句话也不回答。他看到镜中的她根本没有注意他，仿佛他是墙上一只未露形迹的蜘蛛或地板上的一只甲虫，或者说，他就像这只蜘蛛或甲虫，在她转身看见之后立即给踩死，旋即被遗忘在地上一堆为人所不齿的僵死的虫豸之中。

走出门口时，他回过头来望望灯火辉煌、精美华丽的房间，房间里各处金光灿烂、美丽夺目的布置和陈设，伊迪丝身着华贵的衣服坐在镜前的仪表，以及她映在镜中的容貌。脑子里装着这一幅不可磨灭的情景，他走回他那旧时常在那里沉思默想的房间，说不清为什么道理又漫无边际地沉思默想起来（人有时候就是会这么想的），他想下次重来时这一切会是什么样子呢？

在其他方面，董贝先生总是少言寡语的，而且非常矜持，对达到他的目的绝对自信，毫不动摇。

他不准备陪同家人到布赖顿去，但是过了一两天，在动身的那天早晨吃早饭时，他很和蔼地告诉克娄巴特拉他不久就会去那儿的。克娄巴特拉的健康状况似乎越来越差，真的日薄西山了，要赶快把她送到随便哪个宜于疗养的地方去，不能再耽搁了。

自从第一次发病以来，这位老夫人还没有明显的第二次复发，她似乎在艰难地恢复着。现在她更加清瘦枯萎了，她那痴呆的脑子更加模糊不清，许多事情在她记忆中奇怪地纠缠在一起，一片混乱。这种症状不少。她时常把她两个女婿，一个已故、一个活着的名字张冠李戴，混淆不清，她往往把董贝先生叫成"格兰格贝"或者"董

618

伯"，或者随心所欲，两个一起叫。

但是她还年轻，依旧非常年轻。动身之前吃早饭时她满身青春气息地出现了，头上戴着一顶新制的帽子，身上穿着一件绣花镶边的旅行长袍，就像老娃娃的服装。现在要让她戴一顶宽松的帽子可不容易，即使戴上了，要使它平平稳稳、不偏不倚地搁在脑袋后面也是很困难的，因为她那可怜的脑袋总是在一上一下地打盹。在这种情况下，它不仅仅经常歪戴在一旁，给人一种奇形怪状的感觉，而且老是不停地由女仆弗劳尔斯在她的头顶上轻轻拍打着。在吃早饭时，这位女仆就站在她后面专司此职。

"喂，我最亲爱的格兰格贝，"斯库顿夫人说，"您必须毫不含糊地应，"她讲的话斩头去尾，有的字干脆去掉，"赶快过来。"

"刚才我讲了，夫人，"董贝先生吃力地大声回答说，"我过一两天就来。"

"上帝保佑您，董伯！"

少校已经来了，他是专程来为夫人们送行的。他用两只鼓得大大的眼睛注视着斯库顿夫人的面孔，不动声色，心平气和地说道：

"天老爷在上，夫人，您怎么不叫老乔过来啦？"

"鬼鬼东西，他是谁？"克娄巴特拉口齿不清地问道。这时弗劳尔斯轻轻拍打着她的帽子，她似乎记起了，便说，"哦！您是讲您自己，您这个淘气鬼！"

"真是怪里怪气的，先生，"少校悄悄地对董贝先生说，"真是不像样。从来没有包得严严实实，"说着，少校便把衣服扣起，一直扣到下巴处，"怎么，乔·贝讲到乔的时候不就是指老乔·贝格斯托克——乔瑟夫——您的奴隶——乔吗，夫人？在这里！这个人就在这里！贝格斯托克在这里吼叫，夫人！"少校一边大声喊着一边在他的胸膛上响亮地捶了一下。

"我最亲爱的伊迪丝——格兰格贝——多了不起的事，"克娄巴特拉生气地说道，"那个少校——"

"贝格斯托克！乔·贝！"少校看到她结结巴巴讲不出他的名字

便大声说出来。

"嗯，不要紧，"克娄巴特拉说，"伊迪丝，我的乖乖，你晓得我总记不清名字的——这是什么？哦！——多了不起的事，这么许多人想来看我。我不会去了太长。我就要回来的。他们一定会等我回来的！"

说着这句话时，克娄巴特拉环顾了一下桌子四周，看起来很不安心。

"我不想有客人来——真的不要客人来，"她说，"稍事休息——以及各种各样的闲情逸趣——这是我要的。在我还没有摆脱麻木状态之前不要让那些讨厌的家伙靠近我。"说好，她又卖弄起不堪入目的风骚，举起扇子向少校戳了过去，结果反而把另外一边的董贝先生早餐用的茶杯打翻了。

然后,，她把威瑟斯叫了过来，要他务必告诉仆人在她回来之前必须把她的房间少许整理一下，因为她有好多好多的约会，各色的人要去拜访，她什么时候回来还不好讲，所以这件事情要立即着手去办。威瑟斯恭恭敬敬地听着她的指示，保证付之实行，但是在走到她背后才一两步，他好像情不自禁地奇怪地瞧瞧上校，少校又情不自禁地奇怪地瞧瞧董贝先生，董贝先生又情不自禁地奇怪地瞧瞧克娄巴特拉，而克娄巴特拉则情不自禁地点着头，她的帽子随着上下晃动，把她的一只眼睛也遮住了，用起刀叉时她又情不自禁地让它们在盘子里面叮当作响，仿佛在打着响板①似的。

唯有伊迪丝没有抬起眼睛朝桌旁的任何一张脸孔看一下，似乎也没有为她母亲的一言一语、一举一动而惶惑不安。她听着她母亲不连贯的谈话，如果她母亲对她讲话，她也会掉转头来望着她母亲，必要的时候她还会低声地回答一两句；有时候她母亲讲得漫无边际，她就叫她停下，或用一两个字把她的思绪拉回来。这位母亲虽然在其他方面变化不定，有一点却是始终不变的——她一直在观察着她

---

① 响板：一种用硬木或象牙制作的乐器。跳舞时套在大指和中指上，合击时发出声音。

的女儿。一会儿她带着几分畏惧、几分羡慕的心情瞧着这张如同大理石一样的威严不动的漂亮脸孔；一会儿她又嘻嘻地傻笑起来想使这张脸孔嫣然一笑；一会儿她又突然老泪横流，满心嫉妒地摇着头，以为她被这张脸孔弃之不顾了；不管怎么样，她总是被这张脸孔吸引过去，不像其他事情上她是那么摇摆不定，变化莫测，她的注意力始终在她女儿身上。有时候，她的目光会心慌意乱地从伊迪丝身上转向弗洛伦斯，但旋即又拉回到伊迪丝身上；有时候，仿佛是为了逃避她女儿的脸孔，她故意往别处瞧瞧，但是立刻又回到原位，好像是受到一股力量的牵引似的，虽然这张脸孔在没有被她盯着的时候是从来不朝向她的，也不望她一眼。

早餐吃好，斯库顿夫人装着小姑娘的样子靠在少校的手臂上，不过另外一边却由女仆弗劳尔斯全力地搀着，后面则由男仆威瑟斯扶持。在前扶后拥之下，她被送上马车，和弗洛伦斯与伊迪丝前往布赖顿。

"乔瑟夫完全给抛弃了吗？"少校说着把紫红色的脸孔从踏级上伸过去，"真见鬼了，夫人，克娄巴特拉这么狠心，难道不让她忠诚的安东尼·贝格斯托克走到她跟前吗？"

"走开！"克娄巴特拉说，"您叫人无法容忍。要是您很好，我回来的时候您来看我吧。"

"告诉乔瑟夫一下吧，夫人，让他满怀希望地活着，"少校说，"不然他就会在失望中死去了。"

克娄巴特拉哆嗦了一下，向后一靠。"伊迪丝，我亲爱的，"她说，"告诉他——"

"什么？"

"这么可怕的话，"克娄巴特拉说道，"他尽说些这么可怕的话！"

伊迪丝示意叫他走开，然后吩咐出发，便把讨厌的少校留在董贝先生的身边。少校打着呼哨走到董贝先生跟前。

"我告诉您，先生，"少校说着，两手搁在背后，双腿叉开，"我们的一位漂亮朋友到冥府街去了。"

"你这话是什么意思，少校？"董贝先生问道。

"我是说，董贝，"少校答道，"您很快就要成为孤女婿了。"

董贝先生对这样调侃自己似乎不怎么乐意，于是少校发出了一阵如同马的咳嗽声，作为一种严肃的表示。

"哎呀，先生，"少校说，"掩盖事实是没有用的。乔是直来直去的，先生。他就是这种性子。要是您相信老乔希的话，您只要看他的样子您就知道了，他就像一把生满了锈的成年百代的锉子一样，有一副密密麻麻的锯齿，乔·贝就是这样的锉子，您看到他就是这副模样，董贝，"少校说，"您的丈母娘已经上路了，先生。"

"我担心，"董贝先生说出很富于哲理的话，"斯库顿夫人摇摇欲坠了。"

"摇摇欲坠，董贝！"少校说，"崩溃了！"

"不过，换一下环境，"董贝先生说，"好好保养，还是大有帮助的。"

"别信这个，先生，"少校接着说道，"真见鬼，先生，她穿着从来就不够严严实实的。要是谁穿得不严严实实，"少校说着把浅黄色的皮背心上面的纽扣又扣上一个，"他就没有什么可指望的了。有些人就想死掉。他们想死。真见鬼，他们想的。他们顽固得很。我告诉您，董贝，这可不是装装门面的，这可不是文绉绉的，这可是粗里粗气的，但是有一点儿地地道道的英国老贝格斯托克的牛气，对人类绝对是大有益处的。"

少校的确非常忠诚，不管他是否具有其他什么禀赋，他是属于"地地道道的老英国派"的，虽然并未得到公认。少校发表了一通高见之后鼓起暴暴眼，满面通红地到俱乐部去了，在那里整整过了一天，大侃特侃，喘得上气不接下气。

克娄巴特拉一会儿心烦意乱，一会儿自鸣得意，一会儿酣然入睡，一会儿迷迷糊糊醒来，可总是青春之气盎然。当天晚上她来到布赖顿，同平时一样立刻卸去衣服，给服侍上床。床上已经挂起从伦敦带来的玫瑰色帐子，让粉红色的颜色洒在她的身上，在那里，也许会升起一种阴沉的想象，以为帐子里面的克娄巴特拉骨瘦如柴、虚弱不堪，比起那位女仆，更像一具骷髅，其实那位女仆守候在玫瑰色帐子旁边，也无异于一具骷髅了。

经过医学权威的高级会诊，决定她必须每天乘马车出去呼吸新鲜空气，如果力所能及，还要每天出外散步。伊迪丝准备陪侍，她总是出于机械性的习惯，带着无动于衷的表情准备陪侍，而她们总是单独出发的，因为现在她母亲的身体每况愈下了，而有弗洛伦斯在旁边会使她局促不安，因此她亲了亲弗洛伦斯，跟她说她还是和她母亲单独出去好。

斯库顿夫人从上次发病以来在逐渐恢复过程中变得犹豫不决，待人苛刻，心怀嫉妒。一天，她这个毛病又发作了。坐上马车，起先静静地望着伊迪丝，一声不响，过了一些时候，她便拿起伊迪丝的手拼命地亲着，这只手既不伸出去也不抽回来，由她拿起放下，仿佛没有知觉似的。见此情景，她又开始伤心地唠叨起来，说她是这么好的一位母亲，居然会被冷落到这个地步！她随心所欲地每隔一会儿就来这么一下。下了马车之后，她拿着一根拐杖，扶着威瑟斯蹒跚前行，伊迪丝走在她身旁，马车在后面不远处慢慢跟着，她依旧时不时地抽泣，埋怨不已。

天气阴沉寒冷，乌云密布，风起云涌。她们走在丘陵之上，在她们与天空之间是一望无际的不毛之地。母亲时而低声地倾吐着满腹牢骚，她对这种单调乏味的啰唆颇为得意，而在她旁边则缓慢地移动着她女儿傲然的身姿。这时，在她们前面黑黝黝的山冈上有两个身影向她们走过来，从远处看出，这两个身影活像她们母女俩。于是伊迪丝停了下来。

差不多在她止步的时候，那两个人也停下来了。在伊迪丝看来，有一个像是她母亲的变形，她一边急切地对另外一个讲着什么，一边用手指着她们。她似乎很想往回走，而另外一个却往这边走过来。伊迪丝看出这个女人很像她自己，使她顿觉心绪不宁，有些恐慌。现在那两个女人一起走过来了。

同时她也向她们走过去，她止步的时候是很短暂的，这些情景大多是在她向前走的时候看见的。再走近些，她发现她们衣着褴褛，像是乡村里的游民，年轻的女人拿着针织品或类似的货物准备出售，而年纪大的一位则空着手艰难地走着。

　　尽管这位年轻的女人衣服多么简陋，既无她的庄严风度，其容貌也不能与她比美，可是伊迪丝却不由自主地把她和自己相比。也许是因为从她的脸上她看到某些在自己心灵中徘徊不去的东西，虽然这些东西在自己的脸上并未流露出来；但是当这位女人走过来，闪烁的眼睛也盯住她时，毫无疑问，那呈现在她面前的气派与身姿和自己有些相似，而她的思想好像也反映着自己的思想。她感到一阵寒气透过全身，仿佛天色在暗下来，风吹得更冷了。

　　现在她们已经走到跟前了。老妪停下来，猛地伸出手，向斯库顿夫人乞讨。年轻的女人也停下来了，她和伊迪丝你看着我，我看着你。

　　"您要卖的是什么东西？"伊迪丝问道。

　　"就是这个，"年轻女人说着，把货物拿了出来，但是对它们却不看一眼，"我早就把自己卖了。"

　　"夫人，不要相信她的话，"老妪粗声粗气地对斯库顿夫人说，"不要相信她讲的话。她就喜欢讲这种话。她是我的女儿，长得漂亮但很不孝顺。我给她做了多少事情，可是她什么也没有给我，反而老是怪我。夫人，您瞧瞧她现在的样子，她给她可怜的老妈妈看的是什么脸色？"

　　斯库顿夫人用颤抖的手取出钱袋，手指在里面搜索，想掏出一些钱来，那个老妪在一旁贪婪地看着，匆忙中，这两位老妪的头差不多要碰在一起了。这时伊迪丝插嘴了。

　　她对老妪说："我以前看见过您的。"

　　"是的，夫人，"老妪行了个屈膝礼说，"在沃里克郡。那天早晨在树林里。您什么都不肯给我。但是那位先生，他给了我一些。哦，上帝保佑他，上帝保佑他！"老妪喃喃地说，举起皮包骨头的手，可怕地对她的女儿咧嘴而笑。

"你休想阻挡我，伊迪丝！"斯库顿夫人估计她会反对，便愤愤然地说道，"你根本不懂这个。我不会听你的。我可以肯定她是一个了不起的贤妻良母。"

"是的，夫人，是的，"老妪贪婪地伸出一只手，唠叨着，"谢谢您，夫人。上帝保佑您，夫人。再给我六便士，漂亮的夫人，您自己也是一位好妈妈呀。"

"可有时候我女儿对我也是很不孝敬的，好心的老太太，真是这样的，"斯库顿夫人抽泣着说，"好了！拿去吧！跟我握握手吧。您真是一位心地很好的老太太——充满着叫什么来着——还有好多好多。您真是满腔热情，还有好多好多，是吗？"

"哦，是的，夫人！"

"是的，我相信您是的。还有那个叫格兰格贝的先生也是的。我真的得跟您再握一次手。现在您好走了，您知道，"接着她转向她的女儿说道，"我希望你要对我更加感恩图报，更多一些自然的叫什么来着，还有好多好多——这些名字我一向记不得——因为还没有一个妈妈像我这个老太婆对你这么好的。喂，伊迪丝，走吧！"

衰朽的克娄巴特拉步履蹒跚地出发了，她抽泣着揩着眼泪，战战兢兢地揩着，生怕擦着眼睛四周的胭脂，而那位老妪则朝另外一个方向一瘸一拐地上路了，口中念念有词地数着这些钱。伊迪丝和那个年轻的女人没有再讲一句话，也没有再交换一个手势，但是她们相对而视的眼睛却一刻也没有移开过。这时，伊迪丝才如梦初醒，缓慢地向前走去。

"您是一个容貌漂亮的女人，"她的影子望着她的背影悄悄地说，"但是漂亮的容貌救不了我们。您还是一个傲气十足的女人，但是傲气救不了我们。我们重逢时还需要相互了解！"

第四十一章

海波里新的声音

一切像过去一样川流不息。海波反复不断地呼啸着自己的神秘，声音都喊哑了；尘埃堆积在海岸上；海鸟在海面上飞翔；天空中乱云飞渡，疾风劲吹；月光下，白色的手臂在向远处渺不可见的荒野打招呼。

怀着温情脉脉的忧思与喜悦，弗洛伦斯又来到这个她曾经那么悲伤，又那么欣喜地踏过的昔日的土地。在这块静悄悄的地方她思念着他，在这里他和她多少次促膝谈心，任凭海水涌上他的卧榻的周围。而此时，当她忧思难忘地坐在故地时，她听到海水的激浪低声地诉说着他的小小的故事，他讲的每一句话；她发觉，在这座孤寂的屋子及其改头换面后的华丽的新居，她的全部生活、希望和忧愁都融入这曲神秘的歌声中。

性情温顺的图茨先生在不远处游荡着，以无限渴望的心情遥望着他钟情的姑娘，他也跟踪来到这里，但是出于体贴入微的考虑，他觉得在这个时候不能去打扰她。他听到起伏的海波永无止息地唱着弗洛伦斯的赞歌，在赞歌悄然静寂时，他还听到水波上飘荡着小董贝的安魂曲。是的！可怜的图茨先生，他依稀懂得，这些水波中的声音是在唱着过去的一段时光，那时候他觉得自己比现在聪明，不是这么昏昏懵懵；想起如今他可能变得呆头呆脑，什么都不会，只落得给人家笑话，不禁泪水盈眶。当他听到这些水波中的声音时，他有一种如释重负的慰藉之感，因为群鸡之王的"斗鸡"在图茨的资助之下已赴乡间训练，准备和一个叫什么"快乐仔"的小伙子大打一场，现在他用不着来为他担惊受怕了。可是这盈眶的泪水却把这份宽慰之感、欣喜之情大大冲淡了。

但是水波里的声音亲切地向他低诉着一个想法，于是图茨先生鼓起勇气上路了。路上，他缓缓前行，三步两步停一停，踟蹰不决地向弗洛伦斯走过去。走近她时，图茨先生满面红晕，吞吞吐吐，他故作惊异地说他一生中还从来没有这样惊喜过呢，其实从伦敦出发一路上他就紧跟着她乘坐的马车，寸步不离，即使给车轮的灰尘呛得透不过气来也是心甘情愿的。

"那么狄俄吉尼士您也带过来了，董贝小姐！"图茨先生说。她和蔼可亲、落落大方地向他伸出她的纤纤细手，他刚碰到这只玉手，浑身上下就乐不可支了。

毫无疑问，狄俄吉尼士是在那里的，图茨先生无疑是看到它的，因为它立刻奔向图茨先生的大腿，由于在冲向他时用力过猛翻了跟头，它活像蒙塔吉斯的狗[①]，凶猛之极，但是却被可爱的女主人制止住了。

"躺下来，狄，躺下来。你忘了是谁首先让我们成为朋友的吗，狄？不害臊！"

哦！狄可以把它的面孔亲切地靠在她手上，它可以跑来跑去，在她身边绕圈子，看到谁走过便吠叫着，向他冲过去，以表示它对女主人的耿耿忠心。图茨先生也真想向随便哪个人冲过去。要是有一位军人走过的话：图茨先生准会不顾一切地直奔过去揍他。

"狄俄吉尼士在这里真是自由自在，如鱼得水呢，是吗，董贝小姐？"图茨先生开口说。

弗洛伦斯露出感激的笑容，表示同意。

"董贝小姐，"图茨先生问道，"请原谅我问一声，您想不想到布林伯学校去，我——我现在要到那里去。"

弗洛伦斯没有说一句话就挽着图茨先生的手臂一起出发了，狄

---

① 蒙塔吉斯的狗：根据一则法国传说，14世纪，一个叫蒙塔吉斯的人一天带着他的狗在林中散步被神秘人杀死。此后，这只狗看见这个谋杀犯便向他狂吠不止。

俄吉尼士走在他们前面开路。图茨先生的腿直打抖，他衣着虽然十分华丽，却感到很别扭，伯吉斯公司的大作上满目皱纹，他想早该把那双亮晶晶的长筒靴穿上的。

布林伯博士学校的外观仍如当年一样有着浓厚的刻苦学习的气氛。楼上依旧是那扇窗户，当年她时常站在那扇窗户前面寻找着那张苍白的面孔，那张面孔看见她时，便即刻焕然生光，而当她走过时，那只消瘦的小手就向她送去一个个飞吻。开门的还是那个视力很差的小伙子，他一看见图茨先生，便傻乎乎地咧嘴而笑，一副愚痴的模样。他们给带到博士的书房里，在那里盲眼的荷马与密涅瓦，在大厅里巨钟从容不迫的嘀嗒声中，像以往一样接见了他们；地球仪依旧放在原来的地方，仿佛整个世界也一样站着不动，仿佛每一样东西都没有遵循着宇宙规律而消亡，可是在宇宙规律的支配下，世界在滚滚向前，世间万物终得化为尘埃。

这里坐着布林伯博士，依旧是满腹经纶的双腿；还有布林伯夫人，依旧戴着天蓝色的帽子；还有科尼丽娅，依旧梳着棕黄色的小鬈发，依旧戴着闪亮的眼镜，依旧像教堂司事①一样在语言的墓穴里寻踪觅迹。这里还有他曾经伏案读书的课桌，那时他是这所学校的"新学童"，孤独而陌生地整日坐在那里。在这里他听见从远处传来那些老学童在那间古老的教室里按照老习惯喝喝念书的声音，他们往昔的生活依然如故！

"图茨，"布林伯博士说道，"看见你我很高兴，图茨。"

图茨先生咔咔地笑着，算是回答。

"我也很高兴看见你有这么好的同伴，图茨。"布林伯博士又说着。

图茨先生脸孔绯红，他解释说，他和董贝小姐是偶然相遇，因为董贝小姐同他一样，很想看看往日的学校，他们便一道过来了。

"董贝小姐，"布林伯博士说道，"您无疑会喜欢走到我们的年轻朋友中间去的。图茨，都是你过去的同学呢。我亲爱的，"布林伯博

---

① 教堂司事：担任管理教堂，挖掘墓穴，敲钟等职务。

士对科尼丽娅说，"我想，自从图茨先生离开以后，我们这个小天地里就不曾有过新的门生了。"

"只有比瑟斯通是新的门生。"科尼丽娅说。

"对，是真的，"博士说，"对图茨先生来说，比瑟斯通是新的门生。"

对弗洛伦斯来说，比瑟斯通差不多也是新的门生，因为在教室里，比瑟斯通不再是皮普钦夫人幼儿学校的比瑟斯通少爷了，他现在衣领笔挺，戴着领饰，手上戴着手表。但是比瑟斯通是在孟加拉的一颗灾星之下出生的，满身是墨水污迹；他的那本字典由于经常使用，变得极其浮肿，简直无法闭拢，老是打着哈欠，仿佛实在不堪重负似的。它的主人比瑟斯通在布林伯博士的高压之下也是哈欠连连，不过比瑟斯通的哈欠里面却藏着怨恨与气愤，他们听到他讲过恨不得能够在印度把"老布林伯"抓起来。不用多久，布林伯就会发现自己落在他比瑟斯通的一帮难兄难弟手里，被他们带到偏远的地方，交给痞子们，去受受罪。他会叫布林伯晓得的。

布里格斯依旧在知识的磨坊里埋头苦干，托扎也是，约翰逊也是，还有其他的人都是这样。年纪大一些的学子费了九牛二虎之力，却依旧无法留住他们小时候学会的各种知识。像以往一样，学子们都很彬彬有礼；也像以往一样，他们都是面色苍白的。在他们之中，文学士费德先生仍然是那么兢兢业业，他的手仍然瘦骨嶙峋，他的头发也还是那么又粗又硬，这时他正在用手摇风琴弹奏着悠扬的古曲，宛若希罗多德①娓娓地讲述着历史故事，他的其他乐器则摆在身后的架子上面。

解放了的图茨来访，即使在这些一本正经的年轻学子中间，也引起了很大的骚动，他们怀着一种敬畏的心情对待他，把他看作一位渡过卢比孔河②、誓不回头的壮士；对他的衣服的款式以及一身的珠光宝气，他们在背后窃窃私语；血气方刚的比瑟斯通不是图茨先生

---

① 希罗多德：公元前 5 世纪希腊历史学家。

② 卢比孔河：意大利中部的一条河流。古罗马将军凯撒如要渡过此河，必须要和掌握罗马政府大权的庞培一战。所以渡卢比孔河就被用来形容下了重大决心的行动。

那时候的同学，他在这些小同学的面前故意说些看不起图茨先生的话，他说他倒很想看看这位仁兄一身这么时髦的打扮到孟加拉去现现形呢，他母亲给他一颗从一位印度王公宝座的脚凳上拿下来的绿宝石，嗨，那才妙呢！

看到弗洛伦斯，又一次群情激昂，每一位年轻学子一看见她就爱上了她，唯有血气方刚的比瑟斯通，如前所述，偏偏与众不同，不肯效尤。一股嫉妒之火在图茨先生的周围升起，布里格斯说他年纪还不算太大嘛。但是图茨先生却没有把这句不很恭维的话当回事，他大声地对文学士费德先生说："您好吗，费德？"然后邀请他即日到贝德福德旅馆去吃饭，凭他这一手化险为夷的妙着，只要他自己愿意，他完全可以称得上一个当之无愧的老谋子①。

一阵热烈的握手和鞠躬，每一位年轻学子都很想在董贝小姐的心上占有一席之地，把图茨从她的温情中拉下马。之后，图茨先生对着他昔日的书桌哧哧地笑了一阵子，然后就和弗洛伦斯跟着布林伯夫人与科尼丽娅走出教室。布林伯博士最后离开，在把教室的门关上时，他们听到他在他们后面说："同学们，我们现在继续学习。"博士听到大海是这样说的，他没有听到大海还说些什么别的话，他一生中就听到大海始终讲着这句话。

弗洛伦斯悄悄地跟着布林伯夫人和科尼丽娅走到楼上那间往日的寝室里去。图茨先生觉得他或者其他什么人在这里是不需要的，便站在书房门口和博士聊起来，或者更确切地说，听博士对他说话。他心里在想，那时他怎样把这间书房看作一座圣殿，而这位双腿圆滚弯曲的博士犹如一架牧师弹的钢琴，令人肃然起敬。弗洛伦斯旋即走下楼来告辞，图茨先生也跟着告辞。狄俄吉尼士一直无情地捉弄着那个视力很差的小伙子，这时一个箭步奔到门口，居高临下，兴高采烈、斗志昂扬地向下面狂吠。梅丽娅和博士家中的另外一个女仆从楼上的一扇窗户望下来，尽情地取笑"那边那个图茨"，可对

---

① 老谋子：原文是 Old Parr。传说此人于 1483 年生于阿尔贝伯里，死于 1635 年，阅历丰富。此地译为"老谋子"，取其意也。

于董贝小姐，她们却口口声声说："不过这倒是真的，你看，她多像她的弟弟，只是更漂亮些，是吗？"

弗洛伦斯走下来时，图茨先生瞧见她脸上挂着泪水，心里非常焦急不安，起初他生怕带她来旧地重游这件事是做错了，但是过了片刻，她说她真高兴能够重游旧地，他们闲步海滨时她非常愉快地谈着这次访问，他这才释然于怀了。他们走近董贝先生的屋子时，海波里的声音和她美妙悦耳的声音在他的耳际回响，而他就要和她告别了，这时，图茨先生完全被她俘虏了，自己的自由意志荡然无存。分别时，她把手伸给他，他握住不肯放下。

"董贝小姐，请您原谅，"图茨先生既伤心又紧张，不知道怎么说好，"不过要是您允许我那个，那个——"

看到弗洛伦斯天真的笑容，图茨先生说不下去了。

"要是您允许我那个——要是我那个您不认为是放肆，董贝小姐——要是没有您的鼓励，我就希望，您知道。"图茨先生说着。

弗洛伦斯用询问的目光看着他。

"董贝小姐，"图茨先生说，他觉得他现在再也耐不住这份痛苦的煎熬了，"我实在爱您爱得五体投地，我不知道怎么办才好。我实在太可怜了。要是现在我们不在广场的角上，我就立刻跪倒在地，恳求您，向您乞求，不等您给我一点点鼓励，只是给我一个希望，希望我可以——可以认为这是可能的，就是您——"

"哦，请别这样！"弗洛伦斯惊慌失措，惊恐万分，她喊着说，"哦，求求您不要这样子，图茨先生，请您别再讲了，别再说了。算是您对我做件好事吧，别讲了。"

图茨先生感到羞愧无地，嘴巴张得大大的。

"您一直对我这么好，"弗洛伦斯说，"我是多么感激您，我有理由喜欢您，因为您是我的好朋友，对我这么亲切友好，我多么喜欢您，"讲到这里，这张天真无邪的脸孔以世界上最让人喜欢的真诚表情笑意盈盈地看着他，"我相信您只是想说声再见吧！"

"的确是，董贝小姐，"图茨先生说，"我——我——我的意思就是这个。这不要紧。"

"再见！"弗洛伦斯大声说道。

"再见，董贝小姐！"图茨先生结结巴巴地说，"我希望您别把这放在心上。这——这不要紧的，谢谢您。这是最不要紧的。"

可怜的图茨先生无限失望地回到他下榻的旅馆，把自己关在卧室里，往床上一倒，很久很久地躺着，他确实把这件事情看得太要紧了，是头等要紧的事情。可是文学士费德先生就要来吃饭，这对于图茨先生来说倒是一件好事，不然的话，谁知道他什么时候会爬下床呢。图茨先生不得不起来迎接他，招待他。

慷慨好客这个社交的法宝使图茨先生的心胸顿时豁然开朗，高兴起来，更何况有酒相助，暖意洋洋，使他谈兴大发。他倒没有把广场拐角上出现的那幕情景告诉文学士费德先生，但是当费德先生问他何时举行婚礼时，图茨先生只好答道"还有些事情"——费德先生一听之下，立刻大失所望。图茨先生接着说，他真不明白布林伯有什么权利看到他和董贝小姐在一起就说三道四，要是他想无理取闹的话，他是决不客气的，管他是不是博士，他是要和他较量一番的，不过他想博士恐怕是出于无知吧。费德先生说他完全相信这一看法。

可是，费德先生是一位亲密的朋友，这件事情是不能不告诉他的。图茨先生只是要求做到一点：谈的时候要具有神秘感，并且富有感情。酒过数杯，他即祝董贝小姐身体健康，并且说："费德，您不知道我举杯为她祝酒时我心里是怎样地热情澎湃呵。"费德先生应道："哦，我知道的，我亲爱的图茨。您的满腔热情使您大大地增光添彩，老朋友。"费德先生为友谊所激动，连忙与他握手，并且说，要是图茨需要一个兄弟的话，他知道到哪里去找他，写封信或者寄个包裹都行。费德先生还说，要是他可以提出一些意见的话，他建议图茨先生学学吉他，或者至少吹吹笛子，因为要是您向女人献殷勤的话，女人是喜欢音乐的，他自己就因为会一手而得益不浅。

话说到这里，文学士费德先生坦言他看上了科尼丽娅·布林伯。

他告诉图茨先生他不反对戴眼镜，要是博士慷慨大方，卸去他的职务，那他们的生活就不用担心了。他认为一个人通过他的事业而挣得一大笔钱时，就该放下担子了，而且还有科尼丽娅做得力助手，任何人都会把这一事业引以为荣的呢。图茨先生也马上大大赞美起董贝小姐来了，他还有意无意地说有时候他真想拿一颗子弹把自己的脑袋打穿。费德先生告诫他这样做太轻率，然后拿出一张科尼丽娅戴着眼镜、衣冠楚楚的画像给他看，生活就是这样，应该看得开一些嘛。

这两位文质彬彬的朋友就这样度过了晚间的时刻，当夜色渐浓时，图茨先生送费德先生回家，走到布林伯博士学校的门口就与他告别。但是费德先生才跨上几步台阶，等图茨先生一走开就又下来，独自徘徊海滨，细细思量着自己的前程。他在海岸闲步时清楚地听到海波在告诉他布林伯博士就要卸去他的职务了；他望着屋子的外部便想博士会首先把它油漆一新，然后进行彻底装修，于是一种温柔浪漫的喜悦不禁油然而生。

在蕴藏着其明珠的宝盒外面，图茨先生也在徘徊着。带着凄苦的心情，冒着被警察怀疑的风险，他久久地仰望着一扇窗户，他看见窗户里有一线亮光，他想那一定是弗洛伦斯的房间了。但是他没有想对，因为那是斯库顿夫人的卧室。弗洛伦斯睡在另外一个房间里，正满怀深情地做着甜美的梦，梦见自己复又置身于昔日的情景之中，一幕幕往事又复出现在她的眼前。此时，在严酷的现实中，在同样的人生舞台上，往昔的那个脾气和善的病孩已被另外一个形体取代了，于是衰败与死亡又一次与其结缘，但这两者又多么截然不同！这个形体正直挺挺地躺着，没有睡意，不停地唠叨着。这个丑陋、憔悴的形体没有片刻宁静地躺在床上。旁边坐着那位面无表情、森严可怖的美人——因为在病人日益衰弱的眼光中她的美貌是令人生畏的——她就是伊迪丝。在这悄然无声的夜色中，海波对她们说些什么呢？

"伊迪丝，一只石头手臂举起来打我了，那是什么？你没看见吗？"

"什么也没有，妈妈，只是你凭空乱想。"

"只是我凭空乱想！什么东西都是我凭空乱想的。你看！你难道会看不见这个东西？"

"妈妈，真的什么也没有。倘若那里有这样的东西，我坐在这里会一动不动吗？"

"一动不动？"她慌张地望着她，"这东西现在已经走了——你为什么一动不动？这不是我凭空乱想，伊迪丝。看见你坐在我旁边，我就浑身发冷。"

"很抱歉，妈妈。"

"抱歉！你好像总是在抱歉。可是并不是为我！"

说完，她就大哭起来，她的头在枕头上不停地左右摇晃着，而且无休无止地唠叨，说女儿对她不闻不问了，又说她一直是多么好的妈妈，她们遇到的那个老太婆也是个多么好的妈妈，这些好妈妈的女儿对她们的妈妈是这么冰冷无情。她讲了一大堆这些语无伦次的话，讲讲停停，瞧瞧她的女儿，于是号啕大哭，说她脑子没有了，之后便把脸埋在床上。

伊迪丝动了怜悯之心，起身伏在她上面，跟她讲话。这位病中的老太太搂住她的颈子，露出恐惧的目光说：

"伊迪丝！我们就要回家了，回去了。你是不是觉得我要回家了？"

"是的，妈妈，是的。"

"他说什么来着——他叫什么名字，人的名字我总记不得——少校——那个可怕的字，我们来的时候——难道不是真的吗？伊迪丝！"她瞪了一眼，尖声叫着，"那和我是没有关系的。"

一夜又一夜，窗里亮着灯光，这个形体躺在床上，伊迪丝坐在旁边，起伏不息的海浪整夜地向着她们呼喊。一夜又一夜，海浪声音沙哑地重重复复诉说着它们的秘密；尘埃堆积在海岸上；海鸟在飞翔、徘徊；在漫无边际的天空中风起云涌；月光下，那双白色的手臂在向远处渺不可见的荒野打招呼。

病中的老太婆一直望着那个角落，从那里一只石头臂膀——她说那是什么坟墓里的一个人形的臂膀——举起来要打她。那只臂膀终于放下，床上躺着的老太婆也随之沉默了，她枯萎的身躯蜷缩着，有一半已经死去了。

这个形体涂得斑斑点点，红红绿绿，只是招来阳光的嘲笑。日复一日，她乘着马车，在人群里穿来度去，想找寻这么一个好妈妈的老太婆，可是望穿秋水连影子也看不见，便频频摆出一副苦相。这个形体常常乘着马车给拉到海滨，就搁在那里，但是风却没有给她吹来新鲜空气，海水的轻轻絮语也没有对她说一句安慰的话。一小时一小时地她躺着倾听，但对于她来说，海水的絮语是阴沉而凄惨的。她的脸上流露着恐惧，当她的眼睛掠过海面时，它们所看见的只是大地与长空之间一片浩渺的荒凉。

她很少看见弗洛伦斯，看见她时就怒从中来，对她做怪脸。伊迪丝总是待在她身旁，把弗洛伦斯支开。夜里躺在床上时，弗洛伦斯想到那个形体就像是看见死神一样，吓得直打哆嗦，她常常从梦中醒来倾听，以为死神已经光临了。除了伊迪丝再没有别人照顾这位老太婆了。最好是不要让太多人看见她。由她女儿一个人在床边守候着吧。

时候已经到了，那张阴影重重的脸上又蒙上了一层阴影，原来瘦削的面孔更加瘦削了，眼睛前面的面纱越来越厚了，像一块幕布遮住外面黝黯的世界。她那双搁在被子上的手无力地移动着，合起手掌，缓缓地伸向她的女儿。一个不像是她自己的声音也不像是我们人间的声音说着："因为是我哺养你！"

伊迪丝没流一滴眼泪，跪了下来，让她的声音靠近一些那沉下的头，答道：

"妈妈，你听得见我讲话的声音吗？"

她张大着眼睛看着，吃力地点点头，表示回答。

"你还记得我结婚前的那天晚上吗？"

她的头没有动，但有所表示，说明她是记得的。

"那天晚上我告诉你我原谅你对我的婚事负有的责任，我也祈求上帝原谅我自己的过错。我告诉你在我们之间过去的事不要再讲，就让它过去了。这句话我现在再说一遍。亲亲我吧，妈妈。"

伊迪丝碰了碰那惨白的嘴唇，在这短暂的片刻里，一切是那么静悄悄。过了一会儿，她的母亲带着少女般的笑声，以克娄巴特拉的姿态，从床上欠起她那骷髅般的骨头架子。

把那玫瑰色帐子拉下吧。除了风云之外还有什么别的东西在飞翔。把那玫瑰色帐子拉下吧，关得紧紧的！

老太婆的死讯通知了在伦敦的董贝先生，董贝先生即刻去表兄菲尼克士那里，表兄菲尼克士也刚刚得悉此事，还不能决定是否要去巴登—巴登。像表兄菲尼克士这样好性子的人是参加婚礼或葬礼的最佳人选，而鉴于他在家庭中的地位，去征询他的意见是理所当然的事。

"董贝，"表兄菲尼克士说，"我的天，真想不到会在这样伤心的时候看到您。我可怜的姑妈！她一向是活灵活现的。"

董贝先生答道："的的确确是这样。"

"而且您知道，"表兄菲尼克士说，"她打扮得也实在年轻。在您举行婚礼的那一天，我当真以为她还会再活二十年的。这句话我还同布鲁克店里的小比利·乔珀讲过的，一点也不假的，他戴着一只单眼镜的，您一定是认识他的吧？"

董贝先生鞠了一躬，表示不认识。他随即稍许地问了一下："关于葬礼的事，有没有什么建议——"

"哦，说真的，"表兄菲尼克士一边说一边抬起袖口底下露出的手，摸摸下巴，"我实在不知道。在我住的地方，那个公园里有一座陵墓，不过恐怕已经年久失修，说实在的，破败不堪了。要不是我手头相当拮据的话，我是要把它修饰一新的。但是我晓得有人跑进铁栏杆里面，在那里举行野餐活动。"

董贝先生明白这地方不行。

"村庄里有一座很好的教堂，式样非常别致，"表兄菲尼克士想了一下说，"是纯粹的盎格鲁—诺尔曼风格，上面还有身穿紧身胸衣的简·芬奇贝丽夫人所画的精美绘图，不过我知道它已经被石灰水粉刷得面目全非，而且路程太长。"

"恐怕还是布赖顿好。"董贝先生建议说。

"我以名誉保证，董贝，我看这里是再好不过的地方了，"表兄菲尼克士说，"就这里好，您看，而且风景令人心旷神怡。"

"那么，"董贝先生问，"什么时候方便呢？"

"您只要说哪天最好，"表兄菲尼克士说，"我保证从命。我将非常乐意（当然是悲痛的）伴随我可怜的姑妈，送她到那遥远的边境——事实上，就是送她到坟墓里去。"表兄菲尼克士找不到别的措辞，只好实话实说了。

"是不是就星期一离城前往？"董贝先生问道。

"我觉得星期一非常适合。"表兄菲尼克士答道。于是董贝先生告诉表兄菲尼克士星期一他们一道前往，随后立即告辞。表兄菲尼克士一直送到楼梯口，分别时他说，"我非常抱歉，董贝，您为这件事太烦神了。"董贝先生答道："没有什么。"

在指定的时间，表兄菲尼克士和董贝先生来到一起，前往布赖顿。他们分别代表所有为这位死去的老太太送葬的人，陪同她的遗体走向她的长眠之地。表兄菲尼克士坐在出殡马车里面，一路上，看到数不清的熟人，因为限于礼仪，不便和他们多谈，但为了让董贝先生心中有数，每走过一人他就大声报着他们的名字，譬如"汤姆·约翰逊，怀特店里的一位软木腿的人；怎么，您来了，汤米；福利骑着一匹纯种的母马；斯莫德尔家的小姐们"等等。丧礼上，表兄菲尼克士心情沮丧，他说，事实上，这样的场合会使人想到自己日渐衰老。丧礼既毕，他的眼睛也的确是润湿了。但是很快他就恢复过来了，斯库顿夫人的其他亲戚朋友也都从悲伤中恢复过来了。少校老是告诉俱乐部里的伙伴们，说她从来没有穿得严严实实的。而那位裸着背部、费很大劲才能撑开眼皮的年轻夫人却尖声尖气地说，她一定是太老了，各种各样的事情把她吓死了，这一点您可不能说出来呵。

伊迪丝的妈妈就这样躺着，不再被她亲爱的朋友提起。他们听不见海浪声音沙哑地重重复复诉说着它们的秘密，他们看不到海岸上堆积着尘埃，他们也看不到月光下那双白色的手臂在向远处渺不可见的荒野打招呼。但是在这神秘的海岸边，一切像以往一样川流不息。伊迪丝独立海滨，倾听着海波的声音，让潮湿的海草冲到她的脚边，铺在她人生的道路上。

第四十二章

推心置腹和意外事故

磨工罗布不再穿卡特尔船长的黑色廉价服装，也不再戴海员防水帽了，他换上了一套结实的棕色制服，这套制服虽然看起来朴素无华，可是穿上去使人有一种自得其乐、信心十足的感觉，这正是裁缝希望取得的效果。他的外貌既然改观，他的内心也全然忘记了船长和海军候补生，只是有几分钟空闲的时候，他才会因为战胜了那些难分难舍的伟人而欢呼着自己的胜利，只是在他黄铜般的良心奏着赞歌时，他才想起摆脱他们的妙方。现在他的恩主是卡克尔先生，他寄居在卡克尔先生的家里，作为他的贴身仆从。罗布圆睁双眼，战战兢兢、万分恐慌地望着那一口白色的牙齿，心里觉得他还需要把眼睛睁得更大、更大。

在这口牙齿的面前，他全身发抖得无以复加，即使他侍奉于一位强大的魔术师，也不至于抖得这么厉害，而这口牙齿则是他的最强大的魔力。这个小伙子十分清楚他的这位主人大权在握，使他不能有少许懈怠，只能唯命是从。即使这位主人不在的时候，他一想到他，也会有一种不安全之感，担心随时会给捏住喉头，就像开始成为他仆役的那天早晨一样，他担心他的每一颗牙齿都不会放过他，会咬牙切齿地诟骂他的每一个念头。在他面前，罗布毫不怀疑卡克尔先生对他藏在心里的这些想法是了如指掌的，换句话说，如果他想知道，只要稍微用点心，他就一定能洞察他内心的秘密的，如同他这个人，卡克尔先生只需望他一眼就自然一览无余了。卡克尔先生的凌厉气势到了极点，使他没落到一个奴隶的地位，他连想一想

639

也不敢，他的头脑塞满了日益加深的印象：他的主人有不容抗拒的驾驭他和处置他的权力。他提心吊胆地站着看他的脸色，一心等着他发号施令，吩咐他做别的什么事情。

也许罗布自己还没有追问一下——在他目前的心理状态之下这无疑是非常鲁莽的举动——他之所以在各个方面都完完全全地屈从于这种影响，是不是因为模模糊糊地猜测到他的主人精通某些阴谋诡计，而这些阴谋诡计他自己在磨工学校曾经学过，只是学得很蹩脚。罗布虽然怕他，但也很钦慕他。也许，卡克尔先生更了解自己力量的源泉，而且善于运用这种力量，不至于有所损失。

辞退了船长那里的工作后，于当天夜晚，罗布卖掉鸽子，匆忙中甚至做了一笔很不合算的交易，便径直走到卡克尔先生的住宅，热气腾腾、满脸红光地站在新主人面前，似乎期盼着他的赏识。

"怎么，鬼东西！"卡克尔先生看了一眼他手上的包裹说，"你辞退了你的差使，跑到我这里来了吗？"

"哦，对不起，先生，"罗布结结巴巴地说，"上次我来的时候，您说过的，您知道。"

"我说过的，"卡克尔追问道，"我说过什么？"

"对不起，先生，您什么也没有说，先生。"罗布听到他的追问一时感到仓皇失措，知道有些不妙，便这样回答了。

他的恩主盯着他，一边大张其嘴露出一排牙床，一边摇晃着食指说，"朋友，你这样到处流浪，我看是不会有好结果的。这样下去你要大祸临头啦。"

"哦，对不起，请不要这样，先生！"罗布大声说着时，两条腿都在发抖，"说真的，先生，我只想为您做事情，先生，只想服侍您，先生，不管您叫我做什么事，我一定忠于职守，先生。"

"如果你要跟着我的话，"他的恩主说道，"凡是叫你做的事你可得好好地干。"

"是的，我晓得的，先生，"卑躬屈膝的罗布恳求着，"我一定会的，先生。您行行好试试我吧，先生！要是您发现我做了什么不合您心意的事情，先生，您把我宰了吧。"

"你这个狗东西！"卡克尔先生往后一仰，靠在椅背上，平心静气地对他微笑着说，"要是你想欺骗我，我有办法对付你，宰你算得了什么。"

"是的，先生，"磨工低三下四地应道，"我晓得您给我的惩罚一定是很可怕的，先生。即使人家用金币来贿赂我，先生，我也绝不会去做这种事的。"

原先想得到赏识的期望已经全部落空，苦恼失望的磨工想尽量不去望他，可是如同一条摇尾乞怜的小狗一样，他仍然怀着焦急不安的心情站在那里朝着他的恩主望着。

"这样说你已经辞退了原来的差使，现在跑到这里来要我把你收下，是不是？"卡克尔先生说。

"是的，对不起，先生。"罗布答道。他这次前来投奔，其实是他的恩主指示他做的，但是对这一点他不敢吭一声，为自己辩解。

"好吧！"卡克尔先生说，"你了解我的为人吗，小伙子？"

"先生，晓得的，先生。"罗布一边回答一边局促不安地摸摸帽子，卡克尔先生的眼睛盯住他不放，他尽量想摆脱他的目光，却无济于事。

卡克尔先生点点头说："那么你就不要疏忽大意了！"

为了表示对这个指示非常理解，罗布连连鞠躬，一直鞠躬到门口，就快退到门外了，他大大缓过一口气，没想到他的恩主却叫住了他。

"喂！"他的恩主粗声粗气地大喊了一声，把他叫了回来，"你一向——把门关上。"

罗布马上从命，仿佛他的生命就靠他的灵敏度了。

"你一向偷听惯了的。你懂得这是什么意思吗？"

"是偷听吗，先生？"局促不安地想了一会儿，罗布生怕说错，试着问道。

他的恩主点了一下头说："还有偷看，以及诸如此类的事情。"

"在这里我不会做这样的事情，先生，"罗布应道，"我以名誉担保，先生，我向您保证我不会做这样的事情，不管谁答应给我什么东西，我是宁死也不会去做的，先生。我觉得要不是您下达命令，即使整个世界都给我，我也不会干的，先生。"

"你最好不要做。而且你一向还喜欢说三道四、搬弄是非，"他的恩主不动声色地说，"在这里你可得当心，否则你就要完蛋了，你这个鬼东西。"说着他又微笑了一下，又用食指示意要他当心。

因为惶恐不安，磨工的呼吸变得急促而粗重。他试图表明他的用意是纯洁无邪的，但是他所能做到的只是服服帖帖、呆头呆脑地凝视着这位笑容满面的先生，而这位笑容满面的先生似乎颇感满意，静静地观察了他几分钟后，便叫他到楼下去，告诉他他已经被录用了。

磨工罗布就这样被卡克尔先生雇用了。自此以后，他对这位先生所怀着的敬畏与忠诚随着一分一秒的效劳而逐步加深。

几个月之后，一天清早罗布打开花园的门，让董贝先生走进来，董贝先生是应他主人的邀请前来吃早餐的。这时他的主人匆忙走了过来，迎接这位尊贵的来宾，露出他的全部牙齿表示欢迎。

"真的，我从来不曾奢望过，"卡克尔帮董贝先生跨下马时说道，"我会在这里欢迎您。在我的日程里面这是一个特殊的日子。像您这样一位无所不会的人，没有一件事情是很特殊的，但是对于我这样的人来说，情况就大不一样了。"

"您这地方是很雅致的，卡克尔。"董贝先生说时特意在草坪上伫立四顾。

"承蒙过誉，"卡克尔应道，"谢谢您。"

"是真的，"董贝先生以恩主的宽怀大度说，"随便哪个都会这样讲的。事实是，这个地方开阔，布局得体，非常优雅。"

"事实是，说真的，"卡克尔用贬低的口吻说，"这里就缺少这个特点。好了！关于这地方我们已经讲了好多；可是您这么夸奖，我还是要向您致谢。请进屋吧。"

董贝先生走进屋里，很自然地注意到房间的布局极其完美，舒适的家具、小巧的摆设形形色色、应有尽有，令人赏心悦目。对董贝先生的赏识，卡克尔先生报以十分尊敬的笑容，他谦卑地说他理解其体贴之意，他很感谢，可是说真的，这座小舍对于像他这样地位寒微的人来说已经是相当不错了，虽然这座屋子是很寒碜的，也许他还不配住呢。

"不过您是那么高贵不凡，也许您把它看得比它实际上要好，"他一边说一边最大限度地张开一口虚伪的牙齿，"正如国王会以为乞丐的生活里也有引人入胜的东西一样。"

他一边讲一边向董贝先生投去锐利的目光和尖刻的笑容。董贝先生以其副手所常常仿效的姿态挺直地站在炉火前，对墙上的图画逐一浏览，他的目光也随着更加锐利，他的笑容也随着更加尖刻。董贝先生冷冰冰的目光在它们上面掠过时，卡克尔锐利的目光也跟着同步移动，密切地注意着它投向哪里，看见了什么。当董贝先生的目光停在一幅画像上面时，卡克尔的呼吸几乎停止了，他侧目而视地留神观察，宛如一只高度警惕着的猫，但是这位伟大的上司却把他的目光从这幅画像上移开了，如同从其他的图画上移开一样，看起来对这幅画的印象不见得比对另外的画幅更为深刻。

卡克尔对这幅画凝目注视，这幅画很像伊迪丝，仿佛就是她活生生的本人。他的脸上浮现着一抹默默的阴险的笑意，这笑意似乎是有些对画中人的，其实它完全是在嘲笑这位站在他身旁、毫无戒心的伟人。早餐旋即摆在桌上；他请董贝先生在一把背对着这幅画像的椅子上就座，他自己则像平时一样在画像对面坐了下来。

董贝先生比平时更加严肃，一声不响。华丽的笼子里，鹦鹉在镀金的铁环上摇来摆去，想吸引人们的注意，却是枉费心机，因为卡克尔的注意力全部用在他的客人身上，对它无暇顾及，而他的客人却陷于沉思默想之中，他的眼睛一直闷闷不乐地盯住台布，从不抬起来。至于罗布，他站在桌旁侍候，全部的感官和精力都倾注于为主人效力，观察他的一举一动，因此他不敢心有旁骛，不敢去想这位客人正是他在孩提时作为家庭健康的证明被带到他面前去的那位了不起的大人先生，而因为这位先生的缘故他才能够穿上那条皮短裤。

"请允许我问一问，"卡克尔突如其来地问道，"董贝夫人贵体可好？"

探问的时候，他的手托着下巴，卑躬屈膝地向前弯着身子，同时他的眼睛抬起望着那张画像，仿佛在对它说："现在您看着我怎么叫他上圈套吧！"

董贝先生满脸通红地答道：

"董贝夫人身体很好。卡克尔，您让我想起了一件事情，我正想跟您谈谈。"

"罗布，你可以走开了。"他的主人说。听了这声温和的命令，罗布拔脚就跑，可他的眼睛却一直盯着他的恩主直到看不见为止。这个陷入网罗的磨工走了之后，他即刻问董贝先生，"您一定不记得这个小伙子了吧？"

"不记得。"董贝先生落落大方、若无其事地答道。

"贵人多忘事。像您这样高贵的人是不大会记得这种人的，"卡克尔嘟哝地说，"就是从他家里您雇了一个奶妈的。您也许还记得您非常慷慨地送他上学，为他付了学费的吧？"

"就是那个小家伙吗？"董贝先生皱了皱眉头说，"我想他上了学没有什么长进。"

"哦，恐怕他是个游手好闲的小浪子，"卡克尔耸耸肩膀说，"他就是这么块料子。他自以为应该得到您的帮助，老是想跟在您后面求您，我想，这恐怕是他家里人教他的。情况是这样的，因为他找不到别的工作，我就把他收下了。虽然对于您的事情我能做的仅限于公务，这一点是明白无误的，但是凡是您的事情我仍然免不了要去关心，因此——"

他又停了一下，仿佛是想弄清现在他有没有把董贝先生弄进圈套里去。于是用手托着下巴，他又一次向那幅画像送去秋波。

"卡克尔，"董贝先生说道，"我知道您不遗余力地——"

"忠于职守。"笑容满面的屋主人提示说。

"还不是这样，我觉得最好讲操心，"董贝先生深知，这样的措辞显然是对他很巧妙的恭维，"您对我们的公务非常操心。您还十分体贴我的心情，我的希望和失望，刚才您提起的这件小事情就是明证。卡克尔，我很感谢您。"

卡克尔先生徐徐低下头，轻轻地搓着双手，似乎是生怕一不小心就会影响董贝先生对他的信任之感。

"这件事情您提得正是时候，"董贝先生迟疑了一会儿说，"我本来就有句话准备同您说的，这样一来我正好开口了。虽然我并不认为我们之间会因此产生全新的关系，但是就我个人而言，我比以往更加——"

"信任我了，"卡克尔又一次低下头提示道，"我不想对您讲我是多么荣幸，因为像您这样高贵的人十分清楚您高兴给别人多少荣誉就可以给多少的。"

董贝先生听了这句赞誉的话，态度严肃，没有沾沾自喜，也不去理会，便说："董贝夫人和我之间对于有些事情的看法不太一致。我们之间看起来还不能相互了解。董贝夫人还得好好学习。"

"董贝夫人多才多艺，无疑，赞美的话她听了许多，已经习以为常了，"这个善于察言观色的人花言巧语地说，"不过只要相敬相爱，相互体贴，共同承担责任，因为这些缘故引起的小小误会很快就会消除。"

董贝先生不由自主地想起那天他的夫人在化妆室里十分严厉地用手指向门口时望着他的那张脸孔。现在当他想起那张脸上流露着的相敬相爱与责任感，他顿时感到一阵热血冲到脸上，这是那么明显，那双盯着他的眼睛自然看得清清楚楚。

"斯库顿夫人去世之前，"董贝先生接着又说下去，"董贝夫人和我关于我不满意的原因作了一次交谈，那天晚上您在我们家的，哦，在我家里亲眼看到董贝夫人和我之间的争论，所以我为什么不满，您大致是了解的。"

"我很后悔，当时偏偏在场，"笑容满面的卡克尔说道，"像我这样地位寒微的人受到您的眷顾自然是应该自豪的，虽然我并没有什么值得您赏识的，而您随便做什么事情都不会有损您的身份。尽管董贝夫人还没有成为您的尊敬的夫人之前我已有幸见到她，可是请您相信，在那天晚上的盛会上我竟忝列来宾之中，我差不多真要后悔呢。"

任何人在任何可能的情况之下因为受到他的恩惠与殊宠竟会感到后悔，这种想法董贝先生觉得是不可思议的。因此他分外庄严地说道："真的？为什么，卡克尔？"

"我担心，"这位心腹答道，"董贝夫人可能不会轻易原谅我无意中介入了你们的谈话，她一向对我没有什么好感，像我地位这样寒微的人是不可能希望从一位生性高傲，而又高傲得恰如其分的夫人那里获得好感的。您的不愉快绝非小事，请您务必注意，而且在第三者的面前——"

"卡克尔，"董贝先生傲慢地说，"我想首先要考虑的应该是我吧？"

"哦！这还有什么疑问的呢？"卡克尔急忙回答说，就像是承认一桩臭名昭著、无可辩驳的事实。

"我想，如果事关董贝夫人和我两人，董贝夫人就位居其次了，"董贝先生说，"是这样吗？"

"是这样吗？"卡克尔重复了一下说，"您是用不着问的，这一点您还不比其他人更清楚吗？"

"那么我想，卡克尔，"董贝先生说，"您因为董贝夫人对您不高兴而产生的悔恨心情会因为我对您的信任和好感而差不多抵消了，我希望您会因此感到满意。"

"我觉得我真倒霉，"卡克尔说，"会使董贝夫人不悦。董贝夫人是不是跟您说了？"

"董贝夫人讲了许多意见，"董贝先生说，庄严的口气里尽是冰冷无情和漠不关心，"这些意见我是不赞同的，我也不准备和她商议，也不想放在心上。前些时候，我对董贝夫人讲了几点，在家里需要恭敬与依从，我觉得这是必须做到的。关于这件事我已经跟您讲过了。为了董贝夫人自己的幸福和平静以及我本人的尊严，我劝说她，立刻纠正她在这些方面的错误行为才是上策，可是她拒不依从，因此我告诉她如果我认为有必要再次提出规劝或反对的话，我会派您，我信得过的助手，去向她传达。"

卡克尔凝视着他，同时向他头顶上的画像投去一道心怀回测的目光，仿佛一道闪电向它击去。

"好吧，卡克尔，"董贝先生说，"我毫不犹豫地告诉您，我的目的一定要达到，我是不容怠慢的。董贝夫人必须明白，我的意志就是法律，我决不允许违反我整个的生活准则，我不允许有一个例外。请您为我做这件事情，尽管您可能会客气地表示不情愿，但这件事情是我请您做的，我希望您不会推辞——为此，我代表董贝夫人向您致谢。我相信，您会像执行任何别的任务一样把这件事情不折不扣地做好的。"

"您知道，"卡克尔先生说，"您只管吩咐好了。"

"我知道只管吩咐您好了，"董贝先生庄严地表示同意，"我不得不这样做。董贝夫人在许多方面无疑是很卓越的，——"

"甚至无愧于您的选择。"卡克尔露出一口诡谲的牙齿提示说。

"是的，如果您高兴用这样的字眼的话，"董贝先生用庄严的口气说，"目前我还不认为董贝夫人是无愧于此的，照理她应该做到。董贝夫人有一个毛病，就是背道而驰，这个毛病必须根除，必须克服。看起来董贝夫人还不明白，"董贝先生说到这里加强了力度，"一心一意和我背道而驰，这个想法是非常荒唐可笑的。"

"我们伦敦商界的人对您是比较了解的。"卡克尔满脸堆笑说。

"我想，您更了解我，"董贝先生说，"不过，我还得给董贝夫人讲句公道话，那次（我跟您讲过的）我有几分严厉地向她表示我的不满和决心时，看起来我的告诫还是产生了很大的效果的，只是她后来的行为与此前后不一，而且至今未改。"接着董贝先生以极其庄严的口吻说，"那么，卡克尔，我就请您向董贝夫人传达我的话，要她想一想我们上次的谈话，我感到有些奇怪，为什么至今还没有见效；我一定要她根据那次谈话的指示纠正她的行为；我对她的行为是不满意的，是很不满意的；如果她还是不通情达理，不按照我的愿望行事，我只好很不客气地请您给她下达更不体面、更不留情的训谕了。第一位董贝夫人就是照我的话做的，我想还可以再加一点：不管哪一位女士，处在她的地位也一定会照我的话去做的。"

"第一位董贝夫人生活得很幸福。"卡克尔说。

"第一位董贝夫人非常明白事理，"董贝先生以一种绅士的宽容风度提起死者，"而且感情非常到位。"

"您是不是觉得董贝小姐很像她的妈妈呢？"卡克尔问道。

董贝先生的脸色突然变得很阴沉。他的心腹向他投去一道锐利的目光。

"我刚才提出的问题使您痛心，"他用抱歉的声调轻声地说，但他锐利的目光依旧没有放松，"请原谅我。我一心只想到这个问题，却忘记了它会引起痛苦的回忆。请原谅我。"

尽管他嘴上这样说，他那锐利的眼睛依旧密切地注视着董贝先生懊恼的脸孔，随即向那幅画像射去一道奇怪的胜利的目光，似乎是请它看看：他怎样进一步叫他上圈套，结果如何。

"卡克尔，"董贝先生说时他的眼睛扫视着饭桌，他的嘴唇变得苍白，他讲话的声音匆忙急促，和原先有些不一样了，"没有必要抱歉。您弄错了。只是与目前的事情有关，并不是像您以为的那样会引起什么回忆，我不赞成董贝夫人对我女儿的态度。"

"请原谅我，"卡克尔先生说，"我不太明白这句话的意思。"

"那么听明白，"董贝先生接着说，"您可以——请您——把我的反对意见直接向董贝夫人讲明。请您告诉她，她对我女儿所表示的热情与关心使我心中不乐。这很可能引起别人的注意。这很可能让人家拿董贝夫人和我女儿的关系与董贝夫人和我的关系相互对照。请您烦神直截了当地把我的反对意见告诉董贝夫人，要她立刻接受我的意见。董贝夫人这样做也许是真心诚意的，也许是心血来潮，也许就是为了反对我的；不管属于哪种情况，我是一律反对的。如果董贝夫人确实是真心诚意的，那么经我一讲她自然不愿意再一意孤行了，因为用这样的方式对待我的女儿反而使我女儿为难。如果我的夫人除了服从我的意志之外还有些温柔敦厚的事情需要去做，也许她是可以随心所欲去做的，但是首先她必须对我唯命是从！——卡克尔，"讲到这里，董贝先生抑制住激动的情绪，却像平时一样摆出一副不可一世的架势说，"这一点请您务必不要忘记或忽略，您要把它看成是您这项任务中至关重要的部分。"

卡克尔先生低垂着头。从桌旁站起来，一只手托着光溜溜的下巴，若有所思地站在炉火前面，俯视着董贝先生，像庙宇里面一尊半人半兽的雕塑那么邪恶狡猾，他的脸上堆着侧目而视的嘲笑，如同刻在一管陈年百代的喷水嘴上的面孔。董贝先生渐渐恢复了平静，重又意识到自己高人一等的地位后，他激动的情绪冷却了下来，他坐在那里重又慢慢地挺直了身子，望着鹦鹉在硕大的结婚戒指似的铁环里面摇来摆去。

"请您原谅，"沉默了一会儿后，卡克尔突然把椅子拉到董贝先生的对面，坐下说，"请让我有个数，董贝夫人是不是知道您可能会叫我去向她通报您的不快？"

"知道的，"董贝先生说，"我讲过的。"

"知道的，"卡克尔立刻接着说，"但是为什么？"

"为什么！"董贝先生毫不迟疑地重复了一下说，"就是因为我跟她讲过了嘛。"

"哎呀，"卡克尔接着说，"但是您为什么要跟她讲呢？您想，"像一只猫放下毛茸茸的爪子一样，他轻轻地把他那丝绒般的柔软的手搁在董贝先生的臂膀上，笑了一笑继续说道，"如果您心里所想的我完全明白的话，我就更可能对您有所帮助，可以有幸更好地为您效劳。我觉得我确是明白了。我没有荣幸获得董贝夫人的好感。就我这样寒微的地位来说，我没有理由怀此奢望，但是我是不是就可以认为，我确实没有获得她的好感？"

"恐怕是没有。"董贝先生说。

"因此，"卡克尔接着说，"您想让我把您的意见告诉董贝夫人，肯定会使尊夫人大为不快的吧？"

"在我看来，"董贝先生傲慢、不动声色而又带着几分窘迫地说，"董贝夫人对这个问题的看法和您我对这个问题的看法不一样，卡克尔。不过，情况也许就是这样的。"

"请原谅我，不知道是不是误解了您的意思，"卡克尔说，"我想在这个问题上您找到了可以治一治董贝夫人傲气的方法——我用'傲气'这个字来表明这么一点：对于姿容美丽、才艺出众的女士，傲气如果不太过分，倒可以起到锦上添花的作用，使她更加光彩照人——这倒不是惩罚她，只是使她对您唯命是从，这是非常自然、非常合情合理的要求。我这样的理解是不是错了？"

"卡克尔，您是知道的，"董贝先生说，"凡是我觉得我采取的任何行为是恰当的，我一向不习惯于摆出确切的理由，但是我绝对相信。如果您有什么反对意见的话，那当然又当别论，您只需说一下就行了。但是我坦率地讲，我从来没有想到过我寄予您的信任会降低您的身份——"

"哦！降低我的身份！"卡克尔叫了起来，"是为您效力呵！"．

"或者把您置于，"董贝先生继续说下去，"左右为难的处境。"

"把我置于左右为难的处境！"卡克尔叫了起来，"我将感到自豪，感到快乐，来执行您交给我的使命。我坦率地说，我很愿意把我卑微的责任和忠诚呈现在这位夫人的脚下时，我希望不会引起她新的不快——她不就是您的夫人吗？不过您的愿望当然高于其他任何事物，是需要首先考虑的。而且，在董贝夫人由于新的环境而出现的一些微小的判断错误得到改正之后，我不揣冒昧地说，我希望她能在我这次微不足道的效力中看到一线我对您的尊敬以及为了您的缘故而屏弃了其他一切的考虑，关于这一点，她每天都会有不少的收获，这是她的权利，也是她的乐趣。我因为地位不同，亲疏有别，也只能做到这样了。"

这时，董贝先生似乎又看见她的手指向门口，似乎又从这位心腹的温和的话里听见那几个字在回响："从今以后我们就形同陌路了！"但是他马上挥去了胡思乱想，依旧决心不移地说，"当然，毫无疑问。"

"没有别的话了吧？"卡克尔说着又把椅子拉回原地，等着他回答，再坐下用餐，因为他们还没有怎么吃。

"没有别的了，"董贝说，"就是一点。卡克尔，请您务必注意，让您或者可能让您给董贝夫人带去的话不需要回答。请您务必不要把回答带给我。要让董贝夫人明白，我和她之间的任何问题不容许推脱也没有商量的余地，我的脾气就是这样，我说的话是一锤定音的。"

卡克尔对这些指示表示理解，他们开始放开肚皮吃早饭。到时候磨工又回到桌旁，他的眼睛一刻不停地凝望着他的主人，整个吃饭的时间他都是心事重重地在诚惶诚恐中度过的。早餐既毕，董贝先生的马给牵到门口，卡克尔先生骑上自己的马，于是两人一道向伦敦商业区驰去。

卡克尔的兴致很高，口若悬河。董贝先生则以一位大人物高高在上的气派听着他讲话而自己却不置一词，因为他觉得有权让别人讲给他听，只是为了使谈话便于进行下去，他间或也放下架子说一两句话。就这样他们按照各自不同的角色向前骑去。但是董贝先生一味只顾尊严，马镫放得很低，缰绳拉得很松，而且他绝少低下头来看一看他的马往哪里走。一件事故因此发生了。董贝先生的马向前奔驰时撞在乱石堆上绊了一跤，把董贝先生摔了下来，马滚在他的身上，在它挣扎着立起来时，用其铁蹄拼命地踢他。

卡克尔先生目光敏锐，双手有力，而且骑术高明，他马上跨了下来，把那头挣扎着的牲畜拉起来，然后抓住缰绳。若不是这样，这天早晨的密谈就是董贝先生最后一次谈话了。由于迅速的行动而弄得满面通红，他来不及等一等，便弯下腰来，露出每一颗牙齿，对匍匐在地上的上司嘟哝着说："如果董贝夫人知道了，那么现在她可有理由要埋怨我了！"

董贝先生失去了知觉，头上和脸上淌着鲜血。在卡克尔的指挥下，几个修路工把他抬到最靠近的一家旅店，从各个地方陆续赶来好几个外科医师，立刻为他治疗。正像传说中所说，当一只骆驼在沙漠里死去时群雕们纷纷飞来聚集在它周围一样，这些外科医师似乎也是出于一种神奇的直觉纷纷前来的。经过一些努力使他恢复了知觉之后，这些医师们开始检查他的伤情。住在附近的一位医师坚决认为他的腿伤属于复合骨折，旅店老板也持相同的看法，但住在外地偶尔来此的两位医师却不附和，他们持否定意见，于是最后决定：病人虽然给踩得头破血流，遍身青肿，但除了一两处小肋骨之外，其他骨头并未折断，天黑前可以护送回家。经过好长时间，他的伤口敷上药包扎好，他终于可以安枕休息了。卡克尔先生又骑上马去把这件事故通知他家里。

他的脸形和端正的五官，虽然很不错，但是在最好的时候也是一副狡猾而冷酷的样子，而此时当他出发去执行这个任务时，其狡猾冷酷遂达到无以复加的地步。虽然并不是搞阴谋诡计，可是在他内心的狡猾和冷酷的思想的激发下，他设想着他的心思有可能会如愿以偿，于是他策马疾驰，仿佛是在追逐一群男女。来到更加热闹的路上时，他勒住马，放慢了速度，让他的白腿坐骑恢复了平时从容不迫的姿态缓缓前行，而他则摆出一副和颜悦色、轻言细语、低三下四的样子，咧着嘴笑，尽量地把自己的真面目隐藏起来。

他径直骑到董贝先生的屋前，在门口下了马，请求会见董贝夫人，说有要事相告。仆人把他带到董贝先生的房间之后立刻去了，旋即回来告诉他，现在不是董贝夫人接见客人的时候，并请他原谅，他没有预先讲好。

卡克尔先生早就料到会受到冷遇的，便在一张名片上面写了下面的话：他不得不冒昧地请她务必接见；如果他此来没有充分理由的话，他是不敢第二次冒犯的（在"第二次"下面画了一条线）。等了片刻，董贝夫人的侍女走进来，把他领到楼上的一间起居室，伊迪丝与弗洛伦斯都在那里。

以前他从来没有想到伊迪丝竟会是这么的漂亮。以前他虽然也十分仰慕她美丽的容貌与苗条的身姿，而这些虽然仍旧活生生地留在他激荡着肉欲的记忆中，他却从来没有想到她竟会是这么的漂亮。

他置身门口时，她高傲的目光落在他的身上，但他望着弗洛伦斯时，却无法掩饰自己新获得的权力，虽然这只是在他低头进来时瞬间的一瞥。他随即看到那高傲的目光低垂而犹豫，伊迪丝欠身迎接他，他感到得意扬扬。

他说他非常难过，极其伤心，他无法表达他怀着多么不情愿的心情前来把这件很小的事故向她披露。他恳请董贝夫人不用担心。以他神圣的名誉担保，没有什么可以惊慌的。只是董贝先生——

弗洛伦斯突然惊叫了一声。他并没有看她，却望着伊迪丝。伊迪丝叫她放心，让她平静下来。而她自己却没有痛苦的喊声，没有，她没有喊叫。

董贝先生骑马时遇到意外。他的马滑倒了，把他摔到地上。

弗洛伦斯声嘶力竭地大喊起来，说他受伤严重，给摔死了！

没有。以他的荣誉担保，董贝先生起初虽然昏迷过去，但很快恢复了过来，他的伤势虽然不轻，但无生命危险。如果说的不是真实的情况，这位苦恼的不速之客绝不会有这样的胆量前来谒见董贝夫人的。他向她庄严保证，他所说的确实是真实情况。

他讲的这些话不像是回答弗洛伦斯的忧虑，而是对伊迪丝说的，他的目光和微笑也是全神贯注在伊迪丝身上。

接着他告诉她董贝先生现在躺在哪里，请派一辆马车去把他接回来。

"妈妈，"泪水盈眶的弗洛伦斯吞吞吐吐地说，"要是我能去多好呵！"

听见这些话的时候，卡克尔先生的眼睛正对着伊迪丝，于是他暗暗给她递了个眼色，稍稍摇了摇头。从她漂亮的眼睛里他看到在回答以前她心中激烈的斗争，但他终于获得了她的回答，因为从他的眼色可以看出他一定要得到她的首肯，否则他就要讲出使弗洛伦斯心痛欲裂的话。她终于回答了他。当她把目光移开时，他立刻朝她望去，那神情正像那天早晨他在家里望着墙上的那张画像一样。

"他要我，"他说道，"吩咐新来的女管家——我想，她叫皮普钦夫人吧——"

什么事情都逃不过他的眼睛。他一眼就看出这位皮普钦夫人是董贝先生雇来贬抑其夫人的另外一张王牌。

"董贝先生希望把他的床铺安置在楼下他自己的房间里，因为他更喜欢他自己的房间。我恐怕即刻要回到董贝先生那里去。董贝先生受到无微不至的看护与关怀，为了使他安心养病，过得舒适，一切可能的措施都已安排好。夫人，这一点我用不着多说了，请您放心。请让我再提一下，一点也不需要担惊受怕的。请相信我，请您也尽管放心好了。"

他毕恭毕敬地鞠了一躬，即刻退出。回到董贝先生的房间后，他便安排了一辆马车跟他前去伦敦商业区，然后他骑上马，从容而行。一路上他想入非非，到了那里他也想入非非，而当他坐上马车驶回董贝先生被搁置的地方时他还是想入非非。只是在他坐在这位先生的榻边时，他才恢复了故态，重新想到自己的牙齿。

暮色苍茫时，董贝先生在极度痛楚中被扶上马车，一边摆满了披风与枕头让他靠着，另一边则有他的亲信陪同。由于他不宜受到颠簸，所以车行缓慢，如同步行。他抵家时，天已漆黑。皮普钦夫人站在门口迎候。她那刻薄而严厉的形象依旧和秘鲁矿井藕断丝连，屋里的人都很清楚，这不是没有道理的。当仆人把董贝先生扶进他的房间时，她在旁边三言两语地讲些酸溜溜的醋话，使他们振作精神。卡克尔先生一直陪侍。董贝先生不准备接见任何女宾，只是让那个气势汹汹的女管家留在房间里。等到他稳稳当当地躺在床上后，卡克尔先生才再一次去拜见董贝夫人，把她夫君的情况向她报告。

他又看到伊迪丝和弗洛伦斯单独在一起。他把那些安慰的话又对伊迪丝从头到尾讲了一遍，仿佛她一往情深的心里焦急万分似的。他的尊敬与同情是那么诚挚，因此告别时再一次望了一眼弗洛伦斯之后，他壮了壮胆拿起她的手，低下头在它上面吻了一吻。

伊迪丝的脸颊泛起了一阵红晕，眼睛里闪着光芒，全身如在沸腾，可她并未把手抽开，也没有举起手来打他那好看的面孔。但是当她独自在房间里时，她立刻用这只手重重地捶在大理石的壁炉架上面；一击之下，这只手给打得又青又肿，流血不止，于是她把这只手伸向熊熊的炉火旁边，好像要把它扔进火中，烧成灰烬似的。

夜深人静，她独自坐在渐渐暗淡的炉火边，阴沉、美丽而又咄咄逼人，她静静地望着墙上若隐若现的重重幽影，仿佛是她的思绪给投射在墙上，成为可以目睹的形状。这些跳动着的阴影或呈威胁之状，或显羞辱之态，或作不祥的预兆，不管它们是何形状，总有一个高大、模糊不清、怒气填胸的人影在指挥它们，与她为敌。这个人影就是她的夫君。

第四十三章

夜深人静的时候

弗洛伦斯早就从梦中醒来，她忧伤地觉察到她父亲和伊迪丝之间感情疏远，而且日益加剧，她知道他们之间相互的怀恨逐日加深。每一天她发现了新的情况，于是更加重了笼罩在她的爱心和希望上的阴影，同时又唤醒了沉睡不久的往日的悲痛，这些沉重地压在她的心头，比过去更加难受。

与生俱来的真挚的感情化为痛苦，而体贴入微的爱护与至亲至爱的关怀却被冷淡、严厉、排斥所取代了，这是多么叫人难受，除了弗洛伦斯还有谁能够知道！她内心深处的感情没有得到一丝一毫的回报，她唯有痛苦而从未尝到过幸福的滋味，这是多么叫人难受。然而更加难乎其难的却是，她不得不对她父亲和伊迪丝疑虑重重，而伊迪丝对她是多么亲切温存；她不得不在爱着他们的同时怀着惶恐、疑虑、惴惴不安的心情。

然而现在弗洛伦斯就开始这样做了。这是她纯洁的心灵给予她的任务，是她所逃避不了的。她看到她父亲对伊迪丝如同对她一样冰冷无情，顽固不化，坚硬的心肠毫不松动，毫不妥协。她满含着泪水向自己问着，她自己亲爱的母亲是不是也是在这样的冷遇下给弄得很不幸福，郁郁而死？接着她又想，除了她以外伊迪丝对每个人都是多么高傲而威严，她对他是多么轻慢，与他多么疏远，于是她想起她回家来的那天夜晚她讲的那些话；弗洛伦斯旋即恍然觉得她差不多是犯了罪，因为她所爱的正是和她父亲格格不入的人，她想她的父亲是知道的，在他孤独的房间里他一定在责备她这个不孝之女，居然把新的病痛加在旧的伤疤上。自出生以来，她从未获得过她父亲的爱，她为此常常伤心落泪。然而，再听到伊迪丝和蔼的话语，再看见伊迪丝亲切的目光时，这些思想又会站不住脚，好像是一堆恶劣无耻、忘恩负义的念头，因为除了她，还有谁使孤独无依、备受伤害的弗洛伦斯苦闷的心振作起来，还有谁能够更好地安慰这颗心呢？弗洛伦斯天性温柔，她深深地关心他们两个，痛惜他们的不幸，同时又悄悄自问，她对他们是不是尽了应负的责任。就这样，她的爱的范围和容量扩大了，伊迪丝在她的身边，这比起在原来凄凉的旧屋中她独自把秘密藏在心里而这位漂亮的妈妈还没有知道时，要更加难受。

还有一个比这更加伤心得多的事情，幸亏弗洛伦斯不知道。她一点也没有想到，伊迪丝对她的温存竟会加深她和父亲的隔阂，招致他新的不快。假使弗洛伦斯想到可能会出现这种因果关系的话，她将会感到多大的悲哀，她将会试图作出怎样的牺牲，这位充满爱心的可怜的姑娘，她将迈着怎样迅疾而坚定的步伐静静地走到在上的天父面前，因为他是不拒绝他的孩子们的爱意，是不排斥他们受苦受难的破碎了的心的，天知道！不过她并没有这样想，那就很好了。

弗洛伦斯和伊迪丝从来没有谈过这些事情。伊迪丝说过，在这方面她们之间应有一道屏障，像坟墓一样保持沉默。弗洛伦斯觉得她说对了。

在这种情况下，她父亲给护送回家，全身疼痛，不能走动，他凄凉地回到自己的房间，由仆人们服侍，但伊迪丝却没有去看他，他没有朋友和同伴，只有卡克尔先生陪伴着他，时近午夜他才离去。

"同他①在一起真有意思，弗洛依小姐，"苏珊·尼珀说，"哦，他真是个宝贝！不过我告诉他，要是叫我给他下个评语的话，那不管三七二十一干脆不要来找我。"

"亲爱的苏珊，"弗洛伦斯叮咛她，"不要说了！"

---

① 他：指上帝。

"哦，'不要说'这讲得倒好，弗洛依小姐，"尼珀很是生气地说，"可是真的要请您原谅啦，我们已经弄到这个地步了，身上的血都要变一个个针刺，到处是锋芒毕露了。不要误会我的意思，弗洛依小姐，我不是说您的继母，她总是对我很好的，只是有点高高在上的样子，我得说一下，这倒不是因为我有什么权利来反对这个，不过问题是关于皮普钦夫人之类的人，她们凌驾于我们之上，还像鳄鱼一样在您爸爸的房门口看守（幸亏她们没有下蛋，我们太感谢了），我们这才越来越恼火了！"

"爸爸对皮普钦夫人印象很好，苏珊，"弗洛伦斯接着说，"他有权利挑选他的女管家，您知道。请不要说了！"

"哦，弗洛依小姐，"尼珀接过话头说道，"您讲不要说，那我就不说吧，不过我希望皮普钦夫人不要把我当个毛头小丫头欺负我，小姐，绝对不可以。"

这天晚上苏珊讲起话来声大气粗，没有停顿，因为董贝先生刚刚到家，弗洛伦斯连忙叫她下楼去问候，她不得不把弗洛伦斯的问候告诉她的死敌皮普钦夫人，可是皮普钦夫人没有转告董贝先生，而是自作主张地写了一个尼珀小姐称之为气势凌人的回条让她带回去。苏珊认为这一定是那位秘鲁矿井的受害者干的，她出于警示的目的，故意藐视她年轻的女主人，这事决不可饶恕，因此她的话就特别声大气粗了。但是自从董贝先生新婚以来，她心里的怀疑和不信任与日俱增。像她这种性格的人，既然对像弗洛伦斯这样一位与她的地位不同的人深怀真挚之情，她自然是很容易心生嫉妒的，而她嫉妒的目标自然离不开伊迪丝，因为伊迪丝走进她们之间，把她固有的江山分而享之。她年轻的女主人在原来受冷遇的家中已经有望恢复她应有的地位，而她父亲漂亮的夫人则是她知心的伴侣和保护人，苏珊·尼珀的确感到骄傲和高兴，但是要把她自己的领域让一点点给这位漂亮的夫人，她是很不情愿的，而且有些怀恨在心；为此，凭着尖锐的目光，她发现这位夫人脾气不好、性格骄傲，于是她找到了耿耿于怀的合情合理的口实。自从董贝先生新婚以来，尼珀小姐势必退后一些，从那里观察这家大大小小的事情，她毫无疑问地认为董贝夫人不会有好下场。在各种场合，一有机会，她总要急于表白一下，说她对董贝夫人没有一句反对的话好讲。

"苏珊，"弗洛伦斯正坐在桌边沉思默想，这时候她说道，"现在很晚了，今天夜里我不再需要什么东西了。"

"呵，弗洛依小姐！"尼珀接着说，"我真的盼望过去的日子还会回来，那时候比这还要晚得多我照旧陪着您，等太困了我才睡去，可您像在大白天一样照样醒着，但是现在您有继母来陪您坐了，弗洛依小姐，我的确很感谢。我没有一句反对的话好讲。"

"我不会忘记，在过去的日子里，谁在我孤苦伶仃时陪伴着我的，苏珊，"弗洛伦斯温和地说，"决不会忘记的！"说着，她抬起眼睛望着她，用胳膊搂住她微贱朋友的颈子，把她的脸孔拉下来挨着自己的脸孔，然后道了声晚安，亲了亲她，这使尼珀小姐的心安静了下来，她感动得泣涕涟涟。

"我亲爱的弗洛依小姐，"苏珊说，"现在让我再到楼下去看看您爸爸怎么样了，我知道您很为他担心，让我再到楼下去，我自己去敲他的门。"

"不要，"弗洛伦斯说，"去睡觉吧。明天早上我们会晓得的，我明天一早自己去问。我想妈妈已经下去了，"弗洛伦斯的脸红了，因为她没有这样的奢望，"也许现在就在那里。晚安！"

苏珊太感动了，董贝夫人是不是可能喜爱服侍她的丈夫，她虽有自己的看法，但不想讲出来，便默默地退出去了。剩下她一人时，弗洛伦斯马上把头搁在手上，这已是她的习惯了，泪水从她的脸上纷纷淌下，她也不去制止。家庭的不和与不幸令人悲伤；她如今还想获得她父亲喜爱的希望（如果可以称之为希望的话）已经破灭；徘徊于他们两人之间，她有多少的疑虑与担心；她那天真纯洁的心胸多么依恋着他们；起初对她来说充满着灿烂幸福与光辉前程的景象却变得这么暗淡凄凉，这给她带来了沉重的灰心失望——这一切纷纷涌入她的脑海，使她的泪水簌簌而流。她的母亲和弟弟已经死了，她的父亲对她漠然于怀，伊迪丝和她父亲唱反调，拒之于千里之外，但是对她却是关怀备至，而她也很爱她，看起来她满腔的感情将永远漂泊不定，难有欣然归宿之处。不久，这个脆弱的念头悄然隐去，但是产生这个念头的那些万千思绪确实是太真实、太强烈了，无法与之一起挥去，这些思绪使夜晚显得惨淡凄凉。

在这些思绪中升起她父亲伤病痛苦的形影，整天都在那里，徘徊不去。他独自躺在自己的房间里，在孤独的痛苦中度过缓慢的时刻，他最亲近的人却不在他身边照顾他。这时一个恐怖的思想迎面而来，虽然这在她的脑海里并不是新起的，她感到惊慌，紧紧握着双手，她想她的父亲可能会死去，再也看不见她，再也不能喊她的名字了，想到这里她全身战栗。她一边颤抖，一边焦急不安地想着再一次悄悄地下楼，壮着胆子走到她父亲的房门口去。

她站在自己的房门口倾听。整座屋子是寂静的，灯光都已熄灭。她经常在夜深人静时悄悄走到他的房门口，她想，现在已经过去多少多少岁月了！她勉力去想，自从那天半夜时分她走进他的房间，可被他送到楼梯脚边时以来，已经过去多少多少岁月了！

仍旧像儿时一样跳动着一颗童稚的心，也还是那双小姑娘的可爱而胆怯的眼睛和一头秀发，弗洛伦斯长成了一位如花似玉的少女，可是仍旧像婴儿时期一样，在她父亲的眼里她犹如外人。弗洛伦斯悄悄地下楼，一边走一边听，慢慢走近他的房间。屋子里没有动静，房门半开半掩，好让空气吹进来。一切都是那么寂然无声，她可以听到炉火燃烧的声音，可以清楚地数着壁炉架上的钟嘀嗒嘀嗒的声音。

她往里面看看。女管家裹着一块毯子坐在炉前的一把安乐椅上熟睡着。这个房间和里面的房间之间有一扇半掩半开的门，门前挂着一条帘子，但那里有一盏灯，灯光照在他的床檐上。一切是那么悄然无声，他的呼吸声音清晰可闻，他是睡着了。她鼓起勇气绕过门帘，向房内窥视。

好像是出其不意，看到他睡眠中的面孔，她不禁大吃一惊。弗洛伦斯站在那里呆住了，假如他这时醒来，她一定也不会移动一步。

他额头上有一道伤口，他头发给弄湿了，乱糟糟地挂在枕头上面。他的一只手臂包扎好，搁在被外，他的面色非常苍白。很快地望了他一眼之后，她相信他安静地睡着。她一动也不动地站在那里，倒不是她眼前所见的情景把她吓呆了，而是与此全然不同，而且胜过于此的某种东西使他在她的眼中显得这么庄严，她的脚步便无法移动了。

有生以来每当她看见他的面孔，那上面总是出现一种使她心情不安的表情，也许她以为是这样的。有生以来每当她看见他的面孔时，她胸中的希望就一落千丈，在其严厉、冷淡无情、拒之于千里之外的表情前，她胆怯的目光垂下了。此刻她看着这张面孔时，她第一次看到那上面没有了那片笼罩着她童年时代的阴云，取而代之的是平和宁静的夜色。从她眼中所见，他也许已沉沉入睡，在祝福她呢。

醒来吧，无情的父亲！现在快醒来吧，郁郁寡欢的人！光阴匆匆而过，那时刻正迈着愤怒的步伐走来。醒来吧！

他的脸上没有变化；她怀着惶悚的心情望着它时，从它纹丝不动的平静状态，她想起了那些已经逝去的面孔。那些面孔是很平静的，他也会很平静的，而他哭泣着的孩子，她自己，也会很平静的。什么时候，谁能够说！他们周围的恩爱、憎恨、漠不关心的整个世界也是会很平静的！当那个时候来到时，对于她准备去做的事情他不会感到比现在难以接受，而她的心情也会轻松一些。

她悄悄走近床边，屏息敛气地弯下身子，轻轻地在他脸上亲了一下，把她的脸挨着他的脸搁了片刻工夫，然后把手臂放在枕头上作环抱状，因为她不敢碰他。

当她在旁边的时候，醒来吧，多灾多难的人。岁月匆匆而过，那时刻正迈着愤怒的步伐走过来了，它的脚已经踏在屋子里了。醒来吧！

在心里，她暗自向上帝祈祷，请求他为她的父亲祝福，而倘若可能的话，叫他回心转意爱她，如果不可能的话，则请原谅他的过错，也请原谅她这似乎是不很虔诚的祈祷。祈祷时，她回过头来用泪水迷蒙的眼睛望了望他，提心吊胆地悄悄走出他的房间，然后跨出另外一间房间，便消失了。

此刻他也许还在睡。只要可能，他也许会一直睡下去。但是在他醒来时让他去寻找这个细小的身影，那时候，他就会看见她正在他的身边！

弗洛伦斯缓缓地走上楼梯时，她的心是多么沉重而悲伤。寂静的屋子比她下楼之前更加凄凉。夜深人静时，刚才她凝视着的安眠状态，在她看来，有一种生与死合而为一的庄严肃穆的气氛。她自己悄然而去、悄然而归的神秘与肃静的行为使夜晚也变得神秘、肃静而沉闷。她不想到自己的房间去，也无法进去，于是移步走到起居室里。被云层遮掩着的月亮透过窗帘照了进来，她望着窗外空荡荡的街道。

风声凄厉，灯光暗淡，仿佛冷得发抖。远处的天空中摇曳不定的亮光十分微弱，但还没有完全暗淡下去。不祥之兆的夜晚不安地哆嗦着，像垂死的人痛苦地挣扎在临终的床上。弗洛伦斯想起过去守在病床旁边时的情景，她曾是怎样感受到那夜晚时分的萧索以及对自己心情的影响，仿佛她性格中潜藏着与之不相容的倾向。现在夜色是多么阴沉。

她的妈妈今夜没有到她房间里来，所以她迟迟没有上床。由于心情不安，同时也想找个人谈谈话，消愁解闷，排遣寂寞，弗洛伦斯走向她妈妈的卧室。

房门里面没有拴上，她的手迟疑地推了一下，门轻轻地开了。她惊奇地看见一盏明亮的灯火依旧点着；往里面一望，使她更惊奇的是，她看见她妈妈晚装还没有完全卸去，正坐在余烬渐灭的炉火旁边，眼睛凝望着空中。从她的目光、面容、身姿，以及紧握着椅子扶手像要跳起的姿势中，弗洛伦斯看到一种极其激烈的感情，不禁触目惊心。

"妈妈！"她大声喊道，"怎么啦？"

伊迪丝蓦然惊起，她的脸上是一片令人奇怪的恐怖，见此情景，弗洛伦斯更加害怕了。

"妈妈！"弗洛伦斯说着赶快跑上前去，"亲爱的妈妈！怎么啦？"

"我不太舒服，"伊迪丝一边说一边哆嗦，一边看着她，那目光也是很奇怪的，"我做了一场噩梦，亲爱的。"

"您还没有上床吗，妈妈？"

"没有，"她回答说，"半醒半睡中做的梦。"

她的脸色渐渐柔和了，她让弗洛伦斯挨近她，依偎在她的怀里，温柔地说，"我的小鸟儿到这里来做什么？我的小鸟儿到这里来做什么？"

"我非常担心，妈妈，因为今天晚上我没有看见您，也不知道爸爸的情况，所以我——"

弗洛伦斯讲到这里戛然而止，不再说下去。

"很晚了吗？"伊迪丝问，一边把缠在她自己的黑发中和散落在她脸上的一束束鬈发宠爱地往后拉开。

"很晚了。快天亮了。"

"快天亮了！"她惊奇地重复着。

"亲爱的妈妈，您的手怎么搞的？"弗洛伦斯问道。

伊迪丝立刻把手抽回，又像刚才一样带着奇怪的恐怖目光望着她，目光中有一种想竭力掩饰什么的神情，但是她立刻说道："没什么，没什么。只是碰了一记，"然后她又说，"我的弗洛伦斯！"说着，她胸脯起伏，号啕大哭起来。

"妈妈！"弗洛伦斯说道，"哦，妈妈，我能够做些什么，我应该做些什么，使我们快活一些？有什么事好做吗？"

"没有什么事好做。"她答着。

"您肯定没有什么事吗？真的会没有什么事吗？虽然我们有约在先，但是如果我现在把我脑子里的想法说出来，"弗洛伦斯问，"您不会责怪我吧，会吗？"

"没有用的，"她回答说，"没有用的。我跟你讲过了，亲爱的，我做了噩梦。这些噩梦是改变不了的，也无法阻止它们重新出现。"

"我不明白。"弗洛伦斯说着，凝视着她那张焦虑不安的脸孔，她望着它时，这张脸孔似乎变得阴沉起来。

"我梦见，"伊迪丝低声地说，"骄傲对善良的人是毫无用处的，而对邪恶的人来说却力量无穷；我梦见骄傲在许多可耻的岁月里受到无情的驱使，结果只是伤害了它自己；这种骄傲只能使骄傲的人感到深深的羞愧，感到自己低人一等，却不能帮助他勇敢地谴责它，避开它，对它说'这是不行的'；骄傲如果引导得当，也许会产生好的效果，但是一旦骄傲失去了正确的方向、误入歧途，就像其他任何东西一样，只会使骄傲的人妄自菲薄，顽固不化，最终毁灭。"

现在她既不看弗洛伦斯，也不对着她讲，倒像是一个人在那里自言自语。

"我梦见，"她继续说着，"由于这种妄自菲薄而产生的漠不关心、麻木不仁；我梦见这种可怜可鄙、毫无用处、非常不幸的骄傲；我梦见它听从那只古老、熟悉的手指的招呼，踏着无精打采的脚步一直走到圣坛前面——哦，妈妈，哦，妈妈！——可它是根本不愿意就范的；我梦见它宁愿永远自怨自恨，也不肯每天都遭受新的刺痛。好可怜可鄙的东西！"

现在，她的心情愈来愈阴云重重，她的神情又是弗洛伦斯刚进来时看见的那副样子。

"我还梦见，"她继续说下去，"它初次作出为时已晚的努力，想达到一种目的，就给踩下去了，给一只卑鄙的脚踩下去了，但是它翻转身朝他看看。我梦见它受了伤，给猎狗追逐、袭击，但是仍旧负隅抵抗，决不屈服；不会，即使它愿意，它也是不可能屈服的；但是它却被驱使着去憎恨他，反对他，与他对抗！"

她的手紧紧地握住她怀抱中颤抖着的臂膀，而当她俯视着那张惊异的脸孔时，她自己的面容却渐趋平静。于是她说："哦，弗洛伦斯！我想今夜我几乎要发疯了！"说毕便把她骄傲的头低垂下来，伏在弗洛伦斯的颈项上，又哭了起来。

"别离开我！挨着我吧！除了你我没有别的希望了！"这些话她讲了好多好多遍。

不久她平静些了，她看到弗洛伦斯满面泪水，快天亮了还没有睡觉，一阵怜惜袭上心头。这时天已黎明，伊迪丝抱起她，把她放在床上，而她自己却不躺下，只是坐在她旁边，劝她睡觉。

"因为你很累了，最亲爱的，而且又很难过，你该休息了。"

"今天夜里我真的很难过，亲爱的妈妈，"弗洛伦斯应道，"但是您也很累，也很难过。"

"你躺在我身边睡去，我不会累也不会难过，亲爱的。"

她们互相亲了亲，弗洛伦斯因为过于疲惫，渐入温柔的睡乡，但是在她的眼睛快闭上时，她身旁的脸孔使她满怀忧伤地想起楼下的那张面孔，于是她的手伸向伊迪丝，以求得一些安慰，然而在向她移近时，这只手还是有些踟蹰，生怕这是对他背弃的行为。所以，在睡梦中她尽力使他们两人相安无事，并且向他们表示她都很爱他们，但她无能为力，于是她醒时的悲伤在梦里也不能幸免。

伊迪丝坐在旁边，俯视着乌黑的眼睫毛给泪水沾湿了，贴在泛着红晕的脸颊上，她一片温柔、无限怜悯地望着，因为她对事情的真相是了如指掌的。但是她自己的眼睛却毫无睡意。天色渐渐亮起来，她仍旧坐在那里望着，没有睡去，双手握着那只安静的手，有时当她望着这张静谧的脸孔时，她轻声地说："挨着我吧，弗洛伦斯，除了你我没有别的希望了！"

第四十四章

分离

旭阳初升，苏珊·尼珀小姐虽未起来，但天一亮，她就起床了。这位小娘们十分锐利的黑眼睛有些沉重，使它们的光辉有所减弱，它们有时候也许是闭起来的，不过这是一种不常有的情况。眼睛周围还有点浮肿，仿佛她哭了一个晚上。但是尼珀全然没有伤感的样子，她是那么精神抖擞、勇气十足，好像她的全部精力在枕戈待旦，准备去做一件不同寻常的大事。甚至她的衣服也比平时紧凑整齐得多，由此可见她的用意。她在屋子里走来走去，不时地摇晃着头，说明她已下定了决心。

总之，她已经下定决心了，这个决心是为了完成一件创举：这就是冲破封锁，深入境内，一直走到董贝先生的面前，和这位先生单独谈话。这天早晨，她一连不停地摇晃着头，气势汹汹地自言自语着："我一直在讲我要做这件事情的。我现在就要去做了！"

为了能够实现这个铤而走险的计划，苏珊·尼珀以其锋芒毕露的个性在大厅里和楼梯上转了一个上午，却没有找到可以发动袭击的良机。她一点也没有被这样的困难吓倒，却反而激励自己，鼓起勇气，毫不放松警惕，傍晚时她终于发现她的死敌皮普钦夫人假装整夜未睡，此刻在她自己的房间里打盹了，而董贝先生则躺在他的沙发上，却没有人在旁边照料他。

尼珀不仅仅摇晃了一下她的头，这一次还把全身都摇晃了，于是踮着脚轻轻走到董贝先生的房门口，敲了敲门。"进来！"董贝先生说。苏珊最后再摇晃了一次，鼓足勇气，走了进去。

董贝先生正对着炉火出神，看见苏珊进来便惊异地望了她一望，然后撑着手臂，稍微欠起身子。尼珀行了个屈膝礼。

"有什么事情？"董贝先生说。

"对不起，先生，我想跟您谈谈。"苏珊说道。

董贝先生动了动嘴唇，像是在重复着这句话，但是他似乎由于这个小娘们的过分大胆，惊愕得讲不出来。

"我到您家里来做事，先生，"苏珊·尼珀以惯常的快速度说了起来，"到现在已经十二年了，我一直服侍弗洛依小姐，我刚来的时候，她还不大会讲话，理查兹太太来的时候我已经不算小了，我不一定就是米索萨勒姆①，但是我也不是抱在怀里的小孩子了。"

董贝先生撑着手臂欠起身子，望着她，却没有对她这几句开场白发表意见。

"没有哪个比我的年轻小姐更亲切可爱的了，先生，"苏珊说，"我肯定比有些人知道得多得多了，因为我看见她悲伤，我看见她高兴（这可不多），我看见她跟她的弟弟在一道，我还看见她孤单单地一个人待着，可有些人就没有看到这些，我对有些人，也对大家说了——我就是说了！"说到这里，这个黑眼睛的姑娘摇晃着头，轻轻地跺着脚，"弗洛依小姐是世上最亲切可爱的天仙，我越是给撕得粉身碎骨我越是要讲，先生，虽然我不一定是福克斯书中的一位殉难者②。"

董贝先生惊怒交加，脸色一下变得极其苍白，比他从马上摔下来的时候更加苍白。他睁大眼睛，竖起耳朵，对着讲话的人，好像是在控诉自己的眼睛和耳朵在对他愚弄。

"没有哪个会对弗洛依小姐假心假意的，先生，"苏珊继续说着，

---

① 米索萨勒姆:指《圣经》中的长寿者麦修彻拉,传说活了969岁。此处苏珊·尼珀把名字说错了。

② 福克斯书中的一位殉难者:指约翰·福克斯（1516—1587）在其所著的《殉难者书》中所描写的一位殉难者。这本书叙述了新教徒从14世纪到玛丽一世在位这一时期所受的磨难，在英国清教徒家庭中传诵甚广。

"我服侍她十二年了，我不想受到称赞，因为我喜欢她——对，我要跟有些人讲，也跟大家讲，我就是讲了！"讲到这里这位黑眼睛的姑娘又一次摇晃了一下头，又一次轻轻地跺脚，把泪水咽在喉咙里说，"但是我忠心耿耿地服侍，我有权利讲我想讲的话，对还是错，我一定要讲，现在我就要讲。"

"你这是什么意思，娘们？"董贝先生怒视着她，"你怎么胆敢？"

"我的意思是，先生，讲话要尊敬，不要冒犯，但是要爽快，我怎么胆敢我不知道，不过我就是胆敢！"苏珊说着，"哦！您不了解我年轻的小姐，先生，您根本不了解，要是您了解的话，您对她就不会这样莫名其妙了。"

董贝先生气愤填膺，伸出手来想拉门铃的拉索，但是门铃的拉索不在壁炉的这一边，而在那一边，没有人扶他，他是无法起身跨过去的。尼珀锐利的目光立即看到了他的无能为力，现在她觉得把他抓住了，这是她后来说出来的。

"弗洛依小姐，"苏珊·尼珀接着说下去，"是最忠诚、最耐心、最孝敬、最漂亮的女儿了，英国所有最高贵、最富有的先生们加在一起也不会不为她而感到骄傲的，是会的，而且一定会的。要是他真正了解她的珍贵，他就会宁可一点点地丢掉高贵的地位和财富，穿着破烂的衣服沿门乞讨，我是对有些人也是对大家说的，他会的！"苏珊·尼珀泣涕涟涟地大声说道，"他宁可自己乞讨，也不能叫她温柔的心悲伤痛苦，在这个屋子里我是亲眼看见她悲伤痛苦的！"

"娘们，"董贝先生喊起来，"出去。"

"请您原谅，先生，即使把我辞退我也不出去，"尼珀毫不动摇地说，"我在这里做了这么多年，看了这么多事情，我希望您决不会忍心为了这个缘故就把我从弗洛依小姐身边赶走的，要是话没有讲完我现在就不走。我不一定是印度寡妇①，先生，我现在不是，我将来也不会是的，但是要是我下定决心引火烧身的话，我是会干的！

---

① 印度寡妇：指印度寡妇殉夫陪葬的旧习。

现在我已经下定决心要继续讲下去。"

苏珊·尼珀的话说得很清楚，她脸上的表情也同样明白如话。

"您家里的仆人里面，先生，"黑眼睛的姑娘又说下去，"没有一个像我这样更怕您的，我千百次想跟您谈谈可总没有能够下决定，直到昨天晚上我才决定的，我放大了胆子告诉您，您总会相信我讲我怕您是一点也不假的。"

董贝先生怒不可抑，又伸出手去抓门铃的拉索，可是铃索不在那里，结果他就扯自己的头发，这比什么也不抓总强些。

"我看见过，"苏珊·尼珀说着，"弗洛依小姐还是一个孩子的时候，就是那么可爱、那么耐心、那么艰苦，最好的女人也比不过她，我看见她天天熬夜帮她体弱多病的弟弟学习功课，我看见她别的时候也帮助他照管他，什么时候有些人是蛮清楚的，我看见她没有得到关心和帮助却一天天长大成为一位亭亭玉立的少女，谢天谢地！谁同她在一起都觉得光荣和骄傲，我总是看见她受到残酷的冷落，而她非常痛心地感觉到了——我是对有些人也是对大家讲的，我讲的！——而且她一句怨言也没有说，对长辈恭恭敬敬，绝不是崇拜泥塑木雕呵，我要说，我就得说！"

"有人吗？"董贝先生叫了起来，"这些仆人到哪里去了？男的女的都不在这里啦？一个人也没有吗！"

"昨天夜里我离开时我亲爱的年轻小姐还没有上床，"苏珊不停地说着，"我知道这是为什么，因为先生您病了，她不知道您病得怎么样，这就够叫她伤心的了，这是我亲眼看到的。我不一定像孔雀那样有许多许多眼睛，但是我也有眼睛呵——我在自己的房间里坐了一会儿，没有去睡，我想她可能太冷清要叫我去呢，我看见她偷偷下楼走到这里的房门口，好像看看她的爸爸也是犯罪，然后她又偷偷地走到冷清清的客厅里，哭了起来，我听了实在太不忍心了，太不忍心了，"苏珊·尼珀一边说一边擦擦她那双黑眼睛，毫无畏惧地盯着董贝先生愤怒的面孔，"这不是第一次我听到她这样哭的，在这以前我听到她哭过好好多多回了，先生，您不了解您自己的女儿，您不知道您在做什么，先生，我对有些人也是对大家讲的，"苏珊终于放声大喊道，"这简直是可耻的罪恶！"

"哎呀，太放肆了！"那漂亮的秘鲁矿工的黑色细斜纹衣服一下子飘了进来，立刻响起皮普钦夫人的喊声，"这究竟是怎么回事？"

苏珊向皮普钦夫人望了一眼，这是她和皮普钦夫人初遇时特地为她设计的眼神，然后她就让董贝先生去回答了。

"这是怎么回事？"董贝先生把这句话讲了一遍又讲一遍，差不多要唾沫四溅了，"这是怎么回事，夫人？您是这座屋子的总管，您应该管理得井然有序，您理应问的。您知道这个娘儿们吗？"

"这个娘儿们我知道是很不好的，先生，"皮普钦夫人用嘶哑的声音说，"你怎么敢跑到这里来，臭婊子？滚开！"

但是不屈不挠的尼珀只是给皮普钦夫人回敬了又一个眼色，依旧不动。

"您就是这样管家的吗，夫人？"董贝先生责问道，"居然让这么一个人随随便便跑到这里来跟我啰唆！一位绅士——在他自己的家里——在他自己的房间里——居然受到女用人的无理取闹！"

"唉，先生，"皮普钦夫人回答着，她那无情的灰色眼睛里露出报复的凶相，"我非常遗憾，这太不像话了，简直是无法无天，不过我很抱歉地说，先生，这个小娘们真管不了，什么人的话她都不听，她给董贝小姐宠坏了。你知道你太不像话，"皮普钦夫人一边狠狠地说一边对苏珊·尼珀摇晃着脑袋，"不要脸，你这个臭婊子，滚开！"

"如果您发现我的仆人里面有谁管不了，皮普钦夫人，"董贝先生说着就把脸掉回去，朝着炉火，"我想您是知道怎么对付他们的。您知道您到这里来是做什么的吧？把她带走！"

"先生，我知道该怎么做的，"皮普钦夫人急忙说，"而且当然会这样做的。苏珊·尼珀，"她劈头盖脸地冲着她说，"从现在起一个月之后你就得走。"

"哦，来真格的！"苏珊趾高气扬地喊道。

"对，"皮普钦夫人说，"不要对我笑，你这个放肆的丫头，你再

670

笑，我就要问你个水落石出了！赶快滚开！"

"我现在就要走，你放心好了，"口齿伶俐的尼珀说，"我在这座屋子里服侍我的年轻小姐已经十二年了，既然那个叫皮普钦的人叫我走，我一个钟点也不会待在这里的，你放心吧，皮夫人。"

"把这个没有用的坏蛋清除出去太好了！"这位怒气冲冲的老太太说，"滚开，再不走，我就要叫人把你拉走！"

"我感到安慰的是，"苏珊回过头来望望董贝先生说，"今天我把事情的真实情况讲出来了，本来早就应该讲的而且要常常讲，讲得一清二楚的，不管皮普钦们有多少——但愿她们的人数不要太多（皮普钦夫人听到这句话尖声叫着'滚开'，尼珀小姐又回敬了她一个眼色）——她们也否定不了我讲的这些情况，即使她们一年到头都在喊着解雇我，从上午十点钟一直喊到夜里十二点钟从不停止，也没有用，她们只会喊死，落得个皆大欢喜！"

讲了这些话之后，尼珀小姐抢在她的死敌前面走出房间，非常威严地上了楼，跨进她自己的房间，弄得跟在后面的皮普钦气得透不过气来。然后她在一堆箱子中间坐下，开始放声大哭。

这时房门外面响起皮普钦夫人的声音，把她从凄苦的心境中突然唤醒，这倒反而使她精神焕发了。

"那个死不要脸的臭婊子，"皮普钦凶狠地问道，"想给解雇，还是不想？"

尼珀小姐从里面回答说，她问的那个人不住在这里，那个人的名字叫皮普钦，到女管家的房间里去找她吧。

"你这个臭婊子！"皮普钦夫人愤愤地回嘴说，一边拼命地敲打门的把手，"马上滚开。把你的东西赶快收拾好！你竟敢这样对一位曾经有过好日子的女士讲话？"

尼珀小姐从她的堡垒里面回答说，她为皮普钦夫人有过的好日子惋惜，她觉得这位女士只配过一年之中最坏的日子，其实她连这种日子也根本是够不上的。

"但是你用不着费神在我的门口吵吵闹闹，"苏珊·尼珀说，"你也不要用你的眼睛把我的钥匙孔弄脏了，我正在收拾东西要走啦，你就是要我这么宣誓一下，那就给你吧。"

这位高贵的寡妇听了这个喜讯表示非常满意，对这些轻浮的小娘们发表了一通高见，特别指出她们给董贝小姐宠坏了，然后就去准备尼珀的工资。苏珊开始把箱子整理好，准备立刻像模像样地离开，她一边整理一边想着弗洛伦斯，伤心地哭泣着。

她为之伤心落泪的人不久就来了，因为消息很快传遍整座屋子，说苏珊·尼珀和皮普钦夫人发生了争吵，她们两个人都向董贝先生告状，就在董贝先生的房间进行了一场史无前例的大吵大闹，苏珊就要走了。弗洛伦斯一走进苏珊的房间里就发现这后一条消息是千真万确的，因为苏珊已经把最后一只箱子锁好，戴着帽子坐在上面呢。

"苏珊！"弗洛伦斯喊道，"怎么要离开我了！你！"

"哦，看在老天爷面上，弗洛依小姐，"苏珊哭着说，"别同我讲吧，不然我就要在这些皮——皮——皮普钦们的面前没面子了，我无论如何不能让她们看见我哭，弗洛依小姐！"

"苏珊！"弗洛伦斯说道，"我亲爱的姑娘，我的老朋友！没有你我可怎么办！你怎么忍心就这样走？"

"不，不，不，我好亲爱的弗洛依小姐，我真的不忍心，"苏珊哭着说，"但是没有办法，我已经尽了我的责任了，小姐，我真的尽了我的责任了。这不是我的过错。我实在没办法。再待一个月我是待不了的，那样我就离不开您了，我亲爱的小姐，我迟早总要走的，别跟我讲，弗洛依小姐，我虽然很坚强，我可不是大理石柱子，我亲爱的小姐。"

"什么事？什么事？"弗洛伦斯说，"你不告诉我吗？"因为苏珊不停地摇晃着头。

"不，不，不，我亲爱的小姐，"苏珊答道，"别问我，我不会讲的，不管怎么样您不要去说情让我留下来，这是不可能的，您只会吃苦头的，上帝保佑您吧，我亲爱的小姐，原谅这许多年里我做过的一切错事，发过的一切脾气吧！"

说了这番热切的恳求之后，苏珊便紧紧拥抱着她的女主人。

"我亲爱的小姐，有好多人会来服侍您，乐于服侍您，忠心耿耿地服侍您的，"苏珊说，"但是没有哪个会像我这样体贴您的，这样爱您的，哪怕一半的爱也不会有，这就是我的安慰。再——再见，可爱的弗洛依小姐！"

"你到哪里去呢，苏珊？"她的女主人哭着问。

"我有一个哥哥住在乡下，小姐，他是埃塞克斯①的农民，"伤心的尼珀说，"他养了好多的牛——牛和猪，我乘马车去，跟他住在一起，别为我担心，因为我银行里有存款，我亲爱的小姐，现在我用不着去找另外的工作，我也不能，不能去找，您永远是我心里的女主人！"苏珊一讲完就伤心地痛哭起来，这时她听见皮普钦夫人在楼下讲话的声音，便立刻收住眼泪，揩干红肿的眼睛，令人心酸地装着欣喜的样子喊着托林森先生，请他去叫一辆出租马车并把她的行李拿下去。

弗洛伦斯脸色苍白，满怀忧伤，但她没有在这里作无用的干预，因为她生怕她的父亲和他的夫人之间会因此产生新的隔阂，几分钟前他夫人严厉、愠怒的脸色已是一种预兆了。她没有干预的另外一个原因是，她感觉到与她长年相守的仆人和朋友之所以被解雇恐怕和她自己是有些关系的，虽然她给蒙在鼓里。弗洛伦斯匆匆地跟着走下楼到伊迪丝的梳妆室去，在那里，苏珊行了个屈膝礼，向伊迪丝辞行。

"喂，马车和行李都在这里，你好走啦！"皮普钦夫人一跑过来就说，"我请您原谅，夫人，但是董贝先生的吩咐是不好违抗的。"

伊迪丝准备外出赴宴，此刻正由她的侍女帮她梳妆打扮，她依旧一副高傲的气派，不理不睬。

"这是你的工资，"皮普钦夫人说，她时常想起秘鲁矿井的事情，有一套自己的工作方式，她对仆人们非常严厉，毫不留情，她过去

---

① 埃塞克斯：英格兰东南部的郡。

对待布赖顿幼儿寄宿所的孩子们就是这样，以致比瑟斯通少爷老是挖苦她，"这座屋子巴不得你早点走开。"

苏珊情绪非常低落，连理应给皮普钦夫人的那个眼神也没有送去。她向董贝夫人行了个屈膝礼，董贝夫人点了点头但没有讲一句话，她的眼睛谁也不看，只是看着弗洛伦斯。苏珊随即转向她年轻的女主人，作最后的拥别，弗洛伦斯也同样和她拥别。在这离别的时刻，可怜的苏珊伤心到极点，泪水直想向外奔流，但她不愿意让皮普钦夫人看见，因为即使一滴眼泪也会使她得意扬扬，所以她下定决心不让眼泪流出，这时，她的面部表情呈现着从未见过的千姿百态。

"请您原谅，小姐，"托林森提着行李站在门口对弗洛伦斯说，"图茨先生在客厅里，他向您问候，他想知道狄俄吉尼士和它女主人的近况怎样。"

像闪电一样，弗洛伦斯匆忙地赶到楼下，只见图茨先生身穿华丽夺目的衣服，气喘吁吁、焦急不安、将信将疑等待着她的到来。

"哦，您好，董贝小姐，"图茨说道，"我的天呵！"

图茨先生的这一声惊呼是因为他看到弗洛伦斯脸上的痛苦表情深感焦虑的缘故，他原来正在咻咻地笑着，现在他马上收起了笑声，露出满脸失望的神情。

"亲爱的图茨先生，"弗洛伦斯说道，"您对我这么友好，这么真诚，我真想麻烦您一下。"

"董贝小姐，"图茨先生连忙应道，"您只要讲出来要我做什么，您就是——您就是给我开胃了，"图茨先生带着几分感情的冲动说，"我已经好久没有胃口了。"

"我的一位多年的朋友，算是相交最长的朋友了，她叫苏珊，"弗洛伦斯说，"她马上就要离开这里，而且是孤零零的一个人，好可怜的姑娘。她回家去，她的家在乡下，离这里不远。我可不可以请您照顾她一下，送她上马车？"

"董贝小姐，"图茨先生马上答应说，"您使我感到荣幸，您对我

674

实在太好了。那次在布赖顿我做了那种鲁莽的蠢事以后，您还这样信得过我——"

"是的，"弗洛伦斯说，但马上改口说，"呵不——您别去想那件事吧。那么您愿意给我做件好事去——去吗？她一走出来您就去接她，好吗？千谢万谢了！您让我大大松了口气。她看起来不很懊丧。您可想象不出我对您是多么感激，您不知道我觉得您是一位多好的朋友呵！"说毕，弗洛伦斯一次又一次地衷心地感谢他，图茨先生怀着他的一颗热诚的心匆匆起步——但他是倒退着走的，因为这样他可以始终看见她的身影。

弗洛伦斯没有勇气走出去，她看见可怜的苏珊在前厅里给皮普钦夫人赶着往前走，狄俄吉尼士在她身边蹦蹦跳跳，向皮普钦夫人的细斜纹裙子猛扑过去，听到她的声音，它就发出一阵凄惨的狂吠，把她吓得魂不附体——因为这位好心的老太太是它最恨之入骨的人。弗洛伦斯看见苏珊和周围的仆人们一一握手，还回过头来望了一下她即将告别的老家；弗洛伦斯还看见狄俄吉尼士蹦出去追赶那辆马车，想弄个清楚它今后的饭食是否用不着担心的。大门关上了，匆匆的离别已经过去，弗洛伦斯为失去一位朝夕相处的老朋友而簌簌落下伤心的泪水，这位老朋友是没有一个人可以替代的。没有，没有一个人可以替代。

图茨先生的确是一位忠实可靠的人，他马上过去叫马车停下来，把他的使命告诉了苏珊·尼珀，她一听之下比刚才哭得更加厉害了。

"我全心全意地保证！"图茨先生在她旁边坐下后说道，"我很为您难过。我以名誉保证，我晓得您很难过，您怎么难过法，我想我比您更清楚，我觉得没有什么能比离开董贝小姐更叫人伤心的了。"

现在苏珊再也控制不住了，哭得像个泪人儿一样，看到她这副模样真叫人痛心。

"喂，"图茨先生说，"好了，不要哭了！我的意思无非是说现在就干吧，您知道！"

"干什么，图茨先生？"苏珊大声问道。

"哦，先到我住的地方去，吃好饭再上路，"图茨先生说，"我的厨娘是很体面的女人，是我见过的一位最好的母亲，她一定会很高兴地做一顿好饭，让您吃得舒舒服服。她的儿子，"图茨先生又加了一句为她添姿增彩的话，"在慈善学校读书，后来在一家火药工厂被炸死了。"

苏珊接受了这个友好的提议，便跟着图茨先生到他的住所，在那里她受到这位大妈的接待，这位大妈和他所描写的形象完全吻合。在那里迎接她的还有"斗鸡"，"斗鸡"看到马车里有一位妇人，起初以为他当初的建议已经可喜地付之行动了，董贝先生给打得腰弯背驼，董贝小姐给拐骗过来了。尼珀小姐看到这位先生心中升起了一阵惊慌，因为他被"快乐仔"击败了给打得鼻青眼肿，在大庭广众之中会使人看了很不舒服的。"斗鸡"本人把这次吃亏说成是运气不好，一开始就被"快乐仔"掀在他的腋下，拳击交加，左右开弓，给狠狠地摔在地上。但从对那次巨赛的报导来看，"快乐仔"一开始就占了上风，又推又打，把"斗鸡"打得个落花流水，奄奄一息，爬起来时上气不接下气，但惊魂方定，又遭到一顿毒揍，最后给打得体无完肤，一蹶不振。

吃了一顿美餐，领略了一番尽情地招待之后，苏珊乘着另一辆轻便马车向车站出发，图茨先生照旧坐在马车里面，"斗鸡"则坐在马车夫的座位上。在这一小队人中，"斗鸡"的道义之举和英雄气概虽然能使他们增色不少，可是就其外貌而言，那就不敢恭维了，因为他脸上贴的膏药数不胜数。但是"斗鸡"却暗自发了一个誓：除非哪个酒店开恩，给他安排一个固定的工作，他绝不离开图茨先生一步（可图茨心怀鬼胎，巴不得他赶快走掉）。由于很想跨进酒店的门槛，尽早地把杯中物尝个够，"斗鸡"觉得应该使自己显得难以相处，不可接近，才能如愿以偿。

苏珊准备搭乘的夜班驿车就要启程了。图茨先生把她扶上车后，一直迟疑不决地在窗外待着，直到马车夫即将登车。这时他站在马车的踏级上，把一张在灯光中看起来十分焦急不安的面孔伸进窗内，

676

突然地说："喂，苏珊！董贝小姐，您知道——"

"是的，先生。"

"您是不是觉得她会——您知道——嗯？"

"请您原谅，图茨先生，"苏珊说道，"我没有听清。"

"您是不是觉得她会不会，您知道——不是马上，而是慢慢地——过好长一段时间——来——来爱我吗，您知道？您说说！"可怜的图茨先生吞吞吐吐地说着。

"哦，不会的！"苏珊摇晃着头说，"我说永远不会。永远——不会！"

"谢谢您！"图茨先生说，"这不要紧。晚安。这不要紧，谢谢您！"

第四十五章

可靠的经纪人

这天伊迪丝一个人出去，回家很早。十点过了才不过几分钟，在她居住的那条街上就响起她的马车的辘辘声。

同她梳妆时一样，她脸上依旧勉作平静之状，她头上的花冠依旧围绕着冰冷严肃的额角。但是，如果花冠上的花朵和叶子给她激怒的手撕得粉碎，或者她激动迷乱的神智想找寻安息之处而把花冠弄得支离破碎、很不像样，也要比这无声无息、静如止水的状态好些。这样顽固不化，这样难以接近，这样冰冷无情，人们不禁会想生活中各种各样的磨难把这样一位女人的心肠弄得这样坚硬，世上是没有什么东西可以使之软化的了。

来到门口下车时，从前厅里悄悄走出一个人来，他光着头站在那里，把手臂伸给她。由于仆人给甩在一边，她只好让那只手臂扶着她了，这时她才知道这是谁的手臂了。

"您的病人怎么样了，先生？"她说着把嘴唇一翘。

"他好些了，"卡克尔答道，"他情况很好。晚上了，我刚才走开，准备回去。"

她低垂着头走上楼梯，他跟在后面，在楼梯底下说：

"夫人！我可以请您听我讲一分钟的话吗？"

她停下脚步，回过头看着他说："现在时候不合适，先生，而且我很累了。您的事情要紧吗？"

"非常要紧，"卡克尔答道，"我真走运，刚好碰到您，就让我再恳求一下吧。"

她衣着豪华地站在楼梯上，俯视着他闪闪发光的牙齿为时片刻。他抬头仰望着她，心里又在想她是多么漂亮呵。

"董贝小姐在哪里？"她大声地问仆人。

"在起居室里，夫人。"

"带路！"说着她再一次看了一下那位在楼梯底下等候着的先生，稍稍摇动了一下头，表示他可以跟她上去，说着她就往前走。

"我请您原谅！夫人！董贝夫人！"这位和颜悦色、脚步敏捷的卡克尔先生很快奔到她的旁边大声说，"我可以请求不要让董贝小姐在旁边吗？"

她的目光很快地对着她，但她依旧是那么沉着冷静，不动声色。

"我想不要让董贝小姐知道，"卡克尔低声地说，"我必须讲的话。夫人，至少要由您决定是不是该让她知道。这全依仗您。这是我对您的义不容辞的责任。自从我们上次谈话以后，如果我不是这样做的话，那就太不应该了。"

她把眼睛慢慢从他的脸上移开，随即转向仆人说："到另外的房间。"仆人领着他们走进一间客厅，把灯点亮之后即刻离开他们。仆人在客厅时，他们一句话也没有说。仆人走后，伊迪丝在炉火边的一张沙发上庄严地坐了下来，卡克尔先生手里拿着帽子，眼睛望着地毯，站在她前面不远处。

"在我听您讲以前，先生，"门关上后，伊迪丝说，"我希望您先听我讲。"

"有幸聆听董贝夫人的讲话，"他应答道，"即使是无中生有的责备，对于我来讲已属莫大的光荣，虽然我并不是事事随侍左右，听候吩咐，我非常愿意遵命。"

"如果您是受命于您刚才离开的那位先生，"听到这句话，卡克尔先生抬起眼睛，像是准备假装作吃惊状，但是她一看到他的目光就示意他不必装腔作势了，"叫您给我带口信的话，请您不用讲了，因为我是不会听的。至于您是不是因为这件事情来的，我是不需要问您的。我早就料到。"

"我真倒霉，"他回答说，"为了这件事派我到这里来，我是很不情愿的。请允许我说一下，我来此有两个目的。刚才讲的是其中之一。"

"刚才讲的这个问题，先生，"她接着说道，"到此为止。如果您还要再提的话——"

"难道董贝夫人会以为，"卡克尔挨近了一些说，"我会违背她的禁令，再提这个问题吗？董贝夫人即使对我不幸的处境不关痛痒，难道她就这样死心地认为我和我的上司处处都是一气，不可分开？这真是太冤枉我，太不公正了，太随心所欲了吧？她难道真会这样想吗？"

"先生，"伊迪丝回答说，她的黑眼睛直视着他，她的声音越来越激怒，骄傲的鼻孔翕动不止，颈部发胀，连那披散在肩膀上的长袍上的细软的白绒毛也跳动起来，和那雪白的肩膀相得益彰，"您为什么每次到我这里来总是向我说起我对我丈夫的爱和责任，并且假装以为我的婚姻很幸福，我很尊敬他？您怎么竟敢这样侮蔑我，您明明知道我和我丈夫之间没有爱情，只有怨恨和鄙视，我轻视他，也同样轻视我自己，因为我做了他的妻子；先生，从您的每一道目光我看到你是知道的，从您的每一句话里我听到您是知道的，我很清楚您是明明知道的！不公正！如果我公正地对待您使我感觉的痛苦，公正地对待您加在我身上的羞辱之感，我就该把您杀死！"

她责问他为什么这样做。她严厉的目光逼视着他，她高傲自负、义愤慎膺而又自惭形秽，这种种心情使她看不见他脸上的答案：就是要她作此表白。

她看不见这个答案，她不在乎他脸上有没有这个答案。她只看见她所遭受的屈辱，她不得不承受这些屈辱，她在这些屈辱之下作着痛苦挣扎和斗争。她坐在那里，与其说盯着他还不如说盯着这些屈辱、挣扎与斗争。她手腕上用一根金丝系着一把羽毛扇子，这些羽毛是从一只珍奇美丽的鸟儿翅膀上取来的。此刻她把一根根羽毛拔下来，撒在地上。

在她的目光下，他没有畏缩，而是站在那里等着她自己无法控制的怒火渐渐减弱之时，即刻把他准备充分的回答和盘托出。于是他直视着她火光四射的眼睛开始讲话。

　　"夫人，"他说，"我知道，我早就知道，您对我没有好感，我也知道这是为什么。是的，我知道这是为什么。您非常坦率地同我讲了；能得到您的信任，我心安了——"

　　"信任！"她轻蔑地重复这个字。

　　他没有去理会，却继续说下去。

　　"我不想隐瞒我的想法。从一开始我就看出您对董贝先生没有感情——两个大相异趣的人之间怎么可能有感情呵！从一开始我就已经看出，在您的胸中产生了一种比漠不关心更强烈的情绪——在您这样的处境，不这样怎么可能呢？但是我怎么可以不揣冒昧地向您不厌其烦地坦陈我想法呢？"

　　"那么您怎么可以，先生，"她接着说，"故弄玄虚，日复一日毫无顾忌地把完全相反的看法强加在我的身上？"

　　"夫人，是这样的，"他急切地辩解道，"如果我做得不够，或者没有这样做，那么现在我就不会同您这样讲话了；而且我早就预见到——谁能够比我更有先见之明呢？因为有谁比我更了解董贝先生呢？——除非您的性格同他那三从四德的第一位夫人一样的温良恭俭让，但我不相信您是这样的——"

　　一丝高傲的笑容使他意会到他可以把这句话再讲一遍。

　　"我是说，我不相信您是这样的——也许总有一天，我们现在达成的了解是会有帮助的。"

　　"对谁有帮助，先生？"她鄙夷地问道。

　　"对您。我不想把我扯进去，这是对自己的一种告诫，不要对董贝先生讲一些即使非常有限而我自己又十分诚心诚意地乐意为之的赞美之辞，因为我生怕说出一些话，叫一位心怀强烈怨恨与鄙视情绪的人感到厌恶。"他讲得有声有色。

　　"您真是诚心诚意，先生，"伊迪丝说，"您承认'有限的赞美'，可是您讲起他来，也是很不恭敬的，您还是他的参谋和马屁精呢！"

"参谋，倒是的，"卡克尔说，"马屁精，不是。我恐怕不得不承认我是有些模棱两可、含糊其辞。但是由于利害关系我们之中有许多人不得不心里一套嘴上一套。我们有伙伴的利害关系，有友谊的利害关系，有做生意的利害关系，有婚姻的利害关系，每天都有。"

她咬了咬血红的嘴唇，但是她乌黑的眼睛依旧严厉地凝视着他。

"夫人，"卡克尔先生在靠近她的一把椅子上坐了下来，摆出一副毕恭毕敬、体贴入微的姿态说，"我既然全心全意地为您服务，现在我怎么还可以犹豫不决，不立刻向您坦言呢？像您这样一位才华出众的夫人，自然会觉得改变您夫君性格中的某些方面使他更上一层楼，是完全切实可行的。"

"我并不觉得这是自然的，先生，"她回应着，"我从来没有想到也无意做这样的事情。"

这张高傲、无所畏惧的脸孔告诉他，她决心不戴他所呈献的假面具，她要把自己全部展示出来，让他这样的人看得清清楚楚，至于用何种面貌出现，她是在所不顾的。

"至少这一点是自然的，"他继续说着，"就是作为董贝先生的夫人，您和他住在一起，觉得完全可以同时做到两点：一方面您不屈从于他，另一方面您也不想和他老是这样的激烈冲突。但是，夫人，您作此设想时，您是不了解董贝先生的，这是您早已说过了的。您不了解他是多么苛刻，多么骄傲，或者可以说，他完全成为他骄傲自负的奴隶了，像一匹马，给缚在他自己的胜利的战车上，世间万物，他什么也不管，只知道车子是在他后面的，必须由他拉着向前走，跨过一切，穿过一切。"

对他这一番妙论他幸灾乐祸地感到得意忘形，一排牙齿情不自禁地闪闪发光。他又继续说下去：

"董贝先生对我不关心，夫人。他对您也并不关心。这样的比较未免太过分了，但是我是这样想的，情况也确实如此。大权在握的董贝先生要我充当他和您之间的说客，这是昨天上午他亲自告诉我的，因为他知道您对我没有好感，还因为他想拿我当作处罚您的出气筒，因为您不听他的话，而且他的确认为我这个信使不过是用钱雇来的仆从，要让从属于他的夫人接见这样一位信使无疑是贬低她的尊严，当然，我现在有幸与之交谈的夫人又当别论了，因为她在他的心中是不存在的。他毫不掩饰地要我做这件事，您可以设想，他根本不把我看在眼里，他一点不想想我也可能有自己的感情与观点的嘛。他派了这样的信使叫您难堪，您知道他对您的感情是完全置之度外了。您当然没有忘记他的这种做法。"

她依旧目不转睛地望着他。他也照样望着她，他看出，他把她和她夫君的一些情况和盘托出，表明他是一清二楚的，这就像一支毒箭一样，穿透她高傲的胸膛，使之痛苦不已。

"我把这些说出来并不是想扩大您和董贝先生之间的隔阂，夫人，这是天理难容的！而且对我有什么好处？我讲这些只是作为一个例子，来说明根本无法让董贝先生认识到事关别人的时候也应该为别人着想。我觉得我们在他身边的人在各自不同的地位都助长了他的这种思想意识；即使我们没有这样做，别的人也会这样做的，不然他们就不可能待在他的身边了；这种思想意识从一开始就是他生活的食粮。总之，和董贝先生打交道的人全都是对他卑躬屈膝、唯唯诺诺、仰其鼻息的人。他从来就不知道谁会以目空一切的高傲和强烈的愤怒来与他抗衡的。"

"但是现在他知道了吧！"虽然她嘴唇没有张开，她眼睛也没有眨一眨，但她似乎是在这样讲着。他看到那柔软的茸毛又跳动起来，他看到她把那美丽鸟儿的羽毛扇子搁在胸口片刻，于是他把准备好的圈套又放开一圈。

"董贝先生虽然是一位非常受人尊敬的先生，"他说道，"但由于他头脑里的这种扭曲，当有人和他针锋相对时，他很容易按照自己的看法歪曲事实，以至于他斩钉截铁地认为：在斯库顿夫人可悲地去世前的一个特殊场合（您也许还记得），正因为他对他现在的夫人进行了严厉的责备，才产生了一种势如千钧的力量，一下子就把她完全制服了！请您原谅我讲这件事情是很愚蠢的，但并不是我造出来的，我还能够举一个更好的例子吗！"

伊迪丝放声大笑。笑得多么刺耳、多么难听，是用不着多加笔墨来形容的，但他听到她的笑声倒很高兴，这就足够了。

"夫人，"他继续说下去，"我已经把这些话都讲了。您自己的看法非常强烈，我想是很难改变的，"这些话他缓慢而有力地重复了一遍，又接着说，"尽管他有这些缺点，我也非常了解这些缺点，但我已经习以为常而且是很尊敬董贝先生的，我生怕这些话又会让您不快了。但是请相信我，我讲这些话并不只是为了显示一下与您完全相左而您又不会寄予同感的心情，"这句话听起来那么清晰、明朗、有力，"还因为我想使您相信在这件不愉快的事情中我是衷心站在您这边的，我对我要扮演的角色是非常愤恨的！"

她坐在那里，仿佛是很怕把她的目光从他的脸上移开似的。

现在他即将把最后一圈放出！

"现在时间已经蛮晚了，"卡克尔停了一会儿说道，"而且您先前讲过您感到很累，但是我没有忘记这次谈话的第二件事情。因为我有充分的理由，我必须提请您，最诚挚地恳求您向董贝小姐表露您的关心时要小心谨慎。"

"小心谨慎！您这话是什么意思？"

"要小心谨慎，您对这位年轻小姐不能表露太多的感情。"

"太多的感情，先生！"伊迪丝宽阔的额头紧皱着，她站起身来说，"谁在裁判我的感情，规定它的分寸？是您吗？"

"做这件事情的不是我。"他感到这问题很难回答，也许他是故作为难之态。

"那么是谁？"

"您能不能猜猜是谁呢？"

"我不想猜。"她回答说。

"夫人，"踌躇片刻之后他说——他们一直彼此凝视着，现在仍旧在相互凝视——"这就叫我为难了。您告诉过我不接受任何我带

684

来的口信，您还禁止我再谈那个问题，但是我发现这两个问题是密不可分的。我冒着使您不快的风险，才荣获了您的信任，除非您接受我向您婉转提出的劝告，否则我就必须不顾您的命令办事了。"

"您知道您是可以这样做的，先生，"伊迪丝说，"您就这样做吧。"

这么苍白，这么强烈地颤抖着，这么激动！他的话产生了他预计的效果，他起初的判断准确无误！

"他的指示是，"他低声地说，"他要我告诉您，您对董贝小姐的举止叫他不高兴，因为由此而形成的对比使他相形见绌。他希望这种情况能够彻底改观；如果您郑重其事的话，他相信这是可以做到的，因为要是您继续对她这样宠爱，是不能给她带来什么好处的。"

"这是威胁。"她说。

"是威胁，"他几乎是无声地回答，表示同感，接着大声说，"但不是针对您的。"

她站在那里，高傲、挺立、尊严地面对着他；她又大又圆的眼睛闪闪发光，仿佛刺穿着他的肺腑，她嘴角仿佛浮现着轻蔑与憎恨的笑容；她渐渐瘫下去，仿佛地面在她脚下陷落似的，要不是他把她抱着，顷刻之间她就会跌倒在地上了。他的手臂刚刚碰到她，她立刻把他推开，随即向后倒退，一只手伸出去，像刚才一样一动不动地面对着他。

"请离开我。今天晚上不要再讲了。"

"我觉得这件事情非常迫切，"卡克尔先生说，"因为会出现什么样的后果，什么时候会出现无法预料的后果，这是没法讲的，因为您不了解他的心情。我知道，现在董贝小姐为那位多年伺候她的女仆被解雇的事情非常难过，当然这件事情还只能算是一个很小的例子。起初我要求不让董贝小姐在旁边，您不会怪我了吧。我可以这样希望吗？"

"我不怪您。请离开我，先生。"

"我知道由于您对这位年轻的小姐关怀备至，情真意切，您一定会时常想您的关心反而损害了她的处境、毁灭了她的前程，我深信，这会给您带来巨大的痛苦。"卡克尔说得匆忙，但很热切。

"今天晚上不要再讲了。请您离开我。"

"由于要照顾他以及处理业务上的事情，我是要经常到这里来的。您是不是允许我再来看您，征求您的意见，该怎么做，了解您的希望？"

她示意他走出门去。

"我甚至无法决定，是告诉他我已同您讲了，还是支支吾吾，让他去猜测，恐怕没有机会或其他什么原因，我还没有跟您讲。关于这事，有必要请您快些让我能够跟您商量。"

"随便什么时候都行，但现在不能。"她回答说。

"我希望来看您的时候，请不要让董贝小姐在场，我是作为有幸受您信任的人来求见的，想给您提供力所能及的一切帮助，也许在许多场合可以为您驱邪除秽。您会理解我的苦衷吗？"

她依旧目不转睛地凝视着他，仿佛是生怕她的目光对他的影响会稍纵即逝，不论那是什么影响，于是她说"可以"，便再次叫他离开。

他鞠了一躬，好像是百依百顺的样子，但是还没有走到门口便回转身说：

"我已经把我的过错解释清楚了，您已宽恕了我。在我走之前，为了董贝小姐的缘故，也是为了我自己，我可不可以握握您的手？"

她把昨天晚上弄破了的戴着手套的那只手伸给他。他拉起这只手吻了一吻，随即退出。关门时，他挥挥那只拉过她的手，把它塞进胸口。

第四十六章

醒悟与思考

　　此时在卡克尔先生的生活习惯中发生了许多微小的变化，最明显的是他对公司的事务特别地兢兢业业，对每一件需要他处理的事情他都仔细弄清其详情细节。在这些事情上他一向不稍松懈、洞烛幽微的，现在他那锐利的眼睛提高了二十倍的警惕。他不顾疲劳地严格观察着每日出现的各种新的情况，而且在百忙之中还要抽空，就是说挤出一些时间，来检查一下这许多年来公司所做的交易以及自己在这些交易中所起的作用。常常，当职员们都已下班，办公室漆黑一片，空无一人，其他的业务场所也已门窗紧闭时，那铜墙铁壁般的保险柜一览无余地摆在他面前，他就会在保险柜里翻阅各种账簿票据，探幽寻秘，其耐心的程度犹如一位外科医生在解剖病人的极其细小的神经和纤维。这种时候邮递员佩契通常在烛光中仔细阅览市价表以排闲解闷，或者坐在外面那间办公室内，对着炉火打盹，他随时都可能一头栽进煤箱子里。虽然他的家庭乐趣会因为这种分心而大为减色，但他对卡克尔这种忘情的工作态度不由得不表示钦佩，而且时常不厌其烦地对佩契太太大谈特谈他们这位商业区里的经理先生如何勤勤恳恳，观察入微。此刻，佩契太太正在家里给两个双胞胎喂奶呢。

　　卡克尔先生把用于公务的日新月异的勤勉精神同样用于处理他个人的私事。他虽然不是公司的股东——至今这个殊荣唯有董贝这个伟大的名字的继承者才能享有——他却从公司的交易中获得一定的份额，而且参与用公司资金投资谋利的各种各样举措；在与东方做生意的巨商当中，那些稍逊一筹的商人把他视为富人。在这些头脑机灵的见风使舵的人中间已开始传说董贝公司的詹姆士·卡克尔正在审时度势，计划着自己的财产，到时候将收回一笔钱，真是一个精打细算的家伙；在证券交易所甚至有人下了赌注，说詹姆士将和一位富有的寡妇结婚。

然而这些事情丝毫不影响卡克尔先生对他上司的留意观察，也不会使他放松把自己打扮得整洁舒坦、风度翩翩，改变他那像猫一样的本质。与其说他的生活习惯发生了某些变化，还不如说他整个人变得更精明了。以前他身上可以看到的各种现象，现在照样可以看到，只是更加集中。他在做每一件事情时是那么专心一意，好像别的事情完全置之度外——对于一位像他这样具有多方面才能、心怀多种目的的人来说，这无疑很清楚地表明他现在做的事情使他精明的才能更加锐利，毫不松懈。

他身上唯一的明显变化是，当他骑着马在街上往来时，他会不时地陷入沉思，就像那天早晨董贝先生惨遭不测之后他从这位先生家里出来时一样。在这种时候，路上有障碍物时他总是不假思索地绕道而行，一路上他似乎听而不闻，视而不见，一直走到目的地，除非突然碰到什么意外或者想起需要加一把油他才会惊醒过来。

一天，他也是这样骑着那匹白腿马到董贝父子公司的办事处去，路旁有两位妇女的眼睛直朝他看，可是他却一无所知。为了表明准时，离预先指定的地点一街之遥的地方，磨工罗布已经睁大出神的眼珠等候着了，可是他同样没有注意到。罗布接连地碰碰帽子，想引起他的注意，他仍然没有看见，于是罗布赶快走过来，在他主人的身边快步跑着，准备在他下马时抓住马镫。

"看他到哪里去！"年老的妇女一边喊着，一边伸出枯槁的手臂向她的同伴指着他，这位同伴是一位年轻女子，紧靠着她身边，也同老妇人一样走进门道里面去。

布朗太太的女儿听到她母亲的话便向外面看过去，她的脸上密布着报仇雪恨的怒云。

"我没有想到还会看见他，"她低声地说，"但是看到他恐怕也好。我看见了。我看见了！"

"没有变！"老妇人说，她的眼睛凶光毕露，恨不得把他置之死地而后快。

"他会变！"年轻的女子接着说，"为什么？他吃了什么苦头吗？我一个人的变化抵得上二十个人的。难道这还不够吗？"

"看他到哪里去！"老妇人红着眼睛望望她的女儿说，"这么舒服，这么讲究，骑在马背上，可我们在烂泥里——"

"我们就是烂泥，"她女儿不耐烦地说，"我们就是给他踩在马脚下的烂泥。我们还能够是什么？"

她再一次朝他的背影凝望过去，正当老妇人开始回答时她立刻挥了一下手，仿佛连声音也会挡住她的视线似的。她的母亲没有去望他，只是看着她的女儿，一言不语，直到他已经走了，她才深深地吸了一口气，好像一块石头落了地，眼里的火光也渐渐熄灭。

"乖乖！"老妇人于是说，"艾丽斯！漂亮的闺女！艾丽！"老妇人轻轻拉了拉她的袖子，想引起她注意，"你本来可以向他要点钱来的，怎么就这样把他放走了？唉，真是作孽呵，我的女儿。"

"我不是跟你讲过我是不会要他的钱的吗？"她的女儿说，"你怎么还不信我的话？我有没有要他妹妹给我的钱？即使是一个便士，如果我知道那是他雪白的手拿过的，我还会碰它吗？除非拿来放了毒以后再送还给他。妈妈，别说了，我们走吧。"

"可他这么有钱呢！"老妇人嘟哝道，"而我们这么穷！"

"穷就穷在没有办法对他加给我们的伤害一报还一报，"她的女儿说道，"他要是把那种财富给我，我会拿来用的。走吧。望着他的马是没有用的。走吧，妈妈！"

可是这位老妇人却一心一意地打量着罗布，因为当她看到这位年轻人牵着一头空无一人的马匹从街那边走过来时，她心中升起了一种兴趣，而这兴趣与此情此景并无什么关系。她似乎有什么疑惑，在他走近时她决心把它弄个水落石出；她把手指放在嘴唇上，眼睛顿时发亮，向她的女儿望了望，他刚经过，便从门内冲了出来，在他肩膀上轻轻碰了一下。

"喂，我的活泼的罗布，这阵子到哪儿去了？"他转过身来时她说。

活泼的罗布听了这一声招呼，他活泼的情绪即刻烟消云散，眼里涌上了泪水，神情懊丧地说：

"哦！您怎么还不能放开一个可怜的小伙子，布朗太太？他现在有了一个体面的差使，做事规规矩矩的！他现在正把他主人的马牵到堂堂正正的马房里去，您为什么在街上拦住他讲话，您想叫这个小伙子见不得人吗？这匹马要是由您来管的话，您会把它卖掉，再买肉来喂猫喂狗的！哎呀，我以为，"说到这里，磨工把最挖苦的话掏出来了，"您早就翘辫子啦！"

"我的乖乖，"老妇人对她的女儿大声说，"我认识他有好几个星期好几个月了，好多好多次他混在那批养鸽子、抓鸟儿的流浪汉中间，我总是把他当作朋友，护着他。可他老是这样跟我讲话。"

"不要管这些鸽子鸟儿吧，布朗太太，好不好？"罗布用极其痛苦的声调反唇相讥说，"我想一个人宁可和狮子打交道，也不要理睬这些小东西，因为在你万万想不到的时候他们总是飞到你的脸上给你反戈一击。哦，问候您好，您想要什么？"磨工讲的这些客气的问候话似乎是激怒之下的报复与抗议。

"您听他同一个老朋友是怎么讲话的，我的乖乖！"布朗太太又朝着女儿说，"但是他有些老朋友可不像我这么耐烦。他一直同他们鬼混、哄骗，要是我告诉他们可以在哪里找到他的话——"

"您住嘴好不好，布朗太太？"可怜的磨工赶快打断了她的话，同时很快向四周瞥了一下，仿佛会看到他主人的牙齿就在他的手旁边闪闪发光，"您为什么这样喜欢把一个小伙子毁掉？您这么大的年纪了！您有好多好多事情要操心呢！"

"这马多神气！"老妇人拍拍马的颈子说。

"不要碰它，好不好，布朗太太？"罗布一边叫着一边把她的手推开，"您要把一个改邪归正的小伙子逼疯了！"

"怎么，我哪点把它弄伤了，孩子？"老妇人回嘴说。

"弄伤？"罗布接着说，"要是它给一根稻草碰了一下，它的主人也会知道的。"说着，他就在老妇人的手稍许拍了一下的地方吹了口气，再用手指轻轻抚摸着，好像煞有介事似的。

老妇人回过头来望着跟在后面的女儿，对她做了个鬼脸，咕噜了一下。当罗布手执缰绳往前走的时候，她紧紧跟在他后面继续讲起来。

"好差使喽，罗布！"她说，"你运气真好，孩子。"

"不要讲运气不运气吧，布朗太太，"可怜的磨工，转过身停了下来，接着说，"要是您没有过来，或者马上走开，这才算得上还够运气的。您怎么不能走开，难道一定要跟着我吗？"罗布哭丧着脸，突然挑衅地说，"要是这个年轻的妇女是您的朋友的话，她怎么不把您带走，省得您在这里献丑！"

"什么！"老妇人把脸凑近他的脸孔，沙哑地叫起来，一脸幸灾乐祸的笑容使她喉咙管十分松弛的皮肤变得都是褶皱，"你怎么连你的老朋友也不认了！过去你没有床就睡在路边的石头地上，你不是五六十次地偷偷往我家里跑，你就睡在角落里，而且睡得很甜吗？你倒同我这样讲话啦！我不是带你去做买卖，教你怎么干我这一行，孩子，还教你怎么偷东西等，可你倒叫我走开？要是明天早上我叫一帮你的老伙伴围得你水泄不通，一个个像你的影子一样跟着你不放，一直把你赶到鬼门关去，看你还敢不敢同我作对！我走了。艾丽斯，走吧。"

"不要走，布朗太太！"心烦意乱的磨工喊道，"您这是干什么？不要发脾气嘛！请您不要把她带走，我没有想冒犯您嘛！一开始我就说'您好'，对不对？但是您不回答。我再说一遍，您好。您想想看！"罗布可怜巴巴地说，"一个小伙子要把主人的马带到马房里去擦洗，弄得干干净净，而这位主人对他周围的大小事情总是要搞得一清二楚，决不放过的，您想想看这个小伙子还能站在街上同别人聊天吗？"

老妇人装着稍为息怒的样子，但仍旧摇晃着脑袋，做鬼脸，念念有词。

"不要这样了，这样对您或者别人都不会有好处的，"罗布说，"跟我一起到马房去吧，喝杯什么，舒服舒服，布朗太太，去不去？叫她一道去，好吗？要不是这匹马的关系，我看到她可真高兴呢！"

说过这番道歉的话之后，罗布转过身来，带着一脸的失望与苦恼，牵着马匹走进一条小街。老妇人向女儿做了一个鬼脸，紧跟着他走上去。她女儿在后面跟着。

拐了个弯，他们走进一个寂静的小广场或者，一个院子里。一座教堂的巨塔耸立在它的上空，四周有包装商的货栈和酿酒工场，都是些商业场所。磨工罗布走到拐角上一个古旧的马房把那匹白腿马交给马夫后，请布朗太太和她的女儿在门口的石凳上坐好，他随即到隔壁的酒店拿来一壶酒和一只酒杯。

"为你的主人卡克尔先生的健康干杯！"老妇人在喝酒之前表示她的心情，说道，"上帝保佑他！"

"怎么，我没有告诉过您他是谁啊？"罗布睁大着眼睛说。

"我们认识他的模样，"布朗太太说道，由于神情专注，她禽动的嘴巴和频频的点头暂时停止了，"今天早上我们看见他骑在马上走过，你准备拉住马等他跨下来。"

"是吗，是吗？"罗布应答了一声，那口气像是很想赶快溜到别的地方去似的，"她怎么啦？不喝吗？"

这句问话是对艾丽斯而言的，她裹着一件披风，坐在稍远一些的石凳上，当他拿着斟满的酒杯递给她时，她全然没有注意。

老妇人摇摇头说，"别管她，你不知道，罗布，她是个怪物。但是卡克尔先生——"

"嘘！"罗布说着便抬起头战战兢兢地朝包装商的货栈和酿酒工场瞧了一瞧，仿佛卡克尔先生说不定会从这些一排排房屋的哪一间往这边看呢，"轻点。"

"怎么，他不在这里吗？"布朗太太喊道。

"这我不知道。"罗布喃喃地说，他的目光游移不定，转来转去，甚至于飞到教堂的塔顶，好像卡克尔先生也可能在那里，他恐怕有一种神乎其神的千里耳呢。

　　"主人好吗？"布朗太太问道。

　　罗布点了点头，随即低声地说，"厉害得很。"

　　"他住在城外，是不是，宝贝仔？"老妇人问道。

　　"城外是他的家，回家的时候他住在那里。"罗布回答着，"不过现在我们不住在家里。"

　　"那么住在哪里？"老妇人再问。

　　"租的房子，靠近董贝先生的家。"罗布答道。

　　年轻的女子突然把眼睛盯住他，像是在搜寻什么，这使罗布感到大惑不解。他再一次把酒杯递给她，像起先一样她依旧没有理会。

　　"董贝先生——过去您和我时常谈起他的，您知道，"罗布对布朗太太说，"您过去时常要我跟您讲讲他的事情的。"

　　老妇人点了点头。

　　"唉，董贝先生，他从马上摔下来啦，"罗布不太情愿地说道，"我的主人要时常过去的，比往常要去得多，有时候同他在一起，有时候同董贝夫人在一起，有时候跟别的什么人在一起。所以我们就住到城里来了。"

　　"他们是好朋友吗，宝贝仔？"老妇人问道。

　　"谁是好朋友？"罗布反问道。

　　"他和她？"

　　"什么，是董贝先生和他夫人吗？"罗布说，"我怎么知道！"

　　"不是说他们，我是指你的主人和董贝夫人，你这个小鬼。"老妇人想哄骗他讲出来。

　　"我不知道，"罗布一边回答着一边又往四周瞧瞧，"我想是的。您怎么这样喜欢打听来打听去的，布朗太太！言多必失，少说为妙。"

　　"怎么，这么问问有什么害处！"老妇人喊叫着，一边大笑一边拍手，"有了好差使了，活泼的罗布变得乖了！这么讲讲没有害处嘛。"

"没有，是没有害处，这我知道，"罗布回嘴说，一边又用疑惧的目光扫射着包装商的货栈、酿酒工场和教堂，"但是老是喋喋不休地讲我的主人，即使说说他外套上面有多少颗纽扣，也是不行的。我告诉您不可以讲他。一个小伙子宁可淹死也不能让您讲他。我讲清楚了。要是您不知道他的名字的话，我是决不会跟您说的。讲讲其他什么人吧。"

当罗布又一次战战兢兢地环顾着院子时，老妇人向她的女儿悄悄做了个手势，虽只是一刹那的工夫，女儿已经心领神会了，她把目光从小伙子的脸上移开，像起先一样裹着披风，坐在那里。

"罗布，宝贝仔！"老妇人向他招手，叫他坐到石凳的另外一头去，"你一向是我最喜欢的宝贝。你说是不是？你知不知道？"

"知道，布朗太太。"磨工很不情愿地答道。

"可你倒会离开我！"老妇人说着就伸开臂膀把他的颈子一搂，"你倒会跑掉，神不知，鬼不觉，你弄到个好差使，走运了，你倒从不过来告诉你可怜的老朋友，你这个小伙子这么瞧不起人！哦嗬！哦嗬！"

"哦，一个小伙子的处境太可怜了，他的主人就在附近眼看四方耳听八面呢！"可怜的磨工大声叫着，"就是在这个地方您还要对他大喊大叫！"

"你究竟过不过来看看我，小罗布？"布朗太太叫喊着，"哦嗬，你究竟过不过来看看我？"

"会的，我告诉您！会的，我会来的！"磨工回答说。

"这才是我的好罗布！这才是我的宝贝仔！"布朗太太说着把眼泪从枯槁的脸上揩干，然后亲热地搂了他一下，"还在老地方吧，罗布？"

"是的。"磨工答道。

"很快就来吧，亲爱的小罗布？"布朗太太大声问道，"常常来吧？"

"是，是，是，"罗布答道，"我全心全意地发誓，我一定会来的。"

"那么，"布朗太太举起手臂伸向天空，把脑袋向后摇晃着说，"要是他说话算数，即使我晓得他在哪里，我也不会去走近他的，连一个字我也不会提他的！绝对不会！"

这一声保证似乎给可怜的磨工带来少许安慰，他立刻和布朗太太握手，满含着眼泪恳求她离开这个小伙子，不要葬送他的前程。布朗太太又亲热地抱了他一下便答应了，但是正要跟着女儿走，却突然回转身，偷偷地举起一只手指，用沙哑的声音悄悄地向他要钱。

"看在老朋友的分上，给我一个先令吧，亲爱的！"她带着一脸的渴望与贪婪说，"六个便士也好。我好穷呵，我的漂亮的闺女，"说着她朝后瞧瞧，"她是我的闺女，罗布，她简直要把我饿死。"

但是当磨工勉强地把钱币放在她的手里时，她的女儿悄悄地走了回来，一把抓住她的手，把那枚钱币使劲抢了过来。

"怎么，"她说道，"妈妈！老是要钱！从早到晚就是想钱。我刚刚讲的话你怎么全都不管了？钱。拿回去！"

钱归还原主时，老妇人呻吟了一下，就算是反对还钱的表示了，她在女儿旁边一拐一拐地步出院外，走上小街。惊恐的罗布凝望着她们的背影，不久看见她们停下脚步，起劲地谈起话来，他还不止一次看见那位年轻女子气势汹汹地挥着手，显然是针对她们谈论的某一个人，而布朗太太则轻声轻语地跟着学舌。他真心希望，但愿她们不是在讲他自己。

她们走开了，这使他暂时放下了心；他想布朗太太总不至于永远活下去，也许不会活得很长，没法再纠缠他了，他感到宽慰。他过去的不良行为给他带来了这些不愉快的后果，使他很是后悔，但是一想到他巧妙地摆脱了卡特尔船长，就心花怒放（他很少不这样的），于是愁容顿消，心平气和地前往董贝公司的办事处去听候他主人的吩咐。

罗布站在他主人的面前，看到那深不可测的锐利目光，吓得浑身发抖，他害怕因为和布朗太太谈话的事情要被狠狠地教训一顿。他的主人像平时一样把一盒信函和文件叫他交给董贝先生，还有一封短笺带给董贝夫人；他只是点了点头，示意他要多加小心，尽快送去——这种隐而不宣的告诫在磨工的想象中充满着阴森的警告与威胁，比任何言词更加有力。

卡克尔先生复又一个人在办公室里时，他马上开始工作，整日不停。他接见许多来客，批阅许多文件，频频进出许多商业场所，在一天的事情没有做完之前他是决不分心的。但是，当桌上的信函文件终于处理完毕后，他又进入沉思默想的状态。

他依旧站在原来的地方，依旧是原来的姿势，他的眼睛凝神地看着地上。这时他的哥哥把当天送出去的信件带了回来，他悄悄把它们放在桌子上面，正准备走开，却给卡克尔经理叫住了。他走进来时卡克尔经理就一眼盯住他，没有把他放过，仿佛这位经理一直凝神注目的并不是办公室的地面，而是他。经理说：

"嗯，约翰·卡克尔，你跑到这里来有什么事情？"

他哥哥指着那些信件，立即准备退出。

"我真不知道，"经理说，"你来了又去了，怎么连我们主人的情况也不问一声呢？"

"今天早上在办公室里我们听说董贝先生好起来了。"他的哥哥答着。

"你怎么弄成这样低三下四，"经理笑了一下说，"但是，你是这些年来变成这样子的。我敢说，如果他有什么三长两短的话，你可要很苦了。"

"那我真的会很难过的，詹姆士。"哥哥答道。

"他会很难过的！"经理指着他说，仿佛他是对另外一个人讲话似的，"他会真的很难过的！我这个哥哥！这个地方的低级职员，这个给人瞧不起的废料，靠边站脸朝壁，像一块烂掉的旧画，天晓得给这样丢在一边有多少年了，而他还居然是一副感恩戴德、恭恭敬敬、忠心耿耿的样子，他倒想要我相信吗？"

"我什么都不要你相信，詹姆士，"哥哥答道，"只要你对待我像对待其他下属一样公正就行了。你问我一个问题，我就回答一个问题。"

"你这个不中用的狗，"经理无比愤怒地说，"你对他难道一点也

696

没有好埋怨的吗？他没有对你傲慢无礼、气势凌人、苛刻严厉、愚蠢得忘乎所以？而你居然心平气和，一声不吭！太没出息了！你是人还是耗子？"

"要是两个人，特别是一个上级一个下级，这么多年待在一起，居然会没有什么可以互相埋怨的，那就很奇怪了——至少他是这么想的，"约翰·卡克尔回答说，"但是由于我在这里的前科——"

"他在这里的前科！"经理大叫起来，"对，是有的。就是他的前科使他受到极端的惩罚，把他扫出整个的天府！嗯？"

"就是由于这个缘故，我才有理由感恩戴德的，这是你刚才讲的，这是我一个人独有的，幸好别人没有这种情况。公司里虽然没有一个人有我这样的情况，他们肯定不会不这样讲，不这样想的。你以为这里会有谁对公司的首脑碰到不幸或灾难居然漠不关心，或者不真的难过吗？"

"你还是很有理由对他忠心耿耿啦！"经理轻蔑地说，"哎呀，你怎么不相信把你留在这里是把你当作一文不值的便宜货，你成了董贝父子公司恩惠的一个家喻户晓的实例，你使这个名闻遐迩的公司更加增光添彩呢？"

"不相信，"他哥哥和声悦气地说，"我很久以来都认为把我留在这里是出于一片至诚的好心。"

"我看，"经理像山猫一样咆哮起来说，"你是要朗诵基督教的箴言了。"

"不是的，詹姆士，"哥哥说，"虽然我们兄弟之间的纽带早已扯断，被扔掉了——"

"谁扯断的，好心的先生？"经理问道。

"我，是我行为失检。我没有怪你。"

经理不出声地怒张着嘴说，"哦，你不怪我！"接着叫他讲下去。

"我是说，虽然我们之间兄弟的纽带已经没有了，但我求你不要无中生有地数落我，不要误解我讲的话或者要讲的话。在这里，你被提拔了，高出于众人之上，得到升迁，受到信任，有了荣誉，我知道，由于你能力出众，对人深信不疑，你一开始就被得到重用，而且你和董贝先生交往比任何人更加自由自在，可以说，你和他是平起平坐的，你受到他的恩遇，靠他致富。我只是向你提醒一下，如果以为只有你对他的福祉和名誉关心，这就错了。我真的认为，在这个公司里，从上至下，从你到最低层的人，都对董贝先生有这份感情。"

"你说谎！"经理勃然大怒，面红耳赤地说，"你是一个伪君子，约翰·卡克尔，你说谎。"

"詹姆士！"他哥哥也涨红着脸叫喊着，"你讲这些侮蔑的话是什么意思？你怎么无缘无故地用这些卑鄙的话来骂我？"

"我告诉你，"经理说，"你的假心假意和低三下四——这个地方全部的假心假意和低三下四——根本配不上我来骂的。"他捻了捻大拇指和食指，弄得噼啪作响，"我已经看透了这一切，就像空气那么清清楚楚！这里的每一个职员，无论是我还是最低级的（你和最低级的相去不远，所以你和他同病相怜），看到他的主人受到屈辱，没有一个心里不高兴的，没有一个不暗暗地恨他，没有一个希望他逢凶化吉，只想他多灾多难，要是有权力和胆量的话，没有一个不会向他反戈倒击的。谁越是受他的青睐，谁就越要受他的侮慢；谁越接近他，谁离他就越远。这就是这里的信条！"

"我不懂，"他的哥哥刚才给激起的怨愤现在很快化为惊异，他说，"谁把这些乱七八糟的话灌到你耳朵里去的？你为什么偏偏要试探我，而不试探别人？我现在已经明白了，你一直在试探我，找我的茬儿。你的态度，你的样子，同我以前看到的不同了。我只是再跟你讲一下，你受骗了。"

"我知道我受了骗，"经理说，"我已经告诉过你了。"

"不是受我的骗，"哥哥说，"如果有人告密，你是给告密的人骗了，如果没人告密，那你就是被你自己的念头和怀疑欺骗了。"

"我没有什么怀疑，"经理说，"我有的都是确切无疑的事实。你们这些胆小如鼠、卑躬屈膝、摇尾乞怜的狗！你们都装着这种样子，讲着这些话，哼着这种调子，心怀鬼胎，你们的心思是昭然若揭的。"

他的哥哥一句话也不说就走开了，他刚讲完最后一个字就把门关上了。经理卡克尔先生把一把椅子拉近炉火，用火钳轻轻敲打着煤块。

"这些懦弱无能、逢迎拍马的家伙，"他露着两排闪闪发光的牙齿喃喃自语着，"他们之中没有一个人不会佯装震惊、愤怒填胸的！呸！只要有权力，又有智慧和勇气，他们之中没有一个人不会把董贝的傲慢彻底摧毁、踩在脚下的，就像我把这些灰烬毫不留情地耙出去一样。"

他一边把煤块敲碎，铺在炉格子上，一边若有所思地笑着观看自己所做的事情。"即使没有王后的诱惑也照做不误！"他立刻加上一句，"有那傲慢这个东西为我们的相识作见证，这是不能忘记的！"说着，他即陷入更深的沉思之中，对着渐渐暗淡的炉火默想着；过了好一会儿他才如同一个埋头读书的人站了起来，向四周看了一看，拿起帽子和手套，走向他的马等候着的地方，跨上马，骑上华灯初上的街道，这时已是晚上了。

他骑近董贝先生的住宅时放慢了速度，抬头仰望窗口。首先吸引他的目光的是他曾经看见弗洛伦斯和她的狗待在一起的那扇窗户，虽然里面没有灯光；当他扫视着这座巨宅的高墙时，他笑了一笑，似乎不屑一顾地把那扇窗户丢在脑后。

"曾经，"他自言自语着，"即使望望您这颗初升的小星，知道什么地方会有云朵可以在需要的时候掩护您，也是一种乐趣。可是现在一颗明星已经升起，在它的辉煌中您变得暗淡无光了。"

他骑着白腿马转过街上的拐角，从这座巨宅后面的窗户中寻找一扇亮着灯光的窗子。这扇窗子使他想起一位亭亭玉立的尊贵的夫人，一只戴着手套的玉手，使他想起美丽的鸟羽怎么给撒遍地上，长袍上轻柔的白色绒毛怎样瑟瑟地跳动着，就像风雨欲来时的情况。他带着这些记忆策马而去，风驰电掣地穿过渐渐暗淡、已无人迹的园地。

残酷的事实是，这些都是和一个女人，一个骄傲的女人密切相关的，而这个女人是很恨他的，但由于他的巧言令色以及她本人的骄傲与愤怒，她渐渐地、万无一失地走进他的圈套，她容忍他的求见，与她相伴，让他无所顾忌地向她谈论她对自己夫君的反抗情绪以及她的自以为是。这个女人对他深恶痛绝，她对他了如指掌，而他也是很了解她的，正因为这样她是不信任他的，但是为了发泄她满腔的愤怒，她却让他一天一天地更加接近她，尽管她对他怀恨在心。尽管她对他怀恨在心！就是为了这个缘故，这憎恨深不可测，虽然她那双威逼的眼睛可以隐隐约约地看见，但无法洞察其幽微，而在其深处则潜伏着阴险的报复，它的淡淡的阴影曾经给看到过一次，令人发抖，以后再也没有看见过，不过在她心灵中会留下抹不去的污点。

　　在他骑马途中，这样一位女人的阴影是不是在他的周围徘徊不去，真如其人，看得清清楚楚呢？

　　是的。在他的脑海中他看见她，同她真实的人一模一样。她同他在一起，她的骄傲、愤怒、憎恨，如同她的美貌一样清清楚楚，而最显而易见的莫过于对他的憎恨。他看见她有时候和他并肩而行，目空一切，令人却步，有时候却又匍匐在他的马蹄间，躺倒在尘埃中。但是不管怎么样，他总是看见她依旧是她的本色，毫无掩饰，他望着她走在危险的路程上。

　　结束了旅程之后，他换上新的衣服，低垂着头，轻言细语，面露殷勤的笑容地走进她那灯光灿烂的房间，刚才在他脑海中的她现在一清二楚地呈现在他的眼前。他甚至怀疑那只戴着手套的手有什么神秘的魔力，因此他把这只手更长久地握在自己的手中。他仍旧踏在她所走着的路程上，她留下的每一个脚印上面都紧跟着他的脚印。

第四十七章

晴空霹雳

时间并没有削弱董贝先生和他夫人之间的隔阂。这一对很不相配的夫妇不但自己郁郁寡欢，相互之间也无乐趣可言，把他们系在一起的纽带只不过是捆绑他们手脚的锁链，他们越是相互排斥，这锁链就拉得越紧，使他们的折磨深入骨髓。时间这个可以安慰痛苦与缓解愤怒的药方对他们来说是无济于事的。他们的骄傲的性质和目标虽然各不相同，其程度都是不分上下的；他们之间爆发的火花在不同的情况下会有不同的表现，有时是闷火，有时是烈焰，但不管怎么样，只要有火花爆发出来，他们彼此可以触及的范围之内的一切都会给烧成灰烬，而他们的婚姻就成为一场浩劫。

我们应该公正地对待他。在其荒诞离奇的幻觉中，生活的沙漏里每一粒沙子的流动使他飘飘然忘乎所以，他驱使她往前走，至于走向何处，怎么走法，他是很少考虑的，但是他对她的感情依然如初，还是那个样子。她的极大的缺点就是毫无理由地把自己置于他的反面，绝不承认他举足轻重的地位，决不毫无保留地屈从于他的地位，因此他觉得有必要纠正她的缺点，使她就范，但是除此之外他却是冷静的，他认为她只要愿意，是能够使他的选择和他的名字流光溢彩，使他的豪华富贵熠熠生辉的。

自从那天晚上她坐在自己的卧室中凝望着墙上的黑影直到匆匆而至的夜深人静时，她每天无时无刻不怒气填胸、傲气十足地把她乌黑的眼睛对准一个使她备受羞辱、万分激怒的人影，这个人影就是她的夫君。

那死心塌地地统治着董贝先生的罪魁祸首是不是一种违反天性的性格？有时候也许值得追究一下天性是什么，人们怎样苦心积虑地改变天性，在天性被扭曲之后，违反天性之举是不是就不合乎天性了？倘若把我们伟大母亲的随便哪一个子女关在狭小的笼子里，让这个囚犯只能奉行一个信仰，而少数卑劣的策划者则站在周围对这种信仰顶礼膜拜，使之发扬光大，那么当那位心甘情愿拜倒在这种信仰脚下的囚犯看清了天性的真实全貌，他对天性将作何设想？而他自从抱住这种信仰之后很快变得一蹶不振，无能为力，连自由思想的翅膀也从来没有展开过呢。

　　天呵！在这世界上，在我们周围，那些极其违反天性的事物难道就这么少吗？其实正是由于其违反天性也就非常顺乎天性了！听听法官怎样教训社会上那些违反天性的流浪汉的吧：不良的行为习惯是违反天性的；缺乏礼貌是违反天性的；善恶不分是违反天性的；幼稚无知、行为不良、轻举妄动、不听管束，是违反天性的；脑子的愚笨、外貌的丑陋，一切的一切都是违反天性的。但是跟随着善良的牧师和医生去看看吧，他们终其一生每吸一口气都会危及他们的生命，他们走进他们的蜗居，躺卧在那里，川流不息的车轮声和石子路上终年不断的脚步声不绝于耳。环顾一下这乌烟瘴气的世界吧，地球上千千万万生生不息的生物都挤在这里，他们没有别的地方可去，只要稍微提一提这种景象就会使人们感到厌恶，住在邻街上娇生惯养的女士就会盖住耳朵悄声地说："我不相信这种事情！"呼吸一下那被有害健康和生命的各种不洁之物所污染的空气吧，让每一个使人类获得欣喜与欢乐的感官不堪各种心烦意乱的侵袭，成为唯有悲惨与死亡可以进入的渠道吧！你可以异想天开地以为，那些生长在这个发臭的土壤中的任何草木花朵还会像上帝安排的那样顺乎天性地成长壮大，在阳光中长出青枝绿叶！当你想起某个发育不良、脸色苍白、满面邪恶的孩子时，你可以就其违反天性的罪过而大发议论，为其这么早就远离天堂而悲叹，但是你还得稍微想一想这个孩子是在地狱里怀胎、出生、成长的呵！

那些研究自然科学的人用他们的观点来研究人的健康状况，他们告诉我们倘若被污染的空气中升起的有害微粒能够为目力所见的话，我们会看到它们像一堆乌云笼罩在这些地方的上空，然后徐徐向前流动去污染城市里比较清洁的地区。于是精神的病疫同它们一起升起，而且根据被扭曲了的天性永恒的法则，和它们是不可分离的，倘若这也可为目力所能见的话，这景象将会是多么可怕呵！于是我们就会看到腐败、酗酒、偷窃、谋杀、对神明的不敬以及许许多多无以名状的罪恶纷纷起来与人类顺乎天性的喜恶之情争夺地盘，它们的阴影笼罩着忠诚仁爱的地方，然后逐步推移，扩大势力，让纯洁无邪的人们也受到污染伤害。于是我们就会看到被污染的泉水流进我们的医院、麻风病院、涌入监牢，使装运囚犯的船只不堪重负，而且跨海越洋，在广阔的大陆上让各种罪恶传遍各地。于是我们就会惊异地发现，在这里，我们的儿童死于我们一手制造的疾病，并使还未出生的一代一代的儿童同样深受其害，也就是在这里，通过同样的方式，我们生出的幼儿不是纯洁无邪的，青年没有羞耻之心，成年人只是在苦难与罪过之中成熟，穷困潦倒的老年人千疮百孔、骨瘦如柴，不像人形。违反天性的人类呵！当我们从刺丛中采摘葡萄，从蓟堆里采摘无花果的时候，当禾谷从我们罪恶的城市的偏僻小巷中的垃圾里生长起来的时候，当玫瑰花开放在它们依依不舍的肥沃的教堂墓地上的时候，那么我们就可以去寻找顺乎天性的人类，我们就会发现他们从这些种子里成长壮大。

呵，但愿赐给我们一位善良的精灵，他比那篇故事里的跛子魔鬼①手力更大、心地更加仁慈，但同样能把屋顶掀起，让信奉基督教的人们看看从他们家里飞出什么样的黑影，看看这些黑影追随着毁灭的天神成群结伙地向前奔驰吧！但愿，只要有一个夜晚能够看见苍白的阴魂从被我们久已忽视的景象中、从滋生罪恶和热病的阴云密布的空气中升起，向整个社会连续不断地像倾盆大雨般洒下越来

---

① 跛子魔鬼：指法国作家勒萨日的小说《跛子魔鬼》中的魔鬼，他能掀起屋顶，揭露罪恶与苦难。

越厉害的惩罚吧！这样一个夜晚过后的清晨将会是晴空万里，光明幸福的。人们不会再被他们自己设置的绊脚石挡住去路，因为这些绊脚石只不过是他们走向永生的道路上纷飞的尘埃而已；他们将作为具有一个共同的根、信奉一个共同的上帝、向往一个共同的目标的群体同舟共济、努力以赴，使这个世界变得美好起来！

有些人从未向外面看一看，从未看一看他们周围的人们生活的世界。对于他们来说，这一天也同样是光明幸福的，因为这一天会使他们认识到他们与这个世界的关系，认识到他们的同情心日益减弱，他们对世事的看法日益偏颇，这是违反天性的；这种情况一旦开始出现，它的发展也会像众所周知的腐化堕落一样不可收拾，而且也变得顺乎天性了。

但是董贝先生和他的夫人并没有看到这样一天的曙光，他们两人照样我行我素。

自从他出事以后已经过去六个月了，在这六个月里他们之间的关系依然如故。如果在他的路上矗立着一块大理石，也不会像她那样巍然屹立，不可移动；岩洞深处的一泓不见一线光亮的寒泉也不会比他更阴沉、更冰冷。

当一个新的家的前景出现在弗洛伦斯眼前时，在她胸中跳动着希望，现在，这希望已经完全从心中消失了。这个新的家建立已快两年了，日复一日那种伤心惨目的情景使她的期望与信心全都付之东流。如果说她还希望伊迪丝和她的父亲有朝一日会重归于好的话，那么现在她对她父亲还会爱她是不抱一丝幻想的。在短暂的时刻，她似曾看到他稍许宽容了一些，但是由于他对她始终不变的冷漠长久地留在她的记忆中，这短暂的时刻终于被她忘却，如果说还有点记得的话，那只是一种伤心的幻象而已。

弗洛伦斯仍旧是爱他的，但渐渐地，她只是把他当作过去她曾经爱过或者可能爱过的亲人，她爱的不再是她眼前的严厉的父亲。她怀着淡淡的忧伤想念着小保罗和她的妈妈，现在当她想着她父亲的时候，她对小保罗和她妈妈的怀念似乎也参加进来，构成了一个亲切的记忆。那么作为父亲的他是不是在她心目中不再存在了呢？是不是她父亲与她那些心爱的往事有着千丝万缕的联系，她那奄奄一息的希望以及被他冻僵了的温柔的感情长久地和他牵连着呢？这她还不能讲，但是她所爱的父亲对她来说确已开始变成一个模模糊糊、像梦幻一样的概念，这个概念和她的实际生活几乎没有什么实质性的关系，充其量只不过是有时出现在她幻想中她亲爱的弟弟的形影，她想象他依然活着，已经长大成人，他会保护她、珍爱她的。

这种变化，如果可以称作变化的话，是一个不知不觉的过程，就像从童年转变为成年女子那样，而且是同它一齐到来的。弗洛伦斯在孤寂中想到这些念头时，已快十七岁了。

现在，由于她和她妈妈之间的关系已经大大改变了，她常常是一个人待着。在她父亲出了事，躺在他自己楼下的房间里时，弗洛伦斯就已注意到伊迪丝在避着她。她既伤心又震惊，她们相见时伊迪丝是那么亲切，然而又想避开她，她无法理解，于是在晚上又一次到她的房间里去找她。

"妈妈，"弗洛伦斯轻手轻脚地走到她身边说道，"我是不是叫您不高兴了？"

伊迪丝回答说没有。

"一定是我做了什么不好的事情吧，"弗洛伦斯说，"告诉我是什么事情。亲爱的妈妈，您对我的态度不一样了。只要有一点点改变我就马上感到了，因为我全心全意地爱您。"

"我也一样地爱你，"伊迪丝说，"弗洛伦斯呵，相信我，我现在更爱你！"

"您为什么常常从我身边走开，避开我呢？"弗洛伦斯问，"有时候您为什么那么奇怪地看着我呢，亲爱的妈妈？您是这样的，是不是？"

伊迪丝乌黑的眼睛表示认同。

"为什么呢？"弗洛伦斯恳求地问道，"告诉我什么缘故，好让我知道怎样更能叫您高兴。答应我以后不会再出现这种情况了。"

弗洛伦斯跪在伊迪丝面前的地上，一只手搂着她的颈项，眼睛满含着爱意地望着她的眼睛。伊迪丝也望着弗洛伦斯的眼睛，拉起那只搂着她颈项的手，回答说，"我的弗洛伦斯，是什么缘故，我不能告诉你。这不是我可以讲的，也不是可以让你听的。但是情况是这样，我知道，也必须是这样的。如果我不知道，我为什么要这样做？"

　　"我们是不是不能再这样亲近了呢，妈妈？"弗洛伦斯像一个惊慌失措的人凝视着她问道。

　　伊迪丝的嘴唇默默动了一下，表示"是的"。

　　弗洛伦斯怀着越来越惶恐与惊异的心情凝视着她，泪水从脸上纷纷淌下，直到把视线遮住，看不见她了。

　　"弗洛伦斯！我的生命！"伊迪丝赶忙说，"听我讲。看到你这样伤心我受不了。安静一些，你看我不是很平静吗？难道我就无动于衷吗？"

　　讲着最后这句话时，她的声音和态度又变得坚定了，她随即作了补充说明：

　　"不是完全不能亲近，只是部分的，就是说只是表面上的，弗洛伦斯，在我的内心我对你依然如故，而且永远不变。但是我现在这样做并不是为我自己。"

　　"是为我的缘故吗，妈妈？"弗洛伦斯问。

　　"知道就行了，"伊迪丝停了一会儿说，"这没有什么关系嘛。亲爱的弗洛伦斯，我们的交往少一些，这其实反而好，这是必要的，而且一定要这样做。我们之间推心置腹的关系必须结束。"

　　"什么时候？"弗洛伦斯大声问道，"什么时候呵，妈妈？"

　　"现在。"伊迪丝答道。

　　"一直这样吗？"弗洛伦斯问。

　　"我不是这样讲，我不知道，"伊迪丝答着，"但我也不会说我们之间的亲近只不过是一种很不相配，很不神圣的关系，我早该想到不会有好结果的。我在这里所走过的道路你是绝对不会去走的，至于我今后的道路可能——我不晓得——天知道——"

她的声音渐渐地沉寂了。她坐在那里望着弗洛伦斯，她几乎要从她面前往后退缩，她那奇怪的恐惧与竭力避开的神情弗洛伦斯在这以前也遇到过一次。接着，她的全身和脸上猛地掠过她曾见过的阴沉的傲气与愤怒，就像激越的歌声猛烈地划过一根根竖琴的琴弦。但是和颜悦色的面容与谦恭和蔼的仪态并没有接踵而至。现在她没有低垂着头，流着眼泪，也没有说她的希望只在弗洛伦斯身上。她却抬起头，像漂亮的美杜莎①直视其人之面，想置之死地而后快。是的，假使她有这种魔术的话，她是会这样做的。

"妈妈，"弗洛伦斯焦急地说，"您有些不一样了，您的变化还不止您跟我讲的这些，这使我惊慌。让我同您待一会儿吧。"

"不，"伊迪丝说，"不，亲爱的。现在让我一个人待着最好，我们最好不在一起。不要问我什么问题，相信我，你看到我这样变化无常，并不是出于我的心愿，也不是为我自己。相信我，虽然现在我们之间不像往常那么亲切，我心里对你的关怀丝毫未变。原谅我把你这个本已阴沉的家弄得更加阴沉——我很清楚，我是你家的一道黑影——好了，我们不要再谈这个了。"

"妈妈，"弗洛伦斯抽泣着说，"我们不会分开吧？"

"我们这样做就是为了不会分开，"伊迪丝说道，"不要再问了。去吧，弗洛伦斯！我的爱和痛悔与你同在！"

伊迪丝拥抱了她，便放她走了。弗洛伦斯走出了她的房间，她望着她渐渐远去的背影，仿佛走出去的是她的善良的天使，天使走后，她便听凭傲慢与愤怒的激情的摆布，在她的额上打下深深的印记。

从此以后，弗洛伦斯和她不再像过去那么亲近了。一连好多天，如果不是在餐桌旁，同时有董贝先生在场的话，她们是很少见面的。即使在餐桌旁，伊迪斯是那么傲视一切，岿然不动、沉默不语，从不看她一眼。而当卡克尔先生也坐在餐桌旁时，伊迪丝比其他时候坐得离她更远了，对她的态度也更加疏远，在董贝先生的恢复阶段

---

① 美杜莎：希腊神话中的蛇发女怪。

以及病愈后，卡克尔先生是常来和他们一起用餐的。然而她们相见时如果没有别人在旁边的话，伊迪丝就仍然像过去一样深情地拥抱她，同过去不同的是，她的傲然之气却纹丝不动。常常，她出去回来晚了，也像过去一样在黑暗中悄悄走进弗洛伦斯的房间，挨着她的枕头轻轻说声晚安。弗洛伦斯睡着了不知道她的来访，有时候在蒙眬中醒来，仿佛在睡梦中听到这些柔和的话语，仿佛感觉到嘴唇在亲着她的脸孔。但是一个月一个月地过去了，这种亲切的表示日益稀少。

现在，弗洛伦斯心中的空虚感使她周围的世界又开始变得凄凉寂寞。她所钟情的人全都离她而去了，她所挚爱的父亲的形象在茫然不觉中成为一个仅仅是抽象的概念，伊迪丝也是这样，匆匆而去，渐渐地走远，日益暗淡而苍白。渐渐地，过去的她像一个幽灵，从弗洛伦斯的面前退却；渐渐地，她们之间的隔阂日益扩大，似乎也日益加深；渐渐地，她往日的温柔与热情全都给冻结了，代之而起的是满腔愤怒、勇敢无畏、坚强不屈的气概。就这样，她站在弗洛伦斯所看不见的悬崖边，毫不畏惧地俯瞰着下面的深渊。

现在只有一种想法可以稍稍弥补失去伊迪丝所引起的伤痛，这对她沉重的心虽然只是小小的安慰，她仍然尽力把它看作减轻痛苦的缓解剂。在感情和孝敬之间，不需要再左顾右盼，弗洛伦斯可以同时爱他们两个而不会亏待哪一方。既然他们都是她痴心的幻想中的影子，在她自己的胸中她就可以给他们平等的地位，用不着有什么疑虑，委屈了他们。

她尽力而为。有时，甚至于常常，在她脑海里面，伊迪丝这种变化的原因不禁引起她的疑问与思考，使她惊恐。但是当她重新沉浸于默默的悲伤与平静的孤寂之中时，她的脑子又恢复了常态。她只要想起她的希望之星被整座屋子的阴暗遮住了，她就会悲泣起来，听凭命运的摆布了。

就这样，弗洛伦斯同时生活在梦幻与现实世界中。在梦幻中她年轻的心里奔腾澎湃的爱倾注于虚无缥缈的形影，而在现实世界里

708

她只感到那奔腾澎湃的波涛倒退回来，回到她自己的心里。在这种双重生活里，弗洛伦斯长到十七岁了。孤单的生活使她变得胆怯而内向，然而她可爱的脾气、诚挚的性格并没有受到影响。单纯朴实的童心，谦虚得体、自力更生的女性品质，深沉而强烈的情感，她的脸孔和纤弱的身姿似乎同时流露着儿童的稚气和女人的风韵，优美地融为一体，就像是夏天刚到时明媚的春光迟迟不愿离去，那种含苞未放的妩媚和鲜花盛开的艳丽交相辉映。但是在她颤抖的声音、平静的眼睛里，有时在那似乎浮动于她头上的缥缈奇幻的亮光中，有一种在那已经死去的男孩身上可以看见的表情，这种表情在她忧思难忘的美貌中始终徘徊不去。楼下仆人的饭厅里，仆人们窃窃私语，摇晃着脑袋，越吃越猛，越喝越多，他们更加亲密无间了。

这一群眼光尖锐的仆人们夸夸其谈地讲着董贝先生和董贝夫人的事情，也讲着卡克尔先生，他们觉得卡克尔先生像是董贝先生夫妇之间的调解人，他来来去去，好像忙着调解他们的纠纷，但从未如愿以偿。他们都为这种很不舒服的局面而伤心，他们一致认为皮普钦夫人在搞鬼，此人的不得人心确是无以复加的了。但是有这么一个求之不得的话题让他们寻寻开心总算是很乐味的，他们自然不遗余力地兴高采烈了一番。

到这家来拜访的客人，以及董贝先生和夫人前去看望的人，大多认为董贝先生夫妇是很相配的一对，至少在傲慢这一点上他们是势均力敌的。至于还有什么别的想法就不多此一举了。斯库顿夫人死后，那位袒肩露背的夫人有好一阵子没有过来。她用平时那种很吸引人的又尖又细的嗓子对她的几个好朋友说，她一见到那家人就免不了要想起墓碑和一连串可怕的事情；但是后来她来了，她并没有看到什么可怕的东西，她只是看见董贝先生的表链子上挂着一串金印作为吉祥如意的标志，这种早已无人问津的迷信举动使她大为吃惊。这位年轻的骚婆原则上是不喜欢继女的，但是她又找不到弗洛伦斯的岔子，只好说，真遗憾，她太缺乏"风韵"了，也许她是指弗洛伦斯没有袒肩露背吧。有许多人平时是不登门的，只是在重大的日子才过来，所以他们不太清楚弗洛伦斯是谁，回家时他们才说，"真的，董贝小姐就是坐在角落里的那个吗？很漂亮，就是有些纤弱，看起来好像心事重重的！"

在最近六个月，弗洛伦斯的日子就是这样度过的。她父亲和伊迪丝结婚两周年的前一天（他们结婚一周年时，斯库顿夫人已经瘫痪卧床），她怀着惴惴不安甚至恐惧的心情在餐桌旁就座。她之所以有这种心情是因为这是一个不平常的日子，是因为在她匆匆一瞥时她看见了她父亲脸上令她望而生畏的表情，还因为卡克尔先生也在场，卡克尔先生的在场一向让她很不舒服，今天比往日更甚。

伊迪丝衣着华丽，因为这天晚上她和董贝先生要去参加一个盛会，而晚餐也迟了。大家都已坐下后，她才走了进来，卡克尔先生立刻起身，领她走到她的席位。她姿容美丽，光彩夺目，她的脸色和神情上有似乎一种什么东西把她和弗洛伦斯和每一个人永远地分开了，无可挽救地分开了。然而一瞬间，当伊迪丝朝她望了望时，弗洛伦斯看见她眼睛里闪着一线亲切的亮光，这使她对她们的疏远倍感痛心和抱憾。

用餐时很少讲话。弗洛伦斯只是听到她父亲偶尔跟卡克尔先生谈些业务方面的事情以及卡克尔先生轻声地回答，但是她并没有注意他们讲些什么，她但愿晚餐赶快结束。当甜食摆在桌上，仆人们离开后，董贝先生清了好几次嗓子，看起来情况不妙，他说：

"董贝夫人，我想你是知道的，我已经通知女管家明天晚上有客人来吃饭。"

"我明天不在家吃晚饭。"她答道。

"人不多，"董贝先生装着没有听见，继续说下去，"不过十三四人。我妹妹，贝格斯托克少校，还有一些人你不太熟悉。"

"明天我不在家吃饭。"她又说了一遍。

"现在要非常愉快地纪念这个日子，董贝夫人，"董贝先生仍旧威风凛凛地说下去，好像根本没有听见她讲过话似的，"即使我的理由不够充分，在这些事情上，在众人面前必须维持我们的体面。如

710

果你没有自尊心，董贝夫人——"

"我是没有。"她说。

"夫人，"董贝先生一边拍着桌子一边大声说，"你听我讲。我说，如果你没有自尊心——"

"我说了我是没有。"她答道。

他看着她，但是她回敬的脸色纹丝不动，同死神没有两样。

"卡克尔，"董贝先生比较平静地对这位先生说，"以前您充当过我和董贝夫人之间的中间人。我是要维护生活的体面的，为此，我请您代劳告诉董贝夫人：如果她没有自尊心，我本人是有几分自尊心的，因此我坚持明天的安排照我的办。"

"告诉您至高无上的主人，先生，"伊迪丝说，"这件事情等会儿我跟他谈，我要单独跟他谈。"

"夫人，"她的夫君说，"我有理由不让你享受这个特权，卡克尔先生知道的，你这种话他不必向我传达。"他说时看见她的眼睛在移动，他的眼睛便跟着她的视线移动。

"你的女儿在这里，先生。"伊迪丝说。

"我的女儿就留在这里。"董贝先生说。

刚刚站起来的弗洛伦斯立刻又坐下来，她用手捂着脸孔，全身战栗。

"我的女儿，夫人——"董贝先生说。

但是伊迪丝把他止住了，她的声音虽然没有丝毫提高，听起来却是那么清晰、有力、毫不含糊，即使旋风吹过也听得见的。

"我告诉你我要单独跟你谈，"她说，"如果你没有发疯的话，我讲的你应该听见的。"

"我有权力同你讲话，夫人，"她的夫君说，"不管什么时候，不管什么地方，只要我高兴就可以。我就是要现在在这里跟你谈。"

她站了起来，仿佛是要离开餐厅似的，但又坐下来了，像是很平静地看着他，接着很平静地说："你请便吧。"

"我必须先告诉你，你气势逼人，夫人，"董贝先生说，"这对你不适合。"

她听了放声大笑。她头发上的钻石给摇晃得抖动起来。传说如果佩戴宝石的人会有不测之虞，这些宝石就会变得苍白了。如果情况果真如此，这些宝石里蕴藏的光辉此刻就会不胫而走，而且会变得像铅一样的灰暗。

卡克尔眼睛垂下，在一旁静听。

"对于我的女儿来说，夫人，"董贝先生又继续刚才的话题说，"她应该明白什么行为是应该避免的，这与她对我应尽的孝敬是并行不悖的。现在你应该在这方面给她做一个很有力的榜样，我希望她会有所收获的。"

"现在我让你讲，"她的夫人目不转睛、不动声色地接着说，"即使房子着火了，我也不会站起来走开的，我会让你把每一个字都讲出来的。"

董贝先生转动了一下脑袋，仿佛是含讥带讽地表示他领会了她的好意，于是继续说下去，但是不像先前那样泰然自若了，因为，伊迪丝马上替弗洛伦斯担心，而对他本人以及他对她的指责，她根本不放在心上，这使他非常恼火，就像伤口给戳了一下，刺得很痛。

"董贝夫人"，他说，"这种顽固不化的脾气是多么可悲，必须加以纠正，尤其是在满足了自己的野心和欲望之后变本加厉，不知好歹，这就更加可悲、更加需要纠正了。让我的女儿了解这种情况对她是不无裨益的，这和对她的教养是并行不悖的。我想，你之所以想在这个餐桌旁占有这个席位，和野心与欲望是有一定关系的。"

"决不！即使房子着火了，我也不会站起来走开的，我会让你把每一个字都讲出来的。"她把刚才的话又说了一遍。

"有人在旁边听到这些不愉快的事情时，董贝夫人，"董贝先生继续说下去，"你会感到不舒服，这也许是很自然的，不过为什么——"说到这里他无法掩饰他的真情实感，不禁阴沉地向弗洛伦斯看了一下，"为什么有别人在场，这些事情显得耀眼刺目，忍受不了，唯独对于我这位当事人却完全无所谓，我实在不能理解。在别人面前指责你的叛逆性，你不愿意听，这也许是很自然的，但是这种叛逆性你应该尽早克服，而且是必须克服的，董贝夫人。我很遗憾地告诉你，在我们结婚之前我带有几分疑惑和不快的心情不止一次地看到你对你去世的母亲很不恭敬，这种叛逆性是显而易见的。但是改过自新掌握在你自己的手中。我当然没有忘记，我一开始根本就没有忘记我的女儿是在旁边的，董贝夫人。我请你不要忘记明天是有几个客人要来，要注意体面，不要忘记要礼貌待客。"

"看来，"伊迪丝说，"你明明知道你和我之间发生的情况，这还不够；你可以睁着眼睛往这边看看，"说时她指着眼睛低垂、仍旧静听着的卡克尔，"你就会想起你给我的侮慢，你还觉得不够；你可以往这边看看，"说时她指着弗洛伦斯，她的手指首次也是仅有的一次轻轻颤抖着，"你就会想起你所做的事情，就会想起你在做这些事情时无时无刻不在刻毒地使我感到痛苦，你还觉得不够；一年之中日复一日我痛苦地挣扎着，这种挣扎简直是活受罪，是你所无法想象的；每逢这一天我就记起这些痛不欲生的挣扎，可你还觉得不够。你拿出最后一张卑鄙无耻的王牌，叫她亲眼目睹我掉进怎样可怕的深渊。可是你明明知道，为了让她过得安静愉快，怕你对她过不去，我被迫放弃我生活中唯一的温情和兴趣；你明明知道为了她的缘故，如果能够的话，现在我就会完完全全屈从于你的意志，做你的最卑躬屈膝的奴隶！但是我不能够，我的心灵对你避之唯恐不及！"

这是不能使董贝先生的傲慢自大增光添彩的。她说的这些话使他原来的心态变得更加强烈而严厉。在他生活中这个最不好过的阶段，他那备受冷漠的孩子又一次被这个叛逆的女人推到前台，显得庞然有力，被视为至宝，而他自己却相形见绌，渺小而无能。

他马上转过身，朝着弗洛伦斯，好像是她讲出那些话，叫她出去。弗洛伦斯捂着脸，颤颤抖抖、哭哭啼啼地走出餐厅。

"夫人，"董贝先生洋溢着胜利的兴奋说，"我知道这种反抗性格使你的感情走入歧路，可是给挡住了，董贝夫人，而且给挡了回去！"

"那对你就更糟了！"她依旧不动声色地回应着，"那好！"她这样讲时他急忙转过身来，"对我更糟的事情对你还要糟，要糟两千万倍呢。如果你什么事情都不在意，这点你可得当心。"

她黑发上的一串钻石像一弯星桥晶莹闪烁。它们之中并无不祥的警示，否则它们就会像黯然失色的荣誉变得暗淡无光。卡克尔仍旧低垂着眼睛，坐在那里静听。

"董贝夫人，"董贝先生尽量恢复了傲慢而平静的神情说，"你不要想用这一套叫我回心转意，改变我的打算。"

"这是我心里仅有的真情实意，虽然是很轻描淡写的，"她回答说，"但是如果我知道这样会使你回心转意的话，那我就要尽一切努力不让它说出来。我不会听你的要求去做什么事情的。"

"我从来就不习惯于要求的，董贝夫人，"他说，"我就是命令。"

"明天我不会待在你家里显眼的，以后，像明天这样的场合我照样不会待在你家里。我决不会让你在这种时候把我当作叛逆的奴隶向任何人展示的。如果我要庆祝我结婚的日子，我是要把它当作耻辱的日子来庆祝的。自尊心！在众人面前的体面！这些对我算什么？你已经尽你所能使它们变得对我毫无意义了，自尊心和体面是毫无价值的。"

"卡克尔，"考虑了一会儿之后，董贝先生皱着眉头说，"在所有这一切中董贝夫人把她自己的身份和我的身份全都忘了，把我置于和我的身份很不相称的地位，我必须终止这种情况。"

"那么就放掉我，"伊迪丝仍旧不动声色地说，"把我从束缚我的锁链中放掉我。让我走吧。"

"夫人？"董贝先生叫了起来。

"放掉我，让我走吧！"

"夫人？"他又说了一遍，"董贝夫人？"

"告诉他，"伊迪丝把她高傲的脸孔转向卡克尔说道，"我希望和他分离。告诉他我们最好分离。告诉他这是我向他提出的，告诉他这件事情可以根据他的条件来办——我不在乎他的财产——但是要越快越好。"

"我的天，董贝夫人！"她的夫君十分惊异地说，"你以为我会听你这样的提议吗？你知不知道我是什么人，夫人？你知不知道我的身份？你有没有听说过董贝父子公司？让人家讲董贝先生，董贝先生！董贝先生和他的夫人分离了！让普通老百姓讲董贝先生和他的家事！董贝夫人，你有没有好好想过我会让我的大名这样传来传去吗？呸，夫人！恬不知耻！你太荒唐了！"董贝先生说着就纵情大笑起来。

但是他的笑声和她的不一样。在他大笑之后她也报以一笑，并且目不转睛地盯着他，她这一笑还不如死去的好。他威风凛凛地坐在那里听她讲着，他这样坐着还不如死去的好。

"不可以，董贝夫人，"他接着说下去，"不可以，夫人。要叫我们分离是不可能的，因此我更要劝告你幡然醒悟，不要忘记你的责任感。卡克尔，我正准备跟您讲——"

卡克尔先生一直坐在一旁静听，现在他抬起眼睛，眼里有一种不同寻常的亮光。

"我正准备跟您讲，"董贝先生继续说，"现在事情已经到了这个地步，我必须恳请您通知董贝夫人，要是我听任谁反对我，这不是我的生活准则，不管是谁，卡克尔；我也不允许应该听命于我的任何人成为向我示威的挡箭牌，只有我才是别人服从的偶像。刚才提到我的女儿并且利用我的女儿来反对我，这是违反天性的。我的女儿是不是确实同董贝夫人同流合污，这我不知道，我也不想知道；但是董贝夫人今天讲了这些话，我的女儿也都听见了，因此我恳请您告诉董贝夫人，如果今后董贝夫人继续把这个屋子弄得鸡犬不宁，那么根据这位夫人自己的声言，我就会认为我女儿是有一定责任的，就要给她严厉的惩罚。董贝夫人举出这样那样的事情，责问我：'难道还不够吗？'请您回答她，就说不够，还不够呢。"

"等一会儿！"卡克尔打断了他的话，大声说道，"允许我说说！我的处境是够难受的了，而且我的意见好像跟您不一样，那就格外叫我难受了，"他这是对董贝先生说，"但是，我不能不问一下，您是不是最好再考虑一下关于分离的问题？我知道这和您高贵的社会地位是多么不相称，我也知道您要董贝夫人明白——"说到这里他把一个个字分开来讲，就像钟在一声声地敲着，同时他眼睛里的光芒则落在她的身上，"只有死亡才可以使你们分离，除此之外什么都不可能。您说得那么斩钉截铁，那么坚决。但是如果你考虑到董贝夫人每天住在这个屋子里，像您刚才所说的那样把它搞得鸡犬不宁，她不但自己不得安宁，而且还连累董贝小姐（我知道您是很坚决的），您是不是会把她解脱出来，使她不再这样心情恶劣，不再感到在别人的眼中她是一个不通情理，甚至无法容忍的人呢？您这样做是不是好像——我不是说一定是——为了维护您的不可摇撼的高贵地位而牺牲董贝夫人呢？"

他眼睛里的光芒又一次落在她的身上，此时她正站在那里看着她的夫君，她的脸上露出一种不同寻常的悚然可怖的微笑。

"卡克尔，"董贝先生傲慢地皱着眉头说，他的声调是斩钉截铁的，"在这个问题上您对我提出劝告，您看错了您的地位，我觉得您提出这样的劝告，就是把我看错了，我很惊讶。我没有什么别的话好讲。"

"恐怕，"卡克尔说时有一种难以捉摸的特别的嘲讽味道，"您委我以调解的重任，让我一直担负这个任务，是您看错了我的地位。"说着他的手指向董贝夫人。

"绝对没有，先生，绝对没有看错，"董贝先生傲慢地说，"您是受雇——"

"因为我是一个卑微的人，是叫我来羞辱董贝夫人的。我忘了。哦，对，讲得明明白白的！"卡克尔说，"我请您原谅！"

他毕恭毕敬地向董贝先生低垂着头，这和他讲的话大相径庭，虽然他的措辞还是谦逊有礼的。然后他把头转过来朝着她，他的眼睛也朝着她看。

她站在那里，脸上挂着笑容，但她的美貌、嘲笑和庄严已经今非昔比，仿佛一个坠落尘世的仙女。此时，她还不如变得丑陋，倒

716

在地上死去为妙。她抬起手去抓她头上那串辉煌闪耀的珠宝，用力把它扯下，因为用力过猛，漫不经心，她那浓密的黑发也受了委屈，一下子乱蓬蓬地散落在肩膀上。她把这些珠宝一个个地扔在地上，再从两只臂腕上取下金刚钻手镯，摔在地上，然后重重地踩着这堆闪闪发光的东西。她走向门口，目不转睛地望着董贝先生，她没有讲一句话，她明亮如火的眼睛没有闪过一丝阴影，她那悚然可怖的笑容依然如故。就这样，她离开了他。

在离开餐厅之前，弗洛伦斯从她所听到的话里就足以知道伊迪丝依旧是爱她的，为了她的缘故受苦受难，为了她的安宁把自己的牺牲藏在心里。她不想跟她讲这个，她不能讲，因为她想起她是和谁在作对的，但是她希望默默地、深情地拥抱她一回，让她相信她对这一切已心领神会并衷心感谢。

这天晚上她父亲独自出去了。弗洛伦斯旋即走出自己的卧室，在屋子里到处寻找伊迪丝，但是哪里都没有找到，她是在自己的房间里。弗洛伦斯好久没有到她的房间里去了，现在也不敢冒昧走进去，以免在不知不觉中引起新的麻烦。然而在就寝之前，弗洛伦斯仍旧希望遇见她；在这座如此辉煌而又如此凄凉的屋子里她穿来穿去，从一个房间走到另外一个房间，从未停留在哪一个地方。

她正在穿过一条走廊，走廊在不远处通向楼梯，平时这里是一片漆黑，只是在节庆之际才点亮了灯。这时，穿过一道拱门，她看见一个人影走下对面的几级楼梯。她以为那是她的父亲，出于本能的害怕心理，在黑暗中她停了下来，透过拱门凝望着亮处。原来是卡克尔先生一个人走下去，从栏杆上面看着下面的大厅。没有铃声宣告他的离去，没有仆人陪他下去。他不声不响地走下楼梯，自己把门打开，悄悄地溜了出去，然后把门轻轻地关上。

她对这个人是深恶痛绝的，也许还因为她觉得偷偷窥探别人私事是一种不堪容忍的罪过，即使在目前这样出于无心的情况下，这种行为也不能不使她负疚于心，气透不过来，她全身战栗着，她的血似乎变得冰冷，她吓得不敢移动，一等她缓过气来，她即刻飞奔到自己的房间里，把门闩上。现在，虽然只有她和身边的小狗关在房间里，她仍然感到一阵恐惧的寒战，仿佛不测之虞在她近旁的什么地方待机而动似的。

整个夜晚她都心绪不宁，睡梦中也逃不过这个噩运。早晨起来，她还没有恢复过来，想起前一天家里的不愉快的事情，她心情沉重，于是她又去寻找伊迪丝，找遍了所有的房间，找了整整一个早晨。但是，她没有出来，她一直待在自己的卧室里，弗洛伦斯自然没有看到她了。然而，她了解到原来安排在家里举行的晚宴已经推迟，她想伊迪丝可能会在晚上外出赴约，这是她讲过的，因此弗洛伦斯决定到时候在楼梯上等她。

她故意坐在房间里等着。夜色降临，她听到楼梯上响起脚步声，她想这是伊迪丝的，便赶快上楼，奔向她的房间，正好碰到伊迪丝独自走下楼来。

弗洛伦斯满面泪水，一看见她就向她伸出臂膀，可是使她惊恐万状的是伊迪丝一边往后倒退一边尖声大叫！

"不要靠近我！"她喊着，"让开！让我走过去！"

"妈妈！"弗洛伦斯说道。

"不要叫我这个称呼！不要同我讲话！不要看我！——弗洛伦斯！"弗洛伦斯向她走近一步，她就往后倒退一步，"不要碰我！"

弗洛伦斯站在那憔悴的脸孔和直愣愣瞪视的眼睛前面，吓得一动也不敢动。仿佛在梦中一样，她看见伊迪丝伸开双手遮住眼睛，全身发抖，靠着墙壁蹲下来，像一个低等动物一样从她身边缓缓地爬过去，然后一跃而起，拔腿跑走了。

弗洛伦斯昏了过去，倒在楼梯上。后来她想大概是给皮普钦夫人看到了，此外她什么也不知道，直到她发现自己躺在她的床上，她的四周站着皮普钦夫人和几个仆人。

"妈妈在哪里？"这是她第一句问话。

"出去吃晚饭了。"皮普钦夫人答道。

"爸爸呢？"

"董贝先生在他自己的房间里，董贝小姐，"皮普钦夫人答道，"您务必马上脱下衣服就寝。"这就是这位精明的女人治疗一切病痛，特别是情绪低落、难以入睡的良方妙药。在布赖顿的城堡里，许许多多小孩就是由于这些毛病吃了这种苦头，早上十点钟就给送上床。

弗洛伦斯没有答应即刻就寝，只是希望安安静静地待一会儿，这样就很快地摆脱了皮普钦夫人和她的仆人们的干扰。单独一个人时，她想着楼梯上的情景，起初有些不相信是真的，而后就泪水盈眶，终于像前一天晚上一样，惊恐万分，难以名状。

她决定现在不去就寝，一直要等到伊迪丝回来，如果她不能同她讲话，至少应该弄清楚她已安然回家了。弗洛伦斯担心的是什么，才作出这个决定的，她不清楚，这是非常朦胧、难以捉摸的，她也不敢去想。她只知道要等伊迪丝回来，她的头痛和心跳才会安静。

夜色渐浓，到了午夜，伊迪丝没有回来。

弗洛伦斯无心读书，也无片刻的安宁。她先是在自己的房间里走来走去，然后打开房门，走出室外，在通向楼梯的走廊上踱来踱去，然后看看窗外的夜色，听听风吹雨打，然后坐下来凝望着火里的一张张脸孔，然后又站起来遥望明月宛如一叶被狂风追逐的扁舟在云海中飞渡。

整个屋子都已沉沉入睡，只有两个仆人在楼下等候女主人归来。

一点钟了。远处响起辚辚的马车声，有的拐了弯，有的戛然而止，有的一闪而过。静夜越来越深沉了。除了风的呼啸和雨水的淅沥，划破这静夜的声音越来越少了。两点钟。伊迪丝没有回来。

弗洛伦斯更加焦急不安了，她先是在自己的房间里走来走去，然后到室外的走廊上踱来踱去，然后看看窗外的夜色，因为雨点打在窗玻璃上，眼睛里满含着泪水，夜色是那么模糊不清、摇曳不定；然后她又抬头仰望着天空中疾飞的乌云，这景象和下面无声无息的寂静迥然不同，然而又是那么荒凉而宁静。三点钟了！炉火中每掉下一点灰烬就产生一个新的恐惧。伊迪丝还没有回来。

弗洛伦斯越发焦急不安了，她先是在自己的房间里走来走去，然后在走廊里踱来踱去，然后仰望着窗外天空中的明月，她设想这月亮和一个捂着负疚的苍白脸孔、匆匆逃离的女子是多么相似。钟敲四下了！五下了！伊迪丝还是没有回来。

但是，现在屋子里有人在小心地走动，弗洛伦斯看到一个等候女主人的仆人把皮普钦夫人唤醒了，皮普钦夫人急忙起身跑到她父亲的门口去了。弗洛伦斯轻手轻脚地走下楼梯，看看有什么事。她看见她父亲穿着晨服走了出来，听说他的夫人彻夜未归，不禁大吃一惊。他立刻叫了一个仆从去询问一下马车夫是不是在那里。这人去后，他匆匆穿上衣服。

仆从飞快地赶回，把马车夫带过来了。马车夫说他十点钟以后就一直待在家里睡觉，他驱车把女主人送到她在布鲁克街上她的旧居，在那里卡克尔先生迎接她——

弗洛伦斯站的地方就是她看见他走下楼去的那个地方。想到当时的情景，她又感到一种无名的恐惧，颤抖不止，站立不住，下面讲些什么她几乎听不清，听不懂了。

马车夫继续说着，卡克尔先生告诉他说，女主人不想乘这驾马车回家，便把他遣走了。

她看见她的父亲脸色变得非常苍白，她听到他声音急促而颤抖地叫人把董贝夫人的侍女唤来。屋里的人全都起来了，董贝夫人的侍女转眼之间就跑过来了，她面色也很苍白，讲起话来语无伦次。

她讲她很早就帮着女主人穿戴好了，在她出去前整整两个钟点就穿戴好了，女主人告诉她夜里不用等她，平时她也是常常这样讲的。她刚刚从她女主人的房间里出来，但是——

“但是什么！什么事情？”弗洛伦斯听到她父亲像疯子一样地追问。

“但是里面的梳妆室是锁牢的，钥匙给拿走了。”

地上有一支点燃的蜡烛，不知谁放在那里忘了拿走。她父亲一把抓起这支火光熊熊的蜡烛飞一样地跑上楼去。惊慌之中，弗洛伦斯措手不及，差点来不及逃走。她赶快向前奔跑，听到他在敲打那扇门，她吓得魂飞魄散，两只手拼命向左右张开，头发披散，脸孔就像一个失魂落魄的人一样，奔回自己的房间。

　　房门给敲开后，他即刻冲了进去，他看见的是什么？没有人知道。但是她嫁给他以来戴过的每一件首饰，穿过的每一件衣服，拥有的每一样东西，这些价格昂贵的物件全都扔在地上，满满的一堆。就是在这个房间里，他曾经在那面镜子里面看到那张对他不屑一顾，拒之于千里之外的骄傲的脸孔。就是在这个房间里，他曾经随意地想过下次看到它们时，这些东西不知会是什么样子呢！

　　重新把它们堆在衣橱里，急忙锁好后，他看见桌上有些纸张，那是他们结婚时他办理的财产授予契约和一封信。他知道她已经走了。他知道他已经威风扫地了。他知道就在他视为可耻的结婚的日子，她和他委派来羞辱她的人逃走了。他冲出房间，奔出屋外，发狂似的直想在她逃去的地方把她找到，用他的拳头狠命地打那张扬扬得意的脸孔，把她的美貌打得面目全非。

　　弗洛伦斯不知道自己在做些什么，她披上围巾，戴上帽子，想去救援伊迪丝，把她带回来；她梦想自己穿街越巷，终于找到了她，把她紧紧地抱在怀里。但是当她匆忙跑出来，走到楼梯上时，她看到惊慌失措的仆人们提着灯走上走下，互相交头接耳，一看见她父亲走过便纷纷跑开，这时她才如梦初醒，她是无能为力的。她走到为庆祝这一天而布置得金碧辉煌的房间，在其中一间她躲藏了起来，觉得她的心悲痛欲裂。

　　她心头有如潮涌的悲伤首先被一种特殊的感情制止住了，这就是对她父亲的同情。在他困苦的时候，她那永恒不变的天性是那么热烈、那么忠诚地归向于他，仿佛在他欣欣向荣的时候，他一直是这种信念的化身，只是这种信念逐渐变得淡薄而暗淡了。虽然除了一种无形的恐惧之外，她并不清楚他的灾难达到怎样的程度，但是他是受了伤害，被抛弃了，这是明明白白摆在她面前的事实；她那如饥似渴的爱又一次把她驱向他的身边。

　　他出去的时间不长，因为正当弗洛伦斯还在这间大房间里哭泣、想着这一切时，她听到他回来了。他吩咐仆人们去做分内的事情之后，便走进他自己的房间，他沉重的脚步从一端到另一端来回地走着，她听得清清楚楚。

弗洛伦斯其他的时候虽然胆怯，但是当他在逆境之中时，她对他的孝敬之心是一往无前的，即使过去的冷遇也不能在此时此刻使她畏惧退却。在感情的冲动之下，她衣服也没有换就匆匆奔下楼梯。正当她轻轻的脚步踏进大厅时，他从房间里走了出来。她冲动地向他奔过去，一边伸开手臂一边高声唤着："呵，亲爱的，亲爱的爸爸！"那样子就像是要搂住他的颈子似的。

她的确是想搂住他的颈子的。可是，他却疯狂地举起残酷的手臂，重重地打了她一记，把她打得差点跌倒在大理石地上。他一边打一边对她说伊迪丝是什么人，叫她跟她去，因为她们两个人一向是勾结在一起的。

她没有跪倒在他的脚边，她没有举起颤抖的手把他挡在她的视线之外，她没有哭泣，她没有讲一句责备的话，她只是看着他，一声凄凉的喊叫从她的心里蹦了出来。因为在她看着他的时候，她看见的是他谋杀了她不顾他的冷遇而始终抓住不放的痴情信念，她看见的是他的残酷、冷漠、憎恨，对她的信念却冷若冰霜，把它踩在脚下。她看见在尘世她是没有父亲了，她成了一个孤儿，她跑出了他的家门。

跑出了他的家门！一会儿之后，她的手放在锁上，她的哭喊声还在她的唇际，他的面孔就在那里。在匆忙放下的黄色蜡烛的摇曳不定的火光中，在从门上面透进来的晨光中，这张脸显得更加苍白。又过了一会儿，这座门户紧闭的屋子里深沉的黑暗退去了，代之而来的是意想不到的早晨耀眼的阳光和自由的空气，其实早已天亮，只是因为忘记了，大门才久未启开。弗洛伦斯走到街上，为了不让别人看到她伤心的眼泪，她的头低低垂下。

第四十八章

弗洛伦斯出逃

在极度的悲伤、羞耻和恐惧之中，这个孤苦伶仃的女孩匆匆穿过早晨灿烂的阳光，仿佛她的周围是一片寒冬的沉沉黑夜。她搓着手，伤心地哭泣着，对周围的一切毫无感觉，只觉得深深的创伤刺痛着胸膛。失去了她所爱的一切，她感到迷惘，无所适从，就像一只巨大的沉船上唯一幸存的人被抛弃在荒凉的海岸。她拼命奔逃，没有一点意识，没有一线希望，没有一个目标，只是奔逃，逃到一个什么地方去，逃到随便什么地方去。

在晨光的照耀下，长街上由近而远的景色令人心旷神怡，天空多么蔚蓝，云彩缥缈，那驱散了黑夜、生气勃勃的清新的白昼是多么容光焕发、红霞满天，然而所有这些在她受伤的胸中却不能唤起她的兴趣。她只想在一个什么地方、在随便什么地方把她的头隐藏起来！在一个什么地方、在随便什么地方躲藏起来，永远不再看一眼那个她所逃亡出来的地方。

但是人们都川流不息地来来往往，店铺纷纷开了门，仆人们站在屋子门口，一天的奔忙与挣扎在吵闹声中开始了。弗洛伦斯看见从她身旁匆匆而过的脸孔露出吃惊好奇的神色，她看见人行道上长长的影子又走了回来，她听见陌生的声音在问她往何处去，出了什么事情；起初这一切使她更加惊慌，她跑得也更加快了，可是却也给她做了好事，使她稍稍地镇定下来，提醒她有必要让心境平静一些。

往何处去？她一直走着，到一个什么地方，到随便什么地方去，但是究竟要到哪里去？她想起她曾经在这广大无边、熙熙攘攘的伦敦也迷过路的，虽然情况同现在不同，她还是往那条路上走过去，到沃尔特舅舅家去。

止住了啜泣，擦干了哭肿了的眼睛里的泪水，为了避免行人的注意，竭力使自己焦急的情绪平静下来，弗洛伦斯比较安静地继续上路了。她决定选择比较偏僻的街道，走着走着，突然之间一个很熟悉的小黑影在洒遍阳光的人行道上一晃而过，旋即停住，继而打了个圈圈，挨近她，然后又跑开，在她周围跳跳蹦蹦。哦，狄俄吉尼士来到她的脚边，它喘着气，欢快的吠叫声在街上回荡着。

"哦，狄！哦，好亲爱、好真诚、好忠心的狄，你怎么跑到这里来的？你既然不肯离开我，狄，我怎么能够离开你呢？"

在人行道上，弗洛伦斯蹲了下来，把它那毛茸茸、苍老、可爱而又傻兮兮的脑袋搁在她的胸口，然后一起站了起来，一起向前走着。狄走起路来脚不点地，跳得老高，想亲亲他的女主人，跌倒了就爬起来，毫不在乎；碰到大狗它就冲过去和它的同类打逗；一看到年轻的女仆们打扫门前的台阶时，它就用鼻子碰她们去吓唬她们；一路上它的花样形形色色、层出不穷，它时常停下来往后看看弗洛伦斯，不停地吠叫，直到远近的狗听到了也都前呼后应，凡是能够跑出来的全都跑了出来，一瞻它的风采。

在早晨前进的脚步声中，在愈益强烈的阳光里，弗洛伦斯同她这个最后的伴侣向繁华的商业区匆匆走去。喧嚣声越来越响，行人越来越多，店铺越来越热闹，在朝这个方向奔涌的人群中她随波逐流地向前走，她无动于衷地走过商铺、华厦、监狱、教堂、市场，贫富好坏无所不有，就像旁边的宽阔的河流一样，这条河流从蒲苇、垂杨、绿苔的睡梦中醒来，带着混浊不清的污水，穿过人们的劳苦烦恼，滚滚奔向大海。

小海军候补生的家终于映入眼帘。再走近一些，就看见了小海军候补生本人像过去一样站在他的岗位上极目眺望。再往前走，她看见屋门大开着，欢迎她进去呢。弗洛伦斯快到旅程的终点了，她最后又一次加快脚步，急速地横穿马路，狄俄吉尼士见此忙乱的情景有些不知所措，便紧紧跟上去。弗洛伦斯一口气跑进屋里，在那间记忆犹新的小客厅的门槛上倒下了。

船长戴着那顶油光光的帽子，正站在炉火旁煮早晨的可可，那个雅致的小玩意儿——他的手表放在壁炉架上，以便随时注意火候。听到脚步声和衣服的沙沙声，船长想起可怕的麦克斯廷格太太，心惊肉跳地转过身来。就在这时，弗洛伦斯把手向他伸了过去，摇摇晃晃，倒在地上。

船长像弗洛伦斯一样脸色苍白，连他脸上的疖子也变得灰白。他把她像婴儿一样抱起来，放在她很久以前曾经睡过的那张旧沙发上。

"是心肝宝贝！"船长凝视着她的脸孔说，"可爱的小姑娘长大了，是一个大人了！"

卡特尔船长对于长大了的她十分彬彬有礼，她虽然无知无觉，他也不愿把她抱在怀里，即使给他一千英镑他也是不会的。

"我的心肝宝贝！"船长稍稍往后退了一些，脸上流露着极大的惊奇和无限的同情，"要是您能用手指招呼内德·卡特尔的话，就请自便吧。"

但是弗洛伦斯没有动静。

"我的心肝宝贝！"船长颤抖地说，"为了葬身大海的沃尔，改变航向吧，要是能够，升起一面旗子或者什么的都行。"

看到她对这样苦口婆心的劝说仍无反应，卡特尔船长从饭桌上拿了一盆冷水，在她的脸上泼了一些。由于情况紧急，船长举起他巨大的手很轻很轻地脱下她的帽子，用一点点水把她的嘴唇和额角弄弄湿，把她的头发往后面拉好，脱下他自己的外套盖在她的脚上，再拍拍她的手。这只手太小了，当它握在他的手里时，他感到吃惊万分。看到她的眼睫毛在颤动、她的嘴唇开始翕动，他放心些，便继续如法炮制。

"快快活活，"船长说，"快快活活！做好准备，漂亮的人儿，做好准备！好！现在您好些了。重要的是不急不躁，要不急不躁。就这样！喝一点儿这个，"船长说，"喝吧！现在觉得好吗，漂亮的人儿，现在觉得好吗？"

她慢慢好起来，卡特尔船长想起医生治疗病人时使用的表，便从壁炉架上取下他自己的那只表，权作看病之用，把它挂在手钩上，然后拿起弗洛伦斯的手，握在他自己的手里，开始从表到她的手来回观察，希望从表面上看出一些变化。

"觉得好吗，漂亮的人儿？"船长问，"现在觉得好吗？你给她做了点好事，我的小子，我相信的，"船长一边低声地说一边向他的表投去赞许的一眼，"要是每天早晨把你拨后半个小时，下午再拨后一刻钟左右的话，那只有少数几只表和你这只表不分高低，比你好的是没有的啦。觉得好吗，我的小姐？"

"卡特尔船长！是您呀！"弗洛伦斯一边稍微欠起身子一边喊道。

"是的，是的，我的贵小姐。"船长说时，心里很快决定用这个称呼，他觉得他所能想到的彬彬有礼、优雅庄重的称呼非此莫属。

"沃尔特的舅舅在这里吗？"弗洛伦斯问道。

"在这里呀，漂亮的人儿！"船长答道，"他好久不在这里了。他去找可怜的沃尔特后就听不见他的消息了。但是，"下面他引用了一句话，"虽已不见，依旧朝思暮想，英国、家园、美人仍在心中！"

"您住在这里吗？"弗洛伦斯问。

"是的，我的贵小姐。"船长答道。

"哦，卡特尔船长！"弗洛伦斯双手合拢焦急地大声说着，"救救我！把我留在这里！不要让人家知道我在这里！待我好一些，我就会告诉您出了什么事。在这个世界上我没有人好依靠了。不要把我赶走！"

"把您赶走，我的贵小姐！"船长喊道，"您，我的心肝宝贝！等一会儿！我们把舷窗盖起来，盖得密不透光，门上的锁搞个双保险！"

说毕，船长用一只手和手钩非常熟练地把窗板拿到门外，搁在窗上，拴牢，然后把门锁好。

他回到弗洛伦斯的身边时，她拿起他的手亲了一亲。她这举动中流露出来的无援无助、恳求和信任，她脸上难以言状的忧愁，她心中一直承受着的、现在仍在承受着的显而易见的痛苦，他对她的过去情况的了解，她目前孤苦伶仃、面容憔悴、无依无靠的处境，所有这些一起向好心的船长奔涌而来，同情与温柔之感流遍他的全身。

"我的贵小姐，"船长说着便用手臂把他的鼻梁擦得像黄铜一样光亮，"现在不要跟爱德华·卡特尔讲话，等您觉得自己已经风平浪静了再讲，不过那不是一两天的事情，至于说会不会不要您住在这里或者去报告您的住处，说真的，上帝见证，我是不会的，查一查《教义问答》，做个记号！"

船长一本正经地把这些话连同《教义问答》里的引语一口气讲完了，当他讲到"说真的"时还拿下帽子，等话讲完时再把帽子戴上。

为了感谢他，为了表示对他的无限信任，她只有一件事情还可以做，接着她就做了。她把他视为最后的保护人，她依偎着这个粗汉子，把头伏在他诚恳的肩膀上，搂住他的颈子，她就要跪下来祝福他，但是他看出了她想做什么，这位好汉连忙把她扶了起来。

"不急不躁！"船长说，"不急不躁！漂亮的人儿，您看，您这么虚弱，怎么能站得起来，您还得躺在这里。好，好！"船长小心翼翼地把她抱起放在沙发上，再把他的外套盖在她的身上。看那细致入微、庄严肃穆的一举一动犹如目睹千百种重大的仪式，令人大开眼界。"现在，"船长说，"您得吃点早饭，贵小姐，这只狗也要吃一点。吃好早饭，您就到楼上老所尔·吉尔士的房间，像天使一样在那里美美睡一觉。"

卡特尔船长说到狄俄吉尼士时便拍拍这只狗，狄俄吉尼士对他的亲热举动却有些将信将疑。在船长进行救护时，狄俄吉尼士显然犹疑不决，究竟是扑向船长还是向他表示友好，它一会儿摇着尾巴，一会儿露出牙齿，不时地吠叫几声。但这时，它的怀疑已完全消除，显而易见，它觉得船长一位是最和蔼可亲的人，一只狗能和这样的人相识真是不胜荣幸。

为了表示这种信念，在船长烹茶、烤面包时，狄俄吉尼士一直待在他旁边，而且对他管家的一套很感兴趣。但是好心的船长为弗洛伦斯精心准备的早餐却是白花力气，因为弗洛伦斯好不容易蜻蜓点水地碰了一下，可怎么也吃不下去，只是哭了又哭。

"别哭，别哭！"船长同情地说，"睡了一觉，我的心肝宝贝，您就会好起来的。现在我要给你吃饭了，小子，"船长对狄俄吉尼士说，"你就到楼上去保卫你的年轻的女主人吧。"

狄俄吉尼士刚才虽然嘴里流着口水，眼睛闪闪发光，饥肠辘辘地望着给它的早餐，然而当早餐放在它面前时，它并没有即刻去吃，而是竖起耳朵，冲到店门口，在那里狂吠着，它的头在门底下掘，像是要掘出一条路跑出去似的。

"会不会有人在外面？"弗洛伦斯惊慌地问道。

"没有，我的贵小姐，"船长回答说，"谁会在那里一点声音也没有呢！放心，漂亮的人儿。不过是有人走过罢了。"

可是狄俄吉尼士还是拼命地不停地吠叫，不停地挖掘，而且每当它停下来倾听的时候，它像是更加坚信不疑，因为它又开始吠叫挖掘，一连十多次之多。即使它给叫了去吃早饭，它还是疑心重重地慢吞吞地走回去，一口饭也没有碰过，又是一顿发作，很快跑到门口。

"是不是有什么人在窃听，在偷看，"弗洛伦斯轻声说，"有什么人看到我来的——恐怕这个人一直跟着我的。"

"是不是那个年轻的娘们，贵小姐，是不是？"船长心里一亮，恍然大悟。

"是苏珊吗？"弗洛伦斯摇摇头说，"呵不会！苏珊早就离开我了。"

"我想不是逃跑吧？"船长说，"可不要说那个年轻的娘们逃走了呵，漂亮的人儿！"

"哦，不，不！"弗洛伦斯大声说，"在这个世界上她最忠诚的！"

听了这个回答，船长大为放心了，为了表示满意，他拿下油光光、硬邦邦的帽子，然后用卷成球形的手帕盖在他的头上，满面笑容、颇为自鸣得意地说这他是知道的，一连说了好几遍。

"你现在可安静了，是吗，兄弟？"船长对狄俄吉尼士说，"那边没有人，我的贵小姐，上帝保佑您！"

狄俄吉尼士可不放心。店门仍旧引起它注意，它不时地跑过去，在那里嗅来嗅去，自个儿嗥叫着，总忘不了这件事情。船长注意到弗洛伦斯十分疲惫虚弱，再加上这场虚惊，决定立即去把所尔·吉尔士的房间整理好，让她安安静静地休息。于是他疾步跑上阁楼，凡是脑子所能想到、手头所能用上的一切全都运用起来，最大限度地把这间房间安排妥当。

房间已经很干净了。船长是一个井井有条的人，他习惯于把东西安排得有条不紊，现在他把床改成一张睡榻，上面盖上一块清洁的白布。他还把小梳妆台改成一个类似神坛的东西，上面摆上两只银茶匙、一个花盆、一只望远镜、他的那只名贵的表、一把小梳子和一本歌曲选，这些珍品构成了一道幽雅别致的风景。然后再把窗帘拉下，把一块块地毯铺平。准备就绪之后，船长满怀喜悦地扫视了一遍，就走到楼下的小起居室里，把弗洛伦斯带到她的闺房。

要想叫船长相信弗洛伦斯可以自己走上楼去那是不可能的。即使他认为她能够走，要让她自己走上楼去，对他来说，也是有悖于待客之道的，是很不礼貌的。弗洛伦斯太虚弱了，没有表态，于是船长不由分说就把她抱上楼去，然后把她放在睡榻上，再用一件海员大衣把她盖好。

"我的贵小姐！"船长说，"您住在这里就像抽掉梯子待在圣保罗大教堂的顶上那样安全。您最需要的就是好好睡一觉，睡好了，您就会神采奕奕，您受伤的心就会医好，您那么娇小的声音就会非常美妙动听啦！您需要什么的话，我的心肝宝贝，只要这个寒舍或这个小城里有的，您只要告诉一下爱德华·卡特尔就行了，他就在门外转悠，他一定会高兴得很的。"船长说完像一位中世纪的游侠那样彬彬有礼地吻了一下弗洛伦斯向他伸出的手，踮着脚走出了房间。

走到楼下小起居室里时，卡特尔船长匆忙地考虑了一下，决定把店门开几分钟看看，现在究竟有没有人候在门口；于是他打开店门，站在门槛上，警惕地注视着，戴起眼镜，扫视着整个街道。

"您好，吉尔士船长。"他旁边有一个声音在问。往底下一看，船长发现当他正向天边眺望时，图茨先生已经靠上来了。

"您好吗，小伙子？"船长说。

"嗯，我很好，谢谢您，吉尔士船长，"图茨先生说，"您知道我总不能如愿以偿，我还是老样子，我想以后我也还是这副样子的。"

由于他们之间的协议，每当和卡特尔船长交谈的时候，图茨先生对他生活中的大事点到即止，从不越雷池一步。

"吉尔士船长，"图茨先生说，"我是不是能够有幸同您讲句话，这——这是不同寻常的。"

"哎呀，小伙子，您看，"船长一边答着一边带他到起居室里去，"今天上午我不能说有空，不过如果您能够赶快扬帆起航，我是欣然领命的。"

"那当然，吉尔士船长，"图茨先生嘴里是这样说，其实船长的意思他往往是心中无数的，"赶快扬帆起航，是正中下怀的。当然照办。"

"要是这样的话，小伙子，"船长说道，"那就照做吧！"

此刻董贝小姐正待在他的屋子里，而坐在他对面的图茨却一无所知。这个隐而不宣的极大秘密使船长心绪不宁，他的额头上汗水直冒，他手里拿着油光光的帽子慢慢地揩着汗水，可是他的目光却无法从图茨先生的脸上移开。图茨先生本来看起来就有些不自在，是什么缘故只有他自己心里有数，现在给船长盯住不放，他更有一种局促不安的感觉。他在椅子上不安地移动，默默无语，茫然望了船长一会儿之后，便问道：

"请您原谅，吉尔士船长，您是不是看到我有什么不同寻常的样子吗，是不是？"

"没有，小伙子，"船长回答说，"没有。"

"因为您知道，"图茨先生哧哧地笑着说，"我知道我是在一天天消瘦下去了。我这样讲您决不要担心。我——我心甘情愿的。伯吉斯公司已经把我的尺寸重新量过了，我就是那么瘦。我瘦得高兴。

我——我喜欢这样。我——要是能够我宁愿一直瘦下去。您知道我不过是一头在地上吃草的动物，吉尔士船长。"

图茨先生越讲下去，船长越是被自己心里的秘密压得不堪重负，就越是盯住他不放。由此引起的不安使船长迫不及待地想把图茨先生打发掉，他那恐慌的心情实在令人奇怪，如果他与鬼魂谈话，也不至于这样诚惶诚恐。

"不过我是准备讲，吉尔士船长，"图茨先生说，"今天一早碰巧路过——说真的，我是想到您这里来吃早饭。至于睡眠嘛，您知道，我这阵子从来没有睡过。我倒像个更夫，只是没有领薪水，可是更夫却是无牵无挂的呢。"

"快讲下去，小伙子！"船长叮咛着。

"当然，吉尔士船长，"图茨先生应道，"完全正确！今天一早碰巧路过这里，大概是一小时前的样子，我发现店门关着——"

"什么，您在那里等着的吗，老弟？"船长追问道。

"根本没有等，吉尔士船长，"图茨先生答道，"我一分钟也没有停。我想您是出去了。但是那个人讲——顺便问一下，您没有养狗吧，吉尔士船长，是不是？"

船长摇摇头。

"说真的，"图茨先生说，"我就是这么讲的。我知道您没有养狗的。吉尔士船长，有一只狗和——请原谅我，这是不能讲的。"

船长瞪着眼盯住图茨先生，一直看到他像是增大了一倍似的。一想到狄俄吉尼士可能会灵机一动跑下楼，到他们的起居室里，船长的额头上又汗水直冒。

"那个人讲，"图茨先生继续说，"他听到店里有一只狗在叫，我知道这是不会的，我就这么告诉了他。但是他说绝对可靠，好像他看到这只狗似的。"

"什么人，小伙子？"船长问道。

"哦，您看就是这么回事，吉尔士船长，"图茨先生说时显得更加紧张不安，"我不好讲可能发生了什么事情，可能没有发生什么事情。其实我根本不知道。各种各样的事情在我脑子里混在一起，我一点也搞不清楚，我想，总之，我的——我的脑子有些不中用了。"

船长点点头，表示同意他的看法。

"但是我们走开时，那个人讲，"图茨先生继续说着，"您知道在目前情况下什么事可能会发生的——他把'可能会'讲得很重——他还说要是需要您做好准备的话，您当然要准备好来的。"

"那个人，小伙子！"船长重复了一下。

"我不知道他是什么人，真的，吉尔士船长，"图茨先生答道，"我一点都不知道。走到门口，我才发现他等在那里；他跟我讲我是不是还要回来，我说是的；他问我认不认识您，我说是的，我有幸认识您，是经过几番口舌您才答应和我结交的，他说要是这样的话，叫我把我刚才讲过的关于目前的情况和准备好来的话告诉您，他要我一看见您就叫您走到拐角处，哪怕一两分钟也好，到旧货商布罗格利先生那里去一趟，有很重要的事情。好吧，吉尔士船长，我告诉您一个主意——不管这是什么事，我相信一定是很重要的；要是您现在就去，我在这里等您回来。"

船长此时感到进退两难，一方面生怕如果不去可能会连累弗洛伦斯，另一方面又担心要是让图茨先生留在屋里他可能会发现此中秘密，船长这种前瞻后顾、无所适从的困惑心境明明白白地摆在脸上，即使图茨先生也是一目了然的，不过这位年轻的先生认为他的这位海员朋友之所以这样心情不安，只不过是准备会见前的一种心理状态，也就心安理得，而对自己处事的巧妙有方不禁为之窃喜。

权衡利弊，船长终于决定去拐角处会见旧货商布罗格利。在未动身之前，他先把通向楼上的那扇门锁好，然后把钥匙放在口袋里。"我这样做，"船长吞吞吐吐、很不好意思地对图茨先生说，"请您多多谅解了，老弟。"

"吉尔士船长，"图茨先生接着说，"您随便做什么，我都是很乐意的。"

船长衷心地感谢他并答应在五分钟之内赶回来，便立刻动身去找把这个神秘信息叫图茨先生带来的那个人。可怜的图茨先生只剩下一个人了，便在沙发上躺了下来，至于在他以前谁在这里躺过就不大去想了，他只是定睛地望着天窗，忘情地叨念着董贝小姐的倩影，对于时间和地点则一概不闻不问。

他这样做倒也好，因为船长去的时间虽然不长，但是大大超过了五分钟。回来时，他脸色非常苍白，心情焦急不安，甚至于像是流过眼泪似的。他似乎一句话也讲不出来，等到从碗橱里取出一只方瓶喝了一口朗姆酒，才舒缓过来，他深深吸了一口气，用手捂住脸孔，在一把椅子上坐了下来。

"吉尔士船长，"图茨亲切地问道，"我希望，我相信，不会出了什么事吧？"'

"谢谢您，小伙子，什么事也没有，"船长说，"完全相反。"

"您看起来很懊丧，吉尔士船长。"图茨先生说。

"哦，小伙子，我给吓了一跳，"船长承认，"我给吓坏了。"

"有什么事情我可以做的吗，吉尔士船长？"图茨先生问道，"要是有什么事，尽管叫我去做好了。"

船长把手从脸上拿下，看着他，目光中流露着极大的怜悯与同情，然后拿起他的手，紧紧地握着它。

"没有，谢谢您，"船长说，"没有什么事。只是请您现在暂时走开一下，那就是您为我做的好事了。我认为，老弟，"船长又搓了搓手说，"除了沃尔，您也是最好样的小伙子，只是属于不同的类型罢了。"

"以我的名誉担保，吉尔士船长，"图茨先生轻轻拍了拍船长的手，然后又握着它说，"能得到您的夸奖，我非常高兴。谢谢您。"

"那么就算帮我一下忙，高兴起来吧，"船长拍拍他的背说，"呀！在这个世界上可爱的姑娘总不止一个嘛！"

"对我可不是这样，吉尔士船长，"图茨先生声音沉重地答道，"对我可不是这样，我向您保证。我对董贝小姐的感情实在是难以形容的，我的心就像是一座荒岛，唯有她一个人住在那个岛上面。我

733

一天天瘦下去，我以此自豪。要是我把靴子拿掉让您看看我的腿的话，您就会有些了解我那份一厢情愿的单相思是怎么个滋味了。医生给我开了树皮草药，但是我没有吃，我不想让我的身体好起来。我宁可不吃药。可这事是不好讲的。吉尔士船长，再见！"

卡特尔船长也很热情地和图茨先生说了声再见，便把门锁了起来，像起先一样怜悯和同情地摇摇头，然后走上楼去看看弗洛伦斯是不是有什么事情需要他。

船长上楼时他的脸色全然改观。他拿起手帕揩眼睛，用衣袖把鼻梁擦得很亮，就像那天早晨一样，但是他的脸孔却完全改观了。他一会儿看起来高兴极了，一会儿又似乎很伤心，但是他脸上出现了一种全新的东西，那就是庄严，庄严使他的面容仿佛经过净化之后变得超凡脱俗了。

他用手钩在弗洛伦斯的门上敲了两三下，但没有回应，于是他贸然地先是窥视，继而进入，也许是看见了狄俄吉尼士亲切的欢迎便壮着胆子去铤而走险。狄俄吉尼士躺在她睡榻旁边的地上，对船长摇着尾巴、眨着眼睛，却不想站起来。

她睡得很熟，睡梦中还在悲泣。她的青春美貌和悲伤使卡特尔船长肃然动容，他把她的头垫得高一些，把掉下来的大衣拿起，给她盖好，再把窗子遮得更黑一些，让她继续睡下去，然后悄悄走出房间，站在楼梯上守望。他的举手投足，一切的一切，都像弗洛伦斯一样轻如飞燕。

在这错综复杂的世界上，有一件事情也许会永远不易确定，那就是何者能为上帝的善良提供更美丽的证明——是那一触之间满含着敏感和同情并能减轻痛苦与忧伤的纤纤玉手，还是卡特尔船长那坚硬的但在心灵的教诲、指引下顷刻之间变得柔和的双手？

弗洛伦斯在她的卧榻上沉睡着，忘记了她的无家可归、孤苦伶仃的处境。卡特尔船长则在楼梯上守望。不时，他听到悲泣呜咽声更加响了，便走到她的房门口，但是慢慢地她的睡眠复又归于平静，船长安心地守望着。

第四十九章

海军候补生的新发现

弗洛伦斯睡得很久。红日高照了，她还没有醒来，夕阳西下了，她还没有醒来，她昏昏沉沉，身心不安地睡着。这张陌生的床，街上嘈杂的声音，以及被帘子遮住了的窗外的阳光，对于这些，她全无知觉。家里发生的事虽已过去了，但即使精疲力竭之后的沉睡中，她也不能全然忘怀。一种模糊的伤心的记忆似睡似醒地使她整个的睡眠不得安稳。这种悲伤，像是少许减轻了的痛苦，始终伴随着她。她的苍白的面颊时时被泪水沾湿了。敦厚的船长常常把他的头伸进虚掩的房门，看到她老是挂着眼泪，实在于心不忍。

太阳西沉，夕阳的光辉像一支支金色利箭从鲜红的雾霭中跃出，从迎面而立的城里教堂塔尖上的小窗和浮雕穿越而过；远处，夕阳像一条火的道路横跨宽阔的河流和平坦的两岸；在海上，夕阳的余晖洒在船帆上；在旷野的山顶，在一处处寂静的墓园里，远处的景色沉浸在一片璀璨的晚霞中，天与地似乎在辉煌的金色中融为一体了。弗洛伦斯睁开沉重的眼睛，起初她躺在那里淡漠地望着四周不熟悉的墙壁，漠不关心地听着街上嘈杂的声音，可是过了一会儿，她突然在她的睡榻上坐了起来，惊奇而茫然地环顾四周，她想起了一切。

"漂亮的人儿，"船长一边敲门一边说，"您觉得好吗？"

"亲爱的朋友，"弗洛伦斯叫着向他跑过去，"是您吗？"

船长听到这个称呼颇感自豪。她看见他时她脸上露出喜悦之色，他感到无比高兴，立刻亲了一下手钩，作为回答，默默地表示他的欣喜。

"您觉得好吗，灿烂的钻石？"船长说道。

"我一定睡了很长时间了，"弗洛伦斯说，"我什么时候来的？是昨天吗？"

"就是今天这个幸福的日子，我的贵小姐。"船长答道。

"还没有到夜里吗？现在还是白天吗？"弗洛伦斯问道。

"现在快向晚了，漂亮的人儿，"船长说着就把窗帘拉开，"您看！"

弗洛伦斯把手搁在船长的臂膀上，是那么忧郁、那么胆怯，而面孔粗犷、身材魁梧的船长则静静地保护着她。他们站在满天晚霞的光辉中，没有讲一句话。船长心里的感情倘若表达出来，也许使用的言词会是不同寻常地生动，但是如同一切善于辞令的人一样，他十分明白，在这柔和的美景与宁静的时刻里，有一种东西会使弗洛伦斯受伤的心悲痛难抑，他觉得还是让伤心的泪水倾泻而出吧。所以卡特尔船长一句话也没有说。但是当他感到他的臂膀给抓得更紧，当他感到那孤单无依的头靠得更近，靠在他朴素、粗糙的蓝衣袖上时，他便用他的粗糙的手轻轻地抚摸着它，他了解它，它也了解他。

"现在好些了，漂亮的人儿！"船长说，"高高兴兴，高高兴兴；我就要下去准备晚饭。等会儿您自己下来，漂亮的人儿，还是让爱德华·卡特尔来接您下去？"

弗洛伦斯要他放心她完全能够自己下楼。船长虽然觉得让她自己下来恐怕有失待客之礼，但还是让她自己下楼。他立刻走到小起居室里炉火旁，开始烤鸡。为了便于操作，他脱下外套，卷起袖管，再戴上油光光的帽子。每当做什么细巧或艰难的事情，他总是要戴上这顶帽子，做他的帮手。

在弗洛伦斯睡觉的时候，照顾入微的船长为她准备了一盆清水。现在弗洛伦斯把她疼痛的头和发烫的脸孔浸在清水里清凉清凉，然后走到小镜子前面把她蓬乱的头发扎好。这时，她蓦然看到她的胸口上有一个愤怒的手留下的黑印子，她立刻移开视线，不去看它。

看到这个黑色的印记，她又热泪盈眶了。她既感到羞耻又感到害怕，但是她并没有因此而怨恨他。没有了家，没有了父亲，她原谅了他的一切，她根本没有去想她是原谅他了，也没有想是不是有必要原谅他。不管怎么样，她已离开了他，她也不再去想他，他已一去不复返了。在这个世界他这个人已不复存在。

现在怎么办，到哪里去住，弗洛伦斯这个可怜、不懂世事的姑娘还无法考虑。她做着模模糊糊的梦，想在一个遥远的地方找几个小姊妹，教教她们功课，她可以用一个化名和她们长期相处，形影不离，她们会对她很好，她们在自己的幸福家庭里长大，结婚，对她们原来的女家庭教师依旧很好，到时候也许还会把她们女儿的教育托付给她。她想如果她就这样成为满头白发的妇人，带着她的秘密走进坟墓，而弗洛伦斯·董贝早已被人遗忘，那是多么不可思议、多么令人伤心。但是现在这只是一种迷糊不清的梦幻。她只知道在尘世她是没有父亲了，她向天上的圣父祈祷时，把这句话说了许多回，她的头向着天上的圣父，却不让世人看见。

她的积蓄只有几枚金币。这笔钱里面需拿一部分购买衣服，因为除了身上穿的她再没有其他衣服了。至于她的钱何时用光她无心去想，因为她太凄苦了，想不到这上面去；即使她没有这许多烦恼，由于她像小孩子一样不谙世事，对钱的问题她是不会太操心的。她竭力让自己的思绪平静下来，止住眼泪，让她头脑里剧烈的跳动渐趋缓和，让她自己慢慢相信，所发生的一切不过是几个小时之前的事情，并不是像它们看起来那样日积月累不可收拾。这样想了以后，她便下楼到她善良的保护人那里去。

船长十分仔细地把桌布铺好，一边在一只小平底锅里烧蛋糊，一边兴味十足地时时转动着铁棒，把鸡烤得发黄，涂上油脂。早先，为了让弗洛伦斯舒服一些，船长把沙发推到一个暖和的角落里，现在他又在沙发上放了垫子让她靠着。把弗洛伦斯安排好后，船长继续得心应手地烹调起来，左右开弓，他在第二个小平底锅里烧肉汁，在第三个小平底锅里煮十二三个马铃薯，他也没有忘掉第一个锅子里面的蛋糊，他使用一把最行之有效的调羹不断地搅动，均匀地浇上油脂。除此之外，船长还得看好一只很小的煎锅，那上面有几条香肠正烧得热气腾腾，嘶嘶作响，那声音非常悦耳动听。在火热的操作中，船长容光焕发，像他这样的厨师是前所未有的。是他的脸孔还是他的油光光的帽子更加亮堂，那是说不出的。

晚饭终于准备好了，船长把菜一一盛进盘中，端到饭桌上去，其熟练的程度和烧菜的技巧不相上下。然后他拿下了油光光的帽子，穿上外套，准备就餐。整装完毕，他把饭桌推到靠在沙发上的弗洛伦斯前面，作了感恩祷告，取下手钩，放好叉子，然后主持晚餐。

"我的贵小姐，"船长说，"高高兴兴，努力加餐饭。做好准备，亲爱的！这是小鸡翅膀，这是蛋糊，这是香肠，还有马铃薯！"船长把这些菜肴整整齐齐地摆在盘子里，再用一把行之有效的调羹把肉汁浇了个遍，然后放在他亲爱的贵客面前。

"整排的舷窗已经盖好，前进，贵小姐，"船长鼓励地说，"一切都已安排得整整齐齐、舒舒服服了。吃一点，漂亮的人儿。要是沃尔在这里的话——"

"呵！要是他现在在这里做我的哥哥那多好呵！"弗洛伦斯大声喊道。

"不要！不要难过，漂亮的人儿！"船长说，"听我的话！他曾经是您的至亲密友，是不是，宝贝？"

弗洛伦斯无言以对。她只是说："哦，亲爱的，亲爱的保罗！哦，沃尔特！"

"连她走过的甲板，"船长看着她低垂着的脸孔喃喃地说，"都是沃尔所无限敬仰的，就像一只从未快乐过的公鹿渴望着溪水一样！现在我看见他了，就是那天他的名字注册在董贝公司的花名册上，吃晚饭的时候，我看见他谈着她，他的脸孔含羞带怯，就像初放的玫瑰那样熠熠生辉。好啦，好啦！要是我们可怜的沃尔在这里的话，我的贵小姐，或者说要是他可能会在这里的话，因为他已经淹死了，是不是？"

弗洛伦斯摇摇头。

"是的，是的，是淹死了，"船长安慰着说，"我刚才讲的，要是他在这里的话，他就会恳求您，我的宝贝，为了您的玉体健康吃一点的。所以，我的贵小姐，就算是为了沃尔的缘故，多多保重，抬起您漂亮的头迎风前进。"

为了让船长高兴，弗洛伦斯稍稍尝了一点。船长似乎忘记自己的餐食，放下刀叉，把他的椅子拉到沙发旁边。

"沃尔是个很帅气的小伙子，是不是，宝贝？"船长擦着下巴，静静地坐了一会儿，眼睛盯住她说，"而且是个很勇敢的好小伙子，是不是？"

弗洛伦斯含着泪水说是的。

"他给淹死了，漂亮的人儿，是不是？"船长安慰地说。

弗洛伦斯又说了一声是的。

"他比您年纪大，我的贵小姐，"船长继续说着，"但是当初你们在一起就像两个孩子一样，是不是？"

弗洛伦斯说是的。

"沃尔淹死了，"船长说，"是不是？"

反复把这样的问话作为一种安慰，令人奇怪，但是船长却似乎是当一回事的，因为他不厌其烦地这样问下去。弗洛伦斯很想推开她还未下咽的晚饭，回到沙发上面躺躺；虽然她觉得他费了这么大的力气准备了一餐晚饭，她很希望使他高兴，可是她实在力不从心，但又怕使他失望，便把手伸给他。他立刻把她的手握在自己的手里，她的手颤抖着，可他似乎把餐事、把她的缺乏胃口完全丢到九霄云外去了，不时地以同情的声调，略带沉思地低声说道，"可怜的沃尔，哎呀呀！淹死了！是不是？"每次这样问过，他总是等待着她的回答，似乎他这种不同寻常的发问唯有在她的回答中才具有重要意义。

等鸡和香肠都已冰冷，肉汁和蛋糊都已凝结时，船长才发现它们还摆在桌上，于是在狄俄吉尼士的帮助下同心协力把这席盛筵打发掉了。弗洛伦斯安静地操持家务，帮着他把饭桌上的杯盘端走、揩干净、整理起居室、打扫炉床，这时他的惊喜之情只有她开始做事时他的那股反对劲可与之相提并论。现在他只能一事不做，袖手旁观，仿佛她是哪一位仙女下凡，为他精心地料理这些事情。默默的羡慕中，他额头上的那道红圈又闪闪发光了。

但是当弗洛伦斯从壁炉架上取下他的烟斗，递到他的手里，让他抽烟时，好心的船长被她的关心弄得发呆，烟斗拿在手里，好像他这一生从来没有拿过烟斗似的。同样，当弗洛伦斯从小碗橱里拿出一只方酒瓶，冲了一杯味道鲜美的掺水烈酒，不等他要就放在他的手肘旁时，他的红鼻子变得苍白，他感到受宠若惊。当他在快乐的陶醉中把烟草装满了烟斗后，弗洛伦斯给他的烟斗点着了火，他本来也不想让她多劳，可是他无力反对也无力阻挡。之后，她带着一脸可爱的感激的笑容望着他，从这笑容里，显而易见她那颗凄凉忧伤的心正像她的脸孔一样是向着他的；一下子烟斗里的烟吸进他的喉咙里弄得他发呛，他的眼睛里也都是烟，结果满眼泪水，连眨不止。

船长尽量装出他出的洋相是由于烟斗本身的问题，他仔细看看烟锅想找出塞在里面的东西，但没有发现便故意吹了一通，似乎把什么东西吹了出来似的，他的神态实在令人捧腹。烟斗的状态很快好转，他开始安安静静地吸起烟来，但是他的眼睛却盯住弗洛伦斯，他那满面笑容，心平气和的模样实在难以形容。他时而停下来，喷云吐雾，徐徐散开，仿佛一轴画卷从他嘴里冉冉升起，上面写着"可怜的沃尔，哎呀呀。淹死了，是不是？"这样的天方夜谭。之后，他又温文尔雅、不急不躁地吸起烟来。

弗洛伦斯纤巧、年轻、漂亮，而卡特尔船长则脸上长着疖子，魁梧的身材饱经风霜，声音粗重。他们两人在外表上尽管天差地别，但对于世事和人世间的沧桑和险象的幼稚无知，却是在同一条起跑线上的。卡特尔船长只懂得风雨雷电与气候变化，对于其他事情是全无经验的，他单纯、轻信、慷慨大方，在这些方面，连小孩子也望尘莫及。真诚、仁慈、满怀希望是他性格的全部内容。他还有一种古怪的浪漫情怀，这是它们的唯一伙伴，这种浪漫性格完全缺乏想象力，但又非常不切实际，人情练达、审慎世故他是不去考虑的。船长坐在那里一边抽烟一边望着弗洛伦斯的时候，他脑海里出现着哪些以弗洛伦斯为主角的千奇百怪的画面，只有天知道。弗洛伦斯也在想着，她想着自己未来的生活，她的想象同样模糊不清、不可捉摸，只是不像船长那样满怀希望的豪情；不过，在她的泪水中她凝望着的灯光变得绚丽多彩，透过新的沉痛，她看到了遥远的天际里一条彩虹在隐约闪烁。也许像卡特尔船长和可怜的弗洛伦斯想象的那样，童话故事里的漂泊异乡的公主和善良的魔怪正在这炉边坐着聊天，说不定同他们两个也有些相似呢。

船长丝毫没有想到会留不住弗洛伦斯，也没有想到需要承担什么责任。把窗板安好、大门闩牢后，他感到万无一失，心安理得了。即使她是受大法官法庭监护的未成年人，对于卡特尔船长来说，这并没有什么区别，他照样我行我素，决不会去考虑这些事情的。

所以，船长非常愉快地抽着烟斗，沉思默想着，弗洛伦斯也想着自己的事情。烟抽完之后，他们喝了些茶，然后弗洛伦斯请他带她到附近的商店里去买几样急着要用的必需品。因天已黑，船长同意了。他先是小心翼翼地向门外看看，这是他逃避麦克斯廷格太太隐居此地期间养成的习惯，然后他拿了一根粗大的棍子作为备用的武器，以防不测。

卡特尔船长把他的臂膀伸给弗洛伦斯，陪伴着她大约走了两三百码的路程，一路上他始终留神，毫不松懈，他的高度警惕和层出不穷的防范措施引起每个过路人的注目，他因此油然而生的自豪感可谓无以复加了。走到商店后，船长觉得在购买物件时他理应退避三舍，因为弗洛伦斯买的东西均属穿着之类，不过预先他早已把他的洋铁罐子放在柜台上，并告诉店里的售货员小姐罐子里面一共有十四英镑二先令，要是这笔钱还不够支付他外甥女选购的小巧玲珑的衣装的话——讲到"外甥女"这个称呼时，他给弗洛斯送去一道意味深长的目光，同时做了一个机智、神秘的手势——请她麻烦喊他一声，那么他就会从他的口袋里拿出不足之数付给她的。船长漫不经心地看了一下他那只大表，其用意无非是向店里炫耀他财大气粗，让他们看得眼花缭乱，用心可谓良苦。之后，船长亲了一下他的手钩，向外甥女送去一个飞吻，便退到窗外，在琳琅满目的绸衣缎带之中，他那硕大的脸孔时不时地向里张望，显然他是生怕弗洛伦斯从后门给偷偷地拐走，看到他这个神情实在叫人叹为观止。

"亲爱的卡特尔船长，"弗洛伦斯手里拿着一个小包走出来说。船长见此小包大为失望，他本来以为会看到一个杂务工拿着一大包货物跟在她后面的，"您这笔钱我真的用不着，我一分也没有花，我自己有钱。"

"我的贵小姐，"失望的船长一边说一边径直地看着他前面的街道，"您是不是代劳把这笔钱替我收好，等我要的时候再给我，好吗？"

"我是不是可以把它放回原处，"弗洛伦斯问，"就让它摆在哪里呢？"

对于这个建议船长并不满意，但是他回答说："好，好，我的贵小姐，只要您觉得哪里能找到它，您就放在哪里吧。这笔钱我是不需要的，我真不明白怎么会把它一直留着的。"

船长虽然很是沮丧，但一碰着弗洛伦斯的臂膀，他的情绪又好起来了，于是他们同来时一样小心翼翼地走回家去。一到家，船长马上打开小海军候补生住舱的门，一头栽了进去，其行动之迅速完全是在他长期苦练中学会的。早晨弗洛伦斯还在睡眠中时，他雇了一位大妈的女儿帮她整理房间，还为她做一些她所需要的零星杂务；这位大妈总是坐在伦敦肉类市场的一把蓝伞底下卖家禽。这位闺女来了之后，弗洛伦斯便发现她周围的一切同她在噩梦中曾经称作家的地方一样的井井有条，十分方便，只是不是那么华丽罢了。

他们又单独在一起的时候，船长一定要她吃一片烤面包，喝一杯香味扑鼻的尼格斯酒①，而且用尽了他能想到的亲切字眼和前后不连贯的引语来鼓励她，然后把她带到楼上她的卧室里去。但是他也有些心事，他的仪态也不是那么从容不迫了。

---

① 尼格斯酒：由酒、糖、柠檬汁、肉豆蔻等掺和而成。

"晚安，亲爱的宝贝。"走到她卧室门口时，卡特尔船长对她说。

弗洛伦斯抬起嘴唇，吻了一下他的面孔。

在其他时候她这种出自肺腑的深情和感激定会叫船长茫然不知所措，昏昏欲倒的。现在他对她的心情虽然非常理解，但是他目不转睛望着她的时候，他心里的不安更甚于先前，他似乎很不愿意离开她。

"可怜的沃尔！"船长说。

"可怜、可怜的沃尔特！"弗洛伦斯叹着气说。

"淹死了，是不是？"船长说。

弗洛伦斯摇摇头，叹着气。

"晚安，我的贵小姐！"卡特尔船长一边说一边伸出他的手。

"上帝保佑您，亲爱的、好心的朋友！"

但是船长仍旧待着不动。

"有什么事情吗，亲爱的卡特尔船长？"弗洛伦斯问道，她现在的心境很容易担惊受怕，"您有什么事情要告诉我吗？"

"告诉您，贵小姐！"船长惶惑地望着她的眼睛回答说，"没有，没有，我要告诉您什么呀，漂亮的人儿？您是不是盼着我有什么好事情要告诉您，是吗？"

"不是！"弗洛伦斯摇摇头说。

船长忧虑地望着她，重复说了一下"不是"，他仍旧待着不动，仍旧流露出局促不安的样子。

"可怜的沃尔！"船长说道，"我的沃尔，我过去常常这样叫您的！老所尔·吉尔士的外甥！您像五月里的鲜花一样，认识您的人个个都喜欢您！您到哪儿去了，勇敢的孩子！淹死了，是不是？"

对不在身边的沃尔自言自语地说了一通之后，船长突然向弗洛伦斯问了这么一句话，然后就祝她晚安，走下楼梯。弗洛伦斯站在楼梯口，举起蜡烛照他下去。他旋即消失在黑暗中，从他渐渐远去的脚步声中，可以判断他正走进小起居室，可是这时候他的头和肩膀却出其不意地仿佛从深渊中冒了出来，显然，其目的无非是再问一下："淹死了，是不是？漂亮的人儿。"他用亲切的慰问语调说了这句话之后即刻不见了。

弗洛伦斯藏身在这里，无意中在她恩人的脑子里唤醒了这些痛苦的联想，虽然是很自然的，却感到非常过意不去。她在那张船长放着望远镜、歌曲本和其他珍品的小桌旁坐下，忆念起沃尔特以及往日与他密切相关的种种事情，她实在太难过了，真想躺倒在床上就此睡去。但是在孤寂之中渴念着她曾经爱着的死者时，她一次也没有想过家，没有想过她还可能回去，没有想到那个家还会存在、还会住着她的父亲。残酷的行为她已亲眼目睹。在经历了多少辛酸困苦之后，在最后依依不舍的时候她依旧对他百般孝敬，可是他终于从她的心里被拉走了，像给杀害了一样，变得面目全非，无从辨认。一想到这个她就害怕，她再也不能回想那冷酷的行为，那只施行这行为的残酷的手，她遮住眼睛，颤抖着，畏缩着。在这之后，即使她挚爱的心能够把他的形象深深藏住，它也一定会是支离破碎的，但是它并没有能够，因此一种无法控制的恐惧就乘虚而入，对于那给打得粉碎的形象她避之唯恐不及，而这种恐惧正是由于她深厚的爱受到冷遇而产生的。

她不敢临镜自照，因为她胸口上黑色的痕迹也会使她对自己感到害怕的，仿佛她身上带着一种邪恶之物。在黑暗中她急忙用颤抖的手把它掩盖起来，垂下疲倦的头，泣涕涟涟。

船长久久没有上床就寝，他在店里、在小起居室内来回走了整整一个小时。经过这一番运动，看起来他已经心平气和了，便带着一脸严肃的神情，若有所思地念着祈祷书上用于海上的祈祷文；这些祈祷文不很好念，好心的船长念得特别缓慢、结结巴巴，碰到难懂的字他总要停下来，说些诸如"喂，小伙子！坚定不移！"或者"不急不躁，爱德华·卡特尔，要不急不躁！"这样的话给自己打气，这个办法在攻克难关方面果真收效不小。除了难字之外，他戴的眼镜很不配套，大大妨碍了他的视力。虽然有这些不利的方面，但船长极其认真终于念到最后一行，而且念得情真意切。念完之后，他对这些祈祷文大加赞赏，然后跑到楼上弗洛伦斯的卧室门口听听，最后平心静气、满脸慈祥地钻到柜台下面安然就寝。

整个夜里船长出来好几次，看看受他保护的姑娘是不是睡得安稳。有一次天刚破晓，他发现她醒了，因为她听见她房门口有脚步声，便高声问是不是他走过来了。

"是的，我的贵小姐，"船长粗声粗气地低声答道，"您好吗，灿烂的钻石？"

弗洛伦斯谢了谢他说："好的。"

这样好的机会船长是不会放过的，他即刻把嘴放到钥匙孔上，像沙哑的风声一样向里面喊着："可怜的沃尔！淹死了，是不是？"一阵喊叫之后他就走开，又回到柜台下面睡觉，一直睡到七点钟。

这天，弗洛伦斯坐在小起居室里忙着做针线活，她的心情比前一天平静些了，但是一整天船长仍旧局促不安。差不多每次她把眼睛从针线活上抬起，她总是看到他在望着她，若有所思地摸摸下巴。他还常常移动他的扶手椅往她身旁靠过去，仿佛是有什么知心话要讲似的，可是因为下不了决心怎样开口，便又把扶手椅移开了。一天之中他就是坐在那只风雨飘摇的方舟中沿着起居室反复巡游，而且不止一次地碰到镶板或橱门搁浅了，这情况很是令人心寒。

到暮色苍茫的时候，卡特尔船长才挨着弗洛伦斯的身旁抛下了锚，开始像放连珠炮似的讲了起来。火光照在小房间的墙壁和天花板上，照在摆在桌上的茶盘、茶杯、茶托上，照在她那张朝着火焰的平静的脸孔上，火光也从她眼睛里噙着的泪珠中反映出来。经过一段长久的沉默后，船长突然问道：

"您没有到过海上吧，我的宝贝？"

"没有。"弗洛伦斯答道。

"哎呀，"船长怀着敬畏之心说，"大海可是很了不起的东西呢。大海好奇妙呵。想想风狂浪急的景象吧，想想暴风雨的夜里一片漆黑的景象吧，"船长肃然起敬地举起手钩说，"你伸手不见五指，只有电光闪烁的时候你才看得见。在狂风暴雨的黑夜你不停地往前冲、冲、冲，永远往前冲，好像你要一头冲向没有尽头的世界，阿门，找到这句话就记下来。这些时候，漂亮的人儿，一个人会对他同桌吃饭的伙伴说（此前已查了一下书），'凛冽的西北风在怒号，比尔；听，你没有听到现在狂风在怒号！上帝帮助他们吧，我多么怜悯所有那些现在待在岸上的不幸的人们呵！'"这段引证的话特别适用于海上恐怖的景象，船长讲的时候特别动人，结束时他声如洪钟地说，"做好准备！"

"您是不是遇到过可怕的风暴？"弗洛伦斯问道。

"那当然喽，我的贵小姐，我遇到过恶劣的天气，"船长说时颤抖地揩着头上的汗水，"我在海上漂泊过，给海浪打得七颠八倒。但是我并不是想讲咱自己。我们亲爱的小伙子，"讲到这里他往她身边靠得更近了，"宝贝，沃尔淹死了。"

船长讲这句话的时候声音发抖得厉害，他望着弗洛伦斯，脸色苍白、焦躁不安。弗洛伦斯惶恐极了，紧紧抓住他的手。

"您的脸色变了，"弗洛伦斯喊起来，"突然变了，是什么事情？亲爱的卡特尔船长，看到您这样真叫我心寒！"

"什么！贵小姐，"船长用手扶着她说，"别慌。没有，没有吧？万事如意，万事如意，亲爱的。我刚才讲的，沃尔，他，他淹死了，是不是？"

弗洛伦斯注视着他，她的脸色忽红忽白，她把手搁在胸口。

"海上的危险多着呢，漂亮的人儿，"船长说，"好多乘风破浪的船只，好多勇敢的人儿，都给神秘的海水吞没了，神不知鬼不觉地吞没了。但是九死一生从海上逃出来的，有时候二十个里面有一个，呵！恐怕一百个里面才有一个，漂亮的人儿，他给仁慈的上帝救起来了，而且在大家本以为他已经死了，船上所有的人员都已沉没了的时候，他却回来了。我，我听到过这样的故事，心肝宝贝，"船长结结巴巴地说，"是有一次他们告诉我的。现在我们在这个航向上，单独坐在炉火旁边，您恐怕很想听我讲讲这个故事吧。是不是，宝贝？"

弗洛伦斯不安地颤抖着，她不知道为什么缘故，也无法抑制，她不由自主地随着他的目光望去，只见那道目光往她背后的店铺里投去，那里亮着一盏灯。她刚转过头，船长立刻从椅子上跳了起来，伸出手挡住她的视线。

"那里没有什么东西，漂亮的人儿，"船长说，"别往那边看！"

"为什么？"弗洛伦斯问道。

船长喃喃地说什么往那边看很乏味，说什么这边炉火旺得很，叫人高兴。门刚才一直打开着，现在他把门拉到半开半掩，然后又坐下来。弗洛伦斯目不转睛地看着他的面孔。

"这个故事是讲一只船的，我的贵小姐，"船长开始说，"她从伦敦港驶出，风平浪静，天暖气清，驶往——别害怕，我的贵小姐，她只是出海航行，漂亮的人儿，只是出海航行！"

船长看到弗洛伦斯脸上的表情吃了一惊，他本来就很激动而慌张，现在他焦急不安的心情并不比她逊色。

"我是不是讲下去，漂亮的人儿？"船长问道。

"讲，讲，请讲下去！"弗洛伦斯大声说道。

船长咽了一口气，好像是吞下塞在喉咙里面的什么东西，然后神色紧张地讲下去：

"这只倒霉的船在海上碰到恶劣的天气，我的宝贝，这种天气二十年还没有遇到过一次呢。飓风把岸上的树连根拔起，城市的房子给吹倒了，在海上那一带航行，碰到这种狂风，即使最牢靠的船也要遭殃。我听说，一天又一天，这只倒霉的船非常了不起，她勇敢地执行着她的使命，漂亮的人儿，可是一阵浪打过来，她的舷墙差点给打得粉碎，她的桅杆和舵给冲走了，世界上最好的海员给冲到海里，她只好由狂风暴雨去主宰了，可是狂风暴雨是没有仁慈的，风刮得越来越猛，雨下得越来越大，海浪冲过来，把她打到海里，海浪每次轰隆隆冲过来，都要把她打得像贝壳一样破碎。海浪像山一样高地冲过来又冲回去，冲回去时浪尖上都有一个黑点子，那就是船的碎片或者是一个人，漂亮的人儿，这只船就这样给打得粉碎，那些海员的坟墓上再也不会长出青草了。"

"他们没有都给淹死了吧！"弗洛伦斯喊起来，"总有些给救起来的！——是不是有一个？"

"在那只倒霉的船上，"船长说着从椅子上站起来，兴奋地用力握着拳头，"有一个小伙子，我听说他是个很帅的小伙子，他还是孩子的时候就喜欢读一些船只失事时的英勇事迹，也喜欢讲这些事情。我就听到他讲过！我就听到他讲过！在需要的时候他就记起这些事迹，当那些老海员勇敢无畏地给冲下海里去了，他还是很坚强不屈，还是很乐观。他的大无畏精神并不是因为他在陆地上没有人好牵挂，他天生勇敢，他还是孩子的时候我就从他的脸上看出来了，哎，好多次，哟！那时候我没有想到别的，只以为他长得帅气，愿上帝保佑他吧！"

"而且他得救了！"弗洛伦斯喊着，"他得救了吧！"

"这个勇敢的小伙子，"船长说，"您看着我，漂亮的人儿！不要朝那边看——"

弗洛伦斯好容易鼓足勇气问一声："为什么不？"

"因为那边没有什么东西嘛，我的宝贝，"船长答道，"不要惊慌，漂亮的人儿！为了沃尔，不要惊慌，我们大家都很喜欢他呵！那个小伙子，做起事情来真棒，爱护弱小，从不埋怨，从来不害怕什么的，他还不断鼓舞那些海员的士气，他们非常尊敬他，把他看作海军上将，船上这许多人，就剩下这个小伙子和二副，还有一个海员没有淹死，他们给冲到一块船的碎片上，在暴风雨的大海上漂流。"

"他们得救了吧？"弗洛伦斯喊道。

"日日夜夜他们在无边无际的大海上漂流，"船长说，"最后——不要！不要往那边看，漂亮的人儿！——一条船笔直向他们驶过去，全靠上帝的仁慈，他们给救上了船：两个活着，一个死了。"

"是哪一个死了？"弗洛伦斯问道。

"不是那个小伙子。"船长说。

"谢天谢地！呵，谢天谢地！"

"阿门！"船长赶快说，"不要惊慌！再等一分钟，我的贵小姐！

放心吧！——上了船以后，他们在海上航行了好久好久，从一边一直驶到另一边，一直找不到可以停泊的地方，航行中那个同他一起被救上船的海员死了。但是他还活着，而且——"

　　船长随意地切了一片面包，插在手钩上，通常他把手钩当作烤面包的叉子，现在他把手钩放在火上，满脸深情地往弗洛伦斯后面看去，而那片面包却像煤炭一样熊熊燃烧起来。

　　"还活着，"弗洛伦斯重复着船长刚才讲的话，"而且——"

　　"乘那只船回家了，"船长说时仍旧朝那个方向望过去，"而且——不要惊慌，漂亮的人儿——而且上岸了。一天早上他悄悄地走到自己家门口看看，他知道他的朋友们都会以为他给淹死了，可他一下子闪开了，没有想到——"

　　"没有想到一只狗在叫吧？"弗洛伦斯马上大声问道。

　　"对，"船长大声吼叫着，"不急不躁，宝贝！要有勇气！不要往后面看，看那边！墙上面！"

　　在她近旁的墙上有一个人影，她吃了一惊，往后面一看，不禁尖叫了一声，她看见沃尔特·盖伊就在她后面！

　　在她的心目中他只是一位哥哥，一位从坟墓里给救出来的哥哥，一位航海中遭遇不测、获救回到她身边的哥哥。一看到他，她就冲到他的怀里。在这整个世界上，他似乎就是她的希望、她的安慰、她的避难所，她的合情合理的保护人。"好好关心沃尔特，我是多么喜欢沃尔特呵！"这凄楚的声音像夜晚的音乐在她心中唤起了亲切的记忆。"哦，欢迎你回来，亲爱的沃尔特！欢迎回到这个受伤的胸膛里！"这些话她虽无法出之于口，却深深感之于心，她把他抱在她纯洁的怀抱里。

　　卡特尔船长一阵兴奋，竟然想拿手钩上烧黑的烤面包来揩额上的汗水，待发现面包不适合这个目的，便把它放进油光光的帽子顶部。他好不容易戴上帽子，准备唱一曲《可爱的佩格》，可是刚唱了第一个字就泣不成声，即刻躲到店铺里去。不多一会儿他又走了出来，满脸红光，污迹斑斑，衬衫领子上面的浆粉全部脱光。他一出来就说:"沃尔,我的孩子,这里有一点财产,我准备移交给你们俩!"

船长即刻把那只大表、茶匙、方糖钳子和洋铁罐子拿出来放在桌子上,然后用他巨大的手把它们一股脑儿扫进沃尔特的帽子里面,但是在把那个不同寻常的保险盒交给沃尔特时,他又激动万分,于是又一次躲到店铺里去,在那里待的时间比第一次还要长。

但是沃尔特找到了他,把他带了回来。这一次他最大的担心是,弗洛伦斯会因为这意想不到的事情而招架不了,所以他变得十分冷静,在最近的几天里绝对不再提起沃尔特的冒险生涯。卡特尔船长此时非常平静,便把烤面包从帽子里拿出来,在茶几旁坐下,但是一发现沃尔特站在一边抓住他的肩膀,弗洛伦斯站在另一边泪水盈眶地低声说着祝贺的话,他又突然溜走,一走就是整整十分钟。

但是当他终于回到茶几旁边,一动不动地坐着,从弗洛伦斯望到沃尔特,又从沃尔特望到弗洛伦斯,他的脸孔容光焕发,熠熠生辉,这是他一生中还不曾有过的奇迹。这并不是因为刚才半个小时他用外套袖管狠命把他的脸孔擦得发亮的缘故,这纯粹是他内心情感的外在流露。船长的心里洋溢着喜悦与光荣,这种喜悦与光荣弥漫着他的整个脸孔,使之光彩焕发。

船长满怀豪情地望着这个归来的小伙子古铜色的面颊和勇敢无畏的眼睛,他满怀豪情地望着他青春的豪爽热情、蓬勃的希望与坦率的性格复又闪烁在他容光焕发的仪表和热情洋溢的面容上,这种豪情也就在船长的面孔上点燃了熠熠光芒。他又以羡慕和同情的眼光望着弗洛伦斯,她的美貌、善良、纯洁从他心里赢得了别人难以相比的真诚、热烈的敬佩和爱护,这种羡慕和同情也同样在他的脸上闪闪发光。但是当他想到他们两人终于在一起,当他设想着他们之间将会出现的种种幸福的情景时,他的头脑里也不禁闪耀着这种思想的光辉,在其周围载歌载舞,这时他的四周才变得一片光明。

船长虽然一直心情激动,坐不安席,许多次跑到店铺里去,在那里待一会儿,他对他们怎样谈着可怜的老所尔舅舅,怎样谈着他出走以至于下落不明的每一个详情细节,他们的欢乐怎样因为老人的失踪和弗洛伦斯的不幸家事而大为减色，以及他们怎样把狄俄吉尼士放掉（船长因为怕狗叫在不久前把它骗到楼上去），他对这一切全都非常明白。当沃尔特仿佛是从一个新的、遥远的地方望着弗洛伦斯的时候，当他的眼睛寻找这张可爱的脸孔而又常常不敢和她充满着兄妹之情的毫无掩饰的目光相遇时，她抬起眼睛望着他而他却把眼睛移开时，他不再以为这是梦幻了，他也不再认为坐在他旁边的只不过是沃尔特的鬼魂了。他看见他们坐在一起，年轻而漂亮，他知道他们童年时候的故事，在他的宽大的蓝色马甲里面，除了对他们这一对感到羡慕以及对他们的重聚感到高兴之外，他没有一寸之地留给其他念头。

他们就这样坐着，一直坐到很晚。这样坐上一个星期，船长也是很乐意的，但是沃尔特却站了起来告别。

"走了，沃尔特！"弗洛伦斯说，"到哪里去？"

"他暂时挂了个吊床，贵小姐，"卡特尔船长说，"就在布罗格利先生家里，不过几步路，心肝宝贝。"

"是我把你弄走的，沃尔特，"弗洛伦斯说，"是一个无家可归的妹妹占了你的地方了。"

"亲爱的董贝小姐，"沃尔特犹豫不决地说，"这样称呼您是不是太大胆了！——"

"沃尔特！"她吃惊地喊起来。

"能看见您，跟您讲话，知道我还能为您效一会儿劳，难道还有什么能使我更加高兴呢！为了您的缘故我什么地方不会去，什么事情不会去做呢？"

她微笑着，叫他哥哥。

"您变化很大——"沃尔特说。

"我变了？"她插嘴说。

"对于我来说，"沃尔特像是自言自语地低声说着，"对于我来说您是变了。我离开的时候，您还是一个小姑娘，可是现在我看见您——哦！是很不一样了——"

"但还是你的妹妹，沃尔特。你没有忘记我们分别的时候我们相互许诺的话吧？"

"忘记！"但是他没有再说下去。

"如果你是忘了——如果困苦和危险把它从你的脑海里赶出去了——其实并没有嘛——那么现在当你看到我这么孤苦伶仃，除了这里再没有家，除了听我讲话的你们两个以外再没有其他朋友的时候，你总会记起了吧！"

"我会记起的！天晓得我会记起的！"沃尔特说。

"哦，沃尔特，"弗洛伦斯流着眼泪大声说着，"亲爱的哥哥！给我指出一条路，好让我在这个世界上去走，一条偏僻的小路，在那条路上我可以踽踽独行，艰难地跋涉，有时候我会想起你像哥哥一样地保护我，爱护我！哦，帮助我吧，沃尔特，我多么需要帮助呵！"

"董贝小姐！弗洛伦斯！我粉身碎骨也要帮助您。但是您的亲朋这么阔气骄傲，您的父亲——"

"不，不！沃尔特！"她尖声叫起来，带着恐惧的神情把手抬起来捧着头，"不要讲这两个字！"沃尔特见此情景，目瞪口呆地站在那里，一动也不动。

从这时候起，他一直忘不了她不让他提起这个名字时的声音和表情，他感到，即使活到一百岁也是绝对不会忘记的。

不管什么地方，随便什么地方，但是决不回家！一切都已过去，一去不复返了，一切都已失去，都已分崩离析了！她那说不尽的屈辱和痛苦全都包含在这一声凄恻的尖叫和恐惧的神情中，他感到他永远不会忘记，他的确没有忘记。

她把她的温柔的脸孔伏在船长的肩膀上，讲述着她为什么从家里逃走，是怎么逃出来的。她一边讲一边流下了伤心的泪水。她既没有提起他，也没有责备他，但沃尔特不禁肃然而思，他觉得，对于其父来说，与其被摒弃于这种挚爱之外，还不如让她的每一滴辛酸的泪水滴在他的头上去诅咒他更好。

他讲的时候，船长油光光的帽子歪戴着，嘴巴张得很大，他一直在洗耳恭听。待她讲完时，他说道，"好啦，宝贝！等一等，等一等，我的眼睛呵！沃尔，亲爱的孩子，今天晚上您暂时换一个地方去住，把漂亮的人儿留给我来照顾！"

沃尔特双手握住她的手，放在他的嘴唇上吻着。现在他知道了，她的的确确是一个无家可归、逃亡出来的流浪者了。但是，在他的眼中，比起过去身处荣华富贵之中，她现在更显得富有，因此也好像更加遥远了；孩提时梦幻中他看见她站在高山之巅，使他望而目眩，现在他觉得她更是望尘莫及了。

卡特尔船长却没有这种思想负担。他护送弗洛伦斯到她的房间里去之后，时时走到她房门外面让他着迷的地方，站在那里望着，待他觉得万无一失了才放下心，走到柜台下面去就寝。在离开时，他情不自禁地从锁孔里又一次欢欣鼓舞地问道："他淹死了，是不是，漂亮的人儿？"——或者，走到楼下，他试图再唱一曲《可爱的佩格》，但是声音塞在喉咙里唱不出来，所以他就去上床睡觉了；他梦见老所尔·吉尔士和麦克斯廷格太太结了婚，从此被这位夫人监禁在一个秘密的房间里，一日三餐的饭食微乎其微。

第五十章

图茨先生的诉苦

在木制海军候补生家里的楼上有一个空房间，过去是沃尔特的卧室。一早，沃尔特过来唤醒了船长，提议把小起居室里的一些家具搬到这个空房间里把它布置起来，等弗洛伦斯一起身就可以住过去。船长最高兴做这样的事情，弄得面红耳赤、上气不接下气，所以他就立刻像他自己所说的，鼓足干劲动起来了。两个小时之后，这间阁楼小屋就改头换面，变成一间陆上的船舱，装饰着起居室里凡是可以搬动的最好的家具，连鞑靼人的护航舰画幅也拿过来了，船长兴致勃勃地把它挂在壁炉架上面的墙上。这以后的半小时船长无事可做，便往后退了几步，忘情地欣赏着这幅画。

沃尔特要让船长把那只大表的发条上上紧自己用，把洋铁罐子拿回去，或者用用方糖钳子和茶匙，但是船长执意不听。每次沃尔特劝他时，他总是回答说："不行，不行，我的孩子，这些小小的财物我已经移交给你们俩了。"他说过的这些话现在他又极其热忱和庄严地再说了一遍，他认为这和议院的法案同样有效，除非他自己答应重新拥有这些财物，否则是找不出这种移交方式的任何漏洞的。

新的安排带来了很大好处，不但可以让弗洛伦斯有一个更安静的地方住住，而且海军候补生也可以回到其原来的瞭望台上，店铺的窗板也可以拿下了。这最后的一项船长虽不知道它的重要性，但并不完全是多此一举的，因为前一天，由于窗板关得严严密密，引起邻里的纷纷议论，而且从街对面，一批批人群从早到晚如饥似渴地盯着仪器制造商的屋子。游手好闲的人和流浪汉对船长的命运特别感兴趣，他们经常伏在店铺窗子下面的泥地上，把眼睛对着地窖的铁栅栏，异想天开地以为在一个角落里他悬梁自尽了，还看到他的外套露出了一些。可是另一批人则强烈反对这种看法，他们觉得他在楼梯上给人用一把榔头打死了，躺倒在地上。因此，一大早当这位谣言的主角身体硬朗、精神抖擞地出现在店铺门口，好像什么事情也没有发生过似的，自然会引起人们的一些不快。这个地区的教区助理是一个野心勃勃的人，他总想当人们破门而入时他也能够有身临其境的殊荣，可以借此穿着盛装在验尸官面前做证，他甚至还向对面的邻居讲，那个戴一顶油光光帽子的家伙最好不要在那里装腔作势了，至于具体指什么事情他没有讲，他还说他这个教区助理是要看牢他的。

"卡特尔船长，"这时候还是清晨，在店门口干了些事情后，他们站在那儿歇息，沿着这条古老而熟悉街道望过去，沃尔特沉思着说，"怎么一直没有听到所尔舅舅的消息吗！"

"一点消息也没有，我的孩子。"船长摇摇头说。

"亲爱、善良的老人去找我，"沃尔特说，"可是从来没有写封信给您！这是为什么呢？事实上，在您交给我的这个包裹里面，"说时他从口袋里拿出在有真知卓识的邦斯比面前拆开的那封信，"他就讲了，要是您在拆开这封信之前还没有听到他的消息的话，您就当他已经死了。这是不会的呵！就算他是死了，您总会听到的吧！即使他自己不会写，一定会有人照他的意思这样写的：'伦敦的所罗门·吉尔士先生于某日死于我家中'或者'在我的照管下死去'诸如此类的话，接着是'他给您留下这个最后的记忆和最后的要求'。"

船长在这之前从来没有登上这样一目了然的高峰，从来没有设想过这种可能性，现在听了沃尔特的一席之谈不禁视界豁然开朗，于是若有所思地摇摇头说："讲得好，我的孩子，讲得好极了。"

"一整夜我都睡不着觉，"沃尔特红着脸说，"我一直在想着这件事情，或者至少可以说，我想了一件又一件的事情，我总是相信，卡特尔船长，所尔舅舅还活着，还会回来的，愿上帝保佑他吧！对于他的出走，我并不觉得有什么特别奇怪的，因为他的性格里面总是有一种出奇的东西，而且他又非常喜欢我，在他的生活里其他的事情都变得微不足道，这一点只有我知道得最清楚，他就像是我最好的父亲，"说到这里，沃尔特的声音变得沙哑不清了，他掉转脸望着街上，"从这些来看，他为什么出走就不难猜出了。就算不考虑这些吧，我觉得还有别的理由。我常常看到过一些报导，也听说过，有些人听到他们最亲近、最亲爱的家人在海上遭遇船只失事，便跑到海岸边一个地方住下来，以便尽快了解失事船只的消息，虽然比别的地方也不过早一两个钟点，他们还是要去的。他们甚至还会沿着那条船只航行的路径跟踪追迹，好像消息也会跟着来的。我想我也应该这样做，同别人一样快，也许比许多人更快一些。但是我舅舅既然明明白白有这个打算，为什么他不写封信给您呢，要是他在外面死了，他是怎么死的，也没有别人写封信让您晓得，这真叫我弄不明白了。"

卡特尔船长摇了摇头说，杰克·邦斯拜也是一位有真知灼见的人，可是连他也弄不明白呢。

"要是我舅舅是一个粗心大意的年轻人，很可能给一帮寻欢作乐的人骗到一家酒店里去，在那里为了抢走他的钱财把他杀死了，"沃尔特说，"要是我舅舅是一个天不怕地不怕的水手，袋里带着两三个月的薪水上岸去玩它一下，那他一去不见踪影，倒还有个道理。但是他一向不是这样的人，我想他现在也不会变的，那我怎么也不会相信了。"

"沃尔，我的孩子，"船长问道，他一边沉思默想一边带着焦急不安的心情紧紧盯着他，"那么你是怎么看的？"

"卡特尔船长，"沃尔特答道，"怎么看，我可讲不上来。我想他根本没有写过信！这样猜想不会错吧？"

"就算所尔·吉尔士写了信，我的孩子，"船长摆出自己的看法说道，"那么他的信在哪里呢？"

"也许他把信交给一个什么人，"沃尔特提出他的看法，"可是这个人把它忘了，或者随便放在什么地方，或者丢掉了。我觉得这倒是很可能的，其他的情况不大可能，我是不愿意去想的，我也不可能去想的，我也不会去想的。"

"希望，你知道，沃尔，"船长意味深长地说道，"希望。希望使你生气勃勃。希望是一个浮标，关于这句话你查一查你那本《小鸣禽》的情感篇。但是天老爷在上，我的孩子，像其他的浮标一样，希望也只是飘浮着，它不能飘到哪里去。连同船头希望的雕饰，还有一个锚，但是要是我找不到可以抛锚的海底，这锚对我还有什么用处？"

卡特尔船长的这一番话是作为一位睿智的公民和一家之主从他的智慧宝库里拿出来的片言碎语，来开导一个不识世事的后生小子的，但并不是自己的现身说法。的确，他说着的时候因为新的希望而容光焕发，这个希望是受到沃尔特的感染的。他拍拍沃尔特的背，热情地说："说真的，我的孩子！就我个人来说，我同你的看法是一样的。"就这样，他结束了这一番妙论。

沃尔特爽朗地大笑了一声回答他的夸奖说：

"关于我舅舅的事情我现在再讲一点。我想他不可能用通常的办法寄这封信的，不会邮寄或船运，您知道——"

"对，对，我的孩子。"船长表示赞同地说。

"不管怎么说，这封信您是没有收到的吧？"

"哎呀，沃尔，"船长以近于严肃的神情望着他说，"自从你舅舅老所尔·吉尔士不见了以后，我不是日日夜夜地都在等着这位科技人士的消息吗？我的一颗沉重的心不老是在盼望着他和你吗？不管是睡着了还是醒来，我不是时刻坚守我的岗位吗？只要这个海军候补生还是完完整整地守在这里，我是不肯离开他的！"

"是的，卡特尔船长，"沃尔特握着他的手答道，"我知道您是这样的，我知道您讲的话和您的感情都是真心诚意的，我完全相信，就像我相信我的脚又踏在这个门阶上，就像我又握着这只真诚的手一样，您是不会怀疑的，是不是？"

"不会怀疑，不会，沃尔。"船长容光焕发地说道。

"我不想再大胆地猜测了，"沃尔特说着热烈地握着船长坚硬的手，船长同样热烈地握着他的手，"我想再说一句，我坚决不碰我舅舅的财物，卡特尔船长！他留在这里的每一样东西全都由最信得过的管家和最善良的人保管，如果他的名字不是卡特尔，还有谁呢！最好的朋友，现在来谈谈——董贝小姐吧。"

沃尔特一说起这几个字，他的神态就起了变化，他的信心和欢快似乎完全离开了他。

"我本来想，可是昨天晚上我刚提起她的父亲她就打断了我的话，"沃尔特说道，"您还记得是怎么样的吗？"

船长记得很清楚，他摇了摇头。

"我本来想，"沃尔特接着说，"我们只剩下一件艰难的工作要做了，那就是说服董贝小姐和她家里和好，安然回家。"

船长喃喃地说了一声轻微的"等着！""做好准备！"或其他一些针对这件事的话语，但是他听到沃尔特的这个打算，心里很懊恼，因此他讲得太轻，究竟讲些什么，只好猜猜了。

"但是，"沃尔特说，"这已经过去了，我不再这样想了。自从我得救以后我常常梦见那块载我漂流的碎片，我多想早些回到那块碎片上去，随波漂流、漂流，直到死去！"

"好哇，我的孩子！"船长控制不住高兴的心情，兴奋地喊道，"好哇！好哇！好哇！"

"一想到她这么年轻、这么善良、这么漂亮，"沃尔特说着，"这么娇生惯养地长大、生在这样富贵的人家，竟要在这个风雨凄厉的世界上挣扎奋斗，叫人怎么能够平静！但是我们已经看到一道鸿沟把她身后的一切都切断了，而这道鸿沟有多深除了她自己以外谁也无法知道，而且是没有回头路了。"

卡特尔船长虽然不太懂得这话的意思，却非常赞同，他又强调了一下说，现在正是顺风吹动着船儿往前走。

"不应该让她一个人待在这里，卡特尔船长，是不是？"沃尔特焦急地问道。

"嗯，我的孩子，"船长经过深思熟虑之后回答说，"这我不知道。你待在这里同她做伴，你看，你们两个人在一起——"

"亲爱的卡特尔船长！"沃尔特表示异议说，"我待在这里！董贝小姐有一颗天真无邪的心，她把我当作义兄；但是要是我认为有权借这个身份来亲近她，要是我假装忘记从道义上讲我不应该做这种事情的话，那我的心就会变得邪恶有罪了！"

"沃尔，我的孩子，"船长又有些烦恼地暗示说，"是不是还可以用别的身份，譬如——"

"哦！"沃尔特应道，"她这样信任我，这样势单力薄，没有人保护，住在这里避避；要是我乘人之危，千方百计地高攀，想做她的情人的话，宁可让我从她的心里死去吧，您就把一块幕布永远放在我和她那天仙般的脸孔中间吧！我还有什么好讲的？要是我这样做的话，世界上没有人会比您更不要看我的了。"

"沃尔，我的孩子，"船长说道，他的情绪愈来愈低沉，"要是有什么正当的理由或阻碍，禁止两个人在婚姻的殿堂里结亲的话——你查一查书，把这句话记下来——我就会公开讲明，就像在结婚通告里写得那么清清楚楚。这么说没有别的身份可用了，是不是，我的孩子？"

沃尔拼命地摇摇手，表示是没有了。

"咳，我的孩子，"船长慢吞吞地用低沉的声音说道，"我不否认我头脑太糊涂、不懂怎么办。但是对这位贵小姐来说，沃尔，你听着，对她尊敬和尽责是我义不容辞的义务，虽然做得不够满意，我已尽力而为的，所以我的孩子，毫无疑问，我就听你的了，想你所想，做你想做的事。那么是没有别的身份可用了，是不是？"船长说时一脸懊丧，对着他土崩瓦解的城堡发呆。

"好啦，卡特尔船长，"沃尔特换了一个高兴点的口气，提出一个新的建议想让船长开心起来，但是对于忧心忡忡的船长来说这并没有起什么作用，"我想，董贝小姐住在这里我们应该找一个适合可

759

靠的人侍候她。她的亲戚里面是不会有的，很明显，董贝小姐觉得她们都是巴结她父亲的。苏珊怎么样了？"

"那个小娘们？"船长回答说，"我想，她给赶走，'心肝宝贝'很不情愿的。贵小姐刚来的时候我就提了一下，贵小姐对她的评价很高，说她早就走了。"

"那么，"沃尔特说道，"您就去问一下董贝小姐她到哪里去了，我们想办法去找她。天色越来越亮了，董贝小姐就要起床了。您是她最好的朋友，您到楼上去等她，楼下的事都让我照管吧。"

沃尔特说毕，叹了口气。船长很垂头丧气，跟着沃尔特也叹了口气，便同意照办。弗洛伦斯对她的新闺房非常满意，她盼望着和沃尔特相见，当她知道有希望同她的老朋友苏珊见面高兴极了。但是弗洛伦斯不清楚苏珊到哪里去了，她只知道她住在埃塞克斯，她记得，除了图茨先生，没有人晓得。

闷闷不乐的船长带着这个消息下来，告诉沃尔特，图茨先生是上次他在门口台阶上遇到的那个年轻人，是他的朋友，家道殷实，毫无希望地爱着董贝小姐。船长还谈了沃尔特不明的下落怎样使他和图茨先生初次相识，他和图茨先生订立了庄严的协定，图茨先生对他心中的爱必须缄口不言。

现在的问题是，弗洛伦斯对图茨先生是不是信得过。弗洛伦斯笑了一笑说，"哦，绝对相信！"于是要找到图茨先生住在哪里便成为迫在眉睫的事了。弗洛伦斯不知道他的住处，船长也忘记了；不过在小起居室里，船长跟沃尔特说图茨先生肯定很快就会来的。说时迟，那时快，图茨先生走了进来。

"吉尔士船长，"图茨先生不拘礼节地一冲进来便说，"我快要发神经病了！"

图茨先生像放迫击炮弹一样说完这些话后，就看见沃尔特了，便哧哧地苦笑着。

"请您原谅我，先生，"图茨先生捧着额头说，"现在我的脑子如果说没有崩溃，也已经正在崩溃了，对我这样处境的人来说，讲究

760

礼貌其实是自我嘲笑，有什么用处呢。吉尔士船长，请您行行好，让我私下跟您谈一谈。"

"好呵，老弟，"船长握住他的手说，"我们刚才正想找您呢。"

"哦，吉尔士船长，"图茨先生说，"你们找我，一定有什么事吧？我真是弄得失魂落魄了，脸也不敢刮，衣服也没有刷，我的头发乱成一团也没有梳，我告诉'斗鸡'要是他自告奋勇把我的靴子擦干净，我就叫他死在我面前！"

这些精神错乱的迹象在他的外表上也很明显，疯疯癫癫，粗野得很。

"往这边看看，老弟，"船长说，"这是老所尔·吉尔士的外甥沃尔。本来以为他在海里淹死了。"

图茨先生把手从额头上放下来，定睛地望着他。

"天哪！"图茨先生结结巴巴地说，"好悲惨呵！您好。我，我，我怕您浑身湿透了呢。吉尔士船长，请您让我跟您到店铺里去说一句话，好吗？"

他抓住船长的外套，同他一起走了出去，轻声地问道：

"这个人，吉尔士船长，就是您说起的那个，您说过他和董贝小姐是天造地设的一对，就是他吗？"

"嗨，是的，小伙子，"郁郁不乐的船长答道，"我曾经是这样想的。"

"不迟不早！"图茨先生的手又捧着头喊起来，"偏偏在这个时候！——来了一个可恨的情敌！不管怎么说，他不是一个可恨的情敌，"图茨先生说时突然停了下来，转而一想，把手放下说，"我有什么理由要恨他？没有。要是我的感情真的是无私的话，吉尔士船长，现在就让我来证明吧！"

图茨先生又冲进小起居室，扭着沃尔特的手说："您好。我希望您没有着凉。要是您愿意同我结交，我，我可真是高兴极了。希望您健康长寿。用我的名誉担保，"图茨先生把沃尔特的脸孔和仪表看得越久，他就越热情，"我看见您真是三生有幸！"

"衷心感谢您，"沃尔特说，"您对我这么真诚热情地欢迎，叫我太心满意足了。"

"是吗？"图茨先生一边说一边仍旧扭着他的手，"您太好了。我非常感谢您。您好。我希望您走开的时候大家都安好，我是说您刚才来的那个地方，您知道。"

对他这些良好的愿望和心意，沃尔特很豪爽地表示了感谢。

"吉尔士船长，"图茨先生说，"我希望严格地遵守诺言，但是我相信现在会允许我提一件事情——"

"行，行，小伙子，"船长答应道，"随便讲，随便讲。"

"是这样的，吉尔士船长，"图茨先生说，"沃尔特上尉，你们知不知道董贝先生家里发生了一件最可怕的事情吗？董贝小姐离开了她的父亲，我看她这个父亲，"图茨先生非常激动地说，"简直是一头野兽。要是把他比作一尊大理石雕像或者一只猛禽，还算是恭维他呢。她到哪里去了不知道，一直找不到。"

"我可不可以问一问您怎么听到这件事情的？"沃尔特问。

"沃尔特上尉，"图茨先生说，他用这个称呼来叫沃尔特是根据一种独特的方式，也许是把他的教名和航海职业搭配起来，再加上他与船长的关系，这样一来自然就构成了这个称呼，"沃尔特上尉，我不反对坦率的回答。事实是这样的，凡是和董贝小姐有关的事情我都非常关心——沃尔特上尉，这并不是出于自私的目的，我很明白能使各方都感到满意的事情就是结束我自己的生命，因为我的生命只能是一种碍手碍脚的东西——我时常把一些小东西送给一个叫托林森的男仆，他在这家干活有好多时候了。昨天晚上托林森把这个情况告诉我。吉尔士船长，沃尔特上尉，听到这件事情以后，我一直失魂落魄，昨天一夜我都躺在沙发上面，你们看我这副样子已经不成人形了。"

"图茨先生，"沃尔特说，"我很高兴能够叫您放心。请您平静下来。董贝小姐安然无恙。"

"先生，"图茨先生从椅子上跳起来，又扭着他的手，大声说，

"太放心了，简直是说不出来的放心，即使您现在告诉我董贝小姐结婚的消息，我也会笑起来的。是这样的，吉尔士船长，"图茨先生恳切地对他讲，"我全心全意地发誓，今后我不管做什么事，我真的觉得，我总是会笑的，因为我很放心了。"

"像您这样宽厚大度的人，"沃尔特对他的赞誉也决不怠慢，他说，"当您知道您可以为董贝小姐效劳时，您一定会更加放心，更加喜悦的。卡特尔船长，是不是请您劳神把图茨先生带到楼上去？"

船长做了个手势，图茨先生带着一脸迷惑的神情跟着他上去，一走上顶楼，一句话也不说，就给带到弗洛伦斯新的闺房里。

一看到她，可怜的图茨先生的惊喜之状真是离奇得不可思议。他跑到她面前，一把抓住她的手就吻起来，再把它放下，再抓起来，然后一只膝盖跪下，流着眼泪咪哧地笑着，全然不顾有可能给狄俄吉尼士咬住不放的危险。狄俄吉尼士觉得图茨先生的这些举动是对它的女主人的一种敌视，因此在他周围转来转去，只是没有决定从何处下手，但是决心给他一记致命伤则是明白无误的了。

"哦，狄，你这个没有记性的坏狗！亲爱的图茨先生，看到您我真高兴！"

"谢谢您，"图茨先生说，"我身体很好，我非常感谢您，董贝小姐。我希望您全家都安好。"

图茨先生自己一点不知道在讲些什么。讲着讲着，他就坐在一把椅子上，凝视着弗洛伦斯，欣喜和失望在他的脸上交相辉映，互不相让。

"吉尔士船长和沃尔特上尉刚才讲过，董贝小姐，"图茨先生气喘吁吁地说，"我能够做点事情为您效劳。那天在布赖顿我的行为简直像个杀害亲人的罪犯，根本不是一个有独立财产的人所应该做的事情。要是我能用任何方法洗刷掉那天的记忆的话，"图茨先生严厉地谴责自己说，"我一定会带着欢乐的笑容走进死寂的坟墓里面去。"

"图茨先生，请您，"弗洛伦斯说，"不要想我会忘记我们友谊中的任何事情。相信我，我永远也不会忘记。您对我总是这么好，这么亲切。"

"董贝小姐,"图茨先生说道,"您对我的感情这样体谅,这和您的天仙性格是分不开的。感谢您,一千次感谢您。这根本是不要紧的。"

"我们想问您,"弗洛伦斯说道,"您记不记得到哪里可以找苏珊,那天她离开我的时候,您那么好心地陪她到马车站的。"

"哎呀,董贝小姐,"图茨先生想了一会儿说,"那天马车上写的地名我记不清楚了。我记得她说的,她不打算在那里下车,她还要往前走。但是,董贝小姐,要是您想找她并且要她到这里来,我和'斗鸡'可以尽快地把她找来,我是一片忠心,'斗鸡'脑子很灵,我们两个人合作,保证马到成功。"

图茨先生看见自己有机会为董贝小姐效劳,不禁喜形于色,精神也好起来,再加上他无可怀疑的无私的奉献精神,如果还不答应他的话,那就太残酷了。弗洛伦斯对他千谢万谢,由于生性善于体贴,不愿作出哪怕一点点阻止他的表示。图茨自豪地担负起这个使命,准备马上执行。

"董贝小姐,"爱情的失望的痛苦在图茨先生的身上显而易见,时时掠过他的脸上。他碰了一下她伸出的手说道,"再见!请允许我不揣冒昧地说一下,您的不幸使我悲痛欲绝,除了吉尔士船长,我就是您最可信赖的人了。董贝小姐,我非常清楚我自己的缺点——这是根本不要紧的,谢谢您——但是请您放心,我是完全信得过的,董贝小姐。"

讲完后,图茨先生还是由船长陪同走出弗洛伦斯的房间。刚才,船长站得稍远一些,帽子夹在胳膊下面,用手钩梳理着零乱的头发。他一直不无兴趣地目睹着经过的一切。当他们走出去,把门关上时,图茨先生的生命之光复又阴云密布了。

"吉尔士船长,"走到楼梯底下,这位先生停住,转过身来说,"说真的,我这时心情不好,我很想同沃尔特上尉友好,但现在看见他却不能表示这种友好的感情。我们不是什么时候都能控制自己的

764

情感的，吉尔士船长，要是您让我从后门出去，您就是给我做了一件大好事了。"

"老弟，"船长应道，"您可以采取您自己的航路。不管您采取什么航路，我完全相信，都是一帆风顺的，海员就是这样的。"

"吉尔士船长，"图茨先生说，"您太好了。您的金玉良言是给我的一种安慰。有一件事情，"站在走廊里半开半掩的门后面时，图茨先生说，"我希望您会记住，吉尔士船长，我也希望沃尔特上尉能知道。现在我已经继承了那份财产了，您知道——可是我不知道该怎么办。要是从经济方面我能效劳的话，我一定能心安理得地溜进无声无息的坟墓里去。"

图茨先生不再说什么，便悄悄地走了出去，砰的一声关上门，这样船长就不好答话了。

这个好心的人离开她好久之后，弗洛伦斯带着既痛苦又快乐的感情想着他。他是这样忠厚，这样热心，这次又看到他，在痛苦中深知他对她的忠诚，这乃是无价的欢欣和安慰，但是也正因为这个原因，想到她一下子使他顿感难过，呼吸之间就搅乱了他无害的生活之波，她深为感动，眼泪盈眶，她的胸脯里激荡着怜悯之情。卡特尔船长也从不同的方面想着图茨先生，沃尔特也是一样。夜晚来临，他们聚在弗洛伦斯新的房间里，沃尔特激动地称赞着他，并且把他离开时说的话告诉了弗洛伦斯，他以至诚之意与无限的同情尽量给予善意的评价与赞赏。

第二天图茨先生没有回来，第三天也没有，又过了几天，还是没有回来。这些天，在老仪器制造商屋子的顶楼，没有新的震惊，弗洛伦斯像笼子里面一只安静的鸟儿过得非常平静。但是一天天过去，弗洛伦斯精神不振，她越来越明显地低垂着头；她常常带着那已故的孩子脸孔上的表情从高高的窗户里面向天空望去，仿佛是想寻找他躺在小床上时曾经讲起过的光明海岸上的天使。

近来，弗洛伦斯身体非常虚弱，她心中的焦急不安无疑影响了她的健康。但是她现在的问题并不是身体的疾病，她心里很痛苦，这痛苦的原因就是沃尔特。

沃尔特很关心她，为她焦虑不安，以能为她效劳而骄傲与欣喜，这一切他表现得热情而真挚，但是弗洛伦斯却看出他在避着她。一整天，他很少走近她的房间。如果问起他，他马上就跑过来了，这时候他复又那么真挚而爽朗，她还记得她童年流落灯光辉煌的街头时他就是这样的，但是很快他变得拘束起来，这是逃不出她一往情深的敏捷的眼光的，他感到局促不安，即刻从她身边走开了。一整天，从早到晚，不找他，他是绝不会来的。当暮色笼罩时，他总是来到那里的，这个时候是她最快乐的时候，因为这时候她几乎相信她儿时相识的沃尔特依然如初，丝毫未变。可是，即使在这个时候，从一句随随便便的话、一道不经意的目光、一个鸡毛蒜皮的情况中，她会知道在他们之间有一种无法逾越的难以言喻的隔阂。

沃尔特身上这种巨大变化的种种现象他虽然力图掩盖，却瞒不过她的眼睛。她想，他处处为她着想，他衷心希望不要通过他善良的手使她受到伤害，但是他却使用各种小小的花招把他的善意隐藏起来。这样就更使弗洛伦斯感觉到他的变化之大，也更使她经常地为她义哥的疏远而悲泣。

弗洛伦斯想，她那始终不懈、热情体贴的朋友、好心的船长，也看出来了，而且非常痛苦。他没有开始时那么愉快、那么充满着希望，晚上他们三个人相聚的时候，他往往带着一脸忧郁的神情偷偷地望望她，再看看沃尔特。

弗洛伦斯终于决定要跟沃尔特谈一谈。她相信她现在已经知道他疏远她的原因，她想如果她告诉他她已经看出他的心思，而且不去计较，决不责备他的话，她那充满着痛苦的心将会得到宽慰，他也不会再那么局促不安了。

一个星期天下午，弗洛伦斯作出了这个决定。忠心耿耿的船长穿着一件衣领奇怪的衬衫，戴着眼镜，坐在她旁边阅读着什么。她便问他沃尔特在哪里。

"我想他在楼下吧，我的贵小姐。"船长答道。

"我想跟他谈谈。"弗洛伦斯说着就匆忙站起来，好像准备下楼去。

"我就去把他唤来，漂亮的人儿。"船长说道。

于是船长很敏捷地扛起他读的书走出了房间。他为什么要扛书呢？这里有个缘故。每逢星期天他给自己规定了一项任务，就是要读很大的书，因为大书有一种庄严厚重之感。几年前他在书摊购买了一本特大的书，每次读了五行，他就给弄得头昏眼花，结果书里面讲什么东西他仍旧莫名其妙。船长走后不久沃尔特就出现了。

"卡特尔船长告诉我，董贝小姐——"他一进来就急于讲起来，但是——看到她的脸孔便戛然而止。

"您今天面色不好。您看起来很不舒服，您刚才哭过了。"

他的话是这么亲切，他的声音激烈地颤动着。听到他的话，她泪如泉涌。

"沃尔特，"弗洛伦斯温和地说，"我不大舒服，我哭过了。我想跟你谈谈。"

他在她对面坐了下来，看着她美丽而天真的脸孔，他自己的脸孔变得苍白，他的嘴唇颤抖着。

"那天晚上当我知道你已得救的时候，哦！亲爱的沃尔特，我心里是怎样的感觉，我胸中怀着怎样的希望呵！当时您说——"

这时他把他颤抖的手放在桌子上他们两人之间，坐着看她。

"当时你说我已经变了。那时我听到你讲这句话很是吃惊，但是现在我明白我是变了。不要对我生气，沃尔特。当时我太高兴了，没有想到这一点。"

现在他觉得她又像是从前的小姑娘了，那个他亲眼看见、亲耳听见的纯洁无邪、推心置腹、满怀爱心的小姑娘了，而不是现在他恨不得把他在世间所拥有的财富置于其足下的亲爱的女子。

"沃尔特，你还记得在你离别前我最后看见你的那一次吗？"

他把手伸进胸口，拿出一个小钱袋。

"我总是把它戴在我的颈子上的！要是我沉入海里，它也会同我一起到海底去的。"

"那么为了我的缘故你会一直戴着它吗？"

"我会戴着它一直到我死去！"

她把她的手搁在他的手上，那么单纯，那么无所畏惧，就好像她把这件小纪念品给他以来一天也没有过去似的。

"我听到很高兴。我将永远高兴地想着这件事情，沃尔特。你记不记得那天晚上我们在一起谈着的时候，我们突然同时想到会发生这样的变化吗？"

"记不得了！"他带着好奇的声调说。

"是的，沃尔特。即使在那个时候，也是因为我的缘故才毁坏了你的希望和前程。那时候我不敢这样想，可是现在我明白了。如果说那时候由于你的慷慨大度，你向我隐瞒了实情的话，现在你虽然像以前一样那么慷慨大度，可再也瞒不了我啦。你还在隐瞒，沃尔特，我谢谢你，深深地，衷心地谢谢你，但你是瞒不了的。你遭受了这么许多艰难困苦，为你最亲爱的亲人的艰难困苦，你受了多少磨难，你是不会看不到造成你的险境和磨难的原因的，虽然这个原因是无意的，你不会完全忘记我在无意中起了这样的作用，那么我们不可能再是兄妹了。但是，亲爱的沃尔特，不要以为我为此埋怨你。我本来是会知道的，我应该是知道的，但是因为一时高兴就忘记了。我只是希望，既然这种感情已不再是秘密了，你可以不用替我心烦意乱。沃尔特，我以一个曾经是你妹妹、一个可怜的小姑娘的名义请求你为了我的缘故，不要和自己作对，不要使自己痛苦，因为现在这一切我都知道了！"

她讲着的时候沃尔特一直望着她，他脸上充满着惊异，除此之外再无别的表情。现在他无比殷切地把搁在他手上的那只手抓起，握在自己的手中。

"哦，董贝小姐，"他说，"我一方面想您理应得到的东西必须让您拥有，另一方面又一味地挣扎，怕牵累了您，这使我痛苦不堪，但从您讲的一番话，我才知道我这样做反而给您带来了伤痛，这怎么可能呢？我向天发誓，我一向把您看作是我童年和少年时期单纯、

768

光明、纯粹、幸福的记忆，除此之外我再没有什么别的想法了。自始至终，在我的生活中，我只是觉得您是那么神圣，应该毕恭毕敬，不可以随便对待，至死也是不可以忘记的。能够重新看到您的容貌，听见您的谈话，就像我们分别时的那天夜晚一样，这对我来说真是说不出的幸福；而被您当作哥哥来爱，给予信任，则是我能够获得的又一个珍宝，我是非常珍爱它的！"

"沃尔特，"弗洛伦斯以真诚的目光看着他，不过她的面容在起着变化，她说，"什么是我理应得到而必须让我拥有的东西，竟会把这一切都牺牲掉呢？"

"尊敬，"沃尔特低声地说，"敬佩。"

她脸上泛起了红晕，她胆怯地、若有所思地抽回了手，但依旧诚挚地望着他。

"我没有一个哥哥的权利，"沃尔特说，"我没有一个哥哥应该享有的权利。我离别时您是一个小女孩，我现在看见的已是一个女人了。"

红晕遍布了她的脸孔。她做了一个手势，仿佛是恳求他不要再讲了，她的脸孔低低垂下，伏在她的手中。

他们两人都沉默了一会儿，她在哭。

"正是由于一颗心是这样纯洁、这样善良、这样对我深信不疑，"沃尔特说，"我才不顾自己的心儿破碎只得和它分开。我怎么敢说这是我妹妹的心呢！"

她仍旧在哭。

"要是您很幸福，理所当然地环绕着爱您、羡慕您的朋友，置身于您的出身所赋予您的令人羡慕的荣华富贵之中，"沃尔特说，"要是您这时候怀着对往事深情的记忆唤我哥哥的话，我会站得远远地回答这个称呼，我内心不会因为这样做而觉得对不起您冰清玉洁的真情。但是此时此地！——"

"哦，谢谢你，谢谢你，沃尔特！原谅我太冤枉你了。没有人教我该怎么做。我太无援无助了。"

"弗洛伦斯!"沃尔特怀着满腔的激情说道,"几分钟之前我心里的话就是没法开口,现在我要把它们一股脑儿讲了出来。要是我已经富有了,要是我有办法,有希望能够有一天让您重新获得相当于您原有的地位的话,我就会告诉您,有一个称呼您可以赐给我的,那是一种高于一切之上的权利,就是关心您和保护您的权利,我之所以值得获得这样的称呼和权利不是别的,而是因为我对您的爱和尊敬,是因为我整个的心都是属于您的缘故。我就会告诉您,您可以给我的唯一权利就是保卫您、保护您,这是我敢于接受,敢于承担的;我会告诉您,要是我有了这个权利,我就会把它看作珍贵无比的信任,即使我把一生的赤胆忠心和热情全部奉献出来,也不足以报答于万一。"

　　她的头仍旧低垂着,眼泪仍旧在流淌,胸脯仍旧因为抽泣而起伏着。

　　"亲爱的弗洛伦斯!最最亲爱的弗洛伦斯!在我心里我就是这样呼喊着您的,我来不及考虑这样叫您是不是太大胆无礼了。您以一个妹妹的宽怀大度不会计较我所说的这些话,我表示感激,让我最后一次用这个亲切的称呼来喊您,抚摸一下这只温柔的手吧。"

　　她抬起头对他说着,她的眼睛是那么庄严而又温柔,她的微笑是那么平静、灿烂地透过晶莹的泪珠照耀着他,她的身体和声音是那么轻悄悄地颤抖着,倾听时,他内心深处的弦给触动了,他的视线模糊了。

　　"不,沃尔特,我不能忘记这一切,我终生不会忘记的。你——你很穷吗?"

　　"我只是一个流浪汉,"沃尔特说,"靠航海为生。这就是我现在的职业。"

　　"你又快走了吗,沃尔特?"

　　"很快。"

　　她坐在那里望着他,过了一会儿,她悄悄地把她颤抖的手放在他的手里。

770

"如果你娶我做你的妻子，沃尔特，我会热烈地爱你的。如果你让我同你一起去，沃尔特，我会毫不畏惧地跟你走到天涯海角。我不会为了你抛弃什么东西——我没有东西可以抛弃，我没有人可以丢开；但是我全部的爱和生命将会奉献给你；到最后如果我还有知觉和记性的话，我最后的一口气将向上帝呼喊着你的名字。"

他把她抱在他的胸口，把她的脸颊拉过去，靠着他自己的脸颊；现在，她伏在她亲爱的情人的胸脯上，不再畏怯、不再孤单凄凉，她一往情深地哭起来了，她的的确确是在她情人的胸脯上哭着。

星期天神圣的钟声在他们神魂颠倒、怡然而乐的耳畔多么宁静地回荡着！星期天神圣的和平与静谧和他们心灵的平静是那么和谐一致，使他们周围的空气也变得神圣了。当她靠在他胸脯上像一个安静的小孩沉沉入睡时，神圣的暮色悄然而至，那么庄严地笼罩着她，抚慰着她！

哦，爱情和信赖多么轻松地躺在那里！呵，沃尔特，用骄傲而温情的目光凝望着那双闭着的眼睛吧，因为此刻，在这广阔的世界上它们在寻找着你——只是你！

船长仍旧待在小起居室里，直到天相当黑了。他坐在沃尔特刚才坐过的椅子上，仰望着天窗，直到阳光渐渐消失，群星俯瞰的时候。他点亮了一支蜡烛，点着了烟斗，抽完了烟，很是纳闷，楼上究竟在做些什么，为什么不叫他去喝茶呢？

正当他苦思冥想之际，弗洛伦斯来到他的身边。

"哎呀！贵小姐！"船长叫了起来，"您和沃尔怎么谈了这样长的时间，漂亮的人儿！"

弗洛伦斯把她的小手绕着他外套上的一个大纽扣，俯瞰着他的面孔说：

"亲爱的船长，我有一件事情想告诉您，您听听好吗？"

听到这句话，船长敏捷地抬起头来，把椅子连同他自己尽量往后移，以便更清楚地望着弗洛伦斯。

"什么！心肝宝贝！"船长立刻兴高采烈地欢呼了起来，"是那桩事情吗？"

"是的！"弗洛伦斯热切地说。

"沃尔！郎君！是那桩事情吗？"船长一边狂呼起来一边把他那油光光的帽子扔到天窗上面去。

"是的！"弗洛伦斯哭声和笑声不绝于耳地大声答道。

船长马上紧紧地拥抱了她，然后拾起他那顶油光光的帽子戴上，挽着她的手臂，把她带回到楼上去，他感到现在他生活中的一大乐事就要在这里发生，他要痛痛快快地开心打趣一番啦。

"哎呀，沃尔，我的孩子！"船长在门口向室内张望着说，他的脸孔像烘炉般的暖洋洋，"那么是没有别的身份了，是不是？"

他尽情地调侃着，简直弄得透不过气来，喝茶的时候他一连起码四十次地这样打趣，他不时地用外套的袖子揩抹他容光焕发的脸孔，用手帕拍拍他的头。但是，只要他有意，在寻欢作乐中，他也可以讲一些比较严肃的事情，因为在他怀着难以言喻的欣喜看着沃尔特和弗洛伦斯的时候，会时常听到他低声地说：

"爱德华·卡特尔，你这个小子当你把那个小小的财物移交给他们时，在你一生中，这是你采取的最好的航路了！"

第五十一章

董贝先生和这个世界

　　一天天在过去，那个傲慢的人在做什么呢？他曾否想过他的女儿，他曾否问一问她到哪里去了？他会不会以为她已经归家，还住在那座令人厌倦的屋子里过着旧时的生活呢？没有人能够替他回答。从那以后，他从未提起过她的名字。屋里的人都很怕他，对于他缄口不言的事情他们是不敢碰一碰的，而唯一敢于问他的人，他则立即加以制止。

　　"我亲爱的保罗！"弗洛伦斯出走的一天，他妹妹悄悄走进他的房间里低声地说道，"你的妻子！那个暴发户女人！我道听途说的事情怎么竟会是真的，你对她这样忠心耿耿，谁也比不上，而她竟会这样报答你，她这样任性、这样傲慢，我看，连你自己的亲人都成了牺牲品了，这怎么竟会是可能的呢？我可怜的哥哥呵！"

　　发表了这番言论之后，奇克夫人伤感地想起他结婚的那天她没有被邀请参加宴会的事，便伏在董贝先生的颈子上，用手绢拼命地擦眼泪。但是董贝先生却冷冰冰地把她拉开，扶她坐到一把椅子上去。

　　"你这样关心我，我很感谢你，路易莎，"董贝先生说道，"但是我希望我们谈谈别的问题。当我悲叹我的命运，当我表示需要安慰的时候，路易莎，如果你愿意的话，你就可以安慰我了。"

　　"我亲爱的保罗，"他的妹妹一边用手绢揩她的脸孔，一边摇着头说，"我了解你伟大的人格，我不会再讲这个令人痛苦、令人反感的话题了，"讲到"令人痛苦""令人反感"这样的字眼，奇克夫人义愤填膺，"虽然我怕听到使我震惊和痛苦的事，但是还请你让我问你一下——那个不幸的孩子弗洛伦斯——"

"路易莎！"她的哥哥严厉地说，"不要讲了。对这个问题一句话也不要再讲！"

奇克夫人只能摇摇头，用手绢揩眼泪，为每况愈下的董贝们悲叹着，因为他们已不再是名副其实的董贝了。但是在伊迪丝出逃这件事情上弗洛伦斯是不是同流合污，或者跟了她去，或者是帮了很大的忙，或者很少，或者做了一些，或者什么也没干，这种种情况，奇克夫人是一无所知的。

董贝先生照旧这样下去，毫不偏离既定的常规，把他的念头与感情深深地埋在自己的胸中，从不向任何人透露。他不去寻找他的女儿。他也许以为她和他的妹妹在一道，他也许觉得她就住在他自己的屋檐下。他也许经常在想她，也许根本没有想她。不管他露出的表象有什么不同，其实质是一样的。

但是有一点是肯定无疑的，就是他不认为他是失去了她，他根本没有想到这上面去。他在高高在上的象牙塔里面住得太久了，他居高临下地望着，只不过把她当作下面小路上一个温驯和蔼的小女孩而已，他全然没有这种担心。耻辱虽然使他震动不小，他依然没有匍匐于地。其根阔而深，经过多年的成长，已经枝叶繁茂，从四周的一切吸取养分。树身虽然被击，但没有倒下。

他觉得当前外面的世界只有一个目的，那就是无论他走到哪里总是紧盯着他，因此他就向外面的世界隐藏起他内心的世界，可是他却无法隐藏其内心世界中的叛逆的迹象；深陷的眼睛和面颊，满布着皱纹的额角，以及一种沉思冥想、郁郁不乐的神情，无不流露着这些迹象。虽然像以前一样深不可测，但他却是变了；虽然依旧很骄傲，但他的威风已经给打下了；如果不是这样，是不会出现这些迹象的。

这个世界。这个世界对他是怎么个看法，怎么在看他，看到的是什么，说了些什么——这就是他脑子里面时刻不能忘记的魔鬼。无论他在哪里它也跟到哪里，更坏的是，他不去的地方，它照样去。

它同他一起走到仆人中间，但是他走了以后，他们却在后面窃窃私语；走在街上，它却在他后面指桑骂槐；在办公室里，它早就等着他了；在富有的商人们中间，它回过头来对他挤眉弄眼；在人群之中它手舞足蹈，滔滔不绝；不管在哪里，它早已恭候他了，而且他知道，在他走了之后，它总是忙得不亦乐乎。夜晚当他关在自己的房间里时，这魔鬼就待在他的屋子里；外出时，人行道上听到它的脚步声，办公室桌上的文件里看见它的形影，在火车与船舶上它冒着气来来往往，穿梭不息；它在每个地方都是忙忙碌碌，无休无息，不是为了别的，只是缠着他。

这绝非他凭空臆造的幻象。不仅在他的头脑里它是非常活跃的，在别人的头脑里也同样如此。表兄菲尼克士就是这样，他特地从巴登—巴登来同他谈谈。贝格斯托克少校也是这样，他是跟着表兄菲尼克士参与这个友好的使命的。

董贝先生以惯常的尊严接待了他们，像以往一样挺直地坐在炉火前面。他感到这个世界正通过他们的眼睛在看着他，在这些画里面它的目光炯炯，书架上的皮特先生塑像就是它的代表，挂在墙上的它自己的地图里也有许许多多的眼睛。

"一个特别寒冷的春天。"董贝先生说——他是在欺骗这个世界。

"真该死，先生，"少校热情洋溢地说，"乔瑟夫·贝格斯托克对于弄虚作假的事是一窍不通的。要是您想给您的朋友冷面孔看，让他们离得远远的话，董贝，您可不要指望乔·贝做这种事情。乔伊是粗汉子，先生，乔伊是直来直去的，先生。已故约克公爵殿下说过，'如果军界中有哪一个称得上是直来直去的，这个人就是乔——乔·贝格斯托克。'且不管我够不够得上这样的称赞，这总是很光彩的啦。"

董贝先生表示同意。

"那么听我说吧，董贝，"少校说，"我是一个见多识广的人。我们的朋友菲尼克士——要是我冒昧地——"

"我深感荣幸。"表兄菲尼克士说。

"他也是，"少校摇晃着脑袋继续说下去，"一个见多识广的人。董贝，您是一个见多识广的人。那么，当三个见多识广的人聚在一起，而且是朋友——据我认为——"说到这里他又向表兄菲尼克士示意。

"我深信，"表兄菲尼克士说，"是非常友好的。"

"而且是朋友，"少校接下去说道，"老乔伊的看法是（乔也许不对）这个世界对任何一件事情的意见是可以很容易了解到的。"

"毫无疑问，"表兄菲尼克士说道，"事实上，这是一个不言自明的事情嘛。少校，我很想让我们的朋友董贝听我表示一下我的极大的惊奇和遗憾，我真没有想到我那才多艺的可爱的表妹，才貌俱全，可以让一个男子生活得幸福，怎么竟会把她应尽的责任——事实上，就是对这个世界应尽的责任——全部丢到九霄云外，做出这样不像话的事情。自此以后，我一直很难过，昨天晚上我还对朗·萨克斯拜讲过，这件事情弄得我苦恼不堪，很不高兴。朗·萨克斯拜这个人身高六英尺十英寸，我们的朋友董贝大概是认识的。这种悲惨的灾难不禁使我深思，"表兄菲尼克士继续说下去，"事情的发生实在是天意，倘若我的姑妈还活着的话，我看后果是不堪设想的，像她这样一位生气勃勃的女人就会倒下一蹶不振，事实上，充当牺牲品了。"

"喂，董贝！——"少校抖擞精神地准备接着话头讲起来。

"我请您原谅，"表兄菲尼克士插嘴说，"让我再讲一句话。请我的朋友董贝允许我讲一下，如果还有什么情况叫我痛上加痛的话，那就是世人对我那多才多艺的可爱的表妹（请允许我还这样称呼她）和一个地位比她夫君低下得多的人（事实上，他有一口雪白的牙齿）私奔的事表示理所当然的惊讶。但是我不揣冒昧地请求我的朋友董贝，在没有确定犯罪事实之前不要对我那多才多艺的可爱的表妹定罪。同时，我也恳请我的朋友董贝务必相信，我所代表的这个家族（这个家族现在差不多已不再存在，想起这个令人伤心）不会干预他，对于他为前途着想而采取的任何高尚的举措，一经提出，我们将会

776

欣然同意。我相信我的朋友董贝会相信我的良苦用心，正是为了这个缘故，虽然这件事情令人伤心，我仍旧振作精神，披肝沥胆，向您进一言，至于还有其他什么话要让我的朋友董贝烦神的，事实上，我没有想到。"

董贝先生鞠了一躬，但没有抬起眼睛，也没有讲话。

"喂，董贝，"少校说道，"我们的朋友菲尼克士滔滔不绝地讲了一通，老乔伊·贝还没有听到过有谁比得上他这样的口才呢——哦，没有，先生！的的确确，没有啦！"少校脸孔发青，他抓住拐杖的中间部分继续说着，"他讲了有关您夫人的事情，董贝，我想借重我们的友谊提一下这件事情的另一方面，先生，"说到这里，少校发出马一样的咳嗽声，"大家对这件事情都在议论，这是不能不闻不问的。"

"我知道。"董贝先生答道。

"您当然是知道的，董贝，"少校说，"真该死，先生，我晓得您是知道的。像您这样了不起的人是不可能不知道的。"

"我想是不会不知道的。"董贝先生回答说。

"董贝！"少校说道，"底下的事您是猜得到的。我心直口快，也许讲得太早了，因为贝格斯托克家族一向是心直口快的。先生，他们这样做并没有得到什么好处，不过这是贝格斯托克家族的脾气吧。一定要叫这个人吃一粒子弹。您有乔·贝在您旁边给您撑腰。朋友这个称呼他是当之无愧的。愿上帝保佑您！"

"少校，"董贝先生接着说，"我很感谢您。只要时候一到我就悉听尊便。因为时候未到，我一直没有跟您讲。"

"那个家伙在哪里，董贝？"少校喘着气，看了他一会儿后问道。

"我不知道。"

"有他的消息吗？"少校问道。

"有的。"

"董贝，我听到这个太高兴了，"少校说，"我向您表示祝贺。"

"请予谅解，少校，即使您，也请谅解，"董贝先生答道，"目前我不能进一步谈此事的详细情况。获得的消息是不同寻常的，获得的方法也是不同寻常的。这消息可能是真的，也可能没有价值，目前我还无法讲。我的解释就到此为止。"

对于热血沸腾、脸色发紫的少校来说，这个回答虽然显得枯燥无味，但他却相当满意。想到这个世界总算有了一个美好的希望，即将获得其应该享有的东西了，他不觉喜上心头。那多才多艺的可爱的表妹的夫君向她的表兄表示了谢意。表兄菲尼克士与贝格斯托克少校遂起身告辞，把这位夫君复又留给这个世界，让他细细回味他们所陈述的这个世界对他的遭遇的议论，去思考这个世界公正合理的期待。

但是谁坐在女管家的房间里，流着眼泪，抬起双手，低声地跟皮普钦夫人谈话？这是一位妇人，她的面孔给一顶黑色的帽子遮得严严密密，这顶帽子不像是她的。她就是托克史小姐，她从她的仆人那里借了这顶帽子，偷偷地从公主路上走了过来，和皮普钦夫人重修旧好，以便了解董贝先生的一些情况。

"他怎么吃得消呢，我亲爱的人？"托克史小姐问道。

"哦，"皮普钦夫人没好气地说，"他还是老样子。"

"外表看起来是这样吧，"托克史小姐提示说，"但是他心里是怎么个滋味呵！"

皮普钦夫人断断续续分了三节作答："呵！也许。我想是的。"不过她冰冷无情的灰眼睛看起来疑虑重重。

"把我的想法告诉您吧，卢克丽霞，"皮普钦夫人说。当她管教儿童的时候，一个瘦弱可怜的小女孩是她首批试验的对象，这个小女孩叫作卢克丽霞，就是托克史小姐，所以她现在仍旧用卢克丽霞来称呼托克史小姐，"把我的想法告诉您吧，卢克丽霞，我想除了一害，真是大快人心啦。这种不要脸的面孔，在这里我一个也不要！"

"真是不要脸！不要脸，您说得太好了，皮普钦夫人！"托克史小姐附和着说，"竟会离开他！离开这样一个高尚的人！"说到这里，托克史小姐情绪十分激动。

"高尚这个字我实在不懂，"皮普钦夫人恼火地擦擦鼻子说，"但

778

是有一点我是懂的——就是人碰到磨难的时候必须挺得住。哎呀！我遇到的磨难够多的啦！怎么这样大惊小怪的！她走了，除了一害。我想，没有哪个要她回来的！"

因为她想起了秘鲁矿井的灾难，托克史小姐便起身告辞，于是皮普钦夫人揿了一下门铃叫托林森送她出去。托林森先生多年没有看见托克史小姐了，他咧开嘴笑着，向她问候，并说她戴着这顶帽子，起初没有认出她。

"我很好，托林森，谢谢您，"托克史小姐说，"您刚巧碰到我到这里来，请不要说出去。我只是来看看皮普钦夫人的。"

"很好，小姐。"托林森说。

"发生了令人震惊的事情，托林森。"托克史小姐说。

"的确非常令人震惊，小姐。"托林森答道。

"我希望，托林森，"托克史小姐说道，她在教导土德尔家的孩子时养成了一种想改善现状的习惯，讲话时也有一种告诫的口气，"我希望这里发生的事情对您是一个警告，托林森。"

"谢谢您，小姐，的确是的。"托林森说。

他像是在考虑这个警告对他会有什么影响，这时，酸溜溜的皮普钦夫人突然来了一句："你在干什么？你怎么还不把这位女士送到门口！"这句突然的责问使他如梦初醒，他便领着托克史小姐走开了。经过董贝先生的门前时，她把脸孔躲进黑帽子的里面，踮着脚走过去。在这个世界上，没有哪个像她这样对他牵肠挂肚、忧思难忘的了。在黑帽子的遮蔽下她走到街上，并且在黑帽子的阴影中，躲开初上的华灯，带着这种情怀，走进自己的家中。

但是托克史小姐不是董贝先生世界的一部分。她每天暮色苍茫时走回来；下雨天除了那顶黑帽子外，再穿上一双木屐，带一把雨伞；她看够了托林森咧开嘴的笑容，她听够了皮普钦夫人怒气冲冲的冷言冷语，她这样忍辱负重，完全是为了问一问他怎么样了，他是怎样承受他的不幸的，但是她和董贝先生的世界是毫不相关的。董贝先生的世界像过去一样寒气逼人，毫不容情，没有她，它继续运行不息。她不在他的世界之中，她绝不是一颗特殊的明星，她自有她的天地，在另外一个体系的角落里她走在她自己的小路上，在这条小路上她来来去去，流着眼泪，却感到心满意足。的确，比起使董贝先生烦恼不堪的他那个世界来说，托克史小姐在她自己的天地里容易感到满足。

在办事处，职员们议论着这件大灾难的各个方面，他们特别关心谁来接替卡克尔先生的位子。他们普遍的看法是，这个职位的待遇将会减少，新的规章制度将使这个职位难当；那些没有希望获此职位的人则不怀此奢望，对于可能获此职位的人决不眼红。自从董贝先生年幼的儿子死去以来在办事处里还没有出现过这样激动人心的气氛，不过这种激动情绪虽不是兴高采烈的，却有助于发展友谊，办事处公认的能人和一位胸怀野心的对手积怨已有数月之久，在这个千载难逢的场合，他们之间取得了和解。为了庆贺他们重归于好，大家提议在一家附近的馆子店里举行一个小型宴会。那位能人占据首席，他的对手居副席。桌布拿去之后，首席首先发表讲话。他说，先生们，他私心认为现在不是个人之间争论的时候。最近发生的事情他无须多谈，不过在有几家星期天报纸和一家他不必指名的日报（在座的其他人低声讲出这家日报的名字）上披露了这件事情，这引起他的深思；他觉得，在这样的时刻如果他与鲁滨孙之间还存在什么个人分歧的话，那就是永远否定了在这个共同事业中和衷共济的精神，而他有理由认为并希望董贝公司的同仁始终以此精神闻名遐迩。鲁滨孙的回答非常通情达理，情义并重。有一位在办事处任职已有三年的先生，由于计算错误经常受到辞退的警告，此时却一改常态，猛地发表一通激昂慷慨的演说，他说但愿他们尊敬的首脑永远不再碰到这样的家祸！他还说了一连串以"但愿他永远不再"为始的祝愿，引起了一阵热烈的鼓掌。晚会进行得非常愉快，只是中间出现了两个低级职员之间的争吵，他们为卡克尔先生近来的年薪可能有多少争论不休，拿起酒瓶向对方猛掷，结果闹得不可开交，给拉了出去。第二天，办事处里大家都想喝汽水，大多数认为晚宴费用贵得惊人。

　　传递员佩契越来越不可收拾，正在走向一蹶不振的地步。日复一日，他经常出现在酒店里，穷喝白赖，谎话连篇。无论在哪里，只要碰到和最近事件有关的人，他总要对他们说，"先生"或者"夫人"，"您的脸色怎么这样苍白"，这些人说了一声"哦，佩契"就浑身发抖地溜走了。也许是觉得这种行径十分荒唐，或者由于酗酒的缘故，每到晚上这个时候，佩契先生情绪低落，精神萎靡，他便跑到巴尔斯池塘和佩契太太待在一起，寻求安慰。佩契太太心情也很烦躁，她生怕他现在对她的信任已经动摇，因为每当晚上回家时他总是疑神疑鬼，以为她和什么子爵逃跑了。

　　董贝先生的仆人们这个时候变得十分好吃懒做，别的事情都不想干。每天晚餐，他们吃着热气腾腾的饭菜，饭桌上摆着烟雾缭绕的各种老酒和饮料，他们边喝边谈，好不写意。每天十点半过后，托林森先生总很伤感，反反复复地问别人，他是不是说过住在拐角上的那座屋子里是要遭殃的。他们悄悄地讲着弗洛伦斯小姐，不知道她现在何处，但他们一致认为即使董贝先生不知道，董贝夫人肯定是清楚的。这样他们就谈起董贝夫人。厨娘说，董贝夫人很有气派，是不是？但是太傲气了！大家都同意这个看法，觉得她太傲气了。这时，托林森先生的老相好，一个非常循规蹈矩的女仆，却恳求大家不要再跟她讲那些昂首挺胸的人了，仿佛这些人住在地上是亏待他们了。

　　对于这个问题，大家所说的和所做的是一致的，唯有董贝先生与众不同。他是和他的世界单独在一起的。

第五十二章

秘密消息

好心眼的布朗太太和女儿艾丽斯待在她们自己家里，她们虽守在一起却沉默不语。这是暮春天气，傍晚时候。自从董贝先生告诉贝格斯托克少校他已用特殊方法获得了特殊消息之后已经过去好多天了。这个消息也可能是真的，也可能毫无价值，这个世界的好奇心尚未得到满足。

坐了好久，母女俩还没有说过一句话，几乎纹丝不动。老妇人的面孔流露着极其焦急不安、等待着什么的神情，她女儿的脸上也挂着期盼，不过不是那么强烈，有时候掠过一丝阴影，仿佛愈益感到失望与怀疑。老妇人的眼睛虽然时常朝她女儿的脸孔望过去，却没有注意到这些表情的变化，她只是坐在那里喃喃自语，嘴里嚼着什么东西，满怀信心地倾听着。

她们住的屋子虽然简陋寒酸，但比起好心眼的布朗太太单独住在那里的时候要好些了，不是那么破败不堪。屋子已经打扫得干干净净，整理得井井有条，只是有一种吉卜赛人不拘细节、漫不经心的样子，一看之下可以知道这很可能是这位年轻女子的手笔。母女俩一言不发地坐着时，不觉夜色愈来愈浓、愈来愈深，直到被阴影笼罩着的墙壁完全消失在一片冥色里。

此时，艾丽斯打破持续这么久的沉寂说道：

"你可以不要指望他了，妈妈。他不会到这里来的。"

"我才不死心！"老妇人不耐烦地说，"他会到这里来的。"

"我们看吧。"艾丽斯说。

"我们会见到他的。"她母亲说。

"要等到世界末日啦。"女儿说。

"你以为我生了老年痴呆症了，我晓得的！"老妇人嘶哑地叫起来道，"我的闺女就是这样孝敬我的吗？你把我看得那么呆，你哪里晓得我脑子灵得很呢。他是要来的。几天前我在街上把他的外套碰了一下，他回过头望望，把我当作癞蛤蟆。可是，我刚把他们的名字讲出来，问他肯不肯去找一找他们在哪里，看他那样子！"

"是不是很恼火？"她女儿兴致一下子来了，便问道。

"恼火？你还不如问问是不是很凶狠，这样倒合适些。恼火？哈，哈！他这样子哪里只是恼火！"老妇人一拐一拐地走到碗柜边，点亮了一支蜡烛，拿到桌子上面。烛光下，她那一动一动的嘴巴显得更加丑陋；她接着说，"你想着他们，讲着他们的时候，你脸上的样子我看那才是恼火呢。"

当她两眼闪闪发光，像蹲着的母老虎坐着不动的时候，那的确和恼火是有些不同的。

"听！"老妇人得意扬扬地说，"我听见脚步声走过来了。这不像是附近的人的脚步声，也不像常常来来往往的人的脚步声。我们这里的人不是这么走法的。有这样的邻居，我们可要骄傲了！你听到他的声音了吗？"

"我想你讲对了，妈妈，"艾丽斯低声地答道，"别响！去开门。"

当她用围巾裹住身体时，老妇人走去开门。她张望了一下，招招手，请董贝先生进来。他的脚刚踏进门，就停下了，将信将疑地环顾四周。

"您这样高贵的大人先生到寒舍来，实在不敢当，"老妇人一边行了一个屈膝礼一边喋喋不休地说，"我跟您讲过的，不过在这里没有害处。"

"这是谁？"董贝先生望着她的同伴问道。

"我的漂亮的女儿，"老妇人说，"您大人不要介意，这件事情她全都知道。"

他的面孔笼罩着一重阴影，如果他呻吟着"谁不知道这件事情的全部情况！"其痛苦的表情也不过如此。但是他却目不转睛地望着她，她对他的在场没有任何表示，只是朝着他看。当他把目光从她脸上移开时，他脸上的阴影更加浓重了，即使在这个时候，他的目光仍旧偷偷地回到她的脸上，好像被她大胆的眼睛吸引住了，使他想起了什么。

"女人家！"董贝先生对老巫婆说。老巫婆在他旁边挤眉弄眼，嗤嗤地笑着，当他转过身对她讲话时，她却悄悄地指着她的女儿，然后搓搓手，然后又指着她的女儿；董贝先生说，"女人！我知道我到这里来是意志薄弱，忘记了我的身份的，但是你要晓得我为什么要来，那天在街上你拦住我，答应我的事情你是记得的。关于我想了解的事情你准备告诉我的是什么？我使尽了我的权力，花费了多少金钱，用了多少办法，还是弄不到我想要晓得的东西。难道在这种寒酸的屋子里倒有人会自愿送给我吗？"他朝四周轻蔑地望了一眼，停下片刻，然后严厉地看着她，继续说，"我想你不至于胆大妄为到这个程度，居然想用我寻开心，欺骗我，如果你想搞这个阴谋诡计，你最好赶快住手。我的脾气不是好惹的，我报复起来是很狠的。"

"哦，好一个骄傲、狠心的大人先生！"老妇人一边摇头一边搓搓皮包骨头的手，嗤嗤地笑着说，"哦，好狠心，好狠心，好狠心呵！但是您大人先生会亲眼看见，亲耳听见的，不是用我们的眼睛，不是用我们的耳朵——要是我把他们的行踪向您大人透露的话，您给一点钱，不介意吧，尊敬的先生？"

"金钱，"董贝先生听到这么一问显然放心了，便答道，"能叫鬼推磨，我是知道的。像这种想不到的，没有希望的事情，金钱也能够解决。就是这样的。只要得到可靠的消息，我就付钱。但是我必须首先得到消息，并且亲自估计它是不是有价值。"

"您难道不知道还有比金钱更有力量的东西吗？"年轻女子问着，她没有站起来也没有换一换姿势。

"我想在这里是没有的。"董贝先生说。

"照我看，您应该知道在别的地方是有比金钱更重要的东西的，"她接着说，"女人的恼火您知不知道？"

"你这个臭娘们，嘴巴太泼辣。"董贝先生说。

"平常并不这样，"她不动声色地说道，"我现在告诉您，您可以更好地了解我们，更多地信赖我们。不管是在您的高楼大厦还是在这里，女人的恼火都是差不多的。现在我就很恼火。许多年来我一直很恼火。您有您恼火的原因，我也有我恼火的原因，我们恼火的对象都是同一个人。"

他不由自主地震动了一下，吃惊地看着她。

"一点也不错，"她爽朗地一笑说，"我们之间似乎是天差地别，但情况是一样的。为什么会是一样的呢？这无关紧要，这是我自己的事情，我自己的事情是我的秘密。我为什么要把您和他拉扯在一起，就是因为我对他很恼火。我这个妈妈很穷，贪财。不管什么消息，不管什么东西，不管什么人，她只要弄得到，她都会卖出去换钱。如果她能帮助您，让您晓得您想知道的事情，您付一点钱给她恐怕也是公平合理的。不过这不是我的动机，我的动机是什么我已经告诉过您了，如果您跟她为了六个便士讨价还价，我的动机还是一样强烈，不会受到丝毫影响。我的话讲完了。如果您在这里等到明天天亮，我这个泼辣的嘴巴也不会再讲一句话的。"

老妇人担心她女儿的这番话可能会叫她就要到手的钱落空，便悄悄拉着董贝先生的衣袖，轻轻地对他说不要去管她。他那忧虑焦急的目光轮流地望着母女俩，然后以比平时更深沉的声音说道：

"讲吧，你知道什么消息。"

"哦，别这么急，尊敬的大人先生！我们要等一个人，"老妇人答道，"这消息要从别人那里弄来，要从他嘴里一点一滴地盘问出来。"

"你这是什么意思？"董贝先生问道。

"耐心点，"她嘶哑地答道，一边把她的手像爪子一样抓住他的手臂，"耐心点。我会把它弄到手的。我知道我能够弄到的。要是他不告诉我的话，"好心眼的布朗太太说时把她的十只手指弯成钩状，

"我就要从他嘴里把它挖出来！"

当她一拐一拐地走到门口，又一次向外面张望时，董贝先生的眼睛也不由得跟着转，然后他又把目光投向她的女儿，但是她女儿依然不动声色，默默不语，也不去看他。

"女人家，你是不是告诉我，"当弯腰曲背的布朗太太摇晃着脑袋，自言自语地走回来时，他就问道，"还要等一个人到这里来吗？"

"是的！"老妇人抬起头望着他，点点头说。

"你就是想从他嘴里弄到对我有用的消息吗？"

"是的。"老妇人又点了点头说。

"是一个陌生人吗？"

"咄！"老妇人尖声笑了一下说，"这有什么关系！哈，哈，不是陌生人。您尊敬的先生是认识他的。但是他不想看见您，他怕您，他不想同您讲话。您站在门背后，自己看看他是怎么样的人吧。没有证据我们是不求人相信的。怎么！您尊敬的先生觉得门背后的房间有什么问题？哎呀，你们这些有钱人真会疑心。那么您就看一看吧。"

她锐利的目光觉察到他脸上不由自主地出现了怀疑的表情，在这种情况下这并不是没有理由的。为了消除他的疑心，她拿起蜡烛，走到门口。董贝先生朝房间里面看了一看，原来是一间空荡荡的残破的房间，他放心了，便叫她把蜡烛放在原处。

"这个人要多久才来呢？"他问道。

"快啦，"她答道，"您尊敬的先生好不好坐下等几分钟？"

他没有回答，只是犹豫不决地开始在房间里走来走去，好像是决定不下来是留还是走，又好像在自我埋怨，为什么要跑到这里来。不过很快他的脚步变得缓慢而沉重，他的面孔变得严厉而多思，他来此的目的本已根深蒂固地印在他的脑中，现在在这里又铺展开来。

他眼睛看着地上走来走去。布朗太太又重新坐到椅子上去听着，她起先是坐在这把椅子上的，他来了她便站起来去迎接他。也许是因为他来回不断的脚步声，也许是因为她年事已高，听觉迟钝，屋外的脚步声在她女儿的耳畔响起了好一阵子她还没有听见，等她女儿急忙抬起眼睛告诉她脚步声已经走近时，她才惊醒，连忙从椅子上跳起来，低低地说了一声"他来了！"便匆忙把她的客人领到他准备观察的地方，然后把一瓶酒和一只杯子放在桌上，那动作利索极了，准备磨工罗布一出现在门口就冲过去用手臂搂住他的脖子。

"我好样的孩子来啦，"布朗太太喊了起来，"到底是来啦！哦嗬，哦嗬，你同我的亲儿子是一模一样的，罗布！"

"哦，布朗太太，"磨工抱怨说，"不要这样啦。您可不能把您喜欢的小伙子挤得透不过气来呀！当心我手里的鸟笼子，好不好？"

"他倒把鸟笼子看得比我还重要呵！"老妇人对着天花板喊道，"可我把他看得比儿子还亲呢！"

"哎呀，我真的非常感激您，布朗太太，"这个倒霉的小伙子十分气愤地说，"但是您对我这个小伙子也太嫉妒了吧。我当然也很喜欢您，敬重您，但是我没有叫您透不过气嘛，是不是，布朗太太？"

然而，从他的神情来看，他讲的话似乎是说，要是有机会的话，他根本不会反对这样做的。

"还要说鸟笼！"磨工说着呜咽起来，"那好像是犯罪似的。喂，您看这里！您知不知道这是谁的？"

"是主人的吗，亲爱的？"老妇人咧着嘴笑道。

"是呵！"磨工说着就把一只包扎好的大笼子举起放在桌子上面，再用牙齿和手把它解开，"这是我们的鹦鹉。"

"是卡克尔先生的鹦鹉吗，罗布？"

"您少说点，好不好，布朗太太？"苦恼的磨工说，"您把名字讲出来是什么意思？我真活见鬼了，"罗布说着就火冒三丈地用两只手扯自己的头发，"她非把一个小伙子弄得大冒其火才甘心吗！"

"怎么！你这个没良心的小子，你对我怎么这样不客气！"老妇人声嘶力竭地叫着。

"天呵，布朗太太，没有这样呵！"磨工眼泪汪汪地回答说，"什么时候有这样一个！——难道我对您还不好得很吗，布朗太太？"

"是吗，可爱的罗布？是真的吗，好小子？"说着，布朗太太又一次宠爱地把他抱在怀里，一点也不放松，他用腿猛踢了好几次还是无法挣脱，他的头发全部竖起，才慢慢给他松绑。

"哦！"磨工又说下去，"我在这里给宠得透不过气来，这个味道可难受呵。我希望她——布朗太太，您一向可好？"

"哎呀！那天晚上你来过以后，有一个星期了，你一直没有上这儿来过呵！"老妇人一边说一边用责备的眼光打量着他。

"天呵，布朗太太，"磨工接着说，"我上个星期那天晚上说过我今天晚上要来的，是不是？现在我不是到这里来了嘛。您还老是这样讲！我希望您稍为讲点道理，布朗太太。为了替自己辩解，我讲得喉咙都哑了，我的脸给挤得发亮了。"说着，他用袖子拼命地擦，好像想把那块发亮的地方擦掉似的。

"喝一点酒松松气，我的罗宾，"老妇人说着就从酒瓶里倒了一杯酒递给他。

"谢谢您，布朗太太，"磨工答着，"祝您健康。还祝您长寿——"从他脸上的表情来看，底下的话不是很妙。"祝她健康，"他看了一下艾丽斯说，他以为艾丽斯在望着他背后的墙壁，其实她是在看门旁边董贝先生的面孔，"祝她健康，永远健康！"

对两个人祝酒之后，他喝完了这杯酒，遂把杯子放下。

"喂，我同您说，布朗太太！"他继续说下去，"现在讲点理吧。您是很懂鸟儿的，您对它们的情况熟透了，这是我花了多少代价才弄清楚的。"

"代价！"布朗太太把这个字眼又说了一遍。

"心满意足，这就是我的意思，"磨工说，"您怎么跟一个小伙子这样过不去，老是打岔，布朗太太！您又把我弄得头昏脑胀，全都忘光了。"

"你讲我很懂鸟儿，罗布。"老妇人提醒道。

"呵，对！"磨工说，"有些东西卖了，有一个大户人家四分五裂了，我还得看管这只鹦鹉，可是我现在不想管它，所以我希望你替我照看它一个星期左右，供应它的食住，好不好？要是我必须时常

788

往这里跑跑的话，"磨工愁眉不展地说，"最好有什么东西让我来看看，这样就讲得过去了。"

"有什么东西来看看！"老妇人尖声叫起来。

"我是说，除了您以外，布朗太太，"胆小的罗布答着，"除了您以外，我没有什么别的要看的了，布朗太太，这一点也不假。看在老天爷面上，千万别再说了。"

"他不关心我！我对他这么好，他可不是这样对待我！"布朗太太抬起她皮包骨头的手叫喊道，"可是他的鸟儿我还是要照管的。"

"您要好好照管它，您知道，布朗太太，"罗布摇晃着头说，"要是您只要有一次把它的羽毛倒过来梳的话，我告诉您那是会看得出来的。"

"哎呀，这么厉害，罗布？"布朗太太马上接口说。

"厉害，布朗太太！"罗布重复了一下这两个字说，"但是不能讲。"

罗布即刻止住，不无慌张地向四周看了一下，又倒满了一杯酒，慢慢地喝完，摇摇头，开始用手指来来回回地抚摸着鹦鹉笼子的金属丝，以便转移目标，抛开刚才的危险话题。

老妇人狡猾地望望他，把她的椅子拉到他的椅子近旁，看看笼子里面的鹦鹉，鹦鹉一听她唤它就从镀金的顶上跳了下来。老妇人说：

"现在失业了吗，罗布？"

"不要您管，布朗太太。"罗布不耐烦地顶了她一句。

"恐怕只够糊口了吧，罗布？"布朗太太问道。

"好漂亮的鹦鹉！"磨工说。

老妇人向他投去一道目光，本来倒可以叫他警惕起来，当心耳朵的安全，但是这时候他却看着笼子里面的鹦鹉。尽管他以为她怒容满面，他只是设想，他的眼睛并没有看见。

"真奇怪，您的主人怎么没有把你带在他身边，罗布？"老妇人转弯抹角地问，但是她脸上恶毒的表情却越来越明显。

罗布正在专心一意地看着鹦鹉，把食指绕着金属丝打转，因此他没有回答。

正当他弯着腰，伏在桌子上边时，老妇人差一点就要一把抓住他的一丛头发，但是她没有下手，却是憋着气和声悦耳地说道：

"罗布，我的孩子。"

"嗯，布朗太太。"磨工应道。

"我跟你讲，真奇怪，你主人为什么不把你带在他身边呢，宝贝？"

"您不要管，布朗太太。"磨工答道。

布朗太太立刻用她的右手抓住他的头发，用她的左手捏住他的喉咙，把她宠爱的小子狠狠地揪牢，不一会儿他的脸就开始发青了。

"布朗太太！"磨工叫喊着，"放开我，放不放？你想干什么？救命，小娘们！布——布——太太！"

然而，他的求援和含糊不清地叫喊并没有打动年轻女子的心，她依然纹丝不动，不偏不倚。罗布和他的袭击者奋力挣扎搏斗，待推到一个角落里他才挣脱开来，站在那里喘气，并用手肘自卫。老妇人也大喘其气，同时既恼火又焦急地顿脚，仿佛是养精蓄锐，准备再向他扑过去似的。在这紧急关头，艾丽斯开始讲话了，但不是声援磨工的，她说：

"干得好，妈妈。把他撕得粉碎！"

"怎么！小娘们！"罗布呜咽着说，"您也和我作对吗？我怎么样啦，我做了什么呀？为什么要把我撕得粉碎？我要讨个说法。我从来没有做过损害你们两位的事，为什么要把我这个小伙子扼死？你们还称得上是女人家呢！"受尽折磨、吓坏了的磨工一边说一边用外套袖管揩眼睛，"我对你们感到很奇怪！你们女人家的斯文气到哪里去了？"

"你这条没良心的狗！"布朗太太气急败坏地说，"你这条不要脸的、粗暴无礼的恶狗！"

"我怎么样啦，我做了什么，会叫您这样不高兴，布朗太太？"眼泪汪汪的罗布顶嘴说，"一分钟以前您对我是多么喜欢的呢。"

"你讲话这么不懂规矩，不好好回答我，还把我的话打断了，"

老妇人说,"我!我只是灵机一动,想晓得一下你主人和那位夫人的一些小道消息罢了,你怎么居然敢跟我玩弄花招!我不想再跟你说话了,小子,现在你好走了!"

"请您相信我,布朗太太,"可怜的磨工马上说,"我从来没有讲过我想走的。求您不要这样讲了,布朗太太。"

"我绝对不要同他讲话了,"布朗太太说时把她的手指弯成钩状,吓得他缩进角落里,蜷缩得只有原先体积的一半大小,"他是一条忘恩负义的恶狗。我不要他了。叫他走吧!我要叫那帮人跟在他后面,同他讲个不停,赶也赶不掉,就像蚂蟥一样老是缠住他,就像狐狸一样偷偷地跟牢他。哎呀!他认得他们的。他的老玩意、老勾当,他是一清二楚的。要是他忘记了,他们马上会提醒他的。现在叫他走吧,有这一帮人跟在他后面,看他怎样替他主人干事,看他怎样保守他主人的秘密。哈,哈,哈!他会晓得那帮人同你我是不一样的,艾丽,可是他对你我倒是守口如瓶呢。现在就叫他走,现在就叫他走吧!"

老妇人围绕着直径约四英尺的圈子弯腰曲背地走来走去,一边不停地反复讲着这些话,一边把拳头举在她的头上挥舞着,一边动着嘴巴装怪相。这使磨工感到说不出的惊恐。

"布朗太太,"罗布从角落里走出几步央求说,"我相信,您再冷静地想一想,是不会这么狠心捉弄一个小子的,是不是?"

"不要同我讲话,"布朗太太说时仍旧气愤填膺地转着圈子,"现在叫他走,现在叫他走吧!"

"布朗太太,"心情沮丧的磨工恳求着,"我不是故意不讲——哦,一个小伙子会给弄到这个地步!——我不过只是讲话当心罢了,布朗太太,因为他什么事情都做得出来,我讲话一向是非常小心的,其实我本来应该晓得这些话是不会说出去的。相信我,我一定很愿意,"磨工一脸苦恼地说,"告诉您随便什么小道消息,布朗太太。请您务必不要再这样子了。哦,您能不能够劳神一下,对我这个可怜的小伙子讲一句好话?"磨工痛心疾首地向那位女儿求情道。

"喂，妈妈，你听到他讲什么了吧，"她插嘴说，她的声音很严厉，她的头不耐烦地摇了一下，"再叫他受受罪，要是你同他再闹翻了，只要你高兴，就要他的命，把他宰了。"

布朗太太好像被这温和的劝告感动了，便立刻嚎叫起来，慢慢地平静之后，就把连声道歉的磨工抱在怀里。磨工一脸说不出的苦恼，也抱着她，然后像一个牺牲品（其实他就是牺牲品）一样坐回到他那位可敬的朋友旁边的座位上去，无可奈何地让她挽住他的手臂并且扣住不放，一种既不愿意又强装亲切可爱的神情在他脸上相互交战。

"主人好吗，宝贝？"他们和和气气坐下，相互保证之后，布朗太太问道。

"嘘！请您做个好事，声音放低一些吧，布朗太太，"罗布请求道，"哦，我想他蛮好的，谢谢您。"

"你不是失业了吗，罗布？"布朗太太哄着他问。

"哎呀，我不是完全失业，也不是完全没有失业，"罗布结结巴巴地说，"我——我还在拿工钱，布朗太太。"

"没有事情做了吗，罗布？"

"现在没有什么事情做，布朗太太，就是——要睁开眼睛留神点。"磨工很苦恼地转动着眼珠说。

"主人到外国去了吗，罗布？"

"哦，看在天老爷面上，布朗太太，您不可以同小伙子讲点别的事情吗？"磨工无可奈何地冲口喊道。

急躁的布朗太太马上站了起来，苦不堪言的磨工抓住她不放，吞吞吐吐地说，"是，是的，布朗太太，我想他是到外国去了。她在看什么？"这句问话是指那个女儿的，因为她的眼睛正盯住他后面的一张面孔，此时这个面孔从门里面伸出来在向外张望呢。

"不要管她，小子，"老妇人说时把他扣得更紧，不让他扭转过去，"她就是这样的——就是这样的。告诉我，罗布，你看见过那位夫人吗，宝贝？"

"哦，布朗太太，什么夫人？"磨工好可怜地哭着问道。

"什么夫人？"她反问了一下说，"就是那位夫人，董贝夫人嘛。"

"是的，我想我是看见过她一次的。"罗布回答说。

"是她跑走的那天夜里吗，罗布，是吗？"老妇人一边在他耳朵旁边低声地问，一边注意着他脸上表情的每一个变化，"啊哈！我晓得就是那天夜里。"

"哎呀，要是您晓得是那天夜里，那您晓得就是了，布朗太太，"罗布答道，"您用不着硬逼小伙子讲出来嘛。"

"那天夜里他们到哪里去了，罗布？是马上走的吗？他们怎么走的？你是在哪里看到她的？她是不是在笑，还是在哭？这些统统告诉我，"老巫婆大声叫喊着，她一边把他抓得更紧，一边用她套在他手臂弯里的手拍打她的另外一只手，同时她迷迷糊糊的眼睛竭力搜寻着他脸上可能出现的每一丝线条，"快！快讲！把这些统统都告诉我。怎么，罗布，你这个孩子！我们两个可以守口如瓶的，是不是？以前我们也是这样干的嘛。他们先到哪里去了，罗布？"

可怜的磨工喘了口气，没有作声。

"你是哑巴吗？"老妇人愤怒地说。

"天老爷，我不是哑巴，布朗太太！您巴不得小伙子就是一道闪电。我也希望我是一道闪电，"不知所措的磨工咕噜着，"我真想射出一道电光打在什么人身上，叫他们的勾当彻底完蛋。"

"你讲什么？"老妇人咧着嘴笑了一下问道。

"我在向您表示祝愿，布朗太太，"假心假意的罗布回答了之后便在杯中寻求安慰，"您刚才问，他们先到哪里去了，是吗？您是说他和她吗？"

"是呵！"老妇人急不可待地说，"他们两个。"

"哎呀，他们没有到哪里去——我是说他们没有一起走。"罗布答道。

老妇人死盯住他，好像她急欲再一次揪住他的头发，扼住他的喉咙似的，但是看到他脸上有一种挥之不去的神秘的表情便没有动手。

"这就是他们玩的花招，"磨工很不情愿地说，"这个办法叫人家看不见他们走，讲不出他们是怎么走的。他们不是走同一条路的，我告诉您，布朗太太。"

"对，对，对了！在讲好的地方碰头。"在默默地对他的脸孔细细地打量了一番之后，老妇人咪咪地笑着说。

"哦，要是他们不是到外面什么地方去碰头的话，我想他们还是待在家里的好，是不是，布朗太太？"磨工勉勉强强地回答着。

"嗯，罗布？还有呢？"老妇人说着就把他的手臂更紧地拉进她的臂弯里去，仿佛她急于探听虚实，生怕他溜走似的。

"怎么，我讲得还不够吗，布朗太太？"磨工答着。像热锅上的蚂蚁一样，那种深受伤害之感加上酒的余味使他伤心欲泪，差不多每回答一个问题，他都要拿起外套的袖管往两只眼睛轮流揩抹，而且发出一声无济于事的凄苦的抗议，随后他又说了下去，"那天夜里她是不是在笑，是不是？您刚才是不是问她在不在笑，布朗太太？"

"或者是不是在哭？"老妇人点点头，又补充了一句。

"都没有，她很镇定，当她和我——哦，我看您要把这个从我口里掏出来啦，布朗太太！但是您现在要郑重发誓，答应不告诉任何人。"

这一点布朗太太马上做到，因为她生性阴险狡猾，她把这件事情掏出来，就是想让躲在门后面的来客能够亲耳听到。

"那天，她和我一起到南安普敦①去，"磨工说，"她就像一尊塑像那么镇定。早晨，她还是那样镇定，布朗太太。天没亮，她一个人去搭船走了，我当作她的仆人送她平安地上了船，那时候她还是那么镇定的。现在，您可满意了吗，布朗太太？"

"不满意，罗布，还不满意。"布朗太太斩钉截铁地说。

"哎呀，您这个女人家怎么是这样子的呵！"可怜的罗布对自己的困境有气无力地悲叹着，哀声问道，"您还想了解什么事情，布朗

_____

① 南安普敦：英国港口城市。

太太？"

"主人怎么样了？他到哪里去了？"她一边问他，一边仍旧抓住他不放松，同时用锐利的眼睛密切注视他的脸孔。

"我敢发誓我不知道，布朗太太，"罗布答道，"我敢发誓，我不知道他做了什么，我不知道他到哪里去了，他的事情我都不知道，我只晓得我们分别的时候他叫我要当心，不要乱讲。我把您当朋友的，布朗太太，我告诉您，要是我们现在讲的话您说出去一个字的话，您最好一枪把您自己打死，或者关在这个屋子里不要出去，或者放一把火把它烧掉算了，因为您要晓得，要是他想对您报复的话，他是什么事情都做得出来的。我晓得他是什么样的人，您是不大懂的。我告诉您，您是逃不出他的手掌心的。"

"我不是发过誓了，"老妇人反驳道，"我怎么会讲话不算数呢？"

"那好，我希望您讲话一定算数，布朗太太，"罗布接着说，不过他的声调里有些怀疑，他的态度带有威胁性，"这不单单是为了我，也是为了您好。"

讲着这些善意的告诫时，他目不转睛地盯住她，而且还点点头以增加分量，但是这张装模作样的黄焦焦的古怪面孔，这对苍老而又寒气逼人、目光锐利的眼睛，靠他这么近，使他望而生畏，很不舒服，于是他局促不安地低下头望着地上，并且坐在椅子上面不停地移动，像是准备愤然宣布他不想再回答问题了。老妇人还是紧紧地抓住他，并且借此时机把她右手的食指举在空中，向藏在门后面观察的人暗示，下面的话要特别细听。

"罗布。"她用哄骗的口气说。

"天哪，现在又是什么事情啦，布朗太太？"激怒起来的磨工问道。

"罗布！那位夫人和你的主人讲好在哪里碰头？"

罗布在椅子上面动得越加厉害了，一会儿往顶上看，一会儿往地上瞧，一会儿咬咬大拇指，又在背心上面把它揩揩干，最后他对这位折磨他的人侧目而视地说，"我怎么晓得，布朗太太？"

像刚才一样，老妇人又把手指举起并且说，"快，小子！你已经讲了一些，不讲完是没有用的。我就是要晓得——"说完，她等着他回答。

心神不安地等了一会儿之后，罗布突然冲口而出地说道，"那些外国名字我怎么讲得出来，布朗太太？您这个女人家太不讲理了嘛！"

"但是你是听到过的，罗布，"她坚决把他顶回去，"你晓得是怎么念的嘛。快讲！"

"我没有听到过这个外国名字，布朗太太。"磨工答道。

"你总是看见这个名字写在纸上的吧，"老妇人很快地驳斥道，"那么你是能够拼写出来的。"

罗布对布朗太太的追击虽然很感恼火，但是对她的狡猾手段还是有几分佩服的。他耍起脾气来，既叫又笑。很不情愿地在背心口袋里摸了一阵子，他终于拿出一小支粉笔。老妇人一看到他的大拇指和食指中间捏着这支粉笔，眼睛立刻发亮了，她马上在松木桌子上面腾出一块地方，好让他把这个字写下来，同时她又一次用她那颤动的手发出信号。

"现在我先来告诉您那是个什么字吧，布朗太太，"罗布说，"您要是再问别的事情，那是没有用的。我不会回答别的问题，我也回答不出来。过了多久他们才碰头，他们是分开走的，这是哪个安排的，我跟您一样什么也不知道。关于这件事情我只知道这么一点。要是我告诉您我是怎样发现这个字的，您准会相信的。我要不要告诉您。布朗太太？"

"当然要，罗布。"

"那么我就讲啦，布朗太太。具体的情况——您知道，您现在不会再问别的事情了吧？"罗布说着就把他那双迅速地变得迟钝、昏昏欲睡的眼睛转过来，朝着她看。

"一个字也不再多问了。"布朗太太说。

"那么我就讲了。具体情况是这样的：有一个人把这位夫人交给我，并且把一张写好地址的纸片塞进这位夫人的手里，说什么怕她忘记，好看看。她根本不在乎忘不忘记，因为这个人刚转身她就把纸片撕碎了。我把马车的踏板放好的时候，我抖出一张碎片，后来我又找来找去，总找不到别的碎片，我想一定是她把这些碎片都丢到窗子外面去了。我捡起来的这张纸片上只有一个字；要是您想知道，要是您一定要知道的话，这个字就是这样的。但是您不要忘记！您是发过誓的，布朗太太！"

布朗太太说她没有忘记发过誓的。没有别的话可以说了，罗布便开始在桌子上面用粉笔缓慢而吃力地写起来。

"D。"他写好第一个字母，老妇人就大声念起来。

"您可不可以不要响，布朗太太？"他一边叫喊一边用手盖住他刚才写的字母，同时不耐烦地责备她，"我不要把它念出声音来。您不要响好不好！"

"那么写大些，罗布，"她一边说一边又发出了秘密信号，"因为我的眼睛不好，就是印出来的，我也看不清楚的。"

罗布一边喃喃自语一边颇怀怒意地继续写下去。当他埋下头去时，他无意之中为之辛苦提供消息的那个人从他背后的门里走了出来，走到离他肩膀一步之远处，急切地看着他的手在桌面上写下的字迹。与此同时，坐在对面椅子上的艾丽斯密切注视着每一笔每一画，并且一一小声地念出来。当全部写好后，她的眼睛与董贝先生的目光相遇，似乎是想从对方那里得到确证，然后他们两个都拼出了，那个地名 DIJON（第戎）①。

"看，就是这个词！"磨工说着就匆忙打湿了手掌，把字抹掉，他还不满意，又拿外套袖子把字的痕迹全部擦去，一直到桌上再看不见粉笔的颜色了才罢手，他接着说，"现在我希望你总该满意了吧，布朗太太！"

老妇人表示满意，放开他的手臂，拍拍他的背。在折磨、追问、醉酒的三重压力之下，磨工给搞得筋疲力尽，他把交叉的臂膀往桌子上一放，把头搁在上面，就睡着了。

---

① DIJON（第戎）：法国城市。

等他沉沉入睡，过了一会儿，鼾声大作时，老妇人才向门那边走过去，招呼躲在那里的董贝先生穿过房间走出去。即使在这个时候，她还是守在罗布旁边，看牢他，准备在秘密的脚步走向门口时，倘若他抬起头来，便即刻用她的手把他的眼睛蒙住，或者把他的头敲下去。她的锐利目光虽然在提防睡着的人，但也同样没有放过那位醒着的人。走过时，他的手在她的手上碰了一下，虽然非常小心，依旧响起金币的叮当之声，刹那间，她贪婪的眼睛像乌鸦的眼睛一样闪闪发光。

女儿乌黑的眼睛目送着他走到门口，她清楚地看见他的脸色是多么苍白，他的脚步是多么匆促，这表明他急于出去，即使稍许的耽搁他也是不能忍受的。当他跨出屋外，把门关上后，她急忙回过头来看看她的母亲。老妇人快步跑到她女儿跟前，张开手让她看手里拿的是什么，然后又嫉妒又贪婪地把手握紧，轻声地问：

"他要干什么，艾丽？"

"行凶。"女儿答道。

"谋杀吗？"老妇人问道。

"他骄傲的心受到伤害，他简直成了疯子，很可能干这种事的，我们只能猜猜，他恐怕是这样想的。"

她的目光比她母亲的要明亮，她目光中的怒火也更猛烈，但是她的脸孔甚至她的嘴唇却是惨白无色的。

她们各坐一方，不再说什么，母亲在数钱币，女儿想着自己的心事，母女俩的目光在烛光幽暗的房间里闪烁着。罗布打着呼噜，沉睡未醒。只有受冷落的鹦鹉非常活跃。它用钩状的尖嘴或扭或拉笼子的金属丝，一会儿爬到笼子顶部，像一只苍蝇蠕动着，一会儿俯冲而下，摇来晃去，又咬又啄，把每一根细小的铁条碰得格格作响，好像知道它主人身处险境，急欲冲开一条路，飞出去告诉他似的。

第五十三章

更多的消息

这个叛徒有两个亲人——他的弃之如敝屣的哥哥和妹妹。此时，为了他的罪恶，他们的心情比那位深受其害的人更加沉重。这个世界虽然千方百计地打听，使董贝先生苦恼万分，但也起到促使他去追寻、报复的作用。它刺伤了他的骄傲之心，使他生活中唯一的理想扭曲成为一种新的形态，燃烧起他的愤怒之火，必欲发泄而后快，使之成为其精神生活的目标。他那顽固不化、毫不宽容的性格，他那藏而不露、深不可测的气质，他那阴沉乖戾的脾气，他那自视过高的意识，就像许多溪流汇成一条长河，统统朝这个方向奔流，把他冲向前去。人类中最易动肝火、最感情冲动的狂热分子，与给激怒到这步田地的董贝先生相比，算不上很难对付的敌人了。与这位上过浆的领带上没有一丝皱纹的严肃不苟的先生相比，一只猛兽还是比较容易驯服，容易抚慰的。

但是他这种强烈的目的差不多变成行动的替代物了。当他还不知道这个叛徒的藏身之地时，这个目的盘踞他的心中，使他暂时忘记了自己的灾难，而去设想另外一个天地。可是受叛徒冷遇的哥哥和妹妹就没有这种解除痛苦之方；他们一生中，不论是过去还是现在，每一样事情都使他们为他的罪过更加痛心疾首。

这位妹妹有时候也许会伤心地想，倘若她与他待在一道，像过去一样做他的朋友和伴侣，他可能会避免现在所犯的罪过。如果她是这样想过的话，她仍旧没有对她所做的事情感到遗憾，对她是否尽了她的责任有所怀疑，或对她的自我牺牲精神权衡一下，是否牺牲太大。这位曾经犯了过错而悔恨不已的哥哥有时候也作此设想，但他那深感负疚的心使他痛苦得忍受不了。对他弟弟，他并没有想反戈一击。他只是重新谴责自己，责备自己太不成器而重新自悲自叹。他弟弟的毁灭给他少许安慰，因为他不再是孤立的了，然而同时他又为此责备自己。这些就是他弟弟的事情在他心中引起的反响。

上一章结束之际的那天夜晚，董贝先生圈子里的人为他的夫人私奔之事忙得不亦乐乎。就在那一天，哥哥和妹妹坐在房间里吃早饭时，窗上意想不到地出现了一个黑影，一个人走到小门廊来了。他就是传递员佩契。

"今天一早我就从巴尔斯池塘跑了过来，"佩契先生说着就在屋门口小心翼翼地向室内窥视，并且在垫子上面前后左右地擦着鞋子，其实鞋子上面一点泥土也没有，"卡克尔先生，遵照昨天夜里给我的指令，在您早上出去之前，一定要把这封信交给您。本来一个半小时之前我就该到的，"佩契先生温顺地说，"但是佩契太太身体不好，我告诉您，昨天夜里有五次我以为要失去她了。"

"您太太病得这么厉害吗？"哈丽特问道。

"哎呀，您看，"佩契先生转过身把门小心地关上然后说，"我们公司里发生的事情叫她太伤心了，小姐。她的神经本来就很脆弱，这样一来，您看，马上就要崩溃了。我可以肯定，即使最最坚强的神经也是受不了的。您自己也一定是很难过的。"

哈丽特想叹口气，但是止住了，看了看她哥哥。

"我地位很低，但我的确也是难过的，"佩契先生摇摇头继续说道，"如果不是亲身感受，我真不会相信会这样难过的。差不多等于喝了酒似的。每天早上我总觉得好像前一天晚上酒喝得太多了受不了啦。"

从佩契先生的样子看来，他所说的话一点也不假。他红光满面，懒洋洋的，有气无力，似乎是喝酒过多的关系，事实上也确实是如此，因为常常发现他到酒店里去，人家请他喝酒，问这问那，日复一日，已成了他的习惯了。

"所以我能够了解，"佩契先生又摇了摇头，以清脆的声音轻轻地说，"处于这种痛苦处境的人是怎样的心情了。"

说毕，佩契先生等待着推心置腹的话，可是他们没有说什么，于是他用手捂着嘴咳嗽起来，仍旧没有反应，他便在帽子后面咳嗽着，仍无反应，于是他把帽子搁在地上，把手伸进胸袋里面去拿那封信。

"要是我没有记错的话，是不要回答的，"佩契先生和颜悦色地笑了一笑说，"但是您还是过目一下吧，先生。"

约翰·卡克尔拆开信封，这是董贝先生写来的信，非常简短。看好之后他说，"是不需要回答的。"

"那么我就祝您早安，向您告辞了，小姐，"佩契说着便向门口走过去一步，"并希望您保重，不要为最近这件痛苦的事情过分伤心。报纸，"佩契先生又向后退了两步，更加神秘兮兮地对兄妹两人轻声说，"很想得到这件事情的信息，那种急不可耐的心情是你们想不到的。有一家星期日报纸的记者，身上穿一件蓝披风，头上戴一顶白帽子，早一些时候想贿赂我，你们想他会得逞吗？昨天夜里已经是八点二十分了他才走，他一直在我们院子里打转。我亲眼看见他把眼睛放在办事处大门的锁孔里，不过这把锁制造精巧，是看不见里面的。还有一位穿着军服，腰带上有挂剑圈，他妈的整天坐在国王纹章酒店的会客室里。上星期，我偶然脱口讲了一点小事情，第二天早晨，那是星期天，我就看见这件小事情赫然登在报上了。"

佩契先生把手伸进胸袋里去，好像是要拿那张报纸，但看到他们并无反应，便抽出海狸毛皮手套，拿起帽子，告辞了。中午还没有到，佩契先生就已在国王纹章酒店和别的地方对几位圈内人士大谈特谈卡克尔小姐怎样双手抓住他，眼泪汪汪地对他说："哦！亲爱的，亲爱的佩契，看到您我就感到浑身的宽慰！"又谈到约翰·卡克尔先生怎样用很庄严的语气对他说，"佩契，我不承认他是我弟弟。我永远不要再听谁提起他是我的弟弟！"

"亲爱的约翰，"只剩下兄妹两人在一起的时候，沉默几分钟后，哈丽特说道，"这封信里面有坏消息。"

"是的。但是一点也不出乎意料的，"他答道，"我昨天看到写信的人。"

"写信的人？"

"就是董贝先生。昨天我在办事处，他一连两次走过去。以前我还能够避开他，当然这不可能是长久之计。我知道他觉得我在那里很讨厌，这是很自然的，我自己感到他一定是这样想的。"

"他没有这样讲吗？"

"没有。他什么话也没有讲，但是他看了我一眼，我就知道要发生什么事情了，我已做好准备。事情果然发生，我被解雇了！"

她尽量不露出震惊的样子，看起来还是抱着希望的，但有许多理由可以认为这毕竟是令人苦恼的消息。

约翰·卡克尔说道："信的内容是这样的，'我用不着告诉你，虽然你和我的姓字很不搭界，为什么从现在起你的姓字听起来很不入耳，为什么每天看到你以及和你同姓的任何人都使我不能忍受。我不得不通知你从现在起终止我们之间的一切雇佣关系，并要求你不再同我或我的公司进行任何交往。'——信中附有一笔不小的解雇金，相当于通知好久之后才解雇的数目。哈丽特，每当我们想起这一切，我们不会忘记，这确实是很宽厚，很为别人着想的呢！"

"如果因为别人的过错要惩罚你，约翰，"她温和地说道，"这的确是很宽厚，很为别人着想的了。"

"对他来说我们是一个不祥的家族，"约翰·卡克尔说，"他有理由不愿意听到我们的姓名，他有理由认为我们血统里面有什么可恨的邪恶的东西。要是不是因为你的缘故，哈丽特，我差不多也会这么想了。"

"哥哥，不要这样讲了。像你所讲的，也像你所想的那样，如果你有特别的理由——我看是没有的——爱我的话，你就不要把这种疯疯癫癫的话讲给我听了！"

他用双手捂住面孔，但是在她走近他时却马上让她握住他的一只手。

"我知道，做了这么许多年再离开，那是很叫人伤心的，"他妹妹说，"造成这种情况的原因叫我们都害怕。我们也得活下去，我们必须想办法活下去。咳，好吧！我们能够这样做，我们不会灰心丧气。约翰，我们要奋斗，我们要一道奋斗，这不是苦事，这是我们的骄傲！"

她亲了一下他的面颊，她的嘴唇浮现着一丝微笑，她恳求他不要难过，高兴起来。

"哦，最最亲爱的妹妹！你这么高尚，情愿和一个倾家荡产的人待在一起！他的名誉扫地，他没有朋友，还把你的朋友一个个给弄走了！"

"约翰！"她马上把手捂住他的嘴巴说道，"替我想想吧！想想我们多少年朝夕相处呵！"听到她这样讲，他不作声了，于是她静静坐在他身旁继续说着，"亲爱的，现在听我说吧。我跟你一样，早就料到会碰到这种噩运的，我一直在想，一直在担心可能会发生这种事情，所以我一直准备好了，一旦这种事情真的发生了，我就决定告诉你我有一个秘密是瞒着你的，就是我们有一个朋友。"

"我们这个朋友叫什么名字，哈丽特？"他苦笑了一下问道。

"说真的，我不知道，不过他曾经很认真地向我表白他的友谊并希望为我们效劳，我到今天还是很相信他的。"

"哈丽特！"哥哥好奇地问，"这个朋友住在哪里？"

"这我也不知道，"她答道，"但是他晓得我们，晓得我们的情况，我们全部的不值一提的事情，约翰。正因为这个缘故，我才没有告诉你，他到这里来过，这是他自己提出来的，他生怕你知道因为他晓得这些情况，你会苦恼。"

"在这里！他到这里来过吗，哈丽特？"

"是在这里，就在这个房间里，来过一次。"

"什么样的人？"

"年纪不轻了。头发灰白，而且白得很快，这是他自己说的，情况也是这样，但是我相信他很慷慨、坦率、心地善良。"

"只见过一次面吗，哈丽特？"

"在这个房间里他只来过一次，"他妹妹说时面颊上掠过淡淡的、瞬息即逝的红晕，"但是他来这里的时候恳求我，让他经过时能每个星期看见我一次，好让他放心我们过得很好，还不需要他帮助，因为他上次来时提出要为我们效力，说他来的目的就是要为我们效力，我告诉他我们还不需要什么。"

"一个星期一次——"

"自从那时以来，每星期一次，而且总是在同一天，在同一个时候，他经过这里，总是步行，总是朝同一个方向——走向伦敦。每次他都向我鞠一躬，而且像一位和蔼的保护人一样愉快地挥挥手就走开了，一刻也不耽搁。他提出这种奇怪的会面方式时保证说到做到，他一直很守信用而且是高高兴兴的，他是那么真诚坦率，约翰，一开始我就没有丝毫的不安，即使有的话，那也是很快就消除了，现在当这一天到来的时候我就觉得非常高兴。上星期一，就是这件可怕的事情发生后的第一个星期一，他没有从门口走过。我想这是不是和发生的这件事情有什么关系。"

"怎么个关系？"哥哥问道。

"怎么个关系我不知道。我只是想到这种巧合，我没有去猜测是什么原因。我肯定他还要来的。他来的话，亲爱的约翰，我会告诉他我已经同你说过了，让他和你见面。他一定会帮助我们寻找新的谋生之路的。他恳求过我，希望做一些事情使我的生活和你的生活过得好一些。我答应他，我们需要朋友的时候，一定会记起他的。那时候他的名字就不再是秘密了。"

"哈丽特，"哥哥凝神细听之后说道，"把这位先生的样子给我讲讲吧。他既然这样熟悉我，我一定是认识他的。"

他妹妹把客人的形貌、身材、衣着作了一番淋漓尽致的描绘。也许他对这位先生本人毫无印象，也许她的描绘有些偏差，也许她说的时候他在踱着方步想着自己的心事，对她所描绘的人物，约翰·卡克尔仍旧不得要领。

然而，他们一致决定，下次他一出现，约翰就亲眼看看他。讲好后，妹妹不再那么焦急不安了，便去做家务，而那曾经是董贝公司低级职员的灰白头发的哥哥，第一天享受了从来没有过的自由，也到花园里去劳动了。

夜已很晚，哥哥在高声朗读，妹妹在做针线活，忽然响起敲门声，他们都停了下来。因为他们逃亡的兄弟之故，他们四周笼罩着一种隐隐约约的不安和恐惧的气氛。在这种气氛下，突然响起的敲门声犹如一声警钟。哥哥走到门口，妹妹坐在那里提心吊胆地听着。有谁在同他讲话，他答了话，似乎很吃惊。寒暄几句之后，两人一道走了过来。

"哈丽特，"哥哥照着路，把这位迟来的客人带进屋，低声说，"这是莫芬先生——他在董贝公司和詹姆士是多年的同事。"

妹妹吓得往后退，像是看见鬼魂进来似的。在门口站着这位陌生的朋友，黑发中星星点点夹杂着几丝灰发，脸色红润，额头宽阔明亮，眼睛呈淡褐色，这就是她保密了这么久的朋友！

"约翰！"她几乎是透不过气来地说，"他就是我今天告诉你的那位先生！"

"哈丽特小姐，这位先生，"来客站在门口片刻后，走进来说道，"听到您这样一说，就很放心了。一路上他想怎样开口呢，可是想来想去，总没有找到满意的答案。约翰先生，在这里我不完全是一个不速之客。刚才在门口您看见我，您吃了一惊，现在我看得出您更加吃惊了。咳！在目前的情况下，这是很自然的，要是我们不是习性难改的动物，我们就没有理由这样经常担惊受怕了。"

这时，他以哈丽特记忆犹新的那种既热情又尊敬的姿态向她致意之后便在她的近旁坐了下来，脱下手套，放在桌上的帽子里。

"约翰先生，"他说，"我想看望令妹的愿望以及我为满足这个愿望采用的方式并不足以使人吃惊，至于我经常走过您家的门口，以图一见（她大概同您讲过了），其实也没有什么特别的地方。这很快就成为一种习性，我们是习性难改的动物——习性难改的动物！"

他把双手塞进口袋里，仰靠在椅子上，望着兄妹俩，仿佛看他们在一起是一件十分有趣的事情。他带着一种怏怏不乐的思绪继续说着，"就是这种习性使我们之中有些人像魔鬼一样，一味地狂妄自大，顽固不化，而他们的性格本来是可以好一些的，另一些人流氓成性，更多的人变得漠不关心——日复一日根据各人不同的性格，习性把我们弄得像泥塑木雕一样没有生气，像泥塑木雕凭人家刻画，各种新的信念纷至沓来。您可以想想我受到怎样的影响了吧。多少年来我用不着说了，在董贝公司的经营方面，我管的范围很小，我的权力有限得很。我亲眼看见您的弟弟不断地扩大他的势力，把公司和公司老板都变成家当，像足球一样任意摆布。您的弟弟是一个十足的流氓！请您的妹妹原谅我不得不这么说。我看见您每天坐在办公桌旁边默默无闻地埋头工作。我尽量做到心满意足，守住自己的这份职务，避免多事，对我周围的事情不闻不问，听其自然，让它们一天天地过去，好像它们是一架很大的机器——这是它们的习性，也是我的习性——我把这看成是理所当然，无可厚非的事。我心爱的星期三夜晚按时到来，我们的四人乐队按时演奏，我的大提琴声音悠扬，我的天地完美无缺，要是或多或少出了什么问题，那也不关我的事。"

"我敢说那时候在公司里您一直比谁都更受到人家的尊敬和喜爱的，先生。"约翰·卡克尔说。

"呵唷！我想不过因为我脾气好，好讲话罢了，"客人接着说，"那时候，这是我的习性。这很合经理的胃口，这和经理支配的人员身份很相称，这对我来说是最适合的了。我做好派给我的职务，我不求他们哪一位，我乐于在这个没人要的岗位上抱残守缺。我就这样混到现在，但是我的房间有一面墙壁是很薄的，只不过是一块镶板把经理的房间和我的房间隔开而已，这一点您可以告诉您妹妹。"

"这两个房间是靠在一起的，也许原来是一个房间，后来就像莫芬先生所说的，隔成两间了。"她哥哥说着便回过头来，看了一看他，等待他继续解释下去。

"我吹口哨，哼小调，从头到尾准确无误地唱着贝多芬的 B 调奏鸣曲，让他知道隔墙有耳的，"莫芬先生说，"但是他从不理会。的确，我也很少听到隔壁房间里谈什么私事。但是一旦隔壁有谈话声，我自然是免不了要听见的，因此我就走出房间。有一次，他们两兄弟谈话的时候我走出去了，约翰，谈话开始的时候，小沃尔特·盖伊也在。但是在走出去之前我听到一些话。这次谈话您恐怕记得很清楚的，谈些什么，您可以告诉您妹妹吗？"

"谈的是，哈丽特，"她哥哥低声地说，"过去的事情以及我们在公司里不同的地位。"

"谈的事情对我来说并不陌生，但是问题的提法我却没见过。它使我的习性受到震动，这种习性是世界上十分之九的人都具有的。我一向认为我周围的一切是平安无事的，因为我对此已经习惯了，"来客说着，"由于受到震惊，我开始回忆起两兄弟的经历，并仔细地揣摩着。这样的潜心思索是我生平第一回——有些事情现在我们觉得非常熟悉，理所当然的，可是当我们从一个新的，遥远的角度来看它们的时候，它们会是什么样子呢？总有这么一天，我们自然都会这么看的。自从那天早晨以后，我就像人们通常说的那样换了一个人似的，脾气不是那么好了，也不是那么好讲话了，也不再那么自得其乐了。"

他用一只手敲着桌子，停了一两分钟后就匆忙说下去，好像要把心中的块垒全部掏出来似的。

"在我还不知道是否要做些什么事情，应该做些什么事情之前，这两位兄弟又进行了第二次谈话，提到了他们的妹妹。我让他们谈话的内容随意地飘进我的耳朵里并不感到问心有愧。我觉得我有权过问。这之后我就亲自过来看他们的妹妹。我第一次来到花园门口时，我借口询问一位贫穷的邻居是怎么样的人，可是我讲溜了嘴，我想引起了哈丽特小姐的怀疑了。第二次我请求进来。进来后我说了我想说的话。您妹妹说当时还不需要我的帮助，她讲的理由我不敢表示异议；但是我建立了一种联系的方法，我们的联系一直没有间断过，只是最近几天因为一些重要事务移交给我负责，我才没有能够走过来。"

"我每天都看见您，先生，"约翰·卡克尔说，"我怎么一点也没有想到这上面去呵！要是哈丽特早就猜到您的名字的话——"

"哎呀，说真的，约翰，"来客插嘴说，"我没有把我的名字讲出来有两个理由。一个人不能单凭良好的愿望取信于人，因此我决定无论如何在没有给你们做些实事之前我是不能泄露我的名字的。这是第一个理由，我不知道这第一个理由是不是很有说服力。第二个理由是，我总是希望你们的弟弟可能会回心转意，对你们好一些；有鉴于此，我觉得只要这位猜疑成性、时刻提防别人的人一旦发现我和你们暗中来往，和你们亲近，就会使你们之间的隔阂更深，更加不可弥补。因此，说真的，我决心伺机向公司的老板为你们说情，这可能会使你们弟弟迁怒于我，可是我不在乎。但是由于死亡、求婚、结婚和不幸的家事接二连三地发生，老板心事重重，无心问事，我们公司很长时间变得群龙无首，就只有你们弟弟当家了。要是我们是没有生命的木石之躯的话，"说到这里客人放低了声音，"倒会反而好一些。"

他似乎意识到后面的这句话是脱口而出的违心之言，便把一只手伸向弟弟，另一只手伸向姐姐，继续说着：

"我想说的和没有想到要说的话，现在我都说出来了。我全部的心意还不能用这些话完全表达出来，这一点我希望你们理解，相信我。现在您不是因为自己的问题给解雇了，您碰到这样不幸的事情，现在正是我可以帮助你们的时候，约翰，我不会影响您多年来为弥补以往的过失而洁身自爱的操守。现在已经很晚了，今天夜里我不再讲什么了。我想用不着我的提醒或劝告，您会保护好你们家的珍宝的。"

说完这些话，他即起身准备走了。

"约翰，您先走一步，"他很高兴地说，"拿一支蜡烛，不管您有什么话要讲，都不要说，"约翰·卡克尔的心情非常激动，他真想一吐为快，但是这位客人没等他开口又继续说下去，"让我和您妹妹讲一句话。我们以前单独谈过话，也是在这个房间里，不过现在有您在这里我们谈起来就显得更加合情合理了。"

目送着约翰走出去后，他亲切地转向哈丽特，换了一个比刚才更为严肃的表情，低声地说道："您想问我一些关于那个人的消息，而不幸的是您偏偏是他的妹妹。"

"我怕问。"哈丽特应道。

"您不止一次地心情迫切地望着我，"来客说，"我想我已猜到您想问什么了。他拿了钱没有？是问这个吧？"

"是的。"

"他没有拿钱。"

"谢天谢地！"哈丽特说，"是为约翰着想。"

"他在很多方面滥用了对他的信任，"莫芬先生说，"他常常做些投机倒把的生意，更多地不是为他代表的公司而是替自己谋利。他从事很冒险的事情，结果常常使公司损失惨重。他对他上司的好大喜功一味地迁就纵容，照理他有权力也有责任进行规劝，加以制止，向他指出好大喜功可能会产生的严重后果。现在您对这些也许不会感到惊奇。为了夸耀公司力量雄厚，扩大公司声名，他经营了许多事业，使其他商人的公司显得相形见绌；像这样大规模的经营只要有一些风吹草动就会前功尽弃，需要有一个头脑冷静、踏踏实实的掌管人能考虑到可能会出现的毁灭性的后果。这家公司的经营遍布世界各地，就像一个很大的迷宫，这个迷宫的来龙去脉只有他自己知道，在对公司各项经营的结果作调查时，他有机会敷衍搪塞，用估计和大致的情况制造假账，虚报情况，来掩盖事实，看来他已经这样做了。但是近来——您清楚了吗，哈丽特小姐？"

"很清楚，很清楚。"她回答道，她惊讶的脸孔一动也不动地对着他的脸孔，"请马上把最坏的情况告诉我。"

"近来，他似乎在挖空心思把这些经营的结果弄得明明白白，虽然它们是多么纷繁复杂，但只要查阅一下各项账簿，就可以轻而易举地一目了然。好像他早已成竹在胸，要让他的上司展眼一瞥就可以明白，他为迎合他好大喜功的欲望所花的心血给他带来多么丰硕的成果！他无时无刻地不在卑鄙地迎合他的口味，无耻地吹捧，使其飘飘然忘乎所以，这一点是无可怀疑的了。这就是他对公司所犯的主要罪行。"

"在您离开以前还要问您一句话，亲爱的先生，"哈丽特说道，"所有这些事情有没有危险？"

"什么危险？"他稍作踌躇地问道。

"会不会损害公司的信誉？"

"我不得不坦率地回答您，并完全相信您。"莫芬先生打量了一下她的脸孔说。

"您可以。您真的可以回答我，相信我的！"

"我相信我是可以讲的。是不是会损害公司的信誉？不，不会。或多或少会有些困难，但不是危险，除非公司的老板过分好大喜功，超出了公司的承受能力，那时候公司才会垮掉，这是因为公司的老板不想去缩小公司的经营范围，削减公司的企业，他心目中公司的地位是不可以改变的，他绝对不会相信它的地位已不如前或者可能会走下坡路的。要说危险的话，除非出现这种情况。"

"但是会不会出现这种情况呢？"哈丽特问道。

"我们之间应该坦诚相见，"他握握她的手说，"董贝先生是无法接近的，不管是谁都是一样，他现在的心态是高傲、鲁莽、不讲道理、无法控制。但是他目前的情绪非常急躁不安，已经超出了正常的程度，不过总会过去。全部情况，不论好坏，您现在全都明白了。今天晚上就到此为止，晚安！"

讲毕，他吻了吻她的手就走向门口。她哥哥站在那里等着他，见他出来正准备和他讲话，却给他高高兴兴地推开了，告诉他要是想说什么，下次再讲吧，因为他们很快又会见面的，而且会时常见面的，现在时间太晚没有空了。随后，他为了避免听到感谢的话便飞快地离开了。

兄妹俩坐在火炉边谈着，一直谈到天快亮了。这一线新世界的曙光出现在面前时，他们终夜难眠，就好像很久之前因船只失事两人被抛弃在凄凉的海岸上那样，可是当他们年纪已大不再抱着什么希望、不再设想还有什么其他家可去的时候，一只船终于来到。他们当时的心情就是这样。但是使他们心情不安、难以入眠的还有一个全然不同的原因。那道曙光从黑暗中不期而来，而黑暗却又笼罩着他们的周围，越来越逼近了，他们那犯罪的兄弟虽然从来没有踏进这座屋子，他的阴影却在这里徘徊不去。

这个阴影赶也赶不去，在阳光面前也不肯退去。第二天早晨它还在那里，中午、晚上也还在那里。夜里，这个阴影最黑、最清晰可辨，是怎么个情况，请听下面的叙述。

约翰·卡克尔拿了他们朋友的介绍信谋职去了，只剩下哈丽特一个人待在屋子里，她这样待了好几个钟点。这是一个阴沉的傍晚，冥色越来越深，这种时候是不利于消除她精神上的重负的。她的这位久已不见、下落不明的哥哥使她难以忘怀，像恐怖的形影在她四周盘旋。他已死了，或者正在死去，他向她叫喊，怒容满面地凝视着她。这些无比清晰的形影盘踞在她的脑海里；暮色越来越浓，她害怕抬起头来望房间里黑暗的角落，她担心那些从她过度兴奋的想象中跳出来的阴魂等在那里准备吓唬她。有一次她想象他躲在隔壁房间里，虽然她非常清楚这不过是混乱的思维所产生的幻象，不予置信，但她还是不得不走过去看一看，好让自己放心，但她一无所获。她一离开，这个房间复又笼罩着可怕的重重黑影；她再也无法排除这些若隐若现的可怕的幻象，仿佛它们就是牢牢矗立于坚固泥土中的石头巨人。

天色差不多暗了。她正坐在窗子旁边，她的头搁在手上，向下面看着，忽然她感觉到房间里的冥色突然加重了，她抬起眼睛一看，不由自主地大喊起来。靠着窗玻璃，一张惶恐的苍白的脸孔正在向房间里面观望，起初那眼神茫然不定，仿佛是在寻找一样东西，过了一会儿这道目光停在她身上，亮了起来。

"让我进来！让我进来！我有话要同您说！"一只手在窗玻璃上敲得格格作响。

她即刻认出她就是那个下雨天的晚上她让进来躲雨并给她取暖吃饭的那个黑发披肩的女人。想起她激烈的举动，哈丽特不由得害怕起来，她从窗口稍稍往后退，犹豫不决、惊恐不安站在那里。

"让我进来！让我同您说句话！我很感谢您的，我一定不吵不叫，不骄不躁，随您高兴。但是要让我跟您讲句话。"

她那激越的恳求之态，她脸上诚挚的表情，她高举着的颤抖的手，以及她声音里与自己此刻的心情相仿佛的恐惧感，这一切感动了哈丽特。她赶快跑去开门。

"我可以进来吗，还是就在这里讲？"女人说着就去握她的手。

"您有什么事情？您想跟我讲什么话？"

"话不多，让我讲出来，不然就永远不会讲了。现在我在这里待不住，好像有双手想把我从门口拉走。让我进来，但愿您能相信我这一次吧！"

她一再地恳求，终于说服了哈丽特，于是她们走进小厨房的炉火旁，上一次她就是坐在这里吃饭烘衣服的。

"坐在那里，看着我，"艾丽斯在她前面双膝跪下说道，"您还记得我吗？"

"记得。"

"那天我衣服褴褛，一跛一拐的，狂风骤雨打在我的头上，您还记得我告诉您我过去是怎样的人，我是从哪里来的吗？"

"记得。"

"您还记得那天夜里我怎么又回来了，把您给我的钱丢在泥土里，还骂您和你们一家人吗？现在看我跪在这里。难道我现在不是跟过去一样郑重其事的吗？"

"倘若您要求的是，"哈丽特温和地说，"原谅的话——"

"不是！"这个女人接口说道，她的目光骄傲而严厉，"我要求的是相信我。现在您可以判断一下，无论是过去还是现在，我值不值得信任。"

她仍然跪着，她的眼睛对着炉火，火光照在她残败的美貌和零乱的黑发上，她拉起一束披在肩上的长发，绕在手上，若有所思地咬着、扯着，然后继续说着："我年轻漂亮的时候，这个，"说着她轻蔑地扯了一下绕在手上的黑发，"受到百般的爱护，只是给轻轻抚摸，大家赞不绝口。那时我还是个小女孩，我母亲并不很关心我，但是她发现我天生丽质，有利可图，便喜欢我起来了，而且以我为荣。她很穷，很贪心，她想把我当摇钱树。我晓得富贵人家做母亲的是不会想这种念头的，她们也不会这样做的，我们都晓得在她们这样的人家这种事情是从来没有做过的——这说明就是在我们这样穷苦的人家，母亲对女儿教导无方，终于使她们受害。"

仿佛暂时忘记了还有人在听，她一边把那束长发紧紧地在手上绕了一圈又一圈，一边看着炉火如梦似幻地继续说着：

"结果怎样，我是用不着讲了。对我们这种穷苦人家来说，不幸的婚姻轮不到我们头上，不幸和毁灭才是我们的结果。结果我落得个不幸和毁灭——落得个不幸和毁灭。"

从火光中她迅速地抬起怨愤的目光，朝向哈丽特的脸孔，说下去：

"我是在浪费时间，可是时间很紧呢，然而如果我起先没有想好要讲这些话，我现在是不会到这里来的。结果我落得个不幸和毁灭，我就是这样说的。我像一个玩具，玩了没有多久就被漫不经心、残酷地扔在一边，甚至比一个玩具还不如。您可知道是谁把我弄成这样的？"

"您为什么要问我？"哈丽特说。

"您为什么发抖？"艾丽斯目光炯炯地问道，"他对我这么坏，使我变成了魔鬼。我陷入不幸与毁灭的深渊，陷得越来越深。我参加了一件抢劫案，整个过程我都卖命，就是什么也没有得到。我给抓住了，送去审判，我没有一个朋友，没有一分钱。我虽然只是一个女孩子，我宁可去死，也不愿找他替我说情，即使他讲一句话就可以救我的命，我也是不肯的。我宁可去死，只要想得出来，什么样的死我都愿意！可是我的母亲一向是贪心的，她以我的名义派人到他那里去，把我的情况一五一十地告诉了他，低三下四地恳求他送一笔最后的小礼——不过几英镑，还不到我五个手指这么点数目。可是，在我这样困苦凄凉的时候，他却翻脸不认人，以为我拜倒在他脚下，对我不屑一顾，连这么一点可怜的小礼也不留下做个纪念，就把我抛掉了，宁愿我给遭送到异国他乡，不再给他带来麻烦，而在那里死去腐烂。这个人是谁，您知道吗？"

"您为什么要问我？"哈丽特又这样反问了一下。

"您为什么发抖？"艾丽斯说着用手抓住她的胳膊，直视其面说，"您的嘴唇其实已经回答了！这个人就是您的哥哥詹姆士。"

哈丽特抖得越来越厉害，但是没有把眼睛从她炯炯的目光中移开。

"那天夜里我知道了您是他的妹妹时，我就一跛一拐地使尽了力气走回来，把您给我的钱扔给您。那天夜里我真想，要是我能在一个荒僻无人的地方找到他的话，我一定会使尽力气、一跛一拐地远涉千里，去把他刺死。您相不相信我说这些话是郑重其事的吗？"

"我相信！天哪，您为什么还要来呢？"

"从那时候以来，"艾丽斯又说下去，她仍旧握住她的胳膊，她的目光仍旧直视其面，"我就看见他的，在光天化日之下我的眼睛就跟着他。如果有一小点愤怒的火星在我胸中暂时暗淡的话，只要我的眼睛一看见他，它又会燃烧起来。您知道他伤害了一个骄傲的人，成为他的死敌了。要是我把您哥哥的行踪告诉了那个人的话，那会怎么样呢？"

"行踪？"哈丽特把这个字重复了一下。

"如果我找到了一个人，他知道您哥哥的秘密，他知道他是怎样逃跑的，他知道他和他的逃伴跑到哪里去了，那怎么办？如果我已经叫他一个字一个字地讲出他所知道的一切，并且叫您哥哥的敌人藏在什么地方偷听，那怎么办？如果当时我坐在一边，盯着这位敌人的脸孔，看他的脸孔变得几乎不成人形，那怎么办？如果我看着他像发疯一样地冲出去追寻，那怎么办？如果现在我知道他像魔鬼一样在路上跟踪追击，经过多少钟点的追赶就会赶上他的敌人的话，那怎么办呢？"

"把您的手拿开！"哈丽特往后退缩着说，"走开！您的手好怕人，不要碰我！"

"这些我已经做了，"这个女人不听劝阻，仍旧目光炯炯地讲下去，"我讲的话，我的表情看起来是不是像真的这样做了？我讲的这些话您相不相信？"

"恐怕我不得不相信呢。把我的胳膊放开！"

"现在还不放。再等一等。你想不想得出来我为什么这样怀恨已久，为了什么目的要这样报复？"

"太可怕了！"哈丽特说。

"那么现在您看到我又来到这里，"艾丽斯用沙哑的声音说，"静静跪在地上，我的手握着您的胳膊，我的眼睛望着您的面孔，您总可以相信我讲的话是多么郑重其事，我胸中的斗争是多么激烈了吧。我不好意思把话讲出来，其实我心里是宽容了。我看不起我自己。昨天一整天一整夜我一直在和自己斗争着，但是说不出是什么道理，我对他宽容了，要是可能的话，我希望弥补我所做过的事情。当他的敌人这么不顾一切狠命追赶的时候，我不愿意让他们两个人碰在一起。要是您昨天夜晚看见他奔出去的那副样子，您就会更能体会到危险有多大了。"

"有什么办法好防止呢！我能做什么事情呵！"哈丽特大声说道。

"整个晚上，"这个女人急促地说了下去，"我都梦见他，梦见他躺在血泊中，然而我并没有睡着。整天，我昏昏沉沉，仿佛他一直待在我的身边似的。"

"我能做什么事情呵！"听了这些话，哈丽特全身发抖，大声说道。

"要是有谁能够写封信给他，或者派个人到他那里去，或者亲自去一趟的话，就好了，要越快越好，不能耽搁。他在第戎。您晓不晓得这个地名，晓不得这个地方在哪里？"

"晓得！"

"告诉他已经成为其死敌的那个人像疯子一样没有理智了，告诉他如果把他的追赶不放在心上的话那他是太没有知人之明了。告诉他这个人在路上拼命追赶，这我知道的！还来得及的时候——如果确是还来得及的话——叫他趁早逃走，不要和他碰面。能躲过一两个月就会化险为夷。不要让他们因为我的缘故碰在一起。随便什么地方都可以，就是不要在那里。随便什么时候都可以，就是不要在现在！让他的敌人去追他，把他找到吧，但是我绝对不能充当罪魁祸首！即使我不做这样的事情，我的心情也够沉重的了。"

她乌黑的头发上，抬起的脸孔上，热切的眼睛里，火光已经暗淡。她的手松开了哈丽特的胳膊，瞬息间，她刚才待着的地方已经空无一人。

第五十四章

逃亡者

时间是离午夜还有一个小时。地点在一座法国旅馆的套间。这个套间约有五六个房间——一条阴冷的走廊，一间餐厅，一间客厅，一间卧室，以及一间内室或闺房，在最里面，比其他房间小一些。在主楼梯口有一道双扇正门把所有这些房间都关在里面，里面的房间各有两三道双扇门，一方面可以从几条路和套间的其他房间相通，另一方面也可以穿过几条狭小的通道从后面的楼梯走到楼下一个隐秘的出口，在这样的屋子这种设计是比较流行的。这整个套间在二楼。旅馆的中心是一个方形庭院，旅馆很大，朝向庭院的并不只是一面的整排窗户，旅馆四面都对着这个庭院。

在这些房间里，一抹金碧辉煌的气派虽然已趋暗淡阴沉，但其闪烁的光辉依旧有一种华贵之态，使生活的摆设显得捉襟见肘。墙壁和天花板镀了一层金色，涂了油漆；地板打了蜡，又滑又亮；窗边、门上和镜前，悬挂着垂花饰似的绯红色帷幕；枝形烛架像树枝或动物的长角，弯弯曲曲地从墙壁的镶板缝内伸出来。但是，在白天，当此刻关得严严密密的百叶窗已经打开，光线照进来时，可以清楚地看到因为长期无人居住，无人使用，这些房间里华丽的陈设，经过年深月久的风吹日晒雨打，如今已是布满烟尘、破烂不堪了；这些生活的摆设就像生活一样弱不禁风，如同被拘禁的囚犯那样一天天衰弱下去。即使在夜晚，一簇簇辉煌的烛光纵然使它们黯然失色，却无法抹去这些满目破败的痕迹。

这一天夜晚，只有一个房间里烛光辉煌，烛光在镜中的反映熠熠生辉，一块块金黄和鲜艳的颜色相映成趣，这个房间就是刚才说过的最里面的小房间。走廊里有一盏暗淡的灯，从走廊上，透过一扇扇黝暗的门望过去，这个小房间就像宝石一样明亮地闪耀着。在这灿烂的光辉之中坐着一位美丽的女人——她就是伊迪丝。

她独自一人，依旧是那么桀骜不驯、目空一切。她的脸颊稍许消瘦些，她的眼睛看起来大了一些，也更加明亮了，但是傲慢的姿态依然如故。她的额角上没有一丝羞愧的阴影，她那傲然挺直的颈项毫无悔恨之态。仍旧是那么庄严、盛气凌人，对于自己、对于一切仍旧是那么无所谓，乌黑的眼睛低垂着，她坐在那里等着什么人。

没有书可看，没有事可做，没有任何消遣，唯有她自己的思绪打发着缓慢的时光。有种什么目的盘踞在她心中，这种目的之强烈足以填补任何时间的空隙。她的嘴唇紧闭着，如果暂时放松就会颤动；她的鼻孔在翕动，她的一双手紧紧握着，强烈的目的在她胸中激荡；她坐在那里等候。

一听到外面的一道门上钥匙转动的声音，走廊里响起的脚步声，她吓了一跳，大声问道："哪个？"回答是用法语的，两个人拿着叮当作响的托盘走了进来，准备开晚饭。

她问，是谁叫他们这样做的。

"是先生叫做的，他租下这个套间时就这样吩咐了。他路过这里待了一个钟点，他就是在那个时候这样说的，还有一封信给夫人的——夫人一定是收到了吧？"

"收到了。"

"请多多包涵！他突然想起这件事情恐怕会给忘记了，"说话的是旁边餐馆里的一个留着大胡子的秃头，"让他好急好担心！先生说晚饭在规定的时候准备好，他还在那封信里预先告诉了夫人的。先生特意要'金头餐馆'准备精细可口的晚餐。先生会发现'金头餐馆'没有辜负先生的信任。"

伊迪丝不再讲什么，只是若有所思地看着他们摆上两个人的餐具，放上美酒。在他们摆好之前，她立即起身，拿了一盏灯走进卧室，然后到客厅，匆忙但很仔细地检查了所有的门户，特别是前面的房间通向狭小的通道的那扇门检查得尤其仔细。从这扇门上她取出钥匙，塞在门外面，然后走了回去。

这两个人把餐桌准备就绪之后便站在那里看着。他们之中的一个身着夹克衫，脸修得干干净净，留着一头剪短的黑发，皮肤黝黑，肝火很旺。还有一个就是刚才讲过话的秃头，他问夫人，先生是不是还要隔很久才会来呢？

她讲不出。这没有关系。

"对不起！那么晚餐怎么办呵！应该赶快就吃的。先生明明讲过要准时回来的（他的一口法语就像是天仙在讲，也可以说就是法国人的腔调，两者并无区别）。英国人可是很守时间的呢。呵！什么声音！谢天谢地，先生来了。您看他！"

先生真的来了，是由另外一个仆人穿过几个漆黑的房间带进来的，他牙齿闪闪发光，穿房越室，如同一张大口。他整个人到达这个灯光明亮、色彩缤纷的圣殿时，即刻拥抱夫人，并用法语称她为他迷人的妻子。

"我的天！夫人要昏倒了，夫人高兴得受不了啦！"那个留着胡子的秃头见此情景，叫了起来。

夫人只是哆嗦着，退缩了一下。这些话还没有讲完，她就已经扶着一把大椅子的丝绒背站起来，慢慢地站得笔直，她的脸孔纹丝不动。

"弗朗索瓦飞到'金头餐馆'去拿晚饭了。在这种时候他就像一个天仙或者一只鸟儿那么飞翔。先生的行李放在先生的房间里。一切全都安排好了。晚餐马上送过来。"这些事情秃头每讲一件，都要面带微笑地鞠一下躬。晚餐旋即端上来了。

热菜放在暖锅上，冷盘已经摆好，碗柜里放着待换的餐具。先生对这样的安排颇感满意。餐桌很小，使他很高兴。他让他们把暖锅放在地上就走开，他自己会端菜的。

"请原谅！"秃头彬彬有礼地说，"这样不行！"

先生却自有主张。今天晚上他不再需要人侍候了。

"但是夫人——"秃头提示道。

"夫人有她自己的侍女，"先生答道，"这就行了。"

"请千万原谅！没有！夫人没有侍女！"

"我是一个人来的，"伊迪丝说，"我自己乐意这样。旅行是我的家常便饭。我不需要人侍候。用不着派人过来。"

因此，先生坚持自己起先提出来的秃头认为不可行的见解，起身把这两位仆从带到外面的门口，时已夜晚，在他们走后便把门关牢。秃头走出门时，转过身来鞠了一躬，他注意到夫人还站在那里扶着那把大椅子的丝绒背，她的目光一直朝前望着，但是她并没有看他。

卡克尔关门的声音响亮地穿过一个个房间，然后似乎屏声敛息地传入最里面的室内。此时，大教堂的钟敲了十二下，这两种声音混合着在伊迪丝的耳畔齐鸣。她听到他的脚步停了一会儿，好像他也听到钟声，在屏息静听似的，随后他向她这边走过来，在静寂中响起一长串的脚步声，他每走过一道门都在他身后把门关上。她暂时抬起搁在丝绒椅子上的手，去拿一把刀，放在桌上伸手可及的地方，然后又像刚才那样站在那里。

"真奇怪，您怎么一个人来的，我亲爱的？"他一进来就问道。

"什么？"她反问道。

她的声调是这样严厉，她的头掉转过来的动作是这么迅猛，她的姿态是这么令人望而却步，她的愠怒之色是那么阴沉，他一手执灯，站在那里两眼看着她，仿佛是给她的这副样子弄得莫名其妙，动也动不得了。

"我是说，"他终于把灯放下，很有礼貌地笑着，把刚才的话又讲了一遍，"真奇怪，您怎么一个人来的？其实用不着这样小心谨慎，可能反而会坏事的。您虽然是最心血来潮、最难侍候的女人，但是照理您总该在阿弗尔①或鲁昂②雇一个仆从，到这里来您有的是时间嘛，您这个最漂亮的女人，我亲爱的。"

① 阿弗尔：法国港口城市。
② 鲁昂：法国港口城市。

820

她的眼睛闪闪发光，奇怪地望着他，但是她的手仍旧扶着椅子站在那里，一言不发。

　　"我从来没有看到您像今夜这样漂亮，"卡克尔继续说着，"在这残酷的考验中我一直把您的玉照珍藏在我的心里，日日夜夜地思念，可是还是比不上您的真容这样美丽！"

　　一句话也不说，一眼也不看，她的眼睛完全给垂下的眼睫毛遮住了，但是她的头却昂然高扬着。

　　"这样的考验多么残酷无情呵！"卡克尔笑着说，"但还是经得起的，而且已经过去了，反而使此时此刻显得更加甜蜜、更加安全。我们将前往西西里，在那里栖身。在那个人世间最悠闲、最舒适的地方，我心爱的，我们俩将同舟共济，一起来弥补过去奴隶生活带给我们的苦难。"

　　他快快活活向她走过去，突然之间她从桌上拿起那把刀，向后退了一步。

　　"站住！"她说道，"你再走近我就杀掉你！"

　　突然升起的怒火与强烈的厌恶在她的眼睛里愤怒地燃烧着，连她的额角也光芒四射。这突如其来的变化使他戛然止步，仿佛前面是熊熊烈火挡住他的去路。

　　"站住！"她说，"我告诉你，不要走近我！"

　　他们站在那里，互相对视。他的脸上露出愤怒与惊奇，但他控制住自己的情绪，轻轻地说：

　　"嗨，嗨！这里只有我们两个，谁都看不见，也听不见。您想用这种假正经的把戏来吓唬我吗？呸！"

　　"你提醒我这地方四周没有人，附近找不到援助，"她狠狠地回答说，"你以为这样就可以吓唬我，叫我放弃我的目的、放弃我决心要走的路吗？我，一个人在这里，不是故意安排的吗？如果我怕你的话，我为什么不避开你？如果我怕你的话，我为什么深更半夜待在这里，把我准备讲的话当面告诉你呢？"

　　"那么您想讲什么，您这个漂亮的悍妇？"他接着说，"您这样一来，倒比起其他随便哪个娘们儿兴致最好的时候还要漂亮呢！"

"你先回到那把椅子上去，"她说，"我才告诉你。我再讲一遍，等你回到那把椅子上去，我才会讲。不要走近我！一步也不能走近。我告诉你，要是你走近一步，老天爷做证，我就把你杀死！"

"您想把您对待您丈夫的那一套来对待我，您看错人了吧？"他咧嘴一笑说。

她不屑于回答，只是伸开手臂，指着那把椅子。他咬着嘴唇，皱起眉头，大笑一声，便坐在那把椅子上，可是他却无法掩饰他那困惑不解、犹豫不决、心烦意燥的样子。他即使假装对她这种反复无常的举止感到有趣，他仍然免不了局促不安地咬着指甲，狼狈相地对她侧目而视。

她把刀放在桌上，用手摸摸胸口说：

"我这里有一样东西，它不是爱情的玩意儿。你只要再碰我一下，我就要拿它来对付你了，就像对别的随便什么爬行动物一样，我对你也一样不留情面的，而且更不手软。我说的这个东西你是知道的。"

他故意开心地大笑起来，并请求她赶快表演一下，因为晚饭就要冷了。但是他偷偷看她的那个眼色却是更加阴沉、愠怒。他喃喃地诅咒了一声，用脚狠命地踏了一下地板。

"有多少次，"伊迪丝向他投去极其阴沉的目光说，"你卑鄙无耻地欺负我，侮辱我？有多少次你用风凉话、含讥带讽的目光和巧言令色的媚态来嘲笑我接受他的求婚，嘲笑我的婚姻？我对那可爱的受人欺凌的女孩怀着无限的爱心，而你有多少次把这爱心的创伤揭露无遗而且撕成千疮百孔？两年来，在我受尽折磨的时候，有多少次你尽在煽风点火，而当我痛苦不堪的时候，你却引诱我采取不顾一切的报复行为？"

"我不怀疑，夫人，"他应道，"您讲得很对，而且也很确切。好吧，伊迪丝，对于您那位可怜的丈夫，这是很适合的——"

"咄，"她说着朝他打量了一下，那傲慢、鄙夷和厌恶的目光使他不敢正视，"如果我轻视他的各种理由都可以像羽毛那样随风吹走的话，那么他把你当作他的参谋和亲信这一点差不多可以代替它们，使我有充分的理由轻视他的。"

"这是不是您跟我逃跑的理由呢？"他含讥带讽地问。

"对，这也就是我们为什么最后一次面对面，坏蛋。今天晚上我们碰面，我们也在今天晚上分手。我的话一说完，我一分钟也不会待在这里！"

他向她射去一道极其险恶的目光，一只手紧紧抓着桌子，但他没有站起，除了这道目光之外，他没有回答也没有威胁她。

"我是一个从小就蒙受耻辱，变得心硬如铁的女人，"她目不转睛地看着他说，"我给拿出去招亲，给人家左看右看，结果又给退了回来，一次又一次地把我的心弄得厌恶透顶。我只要有一点才艺或者一种美德，总要给拿去炫耀、出卖，来增加我的身价，好像我是一个什么稀奇的东西给一个普普通通的小贩拿去沿街叫喊招摇过市似的，而我自己却一无所有。我的贫穷而骄傲的朋友在一旁观看，表示赞许。在我胸中，我们之间的关系变得冰冷。对于他们我没有一个是喜欢的，他们还不如一只小狗教我高兴。在这个世界上我是孤独的，我记得很清楚，对我来讲这个世界一直是很空虚的，我自己也一直是这个空虚世界的一个空虚的部分。这你是知道的，你也知道在这个世界上我的声名对我来说是没有价值的。"

"是的，我是这样想的。"他说道。

"那么你就抓住这个不放，"她接着说，"所以拼命追我。那些手每天都在不停地把我塑造成为这样的人，对这种情况我已经是司空见惯了，我不想反对，只是听天由命。我知道我只要一结婚至少可以不再让他们把我拿到街上到处喊卖。我让他们把我这样不光彩地出卖了，就像用绳子套在颈项上的女人放在市场上给卖掉一样。这你是知道的。"

"是的，"他露出全部牙齿说道，"我知道的。"

"那么你就抓住这个不放，"她又一次这样说，"所以拼命追我。从我结婚的那一天起，我发现我面临着新的羞耻，面临着一个卑鄙的坏蛋对我的追逐和纠缠，他的这种意图就像用粗俗不堪的字眼写得那么明目张胆，我每走一步就塞进我的手里，我还从来没有感到过这样大的羞辱，我甚至觉得好像在那时以前，我一直不知道羞辱是什么。我丈夫把我钉在这种羞辱柱上，他亲自把我围在这种羞辱里面，他千百次地亲自用他的手把我泡在这种羞辱之中。就这样这两个人逼得我没有安静，无路可走，我心中最后的爱的温柔之乡也留不住，我甚至成为那个无辜女孩的新的灾难。在这两个人中间我被推来推去，我从一个的手掌中逃开了，却又要吃另外一个的苦头，我对这两个人愤怒之极，差不多要发疯了。我不知道我的怒火对谁更大——是主人还是他的下级！"

她意气扬扬地站在他面前，怒容满面，却美丽无比。他仔细地打量着她。他看出她决心已定，不会退缩，她把他看作一条虫子一样，是毫不怕他的。

"我用得着跟你讲什么名誉和贞操吗！"她继续说下去，"这对你有什么意义，我讲这些话还有什么意义！但是如果我告诉你，你的手稍微碰我一下，我就感到厌恶、血也变冷的话，如果我告诉你，我第一次看见你的那个时候就憎恨你，现在我对你的为人越来越了解，我内心对你的反感也越来越大，我一直觉得世上没有一个比你更可厌的东西，如果我告诉你这些话，那么你觉得怎么样？"

他轻轻地笑了一下说，"哎呀，那么怎么样呢，我的王后？"

"那天夜里的大吵大闹是由你煽风点火的，你趁火打劫胆敢跑到我房间里跟我讲话，"她说着，"后来的事情呢？"

他耸耸肩膀，又大笑一声。

"后来的事情呢？"她又问道。

"您的记性很好，"他答道，"我想您是记得的。"

"我是记得的，"她说道，"你听着！后来你就提出逃走的事——不是像这次这样的逃走，是你所设想的那样逃法。你告诉我，那次我和你偷偷地会面，而且如果你以为适当的话就让你待在那里给人家看到也好；你告诉我，以前好多次我让你单独跟我待在一起，你说

824

我给了你这许多机会；你告诉我，我公开地向你表明我对我的丈夫没有感情，只有痛恨，而且我对自己也听之任之；你告诉我，因为这些事情，我是完蛋了。你还说，我给了你可以给我名字抹黑的把柄，为了保持我贞洁的声名，我只得仰你鼻息地生活。"

"这都是爱情的计谋——"他微笑着打断了她的话头，"老生常谈——"

"就在那天夜里，"伊迪丝说着，"我长久以来进行的挣扎结束了，在这场挣扎中我不是为了维护自己的名声，究竟是为了什么我弄不清楚，也许是想抓住那最后的退避之地吧。就在那天夜里，我抛弃了一切，我怒火填胸，我把你那高贵的主人狠狠地打了一拳，打得他威风扫地。现在我让你站在我面前看着我，叫你晓得我的意思。"

他一边大声诅咒，一边从椅子上跳了起来。她把手伸进胸口，她的手指一只也不颤抖，她的头发一根也不抖动。他站着不动，她也站着不动，桌子和椅子挡在他们中间。

"那天夜里这个人把他的嘴唇凑到我的嘴唇上面，还把我搂在他的怀里，今天晚上他又来这么一套，"伊迪丝指着他说，"他的吻在我的脸颊上留下了一个污点，这个脸颊原本是要让弗洛伦斯纯洁无邪的脸孔依偎的，当我遇见她的时候这个污点使我脸孔发烫，我突然思如潮涌，觉得我爱护她，却反而使她遭受迫害，而当我把她从这种迫害中解脱出来的时候，却因为我的关系又使她的名字蒙受羞辱，为人所不齿，从此在她的心里我将永远成为一个孤零零的有罪的人，使她避而远之——至于我的丈夫，从此以后我就和他分道扬镳了。什么时候我把这些忘得干干净净，我就会对他说，过去的两年我不再记在心上，我要讲清我做过的事情，我要叫你恍然大悟！"

她闪亮的眼睛抬起了一会儿，然后又落在卡克尔身上，她左手拿着几封信，伸过去给他看。

"你看这些东西！"她鄙夷地说，"你用假名写这些信给我。一封信是寄到这里来的，还有几封是在路上寄给我的。信没有拆开。把它们都拿回去！"

她在手里把这些信捏作一团，扔在他的脚边。她望着他，脸上浮现着一抹微笑。

"我们今天晚上碰面，我们今天晚上也就分别，"她说，"西西里荒淫逍遥的美梦你想得太早了。你本来还可以多玩弄一下巧言令色、阿谀逢迎的花招，多扮演一下你那个叛徒的角色，变得更有钱的。你想神不知鬼不觉地纵情声色，过一把瘾，你太破费了！"

"伊迪丝！"他举起手威胁她说，"坐下！不要再搞这一套！什么魔鬼缠住您了？"

"他们的名字各色各样，"她一边回答一边傲然站直了身子，好像就要把他打成粉碎似的，"你和你的主人在一个生财有道的人家造就了他们，他们要把你们两个人撕得粉身碎骨。你对他虚情假意，你对他纯洁无邪的孩子虚情假意，你样样虚情假意，你处处虚情假意，你去吹捧我吧，这一次你可知道你的西洋景给拆穿了吧，你去咬牙切齿吧！"

他站在她面前气势汹汹地咕哝着什么，怒目四顾，好像在寻找什么东西帮助他制服她，但是她依旧保持一种不屈不挠的气概，毫不畏缩地与他对抗。

"你每一次吹嘘，"她说，"都是我的胜利。我认识的人中，最卑鄙的人就是你，你是那个傲慢的暴君的寄生虫和工具，我把你特地挑选出来，好让他的伤口更深更痛。吹嘘吧，为我雪恨，报复他吧！你知道你今天晚上怎么到这里来的；你知道你站在那里畏缩成什么样子；你看见你自己的真面目了，虽然你不一定同我一样觉得这副面目可恨可憎，但这副样子是非常可鄙的，你也看清楚了吧。吹嘘吧，为我雪恨，报复你自己吧。"

他的嘴唇吐着泡沫，他的额头上冒着汗水，如果她稍微犹豫不决一下，即使半分钟，他就会把她钳住，但她坚如磐石，她搜索的眼睛始终没有离开过他。

"我们不能这样分别，"他说，"您认为我是随便讲讲的，就会让您这样疯疯癫癫地走开吗？"

"你认为，"她接着说道，"可以挡住我，不让我走吗？"

"我要想办法叫您留下，我亲爱的。"他说着头猛地一动表示决心。

"要是你想走近我，叫你见上帝去！"她接着说。

"要是我不再吹嘘，不再夸口的话，"他说，"那会怎么样呢？要是我也改邪归正的话，那会怎么样呢？好啦！"他的牙齿又闪闪发光地说，"我们必须订立一个协议，不然我可能要采取意想不到的行动的。坐下，坐下！"

"太晚了，"她大声喊着，她的眼睛似乎在闪着火光，"我已经把我的名誉和好的名声丢到九霄云外去了！我已决心忍受加在我身上的耻辱，虽然我知道这是假的我也决心忍受，这你也是很清楚的，但是他不知道，他绝不可能知道，他永远不会知道。我是要死的，死了我就会无声无息了。正是为了这个缘故，我才在深更半夜在这里单独同你在一起。正是为了这个缘故，我才用假的名义作为你妻子到这里来和你相会。正是为了这个缘故，我才给那些人带了进来并留在这里。现在什么也救不了你了。"

他恨不得把他的灵魂出卖掉，也要把她美丽的姿容牢牢地固定在地上，叫她的胳膊垂落在身体两旁，听凭他的摆布。但是他对她却是望而生畏的。他看到她身上有一种无可抗拒的力量。他看到她对他的憎恨是不会消除了，她会不顾一切，铤而走险的。他的眼睛紧盯着她的手怀着狂烈的敌意塞进她白皙的胸脯，他想要是那把匕首刺他没有刺中的话，它就会同样快地刺到她自己的胸脯上去的。

因此他不敢贸然向她走过去，但是他走进来的那扇门就在身后，他急忙退了几步把门锁上。

"最后听一下我的警告吧！你要照管好你自己呵！"她说着又笑了一下，"你被出卖了，叛徒的下场都是这样的。你的下落已经被知道了，他们晓得你在这里，或者你会到这里来，或者已经来过。我亲眼看见我的丈夫今天晚上乘着一辆马车在街上走过！"

"你这个婊子，你说谎！"卡克尔喊叫着。

这时候，大厅里的铃声高鸣。他的面孔刹那间变得惨白，她像一位女巫师那样高举起手，叫那铃声应召而至。

"听！你听到没有？"

他把背靠在门上，因为他看见她出现了一种变化，他以为她会从他旁边走过去。但是刹那间，她却穿过对面的门，跑进卧室，然后把门关上了。

一旦她决不妥协的目光改变之后，他感到可以对付她了。他想一定是这深夜的铃声在她心中引起突然的恐惧，再加上她提心吊胆、过于紧张，终于使她招架不住。差不多同时，他撞开卧室的门，跟了进去。

但是卧室里是漆黑的，他喊了一下，没有回应，便走回去拿灯。他高举着灯，四处照着，想在什么角落里找到她蹲在那里，但是房间里空无一人，于是他又走进客厅，再到餐厅，一间一间地找过去，他的脚步迟疑不定，就像走在一个陌生的地方。他担惊受怕地四处寻找，窗帘后面、卧榻后面全都找遍，就是没有找到她。没有，在大厅里也没有她的影子，因为大厅里是空荡荡的，他一眼就可以望见，她不在那里。

这时，铃声一直响了又响，外面的人在不停地敲门。他把灯放下在稍远的地方，走近门边，倾听着。有好几个声音在谈话，至少有两个人讲的是英语。虽然门很厚，而且声音又很嘈杂，但是有一个声音他是很熟悉的，他知道这是谁的声音。

他又拿起灯，匆忙走回去，穿过一个个房间，离开每一个房间时他都要停下来，把灯高举在他的头上，向各处照着找她。当他这样站在卧室里时，那扇通向小通道的门忽然吸引了他的目光。他走到门边，发现门给反锁了，但是在她走出去时掉下了一块面纱，刚巧给夹在门缝里面。

这时候，那些人在楼梯口使劲地揿铃，同时手足并用，敲打着门。

他不是胆小鬼，但是外面的声音这么猛烈，刚才发生了这样的事情，这地方又这么陌生，使他晕头转向，甚至他从大厅回转时也是迷迷糊糊的；现在他的计划已全部落空，要是计划能够得逞的话，

828

说来奇怪，他的胆子是会大一些的；他现在又碰到这么个倒霉的时候，想到自己四顾无人可以求助，尤其是突然感到他如此辜负其信任、如此卑鄙无耻地欺骗过的那个人正等在门口，准备揪住他，向他算账，从他脸上把他的假面具撕掉，这使他的心像沉重的铅块七上八下地跳个不停。他不禁心惊肉跳，恐慌之至。他想把夹着面纱的那扇门打开，但是怎么也弄不开。他打开一扇窗户，透过百叶窗的格子望望下面的院落，但是窗子太高，很难跳下去，而且地上的石块是无情的。

铃声、敲门声仍旧在响，他的恐惧有增无减。他跑回卧室的门边，重新试了几次，一次比一次更加用劲，终于把门打开。狭小的楼梯已经不远了，寒风吹起，他悄悄走回去拿帽子和外套，然后把门关好，拿着灯，蹑手蹑脚地走下楼梯，在看见街道时吹熄了灯，把它放在一个角落里，然后走进星光闪烁的夜色中。

第五十五章

磨工罗布失业

守门人关上那道把院落和街道隔开的铁门，让这座屋子的小门敞开着，径自走开了。毫无疑问，他是听到远处的吵闹声跑到大楼梯那边的门外去了。卡克尔轻轻地举起门闩，悄悄走了出去，然后把那道铿锵作响的铁门尽量不出一点声音地关上，便匆匆离开。

他感到奇耻大辱，怒火中烧，但这无济于事，极大的恐惧使他不顾一切，他宁愿铤而走险，决不能够和那个人相遇，可是两个小时以前，此人他是根本不放在眼里的。这个人穷凶极恶地赶来，是他没有想到的，他的声音就在附近，他们差点狭路相逢。在最初一瞬间的惊心动魄过后，他本来倒可以面对这一切，就像任何一个恶棍一样对他的罪恶若无其事，摆出一副毫不在乎的无耻之态。然而他埋设的地雷却在自己身上突然爆炸，把他的顽强自信似乎炸得摇摇欲坠、千疮百孔。他像一只爬虫给那个骄傲的女人轻蔑地踢开，落入她的圈套，受她嘲弄，被她谩骂，给她踩在脚下，而他原来还以为她已经慢慢地受了他的毒害，终于沦落为他的玩物了呢。现在他才恍然大悟，他的欺骗落了空，他身上的狐皮已经被撕掉了，他名誉扫地，凄凄然惶惶然，他偷偷地溜走了。

他偷偷地穿街越巷时，一种与被追逐的感觉全然不同的恐惧像电击一样突然降临到他身上。这种恐惧是一种幻象，辨别不清，也无法解释，像是地面在震动，像是什么东西在空中迅疾地掠过，像是死神在飞翔。他蜷缩着身子，好像要让这东西飞过去，但是它没有走开，它从来就没有出现在那里，然而它却在它身后留下一个多么令人毛骨悚然的恐怖。

他抬起他那张愁眉不展的邪恶的面孔，望着夜空，星光那么平静地照着他，就像他起先逃出来时一样灿烂，于是他停下脚步，思考一下准备怎么办。在这陌生而遥远的地方，这里的法律也许不会保护他，他心中充满着被追捕的恐惧；他对这地方的感觉是陌生而遥远的，这是他以前所没有过的感觉，那是因为在他的阴谋诡计的废墟，突然之间只剩下他一个人了；现在要在意大利或西西里找一个藏身之地的话更使他恐慌，因为他想，在街上的一个黑暗的角落里很可能有人被雇来谋杀他；他犯下的罪行使他惶惶不可终日，无所适从，他的阴谋诡计既已给打道回府，他何不也跟着回去，回到英国。

"不管怎么样，我在那边总会安全些，"他想，"要是我不给这个蠢蛋碰面的机会的话，我在那边不大可能像现在在这里这样被跟踪追迹的。要是在这吃紧的风头过去以后我万一碰到他的话，至少我不会是孤掌难鸣的，不会没有一个人可以讲话、可以商量、可以帮助我的。我不会弄到像老鼠那样提心吊胆、无处藏身的地步。"

他捏紧拳头，叨念着伊迪丝的名字。在高楼大厦的阴影中悄悄潜行时，他咬牙切齿，咕哝着各种可怕的咒语，往她头上倾盆倒下，他左顾右盼，好像在找她似的。不知不觉中他走到一家旅店院落的大门口。旅店里的人都已就寝，但在他揿了一下门铃之后，马上有一个人提了一盏灯走了出来。他随即同这个人走进一间光线暗淡的马车房里，和他讨价还价，想租一辆旧的四轮敞篷马车前往巴黎。

价钱很快讲好，即刻叫人把马牵来。他告诉他们马来了之后，马上出发，马车往哪里走，听他吩咐。他又悄悄地走了，走出城外，走过古老的城堡壁垒，走在宽阔的马路上，马路宛如一条河流在黑暗的旷野上向前流去。

它流向何处？它的终点在哪里？他心里这样想着，眼睛望着这片阴暗的平原和马路边上细小的树木。这时死神复又腾云驾雾而来，这么猛烈，这么不可抗拒，但即刻复又烟消云散，只剩下笼罩在他心中的恐惧，像四周的景色这么黑暗，像远处的地平线这么朦胧不清。

没有风在吹动，没有影子掠过深重的夜色，一片悄然无声。城市已在他的后面，处处灯光闪烁，星空给教堂高耸的屋顶和塔尖遮住了，但这些屋顶和塔尖的轮廓却依稀难辨。他的四周到处是一望无际的黑暗与荒凉。这时轻微的钟声正敲两下。

他向前走去，时间似乎过得很长，路似乎走得很远了，他时常停下倾听，他那焦急不安的耳朵终于听到马铃声。在这崎岖不平的路上，这铃声忽低忽高，忽快忽慢，忽然渺然无声，忽然又兴高采烈、轻快地响起来，越走越近，最后随着一声大喊和抽鞭子的响声，一个影影绰绰的蒙面御者骑到他的身边，勒住四匹腾跃的马，停了下来。

"马车里是谁？是先生吗？"

"是的。"

"先生在漆黑的深更半夜走了很长一段路了。"

"没有关系。各人有各人的嗜好。驿站里是不是还有另外的马匹租出去了？"

"他妈的，见鬼了！对不起！另外的马匹？在这么晚的时候吗？没有。"

"听着，我的朋友。我有急事。我们看看能够走多快！越快越好，喝老酒的钱就越多。上路吧！快马加鞭！"

"呼啦！嗬！呼啦！嗨！"马儿在漆黑的旷野上奔驰，尘土像浪花四处飞溅！

马蹄声、车轮声、尘土的飞溅声和这个逃亡者匆忙纷乱的念头混杂在一起，响成一片。车外模糊不清，心内也模糊不清。一个个物体匆匆而过，相互融合，变得依稀难辨，终于模模糊糊地看不见了，消失了！在路边的疏篱和茅舍匆匆而过之后，便是阴云密布的荒野。在他头脑里升起的千变万化的形影瞬息之间遁踪隐迹之后，出现在他前面的则是一大片充满着恐惧、愤怒和罪恶的阴谋未逞、情场失意的阴影。偶尔从遥远的汝拉山脉①那边吹来一丝山风，像越

---

① 汝拉山脉：位于法国和瑞士的边境。

832

来越轻微的叹息声，飘过这片旷野。有时，那激烈可怕的东西，复又飞来，穿越他的脑际，一扫而过，使他的血变得冰冷。

灯光在形形色色的马头上闪烁，与那影影绰绰的御者混杂交错，他那飘动着的披风构成千万个模糊不清的形影，和他的思绪不谋而合。那些熟人的影子坐在办公桌子旁边，他们弯腰曲背地对着账簿的形态他记忆犹新。奇形怪状的游魂在他面前晃动，一些是他逃开的那个人的游魂，还有一些是伊迪丝的。在铃声与车轮声中那些讲过的话一遍一遍重复着。时间与地点的概念混乱不堪，昨天夜晚出现在一个月之前，而一个月之前的夜晚却在昨天出现；家园一会儿渺不可及，一会儿近在咫尺。在他的头脑里，在他的四周，是一片杂乱无章，吵吵闹闹，迷离恍惚，匆匆而来，匆匆而去的黑影。——呼啦！嗨！马儿在漆黑的旷野上奔驰，尘土像浪花四处飞溅，身上冒着热气、鼻孔喷着热气的马匹像是有魔鬼骑在上面似的，欣喜若狂地在漆黑的道路上奔驰——但是去向何方呢？

无以名状的惊恐复又凌空而至，当它过去之后铃声又在他的耳畔响起，"去向何方？"车轮又在他的耳际呼喊，"去向何方？"各种嘈杂的声音汇合成这一声呼喊。斑驳陆离的灯光和阴影像小精灵一样在马儿的头上跳动。现在决不停止，决不缓步！向前，向前！让他在这黝黑的路上向前疾驶吧！

他的思绪漫无目标。他无法把一个问题和另外一个问题截然分开。因此即使为时一分钟他也不能专心一意地思考某一个问题。他想着，他为弥补过去的克制想满足骄奢淫逸的计划已经破产；他想着，他忘恩负义地叛变了那个对他充分信任、慷慨大度的人，而他的叛变业已败露，但是多年来他对那个人每一句傲慢的话、每一道骄傲的目光都记在心里，积怨已久，凡是虚伪阴险的人对他们阿谀逢迎的对象从心里都是瞧不起、很不喜欢的，无论是对人尊敬，或者是受人尊敬，他们都耿耿于怀，他们认为这是无足轻重的。这些就是在他脑海中须臾不离的念头。他还想着，那个女人怎样设下陷阱，对他狠加报复，他对她的怀恨始终在他的脑际徘徊不去，他设想着报复的计谋，对她毫不留情地报仇雪恨，但是这些计谋不伦不类，很不严密，没有一个是很周到明确的。他脑海中各种各样的念头此起彼伏，蜂拥而至，互不相让。即使当漫无目标的思绪在他脑海中忘情地驰骋时，有一个念头却是固定不变的，就是此刻不要去想，到以后什么时候再说吧。

然后，董贝先生再婚以前的日子浮现在他的记忆中。他想着他对那位情郎是多么嫉妒，他对那位姑娘是多么嫉妒，他怎样巧妙地挡住不速之客，在被他欺骗的那个蠢蛋周围画了一道圆圈，除了他之外没有一个人可以走进这道圆圈；于是他想他所做的这一切到头来难道就是像惊弓之鸟只是落得个从那个可怜的蠢蛋那里逃命的下场吗？

他为自己的胆小如鼠恨不得把自己杀死，但是这不过是他失败的影子，而影子是无法割断的。他对自己花言巧语、为非作歹的本能一向是那么自信，可是一下子就这样彻底崩溃了，现在他才恍然大悟他原来是这样一个可怜可鄙的工具，想到此他像是突然得了中风病，瘫痪下来似的。他对伊迪丝怀着徒然的狂怒，他恨董贝先生，也恨他自己，但是他仍旧在逃命，他没有其他办法，只有逃命。

他一次又一次地倾听着后面是不是有车轮的声音。一次又一次地他以为听到了，车轮声越来越响。终于他确信无疑那是车轮的声音，于是他大声喊着："停下来！"他宁愿耽误赶路，这种提心吊胆、捉摸不定的苦头他是吃不消的。

在这一声呼喊下，马车、马匹、马车夫，全都挤在一起，停在马路上。

"真见鬼！"马车夫往身后看了看问道，"什么事？"

"你听！那是什么声音？"

"什么？"

"那个声音。"

"天老爷，静一些，你这个可恶的强盗！"他这话是骂一匹摇晃着铃子的马儿的，接着他又问道，"什么声音？"

"在后面。是不是还有一辆马车在飞奔？你听！那是什么声音？"

"你这个死不悔改的恶棍，停下！"这话是骂另外一匹马的，这另外一匹马又咬了旁边的一匹马，这旁边的一匹马又把其他的两匹马吓得前冲后撞，于是他说，"没有什么东西过来。"

"没有什么东西吗？"

"没有，什么也没有，只是那边天亮起来了。"

"我想你说得对。现在我的确什么声音也没有听见。上路！"

给挤在马路中间的马车若隐若现地被笼罩在马儿身上散发出来的热气中，起初只是缓慢地行进。马车夫因为途中无缘无故地给停了下来，很不高兴地取出一把小折刀，削了一条新的鞭梢，抽了一下马鞭。于是"呼啦，嗬！呼啦，嗨！"又重新疯狂地奔驰起来。

星光暗淡，晓色初开，他站在马车上回首顾盼，可以看清来时的道路，在这云遮雾障的旷野上看不见一个行路的人。天很快大亮了，太阳开始照射着麦田和葡萄园。路上的石堆旁边临时搭起来的小屋里，工人们走出来了，他们零零落落地散在各处，有的在修筑公路，有的在啃面包。过了不久，农民们走向田里去耕种，或到市场去，有的则在破旧的茅屋门口懒洋洋地待着，漫不经心地看着他走过。然后他来到一个驿站车场，车场前面泥泞深及踝部，粪堆冒着热气，一座座大而无当的房屋差不多只剩下断垣残壁了。与这个令人伤怀的情景相对而立的则是一座备尝风吹日晒之苦的巨大古堡，古堡是一座石头建筑，四周没有树木，一半的窗户遮着帘幕，从围着栏杆的阳台到塔楼上锥形结构的尖顶到处是潮湿的青苔绿叶。

他闷闷不乐地蜷缩在马车的一个角落里，一心一意地想走得快些。走到一片开阔的原野时，他就会站起来往后看着，一连站了一英里路远。他马不停蹄地往前疾驶，一方面尽量暂时什么也不去想，一方面又老是不能摆脱漫无目的的念头，这种折磨实在是太难受了。

羞耻、失望和郁郁寡欢的心情使他苦不堪言，而时刻担心会被人赶上或与之不期而遇，则更加重了他的苦恼，甚至对迎面而来的过路人，他也会莫名其妙地望而生畏。夜里袭上他心头的那种难以忍受的惶恐与畏惧，在白天复又卷土重来，其势头丝毫未减。单调乏味、无休无止的铃声和马蹄声，单调乏味、无休无止的焦虑不安和徒然无用的愤怒，单调乏味、无休无止的惶恐、悔恨、怨怒在他胸中激荡，他的旅程仿佛是一片幻象，一切都是虚无的，唯有他自己的痛苦才是实实在在的。

漫长的道路伸展开去，伸向远处的地平线，永远地向前伸展，却永远也达不到终点。山上、山下的城镇里路面很差，崎岖不平，屋子的门是黑洞洞的，窗户的玻璃残缺不齐，人们的面孔在门口、窗口依稀可见。在狭长的街道上用绳子系着一排排溅满泥浆的公牛和母牛，待价而沽，这些牛群一边头角相撞一边哞哞地叫着，短头大棒在它们迟钝的头上敲敲打打，恨不得打开花。桥梁、教堂、十字架、驿站车场一个接着一个。新的马匹很不愿意地给套上了马车，跑完最后一站的马匹冒着热气，喘着粗气，垂头丧气地聚集在马厩门口。一处处不大的墓园里，坟墓上矗立着歪歪斜斜的黑色十字架，枯萎的花圈零零落落。然后又是漫长的道路伸展开去，上山下山，蜿蜒起伏，伸向那捉摸不定的地平线。他的旅程就是这么一些虚无缥缈、变幻莫测的幻象。

光阴匆匆，早晨、中午、傍晚、夜间，然后是一轮明月初升。漫长的道路暂时抛在后面，又来到崎岖不平的石头路上，在哒哒的马蹄声、隆隆的车声中，在屋顶中间，他抬起头来，仰望着教堂的高塔。饿了，他便走出马车，匆忙地吃了一点东西，喝了几口老酒，却依旧郁郁寡欢。碰到一群乞丐时，他只好下车步行，这些人中有眼睫毛颤抖不停的盲人，老妪在他们面前举着蜡烛，给他们带路；还有呆痴的女孩，瘸子，生羊痫风的，瘫痪的。在熙熙攘攘的人群中，看到抬起的面孔和伸出的双手，他只是从座位上匆匆地一瞥，生怕看到什么追捕他的人从人群中挤过来。然后又快马加鞭在漫长的道路上疾驰，他心灰意懒、昏昏沉沉地蜷缩在马车的角落里，有时站起来望着月光淡淡地照射着远至数英里之外的依旧是无穷无尽的道路，或者往后面看看有谁跟着赶来了。他的旅程就是这么一些虚无缥缈、变幻莫测的幻象。

他永远无法入睡，但有时候却开着眼睛打个盹，忽然又惊跳起来，高声回答一个想象中的声音。他诅咒自己为什么会跑到这里来，为什么要逃走，为什么让她走掉，为什么不面对面地和她对抗。他和全世界在进行一场殊死的较量，尤其是对自己更加愤愤于怀。他乘车前行时，他阴沉的心情使一切事物显得凄凄惨惨。他的旅程就是这么一些虚无缥缈、变幻莫测的幻象。

这些幻象如同发高烧的昏沉状态。过去的和目前的事情混淆不清，他的生活和旅程融为一体。他疯狂地奔驰，奔向一个他必须去往的地方。路过之地，在素不相识的事物中会突然出现昔日的情景。他回想着遥远的过去，对于眼前的实际事物似乎视而不见，但是这些活生生的事物其实把他弄得眼花缭乱，昏昏沉沉，疲惫不堪，而事过境迁之后，在他热昏了的头脑里它们的幻影却蜂拥而至。

这些幻象瞬息多变，但单调乏味的铃声、车轮声、马蹄声却依然如故，无休无止。城市、乡村、驿站车场、马匹、车夫、高山与低谷、明亮与黑暗、公路与街道、雨天与晴日，一个个幻象此起彼伏，层出不穷，但单调乏味的铃声、车轮声、马蹄声却依然如故，无休无止。恍惚中，他似乎终于疾驰于繁忙的道路上，向那遥远的都市进发，一路上闪过古老的大教堂，穿过小城镇与村庄，这些城镇和村庄越来越多，不像以前那么疏落了。当行人走过瞧他的时候，他便蜷缩在角落里，拿披风遮住他的脸孔。

恍惚中，他马不停蹄地向前疾驶，他尽量不要去想，却老是想入非非；他估计不出在路上走了多少小时了，时间和地点的概念他简直弄不清楚。他口渴难熬，头昏眼花，近于疯癫。尽管这样，他还是马不停蹄地向前疾驶，终于进入巴黎，一条污浊的河水在生命与运动这两条激烈的溪流中间迅疾而又平静地东流而去。

接下去又是一系列迷迷糊糊的幻象，有桥梁、码头、没有尽头的街道，还有酒店、运水工、熙熙攘攘的人群、兵士、马车、军鼓、店铺罗列的连拱走廊。单调乏味的铃声、车轮声、马蹄声终于淹没在一片嘈杂声中。他换了一辆马车从另外一条通道出去,这片嘈杂的声音才渐渐地听不见了。驶向海岸时,复又响起了单调乏味、无休无止的铃声、车轮声、马蹄声。

　　然后又是夕阳西下,暮色苍茫。然后又是漫长的道路,静寂的夜晚,路边窗户里暗淡的灯光,然而单调乏味的铃声、车轮声、马蹄声依然如故,无休无止。接着又是晓色初开,东方破晓,太阳升起。马车费力地缓慢地走上山坡,在山顶上,他感到一阵清新的海风徐徐吹来,他看见远处的波浪镶嵌着灿烂的晨光。海港里涨潮时候,他从山上走下来,看见渔船入港,欢乐的妇女与儿童在等候着它们归来。渔网和海员的衣服铺在岸上准备晾干,水手们忙个不停,他们高昂的声音在桅杆与缆索之间回荡。海水泱泱,波光粼粼,处处是灿烂的阳光。他的旅程就是这么一些虚无缥缈、变幻莫测的幻象。

　　幻象又呈现了新的情景,那是在船上。船渐渐地离开了海岸,水面上笼罩着一层迷蒙的雾气,他站在甲板上回头望着岸上,只见一处处小块陆地在阳光中闪烁。平静的大海轻轻摇荡,闪闪发光,低声絮语。海上出现了另外一个灰色的线条,那是船行的路径,这个线条越来越清楚,越来越升高。他看到悬崖峭壁、屋舍、风车、教堂,这些越来越清晰地出现在视线之内。船终于进入风平浪静的港湾,停泊在一个码头边,成群的人们看着下面,向船上的亲朋打着招呼。下船后,他疾步穿过这些人群,避免和任何人照面。他终于回到英国。

　　迷蒙的梦幻中,他曾想过到一个他所熟悉的远方乡村去,在那里静静地待着,偷偷地去了解一下出现了什么情况,然后决定采取对策。依旧是迷迷糊糊的,他似乎记得有一个火车站,从那里可以乘车前往他的目的地,那里有一个僻静的旅舍,他迷迷糊糊地打算先在那个旅舍住一段时间休息一下再说。

　　怀着这个目的,他匆忙地悄悄溜进一节车厢,立刻躺下,用披风裹住,仿佛睡着了。很快他就远远离开大海,走进葱翠的内陆纵深地带。到达目的地之后,从车窗望出去,他仔细地打量着这片地方，这就是他记忆中的地方，他的印象是很清楚的。这里位于一座小树林的旁边，是一个很僻静的所在。只有一座房屋矗立其中，周围是一片玲珑雅致的花园，看来是特地为此目的新造或改装过的。最近的一个小城离这里约有数英里之远。经过一番观察后，他即刻下车，神不知鬼不觉地溜入这个旅舍，在楼上租了两间彼此相连、相当僻静的房间。

他的目的就是休息，恢复镇静和自我控制的能力。彷徨、苦闷、愤怒、无计可施，完全主宰了他的情绪，在房间里，他咬牙切齿地走来走去。纷繁的思绪从不停止，没有一定的方向，只是随心所欲地拉着他游荡。他给弄得呆如木鸡，疲倦得要命。

但是，仿佛是受了什么诅咒似的，他始终无法休息，他昏昏欲睡的感官总不愿放弃它们的感觉，好像它们是长在另外一个人身上似的，他无法驾驭它们，这并不是说，目前的声音他不得不听，目前的事物他不得不看，而是说他旅程中匆匆而过的全部幻象始终不肯离去。它们会时常突然出现在他面前。她就站在那里，她乌黑的眼睛又轻蔑地对他怒目而视，而他却照旧乘着马车向前疾驶，经过城市，越过乡村，走过马路和街道，翻过山头，驶过山谷，或遇晨光，或逢夜色，有雨天，也有晴日，一个个幻象忽闪而过，那单调乏味的无休无止的铃声、车轮声、马蹄声和日日夜夜的无休无息弄得他精疲力竭，惶惶不可终日。

"今天是星期几？"他向正在替他准备晚餐的侍应生问道。

"星期几吗，先生？"

"今天是星期三吗？"

"星期三吗，先生？不是，先生。是星期四，先生。"

"我忘了。现在几点钟？我的表没有上发条。"

"现在五点差几分，先生。恐怕路上走了很多时间了吧，先生？"

"是的。"

"乘火车来的吗，先生？"

"是的。"

"乘火车要把人的脑子弄得糊里糊涂的，先生。我自己不大乘火车，但是那些先生们常常这样讲的。"

"到这里来的先生很多吗？"

"通常是相当多的，先生。现在一个也没有。现在是淡季，先生。现在样样事情都不景气，先生。"

他没有回答，但在他躺着的沙发上坐了起来，他两只臂膀搁在两只膝盖上，身子前倾，凝视着地面。即使短暂的一分钟他的注意力也不能集中，它匆匆而来，匆匆而去，但即使片刻也不能沉入睡梦中。

晚餐后他喝了大量老酒，但仍然无济于事。人为的手段是不能叫他的眼睛打瞌睡的。他的思绪现在更加杂乱无章，更加无情地把他拖着走，像狂奔的马匹拖着一个作恶多端的罪犯似的。他受尽这样的惩罚，忘记不了，也没有休息。

他这样坐着一边喝酒一边沉思默想，让漫无边际的思绪拖着他东奔西走，谁也不知道持续多久了，而他自己也一样心中无数，但是他很清楚他在烛光下确实是坐了很久，突然之间一阵恐惧袭上心头，他立刻惊起，侧耳倾听。

此刻的恐惧的确不是平白无故的，因为地在震动，房屋在咯吱咯吱地摇晃，有什么东西在空中横冲直撞！他感到这怪物冲过来了，又从他旁边擦身而去。他赶到窗口去看个究竟，他仍然心有余悸地站在那里，望而却步，仿佛连看一眼也是不安全的。

活见鬼，这个火魔轰隆隆地如入无人之境，后面带着一串火光和浓烟窜过遥远的山谷便烟消云散了！他觉得好像自己从这个火魔的路上给拉了出来，没有被碾得粉身碎骨。即使此刻当这个魔鬼的声音已经渐渐远去，听不见了，当月光下依稀可辨的铁路向前延伸汇聚成一点，远远近近空旷无人、像沙漠一样寂然无声时，他仍旧望而却步，战栗不止。

他无法休息，又无法抗拒地被这条道路所吸引，或者这只是自己的设想，总之，他走了出去，在那条路旁闲荡，这是火车走过的路径，一路上余烬犹在冒烟。他朝着火车远去的方向徘徊了半小时左右，他便掉转头，依旧沿着这条路边往回走，经过旅舍的花园，又走了很长一段路，带着好奇心，望着桥梁、信号灯、路灯，他想另外一个魔鬼何时又会光临。

地在震动，激烈的震荡传入他的耳际，远处升起一声尖叫；一道暗淡的光在逼近着，很快地变成两只血红的眼睛和一串烈火，把燃烧的煤块洒在地上；一声怒吼和滚滚的浓烟以排山倒海之势由远而近冲过来了；狂风大作，嘎嘎之声不绝于耳——另外一个魔鬼来了又去了。他紧紧抓住大门，仿佛是想保住自家一条性命似的。

他等候着一个又一个魔鬼的出现。他走到原先的地点又走回来，如此一次又一次地走去走来，在这令人疲惫的旅途幻象中，他寻寻觅觅地等候着这些一个个逼近的魔鬼。他在车站徘徊着，等候着一声吼叫，一个魔鬼会在这里停下。终于来了一个，在脱钩加水之际，他与其并列而站，望着其厚重的轮子和铜墙铁壁似的前部，他想这家伙真是力大无穷，残酷得很。呵！巨轮缓缓滚动了，要是给压在轮子底下，他不是就要粉身碎骨了，想到此，他不禁不寒而栗！

他虽然已是筋疲力尽，却无论如何也无法得到休息。由于饮酒过多而且缺乏休息，他的头脑乱糟糟的，这些念头和事物像病毒一样盘踞着他的脑子，使他无法摆脱它们。快到午夜，他才走回自己的房间，回到房间之后，它们仍旧在他的脑际徘徊不去，于是他坐着倾听，是不是又过来了这样一个家伙。

他上床就寝，虽然睡不着，却仍旧躺着倾听。当他感到一阵震动时，他立刻爬起来，走到窗边，因为从那里他可以望见外面的情景，他看着那道暗淡的光变成两只血红的眼睛和一串烈火把燃烧的煤块洒在地上，一个巨物奔腾而过，一串火光和浓烟窜过山谷。然后他朝着他准备在日出时动身出发的那个方向看了一眼，因为在这里他是无法休息的。然后他又躺下来，依旧摆脱不了旅程中那些幻象的折磨和单调乏味、无休无止的铃声、车轮声、马蹄声，一直到另外一个魔鬼轰隆而来。这种情况整个夜晚都未间断过。他完全不能控制自己的思维，随着夜晚的深入，看来他很可能越来越失去自我控制的能力。黎明时，他仍旧被这些幻象弄得苦不堪言，但仍旧尽量不再去想，等以后好些再说。过去、目前、未来的景象混在一起，在他眼前浮动，他无法理清头绪，它们之中没有一样事物能叫他安下心来好好看一下的。

"你说过，我什么时候好离开这里？"昨夜的那个侍应生拿着一支蜡烛进来时，他问道。

"大约四点一刻，先生。快车四点钟经过这里，先生。它在这里不耽搁。"

他用手抹了一下怦然跳动的脑袋，看了看表。快三点半了。

"恐怕没有别人同您一道走的吧，先生，"侍应生说道，"这里有两位先生，先生，但他们是等往伦敦去的火车的。"

"我想你是讲过这里没有别人的嘛。"卡克尔突然变色地对他说，他脸上浮现出一丝他过去发怒或疑神疑鬼时的那种笑容。

"那时候是没有别人。这两位先生是夜里乘短途列车来的，先生。要热水吗，先生？"

"不要热水，把蜡烛拿走。天够亮了，我看得见的。"

起先，他扑倒在床上，衣服没有完全脱下，等侍应生一走，他立刻跑到窗口去。黎明的寒光已经取代了夜色，天空里铺满了朝霞。他把头和脸浸在清凉的水里洗了洗，可是并没有感到丝毫的凉意。匆忙穿上衣服，付了钱之后，他就走出了旅店。

寒冷的空气扑面而来，使他感到很不舒服。露水浓重，他虽然热不可耐，却浑身哆嗦。他看了一眼昨夜漫步过的地方，再望望铁路上的信号灯，在晨曦中灯光微弱，已经失去了它们的意义，于是他转过身来，朝向太阳升起的天际，望着它辉煌壮丽地喷薄而出。

它是多么超凡脱俗，具有一种神圣的庄严，令人肃然起敬之美。它是那么静穆安宁，它照耀着开天辟地以来世上的一切不仁不义与邪恶而不为所动。此时此际，当他蒙眬的眼睛看着它冉冉升起时，他也许有点晓得，尘世的美德在天庭会获得酬报，谁能说他没有这样想呢？倘若他还能怀着一丝手足之情与悔恨之心记起他的妹妹和哥哥的话，谁能说不就在此时此际呢？

此时他正需要这样的温情。死神已经逼近。他已从活人的世界给划开了，他正在走进坟墓。

他付清了旅费，等待前往他想去的那个乡村，然后独自徘徊着，朝着一个方向沿着铁路线遥望远处的山谷，接着又朝另一个方向看看近处一座黝黑的桥梁。这是一个木结构月台，走到尽头，正当转身往回走的时候，他突然看见他避之唯恐不及的那个人从他走过的那扇门里面出现了。他们的目光针锋相对。

突然的惊惶使他不知所措，跌跌撞撞，一不小心滑到下面的铁路上。但是他马上站起来，往后退了一两步，使他们之间相距稍远一些，他气喘吁吁地望着追捕他的那个人。

他听到一声大喊，接着又是一声，他看到那张面孔的表情从报复的欲望变得像病人一样，有点苍白而恐惧。他感到地在震动，顷刻间，他知道那家伙冲过来了，他尖叫了一声，掉转头望了一下，他看见两只红眼睛在阳光下显得模糊不清，正向他冲过来，他给撞倒了，又被举起来，扔到锯齿尖利的滚轮上给旋来转去，手足给割断了，它愤怒的火气把他生命的血液全部吸光，然后把四分五裂的躯体扔到空中。

他刚才认出来的那个旅客从昏倒中苏醒时，看见四个人从远处抬过来一个蒙着面孔的人，他一动也不动，沉重地躺在一块木板上面；他还看见另外一些人把几只在铁路上闻来嗅去的狗赶跑了，然后撒下灰烬，把他的血吸干。

第五十六章

有些人高兴，"斗鸡"却苦恼

海军候补生兴高采烈。图茨先生和苏珊终于来到。苏珊像一个疯疯癫癫的小娘们一口气奔上楼去，图茨先生和"斗鸡"则走进客厅。

"哦，我漂亮的亲爱的可爱的弗洛依小姐呵！"尼珀一边跑进弗洛伦斯的房间一边就哭了起来，"怎么会想到这样的事呵，怎么会想到我在这里碰到您我亲爱的小姐，没有人服侍您，没有您自己的家，我永远永远再也不会离开您了，我虽然不能生财，也不是一块滚来滚去的石头，朝三暮四、见利忘义的，我也不是铁石心肠，不然我还会这样哭哭啼啼吗？哦，亲爱的，哦，亲爱的！"

尼珀小姐双膝跪在女主人的身边，紧紧拥抱着她，把这些话一点也不停顿地掏了出来。

"哦，亲爱的！"苏珊哭着说，"过去的事情我全都晓得了，我晓得的，我亲爱的宝贝小姐，我哭得透不过气来了，让我松口气吧！"

"苏珊，亲爱的好苏珊！"弗洛伦斯说。

"哦，天老爷保佑她吧！她还是小姑娘的时候我就是她的小侍女呵！她真的、确实是真的要结婚了吗？"苏珊大声叫了起来，她声音里既有痛苦又有欢乐，既有骄傲又有伤感，还有其他各种各样相互矛盾的感情，究竟有多少，只有天知道了。

"是谁告诉你的？"弗洛伦斯问道。

"哎哟！就是那个天真得要命的图茨嘛，"苏珊兴致勃勃地答道，"我晓得他说的是真话，我亲爱的，因为他很激动很难过。他真是一个忠诚绝顶、天真得要命的小娃娃！那么我亲爱的，"苏珊又眼泪横流地拥抱着她说道，"真的真的要结婚了吗？"

一种同情、欢欣、温柔的体贴、爱护与惋惜相互交错的感情在她胸中升起，每逢谈到这事，尼珀总要触景生情，抬头望望这张年轻的脸孔，亲亲它，然后把她的头伏在她女主人的肩膀上，一边哭泣一边抚摸着她，人世间娘们最温柔善良的感情别具一格地尽情发挥了出来。

"别哭，别哭！"弗洛伦斯即刻抚慰她说，"现在你可好过了吧，亲爱的苏珊！"

尼珀小姐在她女主人脚边的地上坐了下来，一边笑一边哭泣，一只手拿着手绢揩眼睛，另外一只手拍拍狄俄吉尼士，因为这时候狄俄吉尼士正在舐她的脸孔。她说现在心里是好过些了，为了证明此话不假，她重新又笑又哭了一会儿。

"我——我——我有生以来还从来没有，"苏珊说道，"还从来没有看见过这样的人呢！"

"挺善良的。"弗洛伦斯说。

"还挺滑稽的！"苏珊哭泣着说道，"那天他陪我坐在马车里面，还有那个不三不四的'斗鸡'坐在马车夫旁过。他叽里咕噜地说了一通，那样子真好笑呢！"

"说些什么，苏珊？"弗洛伦斯提心吊胆地问道。

"哦，说的是沃尔特上尉，还有吉尔士船长，还有您，我亲爱的弗洛依小姐，还有寂静的坟墓。"苏珊回答说。

"寂静的坟墓！"弗洛伦斯重复着这最后的几个字。

"他说，"刚开口，苏珊又大笑不止，"他真想现在马上就走进坟墓里去，舒舒服服地待在那里，但是您放心好了，我亲爱的弗洛依小姐，他不会去的，他只是看到别人幸福他才高兴得不得了，他不见得就是所罗门①，"尼珀像往常那样滔滔不绝地讲下去，"我并不是说他就是所罗门，我是说像他这样不替自己打算的人世上还没有过呢！"

------

① 所罗门：古以色列王国国王大卫之子，以智慧著称。

滔滔不绝地发表了这一番议论后，尼珀小姐意犹未尽，笑得前仰后合，接着告诉弗洛伦斯，说他正在下面等着见她。他不辞旅途的辛苦，往来奔波能见她一面，无疑是一个丰厚的酬报。

弗洛伦斯要苏珊请他前来，好让她能有此机会感谢他的善意。片刻间，苏珊就把这个年轻人带过来了，他仍旧是衣冠不整，讲话结巴得非常厉害。

"董贝小姐，"图茨先生说着，"又能让我再——再——看——至少，还不只是看，但是——我不知道究竟要怎么讲才好，不过这不要紧。"

"我应该再三感谢您的，"弗洛伦斯说着，把一双纤手伸给他，她脸上洋溢着天真无邪的感激，"我不知道用什么话才能说尽我的谢意，我真不知道如何是好。"

"董贝小姐，"图茨先生肃然起敬地说道，"您有这样天仙般的性格，要是有可能您会诅咒我的话，那您就——请允许我这样讲——大大给我开恩了，因为您对我讲的这些感谢的话，我实在是问心有愧的。这些话——只会——叫我，"图茨先生赶忙停住，"我讲偏了，不过这不要紧。"

听他这样讲，除了再一次感谢他之外别无他法，弗洛伦斯便再次向他表示了谢意。

"要是可以的话，"图茨先生说，"我希望借这个机会解释一下。本来我还会有幸同苏珊早些回来的，但是我们不知道她住在哪个亲戚家里，这是第一个原因。第二个原因是，因为她离开了那个亲戚家里又到另外一个亲戚家里去了，那地方比较远，要不是靠精明的'斗鸡'的话，我想还没有这么快能够找到她呢。"

弗洛伦斯对此很相信。

"然而这还不是主要的，"图茨先生说，"请相信我的话，董贝小姐，有苏珊同我在一道，这对我来讲真是一种安慰和快乐，我的这种心情是只能意会、难以言传的。走这趟路实在是很值得的。然而这还不是主要的。董贝小姐，我以前说过，我不是大家所说的那种聪明人,这一点我很清楚。我觉得谁也不会比我更了解我自己的——要是这样讲不是太过分的话,我是说——我自己的脑袋瓜子很笨。但是,我还不至于笨得连沃尔特上尉的喜事都看不出来的。尽管这会叫我怎样痛苦(这一点也不要紧的),我还是要说,沃尔特上尉看起来是值得享受掉在他的,他的额头上的这份福气的。但愿他长久地拥有这份福气,享受这份福气,另外一个人虽然完全不同,配不上,也会爱若珍宝的,他叫什么名字就用不着讲出来了!然而这还不是主要的。董贝小姐,吉尔士船长是我的朋友,在目前这段匆匆即过的时间里,我能够偶尔往这里跑跑,我想,吉尔士船长看到一定会高兴的,这对我来讲也是一种乐趣。但是我还没有忘记那次在布赖顿广场的角落里出的丑;要是我来,会叫您有一点点不高兴的话,请您现在就跟我讲,我肯定会完全理解您的,我决不会认为这是不友好,我反而会因为您对我这么信任而欢欣鼓舞呢。"

"图茨先生,"弗洛伦斯接着说道,"您是我非常真诚的多年的朋友,如果现在您不到这里来的话,我就要非常难过的。能够看见您,我是再高兴也没有的了。"

"董贝小姐,"图茨先生一边说一边拿出他的手帕,"要是我流了点泪水的话,那是因为我太高兴了。这是不要紧的,我太感谢您了。您说得这么好,请允许我讲一下,我以后对自己的仪表不会再这样马马虎虎了。"

弗洛伦斯虽然对他的话困惑不解,但她的表情仍旧是非常彬彬有礼的。

"我是说,"图茨先生解释道,"在我还没有走进寂静的坟墓以前,只要条件许可,我就要把自己尽量地打扮得整整齐齐、干干净净,把靴子擦得雪亮,我觉得这是一个人应有的责任。董贝小姐,我不揣冒昧地谈自己个人的私事,这是最后一次。我真心诚意地谢谢您。一般来说,要是我不是像我的朋友希望的那样通情达理的话,也不是像我自己希望的那样通情达理的话,但是我以名誉担保,对于什么是体贴、什么是善良,我确实是非常懂得的,"说到这里,图

847

茨先生激动起来,"我觉得现在我好像能够得心应手地把我的感情表达出来了。只要——只要——能够开个头就好办了。"

等了一两分钟,好像开不起头来,图茨先生即刻告别,到楼下去找船长,在店铺里找到了他。

"吉尔士船长,"图茨先生说,"现在我们之间就要开始的谈话是神圣的,这只是你我之间的秘密。吉尔士船长,我要讲的就是刚才在楼上我和董贝小姐交谈的情况。"

"下面和上面吗,嗯,小伙子?"船长喃喃地说。

"正是这样,吉尔士船长,"图茨先生接着说,他根本没有听懂船长的意思,却好像心领神会似的兴奋地说,"吉尔士船长,我想董贝小姐快要和沃尔特上尉成婚了吧?"

"哦,是的,小伙子。我们在这里都是一条船上的船伙儿。一等结婚公告①结束,沃尔和他的新娘就要在这个新婚之屋成婚。"卡特尔船长在他耳边悄声地说。

"结婚公告,吉尔士船长!"图茨先生把那几个字重复了一下。

"在下面那边的教堂里。"船长说着用大拇指往肩膀后面一指。

"哦!是的!"图茨先生应声道。

"随后怎么样呢?"船长用手背拍拍图茨先生的胸口,目光里满含着无限的羡慕,走开了几步,带着沙哑的声音悄悄地说,"这位一向娇生惯养的,就要跟着沃尔乘风破浪远去中国了。"

"我的天,吉尔士船长!"图茨先生说。

"是呵!"船长点了点头说,"那次大风暴把船打得落花流水,冲到九霄云外去了,幸亏是一艘中国商船把他救起来了。沃尔上了这艘中国船继续航行,在船上在岸上都受到人家的喜爱,因为他真是世界上最聪明、最棒的小伙子。当商务负责人在广州去世后,他因为原先做过办事员,便被任命为商务负责人,现在他是另外一只船上的商务负责人,船主还是一样的。所以,您看,"船长若有所思地

① 结婚公告:在信奉基督教的国家,人们在结婚前,需在教堂里宣读结婚预告,询问是否有人反对,在不同的时间共需宣读三次。

又说了一下，"这位漂亮的人儿就要跟着沃尔乘风破浪远去中国了。"

图茨先生和卡特尔船长不约而同地叹了口气。

"那么怎么样呢？"船长继续说下去，"她真心爱他，他真心爱她。她家里的人照理应该爱她，爱护她的，却对她这么坏，就像她是一个就要死的动物一样。她给家里赶出来，跑到我这里来，一头扑在地板上，她那颗给刺痛的心都碎了。我晓得的。我爱德华·卡特尔亲眼看到的。只有真心、善良、忠诚不变的爱才能把这颗破碎的心治好。要是我不晓得这一点，要是我不晓得他真心爱她，像哥哥一样待她，老弟，要是我不知道她也真心爱他，像妹妹一样待他，要是这样的话，我宁可把我铁青的胳膊和大腿砍掉，也不会让她走。但是我是晓得的，那么怎么办呢？嗨，那么我说，就让天老爷守着他们吧，天老爷会守着他们的！阿门！"

"吉尔士船长，"图茨先生说，"让我有幸跟您握握手。您真会讲话，叫我高兴得连背脊骨都暖洋洋的。我也说一声'阿门'。吉尔士船长，您晓得，我对董贝小姐也是很爱慕的。"

"高兴起来！"船长说着就把手搁在图茨先生的肩膀上，"做好准备，小伙子！"

"我是想要高兴起来的，吉尔士船长，"图茨先生振作精神说道，"我也想尽量地做好准备。当寂静的坟墓一张开口，吉尔士船长，我就准备去埋在那里面了，但是还没有张口之前，我是不去的。现在我还没有把握能不能自己做主。我想请您给做件特别的好事，我希望您把我下面要跟您讲的话转告沃尔特上尉。"

"下面要讲的话，"船长回应着说，"不急不躁！"

"董贝小姐太好了，简直没法形容，"图茨先生泪水盈眶地说，"她讲我到这里来只会叫她高兴，而且您和其他的人对我也是很宽厚的。我这个人肯定是，"图茨先生说着顿觉懊恼，"看起来肯定是投错了胎了。大家对我这么好，在我们能够相聚在一起的短暂日子里，我晚上会跑过来的。但是我有一点要求，要是什么时候我觉得一想到沃尔特上尉的幸福我就受不了奔出去的话，吉尔士船长，我希望您和他只是把这种情况看作我的不幸，不要把它当作我的过错或者缺乏内心的斗争。我希望您会相信我对任何人都没有怨恨，对沃尔特上尉更不会幸灾乐祸。要是我中途奔出去的话，我希望您顺口说一下我出去散会儿步或者也许到伦敦交易所去看看几点钟了。吉尔士船长，要是您同意这样的安排并且对沃尔特上尉也说一下的话，那我的心情也会舒畅起来，即使花掉我很多的财产我也觉得很合算的。"

"小伙子，"船长接着说道，"不要再讲了。您随便升起什么旗帜，只要看得清楚，沃尔和我自己都会响应的。"

"吉尔士船长，"图茨先生说道，"这样我就放心了。我希望这里的人都对我有好感。我虽然不会讲话，我以名誉担保，我——我用心是挺好的。您知道，"图茨先生继续说下去，"这就像伯吉斯公司给一位顾客做一条裤子，脑子里想的是非常出色的裤子，可是心有余而力不足，裁出来以后却很不像样。"

这个比方他觉得用得恰到好处，很有点飘飘然，图茨先生于是向卡特尔船长表示祝福，便告辞而出。

敦厚的船长因为"心肝宝贝"住在家里并且有苏珊侍候她，整天笑容满面，高高兴兴。光阴荏苒，一天天过去，他越来越笑容满面，越来越高高兴兴。对苏珊的聪明能干船长一向是很佩服的，他始终不能忘记苏珊是怎样挺身而出把麦克斯廷格太太制服了的。同苏珊商量几次之后，他向弗洛伦斯提出，为了审慎起见，考虑到事情不宜泄露出去，那个伦敦肉类市场经常坐在蓝伞底下的大妈的女儿必须辞退，家务事暂时雇请另外一个人来担任，这个代替的人是她们熟悉的，而且是绝对可靠的。这个想法本是苏珊提出的，此时苏珊也在旁边，便索性举荐理查兹太太担任此职务。听到这个名字，弗洛伦斯立刻满脸生辉。当天下午，苏珊即赴土德尔家去了解理查兹太太的意向，真是马到功成，当天夜晚苏珊就偕同那个红光满面、苹果脸蛋的波莉回来了。同苏珊·尼珀一样，刚被带到弗洛伦斯的面前，波莉也止不住一阵悲喜交集。

这个运筹帷幄的壮举已经大功告成，船长自然感到分外的喜悦，的确，不管什么事情，只要做好了，总会使他欣喜的。接下去，弗洛伦斯就得告诉苏珊她们即将分别了。这项任务要艰难得多，因为尼珀小姐性格坚忍不拔，她下定了决心，既然回来了，她永远也不离开她多年的女主人。

"至于工资问题，亲爱的弗洛依小姐，"她说道，"您提都不要提，您一提反而叫我不好受了，我有存款，在这个时候即使我和银行一点也不搭界，即使银行倒闭了，我也绝不会把我对您的爱和责任出卖掉的。亲爱的小姐，自从您妈妈去世以后，我就一直服侍您的，虽然我没有什么好夸奖的，您同我相处很久，已经很习惯了。哦，我亲爱的女主人，这么许多年我们待在一起，随便到哪里去，您不要想把我丢掉，这样绝对不行，绝对不可以！"

"亲爱的苏珊，我就要出外远航了，很远很远呢。"

"哦，弗洛依小姐，那算什么？这样您就更需要我。天晓得，航行不管多远我，是不在乎的呵！"急不可耐的苏珊·尼珀说。

"苏珊，但是我是跟沃尔特一起去的，我要跟他随便走到哪里，走到天涯海角的！沃尔特很穷，我也很穷，现在我必须学会自力更生，也要帮他。"

"亲爱的弗洛依小姐！"苏珊重新哭了起来，拼命摇着头说，"您有一颗最高贵、最耐心、最真诚的心，您一向就是自力更生的，您一向还帮助别人的，这对您不是新鲜事儿。但我要跟沃尔特·盖伊先生谈一谈，要让您一个人跨洋过海，走向天涯海角，我决不答应，我是不会答应的。"

"一个人吗，苏珊？"弗洛伦斯接着说，"一个人去吗？是沃尔特带我一起去的呵！"呵，她脸上的笑容是多么明朗、惊喜、欢欣鼓舞！此时要是让他看到的话，那有多好呵！她又说下去，"如果我叫你不要同沃尔特去讲，我相信你不会去讲的，"说着她又温柔地再说了一下，"亲爱的，求求你不要去讲。"

苏珊哭泣着问道，"为什么呢，弗洛依小姐？"

"因为，"弗洛伦斯答道，"我就要做他的妻子了，我要把我整个的心全部交给他，同他一起生活，白头到老。如果你把刚才同我讲的话告诉他的话，他可能会想我对自己的前程有些担心，或者会认为你替我担心总是有什么原因的。嗨，亲爱的苏珊，我好爱他呵！”

弗洛伦斯的这一番话朴实、诚挚、出自肺腑，语气虽很平静，却充满着热情，因此比起往常，她的脸孔更加漂亮、更加纯洁了。尼珀小姐见此情状感动万分，于是她又一次紧紧地拥抱她，哭着问，她年纪小小的女主人是不是真的，真的要结婚了呢，然后同以前一样又悲又怜地抚爱她，爱护她。

尼珀虽然也有女性的通病，容易伤感，但她既然能够对抗凌厉可畏的麦克斯廷格太太，她也就能够基本上控制自己的感情。从此以后，她就没有再提起这件事情了，她总是高高兴兴、活活泼泼、忙忙碌碌、满怀希望。不过私下里她的确跟图茨先生讲过，她只是暂时“撑一撑”，等事情过去后，董贝小姐走了，她恐怕要变成个泪人儿了。图茨先生说他的心情也是这样的，以后他们的泪水就会流在一起了。但是在弗洛伦斯的面前或在海军候补生的周围她再没有随便发泄内心的感情。

和上次她参加的婚礼相比，弗洛伦斯的嫁妆实在太逊色了，既简单朴素而又为数有限！尽管这样，为她的婚事所需要做的准备还是很多的。苏珊·尼珀整天在她的旁边像五十个女裁缝加在一起似的，专心一意地忘我工作，忙个不停。如果答应的话，卡特尔船长很想购买许多奇妙的东西以充实这方面的嫁妆，譬如粉红色的阳伞、着色的丝袜、蓝色的鞋子和其他一些船上必须用的物品，要一一罗列出来，那可很费笔墨呢。然而，经过他们花言巧语的哄骗阻止，他不得不减少数目，只买了一个针线盒和一个化妆盒，每一样凡是用钱可以买到的都是买最大的。此后的十余天，白天的大部分时间他多半是坐着打量这两只盒子，一会儿对它们赞美不已，一会儿又垂头丧气，生怕它们还不够华丽，时常冲到街上去买些花哨的玩意儿，他觉得这样才可以使其完美无缺。但是他的神来之笔则是一天早晨他突然把这两只盒子带了出去，在每一只盒子的盖子上面镶嵌着一颗铜制的心，刻上几个字：弗洛伦斯·盖伊。随后他独自坐在小起居室里抽起烟斗，一连抽了四斗烟，四个小时已经过去，烟抽光了，他们发现他还在哧哧而笑呢。

沃尔特整天都在外面忙着，但是每天一早他都来看弗洛伦斯，晚上也总是和她在一起度过。弗洛伦斯从来不离开她的高阁，只是当他快过来时才悄声地走到楼下去等着他，或者分别时靠在他自豪的怀抱里陪他走到门口，有时还向街面掠过一眼。暮色苍茫时他们总是依依相守的。哦，多么幸福的时光！哦，漂泊的心终于安静地休息了！哦，多少东西在这个深厚、伟大、无穷无尽的爱的泉流中沉了下去！

那残酷的伤痕还在她的胸口上。这伤痕随着她的呼吸升起，表示对她父亲的反抗，而当她的情人把她拉过来靠在他的心上时，这道伤痕却隐藏在她和她的情人中间，但她已忘却了这道伤痕。在他的心为着她而跳动、在她的心也为着他而跳动时，一切不和谐的乐音都听不见了，一切严厉、无情无义的心全给忘却了。她虽然弱不禁风，不堪一击，但是她心中伟大爱情的力量却使她能够从他那唯一的形象创造一个她可以飞去并在那里休息的世界，而她确实是如愿以偿了。

暮色苍茫中，当她依偎在他那自豪而又宠爱的臂膀里时，她眼前常常出现那座巨屋和往昔的岁月，于是她向他靠得更近，更深地沉入他的臂膀里，免得回首往事！每当她想起那天夜里她走到楼下那个房间遇到那永远也不能忘记的目光时，她常常情不自禁地抬起头，仰望着那双满怀深情看着她的眼睛，为有这个安身的地方而流下了幸福的泪水！她越是依恋于此，那个亲爱的死去的孩子越是使她难以忘怀，但是好像她最后一次看见她父亲的时候他正睡着了，她在他脸上亲了一下就离开了，自此以后他在她的记忆中就定格在这个时刻，这个状态，从来没有超过。

"沃尔特，亲爱的，"一天傍晚天快黑的时候，弗洛伦斯问道，"你晓不晓得我今天在想些什么吗？"

"你在想光阴如箭，过不了多久我们就要出海远航了，亲爱的弗洛伦斯，是不是？"

"这个我也想的，沃尔特，不过我不是指的这个。我是在想我是你多大的包袱呵。"

"一个很宝贵、很神圣的包袱，亲爱的！哎呀，我有时候也这样想的。"

"你还笑呢，沃尔特。我晓得你比我想得多得多呢。但是我指的是花费。"

"花费，我亲爱的？"

"是钱嘛，亲爱的。我自己本来是没有办法买什么嫁妆的，可是现在苏珊和我整天忙着准备这么许多东西。你本来就没有钱，可是现在我把你弄得更加穷了，穷得多了，沃尔特！"

"也更加富有了，富得多了，弗洛伦斯！"

弗洛伦斯爽朗地笑起来，摇摇头。

"而且，"沃尔特说，"好久以前，在我就要出海远航的时候，你送给我一个小钱袋，最亲爱的，里面装了一些钱。"

"呵！"弗洛伦斯笑着说道，笑声里带着一点伤感，"很少！很少！沃尔特！但是你绝不要以为，"这时她把她的纤手轻轻搁在他的肩膀上面，并且目不转睛望着他的面孔，"我不情愿做你的包袱。不是的，亲爱的郎君，我很高兴做你的包袱，我觉得其乐无穷。我就是喜欢这样，其他的我都不愿意。"

"我也的的确确是这样的，亲爱的弗洛伦斯。"

"是的！但是沃尔特，你的心情还不可能同我的完全一样！我晓得人家一讲起你都要说你娶了一个好可怜的无家可归的女孩，她住在这里，没有别的家，没有别的朋友，一无所有——一无所有，想到他们对你的赞美，我怎能不心潮起伏，欢欣鼓舞啦！哦，沃尔特，如果我能够给你带来几百万英镑的嫁妆的话，我也不会像现在这样因为有了你而这么幸福的！"

"那么你呢，亲爱的弗洛伦斯？难道你什么也不是吗？"他问道。

"是的，什么也不是，沃尔特。我什么也不是，我就是你的妻子，"她的纤手轻悄悄地搂着他的颈子，她的声音越来越近，"如果没有你，我就什么也不是了。如果没有你，我在世上就不会再有什么希望了。如果没有你，我就不会再有亲爱的心上人了。"

哦！那天晚上图茨先生好几次中途离席，这是实在不得已的。他两次到伦敦交易所去对一下表，一次突然之间记起要去和一位银行家会面，还有一次到阿尔德盖特水泵房走了一趟又走回来！

但是在他还没有这样数度外出或者确切地说还没有过来的时候，在蜡烛还没有拿来的时候，沃尔特就说了，"弗洛伦斯，亲爱的，我们的船快要把货物装好了，也许就在我们结婚那天她就要顺流而下了。是不是我们那天早晨就动身，先在肯特郡①大约待上一个星期，然后在格雷夫森德上船？"

"随你高兴，沃尔特，我到哪里都是很乐意的。但是——"

"什么，我的宝贝？"

"你知道，"弗洛伦斯说，"我们结婚的那天不会举行盛礼，从我们的衣服谁也看不出我们和其他人有什么不同。我们去教堂以前，你是不是，沃尔特，你是不是早上，一大早带我到什么地方去一下，好吗？"

看起来沃尔特懂得她的意思，一个深深地被爱着又爱之至诚的情人是不会不懂得的，他毫不犹豫地答应了，吻了她一下，也许又吻了她一下、两下、三下、四下、五下、六下。在这庄严、宁静的夜晚，弗洛伦斯无比幸福。

不久，苏珊·尼珀拿着蜡烛走进这静悄悄的房间，随后端来了茶。船长和萍踪浪迹的图茨先生也一道莅临。上面已经说过，图茨先生是坐不安席的，过了不久，他就时常走动，一个晚上他总是走进走出，没有安耽过。其实，这并不是他的习性，一般说来他过得还是蛮好的，在尼珀小姐的指教下，他很专心地和船长玩一种克里

---

① 肯特郡（Kent）：在英格兰的东南端。

比基纸牌游戏①，一心一意地计算分数，这样就可以忘却那份烦恼了，他发现这倒是使自己难得糊涂的一种很有效的办法。

在这种场合，船长脸上的表情瞬息多变，堪称登峰造极的杰作。他善于体贴的天性以及他对弗洛伦斯爱护备至的情感使他明白此刻不是吵吵闹闹、恣意取乐的时候。可是另一方面，《可爱的佩格》这首歌曲又浮现在他的脑际，老是缠着他一吐为快，要他纵情歌唱，义无反顾地去唱。此时，弗洛伦斯和沃尔特两个人单独坐在一起，他们的确是天造地设的一对，年轻、漂亮、相亲相爱，充满着其乐融融的欢趣与魅力。船长怀着无限的羡慕忘情地看着他们，他放下纸牌，满面生辉地向他们微笑，还拿着手帕揩揩脑袋，一直到图茨先生突然冲出去，也许他这才恍然大悟，原来这位先生的苦恼是他在不知不觉中造成的。一想到此，船长深为怏怏不乐，等到图茨先生回来了他才松了口气，于是重新拿起纸牌，连连向一旁眨眼点头，并且很斯文地对尼珀小姐挥挥手钩，意思是说他不再这样做了。接下去也许是他最淋漓尽致的表现了，当他要想让各种表情都从脸上释放出来时，他先坐在那里环顾四周，然后让各种表情突然之间全部汇聚在脸上，而各个不同的表情却你争我夺，互不相让，而对弗洛伦斯和沃尔特忘情的羡慕则毫不掩饰地占了上风，总是挥之不去，直到图茨先生又一次冲出室外，才又改邪归正，像一个悔过的罪犯端坐不动，一直等到他回来才算松了口气。有时候他会低声地以责备的口气要自己"做好准备！"或者粗声地吼着"爱德华·卡特尔，你这个小子，"埋怨自己的举止不够慎重。

然而，图茨先生最受不住的苦头之一却是他自己找来的。弗洛伦斯和沃尔特最后一次结婚公告将在星期天宣读，星期天临近时，图茨先生对苏珊.尼珀披露了他的心情。

"苏珊，"图茨先生说，"我给那座屋子吸引住了。你知道，那些山盟海誓会像丧钟一样在我的耳边轰鸣，把我和董贝小姐永远分开

---

① 克里比基纸牌：一种两人、三人或四人玩的用木板记分的纸牌游戏。

了，但我以名誉担保，我觉得那些话语我是必须听的。所以，你明天肯不肯陪我一道到那座圣殿去？"

尼珀小姐表示，只要能使图茨先生心满意足的话，她是乐意奉陪的，不过她请他还是放下这个念头吧。

"苏珊，"图茨先生郑重其事地说，"在我的胡子刚开始有一点影子别人还没有觉察的时候，我就爱慕董贝小姐了；我在布林伯那里受苦受难的时候我一直爱慕着董贝小姐；当我从法律的观点不再被排斥在外从而继承我应得的财产时，我还是深深地爱慕着董贝小姐的。那些把她交给沃尔特上尉的结婚通告也就把我送到黑暗的坟墓里去了，你知道，"图茨先生等了一会儿想找出一个很强的措辞，"这些通告可能会叫人胆战心惊，是会叫人胆战心惊的。但是我觉得我还是希望亲耳听它们讲出来。我觉得我还是希望知道地面确是从我的脚底下塌下去了，我还是希望知道我连一线希望也没有了，连一个——一条腿，总之——我没有办法站着走路了。"

苏珊十分同情图茨先生的不幸处境，在这种情况下，她只好答应陪他前往。次日早晨她陪着他一道到教堂去。

沃尔特为他们举行婚礼挑选了一座满布着青苔的古老教堂，坐落在一座院子里，四周是一个小小墓园。教堂环绕着一间间屋舍，宛如埋在墓穴之内，其中小巷深院纵横交错，路面铺着石头，一有声音就此起彼应。这座教堂如同一个巨大的石堆，阴暗而破旧，里面摆着很陈旧的橡木高背凳子。每逢星期天大约有二十个人藏迹其中，空空荡荡的教堂内响起牧师昏昏欲睡的声音，风琴声轰轰隆隆，仿佛由于信徒太少，教堂内的风声湿气四处回荡，不得出去，好像肚子痛似的。但是这座城市教堂绝不是没有其他教堂和它做伴而显得无精打采、奄奄一息，它的周围塔尖林立，宛如河上的一杆杆船桅。因为实在太多了，要想从塔尖计算其数目是相当困难的。差不多在每一个院子与僻静的地方都有一座教堂，相邻的教堂一共有二十座，教堂的钟声齐鸣欢迎人们进去。星期天早晨，苏珊和图茨先生走向教堂时，铿然齐鸣的钟声震耳欲聋。

这两个迷途的羔羊被牧师助理带到一张宽阔的长凳上坐好。时间还早，他们坐在那里数着在座的信徒，一边听着钟楼上传来的失望的钟声，一边望着门廊上一个衣服褴褛的小老头，他在帘幕后面像童谣《雄歌鸲》①中的公牛那样一只脚踩在脚镫上敲着钟。对读经台上的几本厚书打量了好一阵子后，图茨先生凑着尼珀小姐的耳朵悄悄说，不知那个结婚通告放在哪里，但是这位小娘们只是摇摇头，紧皱双眉，对于世俗之事，此时她是一概不闻不问的。

然而，图茨先生却无法安静下来，他的思想总离不开那个结婚通告，在仪式的整个开始阶段他睁大眼睛在东寻西找。当宣读结婚通告的时候逼近时，这位可怜的年轻人流露出极大的焦急不安，即使船长像幽灵似的出其不意地出现在楼上前排时，这种焦急不安的情绪依旧没有减弱。当执事把新婚夫妇的名单递给牧师时，图茨先生端坐不动，但是在结婚仪式结束之前当沃尔特·盖伊和弗洛伦斯·董贝的名字宣读了第三遍也就是最后一遍时，他如坐针毡，实在吃不消了，连帽子也来不及戴上便冲出教堂。牧师助理和座位管理员以及两位刚好在场的医务人员紧跟着追上去。牧师助理又连忙赶回来拿那顶帽子，顺便轻声地告诉尼珀小姐，叫她不要担心，因为那位先生说，他一时有些不舒服，是不要紧的。

虽然这件事情现已结束，尼珀小姐还是局促不安，因为她感到每星期藏迹于这些高背长凳间正襟危坐的那些人现在正把眼睛盯住她，也就是说一部分欧洲人正注视着她呢。楼上前排的船长坐立不安的样子丝毫没有放松，说明他与这件事情有一种神不知鬼不觉的关系，在座的信徒们自然是有目共睹的，这使尼珀小姐倍觉难堪。她的这种尴尬处境由于图茨先生进进出出，太不安分守己，而变得不可收拾，痛苦极了。这位年轻人心情很坏，要他独自待在墓园里沉思默想是做不到的，无疑，他也希望对被他在一定程度上干扰了的仪式表示敬意，于是他又匆忙回到教堂里去，但他并没有回到原

---

① 童谣《雄歌鸲》中说："谁来把丧钟敲起？／是我呵，公牛说，／因为我会拉起钟索，／让我来把丧钟敲起。"

先的座位，而是在过道上位于两个老妇人中间的一个空位子上坐了下来，这两个老妇人每周都来教堂领取摆在门廊架子上面的一份救济面包。图茨先生在这里坐下之后，非常引人注目，信徒们不得不朝他看看，直到他又一次招架不住内心的痛苦，不声不响地匆匆离开。一方面坐在教堂里他不再能够控制自己的情绪，而另一方面他仍然希望参与正在进行的仪式，因此，自此以后，可以时常看到图茨先生憔悴不堪的面孔在一扇或另一扇窗户外面向内观望。由于有好几扇窗户可以让他从外面向里面张望，而且也因为他变化不定，所以要想知道下一次他会站在哪扇窗户外面，就很难猜测了，但是在讲道之际比较闲暇的时候，这些信徒们看来免不了要细细想一想这些窗户之中哪一扇会被他选中。图茨先生在墓园里的行动是这么离奇古怪，使人难以捉摸，就像一个魔术师的身影，在万万没有想到的地方他却出现了。由于他从窗外向内窥视相当困难，而信徒从窗内向窗外望出去却很容易的缘故，他的行踪就更增加了一种神出鬼没的色彩，正因为如此，每一次他站在窗外把脸贴近窗玻璃的时间比人们可能预料的要长，他会站在那里久久不离去，直到他突然发现所有的眼睛都对着他时，他才一溜烟走开了。

船长对图茨先生的举动看得一清二楚而且毫不掩饰地流露出他的感受，尼珀小姐因此意识到自己的责任重大，等到仪式结束时她才如释重负。在回去的路上，图茨先生告诉她和船长，说他现在肯定是没有希望了，你知道，这样倒反而舒服一些了——这并不是说真的心里舒服些，而是说既然不幸已成定局，至少可以比较舒舒服服地面对不幸了。尼珀小姐听了他的这些话，对于图茨先生不像平时那么体贴了。

现在的确是光阴似箭，转瞬间已到了他们结婚的前夕。大家都聚集在海军候补生楼上的房间里，一点也不担心会有人来打搅，因为现在这座屋子里没有其他住户，全部是海军候补生一人独有。大伙安静而庄严地等候着明天的到来，但也不无一点欢乐的气氛。弗洛伦斯紧挨着沃尔特，正在织一个小物件，是打算送给船长的临别赠品，现在已快要织好了。船长和图茨先生在打克里比基纸牌，图茨先生向苏珊·尼珀讨教下一步该怎么办。尼珀小姐经过深思熟虑之后，对他面授机宜。狄俄吉尼士在旁竖耳倾听，偶然发出一声两声粗鲁低沉的吠叫，可是过后它似乎有些害臊，好像怀疑它究竟有没有什么根据值得这样大惊小怪呢。

"不急不躁，不急不躁！"船长对狄俄吉尼士说，"你出了什么毛病？今天晚上你好像心神不定嘛，我的宝贝！"

狄俄吉尼士摇摇尾巴，但即刻竖起耳朵，又一声两声地吠叫了一下，随后又摇摇尾巴对船长表示歉意。

"我看，狄，"船长用手钩擦了擦下巴，若有所思地看着他的纸牌说，"你对理查兹太太有些疑心吧，但是，要是你是我心目中的那种狗的话，那你就会对她有好感的，她的相貌是明摆着的，面如其人嘛，"接着他对图茨先生讲，"老弟，要是您已经准备好了，那就前进吧。"

船长一边十分平静地说着，一边专心地玩着纸牌游戏，可是突然之间他手上的纸牌掉了下来，他的嘴巴张得大大的，眼睛鼓起，他的两条腿抬起，向椅子前面伸过去，他吃惊地坐在那里直直地望着门口。环顾了一下在座的人，看到他们若无其事地坐在那里，既没有注意他也没有觉察到他吃惊的原因，船长大大地喘了口气，从惊惶失措中恢复过来，一边重重地敲了一下桌子一边大声吼叫着，"所尔·吉尔士，啊嗬！"随即倒在一件饱经风霜的海员粗呢外套的臂膀里，这件海员粗呢外套是随着波莉飘进来的。

一会儿，沃尔特便靠在这件饱经风霜的海员粗呢外套的臂膀里了。又过了一会儿，弗洛伦斯也靠在这件饱经风霜的海员粗呢外套的臂膀里了。再过了一会儿，卡特尔船长拥抱起理查兹太太和尼珀小姐，并且一边拼命地和图茨先生握手一边在他的头上挥舞着手钩，大声喊叫，"呼啦，小伙子，呼啦！"见此情景，图茨先生给弄得莫名其妙，非常客气地说，"当然啦，吉尔士船长，您觉得怎么好就是好的！"

这件饱经风霜的海员粗呢外套以及与其相配套的同样饱经风霜的帽子和围巾从船长与弗洛伦斯的面前掉过身来，重新朝着沃尔特；当粗糙的袖子紧紧地抱住沃尔特时，从这件饱经风霜的海员粗呢外套、帽子和围巾中透出一阵阵像是一个老人哭泣的声音。此时房间里是一片静寂，船长使劲地擦擦鼻子。但是当这件海员粗呢外套、帽子和围巾又一次举起时，弗洛伦斯缓步走过去，接着她和沃尔特一起把它们拿下来，仪器制造商老人在他面前出现了，他比过去瘦了一些，因为饱经忧患而更加苍老了，他头上还是戴着往日的那顶绒线帽，身上还是穿着过去的有一排篮状纽扣的褐色外套，他的口袋里原来那只大表还是在准确无误地嘀嗒作响。

　　"他还是像原来一样满肚子的科学！"容光焕发的船长说道，"所尔·吉尔士，所尔·吉尔士，这好一阵子你在干什么呀，老伙计？"

　　"我真是高兴极了，内德，"老人答道，"我差点看也看不见，听也听不到，话也讲不出了。"

　　"他那个嗓子，"船长说时恨不得把他的兴奋心情充其量地在脸上表露出来，"他那个嗓子还跟本来一样，满肚子的科学呀！所尔·吉尔士，我的老朋友，停航啦，喝点老酒，吃吃无花果，你这个饱经风霜的老伙计，用你那大伙儿听惯了的嗓子，讲讲你的奇遇吧。这个嗓子呀，"船长挥了挥手钩，引经据典，很有劲地说下去，"这是个懒汉的嗓子呀，我听到他在唉声叹气呢，你这么早就把我吵醒了，我还得再睡一觉呢。把敌人打得东窜西奔，叫他们一个个倒下！"①

　　船长觉得他的这一番话说到在座众人的心坎上了，便得意扬扬地坐了下来，随即又站了起来把图茨先生引荐给新来的人。这位新来的人似乎也喜欢用吉尔士这个名字，这使图茨先生感到茫然不知所措。

　　"先生，"图茨先生结结巴巴地说，"虽然我以前没有能够有机会和您相识，在您还没有——在您还没有——"

---

　　① 引语由两部分混合组成。前一部分引自一首赞美诗，后一部分引自英国国歌。

"走开，看不见了，还没有给忘了以前。"船长低声地提示说。

"是这样，一点也不错，吉尔士船长！"图茨先生满口同意地说，"虽然在那件事情发生以前，我没有能够有机会和您相识，所——所尔士先生，"图茨灵机一动，想到了这个名字，"但是现在我有幸和您相识，我向您保证——您知道。我希望，"图茨先生继续说着，"您身体很健康。"

彬彬有礼地寒暄之后，图茨先生坐了下来，满脸羞红，痴痴地笑着。

仪器制造商老人坐在沃尔特与弗洛伦斯之间的一个角落里。波莉满面笑容地在旁欣然观看。仪器制造商对波莉点了点头，便开始回答船长：

"内德·卡特尔，我亲爱的伙计，我虽然从我好心的朋友那里听到一些这里发生的变化，但是一点也没错——她是多么高兴地欢迎一个漂泊在外的人回来，她的脸是多么喜气洋洋呵！"老人说着突然停了下来，像过去一样恍恍惚惚地擦着双手。

"说得对！"船长一本正经地大声喊起来，"女人把全人类引诱了。关于这句话，"他侧转脸对图茨先生说，"您去查一查您那本关于亚当和夏娃的书①，老弟。"

"我一定去查，吉尔士船长。"图茨先生应道。

"虽然我已经从她那里听到这里发生的一些变化，"仪器制造商继续说着，从口袋中取出旧时的眼镜，像过去那样子戴在额角上，"但是这些变化太大了，怎么也想不到的，看到我亲爱的孩子叫我太感动了，还看到——"他望了一下弗洛伦斯垂下的眼睛便不想把这句话讲下去，"今天晚上我不想多讲。但是我亲爱的内德·卡特尔，你为什么不写封信来呢？"

船长脸上的惊讶之状把图茨先生吓坏了，他的眼睛紧紧地盯着他的脸孔，怎样也无法移开。

---

① 此句出自英国诗人和剧作家约翰·盖伊的诗句："女人把全人类引诱；／从她那里我们学会了骗术。"但卡特尔船长误以为出自《圣经》。

"写信！"船长应声说道，"你是说写信吗，所尔·吉尔士？"

　　"是呀，"老人说，"写到巴巴多斯或者牙买加①或者德梅拉拉②。这就是我要你做的。"

　　"是要我做的吗，所尔·吉尔士？"船长把这句话又说了一下。

　　"是呀，"老人说，"你怎么会不晓得，内德？你真的是忘记了吗？我每次写信都告诉你的。"

　　船长拿下他那顶油光光的帽子，挂在他的手钩上，用另外一只手抚平他的头发，然后端坐着对四周的众人望望，一副茫然惊异、无可奈何的样子。

　　"看起来你没有弄懂我的意思，内德！"老所尔说。

　　"所尔·吉尔士，"船长睁大眼睛一言不发地看着他和其他人，过了好久他才说，"我已经掉转船头，随波逐流了。你说一两句话，把你的奇遇讲讲嘛，怎么样？我难道就没法把船开到尽头？一点也没法吗？"船长思前想后，睁大着眼睛望望四周说。

　　"你知道，内德，"所尔·吉尔士说，"我为什么离开这里的。你把我的包裹打开了吗，内德？"

　　"那当然喽，"船长笑道，"我当然把它打开了啦。"

　　"那封信你看过了吗？"老人接着问道。

　　"看过了，"船长凝神地望着他答道，接着就把那封信背了起来，"'我亲爱的内德·卡特尔，当我很难过地离开家到西印度群岛去打听我亲爱的——'他就坐在那里！沃尔就在那里！"船长还没有等念下去就冲口而出，好像抓到什么真凭实据，如释重负似的。

　　"好，内德。现在听我讲一下！"老人说道，"我第一封信是从巴巴多斯写的，在那封信里我说要是你收到我的信的时候离开一年满期还很早，你要是想打开那个包裹的话，我一定是高兴的，因为你可以晓得我为什么要出去。很好，内德。第二封信、第三封信、恐怕还有第四封信都是从牙买加写的，在那些信里我讲了我的情况还

---

　　① 牙买加：狄更斯写此书时，牙买加还是英国的殖民地。

　　② 德梅拉拉：圭亚那城市。

是那样，静不下来，要是我没有打听到孩子的下落，生死不明的话，我就一直待在那一带，决不会回来的。以后的信，我想是从德梅拉拉写的，是不是？"

"他想那是从德梅拉拉写的，是不是！"船长茫然四顾着说。

"在那封信里我说，"老所尔继续说着，"我还没有打听到可靠的消息。在那个一带我碰到许多多年相识的船长和其他人，他们让我搭他们的船帮我到处打听，我也常常替他们做点我行内的事情，来报答他们的好意。大家都很同情我，好像对我到处漂泊是很关心的。我开始觉得我是命中注定要在海上漂泊去打听我孩子的消息，至死是不会回头的。"

"他开始觉得像是一个荷兰水手装着满肚皮的科学命中注定要在海上漂泊一生了。"船长还是像过去一样一本正经地说。

"但是有一天消息来了，内德，是我回到巴巴多斯后知道的，那消息说一只中国商船要回国去，我的孩子搭上了这只中国商船，内德，我急忙搭乘下一班轮船回来。今天晚上我刚到家就晓得这个消息一点也不假，真是谢天谢地！"老人虔诚地说。

船长先是毕恭毕敬地低垂着头，然后从图茨先生开始对在座的人依次看过去，最后的目光落在仪器制造商身上，于是他庄严地说：

"所尔·吉尔士！我要讲的话是要把你弄得莫名其妙、吃惊不小的，就像船帆的一条条缝线都裂开，船帆如脱缰之马，从帆边粗绳上给吹散了，弄得船东倒西歪，差点翻了。爱德华·卡特尔没有收到过一封信，"船长更加庄严、更加强调地又讲了一遍，"爱德华·卡特尔从来没有收到过一封信。爱德华·卡特尔是一个英国海员，在家里悠闲自在，日子在愈益灿烂的时刻中度过！"①

"信是我亲手寄出去的！而且也是我亲手写的地址：布里格街九号！"老所尔大声说。

船长的脸色一下子变得惨白，过一会儿又红光满面了。

---

① "一个英国海员，在家里悠闲自在"：引自一首水手之歌。"日子在愈益灿烂的时刻中度过"：引自一首赞美诗。

"你讲布里格街九号，这是什么意思，我的老朋友所尔·吉尔士？"船长问道。

"什么意思？你住的地方嘛，内德，"老人答道，"那个太太叫什么名字！弄不好连我自己的名字也要忘记了，我是跟不上这个时代的，你记得我以前也是这么个样子，我简直糊涂得很啦，那个太太叫作——"

"所尔·吉尔士！"船长的声调里仿佛是在说一件在这个世界上根本不可能的事似的，"你是不是指麦克斯廷格太太？"

"就是这个名字！"仪器制造商叫了起来，"肯定是，内德！就是麦克斯廷格太太！"

卡特尔船长的眼睛张得很大很大，脸孔上的疮子格外明亮。他尖利地吹了一声悠长凄苦的口哨，默默无言地凝望着每一个人。

"所尔·吉尔士，你好不好开开恩，再细细想想？"他终于讲了一句。

"这些信，"所尔舅舅回答说，说着他用右手的食指有节奏地敲着左手的手掌，其节奏之匀整清晰甚至可为他口袋里的那只精密绝伦的大表增光添彩，"是我亲手发出去的，而且是我亲手写的地址：布里格街九号麦克斯廷格太太之家，卡特尔船长收。"

船长从他的手钩上取下他那顶油光光的帽子，细细观察了一下。便戴在头上，坐了下来。

"哎呀，诸位朋友，"船长好不懊丧地朝大家望望说道，"我急急忙忙从那里逃走了！"

"就没有人晓得您到哪里去了吗，卡特尔船长？"沃尔特连忙大声问道。

"真是天晓得，沃尔，"船长摇摇头说道，"她绝不会让我到这里来看管这里的东西的。我根本没有办法，只好急急忙忙逃走。老天爷爱护你吧，沃尔！你看见她的时候她是心平气和的呵！可是她怒气冲天的时候你看看她吧——把这句话记下来！"

"我要让她看我的！"尼珀轻轻地说道。

"您想您会吗，亲爱的？"船长略露钦佩之色说，"嗯，亲爱的，那您可了不起呢。但是我宁可和猛兽照面，也不愿碰到她。我好容易靠一个力大无敌的朋友才把箱子带走的。信寄到那里去是没有用的。在那种情况，不管是什么信，她都不会收的，天呵！"船长又说，"哎呀，做这种邮差实在是划不来呵！"

"那么事情就蛮清楚了，卡特尔船长，"沃尔特说道，"我们大家，特别是您和所尔舅舅，这样提心吊胆，还得感谢麦克斯廷格太太呢。"

既然大家对已故麦克斯廷格先生坚忍不拔的遗孀有一种明白无误的感谢之意，船长也不便多说了，但是他对自己的处境颇觉汗颜，虽然没有人谈及此事，而沃尔特由于上次和船长谈过这件事情，至今记忆犹新，因此也避而不讲，然而他还是局促不安，阴云密布，这种情况持续了五分钟之久——这五分钟对他来讲是很不同寻常的一段时间——过后，他的脸孔复又豁然开朗，絮然地望着所有在座的观众。接着，他和每个人一再地握手。

所尔舅舅和沃尔特相互问了一阵彼此的海上遭遇与险境之后，除了沃尔特之外，大家早早地离开弗洛伦斯的房间，走到下面的起居室里去。不久，沃尔特也下来了，他告诉他们弗洛伦斯心里有些难过，已经上床就寝了。虽然在楼下，讲话的声音不会打搅她，他们还是低声地说着她的心情；他们的身份尽管不同，但对沃尔特年轻漂亮的新娘的喜爱与亲切之感却是一样的。为了让所尔舅舅高兴，他们还滔滔不绝地讲了种种有关她的事情。沃尔特还特地提到图茨先生的名字，说他怎样给他们帮忙以及他的在场对他们这个小小的圈子是多么必不可少，对沃尔特的体贴之意，图茨先生是深深感觉到的。

"图茨先生，"在大门口分别时，沃尔特说，"明天早上我们再见，是吗？"

"沃尔特上尉，"图茨先生热烈地握着他的手回答说，"我一定光临。"

"今天晚上是我们最后的相聚，以后要隔很久我们才会碰面，也许一生中这就是最后一次了，"沃尔特说，"您有一颗这么高尚的心，当另外一颗心同您的心心心相印时，我想您一定会感觉到的。我想，您是知道我很感谢您的吧？"

"沃尔特斯，"图茨先生很感动地答道，"我很高兴地感到您是有理由抱着这种心情的。"

"弗洛伦斯，"沃尔特说道，"这是最后一个晚上她用自己的姓了，刚才您走开留下我们俩在一起的时候，她要我答应，务必向您转达她的亲切问候——"

图茨先生把手按在门柱上，眼睛用手蒙着。

"——向您转达她的亲切问候，"沃尔特，"她要我告诉您，她决不会有哪个朋友比您更让她珍重的了，她永远不会忘记您对她的真心关怀。她说今天晚上祈祷时是不会忘记您的，她希望当她远离故乡的时候您不要忘了她。您有什么话要让我告诉她的吗？"

"请告诉她，沃尔特斯，"图茨先生声音不清地回答说，"我每天都会想着她的，想着她时我是会感到愉快的，因为我知道她的郎君是她所爱的也是爱她的人。请您告诉她，她的郎君是配得上她的，即使是她，也是配得上的！请您告诉她我很高兴，她选择了一个如意郎君。"

说到后面这几个字，图茨先生把眼睛从门柱上抬起，他讲得清晰而响亮。接着他又一次热烈地握着沃尔特的手，沃尔特也赶忙和他握起手来，然后图茨先生便走回家去。

图茨先生一走，"斗鸡"也跟着上去了。最近每天晚上图茨先生都把"斗鸡"带了过来，把他留在店铺里，万一外面出现了什么意想不到的情况，可以借助这位人物的勇气与本领为海军候补生效劳。此时"斗鸡"似乎并不十分乐意。也许是煤气灯在作怪，也许是，图茨先生跨过马路回头仰望着弗洛伦斯正在睡眠中的房间时，看见"斗鸡"装着怪相歪斜着眼睛，扭曲着鼻子的缘故吧。一路上他对其他的行人更摆出一种好斗的架势，一个自诩为善于采用和平的自卫手段的能手哪该这样！回到家里，他把图茨先生送到他的房间里，但没有走开，而是待着不动，在他面前用双手四平八稳地拿着白帽子的边缘，并且拼命地摇头晃脑、拉扯鼻子，（他的头和鼻子好多次给弄破了，又随随便便地作了一些修补）这显然是一种很不礼貌的举止。

他的主人正心事重重，好久未加注意，可是"斗鸡"却耐不住了，便用舌头和牙齿发出一连串咔哒咔哒的声响，来引起他的注意。

"喂，少爷，""斗鸡"执著地说了又说，终于引起图茨先生的注目了，"我想知道一下这场把戏是不是就此结束，还是您想要赢呢？"

"'斗鸡'，"图茨先生说，"把你的意思讲讲清楚。"

"哎呀，就是这么一回事嘛，少爷，""斗鸡"说道，"我不是那种讲起话来吞吞吐吐的人。就是这么一回事。是不是要把他们哪一个揍一顿，揍得他弯腰曲背，站不起来？"

"斗鸡"提出这个问题时放下帽子，用左手作虚张声势、东伸西击状，举起右手给一个设想的敌人饱以老拳，然后拼命地摇晃着脑袋，慢慢地恢复了故态。

"喂，少爷，""斗鸡"追问道，"您是把这当成一场把戏还是来个真格的，鼓足勇气，抓住不放，拔个精光？哪一种？"

"'斗鸡'，"图茨先生说，"你的话太粗鲁了，你的意思含糊不清。"

"哎呀，那么让我来讲清楚，少爷，""斗鸡"说，"就是说，这真是太丢面子了。"

"什么太丢面子，'斗鸡'？"图茨先生问道。

"这太丢面子了，""斗鸡"说着把他的破鼻子扭曲得不成样子，"听好！喂，少爷！哎呀！您可以把那个对手揍得僵挺挺的，"这个侮蔑性的措辞是"斗鸡"一直用来指董贝先生的，"您可以把那个赢家和他们一伙全部打得落花流水的时候，您会不会撒手不干？撒手不干，缴械投降？""斗鸡"鄙夷地加重语气说，"哎呀，这太丢面子了！"

"'斗鸡'，"图茨先生严厉地说，"你是一个彻头彻尾的恶棍！你的心肠太狠了。"

"我就是喜欢格斗还有异想天开，主人，""斗鸡"回嘴说，"我就是喜欢这些。我看不惯丢面子的事情。我走到大家面前，大家看着我，我到'小象酒店'去，大家听我讲，我可不能让我的主人去做那种丢面子的事情。哎呀，那样就太丢面子了，""斗鸡"加重语气说，"我讲的就是这个意思。那样就太丢面子了。"

"'斗鸡'！"图茨先生说，"你太讨厌了。"

"少爷，""斗鸡"一边戴上帽子一边说，"那么您同我也是一路货。好吧！我有一个提议！您不止一次两次地讲了酒店的事情。这不要紧！您明天给我五十英镑，让我走。"

"'斗鸡'，"图茨回答说，"您讲了这些叫人讨厌的话，我很乐意答应你的要求，同你分开。"

"那么就这样决定了，""斗鸡"说，"这是有来有往的交易。您这种处事方式不合我的胃口，少爷。哎呀，这是太丢面子了，""斗鸡"似乎同样无法超越这一点，照旧说下去，"就是这么回事，这是太丢面子了！"

由于各自的为人之道相互抵触，因此图茨先生和"斗鸡"同意就此分开。于是图茨先生就躺下睡觉了，他幸福地梦见了弗洛伦斯，在即将告别处女生活的前夕，她把他看作自己的朋友而想着他，并且向他表示亲切的问候。

第五十七章

另外一个婚礼

牧师助理桑兹先生和教堂领座员米弗太太一早就来到董贝先生曾经举行婚礼的那座华丽的教堂，执行各自的职务。一位印度的面色焦黄的老先生将于今天早晨娶一个年轻姑娘，参加婚礼的宾客有六辆马车之多。米弗太太听说，这位面色焦黄的老先生能够把通向教堂的道路铺满金刚钻而毫不在乎婚礼上的祝福仪式档次很高，由一位德高望重的教长主持，新娘则由一位皇家禁卫骑兵队的人士专程前来把她作为一项特殊的礼物交给新郎。

今天早晨，米弗太太对普通老百姓比平时更加不能宽容，而且她总是有一种顽固不化的看法，她觉得这些人到这里来是白坐坐的。米弗太太并不懂政治经济学，她认为这门科学是那些离经叛道的人搞的名堂，譬如浸礼会或美以美会教徒，以及诸如此类的人，但是她就是弄不明白你们这些普通老百姓与结婚这件事情有什么关系。"真见鬼，"米弗太太埋怨道，"你给他们念的是一样的东西，可你只拿到六个便士而不是金镑！"

牧师助理桑兹先生比米弗太太要开明，但他不是教堂领座员。"事情是一定得做的，太太，"他说道，"我们一定得为他们举行结婚仪式。我们一定得让我们国家的学校，昂首挺进，我们一定得有我们的常备军队。我们一定得为他们举行结婚仪式，"桑兹先生接着说，"太太，而且我们一定得让我们的国家持续发展。"

桑兹先生坐在台阶上，米弗太太在教堂里面掸拂灰尘，这时一对穿着朴素的年轻人走了进来。米弗太太悻悻然的帽子急转过来朝向他们，因为她看到这一对年轻人来得这么早，形迹可疑，恐怕是私奔的呢。但是他们并不想来举行婚礼。"只不过到教堂来走走，"年轻人说着便很客气地把一点小费塞到米弗太太的手心里，顿时她那酸溜溜的脸孔变得和蔼可亲了，她那悻悻然的帽子挂了下来，她那瘦骨嶙峋、干瘪的身体往下一蹲，吱吱作响。

米弗太太重新揩拂起来并且把膝垫拍得松软一些，因为她听说这位面色焦黄的老先生的膝盖不能碰硬的，但是她那呆滞的领座员眼睛却盯住那一对在教堂转悠的年轻人。"嗯哼，"米弗太太咳嗽了一声，她的咳嗽比她照管的那些跪垫里的干草还要干，她说，"你们这几天总有一天早晨要来行婚礼的吧，亲爱的，我不会猜错的吧？"

这一对年轻人正在看着墙上为纪念某一位已故人士而竖立的石碑。他们离米弗太太相当远，但米弗太太眯起眼睛也可以看见那个女的正靠在那个男的手臂上而他的头低俯在她的上面。"好了，好了，"米弗太太说了，"你们可要出事情。你们真是相亲相爱的一对呵！"

米弗太太的这句话并没有特别的含义，只不过是她这行职业使用的行话。她对成双结对的人不见得比对棺材更有兴趣。她是一个瘦骨嶙峋、僵直、干瘪的老太太，宛若教堂里的高背凳子，她的形状就像毫无价值的木屑一样，太可悲可怜了。桑兹先生的长相可不相同，他生得胖嘟嘟的，他的外套呈绯红色。他们站在台阶上目送着这对年轻人离开，他讲她身姿优美，是不是，虽然出去时她低垂着头，但是他还是看得很清楚，她的姿容美丽，不同凡响。"米弗太太，"桑兹先生兴致勃勃地说，"要是您说她是一朵含苞未放的玫瑰花的话，她完全是配得上的。"

米弗太太把她那悻悻然的帽子略微点了一点表示有同感，但不是怎么赞赏，她内心却下定决心，尽管桑兹先生是牧师助理，不管用多少钱来娶她，她是决不会嫁给他的。

那么这一对年轻人在离开教堂走出大门口时讲些什么呢？

"亲爱的沃尔特，谢谢你！现在我可以高高兴兴地走了。"

"我们回来的时候，弗洛伦斯，我们再来看看他的坟墓。"

弗洛伦斯抬起泪水晶莹的眼睛，仰望着他亲切的面孔，再把她的一只松开的手搁在那只紧紧握着他的手臂的纤纤小手上。

"现在还很早，街上还没有什么行人。沃尔特，我们走去吧。"

"但是你会很累的，亲爱的。"

"哦，不会的！第一次我们一道走的时候我是很累的，可今天是不会的。"

就这样，在他们新婚的早晨，弗洛伦斯和沃尔特一道在街上走着。他们并没有多大改变，弗洛伦斯依旧是那么纯洁无邪、怀着一颗赤诚的心，而沃尔特依旧是那么坦率、满怀希望，而且为她更加感到自豪了。

即使在很久以前的童年时代，当他们一道行步街头时，他们还不曾像今天这样和周围的世界相隔这么远。童年时代的脚步踏着的这片土地还没有像现在这样令他们流连忘返。儿童的信任和爱可以给许多次，出现在许多地方，但是现在弗洛伦斯已经是一个女人了，她那颗女人的心忠贞不二，只爱着一个人，只能献出一次，如果发生什么变化或者受到怠慢，这颗心别无选择，只会枯萎而死去。

他们走在最宁静的街道上，对她的老家所在的那条街道则避而远之。这是一个温暖宜人的夏天的早晨，他们走向被越来越浓重的雾气笼罩着的商业区，阳光洒在他们的身上。商店里的财宝开始曝光；金匠铺明亮的窗子里闪烁着珠宝、金银的光辉。当他们经过高楼大厦时，它们威严的阴影罩在他们身上。不管是在阳光中还是在阴影下，他们相亲相爱地向前走着，对于周围的一切没有去注意，没有去想别的财富，没有去羡慕更值得骄傲的家，他们只想到他们现在相互之间所拥有的一切。

他们徐缓地走进更加阴暗、狭窄的街道。晨雾中可以隐约地看见或黄或红的阳光洒在街道的拐角上，洒在一小块一小块的空地上，空地上有一条石子路或一排踏级，一个颇富奇趣的小花园，或一块墓地，那里的几座坟墓与墓碑差不多是一片乌黑。弗洛伦斯满怀着爱意和信任，依偎着他的臂膀，穿过一块块狭窄的院子、一条条小街僻巷和阴暗的街道，去教堂举行婚礼，做他的妻子。

当沃尔特告诉她他们要去的教堂就在附近时，她的心跳得更厉害了。他们经过几个庞大的货栈，门口停着运货马车，忙上忙下的马车夫挡住了去路，但是弗洛伦斯似乎没有看见也没有听到。随后气氛宁静了，天黑了下来，然后她走进一座迷漫着一种如同地窖之中的怪味的教堂，在那里哆嗦着。

那口失望之钟的敲钟人是一个衣服褴褛的小老头，他此时站在门廊上，把他的帽子浸在洗礼盆里——他是教堂司事，他在这里自由自在，无拘无束。他把他们带进一间嵌着镶板、满布灰尘、又旧又黄的法衣室内，这间法衣室如同放在一个角落里没有了搁板的碗柜，放在室内的被蛀虫蛀蚀得千疮百孔的登记册散发着仿佛是陈年百代的鼻烟的气味，泪流满面的尼珀不禁直打喷嚏。

在这个满布着灰尘的古老陈旧的房间里，这位年轻的新娘却洋溢着青春气息，其姿容美丽动人，然而在这里除了她的郎君之外她再无别的亲人。这里有一个满身灰尘的老执事，他在对面廊柱环列的拱门下面开了一家过期报刊店。这里有一个满身灰尘的老领座员，她不与人交往，却觉得也够忙的了。这里有一个满身灰尘的老牧师助理，他与一个共济会有来往（这两人是图茨先生上星期天见到的），这个共济会在隔壁院子里有一个会堂，会堂里的彩色玻璃窗户是世人从未见过的。布满灰尘的木制壁架和楣柱嵌在圣坛之内，也伸出在圣坛之上，伸出在帘幕之上，环绕着走廊的四周，还在记载着这个共济会的长老和委员们在一千六百九十四年所做事迹的碑铭上方伸了出来。在布道坛和读经台上方装着传声板，形如盖子，布道的牧师出了差错时，这些传声板就会掉下来盖在他们头上。这里到处积满了灰尘，只是在墓园里不是这样，因为墓园里可以容纳灰尘的东西是为数有限的。

船长、所尔舅舅和图茨先生来了。法衣室内牧师穿上白色法衣，执事围着他打转，把法衣上的灰尘吹掉。新娘和新郎站在圣坛前面。

没有伴娘，伴娘就是苏珊·尼珀。没有比卡特尔船长更适当的教父了。有一个装着一条木腿的人手里拿着一个蓝袋子，嘴里咀嚼着一个烂苹果，正在门口往里面张望，觉得没有什么兴味，便在啪嗒啪嗒声中一拐一瘸，吃力地走开了。

弗洛伦斯跪在圣坛前面，她的头羞怯地垂下，看不见有什么仁慈的圣光照在她身上。早晨的熹微阳光，给房屋挡住，没能照进来。外面有一棵小树，几只麻雀在树上啾鸣。窗户的对面是一家染坊的顶楼，顶楼上小孔里透出的一线阳光中有一只画眉正当婚礼进行时也在高声鸣叫。木腿人一拐一瘸，吃力地走开了。满身灰尘的执事嘴里哼着"阿门"，就像麦克佩斯一样，在喉咙管里卡住一会儿①，但是卡特尔船长出于好心给他解了围，他跟着又哼了三个全新的"阿门"，这是以前的婚礼中不曾出现过的情况。

他们结婚了，在一本满布灰尘而令人连打喷嚏的登记册上签下他们的名字。牧师的法衣放回灰尘遍地的法衣室后，牧师也回家了。在这座阴暗的教堂里的一个阴暗的角落，弗洛伦斯走到苏珊·尼珀面前，靠在她怀里哭着。图茨先生的眼圈发红了。船长揸揸鼻子。所尔舅舅把眼镜从额角上拉了下来，走到门口去。

"上帝保佑你，苏珊，最亲爱的苏珊！如果有一天你能够为我对沃尔特的爱和爱他的理由做证的话，为了他的缘故，你就站出来做证吧。再见！再见了！"

他们觉得还是不要回到海军候补生那里去，就这样告辞反而好些。近旁，一辆马车在等着他们。

尼珀小姐讲不出话来，她只是抽泣，拥抱着她的女主人。图茨先生走上前去，叫她不要难过，高高兴兴地照顾好她的女主人。弗洛伦斯向他伸出手，并且满腔热情地把嘴唇也伸过去让他亲亲。她亲了亲所尔舅舅和卡特尔船长之后，便由她年轻的郎君带走了。

---

① 出自莎士比亚悲剧《麦克佩斯》第二幕第二场，麦克佩斯："可是我为什么说不出'阿门'两个字来呢？我才最需要上帝垂恩的，可是'阿门'两个字却哽在我的喉间。"

但是苏珊不能让弗洛伦斯怀着伤心的记忆离开她。她起初是想格外地亲热一番，现在她深深地自责没有能控制自己的情绪。为了作一次最后的努力来弥补她性格上的弱点，她即刻抛开图茨先生，奔着去找那辆马车，想让她的女主人看一看她临别时的笑容。船长看出了她的想法，拔脚就跟在她后面跑了上去，因为高高兴兴地为他们送行他觉得也是他应尽的责任。所尔舅舅和图茨先生一道留在教堂门口，等着他们。

　　马车已经离去，但是街道崎岖、狭窄，而且拥挤不堪，苏珊肯定看见它在远处停下了，于是她飞一样地奔下山坡，卡特尔也跟在她后面飞奔着，手里拿着那顶油光光的帽子作为一个通常的信号在空中挥舞着，它可能会引起那辆马车的注意，也可能不会。

　　苏珊比船长跑得快，现在已经赶到马车跟前了。从窗外向里面望过去，看见沃尔特和他身旁的那张温柔的脸孔，于是拍起双手，大声喊道：

　　"弗洛依小姐，我的宝贝！看看我！我们大家这会儿都很高兴啦，亲爱的！再说声再见，宝贝，再说声再见！"

　　苏珊也不知道是怎么搞的，瞬息间她一下子伸到窗口，一边亲亲她，一边用胳膊搂着她的颈项。

　　"我们大家这会儿都那么——那么高兴，我亲爱的弗洛依小姐！"苏珊说着好像气急得透不过来似的，"您，您现在不会对我光火吧。会不会？"

　　"光火，苏珊！"

　　"不会，不会，我知道您是不会的。我说您是不会的，我的宝贝，最亲爱的！"苏珊喊道，"船长也过来了——您的朋友船长，您知道——他来再一次向您说一声再见！"

　　"呼啦，我的心肝宝贝！"船长声如洪钟地喊着，他的面孔因为热烈的情感而变得通红，"呼啦，沃尔我的孩子！呼啦！呼啦！"

　　马车里年轻的新郎坐在一扇窗户旁边，年轻的新娘坐在另外一扇窗户边；船长站在马车的一扇门旁，苏珊·尼珀牢牢抓住另外一扇门；不管愿不愿意，这辆马车是势必要向前走的，但由于它停在路上，其他的马车和各种车辆也给挤得水泄不通，这种乱糟糟的车轮战是前所未有的。但是苏珊·尼珀勇敢地面对这种混乱的局面，依旧我行我素，她始终满含着泪水向她的女主人欢笑，一直到最后马车启程。而当她留在后面时，船长还不停地出现在马车门口，高声叫着，"呼啦，我的孩子！呼啦，我的心肝宝贝！"他衬衫的领子在激烈地飘动，直到再也没有希望跟上马车时他才罢休。等马车已经看不见了，船长回到原地时，苏珊．尼珀立刻昏迷过去，不省人事，于是给抬到一家面包店里去进行急救。

所尔舅舅和图茨先生坐在墓园里围墙的石盖上面，耐心地等候，直到卡特尔船长和苏珊回来。两人谁都不想讲话也不想听谁讲话，他们相处甚为融洽，颇感乐意。然后大家回到小海军候补生之家，坐下来吃早饭，但是谁都不想尝一口。卡特尔船长装作胃口很好，想大口大口地吃烤面包，但只是做了个样子，并没有下咽。早饭后，图茨先生说他准备晚上再过来，便径自到城里去逛荡了一整天，他的脑子迷迷糊糊的，仿佛整整两周没有睡觉似的。

在这座屋子，在这个房间里，有一种奇异的魔力，他们常常相聚在这里，而今人去楼空，许许多多的东西已经一去不复返了。这种奇异的魔力既加剧了同时又抚慰着离别的悲伤。晚上图茨先生来时，他跟苏珊·尼珀讲，他整天难过极了，他以前还不曾有过这种情况，但是他心甘情愿这样痛心疾首。单独和苏珊．尼珀在一道时，他推心置腹地告诉她，当她那天把她对董贝小姐是否可能会爱他的看法毫不含糊地跟他讲出时，他是怎样的黯然神伤。共同地回忆往事，共同地伤心洒泪，增加了他们彼此的信任，于是图茨先生提议一起出去买点东西以佐晚餐。尼珀小姐欣然同意，他们买了许许多多小食品，在船长和老所尔尚未归来之前，在理查兹太太的帮助下，他们把各种菜肴摆得像模像样，琳琅满目。

船长和老所尔到船上去过，把狄送到那里，亲眼看着把箱子搬上船去。他们滔滔不绝地讲着沃尔特是多么让人喜欢，他在船上会过得很舒服，为了把他的船舱布置得像船长所称赞的"一幅画"一样，让他的小妻子惊喜，他是怎样默默地从早到晚忙个不停。"我告诉你们，"船长说道，"即使海军上将的特等舱也没有这么漂亮呢。"

但是有一桩最使船长感到欣喜的事情是，那只大表、方糖钳子和茶匙已在船上，于是他一再喃喃自语着，"爱德华·卡特尔，你这个小子，你这一生只是在你把那些小小的财产移交给他们的时候才有了一个最好的航路。你看到了海岸在哪里，爱德华，这真给你增光添彩了，你这个小子。"

老仪器制造商比原先更加迷糊不清，他们的婚姻和离别使他非常伤心，痛定思痛；幸好他的老伙伴内德·卡特尔在他的身边，使他感到莫大的安慰，他脸上出现一种感激而又知足的表情，便坐下来吃晚饭。

"我的孩子已经安全得救而且体格健壮、前程似锦，"老所尔·吉尔士搓搓手说道，"我还有什么权利想不开呵，我可得感激和快乐呵！"

船长尚未在餐桌旁就座，好久他一直坐立不安，此刻他犹豫不决地站在原地，将信将疑地看着吉尔士先生说：

"所尔！地窖里还有最后一瓶马德拉岛白葡萄陈酒。老伙计，今天晚上你是不是想把它拿出来，让我们为沃尔和他的新娘干一杯？"

仪器制造商忧思难忘地望着船长，然后把手塞进他那褐色外套的胸袋里，拿出笔记簿，取出一封信。

"这是沃尔特写给董贝先生的信，"老人说道，"过三个星期送去。现在我来把这封信念一下。

"'先生，我已和您的千金结婚了。她和我一起远航。我忠诚地爱她，因此我对她和您就不应该有什么要求。上帝知我心。'

"'我爱她，超越于一切尘世的考虑，我已经把她和我朝不虑夕、充满危险的生活联系在一起了，我并不悔恨，这是为什么缘故我不想向您解释。您是知道的，因为您是她的父亲。'

"'请不要责备她。她从来没有责备过您。'

"'我并不认为也不希望您是会原谅我的。我没有这个奢望。但是有朝一日倘若您会满怀宽慰的心情深信弗洛伦斯终于有一个亲近的人常伴她身边的话，那么请您放心地相信吧，我向您庄严地保证，我一生的宏愿就是要让她忘记往日的痛苦。'"

所罗门小心翼翼地把这封信放回笔记簿里，再把笔记簿重新塞进外套口袋里。

"现在我们还不喝那最后一瓶马德拉岛白葡萄陈酒，"老人想了想说，"现在还不喝。"

"现在还不喝，"船长表示同意，"对，现在还不喝。"

苏珊与图茨先生也齐声附和。沉默片刻后，大家都坐下来吃晚饭，喝些其他的酒为这对年轻的夫妻干杯。那最后一瓶马德拉岛白葡萄陈酒依旧原封不动地置身于灰尘与蜘蛛网之中。

几天以后，一艘巍峨的轮船迎着和风扬帆出海了。

弗洛伦斯坐在甲板上，在性格极其粗放的海员的眼里，她就是一幅善良、美丽、纯洁无邪的肖像，让人感到舒服愉快，使航行畅行无阻、一帆风顺。时值夜晚，她和沃尔特独自坐在那里，凝望着海面上在他们与月亮之间那条庄严光明的前程。

慢慢地泪水盈眶，她再也看不清了，她把头伏在他的胸口上，双手绕着他的颈子说："哦，沃尔特，最亲爱的，我多么幸福！"

她的郎君把她搂在他的心上，他们安静地相依相偎，巍峨的轮船平静地向前航行。

"我听见海水的声音，"弗洛伦斯说，"我坐在这里望着海的波浪，有多少过去的岁月涌上我的心头，我想得好多——"

"你想着保罗，我亲爱的。我知道的。"

她想着保罗和沃尔特。海波的声音总是在对弗洛伦斯低声絮语，无止无息地诉说着爱，诉说着永恒而无止境的爱，这爱不是这个尘世可以局限住的，也不会随着时间的消逝而终止，而且始终不停地自由飞翔，飞向天涯海角，飞向目力所不及的遥远的国度。

第五十八章

一段时间之后

一年之中潮涨潮落；一年之中风起云涌，来而复去；无论是狂风暴雨或是风和日丽，时间的进程从未停止。一年之中，人事的变迁按照既定的安排发生。一年之中，名闻遐迩的董贝父子公司从未停止过为生存而战斗，为抗击厄运、流言蜚语、失败的冒险事业以及不景气的季节而战斗，而最使之最头痛的则是公司首脑的固执己见、执迷不悟，对公司所属的企业决不肯稍微加以裁减压缩；人家提醒他，逆风而行的船是不堪一击的，是难以渡过险境的，可是他一句话也听不进去。

一年过后，这家大公司倾覆了。

那是一个夏天的午后，在伦敦商业区的教堂里举行的那次婚礼之后再过几天就要到一年了，交易所里，人们议论纷纷，说有家大公司已经倒闭。那里一个素负盛名、冰冷无情、骄傲自大的人没有出现，也没有派遣代表过来。次日董贝父子公司停业的消息已是满城风雨；当天夜间公布了一批破产户，而那个名字位居第一。

这个世界现在的确是忙得不亦乐乎，说也说不完。这个世界过于单纯，太易轻信，受人愚弄。在这个世界上，除此以外再没有其他方面的破产了。在这个世界上，谁在宗教、爱国主义、道德与荣誉的腐烂的堤岸上到处进行买卖，是看不清楚的。人们靠纸币生活得不错，答应做许多许多好事来补偿，但没有见之于行动，仅仅是纸币在流通，其数甚微，实在不值一提。无论在什么地方，样样事情都过得去，毛病就出在金钱上面。这个世界的确是很愤怒了，尤其是那些冠冕堂皇、外强中干的生意人更是怒火填胸，因为如果情况更糟的话，他们是难免归于破产之列的。

对于那个寄人篱下、随遇而安的传递员佩契来说，现在发生的事情让他又可以去寻欢作乐了！人们也许会说，还不过是昨天吧，因为那桩私奔案以及在此后发生的事情，佩契先生深居简出，而现在公司破产他反而成了要人。一夜之间醒来发现自己突然成名，看来这是佩契先生命中注定的事。此刻他正坐在外间办公室里的架子上望着新会计们和其他职员的陌生面孔，原来的职员差不多全给换掉了。佩契先生只要从架子上溜了下来，走到外面的院子里或者最远走到国王纹章酒店时，一连串的问题就会迎面而至，而且有一个叫他很感兴趣的问题几乎是必不可少的，就是他想喝点什么。接着佩契先生就大谈特谈，他和佩契太太在巴尔斯池塘感到"事情不妙时"，他们是多么的食不甘味坐不安席，难过极了。然后佩契先生对那些瞠目结舌的听众压低了声音说，佩契太太早就料到事情要不妙了，因为她听到佩契睡梦中老是在呻吟，说什么"一英镑有十二先令九便士，一英镑有十二先令九便士"①。他的声音轻到极点，就像这个亡故的公司的尸体停在隔壁房间里尚未埋葬似的。他想，他的这种梦呓是看到董贝先生异乎寻常的脸色引起的。随后，他又神秘兮兮地告诉他们，他有一次对董贝先生说："先生，我可以冒昧地问一声您心里是不是不舒服？"董贝先生回答他："我的忠心耿耿的佩契，没有呵，这是不会的！"然后用手敲了一下额角说，"离开我，佩契！"总之，这位谎话连篇，已经身不由己的佩契先生还讲了各种各样的谎话，讲到动情处不禁失声大哭，昨天的谎话经过今天如法炮制，他自己也有点信以为真了。

这些谈话结束时，佩契先生总是温文尔雅地说，尽管他可能有这样那样的猜测（他的口气倒像是表明他的确是做过什么猜测似的），他是不会泄露天机，辜负他的信任的，是不是？因为在座的没有债

---

① 这是梦中的话，不足为凭。根据英国币制，1 英镑等于原 20 先令，或 100 便士。

主，大家都觉得他是很重情义的。这样，每次离开时，他的良心总是得到了宽慰，而且给人们留下了一个很好的印象。回到架子上后，他重新坐下来望着新来的会计和其他职员的陌生面孔，望着他们毫无顾忌地翻动那些神秘莫测的账簿；有时他踮着脚悄悄走进董贝先生的空荡荡的房间，把壁炉的火拨动一下；有时他走到门口散散心，碰到哪个他认识的人路过时便和他愁眉苦脸地聊几句；有时为了讨好会计主任向他献些各种各样的小小的殷勤，以便公司的事务结束之后请他帮忙在火灾保险公司谋求一个传递员的差使。

在贝格斯托克少校的眼中，公司的破产无疑是一场灾难。少校并没有悲天悯人之心，他所关心的就是乔·贝，他也不是易动感情的人，只是因为体质上的关系，有时他会呛得透不过气来。但是在俱乐部里他曾经把他的朋友董贝大肆吹捧，而且经常对俱乐部的会员炫耀他的富有，让他们显得相形见绌。可是俱乐部的会员也是血肉之躯的凡人，他们听到这个消息自然是喜不自胜，对少校反唇相讥，装着极度关心的样子，问少校怎么以前就没有料到竟会发生这样的惨祸，现在他的朋友董贝怎么承受这样的事情呵。听到这样的问题，少校就会面孔发紫地说，先生，这是一个很糟糕的世界，整个世界都是很糟糕的；乔伊是略知一二的，不过，先生，他像婴儿一样给哄骗了；先生，要是在乔·贝格斯托克和董贝到法国去一路追赶那个坏蛋时，你们就跟他讲你们有先见之明的话，他真会笑死你们呢——我敢保证，先生，他真会笑死你们呢！先生，乔给哄了，给骗了，给蒙了，给糊弄了，但是他又清醒起来了，眼睛睁得大大的，先生，要是乔的父亲明天从坟墓里复活的话，他一个便士也不会让这个老掉牙的花花公子保管的，他要告诉他，他的儿子乔希已经是久经战场的军人，是哄骗不了的啦，先生；这个乔·贝是什么都不相信的啦，他是一个多疑、暴躁、古怪、筋疲力尽的人啦，先生；他曾经荣幸地得到已故肯特公爵殿下和约克公爵殿下的知遇和赏识，老天有眼，可以做证，要是真的让这样一位古色古香、性格粗犷、意志坚强的老少校隐居到木桶里去的话，只要和他的身份与尊严并行不悖，先生，他明天就到蓓尔美尔街找一个木桶坐进去，来表示他对人类的轻蔑！①"

所有这一切以及许多许多类似的话少校讲的时候激昂慷慨，脸孔通红，摇头晃脑，声嘶力竭，怨怒之气与受了亏待的委屈之感大大发泄了一通，许许多多中风的症状全都露了出来，以至于俱乐部里比较年轻的会员以为他投资于他朋友董贝的公司的资金现在一无所有了，不过对乔伊比较了解的老兵和城府颇深的老滑头是不相信的。时运不佳的本地人却一言不发，备受折磨。他不仅时时受到少校的咒骂，给骂得千疮百孔、体无完肤，而且常有拳打脚踢之虞，弄得整天提心吊胆。公司破产之后整整六个星期，这个苦恼的外国人过着风雨如晦的日子，老是给脱靴器和刷子打得落花流水。

对于这个可怕的厄运，奇克夫人有三点看法。第一，她对于这件事情无法理解；第二，她的哥哥没有尽力而为；第三，倘若她被邀请参加他们的婚宴的话，绝不会发生这种事情，当时她已言之在先。

不幸是明明白白的，不管是什么看法，谁也无法阻挡它，也无法使它减轻或者加重。众所周知，公司的事务将要尽可能体面地结束，董贝先生已自动放弃他拥有的一切而不向任何人求恩施惠。想重振旗鼓，恢复营业，那是不可能的，因为要他平心静气地好好谈判，做这种妥协的事情，他是不干的。作为在商人中享有威望的人，他所担负的备受信赖与荣誉的职位，他已全部卸去。有些人认为他已日薄西山、奄奄一息；另外一些人觉得他伤心欲狂；而大家一致的看法是他彻底完蛋了。

职员们举行了一个小型的告慰宴会，会上唱起引人发笑的歌曲，使气氛轻松起来。宴会后，职员们皆大欢喜地分道扬镳。有的到国外去谋生，有的在国内其他公司里任职，有的突然想起乡下有特别相好的亲戚便前往探亲，还有一些则在报纸上刊登求职广告。唯独佩契先生依旧待在这个破产的公司里，他或坐在架子上望着那些会

---

① 典出希腊哲学家提奥奇尼斯（公元前412—前323）曾住在木桶里，白昼点灯寻找正人君子。蓓尔美尔街是伦敦的一条街，街上有许多俱乐部。

计，或溜下去，到会计主任跟前说几句好话，准备请他帮忙在火灾保险公司搞个差使。办事处一下子变得无人管理，肮脏不堪。院子的角落里那个卖拖鞋和狗颈圈的人倘若此时看见董贝在那里出现时，也许会以为再把食指举向帽边是大可不必的。搬运工双手塞在白色的围裙底下，深有感慨地谈着野心，发表了一通很妙的议论，在他听来，他觉得野心和报应①恰好押韵，不是凭空讲讲的。

那个淡褐色眼睛、头发和胡子已有不少灰色的星星点点的莫芬先生，在这个迷漫着破产气氛的公司中，除了公司首脑以外，是唯一不同于众人的人了，他对于公司的灾难感触极深，忧心忡忡。多年来，他对董贝先生一直是尊重、恭恭敬敬的，但他从不为了达到自己个人的目的而虚情假意、唯唯诺诺、逢迎讨好。因此，他没有自尊心的丧失需要报复，没有长期拉紧的弦需要急忙松开。他起早贪黑地工作，把公司各项业务纷繁复杂的详情细节理清，他总是随时待命准备解释需要解释的事情，有时他甚至在他那间陈旧的房间里坐到三更半夜，埋头思考问题，顺利地予以解决，这样就免了董贝先生亲自过问之苦了。事情做完后，莫芬即回到伊斯灵顿他的家里，在就寝之前拿起他的大提琴弹起来，奏出无限凄凉伤心的声音，让他的心情平静下来。

一天晚上，他照样弹起这个幽怨的乐器来自我安慰，由于一天的工作十分劳累，精神不振，情绪低落，因此想从这深沉低徊的乐声中弹出几许安慰。这时他的女房东突然过来通报有一位妇人要找他。女房东幸亏耳聋没有听到乐器的声音，她唯一的感觉是骨头里有什么东西在嗡嗡作响。

"是戴孝的。"女房东说道。

大提琴的声音戛然而止。弹奏者小心翼翼地把它放在沙发上，然后示意请那位妇人进来。他跟着女房东走过去，在楼梯上遇到哈丽特·卡克尔。

---

① 原文是 ambition 和 perdition。perdition 的译文有所变通。

"一个人来的吗？"他说，"今天早晨约翰还在这里的！是不是出了什么事，亲爱的？但是不会，"他补充了一句，"从您的脸色看得出来，完全是另外一回事。"

"那么，恐怕您看到我脸上有什么一己之利的东西吧。"她接着说道。

"是很叫人高兴的东西，"他说，"即使是一己之利的东西，也是不同一般的，在您的脸上是很值得一看的。但是我不相信这是一己之利的东西。"

此时他给她拉过来一把椅子，他自己坐在对面，而那把大提琴则舒适地躺在他们之间的沙发上面。

"等我把我来的目的告诉您，"哈丽特说，"您就不会奇怪我为什么一个人来，您也不会奇怪为什么约翰没有告诉您我要来。我现在可以说吗？"

"那是太好了。"

"您不忙吗？"

他指着放在沙发上的大提琴说："我整天都在忙着。这就是见证。我全部的烦恼都寄托在这上面了。我希望只有我自己的烦恼要说。"

"公司已经停业了吗？"哈丽特关心地问道。

"完全停业了。"

"永远不会恢复吗？"

"永远不会。"

当她的嘴唇默默地念着这句话时，她明朗的脸孔并没有罩上一丝阴影。这一点他注意到了，似乎不免稍感惊奇，便继续说下去：

"永远不会。您还记得我跟您说过的话吧。一直以来就没法劝说他，没法同他讲理，有时候连接近他都没有办法。现在最坏的事情发生了。公司已经倒塌，永远也建立不起来了。"

"那么董贝先生本人是不是也倾家荡产了呢？"

"倾家荡产了。"

"他私人的财产也没有留下吗？一点也没有吗？"

她声音里有一种想急于弄清情况的渴望，她的眼睛里含着一种近于欣喜的目光，这叫他越来越惊奇，同时也使他失望，因为这与他自己的心情是背道而驰的。他用一只手的手指敲打着桌子，忧思如焚地看着她；过了一会儿，他摇摇头说道：

　　"董贝先生的财产究竟有多少，我不很清楚，毫无疑问是非常可观的，但他的债务也很庞大。他这个人品格高尚，为人正直。任何处于他这种地位的人为了给自己留一条后路，总是提出一些条件，让同他做生意的人差不多在不知不觉中吃点小亏，以便于自己留一点积蓄来维持生活；许多人处在他这种地位的话是会这样做的。但是他决心还清债务，直到用完他最后的一分钱！用他自己的话来说吧，他要用自己的钱来还清公司的债务或者差不多还清公司的债务，这样就不会让别人损失太大了。呵，哈丽特小姐，罪恶有时候只是过分讲究德性的翻版，要是我们能更经常地想想这句话，对我们是不无补益的！在这一点，他的骄傲就是一个很好的说明。"

　　她听着他说着时，脸上的表情没有多少变化，或者根本没有变化，她的注意力有些分散，她的脑子里显然在想着什么事情。讲完后，她立刻问他：

　　"您最近看见过他吗？"

　　"没有人看见过。当这个惨祸落在他身上时他不得不出去走走，但是出去以后又回到家里，关在房间里，谁也不见。他写了一封信给我，很看重我们过去的关系，其实是过誉了，他写这封信，也是和我告别。我过去在他境遇好的时候没有和他有多少来往，所以现在我也不想随便打搅他，但我也试过，我写过信，去过，恳求见见他，但是全都无济于事。"

　　他凝视着她，似乎是希望看到她会比刚才多一份关心，他说时，态度严肃、满怀热情，仿佛是想给她一个更深刻的印象，但她的表情依然没有变化。

　　"好吧，好吧，哈丽特小姐，"他有点失望地说，"这种事是无关紧要的。您来不是为了听这种事的。您脑子里在想着其他什么让人比较高兴的事情。什么事情，也让我晓得晓得吧，这样我们的谈话就可以更好地平分秋色了。快讲吧！"

"没有别的，就是这件事，"哈丽特答着，她脸上突然流露出毫不掩饰的惊奇，"难道这不可能吗？最近约翰和我对这些巨变想得很多，也讲得很多，这难道不是很自然的吗？他在董贝先生的手下任职多年了，他受到什么待遇，您是知道的。现在董贝先生正像您所说的倾家荡产了，而我们倒反而富起来了！"

她的脸孔善良而真诚，与其初次相遇以来，淡褐色眼睛的单身汉莫芬先生一直为之欣喜不已，可是此刻，她的脸容光焕发，欣喜若狂，倒反而不像以往让他那么喜欢了。

"我用不着提醒您，"哈丽特低垂双目，看着她的黑衣服说，"我们是通过什么办法使我们的境况改变了的。您不会忘记，在那个可怕的日子，我们的兄弟詹姆士什么遗嘱也没有留下，除了我们两人他没有别的亲戚。"

现在她的脸孔虽然苍白忧伤，但比刚才要叫他喜欢一些。他的呼吸似乎轻松畅快起来。

"您知道，"她继续说着，"我们的经历，我的两个哥哥的经历，和您那么真心诚意地讲起的那位不幸的倒霉先生是密切相关的。您知道我和约翰一起度过这么许多年的艰苦日子，我们所需要的东西很少，我们也不需要用多少钱，而现在因为您好心的帮助，他有了一份很可观的收入，够我们花了。我来是请您帮个忙的，至于是什么事情您不会没有想到吧？"

"我不大清楚。刚才我是没有想到。现在，我觉得有点数了。"

"关于我已故的哥哥，我不想讲什么。如果死者知道我们做的事情的话——但是您是懂得我的意思的。至于我的活着的哥哥，我可以讲上很多，但是我不想多讲，只有一点是我不得不说的，这就是他有一个责任需要完成，等到这个责任完成时，他才会心安理得！就是为了这件事情，我才来请您给予不可缺少的帮助的。"

她又抬起眼睛，他的眼睛凝视着她，开始觉得，她脸上欣喜若狂的光彩美丽动人。

"亲爱的先生,"她继续说着,"这件事要悄悄地进行,不让人知道。您的经验和知识是会给您指出怎样去完成这件事情的。也许可以使董贝先生相信,他损失的财产之中还有一部分出乎意料地保存下来了,也可以说,和他做过巨额生意的某某人,因为敬仰他高尚正直的品格,自愿给他一份馈赠,或者就说,他的一笔旧债现在偿还了。怎么做,肯定是有许多办法的。我知道您是会选择最好的办法的。我来请您帮忙,就是请您以您自己的方式来替我们办这件事情,那就是以善良、大方,为人着想的方式去办。请您务必不要同约翰讲,他这个物归原主的举动是要不声不响、不为人知、也不愿受到别人赞扬,这样他就会蛮高兴了。我已故的哥哥的遗产中只需要一小部分留给我们,其余部分的利息一概交给董贝先生,好让他安度余生。请您务必为我们严守秘密,我相信您一定会的。从现在起,即使在您我之间也尽量少谈这事,就让它只是留在我的脑海深处,这样我就有了一个新的理由来感谢上帝,也为我的哥哥而高兴与自豪了。"

当一个忏悔的罪人和九十九个正直的人一道走进天堂时,那些天使的脸上就可能会出现这种欣喜欲狂的神色。这种欣悦之色并没有因为她眼睛里满含着欢乐的泪水而变得暗淡,相反,却更加明亮了。

"我亲爱的哈丽特,"沉默了一会儿后,莫芬先生说道,"我没有想到这一点。您是不是希望把遗产中您的部分,同约翰一样,为了这个善良目的也捐献出来?我这样领会您的意思没有错吧?"

"哦,对,"她回答说,"多少年来,我们兄妹俩同甘共苦,同舟共济,我们没有不同的烦恼、不同的希望,也没有不同的目的,既然是这样,我怎么忍心不把我的一份也拿出来呢?我怎么可以不自始至终地做我哥哥志同道合的伙伴呢?"

"我绝对相信您的话!"他回答道。

"我们可以依赖您的善意的帮助了吗?"她说,"我早就知道是可以的。"

"要是我不是真心诚意地答应您，让您放心的话，我可要比我自己所希望做的或自以为是的那种人还要坏了。不言而喻，您是可以信赖我的。我以名誉担保，我会为你们保守秘密。要是像我担心的那样，董贝先生的确是倾家荡产了，我一定会以坚定不移的决心，会帮助您和约翰实现你们共同决定的计划。"

她把手伸给他，面带热诚而快乐的笑容，向他表示谢意。

"哈丽特，"他握着她的手说道，"要是同您谈论您现在所作的任何牺牲，特别是仅仅是金钱方面的牺牲有什么价值的话，那是没有意义的，也是太不自量了。要是请您重新考虑一下您的计划或者削减捐赠的数目，我觉得这也同样没有意义，同样地太不自量了。我没有权利以微不足道之躯冒昧介入，使伟大历史的伟大目的蒙受损害。但是我有一切权利俯首听命执行您交托给我的使命，这个使命是来自于我这个可怜的凡人所无法理解的高尚的纯情，我为之欣喜。我只有一句话要讲：我是您忠实的仆从，是您的知心朋友，这样我就心满意足了，在这个世界上我不想做其他什么人，除非像您一样。"

她再一次热诚地向他表示谢意并祝他晚安。

"您要回家去吗？"他说道，"我送您回家。"

"今天晚上就不用了。我现在不回家。我要去单独拜访一个人。您明天来吗？"

"好的，好的"他说，"我明天来。来以前这段时间，我会考虑这件事情，看看我们怎样能尽善尽美地去完成。恐怕您也会想这件事的，亲爱的哈丽特，还——还——把我连带想想呢。"

他搀着她走下去，走到等候在门口的一辆马车跟前。等马车驶去后走上楼梯时，倘若女房东耳朵不聋的话，她一定会听到他喃喃自语，说什么我们都是习性难改的动物，做一名老单身汉实在是很悲惨的习性。

他拿起躺在两把椅子中间的沙发上的大提琴，但没有把那把空椅子移开，就坐在椅子上弹奏着低沉缠绵的曲调，久久地对着那把空椅子缓缓地摇着头。起初，他弹奏乐器时的心情虽然是极度伤感而缠绵，但是与他面对空椅子的表情和脸色相比，却还不算什么，此时他是太悲伤了，深至肺腑，他不得不频频采用卡特尔船长的良方，用衣袖狠擦他的脸孔。渐渐地，他手里的大提琴也随着他的心情悠扬地弹奏着《和谐协调的铁匠》①，反反复复地弹奏着，直到他的脸孔变得平和而红光满面，闪闪发光，宛若一位名副其实的铁匠的铁砧上的一块火花四射的真铁。大提琴和这把空椅子陪伴着他打发他那单身汉的时光直到午夜临近。吃晚餐时，大提琴竖立在沙发的角落里，蕴含着整个铁匠铺里和谐协调的铁匠们汇聚在一起的和谐协调的乐音，它似乎以默默无声的信号从斜视的眼角向这把空椅子频送秋波。

哈丽特离开后，马车夫走上一条他显然很熟悉的路径，在这一带的城郊穿弄越巷，最后来到一块开阔的地方，在罗列的园圃之中静悄悄地矗立着几座低矮的旧房子。马车夫在一座园圃的门前停住，哈丽特跨下马车。

她轻轻地揿了一下门铃，一个面容忧伤的妇人过来开了门，她脸色苍白，眉毛竖起，她的头歪向一边。看见哈丽特，她行了个屈膝礼，领她穿过园圃，走向屋子。

"今天晚上您的病人怎么样了，阿姨？"

"小姐，我看不好。有时候，看了她我就想起我叔叔的女儿贝特西·简！"脸色苍白的妇人忧心忡忡地答着。

"在哪方面像呢？"哈丽特问。

"各方面都像，小姐，"妇人说，"只不过她是大人了，而贝特西·简死时还是个孩子。"

"可是您告诉过我她好起来了的，"哈丽特和气地说道，"所以还有理由抱着希望的，威肯姆太太。"

"呵，小姐，对于那些吃得消，心情好的人来说，希望是一个很

---

① 《和谐协调的铁匠》：这是生于德国的英国作曲家亨德尔（1685—1759）所作的乐曲。

了不起的东西！"威肯姆太太摇摇头说道，"我自己的心情就不好，是没法抱着这种希望的，但是我一点也不埋怨，我不嫉妒有好心情的人，他们是有福了。"

"您要想得开一些。"哈丽特说。

"谢谢您，小姐，我晓得的，"威肯姆太太冷峻地说，"就算我想得开吧，但是在这种冷清的地方——原谅我讲话太随便了——过了二十四小时这种好心情也保不住的。但是我根本想不开，我宁可想不开。过去我有的那么一点点好心情，几年以前我在布赖顿的时候给丢得精光，我觉得这样倒反而好呢。"

一点不假，这就是那个代替理查兹太太照管小保罗的威肯姆太太。她觉得住在和蔼可亲的皮普钦屋檐下的那段日子真不好过，但虽有所失，倒也有所得。那种了不起的考虑周到的旧制度，因为沿袭已久而变得神圣不可侵犯。根据这种制度，往往从人类中尽量挑选那些毫无风趣、令人不快的人来教育儿童，指导他们如何为人，让她们担任女总管，监视员，病人护理员，以及诸如此类的职务。威肯姆太太借了这个制度的光，当上了护士这个美差，她的一丝不苟的品质受到许多人的特别褒扬。

威肯姆太太扬起眉毛，歪着头，照着路，领她上楼走进一个清洁整齐的房间，再过去是一个烛光暗淡的房间，那里放了一张床。在第一个房间里，一个老妇人木呆呆地坐着，透过敞开的窗户，望着窗外的一片漆黑发愣。在第二个房里，躺在床上的就是一天冬夜那个漂泊在风雨中的女人，现在已经瘦得不成人形，像个幽灵一样，认不出了，只是挂在毫无血色的脸孔之旁的乌黑长发和其周围白皙的一切还是依然如故。

呵，那双眼睛，光芒四射，而那躯体则虚弱得很！哈丽特进来时，那双明亮的眼睛急切地转向门口；那有气无力的头抬不起来，只是在枕头上缓慢地转动！

"艾丽斯！"来客温和地问，"今夜我来迟了吧？"

"您总是好像来迟，其实您来得总是很早的。"

哈丽特在床边坐了下来，把她的手搁在床上那只瘦削的手上。

"您好些了吗？"

站在床脚头的威肯姆太太像一个忧郁的鬼魂一样，拼命地直摇头，表示否定。

"今天好一些还是坏一些，"艾丽斯淡淡地笑了一下说，"都没有什么关系的，不过只差一天罢了，恐怕连一天也没有呢。"

一丝不苟的威肯姆太太发出了一声哀叹，作为同意的表示。她淡漠地拍了几下脚头的被子，是想摸摸病人的脚，看看是不是像石头一样僵硬，然后把桌上的药瓶弄得叮当作响，好像有谁在说，"我们既然还在这里，就让我们一如既往地给病人配药。"

"不要吃药了，"艾丽斯低声地对来客说，"由于走上了歧路以及内心的愧恨、颠沛流离、一贫如洗、变化莫测的天气、内外夹攻的狂风暴雨，我的生命已经消耗殆尽，活不长了。"

她说着拉起那只手，把自己的脸孔挨着它。

"我躺在这里，有时候在想，希望能够活得长一点，好让我有一点时间向您表示我是多么感激您呵！这是一种软弱，但瞬息即逝。这样对您反而好，我也好受些！"

此刻她握着这只手的样子和那天寒冬的夜晚在炉旁握着这只手的样子何其不同！看吧，那满腔的愤怒、轻蔑、反抗、无所顾虑的表情今何在！俱往矣！一切就此结束。

威肯姆太太把瓶子叮叮当当弄了一阵之后终于把药配好。病人服药时威肯姆太太紧盯着她，嘴巴紧闭，眉毛紧皱，直摇脑袋，浑身的痛苦弄得她说不出，因为病人是毫无希望了。威肯姆太太然后在房间各处洒上少许清凉剂，她那一丝不苟的神情酷似一个女掘墓人在撒着一层一层的灰、一层一层的泥土。洒好之后，她即走下楼去，品尝一下举行葬礼的烤肉。

"那天我到您那里，把我做的事情告诉您，过了有多久了？"艾丽斯问道，"那时候不是还劝说过您不用叫人去追了，因为已经太晚了。"

"有一年多了。"哈丽特答道。

"一年多了，"艾丽斯若有所思地凝望着她的脸孔说，"您把我带到这里来，一个月又一个月地过去了！"

　　哈丽特应道，"是的。"

　　"您的亲切温和感动了我，把我带到这里来。我！"艾丽斯说着有些畏缩，把脸孔藏在手的后面，"您用女人温柔的容貌和话语以及天使的美德感动了我，让我懂得人情了！"

　　哈丽特俯向着她，安慰她，让她安静下来。艾丽斯仍旧像原先那样躺着，把她的脸孔挨着那只手。不久，她要哈丽特唤她母亲过来。

　　哈丽特喊了不止一次，但是老妇人坐在敞开的窗口，正出神地望着窗外黑暗的夜色，没有听到。哈丽特只好走到她跟前碰碰她，她这才立起身，走了过来。

　　"妈妈，"艾丽斯说着重新握着那只手，她明亮的眼睛怀着无限爱意地凝视着来客，同时稍稍地朝老妇人动了一下手指说，"把你知道的事情告诉她。"

　　"今天夜里吗，我的宝贝？"

　　"是的，妈妈，"艾丽斯庄严而轻微地回答说，"今天夜里！"

　　由于担惊受怕、懊恼和忧伤，老妇人看起来神志不清，她慢吞吞地沿着床边走到对面哈丽特坐着的地方，双膝跪下，把她枯槁的面孔垂下，和床罩一样高低，伸出手抚摸着她女儿的臂膀，开始说道：

　　"我漂亮的闺女——"

　　天呵，这喊声是多么凄凉，她讲不下去了，只是目不转睛地看着躺在床上的可怜的躯体！

　　"变样了，早就变样了，妈妈！枯萎了，早就枯萎了，"艾丽斯说时没有看她，"现在不要为这个难过了。"

　　"我的闺女，"老妇人结结巴巴地说，"我的闺女很快会好起来的，她漂亮的相貌要把他们大家羞杀的。"

　　艾丽斯对哈丽特伤心地笑着，把她的手拉得更靠近一些，抚摸着但一言未语。

"她很快会好起来的，听着，"老妇人举起干枯的拳头向空气示威，"她漂亮的相貌要把他们大家羞杀的——她会的。我说她会的！她一定会的！"——她像是在和床边一个看不见的持反对意见的对手激烈地争辩似的——"我女儿被赶走了，被抛弃了，但是要是她高兴，她也有高贵的亲戚好攀的。呵哈，高贵的亲戚！你们的牧师和你们的结婚戒指可以造出这种亲戚关系，但是割不断这种关系，没有你们的牧师和你们的结婚戒指，我女儿照样有，这种亲戚关系，我女儿有高贵的亲戚，她出身名门。你要是把董贝夫人领来给我看一看，我就会给你指出她就是我的艾丽斯的堂姊。"

哈丽特先看看老妇人，再瞧瞧那双凝视着她的脸孔的眼睛，她明白此言不虚。

"呵哈！"老妇人喊叫着，她下垂的头威风凛然地抬了起来，"我现在虽然又老又丑——其实我的年纪还没有看起来这么大，主要是生活太苦、劳累过分的关系——过去我同别人一样也是年轻得很的，呵哈！而且同好多姑娘一样也是漂亮得很呢！我年轻的时候是一个花枝招展的村姑，亲爱的，"说时，她把手伸向床对面的哈丽特，"就是那么个花儿模样的。董贝夫人的父亲和他的兄弟从伦敦到我那个乡里来玩玩，在我那个乡里他们兄弟俩最快活，最讨人喜欢了——可他们早就死了！天老爷，天老爷，好多年了呵！我艾丽她爸爸就是这两个兄弟中的一个，他活得长一些。"

她稍稍抬起头来，凝视着女儿的脸孔，仿佛她的回忆从自己的年轻时代飞往她孩子的青春季节。突然，她把面孔伏在床上，把头埋在手与臂膀里。

"他们真像得很，"老妇人说时，眼睛没有抬起来，"您可以看得出来就是两兄弟，年纪也差不多——我记得，他们相差还不到一岁——如果您也像我一样，看见过我的闺女和她的堂姊站在一起的话，尽管她们的生活和衣服很不一样，您看得出，她们是很相像的。哦！现在是不是不像了，是不是我的闺女，是我的闺女，变了样！"

"我们大家到时候都要变样的。"艾丽斯说道。

"到时候！"老妇人叫喊着，"但是她的堂姊为什么不像我闺女变得这么快呵！她的母亲当然也变了样，她看起来同我一样的老，虽然涂脂抹粉的，但也是和我一样皱纹满脸的，可是她还是挺漂亮的。现在我的独身闺女躺在这里奄奄一息，我做了什么坏事比那个母亲坏在哪里，就该遭这样的殃呵！"

　　她又声嘶力竭地大喊起来，马上跑到她刚刚待着的那个房间里，但又心神不定地回来了，缓缓地走到哈丽特跟前说：

　　"这些就是艾丽斯叫我跟您说的，亲爱的，就是这些。有一年夏天，我到沃里克郡去，在那里我开始打听她是谁和她的全部情况，我才发现这种亲戚关系。那时候，这种亲戚关系对我没有好处。他们不会承认我，不会接济我。要是我的艾丽斯不来阻挡的话，过些时候我恐怕会去向他们要点钱的。要是我真的去要的话，我想艾丽斯是要把我宰了的。您看她现在这么安静，"老妇人胆怯地摸摸她女儿的脸孔，随即缩了回去，"她同那一个是一样骄傲的。但是她漂亮的相貌是要叫他们羞杀的。哈，哈！她会叫他们羞杀的，我漂亮的女儿！"

　　她大笑着退出去了，这笑声比她的喊声更加凄凉，比她讲完话时的一声傻里傻气的悲泣更加凄凉，比她在那把旧椅子上坐下，凝望着窗外一片漆黑时的痴呆神情更加凄凉。

　　艾丽斯一直凝视着哈丽特，也从没有放开过她的手。现在她说道：

　　"我躺在这里，一直觉得我得把这个情况告诉您，我想这样可以让您明白我的心肠为什么会变得这么硬的。在我犯了过错的时候，我听到许多闲话，说我没有尽自己的责任，但是我觉得，人家也没有对我尽责，种瓜得瓜、种豆就该得豆的。我有一点明白了，那些走上歧途的姑娘，她们的家和她们的母亲是不好的，但是她们的境遇不像我这么糟糕，她们该感谢上帝的。一切都已经过去了。现在想起来真像一场梦，这梦我还不能记得清清楚楚，也不是完全明白的。从您过来坐在这里的第一天起，一天天地听您念些什么给我听，

894

我一天天地越来越觉得这一切更像是一场梦了。我只是把我能够记起的跟您讲了。您好不好给我再念点什么呢？"

哈丽特正想抽开手去翻书，艾丽斯仍旧把这只手握了一会儿。

"您不会忘记我妈妈吧？只要有一点理由，我就原谅她了。我晓得她也原谅我了，而且她很难过。您不会忘记她吧？"

"永远不会，艾丽斯！"

"再等一会儿。把我的头这样搁着，亲爱的，在您念的时候我就可以在您慈爱的脸上看见那些话语了。"

哈丽特照她的要求又念起来。她念着一本为精疲力竭、重负压身的人们所写的永恒的书，为这个世界上一切受苦受难、误入歧途、被人遗弃的人们所写的永恒的书；她念着神圣的历史，这里讲着瞎子、跛子、瘫痪的乞丐、罪犯、蒙受耻辱的女人以及为我们整个虚荣的世界避而远之的人，他们在这里都有一席之地，只要这个世界存在一天，从古至今以至永远，无论是人的骄傲、漠不关心或欺世的诡辩都不能把他们抹杀掉，也不能减损他们的一根毫毛；她念着上帝的恩惠，在人生的整个行程，从生到死、从幼年到老年，上帝都寄予亲切的同情，极大的关怀，在每一个阶段、每一处场所，对他们的一切希望、痛苦与忧伤，他都是无限同情，关怀备至。

"明天一大早我就来。"哈丽特关上书时说。

那双明亮的眼睛依旧凝视着她的脸孔，闭上片刻后，随即又张开。艾丽斯亲了亲她，并祝福她。

这对明亮的眼睛目送她到门口。关门时，在她的目光中，在她安静的脸上，露出了一丝笑容。

这双眼睛没有移开。她把手搁在胸口上，低声地说着哈丽特念给她听的那个神圣的名字。生命就像熄灭的亮光一样从她脸上消逝了。

一切已经化为乌有，只剩下任凭风吹雨打的一堆残垣败壁，还有那曾在严冬的寒风中飘动着的黑发。

第五十九章

报应

弗洛伦斯曾经度过其孤独的童年岁月的地方,那条阴暗的长街上的巨屋又遇变迁。这仍旧是一座不怕风吹雨打的巨屋,屋顶上的砖瓦没有隙缝,窗户没有破损,墙壁没有倾倒,但是它也还是一堆残垣败壁,老鼠从里面腾空跃出。

起初,托林森先生和他的伙伴们对于道听途说的小道消息是不相信的。厨娘说我们这些人是不容易这样受骗的,谢天谢地。托林森先生倒是打算听听关于英格兰银行即将破产的传说或者伦敦塔①里贮藏的珠宝将要出售的消息。接着是《公报》②来了,还有佩契先生带着佩契太太也来了,他们在厨房里高谈阔论,度过一个很愉快的夜晚。

一当破产的消息不再有疑问了,托林森先生主要的担心是破产的数额是很大的——不少于十万英镑。佩契先生觉得还不止十万英镑。这些娘儿们由佩契太太和厨娘带头一再地喊着"十万英镑",那开心的样子仿佛是这笔钱就握在她们手里似的。而那个有意于托林森先生的女仆则希望能够获得这笔数额的百分之一,用来作为嫁给她心中人的嫁妆。托林森先生还在记着他过去吃的亏,认为一个外国人不大会懂得怎么样用这么多钱的,除非花在胡须上面,这句挖苦的话太刻薄了,弄得女仆流着眼泪走了出去。

但是她并没在外面待得很长。一向以大好心肠闻名的厨娘说道,

---

① 伦敦塔:曾作过监狱,现为文物保存处。

② 《公报》:指英国政府公报,刊登政府任命、企业破产等消息。

托林森，不管怎么办，现在大伙都该站在一起，因为说不准什么时候大伙就要分开了。厨娘还说，在这座屋子里大伙都碰到过出丧、结婚、逃跑的事情，不能让人家说，在现在这样的时候，大伙话还讲不拢呢。佩契太太听了厨娘的一席话感动极了，夸奖她真是一位天使。托林森先生听了厨娘的话也急忙响应，说他根本不会阻挠相互之间的友情的，他巴不得亲眼看见这样美好的情谊呢。说完，他即去找那个女仆，旋即挽着那个年轻姑娘走了回来；他告诉厨房里的大伙，刚才挖苦外国人的话不过是他寻寻开心的，现在他和安妮已经决定同甘共苦，永结良缘，准备在牛津市场开一家普通果蔬店，出售水果、蔬菜、香草、水蛭等物，请大伙特别惠顾。消息一宣布，立刻受到大伙的热烈欢呼。佩契太太一门心思想到以后的事情，便在厨娘的耳边一本正经地悄悄地说："姑娘儿。"

当这家人家发生了不幸的事情时，大伙在楼下总免不了要饮酒消愁一番。于是厨娘赶忙烧了一两盘热菜以佐晚餐；为了同样的目的，托林森先生做了一个龙虾生菜拼盘来款待大家。皮普钦夫人也耐不住寂寞，揿了一下铃，叫人把小羊胰脏留一点热一下，给她做晚餐的菜，并加四分之一杯香甜可口、烫热的雪利酒，放在托盘上送去，因为她感到不大舒服。

关于董贝先生他们谈了一些，但是不多，主要是猜猜他多久以前就知道这个灾难会发生的。厨娘一针见血地说："早就料到的，我的天呵！你发个誓说说看。"这是问佩契先生的，他完全同意厨娘的说法。有人猜想不知道他会怎么办，是不是会不管三七二十一，到外面去走走，托林森先生认为不会，他暗示，董贝先生可能会到一个比较体面的救济院里去安身。"呵！他在那里会有自己的小花园，您知道，"厨娘伤感地说，"春天还可以种上香豌豆。""一点也不错，"托林森先生接着说，"还可是做一个什么教会的兄弟会友。"佩契太太喝酒当中停了停，也插了一句话："我们都是兄弟会友。"佩契先生纠正了她的话，说道："姊妹们不包括在内。"于是厨娘说道："有权有势的人怎么倒下了呵！"女仆接了这个话头，也讲了一句："骄傲必败，过去一直是这样，将来也是这样！"

谈天说地之中，他们倒很心情舒畅，真令人惊叹，基督教的同心同德把他们的心连在一起，平心静气对待共同的灾难。只有一次这种忘怀得失的心情被打断了，那是一个穿着黑袜子，在厨房里帮工的小娘们做出来的事。原先她张大着嘴坐在那里好久没有讲话，这时冷不防冒出这么一句话："要是工钱不发了呢？"大伙坐在那里，一时讲不出话来，但是厨娘首先缓过气来，便气势汹汹地责问这个小娘们，她吃这家的饭，怎么竟敢用这种无耻的猜测来侮蔑他们，她是不是以为讲点信用的人还会去扣穷仆人那么一点儿工钱呢？然后她又激昂地说道："要是你的宗教感情就是那样的话，玛丽·道斯，我真不知道你想往哪里奔啦。"

托林森先生也不知道，其他人也都不知道。这个在厨房帮工的小娘们看起来自己也不甚了了，在众人的一顿讥笑之下，给弄得稀里糊涂，无所适从，就像包在衣服里面似的。

几天之后，陌生的人开始登门，他们在餐厅里约好会面的时间，仿佛就住在这里似的。其中有一位阿拉伯先生，特别引人注目，他有一副摩西①的脸形，身边挂着一个非常粗大的表链。这位先生在客厅里吹着口哨，等待另外一位口袋里总是装着钢笔和墨水瓶的先生，这时他用容易上口的"老兄"这个称呼问托林森先生，他知不知道这些深红色的和金黄色的帷幕刚买来的时候值多少价钱。登门来访的人逐日增多，餐厅里的约会逐日频繁，而且每一个人好像在袋子里揣着钢笔与墨水瓶，到时候会用上的。终于听说即将举行拍卖。来的人更多了，袋里都揣着钢笔与墨水瓶，指挥着一批头上戴着毛毡帽子的人，这些人立刻开始把地毯拉起来，把家具搬来移去，碰碰撞撞，他们的鞋子在大厅里和楼梯上印下了成千个脚印。

这一阵子，楼下的秘密会议开得正酣，由于无事可做，大伙便以吃喝取乐。有一天，皮普钦夫人把他们召集到她的房间里去，于

---

① 摩西：《圣经》中率领希伯来人摆脱埃及人奴役的领袖，犹太教的教义、法典多出自其手。

是这位像模像样的秘鲁夫人对他们训话了。

"你们的主人现在处境困难，"皮普钦夫人刻薄地说，"我想你们是知道的吧？"

托林森先生代表大家说，大伙都知道了。

"那么说，你们都在为自己打算了，我晓得的。"皮普钦夫人对他们摇晃着头说。

后面有一个尖利的声音叫起来："同您一样的！"

"这是你讲的，不懂规矩的婆娘，是不是？"悻悻然的皮普钦眼睛火光四射，越过前面的脑袋，对着后面的那个人责问。

"是的，皮普钦夫人，是我讲的，"厨娘一边回答一边往前面走过去，"讲了又怎么样，请问？"

"怎么样，你什么时候要走你就走吧，"皮普钦夫人说，"越快越好。但愿我再也看不见你这副面孔。"

说毕，凶狠的皮普钦拿出一个帆布袋子，把她到这天的工资一五一十地数出来，再加上一个月的补贴，把钱牢牢地握在自己的手里，一直等厨娘正确无误地在收条上签了名写好最后一笔后，她才难分难舍地把钱交出。接下去，皮普钦夫人照此办法把每个人的工资一一付出，直到全部付清。

"现在愿意走的请便，去自己找门路吧，"皮普钦夫人说道，"愿意留下来的可以在这里吃住一个星期左右，要好好干。不过，"皮普钦说到这里光起火来了，"臭婊子厨娘要马上就走。"

"走，"厨娘说，"那当然！我向您说声再见了，皮普钦夫人，我真心诚意地恭贺您的样子长得太可爱了！"

"快滚开。"皮普钦夫人拼命地顿着脚说。

厨娘慈眉善目、庄重尊严地飘然而去，把皮普钦夫人气死了在楼下，大伙马上跑到厨娘跟前，相聚在一起。

托林森先生说，首先他提议吃点点心，并打算在吃点心的时候提出他认为可以对付他们目前情况的一个建议。点心随即端上来，大伙吃得津津有味，于是托林森先生开始提出他的建议。他说厨娘就要走了，要是我们自己都对不起自己的话，就没有人会对得起我们了。他说大伙在这个屋子里住了这么久了，彼此之间友好相处。厨娘听到这一番话，大动感情地说："听呵，听呵！"这时，佩契太太也在这里，喉咙也给噎住了，流着眼泪。托林森先生接着说，目前大家应该同心同德："走一个，大伙都走！"女仆为这样的慷慨陈词深受感动，热烈地表示支持。厨娘说这是对的，她只是希望这样做不是为她叫好，而是出于一种责任感。托林森先生说是出于一种责任感，现在他既然给逼上梁山了，他只好开诚布公地说了，他认为这座屋子就要拍卖以及诸如此类的事情正忙得不亦乐乎，要是还住在这里实在太不体面了。女仆觉得这句话一点也不错，她讲了一件事情来证明，她说就在那天早上她走到楼梯上碰到一个头戴毛毡帽子的陌生人，这个人一看见她就要亲她。托林森先生一听之下急忙从椅子上跳起，要去找那个流氓算账，把他"打个落花流水"，却给娘儿们抓住不让他去，她们苦口婆心地劝他息怒，对于这种下流无耻的事情，干脆离开这个地方为妙，这是比较聪明的办法，也是比较容易做的。佩契太太提出了新的看法，她对于整天关在自己房间里的董贝先生甚至也体贴起来了，便催促大家赶快离开。这位好心的太太说："要是他出来碰到哪个穷仆人的话，他会怎么想啦！他过去装的那个门面叫我们相信他有钱得很呢！"这种体贴人心的想法使厨娘深受感动，于是佩契太太挑选了几个别出心裁的虔诚格言，使之锦上添花。现在情况已经一目了然了，大家都必须离开。箱子整理好了，出租马车已经叫来，这天暮色苍茫时，大伙都走了，一个也不剩。

这座巨屋不怕风吹雨打，矗立在这条阴暗的长街上，但是它却是一堆残垣败壁，老鼠从里面腾空跃出。

头戴毛毡帽子的人还在把这些家具推来移去。那些袋里揣着钢笔和墨水瓶的先生们把这些家具一一登记在册，在那些不是给坐的家具上坐了下来，又把酒店里买来的面包和乳酪放在不是用做吃饭的家具上吃起来，他们好像把贵重的物品拿来做不相干的用途而感到乐趣。家具摆得杂乱无章。被子与褥垫出现在饭厅里，玻璃杯与瓷器跑到花房里去了，而盛宴用的餐具则堆在大客厅里的长沙发上面。夹楼梯地毯用的金属细杆，系成束棒，作为大理石壁炉的装饰品。最后，阳台上挂着一块印着告示的地毯，大厅门的两边也悬挂着类似的添枝加叶之物。

破烂不堪的轻便双轮和四轮马车整天在街上川流不息地来来去去。一群群衣服褴褛的吸血鬼挤满了屋子，有犹太人也有基督教徒；他们用指关节敲敲厚玻璃镜子看看其质量如何；在巨大的钢琴上敲敲打打，发出不协调的八度音；用潮湿的食指在画面上抹来抹去；在最精致的餐刀的刀口上哈气；用肮脏的拳头狠狠地敲打椅子与沙发的坐垫，把羽毛褥垫弄得凌乱不堪；抽屉开了又关，关了又开；把银匙与叉子拿在手上作金鸡独立状，看看有多少分量；即使帘幕、布料、织物，不管是棉的还是亚麻的，其中的每一根线都要仔细检查；每一样东西都要品头论足，挑挑剔剔，整座屋子没有一处遗漏。那些头发蓬乱、烟味扑鼻的陌生人好奇地对厨房里的炉灶仔细看着，就像是看顶楼上的衣柜里有什么稀奇的货色似的。头上戴着绒毛全已磨掉的帽子的彪形大汉站在卧室的窗口和街上的伙伴们穷开玩笑。一声不响、在作计算的人拿着家具清单走到化妆室里去，用铅笔头在清单边上做些记号。两个经纪人闯进安全出口，站在屋顶上环顾四周。熙熙攘攘、叽叽喳喳、跑上跑下、人来人往，这种情况一直继续了好多天。"一流现代家具及其他物品"在展销。

在最好的客厅里，一张张桌子围成一圈。腿成弯曲状的西班牙红木餐桌涂着上等的法国光漆，一张接着一张地排成一长列，上面搭起拍卖商的拍卖坛。那一群群衣服褴褛的犹太人和基督教徒吸血鬼，那些头发蓬乱而又烟味扑鼻的陌生人，还有那些头上戴着绒毛全已磨掉的帽子的彪形大汉，都聚集在拍卖坛周围，坐在身边的随便什么上面，连壁炉架也在所难免。他们开始喊价了。屋子里整天都是热气腾腾、灰尘缭绕、叫声不绝，而在这些热气、灰尘和杂音之上，拍卖商的头、肩膀、声音和锤子一直忙个不停。头戴毛毡帽子的人乱哄哄、穷凶极恶地把成堆的家具搬来移去，搬走了一堆，又来了一堆。有时候还开开玩笑，大喊大叫。这种情况持续了一整天，又加上三天。"一流现代家具及其他物品"在举行拍卖。

然后，破烂的轻便双轮和四轮马车又出现了，随着来的还有装上弹簧的大篷货车和四轮运货马车以及一群有肩垫的搬运夫。整天，那些头戴毛毡帽子的人使劲地旋转螺丝刀，扭转着曲柄，有的十几个人一起抬着很重的东西跌跌撞撞地走在楼梯上，也有的把沉重的西班牙红木和青龙木以及厚玻璃板扛进轻便双轮与四轮马车、大篷货车与四轮运货马车里。各种运货车辆都用上了，有带篷的四轮运货马车，也有单轮手推车。可怜的保罗的小床放在一辆双轮驴车上也给拉走了。"一流现代家具及其他物品"搬了将近整整一个星期。

终于全部都烟消云散。整座屋子里只剩下零零碎碎的家具清单、散乱在四处的稻草与干草和大厅门后面的白色罐子。头戴毛毡帽子的人收拾起螺丝刀与曲柄放入袋中，扛着它们走了。有一位袋里揣着钢笔和墨水瓶的先生对这座屋子作了最后的检查之后便把出租这座称心如意的宅邸的告示贴在窗上，关上了百叶窗。然后他跟着头戴毛毡帽子的人走出去了。至此，这些不速之客全都走了。整座屋子成了一堆残垣败壁，老鼠从里面腾空跃出。

皮普钦夫人的房间以及一楼的房间没有遭到这个劫难，因为一楼的房间门锁了起来，窗帘也关得严严密密的。在整个拍卖的过程中，皮普钦夫人一直心如铁石、岿然不动地待在自己的房间里，只是偶然到拍卖的场所，去看看这些货物要价多少，她看中了一把很特别的安乐椅，喊了个价，买下来了，这把安乐椅她喊价最高。奇克夫人来看她的时候，她正坐在这把宝椅上。

"我哥哥怎么样了，皮普钦夫人？"奇克夫人问。

"活见鬼，我一点都不知道，"皮普钦夫人说，"他根本不跟我讲话。他的饭菜酒肉是放在他隔壁的房间里的，趁没有人在的时候他才走出去拿了去吃的。问我是没有用的。他的情况我什么也不知道，我同那个吃冷葡萄干麦片粥时烫坏了嘴巴的南方人①一样地莫名其妙。"

刻薄的皮普钦讲着这句话的时候愤愤然地扭动着身体。

"我的天！"奇克夫人很和蔼地大声说道，"这样下去要到什么时候！如果我哥哥不作一番努力振作精神的话，皮普钦夫人，那么他会怎么样呢？他就是因为不作一番努力振作精神，这次才吃了这么大的亏，这下子看清楚，好提高警惕了，其实我早就想到这一点的。"

"哎呀！"皮普钦夫人擦擦鼻子说，"我想，大家七嘴八舌、大惊小怪的，这件事情并没有什么特别大不了的。以前就有些人碰到这样倒霉的事情，不得不倾家荡产。其实我自己就是这样的！"

"我哥哥，"奇克夫人意味深长地说，"是一个这么特别——这么奇怪的人。他是我所见到过的最最特别的人了。他听说他那个怪僻的孩子同人家结婚并且一同到国外去了，居然对我发脾气，说从我的样子来看，他猜想她一定是到我家里来过的。谁会相信他居然会这样。我早就一直在讲这个孩子有些奇里古怪的，可他们不听，现在想起来我心里倒很踏实的。我只是这样对他说，'保罗，我也许太笨了，我不怀疑我的确是很笨的，但是我实在弄不清楚你的事情怎么会搞到这个地步呢？'他居然勃然大怒，要我在他没有叫我以前不要再去看他！可是谁会相信他居然会这样！唉，真是天晓得！"

"呵哈！"皮普钦夫人说，"可惜他同矿井没有打什么交道。矿井倒是会磨炼他的脾气的。"

"那么最后要落到什么地步呢？"奇克夫人对皮普钦夫人的话充耳不闻，只是自管自地继续说下去，"这就是我想知道的。我哥哥想做什么？他总得做些什么的。老是关在自己房间里，是没有用的。生意不会找上门。不会的。他得自己去找。那么他为什么不去找呢！我想，他一生一直是生意场里的人，他当然晓得到哪里去找的。那就很好嘛。那么他为什么不到那里去呢？"

---

① 引自一首童谣。

奇克夫人发表了一通铿锵有力的议论之后稍停片刻，颇感自鸣得意。

　　"而且，"考虑周密的奇克夫人继续振振有词地说，"谁听到过像他这样固执的，发生了这么许多令人不愉快的可怕的事情，他居然还成天关在屋子里不出去？看起来他不像是没有地方可去嘛。他完全可以到我家来的。我想他在我家里总是感到很自在的吧？奇克先生老是跟我说起这件事，简直把我烦透了。我亲自同我哥哥讲，'保罗呵，你总不至于因为你的事情落到这个地步连在像我们这样近亲的家里也会感到不那么自在吧？你总不会认为我们同这个世界的其他人是一模一样的吧？'但是他就是不听，他一直待在这里，现在他还待在这里。哎呀，我的天，假如这座屋子就要出租了，那么他可怎么办？他总不能再待在这里吧。如果他还想待在这里的话，承租人就要起诉把他赶出去的，还要碰到好多麻烦事情呢。那时候他就不得不走。既然最后是要走的，那为什么不早走呢？我又想起了刚才那句话了，我自然免不了要问，这会落到什么地步呢？"

　　"我知道我自己会落到什么地步的，"皮普钦夫人答道，"对我来说这就够了。我准备马上一走了事。"

　　"什么，皮普钦夫人？"奇克夫人问道。

　　"就是说很快嘛。"皮普钦夫人尖刻地回嘴说。

　　"好呵！我真不能怪您呢，皮普钦夫人。"奇克夫人爽快地说。

　　"您怪我我也无所谓，"皮普钦含讽带刺地接着说，"反正我就要走的。这里我不能待。再待一个星期我就要一命呜呼了。昨天我还得自己烧猪排，这个我是不习惯的。再这样下去，我的身体就要垮了。而且，我到这里来的时候，我在布赖顿有很多相好，单单给小潘凯一家人帮忙一年，我就可以拿到整整八十英镑，这么好的机遇我是舍不得丢掉的。我已经写信给我的侄女了，她现在正等着我去呢。"

　　"您同我哥哥说过了吗？"奇克夫人问道。

　　"哦，说过了，您问我同他说过了吗，那还不容易，"皮普钦反唇相讥说，"就是这样的嘛！昨天我放大着嗓子喊他，我说我在这里没有用了，他最好让我把理查兹太太叫来。他喉咙管里咕哝了一下，意思是说好的，那我就让人去叫理查兹太太了！真是的，还要咕哝！要是他是皮普钦先生的话，那他才有点理由咕哝的。唷！我可没有耐心听他咕哝啦！"

话讲到这里，这位从秘鲁矿井吸取如许的坚忍不拔与美德的女中楷模从她那有坐垫的宝椅上站起来，把奇克夫人送到门口。奇克夫人不停地悲叹着她哥哥的特别性格，一直到最后她一声不响地走了，还在为她自己的远见卓识与清醒的头脑而不胜陶醉。

冥色中，土德尔先生下班之后带了一只箱子同波莉过来了，在这座空荡荡的屋子的大厅里，他给波莉一记响亮的亲吻。望着这座人去楼空的屋宇，土德尔先生非常难过。

"我跟你讲，亲爱的波莉，"土德尔先生说，"我现在是火车司机，在这个世界上总算有些钱了。要不是因为过去受的恩惠，我是不会让你到这里来过这种没味道的日子，弄得无精打采的。但是，波莉，过去的恩惠是不能忘记的。而且，那些多灾多难的人看到你的脸孔就像喝了又香又甜的美酒一样，也会高兴起来的。那么让我们再来吻一记吧，亲爱的。我晓得，你就是想做一件好事情。我看，这是一件好事情，也是该做的。晚安，波莉！"

这时，皮普钦夫人身穿黑色细斜纹裙子，头上戴着黑色帽子，颈上套着黑色围巾，黑黝黝地站在那里。她的行李已经整理好。她那把宝椅，也就是董贝先生原来的心爱的椅子，在拍卖时由她以很低的价格买来的，放在临街的大门边。现在她只等私营旅行社根据预先的约定派轻便行李车来当晚送她到布赖顿去。

车子即刻就来了。皮普钦夫人的衣柜先抬上车放妥，接着是皮普钦的椅子也放上去了，摆在一捆捆的干草堆中一个方便的角落里，这位和蔼可亲的女人打算在旅途上坐在这把交椅上面。然后是皮普钦夫人给扶上车子，凛然不可侵犯地坐下了。她那双冷酷无情的灰色眼睛里闪烁着一丝狡猾的亮光，像是早已成竹在胸，在她那女魔的城堡里等待着她的将是一片片涂着黄油的烤面包、一道道热气腾腾的猪排和牛排、对孩子们的折磨与压制、对可怜的贝丽厉声苛责，以及其他各种各样的乐趣。当轻便行李车出发了，皮普钦夫人差点笑出声来，于是她把黑色的细斜纹裙子弄得服服帖帖，舒舒服服地坐在她那把安乐椅的坐垫上。

那座巨屋是一堆残垣败壁，老鼠慌忙逃跑，没有一个留下。

在这座萧条凄凉的巨宅中，只有原先的主人埋首于此，这些紧闭着的房间里再没有别人了，波莉独自面对四壁，但为时不长。时值夜晚，她正坐在女管家的房间里做针线活，想借此忘记这座屋子的凄凉景况以及它的经历，忽然大厅的门上响起了一下敲门声，声音很响，一直传进这个空无所有的地方。开了门之后，她即刻穿过余音缭绕的大厅走了回来，进来的是一位头戴很紧的黑帽子的女士。她就是托克史小姐，托克史小姐的眼圈已经哭红了。

"哦，波莉，"托克史小姐说，"刚才我到您家给孩子们上点课，看到您给我的条子，我一安下心，就过来看您了。这里就是您一个人吗？"

"是呵！一个人也没有。"波莉答道。

"您看见过他了吗？"托克史小姐低声说道。

"天哪，"波莉答道，"没有。好多天都没有看见过他。他们说，他一步也没有离开过他的房间。"

"是不是听说他病了？"托克史小姐追问了一句。

"没有，小姐，我没有听说他生病了，"波莉回答说，"除非他心里有病。他的心里一定病得很厉害，可怜的先生！"

托克史小姐的同情心是那么深厚，她简直难过得说不出话来。她并不是胆小怕事的人，但是她也没有因为年纪的增长和依旧过着独身生活而变得麻木不仁，无情无义。她的心是非常柔软的，她的同情心是非常真实的，她的敬仰之情是非常实在的。托克史小姐的项链上挂着一个装有假眼的金属小盒，比那些外表没有什么古怪装饰品的人，她具有更为优秀的品质。在那伟大的收割者①的庄稼中，随着日换星移，外表极其华美、晶光灿灿的秕糠纷纷落下，而托克史小姐的优秀品质则会依旧长存。

过了许久，托克史小姐才告辞，波莉拿着一支闪烁着的蜡烛走下空空的楼梯，目送她走到街上，又无可奈何地回到这凄惨的屋子里，沉重地关上门，刺耳的声音打破它的一片空寂，然后悄悄地上床就寝。波莉虽然很不情愿，但还是照样做了。早晨，她根据别人的意见，把预先准备好的东西放进一间给窗帘遮得黑漆漆的房间里，就走开了，到第二天早上同一个时间才再走进去。那里有铃，但从来没响过。有时候她听到脚步声走来走去，但从来没有走出来过。

托克史小姐一清早就过来了，然后就准备可口的小菜，或者对她来讲是可口的小菜，打算于次晨送到这些房间里去的。她从中得到了无穷乐趣，因此每天一到时候就开始操作。每天她还从那个已故的满头发粉、留着辫子的店主的数量不多的存货中挑选各种精美的调味品，装在一只小篮子里，带过来。此外，她用一张张卷发纸把几小块冻肉、羊舌、半只鸡包好，也随身带过来，作为自己的餐食，也和波莉一起共享。就这样，在这座连老鼠也逃之夭夭的残垣败壁的屋子里，她度过大部分时光。听到一点声音，她就藏匿起来，偷偷摸摸地进进出出，就像一个罪犯似的。她无非是想对那已经倒下的她心中的偶像表示一片忠心，可是他并不知道，全世界的人也都不知道，只有一个贫穷纯朴的妇女是清清楚楚的。

少校倒是知道了，他开心得很，但是谁都不清楚这是这么回事。起先，少校出于好奇心，有时候叫本地人到这座屋子那边去观察观察，看看董贝怎么样了。本地人在观察之后向少校报告托克史小姐对董贝先生的一片忠诚。听到这个消息，少校笑得差一点要透不过气来。从此以后，他的脸色越来越青，不停地呼哧呼哧地喘气，一对暴暴眼从头上突了出来，而且不断地自言自语："真他妈的，先生，

----

① 收割者：指死神。

这个女人是个天生的傻子！"

那么那个倒下了的人，他一个人怎么样度过这许多日日夜夜的呢？

"让他就待在那个房间里年复一年地回忆着这件事情吧！"这件事情他的确是记住了，现在这件事情重重压在他的心上，比以往任何时候都更为沉重。

"让他就待在那个房间里年复一年地回忆着这件事情吧！雨打在屋顶上，风在门外悲号，凄楚的风声雨声也许早已有数。就让他待在那个房间里年复一年地回忆着这件事情吧！"

他确是在回忆着这件事情，在悲凉的夜里他想着这件事情；在阴暗的白天、在凄苦的黎明、在惨淡的记忆的游魂出没的暮色中，他想着这件事情。在痛苦中、在悲伤里、在悔恨时、在失望之际，他确是在回忆着这件事情！他又一次听见"爸爸！爸爸！跟我讲讲话吧，亲爱的爸爸"的呼声，他又一次看到她的面孔，看到它垂下来，伏在那双颤抖的手上，他听见那低低的哭泣冉冉升起，久久不息。

他倒下了，永远也不会站起。他在尘世中的毁灭犹如永无止境的黑暗，不会见到次晨的曙光；他家庭的耻辱是无法洗净的；真是谢天谢地，他那死去的孩子是不会复活的。但是在过去的岁月里他所做的一切本可以全然不同——虽然他现在并没有怎么去想，他本可以使过去的岁月变得全然不同的——他本可以轻而易举地把这一切创造成幸福，而他却一步步地把它们转化为灾难，这是他自己一手造成的苦果，为此他的心悲痛欲裂。

哦！他确是在回忆着这件事情！雨打在屋顶上，风在门外悲号，凄楚的风声雨声也许早已有数。他做了什么事情，他现在是明白了。他现在已经明白这是他自讨苦吃，这个苦果比沉重的厄运还要厉害，把他的头压得抬不起来。现在他明白了什么是被冷落、被抛弃的滋味了。曾经，他那纯洁无邪的女儿的心中拳拳之爱的鲜花一朵朵被他弄得枯萎凋亡；现在，这一朵朵花则化为灰烬，纷纷落在他的身上。

他想着那天夜晚他偕同新娘回家时她的样子。他想着在这座景况萧条的屋子里发生的一切事情中她的模样。现在他想，他周围的一切全都变了，唯独她依然如故。他的男孩已经埋入尘土，他骄傲的妻子业已堕落，他那奉承拍马的朋友变成了极其卑鄙的流氓，他的财产烟消云散，而连他藏身其中的四壁也把他当作外人目不转睛地望着他，唯有她始终如一地用温和娴静的目光看着他。是的，始终如一，一直到最后。她对他始终如一，他对她也从没有改变过，而她却是一去不复返了。

他寄予满腔希望的婴孩、他的妻子、他的朋友以及他的财产一个接着一个出现在他的脑海中，然后一个个消隐了，此时，遮蔽着她的迷雾却豁然开朗，把她真实的形象多么清楚地展现在他面前！假若他也像爱他的幼子一样地爱她，像失去他的幼子一样地失去了她，在他们幼年的坟墓里把他们埋在一起的话，那就要比现在这样子好得多了！

在他自命不凡的骄傲中——因为他现在仍旧是骄傲的——他听凭这个世界随意地离他而去。既然离他而去，他也就挥之不顾。无论他认为这个世界的面孔是对他怜悯或者漠不关心，他一概避之唯恐不及。无论是哪一种，他都是同样避之唯恐不及的。在他的不幸中，除了被他赶走的女儿以外，他没有想到有谁会陪伴他。至于他会对她说些什么，或者她会给他一些什么安慰，他从来没有设想过，但是他始终很清楚，只要他愿意，她就会对他尽孝尽爱的；他始终很清楚，她现在对他的孝敬之心比过去任何时候会更为深切；他深信不疑这是她的天性，如同他深信不疑他头顶上的天空一样。孤单寂寞中，一小时一小时地过去了，他始终坐在那里这样想着。白天向他诉说着这样的话语，夜晚向他昭示着这样的认识。一天天，一夜夜循环往复，无休无止。

毫无疑问，在收到她年轻丈夫的信并确信她已经走了的时候，他就开始这样的思索了，只是有一段时间这个进程是缓慢的。他之所以想她，不过是因为她原本是他的女儿而如今一去不可复得。他虽然身败名裂，但仍旧是骄傲的，因此，即使在隔壁房间里听到她的声音，他也是不会走过去的；即使在街上看见她而她还是像以往那样望着他，他照样会不理不睬走过去的，他那冷漠无情、毫不宽恕的面容没有丝毫缓解之意，虽然不久之后他会肠断心碎。起初，他为她的婚姻和她的丈夫，情绪很不好，恼火之至，可现在这些都已过去。现在他所想的主要是本来可能会出现而现在却没有出现的情况。现在的情况是：她已经失去了。他终日忧伤与悔恨，低垂着头。

现在他觉得，在这座屋子里出生了他的两个孩子，而他的两个孩子都已失去，在他与空阔萧条的四壁之间便形成了一种割不断的伤心纽带。这种感觉在他胸中产生的那天晚上，他就打算离开这座屋子了，他必须离开，可是走向何处却心中无数，于是他决定再待一个晚上，在这最后的夜晚准备在这些房间里再走一遍。

深夜，他从孤寂中走了出来，手执一支蜡烛，悄悄步上楼梯。楼梯上的脚印就像大街上的脚印一样数不胜数，他想，那天他关在房间里静听的时候，每一个脚印都像是踏在他自己的脑袋上。他看着这些无数的匆忙紊乱的脚印，一个脚印覆盖着一个脚印，向上的脚印与向下的脚印相互冲撞，于是他怀着极端恐惧与惊讶的心情想，当时他的痛苦是多么剧烈，毫不足怪，他是变得面目全非了。与此同时，他还想，假若在这个世界上什么地方能有一个轻轻的脚步走过来，在一瞬间就把这些脚印抹去一半的话，那该有多好呵！想着想着，他垂下了头，悲泣着走上楼去。

他似乎看见一个身影走在他前面，他停下来仰望着天窗，那个身影似乎又在那里出现了，这是一个孩子的身影，但是还抱着一个孩子，这个身影一边走着一边唱着歌。突然之间，只剩下这一个身影，屏息静气地停了一会儿，回过头来看着他，光亮的头发松散地垂下，环绕着满是眼泪的脸孔。

他在这些房间里漫步着。曾几何时它们还是多么辉煌华丽，而现在却是那么空虚阴沉，面目全非，即使它们的形状和大小也大大改观了。这里的脚印也是密密麻麻的，于是他又想起了那份痛苦，深感恐惧与困惑。他开始害怕，这样下去，他头脑里面纷繁复杂、错综零乱的思绪将会把他弄疯；其实他的思绪已经像这些脚印一样乱七八糟，没有条理了，像这些无迹可寻的错乱的脚印以及各种各样模糊不清的形状一样纠缠不清、糊里糊涂。

她独自一人时住在哪间房间，他甚至也不知道。他宁愿离开这些房间，再上一层楼。在这里，他无法忘记他的虚假的妻子、他的虚假的朋友和仆从、他的虚假的骄傲之由、许多许多不堪回首的往事，但是现在他把这些全都搁在一边，只是以百般钟爱、万箭穿心、无可奈何的心情想着他的两个孩子。

到处是脚印！它们对这个高楼上放着那张小床的房间也毫不留情。可怜的一蹶不振的人呵，在这里，无论是在地板上或者靠着墙边，他简直找不到一处清洁的地方可以躺下来，让眼泪随意流淌。很久以前他已经在这里流过许多眼泪了，所以今天在这里再次流泪他并不觉得害羞，比在其他地方流泪要自在一些——也许正是出于这个想法，他才言之成理地走到这里来的。他弯腰曲背，下巴靠在胸口上走过来了。在这里，在夜深人静的时候，他独自伏在光秃秃的木板上，哭泣流泪，即使在这个时候，他仍然是一个骄傲的人，倘若此时有一只亲切的手向他伸过来或者一张和蔼的面孔向室内看看，他一定会即刻站起身来，掉头不顾，走到楼下他的蛰居之室的。

天刚亮时，他又关在自己的房间里了。他本来打算今天走的，但是把他和这座屋子牵连在一起的最后也是唯一的纽带使他依依不舍。他推迟到明天再走。明天来了，他又推迟到后天再走。每天夜里，神不知鬼不觉地，他从自己的房间里走了出来，像一个鬼魂在这些房间里游荡。许多个早晨，天才蒙蒙亮，他那张今非昔比的面孔伏在拉拢的窗帘后面，为失去他的两个孩子而苦思冥想，这时外面的曙色只是依稀地掩映在窗上。他的思想里已不再是一个孩子了，他把他的两个孩子连在一起，永不分离。哦，如果在过去他就已把他们联结在他的父爱中，那多好呵！如果在死亡里把他们连在一起的话，那也是好的，因为活着的一个就不会比死去的更加凄惨，而且凄惨得多！

剧烈的烦恼与混乱的思绪对于他来说并不是新鲜事，在他最近所感受的痛苦以前就已司空见惯。固执而阴沉的性格从来就是这样，而且还偏偏要这样。久已受到破坏的地面常常会在瞬息之间塌陷下去；这里所受到的破坏是多方面的，随着钟面上指针的移动，它一步步变得越来越软弱无力，渐渐地支离破碎，分崩离析。

他终于开始认为他根本不必离开。由于他自己处事不当，他的债主没有给他留下多少东西，但是这些东西他还可以放弃掉，从而把他和这座屋子的另外一个联系割断，只要把这另外一个联系割断，他和这座屋子的纽带也就可以割断了——

此时，他的脚步声在原来的女管家的房间里响起了，他在那里独自徘徊，但是这脚步声响并未传达出其真实的意义，否则就要叫人害怕了。

他周围的世界是那么匆忙不息。他又感觉到这一点了。这匆忙不息的世界在悄悄而语、唠叨不停，从不宁静。这一切以及纷乱杂沓的脚步使他心烦意乱，给搅得要死。在他的眼中，事物开始带上了朦胧的黄褐的颜色。董贝父子公司已不复存在——他的两个孩子已不复存在。这件事情明天得好好想想。

明天他想着这件事情，他坐在椅子上沉思默想，不时地看看镜中的一幅画面：

一个面目憔悴、形容枯槁、貌若鬼魂的人坐在无烟无火的壁炉前沉思默想，此人不很像他自己吗？他一会儿抬起头来细细端详他脸上纵横交错的皱纹和深沟，一会儿又低头沉思。他一会儿站起身来走来走去，一会儿又走进隔壁房间里从梳妆台上拿了一个什么东西放在胸口走了回来，一会儿他看着门下面，想着。

——静一静！是什么？

他在想假若血是往那边流，流入了大厅的话，流这么远，它一定是要流很长时间的，它就会这样悄悄地、徐徐地向前流动，流到一个地方形成一个徐缓的小塘，然后又开始流动，流到一个地方又形成一个徐缓的小塘，只有通过这个办法，一个伤势严重的人在他垂死或已死时才会被人发现。这样想了好久之后，他重新站起来，把手塞进胸口走来走去。董贝先生时而向他看了一眼，看着他的动作，很觉好奇，他注意到那只手看起来多么凶恶，像是要杀人似的。

镜中人又沉思起来！他在想什么？

当血流动着，流到那么远的时候，他们会不会踩在血上，把血带到这座屋子里的那许多脚印中，甚至于带出屋外，带到街上？

他重又坐了下来，他的眼睛盯着无烟无火的壁炉，正当他沉思默想之时，一线亮光射进房间里，是一线阳光。他毫未留意，照样坐在那里苦思冥想。刹那之间，他面色恐怖地站了起来，那只罪恶的手紧紧抓住胸口的那个东西。说时迟那时快，这只手突然停住了，这时响起了一声呼喊——一声充满着挚爱与喜悦之情、振人心魄的激动而响亮的呼喊——董贝先生在镜中看见的只是他自己的身影以及在他膝下的女儿！

是的，是她的女儿！看看她吧！看看这里吧！跪在地上，依偎着他，向他呼喊，紧握着双手，向他祈求。

"爸爸！最亲爱的爸爸！宽恕我，原谅我吧！我回来跪着求你原谅。没有你的原谅，我永远也不会幸福的！"

依旧没有改变。一切都变了，唯有她依旧没有改变。她抬起脸孔望着他，就像在那天悲惨的夜晚一样。她求他原谅！

"亲爱的爸爸，不要这样奇怪地看着我呵！那时候我没有想离开你。我没有这样想，在那以前，在那以后，我都没有这样想。我吓坏了才走开的，我没有能够去想。亲爱的爸爸，我已经改过来了，我悔罪了，我认识到我的错误了，现在我比较懂得我的责任了。爸爸，不要把我丢开，如果那样，我就会死掉的！"

他脚步蹒跚地走到椅子前面，坐了下来。他感觉到她拉着他的手臂围绕着她的颈项，他感觉到她的手臂绕着他的颈项，他感觉到她在他的脸上亲了又亲，他感觉到她那给泪水沾湿的面颊靠在他的面颊上，哦，他多么深深地感觉到他过去所做的一切呵！

此刻他用手捂着面孔，她于是把他的面孔搁在他曾经打伤的胸膛上，挨着几乎被他打碎的心，一边啜泣一边说着：

"亲爱的爸爸，我现在已经做妈妈了。我有了一个孩子，不久就会喊沃尔特爸爸了，就像我喊你一样。孩子一生下来就教我喜欢，我就懂得我离开你这件事情是做错了。亲爱的爸爸，原谅我吧！哦，说一声愿上帝保佑我和我的小宝贝吧！"

假若他能够的话，他是会脱口而出的，他是会抬起手来求她原谅的，但是她急忙握着他的手，把它们揿下去。

"我的小宝贝生在海上，爸爸。我祈求上帝保佑我，沃尔特也替我祈求，让我好回家。我一上岸，就赶快回来看你。我们永远不再分离了，爸爸！"

他的已经灰白的头被她的手臂搂着，想着他的脑袋从来不曾被她的手臂搂过，他不禁痛苦地呻吟起来。

"你跟我一起回家吧，爸爸，还看看我的小宝贝。是个男孩，爸爸。他名字叫保罗。我想——我希望——他就像——"

泪水盈眶，她讲不下去了。

"亲爱的爸爸，为了我的小宝贝，为了我们给他取的这个名字，为了我，原谅沃尔特吧。他待我真是亲切体贴，我跟他在一起是非常愉快幸福的。我们结婚不是他的过错，是我自愿的。我太爱他了。"

她更加情真意切、更紧紧地依偎着他。

"他是我的心肝宝贝，爸爸。我会为他而死。他会像我一样爱你，尊敬你。我们要教育我们的孩子爱你，尊敬你。当他懂事了，我们要告诉他你曾经有一个儿子，同他的名字是一样的，不过已经死了，你为此非常悲痛，但是他到天堂去了，当我们安息的日子来到时，我们都希望在那里看见他。爸爸，要是你答应宽恕沃尔特，宽恕我最亲爱的丈夫，宽恕我的小宝宝的爸爸的话，那就亲亲我吧，爸爸，是他叫我回来的，是他叫我回来的！"

当她更紧地依偎着他，又哭了起来时，他在她的嘴唇上亲了亲，然后抬起眼睛说："哦，上帝，原谅我，我真需要您的原谅呵！"

说完后，他又垂下头，一边悲叹一边爱抚着她。整座屋子里久久地悄无声息。他们依偎在相互的怀抱里，沐浴于随着弗洛伦斯而来的灿烂的阳光中。

　　他服服帖帖地听从她的恳求穿上衣服，准备走出去。他颤巍巍软瘫瘫地走着，回首望了望那个他长久闭门不出以及在镜中所见的那番情景的房间，便跟她走进大厅。因为他们脚下的石板正是他忘乎所以打她时的地方，生怕他回想起他们最后分别时的情景，她几乎没有向四周望一眼，她紧紧地挨着他，望着他的面孔，他的手臂搂着她。她领着他走到等候在门口的马车前，带着他乘车而去。

　　这时，托克史小姐与波莉从躲藏的地方走了出来，流下了欣喜的泪水。他们随即细心周到地把他的衣服、书籍等物收拾包装好，到时候交给弗洛伦斯于晚间派来的几个人拿走。之后，她们在这座孤零零的屋子里喝着最后一杯茶。

　　"有一次很伤心的时刻我讲的一句话一点也不错，"托克史小姐对往事的回忆作了一个总结，"董贝父子公司其实就剩下一个女儿，波莉。"

　　"而且是很好的女儿呵！"波莉喊道。

　　"您讲得是对的，"托克史小姐说，"波莉，她还是小姑娘的时候您一直就是她的朋友了，这是您的光荣。您早在我以前就是她的朋友了，波莉，"托克史小姐接着又说了一句，"您是个好样的，罗宾！"

　　托克史小姐这句话是对一个圆脑袋的小伙子说的，这个小伙子心不在焉、闷闷不乐地向隅而坐。听到托克史小姐的讲话，他立刻站了起来，磨工的身形和脸庞赫然在目。

　　"罗宾，"托克史小姐说，"我刚才跟您妈妈讲的话您大概听到了吧，我说她真好。"

　　"妈妈是真好，小姐。"磨工有些感动地说。

　　"很好，罗宾，"托克史小姐说，"我听到您这样讲我很高兴。那么罗宾，根据您的迫切要求，要做我的仆从，我得先试试您，看您是不是能够得到信任，我现在就趁这个叫人难忘的时候跟您说一下，我希望你绝不要忘记您有一个多好的妈妈，您一直有这样一个好妈妈，我希望您要好好地做人，叫您妈妈有一个安慰。"

"我凭良心保证做到，小姐，"磨工答道，"我吃了这么许多苦头，我要老老实实地做人，小姐，一个小子就该是这样的——"

"对不起，我得请您换个词，罗宾。"托克史小姐客气地打断了他的话说。

"要是您喜欢的话，小姐，就讲一个小伙子该是这样的——"

"谢谢您，罗宾，这样讲还不好，"托克史小姐接着说，"我觉得讲一个人好一些。"

"一个人该是这样的。"磨工说。

"这样讲好得多了，"托克史小姐沾沾自喜地说，"意思明白得多了！"

"——会是这样的，"罗布接着说，"要是我没有给弄到那里去做磨工的话，因为对于一个小——一个年轻的人来说这是太苦了，小姐，还有妈妈。"

"确实很好。"托克史赞赏地说。

"要是我没有给鸟儿弄昏了头脑，走上坏路，后来又做了那份坏的差使的话，"磨工说，"我想我是会干得好些的。但是改过自新对于一——"

"一个——"托克史小姐提示着。

"人，"磨工接着说，"都不会太晚的。我希望在您亲切的考验下改过自新，小姐；妈妈，我还希望对爸爸和弟弟妹妹表示我的问候，妈妈给我转告一下吧。"

"我听到您这样讲实在太高兴了，"托克史小姐说道，"我们走以前，您吃点黄油面包，喝一杯茶吧，罗宾？"

"谢谢您，小姐。"磨工回答后立即开始使出磨工的解数，狼吞虎咽起来，好像长久以来一直没有吃饱似的。

过了不久，托克史小姐戴好了帽子，系上了围巾，波莉也整装待发。罗布拥抱了一下他的母亲，遂跟着他的新的女主人走了。波莉满怀着希望与羡慕目送着他离去，她眼睛里有什么东西在煤气灯的周围闪烁着晶莹的光圈。然后，波莉吹灭了蜡烛，锁上大门，把钥匙交给旁边的一个经纪人，便尽快地走回家去，想到出其不意回到家里会给家里人带来多大的喜悦，不禁心花怒放。这座巨屋默默无言地面对其中发生的一切令人痛苦的灾难和它亲眼看见的一切变化，像一个面目黝黑的哑巴，怒容满面地站在街头，不容别人再来追根究底，以醒目的告示宣称：这座称心如意的宅邸正待出租。

第六十章

婚事频仍

　　布林伯博士暨夫人半年一度的隆重庆典晚会在晚上七点半举行。每一位在这所典雅的学校攻读的年轻人都应邀参加，晚会上四对舞曲响起时，众学子翩翩起舞。庆典晚会结束后，这些年轻人丝毫未流露出不伦不类的轻佻之态，而是满腹经纶地各自回家。斯克特尔士先生前去国外，长久地在那边光宗耀祖。他父亲巴尼特·斯克特尔士爵士举止优雅，深孚众望，当上了一名外交官，和他的夫人共同履行这个光荣的使命，甚至国内的男女同胞也为之欣喜，这不能不说是一个奇迹。托扎先生现在已经是一个身材高大的年轻人了，脚踏惠灵顿长靴①，肚子里装满了古代的学问，他在英语的造诣方面几可与真正的古罗马人比美。胜利的喜悦叫他善良的双亲不禁热泪盈眶，使布里格斯先生的父母亲不得不自惭形秽，藏起他们的脑袋，因为布里格斯先生的学识如同乱七八糟地塞满了东西的行李，他想要的东西是无法找到的。这位年轻人艰苦奋斗中所获得的知识之果实事实上经受了重重挤压，变得像诺福克郡苹果干②了，原来的形貌与汁味已荡然无存。比瑟斯通少爷现在的情况舒服得多了，一当催熟的机制停止，那催熟的制度并没有在他身上留下什么印记，这是可喜的但并非可望而不可即的结果。他此时正乘风破浪，驶向孟加拉，他真没有想到所学的东西竟会忘得这样快，快得令人惊叹，在航行到达终点的时候，拉丁文名词的变格是否还记得，是很可怀疑的。

---

　　① 惠灵顿长靴：其长盖膝的靴子。
　　② 诺福克郡苹果干：指英国诺福克郡所产，烘干压扁成饼状的苹果。

按照老规矩，在举行晚会的那天早晨，布林伯博士照理会对这些年轻的学子讲"同学们，我们将在下月二十五日开学"，但是这一次他打破了常规说，"同学们，当我们的朋友辛辛那图斯①退居到他的农场上去的时候，他没有向元老院提名一个罗马人，做他的接班人。但是这里可有一位罗马人了，"布林伯博士说着就把手搁在文学士费德先生的肩膀上，"他是一位善于深思熟虑、学问渊博的年轻人。同学们，作为即将引退的辛辛那图斯，我希望向我的小元老院介绍一下他们未来的执政官。同学们，我们将于下月二十五日在文学士费德先生的主持下开学。"此前，布林伯博士已造访过学生的家长，对这件事情作了彬彬有礼的解释。布林伯博士言毕，年轻学子中爆发出一阵欢呼。托扎先生即刻代表全体学子致辞，并向博士赠送一个银制墨水台；他的致辞很少用祖国语言，多属引经据典，引自拉丁文的有十五处，引自希腊文的有七处。他的这种做法引起更年轻的学子们的不满与嫉妒，他们大声说道，哦，呵！老托扎倒乖巧，但是我们觉得我们拿出钱来可并不是让老托扎来卖弄学问的，是不是？这和老托扎有什么相干，他和别人有什么不同？别人并没有管嘛。这个墨水台又不是他的。大伙儿的东西他为什么要管？他们还叽里咕噜地讲了一些其他不满的话语，老托扎这个称呼似乎比任何其他办法更能让他们泄了一口闷气。

　　文学士费德先生与漂亮的科尼丽娅·布林伯筹划着婚事，但没有向这些学子们谈起，也没有透露片言只语。特别是布林伯博士似乎煞费苦心装着世间万事再没有比此事更让他吃惊的了，可是这些年轻人全都了如指掌，当他们将离开学校前去和他们的亲戚朋友团聚时，他们怀着肃然起敬的心情向费德先生告别。

　　费德先生无限浪漫的幻想已经实现。博士决定把房子的外观油漆一新，并且进行彻底的装修，他已决定谢任并把科尼丽娅出嫁。就在学子们离开的那一天，房子的油漆与装修就开始了，现在请拭

---

　　① 辛辛那图斯（公元前519？—前439？）：曾被罗马城居民推举为执政官，领导罗马民众渡过难关，危机过后，便辞职返回农庄。

目看看吧！举行婚礼的早晨翩然来临，科尼丽娅戴着一副新的眼镜，等待着被领到婚姻的圣坛前面。

双腿体现着学富五车的博士，头戴淡紫色帽子的布林伯夫人，指关节细长、硬发丛丛的文学士费德先生，以及费德先生的兄长、主婚人文学硕士阿尔弗雷德·费德牧师都聚集在客厅里。科尼丽娅戴着橘黄色的鲜花，在伴娘的陪同下款步下来了，像往日一样，她的衣装稍紧一些，但非常妩媚。这时门打开了，迷糊眼的小伙子大声通报：

"图茨先生和夫人！"

随着通报声，图茨先生走了进来，他现在长得非常肥胖，挽着一位衣着华丽大方、一双黑眼睛明亮有神的女士。

"布林伯夫人，"图茨先生说，"请允许我向您引见我的妻子。"

布林伯夫人高兴地接见她，虽然有些屈尊的姿态，却是非常和蔼可亲的。

"因为您对我是知之有素的，"图茨先生说道，"请您务必相信她是一位最出类拔萃的妇女。"

"哎呀，亲爱的！"图茨夫人不以为然地叫起来。

"我以荣誉保证，"图茨先生说，"我——我向您担保，布林伯夫人，她可是一位很了不起的妇女呢。"

图茨夫人高兴地笑起来，布林伯夫人把她带到科尼丽娅的跟前去。图茨先生夸奖了他的夫人一番后便过去向昔日的校长问候致意，这位老校长自然离不开他的婚姻大事，便说："嗯，图茨，哦，图茨！那么你也加入我们的队伍了吧，图茨？"然后师生两人就一起走到窗台去。

春风得意的文学士费德先生向图茨先生摆出一个拳击的架势，用手背娴熟地轻轻敲了一下他的胸骨。

"嗯，老朋友！"费德先生大笑一声说道，"呵！看我们的！给蒙了，没办法了，是不是？"

"费德，"图茨先生接着说道，"我祝您快乐。如果您的婚姻跟我的一样——一样——一样美满的话，您就不会有别的奢望了。"

"我没有忘记我的老朋友，您知道，"费德先生说，"我是邀请他们参加我的婚礼的，图茨。"

"费德，"图茨先生严肃地说，"事情是这样的，有好几个原因使我在我的婚礼没有举行以前无法相告。第一个原因是，关于我忘乎所以地钟情于董贝小姐的事情我已经告诉过您了，假使我邀请您参加我的婚礼的话，我想您准以为我是和董贝小姐结婚呢，那就要大费周折解释一番，在这种千钧一发的时候，我以荣誉保证，我会彻底崩溃。第二个原因是，我们的婚礼是严格保密的，只有一位朋友参加婚礼，他是一位我和图茨夫人的共同的朋友，是一个船长，是哪一条船的船长我说不准，不过这不要紧的。在我和图茨夫人出国旅行之前，我已经写了一封信，说清楚这件事情了，费德，我想我总算是尽了朋友之谊了吧。"

"图茨，您这个小子，"费德先生握握他的手说，"刚才我是开开玩笑的。"

"那么费德，"图茨先生说，"现在我很想听听您对我婚事的看法。"
"好极了！"费德先生答道。

"您以为好极了，是不是，费德？"图茨先生庄严地问道，"那么对于我来讲的确是好极了。您是没法知道她是多么了不起的妇人呢。"

费德先生自然相信他所说的话是千真万确的。但是图茨先生摇摇头，觉得他不可能知道。

"您知道，"图茨先生说，"对一个妻子我需要的是——总之，是明智。钱，我是有的，费德。明智，我，我是没有的，我特别缺乏。"

费德先生喃喃地说，"哦，不，您是有明智的，图茨！"但是图茨还是固执己见地说：

"不，我没有明智，费德。我为什么要隐瞒呢？我没有明智，我知道明智就在那边，"图茨先生说着把手伸向他的妻子那边，"成堆成堆的呢。我没有亲戚会因为社会地位的缘故对我的婚事表示反对或不满，因为我没有亲戚。除了我的监护人之外，从来没有什么人是属于我的，费德，而且我一向把这个监护人看作海盗。因此，"图茨先生又说了下去，"您知道我是不会听取他的意见的。"

"不会的。"费德先生应和着说。

"所以，"图茨先生继续说下去，"我就照自己的想法做了。我做这件事情的那天正是风和日丽，天朗气清！费德！这位妇人的智慧只有我才讲得出。如果要使妇女的权利以及类似的事情能受到适当关怀的话，那就要通过她惊人的智力才能做到。——苏珊，我亲爱的！不要太激动呵！"

"我亲爱的，"图茨夫人说，"我只不过谈谈话罢了。"

"但是，我的爱，"图茨先生说，"可不要太激动呵。你还得好好保重身体。我亲爱的苏珊，不要太激动。她太容易激动了，"图茨先生对布林伯夫人说，"她一激动，就把医生的话全都忘记了。"

布林伯夫人要图茨夫人保重身体。这时文学士费德先生向她伸出手臂，搀着她走到下面等候着的马车上，准备前去教堂。布林伯博士陪同图茨夫人，图茨先生则护送漂亮的新娘，新娘那闪烁着柔和之光的周围，两位身披薄纱的小伴娘犹如飞蛾在轻盈飘动。费德先生的兄长，文学硕士阿尔弗雷德·费德早已前往教堂准备执行庄严的职责。

婚礼的仪式令人羡慕。科尼丽娅梳着一束束小巧玲珑的鬈发，泰然自若的，如果用"斗鸡"可能说的那样，"进去了"。布林伯博士毫不犹豫地把她交给新郎。身披薄纱的小伴娘看起来苦不堪言。布林伯夫人有点依依不舍的伤感，她在回家途中对文学硕士阿尔弗雷德牧师说，假使她能在图斯库卢姆西塞罗遁隐之地有幸见到他的话，她现在就完全心满意足了。

过了一会儿众人共进早餐，参加的人还是参加婚礼的几个。文学士费德先生的情绪特别好，图茨夫人也受到他的影响，以至于好几次听到图茨先生从饭桌的另一边说："我亲爱的苏珊，不要太激动！"最妙的是，图茨先生觉得义不容辞地应该发表一篇演说；尽管图茨夫人向他丢过去一连串的眼色叫他不要多此一举，他还是我行我素，作出了有生以来第一次不寻常的举动，站了起来致辞。

"在这座屋子里，"图茨先生说道，"尽管有时候我的脑子有些稀里糊涂，莫名其妙——这不要紧，我不是说哪个不好——可对我总是像布林伯博士的家里人一样，而且好长时间我自己有一张书桌。真的，我不——能——让——我的朋友费德在——"

图茨夫人提示说，"结婚的时候。"

"我的妻子是一位很了不起的妇人，做这件事情要比我强得多，在这种场合我这样说不一定是不适宜或者是一点趣味也没有的吧——让我的朋友结婚的时候——特别是和——"

图茨夫人提示说，"和布林伯小姐。"

"和费德夫人，我亲爱的！"图茨先生压低声音暗自斟酌着说，"'上帝把他们结合在一起了，'您知道，'谁也不能'①——你不知道吗？在我的朋友费德结婚的时候——特别是和费德夫人结婚的时候——我不能让他就这样结婚了事，我要向他们祝酒，"说到这里，图茨先生的眼睛盯着他的妻子，仿佛是想从她那里获得从天而降的灵感似的，"愿婚姻之神的火炬成为欢乐的灯塔，愿我们今天撒在他们路上的鲜花把——阴暗——赶走！"

布林伯博士颇喜隐喻的修辞手段，因此觉得图茨先生的祝酒词很有趣味，便说道，"讲得好极了，图茨！讲得实在好极了，图茨！"说着就点头鼓掌。费德先生作答，他的答辞既风趣也富于情感。随后文学硕士阿尔弗雷德·费德先生致辞，对布林伯博士暨夫人表示了恰如其分的敬意；文学士费德先生对身披薄纱的小伴娘也如法炮制地赞美了一番。接着，布林伯博士声如洪钟地发表了几点田园逸趣的感想，他和布林伯夫人打算栖居于蒲苇丛生之地，在他们小屋周围蜜蜂将嗡嗡而鸣。旋即，博士的女婿讲了一声时间是为奴隶而造的，并且问了一下图茨夫人是不是想唱歌，博士的眼睛闪烁着明亮的光芒，于是审时度势的布林伯夫人立刻让早餐聚会就此结束，并

---

① "谁也不能"：即"谁也不能把他们分开"，出自婚礼致辞。

且把泰然自若的科尼丽娅和她的心上人用一辆驿车送走了。

图茨先生与图茨夫人回到贝德福，这是图茨夫人少女时代住过的地方，那时候她用的是娘家的姓尼珀。一到贝德福，他们就看到一封信，图茨先生把这封信念了很长时间，这使图茨夫人大为恐慌。

"我亲爱的苏珊，"图茨先生说，"恐慌比激动还要伤人。一定要保持平静！"

"是谁写的信？"图茨夫人问。

"哦，我亲爱的，"图茨先生答道，"是吉尔士船长写来的。你可别太激动。沃尔特和董贝小姐就要回家了！"

"我亲爱的，"图茨夫人脸色苍白，立刻从沙发上站了起来，"别想骗我，这是没有用的，他们已经回家了——从你的脸上我看得清清楚楚！"

"她是一位很了不起的妇人！"图茨先生钦慕之至，欣喜欲狂地大声说道，"你完全正确，我亲爱的，他们已经回家了。董贝小姐已经看到她的父亲，父女俩现在和好了！"

"和好了！"图茨夫人一边拍手一边喊起来。

"我亲爱的，"图茨先生说，"务必不要太激动。要记住医生的话！吉尔士船长说——他说倒是没有说，但是我猜得出他的意思，他的意思是说——董贝小姐已经把她不幸的父亲从他的老屋子带走了，带到她和沃尔特住的地方，他现在躺在床上病得很厉害，恐怕就要死了，她日日夜夜地在服侍他。"

图茨夫人伤心地痛哭起来。

"我最亲爱的苏珊，"图茨先生急忙说，"要是你能够的话，你一定，一定要记住医生的话！要是你记不住，也不要紧——但是你得想尽办法去记住！"

他的妻子突然之间故态复萌，可怜兮兮地恳求他把她带到她的宝贝、她的小女主人、她的亲爱的那里去。图茨先生的同情之心和钦慕之情是非常强烈的，听到她百般的恳求，二话不说就答应了。他们一致认为必须即刻出发，直接前往，这样就不必给船长写回信了。

图茨先生和夫人旋即动身去看船长。不知道是由于事物之中有一种隐秘的同感还是出于某种巧合，那天船长也走到花团锦簇的婚礼队伍中去了，并不是作为新郎，而是充当一位陪衬。事情的发生是很偶然的，情况如下：

船长看了一会儿弗洛伦斯和她的小宝贝，无限欣慰，与沃尔特谈了许久，然后出外散步。他深感有必要对人事的变化沉思默想一番，也有必要为董贝先生的败落深情地摇晃着他那顶油光光的帽子，他的慷慨大度和单纯朴实的性格表现得淋漓尽致。因为这位不幸的先生的缘故，船长的情绪自然是低落的，但是每当他想起弗洛伦斯的小宝贝，他就不禁心花怒放，他在街上一边走一边大笑不止，而且还不止一次，由于突然兴起，止不住一阵高兴，把油光光的帽子抛上天再接到手里，叫路边围观的人看得目瞪口呆。他思绪中这两种相互抵触的事物在他的眼前呈现着迅速激烈的光与影的交错变化，使他情绪缭乱，他觉得必须作长时间的散步才能平静下来，而散步的地点应能唤起和谐的联想，于是他选择了他过去住家的毗邻区域，在那里有制造桅杆、船桨、滑轮的匠人，烘制船上食用饼干的师傅，卸煤工人，烧沥青的锅子，水手，运河，船坞，旋桥，以及其他种种使人心旷神怡的东西。

这些宁静的景色，特别是莱姆豪斯①船坞区及其附近的地方，有助于让他的情绪平静下来，使他又恢复了安闲自适的心情，于是他一边往前走一边低声地哼起《可爱的佩格》的小调，来自娱自乐。可是正当拐弯的时候他吓得呆若木鸡，一个字也哼不出来，他看见前面有一支兴高采烈的队伍正向他这边走过来。

走在这支可怕的队伍最前面的乃是那位不屈不挠的麦克斯廷格太太，她脸上挂着义无反顾的决心，在她顽固不化的胸口戴着一只昭然引目、硕大无比的巨表与表链，船长一眼就认出这是邦斯拜的财物，而在麦克斯廷格太太的臂下给牵着走的就是那位神机妙算的

---

① 莱姆豪斯：伦敦东部船坞区。

海员。这位海员带着一脸迷茫困苦的神色，像一个俘虏服服帖帖地听从她的摆布，让她抓到异国他乡。他们后面跟着一群欢天喜地的小麦克斯廷格们。再后面是两位面貌可怖、毫不松懈的女士，女士中间夹着一个头戴高帽的矮子，也是欣喜欲狂的样子。走在最后的是邦斯比的徒弟，手举雨伞。整个队伍排列有序，行进非常迅速，即使没有这两位凶神恶煞般的女士，这也很像是一队祭祀的行列，而祭品便是邦斯拜。

船长首先的反应就是想逃跑。邦斯拜首先的反应看起来也是想逃走，只是他给看管得太牢，无能为力。但是队伍中响起了一声喊叫，船长被认出来了，亚历山大·麦克斯廷格张开双臂跑到船长的面前，把船长弄得惊惶失措。

"喂，卡特尔船长！"麦克斯廷格太太说道，"这真是狭路相逢啦！现在我对您没有怨恨。卡特尔船长，您用不着害怕我会和您过不去。我希望改头换面走到圣坛前面去。"说到这里，麦克斯廷格太太停了下来，身体挺立，吸了一口长气，鼓起胸膛，指着那个祭品说，"这是我的丈夫，卡特尔船长！"

可怜巴巴的邦斯拜既不左顾也不右盼，也不看他的新娘，也不望他的朋友，只是茫然地望着前面。船长向邦斯拜伸出手来，邦斯拜也伸出手，来回答船长的祝愿，但却一言不发。

"卡特尔船长，"麦克斯廷格太太说道，"要是您希望弥补过去的嫌隙，看一下您的朋友怎样结束单身汉的日子而成为我的丈夫的话，那么，您同我们一道到小教堂去，我们是很高兴的。这位女士，"麦克斯廷格太太转过身，朝向两位女士之中更具有大无畏气概的一位说，"是我的伴娘，她会乐于由您护卫，卡特尔船长。"

那个头戴高帽子的矮子看起来是另外一位女士的丈夫，现在看到他的同类也将降格到他这样的地位，不禁大喜过望，立即让出了地方，把那位女士交给卡特尔船长。女士不由分说就抓住了船长，说时间很紧，声高气壮地吩咐继续上路。

一路上船长为他的朋友担心，也有些为自己担心，因为他感到

926

一种隐隐约约的恐惧，害怕被强迫完婚。后来想到婚礼仪式上的应答词，他才如释重负，他记得按照婚姻法的规定在举行婚礼时新郎新娘必须讲"我愿意"，因此倘若问他这个问题的话，他只要下定决心干脆说"我不愿意"，那就可以安渡难关了。起初，由于恐惧，他不禁出了一身冷汗，好长时间茫茫然跟着这个队伍随波逐流地移动，对他身边的女伴的话听而不闻。等他的心情稍为平静些，他才从这位女士的嘴里了解到：她是一个海关职员博肯姆先生的寡妇；她是麦克斯廷格太太最亲密的朋友，她把麦克斯廷格看作女性的典范；她时常听说船长的事情，现在她希望他能痛改前非；她相信邦斯拜先生是知道自己有了多好的福气的，但是她很担心人常常是身在福中不知福的，等福气丢了才恍然大悟，她还说了诸如此类的话语。

　　一路上船长始终看到博肯姆太太的眼睛一刻也不离开新郎，每当走近空旷的院落或狭窄的拐弯处她格外提高警惕，以便在他企图逃跑时把他拦截，因为在这些地方是很容易溜之大吉的。另外一位女士和她那个头戴高帽子的矮个子丈夫显然按照预先制订的计划也在时刻提防着。这个可怜的人就这样给麦克斯廷格太太管牢了，为了获得自由要想中途逃跑是不可能的了。路上围观的人们对于这种戏法也是一目了然的，他们大喊大叫，百般嘲笑，可是对于这些，森严可畏的麦克斯廷格们却无动于衷，而邦斯拜本人似乎全然无知无觉。

　　船长尝试了许多次想招呼一下这位哲人，有时候只说一个音节，有时候仅作一个手势，但由于守卫森严，同时因为邦斯拜在任何时候对外部的信号都是视而不见、充耳不闻的，因此每一次尝试都是徒劳无益。就这样他们来到小教堂的前面，这是一座外观雅致、粉刷一新的建筑，最近刚由梅尔奇塞德克·豪莱尔牧师使用，主持布道，在教徒恳切的要求下，他答应让这个世界再继续存在两年，不过他告诉他们两年之后这个世界是绝对不会再存在了。

　　正当梅尔奇塞德克牧师念着即席祷辞时，船长乘机在新郎官的耳边低沉地咕噜着：

"开心吗，小子，开心吗？"

由于处境恶劣，邦斯拜竟然忘记了梅尔奇塞德克牧师在念祷辞，便脱口而出地答道："坏透了。"

"杰克·邦斯拜，"船长悄声问道，"您到这里来做这种事情，是您自己愿意的吗？"

邦斯拜先生答道："不是。"

"那么您为什么要做这种事情呢，小子？"船长因势利导地追问下去。

邦斯拜没有回答，却在不停地看着，总是目瞪口呆地看着这个世界的对面。

"您为什么不改变方向呢？"船长再追问下去。

"嗯？"邦斯拜露出了一丝希望，轻轻地哼了一声。

"改变方向。"船长又说了一下。

"有什么用处呢？"哲人苦巴着脸回了一句，"她还会把我抓回去的。"

"试试看！"船长接着说，"振作起来！快些！机不可失。改变方向吧，杰克·邦斯比！"

然而杰克·邦斯拜并没有听从他的劝告，而是心情沮丧地低声说：

"都是您那口箱子弄出来的事情嘛。那天晚上您为什么让我护送她进港呢？"

"小子，"船长支吾其词地说，"我以为您是管得住她的，没有想到反而是她把您管住了。像您这样一位有高见卓识的人怎么会让她管住呢？"

邦斯拜先生没有吭声，只是压低着嗓子呻吟了一下。

"快！"船长说时用手肘轻轻推他，"机不可失！改变方向吧！我来给您掩护。光阴似箭。邦斯拜！为了自由。您逃不逃？一次。"

邦斯拜纹丝不动。

"邦斯拜！"船长低声说，"您逃不逃？二次。"

问了两次，邦斯拜仍旧原封不动。

"邦斯拜！"船长催促着说，"为了自由，您逃不逃？三次了。要逃就现在逃，现在不逃，就逃不了啦！"

问了三次，邦斯拜仍然没有逃，而且永远也没有逃，因为麦克斯廷格太太很快就和他结为夫妻了。

在船长的眼中，婚礼上有一个最可怕的情景，那就是朱莉安娜·麦克斯廷格对婚礼所表现的极度兴趣，这个前程远大的孩子活脱脱地同她母亲一样，她动用了全部感官，心无旁骛狠命地观察着婚礼的整个过程，其后果是不堪设想的。从这个过程中，船长看到捕获男人的陷阱一个接着一个永无止境地伸展着，压迫与胁从代代相传，这就是海员的命运。较之博肯姆太太和另一位女士的威武不屈，那个头戴高帽子的矮个子先生的兴高采烈、甚至于麦克斯廷格太太毫不留情的凶狠，此情此景更叫他终生难忘。麦克斯廷格少爷们对发生的事情不甚了了，也不大有什么兴趣，在婚礼进行时他们相互踩踏着彼此的半高筒靴，但是这些顽皮的儿童恰好从反面把朱莉安娜早熟的女性征象衬托得更加明显、多姿多彩。于是船长想，再过一两年，倘若寄居在这个女孩住的地方的话，那就要大祸临头了。

婚礼结束时这一家孩子一跃而上，向邦斯拜先生蹦过去，亲切地喊他父亲，还向他索取半便士的铜币。一阵狂欢之后，队伍正要出发，忽然之间亚历山大·麦克斯廷格出其不意地大发其疯，因此队伍稍许耽搁了一会儿。这个很可爱的孩子似乎认为，如果不是为了一般的宗教活动，小教堂就是墓碑林立的墓地，他以为他的母亲现在就要给隆重地埋葬，他将永远失去她了，不管大家怎样劝说，他就是听不进去。他苦痛难熬，尖声大叫，脸色发青。尽管孩子强烈的感情使他的母亲深为感动，但是这位出类拔萃的女人性格倔强，是不会让儿女之情轻易流露的。因此，她便对他拼命地摇晃、推动、喊叫，并且对他的脑袋也采取类似的措施，但都无法使他清醒过来。她就把他带到室外去，采用另外一种方法。参加婚礼的人们听到一连串仿佛鼓掌似的尖声喊叫，随后看到亚历山大伏在院子里冰凉透顶的石板地上，满脸通红，号啕大哭着。

　　参加婚礼的人们再一次排好队伍，向布里格街前进，在那里已经摆好了一席婚宴。跟来时一样他们依原路回去，一路上邦斯拜受到人群对他的燕尔新婚许多诙谐发噱的祝贺。船长跟着队伍一直走到屋门口。这时由于新郎已经万无一失地结了婚，女士们的看管自然放松了，博肯姆太太卸却了她的重担，有更多的闲情对船长亲近起来，这使船长很感不安，于是他借口有一个约会并答应立刻回来，便离开了这个队伍和俘虏，掉头就走了。船长的不安还有另外一个原因，就是他过于相信这位哲人的智慧，虽然不是有心，但是邦斯拜之所以会被房获首先是他的过错，想到这个他有一种负疚之感。

　　船长的路线不是直接回到木制海军候补生之家去看老所尔·吉尔士，而是先去探问一下董贝先生的情况，虽然他卧病住的那座屋子位于伦敦城外而且远在一处空气新鲜、石楠丛生的荒地边区，但是他是在所不辞的。路上走累了，就乘上一辆便车，就这样他快快活活地到达旅途的终点。

　　窗帘低垂，屋子里静寂无声，船长几乎不敢敲门，但是在门口听了一下，他听到里面有人轻声说话，声音靠近门边，他便轻轻敲了一下门。图茨先生随即开了门，让他进去。其实图茨先生和他的妻子刚到那里，他们先是到海军候补生之家去找他，在那里把这里的地址弄到了。

　　他们刚来不久，图茨夫人就从别人手里把小宝贝接到自己的怀里，随即坐在楼梯上拥抱他，爱抚他。弗洛伦斯在她身边俯着身子，她们贴得这么紧，谁也说不清楚是母亲还是小宝贝受到图茨夫人最亲切的拥抱与爱抚，是弗洛伦斯对图茨夫人还是图茨夫人对弗洛伦斯更温情体贴，或者是她们两人的情感共同地倾注在小宝贝身上。她们三人是那么的亲密无间，充满着爱心和激情。

　　"您爸爸是不是病得很重，我亲爱的宝贝弗洛依小姐？"苏珊问道。

　　"他是病得很重很重，"弗洛伦斯说，"但是苏珊。亲爱的，你可

930

不能像过去那样称呼我了。这是什么？"弗洛伦斯吃惊地摸摸她的衣服问道，"这是你原来的衣服吗，亲爱的？你原来的帽子、你原来的鬈发，全都是原来的吗？"

苏珊一下子哭了起来，在那只无限诧异地抚摸着她的小手上连连亲吻。

"我亲爱的董贝小姐，"图茨先生走上一步说道，"我来解释一下。她是最了不起的妇女。没有多少人能比得上她的！她一直在说——我们结婚以前她就在说，一直到今天她还在说——您什么时候回家她就来看您，而且要穿上以前她服侍您的时候穿的衣服，因为她担心要是穿上另外的衣服您看到她会觉得生疏，可能不会那么喜欢她了。她这身衣服我最羡慕，"图茨先生又说，"我很喜欢她穿着这身衣服！我亲爱的董贝小姐，她还是您的侍女、您的保姆，同以前一样，而且会更爱护您。她一点也没有变。但是，苏珊，我亲爱的，"图茨先生满怀深情与钦慕地说，"我只要求一点，你要记住医生的话，不要太激动呵！"

第六十一章

宽恕

弗洛伦斯需要帮助。她的父亲更加需要帮助，因此她老朋友伸出的援助之手便是珍贵无比的了。死神站在他的枕边。他已是骨瘦如柴，原来的样子不复可见，只剩下一堆影子，他的脑子糊里糊涂，他的躯体病入膏肓，他把疲乏无力的头搁在他女儿的双手为他铺好的床上，从此就没有抬起来过。

她总是陪伴着他。一般来说，他还是能够认识她的，不过在他脑子恍恍惚惚、六神无主的时候，他对她说的话和说话时的场合往往颠三倒四、混淆不清。有时候，他讲起来就像是他的男孩刚刚死去似的，他告诉她，他看见她坐在那张小床旁边看护生病的男孩，他虽然一直没有讲，但他是亲眼看见的，是亲眼看见的，然后他就蒙着脸悲泣起来，把他那骨瘦如柴的手伸出去。有时候他还会当着她的面问："弗洛伦斯在哪里？"弗洛伦斯答道："我在这里，爸爸，我在这里。"于是他就大声喊着："我不认识她了！我们分开这么久，我不认识她了呀！"然后他浑身笼罩着极大的恐惧，她好容易才让他的烦躁不安平静下来，此时，泪水从她的眼睛里夺眶而出，如果在其他时候，她是要竭力揩干的。

他迷离恍惚地游荡于昔日事业之地，有时一连好几个小时，像痴人说梦一样，语无伦次，她听着他说，常常不知其所云。他反复提出"钱是什么"这个很幼稚的问题，也就是他那个孩子曾经提出过的问题。为了找到一个合理的答案，他以或多或少的连贯性加以思考，继之以推理，似乎到这个时候他才想起这个问题似的。他会在沉思冥想中成千上万次地叨念着他原来的公司的名字，每念一次他的脑袋就在枕头上转动一次。有时候他会数他的孩子——一，二，停，然后重新数过，如此周而复始，循环反复。

但是这种情况只是在他的脑子处于最混乱的状态时才会有的。在他病中的其他阶段，他的思绪总是围绕着弗洛伦斯。他最经常做的事情，就是回忆那天夜间她从楼上走到他房间里的情景，这是他最近才想起的；他想象着他很伤心，在她出去以后，他也跟着出去，走上楼梯去找她。然后，他把那天夜晚和以后的日子混淆起来，他惊奇地发现有这么许多脚印，于是跟在她后面，开始数着这些脚印。突然之间，他发现在这些脚印中间有一个血迹斑斑的脚印，随后是一道道敞开着的门，从门外可以看到镜子里面出现一幅幅可怕的画面，画中的人憔悴不堪，把什么东西藏在胸口。到处是许许多多的脚印和许许多多血迹斑斑的脚印，其中有一个脚印是弗洛伦斯的。她不停地在前面走着。他心神不定地数着这些脚印，不停地跟着走，越走越远，越走越高，一直走到一座需要数年之久才能爬上去的高塔之巅。

一天他问，好久以前他听到有一个人在讲话，那是不是苏珊。

弗洛伦斯说"是的，亲爱的爸爸"，便问他想不想看她。

他说"很想"。于是苏珊就诚惶诚恐地来到他的床边。

他似乎感到很大的宽慰。他恳求她不要走，要她懂得对她过去讲的过火的话他已经原谅她了，要她务必留下来。他说，现在弗洛伦斯和他已经不同于往昔了，他们相处得很快乐。那么就让她看看吧！他遂把那温柔的头拉到他枕头上，靠在他的旁边。

他这样度过了一天又一天，一周又一周，终于变得安静了。他躺在床上，衰弱无力，像一个虚无缥缈的影子，他讲话的声音很低，必须非常挨近他的嘴唇才听得到他讲些什么。现在他躺在那里，窗户敞开，白天望着夏日的晴空和树木，傍晚遥看西下的夕阳，他感到一种隐隐约约的乐趣。望着浮云与树叶的影子，他似乎有了一种和这些影子同病相怜的感觉。这种感觉是很自然的。对于他，生命与人世也就是影子，除此之外还有什么呢？

他觉得弗洛伦斯太累，对此，现在他开始有所表示了，他常常不顾虚弱无力，低声地对她讲："我亲爱的，到外面去呼吸呼吸新鲜空气，散散步。到你的好丈夫那里去吧！"一次，沃尔特在他的房间里，他招呼他走过去，要他弯下身子，然后紧握着他的手，把他的心里话告诉他，他知道，他死后，他可以放心地把他的孩子交托给他了。

一天傍晚，正是夕阳西下之时，弗洛伦斯和沃尔特一起坐在他的房间里，因为他是很喜欢看到他们两人在一起的。弗洛伦斯怀里抱着她的小宝贝，开始对他轻轻地唱起来，她唱的是过去她常常对她死去的小弟弟唱的那首歌曲。她的父亲不忍听下去，便抬起颤抖的手，要她不要再唱下去，但是第二天他又要她再唱那首歌曲，每到傍晚他反复要求她唱，她自然欣然领命。他侧转脸，静静地听着。

有一次，弗洛伦斯坐在窗户旁边，一个针线筐放在她和至今仍旧是她的忠实侣伴、昔日的侍婢之间。他已经昏昏地睡着了。这是一个美丽的黄昏，离夕阳下山还有两小时光景。一片宁静中，弗洛伦斯思潮起伏。顷刻之间，她对一切事物全无知觉，她只记得这位躺在床上的瘦骨嶙峋的人第一次把她带到她漂亮的新妈妈面前的时刻。正当她这样遐思之际，靠在她椅子背上的沃尔特突然碰了她一下，她这才惊醒过来。

"我亲爱的，"沃尔特说，"楼下有一个人想找你，有话同你说。"

她感到沃尔特面色严肃，便问他发生了什么事。

"没有，没有什么事，我亲爱的！"沃尔特说，"那位先生我亲眼看到的，而且还跟他讲过话了。没有发生什么事。你下不下去？"

弗洛伦斯把她的父亲交托给黑眼睛的图茨夫人，她正在很麻利地做着针线活，这是黑眼睛女人与生俱来的本领。安排妥当之后，弗洛伦斯挽着她丈夫的手臂，一起走下楼去。在那间朝向花园的小客厅里坐着一位先生，见她进来立刻起身迎着她走过去，但是由于他的腿有些特别，走偏了方向，幸好碰到桌子，才给挡住了。

树叶的阴影中，她开始没有认出这位先生是谁。这时，她才想起他就是表兄菲尼克士。表兄菲尼克士握着她的手，对她的新婚表示祝贺。

　　"说真的，"在弗洛伦斯坐下后，表兄菲尼克士也坐了下来，说道，"我多么希望能有机会早点向您表示恭贺，但是事实上，我诸事缠身，可以说是苦恼的事情接踵而至，我给弄得焦头烂额，根本没有办法去参加任何社交活动，我唯一的社交圈子就是我自己。事实上，一个人倘若知道他只会把自己弄得厌烦不堪，怎么还谈得上他对自己的才智有什么好的看法呢？"

　　这位先生的言谈举止有一种难以捉摸的局促不安，对于一位名门望族的先生来说，这种无伤大雅的小小怪癖是常有的事，但是就从这一点以及沃尔特的态度，弗洛伦斯已经看出有什么直接点题的事情他接下去就要说的。

　　"我刚才跟我的朋友盖伊先生谈起，倘若我能有幸这样称呼他的话，"表兄菲尼克士说，"我很高兴地听到我的朋友董贝已经大有起色。我相信我的朋友董贝不会由于只是损失了一些财产而过分伤心的。我不能说我损失过多大的一笔财产，事实上我没有多少财产可以损失的，但是我仅有的一点财产已经丢光了，我并没有感到有什么特别难过的。我知道我的朋友董贝是非常正直的人，这是大家一致的看法，是有口皆碑的，我的朋友董贝倘若知道的话，一定会感到莫大的安慰的。即使那位脾气暴躁的汤米·斯克鲁泽也不会吭一声否认这个事实的，我们的朋友盖伊也许是认识他的吧？"

　　弗洛伦斯更加感到他是有什么事情要说了，于是凝神地望着，等待他讲。见了她那副急切的样子，仿佛她的问话已经脱口而出了，表兄菲尼克士便滔滔不绝地讲起来。

　　"事实是，"表兄菲尼克士说，"刚才我的朋友盖伊和我本人商量了一下，是否可以请您帮个忙，关于此事我已经得到我的朋友盖伊的赞同，我的朋友盖伊刚才和我在一起，他对我极其坦率亲切，我对他感激不尽。我知道我的朋友董贝的千金是多才多艺、和蔼可亲的，像这样一位令人喜爱的女子是无须刻意恳求的，同时我很高兴地知道我的朋友盖伊是支持我的，他为我说话，赞同我的提议。我在议会的时候，谁有一个什么动议要提出时——在那时候这是不常有的事，因为两边的领导人都是纪律严明、一丝不苟的，他们对我们管得很紧，使得我们一直无法标榜自己，这对我们这些普通议员倒反而是一大好事，因为我们之中许多人都是跃跃欲试的——我刚才要讲的就是，我在议会的时候，谁获准可以把胸中小小的动议当场放炮的话，他总得说一声他很高兴地相信他的看法是不会不在皮特先生①的胸中引起共鸣的，事实上，皮特先生是一位久经风雨、化险为夷的舵手。议员们听到这一句话欢呼四起，把他弄得乐不可支。事实上，这些议员们早就得到指示，每当提起皮特先生的名字，他们必须有声有色地欢呼雀跃，他们已经熟能生巧了，因此一听到他的名字，他们就一跃而起。除此之外，他们对会场上所发生的事情是一无所知的，所以能言善辩的布朗经常那么说——就是那位财政委员会的布朗，他一下子能喝四瓶酒，这位布朗我的朋友盖伊的令尊大概相识，当时我的朋友盖伊还没有出世——布朗说，倘若有谁从座位上站了起来并且说他很遗憾地告诉各位议员，在下议院会客厅里有一位尊敬的议员全身痉挛得好不厉害，而这位尊敬的议员就是大名鼎鼎的皮特的话，那全场就会群起响应，大喊大叫了。"

表兄菲尼克士谈到现在还没有及题，这使弗洛伦斯提心吊胆，她望望表兄菲尼克士，又看看沃尔特，越来越焦躁不安了。

"我亲爱的，"沃尔特说道，"没有什么事。"

"我以名誉保证，没有什么事，"表兄菲尼克士说道，"我非常难过，因为我引起了您一时的不安。我请您相信确实没有什么事。我想请您帮忙的，只是——但是这件事情确实是非同寻常的，因此，倘若我的朋友盖伊能够行行好，替我开——事实上，开个口的话，我将会千谢万谢的。"表兄菲尼克士说。

---

① 皮特先生：指威廉·皮特（1759—1806），英国辉格党人，曾任英国首相，以擅长演说闻名。

在表兄菲尼克士这样恳求了之后，而且又看到弗洛伦斯眼睛里同样恳求的目光，沃尔特便说道：

"我最亲爱的，就是这样一件事，你跟这位先生乘车到伦敦去，这位先生你是认识的。"

"还有我的朋友盖伊也一起去——请您原谅！"表兄菲尼克士赶紧接着说。

"同我一起到一个地方去看一个人。"

"去看谁？"弗洛伦斯一边问道一边看看这个又望望那个。

"倘若我可以恳求您，"表兄菲尼克士说，"不硬要我回答这个问题的话，我就不揣冒昧地提出这个请求了。"

"你知道吗，沃尔特？"

"知道的。"

"你觉得应该去吗？"

"应该去。我知道你也是会觉得应该去的，所以我才说应该去了。其实我知道得很清楚，有许多理由要去的，因此最好不要再讲什么了。"

"如果爸爸还在睡，或者醒来了可以让我走开的话，我马上就去。"弗洛伦斯说着便悄悄地站起，以一种稍感惊异但充分信任的目光望了他们一眼，便离开了房间。

当她回到房间准备同他们一起出发时，她看见他们待在窗口，严肃地谈着什么。弗洛伦斯心中纳闷，他们谈的是什么话题，怎么没有多久他们就混得这么熟了。她一进来，她的丈夫便戛然而止，但他的目光中却满含着自豪与情爱，这并不使她奇怪，因为每当她望着他的时候，他都是以满含着自豪与情爱的目光看着她的。

"我想留一张名片给我的朋友董贝，"表兄菲尼克士说，"我衷心相信每过一小时他就会变得更加健康、更加强壮。我希望我的朋友董贝能够理解我的心意，知道我对他的品格，事实上就是对他作为英国商人和正直得无懈可击的绅士的品格深怀钦佩之情。我乡下的住宅虽然年久失修，破败不堪，但是倘若我的朋友董贝需要换换空

937

气，在那里住住的话，他会发现那是一个极好的疗养之地——因为它地方偏僻，无人打搅，必然是有益于身心健康的。倘若我的朋友董贝身体不适，请他允许我向他推荐我自己时常服用的一个妙方，因为过去我同大家一样，生活随便，自由放任，弄得常常要发病，我说的这个妙方事实上就是：拿一只鸡蛋，把蛋黄和糖与肉豆蔻掺和起来，搅匀，倒在一杯雪利酒中，每天早晨喝下去，同时吃一薄片干烤面包。在邦德街办了一个拳击所的杰克逊，他是一个很有才能的人——他的名声我的朋友盖伊想必知之有素的——他过去经常说在拳击训练时他们用朗姆酒代替雪利酒。鉴于我的朋友董贝身体欠佳，我建议他还是喝雪利酒，因为朗姆酒会冲到——事实上会冲到他的头上去的——那就要酿成大祸了。”

这一通话表兄菲尼克士讲的时候显得过分紧张，心神不宁。言毕，他把手臂伸给弗洛伦斯，极大地控制住他那双随心所欲的大腿，因为这双大腿似乎一心一意想迈向花园去似的，然后他带着她走到门口，把她扶上等候着她的马车里。

沃尔特在他后面也上了马车，然后便驱车出发。

这趟行程有七八英里路。他们穿行于伦敦西部阴沉而森严的街道时，天已渐黑。这时，弗洛伦斯已经把她的手放在沃尔特的手心里，提心吊胆地四处张望，每当拐进一条新的街道，她的焦急不安愈益变本加厉。

当马车终于停在布鲁克街上当年她父亲的不幸婚姻举行的那座屋子前面时，弗洛伦斯问道：“沃尔特，这是哪里？谁住在这里？”沃尔特叫她不要担心。她没有回答，只是抬头望了望屋子正面，但见窗户紧闭，好像没有人住在里面似的。此时，表兄菲尼克士已经下了马车，便把手伸给弗洛伦斯。

“您要不要进去，沃尔特？”

“不进去了，我就留在这里。不要发抖！没有什么好害怕的，最亲爱的弗洛伦斯。”

“我知道的，沃尔特，因为你就在旁边。我很放心，但是——”

938

没有敲一声门，门轻轻地启开了。表兄菲尼克士把她从夏日傍晚的空气中带进那座密不透风的闷热、阴沉的屋子。这屋子比过去更加阴森幽暗，仿佛从婚礼举行的那一天起就一直关得紧紧的，里面藏着经年累月的黑暗和悲伤。

弗洛伦斯哆嗦地走上幽暗的楼梯，同她的带路人来到客厅的门口停了下来。他不声不响地打开客厅的门，示意请她走进里面的房间去，他自己则留在客厅里。弗洛伦斯犹豫了片刻之后走了进去。

在窗口的桌子旁边坐着一位夫人，她刚才似乎在写些什么或者在画画，此时她的头搁在手上，朝着渐渐暗淡的落日。弗洛伦斯疑虑重重地走过去，突然之间站住不动了，仿佛一下子失去了行动的能力似的。夫人转过头来。

"天哪！"她叫了起来，"这是怎么回事？"

"不要，不要站起来！"当她站起来时，弗洛伦斯一边后退一边伸出双手不让她走近，"妈妈！"

她们站在那里四目相望。伊迪丝的脸孔依旧姿容美丽，她气度庄严，但因为愤慨与傲气之故而略嫌憔悴。弗洛伦斯的脸孔虽然流露出因恐惧而退避三舍之状，但一股怜悯、忧伤和对往事的感激而温柔的回忆却是清楚不过的。每一张脸孔上醒目地刻画着惊讶与恐惧，每一张脸孔都是那么静静地越过一道漆黑的无可挽回的逝去岁月的鸿沟相对而视。

弗洛伦斯首先打破沉寂。泪水夺眶而出，她满怀深情地说道："哦，妈妈，妈妈！我们今天见面怎么会这样子的？以前我孤苦伶仃的时候您对我是那么好，可是现在我们重逢的时候怎么会是这样子的呢？"

伊迪丝站在她面前，默默无语，一动也不动。她的眼睛凝视着弗洛伦斯的脸孔。

"我不敢往这上面去想，"弗洛伦斯继续说着，"我是从爸爸的病床边来的。我们现在决不会分开了，我们永远也不会分开了。如果您要我去请求他原谅的话，我是会的，妈妈。我差不多可以肯定，如果我请求他的话，他是会原谅的。但愿上帝也原谅您，给您安慰！"

她一言不发。

"我已和沃尔特结了婚，我们生了一个儿子，"弗洛伦斯怯生生地说着，"沃尔特现在就在门口，是他把我带过来的。我要告诉他您已经后悔了，您已经改过来了，"弗洛伦斯难过地看着她说，"我知道他会跟我一起同爸爸去说的。除此以外，还有什么事情我可以做的吗？"

伊迪丝开始打破沉默，但是仍旧一动不动，眼睛依旧凝视着她，慢慢地回答着：

"您的名字所蒙受的污点，你丈夫的名字所蒙受的污点，你孩子的名字所蒙受的污点，这些都会永远得到原谅吗，弗洛伦斯？"

"会永远得到原谅吗，妈妈，您是问的这个吗？是的！沃尔特和我完完全全原谅了。如果这可以使您感到宽慰的话，请您相信吧，没有什么事情比这个更确切无疑的了。您没有——您没有，"弗洛伦斯吞吞吐吐地说道，"说起爸爸，但是我相信您是希望我向他请求他原谅的。我相信您是希望我去这样做的。"

她一言不语。

"我会去这样做的！"弗洛伦斯说着，"如果您让我这样做的话，我就会把他的原谅带给您，然后我们也许要相互告别了，我们也许要比过去更加不会常在一起，妈妈，"弗洛伦斯向她靠得更近些，轻柔地说，"我不是因为害怕您，也不是因为担心怕受您连累，蒙受耻辱，才从您面前往后退缩的。我只是希望对爸爸尽一片孝心。他视我为爱女，我视他为慈父。但是我永远不会忘记您过去对我的恩惠。哦，向上天祈求吧，"弗洛伦斯伏在她的怀里哭着说，"向上天祈求吧，妈妈，祈求他原谅您的这一切罪过和耻辱，也原谅我，想起了过去的您，我不得不这样做，如果我这样做是不对的话！"

好像在她一触之下立刻倒地似的，伊迪丝双膝跪下，搂住她的颈项。

"弗洛伦斯！"她喊道，"我的好天使！在我还没有再次发疯以

940

前，在我的固执己见卷土重来教我闷声不响之前，我敢发誓，我是清白无辜的！"

"妈妈！"

"我犯的罪过可多啦！我犯的罪过在我们之间设置了一片永远的荒墟。我犯的罪过在我的余生中使我不得不和这整个尘世中纯洁无邪的化身，不得不和你，彼此分开。我犯的罪过是盲目的狂怒，而这种狂怒我是不认错的，我不能认错，我不会认错，即使现在我也是不认错的；但是我并没有跟那个死去的人犯过什么罪。我在上帝面前发誓！"

双膝跪在地上，她举起双手发誓。

"弗洛伦斯！"她说道，"你是天性最纯洁最善良的人，我是很喜爱的，你早就可以使我改弦易辙的，对我这样的女人，你曾经一度使我有所改变。请相信我，在那件事情上我是清白无辜的。让我最后再一次把这个亲爱的头搁在我的凄苦寂寞的心上吧！"

她动情地哭着。如果过去她经常是这样的话，她现在就会幸福一些了。

"在这整个世界上，无论什么东西都不能，"她说，"叫我承认我没有做过的事情。情爱、憎恨、希望、威胁，都不能。我说过我愿意无声无息地死去。如果我们没有重逢的话，我可能已经无声无息地死去了，假使还没有，也是会无声无息地死去的，弗洛伦斯。"

此时，表兄菲尼克士正在慢慢地走进门内，一只脚刚跨入房里一只脚还留在室外，便开口说道："我相信我可爱的、多才多艺的表妹会原谅我玩了一点小小的花招，促成了这次会面。我不能说起初我是完全不相信我可爱的、多才多艺的表妹会有可能那么不幸地跟那个已经死去的有一口雪白牙齿的人干了坏事，因为事实上，这种无巧不成书的奇里古怪的凑合在这个世界上并不少见，有些事情安排得实在太离奇，这个世界真叫人莫名其妙，不可理解。但是当时我就跟我的朋友董贝说过，在事情完全弄清楚之前，我不能承认我可爱的、多才多艺的表妹是有罪的。事实上，当那个人很惨地死去时，我感到她的处境很痛苦；我感到我们家里有一定的责任，因为我们家太马虎大意，对她没有多多关心；我还觉得我的姑妈虽然非常活跃，但并不一定是天下最好的母亲。正因为这样，我才自作主张到法国去找她，并且尽我绵薄之力向她提供保护。当时我可爱的、多才多艺的表妹使我深感荣幸，她认为我是一个挺好的人，我的处事为人与众不同，便置于我的保护之下。事实上，我明白这是我可爱的、多才多艺的表妹出于好意的善举，因为我越来越体弱多病、四肢无力，她的关怀给了我很大的安慰。"

伊迪丝已经让弗洛伦斯坐到一张沙发上去，这时做了一个手势，好像是请他不用再讲下去了。

"我可爱的、多才多艺的表妹，"依旧徘徊于门口的表兄菲尼克士继续说着，"是会原谅我的。为了让我可爱的、多才多艺的表妹感到欣慰，为了让我自己感到欣慰，也为了让我的朋友董贝感到欣慰——我们都很钦慕他那可爱的、多才多艺的千金——我就把话说完吧。我想，我可爱的、多才多艺的表妹是会原谅我的。她一定会记得，从一开始她和我就没有提起过她私奔的事情。当然我一直有这样一个印象，这件事情有什么蹊跷，倘若她愿意的话，她会解释清楚的，但是我可爱的、多才多艺的表妹是一个意志很坚强的女人，事实上，我知道她是不好随便对待的，所以对这件事情我也就闭口不谈了。但是最近我注意到，她对我朋友董贝的千金非常亲切，看来难关就可以从这里攻破了，于是我灵机一动，倘若出其不意地让她们会面，也许会产生很有利的效果。我们将前往意大利南方定居，事实上也就是前往我们永远的安息之家，想到这个就教人伤感。趁我们未去之前，还销声匿迹地住在伦敦的时候，我就去找寻我朋友盖伊的家。他是一位仪表堂堂、性格非常坦率的人，我可爱的、多才多艺的表妹恐怕是知道他的。我十分高兴地把他和蔼可亲的妻子带到这里来了。那么现在，"表兄菲尼克士说时，他那漫不经心的态度和不假思索的言谈中却闪耀着真心诚意的光芒，"我恳请我的表妹不要半途而废，而是要勇往直前地把她所做的错事改正过来——这不是为了她家庭的荣誉，不是为了她自己的声名，也不是为了考虑由于她的不幸处境，她认为是无中生有，近乎掩人耳目的东西——而是因为那是错的，是不对的。"

言毕，表兄菲尼克士的两条腿把他带走了。他关上门，让她们两人单独留在一起。

伊迪丝沉默了几分钟，弗洛伦斯紧紧地靠着她。然后她从怀中取出一封密封的短笺。

"我考虑了好久，"她低声地说，"如果我突然之间或者出乎意料地死了，怎么办呢？我感到需要写这封信。写好之后，我一直在想什么时候把它毁掉，怎样毁掉。弗洛伦斯，你拿去吧。真实情况都写在这上面。"

"是给爸爸的吗？"弗洛伦斯问道。

"你要给哪个就给哪个，"她回答说，"这是给你的，是交给你的。只有从你这里他才能够拿到它。"

在愈益浓重的黑暗中，她们复又静静地坐着。

"妈妈，"弗洛伦斯说，"他已经失去了财产；他一度濒临死亡，即使到现在他也不一定能够转危为安。您有没有什么话要让我跟他讲的吗？"

"你是不是说过，"伊迪丝问，"他现在视你如爱女吗？"

"是的！"弗洛伦斯激动地说。

"告诉他，我很遗憾过去我们会碰到。"

"没有别的话了吗？"弗洛伦斯停了一会儿说。

"如果他问的话就告诉他，我做过的事情我不后悔——至今不悔——即使明天重新来过，我还是要这样做的。但是如果他已改弦易辙的话——"

弗洛伦斯的手悄悄地碰了碰她，有什么东西提醒了她，她停了一会儿。

"但是他知道，他现在并没有改弦易辙，要他改弦易辙是不会的。告诉他我希望他没有改弦易辙。"

"我可不可以告诉他，"弗洛伦斯说，"您听到他遭受的痛苦非常伤心呢？"

"如果这些痛苦让他懂得爱他的女儿的话，"她回答说，"那我是不会因为他的痛苦而伤心的。如果这些痛苦给他带来这个教训的话，总有一天连他自己也不会为这些痛苦伤心的，弗洛伦斯。"

"您对他有良好的祝愿并希望他幸福的吧！我相信您会这样的！"弗洛伦斯说，"哦！如果以后有机会的话，可不可以让我向他这样讲呢？"

一双乌黑的眼睛凝视着前面，伊迪丝坐在那里没有回答；弗洛伦斯再一次提出恳求时，她把手伸进她的臂膀里，仍然若有所思地凝望屋外的夜色说：

"告诉他，如果他在自己目前的境遇中能够找到理由，同情我的过去的话，那么就带个话给他，请他这样做吧。如果他在自己目前的境遇中能够找到理由，不是那么痛恨我的话，就请他这样做吧。告诉他，我们之间虽然心如死灰，虽然在今生今世我们不会再见面，但是他知道现在我们之间有了一个共同的感情，这个共同的感情是过去所没有过的。"

她那严峻的表情似乎放松了，她乌黑的眼睛里面闪烁着泪水。

"我相信，"她接着说道，"他对我的看法会好些，我对他的看法也会好些。他对弗洛伦斯爱之愈深，他就会对我恨之愈少。他为她和她的孩子愈感自豪与幸福，他就会为我们婚后阴暗的生活中他所负的责任愈加负疚于心。在那个时候，我也会负疚于心的，那时候你就把这个告诉他吧。那时候，我会想着有种种原因使我成为那样的人，我也需要更多地考虑他之所以成为那样的人也是有种种原因的。那么，我就会努力去原谅他的一份过错。让他也努力去原谅我的一份过错吧！"

"哦，妈妈！"弗洛伦斯说道，"即使我们在这样的会面而且就要分别的时候，听到您的这一席话，我心里多么舒坦呵！"

"这些话连我自己听起来也是很陌生的，"伊迪丝说，"不像是我自己讲话的声音！即使有什么缘故让他把我看成一个很坏的人，但是听到你们父女如此情深，我想我还是会说这番话的。你是最亲爱的人，但愿他在想起我时尽量宽容，让他知道，我在想起他时也是尽量宽容的！这些就是我要告诉他的最后的话！好吧，再见，我最亲爱的！"

她紧紧地拥抱着她，像是要把她心中女性的爱与温情一下子全掏出来似的。

"这个吻是给你的孩子的！这些吻是祝你幸福的！我亲爱的弗洛伦斯，我可爱的姑娘，再见了！"

"还会重逢！"弗洛伦斯喊道。

"不会重逢！不会重逢了！当你走了把我留在这个黑暗的房间里时，你就算是把我留在坟墓里了。你只需记住我曾经活在这个世界上而且是爱你的，这就够了！"

于是弗洛伦斯离开了她，再也看不见她的脸孔，但是她的拥抱与亲吻都始终陪伴着她，一直到最后。

表兄菲尼克士在门口迎接她，把她带到楼下暗然无光的餐厅里沃尔特的身边，她把头伏在他的肩膀上伤心哭着。

"我真太抱歉了，"表兄菲尼克士毫不掩饰也无丝毫忸怩作态地抬起袖口擦着眼睛说，"没有想到这次刚刚结束的会面竟会使我朋友董贝的可爱而多才多艺的千金、我的朋友盖伊的和蔼可亲的夫人百感交集、痛苦万分。但是我希望，我也相信，我的初衷是想取得最好的效果；我希望，我也相信，当我尊敬的朋友董贝知道了事情的真相后，他就会安心了。我的朋友董贝因为和我们家里结亲以至于，事实上，落到这样糟糕的地步，我为此极其悲痛，但是我深信，倘若不是因为那个有一口雪白牙齿的该死的坏蛋巴克尔①的话，就会万事如意，一帆风顺的。鉴于我的表妹使我荣幸地受到她对我的很高评价，我可以向我的朋友盖伊的和蔼可亲的夫人保证，事实上，

---

① 巴克尔：此处菲尼克士表兄把卡克尔误记为巴克尔。

她可以把我看作她的父亲。人生变化无常，而我们的行为举止又总是不同寻常，出乎意料；有鉴于此，我所能说的就是，我和我的朋友莎士比亚的意见是一致的：人生犹如梦影①。我的朋友盖伊对我的朋友莎士比亚无疑是熟悉的。他不只属于一个时代，他是千载万世的伟人。②"

---

① 见莎士比亚的悲剧《哈姆雷特》第二幕第二场，吉尔登斯吞"那种噩梦便是您的野心；因为野心家本身的存在，也不过是一个梦的影子。"

② 此语为英国剧作家本·琼生（1573—1637）在评价莎士比亚时所说。

第六十二章

尾声

一只长期不见日光、尘封已久、布满蜘蛛网的酒瓶终于拿到阳光中来了，瓶中的金黄色陈酒在桌子洒遍光辉。

这是最后一瓶马德拉岛白葡萄陈酒。

"您讲得真对，吉尔士先生，"董贝先生说，"这是一种非常珍贵、非常甜美的葡萄酒。"

同时也在座的船长洋溢着欢欣的笑容。他那亮堂的额头上有一道欢欣鼓舞的光圈。

"我们一再许愿，先生，"吉尔士先生说，"我是讲内德和我自己一再许愿——"

董贝先生对船长点点头，这使船长越发高兴得满面生辉，一句话也说不出来。

"我们一再许愿，有朝一日等沃尔特平安回家我们就要喝这瓶酒，当时我们其实没有想到会有这样一个家的。先生，要是您不反对我们那时候的这个古怪念头的话，就让我们拿这第一杯酒为沃尔特和他的妻子干杯吧。"

"为沃尔特和他的妻子干杯！"董贝先生应道，"弗洛伦斯，我的孩子。"他说着就转过脸去亲了亲她。

"为沃尔和他的妻子干杯！"图茨先生接着说。

"为沃尔和他的妻子干杯！"船长喊道，"呼啦！"他看来很想和人碰杯，董贝先生便顺手举起酒杯，其他的人也跟着举起酒杯，一阵兴高采烈的酒杯相撞的声音就像婚礼上的悠扬钟声一样铿然齐鸣，不绝于耳。

像往日的马德拉岛白葡萄陈酒一样，其他深埋地下的葡萄酒也变得越来越陈，酒瓶上积满了厚厚的灰尘与蜘蛛网。

董贝先生现在已是白发苍苍的人了，他的脸上布满着忧伤与痛苦的痕迹，但这些是一阵狂风暴雨的痕迹，狂风暴雨一去不复返之后，留下的是一片宁静明朗的晚霞。

他不再为雄心勃勃的计划终日烦恼。他唯有的自豪都寄予他的女儿和她的丈夫。他有一种沉默多思、怡然自得的仪态，总是跟他的女儿待在一起。托克史小姐是家里的常客，对他们一片忠诚，深受他们的欢迎。自从那天早晨在公主路一时昏迷之后，她对昔日高贵显赫的恩主一直怀着一种纯情的钦慕之意，从未有所减弱，至今丹心如故。

他的财产已经损失殆尽，什么也没有留下给他。但是每年都有一笔钱如期而至，这笔钱是怎么来的，是谁给他的，他不知道，只是恳切地要求他不要去追根究底，要他相信这是一笔债款，是还债的。关于这件事情，他和昔日的职员商量了一下，这位职员心中有数，认为这笔钱可以问心无愧地收下，他可以肯定这是过去公司做的一笔生意所得，后来给忘记了，现在重新补偿。

那位淡褐色眼睛的单身汉，现在已不再做单身汉了，他和那个灰白头发的低级职员之妹结了婚。他偶尔来看望他的老上司，但是次数很少。灰白头发的低级职员有一段不光彩的历史，这就是他为什么不去看他的老上司的缘故，更何况他的姓名会使他的老上司触目惊心。因为他与他妹妹和妹夫住在一起，所以他们也很少去看了。沃尔特有时候去看他们，还有弗洛伦斯也一起去，于是这座愉快的屋子回荡着钢琴和大提琴深沉的二重奏，以及《和谐协调的铁匠》铿锵有力的奏鸣。

那么在这些人世沧桑的日子里，木制海军候补生怎么样了？哦，他依旧在那里，右腿向前伸出，注视着来来往往的出租马车，比往昔更加保持警惕，从三角帽到用扣环扣牢的鞋子全都油漆一新，在他的头顶上闪耀着金光灿烂的名字"吉尔士与卡特尔"。

除了平常的得心应手的生意外，海军候补生没有另辟新的天地。但是，在伦敦肉类市场那把蓝伞方圆约半英里的范围之内，人们都在讲，吉尔士先生原先的一些投资得益颇丰，而且在那些方面不是像他设想的那样落后于时代，事实上，倒是有些超前的，他现在可谓万事俱备，只等东风了。人们在悄悄说，吉尔士先生开始财源滚滚了，而且越滚越快，越滚越多。这话一点不假，你看他站在店铺门口，身上穿着一套咖啡色衣服，口袋里塞着那只精密时计，额头上架着一副眼镜，虽然像过去一样老眼昏花，但是，不见顾客临门，他看起来并无肠断心碎之态，倒反而怡然自得，其乐无穷呢。

至于他的伙伴卡特尔船长，对于生意满脑子有一种不切实际的美好幻想。如果每一条船离开伦敦港时离不开海军候补生的帮助的话，那么船长对海军候补生在国家的商务与航海中所具有的举足轻重的地位，自然是喜不自胜的。他对于门上自己的名字，有着说不尽的欣喜。每天有二十次之多，他跨过街道，站在街那边望着他的名字，每当此时他总是说："爱德华·卡特尔，你这个小子，要是你妈妈当年能够料到你竟会成为一位科学家的话，这个善良的老娘可真要大吃一惊呢！"

但是这时图茨先生急匆匆地到海军候补生这边来了，他脸孔通红，一下子奔进小起居室。

"吉尔士船长和所尔士先生，"图茨先生说道，"我很高兴地告诉你们两位，图茨夫人给她的家庭添丁了。"

"真是为她增光添彩呵！"船长喊起来。

"恭喜您，图茨先生！"老所尔说。

"谢谢您们，"图茨先生咻咻地笑着说，"我非常感谢你们。我晓得你们听到这个消息一定是很高兴的，所以我急忙赶来了。你们知道，我们的确相处甚欢。有弗洛伦斯，有苏珊，现在又多了一个小宝宝。"

"是女娃吗？"船长问道。

"是的，吉尔士船长，"图茨先生回答说，"我为此很高兴。我们越是经常地把这位很了不起的妇人挂在嘴上，我总觉得，事情就越来越好！"

"做好准备！"船长说着就顺手拿起一只无颈的旧方瓶——因为是晚上，海军候补生通常供应的为数不多的烟斗和酒杯都已摆在饭桌上了——他举着这只酒瓶说，"为她干杯，祝她的子女多多益善！"

"谢谢您，吉尔士船长，"喜气洋洋的图茨先生说，"我也是这样想的。如果您允许的话，我想抽一斗烟，因为在目前的情况下，这不会叫谁不舒服的。"

接着，图茨先生就开始抽起烟来，敞开了心扉，侃侃而谈。

"这个可爱的妇人真是通情达理极了，了不起的例子真是太多了，吉尔士船长和所尔士先生，"图茨说，"我觉得，最了不起的事情莫过于她完全理解我对董贝小姐的一片深情。"

两位听众都表示赞同。

"因为你们知道，"图茨先生说下去，"我对董贝小姐的感情一直没有改变过，跟以前是一模一样的。在我的心目中，她现在跟我和沃尔特结识以前一样，仍旧是那么光彩照人。当图茨夫人跟我刚开始谈起——总之，谈起这个亲切的感情时，您知道，吉尔士船长。"

"是的，是的，小伙子，"船长应声说道，"这会把我们大家都弄得晕头转向的——关于这句话您去查一查那本书——"

"我一定去查，吉尔士船长，"图茨先生诚恳地说，"当我们刚开始谈起这个话题时，我就打了个比说，我就像是一朵你可以称之为枯萎的花了，您知道。"

船长十分欣赏这个比喻，便低声地说没有哪朵鲜花能比得上玫瑰的。

"可是天老爷保佑，"图茨先生接着说，"我心里的感情是怎么样的，她同我自己一样清楚得很。我没有什么可以跟她讲的了。只有她才能够阻止我走向寂静的坟墓，她确是这样做了，做得真妙，让我钦佩不已。她知道，世界上没有一个人能像董贝小姐那样教我这

950

图书在版编目（ＣＩＰ）数据

董贝父子: 全 2 册 / (英)狄更斯著; 王佃中译. -- 南昌：
江西教育出版社, 2016.6
（世界名著名译文库 / 柳鸣九主编）
ISBN 978-7-5392-8749-2

Ⅰ．①董… Ⅱ．①狄… ②王… Ⅲ．①长篇小说－英
国－近代 Ⅳ．①I561.44

中国版本图书馆 CIP 数据核字（2016）第 122535 号

董贝父子: 全 2 册
DONGBEI FUZI: QUAN'ERCE
[英国] 狄更斯/著　　王佃中/译　　柳鸣九/主编

江西教育出版社出版
（南昌市抚河北路 291 号　　邮编：330008）
各地新华书店经销
三河市祥达印刷包装有限公司印刷
690 毫米×960 毫米　16 开本　61.5 印张　字数 815 千字
2016 年 8 月第 1 版　2016 年 8 月第 1 次印刷
ISBN 978-7-5392-8749-2
定价: 122.00 元

赣教版图书如有印装质量问题，请向我社调换　电话: 0791-86710427
投稿邮箱: JXJYCBS@163.com　　电话: 0791-86705643
网址: http://www.jxeph.com

赣版权登字-02-2016-261